蒋胜男 著

浙江文艺出版社
Zhejiang Literature & Art Publishing House

果麦文化 出品

目录

第一章 / 辽宫汉女 001

那女子姿容也非绝色，只是举手投足间有说不出的优雅韵味。宫娥内监似对这宫女极为信赖，站在她身后虽也吓得脸色惨白，却不曾惊慌失措乱了分寸。

第二章 / 双后并立 010

撒葛只扫视一眼帐中几个小妃，诸人刚才说甄后的坏话说得起劲，听到甄后到来，想起世宗对甄后的宠爱，不免脸色都吓白了，忙求援似的看向她。

第三章 / 祸起萧墙 017

柴堆中的小皇子，在黑暗中圆瞪着双目。一股温热带着腥气的液体，一滴滴从柴堆中渗入，浸湿他的衣服，然后慢慢变冷，冷得刻骨。

第四章 / 察割之乱 024

草原上只靠自己的拳头大，就能称王。从太祖到如今，哪个皇帝任上，没有宗亲谋逆？

第五章 / 渔翁得利 035

耶律璟看着跪在眼前的人，心中激动。这是除了他的亲兄弟外，第一个向他臣服的人。然后，整个王国，都将如眼前这个人一样，臣服在他的脚下。

第六章 / 燕燕驯马 048

不顾苦劝，燕燕就要骑了这新驯服的乌云盖雪直接回府，不想刚转入街市，忽然听得一下鼓声巨响，直如天塌地陷、山洪暴发。

第七章 / 韩子德让 058

此时日影西斜，投射在韩德让脸上，一半金色一半阴影。胡辇有些瞧得痴了。

第八章 / 深宫皇子 065

漆黑的夜里，他在无尽的恐惧中跑着。忽然间，黑暗中出现了他所期盼的亲人，一身是血，面色铁青……恐怖的狞笑声连绵不绝地传来。

第九章 / 思温训女 077

萧思温发现她居然还有这点天分以后，就有心诱导，经常会出一些题目，在政事敏感的时期总能把燕燕拴住一小段时间不让她出去淘气。

第十章 / 射柳之争 085

但见你追我赶，咬得极紧，三马齐奔，互不相让，耶律休哥的马却忽然受惊，与萧达凛的马头相撞，这又挡了一下韩德让。燕燕站在高处，气得直跺脚。

第十一章 / 春夜之舞 095

乌骨里羞答答地伸出手，喜隐取过耳环为她戴上，火光映着她的脸，竟是颇为动人。

第十二章 / 狼虎丛中 109

“纵然是天塌地陷，你也要神色如常，就算是最亲近的人，也不能看出你的喜怒哀乐。”

第十三章 / 风声鹤唳 124

皇太叔耶律李胡的举动，更是高调嚣张。他方请了人来喝酒吃肉商议事情，那边太平王罨撒葛便已经得知消息，带了亲军杀气腾腾而来。

第十四章 / 初遇燕燕 135

红衣少女，一头的草梗泥尘，正抬起头来，恶狠狠地瞪住他。

第十五章 / 穆宗遇刺 146

穆宗看着金盆中自己染了半张血污的脸，水中倒映，脸是扭曲的，让他有一种不祥的预感。

第十六章 / 各怀心事 154

这个极端聪明又极端脆弱的疯子，或许不懂朝政也从不肯听进人言，但对于人心的异动，对于危险和阴影竟有一种野兽般的直觉。

第十七章 / 耶律屋质 167

屋质眯起眼睛，看着外面透进来的阳光，心中惨痛，却只能冷笑。他的血已经冷了，比他们想象的要冷。

第十八章 / 皇座怪物 178

罨撒葛看着空荡荡的龙椅，他摸了摸，又似乎被火烫似的缩了手。此时，大殿里只剩下他一人，一种诡异的恐惧笼罩着他，也笼罩着整个大殿。

第十九章 / 姐妹失和 192

接下来的日子简直是一场灾难，胡辇把乌骨里关了起来，乌骨里则以绝食相要挟，并且在燕燕试图劝说她的时候，把她骂了个狗血淋头。

第二十章 / 自投罗网 203

喜隐捧着乌骨里的脸，他对她本是利用，可是这一刻濒临绝境，看到她一片真情，不计生死而来，他的心被揪痛了。

第二十一章 / 千里幽州 215

那两名信使，只顾低头赶路，不觉进了前面山间隘口之处，忽然一支箭从远处射来，正中左边信使胸口，他只惊呼一声，便捂着胸口倒了下来。

第二十二章 / 胡辇救妹 229

罨撒葛微笑的神情顿了一顿。眼前的女子，耀眼得让他心跳都为之加快了。盛妆的胡辇仪态万方地一步步拾级而来，盈盈欲拜。

第二十三章 / 少女李思 242

燕燕站在那儿，呆呆地看着他与李思，大眼睛里一滴滴眼泪落下，神情楚楚可怜，令人心碎。这个富贵出身不知愁苦的姑娘，此刻是前所未有的伤心欲绝。

第二十四章 / 女巫肖古 254

肖古仔细端详着脸上花纹，这些灵纹能使神灵寄身，所以错一分毫也是不行的。忽然间，她从镜子中看到屏风后似乎有不一样的东西。

第二十五章 / 燕云台上 267

这样的眼神，可以让人心甘情愿地溺毙在其中，她只觉得心儿如升上九霄云天，又似泡在了蜜水里。

第一章

辽宫汉女

辽阔的大草原，一望无际，群羊如云，骏马奔腾。芳草如茵，点缀着繁星般的野花。大片的白桦林，层层叠叠的枝叶间，漏下斑斑点点的金光。美丽的河流如玉带环绕，静静地流过。牛群、马群、羊群在草原上自由散落，放牧人粗犷的歌声和清脆的长鞭声，更给草原增添了无限的生机。

在这里生活着一个古老的民族——契丹。

契丹本意是“镔铁”，象征契丹人铁一般的顽强意志，这是一个强悍勇猛的民族。早在一千四百多年前，契丹作为一个中国北方民族就已经出现在《魏书》中。他们兵强马壮，骁勇善战。公元916年，辽太祖耶律阿保机统一契丹各部，建立了契丹国，辽太宗耶律德光在947年改国号为大辽。

军报从遥远的南方，通过一个个信使的接力传送，正飞快地进入上京。

军报送进了上京，送进了皇宫，正在内阁的南京留守萧思温接到后大吃一惊，迅速呈至辽世宗耶律阮。

萧思温虽然才三十左右，但他出身后族审密氏乙室已部小翁帐，是太祖皇后述律平的侄子，又娶了太宗之女燕国公主耶律吕不古，在辽国核心权力阶层的亲贵中，他属偏好汉学的阵营，与一心想推进汉化改制的辽世宗兴趣相投，因此被派为南京留守这个重要位置。

“主上大喜，南边军报，郭威杀死汉帝刘承佑，自立国号为周。河东节度使刘崇逃出，欲杀篡位之贼，却苦于孤掌难鸣，特来请求我朝支援他镇压逆贼。”

世宗闻报击掌笑道：“好啊，这正是我朝挥师南下的机会，且助讨谋逆，师出有名。”

却听得一人道：“主上，南边形势未稳，不妨静观其变。”

萧思温看去，却是北院大王耶律屋质，知道他的身份举足轻重，忙道：“屋质大王，机不可失，时不再来。若是犹豫反复，待得郭威坐稳江山，又或者刘崇等不到援军而与郭威对战失败，我们便师出无名了。”

屋质摇了摇头：“主上，只怕我大辽患不在外，而在内啊。”世宗心中一凛，看着屋质，他明白对方的意思，不禁陷入了沉思。

耶律阮的父亲耶律倍是太祖长子，又早早被立为太子。但耶律阮的皇位，却不是从父亲那里继承过来的。太祖耶律阿保机晚年对汉学执着极深，太子耶律倍受其影响，一心推行汉化。

当时辽国立国未久，各部族长势力仍然强悍。阿保机死后，他的皇后述律平聚拢一批反对汉化的宗族重臣，废长立幼，联手推举阿保机次子耶律德光继位，是为辽太宗。太子耶律倍就这么失去了皇位，接下来被排挤得难以在国中立足，一怒之下抛妻弃子，出走后唐，惨死于异国他乡。

耶律德光继位不久，利用后唐大将石敬瑭欲称帝的野心，得到幽云十六州。一口吞下这么大的汉人疆域，想要稳固地盘，迫使他只能进一步推行汉制，但又要兼顾原来契丹部族的势力。于是耶律德光建立了独具契丹特色的南北官制，北面官以契丹旧制治契丹人，南面官以汉制治汉人。

幽云十六州到手，令契丹国力蒸蒸日上，耶律德光率军南下，入汴梁城称帝，改国号契丹为大辽。但过于激进的政治野心引来反弹，以当时的辽国体制和国力还无法控制这么多地盘，耶律德光最终弃汴梁北撤，死于军旅之中。

太宗死后，述律太后又欲立幼子耶律李胡继位。李胡与旧部勾连更深，已经在辽太宗推行汉化过程中享受到好处的重臣们不愿意支持他。辽国南征军带着太宗灵柩北返时，接到李胡即将继位的消息，耶律倍之子耶律阮乘机联络重臣在军中自立，并率南征之兵回京，与述律太后展开夺位之争。祖孙相持不下，最终耶律阮在耶律屋质的帮助下，正位大统。

契丹立国之后，两次的皇位之争，部族与汉化势力，各赢一次，胜者固然在巩固胜利，败者却也潜伏暗藏，蠢蠢欲动。

因此，耶律屋质这番话，是相当有分量的，更是老成谋国之语。

世宗素对屋质十分尊重，听了此言，与萧思温交换了一个眼神，终于还是铺开地图，考虑良久后才抬头道："屋质，我知道你的意思。自太祖建国、太宗称帝开始，部族一直就是不稳的。可是只要我们开疆拓土、建功立业，给更多族人带来好处，便是有些人不服，又何惧之？"

萧思温也点头："当年太祖建汉城，有诸弟之乱；太宗收南方，述律太后反对。可是最终事实还是证明，他们做对了。就算有部族反对，只要我们坚持下去，待收到成效以后，反对的部族自然会噤声了。"

世宗击案："正是。"

君臣二人说得投机，便摊开地图，察看起来。

屋质面有忧色，本欲再劝，然而见世宗与萧思温说得热烈，旋即又召了数名心腹之臣来商议，只得将此事忍下。

世宗君臣一直说到黄昏，计划初定，世宗就宣负责宿卫的泰宁王耶律察割进来，让他传旨点集各部兵马，聚集于木叶山下，以青牛白马祭告天地祖宗，即南下征伐郭威。

察割应命去准备南征诸事，世宗便去见太后说了些事情，出来后天色已黑，于是持了军报，回后宫与皇后甄氏商议。

甄后正抱着三岁的小皇子只没说话，见世宗到来，便将只没交与乳娘，笑着迎上去，却闻着他身上浓郁的熏香之气，笑道："主上可是从母后处来？"

世宗自登基以来，生活中便带着浓重的汉化痕迹，宫中后妃亦无不迎合他的喜好。如今只有太后宫中，才会有这种酥油、藏香和牦牛粪混合燃烧后的浓郁气味，每去一次，身上气味便是极重。

甄后爱洁，鼻子极是灵敏，屋子里从不熏香，只放些花果闻香。世宗去了别处回来，必是要更衣换帽，去了气味方才进屋，只是今日他与太后一番谈话，颇不愉快，因此心神恍惚，一时竟忘记了，忙笑道："朕去更衣。"等他更过衣服再进来，甄氏几案上换了一碟柚子，乳娘已悄悄地将小皇子抱了出去。

这是甄后立下的规矩，若是皇帝进来有事商量，除了几个贴身侍候的宫女外，其余人都要退出去。

甄后阅毕世宗带来的军报，笑道：“恭喜主上，这正是绝好的机会。昔年太宗的遗愿，如今可成矣！”

太宗耶律德光入东京汴梁，登殿称帝，改国号“契丹”为“辽”，本拟是万世基业，怎奈管理的人手不支，不能约束部属劫掠百姓，以致帝王梦不过数月，就被迫退出汴梁，在回上京的路上一病而逝。

想到昔日，世宗也不禁感慨：“当日我们胜利得太快，竟不曾守住功业，此番……”

甄后便谏：“主上当记得太宗遗言，入汉家地，当与汉家子民推心置腹，与部属军情协和，不可乱来，要善能抚慰百姓、安定民心。”

世宗握住甄后的手，叹息：“当日朕最庆幸的是，能够随先帝入汴梁，也因此，才能够认识了你。”甄后闻言，羞涩一笑。世宗看着甄后，两人成亲已经多年，但她一颦一笑，依旧如当年初见。

耶律倍弃国离家之时，世宗才十三岁，许多事半懂不懂。耶律倍和述律太后的矛盾因推崇汉学而起，在述律太后帐下，自然也没有人敢不开眼给世宗看汉学的书。他就这么浑浑噩噩地骑马打猎，跟着太宗上战场，玩命厮杀，意气飞扬。

那日，他们征伐后晋石重贵，冲进汴梁皇宫大肆杀伐。宫娥内监哭喊逃跑，乱成一团，唯独到了一处宫院，却是院门大开，一个管事宫女率宫娥内监列队而立，整肃有序，见他带着兵将进来，不但没有哭喊逃避，反而整齐行礼，这让那些杀人如麻的兵将怔住了，一时间竟垂下了刀、收住了脚，连大气也不敢喘上一口，都齐齐地看着他做决定。

耶律阮也怔住了，却不肯在手下面前输了面子，只得硬着头皮上前，喝问：“你是何人？率人立于此处，欲为何事？”

那女子姿容也非绝色，只是举手投足间有一股说不出的优雅韵味。

她先行一礼，才微笑道："禀贵人，此处是宫中书库，我等不过是奴婢之流，江山易主，所有财帛子女都由不得我们做主，所以不必逃跑，亦不敢隐瞒。我等实不须刀枪相逼，均可从命。贵人，这宫廷之中不管谁为主，都需要婢仆服侍，但求勿伤我们这些苦命人，有什么事情，尽管吩咐。"

耶律阮从未遇上过这种事，脑子一片空白。

外面哭喊连天，此处却是一片宁静，只觉得似乎置身极为荒诞之地。再看那些宫娥内监似对这宫女极为信赖，站在她身后虽也吓得脸色惨白，却不曾惊慌失措乱了分寸。恰是这份优雅高贵镇静，让他手底下这些野兽般的将士也为之震慑，而不敢妄动。

明明自己才是征服者，可耶律阮站在这女子面前，见她衣裙点尘不染，鼻尖似还闻到幽幽兰香，顿时觉得自己一身血腥尘灰，狼狈无比。他扭头怒喝，止住嗡嗡作声的众手下，努力端出架子，道："既然如此，便留几个人在此看住，我们到别处搜寻去吧。"说完，转身就要逃离。

不想那女子听得他的手下应了一声"永康王"时，忽然叫住了他："原来贵人是永康王。"

耶律阮怔住，扭头问："你认得我？"

那女子看着他的脸，轻施一礼："怪不得贵人眼熟，奴婢以前是后唐宫人，曾经服侍过东丹王，亦曾听东丹王常常提到王爷您……"她轻轻一指书库，"宫中书库还存着东丹王昔年留下的诗稿和遗物，正可交与王爷。"

耶律阮十三岁那年父亲即去国离乡，他没有多少与父亲相聚的日子。不想十七年后，在遥远的南国，听到父亲旧事，知道有父亲遗物，他顿时对眼前的女子升起一股亲近之意。

接下来那宫女甄氏引他入殿，给他奉茶，又将东丹王的遗稿遗书拿给他看，低声说起当年东丹王的一些旧事。

就在这愉快融洽的交谈中，这个被他亲兵把守着的宫院后门悄悄打开，成了许多宫娥内监的避难所。他在一个时辰的品茶论诗后，方听到后院的争执之声。转头看去，发现已经跪了满院的宫娥内监。

在甄氏的请求下，他挥手令兵将们退出宫殿，只留少量人在甄氏引导下，有条不紊地完成了后晋宫中财物接收、人员登记等事项，直至太宗耶律德光来到汴京，入驻宫中，见他打理甚好，索性将宫中之事都交于他。

后来太宗在此登基为皇、龙袍加身、改国号、定仪制，一应流程走下来竟是器物完备、程序分明。太宗大喜，对他大加褒奖，将更多的重任交托。

很久之后，甄氏为他生下儿子，说起旧事，耶律阮这才晓得甄氏并不曾服侍过东丹王，所谓“听东丹王常常提到他”更是子虚乌有。这个狡黠的女子，不过是听说过一些东丹王旧事，预先去库房整理出东丹王散失于宫内的遗物遗作，然后随机应变，来对付他们这些攻入皇宫的契丹将领。

她自后唐到后晋，在宫中混得极熟，历经数次改朝换代更易皇帝之事，一步步升为掌书女史，令大部分宫娥内监心服。所以大军攻入之后，她安抚众人勿要恐慌，听她吩咐，果然保得一宫奴婢的平安。

年少失父的耶律阮，刚开始带上她本是想多听些亡父旧事，却在一次次交谈相处之中，渐渐觉得离不开她了。

起初，他只是把她当成一个普通的随侍女奴，但是，听着她谈及后唐、后晋朝野旧闻，点评着她所见过听过的帝王故事，似给他的心打开了一扇大门。门外头，没有草原行猎，却有王朝统治的权术；没有马刀横行，却有着如何收服人心的谋略。他不禁对她讲起了往事、困顿和迷惘，心结在她温柔而智慧的言语中慢慢化解，他对自己的认识、对朝局的观念看法也变得越来越清晰。

甄氏，逐渐成了他身边不可或缺的存在。

正是有了甄氏的提点，他在太宗于汴梁城称帝的日子里诸事顺遂，得到更多的委任和倚重。直至太宗中途病逝，众将欲扶灵南归之时，也是因甄氏的鼓励，他才有了毅然称帝的决心，提兵与多年来一直极度畏惧的祖母述律太后对峙军前。

所以，在登上皇位之后，他才会不顾群臣反对，执意立甄氏为后。朝野那些议论，他根本就是一笑置之。甄氏已经年过四旬、比他大十三岁又怎么样？是汉女、惹怒后族又怎么样？

只有甄氏，才有一国之母的智慧和才能。

甄氏移了移案几上的物件，摆上地图，与世宗慢慢商议着行军路线、诸部族人员分派、粮草辎重，世宗却不禁想到方才与太后商议之事。

他方说到南征及去木叶山祭庙，太后就变了脸色，说此番祭告祖庙，只能带上世宗的另一个皇后萧撒葛只。辽国历代皇后皆是出自后族萧氏，可世宗继位之后，却立了后晋宫女甄氏为后，大违祖制。再加上世宗推进汉化，伤了许多契丹贵族的利益，更令人将怨恨之意皆指向甄后这个汉家女子。后因甄后相劝，他又只好再将元妃撒葛只立为皇后，双后并立。

世宗听了太后之言，忙道："撒葛只刚生育完，如何要她出门？"

太后亦知他的意思，冷笑道："我们契丹女人长在马背上，就算刚生完孩子就随着马队迁移游牧，也不在话下，更何况撒葛只生完孩子都一个多月了……"

"历次出征，不都是撒葛只留守家里的吗？"

太后闻言更是激怒，拍案骂道："那是你不带她出去……"

世宗见太后生气，无奈叹息："母后，您怎么又拗上了？"

太后只觉痛心，再也忍不住情绪，泣道："长生天在上，当年在述律太后帐中，若没有撒葛只为我母子周旋，为你争得立帐分兵，让你有机会随军征战，培养势力，你我母子早就死了，哪有你今日的皇位？"

世宗无语，当年父亲人皇王[1]耶律倍与述律太后反目，丢下妻儿出走后唐前还留诗一首："小山压大山，大山全无力。羞见故乡人，从此投外国。"述律太后自是怒不可遏，一腔怒火全数倾泻在耶律阮母子身上，母亲带着他们兄弟在述律太后帐下的日子十分难熬。

幸而草原少年长得快，耶律阮十三岁上就娶了由阿保机在世时定下的未婚妻撒葛只。撒葛只是述律太后弟弟的女儿，自幼得述律太后宠爱，有她在述律太后跟前周旋，耶律阮母子的日子才稍好过些。

---

1. 天显元年（926年），契丹灭渤海，改渤海为东丹国，册封皇太子耶律倍为人皇王、东丹国王。

太宗德光虽然夺了兄长之位，却也心怀歉疚，在耶律阮十四岁时便将他带在身边，不久又得分兵立帐，拥有势力，才有了耶律阮之后争夺皇位的资本。他知道母亲的牢骚，不仅是为撒葛只出气，更是因为撒葛只的遭遇令她感同身受。太后与耶律倍的关系，何尝不是撒葛只与他的关系？

撒葛只，她是个好女人，是好儿媳、好妻子、好母亲，也是他的恩人，但是，仅此而已。

他活了二十多年，自父亲出走，一直在述律太后帐下过得浑浑噩噩，得过且过。自从遇上阿甄，他才知道原来世界可以这么宽广，人心可以追求无限，知道历代贤君明主是如何从一无所有到拥有天下，明白那些任由酋长们残杀如牛马一样的奴婢，只要给他们自由和尊严，他们就会成为皇帝的子民，他们也可以创造出汉唐这样代代传国的王朝。

“从小到大，皇祖母像一座大山压着我们，你也罢，撒葛只也罢，都觉得能够在她的手指缝里让我得到一条活路，就已经足够。就算我可以分兵立帐，就算我可以发展势力，可是您知道吗，如果我没有遇见阿甄，那我就不是现在的我……那我这辈子，只能是个辽国的宗室，而不是现在的辽国皇帝。”世宗说着，他并不是要向太后解释，而是此时此刻，在这样的对话中，他才慢慢理清了自己的思路。

“你喜欢甄氏，立她为皇后，昭告天下。这些，我不管，谁教你是皇帝，想怎么样就怎么样！可我只坚持一点，要随我进宗庙告祭祖先的，只能是撒葛只。当年太祖皇帝与后族萧氏有约，皇后只能出自后族三房。”

世宗无奈，只得低声问：“甄氏，真的不能进祖庙？”

太后冷冷地道：“有我在，便不能！”

世宗长叹一声，站了起来：“母后，容儿臣先告退了。”

太后却忽然叫住他：“兀欲，你如今是皇帝了，有些事，你也听不进我这个老母亲的话。你同我说的话，我也不懂，就如同我当初不懂你父亲说的话一般。可是你父亲的教训在前，你要给我记住，一个人，不可以跟他身边大多数人的想法对抗。你如今要推进的新政，你知道会伤了多少部族的心吗？你父亲因为过于推崇汉学而丢了皇位与性命，你现在所信奉的所喜欢的一切，和大家离得太远，最终会让你走上你父亲的路。”

世宗当时不以为意，可是不知为何，离开以后，这句话却一直萦绕在心，叫他不安。

“主上，主上。”甄后见他说着说着，忽然走神，忙停了下来，等了半晌世宗仍未回神，只得轻唤了几声。

世宗回过神来，笑道：“你说到哪里了？”

甄后有些忧虑：“主上在想什么？”

世宗看着眼前的妻子，心里一热，将不安抛到脑后，握着甄后的手：“没什么。”他本想将太后的决定告诉甄后，只是话到嘴边，终究还是没有说出来，暗想南征还有数日，留待明日再说吧。

只是明日复明日，明日何其多，临到所有的东西都收拾好，世宗还是没能够找到机会把话说出口。

第二章

双后并立

离出行只有三天了，甄后所生的小皇子只没却发起高烧。甄后无奈，亲手抱起只没，去寻萧皇后撒葛只。

此刻皇后撒葛只的宫中，早有数名小妃挤在她面前，争相抱怨。

辽国自开国以来，虽然也建立汉城，营造皇宫，但宫廷之中却与汉家宫廷不一样，许多宫殿只起了宫墙宫门，进得内里，却还是依着契丹人的习俗，架起穹庐住在帐篷里。

世宗继位前，曾跟随太宗德光去过汴梁城，亲眼见过汉家皇宫的精致华美，又立了甄后这样一个汉家皇后，于是这辽宫便变得半汉半胡。世宗和甄后所居之处，是汉家建筑，而太后、萧后撒葛只等依旧住在宫帐里头，保持着旧时风俗。这种宫帐却不是普通帐篷，而是一个主帐外围着若干小帐，主帐中又以各种毡幕屏板隔断，倒比宫室更加简捷方便。

萧后撒葛只比世宗小两岁，她出身后族，自幼只学得骑马射箭，看上去充满契丹女人的活力和野性。她一身大红胡服，坐在炕上一手抱着刚出生的女儿，另一只手按着四岁的次子明扆，精力旺盛得不像刚生过孩子没两个月。

在她面前抱怨的几个小妃并非出身后族。昔年世宗在军中征战，撒葛只留在上京述律太后身边周旋，他便收用了几个服侍之人。世宗自得甄氏之后，除了保持对撒葛只的尊重而偶有亲近外，其他妃子连皇帝的衣角都好久没见着了，不免心中幽怨。听说撒葛只此番要随世宗南下，不免都到她面前讨好，又捎带着说起甄后的坏话。

“皇后，听说主上这次又要南征，您可不能再由着那个汉女霸住主上……”

“对啊，她都老成那样了，还这么霸道，这可不行。天皇帝、地皇后，帝后本来就是相等的。那汉女算什么东西！”

“是啊，皇后，您这次可要拿出我们契丹女人的威风来，不可以让她轻视了萧家后族，继续这样专宠下去。”

撒葛只一边抱着女儿哄着，一边儿子还闹腾，哪里有心思听她们聒噪，不耐烦地挥挥手：“你们说够了没有？”

几个小妃正说得起劲，听到皇后的声音已经不耐烦了，慑于她积威，吓得立刻住嘴。

撒葛只看了看这几个小妃，虽然打扮得花红柳绿，却是一脸尖酸刻薄相，莫说兀欲瞧不上她们，便是自己看着也没什么耐心：“你们既知道天皇帝、地皇后，就当知道天地是什么能包容的，哪里还为这一点点拈酸吃醋？你们啊，简直没一点契丹女人的心胸，就算做不了海东青，也不能只学着黑老鸹呱呱呱吧！”

小妃嘬里撇撇嘴：“皇后，我也是为您抱不平啊！”

“我有什么好不平的？甄姐姐聪明有学问，能帮兀欲的忙，能让我们大辽兴旺，她就比我更有资格当这个皇后。”撒葛只心中恼火，说的声音便大了些，却不知甄后带着儿子走到门外，正好听到。门外侍女见甄后过来，才要行礼，听到撒葛只从室内传出的话，看向甄后，见她点头，她们方行礼道：“参见甄皇后。”这亦是提醒室中之人。

撒葛只听到声音，不免一怔：“甄姐姐来了。”扫视一眼帐中几个小妃，诸人刚才说甄后的坏话说得起劲，听到甄后到来，想起世宗对甄后的宠爱和甄后御下的手段，不免脸色都吓白了，忙求援似的看向撒葛只。

撒葛只亦懒得理会她们，只挥挥手，让她们先从帐子的另一边出去，免得与甄后撞上不好看，这边扬声道：“甄姐姐请进。”

她说话方罢，炕上另一头，明扆听到外头声音，顿时兴奋地跳了起来，向外扑去：“甄娘娘——”

撒葛只一伸手，熟练地揪住他头顶的小辫拽了回来，喝道：“乖乖待着不许动。”

这孩子今年四岁，正是最活泼最好惹事的年纪。幸而撒葛只前头已经养过长子吼阿不，那也是个极淘气的。撒葛只在吼阿不身上练过手，镇压起明扆自然驾轻就熟，见他淘气就是简单粗暴的一顿臭揍，因此明扆在撒葛只面前难以翻腾出花样。

前些日子撒葛只月份大了，甄后怕这孩子太淘气影响怀胎，便说将明扆交给她来照顾。

甄后所生之子，也就是世宗的第三子，契丹名只没，比明扆小一岁。甄后道两兄弟在一起可做伴，不承想两个皮猴凑在一起淘气翻了数倍，将甄后的宫殿闹了个天翻地覆。甄后是个斯文人，又初养孩子，单就一个只没还勉强拿得住，这两个凑在一起，饶是她智谋百出，也拿这两个孩子没有办法，待撒葛只坐完月子，便赶紧把这皮猴还了回去。

明扆回到生母身边，又被套上笼头，愈加想念在甄后宫中淘气的日子。听得甄后到来，自然是大为兴奋，叫着“甄娘娘”便从炕上跳下想往外奔。撒葛只一手按住他，另一只手把婴儿交给乳母，便准备起来相迎。

侍女掀起帘子，甄皇后已经牵着只没的手走了进来，见状连忙上前按住撒葛只，劝道：“妹妹别起来，就这么坐着吧。”两人相视一笑。

与小妃们的猜疑不一样，撒葛只对甄后这个比她大了十五岁的“情敌”并没有仇视。自甄后第一天进宫，两人便相处得十分融洽，如姐妹，如母女。这其中虽有甄后极聪明玲珑的缘故，却更因撒葛只一开始便不曾对甄后抱有敌意。甄后只消一眼便能看出，哪些人是可以努力去消融误会的，哪些人是永远不会接受她的示好。

两人一见面，明扆便扑到甄后的怀中：“甄娘娘，我要去你宫里玩。”说着便去拉只没的手：“三弟，我们出去玩。”

只没精神不济，鼻音浓浓地答了声“好”。甄后忙阻止明扆：“好孩子，只没病了，小心不要过了病给你。”

撒葛只拉过只没，摸了摸他的额头：“只没这是怎么了？”

甄后眉头微蹙：“他发烧了，我正想把他托给妹妹帮忙照顾。”

撒葛只会意："是为了南征的事吗？"

"是啊，我这就要随主上南征，可只没这几天他身子病恹恹的。征战辛劳，我怕他年纪小禁不住……"

撒葛只苦笑，摆手止住了甄皇后的话："我明白姐姐的意思，可是这一次，我也要随主上一起南下呢！"

甄后一怔："你刚出月子，怎么会……"

撒葛只轻叹一声，看着甄后，有些为难地说道："甄姐姐，你莫要多心。前几日母后派人同我说，叫我一起去祥古山祭祖……"

甄后一听，便明白了。她太清楚太后对她的看法，当下又问了一句："是单让你去，还是她带你一起去？"

"是母后要带我一起去。"

祥古山祭祖，本就是南征前的一场仪式。如今太后不但自己要去，还执意要带上撒葛只，显而易见是准备借撒葛只的身份来压她，将她排除在祭祖之外了。甄后阅尽世事，如何会将太后这等心思放在心上，只暗叹一声。见撒葛只看着自己的神情带着歉疚，她反而笑了，安慰撒葛只："母后既有这意思，咱们自然当尽孝心，顺着母后才是。"

甄后这一生阅人多矣，一双眼睛看人一眼，便知道如何应对。可以交好的，她自然有手段去交好；不能交好的，她也绝对不会浪费时间。

她深知，太后对自己的观感从来就没有好过。不只因为她是汉女，也不只因为太后同情偏爱撒葛只。最重要也最令人尴尬的原因就是，太后实则与她同龄。

草原儿女生育早，太后十三岁生世宗，而甄后恰好比世宗大了十三岁。她初见太后时，世宗刚刚夺位成功，登基为帝。这对"婆媳"初见面，太后一问她的年纪，便怔在当场。

太后是契丹女子，草原上日晒风吹，本就没什么保养，又生育了数名儿女，经历数次皇位更易。自人皇王耶律倍出走，她便在喜怒无常、片言杀人的婆母述律太后手底下熬日子，老得更比别人快。后世宗举兵夺位，她被述律太后迁怒关押，当时只道生死悬于一发，更是度日如年。

待得世宗继位，她也成为太后时，早已是头发斑白、面容粗黑、满面皱纹了。

甄后是南方女子，本就容貌娇好，十余岁便入唐宫，在宫闱中待了二十多年。虽是宫婢之身，但毕竟是在天底下最富贵之所，吃穿用度皆是上等，学了宫闱中诸多保养秘方，她又聪慧过人，在宫中顺风顺水，地位逐步上升。自后唐、后晋再到辽宫，政治变迁虽多，但毕竟事不关己。

因此年过四十，望之却如三十许人，既有年轻女子的美貌，又有成熟女子的风韵，与太后站在一起，一个是娇花一个是枯树，简直天地之差。

大凡女子，没有不爱美的。那次见面后，甄后一离去，太后便摔碎了自己宫中的铜镜，再也不许甄后出现在自己面前，甚至连甄后所生的三皇子只没，都不肯看上一眼。

太后的心思，别人不知道，甄后却是灵敏地感觉到了。但唯其知道，才更不能对人言。

撒葛只却当真有些为难。一方面她感激太后处处要抬举她、维护她，另一方面她亦知道此事让甄后难堪。她本就舍不得才一个多月的幼女，此刻又见只没生病，想了想，还是道："姐姐，要不然我留下吧。"

"既是太后有意，妹妹还是去吧，我留下来照顾小公主和只没。"

两人正相让不下，却听得外头一个声音："你们都不必相让了，朕自有安排。"

两人听到世宗的声音，皆站起来，侍女掀起帘子。

世宗身后跟着一个贵妇，正是世宗的堂妹、太宗的长女，燕国长公主耶律吕不古。她是契丹开国后正式册封的第一位公主，又曾任过奥姑[1]，身份尊贵，自太宗朝到世宗朝，皇宠不减。

她笑着走进来："两位皇后只管放心去，只没小皇子和胡古典小公主

---

1. 契丹人信奉萨满教，奥姑由地位尊贵的女子担任，在早期契丹社会带有神女色彩。

交给我便是。”

甄皇后知道她刚生了女儿，忙道：“你这刚生完孩子呢，会不会太过劳累？”

“没事，思温要跟着主上南征，回头我就带着孩子直接住进宫里，也不过就是坐镇照料罢了。”燕国公主是萧思温的妻子，与世宗自幼关系极好，这次世宗因两个皇后一起南下，宫中还有年幼的皇子公主，不放心交给小妃，便托她进宫照顾。

撒葛只也笑了起来，劝慰甄后：“姐姐你放心，我们契丹女儿没那么娇弱。公主，这是你……第二个女儿了吧？”

提起此事，燕国公主亦有轻愁：“是啊，我原本巴望着这回能是个小子的，偏又是个女儿！”

撒葛只见状，眉头一挑：“女儿又怎么样？我们契丹女儿，难道弱于男人不成？公主，你也是女中豪杰，便是没有儿子，顶多找个族中过继罢了。难道他还敢有别的心思不成？”

甄皇后嗔怪地拍了撒葛只一下：“好厉害的嫂嫂，思温还没有起什么心思呢，你就给他编派上罪名了不成？”

燕国公主亦掩口笑道：“好啊，我就全倚仗两位嫂嫂了。”

撒葛只也顺势笑了起来：“既如此，你可要给我把宫里看好了。”

“两位嫂嫂尽管放心。”

甄皇后想了想，道：“妹妹既住进宫里，可以把你的两个女儿也带来。我记得大女儿好像四岁了吧……”

“正是，大的四岁了，叫胡辇。”

“你把她接进宫里，刚好可以学学如何管理宫务，反正早晚是要学的……”

撒葛只诧异：“姐姐这话奇怪了，这么小的孩子，如何能学这些？”

甄皇后意味深长地看着两人：“再小，进宫管理宫务，那也是迟早的事吧。”

撒葛只忽然明白过来，与燕国公主相视一笑，道：“就怕我家的小子，配不上公主的女儿。”

燕国公主亦明白过来，想甄后说出这样的话，必是世宗之言。太后亦曾对她吐露此意。她是太宗之女，丈夫是述律太后的侄子，女儿被皇帝许以未来皇后之位，那也正常得很。她拉住撒葛只的手，笑道：“主上和娘娘不嫌弃我家丫头性子野，我自然是愿意的。”

撒葛只微微一笑，另一只手却拉住了甄后。燕国长公主势力不小，甄后自己也有儿子，却说出这样的话，显见得心底无私。旁人眼中，双后并立，想来必是明争暗斗。然而，从甄后与她相见的第一天，撒葛只就知道，她与甄后要的东西不一样。

她们，不是敌人。

第三章

祸起萧墙

公元951年，辽天禄五年，辽世宗耶律阮于祥古山祭祖。

这一次随驾出行的，除皇帝、太后、两名皇后外，还有皇长子吼阿不和皇次子明扆，以及诸王公贵族、文武大臣。

草原少年随军早，这次皇帝祭祖点集出征，连四岁的小皇子都带上了，众亲贵大臣们自然也把家中适龄的子侄辈带上。

祥古山祖殿中，皇帝带着太后、撒葛只及两个皇子隆重祭祖，追封其早亡的父亲东丹王耶律倍为让国皇帝。这皇位本属于耶律倍，却因为述律太后专权，致使他这个原本的皇位继承人远走他乡，死得不明不白。如今，皇位终于又回到他儿子手中，追认了他皇帝的名分。

太后百感交集，竟伏地痛哭不已。撒葛只再三相劝，才扶了起来。

祭祖过后，世宗便令人于行宫内开酒宴，招待各宗亲部族。他计划在此地先停留数日编整军队，之后便要带上战场。世宗继位五年，自觉已经掌控朝政。若能够借此南下机会，或可继太宗当年未了之志，亦可树立自身威望。既然如此，自然要在出征前好好招待这些率部族来的王公亲贵，聚拢人心，也好让诸人在战场上效力。

世宗在前面行宴，甄后则在后帐处理各地送来的奏报，查看地图，好为下一场战争筹谋。心腹侍女为她不平："皇后为大辽日夜操劳，可他们却连祖殿都不让您进去，太过分了。"

甄后饮了一杯茶，摆摆手，不让她继续说下去。见侍女犹不服气，她只笑道："夏虫不可语冰。我才不在乎这些小节呢！"

她已经历过四个王朝，见过无数朝起暮灭。纵帝王将相、皇后宠妃、王孙公子，一时意气，争得再多又能够怎么样？

江山更易，多少显赫的人瞬间如同蝼蚁，化为黄土。她在意的是，她与夫婿的这个王朝能否建立功业，此番能否顺利地借着战争推进改革，最终辽国是否能如她所愿，汉辽一家，绵延不绝。

那时候什么部族、什么宗室，都不会再有人记得了。她踏不踏进祖殿并没有什么意义，她的画像会挂在祖殿让后世祭奠，这才是最重要的。

甄后这样自信地想着，也这样期盼着。她微微仰起脸，笑了。

此时萧后撒葛只的营帐内，又是另一番场景。

长子吼阿不八岁，次子明扆四岁，都极顽皮，自祖殿出来，转眼不见又不知从哪里滚了一身的泥来。撒葛只大怒，让侍女去捉他们洗澡，这俩孩子还不停地逃跑。

无奈之下，她只得亲自上阵。两只皮猴见母亲来了，自然逃得更快。

小明扆正在帐子里撒欢儿地跑着，被撒葛只一把扑倒在榻上，不顾他“啊啊”大叫便抱了起来。撒葛只正欲将明扆交与侍女，转眼便见吼阿不趁她去捉弟弟，悄悄向门外溜去。她把明扆往左胳膊肘下一夹，疾步上前，一把拉住已经一脚踩在门外的吼阿不。

吼阿不不防辫子被拉住，忙护着头尖叫：“啊啊啊，疼疼疼……”

撒葛只顺势一脚踹在吼阿不腿上，吼阿不顿时跌倒在地。

“你一身泥猴似的，要去哪儿？”

吼阿不虽然顽皮，但终究是个八岁小孩，落到母后手里毫无办法，只得赔笑：“母后，前面大宴，父王肯定会叫我的，我先过去了。”

撒葛只放开他的辫子，抓着后领把他揪回帐内，喝道：“去个屁，不洗干净了哪儿也别想去。”

这时内侍小跑着进帐传话：“皇后，皇上有旨，令两位皇子去大殿赴宴。”吼阿不大喜，从地上一跃而起：“母后，您听到了，父皇叫我去赴宴。”

说着就往外跑去，不提防撒葛只拉住他后脖，冷笑道：“洗干净了才准去。”

吼阿不心里不服，梗着脖子顶嘴：“难道今晚赴宴的那些人都洗了澡去的吗？”

撒葛只对儿子们的质问早已驾轻就熟：“我管不了别人，但管得了你。”吼阿不无可奈何，垂头丧气地被宫女们拥着转入后面帐篷。

被夹在腋下的明扆挣扎着手舞足蹈起来：“母后，母后，我也要去洗澡，我也要去饮宴。”撒葛只却把他扔到榻上，瞪了他一眼，笑道：“你，我亲自给你洗澡，饮宴就别想了。”

明扆傻眼了，回过神来便大哭大闹，不停在榻上打滚，叫道：“我要去饮宴，我要吃烤肉，我要喝酒！”

撒葛只没好气地在明扆的小屁股上拍了两巴掌：“不许去，外头那些混蛋喝高了哪里顾得上你个小东西，到时候把你踩成肉饼子。”说完就要拉着明扆去洗澡，不想这孩子今日委屈大了，被打了不但没有消停，还哭得更大声，更是满炕打滚了。撒葛只无奈只得哄他：“你今天要是乖乖的，我明天就让刘解里给你做炸肉丸子，好不好？”

明扆见母亲软了下来，便抽泣着说：“我现在就要吃。”

撒葛只没好气地说：“现在厨子没空。”便叫侍女拿了饼子来给他吃，按着他洗完了澡，见天色不早，又哄着他睡觉。

不承想明扆虽小，却是个淘气的。见母亲不许他出去，便留了个心眼，不再争执，乖乖躺到榻上闭眼装睡，想等母亲睡着后再溜去参加大宴。撒葛只躺到他的外面，轻拍着他，哼着催眠曲。

小明扆虽存了偷溜的心思，但毕竟是个孩子，一天淘气下来早已疲惫之至，在母亲哄拍下竟不知不觉真的睡着了。

他心里存着事，睡得不久，便醒了过来。他也机灵，闭着眼睛，听到母亲呼吸均匀，这才缓缓睁开眼睛，转动眼珠子看了看。撒葛只果然已经睡着，整个帐子里只有远处两盏油灯点着，其他侍女想来已经退出，只留了一个侍女，也已伏在榻边睡着了。

明扆悄悄爬起来，小心翼翼从撒葛只腿边慢慢爬过。刚爬下榻，撒葛只忽然翻了个身，吓得他屏住呼吸，瞪大眼睛看着母亲。见撒葛只继续睡着，没有醒来，他才开心地笑了，忙又捂住了嘴，生怕惊动母亲。好一会儿，见没有响动，他才松了口气，抓起外衣，一路悄悄溜到帘子边，蹑手蹑脚溜了出去。

他虽是皇子之尊，但撒葛只从小对他严厉，已经教会他自己穿衣着靴。出了帐子，他就忙着穿上衣服，套上小靴子，虽然穿了个歪歪斜斜。见帐子里没有响动，他心里得意地欢呼一声，撒开小脚丫子就向外狂奔。

夜色已深，处处营帐透着星星点点灯光，看上去都差不多。他毕竟还是个四岁小童，跑了几步，便已经不知方向，只在营帐中转来转去，竟连出来的营帐都找不到了，迷迷糊糊东撞西跌地找着。

忽然就撞到一个人身上，那人忙抱起他：“二皇子，您如何还不睡觉，在找谁呢？”明扆还未抬头，便已经闻到此人身上一股熟悉的炸肉丸子味道，当下大喜，抬头一看，忙扒住他的衣襟叫道：“刘解里，大帐在哪儿？”

这人正是世宗素日最得用的厨子刘解里，明扆最爱吃他拿手的炸肉丸子。刘解里抱着小皇子，疑惑道：“殿下要去大帐做什么？”

明扆在他怀中还一跳一跳的，兴奋地伸手乱指：“大帐有酒宴，有许多好吃的，快带我去，快带我去！”

“二皇子，奴才带着徒弟们一晚上都在侍候前头的大宴，直到前头传话说不用侍候了，才关了炉火，叫人都散了。您如何这会儿才出来，您是不是……睡了一觉啊？”

这话正说中明扆心事，他顿时懊恼起来，方才明明是想装睡的，为何不知不觉睡着了。这下好了，想了好长时间的大宴就这么没有了，便哇的一声哭了起来：“是啊，我怎么就睡着了呢，我要吃烤肉，我要吃炸肉丸子，呜呜呜……”

刘解里慌了，忙哄劝道：“哎哟，二皇子，您可别哭啊，别哭，别哭……”

明扆一股委屈全都发作了出来，听得刘解里相劝，哭得越发止不住，口中还呜咽着叫道："我要吃炸肉丸子，我要吃炸肉丸子……"

刘解里知他四岁的孩子，上了大宴，也不过是看个热闹，拣着爱吃的菜吃几个罢了，见他哭得厉害，无奈应声："好好好，您别哭，奴才这就给您做去。"

此处原是仆役营帐，大宴已毕，除却主人随侍之人外，其他人皆已经去睡了，所以明扆误入此处，走了半日也无人理会。

刘解里带着明扆去了御厨营帐。大部分炉灶已封，只留着两眼灶备着贵人半夜使用。小徒弟正守着炉火，见师父抱着二皇子进来，依着吩咐重新抱了柴火烧上。刘解里便起了油锅，全神贯注地做菜，小徒弟埋头烧火，油锅滋滋作响，

炸肉丸子出了锅，刘解里端给明扆，见这孩子伸手就去抓，劝他："二皇子，慢慢吃，肉丸子有的是。哎，别用手抓，小心烫，用叉子，用叉子！"

明扆叉起一个肉丸，吹了吹，露出笑脸，美滋滋地吃了起来。刘解里叫徒弟熄了火，正准备收拾东西，却听见外头喧闹之声越来越响，竟隐隐夹杂着"杀人了""快逃啊"之类的喊叫。

刘解里住了手，惊疑不定地问小徒弟："你听着，外头是什么声音？"小徒弟忙走到营门，掀起帘子往外一看，吓得扭头跑回来："师父，不好了，外头火光冲天，远处有……有许多人在杀人呢！"

刘解里大惊，推了小徒弟一把："你赶紧去营帐里，把那些睡着的人叫起来，让他们快跑。"自己回头抱起了明扆："我带小皇子回皇后帐。"小徒弟连忙点头，跑了出去。

别人倒也罢了，这御厨房的人刚服侍完一场大宴都累得狠了，一躺下就要睡死过去，若教人不明不白地杀了，才是冤枉。他们虽是奴隶之身，性命在贵人眼中不值钱，自己却还是珍惜的。

刘解里一把抱起明扆，恐他喊叫，又往他嘴里塞了个肉丸子，道："我带你回去。"说着便向皇后帐跑去，不想才跑出一段，便影影绰绰看

到许多侍卫提着刀子，逢帐便入，逢人便杀。

他吓得不敢近前，又往回跑，一路跑回御厨营帐中。他终究只是个厨子，骤遇大变，竟不知如何是好。这手中抱着的小皇子，便如炭火一般地灼人，不敢抱着，又不敢放了。小明宸素日虽然顽皮，此时也知道发生了事情，口中肉丸子早已经咬成渣了也不敢吞下，只呆呆看着刘解里。

刘解里心乱如麻，搓着手在原地转了两圈，还是抱起明宸，又往他嘴里塞了个肉丸子。此时肉丸子已经炸好半天都冷了，油腻腻的并不好吃。但明宸整个人都呆呆的，又被肉丸子塞住了嘴，不敢哭喊，只得顺从地由着刘解里抱来抱去。

刘解里带着明宸掀开帘子，往外一看，却见一队侍卫已经向这方向搜寻而来，吓得忙又缩了回去。他转了一圈，只觉得怀中的小皇子在打哆嗦，见凳子上有一条旧毡子，便抽了来将孩子紧紧裹住，抱着他从帐篷后面钻了出去。

不想这一出去，一见之下，倒是一喜。御厨营帐之外原本就堆着许多柴火，他生出主意，轻手轻脚取下一大捆，用旧毡子将小皇子裹紧，只露出一个小脑袋，免得他挣扎发出响声，又恐这孩子吃完了肉丸子会说话，便压低声音道："二皇子，外面来了许多坏人，到处杀人。我把你放到柴堆中藏起来，你千万别出声，否则被坏人看到就会杀了你。"

小明宸吓得脸色惨白，连连点头。

刘解里抹了把汗，又恐他小小年纪，不理解"杀了你"是什么意思，一边往他身上堆着柴火，一边低声吓唬："你要是被杀了，就见不到主上，见不到太后，见不到皇后，见不到大皇子了……"明宸瞪着大眼睛，口中含着已经冰冷油腻的肉丸子，只能不住点头。

刘解里一边搬着柴堆，一边低声叮嘱："别出声，别说话，别点头……"他轻手轻脚码好柴火，终于安顿好了这烫手的小皇子，又从帐子下面钻了回去。

他刚钻回去，便见帘子掀开，数名凶神恶煞的黑衣侍卫执刀闯了进来，喝问："你是什么人？"

刘解里惊魂未定，便见一把刀指着他的面门，顿时腿肚子发软，哆嗦着回答："我、我、我……是厨子……我、我、我……"却见那侍卫看着桌上小皇子吃了一半的肉丸子，心中顿觉不妙，急中生智，忙答："我、我侍候完大帐的酒宴，就收拾一下填个肚子……"

那侍卫哪有耐心听他啰唆，直接用刀指着他问道："可有看到二皇子？"说着还比画了一下："这么大的小男孩？"

当真是怕什么问什么，刘解里扶着桌子，哆嗦道："不、不、不知道……没、没、没看到……"

那几名黑衣侍卫扫视一眼膳房，一个侍卫看着刘解里，其余侍卫便拿着刀，到处戳戳弄弄，翻箱倒柜地寻找起来。刘解里苦着脸解释："各位大人，各位大人，我、我、我整个晚上没离开过，真、真、真没人……"

几名侍卫翻找了一会儿，翻不出什么来，就要离开。刘解里见他们已经往外走了，方松了一口气，忽然间一人站住，似乎觉得听到了什么，就要转身。

刘解里心脏都快跳出来了。方才他也听到了这一柴火窸窣之声，或是那孩子惊骇之下动了一动，或是他刚才堆柴火的时候没放稳，此刻这个声音实在要命。刘解里情急之下，退了几步，一屁股坐在方才小徒弟烧火的地方，手扶着灶边的柴火，瑟瑟发抖。

那侍卫果然是听到柴火窸窣之声生了怀疑，循声望去，却是那油腻的厨子坐在柴堆中发抖，顿觉自己被愚弄了，一怒之下，一刀刺出，正中刘解里胸口。刘解里大惊欲逃，却已经来不及了，整个人摔了出去，撞在帐篷边上。他圆睁着双眼，口中"咯咯"作响，想要说些什么，却已经无法开口了。

血，慢慢地流了出来，渗透帐篷，自柴堆中渗了进去。

柴堆中的小皇子，在黑暗中圆瞪着双目。透过柴堆空隙，他只能看到一点帐篷中的灯光。然后，一声惨叫，柴堆上压了一个人。

一股温热带着腥气的液体，一滴滴从柴堆中渗入，浸湿他的衣服，然后慢慢变冷，冷得刻骨。

第四章

察割之乱

这一夜的变故，在辽史上被称为祥古山之变。而事情的开端，从白天辽世宗祭祖之时，甚至更久之前，就已发酵。

契丹本为八部，可汗三年一选，但基本上都出自遥辇部。唐代末年，迭剌部的耶律阿保机成为可汗，可汗位就从遥辇部转入迭剌部。时值唐末天下大乱，阿保机几番南下，除掠得大量汉民充实部族外，亦获得许多汉人谋臣，学得王朝建制之事，竟被极度吸引，心中便起了一统部族，建立国邦之心。因此他在三年可汗任期期满之后，并没有如旧例将可汗之位让给部族其他贵族，而是由自己继续担任。

迭剌部的贵族们本等着轮流坐可汗位置，皆不肯罢休。阿保机的弟弟剌葛、迭剌、寅底石、安端等人先联起手来，准备干掉阿保机夺可汗位。诸弟叛乱很快被阿保机知道并镇压，但诸弟不肯服气，再次反叛，如是者三次。最后阿保机在妻子述律平的推动下，毅然斩杀了数名弟弟。

部族内乱，就从阿保机得到可汗之位开始，多少年以来，一直绵延不绝。

阿保机死后，其妻述律平又恐各部族首领再起波澜，大杀一批部族首领与大将重臣。又因汉辽之争，她将太子耶律倍拉下皇位，改立次子耶律德光为帝，诸宗室大臣慑于她杀人成性，不敢不从。太宗耶律德光死后，述律平又想扶立幼子李胡登基，耶律德光诸子及其他皇族近支皆不敢与述律平相违。只有耶律倍长子耶律阮得甄氏提点，在军中自立为帝。

诸将其实早就不满述律平多年，见有人出头，皆拥立耶律阮。述律太后败在孙子手中，与李胡一起被幽禁于祖州。述律平这一败，原先慑于述律平威名不敢吭声的皇族宗室，顿时有了新的想法。

耶律阿保机的弟弟耶律安端原本就有夺位之心，但此人胆量不大，被阿保机几番教训之后就老实了。在世宗与述律太后相争时，他投机地站到了世宗这边。世宗继位之后，封安端为明王，封其子耶律察割为泰宁王。

但安端野心不息，又与数名宗室图谋叛乱，被耶律屋质所知，报与世宗。察割知情后连忙奔到世宗面前，编了一套假话，说自己忠于世宗，力劝父亲不要谋反，却使得父子反目，只得前来告密，还请世宗饶过他父亲。世宗动了恻隐之心，不但饶过了安端，还将察割留在身边视为心腹，让他统领女石烈军，出入于禁宫，并掌侍卫。

察割怀有异心，时间久了，毕竟掩藏不住，不但被耶律屋质所察觉，也被其他有野心的人所察觉，并加以诱导和推动。

大宴之后，甄后见世宗归来，不但自己喝得酒醉，还把大皇子也灌醉，不禁抱怨："主上，你自己喝倒了不要紧，吼阿不这么小，你就敢给他喝这么多酒，小心撒葛只找你算账。"说着便指挥宫女们服侍吼阿不更衣净面，拿屏风隔开，放到榻床上去睡，自己亲自来服侍世宗。

世宗亦有些后悔，所以见吼阿不喝醉了，不敢把他送回撒葛只营帐，而是带到甄后营帐让她照顾，此时听得妻子抱怨，赔笑道："我也不是故意的，只是一时忘形……你照顾下孩子，明天再送回撒葛只那儿，休要告诉她吼阿不喝醉了。"

甄后嗔怪："那你得答应我，下次自己喝也罢了，不许把孩子灌醉了。"

世宗打了个酒嗝，笑道："嗯，好的，好的！阿甄啊，我同你说，其实我今天，是多喝了几杯……我是心里高兴，但……又不高兴。阿甄，你怎么不问问我，高兴什么，不高兴什么？"

甄后听着他醉言醉语，也没办法讲道理了，只得附和："好吧，你高兴什么，不高兴什么？"

世宗醉醺醺地笑道："我高兴的是……我实现了父王的遗愿，当上了皇帝，我推行新政，得到了拥戴，甚至如今可以挥师南下。如果能够把握这次时机，我们可以……可以再度进入中原。”

甄后忙应：“我知道，我知道！”

可世宗说完，转而握着甄后的手，脸上的表情又是委屈又是愤怒：“可我又不高兴，他们、他们不让你进祖殿，不让你进祖殿……”

甄后见着他如此孩子气的表情，这般委屈愤怒，而这样的表情，是为着她不平、为着她委屈，只觉得心中一软。她叫着世宗的小名哄道：“没事的，没事的。兀欲，你知道的，我并不在乎这些。”

世宗被哄了好一会儿，脸上的表情才渐渐收了，叹道：“你可以不在乎，可我不能不在乎。阿甄，这次南征若是大胜归来，我一定要让你进祖殿祭祖。”

甄后心头一暖，扶着他躺下，笑道：“主上，您现在要南征，就要收拢人心，有些事，能让一步就让一步。”

世宗喝得高了，顿足不平：“朕是皇帝，朕就不想让。谁敢不服？叫他来同朕较量一下，看看是他厉害还是朕厉害。”

甄后笑着哄道：“是啊，主上弓马无敌……”

说到这里，她忽然想到一事，借机劝道：“可是明枪易躲，暗箭难防啊！”

世宗嘟哝着：“你也、你也跟屋质一样，一个是女人疑心病大，一个是看多了汉人的书也像女人一样疑心病大。他、他前几天，还老是同我唠叨着察割不对劲什么的……”

甄后心中一凛：“屋质大王也这么说？我看您是得提防啊，察割和安端毕竟是父子，他表面上投效您，可心里未必就是真的。何况，像他这样的人，能够背弃父亲，更能够背弃您啊！”

世宗反问：“那你说怎么办？他父亲反叛，难道就不给人家活路了吗？”

甄后佯怒：“你给人家活路，人家未必给你活路。”

世宗怔了怔，此时他的酒劲儿渐有些过去，略清醒了些，摇头叹息：“阿甄，我知道，你有你的道理。可是契丹人和汉人不一样，我们没有汉人的规矩，没有谁生来就是王，草原上只靠自己的拳头大，就能称王。从太祖到如今，哪个皇帝任上，没有宗亲谋逆？皇室宗亲里头，有哪个没有父祖兄弟参与过谋逆？要都因为谁的父亲不是好人，他不可靠，就不给他活路，那朕就会成为一个空壳的皇帝。阿甄，你要知道，当年为什么朕自立为帝，能够一呼百应，就是因为皇祖母也是这样疑心病太大，容不得人，所以，宗室就弃了皇祖母而投朕。朕的江山并不稳，我们要拉拢大多数的宗室首领，哪怕他们各怀异心，哪怕他们对朕并不忠诚，但是，只要他们认为朕比别人更宽厚，他们就能依附在我的王旗之下，朕这皇帝，才能够做得久。”

甄后原以为他醉了，不想他竟说出这一番话来，倒是怔了一怔，再看世宗又有些醉意上涌了，便微微闭上眼睛，细想了想他方才的话，虽然有些刺心，却也有领悟。世宗素来不多话，平时她的建言，他是多半听从的。这一番话，想是藏在他心中甚久，又不忍说出来刺了她的心，如今有了几分酒意，这才说了出来。

只是依她历经数朝的经验，世宗的话虽然有理，可用于安抚大部分的宗族，但不能因为其良好的愿望，而忽视了贴身危险。这话，应该怎么说呢？

她思索了下，方缓缓劝道：“主上，您的话是极有道理的，我并非疑心病大，容不得人。只是害人之心不可有，防人之心不可无。我们可以宽待有异心的宗室，但总不能把性命交到明知不可信的人手中啊。既然连屋质都说察割不可信，宿卫之职，就不好再交给他。宁可咱们给他一些更有权柄的职务，更多的封爵和人口，您看如何？”

世宗说了刚才一番话，倒是酒意醒了几分，见甄后坚持，只得应允：“好吧，便都依你。”

甄后不放心，还是敲实一句：“要不然明日您酒醒了，就把察割换了吧。接下去兵凶战危的，我不放心任何不安全的人在您身边。”

“好，明日就把察割换了。”

话音未落，便听得帐外一人冷笑道：“只可惜已经太迟了。”

帝后两人有些吃惊，起来向外看去，帘子掀起，察割一脸杀气，带着一队亲兵走了进来。外面喊杀连声，察割亲兵已经与世宗侍卫厮杀起来。

甄后大惊，站起来斥道：“察割，你想做什么？”众宫女吓得大惊失色，但素日甄后调教甚严，此时虽然面如土色，竟未惊惶失措大叫大嚷。

耶律察割见她厉色，竟是一滞，转而厉声：“你这汉婢，惑乱主上，祸我部族。我今日来，就是为了除你这妖孽，以清君侧。”

世宗本已酒醉，见他进来，一时竟转不过脑子，待见察割拔刀向甄后，这才猛地站起，斥道：“察割，你好大胆子。你可还记得当日弃父投我之时，发过的誓言吗？”

察割决心已下，又如何是世宗的斥责所能够阻拦，转而冷笑：“主上，您是我们大契丹的皇帝，却任由汉女操纵，要把我们契丹人的国变成汉人的国。我虽然曾经发誓效忠于您，但您如今背弃了祖先和血统，已经不能为我们的君王了。”

世宗大怒，张口便骂：“察割，你这无耻的东西……”

甄后知道此时多骂无益，正色道：“察割，没想到你一个契丹男儿，居然也学会了口是心非。你与安端一样是反贼，只不过你看到安端失败了，假意与父亲断绝关系，投效主上，其实一直想图谋不轨，是不是？”

耶律察割被甄后一语挑破，索性也不再掩饰：“怪不得人说，要杀，便要先杀你这汉婢。你太聪明了，你在兀欲身边多一天，我们这些宗族迟早都要被你们清除掉。所以，我们死不如你们死！”

说着，便举刀向甄后砍去。世宗刚才跃起之时，已经拔出刀来，此时便挡了一挡。甄后厉声尖叫：“快来人哪，察割谋逆了，察割弑君了！”

察割大怒，一声招呼，乱刀齐下。

王帐中的惨叫穿出黑暗，回荡在无尽的营帐中，显得格外凄厉，揭开了当晚谋逆屠杀的序幕。

此时百官俱已酒醉，虽然被这叫声惊起几个侍从，但因为都宿于王帐附近，兵马皆在山下，无法救援。而察割早有预谋，伏下兵马，此时便挨个翻找帐篷，或杀或抓。有几个机警反应快的，也只能衣冠不整地带着宿醉不清的脑袋，在少量亲兵掩护下夺马而逃。

惕隐耶律屋质也是察割主要下手的目标之一。但屋质素来警惕，见今晚人人俱喝得大醉，他反而没喝多少，连睡下时也不曾解衣放松，还是穿着外袍，听得尖叫之声立刻坐起，取了刀带着亲兵就往世宗王帐而去。

然而一眼望去，处处是察割兵马，只余少量世宗亲兵还在与叛兵厮杀，他就知道情况不妙了。再见察割提着刀，一身是血从王帐出来，便知道已经无法挽救。

察割心腹手下正举着火把来回找人，屋质一身紫袍十分明显，立刻有人看见，指着他叫道："抓住耶律屋质，抓住穿紫袍的那人。"

屋质是三朝老臣，身历数次夺位之变，岂不知机，立刻带着亲兵趁着黑暗向马厩方向而去，一路狂奔脱下紫袍，亲兵们忙在撤退中剥了一件黑衣侍卫的衣服给他趁乱披上，又借着夜幕抢到数匹马狂奔而去，与山下的禁军兵马会合。

此时百官被察割抓了大半，另一小半纵然逃下山去，然则因为随太后、皇后祭天都带着家属，家属俱也落在察割手中。耶律屋质与仅以身免的几名大臣会合，面面相觑，一时不知道山上情景，竟不知如何是好。

这杀戮、惨叫之声，亦惊动了萧皇后撒葛只。

撒葛只睡到一半，忽觉心悸，正半梦半醒间，听得外头远远传来一声女子凄厉惨叫，顿时吓醒坐起，本能地叫了声："吼阿不——"

此时守夜侍女也已惊醒，听见皇后叫着大皇子的名字，连忙点亮了灯。撒葛只见灯亮了，方想起昨晚之事，问道："吼阿不还没回来吗？"一摸身边无人，心中只觉得不妙，掀被下地，四处张望："明扆呢？明扆去哪儿了？"

外头侍女仓皇进来："皇后，不好了，外面被包围了，到处在杀人。"撒葛只急问："明扆去哪儿了？"

众人皆是不知，撒葛只便令："你们赶紧去找明扆。"

此时已有知情侍卫来报："皇后，察割叛乱，听说已经杀了太后、皇上，还有甄皇后，我们快逃吧！"撒葛只怔了一怔，竟不能明白他说的是什么，脑袋里嗡嗡作响，完全无法判断，只瞪着那侍卫：“你说什么？”

那侍卫只得又道：“察割谋乱，皇后，我们快走吧！”

撒葛只眼前一黑，刹那间只觉得烛火似熄了一熄，营帐内一片黑暗，定了定神，却发现一切依旧，是自己刚才错神了吗？

皇帝死了，太后死了，连甄氏也死了……天似乎塌了下来。她只觉得整个人已经一分为二，一半的身子是麻木的，完全没有办法有反应；另一半却脱离了这个躯壳，仿佛另一个人似的，连声音都是缥缈不定：“吼阿不呢？明扆呢？他们在哪儿？”

那侍卫俯首不敢看她：“之前大宴的时候，大皇子喝醉了，被皇上抱到甄皇后那里去了……”

撒葛只觉得心口好像割掉了一半，麻木了一半的身子，似乎又麻木掉一半，只剩下脖子以上的部位困难地转动着，发出艰涩声音：“那明扆呢，他一直睡在我身边的，他去哪儿了？”

侍女们眼神乱看，却不敢看她，撒葛只的脑子是麻木的，只能想到一点点事儿，那就是刚才睡觉前，明扆嚷着说要去参加大宴。

撒葛只艰难地问：“是不是明扆溜出去了，找他父亲和哥哥？”忽然整个人像木头一样直愣愣地倒下，侍女忙扑上扶住她连声急叫。

好半晌，撒葛只悠悠回神：“备步辇，我要去见察割。”

不顾侍女哭叫劝阻，她只是重复着“步辇”二字。她要去见察割，此时此刻，只有这个杀人凶手能告诉她，她的儿子们是死是活。

几名内侍逃窜着，察割亲兵从后面追杀过来，举刀正要砍下，却见一队侍女拥着皇后步辇，举着火把而来。火光下皇后的面容肃穆沉静，威仪依旧，竟让他们不知不觉放下了刀。

人人都在逃命时，看到一个明知道是去送死的人，总是忍不住怀着几分敬畏。撒葛只一路行来，叛兵们竟不由得停下脚步，退到两边让开。

此时天色刚蒙蒙亮，只见尸横遍地，血腥之气扑面而来。到了世宗王帐前，撒葛只举目看去，世宗护卫和察割亲兵的尸体混在一处。

察割亲兵守在帐前，察割并不在帐中，但他听到消息已经赶了过来，见撒葛只怔怔往里走，对守卫挥了挥手，让她进去。

帐内，是横七竖八一地的尸体，大半是宫女们。世宗的尸体在最前面，他的刀丢在一边，身上被砍了数刀，圆睁着眼睛，表情愤怒而焦急。察割进来之后，必是他先提了刀去抵抗，然后凶手们围杀了他。

撒葛只腿一软，跪在世宗面前，颤抖地伸出手，将他眼睛轻轻合上。这是她的丈夫，她从十一岁起嫁给了他，他就是她的天，她待他如同所有的契丹女人待丈夫一样，照顾他的衣食，牵挂他的安危，服侍他的母亲，生育他的儿女。他对她，与其他王族对待妻子没有区别，他还她以尊重、温柔、位置和儿女的保障，只除了……

她抬起头，站起来，寻找着另一个人的下落。帐中每一个人倒下的方向，都是在掩护着谁？

她顺着方向，一路寻来，直至后帐中，看到了那个倒下的女人。

她仰天倒在那儿，身体怪异地扭曲着。身上伤口是帐内所有人中最多的。这个活着的时候最优雅的女人，死得最为惨烈。脸上被砍了好几刀，看不出曾经的美丽和温柔。上半身几乎被砍烂了，一只手也砍断了，断掌落在另一边，指骨都扳断了。而后窗开着，血从那上面流下来，吼阿不的小身体，一半朝内，一半朝外，挂在窗上。

撒葛只跪下，抱住吼阿不，再也无法站起。可是她还要做一件事，颤抖着手，拾起阿甄的断掌，放在断腕前。

在世宗的尸体面前，她没有流泪，此刻，她泪如泉涌。

每个人都以为她是恨甄后的。她夺走了她的皇后之位，夺走了她丈夫的心。可是，她不恨。

她们是两个世界的人，在第一眼见到阿甄的时候，她已经明白。

那天阿甄对她只说了一句话：“我不会是你的敌人。我们都是兀欲的亲人，要一起帮助他做好这个皇帝。”

而她也只问了一句：“我的儿子，会是皇帝吗？”

阿甄毫不犹豫，点了点头。两只手握在一起，结成同盟。

阿甄没有负她，阿甄到死，都在用生命保护她的儿子。尸体诉说着她临死前的行动，用尽全力拉住了凶手，想让孩子从后窗逃走。所以，凶手在一时无法挣脱的情况下，几乎把她的身体都砍烂了，才把她从自己身上撕下来。尽管，孩子还是没有逃脱，可是，她拼了她的命。

撒葛只坐在阿甄的尸体边，只能颤抖、流泪，却连一点声音也无法发出，恐惧、愤怒、憎恨，堵住了她的咽喉。

她抱住儿子冰冷的小小身躯，只觉得荒谬而不可置信。几个时辰前，他还逃着要她去抓他洗澡，还闹着要去喝酒，可如今，他就这么一动不动地躺在那儿，再也不能笑，再也不能闹了。

有人在问："你为什么来？"

撒葛只抬头，看到了察割。这个杀死她丈夫和儿子的凶手，此刻显得颇为狼狈，一身是血，衣衫不整，撒葛只看了他衣服撕裂和血污的地方，就已经知道，被甄后用性命拖住的人，便是他了。

"我来为我婆母、为我丈夫、为我姐姐、为我儿子收殓尸骨。"

"你不怕死？"

撒葛只盯着他的眼睛，她的眼神，令察割这样的凶手都有所畏惧："我至亲至爱的人，都在这里。若没有他们，生有何欢，死有何惧？"

察割点头："好，我成全你。"

"太后呢？"

"在她自己的营帐里。"

撒葛只看着察割，下一句问话到了嘴边，忽然心跳如鼓，一个猜测涌上心头，竟令她不敢张口。她低下头，捂住了脸，不敢让眼前这个恶魔看出她的心意。

察割忽然问："你的小儿子呢？他去哪儿了？"

心跳得要蹦出胸口了，撒葛只紧紧捂着脸，努力不让自己声音异常："你答应过，让我收殓他们的尸骨。"察割暴怒："我是答应过，可你要是敢不回答，我就让你也变成尸骨！"

撒葛只缓缓放下捂住脸的手，用尽全力握紧，看着察割，只木然重复道："你答应过，让我收殓他们的尸骨。"

察割瞪着她，把刀架在她的脖子上恐吓，当面杀她的侍女。

她咬着牙，却只重复一句话："你答应过，让我收殓他们的尸骨。"

察割已经狂乱之至，一怒之下，那刀便横过撒葛只的颈间，撒葛只倒了下来，脸上仍然挂着诡异的微笑。察割看得胆寒，吩咐手下："一个小孩子跑不远的，立刻给我搜，把所有人全部带到大殿上，看守起来。"他说的，自然是指部族首领大将和眷属，奴隶之流是算不得人的。

这场谋逆，自然不是察割一个人能够成事的。世宗急速推行汉化，早已经得罪各部族大人，这次又强行要部族随他南下征战，更令众人不满。上次众人随太宗南下，虽然直抵汴京，登殿称帝，但好景不长，一路败绩。回到上京，又是一场夺位之战，再加上内部清洗，来来去去，大家的人马损失不少，却没有多少收获。如今世宗还要南下，自然不愿。

察割早就秘密联络了许多部族首领，若非如此，就凭他自己的亲兵，也不能够在这一晚上就控制了全局。那些部族扎在外围，并不参与谋逆，只袖手旁观，然后里头就是察割的天下了。

可是，察割没有控制好局势，让惕隐屋质逃走了。山下驻扎着皇帝的皮室军，一旦屋质指挥着皮室军脱出掌握，事情就难办了。同时，世宗的弟弟耶律娄国也逃走了。世宗还有一支亲军，若被耶律娄国掌握，与屋质联兵，天亮之后，局势就会大变。

察割焦灼地来回走了几步，问："寿安王呢？"

寿安王耶律璟，契丹名述律，是太宗耶律德光的长子，当年太宗去世，他是第一顺位继承人。但是述律太后却强势指定他的叔叔李胡为继承人。老太后数十年积威，谁敢违背？耶律璟不想落得和前任太子耶律倍一样的下场，所以，他退缩了，他忍了。

谁也想不到，耶律阮扶灵北归，居然会在军中发动政变称帝，更令人想不到的是，他居然能够打败老太后，坐稳这个皇帝位。

察割知道，很多人因此而后悔，包括他父亲安端，包括他自己。但最后悔的人应该是寿安王耶律璟了。早知道与老太后对抗能赢，那么许多人一定希望时局重来一次。

动手之前，察割约过耶律璟，表示愿意拥立他为新帝，只要他的兵马和他一起动手。

“兀欲他宠信汉女，推行汉政，和他父亲人皇王一样，从心底背弃了我们契丹的血统，背弃了先祖与八部结下的盟约。所以，他不能再当这个皇帝了。”那一夜，察割约了诸王密议，耶律璟与其弟罨撒葛、敌烈都在场。众人听了这话，纷纷点头。

“我，泰宁王察割，明王安端的儿子，太祖阿保机的侄子，对这种危害家国的事，不能坐视。当初，述律太后看出人皇王背弃祖宗，废了他扶立太宗德光为皇帝。我今天……” 察割顿了顿，看了一眼耶律璟，又道，“我今天愿意扶立太宗长子，寿安王耶律璟为新皇，大家意下如何？”

耶律璟早已看出察割的心意，站了起来，慨然道：“察割，兀欲宠信汉女迷了心智，我们都很不满，所以大家都同意不能让他继续坐在这个位置上。我可以帮你，但是，我没有争位的心思，你另择人为帝，就不要找我了。”

察割再看众人，众人也皆如耶律璟之言。察割自忖拉拢了足够的人手，这才敢动手。他有自己称帝的打算，所以当晚他并不在乎耶律璟的退让。但这一晚的事情脱离了察割原来的预想，察割有些害怕了，他希望拉上其他人与他一起承担。一旦屋质和耶律娄国率兵反扑，他手头必须抓到一个人，如果不是世宗的幼子明扆，那就必须是太宗的长子耶律璟。既然明扆找不到，那就找耶律璟吧。

然而此时，耶律璟已经说服了那些虽对世宗有意见，但对事变持中立观望立场的部族兵马，一起合兵扎营南坡，正式建立了第三阵营。

现在是察割兵马在行宫，屋质率皮室军在山下，而耶律璟的兵马在南坡，形成了三方势力。

第五章

渔翁得利

世宗已死，谁才是新帝？

山下禁军营中，刚刚逃得一命的萧思温与耶律屋质相对而坐，面前摆着寿安王耶律璟送来的信，说察割派人与他联络，欲与他合作，并拥他为帝。耶律璟把这事写给屋质，并将察割的信也附在当中，端的是光明正大，进退有道。恰恰如此，反教诸人为难了。

耶律屋质先开口："你之意如何？"

萧思温沉默着。他从小弓马不好，更用心在汉学上。虽然他的妻子是耶律璟的亲姐姐，论亲谊他和耶律璟关系更接近，但在政治立场上，他更接近世宗的推行汉化主张。

他知道屋质的意思，沉吟良久才说："述律这个人，极聪明而有城府，但，就是太聪明了……"太聪明了，所以心思太多，犹豫反复，不能信人，不能成为一个好皇帝。

屋质点了点头："我打算拥立他。"

萧思温一惊，失声道："一夜之变，我们尚只逃得性命出来，他就有这样的后手等着，分明是螳螂捕蝉，黄雀在后。"他前一句点到即止，相信屋质应该明白。但他没想到，屋质这么快就做出了决定。这个决定对耶律阮太冷血，所以他忍不住把事情挑明了。

此时他不过三十多岁，还不能够完全成为屋质这样冷血的政客。

"我知道。"政变是什么，没有人比屋质更清楚，从阿保机处死他的弟弟们，到述律平大杀群臣，再到耶律阮和祖母对阵军前，耶律家族每一桩政治变革，都要死大量的人，而他都是事后收拾的人。

“就算是寿安王从中插手了，又能如何？”屋质冷冷地说，“这是皇族横帐房的内乱。如今大局已定，无论是你们后族，还是我们皇族，都只能在横帐房中另选贤能。主上已死，大皇子被杀，二皇子失踪。如今血统离皇位最近的就是寿安王，他占尽赢面，只有拥立他才能够尽快平定叛乱，不影响政局。”

所谓横帐便是指皇族之帐，横帐三房，即耶律阿保机三个儿子东丹王耶律倍、太宗耶律德光和幼子耶律李胡这三支。契丹旧俗，可汗之位本是兄弟们轮流坐，因此在耶律阿保机手中，数次发生诸弟不服他久坐可汗之位而与之相争的“诸弟之乱”。阿保机死后，又因为述律太后的插手，让三个儿子都有了继承皇位的名分。

几十年来，横帐三房为皇位争斗不休，亦导致辽国上层始终处于紧张的政治局势之中。谁做皇帝，谁阴谋夺位，屋质无法控制。他唯能在事情发生之后，把部族的损失控制在最小范围。

耶律璟为什么写信来，因为他有野心。借着察割之乱，把中立派全部拉出来，令这拨人不得不与他同进退。此时耶律璟占尽赢面，他又何必和名义上弑君的叛逆察割再行敷衍，所以他反手卖了察割，示好屋质。

屋质和萧思温明知道他的图谋，却不得不吞下他送上的饵。为了尽早稳定大局，屋质甚至要用自己的情面去帮助耶律璟：“我去找娄国。”耶律娄国，世宗的弟弟，也属于最接近皇位的人，只可惜，大势不予。

萧思温长叹一声：“只是，可惜了主上，也可惜了东丹王这一系。”

屋质淡淡道：“终究是横帐三房的事情……”他顿了顿，也有些唏嘘，“汉人有句话叫‘君子不立于危墙之下’，主上急于成事，太不小心了。”

萧思温只觉得心头堵得厉害：“主上也是为了大辽才……唉！”

屋质看了一眼萧思温：“我知道除了你，还有许多人会心中不平，但是，为了大局着急，为了大辽的安定团结，只能如此了。”

萧思温心中乱作一团：“只可惜，只可惜……主上的新政，南征的机会，就这么一起中断了。”

屋质长叹："只怕这一朝，再不会有这样的机会了。"走了出去。

萧思温看着他的背影，想到世宗，脑海中忽然涌上一句话："出师未捷身先死，长使英雄泪满襟。"

他扭头，拭去了颊上的泪。

屋质去找娄国时，娄国是不服气的，世宗死了，小皇子生死不明，那离皇位最近的应该是他。但屋质说服了他。

娄国此时争皇位，没有胜算。目前势力最大的一支，其实是观望中立的这拨。愿意拥立世宗这一系的臣子，现在落在察割手中扣为人质。即使是他现在掌握的皮室军，也有一部分将领的家属成了察割人质。

如果娄国为帝，察割一定不服，到时他握着人质，成败还在两可之间，毕竟这些将领对娄国的忠诚是远远低于世宗的。

这拨观望的人虽然没有参与谋逆，却坐视世宗被杀，那么他们也不会愿意世宗的弟弟坐上皇位，谁知道娄国坐稳龙椅后，会不会追究今日之事？这拨人很容易就会投向察割，或者在察割与娄国的交战中下注他人，这一切以娄国的能力无法控制。必须要战一场死一拨人的结果，正是屋质最不愿意看到的。

娄国无奈，他经历过世宗当年夺位之事，知道没有屋质的支持，他想当皇帝是不可能的。于是他提出一个要求："我要察割的人头，察割不死，我绝不低头。"

耶律璟接到屋质和娄国两边的回复，不禁犹豫起来。屋质的回复，是令他惊喜的。事实上在此之前，他最犹豫的就是屋质会如何抉择。如果屋质不肯支持他，那么两边开打，他是最没底的。这些持中立立场的部族，其实最难控制。他们看似都站在他的身后，其实不过是不想承担后果而选择观望。一旦他没有办法控制两边局势，这股力量随时会崩溃。

为了这一天他策划了很多年，虽然事情的发展有些脱出他的设计。若不是娄国跑了，屋质跑了，那么现在察割已经是一个死人了。

娄国要察割的命，他一点也不在乎，察割本来就是一个要死的人。但是他现在却无法答应娄国。如果察割明知必死，那么他就会疯狂失控，而他手中掌控着这么多的文武大臣、部族首领和他们的家属。一旦这些人死了，屋质控制着的人马也会失控。到时候，他看似赢面在手，但这些中立观望的人就未必完全听从他了。

当年世宗夺位，他是羡慕嫉妒悔恨交加的，若是当日没有退缩，那么也许登上皇位的就是自己。可是此刻，皇位离他只有咫尺之距，他才知道这是一种什么样的压力、什么样的恐惧、什么样的艰难、什么样的分裂。

最好的后果、最坏的后果，在耶律璟的脑海中交织。想得越多，就越想逃开，甚至开始后悔自己迈出的这一步。

“怎么样才能够让察割投效于我，又能够满足娄国的要求？”耶律璟问耶律罨撒葛。罨撒葛是他的同母弟，两人从小感情就极好，这次整个计划，就是两人一起策划实施的。

罨撒葛犹豫片刻：“要不然，我去劝娄国让一步？”

耶律璟摇了摇头：“难，娄国难让，兀欲的死忠也不肯放过察割的，察割迟早要死。”而现在麻烦的是，如果他不保下察割，那察割手中的力量就会失控。

这个时候，帐外来报：“大王，敌烈郎君来了。”

耶律璟眉头一挑：“让他进来。”

耶律敌烈匆匆进来，这个看上去过于机灵的少年，是耶律璟的庶弟。耶律璟虽然拔营而走，却把敌烈留下，就是为了让他在察割营中起到穿针引线的作用。

“大哥勿忧，我已经劝动察割投效您。”

耶律璟站了起来，喜道：“当真？”

敌烈在察割营中的时候，察割已经濒于发狂了。

世宗宠信汉女，任用汉臣，打压部族，惹了众怒。察割自认是为众人出头，第一个伸出手。可是，所有的人却立刻装作不认识他一样闪开了，拉着人马远远地看着他像个小丑一样，满手血腥，走投无路。而山下，屋质和娄国已经在讨论他的死期。

"既然我要死……"察割冷笑着看着被押上来的大臣贵族和家属，"那你们就陪我一起死吧。"

耶律敌烈大吃一惊。他是耶律璟留下观察事态变化的，自然不能够让察割真的发疯，连忙上前劝说察割："泰宁王叔，事情还没到这一步，您忘记了，还有我大哥，他必能保住您的。"

察割犹豫了。耶律璟与他合谋，等他动手了耶律璟却拔营而走，令他进退维谷。这个曾经的盟友，还能信吗？

他看了一眼敌烈，冷笑道："他把罨撒葛带走了，却把你留下，就不怕变乱之中你的性命不保？可见他信任的还是罨撒葛。你现在说这样的话，又有什么用？"

一言正中敌烈的心事，他心中暗恨。然而不管耶律璟待他如何，他却只能和耶律璟同荣共辱，只得笑道："大哥留下我，原是为了帮助王叔的。王叔纵不信我，也当信我大哥才是。"

"他现在与屋质、娄国勾结，要去当皇帝了，我如何信他？"

敌烈拉了他去一边，低声笑道："他能当皇帝，是谁的功劳？难道不是王叔您帮的忙？王叔您自己想想，若是您自认为能当皇帝，就当我什么也没说。若是没有当皇帝的把握，您看谁当皇帝，对您最有好处？您手里这些兵马、人质，不管投谁，都是一大助力。谁又会不给您面子，不给您好处？"

察割顿时心动，他的确有杀了世宗之后，自己为帝的心意。但若局势不利，他自然也是愿意归降的。

"只是……"察割毕竟有些犹豫。

敌烈看出他的犹豫来，劝说："屋质已经同意立我大哥了。王叔想想，娄国手头能有多少兵力，而您手头又有多少兵力？不管是谁，衡量一下局势，也得选择您而不是娄国啊。"

察割终于下定决心："好，你去告诉你大哥，若他能够立誓不杀我，我就降他。"

敌烈大喜，正要走，察割又说了一句："撒葛只骗我，我已经杀了她。但是她的小儿子明扆不见了，我始终没有找到。告诉你大哥，若这孩子在屋质手中，要小心屋质度过这次危机之后，拿这孩子做文章。”

敌烈一惊，明知察割此言不怀好意，却也只能连忙应是，一骑快马，去耶律璟处传信。他与察割交涉，一则为了他这支的皇位，若耶律璟能够为帝，他得的好处，总比别人为帝强；二则他也想借此逃离察割处。见了耶律璟，他便将要求说了，又把察割最后的话也添上。

耶律璟听了这话，倒犹豫起来。

敌烈急了：“大哥，您倒是早点给个决断啊。察割这人胆子小，心性不定，一旦没有及时回复，他害怕起来很容易发疯杀人的，到时候岂不是教别人怨恨上您？”

“他要我立誓不能杀他，可娄国却要他的人头，我当如何应付两边？”

“这有何难，大哥何必亲手杀他，把他留给娄国，让娄国亲自杀他。这样，也不算大哥违誓，娄国又可以亲手报仇，岂不更好？”

耶律璟心中一凛，看了敌烈一眼。契丹人对誓言还是极看重的，他与罨撒葛犹豫半天，便是为此两难之境。不承想敌烈竟如此轻飘飘地把违誓之事，操作得毫无障碍，他顿时生了警惕疏远之心。但此时他还用得着敌烈，故作沉吟：“娄国肯吗？”

敌烈毕竟年少，并不知道此刻轻佻的一句话，竟影响了将来的前途。他见耶律璟和罨撒葛怔了一下，半晌方点头，只觉得这两人均不如自己聪明有决断，更是得意：“我去说服娄国，他必会同意。”

“那么，娄国就交给你了。”

敌烈笑着朝耶律璟行了一礼：“如此，主上这皇位，已经在囊中了。臣弟先贺主上了。”

耶律璟哈哈一笑，拍了拍他的肩头：“你我兄弟，共享江山。”

察割得到回报，这才安下心来，率部归降。

耶律璟营帐前，察割将所有人质交与耶律璟的部下，走到耶律璟面前跪下：“我愿臣服主上。”

耶律璟看着跪在眼前的人，心中激动。这是除了他的亲兄弟外，第一个向他臣服的人。然后，整个王国，都将如眼前这个人一样，臣服在他的脚下。

萧思温率群臣，亦跟在后面，向耶律璟行礼。此时他的心境，亦如屋质一般。既然世宗已死，大势已去，他们身为臣子，也只能尽量去把事情平息，以求最小的损失。却见刀光一闪，察割人头滚落在地。群臣不想事情竟如此忽变，不由惊呼出声。

然而最受惊吓的，还是耶律璟，他本以为一切尽在掌握，哪晓得事情骤变，只觉得心脏收缩，倒退一步，便以为下一刀要冲着他而来了。那一刻心情大喜大恐，险些就要转身而逃。

那杀察割之人，将刀一插，跪于当地，大声道："皇兄，臣弟为你报仇了。"说罢，放声大哭。耶律璟定睛一看是耶律娄国，再看他蹿出来的方向，正是耶律敌烈身后。耶律敌烈笑嘻嘻的，显然是两人早就串谋了。一刹那间，恐惧和愤怒在他的脑海中交织，只想将娄国和敌烈这俩混账一脚踢翻在地，也给他们砍上这么一刀。

宗室耶律盆都是和察割一起谋逆的人，见势不妙，叫道："寿安王，你答应过不杀我们的，难道你要违誓？"

耶律璟冷笑一声，只看了耶律娄国一眼，娄国就跳了起来，叫道："寿安王答应过你们，可我不曾答应过。你们弑杀我的君王和兄长，我岂能不报此仇。这是我自己要报仇，与寿安王无关。"

盆都左右一看，见大势已去，弃刀叹道："我早劝过察割，要么不做，要么做绝。是他心存侥幸，不肯听我的。如今成王败寇，我还有什么话可说！"

娄国见皇位已经无望，索性趁此机会，大开杀戒去报仇。将盆都也抓了，又抓了一大批与察割一起行事的人，全都押下去凌迟处死，将察割剁成肉酱以泄愤，又亲率手下将察割诸子一并杀了。

在这个过程中，耶律璟只看了一眼敌烈，一言不发。

敌烈笑嘻嘻地站在旁边看着，这件事是他和娄国同谋的，但他自忖这么做完全是为了耶律璟。耶律璟要当皇帝，就必须要让娄国臣服，而娄国臣服的条件是杀察割。他私自放娄国进营帐，就是为了帮助耶律璟解决难题。让娄国杀了察割，杀了盆都，杀了所有凶手，令世宗一系泄愤，又不必耶律璟自己动手，招致察割一系的反感。坏人让别人去做，血让别人染上，自己两手干净达到目的，岂不是好。

他没有事先与耶律璟商议，并不是没想到，而是他感觉耶律璟在这件事中，显得犹豫不决。而这个杀人时机，却是最好的。一旦耶律璟真正接受了察割归降，那么娄国再动手，就势必要先得到耶律璟同意，而娄国却根本不打算这么做。

他毕竟过于年轻，意气飞扬，把最难的事揽上了身而不自觉，还得意扬扬，只道诸人皆不如他聪明果断。可他不知道，那些犹豫不决的人，只是想得比他更深远，更顾忌事情背后的利益权衡。

察割伏诛，娄国臣服，耶律璟众望所归，成为新帝人选。他便下令，收殓世宗一家尸体并率群臣上祭，当下先停灵于祭殿之中。众人都已经聚齐，互相询问，但奇怪的是，竟无人知道二皇子明扆下落。

萧思温心中生疑，当下便问："二皇子明扆如今下落不明，寿安王当如何处置？"

耶律璟自问于此事上并没有做什么手脚，然则世宗一系势力仍在，为了安抚这一系，也为了消除娄国的影响，慨然道："我知道你们的心意，明扆是大行皇帝的儿子，如今他下落不明，我必当找到他，视他为子。"

娄国冷笑一声："你可敢起誓？"

耶律璟听得"起誓"二字，想起刚才察割的人头滚落脚边，只觉得一阵刺心，见了众人脸色，当即跪下："我述律，是太祖阿保机之孙、太宗德光之子，今在祖宗灵前起誓，终我之世，一定要找到皇子明扆，视为己子，保他性命，抚育长大，若有违誓……"

他才说了一半，帐外忽然一阵喧闹："二皇子找到了——"

耶律璟大惊站起，扭头看去，却见长宁宫右骁卫将军韩匡嗣抱着一个幼童，闯了进来，叫道："二皇子找到了。"

一夜事变，韩匡嗣与群臣被察割押为人质，直至方才被放出来，才各自去履行职责。他便去指挥军士，清理尸体，恢复日常。

被放出来的御厨们赶着去开火做饭，却见大厨刘解里死在灶间，忙去禀告军士。谁知军士一拉尸体，外头的柴堆便哗啦啦塌了下来，惊呼：“柴堆里有人！”

这一组恰是韩匡嗣分管。他闻声赶去，看到军士们从柴堆里扒出一个被毯子包着的小孩，毯子一头露出个小脑袋，剃得光光的只梳了几条小辫。韩匡嗣接过孩子，发现这孩子浑身被毯子裹紧，一动不动，一声不出。仔细看去，却见小脸挂着一缕已经凝结的血痕，眼睛呆滞，似乎被吓住了。韩匡嗣亦知前头找二皇子已经找得天翻地覆，不及细思，抱起二皇子，疾奔向祭殿所在。却正是耶律璟跪下发誓，要保全二皇子之时，忙送了进去。

耶律璟脸色一变，被身后罨撒葛一推，正要去接，却见萧思温抢先一步，上前抱给屋质。

屋质接过二皇子，却发现这孩子神情呆滞，忙问：“他怎么了？”

“可能是被吓到了。”韩匡嗣轻拍着二皇子柔声唤着。“明扆，明扆，你醒醒……”

明扆这一夜，又吓，又冷，整个人都已经僵住了，被韩匡嗣一路抱着回来，又不停安慰，体温有些恢复，渐渐回过神来。此刻被抱回王帐，见着了几个素日眼熟的人，终于张嘴大哭起来：“有坏人，有坏人，都是血，都是血……”

屋质不会哄孩子，见韩匡嗣有些哄转，便将孩子交给他：“小皇子，不要怕，有臣在。”

韩匡嗣亦哄道：“明扆别怕，坏人已经死了，你现在安全了，安全了！”但明扆毕竟还只是个四岁的孩子，惊吓过后，便号哭不止，口口声声叫着要母后，要父皇，双腿蹬得连韩匡嗣都抱不住。

耶律璟正欲一句话说完，就接受众臣朝驾登基为帝，韩匡嗣此时寻回小皇子，正是功德圆满之际，哪想这个小童哭闹不休，倒弄得众多重臣一起去哄劝他。

忽然间心头火起，握了握拳，想勉强忍下性子，可一股暴戾之气竟是无法压抑，耶律璟大步上前，劈手从韩匡嗣手中夺过小皇子，喝道：“我契丹男儿，岂可如此胆小！”

韩匡嗣还未反应过来，耶律璟已经抱着小皇子明扆大步转到神案后，把明扆的小身体高举起来，那里正摆着太后、世宗、甄皇后、撒葛只和吼阿不的尸体。

“明扆，你看着，你的父王、母后，你的哥哥都已经死了，让国皇帝一系，如今只剩下你了，你是契丹好男儿，岂能如此啼哭不休！”

可怜小明扆年方四岁，本已经是一夜惊魂，稍缓和过来，孩童天性，急欲在父母怀中寻得安慰。众臣皆不敢说，只是哄劝着他，但他不见父母，如何能够平息。他这一夜的经历，不要说是孩童，便是成人也经受不住，本就心魂溃散，此时再看到这人世间最残忍的一幕，小身体抽搐起来，只惨叫一声，就口吐白沫昏了过去。

韩匡嗣急得冲上前一步，抢过小皇子，愤怒地叫道：“寿安王，他还只是个孩子！”

耶律璟却觉得耳根终于清净下来。他刚才也是一时不耐，此刻见屋质和其他几个重臣都面露责怪之色，心念电转，旋而故作痛心地抚胸道：“明扆，你是我契丹男儿，纵然年纪幼小，也不应该只会哭号，你应该有所担当啊！”说着，就要去抱小皇子。

韩匡嗣岂敢把小皇子再交给他，见他来接，急得顺势跪下，朝着世宗尸体伏地哭道：“大行皇帝啊！”

耶律璟接了个空，心头不悦。

罨撒葛机灵，见状忙一拉敌烈等人，一齐跪下：“大行皇帝宾天，国不可一日无主，请寿安王正位大统，吾皇万岁、万岁、万万岁！”

他这一带头，顿时也有几个臣子跟着跪下，稀稀拉拉地叫起“万岁”来。屋质长叹一声，先跪下道：“事已至此，臣请寿安王正位大统，吾皇万岁！”见屋质跪下，众人也都跪下，齐呼万岁。

耶律璟站在殿上，看着所有的人都已经跪在面前，臣服于他，一时间竟不知道是幻是真。他想要说话，却发现自己几乎说不出话来，张开嘴，竟无法发声。他用力握拳，喘息了两三次，才大声道："众卿平身。"

翟撒葛欲张口谢恩，心中一凛，先斜眼看屋质，见屋质不动，又看向韩匡嗣抱着的小皇子，顿时心有所悟，轻咳一声，示意耶律璟去看那孩子。耶律璟顿时明白，想到自己方才确有些冲动，教人动了疑心，当下又朝阿保机画像跪下："我述律在祖先面前发誓，终我之世，当视我侄子明扆如子，保他一生平安，抚育他长大成人，若有违誓，当天诛地灭……"

翟撒葛立刻呼道："主上仁厚！吾皇万岁、万岁、万万岁！"

屋质轻叹一声："主上仁厚。"

这才君臣礼毕。耶律璟亲自扶起屋质，又扶起韩匡嗣："匡嗣，明扆受惊，你医术高明，朕就把明扆交给你了。"

韩匡嗣无奈，只得应道："臣遵旨。"

辽国第三位皇帝耶律阮在位五年，于祥古山遇刺身亡，庙号为世宗。同日遇刺的太后萧氏追封为"柔贞皇后"；皇后萧撒葛只追封为"孝烈皇后"，后又改封为"怀节皇后"；而另一位皇后甄氏，作为整个辽国历史上唯一的汉女皇后，则被众人讳莫如深地不再提起，也没有追封谥号。

辽太宗长子耶律璟继位为帝，即辽穆宗，改元应历。

穆宗继位之后，第一道旨意便是，世宗意外遇刺，皆由南征之事而起，当下罢南征，拔营回京。那拨旁观之人本就不欲南征，见耶律璟之举，顿时放下心来，皆呼万岁。

萧思温和汉臣室坊等，皆叹息世宗之死，见韩匡嗣抱着小皇子，上前看了看那孩子，拍了拍韩匡嗣肩头，此时此刻，只能说一句："匡嗣，小皇子拜托你了。"

韩匡嗣抱着小皇子转了两圈，一时不知如何是好。耶律璟只管把这孩子扔给他，他却得好好安置和照顾。见这孩子仍然昏迷不醒，无奈之下，只得抱着他回到自己的营帐。

一个十余岁的少年见他进来，忙迎上去："父亲，您回来了。"见韩匡嗣抱着一个昏迷不醒的小童，诧异道："这孩子是谁？"

这少年是韩匡嗣的次子韩德让。他此番本欲带着次子随军历练，此时小皇子一时受惊无法安抚，顿时想到了儿子。他把明扆递给儿子："快把他放到床上。"

韩德让接过，看到这孩子双目直愣愣的，惊恐而呆滞，似乎对外界事物毫无反应，一摸额头，惊呼道："他怎么了？全身都冰凉的，是不是冻着了？"

韩匡嗣擦了擦脸上的血迹，叹道："若只是冻着倒好了。"

韩德让把明扆抱到床上，谁知才把人放下，明扆便闭上眼睛，尖叫起来。他正不知如何是好，韩匡嗣已经开了药箱拿了银针过来，连忙吩咐："快按住他！"

韩德让忙抱起明扆，但见明扆小小的身子不断抽搐，脸色惨白，尖叫连连，忙不住安抚轻拍："别怕，别怕，我们不会伤害你的，别怕。"

小小的身躯颤抖着，韩匡嗣连施了几针，明扆才闭上眼睛，好一会儿方慢慢睡着。

韩德让这才有空暇询问："爹，他是谁？他怎么了？"

韩匡嗣神情悲怆："他是大行皇帝的二皇子。"这一句话，便解答了所有。

韩德让打了个寒战，昨夜之乱，他也被押来押去，顿时明白："这么说，真的是谋逆？主上已经死了？"

韩匡嗣阴沉着脸，叹道："不只主上，太后、萧皇后、甄皇后、太子全都死了。"

"全死了？"

韩匡嗣心情沉重地点了点头。

少年的脸，顿时惨白，看着手中的孩子："那他……"

"你先抱着他，他受了很大的惊吓，现在离不开人。"

韩匡嗣看着儿子犹带稚气的脸，心中长叹。韩德让只觉得父亲看着自己的目光越来越严肃，不安地挪了挪身子，只觉得手中的孩子越来越沉重，却不敢放下。

韩匡嗣长叹一声，忽然间想到了自己的童年，也想到了父亲的童年……命运之手再一次伸出机会来。此刻，他只能押上他的儿子。

国难族劫，韩家的孩子，注定没有办法有童年吧。一代又一代的命运，只能苦苦挣扎，于困境中努力，争得一线生机，再多争得一线生机。

韩匡嗣忽然叹道："德让，你今年十岁，对吗？"

韩德让不知所措地点点头。

韩匡嗣咬了咬牙："十岁，不小了，我也应该把你当成大人了。"

韩德让不解其意，看着韩匡嗣。

"你的祖父六岁时目睹父兄被杀，自己被掳为奴；我八岁时，入了述律太后帐下当小侍童；如今，你十岁了……每一代韩家总得有个人出来，承担起全族的机会。德让，从今天起，我就把二皇子交给你了。"

韩德让不明所以，只怔怔地说："好。"

韩匡嗣肃然道："你要把他当成弟弟！"见韩德让点头，他的神情更加严厉，一句句就像钉子，打在儿子的心头："我更要你，把他当成效忠一世的主公！"

韩德让抱着小皇子，怔在当场。他没有想到，十岁这年，把小皇子接过来后，便是一生一世的无法挣脱。

第六章

燕燕驯马

察割之乱，已经过去十五年了。

上京皇城的一处庭院中，窗前垂柳嫩芽初绽。一个红衣少女站在书房窗前，跺脚问室内的中年男人："那么，后来呢？"

北府宰相萧思温悠悠地喝了口茶，问："什么后来？"

这少女正是萧思温的幼女，名叫燕燕。她闻声急了："祥古山事变后来怎么样了？"

萧思温方才有些空闲，被小女儿缠着问个不休，所以说了些往事，此时有些倦了，就说："后来的事，不就这样了？先皇去了，今上继位，察割伏诛，还有什么？"

燕燕却不满意，又扑到萧思温案前："察割是怎么死的？为什么会是今上继位？察割那时候不是把所有人都控制住了吗？还有，小皇子是怎么被找到的？为什么今上不继续推行汉制了？"

萧思温按了按太阳穴，有些头疼。他有些后悔了，早知道这个小女儿从来就是喜欢问上无数个"为什么"，且不满意不罢休，刚才却又第一百零一次惑于这个小丫头一声甜甜的"爹爹你什么都知道"，再加上那双可爱的大眼睛充满信赖地看着他，便不知不觉什么都依从了。

若不是问题过于敏感，他也愿意回答啊，只是——他叹了口气，避重就轻道："我当日听到风声就逃出去了，国不可一日无君，于是屋质大王提议，由众人公议，推举寿安王继位。察割自知众叛亲离，不得已而归降，却被先皇的弟弟娄国所杀。"

燕燕却不满意："娄国是先皇的弟弟，也是嫡出。他为什么不继位，反而是寿安王继位？”

萧思温瞪了她一眼：“你还小，这种皇家之事，不必多问。”

燕燕嘟起了嘴：“爹爹好没意思，从小就告诉我们说要知道皇家之事，要多学习多知道，现在倒说我还小，皇家之事不必多问，这不是自相矛盾吗？”

萧思温被她说得有些狼狈。萧家是后族，萧家女儿自幼便受到以后妃为目标的教养，从小学习各种文化礼制、骑射用兵，皇家之事更是常识教育。萧思温正想用别的话岔过去，书房的门开了，长女萧胡辇走进来，用力瞪了燕燕一眼，斥道：“爹爹一堆的公事，你进来闹腾了半天，还不够？快跟我出去。”半拉半劝地将燕燕拉了出去。

萧思温见姐妹俩走了，方抹了把汗。每次燕燕闹腾，总得胡辇出来，才能够镇压得了这个小魔星。燕燕的问题，他是无法回答的，穆宗自继位以来，大杀群臣，人心惶惶。祥古山之变后不久，世宗的同母弟耶律娄国便以谋反罪被杀，并被下令葬于绝后之地。穆宗的异母弟耶律敌烈亦成了娄国同谋而下狱。太尉耶律忽古质被以谋逆之名下狱处死，国舅政事令萧眉古得、宣政殿学士李澣等人图谋南奔而被杀被杖。

次年阿保机第三子耶律李胡及其子耶律宛、郎君嵇干被密报与耶律敌烈一同谋反，又牵连至太平王罨撒葛、林牙华割、郎君新罗等，于是又一轮杀戮削权。到穆宗第九年，又有耶律敌烈与前宣徽使海思及萧达干等谋反；第十年，政事令耶律寿远、太保楚阿不等谋反。

数年间宗室谋反、重臣谋逆，此起彼伏，不能平息，连穆宗的亲兄弟亦无法避免牵连。这一切，又如何能够向那个天真的孩子说明？

胡辇阴着脸，拉着燕燕一路出去。燕燕走了两步，回过神来拉着胡辇的手摇晃着撒娇：“大姐，我还有话没问完呢。”

胡辇对她的抵御力可比萧思温强多了：“能回答你的，爹爹自然会回答。不回答你的，就是不能说的。”

燕燕愣住了，没想到竟然在一向温柔讲理的姐姐口中，听到了这种

“不讲理”的回答，气得跺脚。

胡辇却微微一笑，看着燕燕的眼神，似看着一个不懂事的孩子。从小燕燕就知道，一旦胡辇露出这样的表情，她再耍乖撒娇也是没用的，耍赖闹腾更是无效。想了想，她退而求其次道：“大姐，我还是想问——”

胡辇警惕地看了她一眼，这孩子声东击西的小把戏，她可不会上当。

燕燕忙举手表白：“我不是问那个，我问别的……”

胡辇瞪着她，试图让她明白最好不要纠缠太久：“问什么？”

燕燕已经到了嘴边的话连忙知趣地改了：“问……我想问，为什么撒葛只姑姑有谥号，甄皇后没有谥号？”

胡辇听了这话，也怔住了，好半日才道：“你怎么会问这个？”

燕燕眨巴眨巴眼睛：“因为我奇怪啊。”

胡辇看了看燕燕，却不回答，反问：“那你觉得，她为什么没有谥号？这些年来，也没有人提起她？”

燕燕想了想，犹豫地说：“是不是……因为她不是后族，是汉女？”

胡辇沉默了片刻，摇摇头：“不完全是。”

这一刻，她有丝恍惚，想起当年随母亲燕国长公主入宫见到两位皇后时的情景。那时候她不过四五岁，许多事都不记得了，但唯有与甄后的那次见面，至今难忘。

美丽、高贵、优雅、睿智，她第一次感觉到这些词的真正含义是什么。当时她只是一个小小的孩童，甄后正与别人在说话，她在甄后宫中待了不到一刻钟，就被宫人们领出去玩了，可她仍然感觉到自己没有被忽视，甄后百忙中会冲着她微笑，关注着她的情绪，不像素日母亲惯常领她去的贵妇府第中那样被当成小孩。虽然在那些地方，她也被一群贵妇人围着赞美奉承，可那些人说话时，眼神是在她母亲身上的。

甄后永远也不知道，多年以后，这个小女孩仍然记得那仅仅一刻钟远远望着她的情景。而且，在以后的日子里，会不由自主地模仿着她的一举一动。但是……

胡辇收回心神，看着眼前蹦蹦跳跳的妹妹，下意识道：“因为……她是个异类。”

“异类，什么异类？”

“异类，就是跟大家不一样。”

不管是甄后的衣着言谈举止，那种契丹贵妇口中不喜欢但私底下暗暗模仿的“南蛮子味”，还是她让世宗皇帝为她神魂颠倒不惜违制的魅力，还是出于把世宗推行汉化的事情迁怒到她身上等原因，甄后在大部分契丹贵族眼中，都是异类。她和别的女人不一样，纵然契丹女人上马能骑射，管理部族也是一把好手，可是这样积极插手政局变动，甚至改换制度，还是她们素日想象不能的。

燕燕问：“怎么不一样了？”

“这却不是三言两语能说的……”

胡辇拉着燕燕坐在回廊上，细细地将甄皇后的事说了一遍，又将立国以来，萧家女为后妃的许多旧事亦细细剖析。后者作为家族史，本是燕燕小时候的功课，可那时听到的要简略得多，也遗忘了不少。此刻听着那些老生常谈的“常识”，在姐姐口中，又多了重新意。尤其是应天皇后述律平的许多旧事，更让她陷入了沉思。

胡辇说完，见妹妹托着腮，煞有介事地沉思着，不由好笑，推了推她：“你又在想什么呢？”

燕燕回过神来：“大姐，其实你不觉得，老太后她也是个异类吗？”

“胡说，老太后辅佐太祖太宗开国建功，是贤妻良母，而且顺应旧俗，得部族拥戴，如何会是异类？”

“说什么老太后不喜欢人皇王喜欢汉学，所以让部族改推太宗，可是太祖手底下好几个汉官都是老太后推荐的啊。现在许多汉化举措都是太宗继位时干的，其实老太后还是推了一个喜汉学重汉制的皇帝啊。我觉得，老太后对太宗也不见得偏爱，他们不是经常意见不合吗？太宗南下，老太后不是很生气吗？”

胡辇一时回答不出来，反问：“你这孩子，这些话是从哪里听来的？”

“哼，姐姐看不起人，难道我不能自己想出来吗？老太后杀诸弟，给太祖出主意灭七部首领，推荐汉官，在太祖死后大杀各部族长，哪一点顺应旧俗？哪一次对部族手软过？她不依太祖遗诏废东丹王改立太宗，逼东丹王死在外邦……”

胡辇急得捂住她的嘴：“你这小祖宗，怎么什么都敢说？咱们家的人，怎么可以非议老太后呢？要叫族里其他人听到，非得打你一顿不可。”

燕燕拉开胡辇的手，不服地说：“我哪里非议老太后了？再说，以老太后的为人，就算她活着，也不怕人非议。”

胡辇恼了：“你不怕，我怕。”

燕燕诧异，她天不怕地不怕，只怕姐姐，未承想姐姐竟也会怕：“你怕什么？”

胡辇拉着脸：“我怕你胡说八道，连累爹爹和家族。”

燕燕扑哧一声笑了：“我们家是后族，怕什么连累？”

胡辇看着这胆大包天不知愁的傻孩子只觉得头疼万分：“我们虽是后族，可后族却不止我们这一房。如今主上多疑好杀，纵然是皇族后族，死在他刀下的也已经不少人了。那年闹出投南朝的案子，太尉耶律忽古质处死，国舅政事令萧眉古得被杀，你那时候虽小，但我也告诉过你。”

“那不是他刚继位的时候心里发虚吗？自太祖开国以来，哪次更换皇位不杀人。等坐稳皇位，他才不会这么傻继续结仇呢。如今这几年，不是杀得少了吗？再说，谁不在背后说他，天天喝酒睡觉，累得爹爹每天帮他处理政事，难道他不清楚？爹爹又不谋反，又不南投，他要再乱处分爹爹，谁还会给他干活啊？”

胡辇瞪着燕燕，只觉得这个妹妹越来越难管了。萧家是后族，女儿多半匹配王室，不是嫁给皇帝便是嫁给诸王，因此从小文能管理部族，武能统兵打仗。可惜这样的教育落在燕燕身上简直是灾难，学好武艺让她增加了上房揭瓦惹是生非的本事，学好汉家典籍让她歪理多多。

胡辇只能如之前数次一样转身就走：“不管你怎么说，反正这样的话，我不许你出去讲，若是让我听到，便让爹爹禁你的足，不让你去春捺钵。”

燕燕只能徒然在她身后跳脚：“哎，大姐你不讲理，从小你不是说跟我讲道理吗，不能讲不过就要蛮横。”

胡辇声音遥遥传来：“我就要蛮横了又怎么样，就凭我是你大姐。”

燕燕看着胡辇的身影拐过回廊出了院子，再叫也是无用了，气得跺了跺脚，追出院子。胡辇自然不会留在原地等她，而她也没胆子去胡辇院子里打断她管理家中事务。

这时另一个黄衣少女奔了过来，叫道：“燕燕，燕燕，不好了。”她长得与燕燕有四五分相像，但比燕燕略高略瘦，已经显出少女修长的身姿，不似燕燕脸圆圆的还有些婴儿肥稚气未脱。她是萧思温次女萧乌骨里，与燕燕只差两岁，素日里最是要好：“燕燕，不好了，仙河得了匹乌孙国进贡的好马，要在春捺钵上压我们一头呢。”

耶律仙河封号永徽公主，是皇族近支，从小和燕燕及乌骨里十分要好，也是从小掐架到大。上次燕燕在秋捺钵中压了她一头，她憋着气鼓足劲，这次刚好得了好马，便有心要在春捺钵上讨回这面子。

乌骨里听到，心中不安，悄悄跑去耶律仙河家打探情况，忙回来告诉妹妹：“她那是匹红鬃烈马，听说叫什么火狮子，十分厉害。今天早上她牵出去赛马，把其他几家的马都抛在后面了。”

燕燕也紧张起来：“二姐，你那匹黄骠马是不是也输了？”

乌骨里失口：“你怎么知道？”说完她也明白了，她们从小打闹到大，若是仙河赛马，她知道了必定会先去试一下。乌骨里苦着脸：“我的马输了，而且输得很惨。燕燕，怎么办呢？这次春捺钵咱们要丢脸了。”

燕燕心里也着慌，抬头看乌骨里的眼神似有话说，忙问：“二姐，你是不是有主意？”

乌骨里左右看看，把燕燕拉到一边，鬼鬼祟祟地压低了声音：“你知不知道，前天咱们家头下军州[1]送来一批好马，咱们要不要去看看，有什么好马没有？”

---

1. 辽国地方行政组织，由宗室外戚大臣及部族首领中立有战功者，以其所分得或俘获的人口设置的州，是一种军事行政的联合组织。

燕燕诧异地看看乌骨里："咦，你怎么知道的？"

家里的事，居然有她不知道而乌骨里知道的，真是奇怪。

"大姐不叫告诉我们呢，听说这批马还没驯过。是重九听福慧说的。"重九是乌骨里的丫鬟，福慧是胡辇的丫鬟。

"那咱们快换了衣服，现在就去看看。"

乌骨里正有此意，她二人从小到大，惹祸生事时，总喜欢拉上对方，惹祸威力加倍，事后责罚却能减半。

两人各自换了衣服，去了城西马场。这次送来的好马果然很多，然而马场管事跪在地上磕头，任由两位贵人威胁地把鞭子挥得呼呼作响，就是不肯下令开马场门，让她们进去。

素日春秋捺钵上，也会举办一些活动，放出未完全驯服的马，给这些贵族子弟试试身手去套马驯马，但那些都是经过基本筛选已经半驯养的，性子过烈不能驯服的野马烈马，都不会在其内。而这批里有一匹野马性烈如火，竟把同马厩的其他几匹都咬伤了。他清楚眼前两位姑娘的性子，若实说了，不但阻止不了她们，反而会更招得她们起意去驯服。

燕燕见乌骨里威胁了半日，那管事只是一味推诿求饶，却一点也没打算放她们进去，不耐烦地道："二姐，别理他了，咱们自己进马场。"

燕燕指挥着几名侍女，解开马场栅栏走了进去。

那马场管事见状不妙，连忙使眼色给底下人，悄悄去通知大姑娘胡辇，这边忙做手势，教里头的马奴赶紧给那匹最暴烈的黑马送草，堵上那匹马的嘴，免得太过活跃叫起来让姑娘们看到，自己则苦着脸跟在后面，努力想把她们引向安全的地方，却不知道两姐妹从小到大惯会做大人不让她们做的事情，只要谁试图把她们往某方面引的意图略强烈些，她们就会惯性地朝着反方向去。

那管事一扭头，看到两姐妹正往那黑马所在的马厩奔去时，不由大惊失色，一边叫着："二位姑娘，那里去不得——"一边追了过去。

燕燕姐妹小跑着从一排排马厩跑过，极其精准地停在了那匹黑马前面。"瞧这马头，瞧这眼睛，瞧这骨架，瞧这毛色……绝对好马！"燕燕痴迷地看着。

“这马厩只有这一匹马，左右两边马厩的马都不敢靠近，这马性子一定很烈。”

“马倌只给它添草，别的马都没有，肯定是要堵上它的嘴，我很想听它嘶叫一声。”

“对，好马听叫声就能知道。”

旁边马倌听着她们谈话，额头的汗越来越多，手都开始发抖了。两位大小姐上前，挥手叫他让开。

乌骨里亲手给那马喂草，燕燕却从手帕里掏出几块果饴果脯，用小刀割得极小，走到马栏边，见乌骨里已经喂了一番，才道：“二姐，现在轮到我啦。”

乌骨里见她托着那果饴，便已经后悔：“哎呀，燕燕，我怎么没想到呢！”

燕燕手托着果饴，递给那马，那马吃了一会儿草，正是餍足之时，闻到糖香，忙伸过头来，将燕燕手中果饴舔得干净，更温驯地低下头来，让燕燕轻抚它的脑袋。燕燕摸了会马头，又摸摸马背，喂了几块果饴以后，见那匹马一副舒服的样子，扭头道：“二姐，你要先来吗？”

乌骨里摇了摇头。她姐妹俱是从小骑马，对马性亦是懂的：“不必了，它吃了你的饴糖，你去驯它更好。”

燕燕灿烂地一笑：“好吧，那下次有好马，你先挑。”看那马浑身俱黑，唯四蹄雪白，扭头问：“这马可起名字了？”

马倌忙道：“不曾呢。”

“那就叫它乌云盖雪吧，以后它就是我的啦。”说着，燕燕就转身进了马栏，一边轻抚着马，一边解开系在柱上的缰绳，趁着马松懈下来，翻身上了马背。

这匹未驯养过的野马，虽然被套上马缰赶到上京，但终究野性未驯。见有人骑上马背，又被放开缰绳，立刻长嘶一声，跃出马厩，放开蹄子狂奔乱跳，要将马背上的人甩下来。

燕燕紧紧抓住缰绳伏在马背上，一边柔声安抚，一边拿仍然带着果饴味的手给马闻。马被人骑上，出于动物的本能受惊而跑，但它本来就吃得饱了，又吃了糖，再觉得马背上的人没有危险性，马蹄就渐渐放缓。

燕燕见它放缓了步子，忙又拿了一块果饴去喂，如此再三，那马居然没有继续发作，仿佛认可了让这个无害的小姑娘继续待在它的背上。

但听得马铃声响，乌骨里带着侍女骑着马也追了上来，见那匹马已经慢了下来，高兴地叫道："燕燕你真行，这么快就驯服了烈马，果然还是我家燕燕最能干最聪明了。"燕燕得意扬扬地听着自家姐姐吹捧："那是自然。"

不顾马场主管苦劝，燕燕就要骑了新驯服的马直接回府，她打算趁这几天与新伙伴加强一下感情，这样待春捺钵时，便可压下皇族后族众女，一举夺魁。

燕燕骑着马，与乌骨里及众侍女们得意回府。不想刚出马场，转入街市，忽然听得一下鼓声巨响。

附近是西市，很多时候用来处斩犯人。通常杀人前会在西市口有三通鼓响，以吸引众人围观，达到威慑目的。近年来穆宗杀人渐多，所以这种鼓声巨响，众人听得熟了，连骡马都不惊。

不想燕燕今日所骑的这匹乌云盖雪，从来不曾听过这种如巨雷般的声响，对它而言直如天塌地陷、山洪暴发。这马本来就性野，刚才吃饱了懒得计较，并不算真正驯服。此时闻得巨响，野兽对于危险本能的恐惧让它惊跳起来，长嘶一声，不辨目的地乱奔起来。

燕燕惊叫一声，前面就是街市，行人众多，这马要闯到那里，可不就惹下大祸了吗？她使出吃奶的力气用力勒马，可哪里能勒得住，眼见那马直奔过去，无奈之下只能硬生生把马头往另一个方向扭去。

乌云盖雪本就性烈，此时受惊之下，更是暴怒起来，只一味乱闯，随便朝一个方向就径直奔了过去。

燕燕已经顾不得许多了，脑海里只有一个念头就是"勒住它别让它伤人"，被这匹野马越带越远。只听得乌骨里大叫："燕燕，燕燕……"又似听得大姐胡莑在叫。

她模模糊糊地想，自己大概是太怕大姐了，所以把二姐的声音也听成大姐的了。却不知道身后，正是胡莑骑马追来。

原来她姐妹在马场捣乱，马场主管一边敷衍，一边连忙派人通知大姑娘。胡莑闻讯大急，连忙将手头事情匆匆放下，换了骑装就追了出来。

这一来一去耽误时间，等胡莑追来，就看到这惊险之至的一幕，见乌骨里吓得惊声尖叫，胡莑不及吩咐，催马急上前，叫道："燕燕，燕燕不要怕，姐姐来了……"

只是她这马却不及燕燕的马快，眼见前面快到刑场了，今日刑场要斩首一批犯人，守卫森严，燕燕撞过去只怕是凶多吉少。

第七章

韩子德让

有人驰马赶来："胡辇，出了什么事？"

胡辇听得这声音顿时叫道："快追，燕燕的马惊了，前面是西市。"

那人一听顿时明白："我去截她下来。"又道，"你们绕另一条路去前头截她。"胡辇连忙应是，那人一催马头，追了上去。

此人的马可比胡辇的神骏，竟不亚于乌云盖雪。他直追上去，手中软套甩出，就要截下惊马。不想这乌云盖雪野性极大，见有马追来，更觉得是一种威胁，再加上西市各种气味混杂，令它理智大失，竟奋起加快腿力，直冲入西市刑场。

此时，西市口一片肃杀。有几个南逃的家族被抓回来，全族皆诛。刑场上悲号连天，数十名犯人被拖上刑场，有白发老者，也有总角少年，外面还有妇人孺子围成一圈哭号。

那监斩官也甚是头疼，任谁也不想来接下这一摊事情，眼见时辰将到，便要下令问斩。忽然间外头大乱，监斩官眼皮一跳，心中暗忖难道有人想劫法场不成，当下更不犹豫，一拍桌子站起来高叫："立刻开斩！"

号令一出，刽子手们顿时一齐挥刀，刹那间人头飞落，血光冲天，惨叫之声摧人心肝。此时西市已经有兵士上前挡马，却纷纷被马踩伤踏过。只是这匹马被挡了这几挡，又跃过栅栏，已经力弱，再闻得前面血气冲天，本能地后退，又撞到栅栏，终于停了下来。

燕燕已经被颠得不知方向，更不知道到了何处，见马终于停下，连忙勒住了它，这才松了一口气，抬起头来。

不想却正撞见这漫天血光，数十人头被斩落在地，饶是她素日胆大，但终究锦衣玉食，何曾见过这个，只吓得心胆俱裂，惊叫一声摔落马下。

乌云盖雪本已疲累，亦被这冲天血腥之气吓住，见她滚落马下也不再跑，就这么驯服地贴在她的身边。那监斩官见这少女闯入刑场，却从马上跌下，身后亦无其他异动，暗松了口气，转而大怒，拍案高叫："来人，将擅闯法场的同党拿下，一并处斩！"

兵丁就要冲上前去抓起燕燕，燕燕已经吓得双足发软，脑子一团糨糊，哪里还能反应过来。就在这最凶险之时，一人喝道："且慢！"

一个锦衣青年骑马而来，一跃下马，朝监斩官拱手赔笑："大人恕罪，她并非有意，只是烈马失惊，误入刑场，并非擅闯，还望大人见谅。"

监斩官看这对男女衣着不凡，前后两匹马俱是神骏异常，上京地界贵人多如牛毛，不晓得两人是何等出身，不好随便得罪。便收起威风，问道："你是何人？敢来求情？"

"晚生是太祖庙详稳韩匡嗣之子韩德让，今为皇子贤伴读，这位姑娘是思温宰相的幼女。"

监斩官听得前一句心中冷笑，就要发作，听得后一句顿时又将发作之心按了下去。他是后族旁支，区区汉官之子，岂会放在眼中，但一听是思温宰相之女，便知道不能治罪了，心中暗恼这小子话讲得一惊一乍，没好气地摆摆手："赶紧走。"

韩德让忙谢过监斩官，转身扶起燕燕。燕燕素日胆大包天，但自幼娇生惯养，大猎时杀动物见过，这么大规模地杀人却是只听过，未曾亲眼见过。骤惊之下，竟是吓呆了。

看到韩德让扶住她，她才吓得哭了出来，整个人扑在他怀中："德让哥哥，我、我……"

"没事了，燕燕，我们走吧。"韩德让见燕燕受惊，不敢让她再独自骑那未驯之马，扶起她与自己共乘一骑离开。乌云盖雪也不再闹腾，乖乖跟在他的马后面。

胡辇与乌骨里也已急急赶到，见两人出来，胡辇松了口气："德让，燕燕没事吧？”

“她没事，只是受了惊吓。”韩德让说着就想扶燕燕下马，交给胡辇，但觉得怀中燕燕整个人僵直，知道她必是受惊过度，此时西市仍然嘈杂不已，恐有不安全，便道：“我先送你们一起回去。”

胡辇亦是看了出来，忙点头：“正好，有劳你了。” 到了府前，胡辇下马之后，扭头见乌骨里已经下马，燕燕却一直拉住韩德让，忙上前问：“这孩子怎么了？”

“她应该是受惊过度，还没有恢复。”

胡辇一怔：“这么严重？”

她见燕燕又闯祸，本是极为生气，有心教训的，但见她如此又不免疼惜，想先带她回家待恢复之后，再行处置。不想燕燕此番连胡辇叫她也没有反应，只拼命拽着韩德让不放手。

燕燕并非胆小的姑娘，但此刻脑海中一片混乱，心怦怦跳得厉害，竟是一时无法回神。刚才眼前血光、耳边惨呼萦绕不去。她从未遇到这样的情景，竟是神不守舍。

胡辇劝了两声，见燕燕不动，在韩德让面前便觉得有些尴尬，只得向韩德让赔笑：“实在不好意思，德让，还要劳烦你和我一起送她进去了。”

“也难怪她，刑杀之地，别说她这样的小姑娘，就算是赳赳男儿，也有被吓到的。”韩德让是汉臣韩匡嗣之子，萧思温从小喜欢汉学，与许多汉臣极为交好，因此两家常来常往。韩德让从小便与她们三姐妹熟识，故而在路上一见之下，就来相助。

将燕燕送入房中躺下后，胡辇忙叫人去请御医用定神的汤药，一边又叫人去请族里女巫替燕燕收惊。

燕燕到了自己房中，方哇的一声哭了：“大姐，二姐，好多死人。”

胡辇心疼哄道：“没事，没事，都过去了。”

乌骨里边哭边骂：“你这笨蛋，还没驯好的马就敢骑，刚才吓死我了，你知不知道？”

胡荸嗔道："她都已经知道错了，你还要骂她，快去取宁神汤来。"

乌骨里又是惊吓，又是后悔。妹妹是她带出去的，刚才又没阻挡妹妹骑马回去。她素来嘴利，因方才心中内疚，语言就尖利起来。见大姐生气，方悟自己说错了话，忙抹了抹泪，匆匆转身出去，一会儿便带着侍女端着宁神汤来，让燕燕喝了。

燕燕一直恍恍惚惚，回到熟悉的环境，再被胡荸揽入怀中柔声劝慰，这才渐渐松了心神，喝了宁神汤不久就打起瞌睡，但不知为何，手中却还一直握着韩德让的衣袖。胡荸拉了两次没拉开，韩德让忙道："不妨事的，我在这里看一看书，等她睡着了我再离开。"

胡荸无奈："这孩子大约今天真的有些受惊中魇了，韩二哥……"见韩德让点头，这才松了口气，由得燕燕拉着他的衣袖，取了被子给燕燕盖上。乌骨里见已经无事，也坐不住，早就走了。胡荸屏退侍女，好让燕燕早些入睡，室内便只剩下她姐妹和韩德让。

胡荸见韩德让枯坐，忙去父亲书房取了书，自己也坐在另一张榻上，拿起本书，却偷眼看着韩德让。韩德让接过书来，一看是《贞观政要》，这本书他是极熟的，当下只挑了几页来慢慢看着。

此时日影西斜，投射在韩德让脸上，一半金色一半阴影。

胡荸有些瞧得痴了。她只道只有自己一人偷偷瞧着韩德让，却不知道，燕燕此时却并未睡着。

燕燕过了初时的惊吓之后，躺了半晌，已经缓过劲来，这才觉得刚才拉着韩家哥哥不放的行为十分不好意思，偷偷把眼睛张开一条缝儿去看。此时室内俱静，在燕燕视角范围内，只有韩德让一人。见他并无责怪烦躁之色，拿着手中的书，似看非看地走神。

燕燕又是羞愧，又是不安。她去驯马，不仅是为了在同伙面前夸耀，也是为了在春捺钵时能在韩德让面前一显身手，好得到他的注目。可没有想到，还没到春捺钵呢，就因为马受惊，闯下大祸。还不曾夸耀成功，居然先在他的面前丢脸了，遇到事情就整个人傻了，还要他来救，差点连累他。更丢脸的是居然在他面前，像个小孩子一样哭得稀里哗啦，把他衣服都弄脏了。听得大姐胡辇轻声道："韩二哥，我看燕燕似乎睡熟了。"

韩德让"嗯"了一声。见他要来看，燕燕赶紧闭上眼睛，全身却绷得紧紧的。

韩德让却不知道，但见燕燕闭着眼睛，手还捏着衣角，怕将她惊醒，苦笑："罢了，我看她似乎还有些受惊呢。我横竖今日无事，也不急。"胡辇见韩德让的衣服已被弄脏，燕燕又拉着不放，忙道："既然如此，我看你的衣服也被这丫头弄脏了，不如把这件换了，也好脱身。"

"也好，有劳你让小厮去我府中拿衣服。"

此时燕燕待要放手，却也已经无用了，只得暗自懊恼，无可奈何地躲在帐子里，一时又是惭愧，又有一种不知从何而来的窃喜。

眼看着韩德让更了衣服，眼看着他离开，却不敢吱声，甚至不敢动上一动，只能装作熟睡，装作什么都不知道。她知道这是赖皮，可当时不知道怎么就这么干了，等回醒过来却是后悔也来不及了，但内心又有窃喜。

少女的心，就是这么鲁莽又胆怯，混乱又单纯。她喜欢韩德让很久了。当她意识到自己喜欢看到韩德让的身影，喜欢他的存在时，就喜欢上他不知道多少年了。什么时候开始的呢？她不知道。在她很小很小的时候，就已经把韩家哥哥，视为像父亲、大姐、二姐那样的亲人了。只要他一来，她就会跑过去缠着他，占用他到家里来的每一刻时间。

虽然族中亦有亲近的兄弟，比如族兄萧达凛也是经常往来的，深得萧思温倚重，但在她眼中，萧达凛却有些过于认真而无趣，不像韩德让这样能让她毫无顾忌撒娇耍赖。

这几年三姐妹渐大了，胡辇也开始有小伙子来追求了，姐妹之间在一起会玩笑似的说起将来要嫁谁。胡辇知事早懂得多，不许妹妹们议论她。乌骨里口中则已换了十七八个"将来一定要嫁给他"的对象。但从小到大，问起燕燕来，则永远只有一个答案："我要嫁给德让哥哥。"

然而对于萧燕燕这种小姑娘的心思，韩德让并不知道，就算知道了，也不会放在心中。对于韩德让而言，他如今身上承担的事情，远比这些重要得多。

韩德让回到韩府，便见侍从志宁上前，道："郎君，已经跟宫里说了，明扆大王请您明天入宫。"韩德让点了点头，将马鞭扔给他，径直入内，待向父亲告知今日之事。韩匡嗣道："春捺钵就要开始了，你明日入宫，见了明扆大王，告诉他我已经联络了女里、高勋。思温宰相亦有意动，我会在春捺钵期间，设法让他们一会，让他做好准备。"

韩德让恭敬回答："是，父亲。"

韩匡嗣看了儿子一眼，想说什么，但见儿子态度恭敬却不亲近，隐隐有着距离感，最终还是咽下了话，挥了挥手让他下去。看着儿子的背影，韩匡嗣心中喟叹，他自是知道为什么儿子与他有疏离，只是韩家一代代的儿郎，都是这么过来的。当天地倾覆的可能发生时，再小再稚嫩的肩头，也必须扛起命运最残忍最艰难的重担，要么生，要么死，没得选择。

韩德让走出书房，轻叹一声，刚才父亲所交代的事，只有短短几句话，可背后的惊心动魄，却绝不简单。他如往日一般，将每件事、每个细节都一一想定。

这些年来，一直就是这样。父亲把事情交代下来，而如何执行，如何在暴戾多疑的皇帝身边为小皇子明扆周旋，如何照顾一个病弱的受到惊吓的四岁孩子，一直到他学习、成长，都是由他于生死之间摸索出来。

那个孩子每夜都会在噩梦中惊醒，哭号不止，他要一次次哄他入睡。十多年来，陪着他学习、读书、骑射，谋划着一切的一切。

而他，也因此远离父母亲人，与家人渐渐疏远。偶尔回家与父母亲及弟妹们在一起的时候，也不知道如何表达情感。他羡慕着弟妹们与父母的亲近，却无法融入其中。

韩德让文武双全，宽容温和，在上京权贵的年轻一代中，是数一数二的人物。男孩子当他是好兄弟，女孩子当他是暗恋的情郎。他看似与谁都交好，然而他的心，却一直是孤独的、封闭的。

辗转一夜，直至天明，韩德让如往常一样入宫了。他如今名义上的身份，是皇子耶律贤的伴读。耶律贤，就是当年察割之乱中幸免于难的小皇子明扆，贤是他的汉名。

韩德让走进耶律贤的宫室，近侍楚补迎上前来，低声道："韩郎君？"

韩德让一抬头，看到人声寂寂，便有些明白："大王昨夜没睡好？"

楚补苦笑："这两天大王都不曾睡好。"

韩德让长叹一声。他自是知道原因的。十几年来，耶律贤从四岁幼童到如今的青年皇子，他身上发生的变化，明显可见。可不变的是他自四岁起，就缠绕不去的噩梦，以及因为噩梦折磨而消瘦病弱的身体。

韩德让摆了摆手，由楚补迎着在耶律贤寝殿外间坐下。透过屏风，他看到耶律贤还在睡着。韩德让知道这是长年累月被噩梦困扰的耶律贤难得的一个睡眠，便不打扰，只静静地在外面坐着，心中默默地将春捺钵可能发生的事，再细细地想了一回。

第八章

深宫皇子

耶律贤已经整整两天无法入睡了，今日天快亮时，他才有些蒙眬的睡意，但睡着后，就又回到了那个梦境。

十几年来，他永远在做这样的噩梦。漆黑的夜里，无穷无尽的营帐，他在营帐中跑着，可是一个活人也找不到。他又变回了那个四岁的孩子，在无尽的恐惧和望不到头的营帐中跑着，后面似乎有着极为可怕的东西在追着他。

“父皇、母后、甄娘娘、大哥、皇祖母，你们在哪儿……”他想喊，可是，他喊不出口，每每这时候，似乎就有一种力量扼着他的咽喉。

他一直在跑，可他是如此的弱小，怎么跑也跑不出去，一直到再也跑不动摔倒在地。忽然间，黑暗中出现了他所期盼的亲人，父皇、母后、甄皇后、哥哥，还有太后祖母，然而他们再不会如往日般把他抱起、哄他，给他拥抱和亲吻。他们每个人都一身是血，面色铁青，身上有着各种各样的伤口，他们似在看着他，但又似没有在看着他，眼神空洞。

恐怖的狞笑声连绵不绝地传来，无所不在，无从逃遁：“他们都死了，都已经死了……”

耶律贤发出尖锐的惨叫，一声又一声。是的，他们都死了，都已经死了。这个世界，如此冰冷和黑暗，让他再也没有庇护的怀抱。

他缩成一团，不住发抖，这黑暗、这冰冷如深入他的骨髓，终其一世不得解脱。就在最冷最恐惧的时候，温暖的手臂抱住了他，一个声音低声叫着：“明扆、明扆，你没事吧？”

耶律贤闭着眼睛，没有动，也没有说话。如同过去许多年无数次噩梦中醒来，在这样漫无边际的黑暗和寒冷中，还有这双手臂，虽然不足将他永远带离寒冷的黑暗，却能够在短时间内安抚他的恐惧和冰冷。

耶律贤闭着眼睛，半晌，方缓缓睁开眼睛，看着眼前的人一笑："没事，只是又做噩梦了。"

多少次他从噩梦中惊醒无法入睡，想着父母亲哭号不止，永远有一个温暖的怀抱、一双温暖的手安抚着他，喂他吃饭、陪他喝药、教他握笔写字、带他骑马射箭……

所有的人都死了，为什么你还活着？活得这么痛苦，为什么还要活着？每每自噩梦中惊叫着醒来，他经常会涌起这种自我厌弃的感觉。多少次，如果不是身边这个人，他是不是早已经在这种自厌的情绪下崩溃了？

然而就算在这个人面前，他仍然无法完全坦言自己的那种自厌和自责，甚至是对自己的痛恨。他是如此地软弱无能，不管过去了多少年，不管曾经有过多少的筹划和抱负，然而现实中，他依旧只是个深宫中一言一行都被监控着的皇子，而在梦中，他永远只是一个四岁小儿，无法逃离的黑暗，无法挣脱的魔爪……

耶律贤定了定神，沉默半晌，缓缓地抬起头："德让，你来了？"

"是。"韩德让看着耶律贤苍白的脸色，有些懊恼，"早知道你这两天状况不好，我昨天就算再晚也应该进宫来。"

"我这是十几年的老毛病了，你难道还不知道？你来与不来，都没有影响。何况……"耶律贤顿了一顿，道，"你昨天见过思温宰相了？"

"已经与思温宰相说过了，春捺钵时，想办法让你们见面。"

这种见面，自然不是众目睽睽之下的饮宴骑射中"见一面"，而是有所目的的单独会谈，必须要事先安排。穆宗耶律璟在祥古山事变中渔翁得利，成功登上皇位后，开始对朝中进行一轮又一轮的清洗。宗室亲王、重臣部族，不是谋逆，就是叛逃……他总有这么多罪名，等着那些他认为没有完全臣服他、怀着"异心"的人。

养在宫中近在眼前，又是世宗嫡子的耶律贤，能够在频频谋逆的案子中一次又一次躲过，不只因为他自己足够小心谨慎，也因为有着太多的人在关心着他，保护着他。

他最信任的，莫过于眼前这个人。

韩德让转头，问站在身边的近侍："大王这几天睡得如何？"

楚补嗫嚅不敢回答。耶律贤知道不能不答，只得苦笑着："白天还好，夜里……睡不到一个时辰，还全要点着灯……"

韩德让皱眉，他是最清楚耶律贤身体的，听着便觉不对："我出去前，还不是这样的，怎么这几天又恶化了。最近又遇上什么事了？"

楚补叹气，看耶律贤一眼，才敢答道："前几日大王与主上用宴，不想主上因为鹿苑跑了几只心爱的鹿，一怒之下把鹿人寿哥给亲手肢解了。大王受了惊，当时虽未发作，但回来就睡眠不稳了。"

韩德让长叹一声，他自然是知道，耶律贤年幼遭变，心思较常人深了许多，在穆宗面前一直不曾有什么破绽露出。但毕竟神魂难安，又长期病弱损了精气，多年来又在耶律璟身边精神紧张，虽然人前不显，但饮食睡眠均受到极大的影响。

穆宗近年来晨昏颠倒，往往白天睡觉，夜里饮宴，国人皆称其为"睡王"。他为了昭示自己对世宗之子的恩养和慈爱，经常召耶律贤一起饮宴。但他这种故作姿态的宠爱，反而对耶律贤的健康更加摧残。

耶律贤每经历一次烈酒和血腥之后，就会做噩梦。可明知如此，耶律贤也得恭敬和感激地领受，韩德让亦无可奈何。

此前，耶律贤又被穆宗拉去饮宴，回来之后，就噩梦不断，他本不欲再提此事，见楚补说起，便冷笑一声："如此残暴，国运焉能长久。我大辽列祖列宗好不容易得来的江山，就要亡在他的手里了。"

韩德让大惊，忙阻止："大王慎言！"

耶律贤方才噩梦中醒来，一时情绪难以控制，见韩德让劝解，也冷静下来，摇了摇头苦笑："十五年来，我事事小心，不敢说错一句话，不敢多走一步路。如今在自己房中，也不能说一句吗？"

韩德让长叹一声，知道这次的事，对他刺激极大，不敢再劝，只得岔开话题，问楚补："迪里姑开了药没有？"迪里姑是韩匡嗣亲自安排给耶律贤长期跟随的御医。

楚补忙捧了药上来："迪里姑大人已经开了药，可是……"他为难地看看耶律贤。这些药从小吃到大，吃得耶律贤已经麻木、恶心，也越来越没感觉了。韩德让亦知，却不说破，只笑道："好歹喝一点吧，我带了东门老赵家的蜜饯给你。"说罢一指几案上一只陶制小罐。

耶律贤看到那熟悉的小罐，笑道："罢了，拿来我喝吧。"一口气将楚补呈上的药喝了，又开了那陶罐吃了几块蜜饯，长长地出了口气。

当日初回上京时，他年纪小，每天躺在病榻上，吃着无穷无尽的苦药，想着父母的惨死之痛，又是恐惧又是孤独，恨不得随父母一起去了，免得在这世间受这许多苦楚。

韩德让便费尽心思，日日寻了上京各种零食来哄着他吃药，带了各种各样玩具来哄他玩耍，在他噩梦惊醒时安慰他。那时候，他相信自己长大，就会病好了，就能不用再喝药，就能为父母报仇，就能夺回皇位了。可是一晃眼十几年过去了，他长大了，依旧病榻缠绵，依旧每日喝着苦药，看着仇人肆意杀戮，自己却活得如履薄冰……想到这里，耶律贤不禁长叹一声，挥手令侍从们退下："那边怎么说？"

韩德让微微点头："臣父已经说动飞龙使[1]女里，赵王高勋亦有意向，但臣父虽可游说，终需大王当面收伏，方得效忠，再有萧思温宰相……"

自祥古山事变之后，穆宗对臣子们勾结、密谋之事更似有一条格外敏感的神经，这些年以来，多少皇族近支和重臣大将因此被杀被囚。耶律贤在穆宗眼皮子底下想要有什么谋划，也是更加小心翼翼。

韩德让说的这三个人，便是倾向于他或可拉拢的重臣。

女里精通马术，本是从他父亲世宗宫帐耶鲁斡鲁朵（积庆宫）出身。所谓宫帐，是阿保机立国之后，将本部分为五院、六院统以皇族之外，又立斡鲁朵法，裂州县，割户丁，以强干弱枝，诒谋嗣续，世建宫卫，入则居守，出则扈从，葬则因以守陵。这部分宫帐之人，除充当心腹宿卫外，

---

1. 官名，唐朝武则天时置，初掌仗内飞龙厩马。辽朝置为北面飞龙院长官，为诸厩长官之一。

还有皇帝亲自拨出的州县、部族，以及俘户等组成近乎独立王国的存在，拥有土地，单独上交赋税、劳役，有层层管辖的官吏、军队、工匠、奴隶，只从属于宫帐之主，而不属于继位皇帝。

辽国开国至今，已经有四个宫帐遗留，头一个是算斡鲁朵，汉名弘义宫，乃太祖耶律阿保机所置；蒲速斡鲁朵，汉名长宁宫，乃太祖皇后述律平所置；国阿辇斡鲁朵，汉名永兴宫，乃辽太宗耶律德光所置；耶鲁斡鲁朵，汉名积庆宫，乃辽世宗耶律阮所置。当今皇帝耶律璟，此时亦已经建立了他自己的夺里本斡鲁朵，汉名延昌宫。

前任宫帐之主死后，斡鲁朵在名义上作为守灵军，但是能指挥他们的，便只能是他所指定的承继之人，而非下任皇帝。因此辽太祖死后，三支势力此消彼长，终不能消。不管是世宗耶律阮与述律太后争位，还是穆宗耶律璟在祥古山事变之后上位，甚至是耶律李胡数次谋逆仍然安然无恙，均与他们手中握着这几个斡鲁朵的力量有关，令继任皇帝顾忌重重，不得不将权力与他们分享。

世宗死后，其子耶律贤、耶律只没年幼养在穆宗宫中，然而斡鲁朵的力量却是自成体系，连皇帝也无法插手。

新任皇帝继位之后，无不想尽办法去尽力削弱拆分前任斡鲁朵的力量，但无论如何，总不可能削得太过厉害，以免引起反弹。出身世宗积庆宫的女里，就是因穆宗为了拆分斡鲁朵而被调动，又在耶律贤与韩家父子的借势运作之下，到飞龙使，后一步步走到管理宫中宿卫的位置。

赵王高勋本是后晋北平王高信韬之子，当年辽太宗南下，后晋灭亡，他与后晋主帅杜重威一起归降。因为他出身汉家皇族，辽国皇族需要抬举他作为南北分治的表率。他又极为机敏能干，因此在辽国步步上升。世宗继位后，封他为南院枢密使，总管汉军之事。穆宗继位，又封他为赵王。

高勋虽算得三朝老臣，实则归降也不过十几年，官位至此，也算是辽国目前汉臣来说能达到的极高之位。然而时移势易，他这个“后晋皇族”能带给他的影响力在削弱，穆宗不喜汉制，南院权力日渐缩小，再加上穆宗疑心病极大，动辄怀疑汉臣有南投之心，他不能不为自己铺条后路。因此韩匡嗣一来拉拢，他便有些意动。只是这般重大之事，单凭着韩氏父子往来劝说，却是不够的，还须与耶律贤当面商谈，方可下定决心。

北府宰相萧思温，则是后族势力的代表。

这三个人，分别代表着世宗旧部、汉臣与后族的三方势力。

耶律贤因为病弱，素日无事不好经常出去见外臣，因此每年春夏秋冬四季捺钵，才是他的机会。

韩德让和耶律贤正商议着，忽然楚补仓皇跑了进来："大王、韩郎君，主上和太平王来了。"

两人相视一眼，皆是一惊。韩德让忙镇定下来，站起来先退到一旁。

但听得一阵熟悉的笑声自远而近，耶律贤瞳孔一缩，多少年多少回他的噩梦里，便是在这样恶魔的笑声中无法抗争、无法逃脱。然而此时，他只能站起来恭敬等候。

随着笑声，帘子掀起，耶律璟已经带着太平王罨撒葛进来了。耶律贤已经控制住情绪，上前行礼："儿臣参见皇叔。"

穆宗虽然才三十多岁，却因为饮酒过度，脚步虚弱不稳。他是个很分裂的人，时而嗅觉灵敏、手段凌厉；但更多的时候则沉湎酒宴，不理政事。他以神经质的灵敏嗅觉，除去了一个个他眼中的敌人，也为自己树立了更多的敌人。他对耶律贤，时而宠爱无度，时而暴戾刻薄。此时他正处于前者，见耶律贤行礼，就以一种貌似不悦实则亲密的态度笑骂："明扆你这小子，朕说过多少次了，你身子不好，总弄这些婆婆妈妈行礼来行礼去做什么。"

耶律贤虚弱地笑了笑："虽是如此，但终究礼不可废。"

"你这小子，便是如此酸气，简直不像我们契丹男儿。"他这几年见了耶律贤，便越来越多地将这句话挂在嘴边，总是一副恨铁不成钢的样子，耶律贤却乐得借此消弥他的戒心，只弱弱应了声，更显得气虚胆弱。

太平王罨撒葛举目一扫，见韩德让在一边，便笑道："德让也在啊？"

韩德让忙应道："臣带了东门老赵家的蜜饯给大王，顺便陪陪大王，说些街头巷闻。”

罨撒葛一眼就看到了耶律贤的药碗和旁边的蜜饯小坛子，也笑了：“明扆还是这么怕喝药。”

耶律贤忙笑着解释：“幸亏他带了这个来，否则我这药也喝不下去。”

辽穆宗却瞪起了眼睛：“德让小子，回头跟你老子说，你都晓得进宫来陪明扆，他倒好，不肯来见朕。朕都有段时间没见他这老东西喽！”这话看似粗鲁，实是透着亲热，韩德让之父韩匡嗣与穆宗本是少年时的交情。只是穆宗继位之后，嗜杀多疑，喜怒无常，韩匡嗣也得战战兢兢，唯恐一时不慎，触犯了他的逆鳞。

韩德让只得笑道：“主上抬爱，臣父不胜荣幸。只是他素来畏酒，怕主上拉着他喝酒，故而不太敢来见主上。”穆宗近年来酗酒厉害，尤其喜欢拉着人喝酒来昭示他的宠信，实在令人吃不消。

韩德让自幼陪伴耶律贤，穆宗等已经习惯，然他心思机敏，知道穆宗兄弟来必是有事，不等穆宗示意便告罪退了出去。以耶律贤今日之城府心思，应对穆宗兄弟，应该是没有问题的。

穆宗见韩德让走了，扫视一圈室内场景。他虽然多疑好杀，然则面上对耶律贤却是极好的，有什么贵重之物一摆手就赏下去了，耶律贤要什么东西，只管吩咐就能够得到。

他每隔几个月都会来此看看以示慈爱，这室中若是简陋了，主管之人就要掉脑袋，所以耶律贤室中摆金设玉，俱是极贵重又难得的。但与其他皇族相比，少了他们常有的弓刀，而多了几架书。

穆宗见书桌还有未收的笔墨纸砚，走到书桌边，拿起书看了看，却是《史记》，上面做了许多批注，显见主人看得十分用心，当下微一皱眉：“明扆，你又看这些汉人的书。都说过多少遍了，骑马射箭那才是我们契丹男儿的本性。看这些汉人的书，只会身体越来越弱，脑子越来越呆。”

罨撒葛亦劝：“是啊，你忘记了你祖父让国皇帝是怎么失去皇位的，你父亲世宗皇帝是怎么被谋害的，就是因为看多了这些汉人的东西，相信了这些，才得罪了各大部族，失去了他们的拥戴！”

耶律贤心中冷笑，面上却恭敬回答：“儿臣知错了，只是儿臣身体太弱，不能出去骑马射箭，关在宫里闷得很，看这些东西解解闷罢了！”

辽穆宗看着耶律贤，心中却有些复杂。耶律贤这样病弱无能，是应该让他放心的。但一想到开国以来屡次为推行汉制而导致的皇族斗争，又让他从内心排斥这些让皇族沉湎和异化的东西。耶律贤也是皇家子弟，居然沉迷这些，令他有些怒其不争，但耶律贤一向乖巧温顺，又是病弱之体无法习得弓马，他这一支从来就醉心汉学，这种种又让他觉得放心。

因此心中盘算片刻，穆宗便只是摇摇头，装作极度宠爱耶律贤而无可奈何的样子：“明扆，你就算多病，找些别的乐子吧。这汉学不是好东西，害了你祖父，害了你父皇。”说罢，他放缓了语气，“先皇驾崩时，你才四岁，是朕收养了你。朕一直把你当儿子看。我与罨撒葛无子，将来这皇位，还是要传回给你的。咱们契丹人是弓马立天下，你老看这些汉人的书，把自己弄得像个文弱书生，怎么能够让部族们服你，让那些宗亲们大将们服你呢！”

耶律贤心中暗惊，穆宗素日虽然也有此类嫌弃他不事弓马的话语，但是说到传之皇位，却是第一遭，忙一阵急咳，又赔笑：“咳咳，主上言重了，儿臣何德何能，怎么敢担此重任。您看我一年倒有四五个月卧病在床，只求多活几年就心满意足了！”说罢，长叹一声。

罨撒葛听得不入耳，斥道：“胡说，你年纪轻轻的倒说这些话，岂不叫我们这些长辈听了伤心。”

耶律贤深知罨撒葛素日便以皇储自居，方才穆宗说出这样的话，他留心观察罨撒葛反应，见他毫无异色，知是两人间有默契，笑道：“皇叔说笑了。主上和您正当盛年呢。我听迪里姑说，主上能够一口气饮上一二十斤的酒，每次打猎群臣加起来都不及主上一人多。明扆对你们只有羡慕和仰望的份儿，这辈子只怕连主上的十分之一也赶不上呢！”

穆宗这几年酗酒过量，弓马已经远不如从前，但被耶律贤这样一说，还是受用：“哎，哪里的话。不过喝酒打猎，本来就是咱们契丹的男儿本色嘛，算不得什么。”

罨撒葛见两人说得热闹，便指了药碗问身后带来的御医：“迪里姑，这是什么药？”

“是臣开的宁神之药。”

罨撒葛皱眉：“怎么，你又做噩梦了？”

耶律贤低头不语，神情中却似有些难言之隐。罨撒葛看着他的神情，忽然想到一事，转头看了看穆宗。穆宗亦是想到，拍了拍额头：“怪我，那天拉他喝酒，叫鹿人去取鹿血，没想到让几个贱奴扫了兴。杀了几个人，没想到竟吓到了你。”

耶律贤苦笑：“主上亦是好意，只怪儿臣胆小无用。”

罨撒葛问：“怎么会这样呢，迪里姑，你是御医，明扆的身体这么久，怎么还没治好？”

迪里姑忙答：“禀太平王，今年冬天大王的症状好像更严重了，经常噩梦连连，最近又惊悸昏厥过好几次。”

穆宗顿时又不悦起来：“朕让你好好治疗明扆的病，你怎么越治越严重了？朕说过，要不惜代价。只要能够治好他的病，要什么样的药，只要你说得出，宫中所有的奇珍异宝都可以拿来用，宫中没有就下旨全国进贡，我大辽没有的，到其他各部落甚至是到大宋吐蕃去找都可以！”

罨撒葛亦道：“对啊，说白了一句话，明扆，只要你的病需要，就算是活人脑子，主上也可以现杀了给你用！”

耶律贤听到“活人脑子”时浑身一震，隐约听说穆宗为了治疗隐疾，竟听信了女巫之言，杀活人取心胆入药，心头恶寒，忙掩饰道：“主上的恩德，儿臣粉身碎骨也难以报答。只是儿臣自那年受惊之后，这身体就没有办法恢复。迪里姑已经很尽力了，这也是儿臣命中注定的事，怪不得御医！”

穆宗摇头：“男子汉大丈夫怎么一点心气也没有。整日说什么命中注定，身体不行。我看你的身体不好，肯定是因为骑射太少，这病才越养越差。此番春捺钵，我看要让你跟着韩德让多去跑跑马，免得在室内没事看这些汉书，越看越呆。”

耶律贤苦笑：“这……”

“就这样定了。”

耶律贤无奈，只得应是。

穆宗忽然想到一事，嘿嘿笑了：“你今年也不小了，趁这次春捺钵，找个可心的姑娘吧，早早成家立室，也教你父皇在天有灵，能得些安慰。”

见耶律贤面红耳赤，穆宗大笑，摆摆手走了出来，其余诸人，自然也随他一起而出。走出永兴宫，穆宗方站住脚步，对罨撒葛道：“好了，我也依着你的话，去看过明扆了，你还有什么话好说？”

罨撒葛与穆宗是同母所生，这些年一直是他的左臂右膀。穆宗登基之后，宗族不服者甚多，他一口气平了数起谋逆案，将一众叔叔侄儿兄弟杀的杀，关的关。

这些年来皇族人人自危，不免你咬我，我咬你，连罨撒葛也被扫进案中。但罨撒葛经此一役之后，不但洗清了自己，更令得穆宗愧疚，对罨撒葛是更加信任倚重了。

罨撒葛沉吟了一下，叹道：“明扆这孩子虽说是养在宫中，但终究你我都忙，我也是才听说，他自你那日酒宴之后便不能入眠，这件事竟无人来报。是宫里有人怠慢他，还是他自己蓄意隐瞒呢？”

“那又如何？”穆宗本是个城府极深的人，可这几年酗酒之后，变得对很多事情都不在意了。只是有时，他又如野兽般有着诡异的敏锐。

罨撒葛这几年越来越为穆宗倚仗，也越来越陷入举目望去诸事可疑的境地，闻言叹道：“所以我才劝主上来看看他。若是别人怠慢，见了主上过去，也当会有改善。若是明扆有心隐瞒，那也要看看他是什么样的居心。”

“你怀疑他？”

“如今一看，倒也放心了。看来他的身体的确不太行，这性子也孤僻胆小，倒是不妨的。”

“他们这一支，也真是……不知中了什么邪，个个都喜欢汉学。跟他那祖父、父亲一样，天天就知道读书写字，喜欢那些汉人的东西。哼，这又有什么用，咱们契丹人，是靠弓马取得江山的。玩那些汉人的东西，谁会理他！”穆宗说到这里，忽然又想到一事，“倒是李胡还有那些宗室野心不小，这次春捺钵，你帮我看着他们一些。”

“皇兄，事情交给我，您就放心吧。”

辽穆宗忽然叹了一口气：“明扆……还记得当年，屋质和思温逼得朕不得不发誓，有朕在一天，定保得他平安无事。所以，这些年朕好吃好用地养着他在宫里，还真养出一些感情来了！朕希望他能够好好地活着……”

他看了罨撒葛一眼，眼中的含义，罨撒葛看得明白，他活着，明扆自然也能活，若是一旦有危机，那么，明扆便不能再留。

这十几年，这个孩子从四岁到十九岁，在宫中渐渐长大，固然是他自己足够温驯低调，也是穆宗虽有杀他之念，却因为种种原因一再犹豫，终究还是让他活到了今天。

辽穆宗拍了拍罨撒葛的肩头：“你得给朕多看着点。”

他没有儿子，这些年来，已经将罨撒葛视为继任之人，罨撒葛自然也是明白。两人并肩走着，说起朝中事务，罨撒葛便将自己对群臣的一些疑问拿来请教穆宗：“思温最近似有些异动，几次三番阻止皇兄行事，我总觉得他一直不曾真心跟从我们。”

他既知道穆宗有心许他继承皇位，自然开始观察群臣，却总觉得北府宰相萧思温不冷不热，似乎隔着一层。但见穆宗对萧思温却一直委以重任，不免心存试探。

“萧思温是后族难得的才干之士，这朝中每天几百份奏章，要没有他，朕还不得把它一把火给烧了。他的性子就是如此。”

穆宗的关注点，只在于谁对皇位有所企图。他对繁杂的国家政务十分厌恶，一股脑全丢给下面的臣子。这几年在国政上更多地倚重萧思温，所以萧思温虽然态度始终那么不冷不热，反令他更为放心。

罨撒葛又劝：“皇兄亦是太过信赖韩匡嗣，我看他这些年来常常出入明扆宫中，他对明扆投入的时间超乎他应尽的范围了，难道不会有什么其他的内情？”他是疑心，明明穆宗已经如此倚重韩匡嗣，而韩匡嗣还对耶律贤如此上心，莫不是……这个汉人也存了几方投机的心理？

穆宗笑着摆摆手：“你太多心了，匡嗣出身如此，又没有多少土地奴隶兵马，能有什么作为？匡嗣从小就是这样的性情，看着谁弱了，就多关照着些。再说，韩家小子和明扆一起长大，自然也是处出感情了。”

他没有说的是，当年在祖母述律太后帐下，他与韩匡嗣的结识，便是如此。这个汉家臣子，或许是学了医术的缘故，对于弱小之人特别关爱。他如今身为皇帝，性子日益暴戾，但是对这少年时便始终关心照顾他的人，终有份不一样的容忍度。

“再说，如今朕也不过是用他的医术罢了。”穆宗沉默片刻，又徐徐道。

罨撒葛见状，忙道：“皇兄，既然萧思温和韩匡嗣你都能容忍，那太保楚阿不的事……”

辽穆宗表情忽然转冷，阴鸷地说：“我知道楚阿不是你的老师，可是，你不要为那些叛逆求情，以免坏了我们兄弟情义。”后族、汉人，他可以轻饶，世间最可怕的，其实还是来自亲族的谋算。

罨撒葛脸色一僵，在辽穆宗的瞪视下，无奈低头拱手：“是，皇兄。”

第九章

思温训女

早上燕燕才一睁眼，便见胡辇来通知："爹在书房里，叫你去见他。"燕燕昨夜噩梦连连，脑中不断回放刑场那血腥的一幕，晨起正头疼着，听到这样一句，脸色更加不好看了。昨日私自驯马，又闯入西市法场，惹出一场祸事，如今父亲叫她去书房，能有什么好事?

她从小闯祸到大，也被罚到大。只是父姐素来宠爱她，往往都是高高举起，轻轻放下。这两年来，随着外头政治形势越来越严峻，也随着她闯祸能力节节上升，所以之前雷声大雨点小的惩罚，终于落了几次实处。

罚她别的也算了，她最怕的就是春捺钵将近，若父亲罚她禁足，那可就糟了。她思来想去，这个可能性还当真挺高的，心里头就开始打鼓，但又不敢不去，找了各种理由，见躲不过，这才硬着头皮去了。

萧思温坐在书房中，手中正卷着本书，见燕燕蹭蹭挨挨地进来，并不抬头，只管自己看书。燕燕进了书房，站在门边，准备一看情况不对就拔腿而跑。谁知站了半晌，见父亲不理会她，心中诧异，先抬头偷眼看着父亲，见父亲只顾低头看书，仿佛不知道她已经站了半晌，于是悄悄地上前一步，又怕惊动萧思温就要挨骂，忙缩了半步。再过一会儿，又上前一步，又缩了半步，这么磨磨蹭蹭终于来到他的书桌前。

萧思温早将她的小动作看在眼中，却不说话，见这丫头本来一脸心虚气弱，见他不闻不问，居然渐渐大起胆子来，在他面前各种作怪。不由咳嗽一声，燕燕受惊似的立刻装出一副乖巧相，赔笑："爹……我看您在看书，您继续看，要不我出去了。"

萧思温放下书，淡淡地说："那你进来做什么？"

燕燕支吾了一下，忽然聪明地想到，既然父亲没有问，那么她是不是可以不用这么直接认错呢？混过今天，过几天父亲再提起此事，也是时过境迁，不好太责怪了。想到这里，已经说出口的话，就转了方向："我……我只是进来看看爹，想问爹拿几本书。"

萧思温不动声色，看着她自作聪明："哦，你居然想起看书了？"

"是啊，"这话可真不好接，燕燕忙指着萧思温手中的书讨好地问，"爹，您在看什么书？"

萧思温把书往前一推，悠然道："我在看的这书里，刚好有个故事，叫'一鸣惊人'，讲的是楚庄王在位三年，没有下过一道旨令，没有做过一件政事。右司马对王说，南方飞来一只鸟，三年不鸣，这是怎么一回事？楚王说，这只鸟虽然三年不鸣，但必会一鸣惊人。"

燕燕不解，这个故事父亲以前说过啊，怎么现在又说？却不敢问，只得讪讪地笑。

萧思温说到这里，顿了一顿，道："你昨天，也是'一鸣惊人'啊！"这话一出，燕燕顿时明白自己闯的祸，父亲已经知道了，情知抵赖不过去，只得赔笑："爹，我错了……"

"哦，你错在哪里？"

燕燕眼珠子转了转，忙先认错："爹，我错了。我去驯马原本是为了在春捺钵上为我们这一房争胜，但没想到乌云盖雪听到鼓声受惊，闯到市集，这是我的错，我会叫虎思大叔去赔给那些百姓的，就从我的月钱中扣，您看可好？"

萧思温知道这个小女儿虽然淘气，但淘气过后该有的担当还是有的，这头一条处置便极妥当，然见她说得流利，必是素日闯祸多了才这般熟练，才有些消了的气又升了上来，只"哼"了一声，没有说话。

不想燕燕又说："但闯到西市却不是我的错。您看啊，其实乌云盖雪我已经驯服了，却被他们鼓声惊了，这可不怪我。还有，西市是犯人行刑之所，却随随便便教人误闯就进去了，这实是夷离毕院的不尽职。"

夷离毕是契丹官名，掌刑狱。燕燕虽然娇宠，但毕竟是后族之女，自幼熟习文武之艺，知道刑名之事。

萧思温听得大怒，拍案斥道：“胡说。你倒还有理了！”

燕燕见父亲生气，吓得忙将胡说八道的心收了回来：“好啦，爹，是我的错。可我也没想到啊，我更没想到他们会忽然擂鼓，我也吓得不轻啊。我都差点被摔死，你可知道，当时有多可怕，那个刑场上都是血，都是死人，他们还要抓我……”她转机得快，知道混赖是赖不过去了，就想装可怜过关，但说到这里，想到当时所见，顿时哇的一声哭了出来。

萧思温方欲发作，见她哭了又不由心疼。燕燕是幼女，从小得父母钟爱、姐姐偏袒，所以淘气异常，每每闯了祸就撒娇讨饶，令家人心软。燕国长公主亡故之后，萧思温见着她与亡妻相似的面容，更是不忍深责。

而且这么大的孩子最是难教，每每闯了祸她抢着认错比谁都快，态度比谁都诚恳，然后就是“勇于认错，转眼就忘，下次再犯”；要说打，他又打不下手；要说罚，她又能扯出一套歪理来，虽然多半胡说八道，但将老师教的东西现搬现用地诡辩，居然也能够自圆其说。

萧思温心中，其实有着无限沉重的担忧。现今皇帝好杀，诸皇族勾心斗角、危机四伏，这孩子要不改改，哪天不小心闯祸到不可收拾，那该怎么办？他皱眉想，用什么办法才能够让这个孩子记住教训呢？

刚才燕燕来之前，他也与长女胡辇商议过，却想不出办法。本要好好惩戒她，然而见女儿一哭一撒娇，他一颗心竟也软了，只哼了声：“你还知道害怕么？你也不小了，当知道外头是什么情形。你只说了这几样，却不知道，你这一跑出去，你姐姐有多担心！若不是德让赶到，以你那会儿的样子，你有几颗脑袋也要掉了。再则，刑场事涉南投叛逆，若教主上疑心起来，你可知道会连累家里啊？”

燕燕一听急了：“主上也不能不讲理啊，怎么这样就会连累家里了？”

萧思温大怒：“这话也是你说的？你若还是这样，这次春捺钵就不要去了，免得给家里惹祸！”

燕燕大惊，这话正中她死穴。一年就一次春捺钵，大伙儿都出去了，她一个人留在家中有什么意思，忙软语温言相求，做了无数保证。

萧思温也不敢真的将她留在上京，这孩子永远有办法在他看不到的时候惹祸，出了事还一脸无辜地表示完全是个意外。他哪里敢把她单独留在上京，没有家人看着的情况下她若是惹了什么祸，天知道会有什么后果。

教训却不能不给，萧思温沉着脸，表示这件事非常严重，直到燕燕又求又保证地表示自己绝对在春捺钵上不会闯祸，便将手边一个案卷给了燕燕："看来你还是太不懂事，须得让你多知道些好歹才是。这便是这次南投叛逆一案的结案奏报……"又指了指旁边一叠卷宗，"这些是这案子的案卷，我要你把这些都看了，再写出一篇文章来说说看法，若写得不好，便不必去春捺钵了。"

萧思温虽然算是辽国上层比较重视汉化的人，但终究不是汉家旧族，因此教女儿的也不是什么闺阁读物、诗词歌赋，倒是多半以实用为主。兼燕燕淘气，打不得骂不得，目前唯一能找到的有效惩罚办法就是罚写文章。至于内容便是随心所欲，如指定汉书的一句话，或开国以来典籍制度中的一段内容，或者各部族某一谱系等。

这些惩罚内容其实可大可小，他当初也是随便一指，不想此事上倒看出燕燕的好处。素日罚她抄书，她是顶会偷工减料。但指了一事叫她去写出心得来，这个素来淘气的女儿却极为认真，每件事都要细细地弄明白了，交出文章的时候一脸得意好胜，倒似自己完成了一件十分了不得的大事。

萧思温发现她居然还有这点天分以后，就有心诱导，经常会出一些题目，在政事敏感的时期总能把燕燕拴住一小段时间不让她出去淘气。此番便故伎重施，让燕燕去钻研这个案卷，在春捺钵前安分些。

燕燕欲不肯接，又怕去不成春捺钵，只得苦着脸接下来。萧思温的书房极大，分了个隔间，让她自己慢慢玩。萧思温留了个书童给她备她询问，自忖这案子早已经结了判了，并没有什么特别的事项，不过拖着她不生事罢了。燕燕本是勉强接罚，不想看着看着却生了兴趣，当下就从南逃叛乱开始查历年南逃之事，一查又查到国朝对汉人的制度上去，直到出行时坐到马车上，手中还捧着案卷。

胡辇要管着萧思温出行事宜，又管着自己这一部族的各种事宜，直忙得脱不开身，还拉了乌骨里帮助，好不容易赶在出巡前忙完一切。这时候三姐妹在车中，却见燕燕还捧着案卷，不由诧异。

乌骨里先问："燕燕，你不是写完了吗？"

燕燕头也不抬："哦，是写完了，但我还有许多事情不明白的。"

胡辇不禁也问："什么事情不明白？"

燕燕这才抬起头来，揉了揉眼睛，把手中的案卷一扬："爹叫我写臣民南逃始末的文章，我查了一下他书房中案卷所记示的自太祖以来所有南逃案例，发现不但有臣民南逃，亦有南朝的臣民北投，究其原因，是和政令行事有关……"

乌骨里夺了她手中的案卷，嗔道："你不是已经将文章交给爹爹了么，还看什么看！"

"是啊，我是交给爹爹了，可我觉得这个案例很有意思，所以跟爹爹说，我还要继续把这篇文章写下去，爹爹还夸我呢！"

乌骨里看了看手中案卷，卷首上一行大字写着"国朝诸礼"，其后下缀小字"韩知古"，便觉得发现了什么，窃笑："哼，说得好像你真的变成乖孩子一样，我看啊，你看这个不是为了得爹爹夸奖，是为了得你的德让哥哥夸奖吧。"

燕燕恼了，扑上来抢："你胡说，你还给我！"

两姐妹打闹了好一会儿，胡辇悠然坐着，看着这两人闹得差点连马车都翻过来，却也不去阻止。两人闹腾够了，这才喘着气去整理衣服，对着镜子看看头发全乱了，又叫侍女们上马车来重新梳头，又双双手拉着手，一起下车骑马去了。胡辇这才拾起燕燕丢下的案卷，看了起来。

而此时燕燕和乌骨里已经骑在马上，放马奔驰了。

一年就一次春捺钵，可要好好玩玩，有什么事，都先放到一边去吧。

所谓"捺钵"是契丹语，意为行营，后指皇帝为保留先族游牧习惯，四时转徙的政治行为 。辽国此时实行南北面官制度，虽然在南方已经借鉴汉人官制由南面方行治理州县、掌管财赋、分领汉军等职权，皇帝居中而治，但在北面，仍然保留着部族习俗，皇帝为了加强控制，定时巡查，令部族、属国拜见，即时处理宫帐、部族、兵机、群牧之政。“捺钵”这种行营的本义也被引申为皇帝的四季渔猎活动，合称“四时捺钵”，有“春水秋山，冬夏捺钵”之称。

这种习俗，与传统王朝皇帝行古礼进行亲耕、春祭、南巡、北狩等亦有相似，用祭祀和接近旧俗的生产方式，取得亲民的效果和控制的加强，如此会宴、演武、交流、理政等，一直待上两三个月后，方才回京，或者直接拔营进入下一季捺钵。

自上京到长春州，皇帝行营一路行来，绵延数十里，走走停停，中间更要与沿途前来迎候的部族联欢，再带上这些部族一起上路，自然是走得极慢。然而四季捺钵本就是沿习旧俗，四处为家，又不是大军奔袭，走得快走得慢也没什么区别，本来就是游山玩水罢了。

一路上燕燕与乌骨里、耶律仙河等一拨小伙伴呼啸来去，赛马比箭，祸害着黄羊小鹿，终于到了长春州的鸭子河畔。

待各部族首领和臣属小臣君王到的差不多了，就举行头鱼宴，此时河面冰层渐消而未消，凿冰钩鱼，将头一批鱼最大的献于皇帝，烹杀饮宴。

等到河水冰层全消，鹅雁飞来，在河边击鼓惊飞雁鹅，然后放飞海东青擒捉天鹅，皇帝以所得头一只天鹅献庙祭典，再开盛宴。

其实，这就是旧族遗风，各部族在一起饮宴相聚，增进友谊，交流情感，甚至是借着这种相聚，让各自部族的少年儿女们游猎玩耍相识相交，结成姻缘。同时，借着赛马、比箭、斗猎等游戏，也将下一代年轻人的能力展示，借此序定强弱，优胜者渐成核心，本事差的也就自动把自己调整为服从、跟随的定位。

老人们热衷的是头鱼案、头鹅宴，年轻人更热衷于其后的瑟瑟礼。

瑟瑟礼原为遥辇氏第四任可汗苏可汗设立，在春天举行射柳之仪，一则为祈雨，二则为比试子弟的武艺。正日之前，先立百柱天棚，令巫祝祀雨，及正日时，由皇帝与宗亲以及重臣行射柳仪，次日遍植柳树，并在所植的树前面摆上黍子、稗等祭物，再由皇帝以及皇后祭东方，由各族子弟射柳比赛。这三日内如果有降雨，则第三日奖赏掌仪之人，如无雨则用水泼掌仪之人，再继续行祈射之仪。

对于年轻的贵胄子弟们来说，瑟瑟礼第二天的比赛，最有吸引力，这不只是比赛，在射柳比赛上的名次高下，会直接影响他们在郎君军中的地位高下。所谓郎君军，就是由皇族贵族子弟们所组成的军队，这些子弟在一定年纪会进入军队，建立军功，逐次升迁，直至进入各级权力部门。每年的射柳大会，也成了他们对于权力追逐的第一步。

射柳大会这天，燕燕一大早起来，打扮好了，就急忙出了营帐，正撞见也已经打扮一新的二姐乌骨里。

燕燕做了个鬼脸，笑道："二姐，你今日也起得好早啊。"

乌骨里见了她出来，白了她一眼："我自然是为了看着你，免得你再闯祸。"

"省省吧，难道不是你自己想玩？"

乌骨里鬼鬼祟祟地看了看，对燕燕低声说："咱们赶紧走吧，省得大姐出来看到，又拘着我们。"

这两人单独相处的时候吵闹不休，但背着父亲、姐姐联手做一些不守规矩的"坏事"时，总是特别合拍特别默契，燕燕忙点头道："对极，咱们走吧。"赶紧跑去马厩，咯咯笑着上马，正欲前行，忽然听得有人道："你们两个去哪里？"

两人一回头，吓了一跳，却见胡辇骑着马，笑吟吟地站在不远处。互相看了一眼，吐了吐舌，知道这次跑不掉了。她们自然是知道大姐的厉害，乖乖地一声不敢出，被胡辇数落半天，垂头丧气地随着胡辇一起，跟着大拨侍从，去了百丈天棚。

百柱天棚东南已经整齐地种着两排柳树，柳枝上系着蓝、白、黑等九色彩线。女巫正在中央进行祭祀，两边弟子侍者们围成一圈，隔绝旁观的众人拥挤。

燕燕好奇地举目看去，但见香案上以精美的礼器摆放着酒醴、粮食等物以为贡品，那女巫的脸上画满符咒样的纹路，喃喃祈祷：“上天之子佛及菩萨大君、佛立佛多鄂谟锡玛玛之神位。今敬祝者，聚九家之彩线，树柳枝以牵绳。举扬神箭以祈福佑，以致敬诚。绥以多福，承之于首。介以繁祉，服之于膺。千祥荟集，九叙阜盈。亦既孔皆，福禄来成。神兮贶我，神兮佑我……”

她又唱又跳地过了半日，才算祈祷完了，便派人将柳枝上的九色彩线解下，先献以皇室女眷，再由侍者们分发给周围的贵族女子，谓之“神锁”，系于手腕上，以求得柳树之神的保佑。

柳树依水而生，契丹人的祖先在草原上放牧时，找到柳树就意味着找到了水源，部族就有了生存和延续的源泉。所以才会每年春天祭祀柳树，感谢佛立佛多鄂谟锡玛玛赐予生命，保佑信徒子孙繁茂，家宅平安。

胡辇站在前头，接了侍者从托盘里奉上的三条彩线，招呼妹妹：“燕燕、乌骨里，过来换锁。”

乌骨里伸出手，手腕上正好有一条蓝色彩线，胡辇将蓝色彩线解下，重新换上一条，将换下的彩线放到侍者托盘上。

燕燕亦伸出手让胡辇系上彩线，好奇地道：“大姐，原来你以前带给我的神锁是这里来的。”

去年这时候，她早跑去射柳大会了，最后是胡辇替她换的神锁。但因为神锁最好不经俗人手，且解下的神锁，还要挂回柳枝上祭祀，三日后再由本人亲自取回收藏。所以今年胡辇这才押着两个妹妹亲自来接，叮嘱道：“三日之后不许乱跑，还要来这里取回旧神锁。”

燕燕有些不耐烦，但不敢违了姐姐，只得耐心等胡辇说完，问过此处已经无事，这才赶紧跑远了。

第十章

射柳之争

此时射柳之场，已经遍插柳树，先将柳枝插入土中，再将迎着众人的一面削皮露出里面的白色树干。辽穆宗带着群臣正于高台观望射柳大赛，女巫端了神锁上来，请皇帝与群臣换锁。君臣们便在服侍下换了手上的彩线，因这日皆是各家郎君下场，便笑着述起家常来。

“这次射柳不知又有几个少年英才脱颖而出？思温，你看好谁？”

萧思温正在想着一早胡辇就派侍女来说去看着两个幼女的事情，听了皇帝的问话，忙回过神来：“臣觉得个个都好。”

太平王罨撒葛却笑着同韩匡嗣点头：“听说这次匡嗣的儿子也下场了？”

韩匡嗣忙谦逊地说：“小孩子嘛，凑个热闹。”转而对萧思温说：“听说这次后族的达凛郎君也下场了，德让如何能与他相比。”

萧思温却笑道：“德让去年已经夺冠，我看达凛也未必是他对手。”

穆宗听了这话，转头问罨撒葛：“达凛是哪一房的？”后族三房，各有人才。听韩匡嗣这话，似是萧思温这一房的。

罨撒葛亦这么想，看向萧思温求证道：“思温宰相，是你这一房的吧？”

“是我叔父述瓜的孙子，述鲁列的儿子。”

穆宗今日心情甚好，闻言欣慰：“都是好儿郎，教都下场，让朕也看看他们的身手。”

罨撒葛笑着点头，又看了皇太叔耶律李胡一眼：“正是，连皇太叔家的喜隐也下场了。”李胡见罨撒葛特特挑了他儿子说话，心中一惊，警惕地向辽穆宗拱手道："喜隐也长大了，当为主上效命。"

穆宗哈哈一笑："好啊，让我看看喜隐如今长成何等样的契丹好男儿了！"

李胡垂头似作谦逊，看着穆宗座下的龙椅，眼神却是十分阴鸷。他是述律太后幼子，从小受宠，两个哥哥都要让他三分，当年太宗德光死后，述律太后要扶他为帝，谁知道世宗军中兵变，他这皇帝位快到手却飞走了。他百般不甘，但却无可奈何。

世宗继位之后，他被囚禁，后来世宗慢慢放松警惕，他便与一些反对世宗推行汉化的部族首领秘密勾结，并与察割达成协议，准备借世宗南下，察割在军中行刺，而他就可以趁军中大乱，由述律太后支持，在上京登基为帝。谁知道察割竟然会提前在祥古山就动手，他苦心筹谋的结果，却便宜了二哥耶律德光的儿子耶律璟。

耶律璟即位之初，为了拉拢人心坐稳皇位，将他释放出来，又封他为皇太叔。但任是谁都能看得出来，耶律璟是永远不可能让他这个皇太叔继承皇位的。他心有不甘，在耶律璟即位之初，策划了一起又一起谋逆案，但没想到，穆宗的手比世宗黑得多，他几次三番卷入谋逆之案，羽翼被打残，自己及儿子喜隐这十几年间，也大半在囚禁生涯中度过。

这一次又一次的挫折和长年的囚禁生涯，让前半生骄狂的他学会了低头，学会了隐忍，可是内心对皇位的渴望，更加不可抑止。只有坐上这皇位，才能够补偿他前半生的屈辱和不甘。

他的对面，耶律敌烈也在沉默着，当年祥古山的跳脱少年，此时也被岁月磨去了棱角。当年若不是他，穆宗岂能这么轻易上位，可是穆宗即位之后，却并没有给予他对等的权力和地位。甚至因为他当年私放耶律娄国在穆宗面前杀了察割，穆宗只忍耐了一年，便拿娄国开刀，而他也因此被牵连进娄国的谋逆案，被贬斥被囚禁。

穆宗在位这十几年中，眼见着罨撒葛越来越得用，而他自己却牢骚不断，经常卷入到一些与穆宗不同政见者的谋逆案中，轮番着囚禁、释放、再囚禁、再释放……虽然是他这一支的亲哥哥得了皇位，可是他的待遇，竟也没有比那个倒霉的李胡好上多少。

且不提人人各怀心事，六部院的耶律虎古见穆宗高兴，凑趣道："主上，臣倒以为，这次射柳当是仲父房的休哥夺魁。"

穆宗想了想，恍惚有些耳熟，他这些年饮酒过量，许多人与事竟是忘记得极快，因此也越来越倚重罨撒葛，转头便问："这个休哥是……"

罨撒葛与他自有默契，见状忙笑："他是夷离堇释鲁的孙子。"

穆宗顿时一怔，有些疑问地看向罨撒葛。对于他们这代人来说，耶律释鲁已经是近乎传说中的人物了。耶律释鲁曾在遥辇氏为可汗时，任夷离堇一职，为耶律家族势力扩张起到了极大的作用。这人是耶律阿保机的伯父，曾经抚养和栽培阿保机，对他甚为倚重，导致他儿子滑哥怕他将权力交给阿保机而弑父，阿保机杀滑哥夺回夷离堇之位，此后更是倚此而为可汗，称帝建国。阿保机感激伯父，杀死滑哥之后，另择幼子继承这一支。

罨撒葛便向穆宗解释，这耶律休哥，便是释鲁的孙子。他辈分虽高，年纪却小，直至此时，也不过二十多岁。穆宗闻言，顿时对此人有些上心。

那边各家儿郎，已经依次入场。皇族近支有李胡之子耶律喜隐，耶律贤之弟耶律只没，稍远的有仲父房耶律休哥、季父房的耶律奴瓜，更远的还有六部院的耶律斜轸等。后族亦有少父房萧达凛、萧海只、萧海里等。再有一些汉人重臣如韩延徽的孙子韩佚，韩匡嗣之子韩德让、韩德威，康默记之孙康延寿等。

萧达凛正要入场，却被燕燕拉住，鬼鬼祟祟地说："达凛哥，今天有多少人啊，谁会得第一？"

萧达凛怔了怔，这才认出燕燕来，这年纪的姑娘真是一年一个大变样，不由调笑道："燕燕，是你？怎么，你希望看到谁得第一啊？"

"达凛哥，我先问你的，你先说。"

萧达凛自负地道："要么我，要么仲父房的休哥。"

"哼，难道你眼中再没别人了？"

萧达凛顺着燕燕的目光看到了韩德让，意味深长地笑了："别人，别人是谁？是韩家那小子吗？"

燕燕脸红了，扭头："哼。"

萧达凛故意叹气："我还以为你是替达凛哥我助威来的，没想到啊……"

燕燕脸红了，扭转马头就走："不跟你说了，我走了。"穿过人群，撞开前面的人，便往外推挤，不想却刚好撞到要入场的耶律只没。

只没恼了，皱着眉头看燕燕，斥道："哪来的野丫头乱闯乱撞。"

燕燕抬头看去，但见一个少年盛气凌人，她却是不惧的，皱了皱鼻子，做个鬼脸："自己骑术不好，怪得了别人吗？"说着，就一溜烟跑了。

只没气坏了，待要驱马去追，被萧达凛拉住，赔笑说了些好话，这才罢休。

耶律只没是耶律贤的弟弟，当年甄皇后所生。祥古山事变时，他才三岁，留在宫中未曾随行，避过一场大难，但同时也对祥古山所发生的事一无所知。他这些年同耶律贤一样留在宫中，由穆宗抚养。耶律贤防着穆宗监视，怕他知情以后招来祸事，不敢告诉他真相，兄弟俩又各有保姆侍从分居两处，因此只没虽是甄后之子，却不曾学到甄后的心计手段，反因穆宗有意纵容，显而有些纨绔之气。

燕燕跑出围场，转向一处方便观看的高坡，胡辇和乌骨里知道她必会到此，早早守着，见了她来，一下子堵住了她，质问："你去哪里了？"

"大姐，怕什么，我骑术这么高，哪里会有事。"

胡辇没好气地道："你不怕我怕。"

这孩子一眼不见，就会惹出一堆事来，想到这里，她深叹一口气，实是头疼万分。乌骨里见胡辇拉着燕燕要说教，她虽然乐得看燕燕被大姐教训，但眼见胡辇说着说着，要把她也捎上教训，便不开心了，忙指着场中叫道："快看，射柳大赛就要开始了。"

一时三姐妹都住了口，看着场中。发令官一声喝，彩旗一挥而下，顿时，众人便争相催马上前，拔箭射柳。韩德让、耶律休哥、萧达凛、喜隐、只没等人纷纷举箭向着成排的柳枝射去，柳枝应声而断，从枝头缓缓飘落，众人立刻策马向着柳枝狂奔而去。

这射柳大赛的规则是既考校箭术，亦考校骑术。

柳枝本就轻盈，在风中摇摆不定，要射中便是极难。最好的便是要射中那削去树皮的青色，而且要在柳枝落地前快马俯身接到，那才是第一等的功夫。萧海只射术不佳，一击不中，慌忙从箭筒里抽出第二支箭再射。如此一折腾，先出发的几人已经遥遥领先。

但见第一阵列韩德让、萧达凛、耶律休哥你追我赶，咬得极紧。三马齐奔，互不相让，马头挨着马头险些相撞。耶律休哥的马却忽然受惊，与萧达凛的马头相撞，这又挡了一下韩德让的马头。

这一耽误，喜隐和只没的马越过他们三人往前。耶律休哥见状，忙摆手令韩德让与萧达凛快些前行，自己跳下马来检查。韩德让与萧达凛对视一眼，亦不停留，连忙追上，却已经是差了一些。

喜隐与只没你追我赶，却每次都被只没挡在前面。只没见自己占先，得意地冲着喜隐一笑。喜隐大怒，眼中闪过一丝厉色。

只没眼看胜利在望，露出高兴的神色，伸手去接柳枝的那一刻，忽然身后传来激烈的撞击，转头发现喜隐毫不客气地撞上他的马，只没瞬间失衡落马，柳枝同时落地。

喜隐轻蔑一笑，伸手去接自己的柳枝，忽然他的马惊了一下，手捞了个空，只能眼睁睁看着柳枝落地，一手摸了一把泥。

这场中情景，说来慢，但发生前后，却也不过是瞬间。从众人催马射箭到休哥惊马、喜隐与只没相争，不过片刻。柳枝轻盈，不易射中，但与枝条缠绕着落地，却也缓慢。

韩德让虽然被滞了一下，但他本就占先，见柳枝就要落地，催马俯身，堪堪在柳枝就要挨着地面的时候捞上。

萧达凛略迟得一刹那，手与柳枝同时挨地，只得遗憾落败。检阅的兵士上前，拾起各人的箭与断裂的柳枝，向着穆宗所在的高台报讯。

燕燕等人站在高处，初见耶律休哥、萧达凛与韩德让三马受阻，反让只没与喜隐占先，气得直跺脚，若不是胡辇拉得紧，她险些就要骑马下去参战了。她这刚驯好的乌云盖雪此番虽然压过了皇族后族所有的姑娘，可是谁都知道，只有御前的这场比赛，才是整个春捺钵最重要的。

她骑在马上，就要冲下去，却见只没与喜隐互斗，韩德让却再次夺魁，一时间也不急了，高兴地跳了起来："太好了，太好了，又是德让哥哥赢了。"

不远处王帐边一座高台上，也有一个少女见状，兴奋地跳了起来，对着身边的耶律贤道："二哥，二哥，是德让哥哥赢了。"

耶律贤笑看着妹妹："嗯，是德让赢了。"

胡古典撇了撇嘴，不悦："三哥真没用，居然让喜隐暗算了。"

耶律贤脸色沉了一下："胡古典，你且坐着，我去去就来。"

喜隐见自己功败垂成，心下大怒，转身看谁是罪魁祸首，却是萧达凛骑马赶来时，挥鞭击中了他的马屁股，气得一跃起来，向着萧达凛挥拳，萧达凛一手接住，冷笑道："喜隐，休哥的马，可是你做的手脚？"

喜隐一惊，手顿时松了，悻悻地道："多管闲事，平白便宜了那汉奴。"

"便宜了任何人，都好过便宜你这等卑鄙小人。"

此时众人皆在抢柳枝，唯只没落马，恰好听到这一句。

韩德让将柳枝交与军士，见只没正在吃力地爬起，上前一步扶起他。只没见是韩德让，心中感动，握了下韩德让的手，便想向着喜隐冲去。韩德让忙拉住他，低声道："只没，不要冲动，主上在上面看着呢。"

他的意思是穆宗多疑，让只没不要冲动，不想只没却误会了，顿时叫道："正是，我要去找主上评理去。"

说着甩开韩德让的手，向着穆宗所在的高台冲去，韩德让一时没拉住，看着他向穆宗跑去，只能顿足。只没单纯，口无遮拦，他此时再去拦，反而误事。此时此刻，只能跟上去，看情况为他收拾。

穆宗见比赛已毕，便下了高台，走入王帐。

韩德让追着只没走到王帐前，后面诸郎君也跟了上来，忙拉着只没低声吩咐："只没，不要冲动，不要扫主上的兴。"只没见众人已经到了，只得忍了气，与众人一起，进了王帐上前拜见穆宗。

“众郎君皆已经射柳归来，待朕看看，谁才是夺魁之人？”

侍从高声报着检视结果：“蒲速斡鲁朵韩德让，断柳手接，列为一等；仲父房休哥，少父房达凛，横帐房只没、喜隐等断而不能接，列为二等；少父房海只、海里等断其青处，列为三等。”

像韩德让、耶律休哥、萧达凛这些基本上离皇位和谋逆范围很远又出色的年轻人，是穆宗所喜的，听了这话，很是高兴地叫人依着结果赏赐锦袍和金帛弓箭宝马等。

不想一人不忿，跳出来叫道：“主上，儿臣有话说。”

穆宗转眼看去，却是耶律只没，倒有些稀罕地看着他：“只没，你有什么意见？”只没指向喜隐怒道：“这第二等，他没资格拿。”

喜隐却是打心眼看不上只没的，傲慢地反驳：“你这汉儿，休要胡说。”

只没在宫中常听人背后议论他生母是汉人，血统不够高贵，最是忌讳此事，闻言大怒，挥拳打去：“喜隐，你敢出言无礼！”

喜隐没想到他敢打自己，闪身躲过，与只没打了起来，场中顿时乱成一团。穆宗只觉得头一抽一抽地生疼，大怒喝道：“放肆，你们眼中还有朕吗？”

众人见状已经上前阻止，耶律敌烈拉住了喜隐，韩德让拉住了只没。

只没心中不服，大声喊道：“他故意设计害得休哥的马受惊，又偷袭我，他用阴私手段作弊。这般卑鄙，没资格得赏赐。”

“分明是你这两个汉儿串通，得了头名，还要诬陷于人。”

此时耶律贤亦来到王帐，见状也沉了脸：“喜隐，你口口声声汉儿，是什么意思？太祖造汉城而得帝业，难道汉儿不是我大辽子弟吗？”

喜隐性本骄狂，虽然略有忍耐，毕竟不是他父亲李胡这样经历世事甚多。他存心得魁，却被萧达凛所阻，本已一肚子怒火，再被只没挑起，更是全无顾忌，见耶律贤也敢来说他，反骂：“我要你这病儿来说我？”

只没见喜隐又骂他哥哥，比骂他更为生气，甩开韩德让的手，冲着喜隐打了一拳：“你这混蛋，敢骂我哥。”

穆宗大怒："你们要打，便打个够。"

耶律贤知道穆宗动了真怒，忙叫："只没，快向主上请罪。"

只没素来听耶律贤的，见状只得跪下："儿臣向主上请罪。"

李胡亦道："喜隐，休要无礼。"但这等请罪之话，以他的骄傲，却是不肯说的。

穆宗转向喜隐："有没有，朕让人一查便知。喜隐，你怎么说？若是还要硬撑着，真查出什么来，朕的脾气你知道的。"

喜隐的脸色又青又白，见穆宗眼露杀气，忽然想起穆宗四年，自己被抓到穆宗跟前，也是同样的眼神，便见一众小伙伴个个人头落地，自己被迫认罪，这一关押就是三年，顿时承受不住压力，扑通一声跪下。

穆宗冷哼一声，不屑地说："哼，废物，有本事用阴谋诡计，竟没本事扛，如今还输了比赛。"说罢，又喝道："将喜隐除名，列为等外。"再假惺惺转向李胡："皇叔，朕代你教一教儿子，你不怪吧？"

李胡的脸色也不好看起来，强忍怒火："主上说的是。"

只没见状，噗地笑出声来。不想穆宗转头喝骂："只没，你又笑什么？不管是阴谋还是阳谋，你中计失败，那就是输。若是你上了战场，被敌人用计谋打败，你还能找谁主持公道？你看看休哥，便是受了算计，他叫委屈了吗？他找朕评公道了吗？他只会下次把喜隐给赢回来，这才是男人。你身为契丹男儿，不要这么大了还像个要找娘的奶娃子！"

穆宗一个个训完，便觉扫兴，喝令直接回营，群臣都随之离开。

见众人走了，帐中这些年轻郎君们才要出去。喜隐大踏步走到只没身旁，伸手就是一拳，韩德让早早注意喜隐动向，手一伸挡住喜隐。两人顿时交起手来，喜隐虽步步进逼，韩德让却只是挡格，已经足以压制他。

喜隐恨恨地罢手骂道："韩德让，你这帐下奴，敢和我作对？"

休哥斥道："喜隐，你嘴巴放干净点，只有长舌的妇人，才会用谩骂来辱人。"

喜隐见萧达凛、耶律休哥等人都对着他面露不满，待要发作，想起父亲让他图谋江山，须得拉拢人心的话，只得悻悻收手，勉强笑道："我只是不服几个汉儿勾结，你们又何必和他们站在一起？”

耶律斜轸年轻最小，嘴巴也最是不饶人，只闻此言便冷笑道：“羊和羊在一起，狼和狼在一起，哪里有愚蠢的羊会因为狼的皮色相似，就不与羊相交，倒与狼做朋友的。”

喜隐大怒，但斜轸却是曷鲁大于越的孙子，这孩子从小就一张利嘴，到现在不知道得罪了多少人，只是人人看在他祖父的份上，若说不过他，也只得自己回头生闷气，却不好和他打架，倒显得欺负这没爹的小孩子。

喜隐大怒，但见众人看他的眼神都有些反感，只得忍下恨恨地去了。

耶律休哥哈哈一笑：“不管这讨嫌的人，咱们去喝酒，庆祝德让夺得第一。”

横帐三房明争暗斗，众人岂有不知，但各人手下都有部族兵马，不管谁上位，对他们都没有多少影响。这些年不是没有人想过预先站队，好使自己部族利益最大化，但失败者太多以后，众人也息了心思。

所以韩德让夺了第一，众人反不以为意，皆嘻嘻哈哈拥着韩德让出来一起饮酒吃肉，又闹腾着轮流来灌韩德让的酒。韩德让推辞不过，被连灌了好几壶，忙告了个假，去帐中更衣。方才众人彼此敬酒，喝得兴起，他的外袍也溅上了一些酒水，信宁便将他今日射柳大赛得到头名之后穆宗所赐的锦袍换上。

也就过得这么片刻，等他出帐，却见已经月光升起，处处篝火了。看着夜幕下的草原，处处欢歌乐舞，似乎人人都看不到这灯火背后的黑暗，以及黑暗之中的险恶。

韩德让不禁轻叹一声，忽然听得声后似有极轻的脚步声向他慢慢靠近，他自幼勤习武艺，如何听不出来，这脚步声细碎犹豫，显见对方并不是带着袭击目的，倒似是……

他站着不动，不一会儿便有双小手伸过来掩住他的眼睛，故意压低了声音的女声娇笑：“德让哥哥，猜猜我是谁？”

韩德让刚才听到脚步声，便已经知道是谁了，不禁又叹了口气：“燕燕，你已经是个大姑娘了，不好再这样。”

燕燕本是精心打扮了，见着月色升起，便来找韩德让跳舞，她先去了众人饮酒之处，听说他回去更衣，便又来到韩德让营帐外，见他出来，就悄悄上前。不料被韩德让一语道破，她咯咯笑着松了手，跳到韩德让面前："德让哥哥，你怎么知道是我的？"

韩德让看着眼前的燕燕，与白天又有不同，戴了小小的金冠，一身红衫红裙，腰上系了金带，金带上却垂着无数珠玉饰物，跳舞时旋转起来，必是十分好看。见她笑得天真烂漫，韩德让此时酒意渐渐上升，素日警惕的心神便有些放松："你的脚步声、你的笑声，都说明了是你，还要猜吗？"

"这么说，德让哥哥，你对我的脚步声、我的笑声，都记得这么牢了。"

韩德让本是过目不忘，便是见过一次两次的人，也能记得清楚，何况是燕燕这种每次见到他就会缠上来的小姑娘，他随口一说，不想燕燕却误会了，怔了一怔，又不好解释什么，只得呵呵一声混过去了。

燕燕拉着他："德让哥哥，月亮升起来了，咱们去跳舞吧。"

第十一章

春夜之舞

春天是万物生长的季节，春天里的祭祀，多半是为了祈求雨水丰沛，物产繁茂，蕴含人种繁衍，生生不息的意味，所以春祭往往也伴着男女的求欢索爱。

射柳大会，本就是出于祈雨祭祀目的，祭祀前后，通常就是少年男女结识的好时节，或赛马，或夜宴，或赛酒，或看热闹，或一起跳舞，三两下就认识、爱慕、欢好。因此在这样的夜晚，火堆旁边到处都是成群结对的少年男女在跳舞。

韩德让一愣神，就被燕燕拉着回到了原来的火堆边。众人见韩德让离开一会儿，便换了新衣，又带着燕燕过来，顿时起哄，叫他与燕燕进场跳舞。草原儿女，在这样的氛围下乘兴起舞，本是常事。韩家到韩德让，已经入辽三代，婚姻交融，日常起居也与诸人无异，韩德让自不扭捏，拉着燕燕的手，到了火堆中间起舞，不一会儿，耶律休哥、萧达凛等皇族与后族的子弟，也各自与对方族中少女一起跳舞。

一时间，欢声笑语，有人轻轻地唱起了草原牧歌，一群人放声唱和，连耶律休哥也在旁边敲起了手鼓。

胡辇独自站在火堆外，看着众人，一时失神。方才月色未起，燕燕便换上早就准备多日的新衣，一转眼就溜出去了。等她准备去找燕燕时，乌骨里也溜走了。

白天射柳大会虽然看似只是几个少年争胜，却也是皇族横帐三房的权力之争。晚上的篝火舞会，还不知道要闹腾出什么来。去年春捺钵，胡辇就已经见识过这里头的凶险了，想到这里，她忙换了衣服，一路寻来。

到了这些皇族后族子弟们所在的火塘，远远便见众人已经在跳舞了走到近处，正中央就是燕燕拉着韩德让在跳舞。火光下，燕燕脸色红扑扑的，眼中尽是兴奋的光芒，韩德让亦已换上今日穆宗新赐的锦袍，笑容温润如故。

胡辇心中忽然升起异样的感觉，不知是酸是涩，正踟蹰着，不知是否要进入圈中，却听得耳边有人轻笑："胡辇，你这么矜持，韩德让就要被燕燕抢走了。"

胡辇一抬头，却见是堂兄萧达凛笑吟吟地站在身后，顿时觉得耳边发烧，有些掩饰地撒娇："达凛哥，你说什么呢！"

萧达凛一直很怜惜这个堂妹，母亲早亡，下面又有两个不懂事的妹妹，小小年纪不由得要承担起长姐为母的重任，活得过于成熟和沉重，见她掩饰自己的情愫，不由摇了摇头："胡辇，你啊，不要老想着妹妹，要想想你自己，也还是个年纪轻轻的小姑娘。"

胡辇低下了头，心中却是百感交集，叹息一声："达凛哥，你不知道，我、我不成的……"

萧达凛摇头："哼，有什么不成的？"

胡辇是后族女儿，可嫁皇族，为后为妃，而韩家虽然身为高官，亦联姻萧氏远支，但是作为述律太后宫帐之奴的身份却未撤销。更何况，当年辽世宗在时，胡辇生母携她入宫，太后曾戏言，要将胡辇许配给当时的大皇子吼阿不为妃，这是许下未来皇后的允诺。虽然吼阿不还未长大，便死于祥古山事变，但是很明显，如今凡是对皇位有野心的皇子们，瞄准后族的头一个姑娘，便是胡辇。或许，胡辇就是懂事太早，知道得太多，所以这些年来才一直不敢放开心怀去追求，去爱一个男人。

胡辇看着萧达凛，这个堂哥某些时候，就如同亲哥哥一般，她知道他关心自己，亦知道他要说什么，只是两人四目相交，她只能苦笑："达凛哥，我知道你是好意……或许，将来乌骨里或者燕燕，可以有一段自由的婚姻。只是，我是长女，要为父亲和家族分忧，不可任性。如今萧家女儿注定要联姻皇族，那就我来承担，这样妹妹们还可以有一段真正的爱情。"

胡辇不再说话，摇摇头进入了圈中跳舞。

胡辇的挣扎，萧达凛的不平，燕燕自然都是不知道的。作为家中幼女，燕燕实在是可以活得没心没肺，她长到十几岁，最大的遗憾，也不过是眼前的男子，注意力竟未曾如她一样，全心全意地看着自己的舞伴。此时此刻，燕燕觉得周围一切都被虚化了，只有眼前人的笑容是真实的。

然而韩德让虽然跳着舞，但他的眼中所见、心中所思，却并不在这里。春捺钵并不只是少年男女的狂欢，有时候也是权力重组的预谋，和有心人的捕猎。

燕燕见韩德让心不在焉，不由嗔道："德让哥哥，你在想什么？"

韩德让回过神来："没什么……"看着眼前无忧无虑的小姑娘，轻叹："燕燕，似你这等无忧无虑，不知道教多少人羡慕。"

燕燕却皱着眉头："德让哥哥，你不知道我有多愁呢。"

"哦？"韩德让倒来了兴趣，"你有什么可愁的？"

"我怎么能不愁呢，爹爹经常唉声叹气，大姐一直心事重重，二姐还傻里傻气什么都不知道，净知道玩。"

"噗！"饶是韩德让一向稳重，也不禁有些失笑，她形容自己二姐的样子，难道不是在说她自己吗？

燕燕似知道他在想什么，恼怒地瞪了他一眼："我自然是与二姐不同的。二姐她，她只管哪里的衣服好看，首饰好看，谁家的儿郎俊俏。可我，我是不一样的。"

韩德让笑道："那你平时心里在想什么？"

燕燕顿时卡住了："我在想……"

若是换了父亲或者姐姐，她必是混赖着过去了，可看着韩德让似笑非笑的神情，心里顿时不服气起来，想了想上次去问父亲却没有问成的事，就抬头看着韩德让："我、我在想，横帐三房的事儿。"

"横帐三房？"韩德让不由得停了下脚步，旋即又掩饰地随着乐声继续跳舞，只微笑道，"横帐三房怎么了？"

"若不是横帐三房为了皇位相争，今天我们就只顾高高兴兴喝酒跳舞，射柳比赛也只管凭着本事论输赢，根本用不着那般勾心斗角。”

“哦……”韩德让被她的话勾起了兴趣，“你也知道今日射柳大赛上勾心斗角？”

“这谁看不出来？喜隐想争郎君军的位置，可又不是他想就行了，也得主上肯，也得休哥、斜轸这些人肯才行。”

韩德让一怔，没想到燕燕竟然一语中的，顿了一顿才失笑：“没想到你年纪虽小，看得却比喜隐清楚。”

燕燕不悦：“我不小了，我什么都懂。”

韩德让嘴角弯了弯，没有笑出来，只有小孩子才会不停强调自己“不小了”“什么都懂”，但若说出来，燕燕肯定会发脾气，见燕燕已经抬头，似是疑心他下一句会是她不爱听的话，忙岔开话题：“你也知道，我今日虽然获胜，但却代表不了任何结果。除非是喜隐或者只没，他们得了第一，才会对政局有影响。”

燕燕嘴一撇：“就算是他们也一样，反正都是没有机会的。”

韩德让渐渐对这看似完全不曾用心，但许多事都说在点子上的小姑娘提起了兴趣：“为什么没有机会？”

燕燕正是十三四岁，最好卖弄的年纪，她素日读书学习又好发个奇思乱想，早攒了一肚子的话，只是她的话在父亲大姐面前总是显得幼稚，和其他女伴甚至自家二姐说起来，对方又毫无兴趣。从小到大，也只有韩德让才会耐心听着她这些左一榔头右一锤子不着边际的童言稚语，甚至帮助她把散乱的思绪整理出来。听韩德让感兴趣，不由想到这段时间想不通的一些事，正好说了出来。

“他们笨哪，所以没有机会。”

“哦，你为什么说他们笨呢？”

“因为休哥、斜轸他们都不跟他们要好。”

韩德让敏捷地捕捉到了什么：“休哥他们跟不跟皇子们要好，有关系吗？”

“当然有关系……”燕燕瞪着圆溜溜的大眼睛，想解释，又解释不出来，她毕竟年纪小，许多事情觉察到，但又说不出完整的分析，支吾了好一会儿，终于想到，看着韩德让，“就像述律太后，她虽然做了许多大家不喜欢的事情，可为什么就能够每次都对了呢？”

这种说法倒是新鲜：“哦，你觉得述律太后每次都对了吗？”

身为汉臣，对于数次在重要关头阻止契丹汉化的这位老太后，实在是觉得她顽固落后，残忍无情。看着小姑娘一脸天真，他张了张口想说什么，但一想到述律太后毕竟是燕燕的姑祖母，一个什么都不知道的小姑娘，崇拜她也是很正常的，因此话到嘴边，还是没说出来。

燕燕却似看出他想说什么，忽然道：“我觉得你们老是说，述律太后偏好旧制，不喜欢汉人，随心所欲废立太子，这是不对的。”

她虽然口出惊人之语，但毕竟还是个小姑娘，脸上带着那种努力想要让别人认同的表情，实在是可爱得很。韩德让看着她的模样，倒似他小时候养过的一只小兔子。他素来克制，但今天还是多灌了些酒，不免有些失态，这样一想，竟伸出手来，在燕燕头顶揉了一揉，揉完顿觉尴尬，哈哈一笑掩饰道：“那你说，这是为什么呢？”

“我觉得，述律太后做的是对的，太宗做的也是对的，他们并没有阻碍汉化。是太祖和东丹王太急了。”

韩德让怔住，述律太后出手阻碍了汉化进程，这是从他的父亲到他所认识的汉臣，甚至许多契丹皇族后族之人的共识。不管他们是出于推进汉化角度的痛心疾首，还是出于维护旧制的趾高气扬，在这一点上，并没有差别。却没想到，竟有一个小姑娘，说出完全相反的结论。

韩德让知道她这话说得已经有些出格了，若换了平时，必会阻止她，或者以别的话岔开。然而今天被众人灌了几壶酒，纵然他极有分寸，也有些多了。当时不觉得，等过了这一会儿，跳了舞，又吹了些风，酒劲有些上来，也有些醺然，压抑了极久的心事不免涌上来，却不好与人说。

听着这小姑娘口无遮拦，不知为何，竟有些隐隐的兴奋，眼见众人跳了这么一会儿，就各自双双对对地拉着去僻静处交流谈心了。

他拉起燕燕指了指旁边僻静处，笑道：“哦，你这话倒是新鲜得很。

这里人多，咱们去那边再说。”燕燕大喜，拉着韩德让，走到僻静角落。

这会儿独自相处的，皆是双双对对，燕燕坐下来就看着韩德让，险些忘记自己原来想说什么了，只看着韩德让，且看且笑，眼神亮晶晶的，想说什么，又不知如何开口。

韩德让坐下来时便有些后悔自己的孟浪，方才真是被酒意冲昏了头，又不好此时拒绝伤了小姑娘的心，按着父亲所传的医道，轻轻运息，慢慢将酒意压下，聚回精神来，佯装不知地笑道：“燕燕，你刚才说到哪儿了？”

燕燕毕竟是极聪明的，见着韩德让提起此事，想起自己刚才是拿着“横帐三房”提起的话题，才让韩德让拉着她来到这里单独相会。此时她处于情窦半开不开的时候，浑不知道恋人之间，哪还需要其他的话题。若是一个男子带你单独相处又不同你讲情话，那也好早早明白他对你无心。

而她只要能够同韩德让独处便满心欢喜，有话题说，那是再好不过，总之就是要让这单独相处的时光，拖得越长越好：“说到述律太后啊。”

韩德让想起刚才的话，叹道：“人人都说述律太后更爱旧制，不喜欢汉家制度。便是昔年太宗南下，她还十分不悦：‘以汉人为契丹王，可否？若不可，何以欲为汉家王。’大辽立国推进汉制，几次皆为述律太后所阻止，你为什么说她没错？”他一家起于述律太后，可是大辽汉制的推行，却又数次折于她之手，实在令他感觉复杂。

燕燕摇了摇头：“我觉得不对，述律太后并不反对汉制。”

韩德让凝神仔细看了看燕燕，却见她仍然如往日一般天真无邪的样子，可这一番话，却绝对不是无知无识的小女孩能说得出来的，当下“哦”了一声：“你如何会这么想？”

“人人都说述律太后不喜欢汉制，所以废东丹王而立太宗。又说她喜欢旧制，所以大杀汉臣。可是我前些日子翻看我爹的旧档，却觉得不对啊。当年就是她劝太祖皇帝不要杀南朝来的汉臣，还保全了韩延徽大人。还有你们家也是应天皇后的人啊，如果她不喜欢汉人汉制，就不会向太祖推荐这么多的汉臣……”韩德让的祖父韩知古，当初也是身为述律太后的陪嫁之奴，而得以重用。

燕燕的确是因为对韩德让的兴趣，而想知道他家族所有事情，才会去查萧思温书房中的旧档。不承想此时与韩德让说的时候，见韩德让眼睛越来越亮，兴奋之下，说漏了嘴，方想起韩德让出身之忌，吓了一身冷汗，惴惴不安地看着他："德让哥哥，我不是故意的，你别生气啊。"

韩德让失笑："我家出身，人人皆知，有什么好避忌的。只是你小姑娘家的，如何会想到查这个？"

燕燕支吾两声："只是去翻找一件东西，无意中看到的。"见韩德让并无不悦，大着胆子拉着他撒娇："德让哥哥，你没生气吧？"

韩德让低下头，想着燕燕方才的话，竟是让他重新去思考。他家世代汉臣，自然觉得述律太后所作所为十分无理。然而，燕燕的家族，本就是述律太后的母族，她的所思所想，自然是站在述律太后这一方面。

或许，述律太后并不是如他们所想的那样，是个顽固守旧的老太太——能够执掌国政这么多年，数次改变了辽国命运进程的女人，又如何只是"顽固守旧"四字能够表述得完。

韩德让沉思片刻，长叹一声："燕燕，你说得有理。的确，述律太后她……并不是不喜欢东丹王，或者不喜欢汉臣，也并不是喜欢旧俗和袒护部族。若不是她的推动，太祖皇帝也没有这个决心去铲除其他七部；若不是她的推荐，一开始许多汉臣也没这么容易得以重用……"

他说到这里，忽然停住，又陷入沉思。

燕燕没想到自己一番不经意的话，竟引起韩德让这般深思，过了半晌见韩德让仍不动，不由得轻呼："德让哥哥，德让哥哥，你怎么了？"

韩德让回过神来，忽然道："燕燕，谢谢你。"

燕燕不解："怎么？你谢我什么？"

韩德让爱怜地抚了抚她的头顶："子曰：'三人行，必有我师。'此言果然不差，我没有想到，今日你竟给我一个新的看法。唉，我只道……路途反复。但或许转头想一想，也许有时候，真是走得太快了，或者是别人眼中的太快了。"

这些年来，韩家数代人苦苦思索，每每大辽皇帝欲推行汉制，总是行至一半而折断。只道是功业难成，今日燕燕无心的一番话，却忽然让韩德让有了新的想法。倒转回当初汉制推行第一次受阻，他们一直认为失败在于辽国旧族旧臣势力过大，令述律太后受了他们影响，更兼她不喜汉制，因而不喜东丹王，导致废长立次，第一代汉臣的努力全面败退。

但换个角度想，述律太后所不喜欢的并不是汉制，而只因为汉臣或者汉制影响到她认为的平衡。或者，她只是审时度势，在最合适的时机，用最合适的人罢了。

而述律太后对汉人汉制在不同时代的不同态度，恰恰最能够反应大部分契丹人当时的看法吧。作为汉臣，他们也应该抛开原来的设想和努力，换种思维和方法，去更深入理解包括述律太后在内的大部分手握权势的上层，而不仅仅是游说几个皇帝，才能更好地达到目标。

这就是所谓的知己知彼，方能百战不殆。想到这里，韩德让亦无心再继续歌舞："天色不早了，你年纪小，我送你早些回营安睡吧，免得明天起不来。"燕燕没想到说了几句，韩德让就要赶她走，只觉得莫名其妙，心中大是不悦："德让哥哥，别人还在跳呢，你偏要赶我回去。"

"我管不了别人，只是你既出来了，便是我的责任。来，我送你回去吧。"

燕燕不悦，扔开韩德让，径直跑了。

韩德让无奈，怕她又闯祸出事，只得忙又去找胡辇。

胡辇拗不过萧达凛劝说，被拉入跳舞行列，不想没过多久，便见喜隐凑到她的面前，眉梢眼角，许多暧昧的意味流露。

胡辇何等聪明，一眼便看破了他的用意，心中只觉得没意思，转身就要离开，喜隐急了，忙跟了上去："胡辇，跳得正好，怎么就要走了？"

胡辇淡淡道："我累了，想早些回去休息。"

喜隐忙道："我送你回营帐吧。"

胡辇摇头："不必了，那边还十分热闹呢，您尽管再去跳舞。"

喜隐上前一步，急切地："胡辇，我是一片诚意……"

胡辇站住，似笑非笑："我说过，我累了。"

喜隐一急，忽然心生一计："这可是你掉落的耳环？"

胡辇不由得一摸耳垂，诧异："我的耳环不曾掉啊。"

却见喜隐手中托了一对白玉耳环："我倒是觉得，这对耳环与你特别相衬，要不你戴上试试？"

胡辇瞥了一眼，但见白玉雕琢十分精美，显见不是凡品，这哪里会是随手拾到的东西，明显是喜隐精心准备的。

虽然早明他的来意，但见他如此作态，显然是小视了自己，怒极反笑："喜隐大王这是什么意思？"

喜隐见她笑了，还以为自己献对殷勤，忙做出一副温情脉脉之态："天上飞的鸿雁，终要落下归窝的。胡辇，你这样的才貌，就应该匹配真正的贵人。你我在一起，就是后族和皇族最出色的结合。"

胡辇收了笑容："喜隐大王，你太有自信了。可惜，这对耳环，您还是自己留着吧。"

"胡辇，我是一片真心——"

"真心也好，假意也罢，喜隐大王，您的甜言蜜语，还是留着给别的姑娘吧。对我来说，您太简单了，一眼就可以看到底。"

喜隐不想胡辇竟说出这一番话，顿时怔住，胡辇也不理他，径直转身离开。喜隐心中暗恼，收起耳环，怀着怨忿之心正要离去，转身却见另一少女笑着跑过来："喜隐大王，你跟我姐姐说什么？"

喜隐眼睛一亮，笑道："没说什么。我问她，你去哪儿了，我正想找你呢。"

这少女正是萧思温的次女乌骨里，见喜隐这般说话，十分诧异："你找我，有什么事？"

喜隐便将刚才那对耳环托在手心送到乌骨里面前："我想把这对耳环送给一位我仰慕已久的姑娘，只是不知道有没有这个荣幸。"

乌骨里接过耳环，又惊又喜："送给我的？"

“自然是送给你的。”

“我以为……”说到一半，乌骨里便顿住了。

喜隐刚才在胡辇面前碰了一鼻子灰，正是懊恼之时，见乌骨里走来，也不过顺口一说，不想乌骨里却给了个让他惊喜的回应，不禁信心又起，暗自得意，便语带调笑：“你以为什么？”

乌骨里低下了头，嗫嚅道：“以为你找的是我大姐。”

喜隐看出她的心事：“不是每个人都只会看中胡辇，我更喜欢像你这样直率又可爱的姑娘。刚才我只是向胡辇打听你的下落……”

乌骨里低头暗喜。少女怀春，她们姐妹与一起玩的同族少女，不免会讨论到皇族之中谁更适合婚嫁。横帐三房年纪相当的皇子们，皆是被她们数过的。长房只没是汉女生的，明扆身体太差；二房的罨撒葛太老，敌烈是婢女所生又没有多少势力；三房的喜隐、宛脾气太坏人缘差。

然而分析归分析，在被私底下讨论过作为最优匹配的对象含情脉脉地述衷情时，自然又喜又惊，各种思绪奔腾，乌骨里扭捏着：“我、我……你怎么会……什么时候……”

“今天在换神锁的时候，我在人群中一眼就看到你了。看到你站在胡辇身边，这么美丽动人，我还特地向别人打听你。”

乌骨里脸更红了：“你怎么打听的？”

“我说，那位美得像草原上会走路的花一样的姑娘是谁啊？人家同我说，那就是思温大人的二女儿，乌骨里。”见乌骨里羞得低下头，双手紧握，喜隐心中越发得意：“来，乌骨里，我把耳环给你戴上。”

乌骨里羞答答地伸出手，喜隐取过耳环为她戴上。火光映着她的脸，竟是颇为动人。喜隐本来抱着利用的心情，却也不禁有些心动：“当真是好美……”乌骨里心慌意乱，也不知道他说的是人还是首饰。

喜隐又指了指乐声响起之处：“乌骨里，你可否与我共舞？”

乌骨里更加心慌意乱：“我、我……”

她还没说完，喜隐径直牵起了她的手，走向那乐声之处。接下来她晕淘淘的，也不知道自己是如何跳舞，如何欢笑，如何与喜隐手牵着手一路走来，回醒过来的时候，已经回到了自家的营帐。

坐在床头，捂着滚烫的面孔，一时喜，一时慌，竟不知道如何是好。直到燕燕风风火火地跑进营帐，这才回神，嗔道："燕燕，你如何在外头玩得这么迟才回来？"

不想燕燕却是一脸怒色，踢了靴子爬到榻上去，嚷道："别提了别提了，别再同我提他。"

乌骨里自然知道她今天精心打扮过以后出去，必是要找韩德让跳舞，还取笑了她几句，她回来得比自己还晚，以为她乐不思归，没想到她竟这般怒气冲冲。

"怎么，和韩德让吵架了？"这真稀奇。

燕燕坐在榻上，咬了咬牙，没有说什么，自己精心打扮，又想了和韩德让说得上话的话题，没想到说完以后，韩德让居然就要把她送回去，一点也不像别人那样谈情说爱。他就看不到自己这么精心打扮是为了什么吗？他就不知道这样的晚上，人人成双成对是为了什么吗？

所以她才恼了跑掉，本以为他会追过来，或者干脆去找别人一起玩。不想一转头，就被胡辇找到，拎了回来。最让她生气的，居然是韩德让找胡辇来抓她回去的，他不陪她玩，还不让她跟别人玩，实是令人生气。

乌骨里不解，问了她半天，她才气哼哼地把事情全部都说了，乌骨里却笑起来，燕燕大怒，拿起枕头打过去："你笑什么？"

"我笑你啊，傻丫头，你是后族女，却去讨好一个宫分[1]人。那韩德让有什么好的，值得你这么巴巴地去讨他的好。"

燕燕刚才自己生韩德让的气，恼得要命，听到乌骨里说他的不是，却又不高兴起来，坐起来反驳："德让哥哥骑射好，武功也好，长得好，性子更好，还是今天射柳大赛的第一名。他又有什么不好了？我喜欢他又有什么不对？"

乌骨里见她恼了，反而笑得更响："我还以为你真的恼了他呢，怎么

1. 宫分，即斡鲁朵，是独立的经济军事单位。宫分人源自战争俘虏的皇族私奴。

又护上他了？”

燕燕情绪又低落了下来，闷闷地说：“那是两回事。”

她不想继续说了，转而问乌骨里：“二姐你呢，脸这么红，笑得这么开心，是不是遇上喜欢的男人了？”

“哼，我不告诉你。”

燕燕扑到她身上挠痒痒：“不行不行，我都告诉你了，你怎么不告诉我？”乌骨里咯咯地笑得停不下来，转去挠燕燕，两人在床榻上打滚，弄得床板咔咔作响，好不容易两人都累了，才停下来。

乌骨里忽然想到一事，推了推燕燕：“哎，你说，韩德让对你不上心，他会喜欢谁呢？”

燕燕顿时坐起，眼睛瞪得大大的：“不可能，德让哥哥不会喜欢别人的。”

“怎么不会？”

燕燕又气又急，脱口而出：“谁能够比我好？”

乌骨里捧腹大笑：“哈哈哈，燕燕，你可真不害臊啊，哈哈哈……”

燕燕急了，扑到乌骨里身上，虚掐着她的脖子威胁：“你说是谁，你说是谁？”

“告诉你是谁又能怎么样，难道你还能够去打人家一顿吗？”乌骨里本是随口玩笑，见燕燕似乎真的恼了，脖子被掐得呛起来，只得叫道，“好了，好了，我说，是大姐，是大姐……”

燕燕顿时怔住，半晌放开了乌骨里大叫：“怎么可能，你胡说。”

乌骨里却不是随口乱说的，她刚才无意中见到胡辇站在火塘外看着韩德让，那样的眼神她当时不觉得，可是等到与喜隐幽会之后，拿起镜子看着自己的眼神，忽然间就明白了什么。又看不过燕燕对韩德让一片痴情，忍不住说出了口，见燕燕不肯相信，反问：“怎么不可能？”

燕燕情绪顿时低落了下来，大姐无论什么都比自己优秀，德让哥哥喜欢她，也是很理所当然了。若是他们在一起，会是怎么样呢，一想到他们在一起的情形……

燕燕忽然跳了起来，笑道：“二姐，你果然哄我。”

乌骨里诧异：“凭什么说我哄你啊？”

燕燕眼珠子转了转，忽然捂着肚子狂笑：“你想想他们两个坐在一起会是怎么样子，就知道不可能了……我猜啊，他们两个若是面对面一整天，谁也不会先开口……要是一开口呢，肯定就是教训人的！”

乌骨里本也是略有怀疑，被燕燕绘声绘色地一说，细想了燕燕说的情况，不由得捶着被窝狂笑：“哎哟，燕燕，你这比喻绝了，还真是的。大姐和那个韩德让啊，都是一副‘我不说你也应该懂’的闷葫芦样子，等到要开口了，必是先要教训人的，哈哈哈，你说，他们若在一起，会是谁教训谁啊？”

“我看啊，会是德让哥哥教训大姐。”

乌骨里却不同意：“哼，我看啊，会是大姐教训韩德让。”

两人越想越好笑，不由得笑了又笑。

燕燕抹了抹笑出来的眼泪，推推乌骨里：“别笑了，大姐要是听到我们这么背后编派她，肯定饶不了我们。”

乌骨里摸摸燕燕脑袋，装模作样地叹息：“唉，你这孩子，还有心思编派大姐，我看你啊，根本还不懂什么叫喜欢。”

燕燕不服地偏过头，吼叫：“别摸我头，谁再敢摸我的头我就揍谁。”她自觉长大了，就不喜欢再被别人摸着头当小姑娘。当然，韩德让除外。

乌骨里举起手来示意：“好好好，不摸你头了，燕燕是大姑娘了，大到可以喜欢男人了，不能再摸头了，哈哈哈。”见燕燕不悦，忙转了话头：“不过，你放心，韩德让和大姐，是不可能的。”

“什么叫不可能？”

“我们萧家的女儿，就算做不了皇后，也得做王妃。韩德让再出色，可他身份是汉人，大姐怎么能够嫁他？”

燕燕顿时不悦：“那按二姐你说，萧家女儿应该嫁给谁？”

乌骨里数着手指，将皇族三支一一道来。

燕燕听她这一路数来，竟只有喜隐合适，白天喜隐射柳弄鬼，她可是看在眼中了："那不是只剩喜隐了？我可不要喜隐当我姐夫。德让哥哥肯定不喜欢喜隐。"

"喂，傻燕燕，我嫁谁干吗要韩德让同意啊？"

"反正德让哥哥不喜欢，我也不喜欢，大姐也肯定不喜欢他，一家人彼此不喜欢，怎么能在一起呢？"

乌骨里被这不讲理的傻姑娘给气坏了："我喜欢喜隐，跟韩德让有什么相关？谁要跟他一家人，他又怎么可能和我们一家人？"

燕燕一时回答不出，翻脸道："哼，我要去告诉大姐，叫大姐来管你。"

乌骨里大怒，拿起枕头朝燕燕砸去："我要你管，要你管。"

燕燕也拿起枕头砸向乌骨里："我偏不答应，偏不答应。"

两人正互相砸得起劲，忽然一个人掀了帘子进来，斥道："你们闹够了没有？"

两人一看，吓得枕头掉了下来，正是她们最畏惧的大姐——胡辇。

第十二章

狼虎丛中

燕燕和乌骨里正在帐中打闹，不想闹声太大，惊动了大姐。两人吓得顿时收了枕头，迅速乖乖躺下盖上被子，装出一副很乖很听话的样子，一动也不敢动。过了片刻，见胡辇仍然站在那儿瞪着两人，燕燕不敢作声，只捅捅乌骨里，示意二姐开口。

乌骨里只得硬着头皮向胡辇赔笑："大姐，你还没睡啊？"

胡辇白了乌骨里一眼，冷笑道："闹腾成这样，我还能睡吗？我再不过来，连爹那边都能听到你们闹腾了。我看啊，你们两个就不能在一个帐子里。燕燕，你到我帐子里去睡。"

燕燕吓了一跳，连忙扑上去抱住乌骨里，叫道："不要，不要，我和二姐已经睡下了，就不要换了。"

"不换？不换你们还得打架。"

乌骨里也忙笑着抱住燕燕："没有，没有，我们没打架，我们可要好了。"

"对啊对啊，我和二姐可要好了。"

胡辇无奈："别再让我听到你们闹腾，否则的话，明天统统分开。"说完掀帘子出去了。乌骨里和燕燕相视而笑，吐吐舌头。

"好凶啊。"

"对啊，这么凶，谁娶她一定很可怜。"两个小丫头正说得起劲，忽然帘子一掀，胡辇去而复返。

两人吓得大惊失色，连忙拉起被子扑在床上闭眼装睡。胡辇自然知道，暗骂这两个小混蛋在背后编派她，却也只能摇摇头捻好被子，吹熄烛火，退了出去。

两个小混蛋见大姐走了，立刻睁开眼偷笑，随即又你掐我一把，我推你一下地闹腾起来，却再不敢闹腾得动静太大，只暗暗使劲。

胡辇却是在外面听得分明，无奈轻笑摇头。

侍女福慧问：“大姑娘，要不要回帐歇息？”

胡辇想了想，还是去了萧思温的营帐，她还有事要找父亲商议。

营帐内烛火通明，萧思温正伏案批阅奏折，见胡辇撩开门帘进来，停笔问：“燕燕睡了？”

胡辇提壶给父亲倒了一碗奶茶，笑道：“还没呢，今晚她和乌骨里应该是在跳舞时见着了喜欢的男孩子，在一起说着小女孩的心事呢，估计要闹腾到很晚。”

萧思温接过奶茶喝了一口，放下，叹气：“横帐三房，这些年来为了争夺皇位，就没有消停过。如今春捺钵时节，更要多加小心。”

胡辇忙应了：“爹爹放心，我会看着妹妹们的。”

“乌骨里倒也罢了，她顶多脾气坏些毛躁些，燕燕却从小到大，隔三岔五地生事，你要小心。”

胡辇自然知道父亲何指，这次出来，燕燕头几天还小心翼翼，跑了几天胆子就大了，纵马赛猎无所不为，一次赛马时还险些将耶律仙河撞下马去，幸得胡辇不放心她，托了萧达凛跟着监督，及时出手救了耶律仙河。这段时间下来，大大小小的事儿也惹出一堆，她只得赔笑帮着燕燕描补：“爹，这种事也常有，咱们草原的儿女，哪天不碰碰撞撞的。那日的事我也已经教训过她了，她也知道错了。”

“她知道错？每次淘气闯祸，回回你都是说她‘知道错了’，可下一次，还是继续闯祸，哼！”

胡辇只得继续劝：“爹，母亲临死时，她拉着我的手说：‘你是大姐，要好好照顾妹妹们，燕燕最小，我最不放心的就是她。’就算是看在母亲的份上，再饶她一次吧。”从小到大，每次燕燕闯祸到胡辇也护不住的时候，她就只能拉着亡母来替燕燕求情，而且多半效果很好。萧思温每每念及亡妻去世时，燕燕尚不知事，便心软三分。

无奈这招用得多了，萧思温也会免疫："哼，别提你母亲了，要依你母亲脾气，燕燕这样的泼猴，她得一天三顿打。"

燕国长公主耶律吕不古是彻彻底底的契丹女子，揍起孩子那脾气可是不弱于先皇后撒葛只，胡辇、乌骨里幼年淘气时父亲没动过半根手指头，倒被母亲胖揍了无数次。

胡辇掩口笑了："那时候，只怕挡着不让打她的就是您老人家了。再说，我就算不挡您，难道您就真舍得打她？您要真下了决断，哪是我挡得住的！"

萧思温被噎住，一时竟无言以对，只得重重哼了一声。

胡辇笑着上前替萧思温揉肩捶背宽慰："爹，燕燕虽然淘气，但淘气的孩子才聪明，对不对？"

"哼，聪明！聪明的孩子就不会闯这么多的祸。"

"您看，虽然她经常闯祸，但是每次都不一样啊。犯过的错，从来没有再犯过，这就是有长进了。真要是个闯祸胚子，还不如乘她这个年纪，把能闯的祸都闯过了，将来就不会再闯祸。"

萧思温听她劝了半日，知道长女存心袒护，还是心软了，长长叹了一口气："我怕她再闯祸，就没有将来了！你知道如今三支争位，潜流暗伏。而主上多疑好杀，便是至尊至贵之人，也可能明日便被问罪囚禁乃至处死。刑场上的血，有几日干过？燕燕又是个好惹祸的性子，若不看好她，我怕我们舍不得教训，到时候她会闯一个要拿身家性命为代价的大祸，这才是最糟糕的。"

胡辇一惊："不至于如此吧。主上也不能不讲理啊，再说，他总得记得母亲当年与他的情分吧。"吕不古是穆宗同母姐姐，穆宗、罨撒葛自幼都对这位长姐十分信服。她虽早亡，但穆宗兄弟对萧思温一家亦是念及旧情，厚爱几分。

"可是你能跟主上讲理、讲情分吗？他是讲理、讲情分的人吗？这些年来死了多少皇族宗室、后族重臣，他跟谁讲过理？又跟谁讲过情分？"

胡荤一惊，走到帘子边掀帘看了看，才转回到萧思温桌前，叹息：“是啊，如今情势越来越难，看来燕燕是得管管了，至少不能再让她出去闯祸。”

萧思温转问她：“你说，应该怎么管？”

胡荤扑哧一笑。

“还笑，你倒说说，拿她怎么办？我看，明天干脆把她往韩德让那里一送，只有他还管得住这只小野马。”

胡荤摇头：“爹爹真是胡说，韩德让哪有空管她。”

不想说到韩德让，萧思温忽然心里一动：“胡荤，你看，是不是燕燕有些长大了？喜欢男孩子了？”

“不太可能吧，前儿她还把虎古大人的儿子磨鲁古给打了。磨鲁古不过说一句喜欢她，她便把人打一顿，这哪是有了心事的女孩子会做的事啊？”

萧思温点了点头，忽然问：“那么，你呢？乌骨里呢？”

胡荤脸顿时红了，跺脚嗔道：“爹！”

萧思温笑了：“这又有什么不好意思的？我的胡荤这般漂亮，岂没有男孩子来追求，只不过，你真的一个也没看上吗？比如说韩……”

胡荤一紧张，立刻打断了萧思温：“爹，今晚喜隐故意接近我，说要送我礼物。我看他别有用心，就给拒绝了。”

萧思温警惕起身：“喜隐？李胡家的喜隐？”

“正是。”

“李胡父子也就这点能耐了。既然你没上他的当，自然也不需要多理会。”

胡荤点了点头，忽然想到今晚在跳舞时隐约听到的事情，犹豫着道：“爹，我刚才听人说……主上最近似乎身体越来越不好，还听说，他听信女巫肖古之言，以人心和熊胆和药呢。”

萧思温沉下脸：“你说什么，这可是真的？”

“我只是隐约听了一耳朵，待要细问，那人就不敢说了。”

萧思温大怒："岂有此理，岂有此理。"他推开几案，在帐内踱来踱去，忍不住骂："'君之视臣如草芥，则臣视君如寇仇。'残暴至此，安能久乎？"

胡辇一惊："爹，小心。"

萧思温冷笑："我便当着他的面也要说，又能怎么样？"

"此事尚不知真假，您还是打探明白，再与其他大臣们从长计议吧！"

萧思温恨恨地一击案："我真后悔啊……当日祥古山之变后，怎么就会听了屋质的话，拥他为主。"

可当时的情况下，不拥耶律璟，难道还能够拥李胡吗？

萧思温长叹一声，一时心乱如麻。

如此歌舞散尽的一夜，注定是不平静的。

喜隐自舞会上回到父亲营帐，禀报今晚之事。

皇太叔李胡的营帐布置得十分粗犷，保留着鲜明的游牧民族特色，正中挂着耶律阿保机和述律太后的画像。

李胡年纪虽大，却依然精神矍铄，野心不减。他此刻脸色阴沉，颇为不善，听了儿子的话，他亦说了宗室诸人这些日子以来暗中向他投效："哼，当初他们反对我，把兀欲推上皇位。后来兀欲宠信汉女，抬举汉臣，他们这才后悔不迭。弄死了兀欲，又怕我脾气坏记仇，才把述律这小子推上皇位。结果他当了皇帝，把那些人同样视为对皇权的威胁一个个地杀过来，这些人真是自作自受，如今知道悔了，倒来向我投效，哼，谁稀罕！"

喜隐却不敢像李胡那样肆意。在穆宗一次次打压下，他们手中的势力已经在渐渐衰退。述律太后死后，她手中的长宁宫宫帐军有大半在李胡掌控中，李胡有这支人手，虽能够在数次谋逆案中得以自保，但想要谋夺皇位，却还需更多人的支持。

喜隐只得劝道："父王，纵然他们有不是，但难得肯来投效您，总是好事。您纵然没这个心思，但您曾经是皇太弟，如今的皇太叔，算起来离皇位最近，述律疑我们不止一日，对我们动手亦不止一次，我们岂可束手待死？”

李胡一拍扶手，喝道：“你既知道这个道理，我叫你笼络宗室，拉拢后族，如何竟不听话？我叫你去接近胡辇，你怎么跟乌骨里纠缠在一起。要知道胡辇才是萧思温最倚重的女儿，与乌骨里岂不是浪费时间？”

“父王，不是我不去找胡辇，而是这个女人太有主见了，她根本不理睬我，我看她也不是个会受人控制的主。反倒是乌骨里，她一旦成了我的女人，肯定会全心全意为我考虑。宠不宠爱，对萧思温来说只是相较而言，如果只有一个机会能够让女儿成为未来的皇后，不怕他不支持我。”

李胡双手负背，来回走动，又说：“你有把握吗？”

喜隐得意地扬手一笑：“那个姑娘，一切在我掌握之中。”

李胡大笑：“好。这次就听你的。有了萧思温的支持，这次春捺钵，我再笼络住宗室，大事可期。”

韩匡嗣的营帐中，韩家父子亦在商议事情。

韩匡嗣脸色铁青，见韩德让进来，只沉声问：“你从何处来？”

韩德让忙道：“儿子从明扆大王那里来。”

韩匡嗣不再说话，只是呼哧呼哧喘着粗气。韩德让看韩匡嗣的脸色十分不对，担忧地上前握住他的手，诊了诊脉息，诧异：“父亲，您怎么了？脉息跳得很乱，您遇上什么事了？”

韩匡嗣忽然用力一捶几案，竟将几案上的一块木板生生捶裂。

韩德让一惊：“父亲——”

韩匡嗣咬牙切齿，声音却压得极低，近乎嘶声：“我想杀人，我想杀了那个暴君！”韩德让从来不见父亲如此失态，大惊之下不由得恐惧失声：“父亲——”直觉反应就是转身掀起帘子，向外观察。

“不必看了，我既同你说这样的话，岂会不先让人在外面守着？”

韩德让果见外面稍远处站着韩家亲卫，方松了口气，转回来问：“父亲，发生了什么事？”

韩匡嗣忽然狂笑起来，笑了半天，才停息，他缓缓坐下，慢慢地说：“就在刚才，主上封了我为南京留守。”

韩德让一惊，韩匡嗣向穆宗请求外调的官职已经很久，可是因为穆宗长年身体有恙，所以一直扣着不肯放人。虽然大部分时间穆宗是由御医和女巫治理，可是一旦发生御医和女巫无法解决的事，有韩匡嗣在总能够让穆宗感觉更安心些。

那么，是什么让穆宗改变了主意，莫不是——

“是主上觉得，已经不需要扣住父亲了吗？”

韩匡嗣点了点头，伸手拿起案上酒壶，欲给自己倒杯酒，只是右手颤抖，竟洒了大半在外，韩德让忙伸过手来，帮父亲倒好。

韩匡嗣拿起酒杯，一口饮尽，良久，才缓缓道：“我倒宁可他不答应我！”韩德让知道他就要说到关键之事了，当下垂首聆听。

韩匡嗣沉默良久，摩挲着杯壁：“此事出自我口，入得你耳，便不能再让第三人知道。”

韩德让忙点头：“是。”

韩匡嗣没有立即说话，过了很久，才慢慢说起往事。

当年他在述律太后帐下为侍卫，与诸皇子交好。述律太后因为长子耶律倍与她意见相背，强迫群臣拥立次子耶律德光，随即又将诸皇子皇孙和重臣家眷控制于手心。对外宣称则是一片慈爱之心，将孙辈皆养在自己帐下。但述律太后在这些儿孙们的眼中，如其说是慈爱，不如说是可畏。这些孩子们并不是由她亲自照顾，而是由身边的侍女女官照顾。耶律倍这样已经十余岁的少年还好，似耶律璟这样的小孩子就无助了。

述律太后与太祖阿保机感情极好，在阿保机死后清心寡欲，她身边最得宠的几个女官侍女也不敢放纵情爱，未免有些压抑，因此照顾耶律璟的一个女官便生了畸念，借着为耶律璟更衣沐浴的时候抚摸骚扰，以致耶律璟长大知事后竟产生畏女之症。

述律太后在他们到了一定年纪之后，会赐给这些皇子皇孙几个侍女，此时耶律璟的畏女之症才被发现。述律太后的处置方式也很简单，就是杀了那个女官，叫来巫师祈祷，又赐给耶律璟几个温驯的侍女，强迫耶律璟自己去克服畏女之症。老太太一生强势，哪里会接受子孙在这等小事上无能畏怯，见耶律璟接受了侍女，就以为解决问题了。

谁也不知道，耶律璟的心态在这种强迫之下，更加扭曲。自此之后，他在述律太后面前显得畏畏缩缩，但私底下却变得更加疯狂暴戾。

太宗德光死后，并不是没有臣子想拥立他为帝，只是他根本就没有直面述律太后与之敌对的勇气，他所预设的所有计划，就是继续臣服于李胡，在述律太后死后、在李胡死后，他能够成为皇帝。

但是所有人都没想到，居然有人敢直面述律太后的怒火，对抗她的权威。更没有想到，他居然成功了。述律太后权威崩塌的时候，所有的人都不知所措，而一旦回醒过来，不免都捶胸顿足。因此耶律阮继位之后，各种皇族谋逆不断，最终导致察割之乱，耶律璟黄雀在后，夺得皇位。

耶律璟登上皇位之后，便将原来述律太后所赐的姬妾都杀了个精光。他终于用杀戮治好了他的畏怯，他不再有畏女之症，只有厌女之症。事实上，在述律太后赐宫女的第二年，他就已经渐渐不能人道了。

韩德让听到这里，这才明白，轻叹一声。那一年屋质等人为什么能够同意穆宗继位，就是因为祥古山事变之前，穆宗在诸人心目中还是个胆怯畏事、没有多少争斗之心的亲王，谁能想到他会在继位之后性情大变，喜怒无常，动辄杀人，不但那些稍有违逆的皇族亲贵们被他杀了不少，就连他身边的宫女近侍也是一不小心，便被他迁怒残杀。

“你可知道皇后是怎么死的？”

韩德让一怔：“不是说，她是前年骑马摔伤，伤重不治而死的吗？”

耶律璟继位之后，不纳姬妾，后宫只有皇后一人，韩德让亦听说过京中贵妇皆羡慕皇后福气极好，皇帝专宠她一人。可是此刻知道了内情，只觉得皇后实是太过不幸了。但这皇后与那些姬妾不同，是耶律璟年少时所娶，素来贤惠。耶律璟自继位之后，对皇后也一直是十分尊重的。

可今天，听父亲之言——

“难道也是主上杀的？”

“他对皇后倒是有歉疚之心，并无杀意。只是……”韩匡嗣长叹一声，“那是个意外，他一直瞒着皇后自己真正的病因，所以皇后对他没有防备之心。结果那一夜，皇后看到他睡着了，给他盖被子，不想他忽然惊梦，竟拿剑乱砍，皇后不及躲避，被他砍伤，最终伤重不治而死。”

韩匡嗣被紧急召入宫中，看到濒死的皇后，在临死前恐惧地喃喃说：“他是个疯子，他已经疯了，你们快逃、快逃……”

那一夜，他要救治的不但是皇后，还有精神差点又要崩溃的穆宗。从那时开始，穆宗的情绪就更不稳定了，他开始疯狂地求助于女巫，对韩匡嗣渐渐失去了信心。

韩匡嗣又倒了一杯酒，冷笑：“他本盼着我的医术能治好他的病，那次以后，他终于没有耐心等待，打算走旁门左道了。”

“他打算做什么？”

韩匡嗣凝视着杯中酒，酒色血红：“女巫肖古给他献了一个方子，要活人心和熊胆合药，用上九百九十九帖，就能够治好他的病。”

韩德让只觉得心底一阵寒意升起：“如此荒唐的药方，他居然也相信？”

“相不相信又有什么区别，他本就无所谓杀多少人。肖古自称能够治好他的病，骗了这几年，所有的招数都已经使尽了，才弄了这么一个药方出来，本以为他不会相信，或者说，他办不到！”

“难道他已经开始合药了？”

“不错，我风闻他从上月开始便要收人心和药，还以为是谣传，没想到今日他对我承认，已经服了第二帖药。”

“那他接下去，还要杀多少人？”

韩匡嗣一拳重击在桌上：“我若不能阻止这场屠杀，何以立世！”

韩德让大惊，他深知这句话的分量，急劝：“父亲，主上残暴，这与您何干？”

韩匡嗣眼泪流下：“德让，你知道我们韩家是如何走到今天的吗？”

韩德让默然，他何曾不知呢？

玉田韩家，本是幽州大族，亲戚故友无数，世代生活在这幽燕之地。自唐末变乱以来，五代十年，百年间华夏旧土，征战连年，四分五裂，杀伐不断。人命如蝼蚁，朝生不知暮死。而韩家亦是在这种变乱中，举族被灭，只余韩知古一个六岁小童被掳为奴，独自北上，直至成为今日的辽国韩氏家族。

韩匡嗣喃喃道："父亲曾经跟我说起过小时候的事，韩氏是大族，家里宅院连着宅院，亲戚连着亲戚……最后，他只能记住那句话，活下去，不管怎么样，也要活下去。他也曾经逃过，可是，那时候连逃都没有地方逃，南边、南边只有更乱，藩镇割据，处处是人烟断绝，荆榛蔽野。即使我们逃去南边，也迟早成为道旁白骨。再说，就算我韩家能逃，这燕云故土百万汉人，又能逃到哪儿去？"

韩德让默然，韩氏家族原出自蓟州玉田，祖上于唐代曾任官职。自唐末到五代，契丹人多次南下侵略，他的祖父韩知古六岁被掳。虽然年幼，但与族人同掳，习得汉学，是他建议阿保机立汉人和契丹人分治的国策，并且以汉人所做的贡献为根据，一步步为汉人争取更多的权益。辽国初年对汉人的政策方针，多出自韩知古之手。

韩知古生十一子，韩匡嗣是第三子，他自幼聪明伶俐，一次被述律太后看到，喜欢这小男孩天真可人，便让韩知古常带进自己帐中逗着玩儿。述律太后征战多年，身体多疾，韩匡嗣稍大即学得一身好医术，更得述律太后倚重，甚至视之犹子，将长宁宫宿卫之职交与他，封为右骁卫将军。

韩匡嗣又生九子，家族如今已经人丁繁衍至数十人。谁又能够想到，这个家族是在遭遇灭顶之灾，只余一个孩子的情况后，艰难挣扎，重新崛起而生生不息的。

韩知古六岁为奴，韩匡嗣八岁为小侍童，韩德让十岁时，抱起了皇子耶律贤。

韩匡嗣忽然问："德让，我问你，什么是汉，什么是狄？"

韩德让自然是知道的："汉人入狄则从狄之，夷狄入中国则中国之。”

韩匡嗣缓缓点头：“我们也曾经反抗过，无数人流血牺牲，却最终抵挡不住沦为异族之奴的结果，韩氏家族付出的代价就是家族之灭，上百条人命的死亡……”

韩德让跪下哽咽：“父亲！”

“从唐朝末年契丹人南下，再到石敬瑭献燕云十六州，我们这些世代居住的百姓，失去了应该保护我们的军队，锄地的农夫就算拿起武器也保不住家园。如果反抗换来的只有死亡而没有他途，要想存活下去，就只能找另一条路。如果不能推翻这个世界，那么水滴石穿的改变，也是一种途径。”

韩德让轻声道：“我记得父亲以前给我念过长乐老冯道的诗：‘莫为危时便怆神，前程往往有期因。终闻海岳归明主，未省乾坤陷吉人。道德几时曾去世，舟车何处不通津？但教方寸无诸恶，狼虎丛中也立身。’”

“狼虎丛中也立身，狼虎丛中也立身……韩家，便是要从狼虎丛中立身，改变狼虎之性，驯化狼虎，与狼虎共存。我和你的祖父从述律太后的帐下奴开始，慢慢影响他们，经历了述律太后、太宗皇帝、世宗皇帝三代，我们差一点就成功了。”

可是，谁也没想到，契丹旧部的反扑来得这么快，结果功败垂成，雄图大业成空。为了保全实力，这些年来他只能忍辱偷生，以医术获得皇帝信任，缓缓图之。可没有想到，他一忍再忍，如今终于无可再忍……

韩匡嗣站起来，拍了拍韩德让的肩膀：“当年我对你大哥疏于管教，他虽武艺上佳，却资质愚钝，难以托付大事。为父从小将你带在身边细心教导，你兄弟之中，你最有才华，也最是聪明坚忍。更难得的是皇子贤也对你信赖有加，这是我们韩家的机缘，也是你的莫大机缘，你千万要珍惜。韩家和北地汉民的未来，为父都交托给你。”

韩德让已经感觉到了什么，颤声问道：“父亲，您要做什么！”

韩匡嗣咬牙：“我知道他是个昏庸之君，没想到他竟然丧心病狂至此，为了治疗他的隐疾，竟不惜听信女巫，以活人心胆入药。哼、哼，他能取何人的心胆，不过是取我幽燕汉人的心胆罢了！生死关头，迟一日，便有更多人受害，我已经不能再等了，必要的时候，便要动手，牺牲我除去他！”说到这里，韩匡嗣眼中杀机一闪。

韩德让大惊跪下：“父亲！切切不可如此。韩家和大辽都需要您，要除去那昏君，我和皇子贤自会设法，您千万不要冲动牺牲了自己。要知道，覆巢之下无完卵，若韩家出事，皇子贤的助力就更少了，祖父和父亲所期盼的目标，就更难了。”

韩匡嗣却根本没有听进韩德让说的任何话，拍了拍儿子的肩头，把一枚令符交到他手中：“放心，我不会莽撞的。我死不足惜，你却一定要努力活着，韩家数代的理想，及治下封地更多百姓的未来，将来都要你承担。这枚令符，可调动韩家头下属地的力量。真到不可挽回的时候，能带走多少人，就带走多少人吧。”

韩德让捧着令符，觉得它像火烧一样滚烫，但他知道父亲为人看似和气，实则极为刚毅，只能哽咽应道：“是。”

韩匡嗣凝视着儿子，十几年前，他把小皇子交到他的手中，而今，他又把这枚令符交到他的手中。他有九个儿子，只活下来五个。韩德让是他最喜欢也最倚重的，然而却也是从小到大一直亏欠最多的。

韩德让要承担的，不只是整个韩氏家族，还有韩氏家族这些年的部属、封地所治百姓。他不仅要面对死亡，更可能活得比死更痛苦更难。甚至终其一生，也会像自己和韩知古一样，看到了希望又破灭，接近了理想又毁掉。

韩匡嗣长叹一声，挥了挥手：“你出去吧。”

韩德让伏地哽咽，过了许久，仍然不见韩匡嗣出声，知道父亲心性坚忍，他既决心已下，这语言劝阻，只怕是毫无作用。只得重重磕了三个响头，拭去眼泪，低头退出。

此时天色漆黑，他虽然眼睛红肿，却也是无人看到，只匆匆回了自己营帐，令站在帐外的侍从不必跟进，自己独自躺在帐中，一夜辗转，不能入睡。直到天快亮时他才蒙眬睡着，这一日早上便起得晚了，他正起床时，听得外面喧哗，就问："什么事？"

侍从信宁忙掀帘进来："公子，燕燕姑娘来了。"

韩德让一怔，还没反应过来，便见燕燕已经随着信宁一起进来，叫道："德让哥哥，我们今天还是出去打猎吧，我原谅你了。"

韩德让见状连忙将外衣披上，他这一宿未眠，本就头痛欲裂，心中伤痛交加又强自压抑，此时见了燕燕闯入，一股怒气实是抑止不住，喝道："出去，你也是个大姑娘了，怎么还这么不知道避忌。"

燕燕昨晚与韩德让不欢而散，内心本是打定主意再也不理韩德让了。然而与乌骨里闹腾了半晌之后睡下来，那一肚子的气早就散了。一大早起来，看着乌骨里换新衣，配首饰，又在镜子前打扮半天才欢欢喜喜地出去，知道她肯定是去会心上人了，心里又羡又嫉。等乌骨里出去了，帐子里只剩下她一个人，顿时觉得自己孤孤单单，冷冷清清，再赌气下去也没意思。

于是就对自己说了一顿"燕燕是个好姑娘，燕燕不跟他一般见识，燕燕原谅他了"等自我安慰的话，兴冲冲又去找韩德让了。春天这么好，草原这么美，为了小小赌气就一个人生闷气，太划不来了。

谁知韩德让一夜未眠，刚好撞到他衣衫不整的样子。她只是一时忘形，冲了进来，不曾想到这件事。本有些害羞，但被韩德让责备之后反而发了脾气："有什么关系，摔跤的时候还不都打着赤膊，偏你像个汉家姑娘一样扭扭捏捏。"

韩德让本就心情不好，见燕燕还在胡搅蛮缠，便厉声道："信宁，把她带出去。"信宁回醒过来，忙赔笑拉着燕燕："燕燕姑娘，您看，我们公子还没更衣呢，您还是先出去吧。"

燕燕又羞又恼，一跺脚怒道："哼，谁要理你了，我再也不理你了！"

韩德让待要追上去问她为何一大早来找自己，但此时只得先行整装，便见韩匡嗣走了进来。韩匡嗣看到燕燕兴冲冲进来又气冲冲出去，便知原委，进了韩德让的营帐，问道："德让，出了什么事？"

"没什么，是燕燕又淘气了。"

韩匡嗣看了韩德让一眼，明显看出他一夜未睡的样子，摆手示意信宁出去，才道："一大早就发这么大脾气！德让，我看不是她淘气，是你在迁怒于她。"韩德让被父亲一言说中，想到他要面对的事，不由心中一痛，低下头来，低声叫道："父亲——"

韩匡嗣却不为所动，只冷冷道："不以物喜，不以己悲。德让，一点事情，就让你一夜不眠，喜怒形于色而不能自制吗？"

韩德让一夜情绪无处发泄，见了父亲的质问，悲愤交加，不由爆发出来："父亲，您明明知道的，这不是一点事情，这是、这是……"

韩匡嗣冷冷地道："这是什么？"

韩德让顿住："我、我……"

韩匡嗣看着韩德让，缓缓地说："纵然是天塌地陷，你也要神色如常，不要说不亲近的人，就算是你最亲近的人，也不能看出你的喜怒哀乐来。"

韩德让心头颤抖，父亲这一生，是经历了多少生死劫难，说出那样一番惊天动地的话之后，又能够在一夜过去，恍若无事般说出这么一番看似无情冰冷的话来。而今以后，他也要做到天崩地裂而不变色，也要做到至亲之人，也看不出喜怒哀乐来吗？想到这里，韩德让咬了咬牙，应了下来："是，父亲。"

"明扆大王虽然比你小，但在这一点上，却比你强。"

"是，孩儿懂了。"

韩匡嗣指了指外面："去把燕燕追回来吧，就当什么事也没发生过。"韩德让低头应是，忙追了出去。追到萧思温处，发现燕燕并没有回来，便要再去寻找。

萧思温却叫住了他："让胡辇去找燕燕吧。"这边令手下出去，然后才缓缓道，"我欲今日与明扆大王一见，还望韩郎君安排。"

韩德让一惊，在他经历昨夜父子对话之后，一直心神不宁，此时听得萧思温之言，更是诧异，不由得看了萧思温一眼，但见对方表情严肃，心中一凛。

此前虽经韩匡嗣游说，萧思温的确有对耶律贤表示过一定倾向，但本来的计划中，是韩匡嗣安排萧思温在春捺钵与耶律贤见上一面详谈。但是在韩匡嗣还未安排之前，萧思温此番主动约见，难道……有什么事情，左右了萧思温加速倾向耶律贤的速度?

韩德让心如电转，但脸色依旧恭敬如常，行礼道：“是。”他毕竟是小辈，萧思温提出这个建议，他只能从中转达听令。

离了萧家营帐，忙去见韩匡嗣说了此事，韩匡嗣便与韩德让一起去见耶律贤，约定午后于萧思温营帐相见。

一则，穆宗那个时间正在午睡；二则，许多参加春捺钵的人，上午出去打猎到晚上才归，午后是营地人最少的时候。

当下，过了正午，韩德让便陪着假扮侍从的耶律贤策马缓驰，来到萧思温营帐前，胡辇已经在帐外相候，迎了两人入内。

第十三章

风声鹤唳

帐内此时已经肃清旁人，只有萧思温一人独坐，面前几案上摆放着的却不是传统银壶奶茶，而是一套南朝人的茶具。萧思温慢慢地研茶、烹茶，俨然如汉人儒生一般，见了两人进来，方站起身来微笑点头。

耶律贤解下披风，摘下侍从的帽子，向萧思温一拱手："思温宰相。"

萧思温看着耶律贤的容貌，恍惚了一下，刹那间，世宗耶律阮的面容浮现，不禁轻叹："像，真像啊！"

耶律贤笑问："我像父皇吗？"

萧思温点了点头，仿佛陷入了对往昔的美好回忆："先皇还是永康王的时候，就跟你现在一模一样。那时候，他雄心勃勃，一心想让大辽一夕之内，就能够成为南朝汉唐这样的传世之国……"说到此处，他不禁眼眶也有些红了，叹息道："那时候，先皇和我们真是太年轻了。"太年轻，太气盛，所以，竟未曾察觉到潜伏的危机，竟使得帝王早逝，宏图中断。

耶律贤心中一酸，长叹："若无察割之乱，若无察割之乱……"他连说了两声，便说不下去了。若无察割之乱，大辽，便不是今日的境况啊。

韩德让见两人一见如故，渐入正题，当下与胡辇交换一眼，拱手道："大王、伯父，我到外面去守着。"

萧思温点点头，胡辇便与韩德让一起出去了。

萧思温抬手请耶律贤坐下，耶律贤也不客气，便坐下来，见红泥小炉中水已经烧开，便手提壶冲了两盏茶，送了一盏到萧思温面前。

萧思温也不说话，只举盏喝茶。两人静静地喝茶，一盏茶毕，萧思温凝视耶律贤，忽问道：“当前局势，大王有什么想法？”

耶律贤深吸一口气，他的时间不多，必须速战速决。所以，所有的绕圈子、旁敲侧击这些行为，都没有必要。萧思温经历四朝，皇位变更是什么样的事，他岂有不知。穆宗多疑好杀，两人这种私下相见，哪怕一个字不谈，也足以让他猜疑有谋逆之心。所以这次萧思温主动约见，显见已经早有成算，他若含糊其词，反而会令其失望，失去机会。当下更不犹豫，直截了当：“大辽内忧外患，只待变局！”

萧思温怔了一怔，忽然笑了，他的神情在这一刹那放松了，笑吟吟地看着耶律贤问：“内忧为何？外患为何？如何变？”

耶律贤断然道：“外忧，在南朝。应历九年，柴荣破我益津关、瓦桥关和淤口关。当时兵临幽州城下，主上却犹在醉梦之中，甚至还说‘本就是南人之地，还与南人又能如何’。此后，柴荣病死，赵匡胤陈桥兵变而夺位立国，此后勤政用心，奖励农耕，如今是民富国强，秣马厉兵，随时都有可能北上。内患……”他顿了一顿，又道，“今上继位之后，成日只知醉酒行猎，杀人成性，曾经天下第一的雄兵在他手里消磨殆尽。此消彼长，如今是南朝强而我朝弱。”

萧思温没有接话，只是“哦”了一声。

耶律贤轻叹：“而且，宋国如今的皇帝野心勃勃，数番对汉国行征伐之战，若是汉国不保，我大辽危矣。”

萧思温听了此言，心中一动，抬头看了看耶律贤，却故意摇头：“虽南人从来不乏精英，赵匡胤亦是一世之雄。但，南人不善马战，又奈我朝何？”

耶律贤又倒了一杯茶，道：“我前日翻看到一篇文章，是后周臣子王朴向前朝周主上的《开边策》，说‘凡攻取之道，必先其易者’。里头建议柴荣先取南唐江北，后取江南灭之，再灭岭南、巴蜀，后复燕云、灭北汉，最后挟大胜之势，攻我大辽。思温宰相意下如何？”

萧思温端着茶盏，悠然笑道：“书生意气何足道也？夫战，勇气也。一鼓作气，再而衰，三而竭。先南后北，未战先怯，纵老了英雄，奈我大辽何？况且，周主已逝，如今是宋主在位。”

耶律贤心中亦是分析过，闻言不禁又看了萧思温一眼，之前，他听人说过萧思温“非将帅之才”，在辽国这是一个让人相当不悦的点评。大部分的契丹高官，都是从军功出身，而萧思温并没有多少可以称道的军功。然而，这些年来在暴戾的穆宗时代，人人自危权贵折翼，他仍然能一步步坐上北府宰相这个位置，足以说明他的能力，并不在沙场征战上。

当下他只道：“思温宰相老成谋国，这话固然不错。但赵匡胤继位之后，灭后蜀，败北汉，制南唐，实则已经在实行王朴之策。如今南北之势已然逆转，若我们仍以为还是太祖、太宗时的天下，恐怕会吃大亏。”

萧思温手握茶盏，沉默半晌：“那依大王看，我大辽应如何应对？”

耶律贤看着萧思温：“合则聚力，分则溃散。思温宰相，国朝自太祖时，就取汉姓，学汉制，这是为什么？因为汉人懂得聚力，他们或有朝代更替，但是一个朝代在的时候，便没有内乱，没有纷争。而我们呢，从遥辇氏到如今，哪一个可汗或者皇帝在位的时候没有内乱，每一次权力更替都要死多少人？因为自己内乱，而引来外患，更是有可能会让整个部族都消亡……国朝若不能将权力集中，那么，就会永远面临无穷无尽的危机。”

萧思温的表情渐渐严肃：“那大王之意呢？”

耶律贤断然道：“易新君，重启汉制改革，重振南北枢密院，分化诸王及部族军权，强化王权威严。待国内安定，再设科举，纳英才，不分胡汉重用之。”

萧思温心中激荡，上次心跳这么快，是什么时候？想当年太祖，还有人皇王，还有世宗皇帝……祖孙三代，都是抱憾而终，那么第四代，会着落在眼前这个年轻人的身上吗？

他闭了闭眼，沉声：“这些都是先皇当年的打算，可他就是因为坚持这些，才失了各部族首领的拥戴，遭到反扑，死在祥古山的。大王不怕旧事重演吗？”

这话引起当年的伤心事，耶律贤脸色微变。然而这个问题他必须面对，而且必须要与眼前这个后族的代表一起面对。他强抑心头愤懑，顿了一顿，看着萧思温道：“就因为旧族势力太大，所以各部族之间，甚至部族之内，都内斗不息，一旦有外敌入侵，则无以抵御。大辽的每一步前进，都是因为有英君明主，集中权力，不受部族之制而得行。而这些部族首领，在享用了王朝和新政带来的好处以后，却依旧迷恋过去的部族权柄。若没有太祖太宗的推进汉化，建国立制，这些部族长哪有今日的富贵？单凭他们自己，只怕连草原上的一个灾年都度不过去。不思得到一个帐篷的好处，却为一个甜瓜的权柄受损而忘恩负义，谋杀君王。张口旧制闭口旧制，只提旧制给他们的好处，却从来不曾想过，如完全依着旧制，他们的部族还能活到现在吗，还能有命站在朝堂上谈旧制的好处吗？”

萧思温听到这里，不由震惊，看着耶律贤，久久说不出话来。

他亦懂汉学，这些年来不断地在思索着旧族与新制的矛盾，然而眼前这个年轻人的见识和思想，却已经超出了他原先的预料和设想，沉默良久，他才缓缓道：“大王，这些事情，你是如何想到的？”

耶律贤指了指自己，自嘲地一笑：“我自幼体弱多病，不能骑射，多半时间在病榻上，所以，迫使我一遍遍地去想这些事。想了又想，把太祖、太宗朝至今所有的人和事，都一遍遍反复去想，去推演，去假设，去重复模拟。想得久了，自然想得比别人多一些。”

萧思温闭上眼睛，久久不语，消化着方才与耶律贤的对谈，也想着自己与后族的抉择，良久才睁开眼睛，问：“大王，当年先皇都没做到的事情，凭什么你能做到？”

耶律贤微微一笑：“此一时彼一时。当年，反对先皇最坚决的那批人，都已经成为皇叔刀下鬼了。这就是他们不顾一切反对先皇谋逆先皇所得到的结果，不是吗？”他嘲弄地说了一句，转而道，“剩下的人，论威望论才干，都不能与当年那些人比。只要思温宰相有心，大辽非常之时的变局，就在眼前。”

萧思温忽然笑了：“大王凭什么认为自己能够成事？你知道在你之前有多少人谋反不成反被杀吗？”

耶律贤也笑了："我并没有想谋反，也不想让你为我冒这个险。"

萧思温倒没想到他这么说，眉头一皱，问道："那大王此来……"

耶律贤拿起茶盏饮了一口，放下："但我知道，想主上死的人不会少。我不介意到底由谁杀死主上，我只希望事到临头，思温宰相能够有个决断。屋质大王年事已高，思温宰相，我希望你能够成为像屋质大王那样的人，为我们大辽的前途，做出正确的选择。"

萧思温看着耶律贤，眼前的耶律贤的身躯虽然孱弱，但他内心的力量，却远胜于那个时时在所有人头顶悬着屠刀的穆宗。好一会儿，他才缓缓地说："你很像你的父亲世宗皇帝，但……"耶律贤只是静静地看着萧思温，并不为他那个"但"字的转折而担心。萧思温顿了顿，还是继续道，"你比你父亲更沉稳，更能够让人放心。"

当年，世宗推行制度的时候，还是太急进了，太专横了。而此时的耶律贤，有他父亲的雄心壮志，但想得却比他父亲更深远，更沉稳。或许大辽会在他的身上出现新的转机，萧思温缓缓站起，上前一步，跪到耶律贤面前，恭敬道："老臣见过主公。"

耶律贤心潮激荡，萧思温这一行动，比他预想的更进一步，一刹那间只觉得心跳得快了几分，他强抑激动，忙上前一步，扶住萧思温，也说出了承诺："我必不负思温。"

两人又归座，此时，方真正有了缓缓品茶的心思。两人边品茶，边说些素日对南朝和汉制的心得，待饮了第三杯之后，耶律贤正欲起身告辞，便听得帐外韩德让低声："思温宰相！"

萧思温听得他的声音压抑着紧张，心中一凛，道："德让，进来。"

韩德让匆匆掀帘进来，不及行礼便急道："我与胡辇方才骑马巡视，发现远处有一行人往这边来了，看旗号，应该是太平王带人来了。"

耶律贤一惊，站了起来："他如何会来？"

萧思温断然下令："不管他为何会忽然到来，德让，速带大王从后帐走。我去挡他一挡。"说着，他便掀帘走出营帐。

韩德让与耶律贤互相对视一眼，耶律贤戴上侍卫的帽子，披上披风，与韩德让一起，立刻从后帐迅速离开。

在这次春捺钵中，不只是耶律贤趁此机会，自然还有其他人也在行动。皇太叔耶律李胡的举动，更是高调嚣张，或者是他这样的人，一辈子不懂得隐忍是什么。对于他来说，对穆宗略做一点明眼人都能够看出来的假意驯服，已经是他的极限了。此番，他亦是让儿子喜隐借着春夜庆祝之由头，秘密联络了一些皇室与重臣，在他的帐中公然商议谋反之事。

他是个颐指气使的脾气，既要商议此事，便觉得来的人若是不多，不足以拉拢力量，因此叫来的人中，竟是鱼龙混杂，既有五部院、六部院的重臣，亦有皇族后族中人，甚至还有耶律阮的几个异母弟。

人既多了，消息便容易走漏，他这边方请了人来喝酒吃肉商议事情，这边太平王罨撒葛便已经得知消息，带了亲军杀气腾腾而来捉拿了。

李胡劝说众人："如今述律无道，对内残杀无度，对外却又丧权失地。高平之战，他指挥失当，被柴荣打得一败涂地。又畏战放言，说燕云十六州本来就是汉人的，就算还给汉人也无所谓。简直放屁，没有了燕云十六州，咱们退到关外放马牧羊，他还做什么皇帝？"

长子喜隐亦道："主上好杀，他身边专管司猎的鹿人、鹰人、雉人、狼人、酒人不知道被杀了多少。听说他一天之内就肢解鹿人六十五人。如此凶暴，如今他身边是人人自危！既然他已经不能够为我们宗亲带来好处，而只会让我们提心吊胆，那么，不如联手除之。"

他正说得兴起，却听得一声冷哼，李胡恼怒，转眼看去，见一个三十多岁的中年人，一脸冷笑，正是六部院夷离堇觌烈之孙耶律虎古。

李胡盯着虎古，问道："虎古，你笑什么？"

虎古与李胡对视，讥讽："纵使主上杀人成癖，不代表旁人就能比他更好。有些人喜欢将帐下奴扔入水火之中虐待，也不是好相与的。"

穆宗暴戾，李胡未必不暴戾，李胡没有拉拢人的利害手段，只凭这几句话叫人帮着造反，未免太过异想天开。

这话说得李胡顿时色变，大怒，喝道："虎古，你敢无礼？"

耶律虎古却站起来："我本以为来了只是喝酒吃肉，既然不只是喝酒吃肉，那我就走了。”

李胡强忍怒气：“虎古，你不必意气用事。我知道你仗着曷鲁大于越的势力，觉得可以置身事外，认为述律不敢动你。在述律眼里，除了罨撒葛，没有不可以杀的人。他若喝醉了酒，恐怕连罨撒葛都顾不得。你们这时候袖手旁观，将来屠刀临到你们头上，可没有人救你们。”

耶律虎古是大于越耶律曷鲁的侄孙，曷鲁是当年助耶律阿保机登上皇帝宝座的第一功臣，得阿保机封为“于越”之职，所谓于越的意思，就是“大之极矣，无可比拟”，位于百官之上，与皇帝同列。曷鲁死后，因他的两个儿子早早亡故，孙子耶律斜轸年纪尚小，他这一支的势力便暂时以虎古为首，所以纵然是李胡，也不得不对他宽容几分。

虎古听罢冷笑一声：“皇太叔，你这是威胁我吗？”

李胡恼了，喝问他：“你不肯跟我走，莫不是心中早中意了别人？是罨撒葛，还是明扆兄弟？我劝你，罨撒葛这个人行事不会弱于述律，明扆更是个病鬼，难道你还要跟只没那个汉婢生的不成？”

虎古却是不说话，一拱手径直往外走，李胡见他不受威胁，又道：“虎古，今六院皇族以你为尊，若按照旧制，你的头下军州早该扩张，可皇帝对你戒心深重，始终遏制着你。我答应你，只要你肯支持我，我登基后就许你以亲王规制，扩张头下军州至万人，并可建私城。”

虎古却笑道：“皇叔费心了。虎古无意于此，告辞了。”

虎古这一走，便有好几个中立的臣子也跟着走了。李胡气得恨恨道：“若我身登大位，必不会让你们这些无礼小儿好过。”

喜隐见李胡这话一出，便有几个臣子脸色不好，心中暗道不妙，忙劝了几句。李胡这才松了神情，又与众人说笑起来。不想方说到合意处，忽然间外面亲兵匆匆进来，对李胡低语。

李胡脸色顿时一变：“罨撒葛来了，你们从后帐撤走。”

他们这些权贵们的营帐，却不是那种简陋的小帐，而是大帐套着小帐，主帐是聚会饮宴办事所用，后帐是居住，旁边小帐则是姬妾仆从们所居。如此一应所需，便可以一呼百应。

众人闻讯立刻起身，迅速各自分几处小帐撤走。

罨撒葛带人闯进来时，便见室中只有李胡和喜隐父子，虽然两人强自镇定，但罨撒葛何许人也，只闻了闻大帐中犹存的污浊气味，再看到来不及收好的几案座位，便已经知道究竟。冷笑一声，挥手便令亲兵们追了下去。李胡见罨撒葛径直来去，一点也不把自己放在眼中，更不理会自己的呼喝，气得一拳击碎了几案。

喜隐见势不妙，忙上前道："父王，他们还未走远，若是落到太平王手中，该怎么办？"

李胡脸色阴沉："既然如此，我们也不能坐以待毙。这时候还有各部族长在，他们是不会动手的……"

喜隐眼睛一亮："父王的意思是……"

李胡阴恻恻地说："那就让他们回不了上京。"

罨撒葛带着亲兵追去，这一路搜捕闹得地动山摇，在萧思温营帐外假借打猎谈情，实则巡视放哨的胡辇和韩德让才第一时间发现远处的动静。韩德让急忙回帐带着耶律贤先行离开，胡辇忙派侍女去叫在邻近玩的两个妹妹过来，自己催马上前迎了上去，扬手一箭，射落一只大雁，却正落在马队前面。罨撒葛勒马："这是谁的猎物？"

便见一个少女持弓骑马而来："这是我的猎物。"

罨撒葛一个示意，他的手下亲兵忙跳下马，拾了大雁递给他，他拔下雁上的箭，见箭上用契丹小字刻了个名字，罨撒葛细看，顿时明白："你是胡辇？没想到，你都这么大了。"

胡辇指了指他手上的雁，笑道："太平王也来打猎？要不要跟我一起？"

罨撒葛素性多疑，此时正在搜寻谋逆之人，这个少女忽然撞上来，不由心生疑问，因此多看了胡辇几眼。但见眼前少女笑语盈盈，青春之气扑面而来，竟有些心神晃动。他定了定神，一语双关地道："是啊，我也是来'打猎'的。春天到了，草原的土底下，也有些东西要冒出来了……"

他说了这一句后，忽然转问，“胡辇今天打猎，猎的又是什么？”

胡辇笑吟吟道：“我的猎物，如今在太平王的手中，可否还给我？”

“猎物既然到了本王手中，岂能轻易交还……”见胡辇一怔，罨撒葛哈哈大笑起来，“小胡辇啊，自你母亲去世后，你就没有再进宫了。有空进宫来见见主上，大家都关心你们姐妹呢。瞧瞧，几年不见，都长成大姑娘了，想必草原上追逐你的小伙子，能够从整个驻地这头排到那头去吧。”

胡辇被他取笑，脸都红了，她想了数种应付对方的方法，却没想到对方比她老辣得多，不得不勉强推搪：“家中尚有年幼妹妹，这些年胡辇姐代母职，实在无暇分身。”

罨撒葛爽朗大笑：“你那两个妹妹如今也都大了吧。再过几年就该嫁人了，胡辇也该好好考虑考虑自己了。花一样的年纪，可不能只顾着妹妹啊。”

胡辇脸更红了，只得道：“多谢太平王的关心。”

罨撒葛指了指手中的大雁：“我拾了你的大雁，小胡辇，不请我喝杯奶茶吗？你们家的营帐应该就在前面？请带路吧！”

胡辇回过神来：“正是，我父亲今天也在帐子里呢，他说今日要烹茶，不如一起来品味下南边的茶。”

罨撒葛哈哈一笑：“我虽学不来这种风雅，也不晓得什么叫品，但能增长见识，也是好的。”说着，一个眼色，众骑兵四下散开搜查，他却不理会，反而与胡辇并肩而行，拉起了家常：“胡辇，你喜欢什么？”

胡辇心头还在担忧父亲帐中的事，不晓得韩德让与耶律贤顺利撤退了没有，不想罨撒葛这忽然一问，顿时怔住：“啊，什么？”

“我想送你礼物，你喜欢什么，首饰还是丝绸？”

“太平王，我又不是汉家姑娘，你送我这些干什么？”

罨撒葛眼睛一亮，击掌赞道：“好，甚好，像我们契丹女子！上京这些年来的风俗坏了，那些姑娘个个都喜欢汉家的东西，学着汉家姑娘扭捏的样子，我还道你也会这样！那你喜欢什么？名马，宝刀，还是弓箭？”

胡辇心不在焉："这些我自己都有，谢谢太平王的好意。"

罨撒葛看着胡辇，心中一动，忽然升起一个念头，面上却是不显："难道你就没有一样可以让我送的东西吗？"

胡辇认真想了一想，只是她身为后族，还真是没有什么俗物是想要而不得的："我现在还没有想到，等我想到了，一定告诉太平王。"

罨撒葛哈哈一笑："好！胡辇，请你记得，太平王府永远为你而开。任何时候只要你来向本王提出要求，本王都会尽量满足你的！"

胡辇岂能信他，当下嫣然一笑："那我便记得太平王的话了。"

两人策马向着萧思温营帐行来，胡辇一路留心观察，但见罨撒葛的亲兵在外围撒网，一部分守在往王帐和其他贵族营帐去的方向监控，一部分却是一个个营帐地查访过来，心中暗自担忧。

到了营帐前，胡辇正悬着心，却见萧思温从营帐内走出来，看到罨撒葛一脸惊讶："太平王怎么来了？"

罨撒葛笑道："出了一点状况，我来查查谋逆之事。思温宰相今天没有出去行猎？"

萧思温抚须呵呵一笑："有倒是有，老了，比不得年轻人。略微跑了一圈马就累了，只得回来烹茶看书。太平王要不要一起品茶？"

罨撒葛哈哈一笑，见帘子卷着，帐内的情况一目了然，红泥小炉，一盏一壶，旁边放着一本汉书，显见萧思温方才正在烹茶，看这样子，倒像是已经品茗好一会儿了，便去了一半疑心。

方才李胡帐中情况，显然是有大批人密会，萧思温帐中这般洁净，却不是短时间收拾得出来的；若是萧思温去别处赶回来，这炉中炭火亦断断不是这样子的。当下摇头道："本王不懂这些南人的玩意儿，思温宰相的心意我领了。"

胡辇见状暗松一口气，见罨撒葛失了兴趣就要走，忽然娇笑："太平王刚才还说，要到我们营帐喝杯茶呢。"

罨撒葛哈哈一笑："小胡辇，若得你亲手烹制奶茶，我一定留下来喝一杯。"

萧思温方才便是与耶律贤一起烹茶聊天，因此只须撤去一盏，换了坐垫，便了无痕迹，去了罨撒葛的疑心，见状点头道："那好，胡辇，你去煮奶茶来。太平王，你倒真要留下一留，我方才虽然没有捕获猎物，不过运气很好，分了一只鹿来。我这就叫烹人去处理，咱们喝着酒来等。炙烤鹿肉配上烈酒，滋味妙不可言啊！"

罨撒葛点头："正好，我也有事要请教思温宰相。"

两人携手入内坐下，胡辇在一边烹着奶茶，旁边烹人也开始烤鹿肉。岂知奶茶方烧滚，忽然一个侍从匆匆掀帘入帐，疾至罨撒葛耳语，罨撒葛脸色一变，朝萧思温一拱手："本王还有事，下次再打搅宰相吧。走！"说完带着手下匆匆出帐，就要翻身上马离开。

胡辇一惊，生怕是韩德让两人出事，忙冲出帐去，对罨撒葛笑道："太平王，奶茶已经烧开了，你好歹喝一杯。"

罨撒葛却已经一鞭挥下去得远了，只遥遥地回应："小胡辇，放心吧，我一定会有机会喝到你亲手沏的奶茶。"

却原来手下来报，几处发现可疑之人，罨撒葛自然要急着过去，这边下令堵截，那边按着一处处营帐搜找盘问过来。

第十四章

初遇燕燕

韩德让与耶律贤匆匆离开，却发现身后马蹄之声越来越近，想来是罨撒葛的人马四处追捕。耶律贤此时已经知道是李胡聚会所致，恨恨地道："不知死活的东西，偏生坏了我们的事，怎么办？"

韩德让咬牙："到时候我策马向北去引开他们，你就趁机走。"

耶律贤脸色一变："不可，主上多疑，只怕到时候把你当成李胡同党。"

韩德让苦笑："便是把我当成李胡同党，也好过这时候把您堵上。大局为重，明扆，你听我的。"说着加了一鞭，便要独行去引开追赶。

耶律贤却忽然拉住他："你听，什么声音？"

前方马蹄轰隆，两人脸色一变，抬头看去，却见前面不远处，群马奔腾，似不知哪里的马群惊了。韩德让眼睛一亮："大王，快走吧。这真是上天相助，不晓得谁惹了惊马，正可掩护咱们脱身！"

韩德让方一开口，耶律贤已明白其意，当下与韩德让急忙策马，迎着马群两翼而去，欲借惊马之势脱身。不想他今日冒充韩德让的侍从，骑的便不是素日所骑之马，见了惊马忽然也受惊失控，四处乱窜。耶律贤大惊，拼命拉着缰绳，却无法使惊马冷静下来。

韩德让见状焦急不已，策马欲上前会合，哪晓得马群惊炸之时，岂是人力可控，他的马也不免卷入了惊马群中，他此时也只能竭力控马，哪里还能够救援，眼看着耶律贤被惊马越带越远，心中大急。

但是这群惊马实在是帮了两人大忙，此时罨撒葛正带着人马朝这方向一路追索，谁知前面惊马驰来，声势极大，便是罨撒葛带着兵马，也望之色变，不得不勒马止步，远而避之。

耶律贤苦不堪言，身不由己地被惊马所挟，已经越跑越远。草原上遇上惊马，也不是没有处置之法，怎奈他体弱多病，只怕无法跟着惊马一直跑到马群累了再脱身。他额头大汗淋漓，忽然看到前面一处十几垛的干草堆，却是牧人们留的。冬天大雪遍野，牧人们便在秋天时割了草晒干防冬。北国春来迟，虽已经是春天，但许多地方才刚刚冒出草尖来，此时这些过冬的干草还能够抵得一时。

耶律贤见了草堆，便心里有了计较，他努力控马挨近草垛，临到近处，便咬咬牙从马背上站起，放开缰绳扑向草垛。他见机极快，只跃上这个草垛便飞快地跳上最近的另一处草垛，果然在惊马奔腾中，这最外围的草垛亦是很快被冲散，耶律贤直跳了三个草垛，才觉得安全，只觉得心跳如雷、浑身冷汗、手足俱酸，躺在草垛顶上，便一动不动了。

他便静静躺在那儿，一直到听得马群已经去远，这才撑起身来，正欲要想办法下了草垛离去，不想手足俱软，一不小心从草垛上摔了下来。

他心中暗叫一声不好，这一摔下去，可能真要摔个手足之伤，此时若被人寻来，真的不好交代。不想忽然觉得撞到一团温软之物，又听得女子的惊叫，他心中一惊，却是已经来不及了，两人滚作一团。

耶律贤知道自己这一掉下来，应该是压到这女子了，不禁将自己再滚了一滚，两人分开后，这才狼狈地撑起身来，却看到一个红衣少女，一头的草梗泥尘，正抬起头来，恶狠狠地瞪住他。

耶律贤忙先开口："姑娘，抱歉，我不是故意的……"

那少女抹了一把脸，暴躁地道："喂，你是什么人？从哪里窜出来的，知不知道撞得我好疼？"

耶律贤一边挣扎着起身一边苦笑："对不起，对不起！刚才牧马突然冲出来把我的马惊到了。我怕被颠下马背，就只好跳过草垛相避。我没想到草垛后面还有人。你没事吧？"

说着，忙伸手去扶那少女，那少女原是怒极，听到他说惊马之事，顿时面现尴尬之情，态度也平和了许多。见耶律贤伸过手来拉她，她便也伸手拉住耶律贤，借力跳了起来。

耶律贤本就已经力竭，被她这一拉差点摔倒。少女伸手自袖中取了一条手帕，抹了抹自己的脸，见耶律贤的脸上也尽是草灰，便递过去："给，你也抹抹脸。"

她是大大咧咧地说者无意，但耶律贤接过她的手帕，便闻到一股幽幽香气，顿时心跳如雷，面红耳赤，一时竟说不上话来，就这么怔在这儿了。

他这十几年来，身边虽有保姆宫女服侍，但可信者寥寥，素日贴身之事，还是由两个被保父训练好的小内侍来照顾。穆宗素有厌女之症，他也不敢犯其禁忌，况大业未成，哪有这个心思，因此长到这么大，虽然出身皇家，竟是对女子不曾有过真正的亲近。

此时见这少女抹了尘灰，显出一张因为运动而显得红扑扑的苹果脸，一双生机盎然的大眼睛竟是格外令人心动，让人想起草原上奔跑的小鹿，那样地健康活泼。那少女见他怔在那儿，吓了一跳："喂，你怎么了，撞到哪里了吗？"

耶律贤回过神来，竟是不敢拿这佳人拭过的手帕去擦脸，只勉强笑道："我没事，你没事吧？"抬头却见那少女头发上还有半根草梗，想是方才在草堆中打了个滚，不小心沾染上的。

他有心想去提醒，话到嘴边却不好意思开口，一时手痒痒的，只想伸出手来，去帮她摘下来，却又不敢。

那少女听了他这话，笑道："我自然是没事的。既然你没事，那我就走了……"说着转身就要离开。

耶律贤一急，竟不由得呼道："等等……"

那少女扭头："什么事？"

耶律贤一时语塞，此时他更不好说"你头上有草梗"这样唐突佳人的话来。但见那少女瞪着乌溜溜的大眼睛看着他，只觉得脑子里一片混乱，饶是他向来机变，此时却是不知道应该说什么才好。

谁知道那少女看了看他的样子，自己倒是想到一事："哦，我明白了，你的马是不是被惊跑了？”

耶律贤忙点点头。那少女皱了皱鼻子，嫌弃道：“你的马术也太差了，一匹惊马都控制不住……”

耶律贤听得此言，欲想解释又不好解释，只得无奈苦笑，那少女又道：“算了算了，说起来这件事也怪我……你住哪儿，跟我一起骑我的马，我送你回去吧。”

耶律贤不想她说了此言，脸顿时红了，一时不知如何反应才好，看着那少女打个呼哨，便见一匹马自远处跑了过来，这马一身俱黑，四蹄却是雪白，赞道：“好一匹乌云盖雪，当真神骏。”

那少女听他赞她的马，顿时大喜，得意地赞道：“你真有眼光。”说着便一跃上马，向着耶律贤伸出手来：“快上马。”

耶律贤想，他应该留在这里等韩德让——可是看到那少女伸出来的白生生的小手，他迅速给自己找了理由，留在这里，韩德让不知何时回来，如果在此之前被人发现，甚至是罨撒葛带着人马重来应该怎么办，最安全的办法就是他必须尽早回到自己的营帐中去。拒绝的话到了嘴边，他张口却说的是：“有劳姑娘了。”

耶律贤有心自己驭马，但那少女却道：“乌云盖雪的脾气不好，你别惹着它。”无奈只得依了那少女之言，上了马之后坐在她身后，双手却不知往哪里放。

那少女不以为意：“乌云盖雪跑得很快，你搂着我的腰，小心摔下来。”

耶律贤看着那少女天真无邪的脸，似乎还完全没有男女之念，心中五味横杂，却说不出话来，只得按捺着狂跳的心，虚搂着她的纤腰，那少女一挥缰绳，乌云盖雪疾驰起来，耶律贤的手不禁搂紧。

两人共乘一骑，向南而行。耶律贤只觉得怀中软玉温香，心跳如鼓，再闻着随那少女头发飘来的馨香，竟是一时神思恍惚。待得他静下心来，又看到少女头发上那半根让人很想帮她摘掉的草梗，心想此时已经失了提醒的时机，只能悄悄帮她拿掉了。心里这样想着，便想伸手，只是手稍一松，那少女便“咦”了一声，吓得他又不敢再动。

那少女却误以为耶律贤紧张，笑着安慰：“你别怕。虽然乌云盖雪跑得很快，但是它很乖，不会把你颠下马的。你要去哪里？我送你去吧。”

耶律贤因她的天真无邪笑了，柔声道：“好，我不紧张。姑娘把我送到御帐东南面吧。我和家人相约，如果失散了就去那边会面。”

“哦，御帐那边啊，那很近。”不多时，两人来到御帐营地的东南面，耶律贤见此处无人，便叫那少女在此下马。

那少女让他下了马，笑道：“你到了，那我走了啊。”

耶律贤心一动，叫住了她：“姑娘，今日多谢你了，不知你叫什么名字，来日也好亲去致谢！”

那少女吓了一跳，忙摆手道：“不用不用……”她顿了一顿，脸一红，才道，“其实，你不用谢我，那马、那马群原是我不小心放出去，结果害你受惊失马，现在送你回来，便当我将功补过了，好不好？”

耶律贤一怔，没想到刚才竟还是她救了自己，不禁笑了：“那是两回事，姑娘救我，我自当感激的。”

“千万别……”那少女慌张地道，“若是让我爹爹和大姐知道了，我就糟了。”

耶律贤见状，点点头，配合着她的神情，笑道：“好，我不说。”

那少女看了看，诧异：“你住御帐附近，你也是皇族吗？”

耶律贤一惊，忙掩饰：“不是，只是我与友人约了在此相见。”

那少女会意地点点头：“草原上走散了的确难找，也只有御帐最明显。好吧，不过你们要小心些，最近可不太安全呢，下次约别的地方吧。”说完就骑上乌云盖雪，头也不回地走了。

她慌慌张张地回了自家营地，才一跳下马，便见自家大姐沉着脸站在她的面前，问她：“你是不是又闯祸了？”

她本来就心虚，被她劈头这一问，吓得说了真话：“那马群……我不是故意放的！”

胡辇没想到随便一诈，便诈出了真相来。她不过是早上不见妹妹，找了半日，才见着她慌张而来，便存了疑心，所以才随便一问的。

这少女自然是萧燕燕了，她一大早去了韩德让处，结果去得不巧，被韩德让训斥了几句，一怒之下跑了，后来再看韩德让去了她家营地，知道必是去寻她的，要让爹爹和大姐知道她一早上跑进韩德让帐中不避嫌疑，她自然又要挨骂。

一则心虚，二则心中还生着闷气，索性不肯再回营帐去，转身去了马场要去骑马散心。谁知道因为心绪不宁，骑着乌云盖雪出来后，竟忘了把马场的栅栏关回去，因此竟把这马场中的马一齐放了出来。

等她回头发现时便知道闯祸了，但见马奴们忙着去套马，她就骑着乌云盖雪悄悄溜了。谁知遇上了耶律贤，又是惹出一段故事。

见她心虚气短的样子，胡辇又气又恼："你真是一会儿不见又要惹事，回头我一定要告诉爹爹，这次一定要好好地处罚于你。"

燕燕急了，拉着胡辇叫道："大姐，你别告诉爹爹，我下次再不敢了。"

胡辇又气又疼，见她头上还沾着草梗，伸手拿了下来给她看："在外头弄得这般一头土一头乱草的，哪像个后族姑娘，简直是草堆里的野丫头。"

乌骨里在一边幸灾乐祸："幸而方才韩德让来的时候你不在，否则你这花脸猫的样子，一定把他吓跑了。"

燕燕见胡辇取了她头上的草梗下来，不禁又羞又恼，想着方才自己就顶着这根乱草在一个陌生男人面前说了半天的话，可恨那人看着老实，竟是半点儿也不提醒她，难不成是存心看她笑话？

再听得乌骨里的话，她不禁一怔："方才？是什么时候？"

乌骨里笑道："他与大姐刚才就在这一圈一起打猎，好像有一个时辰左右吧。"说着朝着胡辇挤眉弄眼："大姐，你是不是看上韩德让了？燕燕，你是想德让哥哥做我姐夫呢，还是做我妹夫？"

胡辇恼了沉下脸："乌骨里，你休要胡说，信不信我罚你？"

乌骨里吐了吐舌头，不再说了。

燕燕怔了一怔，想到昨日乌骨里的话，素来无忧的心情，顿时蒙上一层阴影来。她抬眼看着胡辇，希望她能够如往日乌骨里开玩笑提到某个王公贵族一般，明确地说一句：“不可能。”

可是看着胡辇的神情，虽然斥责乌骨里，脸上却并没有什么恼意，反倒有隐隐的害羞。大姐明朗爽快，何时竟有这样的神情？

燕燕心中又热又冷，一时想着大姐这么好，自然得德让哥哥这么好的人来配她；一时又觉得委屈，很想跑到韩德让面前大吵大闹一顿，可是为什么大吵大闹，却又说不上来。

她呆呆地站在那儿，好半日，才忽然顿了顿足，转身跑到自己帐中。侍女青哥见她一身狼狈，忙与几个侍女一齐给她打水梳洗更衣。燕燕心头闷闷不乐，连晚膳也不曾吃，倒头便睡了。

耶律贤看着燕燕离开，想到她头上半根草梗，“哎”了一声，欲叫却已经来不及了，但见她疾驰如风，早已经远去。

耶律贤顿了顿足，亦是懊恼，亦是无措。方才自己怎么会如此恍惚，两人走了一路，竟找不着机会提醒她头上有乱草，想来她回去之后发现，必会恼了自己不提醒；他素日自负聪明，不想今日头脑混乱，如此同行一路，竟连佳人的名字也不曾问过。

他心中说不出的喜欢，又说不出的懊恼，转身正欲回去，却忽然发现那姑娘离去之处的草间落下一方玉佩。

耶律贤拾起一看，玉佩雕作双鱼模样，想是那少女方才落下的。他心中暗喜，虽然不知这少女身份，但瞧着这玉的质地雕工俱是极难得，这等上好雕工，出自何方，落于何处，想是能够查询得到的。不免怀了一丝兴奋，忙将这玉佩珍而重之地放在怀中。

待躲过岗哨回到营帐，心腹楚补迎了上来，低声道：“大王，方才只没大王来过了。”

耶律贤一惊：“他说什么了？”

他的身边，自然也有罨撒葛派来的监视之人，他方才先假装自己“犯了旧病”，让侍从婆儿假扮自己躺在床上，又叫来了御医迪里姑做掩护，自己假扮侍卫，与韩德让一起去找韩匡嗣来治病。此时他提前回来，又是穿了侍卫的衣服回营。通常这个时间段，大家知道他有午休的习惯，于是打猎的打猎，聚会的聚会，自然不会来扰他，可不承想只没会来。

“他是想约大王去打猎，我说大王身子不爽，刚刚睡着，没让他进来，不晓得他是不是怀疑了。”

耶律贤在婆儿的服侍下一边更衣，一边吩咐：“你去找只没来，就说我已经醒了，叫他来与我一起用晚膳，你再速派人去找韩郎君，就说我有事找他，让他到我营帐来。”

他方才一走了之，想韩德让必会重返来寻他，若是不见了他，岂不着急。忙借口说自己找他，派人去给他传信，想韩德让必是一听便明白了。没过多久，韩德让匆匆到来，见到耶律贤便松了一口气，两人会合，让楚补守在门外，议论了今天与萧思温商议内容，又约定了后续之事。

过得不久，楚补便打听了消息来报，罨撒葛刚才竟是抓了数名宗室，其中便有世宗的两名弟弟耶律梢与耶律隆先，据说穆宗已经令罨撒葛去挨个查问，那一日凡是不在自己营帐中，又无人能够证明是跟随众人行猎的人，都要受到怀疑，甚至是被抓走。

耶律贤心底一沉，他这一进一出，虽然尽量遮掩，但如若罨撒葛因他两个叔叔涉案的原因怀疑上他，难保不露破绽。想到这里，不由暗暗后悔，方才实在考虑欠周，应该是等韩德让回来，由韩德让陪着，也有个可辩的理由。

侍卫婆儿又来报与他说，只没不在宫帐中，却是去了穆宗营帐，耶律贤心头焦灼，却是无可奈何。只没被穆宗兄弟养得着实有些天真和放肆，万一被罨撒葛套问，说出他不在营帐之事，只怕更惹人怀疑。想到这里，又问婆儿：“还有什么事？”

婆儿想了想，又轻声地：“小人听说，皇太叔似乎想在回京路上对……”他顿了顿，又道，“……动手了。”

耶律贤嗤笑：“我果然没看错他，一如既往的冲动。哼，简直找死。”

他说到这里，忽然心中升起一个念头，若能够借这件事，早早将李胡父子落案，那么罨撒葛的搜捕，或可就此收网。

婆儿看着他的表情，脸色一变：“大王，您想要做什么？”

耶律贤闭了闭眼：“没什么，我想，皇太叔之事，我们正可利用，你想办法在回京之前，稍加散布。这样一旦事情发生，太平王也可迅速查到是皇太叔下手的。”

婆儿却有些担心：“您回去的路上可是得和主上同车啊，到时候万一……这件事该如何应对，是不是再跟韩郎君商量一下？”

耶律贤扫了婆儿一眼，冷冷地道：“韩二哥是正人君子，有些事不必让他知道。”婆儿不敢再说，只低头称“是”。

耶律贤放下案卷，淡淡地道：“放心。李胡他取不了我的性命。让他们两房去撕扯吧，李胡成或败，我们都能得利。”

罨撒葛追捕一日，到晚间便向穆宗报告。

穆宗扶着宿醉方醒的头，听罨撒葛说今日抓捕了几个可疑的宗室大臣，只因李胡是皇太叔，却不是他能处置的，所以要等皇帝示下。

穆宗冷笑一声：“那就暂时先放着，等回到上京再收拾他。”又指示，“今日之人虽然不曾全部抓到，但凡不在营中的，你都要仔细地问上一问。”

罨撒葛连忙应“是”。

穆宗忽然问：“明扆可在营帐？”

罨撒葛却是来不及问，当下卡壳，穆宗便招手令人去问他派在耶律贤身边的侍卫，过得不一会儿，那人回来报说：“今日一早韩郎君来见明扆大王，但明扆大王身体不适，叫了婆儿随韩郎君去韩匡嗣大人处取药，帐中只留楚补和迪里姑照顾。”

穆宗半闭着眼睛，问：“他可曾出去过？”

“不曾。后来婆儿好像遇上惊马，很久才回来，韩郎君也带了药回来，大王服了药方好些。”

穆宗又问：“有什么人去找过他？”

“只没大王来过，但那时候明扆大王才睡着，所以只没大王没有进帐就走了。”

罨撒葛顺口问了一声：“只没去了哪儿？”

穆宗道：“只没今天在我这里。”只不过那时候他又喝高了，只没似乎是想向他投诉什么事，他也懒得理会，就把他赶走了。

他坐在那儿，摇了摇钝痛的头，脑子里总有一些东西，想捕捉而捕捉不到，忽然间恼怒起来，他一向随心所欲惯了，既然有不安，那就用最直接的手段吧，何必去猜何必去想。穆宗忽然开口吩咐罨撒葛：“你明日去看看明扆，顺便叫只没也过来，好好盘问一下他。”

罨撒葛一惊：“主上是怀疑他？”

穆宗轻蔑地冷笑：“李胡能够有什么能耐，他要有能耐，不会到现在还是个‘皇太叔’。不知为什么，朕却觉得，最近一直有些心神不宁……既然不知道毛病出在哪里，那么宁可多杀些，也不要错漏过了什么。”

罨撒葛忙低头应“是”，心中却有一种莫名的恐惧，这个兄长，他们从小一起长大，同甘苦共患难，曾经推心置腹，无话不谈。

可是从何时起，他变成了如今这般连自己也不认识，是从他开始谋算皇位，还是从他坐上皇位之后？

臣民们说他沉迷酒醉、昏愦糊涂，可是只有自己这个离他最近的弟弟才知道，他的哥哥，比谁都聪明，心思比谁都深沉。十几年来，多少人恨他，多少人想他死，可最终，如今仍稳稳坐在皇座上的，还是他。

继位之初，他怀疑一切，滥杀无数，看谁都像是要谋夺皇位。甚至连罨撒葛也曾经遭受过怀疑，被卷入谋逆案中下狱囚禁，险些送命。后来，他对那些宗室重臣的杀戮清除，已经渐渐变少，他现在拥有了一种近乎野兽般的敏锐直觉，只要闻一闻，便没有错漏了。

这些年来，穆宗身边可信的人越少，对罨撒葛的倚重就越甚。他在所有人面前是不讲理的暴君，唯有在罨撒葛面前，愿意接受他的进谏、劝阻，甚至唠叨，甚至对他倾诉自己的压力和心事。

可是他看耶律贤，却是另一回事。自耶律贤四岁从祥古山回来，这么多年，他表现得一直很乖巧，远比那个莽撞无礼的只没要乖巧得多。可是不知为什么，罨撒葛总觉得对他有一种别样的警惕。而这种警惕却是无从查证的，或者……罨撒葛低下头来，或者因为他和自己一样，是离皇位最近的人吧。

当年人皇王出走而太宗继位，可十几年以后，人皇王的儿子世宗，从太宗之子手中夺回皇位。虽然皇位依旧回到太宗之子手中，十几年以后的今天，世宗之子会不会还能够回来夺回皇位？

罨撒葛强抑心头悸动："主上为何怀疑他？"

穆宗却摇了摇头："朕也不知道，朕只是觉得，心头有些怪异，须得见见他才能够确定。"

罨撒葛正要答话，忽然听得内侍在外禀道，宰相萧思温求见。

穆宗令其进来，萧思温抱着奏报匆匆进来，头一句话便是："主上，臣接获奏报，南朝军队大肆集结，恐怕要对我大辽进行征伐，请主上早做定夺。"

穆宗一惊："什么？赵家小儿竟然当真北伐？"

萧思温忙递上奏报，催道："还请主上提前结束春捺钵，尽早返回上京，以做应变。"

第十五章

穆宗遇刺

因为宋朝北侵，穆宗不得已匆匆结束春捺钵，下令回上京。君王一声旨意，便令出法随，只三天时间，大部队便已经上路了。草原上，漫长的回京队列连绵不绝，燕燕坐在马车里，闷闷不乐。她自三天前就这样了，似乎那个爱笑爱闹的顽皮少女，忽然间变成沉静的大姑娘了。

一向爱同她打打闹闹的乌骨里觉得纳闷，推着她："喂，你怎么了？"

燕燕闷闷地说："没什么。"

胡辇却是不在车中，骑着马在前面，燕燕的异状，她并没有发觉。这次回营匆忙，她要帮着父亲准备回程之事，似他们这等拥有部族、臣属、私兵、奴隶的大贵族，出门回程自然不可能只有打个包袱的事情。萧思温研究军报，把事情全部甩给她，她忙得只能把一部分事情派给两个妹妹分担，哪里有空留意到她们的心事。

偏生乌骨里也是一边忙着事情，一边抽空还要与喜隐悄悄见个面，直至回程路上，骑累了马回到车中，才发现燕燕似乎有些不一样了。燕燕却是不理乌骨里，只独自掀开车帘，看着车外。乌骨里自然是不知道，自己一句随口的玩笑话，令这个从无心事的妹妹，开始有了心事。

去年偷听到族兄萧达凛劝胡辇考虑婚配对象时，燕燕甚至还天真地劝胡辇："嫁给德让哥哥吧，这样我们就可以和德让哥哥成一家人了。"

可是从何时起，这种感觉，就不一样了呢？

从小她就喜欢追着德让哥哥玩，然后就不知不觉，成为一种习惯，那时候，她以为这样的关系，会到永远永远。可是人都会变，人会长大，小姑娘会长成大姑娘，不知从何时起，她渐渐感觉到自己身体的变化。

胡辇告诉她，这是她长大了。

长大了，就会多了许多莫名的心事，莫名的愁绪吗？她不知道这种变化意味着什么，但她却发现自己更喜欢缠着韩德让了，甚至在韩德让面前，更加无理取闹了，她希望他看到的都是自己，希望他也以同样的投入来对待自己。其实，这三天来，她只要睡觉的时候梦到胡辇和韩德让在一起的情景就会惊醒，气闷不已。

她转过头来，忽然问乌骨里："二姐，你有喜欢的人吗？"

乌骨里眼睛一亮，扑到燕燕的身上笑道："小丫头，你莫非有看中的人了？是谁？是谁？"

燕燕诚实地说："是德让哥哥。"

乌骨里顿时失去了兴趣，松开她仰后一靠，翻个白眼："哦。你已经说了一百遍了，你喜欢德让哥哥，你将来长大要嫁给德让哥哥。大姐，德让哥哥很好的你嫁给他吧；二姐，德让哥哥很好的你嫁给他吧……哎呀，小燕燕，我知道你的德让哥哥最好了，全天下的女人都要嫁给他，这么多年了，你可不可以说出第二个名字来同我说话？"

燕燕恼了，捶了她一下："二姐，人家好好地同你说正经事，你要取笑我，我再也不理你了。"

乌骨里坐正了，笑着接住她的小拳头："好了好了，你倒说说，你怎么忽然想起问这个？"

燕燕扭捏了一会儿，道："我就是想问啊，你说吧，说吧。"

乌骨里顿了一顿，似忽然想到了什么，嘴角不禁浮上一个笑容，声音也低了下来："嗯，是啊，你若有了喜欢的人，你就想天天看到他，怎么看也看不够。离开他的时候，就会想他，睡觉的时候，就会梦到他……"

"要是他和别的女人在一起呢？"

乌骨里眉毛立刻倒竖起来："他敢！"

燕燕吓了一跳，怯生生地问："那会怎么样？"

"有她没我，有我没她。"乌骨里说到这里，怀疑地看看燕燕，"看这样子，你似乎真的有喜欢的男人了？少拿韩德让搪塞，你从小到大，说起他来从不害羞的，要是他的话，你还能这样奇怪？”

燕燕闭上嘴，不说话了。乌骨里扑在她身上，又是呵痒痒，又是捏脸蛋，威胁利诱了好一会儿，也没问出是谁来。却听得外面一阵喧闹之声，不禁掀帘问：“怎么了？”

胡辇骑着马，一脸严肃地过来呵斥：“别探头，在马车里待好，拿上弓箭和刀，小心，外面有刺客。”

“刺客？”两个小丫头吓了一跳，叫道，“什么刺客？刺客在哪里？”

胡辇把两个妹妹塞回马车，就拨马回转向前，便见身后一骑疾驰而过，胡辇忙叫住他：“德让，出了什么事？”

韩德让脸色极差，却不及理会胡辇，只匆匆一点头而过，胡辇不放心，也追了上去。燕燕在马车中听到“德让”二字，再也忍不住，也跳了出来，骑上马追过去。两姐妹追到前面，却被皮室军挡住，但见气氛紧张，警卫森严，只放了韩德让一人进去。

胡辇抓住一名军官问他：“发生什么事了？”

那军官的脸色也是极难看，只行了一礼道：“有刺客行刺主上，明扆大王受了重伤。”

燕燕失声：“明扆大王——”她知道明扆大王对于韩德让来说，有多重要。甚至可以说，胜过韩德让的生命。而今韩德让用生命来守护着的人受了重伤，韩德让——韩德让他会怎么想，他的心里，应该有多痛苦啊！

想到这里，她扭头对胡辇哀求：“大姐，你快去向爹爹拿令符，我要进去陪着德让哥哥！”

胡辇气得狠狠拧了一下她的手臂，斥道：“少胡说八道，主上遇刺、皇子重伤，你知道这里头的事有多严重，你少给我再添乱。”转而命令侍女：“福慧，给我押着她回去，看着她，不许她给我惹事。”这边忙去找萧思温商议对策。

萧思温与韩匡嗣正并肩骑马而行，他们在离御驾较远的地方，低低地交谈着。

“思温宰相，你觉得皇子贤如何？”

“你倒是给了我一个大惊喜。”

韩匡嗣听闻此言，嘴角已经翘起：“看来，您对皇子贤的印象很不错。”

萧思温沉默良久，道：“先皇死在祥古山的时候，我和你说过，不知你我有生之年能否等到另一个明君。”

韩匡嗣亦叹道：“当年救下皇子贤，我也是抱着为先皇尽最后一份心力的心思。确实没想到他能给我们一个这么大的惊喜。”他顿了一顿，“也许是因为他身体弱，所以想得比别人更多一些。”

萧思温点了点头：“是啊。自我契丹开国以来，横帐房三支一直为了争夺皇位血流成河。各支子弟，一出生即以夺皇位为天生使命，却不知道为谁而夺，为何而夺，夺来了又如何处置。没得到皇位的人眼里只有那个位置，得到皇位的人又要全心全意防备旁人夺走自己的位置。”他说到这点，停顿了良久，又长叹一声，“主上利用祥古山之乱得位后，只知纵酒杀戮。他一生所求在登上皇位的那一刻已经结束了。我一直在想，主上去后，谁能继承他的位置。李胡？罨撒葛？喜隐？只没？敌烈？不，这些人都和主上一样，想要皇位，却从没想过夺得皇位之后要为大辽做什么。”

“但在这么多人中，皇子贤是唯一一个不但想过夺皇位，还想过夺回皇位后做什么的人。我想你如今可以下定决定了，是吗？”

萧思温叹道：“……皇子贤的身体太弱了，谁也不知道他能撑到什么时候。要说服群臣支持这样一个主君太难了。”

韩匡嗣盯着他，沉声道：“可是，他确实是眼下最适合的人，最能继承我们改革汉制理想的人。”

萧思温苦笑：“回京之后，我得去大于越府拜访一趟……”方说到这里，忽然亲兵自远处跑来，叫道：“思温宰相，不好了，主上遇刺。”

萧思温吓了一跳，忙问：“主上可曾有事？”

那亲兵忙道：“主上无事，只是……明扆大王为了救主上，替主上挡了一刀，如今受伤极重。”

“什么？”韩匡嗣失声，“你说什么，明扆大王受伤，这怎么可能……”他已经顾不得询问，话未说完，已经拨转马头，急向御驾方向飞驰而去。萧思温也被这个消息惊住了，回过神来，看到韩匡嗣疾驰而去的身影，忽然摇头笑了一笑。韩匡嗣当真是关心则乱，却没想明白其中的关键所在。

韩匡嗣赶到的时候，差不多是和迪里姑同时抢进马车中，马车极宽大，车中还有刺客和宫女们的许多尸体，极为凌乱。穆宗坐在正中，一只手紧紧抱着耶律贤，一只手按着他的伤口上方止血。此刻他的神情是极度震怒惊乱的，完全不顾站在一边的罨撒葛劝说，只一迭连声地吼着：“御医呢？迪里姑呢？韩匡嗣呢？韩匡嗣为何还不来？”

韩匡嗣抢进来，正欲行礼，穆宗已经不耐烦地叫道：“快来看明扆，你行个屁的礼。”

韩匡嗣忙抢上前来，从穆宗手中接过耶律贤，将他平躺在地上，再与迪里姑一齐动手，剪开他伤口旁边衣物，一起清洗伤口，上药包扎。耶律贤双目紧闭，脸色惨白，胸口血不住涌出，韩匡嗣眉头紧皱，与迪里姑一起动手，几名御医打下手。

穆宗坐在一边，看着一盆盆的血水不断往外端，他的双手仍然在颤抖，罨撒葛劝他：“主上，此处凌乱，您还是先到副车上歇息吧。”

穆宗却摇了摇头，恶狠狠地道：“朕要看着明扆，他是为了朕而受伤的。”他的目光凌乱而嗜杀，既因刚才命悬一线的惊吓，更有对敢谋害他之人的愤怒。

韩匡嗣将耶律贤伤口完全包扎好，才向穆宗汇报：“主上，明扆大王伤势虽重，但好在不是伤到要害，若是换了体壮之人，倒还好说，只是……”

穆宗一挥手，不耐烦地说：“只是什么？韩匡嗣，你要什么药，只管说！”

韩匡嗣眼神一闪，道：“臣观大王脉象弱而混乱，外伤虽可治，但怕身体耗不起。因此臣请求，大王养伤期间，只用臣之药，勿用其他药物，否则……恐怕药性冲突，伤势加重，有伤性命。”

罨撒葛听得此言，眼神一闪，却不说话。

穆宗怔了一怔，忽然似明白了什么，一时间各种神情交错，重重地一捶自己的膝头，粗声粗气道：“我只把他交给你，从今天开始，所有的药物，都由你说了算。”说着，便站起来，疾步走了出去。

罨撒葛看了韩匡嗣一眼，匆匆跟了出去。

穆宗下了马车，疾步而走，众侍卫退让不及纷纷跪下，穆宗看也不看众人，上了副车，便喝令身后侍从统统滚出去。

罨撒葛紧跟他的身后，看着穆宗忽然间发作，心中已经明白了几分，走到他的身后，低声道：“主上，是不是要停了他的药？”

穆宗忽然爆发起来：“可恶的李胡，可恶的察割，可恶的娄国……”他跳着脚，暴怒地把历年来谋逆王族诸人挨个数着，足足骂了半刻钟，这会颓然跌坐在榻上，捂住脸长叹一声：“明扆、明扆是个好孩子啊……”

罨撒葛轻拍着他的背部，他知道方才耶律贤冲上来，挡在穆宗面前，剑从耶律贤的胸口刺入，鲜血飞溅，这个场景让本来就精神极为脆弱和情绪化的穆宗受到了刺激，所以才会陷入这种语无伦次的情绪。他在穆宗身边这么多年，岂能不了解他，恭敬地顺着他的话：“是啊，这孩子平时沉默寡言，不像只没那样经常在您面前卖乖，但对您却是真的忠诚。”

穆宗无意识地摸着扶手上的花纹，这个皇座多可怕，坐上去以后，人的血就变成冰冷了，看见的都是敌人了，他忽然嘿嘿笑了起来：“是啊。这么多年来朕一直不放心他，朕登基以来宗室里一直有那么多人谋逆，而他是先皇嫡子，最有资格抢夺这张龙椅。朕以为他就算自己没心思，也会被那些人鼓动起来。虽然朕困于誓言必须养着他，但一直……”

罨撒葛见他心情激动，当下只有全部顺着他：“是啊。其实想来也是，他四岁以来就养在大哥膝下，你我素日待他就很好。他一个长于深宫的孩子，不和我们亲近，又能与谁亲近了。”

穆宗沉默良久："……朕后悔听信肖古的话，给明扆下药。罨撒葛，他用了这么多年药，早就伤了根本，便是停药也活不了多久。这皇位还是你的，朕只是忽然不想看到他死在朕前面，朕……不忍心了。"

罨撒葛垂手："是。"

穆宗挥了挥手，罨撒葛退了出去，几名近侍宫女便进来服侍穆宗换下染血的龙袍，捧上金盆洗脸。穆宗看着金盆中自己染了半张血污的脸，水中倒映，脸是扭曲的，让他有一种不祥的预感。他忽然打翻了金盆，宫女们吓得跪下来，不敢作声，这时候穆宗的神经是极脆弱的，只要谁稍有一点不应该发出的声音，立刻就会送了性命。

穆宗自己拿起拧干的巾子，随便擦了擦，便扔到一边，大叫道："拿酒来……"

酒很快地送上来，他拿酒壶，一口饮尽。一直颤抖着的手，终于不再颤抖了。酒，可真是个好东西啊……

是从什么时候开始的呢？或许，是从当年祥古山事变开始的吧。

察割早就秘密联络了许多部族首领，若非如此，就凭他自己的亲兵，也不能够在这一晚上就控制了全局。那些部族扎在外围，并不参与谋逆，却是袖手旁观，方便察割行事。察割自以为掌控了一切，然而他并没有想过，自己只不过是李胡和耶律璟手中的刀子罢了。

第一个找察割的是李胡，李胡皇位即将到手却功亏一篑，自然是不甘心的。他让余部找了察割，企图在世宗出征之时，杀死世宗。而他在上京掌握时机发动政变称帝，召诸部回师。

可是李胡没有想到，不甘心的不只是他，耶律璟也看上了察割宿守之职和察割的不驯之心，派弟弟罨撒葛结交察割，知道此事。

所以，察割的不轨之心，才会迅速泄露，使得屋质、甄后先后向世宗进谏，逼得察割不得不提前动手。当察割狗急跳墙想动手又恐势力不够，而将耶律璟请来，假意称拥耶律璟为帝，耶律璟当众拒绝，得以在事后洗白了自己，甚至隐约暗示察割可以自己称帝，令察割野心暴炽，不顾李胡预设而悍然出手。祥古山之夜，一切事情就这么迅速发生，脱离了李胡的预谋，也脱离了察割的掌控，而每一步都踏在耶律璟想要的节奏上。

那一夜，他自以为掌握了人心，掌控了变局，掌控了结果。然而他平生最惶惑的时刻，也同样是在这夜。他谋划的时候，以为一切尽在掌握中，而当察割真的开始杀人，他看到了那血流成河的可怕，也看到了素日皇座底下看似臣服的那些人背后的叛逆之心。

是恐惧退缩，还是疯狂前行？一步走错，一句说错，那么刚死去的世宗，就是他的前车之鉴。

他畏惧到隔着一层薄薄的毡帘，竟不敢出门。这时候，罨撒葛给他送上一皮囊的烈酒，用以壮胆。之前，他并不怎么喝酒，所有过于烈性的东西，他都有些畏惧。他可以在暗处算尽一切，可是需要烈酒，才能够走出这个营帐。这酒，催化了他的勇气，也许只有当烈酒还在燃烧着他的血液时，他才敢于面对当时滚落到他脚边的头颅。事情终于尘埃落定，他看着面前所有低下的头颅，他只想纵声大笑，再痛痛快快地饮上一大袋酒。

从那时候起，他就离不开酒了，只有那烈火般的液体入喉，他才会放松，才会兴奋，才不会恐惧，才不会退缩。这些年以来，恐惧如同一只怪兽在他身后紧紧相随，唯有酒，是他唯一可抓住的绳索，而杀戮，是他抵御恐惧的刀。这些年来，他杀完了人，就要喝酒，只要喝了酒，什么恐惧都消失了。可今天，他喝得再多，还依旧是恐惧的。

那一夜的恐惧感，又再度降临。他本以为自己离危险已经很远了，可是没有想到，今天他差一点死了，就差一点，那刀子就要砍到他的身上。

幸亏明扆，幸亏有明扆挡住了他。

他的手在抖，明扆身上流的血，滚烫地，流在他的手中，一点点变冷，看着明扆气息微弱，他失控地大叫，他不能让他死，他是皇帝，他掌控着一切，他的意志能够决定一切。

他不能——让那些黑暗中窃笑着的、谋划着的人们得逞。

夜深了，草原上一切变得清晰可闻，草虫低鸣，小兽穿过草间，马厩的马在吃草——还有，不知什么怪兽在笑，咯咯咯的，十分瘆人。

穆宗抓起皮囊，又喝了一大口酒，这一夜怎么那么长啊。

第十六章

各怀心事

见耶律贤昏昏睡去，韩匡嗣吩咐了楚补几句，方离了耶律贤营帐。

韩德让已经在帐外等候甚久，见了他出来，待要发问，便见韩匡嗣一个眼神，只得跟着父亲回去。一进营帐，就跪下请罪："是孩儿失职，连累大王重伤，请父亲责罚。"

韩匡嗣疲惫地摆了摆手："你起来吧，此事你又能怎么样？主上的御驾，也不是你能进去的，你纵然在场，也是无助于事。"他见韩德让仍然郁郁，看了看帐中无人，压低了声音："而且，此事我看是大王的苦肉计。"

韩德让脸色大变："苦肉计？"他话一出口，已经想明白了，心中一痛，叹道："唉，大王实在太过急进，也太不顾身体了。万一为了救驾失去性命，那什么谋划都完了。"

"可是有了这场救驾之功，至少这几年之内，皇子贤可保无恙。照那一位……" 韩匡嗣指了指穆宗御驾方面，长叹，"如今这种杀法，隔三岔五地查叛党抓谋逆，各宗室亲王郡王，就算什么都没做，也保不住哪天会莫名其妙死于非命。他这一招虽然是冒险，但是至少可以解上那一位三五年疑心了。"

韩德让心中却是极难受，当年韩匡嗣在他才十岁的时候，便将他一生就此绑定了耶律贤，他有过暗暗的怨怼之心，他的兄弟都能够在父母身边，无忧无虑，而他却是从小就在杀机重重中孤独远离，可是每每一看到那个比他更小，却也负担更多的孩子时，他心中的怨怼之情，便全然消失了。与这个四岁便失去一切，夜夜在噩梦中醒来，比他承担着更重杀意危机的孩子相比，他还有什么可怨的。可是哪怕他陪着耶律贤经历再多，“苦肉计”三字，仍然令他痛到肝胆俱裂……

他站在那里，心乱如麻，只听得韩匡嗣吩咐他几句，便抽身去看耶律贤。耶律贤正倚坐在床上，刚由迪里姑为他换好药，见韩德让进来沉着脸，莫名心虚起来，赔笑道：“德让哥哥，你来了。”

韩德让满腹心事，见他赤着上身，包着白布，心头剧痛，走到他面前上上下下将他打量了一番，却是抿唇不说话。

耶律贤声音越发弱了下来：“德让哥哥，你生气啦？”

“大王当机立断，英明果决，臣岂敢生气。”在旁人眼中，明扆皇子是那样的温良无害，只有一直看着他长大的韩德让才明白，在他病弱的身躯下，有时候会有孤注一掷的赌性。而他阻止不了他的这种狠决，又心痛于他的孤注一掷，只能自己生闷气。

耶律贤一个眼色，楚补心领神会，立刻带着其他人溜了出去。耶律贤见帐中无人，便倚小卖小起来：“德让哥哥，你休要生气啦。是我错了，我保证，绝对没有下一次了好不好？”

韩德让狠狠瞪了耶律贤一眼：“你还敢有下一次？学别人救驾，你不知道自己的身体是个什么状况吗？车中还有只没在，罨撒葛在，轮得到你救驾吗？”

韩德让发起火来，耶律贤反而松了一口气，他笑嘻嘻地道：“好，都听你的。下次再有这种事，我直接拉罨撒葛去挡剑。”

韩德让长叹一声：“是臣无能，才令得大王行此险计。”

耶律贤本是仗着脸皮厚同他开玩笑，见他如此，也收了笑容，拉着他的手：“德让哥哥，除了我自己，谁也消不得他的疑心。你们纵有天大的本事，又能如何？他既动了疑心，那是不见血不收的……”

韩德让听得最后一句，不禁心惊胆战。他自然知道穆宗的性情，这个极端聪明又极端脆弱的疯子，或许不懂朝政也从不肯听进人言，但对于人心的异动，对于危险和阴影竟有一种野兽般的直觉。他虽猜到耶律贤行苦肉计，必是有不得已的原因，可是听他亲耳说起，仍然心惊，颤声问：

“他如何会疑心到你了？”

耶律贤摇了摇头：“不知道……我只是说，那个疯子，有时候让我……很害怕！”说到这，他的手也不禁颤抖了一下。

韩德让不禁伸手，握住了他：“如今已经无事，危险已经度过了。”

耶律贤看了一眼韩德让，还是再解释了一句：“其实，今天那拨刺客要杀的不仅是他，还有我。当时情况危急，我若不是冲到他面前挡住前面那一剑，也逃不开后面刺来的另一剑。我倒不如赌一赌……”说到这里，他长长地出了一口气，嘴角一丝微笑：“好在我赌赢了。”

他这话，也向韩德让解释了自己行苦肉计的无可退路，并非是有意而为，也免得韩德让内疚。

韩德让叹道：“幸好只是外伤，心口似乎被什么东西挡住了刀，也没有伤及内腑，总算是有惊无险。”

耶律贤一怔：“什么东西？”抬手欲往胸口去寻找，又意识到了什么，颓然垂下了手，咳嗽了两声，苦笑，“当时情况混乱，我只好大喊一声‘主上当心’，权当救驾，若不然，只怕我会成为头一个被怀疑的对象。”

“这也算是将错就错了。只是这刺客如此丧心病狂，如果不彻底解决，只怕后患无穷。”

耶律贤冷笑：“皇族三支，东丹王一系是我，太宗一系是主上，有人想将我们两人同时除去，你觉得，会是谁呢？”

“李胡？”

“正是，哼，没想到李胡竟然如此不过脑子，此番行刺失败，主上岂能饶他。他倒不要紧，我们便失了一道挡风的墙，日后许多行动就不方便了。”耶律贤眉头紧皱，长叹一口气。

这一次，以穆宗的性子，是绝对不会再轻易放过李胡的。但李胡一倒，他后面的行动，应该怎么办呢？

此时他还未能出宫建立自己的羽翼，接手父亲留下来的斡鲁朵势力，更重要的是，接下来他要直面穆宗。他还未做好准备，但他必须挺胸面对。那个人利用察割阴谋杀君夺位，毁了他的一切。

而他，要在未来，杀死那个人，夺回父亲的皇位。他顿了顿，道："太祖留下的三房之中，我们这一房和太宗皇帝这一房的宫卫都经历了几次拆合，唯独李胡一房始终如一。如今他们麾下的兵力虽然比不过主上，却远胜过我们这一房。从长远看，这对我们的大计不利。"

韩德让会意："你的意思，是让罨撒葛动手，拆一拆李胡手中的势力？"

"李胡还有几个儿子，也是一部分帮我们牵制主上的力量。"

"但他们目前，却没有能力与主上一斗。"

"所以我们还要另找力量。"

韩德让皱眉："大辽开国至今，太宗皇帝是由母后支持，夺了让国皇帝的皇位。而先皇，则是借军中势力得到拥戴……"这两点，耶律贤却是一点也沾不上，还有就是："如主上，则是勾结察割谋杀先皇……"但穆宗继位之后，太明白自己得位的原因，因此对于自己的近卫军管得十分严，像察割一样再来一次，已经绝无可能。

耶律贤亦沉默了，苦笑一声："再想想，我们有的是时间。"

"若能够趁着主上疑心消除，大王伤好之后，当可向主上要求出宫立府。"这样，耶律贤就可以开始掌控世宗留下的斡鲁朵，才能够对皇位有一争之力。

耶律贤点了点头："这也是一个办法。"

两人说了一会儿，韩德让见耶律贤情况尚好，而穆宗大军就要继续回京，耶律贤留下养伤，必有许多事情要处理，就出去打理了。

耶律贤看着韩德让走出去之后，楚补进来侍候，便招了招手。

楚补会意，趋到他床边低声问："大王有何吩咐？"

"你可记得我那双鱼玉佩？"

楚补忙点了点头，他从小服侍耶律贤，一应衣饰都由他经手，这双鱼玉佩几天前不知从何而来，耶律贤却一直贴身而藏，从不离身。听闻耶律贤一问，机灵的他便已经想到原因，忙道："昨天大王受伤，手中犹握此物，小人恐有不便，因此收了起来。只是那玉佩、那玉佩……”

耶律贤见他支吾，烦躁道：“又怎么了？”

楚补这才自耶律贤枕下取出一个手帕包着的东西，打开捧到耶律贤面前：“大王请看。”

耶律贤顿时脸色变了，那玉佩已经裂为对半，裂口都是残缺的。

楚补看着耶律贤的脸色，劝道：“大王，若无这玉佩替大王挡了一下，大王的伤势，恐怕难料了。”

耶律贤吃力地伸出手，隔着手帕，紧紧握住那已经碎裂的玉佩。今日的苦肉计，实在是险而又险，他此时还活着，甚至还解决了穆宗的猜忌，不仅仅是他自己的决断，也有这玉佩帮助他抵消那一剑伤害的原因吧。

那个少女是谁，于乱马群中帮他挡住了罨撒葛的追捕，把他安全带回营帐避过查探，又留下双鱼玉佩，帮他挡了致命一剑。这是长生天怜他孤苦，为他降下的仙女吗？不管她是谁，他一定要找到她。他闭目良久，睁开眼睛，吩咐：“楚补，回京以后，你找匠人看看，能否找同样的玉质，再雕一块？”

楚补应是以后，他又道：“这样的玉质不多见，我观雕工亦似本朝，你去打听一下，这玉佩的原主是什么人。”

楚补一怔，连忙应下，耶律贤这才松了口气，闭目又沉沉睡去。

他终究还是有些失血过多，不能久持，这一夜倒是睡得昏天黑地，直至天明才醒过来。他素来觉浅，平常醒了也并不起身，只是闭目继续躺着，能够躺多久就躺多久，也算安神。此时帐中只有楚补、婆儿轮流守夜，并不知道他已醒。帐中帘子极为遮光，黑暗中只闻得一人声息重，这是睡着了；一人声息浅，这是坐着守的。

帐外远处隐隐有马鸣车动之声，想是穆宗等人在拔营回京；近处却有小鸟啾啾，想是畏大营喧闹，因他这边不起营，诸人怕扰了他睡眠，因此不曾有响动。细听之下，鸟叫声中，似乎有一个活泼如小鸟的声音，若有若无，竟有几分酷似那日留下双鱼玉佩的少女声音。

耶律贤撑起身子，想要探头细听，却正触及伤处，不由得“哎哟”一声，惊动了楚补，惊醒了婆儿，两个侍从忙扑上来掀帘透光，搀扶询问。

这一闹，外头的声音便听不到了，耶律贤一急，嘘声道："别说话！"两个侍从虽不解其意，但检查过耶律贤身体发现他伤口没有裂开以后，也都听话地闭了嘴。

耶律贤再竖起耳朵去听，却只听得鸟叫声，没有什么少女的声音了。他有些烦躁，然而看着两个忠心侍从的神情，却也舍不得骂他们。又有些疑惑，难道是自己思念太深听错了不成？

一时心烦意乱，最终还是挥挥手，重新躺下，闭上眼睛，试图能再听到那个少女的声音。然而等了很久，也没有听到。他想，他是幻听了吧。却不知道，刚才燕燕就在离他营帐不远的地方，与韩德让说话。

昨日之事乱成一团，唯有燕燕不知内情，关心韩德让心乱如麻。这一夜便没有睡好，一直折腾着乌骨里，一会儿问："你说这刺客哪来的？"一会儿又问："你说皇子贤会不会死？"再一会儿又问："德让哥哥会不会有事？"气得乌骨里掀被坐起，竖着眼睛骂了她一顿，并发誓明日再不许她与自己同睡，燕燕这才消停了。只是当乌骨里毫无心事地入睡以后，燕燕却是睁着眼睛，到了天亮。

燕燕听说众人要随御驾回京，而耶律贤因为伤重要留下，便第一个先问："那德让哥哥呢？"

胡辇说："德让自然要留下照顾明扆大王的。"

"那我也留下来。"

胡辇沉下脸来："胡说八道，你留下来做什么？难道要让人以为，爹爹准备将你嫁给明扆大王吗？"

燕燕急得顿足："谁要嫁那个病恹恹的皇子了，我是说我留下来陪德让哥哥。"

胡辇却不理她，燕燕年纪小不懂事，她可不能任由妹妹耍脾气乱来。

此刻韩德让必与耶律贤寸步不离，若换了平时，燕燕要过去找韩德让，别人只会说笑一句，"小孩子终于长大了，春天到了。"但此刻若是燕燕过去了，就会变成"萧思温有意看好世宗系的皇子贤，所以派女儿过去看他”。

穆宗此番遇刺，这一回上京，肯定要牵涉到许多皇族后族，此时此刻，岂能够让自己卷进来生事？燕燕见姐姐不肯答应，情知找父亲也是一样结果，百般不甘愿，想找理由磨蹭着留下来。不想胡辇早有防备，将她所有的企图都道破了，才说：“休要胡闹，必须要同我一起上路。要不然，我会亲自来抓你走的。”

燕燕看着胡辇，忽然问：“大姐，那你会留下来吗？”

胡辇怔了怔，诧异道：“我为什么会留下来？”

她才说完，就见燕燕立刻笑得阳光灿烂起来：“好好好，大姐，我听你的，我跟你走。不过我要收拾一些东西留给德让哥哥，好不好嘛！”说到最后，燕燕的声音也不禁有些撒娇起来。

胡辇心中一动，看着眼前妹妹天真无邪的神情，想说什么，最终咽了下去，只是摇了摇头。燕燕却不明白姐姐的心情，如果说之前，她还为乌骨里的一句戏言而困扰，那么胡辇这一句回答，似乎就解开了她所有的困扰，让她终于恢复了精神，兴冲冲地收拾了许多东西，忙着来找韩德让。

韩德让在耶律贤营帐边另搭了一个小帐，燕燕到了帐前，正要进去，想起昨日之事，就叫了信宁进去通报。

韩德让正要起身去耶律贤帐中，就见信宁进来通报，说是燕燕来了。他不禁失笑，看来上次她清晨闯入被自己迁怒之后，这次就格外注意了，这样一想，也不禁对这个素日头疼的小妹子有了新的看法。

细想她闯过的祸虽多，却并不是故意生事，只是因为她过于旺盛的好奇心和某种容易把小事变成大事的体质。这几年看来，她已经懂事许多，会从闯过的祸中吸取教训，至少不会在短时间内太过明显地把同一件错事犯上两次。想到这里，他忙起身更衣出去。

燕燕站在外面，正焦急地转来转去，见他出来，叫了一声：“德让哥哥——”眼圈一红，委屈得差点哭出来。

韩德让一惊，忙扶住她问：“燕燕，你怎么了？”

燕燕拉着他的手，告状似的说：“德让哥哥，大姐不让我留下来。”

韩德让还以为出了什么事，闻言才放心地笑道："是啊，你留下来做什么？你原本应该随你父亲和姐姐一起回京的啊。"

燕燕更委屈了："德让哥哥，难道你也不希望我留下吗？你是不是不喜欢我了？"

韩德让想起那日之事，心中也有愧疚，本来就是自己有事把她丢下，她能够跑来和自己说谅解，已经很难得了，偏生还被自己迁怒，加上那日变故甚多，当下道："怎么会呢。只是你留在这里不方便，我想你姐姐一定也对你说过其中的原因了。燕燕是个懂事的好姑娘，上次是我不对，还没来得及向你道歉……"说到这里，就叫信宁去帐中取了他早就备好的一个匣子，交给燕燕："这便当是我给你赔罪的礼物。"

燕燕见这匣子约一尺见方，上镶花钿，甚是精美，忙打开一看，惊喜地叫出声来："这真好玩，是从哪里来的？"

"你喜欢吗？"

燕燕笑得见牙不见眼，一迭声地道："喜欢，太喜欢了。"

这匣中是一套瓷烧的小人小马小鸟小羊等，极是小巧玲珑，栩栩如生，皆用丝絮垫了，以免碰撞。燕燕拿起一个小女童的瓷人，对着自己看了看，又拿起一个小男童的瓷人，对着韩德让看了看，又拿起一只瓷鸟看了看，发现上面有哨孔，放到口边吹了吹，居然能吹出颇似鸟鸣的声音。

她惊喜万分，叫道："德让哥哥，这是从哪里弄来的，太好玩了。"她自幼富贵，金玉之器都是随玩随丢，从小到大也唯有韩德让送给她的礼物，让她爱不释手，每一件都精心保存下来。

韩德让但笑不语，这套瓷玩偶是商队自宋国带来的，烧制得精美无比，便是在宋国也值得十几缗钱，运到上京价格便翻了数倍。这在宋国京城已是流行的玩器，在上京城里却甚是稀罕了。见燕燕果然甚是喜欢，将前日的事已经抛置脑后，他便也不说话，只笑吟吟地看着燕燕玩着玩具。

燕燕却只玩了一会儿，就想到了自己来的目的，将匣子合上递给侍女青哥，又从良哥手中取过极大的包袱，放到韩德让手中："给你。"

韩德让接过包袱，诧异地问："这是什么？"

“你忽然留下来，肯定许多东西备得不够，大姐不让我留下来，我只好叫她们收拾了一些东西留给你备用。”

所谓的收拾自然是她指挥侍女们收拾，难得也就这么一会儿，她就收拾出一大堆东西，多半是各种备用药物，草原上熏蛇虫的熏香，等等。

韩德让听她絮絮叨叨地说着，其实以他们这种身份，许多东西皆是不用自己操心的，但是……讨好他的姑娘虽然不少，但这般真心体贴他操心他的姑娘却并不多，他从小到大都是替别人操心惯了的，有人这样对他，心里自然也有些不一样的感受。看着眼前的小姑娘，不由心中一动，叹道：“燕燕真是长大了。”

燕燕抬头，欢喜地看着他：“德让哥哥，你也觉得我长大了，是大姑娘了吗？”韩德让点点头，燕燕欢喜万分，正想再说，这时候胡辇的侍女福慧跑了过来，催道：“三姑娘，大姑娘叫我来催你，咱们得走了。”

燕燕依依不舍，万分留恋，一步三回头地，终于还是走了。

韩德让令信宁收起了东西，自己返身去了耶律贤帐中，看他这一夜伤口并没有恶化，这才放下心来。

穆宗匆匆回了上京，便得到南朝军队正式进攻的消息，只能将所有追查谋逆的事情，都交于太平王罨撒葛。

这日，罨撒葛得了北院夷离毕粘木衮的禀告，便点齐兵马，直奔李胡的皇太叔府。夷离毕是契丹官名，掌刑狱，本是罨撒葛亲信之人，此番查谋逆之案，罨撒葛便将此事交于粘木衮。粘木衮将在草原上抓到的人反复审讯，终得初步供词。

李胡回到京城，亦是安排诸皇族宗室串连，以图自保。偏这一日，众人正聚在李胡府中，听得外面兵戈之声，罨撒葛哈哈一笑，带着人从外面闯了进来：“好热闹啊，你们在这里商议什么？”

众人情知无法走脱，只得都退了回来。

世宗的异母弟弟耶律稍便壮着胆子说了一句：“是、是皇太叔约我们这些侄子们喝酒，往年春捺钵的时候，我们也都经常聚在一起喝酒的。”

罨撒葛不理众人，大模大样地坐下来，端起酒碗闻了闻：“哦，喝酒，怎么不叫我啊？”他似笑非笑地看着李胡，“我也是李胡叔叔您的侄儿啊，就这么看不上我？”

李胡沉着脸，哼了一声：“不敢，你如今是手执生杀大权的太平王，只怕是你看不上我们吧。”

罨撒葛哈哈一笑，将酒碗用力往下一摔：“说得好，既然知道我手执生杀大权，还敢在我面前玩花样？”顿时变了脸，指着赴会众人喝道：“全部带走。”亲兵们冲进来，刀枪齐出，对准了在场诸人。

众人脸色都变了，怒喝：“太平王，你、你竟敢对我们无礼。”

罨撒葛皮笑肉不笑地道：“主上前日遇刺，各位兄弟们，对不起了，先请你们到我帐中作客几天，等我审出来与你们无关，自然会放了你们……若是真正的主谋之人，他也逃不了。”

李胡站了起来：“罨撒葛，你敢对我无礼。”

“您老是皇太叔，我自然不敢对您无礼。来人，把皇太叔府控制起来，不许他出去，也不许他见别人，等到回了主上，咱们再做处理。”罨撒葛说完就往外走。

李胡欲上前，却被侍卫们用刀逼住：“你，罨撒葛，你敢和所有皇族亲戚为敌吗？”

罨撒葛站住，凌厉地看着李胡：“太祖当年，只率一部敢与七部为敌，与诸兄弟翻脸。李胡叔叔，亏您还是太祖的亲生儿子，连这点胆子也没有吗，哈哈哈……”

罨撒葛大笑着扬长而去，李胡恨恨捶几。

喜隐惊惶道：“父王，怎么办呢？”

“哼，我就不信那昏君能把我这个皇叔怎么样！喜隐，你去于越府上，向屋质大王求助，就说怕昏君滥杀无辜。”

“大于越会肯为我们出面吗？”

“如果是我去，那是肯定不肯，你去就未必了。他虽老了，却还很乐意庇护皇族的年轻人。”

喜隐点头："是，儿臣这就去……"

李胡却道："且慢，你还须带上一人。"说着，在喜隐耳边低语数句，见喜隐犹豫，狠狠地瞪了他一眼："咱们父子命在旦夕，你还有什么可顾虑的？"喜隐咬了咬牙，终于点头。

李胡冷笑，道："来人，把这里收拾一下，扶我躺下。哎哟，我的气喘病又犯了，已经十几天起不来床了，喜隐你还愣着干吗，还不把咱们府里的萨满叫过来给我跳神驱病。"

喜隐先是一愣，随后会意，忙去安排，只说皇太叔被太平王惊吓，重病不起，在上京城中，传得沸沸扬扬。

这日燕燕正趴在窗户边，却看到院子外面乌骨里打扮得十分漂亮，从燕燕院前走过，她忙挥手叫了起来："二姐，二姐——"

乌骨里一惊，回头看是燕燕，扭身走到她的院中瞪了她一眼："我道是谁，原来是你这小丫头，险些吓我一跳。"

燕燕便问她："你去哪儿？"

乌骨里转了一圈，展示着自己的新裙子："出去玩啊！"

燕燕不解："爹不是说外头危险，不许我们出去吗，你怎么可以出去？"

乌骨里扑哧一笑，得意洋洋地说："爹是说，不让你出去再惹祸。我又没惹是生非，我出去又有什么关系？"

燕燕怔往了，她本来决心当个好孩子不出去闯祸了，可是跟乌骨里一对比，顿时不平起来，急得捶着窗棂："这太不公平啦，凭什么你可以出去，我不可以出去？"

乌骨里走到窗边，伸手摸燕燕的头，燕燕头一偏躲过，乌骨里也不生气，只笑嘻嘻地道："小燕燕，在家里乖乖待着吧，别再惹祸啦！"

燕燕生气地关上了窗子："不理你了。"

乌骨里看着关上的窗子，心里更是得意，高声叫道："你乖乖听话，等姐姐回来带果子给你。"听得燕燕大声道"谁稀罕"，她也不以为意，咯咯笑着往外走去，出了院子，转到回廊。

迎面胡辇走来，见乌骨里一身打扮，怔了一怔："乌骨里，你去哪儿？"

乌骨里笑道："我出去玩玩。"

胡辇一眼落到她戴着的白玉耳环上，只觉得似乎在哪里见过，心中顿时升起疑云："你这耳环哪来的？"

乌骨里一惊，本能地掩住耳环："没，没什么，别人送的。"

"谁送的？"

乌骨里哪里敢说，故作撒娇地跺足："总之是春捺钵的时候，一个年轻英俊的郎君送的，喜欢我的人多了去，我哪晓得是谁啊。"

胡辇看了乌骨里一眼，见她只是撒娇不肯说，轻叹一声："但愿你真不曾把这个人放在心上……"她这话说得极轻，乌骨里没听清，不禁问了一声："你说什么？"

胡辇摇头："没什么。"

乌骨里心虚，故作不耐烦地挥挥手 ："好了好了，那我现在可以走了吗？"胡辇只得道："走吧。"

乌骨里方松了一口气要向外走去，忽然听得胡辇一声："慢着。"她吓得站住脚，强笑道："大姐，什么事？"

胡辇看着妹妹，欲言又止，扬了扬手："罢了，你先去玩吧。等过几天闲了，我要和你谈谈。"乌骨里忙不迭地溜走了。看着乌骨里走远，胡辇轻叹一声，那对耳环她曾经见过，在草原之夜，喜隐拿着想送给她，她本以为，她拒绝了喜隐，这件事已经结束了，可是没有想到，这对耳环没有戴在她身上，却戴在了妹妹身上。

喜隐——胡辇面容一冷，这些皇族子弟当真恶心，为了争一把龙椅，居然不择手段地轮流对她们姐妹下手。光凭这一点，她就绝对不会让父亲支持这个人。她看着乌骨里的背影，扭头看向燕燕的院中，轻叹一声。

身为后族之家长女，她身上背负着很多很多的事情，不可与人讲，也无法与人分担，只能自己默默地扛着。唯一还能让她偶尔倾诉一下的人，就是族兄萧达凛了。

萧达凛有时候也会劝她："胡辇，你如今还不议婚嫁，当真要做守灶老女不成？"契丹族亦有无子之家，长女不嫁守灶的习俗，但富贵之家却是极少见的。燕国长公主早亡，早年亦有人劝萧思温早早从族中过继一个侄子为嗣子，但胡辇却带着两个妹妹坚决不肯，此事亦只能作罢。

她听得萧达凛的疑问，也不禁轻叹一声，正当妙龄的女子，又如何会一开始就想当守灶老女，只是一年又一年，多少婚姻的对象，都有这种或者那种的不满意之处，她又是自幼聪颖过人，小时候便被萧思温当儿子般看待，让她嫁进普通的皇族宗室之家，操持一家事务，但那些男子平庸的她看不上，优秀的姬妾成群，教她如何能够甘心。而令她曾经动过心的男子，却远如天上云、山上雪，无法走近，也无法融化。

"我终究是后族之女，且又是长女，"她这样回答，"所以达凛哥，你自然是知道的，我的婚姻，可选择的余地并不大。我们这样的人，婚姻往往是政治联盟，不能结一桩无用的婚姻。如若没有合适的婚姻，那么做守灶老女，亦不算坏的选择。"至少，她是拥有权力和自由的。

萧达凛又疼又恼："胡辇，你能不能像个女孩子一样去过日子，而不是像个男人一样去权衡利害关系。"

"达凛哥，我家没有儿子，我只有像个男人那样去处事，妹妹们才能够放心像女孩子一样去过日子。"

萧达凛长叹一声："胡辇，你自幼就太有主意，别说是我，连思温叔叔都拿你没办法，但愿你自己觉得好就行。"

她愿意承担起家族，只愿妹妹们平安喜乐，可是妹妹们，真的就能平安喜乐吗？想到燕燕痴心一片却不知道韩德让心思何属，想到乌骨里眼中的爱意和喜隐的险恶用心，她心乱如麻，轻叹一声，叫来侍女空宁，叫她这几日盯着乌骨里，以免出事。

第十七章

耶律屋质

不知道一对耳环已经引起姐姐疑心的乌骨里，高高兴兴地跳上停在门前的马车。这马车虽然华丽，却未带任何家族徽记，显然是有意掩藏身份。马车里面已经有一个人在等着乌骨里了，这人剑眉薄唇，一双风流眼，正是李胡之子喜隐。

乌骨里上了马车，问道："咱们今天去哪里？"

喜隐拉着她的手，含情脉脉地道："乌骨里，我带你去一个极重要的地方，唉，这件事可不能让别人知道，我们这一脉的身家性命，都在这件事上了。也只有你，是我唯一能信任的人了。"

乌骨里听着他情意款款的声音，听着他说"你是我唯一信任的人"，只觉得整个年少时代所有的热情都燃了起来，为了眼前这个男子的信任和爱，便是去死，也在所不惜了。

喜隐拉着她的手，低声道："咱们今日去见屋质大王？"

乌骨里怔了一怔，失声道："屋质大王？你、你莫不是……"

北院大王耶律屋质已历四朝，在前两次皇位更迭中，都起了关键性的作用。甚至有人传言，耶律屋质属意于谁，谁就有可能是下一任皇帝。如今喜隐去见屋质，莫不是，莫不是……

喜隐对着乌骨里点了点头，眨了眨眼睛："别说出来，好姑娘，这是只有你知道的秘密。"

乌骨里握着喜隐的手，心脏怦怦地跳着，似要跳出胸口来，一时间，惊讶、恐惧、欢愉甚至得意，掺杂在一起，令她脸色绯红，手心汗出。

马车很快到了屋质府后门，喜隐下了马车，又伸手接了乌骨里下来，对后门迎出来的管事道："我是李胡的儿子喜隐，前日已经下帖与屋质大王约好了。"屋质前段时间告病谢客，连这次的春捺钵都没去，喜隐想尽办法，才得一约。

管事将喜隐迎入府中，这府第也如李胡府一般，契丹风气甚浓，外头是石头垒成的高墙，里头却是一个个毡殿穹庐。

喜隐与乌骨里进了外殿坐下。过了会儿又见一个管事进来，道屋质大王有请。喜隐拉着乌骨里就要一起入内。那管事诧异，只恭敬道："喜隐郎君，我家大王只与您一人有约。"

喜隐笑道："这是我的未婚妻，是思温宰相家的女儿，我们俱是一体，正要带着她一起拜见屋质大王。"

那管事怔了一怔，却道："如此，容小人再去禀过我家大王。"

喜隐无奈，只得再等他去回禀了，再来时便道："我家大王说他身体有恙，怕冲撞了郎君的喜事，不妨等他病好以后再来一起拜见吧。"

喜隐脸色变了变，他本是打算倚小卖小地硬拉着乌骨里见屋质，实则暗示萧思温已经站在自己这边，让自己站在屋质面前多一层砝码，不想碰了个软钉子，只得道："既然如此，就让我独自给屋质大王行个礼吧。我到了这里，若不探病，父亲岂不是要怪我失礼。"这边安慰乌骨里："你在这里稍候，屋质大王亦是好意，这也是看重你父亲的意思，待他老人家病好了我们再一起来拜见他。"

乌骨里亦知事情重大，在心上人面前，竭力做出善解人意的模样，将素日的刁蛮都收了起来："喜隐，你放心去吧，我会在这里等你的。"喜隐一肚子郁闷，随着那管事经过层层回廊，去了屋质后殿穹庐中。

自祥古山事变以来，十五年过去了，耶律屋质也老了许多，与之前相比，精气神更差了许多，病恹恹地道："喜隐，你来找我，有什么事？"

喜隐跪下，将罨撒葛前日到他们府中肆意抓人，气得李胡病重，如今府中也被监视等事激动地说了，他说的时候，自然是有心掩饰，开脱自家："屋质大王，您是皇族里最受人尊崇的长辈，这一次可不能撒手不管啊。这刺客也许是宋朝派来的，也许是有人刻意栽赃的。谁都猜我们府上有重大嫌疑，我们犯得着那么傻去做这事吗？”

屋质看着喜隐那张年轻而自负的脸，低声问：“那你想要我怎么办？”

“还请屋质大王以宗室的身份出面阻止此事。否则的话，我父子身家性命事小，只怕主上的为人，到时候又是一番血雨腥风，牵连无数人。”

屋质缓缓道：“哦，你们也怕牵连他人吗？”

喜隐强笑道：“屋质大王说哪里话来，我父子为人，别人不知，大王岂可不知。兀欲于军中政变，我父亲为了大局着想，甘让皇位，屋质大王可是见证之人。祥古山之变，我父子远在上京，却教奸人行计，酿成血案。我父亲本是无辜，却因为应天皇后亲许皇位，以至多年来遭受猜忌打压，几番陷害。屋质大王，都说您是耶律皇族最公平的人，同为太祖的子孙，如今他们两支当皇帝，打压异己，唯有我们这一支备受打压，您总也应该还我们一个公平吧。”

听喜隐越说越激动，屋质的老眼渐渐合上，一副疲惫不堪的样子：“唉，喜隐啊，我老了，如今老眼昏花，看不清字，连说话都费力。朝廷里的事情，我不知道，也不想知道。喜隐啊，你回去吧。”

喜隐大急，一只脚不由站了起来：“屋质大王！”旋而又镇定下来，道，“朝中同情我父子的人不少，方才与我同来的，便是思温宰相的女儿，屋质大王可要见一见她？”

屋质猛然睁开眼睛，这一眼让喜隐觉得自己的心肝脾肺都要被看穿了：“喜隐，回去吧。告诉你父亲，耶律一族经不起太多折腾。从太祖到现在，死的人已经太多了。咱们带着部民，学汉人建国是为了过好日子。不要到头来，为了金殿上那把椅子把大家都折进去了。”

说完，他便闭上了眼睛，不再理他。喜隐没想到屋质这样回答，顿时慌乱失措，欲待再说，话到嘴边自己也觉得胆怯到不敢开口。

侍立一边的管事走了过来，压低声音，恭敬地道：“喜隐郎君，我家大王精神不支，请您先回去吧，有事下回再说。”

喜隐茫然不知所措，怔怔地站起来，随着那管事向外走去，只觉得高一脚低一脚的，竟似不在平地上了。

屋质看着喜隐的背影，轻叹了一声，缓缓躺下。时间过得真快，又是一代新人起来了。这皇位，又到了相争的时候吗？他想起了这辈子经历过的几番风雨，大辽开国以来，皇位传续三次，而这三次，他都遇上了。

第一次，是太祖耶律阿保机死的时候，他还只是个懵懂少年，然而那次的大屠杀，他却是亲眼目睹的。阿保机死后，述律太后以臣子们不够忠心、为先帝殉葬、伤心迁怒等不成理由的借口找茬杀人，那时候不只是他，连许多久历权力之争的人都不明白是为了什么，惶惶不可终日的恐怖压在所有人心中，直至最终，在述律后认为可以完全控盘的情况下，才揭开了她的真正目的。她要按旧制推选“大家心目中真正的可汗”，然后她率先牵过了耶律德光的马头，群臣顿悟，纷纷跟进，于是依汉制所立的皇太子耶律倍就这么被排除出去了。

第二次，是太宗德光死后，此时屋质已经是主管皇族政教的惕隐。述律后又欲推李胡为帝，但耶律倍的儿子则在军中称帝，眼看战火就要再炽，这时候屋质站了出来，置生死于度外，两边游说，甚至在双方已经面对面谈判时还几度翻脸，是屋质软硬兼施，终说服一生强悍的述律后肯认输退让。在那一刻，屋质想，阿保机死时发生的那种杀戮，终于可以不必再出现了吗？

然而，他没有想到，仅仅过了五年，祥古山之变，悲剧和杀戮又再次出现，然后，又是无尽地用血洗来排除异己。

每次横帐三房争权，不管谁胜谁败，最终却是宗族一大批人成为牺牲品。到了今天，他对哪一房都已经没有特殊好感。他的血已经冷了，比他们想象的要冷。屋质眯起眼睛，看着外面透进来的阳光，心中惨痛，却只能冷笑。

喜隐恍恍惚惚地走出去，内心的挫败和沮丧无以言表，他没有想到，这次费尽心力见到屋质，不但没有达到他们父子预期中的目标，反而遭受了前所未有的打击。

他也不知是怎么回到小厅的，直到乌骨里迎上了他，拉着他紧张地叫唤着他，他才缓缓地回过神来，拉过乌骨里，沉声道："走。"

乌骨里不敢说话，两人急走到了府外，在下台阶的时候，喜隐心神错乱，竟是一步踩空，幸得乌骨里及时拉住，才没有从台阶上滚下去。乌骨里从来没看到过喜隐这样的情景，震惊心疼，却不敢言，直到登上马车，这才焦急地问他："喜隐，怎么样了？屋质大王他、他不肯帮你们吗？"

喜隐苦笑一声，拍了拍乌骨里："乌骨里，回到上京以后，我跑了这么多家王府，可是、可是……为什么他们都这样袖手旁观。我父亲是皇太叔，是太祖仅留在世上唯一的儿子了啊。他们真的可以这样眼睁睁看着主上兄弟这样欺凌诬蔑一个长辈、一个老人？"

乌骨里听得喜隐的语调，越来越是悲凉，心中大痛，抱住喜隐哭道："喜隐，我可怜的喜隐……"

喜隐苦笑一声，伸手抹去乌骨里的眼泪，叹道："如今，或者只有你父亲可以帮到我们了！"

乌骨里毅然道："我这就去找父亲，我一定要帮你。"

两人沉默着，马车到了萧思温府后门，见乌骨里就要下车，喜隐心中忽然一动，拉住乌骨里说："你对你父亲说，今日我见了屋质大王了。"

乌骨里怔了一下，犹豫地问："你是说……"忽然眼睛一亮，"我明白了，我懂的。"

喜隐嘴角终于露出了笑容，紧紧抱了乌骨里一下，又松开，笑道："好姑娘，我就知道，我的乌骨里，是天底下最聪明的姑娘……"又贴着她的耳朵边低低地说，"也会是大辽最聪明的皇后。"

乌骨里看着喜隐，自信地说："你放心，看我的吧。"她跳下马车，快步迈进后门。看着乌骨里背影消失，喜隐放下车帘，嘴边一丝冷笑。

乌骨里回到府中，便叫侍女去看着萧思温什么时候回府，自己便在房中，一遍又一遍想着晚上如何游说萧思温帮助李胡父子。却直到晚上宵禁，才等到萧思温近侍回来，取了一些衣物，说朝政繁忙，萧思温今夜留值宫中。乌骨里无奈，只得暗自等待，不想萧思温一连十几天，都不曾回家，令她满腹盘算，无处着手。

萧思温十几天不回家，也的确是朝中出了大事。眼见夕阳西下，又是一个白天过去，但见一个内侍手捧着厚厚的奏章进了内阁，萧思温问："怎么样？这些奏章主上批阅了没有？"

内侍摇头，把奏章放到书案上："主上又喝醉了，根本没送进去。"

萧思温搁下笔，揉了揉头，疲惫地叹了一口气，穆宗已经足足半个多月不上朝，不听政，也不批奏折，每天只是喝完了酒杀人，杀完了人喝酒。再这样下去，只怕大辽就要完了！

一名书案举着战报飞奔而入："思温宰相，大事不好了！"

萧思温惊得站起来："出了什么事？"

那书案喘着粗气，将战报呈上："宋军北伐，已经连克数州。"

萧思温大惊，接过奏报，只觉得眼前一花，要仔细揉了揉眼睛，才能看清，奏报内容十分不妙，这种情景与数年前的周朝皇帝柴荣北伐时相似，那时候幽州险些不保……

一想到此，萧思温用力合上战报，喝着："快，立刻进宫禀报主上，派人去请太平王等人入宫商议！"

罨撒葛等人接到消息，也立刻赶到宫中，见了穆宗，然而此时穆宗宿醉未醒，一脸迷糊地看着诸人："你们怎么来了？"

萧思温只得把奏报给穆宗："自宋立以来，数年间已经征服南方各国，国力大盛，这几年来频频派兵北上。之前高勋奏宋军兵临益津关，如今又有奏报不断，宋军袭河东、围太原，只恐有上次周主柴荣之图。"

说起上次周主柴荣之图，众人皆沉默了，穆宗八年，周主柴荣亲率诸将北伐。四十二天内连收三关三州共十七县，辽关南之地全部沦于周兵之手。甚至逼近幽州，穆宗不得不御驾亲征，若不是柴荣忽然于军中病重退兵，军情不堪设想。那一次，柴荣病死，赵匡胤夺位，他们得了数年喘息之功，但这一次，他们还能有这样的运气吗？

众人皆是面色沉重，穆宗忽然吃吃地笑了起来，宿醉未醒的脸上透着诡异的神情："呃——反正又不是第一次了，每次都这么一惊一乍做什么！”

萧思温顿足：“主上，看宋军的气势，岂是简单，若不全力应对，只怕燕云十六州不保。”

穆宗打了个酒嗝：“呵呵，不保就不保吧，有什么可惜的！”

萧思温气得指着穆宗：“主上！您怎可如此荒唐！”

穆宗露出白痴似的笑容：“荒唐？那是……什么？能吃，还是能喝？”

萧思温只能拼命深呼吸，才能让自己不至于暴怒之下失态犯上：“主上！幽州是上京的门户，如若幽州失守，上京危殆。如今军心涣散，皆因他们曾听说主上说过不要燕云十六州。事到如今，如果还想保住幽州城，必须主上御驾亲征，向天下人宣布，大辽不会轻弃幽州。否则，恐怕宋兵会趁胜追击，长驱直入，到时候就不仅仅是一个幽州城的问题了……”

萧思温还在说着，穆宗却在听到“御驾亲征”四个字时，整个人就神经质地跳了起来，挥舞着手胡乱叫道：“什么？御驾亲征？不——我不去，我不去！”

萧思温上前一步，大喝一声：“主上，只要您还是大辽皇帝，您就得去。”

穆宗看着萧思温双目炯炯的眼神，不禁畏缩了一下，跌坐在龙椅上，旋而意识到自己才是皇帝，凭什么要被一个臣子所威胁，发作起来，指着萧思温喝道：“你、你好大胆子！”

“老臣为大辽江山计，只能大胆进谏。”萧思温上前一步，跪下。身为臣子，在穆宗因为各种猜忌而大开杀戒的时候，他只能避让。然而身为宰相，他在重要的朝政之事却是绝对要坚持正确的立场，否则的话，他不如就此辞官仅仅做一个后族之人罢了。

他知道，穆宗因为得位不正，身上兼有怯懦和暴戾两种特质，激了一将道：“主上不去，难道是胆怯畏战？”

果然穆宗此时酒气上涌，本来的畏怯之心听了此言，忽然化为暴怒，拍案大喝：“你敢说朕胆怯？哼，谁胆怯？谁畏战了？去就去，明日一早，朕亲自披挂上阵，率大军前往幽州，生擒赵匡胤。”

萧思温大喜，立刻跪倒：“主上英明，臣等遵旨。”

诸臣一见，也忙跟着萧思温跪下：“主上英明。”

穆宗怔怔地坐在龙椅上，看着群臣朝拜夸赞以后，就一个个退下去了。他晃晃晕乎乎的脑袋，拉住仍然还在场的太平王问：“刚才我说了什么？”

“主上，您说明日一早，您要亲自披挂上阵，率大军前往幽州，生擒赵匡胤。”罨撒葛见穆宗额角冷汗流下，跌坐在龙椅上，忙问他，“主上，您没事吧？”

穆宗强笑一声：“没事，没事。”他无意识地去桌上摸酒壶，却摸了个空，他方才是从内宫的酒宴上被罨撒葛带人硬生生扶到开皇殿来的，此时几案上，自然只有奏折，哪来的酒壶。

罨撒葛初是不解其意，再看穆宗茫然地东张西望，想了一下顿时明白，只得上前劝道：“主上，您明日一早要率军出征，此时不能再喝酒了。”

穆宗茫然地点头：“好、好，你去吧，朕想先回去休息一下。”

罨撒葛无奈，只得令人扶着穆宗前去，穆宗走了两步，忽然似想到了什么，回身招招手，见罨撒葛走到他面前来，又招招手，令罨撒葛附耳上前。他那满是酒肉混乱的气息扑在罨撒葛的鼻中，罨撒葛不禁皱了皱眉，但听得穆宗嘟哝：“你得留下来，把那些人都扣在上京，不许他们跟着我，跟着军队，知道吗？”

罨撒葛眼神一敛，低声道：“臣弟知道。”当年世宗便是紧跟着太宗出征，在太宗死后于军中政变，夺得大位；而穆宗亦是在随世宗出征时，趁世宗死后，夺得大位。穆宗自上位以后，便防着这点，若是四季捺钵，便带着这些离皇位最近的竞争者，就近监视。若要出征，却将他们尽数留下，让罨撒葛在上京控制着他们，以防他们再制造同样的机会。

罨撒葛不想穆宗醉得如此厉害了，居然最后一点清醒的神志，还在关注此事，不禁心中一凛。当下便吩咐侍从将穆宗送回内宫，自己转而去准备明日穆宗出行之后，所有军中和京中的一切事宜。

穆宗回了后殿，在那里呆呆地坐了好一会儿，他的脑袋此时还是晕的，一时不知道应该做什么才好。方才的酒宴自然在他离开的时候已经撤了，贴近小侍花哥战战兢兢地上前问他是否要回寝殿去休息，被他随手拿了件什么器皿砸过去以后，再也没有人敢说什么了。

夜幕降临，寒意渐上，每到夜晚，都是穆宗最怕面对的时候。

他不敢上床睡觉，孤独一人漫漫长夜无法入眠的滋味太难受，他不想面对，更不敢接受近距离和另一个人在一起度过长夜。所以，他到了夜晚，就想喝酒，只有喝了酒，他才会开心，才会兴奋，才不会害怕死亡和孤独。他知道此时不应该喝酒，因为他答应过萧思温，明日要御驾亲征。

可是此时他独坐在那儿的时候，忽然觉得非常抵触，这件事并不是他自己想要的，而是萧思温逼他的。

他为什么要去睡觉？为什么要明天一早起来去面对他不想面对的事情？“御驾亲征”这四个字，让他想起了世宗的死亡，世宗就是在御驾亲征的前夜被人谋杀的。

而他呢，他就算能够安全地亲征了，去了幽州，又能怎么样？这些年以来，辽国面对南朝的战争中，能有多少是胜战？就算赢了，分享好处的，不过是各大家族的势力，他这个皇帝，又能有多少好处？他若是败了，那些黑暗中的狼，就会扑上来，讥讽他、嘲笑他、谋算他，把他撕成碎片。他内心愤恨、恐惧、焦虑、兴奋，各种情绪交织，如烈火灼心，他要喝点什么，把它浇灭掉。

他拍了拍桌子，喝道：“怎么没有酒？没有肉？没有乐？”花哥不敢怠慢，忙又急急令人摆上酒，叫了侍人来殿上当着穆宗的面现场烤肉，又叫了乐人来演奏。

本来还应该有美姬歌舞，但穆宗素有厌女之症，这一场合就免了。这么多年，穆宗身边的宫女，也一直以惊人的消耗率在新旧更替中。

宫女安只已经在穆宗身边三年多了，这算是待得比较长久的宫女。她每天起床后，总是要拿黄粉涂抹在自己雪白的面庞和红润的双唇上，以掩盖自己的天生丽质，却又不敢打扮得让自己在小宫女中显得年纪太大。

穆宗厌恶太漂亮太有诱惑力的女人，更憎恨成熟强势的女人。前者让他自卑，后者更是他的童年阴影。这两种宫女，在穆宗身边，死得最快。

然而既然入了宫，成为宫女，不甘平庸的话便只有拼命想办法出人头地，在一个没有妃子，连皇后都死了的后宫，宫女唯一的奋斗目标，自然也只有穆宗了。这么多年，安只亲眼看着多少个漂亮的、有野心的宫女，想尽办法挤到穆宗身边去服侍，却往往最快做了穆宗的刀下之鬼。

她和那些宫女并没有多少不同，她同样漂亮，同样也有野心，同样也是曾经想尽办法挤到穆宗身边去服侍，然而幸运或者不幸的是，在她来到穆宗身边才三天，就亲眼目睹了一个比她更漂亮更有野心的宫女，在穆宗一场酒醉之后，毫无理由地被杀了。

然后，那美丽而充满野心的身躯，就这么变成一具冰冷的尸体，被拖出去，随便扔在化人场中，消失在人世间了。这件事，吓破了她的胆子，也让她变得更谨慎小心。

她躲在所有的宫女后面，观察着每一个死掉的宫女，是因为什么事而触怒穆宗的，然后小心翼翼地想尽办法，不去触碰这个禁区。

酒肉很快上来了，几名乐人也在廊下吹奏乐器。穆宗的桌子上，摆着大碗的酒、大盘的烤肉，几个宫女侍从均战战兢兢，庖人在炉边颤抖着不停烤着肉送上。安只羡慕地看着那些乐人，他们没有接近穆宗的机会，所以他们的损耗率通常比那些内殿小侍和宫女小得多。

烤肉的庖人已经汗流浃背。站在烤肉架子边被熏烤固然是一回事，然而半醉的穆宗，是最不好服侍的。酒还罢了，此时的肉稍烤得焦一点生一点，那就是死罪；烫一点冷一点，他就会暴跳如雷。烤出来的肉，十份里有八九份都要被近侍花哥剔掉，还不能耽误了送上去的时间。

穆宗已经喝得大醉，长期的精神压力和暴戾的性格，让他更为残暴，拍着桌子叫：“来人，再上酒！”近侍小哥连忙上前倒酒。

穆宗一挥手，醉醺醺地把割肉的小刀扫在地上，小哥连忙跑了出去拿小刀奉上，不想心惊胆战，脚步一软跪倒在地，他吓得连忙把小刀举得高高的，才没跌落在地。

穆宗却已经是拍案大怒："贱奴，叫你拿点东西就敢这样阳奉阴违，还敢砸东西！"他一把夺过小刀挥舞着，气势汹汹地威胁。

小哥吓得跪在地上，闭目等着死神降临。不想穆宗挥舞着刀子好半晌，忽然跌坐下来，吐了一地，头一歪，便已经醉死过去了。

小哥只觉得死神从头顶一掠而过，居然还能够险死还生，一口气松了，顿时瘫倒在地，竟连爬起来的力气也没有了。

花哥见状，忙令乐人止乐，庖人退出，令宫女收拾诸物，自己带着几名小侍，将穆宗安置在旁边的榻上，盖上被子，熄了近处的灯，再令几名宫女小侍守夜，自己方去睡了。

却不知这一夜，又出了更大的祸事。

第十八章

皇座怪物

这一夜，穆宗睡得并不安稳，素日他这时候喝醉了，倒头昏沉沉一夜过去便是。只是今日萧思温一番“御驾亲征”的话，却让他无法安枕。

梦中，他似乎又回到了祥古山，进了世宗的王帐，看到的是一地尸体。纵为王者，死的时候也绝不好看，绝不威风。世宗倒下了，如此狼狈，他的妻妾子嗣尸骨不全地死在他的身后。纵然是至高无上的君王权威，在死亡面前亦是如此无力，如此可笑！

从那一夜开始，这种场景，会经常出现在他梦中，而他一次又一次，试图把自己灌得更醉，醉得更深，才能够一夜无梦到天明。

他看到察割的刀，砍在世宗的身上，也似砍在他的身上。这或是察割，也是每一个试图谋逆篡位的臣子，那刀下鲜血飞溅的，是世宗，是他，也是每一个君王。

这是永恒的噩梦，永恒的恐惧，而且永远无法结束。

穆宗在噩梦中挣扎着，抵制着那无所不在的刀影，他大叫一声，一脚将被子踹了下去，满头是汗，却犹困在噩梦中，不得挣脱。

众宫女侍立在一边，见穆宗被子踹落，整个人满头是汗，面色赤红，都吓得胆战心惊。安只资格最老，原本应该由她去给穆宗盖上被子，可是安只心念电转，却退后一步，拿起柜中另一床被子，塞到身后的宫女东儿手中，指了指穆宗，推了一下东儿。

东儿一时反应不过来，抱着被子上前两步却已经来不及了，只得硬着头皮，一步一步挪到穆宗身边，颤抖着为他盖上薄被。她的手不小心触到了穆宗的手臂，就在此时，穆宗忽然神经质地跳起来，抽出被子中的刀，拔出刀来，一刀就砍在了东儿身上。

东儿只发得半声惨叫，便已经倒了下去，鲜红的血液在华美的地毯上漫延着。鲜血漫延到了安只的裙边，安只的脸变得惨白，仿佛浑身的血液，也一齐流走了。

值夜的近侍小哥跳了起来，但此时连他也不敢上前，诸人脸上都露出悲伤、恐惧和愤恨的表情，却强忍着不敢显示，吓得浑身颤抖。

穆宗跳起来，朝空中挥舞着刀，声音尖厉："逆贼，你以为朕不知道你们是谁吗？不许躲，亮灯、亮灯，朕要你们无所遁形。"

所有的宫女内侍都吓得紧紧贴在毡殿墙边，指望穆宗的发疯时间早点过去，最好再度醉倒或者睡着。

可穆宗的神情，却是越来越亢奋，他叫着："点灯，点灯，你们这些逆贼……"

穆宗睡觉时是不准熄灯的，他怕黑，可若灯太亮，他又睡得不安稳，因此通常在他睡着之后，便熄了近处的灯烛，而稍远处仍然一夜通明。此时见穆宗叫着"点灯"，近侍无奈，壮着胆子去把他近处的灯点上。

不想一个近侍白海走得稍近些，却被穆宗又砍了一剑，倒在血泊中，好在他见机得快，见穆宗一剑挥来，顺势就倒了下去，虽然鲜血飞溅，却是只伤了手臂，索性倒在地上装死。

穆宗此时已经陷入了兴奋的呓语状态，他喘息着笑骂："混账东西，全部是一堆混账东西，以为朕不知道你们心里在想什么吗？你们都想朕死，都恨不得杀了朕，每时每刻都想杀了朕——"

他挥舞着剑，瞪着赤红的眼睛，似正在找着下一个目标。

众宫女内侍吓得战战兢兢，俱贴墙而立，不敢再动。近侍小哥心一横，朝着门外飞窜了出去，低头狂奔。他跑了没几步，就撞上一人，摔了个四脚朝天，那人喝道："你是何人，敢在宫中乱跑？"

小哥抬头，却是飞龙使女里，这个职务原是主管军马事务的，前次穆宗巡视马群时，因他表现出色，便调来掌管禁宫骑兵。恰遇他正带人巡逻，小哥指着延昌宫叫道："女里大人，主上、主上正在杀人……"

女里倒吸一口凉气，转头吩咐随从：“快去通知太平王过来。”

这边带上人马，方走了几步，便见穆宗提着剑冲了出来，叫道：“逆贼，休跑！”

女里方要退让，哪知道穆宗见了人，如猛兽见了鲜血一般兴奋地提着剑就扑过来了，毫不客气地对着女里前额，一剑劈来。女里大惊，连忙一边躲闪，一边大喊：“主上，我是女里啊！您清醒一下。”

但是穆宗恍若未闻，持续砍杀，女里左挡右避，直弄得险象环生，最后只得心一狠，拔出长刀，挑飞了穆宗的长剑。

穆宗手中没了武器，茫然地站在原地，直愣愣地看着女里。

女里见他手中已经没有武器，再见着他马上就要清醒的样子，忙将刀插入鞘中，跪下请罪：“请恕臣犯驾之罪。”

他这样说着，心中却仍然忐忑，抬头看着穆宗神情，一手撑地，另一只手却离刀鞘很近，若是情况不对，就拔刀自卫或者逃走。穆宗揉了揉太阳穴，半晌，终于有点清醒了，他低头看清楚女里，竟还笑着打招呼：“女里，是你啊。”

他茫然转头看了看四周，“朕怎么了？”

女里惴惴不安地答：“主上，您喝醉了，臣送您回去。”

穆宗“哦”了一声，转身欲走，脚步一个踉跄，女里趁机起身扶住穆宗，以免他忽然发疯又抽刀砍人。不过几步路，便迈进延昌宫去，但见此时殿内仿佛修罗道场一般，中间案上酒肉倾地，周遭躺着七八具尸体，旁边还有五六名宫女内侍贴墙而立，看上去已经吓得瘫了。

女里看到此景，不禁倒吸了一口冷气。

穆宗却若无其事地接过侍卫递来的刀子，迈过血泊，走到几案边，拿起酒壶又喝了几口，随手拿着刀把一具案边的尸体拨远些，对女里道：“哦，这里脏了，让人来打扫干净。女里啊，你也坐下来喝一杯吧。”

女里心头狂跳，几乎要维持不住自己脸上的惊恐，忙恭敬地低下头应声以掩饰，未得穆宗吩咐却不敢退下。

忽然听得殿外武士大声道：“太平王到。”女里松了口气，这时候才觉得汗流浃背，一身俱寒。

太平王鞷撒葛急忙闯入，看到穆宗的样子，叹了一口气，叫道："快拿醒酒汤来。"几名近侍宫女松了一口气，连忙跑下去拿醒酒汤，又唤起其他的宫女近侍前来服侍。

女里忙道："太平王，臣告退了。"见鞷撒葛挥挥手，这才忙站起来，只觉得手足发软，差点就站不起来了，他提起一口气，踉跄着快步走出来，转过两个拐角，一下子坐倒在地，大口喘气。

鞷撒葛见了穆宗如此，只能叹气，走到穆宗身边，扶起他，接过花哥递来的醒酒汤给他喝下："主上，我昨日离开以后，您又喝酒了？"

穆宗坐在地上，嘟哝着："是你啊。鞷撒葛，你又管我喝酒了？"

鞷撒葛叹了一口气："喝酒倒罢了，为什么又要杀人？"

穆宗喝下醒酒汤，渐渐清醒过来，茫然地看着他："朕又杀人了？"

鞷撒葛指向正被抬出去的宫女内侍尸体："刚才您把这些人给杀了。"

穆宗怔了好一会儿，才渐渐回想起，懊恼地捶了捶头："哎呀，朕怎么又控制不住了呢！"

鞷撒葛劝道："主上，您也少喝些吧。几个宫女也就罢了，万一有大臣来奏事呢，若被你杀了，岂不冤枉？"

穆宗随意地摆摆手："没事的，朕早就说过，若是朕醉了，不许让臣子们进来，我若酒醉时下令杀人，可不必遵从。"

鞷撒葛沉默片刻："刚才女里可被您吓到了。"

花哥呈上热巾子，穆宗擦了脸，略清醒了些，冷笑："这就吓到？亏他还是大将，真没用。"想了想还补充了一句，"兀欲留下的人，果然当不得事。"

鞷撒葛无奈道："如今他是您的臣子……主上，既然知道喝酒不好，您以后还是少喝酒吧！"不想他这边说着，却看到穆宗的手又在摸向酒壶，恼怒地提高了声音，叫道："主上！"

穆宗心虚地把酒壶往身后藏了藏，想想又拿出来，摇头不在乎地说："鞷撒葛啊，一个人几十年的习惯，能说改就改得了吗？我心里烦，不喝难受！”

见罨撒葛又要再劝，忙岔开话头：“别说朕了，你今日去李胡府的情况怎么样？”

罨撒葛方道：“李胡果然装病……”

穆宗打断他的话，不耐烦地说：“朕早就知道了，哼，这老狐狸他要不装病我还不疑他，他这一装病，我就真的疑定他了。哼，我看他是活够了……”他一激动，忽然呛到了哪里，剧烈地咳嗽起来。

罨撒葛忙上前拍着穆宗的后背，安抚了好一会儿，看穆宗咳嗽渐止，才劝道：“主上，您就算不是为了别的，也得为了您自己的身体保重，还是少喝酒吧！”

穆宗看着罨撒葛，忽然笑了，他的笑声越来越大，直至变成了狂笑。

罨撒葛惊惶地看着穆宗，不知道他在笑什么，好一会儿，穆宗才停下了笑，忽然道：“你以为朕愿意吗？啊，你以为朕愿意喝酒？你以为朕愿意杀人？你以为朕愿意当这个皇帝吗？”

罨撒葛脸色一变，看了一眼左右，见所有的人撤得干干净净，方艰难地叫了一声：“大哥！”

穆宗的声音似哭似笑，似醉似醒：“罨撒葛啊，你说我活着为了什么？做这个皇帝是为了什么？我不能近女色，我也没有后宫三千，唯一的原配皇后也被我亲手杀了。我不喜欢看奏折，不喜欢坐在朝堂上坐一天屁股不动窝，不喜欢跟那群老狐狸打哈哈，不喜欢跟那些后族、皇族讨价还价，我不喜欢他们拿什么汉主刘继崇、周主柴荣、宋主赵匡胤的事情来烦我！我就喜欢无拘无束地打猎喝酒，咱们两兄弟，还像从前那样，在草原上喝酒吃肉，何等快意！”

罨撒葛一阵心酸，点头：“我知道，我都知道，大哥！”

穆宗嘿嘿笑道：“可我怎么能不做这个皇帝呢？从小到大，我身边所有的人都在对我说，我是太宗皇帝的儿子，这个皇位本来就是属于我的，我一定要夺回来！所以我就去夺了，我以为我得到皇位之后，我会开心一些。可是没有！皇位没办法让我更开心，也没让我过得比以前更好！一切都没有变，甚至变得更糟了。”他自暴自弃地吼着，“我是大辽天子了，可我依然是个废人！废人！你知道吗？”

罨撒葛跪倒在地，哽咽道：“大哥！”

穆宗冷笑，举着酒壶向口中倒酒，他倒得极快，快到不及下咽，快到犯咳不止，他边咳边笑：“你知道吗，每次思温拿朝政上的事来问我，每次我听到宋国又想北伐了，汉国又来要救援了，国库开销不够了，征税征不上来了……这些东西我听了头就会炸开，我会害怕，我会不知所措，我就想逃离。因为我根本不知道怎么应对才是对的，才不会被他们指着鼻子骂愚蠢，骂祸国殃民。我怎么决断，都是错的，都是错的！我，呵呵，我只能用杀人让他们闭嘴，我只有在喝酒的时候才会开心，你明白吗？你明白吗？”他扔下酒壶，摇着罨撒葛的肩头大吼。

罨撒葛紧紧抱住他的膝盖：“大哥！可您毕竟是大辽天子，整个大辽都是您的。您如今已经不用再顾忌他们想什么了，为何不振作起来？”

穆宗摇摇头，叹息：“振作不起来了，我身上……”他拍了拍自己，嘿嘿笑道，“我整个人，已经掉到泥沼里，臭了、烂了，起不来了，就这么喝、喝、喝……喝到死为止！”

他又低头笑着拍了拍罨撒葛的脸：“有朝一日等你坐上我这个位置，你就会知道，我为什么喜欢喝酒了！因为除了喝酒，我已经没有别的事好做了。”他呵呵笑着，指了指龙椅，“你说，皇位是什么呢？它就是一个妖物，呵呵，靠近那个皇位的，人坐上去，或者坐不上去，都会成为怪物，怪物。”

他跌坐在毡子上，又灌了一口酒，莫名地，许多往事涌上心头。他小时候是很心软很胆小的，走出帐篷连小羊都能够拿角欺负他，姐姐吕不古常常跑来赶跑小羊，叹道：“我的小述律啊，你不可以这么软弱的。”

后来父亲当了皇帝，后来父亲要南征，后来祖母的脾气变得越来越暴躁可怕。

在他童年的印象里，祖母述律太后是个连走路的声音都能够让他发抖的人。她不喜欢他的软弱，不喜欢他父亲太宗在汉化问题上与她渐渐背离。他有畏女之症，她只会给他一群宫女教他去征服；他头一次打仗看到血流成河的场景吓晕了过去，她却只会怪他软弱无能。她扔给他一把刀子，让他去杀人，不杀，就不配姓耶律，不配当皇族，不配当她的孙子。

他拿着刀，去杀人了，头一次杀人，他吓尿了，那一个月天天从噩梦中吓醒。在祖母眼中，他只是那个胆小没用的孙子，哪怕他是太宗长子，她仍然越过他，立了叔叔李胡为皇太弟。

祖母是他人生中第一个噩梦，不管过了多少年，仍然能够让他在梦中吓尿。在祖母面前，他连反抗的心都没有。直到世宗继位，那个高高在上的神魔之像，忽然就塌了，塌得这么忽然，塌得让他愤怒和无措。

然后，仿佛所有的人都在同他说，皇位是他的，他应该争回来。而他，也不甘心向那个并不聪明的堂兄就这么俯首称臣。或许他不如世宗的胆子大，可是从小到大，世宗都不如他聪明。

于是就有了祥古山之变，就在最接近皇位的那一刹那，谁也不知道，他内心的胆怯令他当时在重大的压力和恐惧下，近乎崩溃。是他饮了半袋烈酒，才有胆子面对着皇座底下这一群豺狼虎豹。

然后，他的人生，就离不开酒和杀戮了。

有时候午夜梦回，他会觉得，现在的自己，到底是个活人，还是个怪物？原来那个连小羊都不敢伤害的耶律璟，是什么时候消失的？有时候他看到花，也还会不忍折下；看到受伤的小鹿，也会亲手去包扎；甚至连脚边的一只小虫，他也会不让侍者去伤害，而是自己轻轻拈起，放到一边去。那些也是生命，不是吗？他毁灭了许多生命，可他也希望，有些生命，是他可以放过的。

他提着酒，看着眼前一脸担忧的弟弟，忽然笑了：“罨撒葛啊，你现在还是好好的，好好的。多好，我告诉你啊，你要赶快，赶快……”

罨撒葛怔怔地问：“赶快什么？”

穆宗呵呵笑道：“再娶一房妻子，生下儿子，过正常人的日子……我们太宗一系的血脉，都靠你了。”

他说着，站起来拎着酒壶摇摇晃晃地向寝殿行去，嘴里却哼着草原牧歌："家住云沙里，牛羊遍草地，春来草色浓，芍药相间红。大儿牵车小儿舞，但驰草原绿浪里。一春浪荡不归家，自有穹庐障风雨……"

看着穆宗远去，罨撒葛跌坐在台阶上，捂住了脸。他不知道为什么，事情走到了今天这一步来。

小时候，他听说过伯父人皇王耶律倍的故事。当年耶律倍为述律太后所迫，失位去国，投了唐国（后唐），最后被李从珂所杀。

后来太宗南下，接回耶律倍的姬妾，他们才听说了耶律倍在唐国的事情。那个原来温文尔雅的大伯，在失去皇位和母亲残暴的摧残下，也已经成了怪物。从逃离母亲的那一刻起，耶律倍似乎把所有的女人，都当成了母亲。他身边的姬妾，会被他一次次刺臂吸血；他身边的婢妾，稍有过失，就会被他炮烙挖眼。唐主做主许配给他的继妻夏氏，也因此吓得跑去削发为尼。

当时他只是唏嘘，只是感叹，可他没有想到，第二个在皇祖母的威压下成为怪物的，会是他的亲哥哥，会是已经成为皇帝的耶律璟。

到底是皇祖母的余威，还在令她的儿孙不得安宁，还是有机会能够得到皇位的人，都会成为让人看不懂的可怕怪物。不只是他的哥哥，不只是人皇王，甚至当年的世宗，他的许多行为不也是很怪异的吗？罨撒葛看着空荡荡的龙椅，他摸了摸，又似乎被火烫似的缩了手。此时，大殿里只剩下他一人，一种诡异的恐惧笼罩着他，也笼罩着整个大殿。

穆宗睡了，死里逃生的内侍宫女们，方才相互搀扶着各自回房。

安只忽然甩开扶着她的宫女的手，捂着脸，逃也似的狂奔。宫女露珠欲去追她："安只……"

另一个宫女奈奈却拉住她："别去了。"

"夜半三更了，我怕她有个意外可怎么办……"

"有什么意外，大得过刚才的事？毕竟，我们还活着，东儿他们，却是连意外都没有了。"

露珠不由得为安只辨护："她也不是故意的，刚才那样的场景，我们能活着，就是万幸了。有心无心，谁能避得过。”

奈奈想到方才的情景，脸色也稍霁，叹道：“让她走走吧，我怕你去拉她，她也未必记你的好。”

露珠拭泪：“唉，主上这动辄杀人的脾气越来越难以克制了。你说这日子可怎么过啊？”

且不提几名宫女议论，此时的安只，却是整个人精神似要崩溃了。她当时把被子递给东儿的时候，只是本能的畏缩，乃至看到东儿惨死，那一刀竟似砍在她的身上，而众宫女看着她的眼神，好像她要故意害死东儿似的，让她只感觉万箭穿心。而后，更可怕的事情发生了，穆宗狂性大发，所有的人都已经吓到崩溃，却连尖叫都不敢了，只死死拿手捂着嘴，恨不得把自己缩成蝼蚁那么小，只觉得下一刀快要砍在自己身上。

及至穆宗平静下来，她原来那种压抑下的恐惧感忽然爆发，她再也顾不得宫规，再也顾不得严令，此时此刻，她只想逃，只想快快逃离这可怕的地方。安只拼命奔跑，仿佛身后有一只噬人的野兽。忽然间似撞上了什么，被反弹了出去，跌坐在地，但听得一个人诧异地问她：“你是谁？这大半夜了，你怎么在外面乱跑？”

安只跌坐在地上，瑟瑟发抖，根本没办法听清楚对方说的话，那人无奈，拉起她，却只觉得她双手冰冷潮湿，颤抖不已。

安只却觉得对方的手温暖干燥，一股暖流，自他的手心，流入她的身上。她此刻，直如溺水的人要拉住一根救命稻草，似将要冻毙的人拥抱住一个暖炉，她也不知道哪里来的胆子，完全不计后果地紧紧抱住了那人。她紧紧地抱着，直到自己身上的颤抖停止了，直到自己与那个人肌肤相贴的地方变得温暖，这才缓缓地松开了手，才清楚地看到自己抱住的人——

“啊”了一声，安只吓得忙松开手，失声道：“只没大王。”

只没稀奇地看着这个胆大的宫女，刚才他晚饭后去探望耶律贤的伤势，两兄弟坐下来聊了一会儿，此时方出来。不想这个宫女忽然跑过来，差点把他撞倒，他好心去拉她，她反而紧紧抱住自己，几乎是用尽两人最大限度贴近的姿势，肌肤相接。

若不是她身子冰冷，哭得忘我，把他衣服的里面三层都哭湿了，他简直可以认为，这个宫女是打算在这御园中就和他产生某种叫“肌肤之亲”的后果。似乎此刻，这个傻宫女才发现自己是只没大王？那她之前当自己是什么？内侍吗？

他提起灯笼，照照她的面，但见她哭得满面脂粉糊作一团，双目红肿，当真是要多丑有多丑，可是不知为何，却奇异地有一种诱惑之力。

或者是春天来了，或者是这具妙龄的身躯，已经到了足够成熟的年纪。

只没看着她，忽然有些神差鬼使地拉起她的手：“你怎么了？”

安只欲言又止，却不敢说。只没看了看身后，再看看这夜色，叹道：“你这样子，遇上了人还得闯祸，到我宫中先洗个脸吧。”

他的宫殿离此不远，便领着安只去了自己宫中，叫人打了水给安只洗了脸，此时方才发觉，这宫女竟是个绝色佳人。看她服饰，似是延昌宫中人，可是延昌宫中他去过多次，竟未发现有此尤物。

屏退左右，扶了安只坐下，细问她：“到底怎么回事？你可是皇叔身边的宫女？今日是被宫里其他人欺负了吗？怎么哭成这样？”

安只惊魂甫定，只觉得格外留恋此处的温暖、此处的安静，哽咽半晌，才道：“奴婢、奴婢不敢说。”

只没怜惜地道：“别怕。万事都有本王给你做主。”见安只低头，她的裙角边却有点点血迹，不由一惊，问她：“这是血？到底怎么回事？”

安只崩溃地扑到只没怀中抽泣：“是主上，主上刚刚忽然发狂，当着我们的面杀了东儿。鲜血四溅，我还以为下一刀就会落到我头上。太可怕了。太可怕了！”

只没犹豫了一下，将安只牢牢抱住，轻声安慰：“没事了，别怕。”

安只靠在只没肩头，惊恐得不能自已，颤声道：“大王，救救我。再待在主上身边，我会没命的。救救我。救救我。”

只没怜惜地安抚着她：“放心，你现在很安全，别怕。”

安只此时的心神已经完全稳定下来了，但她以其本能感觉到只没似乎在享受着她的惊恐、她的依赖，她抓住了这点本能，她要离开穆宗身边，她要活下去，她不想活在每日生死边缘的恐惧中。而此时，眼前的这个人，是她唯一能攀住的救命稻草。

一旦她感觉到这一点以后，她的本能比思想更快地产生了行动，她不顾一切地将身子紧紧贴住只没，用尽她从以前的宫女那里学到的所有诱惑人的语言和本能："大王，我求了无数次长生天，能够降下一个救我的人。不承想，就遇上了您。是不是长生天派您来救我的，只没大王……"

只没很年轻，他被穆宗有意纵容着养大，年轻的心中没有多少恐惧和警醒，而因为穆宗的隐疾，在他到了年纪的时候，也没有人及时体贴地为他安排应该有的尝试，此时他的身心，最是容易被燎着的时候，而安只，就是那团火。这团火，这一夜，把他烧透了，烧熟了。

宋国大举发兵北伐，穆宗受群臣之请，御驾亲征。此时韩匡嗣府中，父子两人，也正进行着一场秘密的对话。

韩德让心事重重："父亲，您的计划，还是不变吗？"

韩匡嗣点了点头："我这边若有事，便会让志宁第一时间送信给你。"志宁是韩家从小训练的高手，在韩德让小时候以侍从身份跟在他身边保护他和耶律贤，后来又训练一个与韩德让年纪差不多的侍从信宁，才将志宁换了回来。

韩德让心中一沉："父亲，便是为了韩家，也总要想一个稳妥的办法才好……皇子贤他……"

韩匡嗣阴沉着脸："顾不得了……以人胆和药的事，还在继续进行，我不能再等了！"他见韩德让的神情，一摆手道，"你放心，我总有更稳妥的办法！"

他便是要除去穆宗，也不会粗暴简单到身怀白刃而袭之，他是个医者，医者要杀人，总是可以不留痕迹的，之所以要韩德让准备，也不过是以备万一而已。他看着爱子的脸，这张脸虽然看似已经长大成人，但在父亲眼中仍然有许多不成熟，他心中暗叹一声——若是有个万一，德让，韩家将来的千斤重担，几代人的期望，就要由你来承担了。

下药，固然让人很难察觉，然而一个君王的死，又岂能无声无息，最好的办法，就是让自己与他同时中毒，甚至死在他的前头，才能够让身后家族免去灾难。幽州之行，注定是他的死亡之途。

然而，大丈夫有所不为，有所必为。剖腹取心，天人共愤，这暴君一日不除，他一日如烈火灼心，那些死去的冤魂，都似乎在看着他。与之相较，能否保得皇子贤上位，反而成了其次。

上京宫闱深深，他有诸多不便，幽州路途遥遥，暴君身体不适发病的几率就高，而经过身边查验的层次也会相应从简，这也是他最好的下手机会。韩匡嗣站起身，缓步向外走去，一步、一步，走得格外沉重，也格外坚定。

韩德让跪下，哽咽：“孩儿拜别父亲。”

初升的太阳，透过树荫，如碎金般洒落在韩匡嗣的肩头、脸上，阳光与阴影交错，变幻莫名。

韩匡嗣出府，上马，一路疾行至校场，他是太祖庙详稳，率太祖斡鲁朵一支兵马，自然先在校场集中。此时，辽国将士们已在校场排列成行，整装待发。萧思温等文臣自然是在等候皇帝一起出发。谁知道大家在朝上等了半晌，大殿上方的宝座上依旧是空荡荡的。

此时在校场的诸将也等得诧异起来，韩匡嗣等几人便又入宫来询问。萧思温又气又恼，眼看时间将到，便揪住内侍问，内侍吞吞吐吐半天，方道皇帝宿醉未醒。萧思温大怒，喝问太平王去了何处，又说太平王刚才已经入宫，去见皇帝了。正争执不下，便有内侍自宫中传来消息，请萧思温等几名重臣入内殿。

萧思温等到了延昌宫，进了穆宗寝殿，方见罨撒葛一脸无奈地站在穆宗榻前，穆宗此时却是烂醉如泥，鼾声如雷。萧思温顿足：“主上亲口说今日率军出征，为何竟、竟醉成这样……”

罨撒葛亦是无可奈何，他怎么晓得穆宗昨夜闹腾了这么一场之后，回到寝殿依旧把自己喝个烂醉，以至于今天早上已经像个死猪一样拖都拖不起来了，只得问萧思温："思温宰相，您看怎么办？"

萧思温沉声道："君无戏言，如今三军整装待发，主上不出，难道还要解散三军不成？这不成了周幽王了？"

周幽王烽火戏诸侯，最后闹得个国破身亡，这可不是好兆头。罨撒葛听了也是脸色铁青，犹豫道："要不然，群臣率军先行出发，待主上醒了以后，再让他追上来？"

萧思温看着罨撒葛，冷笑："率军先行，谁来率军？谁的身份可以代主上率军？"

罨撒葛叹道："只是暂代而已，不如请屋质大王，或者休哥郎君？"

萧思温冷笑："我还以为您会说皇太叔或喜隐郎君呢。"

这话说得非常不中听，罨撒葛也只得忍下来了，苦笑："要不，我来？反正只是暂代而已，等主上醒了，便可交由主上决定。"

萧思温却看了一眼穆宗，道："若主上醒了，却不肯追上来呢？"他已经相当肯定，穆宗今日醉酒，固然是长久以来的恶习所致，但有大半的原因，还是不愿意面对幽州的兵临城下之局面。

罨撒葛语塞："这……"

耶律休哥便道："要不，等主上酒醒，我们一起跪请他亲征？"

萧思温冷笑，指了指外头："等主上酒醒，太阳都要落山了，怎么出发？就让集结在校场上的军队，站在那里呆等一天，再解散？"

罨撒葛大惊："万万不可，如此军心就要涣散了。"他看了一下萧思温，只得低声下气地问他："思温宰相可有什么办法？"

萧思温冷冷地说："不管主上是醉是醒，今日只能是坐上辇车，与大军一起进发幽州，这才是唯一办法。"

众臣顿时面面相觑，谁敢把这个暴君拖上辇车，他要醒了迁怒杀人怎么办？萧思温看出群臣心思，凛然道："主意是我出的，若主上要怪罪，便怪罪我吧。"

罨撒葛沉默片刻，果决地摆手："罢了。你们这就拥主上登车去幽州吧，各斡鲁朵立刻点兵出发，有什么责任，自有本王承担。”

萧思温诧异地看了罨撒葛一眼，似对他有了新的感观，拱手：“多谢太平王。”

罨撒葛想了想，朝萧思温拱手道：“只是，主上就要有劳思温宰相了。”他顿了一顿，“行刺案刚过不久，本王须留在上京查明真相，免得那些宵小趁机发难。幽州城万事拜托各位大臣了。”

萧思温一愣，随即反应过来：“臣定不负大王所托。”

罨撒葛便叫人扶起穆宗，将烂醉如泥的他梳洗完毕，换好龙袍，戴好纱冠，披上斗篷，再把他交到韩匡嗣手中：“匡嗣，主上身体不好，在幽州要你多加照顾了。”韩匡嗣眼神一动，低声应“是”。

御辇起，仪仗行。大军相随，遥遥数十里的队伍，一直从上午走到了傍晚，最后的人员方才出了城门。

第十九章

姐妹失和

大军已发，夕阳西下。

耶律贤站在窗口，看向远处。

楚补劝道："大王，天时已寒，不宜久吹风，您该回去了。"

耶律贤长叹一声："大军今日去幽州了，唉。可惜，我没能够看到三军出发的盛况。"

楚补却笑道："大王何必叹息，大王没能看到，主上也没看到啊。"

耶律贤一怔，楚补忙在耶律贤耳畔私语几句，他当个笑话讲，耶律贤却听得又气又恨，怒道："哼，堂堂大辽天子，征伐之际，大军将发，却喝得烂醉如泥。真是……怪不得汉人说，唯怯懦者最凶残！哼，哼！"

楚补低声道："昨夜，他还差点杀了女里将军。事后还说女里：'亏他还是大将，真没用。兀……先帝留下的人，果然当不得事。'"他差点顺嘴把穆宗原话说出来，说了一半才想起来，忙换了种说法。

耶律贤眼神一闪："看来，我得去见见女里了。如今宫里清净，正是时候啊。"

"要不还是让韩郎君去吧。这外头——"楚补指指窗外，"那乙辛等人，可是太平王派来的。再说，女里也未必可靠，您不必为他而冒险。"

耶律贤摆摆手："女里此人，名利心重，贪权爱钱，他若知道皇叔至今不能将他视为心腹必然心中惶然。他在近卫军中举足轻重，权力只在罨撒葛之下，若能争取到他，对大业很有帮助。我必须亲自去，以示诚意。"他见楚补仍然面有忧色，笑道："放心。我只是在宫中走走，偶遇上些人闲聊几句也没什么不可以。如今，皇叔对我疑心尽去，偶尔冒次险还是值得的。”

过得数日，耶律贤在宫中闲逛，见女里带着士兵巡逻，观其神情之间，果是眉头紧皱心事重重，便主动招呼：“女里将军又带着人巡视宫禁啊？”

女里忙拱手：“见过明扆大王。”

耶律贤点头：“这等巡逻之事，本该让下面人去办，如今朝中像女里将军这样还愿意事必躬亲的人可不多了。”

女里苦笑：“女里也是按照太平王吩咐办事。宫禁关系到主上安危，不得不多加小心。”前些日子他倒霉刚好遇上皇帝酒后杀人，虽然太平王也看在眼中，体谅他的不得已，但终究那个喜怒无常的皇帝心意如何，却是无人知道。所以这种时候，他最好不要给人落下任何把柄，免得捅到皇帝跟前，教皇帝想起那日之事，拿他来出气。

饶是如此，他也不得不为以后考虑，如今眼前的皇子贤，就是他考虑的后路之一，只是苦于没有机会接近，他一个暂管禁宫骑兵事务的将领，无端跑去皇子的内宫，岂不招忌？

没想到竟然与对方相遇，又得对方主动招呼。这几日他亲自巡逻，也有此因，带着的均是心腹之人，便叫他们在前面继续巡逻，自己与耶律贤落在后面，慢慢地边走边聊。

耶律贤问他：“听说，大军出征前日，皇叔醉酒后与女里将军动手了？”

女里身子停了一下，僵硬地答：“正是，明扆大王竟也听说了？”

耶律贤呵呵一笑：“皇叔素来如此，一喝酒便不记得人。女里将军别见怪才是。”

女里只得答：“臣不敢。”

耶律贤慢慢道：“我等为人臣子的，从来上令下行。皇叔虽然喜怒无常，可那只是对侍从和宫婢，对大臣们还是敬重的。他也从来说，若他酒后下令杀臣子，让我们别把这命令当回事。”

女里听了这话，手中不禁握了握拳，虽然知道这是劝慰之语，可终究还是憋着气："若主上酒后一剑杀了臣，那也就只能是臣自认倒霉了。"

耶律贤笑了，摆摆手道："何至于此。何至于此。皇叔还是有分寸的。便是真到了那田地，皇叔清醒过来也会加倍补偿的。只是……"他叹了一口气，"将军的职位，原也是沙场上拼杀过来的，若是这样死了，终然得了补偿，也没有什么意思。"

女里梗了一下，终于还是把话说出了口："不瞒大王，女里不怕死的，可女里怕死得没有价值。不要说死，便是伤了胳膊腿儿，从此也是废人一个，还不如死了呢。"

耶律贤叹了一口气，缓缓地道："是啊。谁不是这样想呢。父皇从前是从不会这样对待文武大臣的。"

提及世宗，女里心头一热。当年他不过是个部族的马奴，只因善于识马驯马，得世宗赏识，才得一路直上身任要职。穆宗对他虽有小惠，却也令他险些身死。世宗对他有大恩，却只能记在心头。他看着眼前的耶律贤，不由发自内心地道："先皇对臣子们，真是仁厚啊。哪怕是谋逆之人，也是多半放过了的。"

他一边说着，一边暗暗观察耶律贤的神色，见耶律贤似笑非笑地看着自己，便试探道："大王，女里当年不过是一马奴，蒙先皇恩典而步步提升，虽然如今也侍奉当今主上，但是，女里永远是先皇积庆宫的臣子，这一点是不会变的。"

耶律贤看着他微笑，眼中却有一丝意味深长的神情："我知道女里的忠诚，我也一直把你当成自己人。"

女里相信自己是看懂了耶律贤暗示的，顿时眼睛一亮，拱手行礼："能得大王信任，女里愿意效死。"说着就要跪下。

耶律贤忙拉住女里："不必多礼。这是在宫里，咱们闲话几句便是，别落人话柄。"女里亦是明白，他只是稍作表态，见耶律贤谨慎，更知道自己没投错人，当下应是。

燕燕闹腾着要出府，胡辇拗不过她，见穆宗如今已经离京，便是再放她闯祸，也终究是自家能收拾得了的，于是不再约束，任由其出府乱跑。

乌骨里自然也借着这个由头，派丫鬟重九去约喜隐相见。不承想重九回来惴惴不安地告诉乌骨里，皇太叔府如今被太平王派来的兵马封住了，所有的人，许进不许出，所有采买等事宜，也均是太平王府每日一送。

乌骨里大惊："怎么会这样？前几天还好好的。"

重九哪里知道，自己所知，也是好不容易打探的："我从那些士兵口中打听到，说这是太平王下的命令，据说王府涉嫌刺杀主上。"

乌骨里烦躁地摔了首饰匣子："胡说八道，他怎么会刺杀主上？我，我去找太平王去。"

重九吓得死死拉住她："姑娘，太平王可不好惹，您别添乱了。"

正说着，燕燕兴冲冲跑进来 ："二姐，今天没出门啊，我们后院去练剑吧。"不想却看到乌骨里崩溃地掩面大哭，她从来不曾见这位泼辣的二姐如此哭过，吓坏了，连忙扶住她急叫："二姐，二姐，你在哭什么？出了什么事？"

乌骨里扑在燕燕怀中大哭，燕燕不知所措地抱住她，直到她哭够了，这才哽咽着把经过说了。

燕燕听了，倒是吓住了："什么，二姐，你真的有喜欢的郎君了，这个人还是李胡家的喜隐？"见乌骨里忍泪含羞点头，还抚着耳边的白玉耳环，似仍然沉陷于对喜隐的迷恋中，她想了想，还是泼冷水："二姐，我觉得喜隐不好，配不上你。"

乌骨里红着眼睛瞪着燕燕，怒道："呸，你这个黄毛丫头懂得什么？我喜欢他，他就是适合我的男人，他就是这个世界上最好最好的男人。"

燕燕不禁犹豫起来："可是大姐也说，喜隐不好……"

乌骨里顿时沉下脸："小燕燕，你休要满口大姐大姐。大姐懂得再多，可总有些事，是她不懂的。哼，她要懂男人的话，早就嫁出去了。"

燕燕急了："喂，你怎么可以说大姐的不是？"

乌骨里一时失口，也后悔了，忙赔不是："好燕燕，我不是有心的，难道我不比你对大姐上心？哎呀，我也是被你逼急了。哼，你要还当我是姐姐，就不许说他坏话，再说我就不理你了！”

燕燕见乌骨里如此，气势顿时软了下来：“那你现在怎么办？”

乌骨里迟疑着说：“我，我想去找喜隐。”

燕燕问：“喜隐不是封府了吗？你怎么能去找他？”

乌骨里顿足：“我不管，这个时候，他最需要我，我要去见他。你是我妹妹，你要帮我想办法。”

燕燕哪里有办法可想：“要不然，跟大姐商量一下好不好？”

乌骨里心虚，忙拉住燕燕急道：“不行不行，你明知道大姐不喜欢他的。你也不可以告诉大姐。”这边就逼着燕燕，要她发誓不可以告诉大姐，否则自己就与她绝交。燕燕被逼不过，只得答应了。可回到自己房中，越想越不对，竟一夜未眠。次日早晨，胡辇发现了她的黑眼圈，严厉逼问。她终于挨不过审问，支支吾吾地把乌骨里的事都说了出来。

胡辇大怒：“胡闹，太胡闹了！喜隐居然……乌骨里她到底知不知道那是个什么样的男人？！”她一拍桌子，喝令侍女空宁，立刻去把乌骨里叫来。燕燕被胡辇的怒气吓了一跳，怯怯地劝道：“大姐，你别太生气。二姐也没做什么……”

胡辇想到草原上喜隐对自己的表演，想到那白玉耳环如今还戴在乌骨里耳上，又想到乌骨里对自己撒谎，甚至还陪着喜隐去见过了耶律屋质，这简直是明目张胆地要把自己一家绑到了李胡的船上，心中怒火更是不可抑止。她既恨喜隐的无耻和工于心计，也恨乌骨里的愚蠢和轻信，但此时只能努力控制情绪，叫燕燕离开。

燕燕犹豫不决，走到门边，又返回来，苦着脸哀求：“大姐，你别怪二姐。”走到门边，又苦兮兮地扒着门边看着胡辇，她自觉当了叛徒，辜负了二姐，再看看大姐盛怒，更觉得不敢离开。

就在这犹豫的当口，乌骨里到了。

她一进门，看到盛怒的胡辇和心虚的燕燕，顿时就什么都明白了，指着燕燕大骂：“好啊，燕燕，你居然说话不算话，你敢当叛徒。”

燕燕哭丧着脸：“二姐，对不起啊，我也是没有办法，大姐太厉害了。”说着，她的声音也弱了下来，小心为自己辨护，“再说，我觉得，我们有事总不能真的瞒着大姐吧。”

她不说还好，一说更让乌骨里误会：“什么，你是存心的，好啊，枉我这么信任你，我以后再也不相信你了。”

见燕燕被乌骨里骂哭了，胡辇大怒，喝道：“住口，乌骨里，你自己做错了事，居然还敢责骂燕燕。”

乌骨里倔强地反驳：“我不过遇到了一个心爱的人，恰好他也爱我。这有什么错？”

胡辇怒极反笑：“恰好他也爱你？他爱你？哈哈哈……你根本不知道喜隐是个什么样的人，你现在是在为这个家带来灾难！”

乌骨里被她这几声冷笑，笑得整个人怒不可遏，声音也尖诮起来：“是啊。我是不如大姐你懂得多，脑子里装的都是家国天下。可我也知道，男婚女嫁是人的天性。我这个年纪找个男人谈情说爱，怎么就是错事了？怎么就给家里带来灾难了？”

“喜隐接近你根本就是别有用心！你稀里糊涂被算计，反过来还要连累父亲和家里。”

乌骨里听着胡辇口口声声污辱喜隐是“别有用心”，气得满脸通红，顾不得素日对大姐的敬畏，扑了上去叫道：“不许你污蔑他。”

两姐妹吵作一团，燕燕夹在当中，可怜兮兮地只能求了这边求那边：“大姐、二姐，你们别吵，别为了一个外人吵。”

乌骨里一把将燕燕推开，叫道：“你闭嘴。既然出卖我来告状，就少来装好人。”

胡辇亦斥她：“小孩子不懂别插嘴。”

燕燕叫了起来：“我才不是小孩子呢。”

没想到胡辇和乌骨里却朝着她一齐斥道：“闭嘴。”

燕燕连忙掩口闭嘴。

胡辇又指着乌骨里：“你也闭嘴。”

乌骨里叫了起来：“我凭什么闭嘴？”

"哼，要不是燕燕告诉我，还不知道你要做出什么荒唐事呢。"

乌骨里难以置信地指着自己："啊，你说我荒唐？"

燕燕伸出头来，怯怯地点头："我觉得大姐说得对。"

乌骨里指着燕燕："闭嘴，你们俩居然结成一伙，我还没找你算账呢。"

胡辇却道："燕燕没有错，你凭什么叫她闭嘴，你们都给我闭嘴。"

见她大发雷霆，两个妹妹一起掩嘴看着胡辇。胡辇下令："来人，把二姑娘带回房间去，没有我的允许，不许她踏出房门一步，更不许她去李胡府。重九、瑰引，你们寸步不离地看着她。"

重九和瑰引上前扶住乌骨里往外拉，劝道："二姑娘，跟我们回房去吧。"

乌骨里被两人拿住，愤怒地挣扎："大姐，你凭什么不许我出门。"

胡辇冷笑："我这是为了不让你给家里制造更多麻烦。如今正是多事之秋，我们家避嫌还来不及，怎么能让你和李胡家再扯上关系。"

"喜隐是无辜的。他现在需要我的支持，你不能把我关在家里。"

胡辇不为所动，喝道："重九、瑰引，还不把你们姑娘带回房间去？"不顾乌骨里又哭又闹，胡辇让重九和瑰引把她拖走了。

燕燕见状十分不忍，怯怯地劝胡辇："大姐，二姐她……"

胡辇却截断了燕燕的话，此时的她已经头痛万分，也没心思理会燕燕，只喝道："你们都不许出门，给我少闯一些祸。"说着甩门而去，只余燕燕一人愕然呆立，不知所措。

接下来的日子简直是一场灾难，胡辇把乌骨里关了起来，乌骨里则以绝食相要挟，并且在燕燕试图劝说她的时候，把她骂了个狗血淋头，说对胡辇的不讲理和燕燕的叛徒行为绝不原谅。

燕燕求了这个求那个，可是谁也不理她。她试图在两人之间转圜，但是两人谁也不肯退让。她在理智上偏向着大姐，但在感情上又偏向着二姐，两人斗气，她就成了风箱里的老鼠——两头受气。

过了几天左右不是人、劝得几乎崩溃、哭到没人理会的日子以后，她终于想起来，她还有一个人可以求助，她还有万能的德让哥哥，可以帮她解决所有事情。一想到这个，她就待不住了，也不理会胡辇的禁足令，趁胡辇一出门，就溜出去找韩德让了。

偏韩德让不在家，韩夫人热情地接待了她。韩夫人问了半天，燕燕却不肯告诉她出了什么事，只一味要“德让哥哥回来”。可是这会儿韩德让还在宫中，只能让她先等等了。

燕燕在韩家小花厅足足等了半个时辰，才等到从耶律贤宫中接到消息匆匆回来的韩德让。韩德让一进小花厅，就看到燕燕哭着扑了上来，叫道：“德让哥哥，你终于来了。”

韩德让看她的样子，便照往日的习惯问她：“怎么了，燕燕，你又做了什么淘气的事情，要我帮助？”

燕燕顿足，大声说：“不是我，这次真不是我，是我二姐！”这次她终于可以在韩德让面前，理直气壮地为自己以外的人说出请求帮助的话。

韩德让眉头微皱：“乌骨里，她怎么了？”

燕燕焦急地想把所有的事情倒出来，却说得语无伦次：“大姐和二姐吵架了，二姐说要绝食，大姐把二姐关起来了，二姐说我是叛徒不理我了，都是那个喜隐不好……德让哥哥，怎么办呢，你帮我想想办法。”

韩德让抚额无语：“你到底要说什么啊……等等，又关喜隐什么事了？你二姐和你大姐吵架，为什么要生你的气？”

“哦，因为我把她的事情告诉我大姐了啊。然后大姐下令把二姐关起来，二姐才气得不吃饭的。”

韩德让从她的话中敏锐地捕捉到了重要信息：“她的事情，她什么事情？莫非与喜隐有关？”

燕燕瞪大了眼睛：“就是她喜欢喜隐啊！”

韩德让一惊：“乌骨里喜欢喜隐？”

“对，喜隐还带她去见屋质大王了，可是她没见着，屋质大王只见了喜隐一个人。”

韩德让顿时嗅到了这其中的政治圈套，脸色一变。他握住燕燕的肩头，放缓了声音："燕燕，你且坐下来，慢慢说。"

说着，他叫来了侍女为燕燕洗了脸，又送上茶和点心。于是韩家的小花厅里，夕阳斜照，燕燕在韩德让的安抚下，喝了茶，吃了韩家厨子特制的甜丝丝的精致糕点，情绪慢慢地平静下来。在韩德让事无巨细的提问下，她足足说了半个多时辰，一五一十地将所有细节都说了。

在韩德让温声劝慰下，那些让她无措、让她惊惶、让她自负、让她茫然的情绪，渐渐地消失了，从小到大，她就知道，只要把事情告诉德让哥哥，就能够得到最好的解决办法。

吃完点心的燕燕，在韩德让的护送下回了宰相府。然后，韩德让和胡辇也进行了一场谈话。

"很显然，这就是李胡的阴谋，想要把你们家拉到他们这一支的阵营中去，纵然你们不愿意，他们也会制造出你们和他们是同伙的假象，使得你们被主上猜忌，逼得你们不得不和他合流。"韩德让的脸色阴沉。

"正是，所以我才把乌骨里关起来的。"

"我听燕燕说，乌骨里已经绝食好几天了？"

胡辇扑哧一笑："我妹妹，我哪能不晓得。她哪里是吃得了苦头的，不过是不肯吃我派人送过去的三餐罢了，却偷偷吃着侍女私下送过去的糕点。"顿了顿也叹息，"不过虽然并非完全绝食，终究一些糕点，哪里比得上三餐，她为了喜隐，也算有决心了。德让，你说，应该怎么办呢？"

韩德让叹了一口气："可惜思温宰相远在幽州，你纵然有心，但又能把乌骨里关多少时间呢？"

胡辇恨恨地说："可不是……"转而抱怨，"太平王当真无用，李胡父子胆敢行刺，他已经抓了这么多人了，为什么还要任由他们在外面，早些把他们抓起来，也好教乌骨里死心了。"

韩德让目光一闪："这话，倒也有几分道理。"

胡辇诧异地问："你有办法？"

韩德让站了起来："我去想想办法，总不能让他们父子坏了大局。"

胡辇点头："德让，多谢你了，唉，我早应该想到去找你的，燕燕这孩子总算也办了一件歪打正着的事。”

韩德让离了萧府，见天色已晚，只得先回家。他筹谋思量后，次日一早便赶去永兴宫，将计划与耶律贤商议。

此时耶律贤宫中却极为热闹。因耶律贤受伤，所以弟弟只没、妹妹胡古典等亦常来探望。这日胡古典带了两个世宗的小妃蒲哥、啜里来。

这两个小妃出身不高，原是世宗当年随军时收的小族之女，祥古山之乱时未跟随世宗一起出去。当时，三皇子只没和几位公主都在宫中，由燕国长公主耶律吕不古照顾。世宗死后，吕不古毕竟有夫有女，不好长期在宫中，于是就指派了世宗这两个小妃来照顾公主们，而耶律贤、耶律只没则由穆宗指派了几个大臣宗室之子来照顾。

这两个小妃并无子女，亦知道只有这几个公主，才是自己将来的指望。吕不古公主虽然去世多年，但身边亦还有公主留下的嬷嬷看着，因此对这几位公主照顾也是甚为周到，一来一去，也培养出了感情。

如今前两位公主已经出嫁，只剩下小公主胡古典犹在闺中。蒲哥、啜里因为照顾公主，自幼便常带着小公主来与耶律贤亲近，因此也甚为熟悉。此时来看望耶律贤，就带了亲手制的奶酪、酥饼以及一些药物。

蒲哥唤了宫女豆蔻，将礼物和补品呈给耶律贤，见耶律贤房中宫女俱是年纪已大，便抱怨道：“大王如今也大了，这些宫女们也服侍多年，怎么不送些新人来？我这里还有几个好孩子，都是我一手教的，要不然让她们来服侍可好？”

她是个甚有心计的人，平时说话也较为婉转，这样的话显然是早有盘算。公主虽好，终究是要嫁人的，她们这些庶母，就算与公主关系再好，难道还能像教养嬷嬷一样跟到公主府去养老不成？顶多是公主多进宫来探望，多送礼物罢了。但若与耶律贤交好，让耶律贤记着她们的情分，将来开府以后，或者会接她们过去养老，帮助管理后宅，那自然是不一样的。

而在这之前，拉近关系的办法有经常带公主来联络感情，或者让自己身边调教好的侍女成为耶律贤的姬妾。

想法虽好，可耶律贤却另有心思，笑了笑：“多谢您老有心，只是我身体一直不好，太医说让我要静心休养。”

“静心”二字足以说明一切。蒲哥笑容顿了一顿，换了伤感的表情，叹息：“唉，可怜的大王，要是先皇后还在，可不知道多么心疼您。”

另一个小妃啜里的性子可就直接得多：“这老天真不公平，明扆大王这么病歪歪，那只没大王却蹦蹦跳跳，明明你们小时候是反过来的。”

只没生母是甄皇后，身为汉女，当年又独占皇宠，哪怕甄皇后已经死了多年，这些小妃们对她的怨念仍然不消，甚至在耶律贤兄妹面前嘀咕：若非是受了甄氏蛊惑南征，世宗也不至于有祥古山之难。这话被吕不古公主听到，当着诸公主和耶律贤的面狠狠斥责了她们一顿，这才消停了。

蒲哥抹了抹眼泪：“都怨那祥古山之时，我们不在您身边，不然怎么也得护您周全。”

啜里亦叹：“是啊，偏生那时我们被拘在上京，陪着只没大王。若当时你们俩对调一下，这会儿我们不知要省多少心。”

耶律贤见两人说得过了，皱眉道：“好啦，两位就不要说这些了。只没是我弟弟，也是父皇的儿子，他的身体康健也是好的。”

啜里反应得慢，犹自絮叨：“那怎么能一样呢。您是萧皇后所生，他不过是汉女所生，您的身份不知比他尊贵多少……”

蒲哥见耶律贤神情已经有些不悦，忙拉了拉啜里：“好了，说这些陈年旧事做什么？明扆啊，盼着神佛保佑您一日日好起来，早早娶一个王妃，我们也好告慰先皇后了。”

她二人排斥甄后生的只没，自然在耶律贤面前，日日拿先皇后撒葛只来拉近关系，在她们的口中，倒显得耶律贤兄妹是先皇后亲手托给她们照顾似的。

耶律贤也不以为意，只微笑颔首应付了几下，见婆儿悄悄进来，便做出疲惫之色。蒲哥见状，忙与啜里带着公主离开了。

第二十章

自投罗网

见两个小妃带着人走了，耶律贤叫人都出去，只留婆儿服侍，才低声问："你可打听出来了？"

婆儿从袖中取出小布包，打开呈给耶律贤，但见那碎裂的双鱼玉佩已经被匠人用镶金的工艺补好，依着裂纹原来的样子镶补了几缕水波水草，双鱼形态如旧，且更具韵味了。

耶律贤手抚玉佩，轻叹一声："可惜，可惜，玉碎不可复原，终究不是原来的了。"见婆儿恭敬地站在一边，又问："你可打听到了什么？"

"奴才找匠人打听过了，听说这玉佩原是汉国的贡物，后来被太宗皇帝拿来赐给燕国长公主了。"这些上好的玉器，自然是有数的。

耶律贤怔了一怔，眼睛一亮："燕国长公主？吕不古姑姑？"

吕不古从小照顾过他们兄妹，想起那位脾气酷似母亲的长辈，心里不禁一阵温暖。既然是太宗皇帝赐给吕不古的玉佩，想来那个少女，会是公主之女了。

婆儿又道："奴才打听得思温宰相与燕国公主一共有三位女儿，长名胡辇、次名乌骨里、幼名燕燕。大王，您认识她们哪位？"

耶律贤手一翻，收起玉佩："不告诉你。"

外面有人笑道："什么不告诉你？"但见楚补打起帘子，韩德让走了进来。

耶律贤在袖中暗暗握紧了玉佩，由婆儿扶着坐起，笑道："没什么，我与他逗逗解闷。对了，德让，昨日匆匆回家，可有什么事吗？"昨日韩德让在他这里待一会儿，就被韩府中来人叫走，虽然只说是小事，但他此刻要趁机岔开话题，故而借此一问。

韩德让却道："婆儿退下，我有事与大王商议。"

耶律贤脸色也严肃了起来，忙问："出了什么事？"

韩德让见室中无人，才道："昨日乃是萧思温宰相的幼女燕燕找我，思温宰相家出了事。"

耶律贤一惊："出了何事？"

韩德让便将喜隐与乌骨里的事说了，耶律贤心中暗恨，将手中的玉佩不由握紧了。既然探出这玉佩的主人是萧思温之女，那他的寻找目标，自然也落在萧思温的三个女儿身上。没想到喜隐居然怀着不轨目的，去引诱了其中一人，实是可恨。他心中这下思量，当下就问应该如何应对。

"幸好胡辇是个明白人，把乌骨里软禁在了家里。所以，我们必须促使太平王赶紧快刀斩乱麻地处理好此事，把李胡和喜隐收网，免得坏了我们大事。"韩德让将他昨夜的思量说了，"我意欲通过虎古大人，借太平王之手，先将李胡父子拿下……"

耶律贤不由点头，当下两人重新商议了一些细节问题，又叫楚补进来，去请虎古入宫。

此时诸事议定，耶律贤看着韩德让那英华内敛的脸，忽然想起那少女来，心中便有一股抑止不住的欲望，借着开玩笑似的语气道："德让哥哥，如今上京如你这般年纪的郎君，多半已经成婚生子，你……心中可有关雎之思？"

诗经有云："关关雎鸠，在河之洲，窈窕淑女，君子好逑。"耶律贤引此诗，自然也是打趣韩德让了。韩德让瞪了他一眼："你如何忽然想起这个来了？"忽然想起，"我方才进来的时候，看到公主与两位小妃出去，可是她们向你推荐了什么人？"

"你想到哪里去了，我是听你说起才想到的。这思温宰相的女儿看到家中姐妹不和，却跑来找你说话，看来，你与她们姐妹感情不浅，不晓得哪位是你的意中人？"说到这里，耶律贤握着玉佩的手不由得紧了一紧。

韩德让摇头："大王说哪里话来，如今咱们大业未成，何以为家？若是一个不好，岂不是要连累别人家的好姑娘？”

“原来如此，我还以为，是你过于关心萧家的姑娘呢。”耶律贤试探着问。

“明扆，不要胡说。”韩德让沉下了脸。

“好好好，韩二哥，算我说错了话。”见他真恼了，耶律贤忙笑着讨饶。

韩德让却反问：“大王今天好生奇怪，老是追问此事……莫不是，这次春捺钵遇上谁了？”

耶律贤嘿嘿一笑，也狡猾地说：“既然德让哥哥说，天下未宁，何以为家，那我更加要和你一样了。”

“你不一样。我家兄弟太多，不少我一个。先皇只剩你和只没两个儿子，你又是长子，逃不了。如若大事不成，还能够为先皇留下血脉。况且，你是皇族，遇上什么事情，也不会连累家中。我却不一样，我毕竟是个汉人。”韩德让说到最后，声音也低了下去。

耶律贤翻个白眼，倒榻呻吟：“你这话说得简直像是配种，扫兴透了。世间当真不公平，唉，为什么我们不能换一换呢，凭什么你不娶，要我先娶？”

“这可没法换。”

耶律贤忽然坐起，炯炯有神地看着韩德让：“那你说，我娶谁好？”

韩德让一怔：“你当真要娶？”

“你不是说我必须要娶吗，那也总得给我一个指向吧。”

“你要娶自然是后族，岂能我说了算？”

耶律贤不动声色，慢慢引导着话题：“若说后族，那首选岂不是萧思温家？你可否给我个建议，应该娶谁？”

韩德让沉吟片刻，中肯地评价：“萧思温的长女胡辇聪明有才能，可为掌家妇。”耶律贤看着韩德让，心中有些紧张：“能做掌国妇吗？”

韩德让想了想，点头：“能。”又补充，“我听母亲说，当年她与燕国长公主交好，曾听长公主说，先皇后当年与她提及要纳胡辇为儿媳。”

耶律贤深吸一口气，缓缓又道："其他两个呢？"

韩德让笑了起来，有些无奈地摇摇头："其他两个都不适合你啊。"

耶律贤也笑了："你倒说说看！"

"乌骨里的脾气有点急躁，人却挺热心的……"耶律贤听了"挺热心的"心中不由一动，却听得韩德让又道："但是却有些易听奉承，性情不定。不管大王的大业成或不成，她都不宜。"

耶律贤心中极乱，不晓得到底是哪一个，不由又问："不是因为喜隐吗？"

"自然不是，年轻的姑娘在草原上被少年男子追逐，易对别人同情，都是常有的。若不是喜隐有意牵连思温宰相，也不是什么大事。"

耶律贤等了等，见韩德让没有继续说下去，忍不住问："还有一个呢？"

"你说燕燕？那还是个孩子啊！"

耶律贤又问了一声："叫什么名字？"

韩德让怔了一下，重复道："叫燕燕。"

耶律贤点了点头："哦，叫燕燕！"他看着韩德让，有些怀疑地问，"韩二哥好像对这燕燕有些特别哦？说话的语气和眼神都特别温柔。"

韩德让一愣，不自在地瞪了耶律贤一眼："别胡说，我说了那就是个孩子，而且是个特别淘气的孩子。你倒别提她，提起她来我就头疼，从小到大，也不知道闯了多少祸。"

耶律贤点了点头，将韩德让所说的萧家三女情况想了一想，竟皆有些符合。她既聪明有才，又热心急躁，又淘气可爱。那女子，到底是谁呢？

他抚摸着玉佩，想着那日少女的笑颜，一时有些失神，韩德让连叫两声，方回过神来。正要回答，便听得婆儿在门口报说："虎古大人来了。"韩德让站起来："我与虎古不合，还是先避避吧。"说着，便从另一边走掉了。他这边一走，耶律虎古便来了。

耶律虎古昔年与世宗交好，这些年来对耶律贤亦是多番照看，他接了耶律贤的信以后，便匆匆到来。耶律贤便将方才与韩德让商议之事与虎古说了，却不提韩德让，只说是自己听到消息，故而请虎古帮忙。

虎古虽然与世宗颇有交情，但却属于撒葛只及太后一系的，因世宗之事，而迁怒甄后，厌恶汉人，见了韩德让便要倚仗身份年纪排斥打压他。韩德让虽不喜此人，但也因为耶律贤此时势弱，要多交盟友，因此极力忍让，避免与他发生冲突。

虎古素与李胡不合，听了耶律贤之意，倒是叫好，当下离了宫中，就直接去了太平王府。

罨撒葛见虎古到来，倒有些诧异，虎古此人的部族强势，脾气也甚坏，看不起的人很多，因此人缘并不太好。

“虎古郎君此来不知有何事？”

耶律虎古单刀直入：“幽州危急，主上带着重兵去抵御外敌。可如今上京就有一个内患，太平王却视而不见。虎古为大辽安危日夜不宁，不得不来求见。”

罨撒葛一怔：“什么隐忧？”

“听说太平王命人封禁了皇太叔府。”

“怎么，你要为他求情？”

虎古冷笑：“我虎古向来脾气不好，虽然说话不好听，但从来出于公心。李胡此人，我素来不喜，犯不着这时候为他求情。太平王，你为什么要封他的府第，可以与我说说吗？”

罨撒葛犹豫了下，还是说了：“主上在回京路上受刺客伏击，虎古可知？”

“你怀疑是李胡？”

“不是怀疑，而是许多证据都指明是他。”

“你既然怀疑他，既然有证据指明是他，为何不动手？”

罨撒葛叹道：“你有所不知，主上不在，我不敢轻举妄动，免得上京生乱，影响主上。”

虎古便将耶律贤方才之言缓缓说出：“太平王这话错了。您与主上在一起的时候，主上冲动，您便稳妥处事，减少冲突，这是对的。如今主上不在，那些人已经蠢蠢欲动，你还一味姑息，岂不是让上京更不稳妥？李胡手中，继承了述律太后半个斡鲁朵的势力，这些年来只在先皇手里削弱了一些，主上继位后，为了拉拢他，又还了他一部分。如今主上不在，他若拉拢其他势力在上京举事，太平王手中兵力真能完全压得住局面？万一主上前线战事有急，而他在上京作乱，岂不是令主上没有退路？”

罨撒葛悚然而惊，站了起来：“正是，正是！只是……”但仍然犹豫，“李胡毕竟是皇太叔，若没有证据只怕……”

“大辽天下，主上说了算。主上授命您全权处理此事，又何须一定要证据？抓了李胡，自然就有证据。再说，主上如今已经抓了这么多的宗室，李胡身为主谋不动，反而会招来更多的人心怀不满。”

罨撒葛一愣，随即回过味来，仰天大笑道：“说得对，说得对，倒是我迷瞪了。”他朝着虎古一揖至地，“多谢虎古大人提醒，我必不忘记您对主上的忠心！”

虎古冷冷地道：“你不必猜忌，没人同你抢在主上跟前的忠诚之心。我对主上自然是忠心的，但我这么说，只不过是不喜欢上京城再流血，更不喜欢李胡上位。”

罨撒葛怔了一怔，哈哈一笑，疑心顿去。送走虎古，当下便调兵遣将，如何在不惊动李胡其他兵力之前先将李胡父子拿下，再分化瓦解李胡的其他势力。他却不知道，去抓李胡的同时，还能收获一份更大的礼物。

燕燕自觉把事情告诉韩德让以后，必能解决，就不再去烦恼这事，跑去找乌骨里了。见乌骨里还在绝食，她心中有愧，拿了许多点心来，苦着脸劝乌骨里：“二姐，你就听大姐的话吧，别倔了。”

乌骨里沉着脸，她这“绝食”半真半假，然而也是折腾得有些憔悴了，倔强地扭着头说：“燕燕，你不必劝我，反正大姐不放我出来，我就绝食。”

燕燕好心地告诉她：“大姐已经知道了你偷偷吃点心的事，所以你再‘绝食’，大姐也不会信你的。”

“你……”被揭穿的乌骨里恼羞成怒，忽然站了起来。

燕燕吓得后退一步：“二姐，你、你想干什么？”

乌骨里深吸一口气，忽然展开笑容，朝燕燕招了招手，柔声道：“燕燕，我是不是和你最要好啊？”

燕燕警惕地再退后一步，隔着窗棂说：“二姐，有话好好说，你这样子，我害怕。”

乌骨里恶狠狠地瞪了她一眼：“你怕什么？”

“你每次哄我替你顶缸的时候都是这样，我上过你好多次当了。”

乌骨里顿时变了脸色，冲到窗前指着燕燕额头斥道：“你以为你聪明吗，笨燕燕，你已经帮过大姐一次了，这次你要不帮我，我就和你绝交，这辈子再也不理你了，你自己看着办。”

燕燕想了想，还是一步步蹭到窗前，问乌骨里：“先说好，要怎么帮？不可以太过分啊，要不然我撒手就走。”

乌骨里咬了咬牙，笑得甜甜的：“没事，我就问你，大姐这几天都在家吗？有没有出去？”

“都在家，没出去。”

“那你能不能想个理由，让大姐带你出去？”

燕燕立刻摇头：“怎么可能，我哪有本事骗大姐？”

乌骨里又想了想，道：“达凛哥，还有德让哥，最近有来家里吗？”

燕燕脱口道：“德让哥……”话到嘴边又捂住嘴，看着乌骨里，不说话了。她怎么敢说，因为自己跑去把乌骨里的事情告诉了韩德让，他才来找胡辇的。

乌骨里低头又想了想，忽然嘴角露出一丝笑容，招手令燕燕附到耳边：“你能不能帮二姐一个忙？”

燕燕听得这番话，忙摇头：“不成，不成，大姐一定会打死我的。”

乌骨里先啐她：“少胡说，大姐什么时候舍得动过你一指头了？”这边佯装垂泪，“好燕燕，我不是要违拗大姐，我实在是担心他……我答应你，我只是去看看他是否还好，看过他以后，我就能放心了。然后我就回来，听大姐的话，在爹爹回来之前，都听大姐的，再不会去见他了。”

燕燕犹豫：“那，你为什么不和大姐说这话？”

乌骨里气得拿手指直戳燕燕的额头：“大姐这么不讲理，我跟她说有用吗？她只会说，你连这次都不要再见了。好燕燕，若是换了平时也罢了，可这次，他府中出了事，我连见都不见，岂不是太冷血无情了？你说，你愿意你姐姐是这样冷血无情的人吗？”

对于燕燕这个从小就在两个姐姐的照顾关爱和命令下长大的倒霉孩子来说，这个年纪的她对来自姐姐的诱导式话语，还没有多少分辨和抵御能力。作为姐姐，已经全面掌控燕燕的性情脾气，熟悉她每一个表情每一点心理波动，想要让她听话，真是轻而易举。

果然燕燕犹豫了好一会儿，就放弃抵御，无可奈何地点头依从了。她每天来扒着窗户同乌骨里说话，侍女们都见惯了，不以为意，也没有人敢去偷听。

燕燕回到自己房中不久，丫鬟良哥便慌忙去禀告胡辇，说燕燕忽然肚子疼，胡辇忙去看燕燕，但见燕燕捂着肚子说疼，又说不出个所以然来，急得忙叫人去请御医。

这自然是乌骨里之计了，一听说燕燕肚子疼，乌骨里便叫嚷着要去看燕燕，侍女们不敢挡她，只得让她出了房间。她往燕燕房里打了个转，乘胡辇照顾燕燕，府中诸人被差使得团团转之时，又进了萧思温书房，在侍女帮助下，从一个专供下人出入的小门，轻轻巧巧出了萧府。

她一出府便直奔李胡府中。几日不见，原来被普通皮室军把守的李胡府，此时已经换成了穆宗的斡鲁朵军把守，而且人数比之前多了不少。

乌骨里寻了好久，也没有办法，身后忽然有一人道：“可是乌骨里姑娘？”

扭头一看，竟是李胡府中的管事撒懒，顿时大喜：“撒懒，你可有办法帮我去见喜隐？”

撒懒眼神一闪：“姑娘要见喜隐大王？”

“正是。我有急事要见他，我可以帮到他的。”

撒懒想不到乌骨里竟然毫无戒心地什么都说了出来，心中大喜。他是李胡留在府外的棋子，正准备伺机而动，见乌骨里自己送上门来，当真是极好的运气，忙道："此事包在小人身上。"

罨撒葛有心围捕李胡党羽，这守卫便是外松内紧，进去极容易，出来却是极难。自然这事，撒懒是不会告诉乌骨里的，乌骨里自恃是萧思温之女，她要走，何人又拦得了她？只令侍女重九在外等着，自己便与撒懒穿过与李胡府比邻而居的宗室府第，原来早有暗门设置，轻易入了府中。

整条街皆已经被看守严实，然而却是只管着出的，没防着进的，乌骨里根本不知道，已经进了一个出不去的陷阱。此时李胡和喜隐坐困愁城，父子相对而坐，心中既惊又惧。今日一早，门口守卫忽然增多，李胡对外所有联系都已经中断，看这样子，罨撒葛是准备要下手了。

李胡咬牙："我还是低估了罨撒葛的狠辣。"他抬头看着儿子："喜隐，万一……为父会把罪责全部担下。反正，你从头到尾也没在那些人面前出现过。"

喜隐听了这话，心中震惊："父王，您说什么！您是皇叔，是皇室辈分最大的长辈，他们不敢的——"

李胡冷笑："述律是个疯子，又有罨撒葛这样的忠狗，有什么不敢的？如果有万一，我对你只有一个要求，一定要我们这一系继承皇位。到时候，你给我像图欲那样追封个让国皇帝，我在九泉之下也就瞑目了。"图欲是人皇王耶律倍的小名，耶律倍之子耶律阮继位之后，便追封其父为让国皇帝。

喜隐知道李胡为人素来大喜大怒，稍得意就要肆意张扬，稍不如意便灰心丧气，劝道："父王，你不能失去信心。咱们还没输呢，主上还在幽州，我不信罨撒葛敢自己做主对您这个皇太叔下手。我已经让撒懒想办法在外面活动……"

正说着，却见心腹侍从进来，对他低声耳语。喜隐听了，不由脸色一变。

"出了什么事？"

喜隐忙答：“父王，思温宰相的女儿乌骨里来找我。”

李胡一惊，又大喜，站起来大笑：“好、好、好，真没想到，萧思温的女儿，对你痴情如此。你赶紧去，看看这个傻姑娘有没有可利用的价值。”

喜隐心里虽然是这样想，但被父亲说出来，又本能地反感，不由叫了一声：“父王！”

李胡见状，笑着摆手道：“去吧去吧。”

喜隐一顿足，去了后院。乌骨里又惊又喜，扑到他怀中，忍不住哭了出来：“喜隐，你没事吧，都好些天没见着你了，我好担心你。”

喜隐震惊地拉开她，看着她满脸是泪，眼中竟是爱意，心头震撼：“你，傻姑娘，你来做什么？”

乌骨里且哭且笑：“我担心你啊，我怕你出事。重九说你们府被封了，我看不到你，我不放心啊。”

喜隐捧着乌骨里的脸，他对她本是利用，可是这一刻濒临绝境，看到她一片真情，不计生死而来，他的心被揪痛了，眼前这个少女对于他来说，终于不是那个可利用的对象。他用力推开乌骨里，斥道：“你傻了吗，你……你知道我们王府出事了，你还来？你不要命了！”

“我不怕，我就想和你在一起，其他的都不重要。”

喜隐气得推她：“你快走，快走！赶紧走，越快越好！”

乌骨里哭着道：“我不走，我要和你在一起。你知不知道，大姐把我关起来了，不让我出来见你。我为了你跟她吵，跟她闹，为了你绝食，好不容易才跑出来的，你别赶我走，喜隐……”

喜隐听到“为了你绝食”心中酸痛，只是此时情景，如何敢让她多留，无奈之下只得放缓了声音：“好姑娘，我没事的。太平王不敢拿我们怎么样，顶多就是把我们困在府里头。等主上回京，事情早过去了。你听话，乖乖回家，等我们家事情过了，我就去看你，向你父亲提亲。”

乌骨里睁大了眼睛：“真的，你说……你要向我父亲提亲？”

喜隐柔声哄道：“自然是真的，你会是我的妻子，你赶紧回去吧。不要教你父亲和姐姐因此厌了我，将来我求婚的时候，让我多吃苦头。”

乌骨里被哄笑了，被他推着往后门走，走了几步，忽然想起来，从怀中取出一个小革囊，递给喜隐：“这个给你。”

喜隐接过，诧异地问：“这是什么？”

乌骨里左右一看，低声说：“我从我爹书房偷出来的通关令符。我听说你们家被封了，怕你出事。如果真的不安全，你赶紧拿着这个出城，到你们自己的头下军州去，太平王他们就没办法来抓你了。”

喜隐没有想到，乌骨里竟为他如此冒险，此时他被震惊到无言，忽然上前一步，深深地吻了下去。他知道自己此番难逃劫难，与乌骨里情缘方定，却有可能就此绝断，心中更是说不出的绝望和痛楚。

横帐三房的子子孙孙为了争那把龙椅，这一生没有别的选择，只能不计理智、不计生死地搏杀，败者或死或囚，而胜者亦是无时无刻，不是活在弓杯蛇影、四面幻敌的处境之中。他抱着乌骨里，越抱越紧，吻得难以抑止，乌骨里只觉得整个人要与喜隐融为一体，吻得都无法自己呼吸了。在这样的拥抱里，在这样的深吻里，她能够感觉得到，喜隐的爱意、喜隐的不舍、喜隐的绝望、喜隐的愧疚。越是感觉到喜隐的情绪，她心中情感越是割舍不下，只能一边拥吻，一边流泪。

眼泪流下来，也流在了喜隐的脸上，他才结束了深吻，轻轻吻着乌骨里脸上的泪，柔声安慰：“好姑娘，你别怕，我们会永远在一起的。”

两人情意绵绵，好一阵子，忽然只觉得旁边气氛不对，喜隐眼角余光看到旁边竟有不认识的兵士，一惊之下，松开乌骨里，看向左右。这一惊非同小可，原来两人身后竟不知何时，早静悄悄地站了两队人马，皆是皇帝宫帐军亲兵服饰，率先一人，正是太平王罨撒葛。

原来罨撒葛得了虎古劝谏，更不犹豫，当即点了兵马进了李胡府中，从前厅到后院，悄没声息地把人皆拿下来。只是不曾想到，李胡父子如此困境，喜隐居然还能够后院风流快活，见两人吻得旁若无人，好奇起来，叫手下不必惊动，自己站在一边静静地看两人这一番情意绵绵。

喜隐大惊，连忙把乌骨里掩在身后：“太、太平王，你、你来干什么？”

罨撒葛大笑一声：“喜隐，艳福不浅啊！”手一挥：“统统带走！”

亲兵上前，从喜隐怀中将乌骨里拖出去，喜隐大惊，喝道：“你们不得无礼，快放开她，她不是我府上的，她是北府宰相思温的女儿。太平王，你不要乱来。”但他自己也很快被亲兵抓住，手中乌骨里方才给他的令符便露了出来。亲兵拾起令符，送到罨撒葛面前。

罨撒葛一见之下，大笑起来：“当真没有想到啊，北府的通关令符？哈哈哈，喜隐，你知道这是什么意思吗？”

乌骨里被亲兵抓住，她哪里受过这等委屈，不由得又踢又骂地挣扎，见令符落入罨撒葛之手，急叫：“那是我的，还给我！”

罨撒葛收起令符，看着喜隐，诡笑：“天助我也。喜隐，本王真要谢谢你了，哈哈哈。”

喜隐看着罨撒葛的神情，心中升起恐惧：“罨撒葛，你想干什么……”

罨撒葛转向乌骨里，笑容可掬：“原来北府宰相萧思温勾结李胡，谋杀主上。好姑娘，你把证据送到了我的手上，我要怎么谢你呢？”

乌骨里看着罨撒葛的神情，这一刻，她才意识到了什么，脑海中涌现出历年来因为“谋逆”而被穆宗所杀的皇族、后族与重臣，想到了那些人的家眷，顿时眼前一黑，晕了过去。

第二十一章

千里幽州

此时萧府，胡辇刚刚得知乌骨里逃走的事，气得来不及找燕燕算账，当即点了家将，亲自骑马就要去皇太叔府抓乌骨里。不想一行人才走出府门，就见重九哭着跑回来，说太平王查抄了皇太叔府，李胡及其诸子俱被抓走，而乌骨里恰在府中，亦被抓走了。

胡辇得讯，只觉得天塌地陷，一步踩空差点跌下台阶，五内俱焚，知道一切都来不及了。然而此时，再大的打击，她也不能崩溃，还得强自努力着不让府中诸人看到她的慌乱和无措，还得想尽办法去打听后续之事。

次日，更坏的消息传来，太平王府派了管事高六来见胡辇，说乌骨里被抓时，是拿了北府的出关令符给喜隐，太平王怀疑萧思温是否与李胡勾结，更牵涉到春捺钵皇帝遇刺之事。

胡辇面如死灰，脑中只觉得一片空白，这一切比她预料的情况更坏，她甚至已经没有办法再去想乌骨里了。燕燕这才知道究竟，她原来只觉得乌骨里甚是可怜，只道她仅仅是去与心上人私会一下，哪里晓得会有这个后果。更没有想到，此事会将父亲和全家都牵连进去了。

萧达凛接到报信，急急赶到萧家。胡辇看到萧达凛，勉强露出了一个笑容，眼泪却掉了下来："我派人向各亲王宗室以及各国舅帐求助，大家都惧怕太平王的屠刀，达凛哥你现在能来，真不枉我们平日叫你一声哥哥。其他人听说和谋逆案有关，全都退避不及。"

这时，韩德让也赶了过来。燕燕看到韩德让，立刻扑了上去，哭道："德让哥哥，你可来了。"

韩德让被扑了个措手不及，只得轻轻拍了拍燕燕的背部："没事，没事，别怕！”

燕燕从未遇上这样可怕的事，而这一切，似乎竟是自己造成的。大姐已经焦头烂额，她不敢再添乱，但内心的痛苦和懊恼无法安宁。此时见了韩德让，终于哭了出来：“德让哥哥，都是我的不是，都是我的错，是我害了大家。我要去见太平王，我要跟他说明白，要治罪就治我的罪吧。我爹他什么都不知道……”

韩德让长叹一声，安抚着这小姑娘：“你，唉……你又如何能够知道这里头的复杂之事。也怪我们不曾告诉你！”

胡辇满脸疲惫，无力地揉了揉太阳穴，叹道：“燕燕，别闹了，你消停些，便是帮我们了。”

萧达凛亦劝：“这也不是你一个小丫头能顶得了的。事已至此，大家想想办法，看能不能和太平王解释清楚，把人救回来吧。”

胡辇掩面轻泣：“乌骨里她从小娇生惯养，何曾吃过这样的苦头。达凛哥、韩二哥，你们有其他消息吗？”

韩德让皱眉：“我听说李胡进了太平王府，就不打自招，在狱中咬出很多人，甚至包括你我两府。”

胡辇身形一晃，气愤地道：“我们何曾与他有过联系？他这是诬陷。”

萧达凛道：“李胡是想把水搅浑，他现在是死路一条，索性把所有人都拉下水，看主上是不是要杀掉所有人。或者逼得所有人都去谋反。”

胡辇叹道：“主上一向多疑好杀，他是宁可杀错一千也不放过一个。上次谋逆大案，他就疯狂杀戮，宗亲元老也不曾放过。这次……李胡这老贼真是歹毒，他这是要置我们两府于死地啊。”

韩德让蹙眉：“上京情势，三日一报御驾，昨日抓人，今日审讯，我猜今晚或者明日，太平王就要上报幽州了。”

这时候，耶律贤派来的小侍也忙赶到萧思温府，说了宫中消息：“听说审讯的结果已经上报太平王了。太平王叫书案拟上奏的折子，要快马呈送到幽州城。因为乌骨里姑娘是在李胡府上现场抓获，而且还有思温宰相的通关令符，恐怕思温宰相这次难以幸免。”

萧达凛急道：“思温宰相正随御驾在幽州，幽州上京相隔甚远，主上性情不定，若当场将思温宰相问罪，就怕我们连辩解都没有机会。”

韩德让却一直沉默着，心绪显得十分不定，直到萧达凛问他：“德让，你为何不说话？”

韩德让才缓缓道：“家父亦随驾在幽州，伯父若是有事，家父必不会袖手旁观。”他没说的是，韩匡嗣此番跟随穆宗去幽州，怀的本是必死之心。穆宗听信女巫之言，取活人心入药，他多活一日，便要多一人无辜而死，所以韩匡嗣必会在短期内动手。萧思温的事情若是发生了，那就会变成韩匡嗣杀穆宗的催化剂。这密折一递上去，萧思温未必有事，却会加速韩匡嗣的死亡。一想到此，韩德让只觉得心痛如绞，几乎不能呼吸。

诸人焦急商议着，一人忽然道：“那，我们能不能把这密折拦下来？”韩德让心头猛地一凛，扭头一看，却是燕燕。她记挂着乌骨里之事，站在一旁，此时听到这里，忍不住开口。

胡辇恼道：“你怎么还在这里，走走走。”

燕燕急道：“可我觉得，我的主意有用的。”

“大人说话，小孩子别插嘴。截密函，说得轻巧，怎么截？”

“在驿站伏击他们，截下密函。”

“想得简单，截下一封，还会有第二封，我们能截多少？”

“所以要跑远一点，再截下他们。这样的话，太平王就算知道消息也晚了。再说，我觉得，信使要的是速度，不会有太多护卫。我们截了信以后，就赶紧去幽州把事情告诉爹爹，让他早做决断。爹爹会比我们想出更好的主意。”

胡辇头疼地挥手：“去去去，一边去，别在这里吵我们商议正事。空宁，带她走。”

韩德让却忽然道：“这个意见倒是可行，只是要派谁去，还需商议。”

空宁正奉命拉燕燕出去，才走到门边，听到这话，燕燕连忙扭头叫道："我去，我去，我的乌云盖雪速度最快。"

胡辇怒而拍案："快把她拉走，还嫌不够烦人啊。"

韩德让见燕燕被空宁拉走，一边还叫："大姐，大姐，你不能不讲理啊，我的主意才是最好的……"不由得笑了，劝道："胡辇，我知道你这时候心情不好，只是此事还须商议。别看燕燕小，有些话，也不尽是胡闹。"

"是啊，她从来都说自己不胡闹，等她做出以后才会是惊天动地的祸，比乌骨里麻烦一百倍。但愿她好好待在房间里，就是万幸了。"

一语成谶，过了两个时辰，萧韩两人正要离开，燕燕的侍女青哥慌慌张张地跑来："大姑娘，不好了，三姑娘不见了，桌上只留下了这个！"

胡辇拆信，信上只有一句话："兵贵神速，不能耽误时间，等你们商量出办法来，密函就来不及截了。我骑乌云盖雪先截密函，并去幽州通知父亲，燕燕。"

胡辇眼前一黑，这真是一波未平，一波又起，气恼地将信纸拍在案上，怒道："这个燕燕，这时候还来添乱！"

韩德让接过信函，一眼便看完，却沉默片刻，道："燕燕这也算是一个办法，难为她一个小姑娘，倒是临事果断，一刻都不犹豫啊！"

"她这哪是果断，她是没过脑子。达凛哥，韩二哥，怎么办？要不要赶紧把她追回来？"胡辇不禁掩面，乌骨里已经出事，若是燕燕再出事，她、她如何对父亲交代？如何向亡母交代？

韩德让手握信函，心中万般情绪奔涌而过。他没想到，这个小姑娘遇事倒比他果断得多。他明知道父亲在幽州，赴必死之局，却只在心里犹豫，不敢有所行动。是啊，他这一去，或许有危险，可是他这一去，也能帮到父亲。不管怎么样，总比待在这里，一筹莫展地等消息好。没想到燕燕此时，竟以她的方式，向他提示了行动方向。

"胡辇，我也正要去幽州。我的马快，燕燕的事，就交给我吧。我去把她追回来。"

胡辇此时已六神无主，握着韩德让的手流下泪来："好，那就一切拜托韩二哥了。”

此时燕燕，已经出了上京城，向着幽州进发了。

萧韩两家虽已惹嫌疑，被罨撒葛盯上，但并未封府，她依然来去自由，换了一身男装，宛若草原上的游侠，带着剑与革囊，就这么潇洒地上路了。一路上，她不走官道，连夜赶路，一直过了中京以后，这才慢了下来，逢驿站必住，在每个驿站走走停停，等待着太平王所派的信使到来。她预料得不差，果然到了鹿儿峡驿馆的时候，就等到了。

她正坐在驿馆对面喝茶，两个信使快马赶来叫道：“太平王府呈幽州急报，速速换马。”太平王府三日一报，驿馆之人早已经准备，那两个信使下了马，便被引去一边坐下喝茶，另一边马夫们赶紧卸马换鞍。那两个信使喝了水，吃了干粮，换了食水，便又骑马赶路去了。

燕燕数个驿馆过来，早将太平王府三日一报的信使模样，一路行止皆打听清楚，这会儿见了信使到来，早就骑上马，在前面山间隘口相候。

那两名信使，也是得了罨撒葛嘱咐，一路上小心行事，急忙赶路，不敢有任何耽误，这一路行来数日，都没遇上事，眼看路程已经走了大半，不由有些松懈下来，只顾低头赶路，不觉进了前面一处山间隘口之处，忽然一支箭从远处射来，正中左边信使胸口，那信使只惊呼一声，便捂着胸口倒了下来。

另一名信使见状，疾抽一鞭，就要逃走，不料远处又射来一箭，朝他马头射去。那信使也是军中精挑细选的勇士，挥鞭将箭打落，忙喝道：“什么人，竟敢打劫五百里快报，可知是死罪？”

那边没有声响，又射了一箭，这一箭又没有中，此时信使已经发现箭来的方向，拿起背着的弩机，朝对方所在射了一箭。

那箭虽然未中，但却听得乱草枯叶之声，显然对方换了一个位置。

刚才那受伤的信使，虽然伏马不动，却偷偷地取了弩机，朝着那方向也射了过去。这两人本就是军中同袍，多年一起同行，早有默契。

但见双方弓箭互射，虽然信使这一方中了埋伏，先受了伤，但毕竟是久经训练的军中好手，伏击之人似只有一人，且经验不足。再加上信使这边用的是弩机，而伏击之人用的却是弓箭，虽然明暗有不同，但等到信使这边找准掩体，那伏击之人，便不是对手了。

忽然听得一声低呼，便见树叶声响，那人一声呼哨，一匹黑马飞驰而来，一人从山间石后跃到马上，那马驮着那人，飞速而去。

那受伤信使“啊”的一声，叫道：“追……”

另一信使却挡住了他：“不必了，我们还有任务，太平王有令，叫我们尽快把信送到幽州。赶紧走吧！”

那受伤信使心犹不甘：“贼人已经受了伤，我们追过去，必能抓到他。”

“那马比我们的马快，追不上了。”

“可是，此时伏击我们的，必是与逆党同谋，恐防他有同党。”

“已经受了伤，我看再接下来不会有人挡我们了。我们只是信使，抓逆党不是我们的差使，用最快时间把信送到才是完成任务。那人是个女的，马也很神骏，这不是一般的人，我们未必追得上，若是追上了她有同党，我们反而有麻烦……此事还是回去之后禀告太平王去追查吧。”

“那是个女人？”见另一信使点头，不由嘀咕，“哪家女人这般胆大？”

这个胆大的女子，自然就是偷偷逃离家门，只身赴幽州截信的燕燕。她仗着马快，趁两名信使换马歇息之际，预先在信使必经之路埋伏，并以弓箭偷袭，只道自己准备充分，计划周全，哪里想到竟然失败而归。

一则是她缺少经验，二则也是小姑娘心软，射的几箭都不是朝人致命之处，只是射人手足和马匹，那些信使却都是百战出身。一不小心，她肩上便中了一箭，不敢再留，呼哨唤来乌云盖雪迅速逃离。

幸而她事先准备了黑衣黑巾蒙面，又用墨汁将乌云盖雪的四只雪白马蹄俱染成了黑色，方没有当场暴露。亏得她素来爱缠着韩德让讲些游侠故事，又爱听汉城中瓦肆的说唱优人说些话本故事，从里头听了许多歪门邪道。她骑着乌云盖雪落荒而逃，捂着伤口不让血流下来，一路疾驰逃过山间，便脱离官道，幸而大草原上不辨方向，直至确定后面再无追兵，才松了口气。

她怕行迹败露，忙先取下蒙面头巾，又把黑色斗篷翻过来成了红色，如此改装完毕，再看看肩膀上的箭，此时血已经染湿了整个肩头，她看着右肩所中那箭，伸出左手咬牙欲拔，只是方轻轻地拔了一下便觉得疼痛难消，左手顿时酸软下来，无力再拔。但带着箭杆疾驰，却又会加重伤口，想了一想，从鞭中拔出小刀，削下箭杆，再咬牙拿出伤药撒在伤口暂作止血，用手帕包住伤口，忍痛继续往前跑。

此时乌云盖雪连跑过了几处小溪，马蹄上染的墨汁也早就洗去，便是那两个信使追上来，除非挨个查她伤口，否则若要去追一个“黑衣黑马的女子”，可就难了。

她一口气催马跑了数十里外，只觉得头晕眼花，腹内空空，肩头伤势更是痛不可挡，眼见远处似有一些牛羊牧人，忙骑马过去。此时正是夕阳西下，大草原上几处牧民的小帐篷外，是一群群雪白的羊儿。一个老牧民在帐篷外煮着奶茶，香气四溢，燕燕策马而来，马儿越跑越慢，忍不住顺着奶茶香，走到这帐篷边。马停住，她的脸色已经十分惨白难看。

老牧人一抬头，看到了这个狼狈的小姑娘，忙和蔼地打招呼：“小姑娘，饿了吧，下来喝碗奶茶？”

燕燕停住马，艰难地欲翻身下马，却一下子摔了下来。

老牧人吓了一跳，忙上前扶起，又叫了帐中老伴来：“老婆子，老婆子，快出来。”帐篷里的老阿妈闻言走出来，扶起燕燕，触手便是一手的血，也吓了一跳，两人忙扶着着燕燕进了帐篷。

燕燕吃力地道：“我、我来讨口奶茶，讨口吃的。”

老阿妈急道：“别说了，你几时受了伤，这伤不包扎好，你还说什么啊！”伏在老阿妈温暖的怀中，听着她关切的话语，燕燕眼泪顿时止不住了，她本是个娇生惯养的孩子。一个人逃命的时候，害怕紧张，还能够忍痛赶路，有人关心呵护，这委屈劲儿就再也忍不住了。

一边呜呜地哭到停不下来，一边指着右肩含糊不清地说着：“我右肩中了一箭，好痛啊……”老阿妈解开她肩头的手帕，这时候血已经有些凝结了，这一扯动，更是让燕燕痛呼不已。

老阿妈看了燕燕的伤口，忙叫老阿爸赶紧去拿小刀，生火来。这边她按住燕燕肩膀，老牧人便拿着小刀，在火上烤透了，便开始用小刀一点点沿着箭头方向，将那箭头自燕燕的血肉中挖出来。

燕燕嘴里紧紧地咬着布条，只痛得冷汗滚滚，她素来娇气，手指头伤了一点也要哭，这时候反而不敢哭了，只紧咬牙关，闭着眼睛，忍着这刻骨之痛。直到老牧人将箭头完全挖出来，这才上了伤药，包扎好了，取下了她咬着的布条，燕燕这才哇的一声，哭了个昏天黑地。

老阿妈抱着她，不住劝慰，这粉妆玉琢的孩子，一看就不是草原上日晒雨淋粗生粗长的，不晓得是哪家贵人的，竟吃了这样的苦头，想来这辈子也不曾受过这样的罪吧。难得该忍痛的时候忍痛，该撒娇的时候撒娇。懂事的时候叫人怜惜，撒娇的时候更是叫人疼到骨子里去了。

燕燕抱怨："好痛，老阿爸为什么不把箭头直接拔出来？"

老阿爸劝慰："好姑娘，幸亏你聪明，没有把箭头直接拔出来，要不然箭头拉伤，伤得就更重了。"

燕燕泪汪汪地说："我不是知道不能拔，是我不敢拔。"

老阿妈便笑着哄她："那就是长生天保佑你了，好孩子，你就是招人疼，连长生天也疼你。"

哄着哄着，终于把燕燕哄得不哭了，这才问她："看你穿着也是贵人家的孩子，怎么会一个人出门？家里发生什么事了，弄得这么狼狈，你这是怎么伤的啊？"

燕燕怔住了，这话可不好回答。好在她素来闯祸多，编谎快，当下眼珠一转，就半真半假地说："我、我爹去幽州打仗了，我、我家里、家里出了点事，于是，我和姐姐吵了架，就想出门去找我爹……我这伤是，是，在路上遇上、遇上……"一说到这里，就卡壳了。

老阿妈这把年纪啥没见过，见她卡壳了，便善解人意地说："姑娘，若是为难，你就不用说了。"

燕燕一急，急出词来了："我遇上两拨部族在打架，我本来是看热闹，没想到他们乱放箭，把我给射中了，那些人还说要把我抢走，吓得我赶紧就跑了……唉，真倒霉！”说着又是一阵委屈上来，更觉得肩头疼得厉害起来。

老阿妈忙把燕燕搂在怀中：“不哭不哭，闺女，不哭啊！都是他们不好，不怪你，不怪你。你这孩子，怎么能一个人跑出来呢，家里人得多担心你啊……”

天黑了，老阿爸上了奶茶面饼，燕燕此时在老阿妈帮助下清洗了血污，换上了带出来的衣服，她也饿得急了。从早上出来就没吃没喝到现在，顿时吃得狼吞虎咽，一不小心就噎着了。

两人见她吃饱了，方问她从哪里来，欲去哪里。燕燕哪里肯说实话，只说自己要去幽州。老阿爸大吃一惊，劝道：“幽州在打仗啊，姑娘，你可不能去！就算你喜欢的小伙子在幽州，你也不能冒这个险啊！”

燕燕却异常坚决地道：“不行，我去幽州有急事，如果迟了，很可能……很可能我家里人就要遭殃了。大叔，我明天就要走。”

老阿爸弥里吉却摇头坚决不同意：“不行，你还伤着呢，幽州又这么危险。我看啊，明天我就送你回上京。”

燕燕不说话了，眼睛却在骨碌碌转着。只是她再有意，此时又伤又累，也是没有办法的。当晚睡着的时候，还是因为疼痛而无法入眠，最后实在熬不住睡着了。一觉醒来，正准备悄悄溜走，却发现日已西斜。她也不晓得，自己怎么一觉就睡了这么长的时间，不由得傻住了。

无奈之下，她只得又在这对老牧民的帐篷里头过了一夜，或许是年轻力壮，或许是她携带的伤药甚好，这一夜过去，她已经觉得伤口没这么痛了，整个人的体力也恢复了许多。于是更不迟疑，第三日清晨，她便悄悄起身，拿起随身的包袱，悄悄走出帐篷，解下拴在柱子上的乌云盖雪。

燕燕取下金制的耳环和发钗，挂在帐篷帘子上当作谢礼，牵着马悄悄离开了。走了一段路，她才骑马而行，直奔幽州而去。

她此时一路疾行，便不敢再走官道，避开驿站，一直到了天黑，才发现一件事，就是自己这一晚，竟没有住宿之所了。虽说草原儿女，随处是家，但燕燕毕竟是个小姑娘，虽然时时筹备着做游侠离家出走，包袱打了无数次，终究这次出走用上了。但缺乏真正行路的经验就导致此时此刻，她连搭个帐篷毡庐的东西都没带出来。太阳西斜的时候，她还信心满满地以为只要一眨眼的工夫就能够遇上下一个牧民的帐篷，可惜这次运气不好，一直到月上中天，还是前后左右皆是一片草原。

无奈之下，她只得找了一处山坡避风处，拿树枝叉在地上，厚斗篷盖在树枝上，搭了个最简易的避风小毡庐，这边拾了些干树枝烧着烤火。

月圆之夜，草原上风吹着呜呜之声，显得格外瘆人。燕燕坐在火堆边，惴惴不安，一阵风吹过，让她感觉遍体生寒，双臂搂成一团，水囊的水在夜晚格外地冰冷，又不好用革囊烤火，翻翻口袋，翻出几条肉干来，愁眉苦脸地啃着。肩膀又疼痛起来，但这时候也不好自己换药。

夜风吹拂，燕燕仰头看着月亮，只觉得自己格外凄凉，倚着熄灭的火堆，渐渐睡着了。黑暗中，似有沙沙的声音传来，远处有闪着幽光的眸子在走近。忽然身边的马尖啸一声，不停地挣着被捆住在树上的绳索。

燕燕骤然惊醒，站了起来，却发现火堆熄了，而马在不安地嘶叫，踢动。燕燕一转头，忽然看到了两双绿油油的眼睛，她不由得惊叫一声，腿一软差点跌倒。她意识到了什么，踉踉跄跄地准备往系着乌云盖雪的树跑去。说时迟那时快，她刚有动作，便见黑暗中一道身影扑来，她甚至来不及拔刀，只能拿撑着斗篷的树枝一挥，恰好挡了那狼一下。

情势危急中，忽然听得远处有人在叫："燕燕，燕燕……"

燕燕一怔，恍若梦中，不由得失声叫道："我在这儿。"

只是夜风呼啸，她这一声叫喊，还不如马嘶声传得远。

忽然听得远处马蹄声传来，号角呜呜，一支火箭自远而近，射到附近高过一丈的树干上，顿时燃了起来。狼性本狡，又是最怕火的，也是燕燕受了伤，那血引来了狼，幸好危急关头，有援兵赶来。

燕燕惊魂甫定，却见远处又一支火箭射来，亦是一丈以上，这两箭相距较远，但却也照得这一片地方亮了起来。那狼见了火，又听到号角之声，眼见这顿饱餐吃不成了，又有所不甘，正低吼不已。

此时一骑远远驰来，叫道："燕燕，可是你吗？"

燕燕高叫："德让哥哥，是我，是我！"

她这一分神，那狼顿时扑了上来，却是一箭飞来，正中狼腰。燕燕惊魂甫定，那骑闻声迅速驰近，正是韩德让。他驰到近处，跃下马来，急道："我刚才似乎听到了狼吼，你这里有狼？"

"德让哥哥——"燕燕只觉得这一刻恍若梦境，直扑到韩德让怀中，颤抖不已，好一会儿才哇地哭了出来，"德让哥哥，德让哥哥，我还以为自己要没命了。"

韩德让忙抱紧她，安慰道："没事了，没事了。"

忽然他身子一转，左手一扬，燕燕失声惊叫，却原来那狼中了一箭，还有另一只狼潜伏着忽然扑出来，韩德让只来得及拿手一挡，已经被狼咬伤了左手。

韩德让忍痛右手挥刀，斩下半只狼头来，幸好这会儿也只有这两只狼，这才稍稍放下心来。又恐引来更多的狼群，于是解了乌云盖雪的绳子，两人共乘一骑，牵着韩德让的马，迅速驰离。

一直驰了甚远，直到有水源的溪水边，这才停了下来，燕燕忙着为韩德让的手清洗伤口，吸出毒来，又用药包扎好。这才问起韩德让是如何正好于此时赶到的。

原来韩德让受胡辇之托，带了几名侍从，连夜出了上京，一路急赶，这边又分派了几个侍从，在每个驿站打听。果然之前的驿站都没有异动，但却有几个驿站，见过与燕燕相似的男装之人。

过中京的时候几乎每个驿站都能够见着燕燕的行迹，过了鹿儿峡馆之后，却再没有燕燕行踪。仔细打听之下，却在牛山馆打听得太平王的信使似乎受了伤。但换药之后，就急忙上路了。

韩德让便料定燕燕在这两个驿馆之间伏击过信使，但信使只是有一人受伤，显见燕燕计划失败，心急如焚，不知道燕燕究竟怎么样了。此时再去挡截信使已经是赶不上了，只得令侍从信宁连夜赶往幽州，先去通知韩匡嗣与萧思温，自己带了几名侍从，在这两个驿馆前后分头搜寻。

幸而那次萧思温因为头下军州送了一批好马，自己留了几匹，又送了一些给亲友，韩匡嗣府也分到了几匹，他这一匹还是燕燕精挑细选，恰与乌云盖雪是一起驯养的。燕燕后来亦是常骑着乌云盖雪来找他，每每也与他这马系在一起。因此韩德让忽然想到“老马识途”之说，心中一动，便放开自己所骑之马，任由那马自己去找。也是他运气好，刚到附近恰好乌云盖雪狂嘶不已。这声音人听不到，马却能够听到，韩德让那马便朝着这个方向疾奔。驰得近了，韩德让亦是听到狼吼，想起狼最怕火，怕马赶不上，忙取了两支硫黄之箭，抬高了箭头，朝那方向穿空射去，终于将狼阻了一阻，这才得以救了燕燕。

燕燕听完经过，方觉后怕，倚在韩德让身边，低声道：“德让哥哥，若是你迟来一刻，可得到狼肚子里来找我了。”

韩德让知道她受了伤又受了惊吓，见她神情可怜，一肚子责备的话都咽下了，只摸摸她的头道：“现在已经没事了。”

燕燕默然，她沉默得让韩德让都不习惯起来，问道：“你怎么了？”

燕燕幽幽地道：“德让哥哥，你是不是觉得我很烦人？”

韩德让笑道：“怎么会呢，燕燕是个讨人喜欢的姑娘。”

燕燕终于忍不住哭了：“可我一直做错事，一直闯祸，一直连累你。”她越想越是觉得自己尽在韩德让面前做错事，惹是生非，几乎没有几次能够给他一点好印象，还一直连累他为自己收拾烂摊子。她越想越是羞愧，更觉得自己不敢面对韩德让，扑在他怀中大哭。

韩德让知道她这时候心理已近崩溃，只能不断温柔安慰：“燕燕，这不能怪你。其实，你能够想到挡截信使，并且当机立断抓紧时间出发，终于成功挡住信使，这说明你的判断没错！”

燕燕哭泣着：“可我并没有挡下信使，反而打草惊蛇，让自己受了伤，还连累你受伤……”

“那是因为，你毕竟还是个孩子，你不懂政治的残忍和无情。你挡截信使，却不忍杀人，所以被别人反击。燕燕，你这样娇生惯养的孩子，不应该去直面死亡，更不可能冷血杀人，这不是你的错。

燕燕坐起，抹了抹泪，倔强地说：“可我失败了，连累了这么多人，这就不可以用我无知、我不是故意、我没有错来辩解了。”

韩德让意外地看着燕燕，燕燕问他：“你看我做什么？”

韩德让轻叹：“我没想到你小小年纪，也有这样的认识。”

燕燕倔强地说：“我毕竟是萧家的女儿，大辽建国这么多年，经历过多少次皇位更迭，包括后族，也会被卷进来的。我们从小就听过爹讲这些故事，可我……一直当它们是故事，直到现在才知道，它们并不只是故事，而是真事。”

韩德让轻叹：“燕燕，你长大了。”

燕燕却一点也不高兴，她只有更伤心了，哽咽道：“可长大了，就觉得自己一无是处了。我以为可以救二姐，我以为可以救大家，谁知道，谁知道……”

韩德让将她搂到怀中，轻轻拍着她：“没事的，没事的，有我们呢。我让信宁去幽州先通知你爹了，他们会做好准备的。这江山社稷，争权夺位，原不应该是你们女孩子的事情。你已经做得很好了，你自己一个人出来，受了伤，没有气馁，没有怨天尤人，还记得要往幽州去通知大家。燕燕，你是个了不起的女孩子。”

燕燕抬头，眼中仍然还有泪花，却已经显得好多了：“真的，我真的不是惹祸精，我真的没错？”

韩德让微笑点头：“你不是惹祸精，你是好女孩。”

燕燕抽了抽鼻子，韩德让递过手帕：“擦擦眼泪，早点休息，我们明天一早还要赶路去幽州呢。”

燕燕点头：“嗯。”她这一动，忽然又抽动肩头的伤势，不由得痛呼一声。

韩德让眉头一挑：“你受伤了？”

燕燕道：“就是前天，中了他们一箭。不过幸好遇上一对老阿爸老阿妈，帮我用小刀取出了箭头，也上了药了。”

韩德让道：“让我看看。”

韩德让说的时候不以为意，然则当燕燕解开衣服，露出雪白的肩膀来，他一眼看去，忽然意识到眼前的小姑娘，已经由女童，变成了少女。他不由得涨红了脸，连忙扭过头去，又不敢在此时再让这小丫头意识到自己的行为，以免羞臊了她。只能咳一声：“你且转过身去，把衣服再拉上一点。”

燕燕不解：“可我伤口在前面啊。”

韩德让只得再咳一声：“你把斗篷盖在身上，只要把伤口露出来就行。”燕燕这才意识到了什么，连忙转过身去，拉起斗篷再盖到身上，只露出了肩头一点伤口处。

韩德让这才过来，仔细地看了看她伤口，放心地道：“我还怕你拔箭头时会再拉伤筋络，幸好伤口处理甚好，只有皮肉伤，只要好好用药，应该不会有什么问题了。”说着，这边又给燕燕上了伤药，再用细白布将她的伤口细细包好。

他虽然强作镇定，包扎伤口时，手也是极为稳定，并无一丝异样。然而燕燕扭头偷偷看去，便能够看到他的耳根都红透了。燕燕自认识他以来，从未见过他如此这般神情，不由得心跳如鼓，一时又是欣喜，又是得意，又是羞愧，又是兴奋。

“德让哥哥，你的脸红了。”

韩德让轻斥：“谁脸红了，你又不是大姑娘，小屁孩别啰啰唆唆。”

燕燕抿嘴一笑，不再说了。她可以清楚地感觉到，她说他脸红了的时候，他的手抖了一下。她若是再说下去，她敢保证他一定会恼羞成怒的。

好不容易等包好伤口，两人休息了一夜，便上马直向幽州而去。

第二十二章

胡辇救妹

两人并肩骑乘，燕燕悄悄地看着韩德让，想到昨日一起战斗，想起昨夜韩德让搭起小帐篷让她睡，自己却要睡在外面，是她耍赖装哭，才哄得他一起进来。这一夜，他规规矩矩丝毫不动，十分君子。今日一早，又多方照顾，想到这里，心里顿时甜甜的。

韩德让虽然骑马疾驰，但还要分心照顾燕燕，自然不会察觉不到燕燕偷偷看来的眼光，看得多了，不由扭头问她："怎么了，燕燕，是不是伤口还疼？"

燕燕连忙摇头："没有，伤口早不疼了。"见韩德让关心自己，心中暖暖的，低声叹息："真希望这样的路，走不到头才好。"

韩德让道："别胡说，我们还急着去幽州报信呢。"

燕燕低声问："德让哥哥，你喜欢什么样的姑娘呢？是我大姐那样的，还是我二姐那样的？"见韩德让看了她一眼，笑了笑却没说话，她又自说自话道："你不说我也知道，肯定喜欢我大姐那样。大姐又聪明又能干，男人都喜欢。"

韩德让摇头："别胡说，我和你大姐没什么的。"

燕燕眼睛眨了眨："那你喜欢我二姐那样的？"

韩德让头疼："为什么我一定要喜欢你的姐姐？"

燕燕听得心头一跳，假意嘻嘻笑了两声："这么说，你不喜欢二姐那样的了？"韩德让摇摇头，没有说话。

燕燕的声音渐渐低了下来："那你喜欢什么样的？我这样的，你会喜欢吗？"韩德让看了燕燕一眼，微笑不说话了。

燕燕却看懂了韩德让的意思，情绪顿时低落了下来："我知道，你又觉得我是小孩子了。德让哥哥，虽然我很喜欢你，但我知道你心里根本没有我。"

韩德让见她虽然是强笑着，眼神中却透着黯然，这孩子这几天也是吃够苦头了，看她这神情，心中忽然有些不忍了，他安慰道："不是的。"

燕燕忽然又欢喜了起来："不是？不是什么？你也是喜欢我的吗？"

韩德让一时语塞，这孩子真是给点阳光就能够灿烂，一时竟不知道如何回答。

燕燕的眼睛忽闪忽闪的："我知道，你现在的喜欢，并不是我想要的喜欢。我想要的喜欢是很多很多，可你现在的喜欢，只有一点点。不过没有关系，哪怕你只喜欢我一点点，但以后，我会让你每次都多喜欢我一点点，直到你喜欢我，和我喜欢你一样多。"

韩德让笑了，揉了揉燕燕的头，没有说话。

燕燕虽然脸上笑着，说得满怀信心，但眼神却有一丝黯淡。从韩德让揉她头的动作，她知道韩德让还是把她当成一个小妹妹。她想，她现在有点明白二姐的心情了，原来喜欢一个男人，是这样的。

韩德让见她不说话了，转头看去，却见这从来不发愁的小姑娘神情凄婉，心中一动，犹豫片刻，方道："燕燕，你不懂的。"

燕燕问他："我不懂什么？"

"我如今，并没有资格去和一个姑娘说喜欢或者不喜欢。"

燕燕心中狂跳，一时转忧为喜，一时又患得患失，不禁问："那，你什么时候可以说喜欢呢？"

韩德让没有说话，只轻叹一声。

燕燕咬了咬唇，鼓足勇气说道："那如果有一天你可以喜欢别人了，一定要先喜欢我，好不好？"

韩德让失笑，看着燕燕的神情，不知为何，竟鬼使神差地点了点头。

燕燕忽然低声道："我这样跑出来，不知道大姐会多担心，也不知道……二姐怎么样了？"

韩德让也无法回答，只能轻叹一声："你放心，未得主上旨意，便是太平王也不会对你二姐怎么样的。"

燕燕叹了一口气："可我还是担心她……"

此时，乌骨里已经在后悔了。

乌骨里抱着腿缩作一团，轻轻地哭泣。她自幼身份显贵，从小娇生惯养，从来没到过这种地方，此时已经是吓得六神无主。

太平王府牢房里。一座石屋，几个木笼子将李胡及其长子喜隐、次子耶律宛分别隔开。喜隐在她相邻的牢房内，见她哭泣，心中亦痛，隔着木栅栏，轻轻地拥着乌骨里的肩膀："乌骨里，别怕，我在这里，我在这里陪着你。"

乌骨里握着喜隐的手，不住哆嗦："喜隐，我害怕，我好害怕！"

"乌骨里，对不起，是我害了你。"

乌骨里将头靠在喜隐怀中："不，不要说害。我为你做的一切都是我心甘情愿的。"

喜隐感动地将乌骨里拥得更紧："乌骨里，我若能活着离开这里，一定不辜负你这番情意。"

李胡在对面的牢笼里，目光闪烁，看着相拥的两人，见两人互诉衷肠，良久，才沙哑地开口道："乌骨里，好孩子，是我们连累了你。"

乌骨里不语，只是哭泣。

李胡又叹道："你放心，一切罪名自由我来担当，你是个好姑娘，我死以后，喜隐就拜托给你了。"

喜隐大急，叫道："父王，不可。"

乌骨里也抬起了头，惊诧地看着李胡，哽咽道："皇太叔……"她对李胡并不熟悉，虽与喜隐有情，但与李胡也不过远远见过几面，她的父亲和姐姐对李胡的评价并不高，可是没有想到见着这个老人的舐犊之情，不由感动。

李胡叹道："喜隐，你的眼光很好。乌骨里是个好女人。"

就在此时，便听得罨撒葛的声音冷笑道："可惜，你们偏偏让这么个好女人为你们的野心身陷牢笼。"

李胡猛地转头，亲兵掀开帘子，罨撒葛走了进来。

乌骨里惊恐地退后，她这辈子没真正怕过谁，此刻对这个人的恐惧却刻入了骨髓中，不由得颤抖着问他："你、你想干什么？"

喜隐也紧张地看着罨撒葛，罨撒葛却不理会他们，只点了点头，便低头问李胡："李胡叔叔，你我为同太祖子孙，如今到了这时候，你还顽抗到何时？你看，你如今就这么两个儿子了，难道真的不为他们着想？"

李胡阴鸷地看着罨撒葛，他一生经历无数政治风波，岂会被罨撒葛几句话吓住："罨撒葛，你还想要什么？你不是要我招供吗？我都已经招给你了，萧思温、韩匡嗣、虎古、屋质都是我这一党的。你以为大辽上下，哪个不盼着你们兄弟倒台？"

罨撒葛冷笑一声："皇太叔这样攀咬有意思吗？难道你就不能给我点真话？你真以为……"他指了指耶律喜隐和耶律宛，"他们还能够给你翻天不成？"

李胡冷笑道："我耶律一族，都是至亲，从来谋反只及身，不及子孙。你若要动喜隐和宛，绝我之嗣，你这是要惹翻迭剌部所有的皇族宗亲，与你们为死敌吗？"

罨撒葛冷笑一声，正要说话，忽然侍从高六送了封信进来，罨撒葛拆信一看，忽然眉开眼笑，站了起来，指着乌骨里道："把她带走。"

喜隐大惊，看着侍卫将乌骨里带了出去，耳边听着乌骨里大叫着他的名字，恨得用力捶着木栅栏大叫："罨撒葛，你想怎样！放了乌骨里！你这个畜生，放开她！"但罨撒葛可没有理他，只管自己走了出去。

乌骨里只觉得心胆俱裂，不知道会有什么样的噩运降临，然而却发现自己被带到一处女子房间，去了手铐，有侍女为她更衣梳妆，送上点心。她将心一横，想着若是对方有什么花样，无非一死而已，于是安心大吃起来。及至黄昏时分，门开了，却见一人走进来，竟是胡辇。

乌骨里大惊："大姐，你怎么来了？"

胡荤疾步上前，一把抓住乌骨里，看了又看，将妹妹一把抱在怀中，眼泪滚滚流下。自从出事以来，胡荤没有一夜能够安眠。她饮食无味，闭上眼睛，不是看到乌骨里在牢中哭叫着姐姐救命，就是看到燕燕去伏击阻截信使，中了埋伏中箭落马；甚至还梦到穆宗收了奏报，忽然拔刀杀了萧思温的情景。每一夜，她都是从噩梦中醒来，惊出一头冷汗来，然后就只能拥被呆坐到天亮。

她用尽了所有办法，却打听不到任何太平王府的消息。越是这样，她越是惊恐不安，越是焦急惶惑。这一夜，她又从梦中醒来，满头大汗。她拥被而坐，一动不动，眼神空洞。

一夜就这么过去了，也不知道过了多久，但见天色由黑暗转为光明，远处一声鸡叫。

天亮了。

胡荤下定了决心，脸上显出坚毅决绝的表情："来人，给我梳妆！"

衣箱被一个个打开，侍女拿着一件件华美的衣裳给胡荤披上。终于，她挑了一件最华丽的。然后坐到梳妆镜前，施了一个艳丽的妆容。

首饰盒中，一套套最华贵的首饰，一件件比对着。终于，镜子前呈现出一个盛装打扮的胡荤。她站起来，下令："送口信给太平王，说我要来拜访。"

当胡荤的马车到达太平王府的时候，罨撒葛已经迎出门外。他负着双手，微笑地看着胡荤的马车停下。一个奴隶伏在地上，帘子掀开，华服盛妆美艳惊人的胡荤扶着侍女，踏着奴隶的背部走下马车。

罨撒葛微笑的神情顿了一顿。眼前的女子，耀眼得让他心跳都为之加快了。盛妆的胡荤仪态万方地一步步拾级而来，盈盈欲拜。

罨撒葛连忙抢先一步，扶住了她的手，这手柔软而娇嫩，他竟一时舍不得放开，低低地说："胡荤，我等了你很久，你终于肯上我的门了。"

胡荤抬头看着他，笑容灿烂而凄婉："我记得春捺钵的时候，太平王曾经说过，太平王府的门，永远会为我胡荤而打开。"

罨撒葛专注地看着胡荤，说："是的，永远。"

此时，他仍拉着胡辇的手，不舍得放开。胡辇用力抽回手去，罨撒葛回过神来，在前带路，走进了毡殿。在一处铺满着南朝丝绸和波斯地毡的小室内，罨撒葛停了下来。

两人相对而坐。侍女送上奶茶，又退了下去。罨撒葛看着胡辇，笑吟吟地说："胡辇，你看这里布置得如何？"

胡辇笑了笑："很是华丽。"

"你喜欢吗？"

胡辇敏感地意识到这个问题不宜再继续了，强笑道："太平王喜欢就行，何须问我？"

罨撒葛没有继续说下去，只看着她赞叹："胡辇，你今日真美。"

胡辇忽然觉得这里太闷太热，自己今天来得极为不对，心中升起一种不安的感觉："太平王是在取笑我呢！"

罨撒葛以手抚心，肃然道："我对你犹如女神般仰望，焉敢取笑！"

胡辇紧紧掐着掌心："太平王才是如同神祇一样，上京城里每一个人，都倚赖您的守护！"

罨撒葛哈哈一笑："胡辇真是会说话啊！我想你两个妹妹，一定不像你这么聪明伶俐。"

胡辇脸色变了变，又恢复微笑："胡辇哪里算得聪明，只因我愚笨而疏于管教，所以两个妹妹年幼无知，鲁莽冲动，经常闯祸。我时常内疚，不曾管教好她们，也不晓得她们下次还会闯什么祸。不过太平王是我们的长辈，一定会怜惜这两个无知的孩子，纵然她们当真做错了什么，也一定会看在我母亲的份上，宽容她们的。"

罨撒葛忽然大笑，笑得胡辇心头惶惑。他笑到停下，双目炯炯看着胡辇："原来现在的小孩子就懂得谋逆杀人了吗？这样看来，像我们这样的人，就应该算是老朽落伍，早就不配站在这里了！"

胡辇脸色惨白地站起："太平王，我不是这个意思！"

罨撒葛却站起来，上前一步走到胡辇面前，执起她的手。

他的脸离胡辇很近，那灼热的眼神，那自负的笑容，甚至那过于贴近的身躯，都让她惊慌失措："胡辇，我曾经答应过你，不管你提出任何要求，我都会尽力满足你。你今天来，是记起了我这一句许诺吗？"

胡辇被他说破心事，转头不想看他，她想抽回自己的手，却抽不动，此情此景，让她难堪不已："够了，太平王！"

罨撒葛低沉的声音，连着他温热的气息，喷在她的颈间耳边："如果没有乌骨里出事，只怕你根本不屑记起我这一句许诺吧！"

胡辇没有说话，这时候，她已经知道自己在慌不择路的情况下，选择来找罨撒葛，是一种错误的决定。胡辇虽然偏着头，却已经感觉到罨撒葛在挨近，甚至脸上的肌肤都能够感觉到他虬髯的挨近。她想要退后，却发现身后已经靠着板壁。

罨撒葛不紧不慢地说："胡辇啊，我是答应过你，如果是我能够做到的事情，我将尽力满足于你，可是不包括谋逆之事。不错，我的确是主上的亲弟弟，也是他信任的人，唯其如此，这种信任容不得半点玷污，否则，这种背叛对他的伤害则是加倍的，招致他的愤怒和报复也是加倍的。我若是沾上谋逆的嫌疑，我所受到的惩罚，将比别人更加严重。"

胡辇听到这里，心中一急，转头努力劝说："可乌骨里是冤枉的。她是我妹妹，我最知道她，她只是年幼无知，绝不会做出谋逆之事的！"

罨撒葛嘴角带着残忍的微笑："是吗？那你怎么解释，一个年幼无知的小妹妹，跑到李胡的府中，参与他的谋逆大计？"

"李胡的儿子喜隐恶意勾引了无知的乌骨里，我可怜的妹妹。那只是一次情人之间的神秘约会而已。"

"胡辇啊胡辇，你真是太天真了，你到底对你妹妹有多少了解？你知不知道，她在狱中发誓要与喜隐同生共死。李胡、喜隐一家天生反骨，不知餍足。她说了这样的话，就算此时我饶恕了她，迟早她也会为了喜隐，成为我们真正的敌人。"

他说到这里，忽然间放开了胡辇，退后。

胡辇不由得抓住了他欲放下去的手，没有察觉到罨撒葛嘴边一丝得意的微笑："这不可能！乌骨里只是个不懂事的女孩子。"

罨撒葛目光炯炯地看着胡辇："胡辇，你现在为她求情，为她担保，如果她将来罪证确凿被再度抓获，你恐怕就要为今日的话付出代价了。现在，告诉我，你还会为她求情吗？"

胡辇眼泪夺眶而出，不住点头。她再胆大再成熟，也只是在妹妹们的面前，此刻在这个狡猾而残忍的男人面前，她终于发现，自己竟是没有招架之力的。她来之前，自信地以为可以用美色去征服这个男人，可是此刻才她知道自己错得有多离谱，这个男人，又岂是她能够征服的。

她哽咽道："是的，是的！我会的，我无论如何，也要救她，因为她是我妹妹啊！"她没有看到，在她流下眼泪的那一刻，罨撒葛的表情已经变了，他的神情从居高临下、掌控一切的得意，变得有点惊愕，有点局促，甚至有些无措。

她哭了，在她的泪眼中，这个可恶的男人的面容也变得朦胧不清，只听得他的声音像是从远方传来似的："你打算怎么救她呢？"

胡辇咬了咬牙，大声地道："只要太平王放过我妹妹，所有的罪名都由我胡辇来承担吧！"

罨撒葛的声音似清晰又似遥远："谋逆可是死罪！你的意思是否说，愿意用你的性命，交换你妹妹的性命！"

胡辇咬牙："是！"

罨撒葛似乎有些震惊："为什么？"

"因为我是她姐姐，她是我最亲的人。"

"你的意思是，你为了你的亲人，可以牺牲自己？"

胡辇崩溃地大声尖叫："是的，是的，是的！"这时候，她感觉到他伸出手来，拿着手帕，温柔地拭去她的眼泪。胡辇拍开他的手，她已经够狼狈了，这个男人逼出了她这一生最无助最崩溃的时候，现在来装什么好心。她想叫他滚，叫他永远永远消失在她的面前。

可惜，此时此刻，她没有办法做到，只能在懊恼和愤怒中掩面而哭。她素日再冷静再自持，再得父亲的倚重，可毕竟只是一个十几岁的少女。她从来没有真正遇到过困境和绝望，也从来不曾真正被人逼到这个份上。

想到家族的灾祸，想到父亲的危境，想到妹妹在生死关头，她没办法再冷静自持，没办法再高傲无礼。数日来她所面临的压力和绝望早已经将她压得透不过气。罨撒葛方才的言行，更是击垮了她最后一层心理屏障。

她终于，也哭得像她这年纪的女孩子一样了。

罨撒葛见她哭了，反而愣住了。忽然间，他那冷酷如冰的心肠也软了，甚至有点羞愧于自己原来设计好的算计。他愣了好一会儿，手足无措地蹲下来柔声劝她："胡辇，哦，对不住，你不要哭，都是我的不是，我不应该惹哭你……"

胡辇羞愤无比，她推开他，站起来掩面欲向外走去，却被罨撒葛拉住，她想要甩开他的手，今天她已经太失态了，她应该离开了。

罨撒葛急了，拉住她的手，说："别走，胡辇，再留一会儿。"

胡辇掩面哽咽："你让我走，我今天已经够狼狈的了！"

罨撒葛却不肯放手，只道："胡辇，我一直在听你说你的事、你的亲人、你的妹妹！那么你能不能也听一下我的事呢？"

胡辇站住脚，坐下。好吧，既然他不肯放她走，她就留下。最狼狈的时候已经被他看到了，她还怕什么："你说吧，我听着。"

罨撒葛从胡辇的手里拿过手帕，替她擦去眼泪，抬起她的脸让她看着自己："胡辇，你看着我。"

胡辇拭了泪，抬头，睁着红肿的眼睛，看着眼前这个男人。

罨撒葛专注地凝视着胡辇："胡辇，我是太平王耶律罨撒葛，我今年三十四岁，我的原配王妃已经在五年前去世了。"

胡辇浑身一震，她隐约有些猜到罨撒葛的意思，但这种猜测令她害怕，她本能地不想听，想逃。可罨撒葛的手牢牢地抓着她的下颌，不许她的视线移开。他看着胡辇，目光幽深："我知道对你来说，我的年纪大了一些。可是，我会真心待你，会疼你，会保护你的。"

胡辇只觉得一股寒意升上来，她不由得颤了一下，话到嘴边，竟是要用极大的努力，才能够说出口来："太平王，你在大辽一人之下，万万人之上。后族各房有多少贵人愿意把女儿嫁给您，上京城有许多妙龄少女仰慕您，您何必对我说这样的话？”

罨撒葛忽然笑了，笑得十分自嘲：“是啊，是啊……我的确是权倾天下，上京城中的确有许多妙龄少女想嫁给我，我罨撒葛要续娶正妃，甚至可以请主上下旨，让整个大辽的女子凭我挑选。可是她们要嫁的是太平王、皇上亲弟弟这个身份，不是我罨撒葛这个人。”

胡辇深吸一口气，咬牙说：“请恕胡辇冲撞，可是在胡辇的眼中，您也只是太平王，我看到的，也只是您的身份。”

罨撒葛看着胡辇，忽然笑了，笑得是这么的无奈：“胡辇，你不必怕我。”他停了停，似乎不知道从何说起，最终还是开口了：“其实，午夜梦里，我常常一个人从噩梦中惊醒，吓出一身冷汗……我父皇太宗皇帝去世二十多年了，这二十多年来，我与主上兄弟相依为命。我在宫中看惯了朝起暮灭，今天我是权倾天下的太平王，可是明天、后天，我是不是会沦为阶下囚或者身首异处，我不知道——”

他长长地出了一口气，沉默着。

胡辇也沉默着。

罨撒葛轻轻地说：“你是个聪明的女人，胡辇。在草原上见了一面，你就知道，你对我有影响力，所以你利用了这点，来要求我为你效劳。”

胡辇的手握紧，掌心一片冰冷，心沉了下去，如果一个人的意图，在她到来之前，就已经为对方所明白。那么，之后她的所言所行，在他眼里，会有多可笑？

罨撒葛却说道：“你可知道，你为什么吸引我？因为你有许多的爱，你慷慨地对你所爱的人，付出许多的爱。我是多么羡慕能够得到你付出爱的那些人啊……胡辇，我希望我能够是其中的一个人。”

胡辇抬起头来，不可置信地看着罨撒葛：“太平王？”

罨撒葛自嘲地笑笑：“有时候我觉得我走在一个无尽黑暗的甬道中，永远走不到头，只有我一个人，很害怕，很孤独，却找不到一处可以让我停下来，让我感觉到安全和温暖的地方靠一靠、歇一歇。我渴望这个世界上，能够有一个温暖的怀抱，让我觉得是可靠的，可信任的，哪怕是一会儿也好。胡荦，你能懂吗？”

胡荦双手微微颤抖，闭上眼睛本能地拒绝：“不，我不懂。”

罨撒葛轻叹：“不，你懂的。胡荦，你应该明白，后族加北府宰相的权势对我来说并没有多么的诱人。可是我希望哪一天，在我落难的时候，能够有这样一个亲人，原为我冒险，肯为我付出，能对我怜惜，会对我忠贞。胡荦，我希望能够得到你分出对你妹妹的那一半心给我，哪怕是一半的一半，我也愿意为你甘冒万死。”

他说出这段话的时候，自己也愣了一下，可是，忽然间心中就坦然了。如今他身为离皇位最近，最得皇帝倚重的人，若是还有求不得的，也不过是眼前这个少女吧。初见她时，也不过是平平，可不知为何，一次次，她就这么进了他的心底。那么，既然已经确定了与她执手相守一生，既然已经确定了不会放过她，如果能够更快地得到她，那么在她面前，坦白一点，甚至弱势一点，又怕什么呢？

胡荦睁开眼，抬头震惊地看着罨撒葛：“为什么！为什么是我？”

罨撒葛却没有回答这个问题，只恳求地看着胡荦：“胡荦，你能把我当成你的亲人，在你的心里留一点点位置给我吗？”

胡荦看着罨撒葛，有些不知所措。来此之前，她觉得她能够掌控这个男人，见了他以后她才明白这个男人有多可怕，她只想逃离。可是此刻，他却拉住她，把掌控自己的权力，交给了她。她觉得害怕，但又无法抵御这种引诱，她颤声问：“你会救我妹妹吗？”

罨撒葛凝视着胡荦，缓缓地道：“我保证，只要我活着一天，没有人可以伤害太平王妃的妹妹、父亲，以及她想守护着的任何人。”

胡荦双唇颤抖，喃喃地说：“不，别逼我，我不知道，我不敢……”

罨撒葛适时放开了胡荦，温柔地对她说：“走吧，我带你去见你妹妹。我知道你今日见不到她，肯定睡不安稳。”

胡荦被牵着手，想挣脱又不敢，只得跟着罨撒葛向外走。

一直走到毡殿面，迎着阳光，罨撒葛抬起头，在胡荦看不到的角度，嘴角有一丝笑容。胡荦却是顾不得了，如今，她只想先见到乌骨里，这个从小就娇生惯养的妹妹，遇上这样的事，还不知道会怎么样呢。

翟撒葛将胡辇带到房间前面，便不再跟进，让胡辇一人进去了。

胡辇进了房间，见乌骨里脸色还好，衣着整洁，冲上前将她上上下下打量以后才松了口气，问："你、你没事吧？他们没有对你怎么样吧？"

乌骨里直到胡辇捉住她的手，抚摸着她的脸颊，才缓过神来，忽然间被捕以来所有的惊惶、委屈、无助、伤心一起涌了上来，扑到胡辇的怀中痛哭起来："大姐，大姐，我以为再也见不着你了。"

胡辇也不禁抱住她痛哭："乌骨里，我看你还敢淘气不，你可知道你要害了全家啊？"

两人哭了一场，乌骨里惊喜地道："大姐，你是来带我回家的吗？我们快走吧，我一刻也不想再待在这里了。"

胡辇却是顿了一顿，乌骨里害怕地看着胡辇，她的手在颤抖，颤抖得让胡辇都不忍开口。忽然乌骨里紧紧抱住了胡辇，哭道："大姐，救我出去，快救我出去，我错了，我以后再也不敢了，别把我留下，别把我留下！我害怕，我害怕！"

这个向来骄傲任性的妹妹，哭成这样，怕成这样，胡辇心都要碎了，只不住保证："乌骨里，你放心，大姐一定会救你出去的。"

乌骨里从胡辇怀中抬起头来："真的？"

胡辇点头："我保证，一定会救你出来的。我们家的女儿，怎么可以死在牢狱之中？"

乌骨里脸上还挂着泪珠，听到胡辇的话，顿时灿烂地笑了："我就知道，大姐你一定会帮我的，一定会救我的。"

胡辇正欲再说什么，却见那女兵掀帘进来，恭敬地微笑着站在门边，胡辇知道，此时应该要出去了。她缓缓地松开乌骨里的手，乌骨里受惊地紧紧拉住胡辇，不敢松手。胡辇只得轻抚着她的手臂安慰她："乌骨里，你放心，大姐一定救你出去。"

乌骨里看着胡辇，牵挂和依恋的神情直教人落泪，她哽咽道："大姐，你要早点带我出去啊。"

胡輂点头："放心，大姐一定救你出去。"

乌骨里见胡輂已经走到门边，正欲出去，忽然想起一事，叫了起来："大姐，还有喜隐，你一定也要救救喜隐啊！"

胡輂一个踉跄差点摔倒，扭头怒斥："你……你以为这是什么案子，你知不知道，因为你私盗令符给喜隐，已经连累到爹爹要被太平王当成与李胡的同谋了。因为你的胡作非为要害死全家了，你知不知道？喜隐、喜隐，我恨不得他去死，你还想救他！你不如跟他一起去死？"她说到这里，愤然一掀帘子，冲了出去，耳边犹听到乌骨里嘶声尖叫："大姐，不要不管我，救我，救我……"

胡輂泪流满面，咬了咬牙，踉跄着走了几步，却撞上一人，差点摔倒，幸得那人及时扶住他。胡輂抬头一看，正是罨撒葛。

胡輂张了张嘴，想说什么，罨撒葛却掩住了她的口，温柔地道："胡輂，这时候什么都不要说。我不想你在这种心情下做你将来要后悔的决定。我送你先回去。"

胡輂闭上嘴，一言不发地由罨撒葛陪着走出太平王府，坐上马车。

罨撒葛上马，在她马车边相陪，一路也不说什么话，只默默地陪她回到宰相府，掀起帘子，亲手扶着她下了马车，一直将她送到府门口，这才站住，道："胡輂，我就送到这里，你好好休息。"说完，扭头就走。

"太平王——"胡輂忽然开口叫住了他。

罨撒葛停步，扭头，看着胡輂。胡輂犹豫片刻，右手按在左手，犹豫片刻，毅然将左手的镶七宝累丝金镯摘了下来，放到罨撒葛手心，神情复杂地说："这是母亲留给我的遗物。"

罨撒葛紧握镯子，欣然一笑："胡輂，我会好好珍惜的。"

第二十三章

少女李思

一路疾行，韩德让与燕燕终于来到幽州城下。

此时城门口已经是戒备森严，两人验过韩德让的通关路牌，进入城中。但见街上人迹萧条，更多的是风尘仆仆的士兵们。有些是从城头受了伤被抬下来，有些则是准备换防上城楼的。

很明显可以看出，这些底层的乣军士气不足，甚至还有人在换防的当口就低声发着牢骚。说宋兵围而不攻，必是信心十足，等援军一到，就能轻取幽州。

又说宋国北征是皇帝军临阵前督战，宋兵悍不畏死，大辽的皇帝御驾亲征却是在行宫里纵酒狂饮，还为了长生不老，让女巫肖古活取人心人胆和药。甚至还有只是受伤的士兵，抬下战场以后，不但没有得到救治，却被送到女巫手中活取心胆。如今人心惶惶，每天都有人在偷偷投敌，只怕这幽州城难以保住了。

韩德让听着士兵的话，脸色铁青。燕燕听着这话，也不禁诧异："德让哥哥，你说他们说的是真的吗？"

韩德让稍收敛杀气："什么？"

"主上挖取人心人胆炼药的事？"

韩德让吓得连忙掩住她的嘴："你怎么什么都敢说出口啊，不要命了？"燕燕被捂住嘴，也吓了一跳，连忙朝韩德让眨巴着眼睛，表示自己知道错了，再也不敢了。

韩德让没好气地道："快走，这种事，以后少问，少说。"

燕燕连忙点头，乖乖地一言不发，随着韩德让往幽州城留守府而去。

萧思温与韩匡嗣已经接到了信宁送来的消息，两人正在商议，虽不知罨撒葛在密函中写了什么，但他素来对谋逆之事只有杀错没有放过，这次又抓到了实质性的把柄，只怕萧思温这一关难以度过。

萧思温站了起来："天近黄昏，主上可能要醒过来了，这密函，我们必须抢在主上看到之前拿回来。"

韩匡嗣摇头："谈何容易。如今主上迷信女巫肖古，身边竟日烟雾缭绕，只知求神拜佛。到幽州城这几日，宋兵几次攻城，他都视而不见听而不闻。只顾着取活人胆和药。哼！"

"我上次劝谏此事，也是触怒了他。唉，如今他的狂病更严重了，只有肖古才能近他的身。怎么能想个办法，在他眼皮子底下拿回密函。"

韩匡嗣眼中闪过一丝杀气："要不然，我再想想办法。"他想，或许这时候他应该提前下手了。

他顿了顿，忽然问萧思温："如今宋兵围城，如果这个时候主上出了什么意外，会对情势有什么变化和影响？"

萧思温一怔："你怎么会这么问？"

韩匡嗣不动声色："主上最近听信肖古，一味用邪药。你也知道，那种药，并非治病，只是欺哄于一时，我怕肖古献媚心切，乱用虎狼之药，会让主上出事。"

萧思温面有忧色："外忧内患之际，虽然我自知大难将到，但此时还是不希望主上出事的。他虽然为人残暴，但至少还能够信任臣工，放手朝政。有他在，士气虽然不振，但我们该守城的该理内政的，都还能够镇得住局面。他若一死，只怕幽州城就要城破，而上京就会引发夺位之争。到时候，大辽内战外战一起爆发，兵连祸结……"他看了韩匡嗣一眼，又道，"苦的亦是百姓啊！"

韩匡嗣站住了，他听得出萧思温语言中隐含的意思，萧思温是猜到了什么，还是在怀疑着什么？

萧思温看着韩匡嗣，长叹一声："要不然，我何必冒着杀头的危险，也要拉着他这么个醉鬼上幽州。"

韩匡嗣坐着那里，一动不动。

就在两人商议之时，侍从来报，韩德让和萧燕燕已经到了。萧思温一喜，他自从得到消息之后，一则为密函内容而担忧，二则也为这个不省事的女儿而担忧，如今见她与韩德让平安归来，自也欣喜。

燕燕疾步进来，扑到萧思温怀中便大哭起来：“爹，爹！我终于见到你了！”

萧思温满腔怒火，被她这一哭，倒哭得心软了，口中依旧道：“哼，你休要以为这么哭一哭，为父便能够饶你，如今先记上一笔，待回了上京以后，我一笔笔和你算总账。”这边推开燕燕，却看到韩德让左手包扎的伤口，吃惊道：“贤侄，是不是路上燕燕惹了什么麻烦，连累你受伤？”

韩德让忙道：“燕燕也受了伤。我们中途遇上了狼群，幸而长生天保佑平安无事。”

萧思温一惊，忙问女儿伤势。韩匡嗣见状就道如今主上巡幸幽州，原来的留守府如今暂作文武大臣官衙，行辕一切不便。恰好幽州的三司使李继忠是他旧交，有个女儿尚未出阁，建议让她来照顾燕燕。

燕燕无奈，只得被萧思温抓着带去李府了。

这边书房中只剩下父子两人，韩德让便将一路情形说了，又问密函情况：“父亲，我让信宁来报信，密函可曾截下？”

韩匡嗣沉默地摇了摇头：“我接到消息，已经太迟了，赶到宫门时，密函已经入宫。”

韩德让大惊：“那怎么办？主上看了怎么说？”他想着方才情况，“思温宰相方才还能够安然坐着，难道是主上……他还没有看到密函？”

韩匡嗣点头：“不错，信宁一路疾奔，已经抢在前头给我们报了信，所以我们这几天在想办法拖延此事，把许多奏报都塞到他的案上。太平王的密函是前天送到幽州，我们挡了一天，终于挡到昨晚送进宫中。但主上自到了幽州城，总是竟夜痛饮，白日昏睡，我相信他如今应该还没有看过密函。”

韩德让眼睛一亮：“那就是说，我们还有机会。”

“不错，等他黄昏醒来，再到晚上喝酒之前，不能让他看到密函。”

韩德让看着韩匡嗣的神情，隐约感觉到了什么，失声叫道：“父亲……”

韩匡嗣却道：“你去吧，我要去准备药物了。”

韩德让一急，上前跪下：“父亲，不如让孩儿去吧。”

韩匡嗣却笑了：“德让，我教导你这么多年，不是让你这时候如无知愚夫般感情用事的。你受了伤，赶紧先去更衣换药。这个世界上，每个人要承担不一样的事情，谁也替不得谁。你替不得我下药，我也替不得你去辅佐皇子贤。去吧，我以前同你说过的话，休要忘了。”

韩德让看着韩匡嗣，其实他心中早就知道，以他父亲的为人脾气，纵然他连夜赶来，也无法改变父亲的决定。只是身为人子，他毕竟有心不甘，这么努力地赶过来，其实也只是尽一尽最后的努力。他心头悲怆，却是无可奈何，只能朝父亲重重磕了三个头，退了出去。

韩匡嗣等他出去之后，便走入药房，开始调配药物。身为一个医者，想要杀人，自然不会这么粗暴简单到暴露自己。世间药物相生相克，再说，还有那个愚蠢而恶毒的女巫可以利用。肖古这些日子，表面上以人心人胆和药，实则是在药中添了许多镇静类的药物，这样的话，穆宗会睡得更沉，而减少他做噩梦的次数。但后遗症就是用得多了以后，会渐渐失效，不得不加重药物。

肖古的所谓“神药”，已渐渐让穆宗产生了怀疑。因此肖古急于寻找替代的药方，韩匡嗣则在数日前，“无意中”让肖古听到了几种药物可以帮助穆宗治疗噩梦，而他正在探索中。

他相信肖古一定会如获至宝地把这几种药物，添加到她的“神药”中去，而他则携带另一种相克的药物制成的药丸，献给穆宗。当然，他会在献给穆宗前，亲自服用，甚至让人试药，这药，在别人身上是不会有效果的，只有与肖古的新制“神药”一起用的时候，才是杀人至毒。

韩匡嗣配好药，收在药箱内，叫来侍从，正准备入宫，忽然韩德让匆匆而来，告诉韩匡嗣，燕燕入宫了。萧思温也得到通知，一并赶往行宫。

事情，还要从燕燕进入三司使李继忠府上说起。

李继忠的女儿李思，接到父亲送来的消息，叫她去招待北府宰相的女儿，忙令侍女收拾客房，这边亲自迎出府来，将燕燕引入客房，温言劝慰，派了侍女来备下温汤沐浴。

燕燕便在两个侍女的服侍下，痛痛快快地洗了自出上京城以来第一个热水澡，换了中衣出来，由侍女服侍着擦干头发。

李思已经在屏风外等她，一边笑着拉她坐下，给她裹上披风，一边指着一叠衣服柔声赔罪："不好意思，燕燕姑娘，这几件衣服是我新做的。只是我这里并没有国服，只有汉服，您不嫌弃就先将就着穿上吧。"

燕燕出来的时候虽然随身带了几套衣服，只是一路行来这么多天，她受伤遇狼群又骑马奔驰，这包袱里的衣服早就不够替换了。

她亦不以为意，见这几身衣服都是极精致的，挑了一身大红的，笑道："这身就好。"

李思松了口气，她听说萧燕燕是从家里私自出来的，又听了一耳朵说在上京便是极淘气的，想着她这等出身，又是契丹后族，原是做好心理准备要侍候一位骄横无礼的贵女，不想她倒是十分好说话，看着也是十分可爱。不由笑道："燕燕姑娘长得好看，穿这一身大红色的，极衬您。"

燕燕听得高兴，她也是嘴甜之人，自然还以好话："是吗？我觉得李思姐姐你也很是美丽啊。"

李思又取了一瓶伤药："我听说您受了伤，特地带了上好的伤药来，怕侍女们粗笨，可否由我来帮您换上？"

燕燕见她温文多礼，笑道："姐姐不必您啊您的，直唤我燕燕便是。您比我大上几岁，若这么多礼，我倒不好意思了。"

李思见她可爱，也笑了："既然如此，我就叫你燕燕了，来，我帮你看看伤口。"

她帮着燕燕小心翼翼解开包扎，又用温水清洗，见伤口处理甚好，松了一口气，笑道："燕燕，您这伤口处理得真好。幸亏你这次是把箭头挖出来的，将来收口也会比较小，好得快。德让这也是吃一堑长一智吧，上次他受伤以后，就是直接把箭拔出来，结果伤到旁边的筋络，伤口好得更慢了。”

燕燕愣了一愣，也不去纠正她，只诧异地问：“德让哥哥也受过箭伤？什么时候？”

李思一副极为熟络的口吻道：“很久以前的事了，怎么，德让没和你说过吗？”

燕燕看着她的笑容，心中忽然像有什么堵在那儿，十分刺心。李思待她温文有礼，殷勤照顾。

可她总觉得，这姑娘的温柔中带着一种让她说不出的刺眼，尤其在她用极为熟悉的口气说着“德让”时，似乎两人有极亲密的关系。她心中很是不舒服，瓮声瓮气地道：“没说过。”又怀疑地看着李思，“可你怎么知道的？难道你看到过他的伤口？”

李思笑而不语，她的微笑让燕燕看起来更刺眼。

燕燕咬了咬牙，问她：“你跟他很要好吗？”

李思似乎有些为难，犹豫了一下，才笑道：“我们两家世交多年，交情自然是不同的。德让的脾气有些硬，这一路来他若有得罪之处，燕燕你不要见怪才是。”

燕燕更恼了：“我为什么要见怪他？纵然我和他有什么，也用不着李姑娘来替他道歉，你又是他什么人？”

李思也不与她辩驳，这种似看着不懂事小孩子的宽容一笑，让燕燕更觉得不舒服。她却只是轻柔地为燕燕包扎好伤口，重新穿好中衣，温柔地叮嘱：“睡觉的时候，侧这边睡，不要碰到伤口。我把芸儿留下服侍你，让她每天帮你换药。”

燕燕看那个丫鬟倒似有些不情愿，不悦道：“不用了，我不需要。”

李思却只是收拾起东西，站了起来吩咐那丫鬟：“燕燕姑娘你先休息一会儿，芸儿，好好服侍燕燕姑娘，知道吗？”

燕燕还想叫住她：“喂，你等等。”

李思却已经站起来，袅袅而去。

燕燕正欲去追，丫鬟芸儿忙拉住她劝道："燕燕姑娘，您这样可不能出门，让奴婢为您把衣服换上吧。"燕燕无奈，悻悻转身，让芸儿服侍着她把那件大红的汉服换上。

芸儿十分手巧，虽然这衣服极为复杂，服侍她穿衣服的时候，却一丝一毫也不曾让她不舒服。燕燕再看这丫鬟，脸上带着温柔的笑意，对她的挑剔也只是微笑着赔不是。

此时芸儿脸上已经看不出刚才那种不情愿的样子了，见燕燕犹自不悦，她柔声道："燕燕姑娘的头发已经干了，可要奴婢帮您梳一个配这衣服的式样？"她倒也乖巧，不说梳一个汉人发髻叫人挑出不是，只说梳一个配这衣服的头发式样来，衣服是燕燕自己挑的，梳一个相适的发式，也是无话可说。

燕燕坐下来，那芸儿手下不停，口中殷勤地问："您是喜欢飞仙髻、凌云髻还是分肖髻？"

燕燕却不晓得还有这么多花样，茫然道："你看着办吧。"

芸儿又笑道："我们姑娘今日梳的便是分肖髻，我给您梳个一样的？"燕燕忙摇头，她可不要梳一个和那李思一样的发髻。

芸儿便知她的心意，道："您挑的衣服鲜艳，梳个飞仙髻更配些。"

当下手底飞快，给燕燕梳了一个飞仙髻，又配上许多别致的簪钗来。燕燕揽镜看去，这飞仙髻比李思的分肖髻显得高挑，正适合她身量未足、比李思略矮的个子，这高髻更把她的个子也拉高了，显得她的小圆脸也修长些，再加上大红衣服本就鲜艳，配上这些亮丽的头饰更是夺目。

燕燕看着镜中穿着汉服的自己，有些陌生，但又有些得意，方才对这丫鬟的一点不舒服也没有了，满意地看了芸儿一眼，赞道："芸儿，你的手真巧。"

芸儿含笑道："谢燕燕姑娘夸奖。"

燕燕对着镜子越看越是得意："你说，我这样穿好看吗？"

芸儿夸奖："燕燕姑娘这么漂亮，穿什么样的衣服都好看。"

燕燕得意地一笑："我出去找德让哥哥去，一定会吓他一跳。"

她正照着镜子，看到镜子里站在背后的芸儿听了夸赞本是高兴地一笑，等她提及韩德让的时候，笑容却凝滞了一下，不知为何，心里就一股火气直升起来。她忽然扭头问："芸儿，你说，是你家姑娘好看，还是我好看？"

芸儿的笑容顿时停在那里，勉强笑了一笑，一时竟不知道如何回答。她是豪门之婢，识得进退，方才李思令她留下服侍燕燕，也曾叮嘱她。这是大辽，契丹人比汉人身份高，这位后族姑娘既然到了李府，李府就得侍候好她以免惹祸。

李思特地挑了最新的衣服首饰送过来，连自己的打扮都要显得素淡些，甚至亲自叮嘱芸儿，要给燕燕梳漂亮的高髻，让她显得高挑苗条，要在她面前夸她，哪怕贬低自家姑娘都无所谓。

可她终究是李思的丫鬟，奉承讨好这位贵女容易，要踩低自家姑娘，这个忠心耿耿的丫鬟，未免心中有些不愿意。

燕燕不知道为什么，明明从她一进府，李思和这几个丫鬟，都在竭力讨好她取悦她，她现在这样很是无理取闹，可心里头就是有一股特别不舒服的感觉，尤其在李思以那样熟络的口气说起韩德让时，在那些丫鬟听到韩德让的名字会意一笑时，她就心里头一股无名火直升，压也压不下。

她希望李思不要这么彬彬有礼。明明她这样子，已经在讨人嫌了，上京的女孩子遇上这种事，早翻脸了。可李思为什么不翻脸呢？她要是翻脸了，燕燕正好可以和她吵上一架，把心中这股无名火喷出来。

可她就这么虚晃一枪走了，连她的丫鬟都这么死气活样。就算眼神中有着不忿，可脸上的笑容还是这么温柔，真是越看越假。

她气呼呼地故意道："怎么，不好回答？是啊，说我好看，对不起你家姑娘；说你家姑娘好看，摆明就不是真话，对不对？"

芸儿也忍不住了。燕燕的表情简直把她心里想的都写在脸上。刚开始还叫着李思姐姐，乖巧听话的样子，一听到李思提起韩德让，就忽然变得好斗起来。如此明显的态度转变，谁看不出端倪？

她只能一边腹诽着契丹贵女真是毫无矜持可言，一边努力放柔了声音哄道："春兰秋菊，各有所好，只看适不适合罢了。燕燕姑娘，您是宰相之女，出身尊贵，将来可嫁帝王，为后为妃，有大好的前途，何必要与我家姑娘相比？"

燕燕一听这话就炸了："你、你什么意思？什么叫为后为妃？你这是说我和德让哥哥不能在一起吗？"

芸儿忍笑，低头道："奴婢不敢。"

燕燕看着芸儿貌似恭敬但却不驯的样子，气得很想掀翻了梳妆台，但终究还是不肯让自己太失态，越看这丫鬟越觉得可恶，原来觉得她还嘴乖手巧的，气得一跺脚，不顾芸儿呼叫，径直跑了出去。

她一口气跑到前院去，看到韩德让的侍从信宁正站在走廊上，大喜，跑过去拉住他问："信宁，你在这里啊，可有看到德让哥哥？"

信宁忙行礼，道："公子来了，就在左边的院子里。"

燕燕一喜，就跑了过去，拐了个弯进入左院，一眼看到了韩德让的背影，正要打招呼，却见韩德让身后又有一人，正是李思。不知怎么地，她心中一动，就停下了脚步，悄悄地贴在墙边，听着两人究竟在说些什么。

"德让，听说你受了狼毒，这伤药拔毒效果比较好，我本想早点拿过来的，没想到还是迟了一步，您已经换好药了。"

"本来就有劳你了，你方才是去照顾燕燕了吧。这孩子很任性，要麻烦你了。"

李思柔柔的声音传来："我明白的，宰相贵女，一定让你很头疼吧。你放心好了，我已经让芸儿去服侍她了，一定会哄好她的。我看她喜欢鲜亮衣服，就让芸儿给她梳飞仙髻，用七宝簪，我瞧她必是喜欢的。"

燕燕心中越听越恼，还以为她喜欢自己，没想到她表面温存，其实却是将自己当成洪水猛兽一般来防范。想到自己方才对镜端详的一番得意，原来都不过是人家哄孩子的手法，更是恼火万分。

又听得李思柔柔地道："德让，你是做大事的人，却要受人之托来找孩子哄孩子，还受这等伤，真是无妄之灾。唉，这也是没有办法的事，谁教我们都是汉……"

韩德让忙阻止她："思儿，你别说了……"

李思也恍悟，悔道："是我口误，不应该说这话。你放心好了，我会好好照顾她，不让你为难的。"

韩德让顿了一顿："你做事，我总是放心的。我还要出去一下，有劳你看着燕燕不要让她乱跑。"

李思诧异："你要出去？天色不早了……"

"我想去见我父亲，随他一起进宫，还有事情。"

李思会意地点头："想是有军国大事，那我就不勉强了。你放心，燕燕姑娘就交给我了。"

"那我走了。"

李思见他要走，急忙叫住："韩二哥——"

韩德让停住脚步："什么事？"

李思看了看，见院内无人，鼓足勇气低声道："韩二哥，之前……母亲曾经说，伯父有意，促成你我两家婚事……"

韩德让一怔，他完全不知此事，不禁反问一句："什么？婚事？"

李思害红了脸，声音极低："我想若是有这样的意思，我们以后，就不可以常常见面了……"

韩德让怔了一下，正要回答，忽然听得"砰"的一声，闻声看去，却见燕燕从那边拐角处，踉跄着走了出来。

燕燕方才听到"婚事"二字，便如五雷轰顶，一时间想要跳出去质问韩德让，一时间又想逃走，这纠结之下，两只脚缠在一起，差点摔倒。纵未摔倒，也使得她以甚为狼狈的状态出现在韩德让的面前。

韩德让一眼看去，但见燕燕穿了一身汉家装束，显出一种与平日不一样的味道。去了素日胡服的任性淘气，这一身汉装高髻让她显得更具少女韵味。只有一对珊瑚耳环，还是原来的。

此时她站在那儿，呆呆地看着他与李思，大眼睛里一滴滴眼泪落下，神情楚楚可怜，令人心碎。这个富贵出身不知愁苦的姑娘，此刻的表情，是前所未有的伤心欲绝。

李思一惊。她素来淑女，此时鼓足勇气说出这一句话来，没想到竟还会被人听到，已经是羞得满脸通红。

燕燕看着两人，忽然伸手往头上一抓，飞仙髻顿成乱发，七宝簪摔落一地。她一顿足，将眼泪一抹，转头就外跑去。

韩德让不由得追上去，叫道："燕燕……"

他才追了两步，便被李思拉住："韩二哥，你去哪儿？"

韩德让匆匆道："我去追她。"

李思急道："你还受着伤呢，让信宁他们去追吧。"

韩德让甩开她的手，叹道："不行，必须是我去追，才能够把她劝回来。"他一路直追到府门口，没想到这丫头跑得飞快，只来得及看到一袭红衣在街口一晃而过。

他们所在这条街是各官员府第所在，十分清静，可这一跑出去，便是闹市，十分难追，他左右看看，却是只耽误这一时，便看不到这丫头的行踪了。这幽州城如今危险得很。

他却不知，果然只这一会儿工夫，燕燕就又惹上事了。

燕燕从李府跑出，一边哭一边抹着眼睛，一路狂奔哪里辨得方向，也不知道跑了多久，只想着要逃离韩德让，谁晓得才拐过一道弯来，却迎面撞上一人，两人摔作一团。

燕燕抬头，正说着："对不住，我没看到你。"便听得对面那人暴跳如雷："大胆贱奴，竟然冲撞于我。来人，把她抓起来，剖胆炼药。"

燕燕爬起来，却见对面那人一身彩衣，身挂璎珞，头戴羽冠，脸上用五色颜料涂得狰狞可怕，看她打扮，似是一名女巫，身后跟着四名小巫，打扮相似，但身上脸上的饰物涂色却是少了许多。

一名小巫道："肖古大人，主上的药不是要男人的胆吗？"

那女巫咬牙嘶声："男人女人，拿谁炼药我说了谁。我说拿她的胆炼药，就是她，给我抓起来。"

燕燕大惊："你、你是什么人？"

那小巫狐假虎威地叫道："这位是大巫肖古大人。"

燕燕只觉得这名字好生耳熟，猛然想起："啊，原来你就是要以人心和人胆炼药的妖人肖古！"

肖古被她这一声"妖人"直气得双脚直跳，嗄声叫道："大胆贱奴，你居然还敢骂我，来人，快快把她抓起来。"

她只见这少女身着汉装，披头散发，眼中便有些轻视。她身后的小巫待要上前，细看燕燕虽然披头散发，满脸泪痕，但一身服饰不同寻常，拉了拉肖古："师父，看她的衣着，不似普通人家啊。"

肖古也看出来了，只是她素来骄横惯了，此时正在气头上，话已经出口如何能收得回去，当下怒道："撑死是个汉官家的，便拿她炼药了又能如何？能够为主上奉献，是她家门的荣光。"

燕燕一看情形不对，她可不是个束手就擒的人，不等肖古手下动手，她先抡起街市边的杂物扔过去，弄得这闹市鸡飞狗跳。

肖古气得七窍生烟，连声斥骂，然而等巡逻的官兵到来的时候，燕燕早跑得没影了。肖古大怒，将几名弟子统统骂了个狗血淋头，这些弟子们被她打骂已惯，只唯唯连声，听着她打完骂完，一路奉承着她回了住所。

第二十四章

女巫肖古

肖古回到自己房间，便以闭门炼药为由，将弟子们都赶了出去，心中惴惴不安。这些日子以来，她给穆宗的"神药"吃得越多，效力越不如从前，所以穆宗看她的眼神已经有些不一样了。她必须要再想出办法来，才能够保得住她在皇帝面前的权势和富贵来。

作为一个曾经游走于各部族，尝尽风霜雨雪的部落女巫，一旦尝试到那种顶极的富贵权力，那种一呼百诺，手握生杀予夺之权的滋味，她是绝对不舍得放手的，为此，她不但要干掉与她怀着同样目标的竞争者，甚至连自己的徒弟也不敢信任。她当年就是干掉了自己的师父而上位的。

她看看天色，太阳已经西斜，皇帝就要起来了，她必须要在皇帝起床前把今天的新药送上去。她刚才就是亲自去取"神药"必备的一些药材。

眼见时间已经不多，她匆匆回到房间，整理妆容准备进宫，先将刚才从药房中取出的新药放到几案上，再坐到镜子前面，仔细端详着脸上画的花纹。巫人画上这些灵纹，便能使神灵寄身，所以错一分毫也是不行的。

刚才在市集上被那汉女冲撞了一下，这脸上的灵纹就有些擦坏了，肖古诅咒了几声，对着大铜镜打开梳妆盒，拿起笔来，对着镜子开始慢慢用各种颜料把自己的脸画得五颜六色。

忽然间，她从镜子中看到屏风后似乎有不一样的东西，猛地扭头："什么人？"没有人回答，肖古看向屏风后，又没有异状，她将信将疑地走到屏风后察看，忽然只觉得一股风声，头顶一痛，眼前一黑，就此晕倒了。打晕她的，正是萧燕燕。

这孩子有些心眼小，在她的人生中予求予取，从来没真的遇上什么坏人，作为一个喜欢听游侠故事的小姑娘，遇到一个刚刚欺负过她，又已经做了许多大坏事并且还准备继续行恶的坏人，当然是要惩处了。

于是她逃走之后，没回李府，反而打听到肖古的住所，悄悄地翻墙溜了进来。幸而大家都不喜欢这位大巫，药房守卫森严，住所却是少有人来，连守卫都是怀着厌恶和躲避的心态，徒具形式罢了。

燕燕守了好一会儿，才看到肖古进来，见室内无人，就一棍打下，把肖古打晕了。可是，打晕了她，又怎么办呢？燕燕蹲下身去看着肖古，倒是为难了。她想教训这个坏人，但是，怎么样才能算是教训一个坏人呢？把肖古捆起来，打一顿？可门外不远处就有她的徒弟，如果声音响了，惊动了他们怎么办？照理说，她是个坏人，应该杀了她，替天行道才对。可是，燕燕这一辈子，顶多打猎杀过鹿啊兔啊，没杀过人啊！

她拿着匕首在肖古面前比画了半天，还是刺不下去，只得悻悻地站起来，想着要不然把她捆起来，然后削掉她的眉毛，在她脸上划几刀，以示教训？正想着，忽然门被敲响了，燕燕吓得跳了起来，险些出声。

她使劲按住自己的喉咙，努力想着方才肖古嘶哑难听的粗嘎声，模仿着道："谁？"

门外侍卫恭敬地道："肖古大巫，快到主上醒来的时间了，您应该准备进宫了。"

燕燕粗着嗓子应了一声："知道了，我在上妆，你们等等。"

见侍卫应声之后，便站在门外等着，她也不禁急出一身汗来。正蹑手蹑脚地摸向后窗，准备逃离，手触到窗子的时候，忽然脑海中闪过一个念头，顿时停了下来。

进宫，这女巫要进宫？她忽然想起刚才父亲和韩匡嗣大人的话，说密函送进宫了，为了阻止这个密函到皇帝手里，大家都在想办法。而她现在，就可以进宫了。只要扮成肖古的模样，不就可以去偷密函了？

燕燕看了看地上的肖古，想到方才与她相撞的时候，两人的身高相差不大，且肖古那满脸花花绿绿的鬼画符，画得鬼都不认识。皇帝又信任她，只要穿上她的衣服，那么这宫里就没有她去不了的地方。

嘿，真是长生天都在保佑她，这次她肯定不会失手了。

想到这里，燕燕高兴地蹲下来，准备扒下肖古的衣服给自己换上，没想到只解开一个扣子她就受不了了，这女巫有多久没洗澡了，这衣服之脏，这身上之臭，简直没办法忍。

她站起来，走到衣柜前打开，果然发现里面一排风格相似的衣服，但那股气味——那女巫身上的气味，在这些衣服上还是有残留的。她皱着鼻子嫌弃地挑了好一会儿，才挑了一件似是新做的衣服穿上，对着镜子看看，倒有几分相似，只是身材却有些不对。那女巫显然比她要肥胖一些。

她想了想，便将脱下来的汉服裹在中衣的腰间，再把外衣穿上，果然身材已经有些相似了。再走到梳妆台前，打开那些瓶瓶罐罐，将那女巫脸上的花纹做样本，模仿着在脸上上妆。她年纪轻手脚快，很快便将脸上的花纹画得似模似样，完美遮掩了她原来的容貌。

她将那女巫草草塞到床底下去，将妆台上的痕迹都收好了，又将自己原来的首饰都藏在袖中，皱着鼻子忍着油腻腻的臭气，将女巫的羽毛冠也戴在头上。瞧着室内已经没有明显的痕迹了，轻轻咳嗽一声，学着她族中所养女巫素日的口吻试了两句："嗯……青牛神有神谕……"自己觉得满意，就走了出去。

燕燕毕竟年轻，就这么把女巫往床底下一塞就走了出去，若换了老成之人，纵不杀了那女巫，也会将她捆绑好塞了她的口，以免她过一会儿醒来惹出事。结果燕燕情急之下，这些俱没有想到，只匆忙换了装就走了。临走时吩咐侍卫："我这房间里有大王的密药，我走后任何人不得进来，否则杀无赦。"

见那侍卫应了，她这才在众侍卫簇拥下走出住所，连一众小徒弟也没有带上。那些侍卫知道肖古素有怪癖，猜忌心又重，因此竟无人敢问她。

她坐在步辇上，由侍卫抬着前行，一路上但见街市繁华，看得不亦乐乎，不想一扭头，远处人群中却见着韩德让正朝她这方向行来。她吓得一缩头，只是她坐在步辇上，本就比常人要高，便是缩头也明显得很。

她这本是下意识的动作，但跟从的侍卫却以为她有什么吩咐，忙上前问：“大巫，您有何吩咐？”

他这一句话提醒了燕燕，她顿时想起，此时她可是大巫肖古，又不是逃家的小燕燕，便是遇见韩德让，他又能把她怎么样？一想到这里，不由得小胸脯挺起，挥挥手道：“不用了……等等！”

她看到韩德让，先是畏惧，知道自己此时是安全的，又换了得意，等再一回味，依赖之心又起。方才想到独自进宫盗密函是如此得意，但一想到万一遇上危险，不由得就想到了韩德让。

只是应该如何通知他呢？她心如电转，话到一半，忽然换了主意，从袖中取出一对耳环，远远指着前方韩德让，对那侍卫道：“喏，你去把我这对耳环，给前面那个小郎君。”

燕燕说完又愣住了，她走在路上，忽然要把自己的耳环给一个陌生人，若这侍卫要问为什么，她得找什么理由才好？不承想那侍卫十分机灵，接了耳环，只恭敬地问了一下：“可是那位俊俏的青袍郎君？”

见燕燕点头，他便同旁边的另一个侍卫挤眉弄眼，交换了个意味深长的眼神，也不问原因，便依命而去。燕燕见那侍卫不问，松了口气，也不及细问，忙道：“走吧。”

她却没见着，那侍卫一走，她身后的几名侍卫看她的眼神中，便多了几分暧昧和厌恶。她更没想到，那侍卫跑到韩德让面前，会说什么话。

那侍卫跑到韩德让面前，趾高气扬地将一对耳环在他面前一扬：“给你。”

韩德让脸色大惊：“你、你是何人？这耳环从哪来的？”

这对耳环，明明刚才还戴在燕燕的耳朵上，怎么才一会儿工夫，便到了别人手中。瞧这人的打扮，显然是穆宗亲卫，难道燕燕竟落入了他们手中？

那侍卫看着他，嘴角一丝不怀好意的笑容，靠近韩德让低声道：“恭喜小郎君，我们肖古大巫看上你了，这是她送给您的。”

韩德让把那耳环握在手心，心中更是诧异，这明明是燕燕的耳环，如何变成肖古的了？当下忙问：“肖古大巫在哪里？”

那侍卫看韩德让虽然衣着不凡，但听了他的话，显露出的神情却是既惊喜又焦急，心中又是看轻几分，便指着不远处："喏，那位就是肖古大巫，她如今正要进宫，无暇停下与你说话。"

他眼见肖古的坐辇又在前行，显然是不打算等人了，生怕被落下，只匆匆地说了句，"肖古大巫深得主上倚重，说一不二，她看上了你，是小郎君的福分啊，小郎君当懂得抓住机会才是……"说着报了一下肖古的地址，匆匆过去追上坐辇。

韩德让看着坐在那高高步辇上的女子背影，越看越怀疑，再看手中首饰，顿时明白，那人不是肖古，而是燕燕。再一想那侍卫说的"如今正要进宫"之语，顿时明白了前因后果。想到今日韩匡嗣进宫，就要对穆宗下手，出了一身冷汗，疾步而行，赶往留守府去。

燕燕把耳环给了韩德让之后，原来还有几分惴惴不安，现在顿时觉得有了主心骨，胆子就更大了。就这么大摇大摆着进了宫，一路直至行宫的后殿。殿前有武士把守，见了肖古过来，忙行礼道："大巫，主上方才去前殿与敌烈大王商议军情了，您是否要去侧殿相候？"

这幽州本是汉地，所以行宫也是汉制，前朝后宫俱有分别，此处是穆宗素日起居之所，后面还有宴殿寝殿。燕燕一路行来，只想着如何从穆宗眼皮底下偷密函，心中觉得颇难。此时见穆宗不在，抬眼见那殿中书案上摆着的一大叠奏报，心中大喜，道："不必了，我就先进去等等。"

那武士心中怀疑，道："主上未宣，大巫还是在侧殿相候吧。"

燕燕淘气惯了，瞎编的话张口就来："我觉得最近主上寝不安枕，恐有鬼祟作怪，此处是主上常居之所，我先进去作个法，看看里头是否干净。"

那武士知道肖古素日里在穆宗面前装神弄鬼惯了，见状不敢阻挡。谁知道燕燕一进去，就要关门，吓得忙挡住："大巫，您要干吗？"

燕燕粗声粗气地道："我要作法，自然是要关门闭户，免得鬼祟逃走。你阻挡我作法，是不是心里有鬼？"想了想，索性再恐吓他，"是不是想我拿你的人心去和药啊？"

那武士吓得面如土色，连忙后退："不不不，大巫，您请，请！"见燕燕关上房门，他才松了一口气，全身冷汗俱已湿透。

燕燕闩上门，心中狂喜，直奔书案上的奏折，手忙脚乱地急急翻找。好在罨撒葛的身份不同，他呈上来的奏报不与别的普通奏章混在一起，所以很快就找到了。

她只翻看到罨撒葛的名字和里头"李胡谋逆"字样时，便忙将这奏折往袖中一塞，嘴里大声叽里咕噜一番，便打开门走了出来："嗯，我方才已经看过了，并无鬼祟，很好，很好。我这就去前殿见主上。"

那武士诧异，问道："大巫，主上素日商议军情并不会太久，等会儿就回来，您何不在此相候？"

燕燕捏着嗓子："这殿中没有鬼祟，前殿未必没有，我也要再亲自去看看，你胆敢对我大巫质疑，不想活了？"

那武士吓了一跳，忙恭恭敬敬地把这煞神送走，见着她走远了，忍不住恨恨地啐了一口。

燕燕离了后殿，镇定地穿走廊过甬道，走向前殿。但过了一个门以后，就转着眼珠子说："我闻到了奇怪的味道，你们气息浊，不许跟着，我要往前面看看。"令引着她的两名内侍退下，自己装神弄鬼地独自向着另一条通向宫外的甬道而去。

拐了一个弯以后，她见四下无人，疾步向前跑去。正跑着，转眼却看到另一边的廊道上远远走来一人，警惕地边走边看，燕燕大喜，脚步一转，转入那条廊道，冲到他面前，一把抓住："德让哥哥。"

韩德让看到燕燕这身打扮，先是一怔，听到熟悉的声音立刻回过神来："燕燕？"握住燕燕的手，低声道，"别说话，跟我走。"

燕燕跟在韩德让身边，看着他的侧脸，一边走着，一边抑止不住得意的心情，低声笑道："我拿到密函了。"

韩德让松了一口气，拉着燕燕就要离开："快走。"

两人方走了几步，忽然身后传来一个声音："肖古大巫，肖古大巫，您等一下！"

两人一惊，燕燕只觉得手心俱是汗，就想快跑，韩德让却用力捏了捏她的手，阻止她起跑，道："镇定，有我呢。"说着，松开燕燕，站到一边做恭敬状。

燕燕僵立在那儿，好半天，才慢慢转过身来，瞪着那远远跑来的内侍身影，恨不得这个人马上消失。

那内侍喘着粗气跑到她面前："大巫，您走错路了。主上、主上刚刚回到后殿，听说您来了，请您立刻过去。"

燕燕不知所措地看看韩德让，脑子一片空白，一时不知道如何反应才是。好半日，才缓过神来粗嗄着声音道："我、我药忘记拿了，我这就去给主上拿药去。"

那内侍哪里肯放她走，急道："不必了，主上找您很急。您是知道主上脾气的，要不然，您要拿什么药，奴才替您拿去。"

燕燕叫道："不行——"她这一急，用了原来少女娇嫩尖脆的声音，只说了两字马上察觉，立刻变调回粗嗄之声道："不用不用，我的东西你们不能动的，免得冲撞了神灵。"

那内侍却似起了疑心："大巫，您、您刚才的声音……"

燕燕一惊，忽然尖起嗓子，咯咯笑了两声，简直比粗嗄之声更刺耳矫揉："哦，我的声音，我这声音好听吗？咯咯咯……"

那内侍听得险些想掩耳，忙道："不不不，您还是原来的声音好听。咱们这就走吧。"燕燕见那内侍后面跟着好几个人，不得已慢慢转身，忽然想到一事，道："你们转过身去。"

那些内侍不明所以，又不敢不听，只得转过身去。

燕燕疾步走到韩德让跟前，见人都转身没看过来，当下拉住韩德让的手，迅速将自己袖中的奏折塞到了韩德让袖中，这才退后两步，抖了抖袖子，道："我们走吧。"便在内侍的簇拥下，慢慢往回走。

韩德让没想到燕燕竟然这般大胆，就这样在众人眼皮底下，把奏折偷偷塞到自己袖中，那小模样却是一副杀身取义的样子，心中又是好笑，又是心疼。方才他路遇她用耳环暗示后，就当即去找韩匡嗣，韩匡嗣正欲进宫，听说此事大吃一惊，急找萧思温，三人一起进宫。

萧思温和韩匡嗣便借着禀报军情和探望病情的理由分别往前后殿找穆宗，韩德让则借在廊下相候，四下溜达看看能否撞到燕燕。也是燕燕运气好，刚好与韩德让相遇。

此时知道穆宗已经回到后殿，并且燕燕已经拿到密函，却被召往后殿，韩德让忙去找二人赶去相救。燕燕惴惴不安地随着内侍去见了穆宗，穆宗倚在龙椅上，双目如狼一般看着她："肖古，朕方才听说你在这殿中待了一会儿又走了，却是为何？"

燕燕看着这双眼睛，后背发毛。她之前听说过穆宗种种事，听过他酗酒无度、昏聩暴戾，听过他杀亲族、杀妻子、杀近侍，也曾在背后嚼说他是暴君昏君。当年皇后还活着的时候，她进宫拜见皇后，也曾远远见过他。那次她误闯刑场，亲眼看到几十颗人头落地，才对他的可怕有了切身体会。只是如今隔这么近的距离，她才终于明白，为什么有这么多人怕他，连她的德让哥哥都不例外。这皇帝眼神中有一种不正常的感觉，竟不知道他下一刻会说出什么话，做出什么事。

饶是她天不怕地不怕，在这样的人面前，也不敢有丝毫差错，当下定了定神，壮着胆子仿肖古的声音道："因主上近日又噩梦缠绕，小巫怕此地旧宫，有鬼祟残留，因此作法观察一番。幸而主上神灵庇佑，此处并无其他事端。恭喜主上。"

穆宗听她说了这几句，忽然皱眉："肖古，你今日的声音好生奇怪。"他与肖古极为熟悉，眼前的人穿着一样的衣服，脸上画着一样的鬼画符，但总有一些东西，让他觉得哪里不对。

燕燕吓了一跳，忙掩饰道："是啊，小巫昨日试药，似乎这药性有些不对。"

说到药，这正是穆宗关心的问题，当下便移了注意力："肖古，你的药真的有效吗？要是没用，朕可饶不了你。"

燕燕不想话题忽转，心虚地说："主上放心，小巫呈给主上的药、药、药……当然是有效。"

“除了用活人胆入药治朕的病。最近有什么新的神谕吗？”

燕燕吓得浑身一抖：“活、活人胆，真是活人胆？”她听说过肖古以活人胆炼药，但这种事，她只当是一种吓唬夸张的手段，甚至自己方才也以此吓唬门口的守卫，不承想穆宗再说出来，莫名就感觉，这是真的。

果然听得穆宗又喃喃道：“也就是朕，其他人还真吃不起这样的药。你说要吃上九百九十九帖，会不会太久了？”

燕燕吓得发抖，九百九十九帖，那也就是说，要杀九百九十九个活人取胆，这简直毫无人性。穆宗正念叨着，却发现肖古浑身发抖，诧异道：“你抖什么？肖古，你靠过来点，朕总觉得你今天有哪里不对。”

燕燕哪敢靠近让穆宗看清楚，觉得今日必无幸免，索性破罐子破摔，一咬牙指着穆宗道：“不用了，我现在就告诉你真正的神谕是什么。青牛神说：主上杀虐过重。你杀掉的宗室大臣数不胜数，太尉忽古质、国舅政事令眉古得、宣政殿学士李澣、政事令娄国、林牙敌烈、侍中神都、郎君海里、郎君嵇干、林牙华割、郎君新罗、前宣徽使海思及萧达干、海思等都被你杀了，更别说那些伺候你的庖人鹿人小侍宫女和千万无辜平民，你造了如此重的杀虐，报应已经降临了，你的病永远治不好……”

穆宗这辈子没被人指着鼻子这般骂过，极怒之下，竟还反应不过来，一只手直直地指着燕燕竟说不出话：“你，你……”

燕燕跺足骂道：“神才不会庇佑你这种暴君。那什么药根本就是我胡诌，亏你还信，害了那么多人。你吃得越多，造的杀孽越重，报应就越重，你的病也越来越没药救了！”

穆宗大怒，待要发作，已经气得说不出话来，直气得喉头咯咯作响：“你，你……放肆！来人！”

说时迟，那时快，还没等外头的武士闯进来，萧思温、韩匡嗣、韩德让三人快步闯进殿中。萧思温欣喜若狂地挥着手中的奏折大声道：“臣启主上，大喜！大喜啊！宋军退兵了！幽州无事了！”

穆宗还欲说话，韩匡嗣又冲上前去，一把抓住穆宗的脉门，叫道：“主上，您面色潮红，脉象太乱，不可高声，不可动怒，臣带了新药……”

这边韩德让已经拉起燕燕，疾步出门，一边口中斥责：“主上叫你滚了，你还不快滚！”

穆宗见燕燕跑了，立刻敏感地怒吼：“肖古，你去哪里？”

燕燕当然不理他，只管头也不回地跑了，穆宗见状大叫：“混账！把她拦下。”

韩德让忙道：“是，臣这就去追她回来。”

殿前武士听得穆宗一声叫，韩德让一声应，竟是不知反应。方才燕燕怒骂穆宗，声音不高，外头的武士不曾听清，虽然见“肖古”自殿内跑出，但知道这个女巫曾经多次因为“神药”之事被穆宗斥骂而狼狈滚出，隔得不久却又能够有办法重新混回来，又兼心狠手辣，因此竟不曾想去阻止她。再见韩德让又已经领命去追上了那“肖古”，扣着她的手往外跑，以为是穆宗另有吩咐。

他们知道穆宗喜怒无常，没有准确的命令下来，索性不动。穆宗一时被搅乱了头绪，定了定神，忽然见殿中没有了那“肖古”，当下大怒，用力推开韩匡嗣，叫道：“来人，把那肖古抓起来。”

韩匡嗣见穆宗开口，便已经同时高叫起来：“臣早说过肖古的药不灵，主上以后就别让这个妖人再来鼓惑主上了。”

一时话语响作一片，外头的武士首领竟未听清，但听得穆宗在高叫来人，忙跑进殿去，问道：“主上有何吩咐？”

穆宗大怒：“朕叫你去追人，你进来做什么，还不快快去。”

武士一听，忙问道：“追谁？”

方才两人跑出去，是追肖古，还是追那个少年人？

穆宗本性暴戾，这段时间本来就因为肖古的所谓“神药”吃得心浮气躁，这时候又被一气一激，欲发作的脾气被萧思温、韩匡嗣两人挡住，再见着这武士首领愚笨之言，气得血往上冲，叫道：“女巫肖古……朕、朕要将你乱马踩死，踏成、踏成——肉泥——”吼完这一句，气血上头晕了过去。

韩匡嗣大惊，连忙扶起穆宗给他把脉："主上，主上，您没事吧？"

那武士首领见状，不知所措，萧思温正要说："你且站住——"不想那人似乎受了什么刺激，一转身急忙跑了出去，外面还有一迭连声的命令传来："主上有旨，捉拿肖古——"

萧思温大急，顾不得许多，提起袍子下角，亲自追了出去。

韩德让拉着燕燕，拣着僻静的宫道飞跑，跑了好一会儿，燕燕喘着粗气道："德让哥哥，我们现在怎么办？"

韩德让亦喘息："快跑，趁他们还没反应过来前，能够跑出宫就能脱离危险了。"

燕燕苦笑："我跑不动了，我怕我们跑不出去。对了，那密折你给爹爹了吗？"

韩德让喘着粗气："给了。"

"给了就好，不然在我们身上搜到，就连累爹爹了。你把刀给我，等他们追到的时候我就抹脖子自尽，你只说被我下了药就行。"

"少胡说，既然来找你，便是要带你活着离开，就是我死，也不会让你死。"

燕燕忽然笑道："德让哥哥，听到你这句话，我死也无憾了。"

听得后面追兵赶来，韩德让忙又拐进旁边的宫殿里头，就这样在宫殿回廊和宫道中穿梭来去，竟是得了片刻喘息。只这终究不是办法，但听得四面八方俱是喧闹之声，显见已经惊动各处守卫，两人被瓮中捉鳖也只是时间问题了。

忽然间燕燕拉住了韩德让，惊疑不定："德让哥哥，你看前面。"却见隔着甬道，对面宫廊中，竟有一个与燕燕打扮相似的人正在穿行。

韩德让惊疑不定地看看燕燕："那是……"

燕燕的手攥紧，抖了一下："糟了，那个是真的肖古。"她想起来了，刚才她急着进宫，把肖古打晕以后，就塞到床底下去了，如今情况，显见是真肖古醒了以后，急忙入宫。

"真肖古？"韩德让只怔了一怔，顿时有了主意，喜道，"真是天助我也。”

还没等燕燕回过神来，他便迅速拉着燕燕躲入旁边的一间小侧院，推开一间似是杂役的耳房，将燕燕塞入关上门，道：“你先躲一躲，我将他们引开。”此时燕燕也已经明白，见状忙在耳房中找地方躲藏。

韩德让转身穿过宫道，跑到对面的宫廊下，迎着肖古冲了上去。也是这肖古倒霉，她被燕燕击昏，不久就醒了过来，挣扎着自床底下爬出来，也不知道发生了什么事，跌跌撞撞地出来，却见弟子们说，已经有另一个自己进宫了。

她气得七窍生烟，又不知道究竟发生了什么事，当下怒气冲冲，便向宫里行去，一心只想抓住那个胆敢冒充自己的“歹人”。她只闷头走着，不防忽然从旁边穿出一人来，对着她劈头盖脸，打了一顿，而且拳拳打在她的颊边，打得她满口牙齿脱落，痛得说不出话来。

那人一边打，还一边叫道：“肖古在这里了，女巫肖古在这里了。”

肖古还没明白过来，便见一队侍卫冲上来，将她抓起来，往外拉去。

肖古大惊，口齿不清地斥道：“你们、你们干什么，居然敢对我大巫无礼。”

那群侍卫道：“抓的就是你，主上有旨，女巫肖古大不敬，处死。”

肖古拼命挣扎：“放开我，我要见主上……”只是她满口牙齿脱落，说个不清，更无人理会。

韩德让见状忙又道：“这女巫会诅咒惑人心智，快堵上她的嘴，休要让她诅咒了你们。”众侍卫刚才看着韩德让去追那“肖古”，再见两人拉着一起跑，再隔一会儿又见韩德让将肖古打倒，此时一听韩德让说“女巫会诅咒惑人心智”，顿时信以为真，忙拿布塞住了肖古的嘴，拖着就往外走。

刚拖到宫道上，便见萧思温上气不接下气地跑过来，见肖古被侍卫抓住，大吃一惊，就想上前阻挡，道：“且慢！”

韩德让忙道：“伯父，我已经将这作恶多端的女巫抓住了，主上可有什么处置？”说着以眼神暗示萧思温。

萧思温看了他一眼，再仔细看那已经被捉住的肖古，顿时心头一块石头落地，长吁一口气："主上有旨，肖古诅咒君王，处以乱马踩踏。"

那武士首领是听到穆宗亲口下旨的，当下更不迟疑，拖着那堵上嘴不住挣扎的肖古，去执行穆宗的旨意了。

甬道恢复了平静，萧思温长吁了一口气，指了指韩德让，只觉得自己脑仁儿生疼："你、你们哪，赶紧带她回去。"说着便一挥手，自己一边走，一边将这条路上的护卫俱都以"看着女巫防止她巫术诅咒"的名义叫走。

韩德让忙去了耳房中找到燕燕，又寻了一套护卫的衣服让她换上，将那些脱下的衣服头冠等包成一包，胡乱塞在一个杂役的箱子里。横竖宋兵已经撤退，穆宗也会很快回京，便是有杂役发现这些衣服，也没有人再能去追究此事。

第二十五章

燕云台上

穆宗一怒而晕倒，及至醒来，已经是半夜时分，睁开眼睛却见韩匡嗣坐在床边。旁边小侍说韩匡嗣方才为穆宗诊病至现在。

穆宗深恨自己被耍弄，当下沉声问肖古如何处置。侍从便道萧思温奉皇命，已经将肖古抓住，乱马踩踏成泥。

穆宗方息怒，又下令将肖古诸弟子一并处死。他细思肖古之前装神弄鬼，又得韩匡嗣说所谓的“神药”不过是提神兴奋及催眠之物，不但不能对身体有所补益，反弄得身体更加败坏，更是深悔自己误信肖古之言。

韩匡嗣依旧如前一般，诚诚恳恳地为他开药，道：“主上，您今日暴怒伤肝，加上心火暴盛，风火相煽，血随气逆，上冲犯脑，以致昏仆。臣给您开一帖药，平肝熄风，再辅以针灸，清热活血。”

穆宗本是感情用事之人，此时因深悔前事，一把握住了韩匡嗣之手：“我今日方知谁是忠臣了，匡嗣，朕不应该不听你的话，误信肖古。”

韩匡嗣手上动作一滞，叹息道：“主上放心，您的身体一向康健，臣为您调理一段时间就会好的。”

穆宗握住韩匡嗣的手，忽然变得感性起来：“匡嗣，咱们相识也有三十年了吧。”

韩匡嗣谦恭地道：“主上好记性。天显十年，臣在长乐宫中初见主上，如今恰好三十年。”

穆宗回忆往事，感慨万分：“那时候，朕被述律太后责罚受伤，多亏你悉心治疗。这情分，朕一直记着。”

韩匡嗣知道穆宗有时候会忽然变得感性，若说是假，他确是出自真情，而且也会忽然给予许多令人意外的付出；但你若以为他是真的了，又不知道何时会翻脸，他是熟悉此人性情的，不管穆宗如何感性，并不当真，只恭敬如故：“能为主上尽忠，是臣的福分，不敢说情分。”

穆宗握着韩匡嗣的手，感叹不已：“朕的脾气不好，前段时间让你受委屈了。你还是随朕回京吧，从此以后，朕只信你一人。”

韩匡嗣惊愕不已，抬头看穆宗，却发现穆宗郑重地回望自己，当下忙退开半步，大礼跪拜：“臣不敢，臣为主上效力，乃是分内之事，不敢居功。若是主上要赏臣，臣请主上降一恩旨便可。”

穆宗以为他要为自己或者家族求个恩旨，问他何事，韩匡嗣道：“女巫肖古，用人胆和药，残害人命，以至于民怨沸腾。臣以为，主上既然已识肖古乱言，当下旨以正视听。往日之行，皆为肖古假借主上名义。主上圣明，识破肖古诡计，乃下旨将肖古处以极刑，乱马踩踏成泥，此乃其应受之刑，亦是主上为无辜死者伸冤。并下旨，凡以残害人命而献药者，皆如肖古下场。”

穆宗怔了一怔，细想了想，心中感动，摆手道：“匡嗣，朕知道你这是为了朕的名声，其实不必如此，朕并不在乎这些。”

韩匡嗣肃然再请：“主上可以不在乎，臣不能不为主上在乎。”

穆宗见他诚意拳拳，心下感动：“难得匡嗣你忠心为朕，朕岂能不领你的情。好，朕便如你之意，下此诏书。”

韩匡嗣闻言大喜，退后一步三拜：“臣代那些死难之人，谢主上隆恩。”

穆宗看着韩匡嗣，心中感叹，这个老好人还是一如往昔啊，甚至都不肯相信那些事真的是自己下旨做的，在他的心目中，还是固执地把自己当成是被坏人蒙蔽的好皇帝吧。不管怎么样，当世人都当你是恶魔的时候，哪怕你自己都相信自己是恶魔的时候，有一个人固执地相信你是个好人，总还是令人感动的。

见穆宗答应，韩匡嗣也悄悄地松了口气。肖古虽死，但以穆宗的性情，难保不会再出现第二个、第三个肖古之流，所以当日他知道穆宗迷信肖古之言，却没有想着除去肖古，而是对穆宗起了杀心。杀一个肖古容易，但是若穆宗信奉这种残暴的巫术，他杀一个肖古，还会有肖古不断地出现，终究是要避免这种事情的再次发生。

而今天，趁着穆宗被肖古激怒，深感上当而情绪激动的时候，他便催着穆宗，下此旨意，表面是说为了穆宗名声着想，却是借这一个旨意，能就此杜绝再有肖古之类的人在穆宗身边兴残害生灵之事。

这，才是韩匡嗣最大的目的。

这，也是韩匡嗣终于可以暂时放弃向穆宗下手的原因。

肖古被抓走以后，韩德让与燕燕换了侍卫衣着，从行宫安然脱身，此时日已西斜了。走在幽州城街头，燕燕并没有轻松多少，依旧苦着脸儿。韩德让本走在前面，转头看到燕燕沉重的小脸，露出无奈的神情，上前拉住燕燕的手，温柔地问她：“真吓到了？”

燕燕抬起头看向韩德让，从恍惚中回过神，她看着韩德让，好一会儿，才垂下头去，沮丧地问他：“德让哥哥，我是不是很没用？”

韩德让略微惊讶地看着燕燕，没有说话。

燕燕略有些萧索地双手负后，老气横秋地走开几步，回眸看着韩德让：“德让哥哥，我很会闯祸，从小到大，大姐没少在我后面为我收拾残局。我其实是故意的，爹爹和大姐都那么忙，只有我闯了祸，他们才会回过头来注意到我。但是，我一直觉得自己很聪明，很知道分寸和底线。可是这一次，我差一点就……原来真的是我太自以为是。”

韩德让的目光随着燕燕的倾诉越发柔和，他柔声道：“我认识的燕燕可不是这么容易就沮丧的姑娘。以后做事多几分小心谨慎，多想想自己和家人。真有什么烦心事，可以来找我商量。”

燕燕连忙点头：“嗯，我会的。”

韩德让看着燕燕，微笑：“燕燕，你知不知道，你今天的行为，救了很多的人。”

“我？救了许多人？”

“肖古鼓惑主上，以活人心去和药，这段时间已经残害了不少人命。如果今天不是你误打误撞，除去肖古，还不知道会有多少人因此丧命。甚至，会有人为了阻止此事而牺牲……”他想到父亲的决心，而今，这个决心终于不必用上了，想到这里，他看着燕燕的眼光更是充满感激，伸手轻轻抚了抚燕燕的头发，柔声道，“燕燕，你不知道，我有多感激你。”

燕燕看着韩德让的眼神，他从未用这样的眼神看过自己，这样的眼神，可以让人心甘情愿地溺毙在其中，她只觉得心儿如升上九霄云天，又似泡在了蜜水里。她想，他不但没有用这样的眼神看过自己，她也从未见过他用这样的眼神看过别人。但现在，他这样看着自己，是不是可以认为，他对自己有了别样的感情：“德让哥哥，为什么你要感激我……”

韩德让动了动嘴唇，他自然不会将原因说出来，便换了一个理由：“如果今天肖古不死，就会有人为了解决这件事而冒险送命。大家不是没有想过除去肖古，只是主上沉湎于巫术，就算杀了一个肖古，也会有更多的肖古出来。没想到你今天的行为，让主上能够亲自下令处决肖古……那么，这活取人心的巫术，终于可以被阻止了。”

燕燕虽然听不太懂，但也觉得高兴：“这么说我做对了？”

韩德让笑了：“也不能说是全对啊，只能说，你是个福星，什么事情误打误撞都能够得到出乎意料的效果。”

燕燕本来惴惴不安的心，此时终于转忧为安，得意地道：“那是，我爹说，我从小到大，运气一向都好。”

韩德让想到今日一连串的误打误撞，心中也不禁有些赞同，若不是她傻傻地不知道绑好肖古，也不至于刚好在被追捕时，有那个真肖古出来为她顶了祸。但看着燕燕得意的样子，夸奖的话到了嘴边又吞了回去，沉着脸训道：“但运气不会每次都有，你以后做事多几分小心谨慎，多想想自己和家人。”

燕燕心中高兴，知道他这话，纯是为自己的安危着想，只笑嘻嘻不住点头连声应是，两人手拉着手往前走。一抬头见太阳就要落山了，她忽然来了兴致，指着前面一座高台：“德让哥哥，咱们快跑，上那个高台，瞧瞧能不能抢在太阳落山前跑到顶上去，咱们和太阳赛跑，怎么样？”

韩德让此时因大难方脱，不禁也升起几分久违了的少年意气来，笑道：“好吧，那咱们就跑上去。你可不许跑一半要我拉着。”

燕燕不服气：“才不呢，我一定跑得比你快。”话未说完，她便乘着韩德让还未开始跑，取了个巧，自己偷偷抢跑上前了。韩德让怔了一下，看着小姑娘的得意样儿，笑着摇摇头，也一起跑了上去。

两人便真的起了与太阳赛跑的心思，一口气跑上那高台顶。燕燕跑得上气不接下气，堪堪比韩德让快上一步先到顶峰，瞧着西边落日余晖，将天空染红了半边，层层分明，格外美丽。

燕燕在台上兴奋不已，跳跃高呼：“噢，我比太阳跑得快了，哈哈哈……”

韩德让倚在台边，笑看着燕燕兴奋不已的样子。他自然是故意让了燕燕一步的。今日她多方涉险，他也怕让她受惊，落下心事来。所以离开行宫以后，便不直接带她回去面对萧思温这些长辈，而是带着她逛幽州城，寻些别的事情来让她放下心情。瞧着这小姑娘兴奋雀跃的样子，看她恢复得倒快，如今已经全无心事了。

燕燕跳了一会儿，这才回过神来，笑着拉住韩德让的手：“德让哥哥，你瞧这夕阳多美。”韩德让“嗯”了一声，道：“是啊，素日我们都在平地上看，如今在这高台上，另有一番韵味呢。”

燕燕站在高台上，四下望去，叹道：“这台好高，简直可以一眼看到城外去。”韩德让怔了一怔，叹道：“原来，是在这里。”

燕燕不解：“什么？德让哥哥，这是什么台？”

韩德让道：“我听说这城中有一座高台，比城墙还高，叫燕云台。不想我们误打误撞，竟到此处。”

燕燕好奇地问他：“燕云台，是什么意思？这是什么时候造的？”

韩德让沉吟片刻：“当年……据说是石敬瑭献了燕云十六州之后就有了，有人说，这是太宗皇帝为了南征而造，也有人说，是本地百姓造起来望着南方的。”

“为什么要望南方？”

“希望……南方圣主出吧！”

“现在为什么又废弃了？”

韩德让沉默了，沉默到燕燕以为他不会回答了，才听得他长叹一声，道：“人，不能只有盼望。与其期望别人的拯救，不如自己努力，去改变现状。”燕燕听不懂韩德让话中的意思，但能听出他话语中的痛楚和无奈。一时也不知道说些什么好了，只得转过话题：“下面在做什么？”

韩德让往下看了看，道：“宋兵退了，他们在庆祝。”

“庆祝什么？”

“庆祝自己终于又活过一次，人就是这样，一息尚存，便能够重拾乐观与信心，继续活下去。你看这燕云十六州，百万黎民，在这片土地上已经活了几千年，一代代薪火相传。我们都是过客，只有他们才是永远。”韩德让忽然指着城头道，“你看看这城墙内外，那些战争的遗骸，你看到了吗？”

此时太阳还未完全落山，残阳如血映着战场。但见城墙内外，还残留着这些日子残酷战争留下的的痕迹，那些残肢断臂、处处血痕，那些翻倒的帐篷、残破的车辆和器械，倒毙的战马和无人收拾的尸身。

燕燕看着尸身，她第一次这么接近战场，她倒吸了一口凉气，脸色骤然变得雪白。韩德让见了这场景，一时忘形，忽然想起眼前的人，并不是素日与自己一起指点江山的耶律贤，而只是一个小姑娘，心下顿愧，忽然伸手遮住了燕燕的眼睛：“别看。”

“不是你让我看的吗？”

“我后悔了。”

燕燕问：“为什么？”

韩德让长叹：“这么惨烈的战争，不应该让你这种小姑娘看到，会做噩梦的。是我的不是，不应该让你来。”燕燕扯下他的手，转头去看他：“你本来是想让我看看生死的残酷，免得我今天害怕了，明天又闯祸。但你现在怕吓到我了，是不是？”

韩德让摇头："不，我不是故意想要去吓你，就算你明天要闯祸，我也不该在今天吓你。人要长大，但我不愿意你这样长大。燕燕，你是应该生活在幸福中的小姑娘，不应该直面战争。是我的错，我向你道歉。"

燕燕却摇头："既然你、爹爹，都要面对战争，那我也迟早要面对的，何必掩盖真相。"韩德让诧异，没有想到素日单纯天真的小姑娘，竟有这样的见识。他顿了一顿，道："是，燕燕，你长大了。"

燕燕却是才说了这一句，便又恢复了原形，长长一叹："唉，可我真不喜欢战争。德让哥哥，为什么人要打仗呢？"

韩德让沉声道："为了野心。"

燕燕仰头看向韩德让。只见韩德让身子挺得笔直，眺望远处，此时天渐渐黑了下去，黑暗掩盖住了他的身形，他的话语也显得缥缈遥远："自盛唐覆灭以来，这片大地上的战争已经持续了六七十年了。你所看到的这些还不是战争最惨烈残酷的一面。每一次战争，都有无数百姓要为上位者的野心献出生命作为祭奠。契丹人南下，汉人北伐，这幽州城下，来来去去，死的都是无辜的百姓。唉，宁作太平犬，勿为乱世人……"

燕燕轻叹："我们这里已经算好了，至少幽州以北，已经几十年没有战争了。我听说南方列国，这几十年来，一天也没有停止过战争呢。"

韩德让长叹："是啊，南方列国，几十年来已经白骨如山。这燕云十六州，倒不知道是……唉！"想当年契丹人南下，燕云十六州受灾，汉民纷纷逃到南方去。可等到中原列国混战之时，这契丹人所统治的燕云十六州倒成了难得的安定地区，不但没有再逃亡，甚至还有南方的汉人逃向燕云十六州。也就是在那个时候起，他们这些汉臣，也终于死了南投之心，而着力去经营好这北国之地的百姓安乐，去努力让胡地从汉俗，做化胡为汉的奋斗。

他不欲再说下去，只岔过话题，道："我听说，如今长江以北基本上都已经被赵匡胤所剿灭，我也但愿赵家江山能够长久一些，免得黎民又受民灾。"说到这里，不由心中暗叹。之前他们甚至以为一统天下的会是周主柴荣呢，可柴荣尸骨未冷，江山已经改朝换代。也不晓得这赵宋江山，能有几年。与其寄望南方，还不如自己努力吧。

燕燕道："我爹说，宋主有一统中原的野心。德让哥哥，你说他还会再来吗？"

韩德让摇头："我不知道。"他顿了一顿，又道，"虽然不知道这次他为什么忽然退兵，但他再来，怕只是时间的问题。可怜因他这一次无功而返却受攻击而死的那些士兵百姓，无论是宋国的还是辽国的。等他下一次积蓄好实力出征，又是一番杀戮。可怜燕云百姓却永远为这种来来回回的拉锯战不停献出生命。"

燕燕看着眼前一切，忽然长叹一声："是啊，任何一个英明之主都不会放弃易守难攻的燕云十六州。"

韩德让有些惊讶地看着燕燕："燕燕？"

燕燕指着远方，仿佛前面有一张天下舆图："当年石敬瑭割让燕云十六州，辽国才有南下的资本。燕云以南是富庶繁华的千里平原，大辽铁骑纵横奔驰昼夜，即可饮马黄河。只要大辽强盛，旦夕之间便可攻入南朝腹地。若是失去燕云十六州，山海关、喜峰口、古北口、雁门关，一步一个关隘，光是为了越过长城一线的天险，大辽就不知要费多少力气，死多少契丹男儿。更别提燕云富庶、百姓勤劳，这些都是大辽不可失去的财富。宋国虽然想要回燕云，可大辽更不愿失去燕云。"

韩德让听着这番话，看着燕燕的眼神，越发多了一些寻味，这个小姑娘，虽然单纯天真，但终究还是后族之女、宰相千金，她从小到大受的毕竟是后族教育。后族的姑娘，不只是为后为妃，如述律太后那样，还能够亲自率兵征战，甚至皇帝不在的时候，有独立执掌朝政的能力啊。

他的眼神越发地深沉，后族许多姑娘纵然接受骑射之学、御兵之术，但契丹人对于汉文化接受者并不算很多。便如述律太后，也是资质天生，又加上后天种种环境，才能如此。

而萧思温，不但按照后族的教育来养育他的三个女儿，甚至还让她们研习汉学，有着天下政局的大观念。果然如外界所说，虽然后族三支各有消长，但大辽的下一任皇后必出萧思温家的传说，看来并非空穴来风啊。

他的心中为燕燕的惊人之论而感慨，不想这发表惊人之论的少女转过头看着他，忽然吐了吐舌头做了个鬼脸，顿时自己破了那层高深的面具，笑嘻嘻地道："德让哥哥，你怎么不夸我啊？"

韩德让怔了一怔，不禁失笑，顺着她的话夸奖道："你说得很对。我只是没想到，你竟会对这些有兴趣。"

燕燕却摇摇头，笑道："有时候爹爹和大姐会在家里谈古论今，我偶尔听听罢了。"韩德让方有些放松，却听得这丫头又出惊人之语："其实，我觉得德让哥哥想燕云百姓免受兵灾之苦也很简单啊。"

韩德让饶有兴趣地问她："哦？你说该怎么办？"

燕燕明亮的眼睛望着韩德让，大声道："宋兵敢北伐,就是因为我们大辽主上昏庸，有隙可乘啊。如果君王英明，调度合理，以攻为守，以北汉为屏障，宋主只怕连幽州城下也到不了！"

韩德让吓了一跳，掩住燕燕的嘴："轻点声。"他的手一触到燕燕，才感觉到自己失态，连忙缩回了手，脸也红了。

燕燕却扑哧一声笑了，眼睛亮晶晶地看着韩德让。

韩德让叹息："小丫头，这还在外面呢，你怎么什么都敢说啊！"

燕燕执着地看着韩德让："那你说，我说得有没有道理？"

韩德让没好气地道："好了好了，何止有道理，你就是道理。"

燕燕又笑了，笑声灿烂，如银铃落于夜空。

夜深了，韩匡嗣回到府中，疲惫地坐下。

韩德让已经相候多时，见他回来，也不说话，只为他解下冠带，奉上热茶。

韩匡嗣饮了一口茶，屏退左右，韩德让方关心地问道："父亲，宫中如何反应？"

韩匡嗣道："没事。"

韩德让打开药箱，看到那只红色的药瓶，拿起来打开看了看，松了口气，跪到韩匡嗣椅子边："父亲，肖古已经死了，取活人心和药的事，已经被制止了。父亲，您不需要再拿性命冒险了。”

韩匡嗣长叹一声：“是啊，燕燕这孩子，真是个有长生天庇佑的孩子……”转而问道，“你那边如何？”

韩德让道：“我在宫中便把密函交与思温宰相，出了宫以后，我带燕燕散了散心，后来送到思温宰相那儿，也看了密函。”他顿了一顿，“奇怪的是，那密函中，并未提及思温宰相家的事情。”

韩匡嗣“哦”了一声：“那其他人呢？”

韩德让道：“那密函中凡涉案之人，皆有明证之罪，尤其是涉及李胡父子，更是不留余地。可偏偏对思温宰相家的事只字未提，连乌骨里和喜隐的事情也一并瞒下了。”

韩匡嗣有些吃惊：“太平王为何如此？思温宰相可知其中缘由？”

韩德让摇头：“思温宰相也不知道。我猜太平王必是另有图谋。”

韩匡嗣问：“他在图谋什么？”旋即又自己摇头，“恐怕只有回上京才能够知道了。”

过了数日，穆宗下令，班师回京。

然而，宋国的强势兵锋却成为辽国上下挥之不去的阴云，宋人随时可能卷土重来，下一次，辽国还能如此好运吗？谁也不知道。

（第一卷完）

辽国皇族主要人物关系表

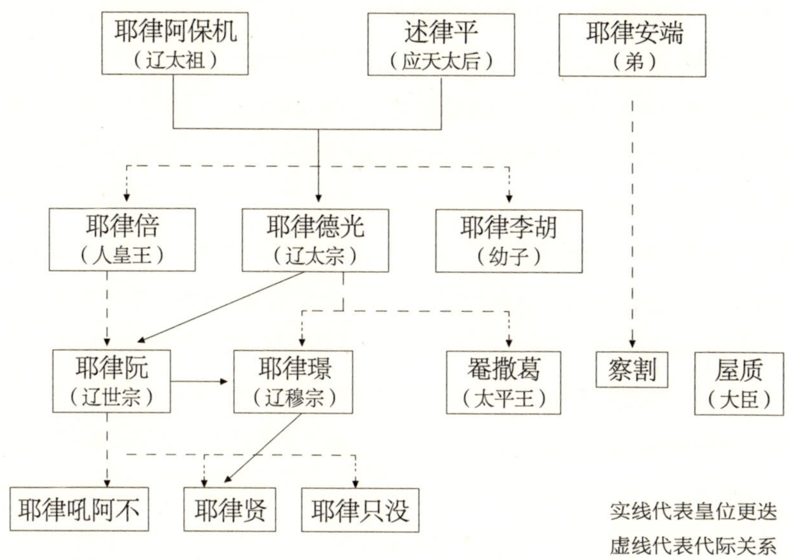

说明：

1. 辽太祖耶律阿保机与应天太后述律平育有三子：人皇王耶律倍、太宗耶律德光和耶律李胡，即为小说中的皇族三支。立国初年，因草原游牧民族“兄终弟及”的传统和契丹汉化的共同作用，三支为皇位争夺血流不止，充满血腥屠杀和阴谋叛乱，直至辽景宗耶律贤之后，皇位才固定由人皇王一脉相承。

2. 辽国政治实行一国两制，辽国帝王系大多有契丹名和汉名。小说中涉及的人物契丹名和汉名对应如下：

庙　号	契 丹 名	汉　名
辽太祖	耶律阿保机	耶律亿
辽太宗	耶律尧骨	耶律德光
人皇王	耶律图欲	耶律倍
辽世宗	耶律兀欲	耶律阮
辽穆宗	耶律述律	耶律璟
辽景宗	耶律明扆	耶律贤
辽圣宗	耶律文殊奴	耶律隆绪

蒋胜男

作家，编剧

浙江省网络作家协会副主席

已出版：

《芈月传》

《凤霸九天》

《权力巅峰的女人》

《历史的模样：夏商周》等十余部作品

燕云台·壹

产品经理 | 李　晴　　装帧设计 | 悠　悠
监　　制 | 来佳音　　技术编辑 | 陈　杰
责任印制 | 刘　淼　　策 划 人 | 于　桐

蒋胜男 著

浙江文艺出版社
Zhejiang Literature & Art Publishing House

果麦文化 出品

目录

第二十六章 / 血雨腥风 001

罨撒葛站在那儿，看着李胡闭眼喝下毒酒，看着毒酒腐蚀着他的五脏六腑，痛得他在地上翻滚惨叫，看着他就这么痛叫着凄惨地死去。

第二十七章 / 黄雀在后 015

乌骨里神情不变，淡淡地说：“那是自然，喜隐如今是他这一房的代表了，横帐三房的人，都有机会当皇帝。”

第二十八章 / 女里告密 028

女里没想到事件从谋逆性质一下子转到八卦性质，心中惴惴不安。穆宗的心思转得太快，不是他们这些人能猜得透的，实是天心莫测。

第二十九章 / 双王逼婚 041

而就在他犹豫之时，太平王登门了。太平王罨撒葛带来了新打的大雁，以作聘礼，求娶萧思温长女胡辇。

第三十章 / 姐妹失和 054

乌骨里虽有愧疚之心，但性子却也是不肯饶人的，被燕燕这一逼，起了逆反心，将燕燕的手一甩，叫道：“那你想怎么样？杀了我吗？”

第三十一章 / 明扆动心 066

燕燕一扭头，却看到一个青年男子也一身猎装，身后如她一般，远远跟着数名从人。他看着她的表情，却有些又惊又喜的样子。

第三十二章 / 相府嫁女 081
罨撒葛看着胡辇的睡颜，在她的耳边低声说：“胡辇，你是个好女人，我虽然强娶了你，但必不会负你。我会一辈子守着你，护着你。”

第三十三章 / 喜隐受辱 094
甄后所生的儿子只没年轻气盛，对皇位亦有志在必得之心，这几日便频频上萧思温府去。他这一举动不打紧，却惹怒一人。

第三十四章 / 密会高勋 107
耶律贤却不说话，只腼腆地笑了笑，转头看向燕燕，神情中情意绵绵，在场的除了燕燕以外，全都看得清清楚楚。

第三十五章 / 醋海生波 121
李思万万没有想到，她这一生不顾淑仪说出的唯一一句话，居然就这样被正主撞了个正着，当下脸色通红，难堪得恨不得有个地洞钻进去。

第三十六章 / 两情相悦 132
韩德让看着她的神情，他握住了她的双臂，双目直视她的眼睛，郑重地说：“我，韩德让，此生只爱燕燕，绝不相负。”

第三十七章 / 只没受刑 144
穆宗听到这句话，理智的神经顿时崩断，整个人的面容变得扭曲疯癫，脑海中只有一个念头：“杀了他，杀了他……”

第三十八章 / 月夜赴约 157

燕燕忽然笑了："其实我觉得你可能不会来，但是不管你来不来，我们已经约好了，我自然要等你。"

第三十九章 / 只没成婚 169

耶律贤心头杀机已经升起，没想到安只面上看着消停了，可是居然还有兴风作浪的心。想当只没的正妻，她真是好大的野心啊。

第四十章 / 山雨欲来 185

乌骨里冷笑一声："他自己没有孩子，罨撒葛也没有，你认为以他的性子，会让喜隐或者明扆有孩子吗？"

第四十一章 / 步步为营 199

他俯向萧思温，低声道："我听有人说，察割之乱，并没有结束。思温，这意思你懂吗？"

第四十二章 / 黑山惊变 213

女里一掀帘子，骇得膝盖一软，直接跪倒。他这一跪倒差点趴下来求饶时，却看到穆宗腹中插着小刀。

第四十三章 / 景宗继位 228

耶律贤看着那漆黑的棺木，一时间竟是神思恍惚，似乎看到了四岁那年他父亲耶律阮的尸体一样。

第四十四章 / 迟来一步 245
罨撒葛急怒交加，不假思索，带着心腹去了城外的国阿辇斡鲁朵，匆忙点了一拨人马，浩浩荡荡直奔黑山。

第四十五章 / 婚讯惊变 260
纳妃这种事，无关紧要，又显出亲近来，正是他想接手的事情。只是一打开折子，就怔住了，上面赫然写着新贵妃的出身：“北府宰相萧思温第三女”。

第四十六章 / 为爱私奔 274
萧思温长叹一声：“胡辇，燕燕必须入宫。只有她入宫，我们家才能完全掌控住大辽的命运，才算是真正的后族之长。”

第四十七章 / 苦命鸳鸯 288
耶律贤胸口一滞，竟是无话可说，他们本就是明正言顺的未婚夫妻，是他一道旨意，逼得双双出走，最后韩德让一身是血，重伤在卧。

第四十八章 / 耿耿长恨 305
她握着韩德让的手，看着他的眼睛，微笑：“德让，我要嫁给你，当着长生天的面，蓝天为证，白云为证，我们就在这一刻，结为夫妻，生生世世，两心相许。”

第二十六章

血雨腥风

草原上，双骑飞奔，笑声飞扬。

燕燕放马疾驰，笑声中有说不出的欢快。

这一条路，便是她去幽州时的旧路。只是那时候，她孤身一人，怀着一腔自信想去抢回密函，没想到伏击没有成功还反被伏击，密函没抢到还受了伤，遭遇了从未有过的打击和痛苦。

可是……她转头看了看与她并驾齐驱的韩德让，悄悄地笑了。

如今，密函的事情解决了，父亲的危机消除了，邪恶的女巫死了，甚至连边境的战争危局也解除了。更重要的是，她收获了韩德让。

燕燕越想越得意，不禁哼起了歌，直到韩德让冷不防道："你现在得意了。"

燕燕忙收敛了笑容，可怜巴巴地看着韩德让。

韩德让话到嘴边，最终还是不忍责备，只叹了一口气道："你啊，别老是欺负人家。"

说的却是两人回京之时，李思在城门口送别韩德让，千叮咛万嘱咐，那依依不舍的样子实在叫燕燕气闷。虽然李思给她也备了礼物，同样温柔相待，但她就是不高兴。见李思一副羞怯的样子，犹豫半天终于下定决心去拉韩德让的手，燕燕抢先一步，大呼小叫地强拉着韩德让放马而去，就这样将李思留在了原地。

燕燕嘟起嘴，不悦地道："谁欺负她了？是她每次都装出那种可怜巴巴的样子。"

韩德让摇头："不许孩子气。李姑娘是汉家姑娘，自然不似你这般莽撞乱来。”

燕燕不高兴地挥鞭跑远了，声音随风传来：“我就是孩子气，就是莽撞乱来，你要是不喜欢我，就回去找你的汉家姑娘吧。”

韩德让在后面无奈一笑，策马追上。

此番回上京，两人并没有随着大军一起走，这是燕燕与韩德让约好，要一起去看望曾经帮助和收留过她的老牧人弥里吉夫妻，赠礼酬谢后，再赶到上京去。

这里自然有燕燕的小算盘。要说感谢老牧人夫妻，完全可以派个人送些礼物过去，没必要她亲自去。只是若是这样的话，两人就要随大军前行，众目睽睽之下，双方父亲又在，哪里有机会谈情说爱？她自然要找个机会与韩德让独处，这样方能增进感情。

若是回了上京城，她知道自己独自离家，必会被父亲关上十天半个月，那就好长时间见不着韩德让了。上京的姑娘可是不客气的，她不守着韩德让，韩德让就要被人抢走了。

只是她这个理由找得合情合理，连萧思温亦觉得女儿感恩记情、亲自道谢是好事。且女巫肖古的事情让萧思温还心有余悸。穆宗经此打击，心性更加不定，若燕燕随着大部队一起，万一让穆宗及手下撞到燕燕，看她背影与肖古相似起了疑心就不好了。所以这回程之路，还是让韩德让带着燕燕避开吧。

得了双方父亲的允许，两人就在大军过后，再行上路。

却说前面，萧思温随着穆宗一道前行，一路上安排前后事宜，十分忙碌。不想大军才行了几天，萧思温正在马车中看着各地传上来的奏报，就有护卫赶来报告说，穆宗又在前面杀人了。

萧思温大惊，忙带了室坊等人前去。

却原来大军行进，绵延甚长，行程极慢，穆宗本是随心所欲之人，这次为战事不利，又加上肖古之事，以及那“神药”的后遗症，脾气分外暴躁。

前日，穆宗又酒醉被人扶上马车，一觉醒来，只觉得头痛欲裂，当下便令人带了弓箭，要去散心。辽人长于马上，迁徙乃是天性，四季捺钵都是随走随停，除了出发点和终点是固定的，路上便走得随心所欲，所以众人也不以为意，只扶了穆宗下车上马，一路策马而行。

穆宗心情不快，便要打杀几只猎物，只是大军前行，这一路上鸟兽走避，策马好一会儿，也没见着什么猎物。殿前都点检耶律夷腊是他的心腹，见他不快，心中害怕，忙上前劝道："主上，咱们离开大队甚远了，怕是宰相会问起，不如早些回去吧。"

穆宗"哼"了一声，见的确无趣，便要回转。不想，此时远处却隐隐传来歌声，甚是欢快。

草原上四野空旷，放歌应和，本是常事，诸人也不以为意。不想穆宗此时戾气甚重，听了这歌声，忽然似被激怒了。他勒马转身，喝了一声，便向那歌声方向而去。

诸近侍、武士跟在穆宗身后，不知道他为何忽然转向，更不知道他打算往何处去，心里俱是惴惴不安的。直随着穆宗行了一段路以后，见穆宗勒马，便也看去。但见前面并无异样，不过是有几个帐篷毡包，牧人唱着牧歌，放着牛羊，却是草原上常见的情景。

穆宗看着，忽然暴怒道："前方战事死了那么多人，这些贱民居然还敢唱歌，真是全无心肝，可恶之至！你们说，他们该不该死？"

众近侍、武士只觉得自己的耳朵出了问题，此番战事折损甚多，那也只能怪皇帝指挥不当吧？即便不能责怪皇帝，但战争最终没有输啊，宋国也已经撤兵。对外公布的消息也是本朝打了胜仗，按理不是应该庆祝吗？作为他的子民，放马牧羊，草原放歌，本是好事，竟然也成了罪过不成？

穆宗说完，见无一人反应，扭头看众人神情，更加愤怒："你们难道没有听到朕的话？"

近侍花哥战战兢兢地走上前："主上有何吩咐？"

穆宗一指牧人们："统统射杀，以祭阵亡将士。"

众人皆吓呆了。

穆宗扭头凶狠地看着他们："怎么，你们也跟他们一样，对朕不恭敬吗？"

花哥一哆嗦："不不不，奴才不敢。"

无奈之下，花哥只得扭头宣旨："主上有旨，牧人无礼，统统射杀，以祭阵亡将士。"

众牧民正在放牧，忽然间一阵箭雨，顿时数人被射倒在地。牧人们猝不及防，有些呆立原地，更有些慌乱逃散。

穆宗哈哈大笑："射，统统射死，一个不留！"他手一伸，"拿朕的箭来。"

一个牧民正弯腰爱抚一只小羊，后背忽然中了一箭。他惊愕地站直身，转身看到后面显赫的车队，张口想说什么，却只见又一箭直射过来。牧民心口中箭，手指向穆宗，又是一箭迎面而来。鲜血喷出，他仰天而倒。

牧人们拼命奔跑，却敌不过背后射来的箭，一个个哀号挣扎着倒地。

穆宗看着这屠杀的场面，兴奋地哈哈大笑："好，好，好，痛快，痛快！拿酒来！"

近侍小哥踉跄着跑到车驾边，拿了酒囊来跪下递与穆宗。穆宗跳下马，仰头咕噜咕噜喝了大半，抹了抹嘴，看着草地上尸横处处，血染草间，更是觉得兴奋无比，道："好，好，拿火把来！"

花哥赶紧递了火把过去。穆宗走过尸体堆，将火把一扔，火把呈一道弧线，落到牧人的帐篷上，帐篷烧了起来。

穆宗将手中的酒囊扔到着火的帐篷上，火晓得更旺了。

穆宗大笑，哼着歌儿转身走向自己的马—— 那歌儿竟是方才牧人们所唱之曲。在这一片血腥中，他轻松的神情和歌声令人毛骨悚然。

穆宗上马，在前簇后拥之中，驰离了这片被鲜血浸透的草地。

而当燕燕和韩德让到来的时候，看到的就是这样一片修罗地狱。

燕燕跳下马，看着眼前的一切，完全难以置信："这是谁干的？怎么会这样——”

韩德让看着眼前的一切，也惊呆了。

曾经美丽的草原上到处是一道道暗紫色的血沟，牧人们死状各异，帐篷上余烟未尽，羊群四散在远远的草坡上，咩咩地叫着却不敢走近。

韩德让拉住就要跑着上前的燕燕：“燕燕，小心！”

他把燕燕拉到怀中，只觉得燕燕浑身颤抖，知道她娇生惯养，必是没见过这样的情景，忙安慰道：“燕燕，别怕，有我在。”

燕燕一把推开他，怒道：“我才不是怕呢，我是、我是愤怒，是恨！这是谁干的？谁干的？”

韩德让也想不到谁会如此狠毒，猜测道：“或许是……遇上草原上的盗匪了？”

燕燕气愤地抹了一把泪，疾步前行：“哪来这么狠毒的盗匪？他们只是普通的牧人，又惹着谁了？就算是草原上的盗匪，我也从未听说过他们会杀掉所有人。”

韩德让沉下脸，拉住燕燕：“你待在这儿别动，我去看看，或许能查出什么线索。”

燕燕恨恨地道：“对，一定要找到凶手，叫他也受死。”

韩德让一步步走过去，仔细看着四周情景，从尸体堆中终于发现了老牧人夫妻的尸体。老牧人弥里吉仰面朝上倒在血泊中，保持着一手前指、瞪视前方的姿势，死不瞑目。烧焦的帐篷边倒卧着一个老妇人，半边身子已经漆黑。

韩德让一路查看过来，但见处处惨状，触目惊心，只能看出这场屠杀绝非一人所为。帐篷虽有几处被烧焦，但仍有些没有被烧掉的帐篷，牧人身上的财物也都还在，可见并非盗匪所为。韩德让拔起牧人身上的箭，心中一惊，这些箭制作精良，上有铭文，显见是官制。

忽然间，但见金光一闪，韩德让快步走过去，自一个牧人身上拔出带着血的箭，箭簇在阳光下发出金光。

韩德让拿着箭，递给燕燕：“你看。”

燕燕忙夺过韩德让手中的箭，箭上刻着几个契丹大字，她一眼就认了出来："汗帐用，这是……这是……"

韩德让心一沉："这是主上的御用之箭！"

燕燕失声道："又是他，又是这个暴君……"她愤而顿足，"早知如此，我当日拼着一死，也要先杀了他！"

韩德让按住她，沉声道："他自然是要死的。他若不死，还不知道有多少人会无辜惨死。"但见燕燕浑身颤抖，伏在他怀中大哭，他抱住燕燕长叹："哭吧，哭吧……"

燕燕含泪抬头问："德让哥哥，这样的事，还要发生多少？这样的日子，还要多久才能结束？这样的昏君，长天生怎么就不收了他啊？"

韩德让长叹，失语。此时，他只能安慰燕燕："你放心，长生天一定会收了他的。"

燕燕恨恨地道："但愿长生天早早收了他……"

夕阳如血，映着一地残尸，韩德让声音低沉地说："是啊，有些人天生便是恶鬼，活着只会给世人带来灾难，只能让长生天越早收了他越好。"

燕燕怔怔地看着眼前的景象，忽然说："那长生天为什么不现在就收了他？"

韩德让无语，若是上天真的有灵，何以中原百年动荡，人命如草芥？眼前这姑娘，生在富贵人家，这恐怕是她第一次面对如此残酷的现实吧。

这甚至不是战争造成的。

战争虽然残酷，却是有所目的而为。眼前的这一切，却只是一个人间恶魔疯癫之下犯下的罪恶。

燕燕仍然执着地问："德让哥哥，长生天为何不现在就收了他？"

韩德让仰首看着苍天，终于说："燕燕，我都不知道长生天到底在不在，有没有看到这一切。我们不能只靠长生天，我们要靠我们自己。"

"靠我们自己？"燕燕迷惘地问，陷入了沉思。

韩德让没有说话，只是将牧人夫妻移到帐篷里放正，然后在帐篷边堆起柴堆，将尸体火化。草原上牧人皆是天葬或火葬，并不似中原一般要土葬。

燕燕走到火堆前合十默祈，又解下腰上一个核桃大的黑色木符放入火中，低声道：“老爹、老阿妈，这是我爹从萨满那里求来的护身符，但愿能保佑你们的灵魂回到长生天那里……”

她的眼泪不住地往下流。她这无忧无虑的十五年生命里，只有今天流的泪是最多的。这种可怕的场景，让她无法面对，也无法承受。

第二天，她就发烧了。其实这些天以来，她私自离开家、路上遭伏击受伤、遭遇狼群、奔波、入宫、盗信，体力和精神早已经不胜负荷。只是因为事情毕竟还算顺利，她又是个逞强的女孩，不想在心上人面前显得只能闯祸不能收拾，也不想像汉家姑娘那样娇弱，因此一路行来，大大咧咧，竟没察觉身体负荷已经到了极限。

如今看到草原惨状，精神就垮了下来，身体也跟着起了病症。这一路高烧，一直到上京才慢慢好转。

自然，这一路上，燕燕都是由韩德让照料。

回到上京，萧思温知道了路上的经过。他看着韩德让，心里升起了一些想法，但此时这样的想法，只能暂时按下。他现在最担心的是次女乌骨里，乌骨里还因为谋逆案被扣押在太平王罨撒葛的手中。萧思温再三下帖子相请，胡辇几番托人捎信，罨撒葛都以政务繁忙婉拒了，这令得萧思温心中焦灼，却又无可奈何。

而此时的太平王王府，罨撒葛惬意地坐下来，喝了一杯茶，对一旁的心腹高六道：“你去一趟萧思温宰相府，就说请胡辇姑娘今天黄昏去领人。”

高六笑道：“恭喜太平王，这是事情要结束了吗？”

罨撒葛“嗯”了一声，叹道：“总算把这些杂事都理清了……”罨撒葛问主管刑狱的夷离毕粘木衮：“还有其他人吗？”

粘木衮摇头：“大王，只剩下皇太叔府了。”

两人四目对望，长长地出了口气。这些日子的杀戮，连他们这些执行者都在这种浓重的血腥气中有些透不过气来。现在终于快要结束了吗？

穆宗回到京城就展开了杀戮，与李胡谋逆案相关的人，全部被问罪，牵连甚广，许多人被处死。

罨撒葛虽然是一力查案之人，见穆宗杀意如此之盛，也不禁有些胆寒，劝说道："主上，若是一律处死的话，恐怕上京的契丹人家都少不了人命。不如，稍宽容一些人……"

不料，穆宗虽宠信他，这件事上却丝毫未留情面，不但没有理会罨撒葛的劝说，反而斥责了他一顿。罨撒葛无奈，只得闭口不言。连罨撒葛都是如此待遇，朝上诸人更是不敢再言。

西市，每天都有一排犯人人头落地。监斩官和差役们都仿佛麻木了一般，不停地将人押上刑台受刑。连着杀了许多人后，这仿佛永不停歇的节奏终于被打断了。

如今，名册上只剩最后一个人，就是李胡。

粘木衮问罨撒葛："那皇太叔李胡如何处置？"

罨撒葛冷冷一笑："好歹是皇太叔之尊，怎么能死于市集，本王亲自去牢中送一送他。"

高六小心地观察着罨撒葛："那，喜隐呢？"

罨撒葛单指在桌上敲着，笑道："祸不及子孙，不是吗？"

高六赔笑："可您杀了皇太叔，喜隐心中含恨，将来或成后患。"

罨撒葛大笑，笑声中透着自负："和本王作对？他凭什么？连战场都没上过的黄口小儿，没了李胡的庇护，他什么都不是。"

高六却道："可看那样子，思温宰相的二女儿，怕是喜欢上他了。若是他当真娶了那乌骨里姑娘，就怕思温宰相因此而站在他这一边……"他一边说，一边观察着罨撒葛的脸色。

没想到罨撒葛听了此言，脸上反而尽是得意之色："本王正是要他去向思温宰相求亲。萧思温这个老谋深算的家伙，若是我骤然提亲，他必然诸多推诿。可若是他的次女要嫁给喜隐的话，我和胡辇王妃的婚事，才更容易成就。”

高六听得罨撒葛得意之下，直接将胡辇称为“王妃”，立刻殷勤拍马屁：“是，是，小人先在这里恭喜王爷就要新婚大喜了。”

回应他的，是罨撒葛的哈哈大笑声。

夷离毕院外，夕阳西下，余晖晚照。

喜隐和乌骨里相扶持着走出侧门时，两人均被骤然射到的阳光晃得睁不开眼。

乌骨里在朦胧的光辉中，看到了两个熟悉的身影，听到了两声熟悉的呼唤。

“乌骨里——”

“二姐——”

乌骨里看到眼前的人，正是胡辇和燕燕。她又惊又喜，上前一步，一手拉着胡辇，一手拉着燕燕，哽咽道：“大姐，燕燕。”

燕燕当即扑到乌骨里怀里，大哭起来：“二姐，我还以为再也见不到你了！幸好你没事，太好了！”

胡辇转头拭泪，忽然看到一个极为熟悉的身影。她凝神看去，却是罨撒葛站在门楼顶上的哨卡处冲她微笑。她心里一惊。罨撒葛却冲她比了个噤声的手势，胡辇茫然地点了点头，便见罨撒葛转身离开。

胡辇的心，顿时沉到了谷底。

而此时一无所知的燕燕只顾高兴地拉着乌骨里：“二姐，我们快回家吧。爹爹在家里等你呢。”

乌骨里却止步不前，回头看向喜隐。燕燕顺着乌骨里的视线看向喜隐，顿时犯难了，转头看胡辇，叫道：“大姐。”

胡辇回过神，看到这个情景，再想到方才罨撒葛的模样，心头火起，对着乌骨里斥责道：“看什么看，还嫌自己闯的祸不够大吗？还不快跟我们回去。”

乌骨里却倔强地回绝：“我要跟喜隐一起回去。他是我的夫君，正好和我一起去拜见爹爹。大姐若是不同意，那我就随他回家。”

胡辇指着乌骨里，气得手都颤抖起来：“你……乌骨里，你可知道，你闯了多大的祸。为什么大家费尽心力把你拉出来，你却转身死活要往这牢坑里跳？”

乌骨里勃然大怒，叫道：“喜隐是我喜欢的人，大姐，我不许你这样说他。”

喜隐知道这时候不宜激怒胡辇等人，他深吸一口气，强抑恼怒和不甘，反走上前劝说乌骨里道：“乌骨里，你先跟你的姐姐和妹妹回去。”

乌骨里担忧地看着喜隐，泣道：“喜隐，我怕这一回去就再也出不来了。”

喜隐温柔地看着乌骨里：“你放心，我既然要娶你，自然要堂堂正正地上门求亲，三书六礼地娶你回家，哪能让你如同私奔般跟我走。我不会让你受这个委屈。你先回去，等我去接你。”

乌骨里感动得热泪盈眶，胡辇看着喜隐怒气稍减，燕燕也诧异地看着喜隐。

喜隐冲胡辇一拜：“有劳大姐，乌骨里就拜托您多多照顾了。”

胡辇往后一退，让过他这一礼，冷冷地道：“谁是你的大姐？我和你没关系，乌骨里也和你没关系。”

喜隐十分有把握地一笑：“无论大姐信或不信，我与乌骨里是真心相爱，我永远不会离开她。”

见喜隐转身离去，乌骨里眼中犹有不舍，上前跟了两步。胡辇一急，将乌骨里紧紧拽住。

乌骨里上了马车，一言不发。回到府中，早有侍女迎了上来，服侍她入浴，洗去多日来的肮脏和晦气。乌骨里泡在浴桶里，闭上眼睛，眼泪这才流下来。

今天一天，她看到的事情超出了她以往的极限。

应该说，比起其他人来，她被抓的这些日子并不算难过。只有刚被抓的时候，被带进牢里吓唬了一顿，自胡辇求过情之后，她就得到了一定的照顾。

只是，接下来并不是如她以为的那样马上被释放了，而是被单独囚禁在一间房间里，没有人理她，也没有人来放她出去。她什么信息都得不到，叫天不应，叫地不应，一天比一天惊恐。

她开始害怕，开始后悔，甚至开始怨恨。她害怕死，害怕就这么被关押着到被人忘记，甚至害怕有更坏的命运等着她。她后悔没有听父亲和大姐的话，后悔为了那份还缥缈不定的爱情付出的惨重的代价，甚至开始怨恨喜隐。她一心待他，他却给她带来灾难，让她陷入危险，而且不来救她。她怨恨李胡野心不息害了喜隐，更害了她。

就这样胡思乱想、充满恐惧地煎熬着，睡不安寝，食不甘味，才过了几天，她就整个人憔悴了下来。

也不知道过了多久，她被带到了另一间牢房里，在这里她见到了喜隐。而喜隐憔悴、凄惨的样子，超出了她的想象。

乌骨里听到了喜隐的哭诉，诉说着皇帝的多疑、他们的无辜以及他内心的愧疚。他说他一直在打听她的下落，他说他以为她已经被放出去了，他说他一直想着她念着她，因为心里有她，所以坚持住了酷刑和恐惧，她是他坚持下去的所有信念。

看到她居然一直被关押着，他似乎有些崩溃。他抱着她哭，向她忏悔，向罨撒葛吼叫，说所有的罪名都由他来承担，求罨撒葛放了乌骨里。

乌骨里泣不成声，所有的怨恨和后悔，在那一刻几乎都融化在喜隐的深情之中。

然后，狱卒来带她离开，不知道从哪里来的勇气，乌骨里紧紧抓住了喜隐，她不愿意离开他，她害怕这一离开，她和喜隐将是永别。

她向罨撒葛请求，她要留下来，她要和喜隐在一起。不知道为什么，罨撒葛在沉默了片刻以后，答应了她。或许在知道可以留下来的片刻，她有一刹那的恐惧和悔意，然而这点轻微的悔意，很快就消散在喜隐的情话里了。

她以为自己这下子再也出不去了。奇异的是，当她认为自己必死了的时候，忽然间对喜隐的爱意高涨到了前所未有的程度。爱情让她的内心变得崇高，让她变得勇于牺牲，让她觉得生命似乎就此与以往不同。所以，她不顾一切，抓紧与喜隐相处的每一刻，深刻地爱着、珍惜着、付出着。

眼看着旁边牢房的人一个个被拖出去而不再回来，死亡的阴影笼罩着这牢中的所有人，而正是在这样艰苦的条件下，喜隐用尽一切办法去照顾她、爱她。乌骨里对喜隐的感情愈发深刻。

两人的感情一开始或许并不那么单纯，然而在死亡面前，同甘共苦过的他们真正地相爱了。

李胡冷眼看着这一切，似乎猜到了什么，从那时起，他对乌骨里的态度便如对待自己儿女一般，甚至多次都是这样一副“喜隐以后就拜托你了”的态度。

当穆宗回来，牢中的人一个个被带出去的时候，李胡预感到了自己的命运。

他对喜隐说：“看样子，应该是述律打了败仗回来了。这小子每次对外打不过人家，就对内杀人泄愤。看来，这满牢人活不了几个了。”

他猜得很准，果然，很快地，就轮到了他。

就在今天，罨撒葛终于把李胡也带到了院子当中——他是来杀李胡的。到了此刻，李胡反而镇定下来。他盘坐在地上，看着罨撒葛时，神色坦然。他听到喜隐的呼唤，只答了一句：“没什么，只是这一天到来了而已。”

而在此前，他对乌骨里说过这样的话：“乌骨里，你爹回来，想来能保得住你，只盼到时候你能带着喜隐逃出生天，为我留下一丝血脉。李胡感激不尽！”

乌骨里应下了，当时她并不知道发生了什么事，然而这一天，她看到了李胡的死。

罨撒葛本想把李胡带走，但李胡不愿意，他只愿意在这小院中，接受那杯毒酒。罨撒葛知道他的心意，他是想在喜隐的面前死去，好叫喜隐记住这一幕，好叫喜隐不要忘记对皇位的执着。

李胡是皇太叔，他临死之前，有这个权力。然而罨撒葛并不在乎，不管是喜隐还是李胡的另一个儿子耶律宛，在他眼中，都不是什么有分量的角色，就算他们心中含恨又怎么样？就算他们对皇位有企图又怎么样？李胡不也一样觊觎皇位？然而，却是大半辈子活在幽禁中，到头来，一样死得这么窝囊。

罨撒葛站在那儿，看着李胡闭眼喝下毒酒，看着毒酒腐蚀着他的五脏六腑，痛得他在地上翻滚惨叫，看着他就这么痛叫着凄惨地死去。

耶律喜隐和耶律宛兄弟目睹李胡死状，却只能扑在栅栏上，凄苦地叫唤，哀号，咒骂……

乌骨里吓坏了。她甚至不敢睁开眼睛，只能听着李胡毒发的惨叫声，直面她生命中最可怕的一幕发生。

她以为下一个会轮到喜隐，或者是耶律宛，或者是她自己。然而她没有想到，罨撒葛把李胡处死以后，却打开了牢门，把喜隐兄弟和她都释放了。

悲欣交加，生死无常，这一天，从地狱到人间，她百味尽尝。

她扶着喜隐，离开那人间地狱般的囚所时，两人紧紧相依。在共同经历了那样的日日夜夜以后，他们已经骨血相连，若是分开，那就是撕皮裂骨之痛。

在看到门的那一刻，她知道这一出去，她和他就要暂时分开。就这么一会儿的分开，她都不舍。她紧紧抱住喜隐，泣不成声。喜隐，喜隐，如今他只有她了，她绝对不能再舍他而去，更不能看到他再步李胡后尘。

她要嫁给喜隐，她要她的父亲去帮助喜隐，保护喜隐。

她想着李胡死时，喜隐发出的那一声声野兽般的哀号，她将喜隐抱在怀中，一遍遍地安慰着他。而喜隐将头靠在她的怀中，无助得像个孩子："乌骨里，在这世上，我只有你一个亲人了。只有你，只有你了……”

乌骨里轻声安慰：“没关系，我会陪着你，一辈子陪着你。我们会有儿子、孙子，你会有很多很多子孙，你父亲不成的事，我们来做，我们不成的事，还有子子孙孙，一定能够成功的。你要皇位，我陪你去争，无论生死我都陪着你。你永远不会孤单的……”

她想，就算是为了喜隐，她也要努力，她可以，她做得到。

第二十七章

黄雀在后

水冷了，乌骨里从陷入的情绪中惊醒，睁开眼睛，走出浴室。

侍女重九和瑰引见她瘦得脱了形，手上脚上更有镣铐和绳子捆绑勒出来的伤痕，一边为她上药，一边心疼得直掉眼泪。燕燕亲自捧来了一堆美食，摆在乌骨里面前。

然而，乌骨里只是一脸漠然地看着她们为她上药，看着她们把所有好吃的东西捧到她面前。她一点儿也不想吃东西，然而接下来的事情，需要力气去做。于是，她端起奶茶，大口地喝着；拿起饽饽，大口地吃着。

燕燕目瞪口呆地看着乌骨里风卷残云般吃了一盘饽饽。

乌骨里吃完就站起来问她："爹爹在何处？"

燕燕怔了怔，好不容易找回话头："二姐，爹爹说，怕你刚回来身体不适，让你先梳洗沐浴，好好休息，三天后再开家宴为你庆祝。"

乌骨里垂首苦笑一声："爹爹还是那样疼惜我们。"

燕燕欲言又止，她想说，她为了这件事，独自离家，去路上伏击信使，却反中埋伏，险些性命不保；她想说，为了追回密函，她冒险入宫，九死一生。可是，说这些又有什么用呢？二姐已经这样惨了，自己再说这个，岂不是令得她更伤心难过，内疚不安，甚至是责怪自己连累全家？她终于咽下了所有的话，只苦着脸撒娇道："哪有啊，爹爹可罚得我好惨呢！"她说这一句话，本是引着乌骨里来问的，谁知道乌骨里经此一番牢狱之灾，性情竟然变了许多，素日最好与她叽叽喳喳的，此时却对这些事毫无兴趣了。

当下她只得自己道："爹爹说我老是闯祸，罚我给他的书房整理资料，要把太祖建国以来，所有的战役和政令都分门别类，还要我对这些写十篇心得。说没完成，或者完成了没通过，都不准我再出门了。二姐，你说我惨不惨？"

乌骨里苦笑一声，轻抚着妹妹的头，低声道："你这小丫头，现在还能为这种小事发愁，你不知道自己有多幸运呢。"

燕燕愣住了，忽然抱住乌骨里哭了："二姐，你都经历了什么啊？你别这样，我害怕你这样！"

乌骨里轻轻地推开燕燕，道："好了，我问你，爹爹在何处？"

燕燕无奈，只好抹着泪道："在书房。"

乌骨里点了点头，站起来就要走出去。燕燕见状急了，忙拉住她："二姐，你去哪儿？"

乌骨里低头看着燕燕，怜爱地轻抚着燕燕的头："我去找爹爹。"

燕燕不解："二姐，你才刚刚出狱，又累又乏，何不好好睡一觉，等休息好了再说。"

乌骨里苦笑："我有急事要见爹爹。"说着，身子不由得晃了一晃。

燕燕忙扶住她，见她脸色惨白，更是心疼，叫道："有什么大不了的事啊，你看你的脸色这么难看，瘦成这样，还带着伤呢。就算你这次做错了事，可你也这么惨了，爹爹一向疼我们，不会责罚你的。再说就算要责罚你，还有我，有大姐帮你顶罪呢。真不行，你先睡一觉，等明日我拉着爹爹来看你。"

乌骨里看着燕燕一脸着急的样子，笑了笑："我就是要这样去见爹爹才好，我这样惨，爹爹才会心疼我，才会答应我的要求啊。"

燕燕一怔："你有什么要求？"

乌骨里却已经转身，向外行去。

燕燕急了，忙上前去扶乌骨里，又招呼侍女帮忙，一直扶着乌骨里到了萧思温的书房外。她正要扶着乌骨里进去，对方却推开她道："这件事，只能是我和爹爹说，你不许进来。"

燕燕一怔，却见乌骨里掀开帘子，已经进了书房。

燕燕心里着急又不敢进去，转念一想，忙转身去找大姐想办法。

萧思温正在书房看书，见乌骨里进来，惊得书都落到了书桌上：“乌骨里，你怎么来了？怎么不好好休息？”

乌骨里摇摇晃晃地走到书桌后面，忽然跪在萧思温面前，道：“爹爹，我有事要求你。”

萧思温的脸沉了下去。他一挥手，书房中侍候的书童忙退了出去。

萧思温低头，看着女儿苍白而倔强的脸，心中绞痛，竟一时说不出话来。

乌骨里也不说话，就这么静静地跪着。

萧思温忽然道：“乌骨里，你这次吃了这么多苦头，可曾后悔？”

乌骨里跪在萧思温面前，听了父亲之言，心中一怔，然而见父亲目光炯炯地看着自己，想起喜隐，还是咬咬牙，答：“女儿不悔。”

萧思温心中一痛，本不忍问，见她如此倔强，忍不住再问她：“那么，你有没有怕过？”

乌骨里想到这些日子以来的恐惧、绝望、后悔、愧疚，再也无法逞强，伏在萧思温膝上大哭起来：“爹爹，我怕，怕得要命，我每天闭上眼睛，都怕下一刻就会有人来把我拖出去杀了。”

萧思温的眼泪也掉了下来，抚着爱女的头发，长叹一声：“爹爹也怕，爹爹知道你的事以后，真是每天闭上眼睛都怕，总是听见你在叫着爹爹，叫着爹爹救你，叫着你不想死。”

乌骨里听着这话，想到那时候自己在牢里，叫着爹爹、叫着姐姐的凄苦情形，更是止不住哭了个昏天黑地。萧思温数番想要扶起她，却实在敌不过她哭得厉害，也不禁老泪纵横。

父女俩在书房内哭，书房外偷听的姐妹俩在屋外哭。胡辇只觉得自己的心绞作一团，一边拭泪，一边还要拉住燕燕，在她耳边低声警告：“你要哭走远些，休要让爹爹和乌骨里发现。”

燕燕忙止了哭，一边抽抽咽咽地打着嗝，一边还伏在窗边偷听里面的动静。

里头乌骨里的哭声渐渐止住了，就听得萧思温问她："你有什么话要同我说？只要与喜隐无关，爹爹都能允你。"

乌骨里正从父亲膝上起来，听到这话，一怔，抬起头尖叫："为什么？为什么与喜隐有关就不行？您为什么这么不待见喜隐？"

萧思温看着眼前的女儿，这个素来活泼美丽的女儿，如今却苍白瘦削憔悴，眼神更是透着前所未有的乖张暴戾。他心中又痛又恨，伸手拿起桌上的一面镜子，递到乌骨里面前："你看看，你看看你现在的样子，就凭他把我的女儿害成这样，我便不能待见他。"

可这个素日爱美、一日里要照上数次镜子的女儿，如今却是看也不看镜子，只将镜子打翻在地，直视萧思温，尖声叫道："可这不是喜隐的错，喜隐他、他比我更苦啊！"说到这里，两行眼泪流了下来。

萧思温闭上眼睛，苦恼地按了按眉心，又睁开眼睛看着次女："你非要嫁给喜隐吗？他如今没了父亲，主上虽然没有杀他，但绝对不会让他的日子好过的。"

乌骨里点头："我知道，正因为他如今孤孤单单，我才要去陪他帮他。爹爹，除了他我谁也不嫁。你成全我们吧。"

萧思温冷冷地道："你是我的女儿，我要对你的一生负责，不能容你任性。此事我不能答应你，你回去吧。"

乌骨里倔强地说："爹爹不答应，我就不起来。"

萧思温冷笑一声，忽然叫道："胡辇，带乌骨里下去休息，好好看着她，不许她再闯祸。"

胡辇闻声不好再躲，疾步入内，见了父亲神情，不敢再劝，只得吩咐侍女，不顾乌骨里高叫挣扎，将她拖出了书房，又在临走前给燕燕使了个眼色。

燕燕会意，忙进了书房，但见萧思温坐在椅子上，一脸苦恼地揉着太阳穴，显见乌骨里的事，着实让他头疼。她忙换上乖巧的笑容，上前为萧思温倒茶捶背："爹爹别生气，二姐就是一时糊涂了。现在人回来了就好。您可千万别气坏了身子。”

萧思温闭着眼睛，神情极为疲惫，这些日子以来朝堂的血雨腥风，让他已经不胜负荷。为了救乌骨里，他自回到上京以后一直努力，用各种手段逼迫罨撒葛放人，直到罨撒葛坦然相告不会对乌骨里动手，但要等到所有的案子结了以后才会放她出来，他这才无奈罢手。但这些日子里，他依旧是心惊胆战的。今日乌骨里终于脱险，他还以为此事就这么结束了，没想到，更大的惊骇居然还在这里等着他。

想到这里，他暗中切齿，有些怀疑这都是罨撒葛设下的圈套。只是，对方设下这个圈套，又是何用意？难道迫他接受喜隐为女婿，就能证实他与喜隐有勾结，就能算计他？可若是这样，当初罨撒葛给穆宗的密函中为何只字不提此事，反而为他遮掩？难道是因为那时候仅凭着乌骨里少女无知的行为而得到的证据不足，非得逼他和喜隐结为姻亲以后，才有足够的证据置他于死地？

可罨撒葛这么做，目的何在？他萧思温一系，也是后族一个重要分支，铲去他或者结怨于他，对穆宗兄弟能有什么好处？难道是……是后族其他分支在动手？

后族与皇族一样，自开国以来，也是内争不止，虽然对外后族一体，但对内时谁都想自己一系成为那个发号施令的人。若是他们与罨撒葛勾结，想要除去或者削弱他这一系，倒有可能。

萧思温思来想去，也只有这个设想最接近。只是，他心中冷笑，他纵然爱女如命，可又如何会为了乌骨里一时的糊涂，而不顾及整个家族的前途呢？罨撒葛这算盘，却是打错了。

想到这里，他心中计较已定，再看燕燕这忙着献殷勤的样子，心中忽然升起警惕，仔仔细细地打量着她。

燕燕被他看得不安起来，强笑道：“爹爹，您怎么了？”

萧思温警惕地看着她：“燕燕，你这般殷勤，莫不是也有什么喜欢的男人不成？我告诉你，你二姐的婚事，我是不会答应的，你也休想借此蒙混过关。”

燕燕怔了一怔，停下捶肩的手，恼羞成怒："哪儿的话，爹您也太不放心我了。我将来要嫁的夫婿，一定是大家都会夸好，爹爹更会夸好的人。"

萧思温"哼"了一声："但愿如此。你二姐，唉，都是爹爹往日太纵着她了。"

燕燕小心翼翼地问："爹，您觉得德让哥哥怎么样？"

萧思温顿时警觉起来："怎么，你和韩家那小子有什么不妥？哼，混账小子，好生大胆，你多大他多大，他居然也敢生这样的心……"

燕燕大惊，连忙及时转弯，摆手赔笑地解释道："不是不是，不是我。我是说，如果大姐或者二姐找德让哥哥这样的给您当女婿，您觉得怎么样？"

萧思温狐疑地看着她："德让？"他叹息，"可惜了……若不是，唉！"他这一声叹息，却是由衷而发。

韩德让若不是汉臣，他的文才、武功、人品、能力，都是做女婿的上上之选。可惜，乌骨里一心向着喜隐，胡辇是他最看重的女儿，只能嫁与皇族，韩德让是没有可能了。

燕燕听到"可惜"二字，不由一怔，"可惜"是什么意思？难道爹想把韩德让配与姐姐？难道在爹眼中就没有燕燕？想到这里，燕燕不由得酸溜溜地道："爹，可惜什么？难道您是想把大姐配与德让哥哥不成？"

萧思温看着燕燕的表情，便知道她在想什么，只是以他的老谋深算，怎么可能让这小女儿现在就套出她想要的话来，所以不但不答，反而摆了摆手，令她出去。

燕燕一肚子疑问、满腔的不服气，但却不敢违拗父亲，只得悻悻出去了。看着燕燕不服气地出去，萧思温隐隐感觉到了什么，心头一软，终于露出了一丝宽容的笑意。他这一支，已经多年未出皇后了，如果胡辇或者乌骨里能够接近这目标，那么……或许燕燕还可以有点自由择婿的机会，韩德让这小子，也是个不错的选择吧。

想着燕燕与韩德让幽州来回千里同行，想着韩德让去行宫救燕燕的情景，萧思温陷入了沉思。燕燕性子天真跳脱，韩德让虽然年纪略大，但有个镇得住护得住她的人，也好。他刚才故意试探，就是要看看燕燕作何反应罢了。唉，如今也只有这个小女儿，还依旧如往日般天真无邪啊。

想到这里，萧思温微抚下颌，稍觉欣慰。

燕燕气冲冲地离开萧思温的书房，满腹委屈想找人说，一时间无处可去，走到乌骨里的院落外，就听到乌骨里在里面大吼大叫，又哭又闹，她不敢进去，只在门外呆呆站着。也不知道过了多久，里面的声音渐渐弱了下来，乌骨里在呜呜咽咽地哭着，侍女们依次走出来，只留了两名在外头守着，其余人都散了。

燕燕犹豫半晌，终于还是走了进去。

此时乌骨里已经哭得累了，一脸漠然地抱膝坐在榻上，见燕燕来了，也不理她，只顾自己坐着不动。

燕燕爬上榻，坐到乌骨里身边，垂着头，叹了口气。

乌骨里本以为她是来劝说自己的，早已经打定主意，任她说什么也不理会。可是见着她上来不言不语，自己叹气，忍不住冷哼一声道：“你干什么？想说什么就说吧，不用这么吞吞吐吐的。”

燕燕带着哭腔问她：“二姐，你不要我们了吗？”

乌骨里火气又起，喝道：“谁不要你们了？难道我连喜欢一个男人的自由都没有了吗？你们凭什么阻止我？”

燕燕怔怔地看着乌骨里，问：“喜隐有哪里好，值得你这样？”

乌骨里心里又酸又甜，抹了一下眼泪道：“喜隐哪里都好，哪里都好，你这小孩子懂什么！”

燕燕咬了咬下唇：“他比爹爹和大姐还重要吗？比我还重要吗？”

乌骨里拿手指在她额头一戳，怒道：“你这小傻瓜，这能比吗？”

燕燕不愤欲反驳，却听得乌骨里幽幽地叹道：“我们总是要嫁人的，不可能永远留在这家里。这一嫁出去，就是一生一世，我的后半生凭什么要由你们决定？自己煮的奶茶自己喝着香，别人怎么知道我要加几勺盐？我自己决定要嫁的人，就算刀山火海我也无怨无悔。别人给我挑的人，就算再好，我也不稀罕。”

燕燕听了，正中自己心事，不由点头，原来对乌骨里的抱怨不解，此刻都变成了认同：“是，我也是这么觉得。”

乌骨里看了看燕燕，一句“你也有心上人了”的话到了嘴边，忽然心念一动，没好气地说：“你别告诉我又是韩德让。”

燕燕不悦地说：“自然是他，除了他还有谁？”

乌骨里忽然一阵羡慕，摸摸燕燕的头，叹道：“韩德让——也好，难得你喜欢就好。只是，你喜欢他，他也喜欢你吗？”

燕燕脸一红，声音忽然低了下来：“他、他也喜欢我……”

她的声音细若蚊吟，但却充满了甜蜜，乌骨里自己经历过，自然是听得出来的。她诧异地看了燕燕一眼，记得当日去喜隐府前，燕燕说到韩德让的时候，还不是这种神情和语气的。

“看来，这段时间，你和他感情进展不小。”乌骨里道。

燕燕点点头：“是，为了追回罨撒葛的密函，我和他一起到幽州去，一路上遇到了许多事情，于是……”

乌骨里轻轻一叹，摸摸燕燕的额头：“多好，你我都有了意中人，就算是爹爹不同意，那又如何？爹爹总是疼我们的，只要我们坚持住，爹爹最后也一定会接受我们所选择的男人。”

“真的？”燕燕眼睛一亮。

“真的。”乌骨里点头，然而她的内心并不像她自己承诺的那样有把握。不管怎么样，如果燕燕和她一样都喜欢上一个不被家族看好的男人，总比她一个人反抗来得好吧。不知怎么地，从小到大，乌骨里总觉得，爹爹迁就燕燕的任性，多过迁就她的。

看着燕燕欢喜的样子，乌骨里忽然一阵内疚。她不禁问：“燕燕，你是真的想好了吗？如果你嫁给韩德让，将来你的孩子就是汉臣，进不了皇权中心。而我，或者大姐，却有一天可能当上皇后。你现在还小，不知道这代表着什么，将来，我怕你会后悔。”

燕燕摇头：“我不会后悔的，二姐，就像你说的，我自己决定要嫁的人，就算刀山火海我也无怨无悔。别人给我挑的人，就算再好，我也不稀罕！”

乌骨里“嗯”了一声，点点头：“是啊，我们自己决定的事，做了就不会后悔。”

燕燕却忽然问：“二姐，你刚才说，你有可能当上皇后，喜隐想当皇帝吗？”

乌骨里神情不变，淡淡地说：“那是自然，喜隐如今是他这一房的代表了，横帐三房的人，都有机会当皇帝。”

燕燕忽然问：“二姐，如果喜隐没机会当皇帝，你还会喜欢他吗？还会这么宁可死都要嫁给他吗？”

乌骨里沉默良久，沉默到燕燕几乎要发问了，她才长长地嘘了口气说：“我、我不知道。”

“为什么不知道？”燕燕诧异了。

乌骨里却是表情复杂地看着燕燕，之前她也是以为，自己和喜隐的感情已经深到生死共许，可是她刚才听到燕燕的质问时，忽然有一种感觉，她想，换了是她，站在燕燕的位置上，会做燕燕这样的选择吗？

不，她不会的。在经历了被囚禁的日子以后，她尤其不甘心。生平第一次，她感觉到了权力的重要，她要帮助喜隐登上皇位。她不要自己经历过的事，将来再经历一次，或者是她的子孙再经历一次。

看着燕燕的神情，乌骨里长叹一声：“燕燕，你不懂的。”

燕燕看着乌骨里，却说：“二姐，我懂的。”

“你懂什么？”乌骨里扭过头，不再看她的眼睛。

燕燕低头，想了一想，说：“这一次，我从上京到幽州，再从幽州到上京，遇到了许多事情。二姐，我懂你的意思。”

后族的姑娘，自出生起，就与皇位有着或远或近的关系。小时候，皇位更替是她们茶余饭后挂在嘴边的话题；长大了，最接近皇位的那些人，都有可能是她们曾经的玩伴和朋友。乌骨里从小就有出人头地的愿望，而这种愿望，甚至连胡辇也没有察觉，而燕燕却是知道的。

“你就这么有把握他能当上皇帝？”燕燕问。

乌骨里的嘴角露出一丝微笑：“罨撒葛这么可恶，爹爹是不会支持他的。”说到这里，脸色忽然一变，“或许，爹爹会去支持只没？”

明扆多病，人皇王这一系的嫡子，还有只没。只是，只没不得契丹旧族支持，他凭什么与喜隐争？

然而，乌骨里却想到了一事。她上上下下看着燕燕，看得燕燕汗毛直竖的时候，忽然说：“燕燕，我告诉你，你若是喜欢了韩德让，就不要贪图只没的皇后之位。”

燕燕又羞又气，跳了起来：“谁会喜欢只没啊？哼，你以为我跟你一样啊。”

见燕燕跑了出去，乌骨里喃喃地道：“对，必须要防着只没，若是他向燕燕求婚，难保爹爹不会动心。得告诉喜隐，不能让只没得逞。”

次日，就在喜隐接到乌骨里的信时，只没果然也展开了行动。

罨撒葛放出了喜隐和乌骨里，随之，两人相爱并私订终身的传闻，也在上京城中开始传扬了。

只没听到这个消息，心里一动，这时候他忽然感觉到，如果要争皇位，那么娶萧思温的女儿，或许是加强他与契丹旧族关系的最好方法。

这些日子以来，他不是没有想过去拉拢朝中重臣为自己效力。然而当年世宗宠爱甄后，世宗是皇帝，旧族们无可奈何，但是甄后力推汉化，旧族们利益受损，岂能不憎恨甄后？而哪怕是主张汉化的契丹重臣，在他们心目中，也只是觉得推行汉化对大辽有好处，而不是认可一个有着汉人血统的人坐到契丹皇帝的位置上去。

甄后死后，没有被追谥，甚至在内册上也只以贵妃之名记载，就是这个原因。

只没奔走多日，终于觉察到这些人的心思，心中气愤莫名，认为他们鼠目寸光。但如今他还需要重臣的支持，不能不忍下这口气。若是他娶了萧思温的女儿，得到后族的支持，那是不是就不一样呢？

有所行动的不止是只没。李胡一死，等于穆宗这场杀戮放出了结束的信号，这让上京城中许多人心中一松，认为危险解除了，于是，又抓紧时间开始活动。

这天，飞龙使女里家里，来了一个特殊的客人。

看着眼前整整齐齐地码成小山放在桌子上的黄金时，女里的神情也有些动容，谁都知道，曾经是马奴出身的飞龙使女里非常爱财。

女里看着这些黄金，转向身边坐着的人，笑成一条缝的眼睛中，透着打量："冀王殿下真是太客气了，不知道有什么事情，可以让下官为您效劳的？"

坐在女里对面的，正是穆宗的庶弟冀王耶律敌烈，这个自负聪明的年轻人，曾经在穆宗继位的时候大出风头过。若不是他说动察割投效穆宗，穆宗焉能如此顺利登基？此后他还想出办法，替穆宗解决了察割而不违誓言，使得祥古山危机安全度过。

他自问在穆宗夺位的事情上出力甚多，可是没有想到，穆宗登基之后，不但没有予他以应有的信任和权柄，反而将他弃置不用。

对此，敌烈不服，更不甘心。眼看着穆宗的另一个弟弟太平王罨撒葛权倾朝野，而穆宗更是对罨撒葛言听计从，嫉妒便如烈火一般烧灼着他的心。事实上，他并不知道，毁掉他的，恰恰是他在穆宗上位时，在察割事件中所表露出来的那种自以为是的耍弄心计、玩弄誓言，甚至自作主张而以为得计的小聪明，让穆宗对他产生了戒备和厌弃。

这一点，当时年少气盛的他没有察觉到，此后备受打压的他更是苦思冥想也没能弄明白。所以他将一切都归咎于穆宗的"不辨忠奸"，任人"唯亲"而不是"唯才"，甚至相信自己之所以受打压、受冷落，一定是罨撒葛在背后对他做了什么手脚，在穆宗面前给他造了什么谣言。他不是没有想过办法，甚至有一次也将罨撒葛套入了谋反案中，但罨撒葛不但安然无恙，甚至更得穆宗信任。而这一次，他终于又抓到了把罨撒葛拉下马、取而代之的最好证据。

看着眼前女里的谄笑，敌烈心中不屑，他看不起这个从马奴上位的小人，但是这时候此人还有利用价值，他就可以耐心与之周旋。想到这里，他将黄金推得离女里更近一点，缓缓笑道："女里将军想不想升官发财？"

女里笑道："升官发财谁不想，但不知道冀王有什么能够让下官升官发财的路啊？"

敌烈神秘地招手，令女里附耳过来，在女里耳边说了一番话，吓得女里扑通一声直接瘫倒在了地上，结结巴巴地说："这个，臣、臣、臣不敢啊！"

敌烈冷笑："不敢？你暗收贿赂，刑场上私放人犯的事情都敢做，这么简单的事，有什么不敢的？"

女里心头一寒。他表面上装出贪财收贿的样子，实际上却是执行耶律贤的指示，私下为一些"谋逆"的人员保住了性命。只是此刻敌烈提出此事，他到底知道多少？他是怀疑了他，还是只是借此来要挟他？女里当下故意作出犹豫不决的样子，试探着道："这事儿难办啊，他毕竟是太平王啊，是主上的亲弟弟啊！"

敌烈冷笑："他是主上的亲弟弟，难道我就不是主上的亲弟弟了？他如今对主上不忠，主上要是知道了，还能这么信任他吗？"他看着女里，暗示他，"主上若是不信任他了，那下一步，他的权柄和风光主上会交给谁呢？"

女里看着敌烈，心中一动，奉承道："主上只有两个亲弟弟，那自然是交给您了！"

敌烈得意地微笑了一下，贴近女里，推心置腹地说："这一时半会儿的威风，又算得了什么？嘿嘿嘿，女里啊，你仔细想想，如今主上无嗣，太平王无嗣，这以后的万年基业，你说，会是谁的？"

女里恍悟："正是，他二人无嗣，太宗这一系唯一的血脉，可不就是在您的世子身上了！”

敌烈忙“嘘”了一声，女里会意，忙掩嘴看了看敌烈，不敢再说，看向敌烈的眼神越发恭敬了。此时不必再说什么，两人的神情之间，已经换了一个新的定位。

敌烈看着女里恭敬的样子，心中得意地笑了，他有儿子，而穆宗没有，罨撒葛也没有。这皇位，就算不落在他的手里，也必会落在他儿子的手中。哼哼，罨撒葛，我会叫你知道，谁才是真正的胜利者。他亮完底牌，看着女里顿时驯服了的样子，心中更是得意，拍了拍女里的肩头，推心置腹道：“女里啊，你有才能，有功劳，可就是因为出身低微，一直被压着升不上去，我是一直替你觉得不公平啊。”

他说完这句，果然见女里感动地抹泪：“敌烈大王，有您这句话，臣知足了。这件事，就包在臣身上吧。”

敌烈得意地笑了。

而女里低下头，他的笑容中，却有着敌烈所不明白的含义。如果有儿子就能继承皇位，那么皇族三支就不会自建国以来就相争如此激烈了。不错，也许太宗这一系，目前只有敌烈有子，可是谁能确保，他的儿子就能够毫无波折地接掌穆宗的皇位？

相反，按目前的皇位传承之路来看，或者将来皇位有一天因为太宗一系后继无人落到他儿子手上来，但这其中必将经过其他两系夺位以后。敌烈不是不明白这一点，他没这么傻，要不然他只要安然坐在那儿等皇位掉落就可，何必如此上蹿下跳的。他只不过是轻视女里是马奴出身，拿这一套来哄他罢了。

第二十八章

女里告密

而此刻耶律贤正与韩德让分析着罨撒葛的行动。他处死李胡，释放喜隐兄弟，而就在此时，喜隐和乌骨里的恋情传得沸沸扬扬。

耶律贤看着韩德让："你觉得呢？"

韩德让轻击着桌案："这最后一环才算扣上了。"

罨撒葛的意图，昭然若揭。他在密函中对乌骨里之事隐瞒不报，到穆宗回京之后，仍然扣下乌骨里和喜隐，甚至要在所有在押的人全部被处死或流放之后，才将乌骨里和喜隐放出。而在放出喜隐的时候，喜隐和乌骨里的婚事也差不多定了。

"罨撒葛意在萧思温的长女胡辇，所以才会制造喜隐与萧思温次女乌骨里的婚事。"韩德让缓缓地说。

沉默片刻，耶律贤忽然道："刚才女里来找我。"

"哦？"韩德让问，"女里找你何事？"

耶律贤却说了一件令他意外的事："敌烈找了女里，说罨撒葛在李胡谋逆之事上，私纵喜隐，隐瞒萧思温宰相之女涉案之事。"

韩德让一怔："他如何得知？"旋即明白，敌烈毕竟还是穆宗的同父弟，虽然穆宗最信任罨撒葛，然而与其他宗室人员相比较，敌烈还是更得重用些。而敌烈的心思灵活，在罨撒葛身边安插一些暗探，也是轻而易举的事情。

当下又问："大王作何打算？"

耶律贤微微一笑："敌烈既有此心思，我们何不成全了他？"

韩德让顿时明白，穆宗多疑残暴，虽然偶有精明之处，然而大半时间醉酒胡为，但因有斡撒葛相助，所以还能控制全局。且看敌烈刺出的这一刀，是否可以把穆宗兄弟之间的信任割裂。

“只是——”韩德让犹豫，“可行吗？”

耶律贤微笑：“此事便不可行，也是敌烈之事。”

韩德让有些担心：“女里会不会有所影响？”

耶律贤道：“女里贪财，人人皆知。就算是事情败露，主上亦不会太过追究女里，顶多小惩大戒罢了。”

穆宗最怕的不过是有人谋反，除此之外，只要能替他做事，他并不在乎臣子们的品行如何。像女里这种看上去粗鄙而没有心思的人，反而是他放心的。

韩德让会意：“就让女里把这件事捅到主上面前，这样或许可以打乱斡撒葛的计划，甚至让他们兄弟相争，到时说不定大局会有新的转机。”

耶律贤点头：“不错，你就依计而行吧，只是……”他头疼地揉了揉额头，“只没如今的心思，却是叫我无可奈何。德让，我怕他贸然行动，会让主上猜忌，到时候不但他自己会有大祸，甚至还会连累我们的行动。德让，你可否去劝劝他？”

韩德让却无奈摇头，道：“只怕只没对我更是猜忌……”之前，他只是略一提到，只没就满心戒备。因为只没也听说了，燕燕喜欢韩德让。他去劝说，只能适得其反。

想到这里，韩德让叹了一口气：“今天，燕燕来找我了……”

耶律贤心中一动，脸上却装作若无其事地道：“哦，她找你说些什么？”

燕燕来找韩德让，就是跟他诉说心事，乌骨里的出狱，乌骨里的坚持，乌骨里的野心……

这个小姑娘不可避免地也有了人生的烦恼，以前的事，再严重，不过是发生在她身外的事。而今，乌骨里的事，才是她平生第一次遭遇至亲即将离开身边的现实，她不解、不舍、不愤，而唯一能诉说的人只有韩德让。

耶律贤只是端着茶，静静地听着。

韩德让说了一会儿，忽然停住。他素来不会跟耶律贤讲这些无聊的事，但今日也不知道为什么，在他面前说了这许多，或者是因为他充满兴趣的眼神，或者是他今日若有若无的话语引导……

想到这里，韩德让忽然暗笑自己想太多了，他或者只是单纯地对外面的生活感兴趣吧。耶律贤自幼孤苦，活得战战兢兢的，从未接触过这些普通的小儿女之乐，所以心生向往吧。他看着耶律贤，抱歉地说："明扆，你身体不好，我还拿这些不要紧的事扰你心神。不说了。"

"不……"耶律贤说，"你继续说吧，我想听！"他微低下头，轻叹一声，"平时我活得战战兢兢的，活在步步为营当中，听你说说这些，才觉得自己还有些活气，这世间还有如此单纯美好的小烦恼！"

韩德让心道：果然如此。他不禁哑然失笑，点头道："不错，我素日最怕小丫头烦人，可是有时候，譬如经历一件大事情以后，就忍不住想坐到她的身边，听她讲些没意思的小事，忽然觉得，人生还有些活力。"

两人相视一笑。

耶律贤低咳两声，看着韩德让的笑容，忽然幽幽一叹："小时候，我一直向往做德让哥哥这样的人。如今，我也还是同样有此向往。"

韩德让不明白他的意思，然而耶律贤内心却是知道的，他所羡慕的韩德让的一切中，还包括燕燕的爱情。那样单纯地被一个少女爱着，是多么令人羡慕啊。

而他这一生，是注定不会有这样的幸福了吧。

女里得了耶律贤之命后，装模作样地巡逻了一圈，就拐到了穆宗的宴殿。

此时穆宗正喝得半醉，见了女里便招手："女里啊，来得正好，陪朕喝酒，喝酒。"

近侍念古忙为女里奉上一只金杯，女里接过酒杯一饮而尽："多谢主上赐酒。”

穆宗大笑着拍案：“痛快，再来！”

女里便坐下，陪着穆宗一边喝酒，一边闲聊些群臣之间的小道消息。穆宗倒是很爱听这些东西，这也是女里在穆宗跟前混得开的原因。如此一来二去，连喝了十余杯酒，女里便借着酒劲上来的样子，忽然笑了起来：“主上，我知道有一件事……呵呵，呵呵……”

因为刚才已经说了太多上京城的八卦消息，穆宗也不以为意，哼哼着道：“什么事？”

女里张口欲言又止，眼珠子一转，做出一副胆怯的样子：“可我不知当讲不当讲？”

穆宗已经喝得有些高了，不在意地道：“哪里有什么当讲不当讲的，快讲！”

女里又犹豫了一下：“这……”

穆宗起了疑心，拍案骂道：“吞吞吐吐的，你是娘儿们啊，讲！”

女里赔笑：“我就怕说了，您不高兴。”

穆宗见他再三犹豫，起了疑心，微眯起双眼瞪着女里时，竟透出杀气来：“讲！”

女里装作害怕，压低了声音：“这事……与太平王有关。”

穆宗一怔，看了看左右：“罨撒葛？”他一挥手，宫女和小侍们纷纷退下。穆宗招招手，女里凑近，穆宗一把搂住他的脖子，低声威胁：“你若是敢胡说八道，朕宰了你。”

女里哆嗦道：“臣不敢。这件事，臣用脑袋担保，绝对没有胡说。”

穆宗松开女里，见他犹犹豫豫，不由拍案喝道：“快讲！”

女里被吓得浑身一颤，抹了抹汗赔笑道：“是、是李胡谋逆案，喜隐一定知情，可太平王却替喜隐隐瞒。”

穆宗不信，骂道：“放屁！他是我弟弟，他为什么要替喜隐隐瞒？”

女里连忙解释：“臣刚开始也不敢相信，可后来，臣才知道原因。”

穆宗阴沉着脸：“什么原因？”

女里吞吞吐吐地道："臣听说，当时在李胡府里抓到的，还有思温宰相的二女儿，她当时正和喜隐幽会，嘻嘻……"说到这里，他猥琐地笑了两声，见穆宗仍阴沉着脸，不敢扯远，又急忙道，"太平王在给主上的奏报上，没写这件事吧？"

穆宗听着这话，表情有些微妙的变化。他伸手摩挲着下巴，眼神闪烁："思温的女儿？"

女里诡秘地笑道："是啊，真要奏报上去的话，这件事思温宰相也脱不了干系。大王可知道太平王为什么这么做？"

穆宗听得不耐烦起来，伸手给了女里一个巴掌："有话快说，有屁快放，哼哼唧唧的，装苍蝇吗？"

女里捂脸含恨，却不敢表露出来，但也不敢再多啰唆，直接说了出来："太平王看上了思温宰相的大女儿，因此替她们家隐瞒真相，欺骗主上，还帮着包庇下了李胡的儿子喜隐。"

穆宗听了此言一怔，转头看着女里，笑容忽然变得玩味。女里心中一凛，他知道穆宗是个喜怒无常的人，顿时不敢再说什么。

穆宗却不理他，独自低头思量着，忽然笑了起来："哦，罨撒葛看中了思温的大女儿？所以，对朕欺瞒真相？女里啊，你说，这个应该叫什么……色迷心窍吧？"他越想越是好笑，不由拍案，"有趣啊有趣，罨撒葛的王妃死了，他这是当了几年鳏夫熬不住了吗？哈哈哈……"

女里本以为以穆宗多疑的性子，会闻言大怒，不想穆宗表现得却如此奇怪。他一边战战兢兢，一边忍不住腹诽。他是最知道穆宗情况的，心想你知道什么叫熬不住？但这话他可只敢在心里想，脸上一丝也不敢带出来，只小心翼翼地看着穆宗的脸色，附和道："是，是……"

穆宗笑着笑着忽然停了下来，疑惑地问："那他怎么不跟我提呢？"

他所有的反应，都出乎女里的预想之外，到此时他已经不敢再说什么，只小心翼翼地观察着穆宗的反应，以求自己不被迁怒、不被怀疑，当下只能不断赔笑附和，再也不敢说多余的话了："这，想是……有其他的难处吧！”

穆宗摸着下巴，嘿嘿笑着：“也是啊，人家后族的姑娘，北府宰相的女儿，有的是人可嫁。罨撒葛再好，那也是个上了年纪的二婚啦！”

女里没想到事件从谋逆性质一下子转到八卦性质，心中惴惴不安。穆宗的心思转得太快，不是他们这些人能够猜得透的，实是天心莫测。女里当下跟着附和：“主上说得是。”

穆宗摇晃着酒杯，似想到了什么，越想越有趣，不禁哈哈笑起来。女里也跟着赔笑，不想穆宗却扭头问女里：“你知道我在笑什么？”

女里连忙摇头。

穆宗轻蔑地看着他：“那你还傻笑个屁！”

女里碰了一鼻子灰，讪讪地不敢说话。

穆宗嘿嘿一笑，摇晃着手中的酒杯，懒懒地道：“太平王果然胆大，欠教训。花哥，你带人去太平王王府，传朕旨意，太平王处事不妥，杖责二十，剥夺近卫军指挥使一职。”

女里一怔，方才听穆宗口气，似乎根本不在意罨撒葛的“隐瞒”和“背叛”行为，怎么忽然情况又急转直下了呢？见穆宗眼神看过来，女里忙低着头喝酒，不敢多言。

穆宗眯了眯眼睛，忽然道：“念古，”小侍念古忙趋上前，便听着他道，“你去永兴宫传令，任命皇子贤作近卫军指挥使。”

女里听到这话，整个人不由得僵了一僵，心头狂跳不止。他没有想到，这一晚上峰回路转，这个敌烈一心想要的位置，竟然落到了耶律贤的头上。

他不禁想起刚才向耶律贤汇报此事时，耶律贤什么也没说，甚至是听而不闻此事的态度，让他当时忐忑不安，还以为自己的情报没有价值，自己的请示多此一举。但是，是不是当时他就想到了这个结果？

让他来，是不是早就预料到了这个结果呢？而敌烈，他一定不知道自己的苦心筹谋，最终竟便宜了耶律贤吧。比起敌烈的自作聪明，耶律贤的高深莫测让他暗暗庆幸自己没有站错队。

耶律贤一卷新的书帖未写完，穆宗的旨意就到了。

耶律贤接了旨意，不动声色，只谢了天恩，赏了来使。楚补心中喜悦，见状令众侍从出去后，忙上前低声道贺：“恭喜大王，终得授官，可以出宫建府，再也不用过这种寄人檐下、受人挟制的日子。”

耶律贤自接了旨意便在沉思中，此时闻言，只淡淡扫了一眼楚补：“傻瓜，这又有什么好高兴的。往后你要更加谨言慎行，近卫军的事情更不可轻易沾染。拿笔来，我要上奏回绝此职。”

楚补惊愕：“大王为何要拒绝？这是千载难逢的好机会，咱们有机会掌握兵权。”

耶律贤长叹一声：“正是机会太好了，所以才要更谨慎。如果主上真心信任我，不会因为我一次回绝就把官职收回，如果他只是试探，我也可避嫌。”他顿了一顿，“你速去请韩郎君来，我要与他商议事情。”

且不说韩德让接了密令进宫，只说罨撒葛被打的消息，也迅速在上京高层中流传开来。

乌骨里自那日与萧思温商议嫁喜隐的事情不果，而被关在房中，正闹腾不休。胡辇正为此事而头疼，就叫了燕燕来，让她劝说乌骨里。

不料燕燕却说，既然乌骨里喜欢喜隐，何不成全了她，省得她闹腾不休。胡辇大怒，揪了燕燕正在训她，却见侍女福慧气喘吁吁地跑进来：“大小姐，不好了！”

胡辇一惊，紧张地站起来：“什么事？是不是乌骨里又出事了，还是喜隐想干什么？”

福慧摇头：“不是，是太平王！”

胡辇松了口气，又重新紧张另一件事了：“太平王？他……”难道是他找上门来了？

却见福慧摇头：“不是，太平王、太平王他……被打了！”

燕燕听到顿时大喜：“啊，太平王这个坏蛋被人打了，太好了！”

胡辇也是一惊：“太平王被打了，谁打的？”

福慧喘气道：“是，是主上。”

燕燕顿时泄气：“嘿，害我空欢喜一场，他们两兄弟好得很，这有什么稀奇的。”

福慧急了，忙分辩说：“不是那种打，这次他被打得很厉害，都打到躺在床上了。”

燕燕拍掌：“太好了，这真是好报应。”

胡辇一惊，摇头道：“不可能吧，太平王做错了什么事，被主上打成这样？”事实上，她也猜到了一二，并隐隐有些不安了。

果然，福慧还是说出了她最怕听到的话：“听说是主上得到消息，说是太平王循私，在送到幽州城的密折中有所隐瞒，于是下令打了他二十杖，连近卫军指挥使的职位也被削夺了。”

燕燕顿时醒悟过来：“对了，我们上次在幽州城中去偷密……”话说到一半，连忙掩口，看看左右，刚才一开心，差点说出了真相。

胡辇听了这话，顿时怔在当场，好一会儿没回过神来。

福慧也是服侍她甚久的人，见她如此，拉了拉燕燕，暗示她随自己出去。燕燕满心不解，然则刚才她被胡辇教训，此刻看到可以脱身，自然也就悄悄出去了。

福慧亦将众侍女们一并带出，自己留在门外等候传唤。

胡辇的心扭成了一团，不知如何是好。她习惯性地伸手去摸手上的镯子，却摸了个空，这才想起当日她已将镯子给了罨撒葛。

那时候，她只恨他乘人之危、轻薄无行。他说他喜欢她，想娶她，愿意为她付出，她根本不相信，这世间向她献殷勤的男人，有几个不是为着她的后族身份，为着她的父亲是萧思温。在罨撒葛眼中，她也不过是后族众多姑娘中可选择的一个罢了，只不过明面上看来，在后族诸房的姑娘中，她的优势略明显罢了。

她曾经喜欢过韩德让，也恰恰是因为那些年貌相当的少年中，韩德让也算不是刻意为着她后族尊贵身份去对她大献殷勤的男人。因为韩德让从一开始就知道，她与他是无望的吧。多么冷静，多么克制，他与她，其实是十分相像的。

所以，她一开始，并不相信罨撒葛。她不相信他有情，自然更不相信他的付出是真的。她本以为他只是用手中的权势卖个人情要挟于她，她才不相信他真的会为此事冒上风险呢。她只以为，主上最为信任他，况且以他的这种工于心计，又怎么会真的让自己冒半点险呢？

可是没有想到，他说的居然是真的。他真是冒了风险来帮她的，甚至为她丢了职位、失了主上的信任，甚至受了毒打。

如果他冒的风险是真的，那么他的付出是真的吗？他说……他爱她，会是真的吗？

胡辇的心乱了，一时之间，竟不知道如何是好。

过了一会儿，听得外面福慧小心翼翼地问她："大小姐，要不要用晚膳？"

胡辇猛地抬头，才发现天色已近昏黄。她只是走了一会儿神，天色竟如此晚了。

她走出门外，只问了一声："其他的人呢？"

福慧道："相爷今日还在内阁理事，二小姐还把自己关在房里不出来，三小姐去韩郎君府上了。"

胡辇脚步一顿，看着院子里婢仆往来，却只觉得空落落得叫人难受。

此时的罨撒葛正躺在床上养伤，心中想的却是昨日之事。

昨日事发，他虽然被穆宗下旨杖刑二十，但以他的身份地位，行刑的人顶多打得他皮开肉绽，虽然看上去血糊一片甚是凄惨，却只是皮肉之伤。他身强体壮，素习弓马，昔年在沙场上也是受过伤的，这点皮肉小伤根本算不得什么。

近卫军指挥使的位置虽然丢了，但是其他的职位没动，所以他心里很笃定，穆宗只是小惩大戒，并不会影响自己的地位。

他也知道，朝中上下嫉妒他的人不少，再加上这次他杀了不少人，结了不少仇家。当日他带着人去抓李胡父子，许多人都是亲眼看到乌骨里被抓，所以他庇护乌骨里的事情并不隐秘，被人曝出来很正常。

只是他没想到，穆宗没有找他过去骂一顿，而是这么大张旗鼓地传旨打他一顿，难道是之前杀的人太多，穆宗为了平息众人怨气，才如此做的吗？又或者是他最近权势太盛，以穆宗多疑的性子，是打算在众人面前平衡一下？

只是他向来是个不吃亏的性子，既然挨了打，就不能不找点好处回来。所以这头才挨完打，那头就立刻派人将此事告诉了胡辇。

他从第一眼就看出，众人眼中那精明强干的萧家长女胡辇，其实是个心肠软、重情义的好姑娘，这也恰恰是他看中胡辇的地方。所以他在想，当她知道他因为帮助她的妹妹而受刑丢官的话，她会怎么做呢？

她会来看他吗？

正想着，就听得心腹高六进来道："大王，有客来。"

罨撒葛一喜："是谁？"

高六却道："是翼王。"

罨撒葛微一皱眉，思忖他来做什么。昨天他挨了打，蜂拥而来探望的亲贵朝臣便有许多，他不耐烦理会，便让高六都拒了，所以能够通过高六通报到他面前的，自然是一些特殊的对象。

就听得高六解释："翼王毕竟与旁人不同，再说，老奴看他这次的神情，有些不对……"

罨撒葛嗤笑道："怎么不对？是有些兴奋，还是有些幸灾乐祸？"这个敌烈，他从小看着长大的小东西，还能玩出什么花样？想了想，他道："让他进来。"

此时他因挨了打，又值盛夏，便伏在榻上，光着涂着药的上身。照说这样是不宜见客的，但罨撒葛并不把敌烈放在眼中，就这么大剌剌地让他进来了。

罨撒葛受杖刑被削职，近卫军指挥使的位置落入耶律贤之手的消息，也传到了敌烈耳中。敌烈没有想到，自己盘算好的局，竟然出现了这样的变化，不由得跳了起来："什么？给了明扆？"

他的侍从见状忙问："大王，您没事吧？"

敌烈心烦意乱地挥手："没事，没事，你下去吧……"见侍从欲退下，忽然想到一事，叫道："等等！"

侍从站住，静听吩咐。

敌烈心烦意乱地来回走了几圈，忽然停下脚步，问他："前些天头下军州送来的那几个绝色女奴，都还在吧？"

那侍从忙道："在呢，大王，您是不是要……"

敌烈冷笑一声："你去把最好的两个挑出来，明日一早备车，随我去太平王王府。"

罨撒葛挨打削职，这本就是他预料中的事，可是为什么近卫军指挥使的职位会落在那个病秧子耶律贤的头上呢？他自负地以为算无遗策，那么事情到底是哪里出了变故？横帐三房明争暗斗这么多年，他太了解穆宗了，他不相信他能如对外展示的那样，真的把耶律贤当成自己的子侄、当成皇位的继承人一样看待。他不相信穆宗会将皇位交给旁支的人，而不是太宗子嗣。

他得去打探一下，罨撒葛受刑削职以后，到底能不能在穆宗面前翻盘，以及穆宗和罨撒葛有没有怀疑到这件事与他有关。

如果这次罨撒葛还能翻身，他就等待下一次的机会；如果不能，那他就可以直接踩下罨撒葛，对付耶律贤，并且力争凭着在穆宗面前的表现，把太宗留下的国阿辇斡鲁朵的权力握到手中。

他也是太宗之子，凭什么不能争一争皇位？

敌烈握着拳头，恶狠狠地想着。

次日一早，敌烈便带上从自己头下军州精挑细选出来的女奴中最漂亮的两个，以及一些药物、礼物，去了罨撒葛的太平王王府。他一进来便见罨撒葛伏在榻上，背上尽是杖刑之伤，皮开肉绽，青紫成片。

看着这个从小就压他一头、轻贱于他的异母哥哥如此模样，敌烈的心里头又是快意，又是紧张。他面上却不显露，反而做出一番又心疼又不平的模样来："二哥，您怎么伤成这样……"

罨撒葛懒懒地扫了敌烈一眼，冷笑："那又如何？主上打的，你不服啊！"

敌烈尴尬地咳嗽两声，强行挤出笑容来："这、这个，小弟也是关心二哥嘛。"

罨撒葛嘿嘿一笑，眼睛扫过他身后的两名绝色女奴和捧着的礼盒，不耐烦地道："多谢关心，喏，看到了，我的确是挨了大哥的打，是不是很开心啊？看完了就可以走了！别在这儿瞎磨蹭了。"

敌烈噎了一下，见罨撒葛一副爱理不理的样子，心中暗恨，却舍不得就这么放下礼物离开，便上前一步拭探道："二哥，您说哪儿的话，咱们可都是亲兄弟，弟弟可是诚心来看望您的，这是渤海国进贡的上好伤药，我是特地给二哥寻来的……"他边说着，边取过侍从的木匣奉上。

罨撒葛示意小侍接下，漫不经心地说："嗯，难为你有心了。"

敌烈见机上前一步，忙献殷勤道："我看二哥这里用这些小侍从，未免粗手笨脚的……弟弟带了两个绝好的女奴，送给二哥服侍日常如何？"说着便让那两个妖艳的女奴上前行礼。

但见这两个女奴妖娆上前，娇滴滴地向罨撒葛行礼："奴婢见过太平王。"

罨撒葛微微抬起头，饶有兴趣地看着这两个女奴。

敌烈见状，略微放松了紧张的神情，谄媚地靠近罨撒葛："她们俩能歌善舞，也还算伶俐……"见罨撒葛神情不屑，顿时明白，忙解释，"都是我头下军州的家生奴，并不是外来的什么歌舞姬，很是清白。"说着使了一个眼色，两个女奴会意上前，一个接过小侍从手中捧的布巾为罨撒葛擦汗，另一个就去端小侍从手中的茶盏。

罨撒葛不动声色地看着，照说敌烈素日对他心中不服，虽然也来讨好趋奉于他，但是他要不接招，也只能悻悻而去。今天这般执着，想是有些缘故。横竖受了伤，闲来无聊，看看他有何打算，也是个乐子。

谁知道此时，一个侍从匆匆跑了进来："大王，胡辇姑娘来了！"

罨撒葛一听，倏地跳了起来，推开那个为他擦汗的女奴。这一推用力甚大，吓得那个为他捧盏的女奴打翻了手中的茶盏，茶水溅了一身。

罨撒葛本来就受了伤，这一急一跳，牵动伤口，痛得俯下了身。

敌烈丈二和尚摸不着头脑："二哥，您这是……"

罨撒葛一看这两个妖艳的女奴，一股脂粉香气袭来，想着胡辇马上就要进来，若是看到这场景，岂不是完蛋？心中一急一恼，也顾不得什么，推了高六道："你快去'迎一迎'……"

高六会意，匆忙而去。

罨撒葛见敌烈茫然地站立当场，顿时一腔恼怒尽数倾倒在这个人身上，指着门，不耐烦地骂道："滚，给我滚出去！我就知道你这个贱婢养的，从小就不干好事，你这是特地来坏我的事吧！"

敌烈被揭了疮疤，内心恨极，却强作笑颜，举起手缓缓向后退："二哥，您别生气，我做错什么了？您告诉我啊。我这就滚，这就滚！"

这时的罨撒葛哪有心思和他理论，指着敌烈对小侍说："带他从后门走，还有……把这个东西和这两个骚货也赶紧带走，快！快！"

敌烈感到莫名其妙。一个小侍捧起木匣塞在他手中，另一个小侍粗暴地拉起两个女奴，一起将他们推出门去。

刚送了敌烈出门，小侍们赶忙收拾室内。此时空气中还弥漫着脂粉的香味，罨撒葛不由得捶榻骂道："敌烈这个混账，什么时候来送女人不好，偏生这个时候来，要是坏了我的事，看我怎么收拾他！"说着，又一边催促着侍从："快，快打开伤药在房间里洒一圈。"

侍从忙拿着伤药到处洒，试图用伤药辛辣刺鼻的味道去掩盖空气中的脂粉味。此时，罨撒葛忽然心生一计，嘿嘿一笑："慢着，来给我上药。"

说着，便伏倒在榻上，等着胡辇进来。

第二十九章

双王逼婚

知道罨撒葛被打之后，胡辇辗转反侧，一夜未眠。若是罨撒葛依旧强势，她自然是避之不及；但罨撒葛因她而受刑削职，她若不来，岂不是有些无情？再则，她若如此凉薄，惹怒了罨撒葛，将来不说心存报复，便是再出点事情，也难逃他的手心。

所以犹豫再三，她还是来了。

只是进了府以后，高六却带着她左绕右绕，半天没绕到罨撒葛处。胡辇估计着应该是罨撒葛府中有些隐秘的事不能让她看到，所以并不以为意，镇定地由着高六乱绕。

高六一边走，一边观察着胡辇的反应。罨撒葛对胡辇的态度如何，他自然是知道的，因此更加不敢怠慢，又恐绕得久了，惹她疑心或者惹她不悦。但见胡辇就这么温和地任由他绕来绕去，镇定自若，没有任何疑惑烦躁，高六便知胡辇已经明白自己在绕着走，但没有表示出来，心中更生敬服。

他这边心里正着急，便见一个侍童奔了过来，道："大王问您怎么还没把人请进来？"

高六得了这句话顿时松了一口气，知道罨撒葛已经处理妥当，此时他也已经绕不下去了，当下顺水推舟，忙将胡辇引到罨撒葛的房前，在门口报了一声，不等罨撒葛回应，就引着胡辇进去。

不想胡辇一走进去，便看到罨撒葛光着上身，正面朝下躺着，旁边一个侍童正在为他搽着伤药。她的脸一下就红了，连忙扭头欲退出。

那侍童可能是看到人来，忙中出错，不知道碰着了哪里，罨撒葛忽然痛呼一声，挥手骂道："混账东西！"

那侍童吓得跪了下来，高六却在罨撒葛正要发作时轻声提醒了一下："大王，是胡辇姑娘来了。"

罨撒葛"啊"了一声，撑起身子转头一看："胡辇，是你——"却是见了胡辇一脸羞意，才恍悟自己赤裸着上身，顿时转头骂高六："混账，怎么不早来告诉我。"

他方才只是裸着背部敷药，此时坐直了则是上身尽赤，虽然背上道道血痕，皮开肉绽的甚是可怖，但更显得前面古铜色的身躯矫健有力。他漫不经心地伸手在侍童的服侍下反披了件中衣，背部尽是光着，向胡辇笑了笑道："胡辇，不好意思，这些奴才实在无用，倒教我在你面前失礼了。"

高六立刻狗腿地赔罪："是是，都是老奴该死，刚才在外面回报的时候，王爷大约在上药没听见，是老奴的错，老奴声音不够响……"

胡辇看着罨撒葛装模作样，心中已经了然。她是何等聪明的女子，见了眼前的光景，再联想先前侍从带着绕了几乎大半个府邸才走进罨撒葛的房间，虽不知道之前有敌烈惹事，但很显然罨撒葛早就知道她要来。他这样赤着上身，显然是有意的。

他到底是苦肉计，还是有意失礼？可能都有吧。只是她心里虽然明白，但想到罨撒葛毕竟是受了自己连累。他纵然再得皇帝欢心，然而皇帝之暴戾残忍，又有谁人不知呢？她没有想到，竟然连罨撒葛也会受此毒刑。眼前这个人再怎么有心计，这杖刑却是实实在在地受了，这伤这痛却是在他的身上。甚至想到当日自己请托之时，难道这个人不曾想过更严重的后果吗？然而，他还是应允了自己，冒着杀身之险帮助了自己。

一想到此，胡辇心中不免愧疚。纵然明明知道高六和罨撒葛一唱一和是作戏，可是，终究是自己亏欠他太多啊。想到这里，本拟退出的，最终还是迈步进来行了一礼，叫了声："王爷。"

罨撒葛见她拘谨，斜看一眼，高六机灵，立刻拉了侍童退出。

罨撒葛笑着对胡辇道："胡辇，你过来，别站这么远。"

胡辇本是不动，见罨撒葛就要站起，却似牵到伤口，皱眉轻呼一声，见着神情是极痛的，只得走过去扶住他道："既然受伤了，你逞什么强。"

不想罨撒葛立刻反手拉住她，笑道："看到你来，我这是高兴的。"

胡辇只得将药膏放到他床头的柜子上，低着头生硬地说："我只是来送药的，并没有其他意思。这是我家库房里上好的伤药，你留着用。若是好，我再叫人送来。"

罨撒葛只笑吟吟地看着胡辇，见她羞窘，心中更是喜悦，道："胡辇，你这是关心我吗？"

胡辇用力想甩开他的手，却一下子没办法甩开，便冷着脸道："王爷多虑了，只因为此事是我家人连累王爷受刑，特来向王爷道歉。"

罨撒葛知道胡辇自然是看出了自己和高六作戏，这苦肉计自然也不能用得太过，当下忙做逞强状笑道："你放心，我没事的，只是要在床上躺个十天半个月罢了。其实早年间打仗受伤，躺上更长时间，也算不得什么。"他窥见胡辇有些动容，又故意道，"我小时候在应天太后帐下倒常常被责罚，只是如今多年不吃这苦头了，竟娇惯了，还真感觉有些疼痛。"

胡辇听着这话，心中恻然，但见这人的手拉得极紧，觉得颇不自在，想抽回手，无奈罨撒葛强拉着不让。她恼怒地瞪了他一眼："你快放手，像什么话。"

罨撒葛反将胡辇的手放到唇边亲了亲："就不。我为你挨了这么一次打，总不能白挨。"

胡辇羞愤无比，索性扭过头不理他："无礼！"

罨撒葛微微一笑，反而将胡辇拢到怀中："只对你无礼。"

胡辇想要挣扎，奈何一挣扎却碰到罨撒葛半露的胸口，这使她更觉窘迫，挣扎的动作也变得更大了。不想罨撒葛发出"哎哟"一声，她立刻不敢乱动，只是又气又急地说："快放开我。当心伤口。"

罨撒葛却是索性无赖起来，颇为享受这种任性胡为的感觉："不放。胡辇，知道你舍不得我疼。你会心疼我，便是你对我并非无情。”

听了这话，胡辇心中亦是百味杂陈，竟不知道如何回答。犹豫片刻，只背对着罨撒葛低声道：“你是权倾大辽的太平王，要什么样的女人没有，不要装得像个十八岁的痴情少年。”

罨撒葛见她如此，趁机道：“可我什么样的女人也不想要，只要你做我的妻子。除了你，其他人我一个也不想要。”见胡辇不动，拉了拉她，胡辇怕又牵动他的伤势，只得坐了下来。却没料到罨撒葛不知道从哪里变出一对耳环来，欲为胡辇戴上。

胡辇一惊，闪身避开。她闪得太快，罨撒葛心驰神醉之时，竟是往下一栽，顿时撞到伤口，痛得说不出话来。胡辇看出他这回不是故意作态，忙又扶起他来。但见得罨撒葛闭目咬牙忍痛，半晌，方长长出了一口气，苦笑道：“胡辇，这一下可撞得真狠。”

他不惺惺作态，倒显出硬气来。胡辇只觉既恼怒又愧疚，半晌才恨恨地道：“该。”

罨撒葛却死皮赖脸地望着胡辇，求道：“胡辇，你就戴上让我看看吧，就看看，好吗？哎呀——”这最后一声却又是拉到了伤口。

他这几下呼痛，半真半假，有故意夸张，但却也有咬牙隐忍的，胡辇自然看得出来哪个是真哪个是假，正因为如此反而更觉得他既可气又可怜。看他一副不达目地不罢休的模样，她只能无奈地夺过他手中的盒子，转头将耳环佩戴了起来。

罨撒葛一边手倚着床栏撑着身体，一边欣赏着：“果然好看。胡辇，这是女真部进贡的，说是在深海里捞的。他们叫这东西东珠，我一看到就想留给你了。你看，果然很合适，也唯有这样的宝物才衬你。”

胡辇摸了摸耳环，不知所措。

罨撒葛似望得痴了：“胡辇，答应我。只要你答应我，我立刻就派人去你家提亲。”

胡辇惊得转过身，取下耳环匆匆递还给罨撒葛：“不行！”

“你不愿意？”罨撒葛双目炯炯。

“父亲肯定不会同意的。”胡辇一时无措，只能支吾应答。

罨撒葛却笑了，笑得胸有成竹：“思温宰相那边我来处理，你只需要告诉我你的心意。答应我吧，胡辇，我会让你成为大辽最尊贵最让人羡慕的女人。”

胡辇甩开罨撒葛的手，心里说不出的复杂，半晌，才回他：“太平王说想找个真心待您的人，那胡辇也跟您说一句，真心是要靠真心来交换的。您若是想得太多，那恕胡辇也给不了您真心。”说罢，转身便走。

罨撒葛却也不叫人挡，只靠在枕上微笑。如果说上次胡辇求助，是他强势咄咄逼人，使得胡辇不得不允了，那这次胡辇主动来看他送伤药，甚至对他的这种小动作虽然看在眼中却并没有太大抗拒，他能感觉到胡辇对他并不反感。

而她，注定会是他的妻子。他要的是个聪明能干，但又要心软重情的妻子，可是偏生这两种素质，最难集中在一个人的身上，而胡辇，简直是长生天特地为他罨撒葛打造的。

他只要她，而且，他已经确定，他能得到她。

胡辇一腔心事，回到府中，进了自己房间，才看到燕燕正气哼哼地坐在房中等她，不觉诧异：“燕燕，你怎么会在这里？可是闯祸了？”

燕燕却沉着脸问她：“大姐，你刚才去哪儿了？”

素来这种情况都是胡辇质问燕燕的，没想到今天倒反过来了。胡辇虽然满腔心事，见状也不由好笑，却没表露出来，只淡淡道：“怎么？”

燕燕却是个藏不住心事的，见状再也忍不住，跳了起来：“大姐，你居然去太平王王府探望那个罨撒葛？你知不知道，二姐被他害得那么惨。”

胡辇握紧了手掌，方才那副珍珠耳环罨撒葛还是塞给了她，她一路握在手心，此时这种触感更让她心情不愉快。她坐下来挥了挥手：“我不过是探个病人，大惊小怪什么。”

燕燕却见她手中光芒一闪，上前不由分说地掰开胡辇的手，顿时惊呆了：“你手里是什么？珍珠耳环？是太平王送给你的？”

胡辇不说话。

燕燕见她默认，只觉气不打一处来："大姐，你怎么可以随便收太平王的礼物？你，你难道是喜欢上他了？"

胡辇只觉得累极了，太平王王府一趟让她几乎用尽了所有的精气神。她抚着头叹息："燕燕，我头疼得很，你回去，让我休息吧。"

燕燕却不肯走，只执着地问："大姐，在你心里，到底有没有过德让哥哥？"这句话，她以前也想问，但怕得到的回答是自己不敢面对的。她知道自己比不上大姐，而韩德让，似乎对她像小妹妹多过像喜欢的姑娘。

及至和韩德让幽州一行，才彼此暗中发现了改变，她开始对韩德让的感情有了信心。但回来之后，她一直想着去问大姐，却不敢开口，怕让人说炫耀，也怕伤害胡辇。但今天看到胡辇去了太平王王府，她替胡辇不值，她的心中是气愤的、委屈的，但隐隐也松了口气，一时之间，为了劝阻胡辇，甚至问出了自己最不甘心问出口的话来。

胡辇心头只觉得一痛。她看着燕燕亮晶晶的眸子，忽然笑了，这个善良的傻妹妹啊，连这样的牺牲都做得出来吗？她缓缓抬手将耳环放到梳妆台上，只淡淡地道："你这傻孩子，就爱胡思乱想，我若与德让有什么情意，哪里还会拖到今天。"

燕燕听了这话，心中百味杂陈，扑到胡辇怀中，也不知道如何表达自己的感觉才好，只将胡辇前襟滚成一团乱绉，才跳起来道："大姐，无论如何，你不要委屈了自己。有什么事，我们三姐妹一条心，一定能办得到的。"

见着燕燕风一般地出去了，胡辇唇边不由升起无奈的笑容。三姐妹一条心？燕燕，如今三姐妹，已经没办法一条心了，你知道吗？

乌骨里的事件，让三姐妹彻底和过去不一样了。

乌骨里现在，如同吃了喜隐的巫药，不管不顾了。

从幽州归来的燕燕，也从一个胡搅蛮缠的妹妹长大成了有心事的少女。

而她呢，她何曾不想追逐自己所爱？奈何身为长姐，抉择面前只能以大局为重，嫁入皇族是她们后族女子早已注定的命运，而长姐这个身份又决定了这个人选非她不可。她这一生注定无法自己掌握一生。

而此时，香炉冉冉生烟，屋质靠在长榻上，看着直挺挺地跪在下面的喜隐，有些无奈，也有些心软："喜隐，你来找我做什么？我说过，我已经老了，皇族中的事，我管不了，也管不动了。"

喜隐忽然笑了，笑容中尽是苍凉。李胡死后，他的言行举止，少了许多的意气飞扬，而多了几分苍凉和阴鸷。看到他如此，屋质不禁生出一丝同情之意。虽然他不愿意理会他们的皇位之争，但他毕竟是皇族的惕隐，对这些皇族子弟，总有一份看顾晚辈的保护心理。

喜隐亦是知道这点的。囚禁期间，李胡已经预感到了可能逃不掉这一劫，只能寄希望于喜隐。他跋扈了一辈子，临死倒是清明，将喜隐此后会遇上的事情，以及如何应对各色人等，都一一教授给了儿子。尤其是如何想办法娶到乌骨里，以获取萧思温支持的手段上，更是思虑周到。因此他亦是依着李胡之言，对屋质道："屋质大王，从前是我不懂事，请您见谅。我如今来，并不是为了那些事——"他重重地磕了一个头，"我只求您为我向思温宰相求亲，我要娶乌骨里。"

屋质苍老的面容带着锋锐。他盯了喜隐半晌，忽然声音尖锐地说："你是想娶乌骨里，还是想娶思温宰相和燕国长公主的女儿？"

喜隐的脸扭曲了一下，暗暗捏了捏拳头，终于抬头，看着屋质坦言："屋质大王，我承认刚开始确实是父王让我去勾引乌骨里，我对她……也的确是怀了私心。但人心也是肉做的，乌骨里是个好姑娘，她陪我坐了这场牢，陪着我同生共死，我不能不感动于她的情意。"他顿了顿，苦笑，"如今父王死了，我什么都没有了，对皇位，我也已经没有一争之力了。对我来说，乌骨里是不是思温宰相的女儿，已经不重要了。她是我在这世上唯一能够拥有的了。这辈子只要还有一口气在，我就不会对不起她……"说到这里，他又重重地磕了个头，求道："屋质大王，您是皇族中辈分最高的大长老，也是我们所有人的尊长，我求您成全我。”

屋质看着眼前的这个少年，这一场牢狱之灾，去掉了他曾经有过的轻浮之气，让他变得瘦削、隐忍，却也透着一股不甘不服之气。他曾经来求过他，被他拒绝了。

然而这次，他无法拒绝。

屋质的眼睛闭上，片刻又睁开，长叹一声：“横帐三房的子孙总不能绝嗣，你若是只有此一项要求，我岂能不成全了你？”

喜隐闻言，欣喜若狂，重重磕了一个响头：“谢谢屋质大王！”

屋质摇摇头，他已经非常疲惫了：“我知道横帐三房的争斗，不会就这么结束。喜隐，我知道你现在只是没有一争之力，并不是没有一争之心。我只希望你记住今日来请我帮你求婚的诚意，以后遇上事情，多想想你的妻儿，莫要被权力迷住了眼睛，弄得自己没有退路。”

当年的耶律李胡、当年的耶律倍、当年的耶律璟，他们何曾不是满怀诚意地娶了年貌相当的好姑娘？可是李胡的野心让妻子早亡，耶律倍与母后失和，让妻子成了牺牲品，最懦弱的耶律璟居然在睡梦中杀了妻子……

他能做什么？他能做的，也只能是一次次看着，一次次去收拾残局罢了。

他老了，他不知道还能为这大辽天下、为横帐房收拾多少次残局。

屋质终于去找了萧思温。事实上，当屋质愿意出马的时候，事情差不多也就成了定局。

萧思温不看好喜隐，然而屋质说得对，尘埃未落定之前，谁也不能看死李胡这一房。世事变化太快，许多事甚至不能理性分析，就如同当日，他们谁能料到述律会上位，谁又能料到述律上位后会心性大变？

若只是怕得罪李胡这一房而卖女求荣，萧思温自然不会同意这门婚事。然而乌骨里已经非喜隐不嫁甚至绝食以求，他如果做出“宁可让女儿死也不把她嫁给李胡之子”这种事，那这仇，就结深了。

而就在他犹豫之时，太平王登门了。太平王罨撒葛带来了新打的大雁，以作聘礼，求娶萧思温长女胡辇。

萧思温惊疑不定地将罨撒葛迎入大厅，见了这大雁，心中便已经有些数了，只是不语，准备着拒绝之词。

罨撒葛恭敬地向萧思温行礼后，方指着大雁道：“这是我今日亲自出城所射，盼思温宰相能够笑纳。”

萧思温眼也不抬，拒绝的话顺溜而出：“我家女儿年纪还小，怕是当不起太平王如此厚爱。”

罨撒葛却不理他拒绝之意，自顾自说话：“许多姑娘家都是少小定亲，十五六便出嫁。胡辇因为照顾两个妹妹的缘故，过了十八仍未议婚，岂不可惜？如今我诚心求娶，思温宰相何必拒绝？”

萧思温听他说要娶胡辇，心中怒火更甚：“你要娶胡辇？太平王，你确定没有开玩笑？”

罨撒葛笑了笑：“正是。胡辇秀外慧中，是王妃上上之选。罨撒葛倾慕已久，只是苦于无机会接触。”

萧思温冷笑一声：“太平王厚爱，只不过，我说过，我家女儿年纪尚小，当不起太平王如此厚爱。”这话他之前说过一次，只是顺口推托，此时再说，却是明晃晃地讽刺罨撒葛“年纪不小”了。

不料罨撒葛此番脾气甚好，只叫人奉上一只匣子，微笑道：“我知道宰相爱女心切，但我与胡辇早已经两情相悦，互赠订礼，思温宰相何必对我如此偏见？”

萧思温打开匣子一看，却认得这是胡辇素日常戴的手镯，又听得罨撒葛道：“她收了我的耳环，我收了她的手镯，我们本是天作之合。思温宰相愿意把女儿许配给喜隐，却不愿意许配给我，可是心中嫌弃我这一房吗？”

萧思温脸色一变。他亦是极聪明的人，就这一句话间，顿时想明白了罨撒葛之所以促成喜隐之事，原来是意在胡辇，顿时大怒，冷笑一声："太平王算计得太厉害，令老夫不得不服。我统共就三个女儿，视若性命，谁要算计老夫也罢了，若要算计我的女儿，却是万万不能。"

鼋撒葛的脸色亦是变了。他没想到，萧思温凭这一句话就猜出了他在其中起到的作用，更是惹得萧思温反弹，想到这些心中暗悔。然而他亦是早有所预料，只要他来求亲，萧思温就有可能猜到他在喜隐事件中的作用，当下并不正面解释或者回应，只笑着指了指大雁道："思温宰相可知这大雁，是谁与我同射的？"

萧思温一怔，心中隐隐觉得不妙："谁？"

罨撒葛坦言："主上。"

萧思温的脸色顿时不好了，沉默不语。

沉默不代表妥协，或者也是一种隐忍的反抗，罨撒葛却不顾他的脸色，只顾说了下去："之前，我因为隐瞒了贵府二小姐与喜隐之事，惹得主上大怒，将我杖责，又削去我近卫之职。我只道主上厌弃于我，这原也是我咎由自取，怨不得人。不曾想今日主上却亲到我府中，问我缘由……"他顿了一顿，没有再说下去。

萧思温心中一凛。他再怎么暗恨罨撒葛设计，但罨撒葛的确是为胡辇冒了风险，甚至受到了牵连，而以穆宗的性子，谁又想得到他有什么反应呢？

罨撒葛故意停了一停，见萧思温看他的神情有些缓和了，方继续道："我不想隐瞒主上，向主上坦言了私心，本当领责，不想主上仁德，竟然反骂我既有此心，为何不向思温宰相求婚，甚至拉着我亲去猎雁。天恩浩荡，实是无以为报。"

事实上，穆宗这个举动，是连罨撒葛自己也没想到的。

却是这日罨撒葛觉得伤势稍好，一恐夜长梦多，二也是向胡辇示好，便要亲自去打雁下聘。哪晓得正准备出门，却听门上来报，穆宗亲自上门。

罨撒葛一惊，忙迎上前，心下惴惴，不知道穆宗前来，是福是祸。此时他正准备向胡辇求婚，若是触在穆宗逆鳞上，倒是麻烦之事。

不想穆宗却笑问他："我听说敌烈这个没眼色的送歌姬上门探望，却被你赶了出来，想来又是拍马屁拍到马腿上去了。我还道是你伤得太重所以有心无力，迁怒于他，因此来看看你。"他说着便看到罨撒葛一身猎装，诧异道，"怎么，你都能下地走路出门了？看这样子，是要出去打猎，你伤好了？"

罨撒葛知道穆宗素来喜怒无常，今天忽然到来，不知因何。他下旨重责自己，而自己如今就可以出门了，岂不是显出行刑之人对他私下放水？此事可大可小，一旦被他疑心到危险的地方去，岂不是糟糕？虽是盛夏，他竟吓出一身冷汗来。他反应极快，闻言脸上闪过痛苦之色，逞强地笑道："虽然受了伤，但是今日倒有一桩要紧事，不得不出门……倒教主上忧心了，是臣弟的不是。"

穆宗忽然沉了脸，冷哼一声，罨撒葛的心提到了嗓子眼上，才听得穆宗带着怒容喝道："怎么，打你一顿，连大哥都不叫了吗？"

这一转变太快，罨撒葛心如电转，立刻道："是，大哥，是我的错，我道您还在怪我呢，所以不敢叫。"

不想穆宗却似想到了什么得意之事，大笑起来："你啊你啊，这么聪明的人居然也不明白朕？你我兄弟，不管你做什么，我何曾怪过你。"说着，见罨撒葛脸色苍白，便转头去骂高六等一众奴仆："明知你家大王有伤在身，他要出门，你们怎不阻止？他如今没了王妃，你们这些下人若不好好照顾，当心朕的鞭子饶不了人。"

高六吓得额上冷汗直冒："主上恕罪，是，是……大王说想亲手射只大雁做采礼，奴才们这才不敢阻止。"

穆宗恍然大悟，顿时嘿嘿连声，笑得极为鬼祟，向着罨撒葛挤眉弄眼起来："采礼？这么快就得手了？"说着得意扬扬地挺胸自得，"你这小子，还不赶快谢过我帮忙。"

罨撒葛愕然，旋即明白过来，只觉得有些难以置信："大哥你，你莫非……"

穆宗摸着下巴嘿嘿窃笑："你小子的眼光倒是不错。胡辇出身高贵，父亲是后族族长，母亲是长公主。这等出身本就是皇后命，配你正好。想当年世宗皇帝就想立胡辇做太子妃，可惜他的儿子没有皇帝命，享不了这福。嘿，我这苦肉计一出，果然帮你把胡辇给追到手了。”

罨撒葛对着穆宗得意扬扬的表情，本想劝什么最终还是无语，只得又跪下：“臣弟多谢主上！”

穆宗忙拉起罨撒葛：“怎么又不叫大哥了？”说着又笑，“你现在知道这二十大板，挨得值得吧！”

罨撒葛一边只觉得穆宗荒唐，一边也感于他待自己之心，竟不知如何回答才好，只得顺着他道：“原是臣弟的错，不想还要劳主上为我操心，实是惭愧。”

穆宗却甚是得意：“你如今自然是知道我为何打你一顿了。一则是帮你追女人；二则却是让你长个记性，下次做事别被人抓到把柄。”他说到这里，有些严肃，罨撒葛自然只得应了声“是”。穆宗又道：“你我是兄弟，你有喜欢的姑娘，我自然帮你。但我把权力交到你手里，你拿去卖好，我便不能不给别人看个榜样。我得让那些人知道，在我面前，没有人有任何特权。”

罨撒葛心中一凛，只得认错：“是，臣弟错了！”

不想穆宗方严肃了一瞬，又忽然眉飞眼笑，伸手一把搂过罨撒葛的脖子，一边往外走一边悄悄在他耳边嘀咕：“我说了，我不能让别人看到谁有特权，可是罨撒葛，你在我面前，永远是有特权的。就算有把柄落到别人手里，当哥的也给你灭了。”

罨撒葛心中一震，他知道穆宗对所有的人都多疑，唯对他还有一些特殊对待，但却没想到，自己在穆宗心中的分量竟如此之重。素日因为多次替穆宗的胡乱行为善后，再怎么兄弟同心，也有一些怨念，再因为穆宗多疑平时也是常自惴惴不安，此时感动之下竟眼角微湿，只叫得一声：“大哥——”

穆宗却不耐烦地拉着他往外走：“走吧走吧，男人流什么猫尿。喜隐算个屁啊，我哪里会因为他而跟你生分。”

两人出门，一起上马，罨撒葛方看准机会剖白劝谏道：“小弟虽有私心，但如何敢坏大哥的事。臣弟放过喜隐，也不仅仅是为了胡辇。李胡虽然可恶，可毕竟是太祖嫡子。太祖的后裔只有三支，纵有不和，也是横帐房内部的事情。若是我们真把另外两房的子弟杀光了，横帐房的势力反而会被削弱。若出了什么意外，五院部、六院部乃至后族又与我们有嫌隙，我们反而居于弱势。留着那两房，就算出了什么意外，至少统治辽国的还是太祖的子孙。”

穆宗心中一动，沉思半晌，点头：“你这话，才是真正的忠心耿耿。放心吧，朕不会杀喜隐了……”他顿了顿，“只没虽然是个惹人厌的杂种，明扆却是个好的。你的近卫军指挥使一空出来，就有不少人打上主意了。我想，就把这差事给了明扆吧。”

罨撒葛肃容听着，心中虽然微有不安，但却没有表露出来，反赞同地点头：“明扆自然是好的，只是怕他的身子……”

穆宗却笑了：“我本想试探一下他，不想明扆这小子倒识趣，上了一道辞让表。朕为了做戏做全套，就硬按给了他。他也谨慎，说自己体弱，办不了事情，又推荐了女里管事。如今，你美人即将到手，回头朕再发一道旨意，恢复你的职位吧。”

罨撒葛目光闪烁：“大哥既然下了旨，不如直接就让明扆接手，也好让他历练一阵子。”

穆宗惊讶地笑道：“你倒忽然变得大方起来了。行，既然你这么说，那就让明扆再当一阵子。”

罨撒葛微微一笑：“明扆对大哥曾经舍命相救，他若真是个好的，让他护卫大哥那是再好不过了。不过，明扆说得也对，他身子弱，管不了事。那女里既然有管理近卫军之实，不妨让他辅佐便是。”

两兄弟谈谈说说，很快便射到了大雁，于是罨撒葛便立刻抬了大雁，前去萧思温府。

第三十章

姐妹失和

罨撒葛抬雁求亲，萧思温虽实是不愿，然见他抬出穆宗来，却不能不作考虑。

罨撒葛却笑道："思温宰相，纵然向您求亲的人中十个有九个都是冲着后族的支持而来，可唯有我罨撒葛却不需要。所以，我对胡辇的心思是否真诚，思温宰相当可明鉴。至于喜隐这等人……"他拖长了声，没有继续说下去，只是轻蔑之意，溢于言表。

萧思温冷静下来想了想，心中明白罨撒葛说的没错。乌骨里的事情，事实上就算没有罨撒葛，以喜隐对乌骨里的图谋，只怕事情还是会走到这一步。只不过李胡之死让喜隐孤立无援，才会让屋质大王不得不出面说项，形成如今双王逼嫁的情况。细想起来，这两桩婚事，竟似是冥冥中早有安排，饶是他何等机智，还是想不到破解之法。

他疲惫地坐在椅上，摇了摇头，道："太平王请回吧，容老夫想一想。"

罨撒葛见萧思温的神情，心知他的态度已经软化，倒是不愿意把他逼急了翻脸，当下哈哈一笑，行礼告辞。

罨撒葛一走，萧思温立刻叫了胡辇来。胡辇来到大厅，第一眼便看到了中央的大雁，面色一变。

萧思温心中了然，当下叫了她去自己书房，问她："看来，你知道这大雁为何而来。"

胡辇立刻跪下："请父亲原谅。"

萧思温扶起胡辇，眼中有着疑惑："你当真与罨撒葛有私情？"

胡辇低下头，半晌，才答："当日，爹爹不在上京，乌骨里身陷牢笼，女儿不得不去太平王王府求助。太平王向女儿表明心意，女儿为了救妹妹才答允的。"

萧思温心中一惊，后悔不迭："原来如此。哼，怪不得他送到幽州的密折上，没有提乌骨里的事。"他看着女儿憔悴的面容，心里疼惜，"唉，胡辇，当真是委屈你了，既然你不是心甘情愿的，那爹爹便把这婚事回绝了。哪怕主上责怪，也有爹爹一肩担下，你放心。"

胡辇大惊，忙拉住萧思温："不，爹爹，你答应了吧。当今主上性子暴戾，人人噤若寒蝉，唯独太平王能得信任。太平王权倾朝野，您若拒婚，只怕家中从此不得安宁。而且……"她顿了顿，还是说了出来，"他、他待我倒有几分真情，也确实用了心思。女儿虽不是很喜欢他，却也不讨厌嫁给他。再说，女儿总是要嫁人的。"

萧思温太明白这个长女的性子，心中又痛又恨："胡辇，这是你的真心话？你真的愿意嫁给他？"

胡辇看着萧思温的眼睛，郑重地说："是，女儿愿意。"

萧思温看着胡辇，心中一凉，长叹一声，竟是无言以对。

父女俩谈着话，却不晓得燕燕躲在后面，将这些话听进了耳中。

原来燕燕这日正在乌骨里房中，先是听到屋质来替喜隐求婚，而萧思温已经有答应之态。乌骨里一听，顿时欣喜若狂，拉着燕燕就在房间里团团转，把所有的衣服、首饰全部打开挑选着，还同燕燕说着要哪件哪件做嫁妆，哪件哪件是她原来的心爱之物，但是只宜未婚姑娘不宜出嫁妇人，所以都要留给燕燕，等等。

乌骨里如此有把握，自然也是事先得了喜隐的消息，所以，才会这么早有预备。不想两人刚开始翻箱倒柜，就听得侍女来报说，太平王也来求亲。

燕燕一听，跳了起来，就说自己要去把那个坏蛋赶走。乌骨里连忙阻止了她，说爹爹必不会答应，燕燕这才消停。然而燕燕心里总是有些不安，所以过了一会儿，还是忍不住抽身要去问父亲结果。

哪晓得她刚跑到书房外面，就听到了萧思温和胡辇这段对话，顿时怒不可遏，悄悄转身，疾向乌骨里所住的院子而去。

乌骨里不知内情，见她回来，取笑道："早同你说没关系了，你还去。快来，这对耳环你上次说很喜欢，我留给你，你来试试好不好看！"

燕燕沉着脸，一言不发地走上前，一伸手，忽然将乌骨里妆台上所有的首饰用品扫落在地。乌骨里还没回过神来，就见燕燕咬着牙，把乌骨里最喜欢的几件衣服全部扔在地上，又踩又撕的。

乌骨里先是觉得莫名其妙，随即反应过来，怒不可遏地指着燕燕骂道："燕燕，你失心疯了吗？"

燕燕却没理她，继续咬着牙进行破坏。

乌骨里尖叫着去拉她，却哪里拉得住她，便连忙叫侍女们："你们快拉住她，燕燕这是疯了吗？"

众侍女面面相觑，也不知道发生了什么事，见此情景只得上前劝的劝，拉的拉，道："燕燕小姐，您这是怎么了？快些停手……"

燕燕将嫁衣一扔，尖叫道："我没疯，你才是疯了呢！"她指着乌骨里，眼中泪珠夺眶而出，"你这个想嫁汉子想疯了的女人，你为了你自己的私心，害了大姐，害了我们全家，你现在居然还这样若无其事地准备首饰，准备衣服……你、你还有心肝吗……"

乌骨里心头一震，一句话也说不出来。

燕燕见她不说话，更加恼怒，凑到她脸上问："你是不是早就知道了？早就知道大姐为了救你牺牲了自己？而你居然一点也没有把这件事放在心上？你知不知道为了你，我去伏击信使，差点没了性命？你知不知道为了你，差点连累爹爹和我们一家？如今更是因为你，太平王拿着大姐的信物来逼婚。喜隐和罨撒葛如今要争皇位，爹爹本来就想避开的，如今却被顶到风口浪尖，你叫爹爹怎么办？大姐怎么办？"

她一字字问着，已经泪流满面。

乌骨里怔在当场，已经完全不知道如何反应了。为了那枚令符，她被陷入狱；为了李胡的野心，喜隐目睹父亲的惨死；而为了她，胡辇被迫答应罨撒葛的逼婚……这一系列事情，已经把太多太多的人卷入，甚至超出了她能够承受的范围。

乌骨里的心腹侍女重九听到燕燕的话，心中暗惊，不敢再停留，连忙带着侍女们避了出去。房间内只剩下乌骨里姐妹对峙着。

燕燕如同一只小兽一样，仍然气呼呼地瞪着乌骨里。

乌骨里不敢看她，扭过头去。

燕燕扑上来拉住她："你看着我，你看着我的眼睛！你敢不敢看着我的眼睛？"

乌骨里虽有愧疚之心，但性子却也是不肯饶人的，被燕燕这一逼，起了逆反心，将燕燕的手一甩，叫道："那你想怎么样？杀了我吗？"

燕燕怔了一怔，不想她竟然一点也不认错，气道："你……我要你跟爹爹说，你不嫁喜隐了，让爹爹也不要让大姐嫁给太平王，这样大姐的终身幸福就不会毁了。"

乌骨里本能地退后一步，摇头："不，不！我和喜隐历经千辛万苦，如今好不容易要在一起了，我不会放弃他的，我不会离开他的。"

燕燕本是一时气愤进来找乌骨里撒气，她只想告诉乌骨里，让她知道自己错了，让她去补救。她说的要求并未深思，甚至是一厢情愿，完全不可能达到。但她说出口的时候，却是完全没想到乌骨里会拒绝。

乌骨里冷笑着继续说："就算我依从了父亲之命，但喜隐呢？我怎么对喜隐交代？还有太平王，他既然对大姐势在必得，难道爹爹就能拒绝得了？既然都不可能，那为什么叫我退让？"

乌骨里振振有词，燕燕听着只觉得寒心，觉得陌生。是，就算乌骨里拒绝了喜隐，大姐也不一定能逃脱太平王的逼迫。但是至少在这件事上，二姐，你要知道错了，你要知道去悔改啊。至少我们一家人得齐心去努力去改变，去想办法救大姐啊！就像当初你出了事情，我们所有的人都不顾生死地去救你一样。你不应该这样凉薄无情，不应该这样害了大姐的终身幸福之后，不去努力挽回，而是一副生怕自己吃亏的样子，不应该还是一副理所应当的语气啊！

燕燕心寒地看着乌骨里，气得哭了出来："二姐，你还是人吗？你怎么可以说出这种话来？你不是我二姐，你不是我二姐！"

乌骨里被她眼中深重的指责刺激到了，叫道："是，都是我的错，全部是我的错，是我狼心狗肺，就大姐最伟大了。你这蠢燕燕，你怎么不想想，要是大姐自己不同意，太平王能这样一厢情愿吗？再说嫁给太平王又不是进火坑，他现在离皇位最近，大姐嫁给她，当皇后的可能也是最大的。"她本对胡辇之事心中有愧，所以反而不敢面对，只在自己心中为自己找理由开解，听到燕燕指责，便不假思索地加以反驳。可是说着说着，反而越说越觉得有可能了："别说得像是被我害了似的。大姐从小就想当皇后，她要嫁给罨撒葛，有什么奇怪的。我看他们俩在草原上就勾搭上了，比我和喜隐还早呢。大姐邀他喝奶茶，语气不知道多亲热。你别把罪责都推到我身上。说不定，大姐自己想当皇后，看中罨撒葛受主上器重，盼着他将来继承皇位呢。"

燕燕顿时大怒，扑上前将乌骨里顶到墙边："你真是够了，自己自私自利，害了大姐还往大姐身上泼脏水，我真后悔当初帮你！"

乌骨里被燕燕这一闹，怒火顿时盖过了心虚，气得拉住燕燕，两姐妹厮打起来："燕燕你这个小疯子，我大好的日子你发什么疯？我告诉你，你要坏了我的喜事，别怪我不把你当妹妹。"

侍女们本是不敢听这些皇位隐情，都退到了门外，听得里头两姐妹又厮打起来，连忙进来把两人分开，瑰引抱住乌骨里，重九拉着燕燕，好说歹说，终于把燕燕拉走了。

燕燕哭着跑到胡辇院里。胡辇正因为罨撒葛的事心中烦闷，见了燕燕哭着进来，十分诧异，连忙拉住她询问劝解。

燕燕一把鼻涕一把眼泪地把事情说了："大姐，我刚才和二姐吵架了……我骂她太自私，害了你。她居然还说你是自愿的，是你看上罨撒葛将来能当皇帝……她真是太坏了，她怎么可以这么坏，我以前真是看错她了……"

胡辇听着她不清不楚地哭诉了好一会儿，才明白过来，看着妹妹哭成泪人，心中感动，抱住燕燕，轻拍着她的背部，好一会儿等她终于歇下来，才亲自给她擦了脸，劝道：“燕燕，不要生气，你看，其实没什么，我横竖是要嫁人的，就算没有乌骨里这件事，太平王有心求娶，我们也不能拒绝，是不是？”

燕燕哽咽着道：“可是、可是她怎么可以这样？怎么可以不认错，还要赖你？我恨她，我恨她。”

胡辇轻叹：“你别生你二姐的气了，要知道，喜隐和罨撒葛来求亲，只怕爹爹都不能拒绝。我们姐妹相处的时间会越来越少，就算要吵架，都没有办法继续吵了。”

燕燕本已经止住哭泣，听到此言，更加伤心起来：“呜呜呜，你们都不要嫁，好不好？”

胡辇笑着劝她：“草原上的花每一季都要开放，时间到了，我们谁都要嫁人的，不过早和迟罢了。”

燕燕失望地低下了头，哽咽地说：“我讨厌二姐，最讨厌，她怎么可以这样啊！”

胡辇拍了拍燕燕的肩膀，笑着说：“别这样，燕燕。这件事并不能全怪你二姐，要怪，只能怪时机太凑巧。这些事情，唉，也是一环套一环，谁也没想到会变成这样。”

燕燕扑到胡辇的怀中，担心地问：“大姐，你嫁给太平王，会幸福吗？”

胡辇轻拍她的后背：“这世间男婚女嫁，日子都是这么过的。太平王的年纪虽然大了一些，但他待我却是好的。要说担心，我还更担心乌骨里，她嫁给喜隐，只怕将来会卷入皇位之争。唉，想当年李胡为了争位，被囚禁了这么多年。嫁给他们这种人做妻子，只怕有许多时间会独守孤苦。”见燕燕犹自不愤，劝道，“燕燕，喜欢上一个人，是没道理可言的，乌骨里心里也是很苦的。如今她就要出嫁了，若是我们姐妹现在还不和解的话，那将来她遇上事情，又有谁能帮她、安慰她呢？”

燕燕哽咽着：“大姐，她害得你要被迫嫁给你不喜欢的人，你还要为她这样着想吗？”

胡辇的手僵了一下，狠狠心道：“说什么呢，我本来也就没有什么喜欢的人，嫁谁都是一样。何况我的婚姻，或者还是人人争羡的呢。燕燕，别闹脾气了，来，跟我去乌骨里房中，跟她讲和。”

燕燕却站了起来，叫道：“你性子好，吃了亏还要去哄她，可我不愿意，我就是不愿意去找她。她不认错，我就再也不当她是二姐了。”说着，转身跑了出去。

胡辇无奈，燕燕可以任性，可是她却不能不去。她没想到，燕燕居然已经把这件事闹到了乌骨里面前，那么乌骨里一定会为这件事情而难过。她既然已经决定牺牲自己，那么她就不能让她的妹妹们再因这些事心中有芥蒂。

胡辇想着，走到了乌骨里的房中。

此时乌骨里房中却显得极为冷清，刚才热热闹闹围着的侍女们均已经不在了，乱成一团的房间也只稍稍收拾了一下，桌上那些首饰零乱地堆着，似还来不及收拾。乌骨里一人抱膝坐在榻上，怔怔出神。虽然满室灯烛，却映得她更加形单影只。

听得推门声，她怒道：“都说了让你们出去。”话音未落，却看到是胡辇走进来，一时竟不知道如何反应才是。她下意识地握紧了手，手里的耳环钩子，刺得她的手心发疼。这是喜隐送给她的耳环，自他赠与她时，她就一直戴在耳边，未曾摘下来过。可就在刚才与燕燕吵过架以后，她把这对耳环摘了下来，握在手里，犹豫不决。

见了胡辇进来，她握紧了手中的耳环，似要捍卫什么，又似要抵挡什么，却一时说不出话来。

她又何曾不知道自己对不起胡辇，只是她不敢去想，不敢去面对。她只是努力想着不枉自己与喜隐生死相许，甚至绝食以抗，终于得到父亲的允婚；她只是努力去想着即将到来的有情人终成眷属的快乐。她甚至不敢去想自己嫁给喜隐以后会面对多么严峻的权力斗争。她就这么努力地强颜欢笑着，努力把自己当成一个欢欢喜喜的新嫁娘。

刚才燕燕这一闹，她竟说出了连自己都不敢相信的话来。两姐妹一场厮打，虽然被侍女们劝开，可是她自己制造的幻影，却也这样被戳破了。燕燕走后，她把仍在收拾的侍女们都赶走了，自己独坐灯下，顿觉得无限孤独。

可是没想到，胡辇却来了。一时之间，她连反应都呆滞了，好半天，才站起来，干巴巴地叫了一声："大姐……"

胡辇走过去，抱住她的肩，轻声道："如果想哭，就哭出来吧。"

这一句话，直接令乌骨里崩溃，她扑倒在胡辇怀中，大哭起来。

胡辇轻轻地抚摸着乌骨里，安慰着她，直至她的哭声从尖锐到低沉，渐渐停息下来。

乌骨里在胡辇怀中哭了很久，说着许多混乱的话，连她自己都不知道自己要说什么。胡辇就这样抱着她，一直到她慢慢地睡过去。

她含糊地说着："大姐，你不怨我吗……大姐，我不是故意要害你的，我宁可去死……大姐，不要恨我，我不想你们恨我……"

胡辇看着乌骨里挂着泪珠的脸，轻叹一声，叫来侍女，替她洗干净了脸，脱了衣服，抱着她睡着了。临睡之前，她头疼地想，还有一个燕燕，明天不知道应该如何安抚才好。

天亮了，又是新的一天。

昨天萧思温府发生的一切，也很快在上京中流传开来。横帐三房，有两房的亲王都来向萧思温求亲，顿时把皇位之争的议论，推到了顶峰。对皇位有心思的人，自然都对这个消息异常关注。

天刚亮，只没就匆匆来见耶律贤，头一句话就问："二哥，你可知道太平王和喜隐都在向思温宰相求娶他的女儿？"

耶律贤却还不知道此事，闻言心头一跳，面上却不动声色，反问一句："求娶的是哪两个？"

只没道："太平王求娶的是长女胡辇，喜隐求娶的是次女乌骨里。"

耶律贤暗暗松了口气，脸上表情不变，甚至带了一丝微笑："哦，那又如何？”

只没急得跳了起来：“二哥，你当真是迟钝，到现在还不明白其中的关键所在吗？那又如何，那又如何……”他气得在殿内来来回回地走动，“真没想到啊，太平王竟然向思温宰相的女儿下手。若思温宰相助了他，岂非让他又添了一股势力？那可是代表后族五房的动向呢。如此，他这个未来皇帝的位置可就稳稳的了。啧啧，好算计，好算计。”

耶律贤坐在一旁，揉了揉额头：“只没，你走得我头疼，快坐下来吧。”心中却是暗叹，他这宫中就有罨撒葛的耳目，只没这般毫无顾忌，全无城府，可怎么办？

只没走了一会儿，也寻不到主意，又坐到耶律贤身旁，急问：“二哥，你说我是不是也该去宰相府求亲。他家还剩最后一个女儿，虽然年纪小了点，不过看着情势，若下手迟了，就要被别人抢走了。”

耶律贤惊愕地看着只没，斥道：“你说什么？你当思温宰相的女儿是什么？是比赛的羊吗，任人宰割，想抢就能抢到？”

只没哪里听得进去，站了起来，不屑地挥挥手：“二哥，你总是这样前怕狼后怕虎的，都似你这样，我们这一支还争什么皇位？”

耶律贤沉声问：“你以为你争得过太平王？”

只没冷笑：“主上早就说过，他会把皇位传给我们的，可我们也不能坐等啊。哼，太平王现在来这一手，分明是要和我们抢夺。我们再不动手，就来不及了。”

耶律贤知道劝不住他，只得缓声道：“你慌什么。就算太平王和喜隐求亲，思温宰相不是一个都还没答应吗？”

只没哪里听得进去，只说：“我听说他家乌骨里心向喜隐，只怕思温宰相拗不过女儿。太平王如此强势，连聘礼都留下了，还拿主上当倚仗，这婚事还能不成？可恨我想此事迟了。思温宰相如今也就剩下最小的女儿，不如我也向主上请求帮忙，他既帮了太平王，便也得帮我，这样才公平。”

耶律贤见他只顾一厢情愿，劝说不来，苦笑一声，不再言语。

只没正说得起劲，见耶律贤忽然沉默不语，心中诧异，想了想，自以为体察了他的心事，忙走到他面前，安慰道："二哥，我自然知道，若论排序，您在我之前……"他顿了顿，"咱们若是去向思温宰相求亲，自然是要有把握让他答应，可您……"

耶律贤知道他话中的意思，苦笑道："只是我一身病体，常年在宫中不见外人，亦是没想过成婚之事。但是你……你身体好，早早成亲，为我们这一系早传血脉，才是正事。"

只没一喜，点头："正是，正是。二哥，我要传承父亲血脉，恢复我们这一系的荣光，就须得找个配得上我、又能帮得上我的女子。"

耶律贤看看眼前的只没，天真如此——这个弟弟虽非同母所生，但这些年来患难与共，早已血肉相连。自己的身体如此，但愿他真的能早早娶上一个好女子，为这一系早传血脉。他自然知道，以萧思温的性情，刚刚被迫许了两个女儿的婚事，只没如此功利地上前，只会被萧思温拒绝。

可是，只没提到了燕燕。

燕燕……耶律贤在心中轻唤这个名字，忽然间那个笑得无忧无虑的少女面容，浮现在眼前。

只没继续说了什么，他其实已经听不进去了。此刻他脑子里一片混乱，神情也变得心不在焉。

只没说了半日，见他只是漫不经心地应着，以为他是身体不支，顿时无趣起来，坐了一会儿就走了。

这一晚，耶律贤躺在床上，翻来覆去，夜不能寐。脑海中总浮现出那日和燕燕在马场的奇特相遇场景，想起燕燕临别时的嫣然一笑……他再也无法入睡，见室内无人，便点亮了灯，走到书桌旁，铺开一张素纸，按着魂牵梦萦的那一颦一笑，一笔笔地画了下来。

穆宗下药，他虽然知道，也在努力避开，但他的一言一行既然为人所监视，自然有许多时候也是避不开的。且为了避免穆宗疑心，他要装出病恹恹的样子，韩匡嗣也不敢让他的脉象太过健康。直至这次他替穆宗挡了一刀，韩匡嗣借机令得穆宗消了疑心撤了药物，便连监督的两个小侍，见他真正得了穆宗信任，奉承还来不及，自然不敢多管。

除此之外，也不知道为何，此番从草原回来之后，那长期困扰他的噩梦竟然也减弱了许多，常常能睡上一个整觉了。甚至他开始有了新的梦境，梦中，他与那少女共乘一骑，那芳香萦绕在他的周围，勾连着他的心……

他能够睡足整夜，就不再让小侍轮番看着守夜，只叫他们在外间小榻上睡着，若有事叫唤一声，拉拉响铃便可。所以天方亮时楚补醒来，抬头一看，却发现耶律贤房中竟还有灯光，吃了一惊，忙掀帘进去，只见耶律贤犹站在书桌前，书桌上却是一幅女子的画像。

楚补惊呼："大王，您怎么站在这儿？"

耶律贤抬起头，楚补看他脸色惨白，眼中有红丝。他自己却恍若未觉，只笑了笑，见了楚补神情，才有些歉意地说："哦，天亮了吗？我都没注意到。"

楚补急了："一宿未睡？您这身体怎么经得起如此糟践！"

耶律贤勉力笑了笑，方说："我没事……"身子就倒了下去。

楚补吓了一跳，忙去请御医迪里姑来。迪里姑诊了脉以后，倒没有发现更大的问题，只是这一夜，又将他前些时候才养得好些的体质又转弱了。因此，接下来耶律贤还是继续吃药，让人守夜，多休养，不可多思多动。

韩德让听到这消息时，看到耶律贤正又苦着脸喝药，本来想说的话到了嘴边，还是咽下了，只问楚补："大王的病情怎会突然加重？"

耶律贤见楚补低头羞愧，不禁为他辩护："别怪他们，是我自己不好，夜间没睡好。"

韩德让皱眉："好好的怎么会睡不好？别是药出问题了吧？"

迪里姑正欲回答，耶律贤便拦下他："没事，真的和药没关系，你们下去吧。"

众人退下后，韩德让皱眉问道："大王有心事？"

耶律贤话到嘴边，又犹豫不决，这样的心事，便是对韩德让，也是不能说出口的。

他不说，韩德让却不会就此不问，他在进门之前，就已经向侍从打听了耶律贤这两日见了什么人，说了什么话。所以他自然也是知道了昨日只没来的事情，便以为耶律贤是为此烦心，当下坐到床前道："大王不必担心，思温宰相的人品，当是信得过的。成大业者，又如何会为小儿女情愫而更易其志向。"

耶律贤一怔，此事的确令他忧心，只是他一宿未睡，并不是为此，韩德让这番话，令他悄悄地松了一口气。只是想到只没那番刺心的话，不免又有些难以释怀，只得沉默以对。他扭过头，目光落在不远处的书桌上，画虽然收起来了，可是那一笔笔绘下的感觉，却仍留在书桌上。

韩德让劝道："大王，耶律家和萧家世代联姻，错综复杂的亲戚关系还少吗？便是没有这场联姻，思温宰相与主上、太平王的关系,也比与您要亲近许多，可他却选择了效忠您。我相信，思温宰相选择任何人都不是因为血缘远近，而是因为那个人真正为大辽考虑，真正值得拥护。古往今来，任何一个帝王的成功都不是因为联姻，依靠外戚成功的君王终究会被外戚反噬。您完全不必为这件事忧心啊，大王。"

耶律贤看着书桌的目光渐渐悲凉，终于，叹了一口气，平静地说："你说得对，是我想差了。我还有很多事情要做，萧家女儿嫁谁都不该影响大事。"

韩德让松了一口气，微微一笑："大王您这样想就对了，思温宰相也是这样想的。"

耶律贤看着韩德让，脑子里忽然涌上一个念头，无法抑止，他试探着问："我知道，现在是思温宰相艰难的时刻，我得想办法出宫去见他一见，君臣交心，也好稍减他的压力。"

韩德让不疑有他，闻言十分宽慰，点头："自当如此。此事由我来安排。大王以后有事别闷在心里，任何事情都可以和我商量。"

第三十一章

明扆动心

次日，经韩德让安排，耶律贤悄然出宫，去见萧思温。

萧思温亦为此事，心中记挂。他虽不知耶律贤来的本意，但也想到几分，料是近日来双王求亲，耶律贤怕是虑到自己会因为姻亲关系，而心思有所改变吧。当下见了耶律贤，只道："大王人品贵重，是大辽将来的期望，还是不要轻易涉险为好。"

耶律贤听出他话中的意思，只得道："思温宰相休怪明扆冒昧前来，只是昨天在宫中听说了太平王与喜隐求亲之事，恐思温宰相多虑，因此前来，你我互相沟通，不至于生出疑虑来。"

萧思温心中一凛，道："老臣既已经效忠于主上，一心辅佐，因此，我打算拒绝二人亲事。"

耶律贤虽然想过萧思温不见得因此动摇了政治主张，然见他亲自剖白，也不禁暗暗松了口气。然萧思温如此回答，固然是能够坚定立场，却于大事无补。他当下拱手道："思温宰相，忠诚可鉴，然如此做了，我固然不会疑问，却让思温宰相陷入进退两难的境地了。"

萧思温何曾不知道这个道理，只是他怕耶律贤特地为了此事而来，他不给个态度，岂不成了首鼠两端？见耶律贤如此说话，心底一松，道："不知大王意下如何？"

耶律贤当下道："贤特意来就是为了和思温宰相分说此事。喜隐有屋质大王为媒，太平王有主上相助，情势至此，岂能拒绝？若是思温宰相拒绝，不但惹主上之疑，也失了屋质大王的情谊。我想思温宰相若不是怕我疑虑，应该早答应了。"

萧思温听到这话，正中自己心思，口中却道："大王何出此言？实是令臣不安了。"

耶律贤摆摆手，笑道："我知道思温宰相怕我存疑，才迟迟不敢应承这两桩婚事。您实在太多虑了。思温宰相当日因我几句话就答应助我，可见您心怀大辽，与我是同道中人。如今，罨撒葛势大，喜隐与乌骨里姑娘有情，这两桩婚事只怕您都难以回绝。况且……"他顿了一顿，缓缓地道，"从来大业之谋，常有不测之险，岂能尽如人意。万一事有不遂，皇位毕竟都在横帐三房之内，思温宰相许嫁二女，不管将来事情有何变化，都可保无恙。"

萧思温脸色一变，耶律贤说的，何曾不是他所犹豫的。否则的话，他早就一口回绝两人了。其实耶律贤亦说得很明白，皇位都在横帐三房中，将来便是耶律贤失败，皇位最大的可能，亦是落于喜隐或者罨撒葛的手中，则萧思温反而是进退自如，三方皆可下注。

如今耶律贤亲自到府，对萧思温说出这样的话来，可谓诚挚已极，便纵是萧思温老谋深算，听了此言，亦是感佩无比，当下长揖至此，惭愧地说："大王一番话，教老臣无地自容矣。却原来不是主公疑臣，而是臣疑主公。"

耶律贤忙扶住他，道："我之谋事，本来就是为了家国天下，岂会为我一己之利猜忌他人。思温肯助我，我感激不尽，岂能因我之事而拖累他人。君臣贵在相知相信，要紧的是，你我两人，不可因为这事生了嫌隙。"

萧思温长叹一声："主上有如此心胸，大辽若落入他人之手，亦非幸事。"

两人正说着，却听得外头隐隐有人声。萧思温停住话语，问道："德让，外头出了什么事？"

两人谈话，便在萧思温书房内间，韩德让在外间守着，管家虎思在书房外守着，院外更有侍卫把守，如此三重把守，可谓是防卫森严。

但这样森严的把守，也不过是起到预警作用罢了。如今外头那人，却是一个意外。

韩德让见萧思温问话，连忙走了进来，道："是燕燕来了，虎思大叔正在外头拦着她呢。"

萧思温歉然对耶律贤道："小女顽劣，大王勿怪。"

耶律贤却没有回答，反而走出了内室。来到外间时，便听到了外头那又娇又糯的少女声音，果然是草原上见过的那女子。他心潮起伏，转头看到萧思温和韩德让也出来了，对二人道："反正事情也说完了，我们出去吧。"

萧思温点点头，推门出去。耶律贤退后一步，跟在韩德让身后做随从状也走了出去。

燕燕却是听说韩德让来了，如今正在萧思温书房，这是常有的事，她便也如往常一般听到消息就跑来找韩德让了，不想却被虎思拦在门外。燕燕心知必是有什么要紧事，便向虎思打听着里面的情景。

不想才问得几句，便见萧思温开了门，沉着脸道："燕燕，你越来越淘气了，以后我在书房与人议事，不许你再进来。"

燕燕见韩德让身后还跟着一人，却是看着陌生，也不及细看，知道必是因有外客在，所以自己才挨了萧思温教训。她这点倒是极机灵的，在自己家里淘气罢了，当着外人的面却是要装乖的。当下也不辩驳，只吐了吐舌头，一溜烟地跑了。

她走得急，自然是不知道，在她身后，耶律贤凝视着她的背影，久久不语。

韩德让见他看着燕燕的背影发怔，以为他是疑惑燕燕的身份，忙道："燕燕便是思温宰相的幼女，大王请放心，她虽然看着淘气，却甚是有分寸。"

耶律贤点了点头，道："我知道，我亦曾听你提过她。刚才虽不及当面细看，看背影，应该是个灵秀姑娘。"

韩德让哈哈一笑："灵秀是灵秀，就是胆子太大，什么都敢做，太让人头疼。"

耶律贤仍看着燕燕远去的方向，听了此言，只微笑着说："后族的姑娘，自然气魄不一般。"

萧思温叹了口气："臣这三个女儿怕是都太有主意，我这父亲也难做她们的主啊。"

两人又说了几句话，耶律贤便告辞出府。他出了府之后，托词要在城内走走，便与韩德让分手了。

然而，他没有就此离开，而是在萧思温府不远处，找了一家小茶馆，坐在那里，远远地看着萧思温府那条街巷进出的人群，直坐了将近一个时辰，这才离开。

此后，他以伤势已好的名义，接掌了罨撒葛曾任的近卫军指挥使之职，借着巡视的机会，也是常常转到萧思温府附近去。

他的近侍楚补看出他的心思来，劝道："如今正是要紧关头，大王切勿沉缅私欲而因小失大。"

耶律贤苦笑："楚补，你放心，我自然是知道轻重的。"他顿了顿又道，"如今大业未成，我生死犹是未定，如何能去想别的事情。我、我只是看看她罢了……"

楚补却指着他书桌上的画，道："大王留着这些，若是让人看到，岂不是将软肋落到他人手中？"

这段时间，耶律贤画了好多幅燕燕的画，这桌上皆是他画的草稿。

耶律贤收起了笑容，看着桌上的画，半晌，忽然道："都烧了吧。"

楚补一怔："烧了？"

耶律贤点了点头，楚补便点了火，将这些草稿一张张放到火盆里烧掉。耶律贤看着那火光吞没一张张燕燕的笑容，心头莫名燃起的感情也如这些画像般，渐渐地一点点化为灰烬。眼看就要烧到他第一次画的燕燕在马上回眸的画像时，耶律贤忽然道："这张留着吧。"

楚补立刻停手，却见这画像还是熏黄了一角。楚补低下头，把这张画放回桌子上。耶律贤走过来，看着那幅画，这是唯一一张画得完整并上了色彩的画。他看着烧黄了的一角，轻叹道："你把它好好地收起来吧。我怕烧了，以后再也画不出来了。若有成事那日，我便……”

他便如何，他没有说下去，只是沉默了。

半晌，他忽然说：“我想再见她一面。”

楚补一怔，只得低头应了。

而这一日，燕燕正骑了马，出府往城外行猎去。

这几日，燕燕在府里非常不开心。

因为乌骨里和胡辇这两桩婚事，她心里有说不出的难受和委屈。她和乌骨里那一番大吵后，至今尚未和解。在她的心中，自然是认为乌骨里应该向她认错，否则的话，她真是不会主动去找乌骨里。胡辇劝完了乌骨里，再去劝她，却被她顶了回来。

她替胡辇觉得委屈。明明是她作出了牺牲，为什么她还要转过头来去安慰乌骨里？她对乌骨里失望，这个从小跟她一起长大，好到形影不离的姐姐，如今却仿佛变成了一个陌生人，让她完全看不明白。

她有太多太多的事情积压在心头。在过去，她可以和乌骨里说悄悄话，可以找胡辇解决，可以找萧思温撒娇，甚至可以找韩德让倾诉。

可是如今乌骨里已经不是她能说悄悄话的对象了，胡辇身上有比她的小心事更重要千百倍的事情不得解决，当她看到萧思温深锁的眉头时，如何还能够理直气壮地撒娇？而韩德让，自从幽州一行之后，她和韩德让的感情有了更近的变化，但反而有一点少女心事的羞怯，不似过去那般像个孩子似的什么都能说出来。

曾经美好的那些事情，她以为可以一生一世不会改变的东西，似乎如沙堆一样，眼睁睁地看着它坍塌，却无可奈何。

仅仅是家里的事情，就已经让她不胜负荷。更何况，她这段时间见了太多太多过去不曾见的事情。在幽州回程途中，看到的那一幕还一直冲击着她的内心。然而，所有她认为那些无所不能的人，她的父亲、她的大姐，还有韩德让，在面对这样的事情时，在面对她的质疑、她的愤怒时，却都只能告诉她，他们也无可奈何。

如果说过去的生活对她来说，是一片被小心保护好的草场，她在这片草场上可以任意驰骋，草原上有的只是那些可爱的能陪她玩的小动物。她过去闯的祸，也不过就是不小心滑倒在地，或者摔到小水坑里这种程度，她的父亲和姐姐总能够在她闯出祸来的时候扶起她，保护她。

而她并不知道，无所不能的父亲，也会有任人宰割的时候。许多曾经如燕燕一般的大家族的天真孩子，只有在家族覆亡的时候，才知道头上可遮庇风雨的一片天空是如此脆弱。而燕燕，因为这份变故提前看到了，提前感受到了。

乌骨里被抓，胡辇的无措，甚至萧思温的危境，她看到了；去幽州的路上，她自以为是的设伏失败了，甚至在她受伤、疼痛、哭泣和无助的时候，父亲和大姐并没有从天而降；幽州城中，女巫肖古的残忍、穆宗的喜怒无常，还有大战过后城墙下的尸骨遍野，让她真正看清了什么是现实；归途中，老牧民一家的无辜惨死，更是让她看清了这种血腥风暴、这种生死无常。如今，喜隐、罨撒葛步步进逼，她的家，即将四分五裂，甚至原来那么美好的姐妹之情，也经不起这样的风雨的考验。

她恨恨地想，若是没有那个人，没有那个恶魔般的人，这一切都不会发生，所有的灾难都不会发生。

哪怕那个人是皇帝！

燕燕忽然坐了起来——正是，所有的一切，其实真正的罪魁祸首，就是让一个给大家带来灾难的人当了皇帝。而大家只能活在恐惧中，只能活在不安中。

这样不对！她在心里呐喊，这样不对！父亲跟她说过，契丹八部，从来就是有能力者居之，无法得到部族拥戴、无法给部族带来益处的首领是不合格的。

太祖皇帝统一八部之前，部族之间为了草场、水源争斗不停，一直没有发展。太祖皇帝比其他七部的人更早看到汉制的好处，据盐池、筑汉城，最终一统了八部。正因为太祖皇帝看到了推行汉制的好处，所以才会在晚年一力推行汉制并影响了太子。

可是，那时候国朝还不稳固，还需要各部族的支持，而这些小部族里头，却是人心不齐，甚至是顽固骄横者甚多。这些小部族的首领，有些在自己的部族内，就如同皇帝一样，醉酒吃肉，肆意妄为，仗着血统的承继，恃着手底下的武士，残杀奴隶和牧民，欺负部族内的小头领。所以他们反对汉制，反对自己在部族内的权力被王帐插手，他们的部民，他们的武士，生杀予夺的权力只属于他们自己。就算皇帝要点集征兵，他们会跟着上阵，但只会掳劫财物，而不会受军纪约束，更不会受国法的约束。事实上，就算是过去的可汗，也只是名义上的共主，对他们无实际的约束力。

但是，一个小部族的首领这么做，危害可能只限定在自己的小营地里，而他周围只有比他弱小的部民和奴隶。事实上，只要稍大一些的部族，如果胡作非为，都有可能被他联手的小部族们推翻，或者因为他拥有的草场过大而没有实际的控制力而被其他部族所并吞。

如果当今皇帝，只是一个小部族的首领的话，那他并不比其他部族的首领更差劲。然而当他掌握着自耶律阿保机以来，四代帝王苦心收笼的权力以后，他的肆意妄为就把危害放大了几百倍。所以反对他的人也会更多，而这些年以来，他杀掉的皇族、后族及各部族首领也更多。

那么，接下来会怎么样？是皇帝杀掉所有反对他的人，还是皇帝被那些反对他的人所干掉？

燕燕悚然一惊，脑海中无意飞出的思绪，竟触及到了她从未想过的深处。虽然素日里她在家里童言无忌时，也会说到“这个昏君怎么就没有报应”，或者是“接下来会是谁承继皇位”，然而这些话，不过是随口说说，过个嘴瘾，却完全不曾深想。

那么，深想又如何呢？

燕燕的心怦怦地乱跳，既激动又有些恐惧，平时言者无心，然而真正深想的时候，那种慑人心魄的恐惧感还是铺天盖地而来，压着她的心口，似乎连动一下都不行。

她想，如果她是爹爹，是大姐，会怎么想？如果她是德让哥哥，甚至是韩伯父，会怎么想？

她甚至想到，那夜在草原上乌骨里对她说过的话。乌骨里说，她们后族的姑娘，总有一个会当上皇后，而乌骨里把皇族中最接近皇位的人都数了个遍，然后只挑中了喜隐。

她爱的是喜隐，还是喜隐背后的皇位？

不不不，怎么可以这样想二姐，二姐受了那么多的苦，她在爹爹面前陈情的时候，怎么看也不像是装的。那么，二姐是真的爱上了喜隐？

可是，喜隐能当上皇帝吗？

可是一想到喜隐会当上皇帝，燕燕嫌弃地皱皱鼻子，不，她不觉得喜隐会是个好皇帝。

那么，到底谁好？

罨撒葛？不，她也不喜欢罨撒葛。而且她相信，不管是父亲还是德让哥哥，都不会喜欢罨撒葛。虽然罨撒葛到处爱当好人，可是，他若当上皇帝，肯定也不是大家心目中希望的那个皇帝。

那么谁才会是大家心目中的皇帝呢？

她数着皇族中人，心中思忖，父亲会喜欢什么样的皇帝？德让哥哥又会希望谁来当皇帝？

她几乎不假思索地想到了耶律贤——

那么，会是他吗？那个德让哥哥从小就一直跟随着的皇子，那个传说中身体孱弱多病、喜欢汉学、待人温和、心怀宏图的皇子？

可是她却从来没见过他，不知道他是个什么样的人。他真的如德让哥哥和父亲所说的那么好吗？

她懒洋洋地垂着弓箭，刚才这一路过来，似乎没什么野兽可打，就更不开心了。

忽然听到背后有人道：“是你？”

燕燕一扭头，却看到一个青年男子也一身猎装，身后如她一般，远远跟着数名从人。他看着她的表情，却有些又惊又喜的样子。

燕燕觉得他似乎有些眼熟，却一时想不起来在哪儿见过，便有些疑惑地问："你是……"

那男子却道："你还记得草原上惊马的事吗？"

燕燕努力搜寻记忆，依稀记起来："哦，对了，上次是你……好巧，你也在这里？"

这人自然就是耶律贤了。他见燕燕已经想起，便温和地笑了："正是，那日姑娘及时出现，可说是救了我的性命。"说着，忽然想到似的，忙从怀中将那双鱼玉佩递给燕燕，"这是你的玉佩吗？上次你送我回去走得匆忙，掉在了营地里，我收了起来，正想找机会还给你……"他看着已经裂开又重镶的玉佩，有些歉疚："只不过其间我遇上了一点事，没有保护好这个玉佩。不过，它又救了我一命，这裂痕便是救我时留下的。我一直想找你，却不知道你是谁。这玉佩我找人修补过了，但裂了还是裂了，不像从前那样好了，你……不会怪我吧？"

燕燕捧着玉佩，看着上面的裂痕，笑道："它能救你一命？那是再好不过的事啦，不过一块玉而已，说什么怪不怪的。"

耶律贤郑重行礼："如此多谢你啦。对了，我还应该自我介绍一下，我是世宗之子，我的名字叫明扆。"

燕燕一怔："你就是明扆皇子？我父亲说起过你，德……"她本想说德让哥哥也常提到你，但说到一半，连忙止住。虽然惊马的事情已经过去，可她怕韩德让又说她淘气。如今她可在乎自己在韩德让眼中的形象了，她在努力改变之前的"小姑娘"形象，而想成为一个成熟稳重的"大姑娘"。

于是说到一半，她又摆手道："嗯，过去的事就过去算啦，你可别告诉别人我们是这么认识的。"

耶律贤见了这小姑娘淘气的模样，心里头一热，会意地点头，笑道："你救过我，自然一切听你的。"

燕燕大喜，觉得这个人知情识趣，实是大妙，当下顿时觉得他亲切起来，又问道："怎么我从前没见过你，四季捺钵的时候也没见着？"

耶律贤道："我身体不太好，所以平常也没在外面走动。那天本来是在草原上闲逛的，没想到遇上惊马，我和我的侍从都走散了，马也跑了。正没办法的时候，幸好遇上了你，又送我回去，偏你走得急，来不及打听你的名字，如今终于养好了伤，现当面向你致谢，也算了却我一番心愿。”

燕燕又问：“那你怎么说这玉佩又救了你一命？”

耶律贤答：“那次回程路上，又遇上刺客，幸好有这玉佩帮我挡了一剑，要不然我早没命了。”

燕燕顿时想起，那次刺客行刺穆宗，就是皇子明扆替穆宗挡了一剑。想到此事，燕燕语气中带了些复杂的情感：“嗯，你也太好心了，你救了他，反而让自己差点没命，真傻。”

耶律贤听出她话中的意思，眨眨眼睛：“其实那次是赶巧了，我也是误打误撞，倒教主上误会。主上身边侍卫中尽有高手，以我的身手，不拖累别人就好了，哪里还能够替别人挡刀剑。”

燕燕一想也有理，便不计较此事，反替耶律贤庆幸道：“那也算是因祸得福，你没事，还让主上以为你救驾，那是好事啊。不提这个了，对了，你还不知道我的名字吧？我是思温宰相的女儿，我叫燕燕。”

两人说说笑笑，耶律贤早知她的性情，便在话语中存了心思讨好她，不一会儿就令得燕燕高兴起来。

于是两人一起行猎，一路上也只猎射了些小兔、小鸡之类的猎物，直至夕阳西下，晚风吹拂着树叶。两人经过一番运动，都有些累了，并肩坐在小树旁，耶律贤苍白的脸上也难得冒出一丝嫣红。听得燕燕絮絮地说：“本来我今天有点不开心，才跑出来打猎，没想到遇上你……我现在好多了。”

耶律贤反问：“燕燕姑娘有什么心事吗？”

燕燕摆了摆手：“没什么，不开心的事情就不拿出来说了。”

耶律贤察颜观色，问道：“是你姐姐的事吗？”

燕燕惊疑不定：“你也知道我姐姐的事？”

耶律贤说：“整个上京城都在说，思温宰相把两个女儿嫁给了横帐房最有可能继承皇位的两支啊！”

燕燕气恼地回他：“哼，胡说，我爹才不是这样的人呢。”

耶律贤对此表示认同：“我了解思温宰相，若是可以的话，他根本不想将女儿嫁给这两位王爷，是不是？”

听了这话，燕燕看着耶律贤，顿时心生好感，连连点头：“对啊，根本就是太平王强迫，喜隐暗算，我爹也是迫于无奈，那些人真是会乱嚼舌根。”

耶律贤劝导她：“谣言止于智者，不相关的人，何必为他们的言语生气。”

燕燕面露喜色：“你这个人真不错，挺通情达理的，跟横帐房那两人真是不一样。”

耶律贤听到这番褒奖，更觉高兴，反问道：“是吗？”

燕燕忽然说：“其实要说做皇帝，你倒比他们合适。”

耶律贤一怔，忽然笑了：“为什么？”

这段时间以来，燕燕一直在想这件事，所以听到他这一问，就说了：“虽然我不知道皇帝应该是什么样子，可是皇帝不应该是什么样子，却都能够看得出来。当今主上不是，太平王不是，喜隐更不是。我爹以前教我们读书，说‘大学之道，在明明德，在亲民，在止于至善’。说这是圣人之道，我想，大家希望一个皇帝是什么样子的呢？明道有德、亲民向善，总是越接近这个方向，才会越被人拥戴吧。”说着她认真地看着耶律贤，“我觉得你比他们适合当这个皇帝。”

耶律贤震惊地看着燕燕，此刻的燕燕在他面前，并不是在萧思温和韩德让面前的小女儿态，而是显露出高于同龄人的政治天分。

耶律贤强抑激动的心情：“你知道吗，从小到大，一直有人跟我说，我是先皇的儿子，我‘应该’去争取皇位；还有人跟我说，你文不成武不就，哪来的资格去争取皇位？可从来没有人跟我说，仅仅凭我自己，我比别人更适合当皇帝。”

燕燕扭头看着耶律贤：“那你会去当皇帝吗？”

耶律贤忽然笑了："你希望我当皇帝吗？"

燕燕看了耶律贤半晌，忽然摇头，认真地道："不能是我希望你去当，你就去当啊。当皇帝不是儿戏的。"

耶律贤感叹："有人跟我说，燕燕还是个孩子。可在我眼中，你绝对不是个孩子了，你是一个很聪明、很懂事，比上京城所有的姑娘都更聪明懂事的大人了。"

燕燕笑了，笑得灿烂："你这是夸我吗？我真高兴，这还是第一次有人夸我是个聪明懂事的大人。"说着说着，转而消沉下来，"你当我是大人有什么用，他们还是拿我当小孩！真气人。"

耶律贤问："谁当你是小孩？"

燕燕不服气地说："我爹，还有大姐、二姐……他们什么都不告诉我，什么事都是决定了最后才告诉我的！我要早知道，我一定不会让大姐嫁给太平王，更不会让二姐嫁给喜隐。我明明已经不是小孩子了，我也上过幽州，截过……"

燕燕说到这里忽然醒悟说漏了嘴，忙掩口，看看耶律贤。

耶律贤恍若未觉："是啊，我也是，他们总拿我当成琉璃做的人，似乎我动一动就碎了。从小到大，不停地吃药，稍一走动，就有人管；出来得久了，就会被人劝……"

两人都说起自己被人管束的事情，越说越是投机合契。

燕燕亦说起自己与乌骨里的事情，犹自愤然，转而问耶律贤："你说，我二姐这样，是不是错了？"

耶律贤却没有回答，只凝视着燕燕道："燕燕，若是我说，你二姐错了，你会不会就此开心起来？你心里烦恼的事情是不是能解决？"

燕燕怔了一怔，垂头丧气地说："是，不会。可是……可是二姐就应该认个错啊。"

耶律贤看着她："所以，你并不需要我来说你二姐对与不对，而是希望你二姐向你认错，然后按你的要求，二姐与喜隐退婚，大姐与太平王退婚，让一切都恢复到原来那样，是吗？"

燕燕点了点头，但很快又垂下了头，其实她真正执着的，并不是乌骨里认不认错，而是在她的潜意识中，希望乌骨里认错是第一步，而让一切恢复到原来的样子，才是她真正想要的。然而细究一下，除了乌骨里认错这件事有可行性，其他的事情则根本不可能。

而她却因为乌骨里不肯走出这第一步，下意识地把所有的不可能，都归咎于乌骨里。而今被耶律贤一言道破，这才忽然明白。

忽然间悲从中来，她哽咽道："其实不管二姐认不认错，一切都不可能重来了，是吗？"

耶律贤没有回答，只是轻叹一声："不知道你有没有听说过，我曾经有过一个兄长……"

燕燕刚想说自己知道，但看看耶律贤的神情，不知为何，就咽下了这句话。

耶律贤轻叹一声："小时候，大人们每次问我最讨厌的人是谁，我就会说，是吼阿不。"

燕燕原以为他提到自己的兄长，必会说到兄长如何待他好的情景，却没想到是这个回答，不禁问："为什么？"

耶律贤似乎沉浸在回忆中，嘴角也不禁露出一丝微笑："因为他真的很淘气，尤其可恶的是，他还喜欢在父皇、母后面前装好孩子。于是明明都是他闯的祸，却每次都会哄我去顶缸，而我那时候傻傻的，每次都会上他的当。被母后责罚以后，我再怎么哭着说是吼阿不叫我认的，母后不但不会安慰我，还会再骂我一顿。而且下一次他还会继续骗我……所以，我小时候真的很讨厌他。"

他笑着，眼眶却是一红："好不容易有次出去玩的机会，又是他带我去池子里捞鱼，害得我得了风寒。他一点事也没有，我却要喝很苦很苦的药，于是我就冲他吼，我最讨厌他了，我再也不会跟他和好了……然后，我再也没有机会和他和好了。"

大皇子吼阿不，死于祥古山之乱，死时年仅八岁。

耶律贤平息了一下心情，转头看燕燕，却见燕燕已经哭成了泪人："明扆，你别说了，呜呜呜……"

耶律贤伸手，轻轻握了一下燕燕的手，轻声安慰道："你别哭了，都是我不好，招得你哭了。"

"不，不，"燕燕拼命摇头，"都是我不好，让你想起伤心事了。"

耶律贤摇摇头："不是，燕燕，其实这些年以来，我都不愿意跟人提起过去之事，我一想到他们，就想到祥古山。可是在你面前，我会想到那些我们曾经共度过的天伦之乐。燕燕，当事情发生以后，我们都没办法挽回时光，所以只能争取现在，抓住现在能够抓住的每一个机会，每一点美好。错过了，就会永远错过。"

燕燕抹泪点头："我知道，我知道。"

耶律贤拿出手帕递给燕燕："擦擦眼泪吧，哭成小花猫了。"

燕燕噗地一笑，接过手帕擦擦眼泪，她原本烦乱的心情忽然间就平静了下来。两人并肩而坐，此时夕阳西下，天边一抹晚霞冲破云层，一条金色的光柱自上而下，如同顶天立地一般。

燕燕指着天边说："好奇怪啊，你看那道金光——"

耶律贤亦是轻叹："我平时在宫里，这样的景色却是只有在草场上才能够看到。天地造化无穷，人在这天地之间，反而更显渺小了。"

一阵风吹过，耶律贤微觉寒意，但见燕燕仍看着天边，就没有提。但他不说，楚补却看到天晚风起，便远远地走了过来，走到耶律贤面前行礼道："大王，我们今天出来得太久了，您身体不好，今日出了汗又吹风，回去还要喝药呢。"

耶律贤无奈地对燕燕说："你看，管我的人来了。"

燕燕同情地看着耶律贤："好吧，你比我还可怜。"见耶律贤站起欲离开，她忽然问："明扆皇子，我还能再见你吗？"

虽然和这个人才第二次见面，可是她却觉得，跟他像是认识了很久似的。似乎在他的面前，会不知不觉说出许多自己的心事来，又会得到他不动声色的开解，原来烦闷的事情，也少了许多。

耶律贤心情激动，面上却不露声色，道："我久居宫中，一向没多少朋友。难得今日与你一见如故，如今我已经出宫开府，应该还是有许多机会相见的。”

燕燕鼓掌道：“那太好了。”

耶律贤指了指楚补道：“你若有事，去我王府中送信即可。”他还想说什么，一阵风吹来，不由轻咳两声。

燕燕朝他吐了吐舌头：“果然是不能吹风啊，你赶紧回去吧。”

耶律贤点头：“好。我们之间的交往，暂时保密可好？”

燕燕自以为懂事地点头：“我知道，你不方便嘛。那这就是我们俩的秘密了。”

“谁也不能说。”

“谁也不能说。”

第三十二章

相府嫁女

耶律贤走了，此行的目地已经达到，他也终于可以放下一桩心事。

他刚才是骑马而来，但马车却在一边候着，回去便是坐马车。

他坐上车不久，就咳嗽了几声。楚补连忙取出随身带的丸药给他服下，嗔怪道：“大王不是说，只看看她就走吗，怎么待了这许久？”

耶律贤有些神思不属：“是啊，我本来是这么想的。”

楚补责怪他：“可大王耗费了太多时间和精神，回去只怕要卧床好几天了。”

耶律贤叹息，摇头：“我以为会是最后一次了，所以……想多逗留一会儿。”

楚补诧异：“奴才以为大王是改变了心意，难道您还是……”

耶律贤有些迷惘，半晌，才说：“我，我不知道。或许，我改变心意了。”

楚补震惊：“大王……您要求娶燕燕姑娘？”

耶律贤摇头：“不，我还没想好，至少绝对不能是现在。”

楚补诧异地问他：“为什么？如今太平王向大小姐胡辇求亲，喜隐向二小姐乌骨里求亲，接下来不知道会有多少人向燕燕姑娘求亲。大王若对燕燕姑娘有心，难道要眼睁睁地看着她嫁给别人？”

耶律贤沉默半晌，才说：“不不不，如果我向燕燕求亲，那横帐三房娶了思温宰相的三个女儿，势必会把思温宰相推向一个众人瞩目的焦点，也会让他在主上和群臣面前，毫无回旋的余地——”他轻叹一声，“时机未至。”

楚补听得糊涂了，他对燕燕有意，却又不打算求娶，难道是想把燕燕让与别人不成："那大王您的意思是……"

耶律贤苦笑一声："我身负国仇家恨，随时都有可能死去，如何敢爱？如何敢娶？"如果他有能力问鼎皇位，那自然一切皆有。如果他在争位之中失败甚至死去，他又何必去招惹燕燕。

倒不如，留一段美丽的记忆，什么也不要去破坏。

他不是喜隐，也不是罨撒葛，这两人始终没有得到萧思温的认可，所以才会谋夺婚姻之事，以为可以强行把萧思温拉到自己这一方营帐去。就算是萧思温不愿意，但只要事情发生了，他也不得不依势而从。

但是耶律贤却不愿意用这种手段。有时候，剑要藏在匣中，才是最具威力的。只有不够自信的人，才会过早亮出自己还不能够完全掌控的武器，最后不但没有发挥出作用来，甚至还毁了原本可以保存下来以备后用的武器。

燕燕与耶律贤分手以后，也带着侍女们回了府。

此时萧思温已经应允了两桩婚事，府中自然开始准备嫁妆，张灯结彩准备婚宴。侍女仆役来来往往，忙碌不休。

燕燕正是因为府中这样的景象，才心烦躲了出去。然而此时再回头来看，却是另一种感觉了。这府中的布置越是热闹，就是她两个姐姐离家的日子越近了，两个姐姐嫁了，这府中的主人就只剩下她和父亲了。想到这里，她不由悲从中来，不知不觉将对乌骨里的怨恨消了大半。

她信步走到乌骨里的院落外，却见侍女瑰引正走出来。瑰引见了燕燕，吓了一跳，忙行礼道："三小姐，您、这是……"

燕燕却悄悄地指了指里面，低声问她："二姐这几天怎么样？"

瑰引一喜，她们姐妹从小就不停吵翻了又和好，和好之前，便是如此。当下也压低了声音摇头道："二小姐不太好呢，这几天半夜都在偷偷地哭，还不让我们看到。"

燕燕一听，心里也是一疼，口中却道："哼，她不是死不认错嘛，半夜哭什么。我进去看看。”说着，就要进去。

瑰引见状，便悄悄向内招了招手，让守在门口的侍女们都随她出去。原来这几天乌骨里心情不好，常常一人独坐，侍女们都被她赶出来了。

燕燕掀开帘子，就见室内只有一盏孤灯，乌骨里抱着嫁衣，呆呆地坐在榻上，也不知道心里想着何事，神游天外。

燕燕走进去，想叫“二姐”又有些不好意思，咳嗽了一声道：“你——你这样抱着嫁衣，揉皱了，过几天穿的时候可不好看了。”

乌骨里抬头看到燕燕，心中一喜，但马上拉下脸道：“不好看就不好看，你不是巴不得我出嫁的时候不好看吗？”

燕燕急了，跑到榻上，扑到乌骨里身上道：“你这坏蛋，我明明不是这个意思。”

乌骨里反扑，把燕燕压在下面，叫道：“你明明知道我不开心还来呕我，你是什么意思，是什么意思？”

燕燕翻身，两人在榻上滚过来推过去摔打了好一会儿，才各自气喘吁吁地坐下。

乌骨里嫌弃地道：“看看你这样子，跟个疯婆子似的。”

燕燕不服气地道：“难道你就好了？”

乌骨里的声音忽然低了下来：“你为什么还来看我？你不是说我没良心吗？不是说我害了大姐吗？不是说我要嫁给喜隐你就跟我绝交吗？”

燕燕抱膝坐着，老老实实地说：“是，我是讨厌过你，尤其是你明明知道自己错了还不肯认错的时候，可是……”她忽然哽咽了，“可是你要嫁人了，我以后再也没机会和你这样一起打架了，我不想你出嫁的时候，还没人理你。”

乌骨里鼻子一酸，恨恨地道：“除了你以外，还有谁会不理我？理我的人多了，哼，谁稀罕你理不理我。”她忽然放声大哭，“你这小坏蛋，你这么狠心，我以为你不会来看我了呢。你知不知道，我被罨撒葛关起来的时候，我有多害怕，我怕我再也见不到爹爹，见不到大姐了，我想你这个小坏蛋以后跟人比马打架输了，可再没有人来帮你了……”

两姐妹抱头放声大哭起来，一边哭一边又互相拍打着对方，一边指责一边骂，一边又紧紧地抱住，各自的眼泪鼻涕都蹭了对方一身。

而这一晚，萧思温看着府中一一点上的红灯笼，看似满院喜字，然而却没有半点喜色。

这几日女儿们的情景，他也看在眼中，外头是诸王争位，穆宗多疑；府内是女儿临嫁，姐妹生隙。他的心里如压着巨石，沉甸甸地透不过气来。

而这三个女儿中，他最对不起的，就是长女胡辇。

而今，再过得几日，胡辇就要嫁入太平王王府，这是一桩最令他不放心的婚事。他思来想去，还是去了胡辇的院中。

但见胡辇房间中灯光仍然亮着，他心爱的长女独倚窗前，一脸落寞，半点没有新嫁娘的喜气。身边没有侍女，想是让她遣了下去。

他心头剧痛，轻轻走进院子，来到窗前，唤了她一声。

胡辇抬起头，怔了一怔，慢慢回过神来，站起来叫道：“爹爹——”

萧思温绕过窗子，走进室内，一把将胡辇按回椅子上：“坐吧。这么晚了，怎么还没睡？”

胡辇迷惘地说：“女儿睡不着。”

萧思温心头暗恨，看着胡辇，心疼地握住她的手拍了拍：“皆是我忙于政事，没有管教好乌骨里，如今她闯的祸却要你来背。若不是为了救乌骨里，你也不会答允这桩婚事。我知道，你不是心甘情愿的。爹爹对不起你。”

胡辇难得见到父亲软弱的时刻，不禁落泪。她急忙擦去，反手握住萧思温的手：“爹爹，不要如此说。便是没有乌骨里的事情，太平王也迟早会找到其他理由上门的。他是主上最宠信的弟弟，到时候主上亲口赐婚，我们又怎能回绝呢？主上暴虐，动辄杀人，爹爹位高权重，我们家何曾不是处于风口浪尖？女儿从小到大，也不知见了多少世交姐妹，转眼生死相隔。我嫁给太平王若能保一家平安，那也没什么不好。”

萧思温叹了一口气："你们三姐妹，你太懂事，乌骨里却是太任性，燕燕又太小。"

胡辇打断萧思温："爹爹不要这么说。在这样的世道里，只要姐妹们都能保全，家族无恙，无论让女儿做什么，女儿都心甘情愿。"

萧思温长叹一声，懂事的太懂事，不懂事的太不懂事，眼见女儿这样，十分不舍，想到皇家之事，忍不住告诫："你过几日就要嫁入王府了，世间事，最可怕的却不是你这一步迈出的牺牲，更险处还在你嫁给罨撒葛之后。旁人只看到太平王王妃的风光，全没看到太平王心机深沉，心思叵测，你嫁过去，须步步小心，这个王妃绝不好做。"

胡辇将头靠在萧思温怀中："女儿知道，嫁人了肯定不像在家里这么自在。爹爹，别太担心我。无论发生什么事，我都会让自己过得好好的。"

萧思温抱着胡辇，轻轻拍着她的肩。晚风吹过，空气中弥漫着一股淡淡的忧伤。

过了良久，胡辇轻轻地退后一步，有些不好意思："瞧我这么大了，还在爹面前撒娇。"

萧思温长叹："你就是在我面前撒娇太少了，爹只望你这一生，都能够永远在爹面前撒娇。"

胡辇低下头，只觉得眼角有些热。她拿手帕轻拭了一下，抬头强笑道："最会撒娇的人就是燕燕。爹，我嫁了之后，府中就只剩下燕燕，让她多陪您几年吧，不要太早嫁了，要不然，就剩您一个人了。"

萧思温被她说得也是一笑："哼，留不住啊，她如今已经整天把韩德让挂在嘴边，哪里还能留得住。"

胡辇一怔："德让——爹爹怎么想？女儿觉得，我们两姐妹已经嫁了两横帐房了，燕燕还是由着她自己的心愿，嫁她喜欢的人吧。汉臣，也没什么。"

萧思温点了点头："是，我本来以为是她一厢情愿，可是这次自幽州回来以后，我看德让对她也是有些认真了。"

胡辇心头一酸，走神片刻，才回神强笑道："是啊，他们倒是天生的一对。我不愁她，我只愁乌骨里太傻太死心眼，怕将来喜隐的野心会牵连她。"

正说着，就见侍女来报，说是燕燕进了乌骨里的房间。胡辇喜道："燕燕必是想通了，去与乌骨里和好，我这几天正愁着这小丫头什么时候能想通。要不然，我们过去看看。"

萧思温点了点头，两人去了乌骨里的院子里，却看到瑰引站在院外。瑰引见了两人行完礼，又指着院内说，燕燕刚才来找乌骨里，两人又闹又哭地折腾半天，如今才安静下来，想来是已经和好了。

萧思温与胡辇对望一眼，来到乌骨里的房门边，掀起帘子，看着里面两姐妹踹了一地的枕头、被子，两人的头发、衣服凌乱一片，却是双双抱在一起，已经哭累了睡着了。

胡辇叹息："和好了，倒是好事，就是睡觉也不省心。"

萧思温见状，也是放心离开。

胡辇走进来，指挥着侍女们给两人洗脸更衣，重新取了枕头、被子来安置好，后来想想不放心，索性再取了一套被褥，自己也一起睡下。

次日清晨，两个小丫头醒来，见三姐妹同睡一榻，欢喜无限，漫天阴云，就此散去。

过得数日，正是萨满定的吉日，胡辇与乌骨里便于这日黄昏出嫁。

一大早，两人就分别在自己院中由侍女们梳妆完毕，穿上新嫁衣，戴上高高的金冠，等着迎亲队伍的到来。

此时，李胡已死，这一系就由喜隐居尊，穆宗为掩人耳目，亦封他为赵王。

太平王罨撒葛和赵王喜隐，均为皇族亲王，一切仪式自然是按亲王级别来，所以自然也是繁杂铺排无比。

先是两边各派臣属使者与媒妁将酒食、牛羊猪犬鸡等称为"饔饩"的东西送到萧思温府，在门前一一摆就，并向萧思温纳币，致请亲祝词。

然后胡辇和乌骨里被搀扶出来，向父母、宗族、兄弟拜别，并进离别酒，再由萧思温致戒词，嘱其出嫁之后，敬夫族、重夫婿、生儿育女等言。

再由皇族中身份尊贵的妇人主持，请新人上车。两边鼓乐齐起，除亲王仪仗外，两边更有教坊歌舞奏乐相伴而行。及至新娘登车以后，还要由同辈、晚辈在后面追车，以示不舍之意。这时候双王属下就要将准备好的礼物和酒肉送给后族中追车之人，这是承袭部族早年抢婚之习俗——新娘上车，娘家人在后面追赶，而男方就要备酒肉给追兵，以方便脱身。

等到了王府，这时候是皇族中人相迎，然后地上铺就黄土。新娘下车进门时，就见车边侍立两人，一个背着银壶捧着酒盏，另一个着羊羔裘做袭击状，这亦是早年的抢亲古风遗存。

然后再是一个皇族贵妇捧着镜子在新娘面前倒退而行，这亦是旧俗，镜子有避邪之用，新娘自外而入，用镜子照着，鬼祟不敢进来。

新娘由两个少女扶着下车而入，再两边却是两个小姑娘捧着宝瓶跟随。进门先是一个马鞍，新娘跨马鞍而过，进入主殿。进入主殿之后，先接穆宗的赐婚旨，再去后面的神主室，拜谒神灵和祖先，并奠酒。再回到主殿，此时由皇族中比较尊贵的长辈当奥而坐，称之为“奥姑”。新娘拜过奥姑，再由奥姑主持，完成婚礼后续的仪式，然后是送亲的后族和皇族中人再见礼，饮宴。

两边俱是亲王，仪仗仪式的内容都差不多。然而，却在细节上分了高下。

太平王罨撒葛的府中，皇族和后族稍有分量的人都到场了，热闹非凡。罨撒葛是穆宗爱弟，倚重万分，于国中正是一人之下万人之上，权势炽手可热，且因为穆宗残暴，所以权力和人心，似乎都在渐渐向着罨撒葛倾斜过去。而穆宗派心腹下旨赏赐，更是让气氛达到高潮。

而赵王喜隐府上，目前不管从实力还是从手段来说，喜隐都无法与罨撒葛相比。况且，李胡谋逆案余波未息，许多与他父子素日交好的已经受到牵连打压，关系普通的干脆避开不来。所以最后也仅仅是来了少数皇族后族中人和他所继承的斡鲁朵的死忠臣子，甚至连送嫁姐妹也因为燕燕分身乏术而去了太平王王府，陪伴乌骨里到赵王府的，只有她素日交好的堂姐妹。

偌大的府第，因为相贺的人太少，反而显得很冷清。

新房内同样的红烛高照，乌骨里喜形于色，只是周遭寂寂，她心有不安。重九从前厅回来，在乌骨里耳畔轻声说话，只听得乌骨里的神情由喜转怒："岂有此理，这些无礼之人，怎么可以这样欺负我们！"

重九见乌骨里动怒，连忙退下，不敢多言。

门外侍从一声高呼："大王到。"

乌骨里连忙转身抹泪，露出笑脸来迎接喜隐。

喜隐从外面走进来，旁若无事地对乌骨里笑着说："让你久等了。来，今天忙了一天一定饿了吧。我让厨房做了些小菜，你先垫垫肚子。"下人鱼贯而入，将精致小菜摆在桌上。

乌骨里收拾心情，走到桌旁坐下。喜隐热忱地招呼乌骨里："这几道都是我府上厨子的独门手艺，旁的地方吃不到。你好好尝尝味道。"

乌骨里举起筷子夹了几口，却是味同嚼蜡。此刻她的内心酸楚，为喜隐感到心疼，眼角不觉落下一滴泪来。

喜隐叹了口气："怎么了？"

乌骨里紧紧握住喜隐的手，哽咽道："喜隐，我一定帮你登上皇位，让今天轻忽我们的人付出代价。"

喜隐心中暖暖的，这半日的烦扰一扫而空。他走上前用力抱住乌骨里："傻姑娘，争皇位是我们男人的事，哪用得着你操心。今日你受的委屈，等我登上皇位，定会百倍补偿你。"

而太平王王府的酒宴，一直闹到快天亮了，罨撒葛才得以脱身。他一身酒气，脚步踉跄地走进新房。空宁和福慧见状，都识趣地退了出去。

罨撒葛揭下胡辇的红盖头，看到她精心雕饰的容颜，再度露出惊艳的神色，不自觉地抚上胡辇的脸："胡辇，你今天真美！"

胡辇与罨撒葛对视，一时竟不知说什么好。她低下眼眉："太平王醉了。"

罨撒葛讪笑两声："好胡辇，是我错了，都是他们不好，死活要灌我酒，我竟是脱不得身，倒累得你独守一夜。"

胡辇柔声道："不妨事的，王爷，你今日的酒也喝得多了，不如早些歇息吧。"

罨撒葛哈哈一笑，拉着胡辇的手："不错，我们是应该歇息了。"

胡辇一惊，本能地有些抗拒，便想转头避开罨撒葛，罨撒葛却快她一步，将胡辇拉到自己怀中，俯下身，深吻上去。

胡辇挣扎着，逃避着，却躲不开罨撒葛强势的进攻，终于被按倒在床上。

罨撒葛完全压制住胡辇，不许她躲避自己。

胡辇抗拒的双手渐渐改为抚摸，终于完全沉浸在这一吻中。待罨撒葛放开她，胡辇已是满目含春，双颊嫣红，喘着气看着罨撒葛。

罨撒葛抱着胡辇近乎梦呓般说道："胡辇，胡辇，你终于是我的了，真好！胡辇，胡辇，胡辇……"

他这一强来，胡辇心中甚是恼火，可是等到他这样不停地叫着自己的名字时，她忽然间竟觉一阵心酸，不由自主地应了一声。

不想罨撒葛兴奋之下，叫个没完，胡辇应得几声后，嗔怪地说："我就在你面前，你叫这么多声干什么？"

罨撒葛痴笑："没什么，我只是怕我在做梦，所以才要多叫几声。"

胡辇有些犹豫地问："太平王，你真的这么喜欢我吗？"

罨撒葛以手臂撑起身子，为胡辇理着乱发，深情地说："胡辇，我虽然权倾天下，整个大辽的女人都随我挑选，可我并不稀罕。你出身后族，比谁都知道，皇族的内斗有多残酷，特别是我这样有资格继承皇位的人，身边更是不得安宁。所以，我一直想娶一个以亲情为重，一个哪怕在我失意时也不离不弃的好女人。"

胡辇迷惘地看着罨撒葛："太平……"

罨撒葛一指抵住胡辇的唇："叫我的名字。"

胡辇羞红了脸，轻轻唤了一声："罨撒葛。"

罨撒葛幸福地囔囔："哎，再叫一声。"

"罨撒葛……"

"再叫，再叫，再叫……"

胡辇只得叫着："罨撒葛，罨撒葛，罨撒葛……"

罨撒葛一声声应着，伏在胡辇身上，更加沉醉。

天近黎明的时候，胡辇沉沉睡去了。

罨撒葛看着胡辇的睡颜，在她的耳边低声说："胡辇，你是个好女人，我虽然强娶了你，但必不会负你。我会一辈子守着你，护着你。"

窗外，天渐渐亮了。

罨撒葛和胡辇新婚的第三日，穆宗早已在宫内摆了宴席等候他们夫妇。

翼王耶律敌烈带着王妃伊勒兰和其子蛙哥走进开皇殿，向穆宗行礼。

敌烈心中早有算计，穆宗死了皇后，又不近女色，将来便不会有子嗣。罨撒葛前王妃不曾留下儿子，如今又刚刚成婚，生下儿子也不知何年何月，而蛙哥却已是十二三岁的少年，往后就可以上阵带兵了。今日敌烈特意将蛙哥打扮一番，也是为了让他在穆宗面前露露脸，好让穆宗重视这太宗一房的后继之人。这个儿子让他颇感得意，虽然自己这些年在权势上争不过罨撒葛，可是上天有眼，教他前王妃死于难产，如今的王妃又刚进门。他敌烈可有后继之人，将来或可凭借儿子人前显贵，而穆宗与太平王虽然权倾朝野，但他们无不都是孤家寡人，后继无人也未可知。有了这种心思，他走起路来也多了几分豪迈。

穆宗高坐龙椅之上，扫视了三人一眼，懒懒地说了一句："起来吧。你们来得倒早。"

敌烈讨好地道："今日二哥大喜，臣弟不敢迟来。怎么，二哥二嫂还没来吗？”

穆宗望着殿外：“应该快了。”

敌烈忙拉着蛙哥上前：“皇兄，蛙哥最近的骑射功夫又进步了。一会儿，您带他去校场考校考校？”

蛙哥闻言，忙上前脆生生地道：“皇伯父，侄儿现在能开一石弓。”

穆宗依然懒懒地回他：“今日宴席是为罨撒葛庆贺新婚，去什么校场。蛙哥是你的儿子，该你自己去考校。你的骑射不好，就去找师傅。”

蛙哥神色黯然，敌烈也十分尴尬。

伊勒兰连忙答话，缓解尴尬：“是啊，我也早说他了，主上日夜繁忙，怎么能再拿孩子的事情来烦您呢。”

还未等伊勒兰说完，穆宗忽然起身向外走去。敌烈跟在身后，先是不明所以，随即看到殿门外罨撒葛和胡辇的身影，不禁流露出羡慕嫉妒的神色。

只见罨撒葛牵着胡辇的手刚走到殿外，穆宗就从里面出来迎接。两人忙行礼拜见，穆宗便一手一个，亲手拉了他们起来道：“都起来。都是一家人，不必如此拘礼。”说着，便引着两人向内走。罨撒葛拉着胡辇的手跟着，动作自然而亲密。

罨撒葛看到敌烈一家三口在殿中站着，笑了笑：“三弟这么早就来了啊。胡辇，我来给你介绍。这是三弟敌烈、弟妹伊勒兰，还有他们的儿子蛙哥。”

胡辇一一见礼：“见过敌烈郎君，见过伊勒兰夫人。”她转向敌烈夫妻，轻抚着蛙哥的头说：“真是好孩子，听说蛙哥喜好骑射，我准备了一匹好马当见面礼，回头就让人给蛙哥送去。”

蛙哥听得眼睛一亮，欢喜地道：“多谢二婶！”

穆宗坐回龙椅上，招了招手：“都坐下吧。朕让他们开宴。”两家人遂各自落座。

穆宗举着杯子，来到胡辇跟前，胡辇慌忙端起酒杯，起身迎接。

穆宗和蔼地说：“坐，坐，今日是家宴，不必如此拘礼。朕这个弟弟啊，大辽上下那么多美女供他挑选，可他偏偏一个也看不上，却原来是在等胡辇你。这一杯，朕敬你，祝你们夫妻和睦！”

胡辇也举起酒杯，回敬道：“谢主上！胡辇一定照顾好太平王。”

穆宗放下杯子：“他身体壮得像牛，你倒不必顾着他。只有一件事最要紧，要早些生个儿子出来。我们这一系至今也没个后嗣承继。”

敌烈听到此处，脸涨得通红，直欲发作。什么没有后嗣，他的蛙哥明明就站在眼前，穆宗为何视而不见？他待要说话，但在穆宗和罨撒葛面前吃的苦头多了，只好隐忍了下来。

蛙哥露出不明白的神情，拉了拉母亲，想要说话。伊勒兰连忙捏了捏蛙哥的手，凑到儿子的耳边低声告诫：“在宫里不要东问西问，大人叫你说才能说话，乖。”

蛙哥不知所措地点了点头。

穆宗继续说道：“朕都指望着你们俩呢。你们俩早一日生下子嗣，朕才能早一日后顾无忧啊。”

见胡辇被说得羞涩地低下头，罨撒葛故作责怪：“皇兄这么快就催上了。这才第三天哪。”

穆宗只得赔笑道：“好好好，朕不催，朕不催。你们想什么时候生就什么时候生。”

敌烈干笑着，插嘴说道：“哈哈，是啊。其实二哥也不必太有压力，我们家不是还有蛙哥嘛，他都十二岁了，很快就能帮上忙了。”

穆宗转过头，盯着敌烈看，直看得敌烈再也笑不下去，方不阴不阳地说：“敌烈，你刚才说你们家蛙哥能开一石弓了？”

敌烈胆怯地答：“是啊。”

穆宗阴阴地说：“骑射还是应该靠历练才能成长。你就是老守在上京才这么没出息。这样吧，南京如今还缺个皇族镇守，朕派你过去，你带上蛙哥一起去感受下战场的氛围。”

敌烈慌了：“皇兄，蛙哥还小。要不，臣弟去南京，蛙哥就留在家里吧。”

穆宗呵斥："不是说很快就能帮上忙吗？难道是骗朕的？"

敌烈不敢再说。

胡辇看得不忍，转头看向罨撒葛，罨撒葛却摇了摇头，示意她不要多嘴。

穆宗道："那就这么定了。"

殿上顿时寂寂无声。

小侍念古走到穆宗身边，在他耳边低声道："主上，喜隐求见。"

穆宗冷冷地哼了一声："让他在外面等着。"

胡辇转头，低声问罨撒葛："怎么了？"

罨撒葛虽不曾听到，但一猜就已经明白，却没有说明，只安抚胡辇："不关我们的事。"

穆宗重新坐回龙椅上，念古退让到大殿一旁站着。站在龙椅旁的安只拍了拍手，歌舞声起，原先准备好的舞姬鱼贯而入。

穆宗举起酒杯："来，罨撒葛，别理这些烦心的人和事。咱们兄弟继续喝酒。"

罨撒葛也举杯："是，臣弟这杯敬皇兄。"

第三十三章

喜隐受辱

日头渐渐升高，乌骨里和喜隐站在烈日下，已晒得额上冒汗。

听着大殿里隐约传出的舞乐声，喜隐咬紧牙根，心中含恨。一边的乌骨里素日里娇生惯养，此时早已站得疲累不堪，突然脚下一软，差点摔倒，幸而一边的喜隐及时扶住了她。

看着新婚娇妻苍白的脸，喜隐心中内疚："乌骨里，对不起，你姐姐嫁了罨撒葛，可以进殿饮宴，我却害得你陪我站在门口受辱吃苦。我、我……"他说到这里，虎目也不禁含泪。

乌骨里见他如此，反握住喜隐的手，劝慰道："喜隐，没关系的，我嫁给你，就知道后面等待着我的会有多少曲折风波。这种事现在只是个开始，我会慢慢习惯的。我们夫妻一体，陪着你，我不觉得苦。"她见喜隐尤自不愤，想了想，在他耳边低声说道，"我不觉得苦，是因为最后我们会连本带利讨回来的。"

喜隐心头一震，本来因为父亲惨死、婚礼冷清、殿前受辱而灰暗的心，忽然得到了火热的感应。他紧紧握着乌骨里的手，咬牙道："是，你说得对，我们一定会……"

他待要说出口，忽然乌骨里用力握了一下他的手，打断他，轻声道："小心。"

原来他心情激动，不免声音略大，见乌骨里提醒，忙左右一看，果见旁边的侍卫已闻声转头，当下咬了咬牙，将后面的话咽了，只将乌骨里的手握了握，以示心意。

他们两人在外头不好过，里头也有人为他们两人未进来而不安。眼前歌舞再美，酒宴再丰盛，可是一想到妹妹，胡颦就心神不宁。她虽坐在自己的席位上，却隔一会儿便频频向着殿外张望。

罨撒葛早察觉到她的不安，却装作不知，只一味与场中诸人欢笑对饮。胡颦忍了半日，见宴已过半，人人都吃得杯盘狼藉，连穆宗也已经喝高了，便趁人不备，在罨撒葛回席稍坐片刻之时，终于忍不住拉了拉身旁罨撒葛的衣衫。

罨撒葛心中暗叹，却只装作完全无知地扭头，笑问："胡颦，怎么了？"

胡颦压低了声音："今天乌骨里夫妻也要进宫谢恩的，怎么到现在还没见进来？"

罨撒葛听了，先是左右一看，胡颦被他带得紧张起来，忙也左右一看。罨撒葛先把自己洗脱了，才做恍然大悟状，压低了声音对胡颦道："你别声张，我帮你去问问。"见胡颦神情不疑，当下装模作样地从侧门而出，解了手，逛了一圈，方回来同胡颦低声道："我去外头打听了一下，听说他们已经来了，如今还在外头等候传唤呢。"

胡颦大惊："难道竟没有人通报不成？"

罨撒葛苦笑道："如何没有？想是主上仍记得李胡谋逆之事，又厌恶喜隐强拉上思温宰相结亲，所以余怒未消吧。"

胡颦低声问："他们如今在哪儿？"

罨撒葛待说"不知"，但知道胡颦必会自行去打听，只得道："似乎还站在宫门外呢……"

胡颦一惊："宫门外？"乌骨里素来娇生惯养，性子好强，前些日子又是牢狱之灾，又是为了婚姻绝食，身子憔悴，如今日头正毒，让她站在外头半日受累受辱，还不知如何委屈、如何受罪呢。一想到这里，胡颦心中更是不安，低声道："要不，你去想想办法？"

罨撒葛推脱道："你也知道主上性情，他既然已经知道喜隐夫妻到了，却做这般处置，我如何敢触他的逆鳞？"

胡颦信以为真，不敢再要求，只是想着妹妹，未免坐立难安，过了片刻又悄悄地对罨撒葛道："要不，我拿酒食出去给他们？或你帮着他们找个避人的地方歇一歇？"

罨撒葛哪里肯答应她，只随便找了个理由推了。胡辇无奈，但实在坐不下去了，终于对罨撒葛道："我坐不下去了，要不然你帮我告个假，就说我身子不适，早些回去？"

罨撒葛暗恼喜隐夫妻害他今日酒宴扫兴，但却拗不过胡辇，想了想便站起来，走到穆宗身边，低声道："皇兄，喜隐夫妻也在外面站了许久，受够了教训，不如就让他们一起入席吧。"

穆宗一听，顿觉扫兴，道："哼，朕这宴席是为你准备的，可不是为他。今天我们一家高高兴兴地喝酒庆祝，看到他岂不是倒我的胃口？他一个逆臣之子，不杀他已是很好了。若不是他娶的是你王妃的妹妹，这会儿还在府里禁足呢，让他们在门口站站，又站不死他。"

他本就喝得有些高了，此时也忘记是与罨撒葛私下说话，大声地便说了出来。胡辇闻言大惊，不由站起，张口就想上前求情。罨撒葛见状忙使眼色阻止了她，这边又做好人向穆宗赔笑道："纵如此，今日是大喜的日子，也不必让他们站在门口碍眼，不如下令让他们回去吧！"

穆宗说了几句话，略略回神，见罨撒葛对自己使眼色，又看看胡辇，倒是笑了起来，伸指点点罨撒葛，又点点胡辇："也好，看在弟妹的分上……叫他们滚吧！"

罨撒葛使个眼色，一边的侍从随鲁忙跑出去通知喜隐夫妻离开。

胡辇见罨撒葛如此安排，方才定下心来，又在席上周旋。这一顿酒席直至天黑后穆宗醉得不省人事，方才散了。

这一顿酒席，只有罨撒葛兴致甚好，胡辇表现和乐，心却不安，次日便叫人带了穆宗赐给他们的礼物，送到喜隐府上。乌骨里自然知道其意，面上谢恩收下，实则暗中不愤。

除喜隐夫妻外，本是兴冲冲携妻儿赴宴的敌烈也是心中暗恨。罨撒葛如愿娶到胡辇，得到后族一大助力，本就让他嫉妒不已，再加上他自以为穆宗、罨撒葛无子，他的儿子必会受到重视，谁知道穆宗和罨撒葛兄弟眼中根本没有他父子的存在。

蛙哥进宫前得了各种嘱咐，本是紧张不已，谁知道穆宗看也不看他，准备了好几天的问答半点用也没有，在宫中勉强忍着不敢作声，出了宫回了府就哭了起来，嚷着："再也不进宫了。"敌烈的王妃伊勒兰哄了半日，一叠声地答应着他"再也不进宫了"。敌烈听到不禁斥喝，又被自家王妃怪他心高多事不肯安分，倒闹得要被赶到南京去，说着说着，夫妻间不免又吵了一架。

且不说这几人，因着萧思温两个女儿已经出嫁，而且嫁的还是皇族最具皇位竞争力的两位亲王，京中早有人传，下任皇后要出在萧思温家。自然，萧思温最后一个还没出嫁的女儿萧燕燕，成了京中最热门的未婚姑娘。不说如磨鲁古等较远的宗室，便是其他自认为皇位有望的嫡支亲王们，也纷纷打起了主意。

甄后所生的儿子只没年轻气盛，对皇位亦有志在必得之心，这几日便频频上萧思温府去。他这一举动不打紧，却惹怒一人。

宫女安只自那日与只没相遇，便私下往来，芳心暗许。穆宗这些年脾气越来越暴躁，在他身边侍候的宫女内侍们无不战战兢兢。安只素有心计，既得了这个机会，如何肯放过，便寻尽一切机会勾搭只没。只没正是血气方刚之时，如何经得住她这般攻势，心中对皇位的向往只在远处，眼前的却是绝色少女，一来二去，便成了好事。

安只一心想借助只没，脱离苦海得遂心愿，因此对他的一举一动十分上心。只没频频跑去宫外，她岂有不知？细一打听，便知他竟是想娶萧家之女，顿时心里发苦。

萧氏姐妹岂是好相与的，一个太平王王妃，一个赵王王妃，自嫁入门中，这两府中原有的姬妾便连看也不曾让两位贵人看到过了。她只是宫女出身，纵然勾上只没，心中也只是想将来只没开府，她能够当个宠妾罢了。但若是只没娶了个厉害的正室，只怕她的人生也不过是从一个宫女到一个守着冷屋子的老婢罢了。

安只素来自负美貌，心比天高，又岂肯甘心落得这样的结果。只是她虽与只没有私情，但无名无分，也制他不得。思来想去，只能以情动人。

这日只没从萧思温府回来，便如前些日子一样，自宫后头侧门进去，绕了条小路，经过花园一角，回到自己所住宫室。不想却听得路边有个女子在哭泣，这声音甚为熟悉，只没好奇之下探头一看，却见一个宫女服饰的人，捧着一个玉带饰，哭得呜呜咽咽。这玉带饰甚为眼熟，只没认得，是安只前些日子给他看过几次，说是要亲手为他缝在革带上，让他天天系在身上，便如将她的心意天天系在身上一般。

再仔细一看，这宫女果然是安只。只没待要叫她，哪晓得安只忽然捧着玉带饰，边哭边踉踉跄跄地向旁边的小湖中跑去。只没一惊，拨开花树跟了上去。只见安只跑到小湖边，凄然叫了一声："只没——"便纵身一跃，跳入了湖中。

只没这一惊非同小可，二话没说也跟着跳到湖水里，却只见安只呛了水，骨碌碌地直往下沉。只没忙上前捞住她，这湖却也不深，只到只没胸口，当下只没抱着安只走了十几步，便上了岸。

安只也不挣扎，只静静地伏在只没身上，一动不动。

只没不知道她究竟怎样了，又怕惊动旁人，叫穆宗知道，只好在小侍术里的帮助下，将安只带回自己房中。待要去叫侍女们帮安只脱了湿衣，谁知道安只却紧紧抱住他不动。只没这些日子与她欢爱，见她虽然不言不语，但行动之间已知心意，当下也不勉强，只将她放到床上。两人脱了湿衣，只叫小侍术里打来热水擦洗过，便又滚到了床上。

云雨过后，安只伏在只没的身上只是流泪，只没早叫她搓磨得没了脾气，只捧着她哄道："你这又是怎么了，无端地吓我？好好的，又有什么了不得的事情，何必去寻死？可是最近皇叔又吓到你了？"

安只幽幽地道："奴婢在主上身边日日朝不保夕，早就习惯了，怎么会忽然寻死呢。只是……"她忽然哽咽，"只是奴婢以前总以为还有脱离苦海的一日，现在知道不过是旁人随口一句话，从未当真过。与其担惊受怕，度日如年，最终不过一死，还不如让奴婢早些自己解脱。”说着，推开只没，扭头只向着墙角，不肯再回头。

只没靠到安只身边，试图将她转回来面对自己：“说什么呢？我不是说了，迟早会接你来我宫中伺候的吗？”

安只不肯回头。她面上十分冷静，语气却很幽怨：“大王真的还记得自己的承诺吗？奴婢听说您要娶北府宰相的小女儿，到时候您还记得安只是谁吗？安只命苦，不能和她争，还是自己去了吧。”

只没见安只不肯回身，急了：“你怎么胡思乱想呢！我待你是真心的，说了一定会保护你。你总不能听风就是雨，直接判了我死罪吧？”

安只却忽然转过身，怒视只没：“我听风就是雨？大王敢起誓今生不会娶萧燕燕为妻吗？”

只没一下子怔住，支吾道：“这，这誓言从何说起啊。”

安只看着只没，泫然欲泣：“大王的心果然在别人身上。终是我命苦。”说着便要掀被起身，“我走了，大王只当这辈子从没见过我。”

她身无寸缕，这一掀被而起，更是肤色赛雪，身上还带着欢好后的痕迹和气息。只没看着心头火起，一把拉住了她，亲了下去，喘息道：“你个没良心的，把我的心勾了去，如今还说出这样的话来。”

安只欲拒还迎，扭动着身体道：“你既不肯怜惜于我，何必又来哄我。安只命苦，横竖是死，又何必苟延残喘，枉度余生。”

只没想到这些日子去萧思温府多次，却只在小花厅苦等，无人理会。别说见着萧燕燕，就是萧思温也只是勉强出来敷衍了一回，话里话外，都透露着“我家女儿与你无缘”的意思。他也是骄傲之人，之前为了皇位忍气吞声，次数多了，不满之心也渐长。本就有些反弹，此时看着安只婉转撒娇，怀中这小女子如同丝萝一般，只能攀附着他才能活下去。他只没要成就帝位，要的是俯视江山，何必去看别人的脸色。后族三支，好女子多的是，便是娶不成这个，娶别人又何曾不是助力。

当下被安只缠绕得心头火起，抱住了她，咬牙道：“你当真是个小妖精，我便应了你又如何？”

安只泪眼盈盈地看他："你说的是真的？"

只没强笑："你既不喜欢她，我便依了你。你放心，我将来便是要娶王妃，那人选也必是要你同意。"

安只也知道只没是有野心的人，她虽然想当王妃，却也是未必能够得逞，他既有这话，将来便设法让他娶一个懦弱平庸的王妃，便是后族出身，那也只是个摆设罢了，自己只要得宠，依旧是个不戴王冠的真王妃。想到这里，她心花怒放，故意做不信状道："既如此，你起个誓，若是负了我，便、便……"

只没笑着亲下去，喘息道："我若负了安只，便让长生天罚我再也亲近不了女人。"

安只想到穆宗，扑哧一声笑了，又娇嗔道："呸，哪有起这种誓言的，简直胡话。"

只没见安只笑了，当下松了一口气，见她媚眼如丝，樱唇一点，顿时色授魂与，再也顾不得其他了。

这边只没息了心思，另一边，却有一人也起了心思。

耶律贤本就对燕燕存了心思，又听近侍婆儿禀报说近来只没频频出宫，亦对燕燕有所图谋，不禁皱起了眉头。

婆儿度其心意，见室中无人，低声建议道："要不然，大王也出宫走走？"

耶律贤心中一动，脸上却是一副不以为意的神情，摇头道："不妥，不妥。"

婆儿压低了声音道："高勋大人与大王有约，要不然，大王借此为名，出宫走走。便是被人知道了，也只当大王是去找燕燕姑娘了……如此，岂不两全其美。"

耶律贤心中已经转过三四个"两全其美"的方案来，口中却道："如此岂不是对燕燕姑娘不够诚意？"

婆儿笑劝道："大王对燕燕姑娘一片真心，何谈不够诚意。便似太平王、赵王娶亲，难道不是用了心机手段？可如今两位王妃夫妻恩爱，谁能说出半个不好来？便是草原上牛马求欢，不也逞些心机手段吗？”

耶律贤被他说得笑了，拿书拍着他的头骂道：“胡说八道。”

次日下午，耶律贤坐了马车，来到在萧思温府附近的一条小巷子静候，婆儿早打听过，这几日燕燕天天午后出门，于黄昏前才回来。

他等了一会儿，果然见燕燕骑马回来，当下驱车上前，掀起帘子笑道：“咦，燕燕姑娘，是你？”

燕燕勒马，见是耶律贤，也不禁笑了：“是你？”见他离自己家不远，便随口道，“你是来找我的吗？”

耶律贤脑中本转过千万个借口，但却没有想到燕燕竟然如此直白，一怔之下，欲把那些借口说出来，竟觉得有些辜负了她的快乐和盛情，于是话到嘴边还是变成了：“是。”

婆儿见耶律贤一时有些不知道如何接口，忙道：“主上，要不然，咱们找个地方坐坐？”

耶律贤回过神来，忙笑道：“正是，我知道南城有处酒楼不错，不如过去坐坐？”

此时上京城分为南北二城，北城为皇城，南城为汉城。虽然皇城是政治中心，但论热闹好玩，却在南边的汉城。

当下燕燕派了一个跟着的侍女先回府去报个信，自己与耶律贤便往南城而去，一会儿便到了一所新起的二层酒楼中。这酒楼却是如同南方的瓦肆之所，不止卖酒，亦有各色表演、歌妓陪酒等。但见那楼中间一个极大的天井，两边好几处楼台，有回廊连通，又有各种表演。

当下一行人便去了西厢一所包间，不一会儿，就送上酒来。耶律贤不欲室中有外人，便挥退侍人，独留两人对饮。

他正要说话时，却意外地看到燕燕的脸上有一道青痕，不由愕然：“你这脸上，是……伤到了？”

燕燕听了他这话，这才想起来，摸了摸脸上的伤痕，不在意地道：“唉，快别提了，前儿和一个浑蛋打了一架。”

耶律贤一时语塞，他可没想到燕燕居然把“打了一架”这种话说得如此理直气壮、习以为常，一时无言以对，只得呵呵两声。

燕燕见他表情不对，瞪他："怎么，不行啊？"

耶律贤只得苦笑："我也想跟人打架，就怕……打不过人家。"

燕燕见他如此回答，顿时被逗笑了，哪知又牵动脸上的伤，忙抚了一下伤处。

耶律贤看到，忙问她："你、你没事吧？"

燕燕却道："你怎么不问我赢了还是输了？"

耶律贤只得问她："那……你赢了还是输了？"

燕燕得意地一笑："自然是赢了，我怎么可能输了呢？"

耶律贤见她脸上的表情仍然似有些痛楚，忙道："我去叫人拿伤药给你。"说着，便走到门外，婆儿正候在门外，见他招手，忙走过来侧身听他吩咐。

耶律贤略提高声音，道："你去我车上拿些上好的伤药。"

婆儿点头应了，耶律贤转身入内，又与燕燕说话。

过了片刻，婆儿拿了药过来，又低声道："外头有人跟踪。"

耶律贤眉头一皱，点点头，低声道："你看着些，人来了告诉我。"

耶律贤打开药盒子，用食指挑出一点，轻轻地给燕燕涂在伤处。燕燕只闻得一股清凉的药香，甚是舒服，道："这药甚好，不像我家的药膏，气味不好。"又问他，"你怎么随身带药啊？"

耶律贤笑道："谁让我体弱多病呢，各种药都备得齐全。姑娘家，脸重要，可不能随便伤着。"

燕燕听得这话甚是耳熟，笑道："你们倒说一样的话。"

耶律贤的手微一停顿："还有谁这般说你？"

燕燕就说："德让哥哥啊。"

耶律贤将药盒交给燕燕，道："这是内制的药，你既喜欢这气味，就用这个吧。"又问她，"韩二哥在，如何还能让你被人伤着？"

燕燕嘟囔："还不是因为磨鲁古那家伙以多欺少，德让哥哥又要护着我，才吃了亏。"

耶律贤道："磨鲁古？"看婆儿一眼："可是虎古的儿子？"

婆儿忙应道："正是。"

燕燕忙问："你认识他？"

耶律贤没有回答，只皱眉道："你如何会与他发生争执？"

燕燕支吾了几声，却不肯说出来，只道："他欺负德让哥哥是汉人，我气不过，就与他们打起来了。他们仗着人多，太可恶了……"

原来萧思温连嫁二女于横帐房二支，惊动的却不止是皇族，自然也有旁人打起主意来，耶律虎古之子磨鲁古自然也是其中之一。

若说磨鲁古自然也算得契丹人中的勇武少年，家世又好，武艺也是不错，草原上射猎也能够赢得不少姑娘青睐，因此自信满满地来找燕燕。可惜燕燕喜欢的从来不是他这种类型，连个正眼也没看他。

磨鲁古为此心中愤愤不平，正好这日去汉城玩，见燕燕与韩德让一道出行。耶律虎古此人虽然是长支铁杆，但他的思想却是觉得人皇王、世宗之败亡，皆是信了汉人的缘故，因此极为厌恶汉人。磨鲁古受他影响，亦是这般。更兼看到燕燕对他爱理不理，却对着韩德让笑得灿若春花，嫉妒不甘之心更浓，便仗着自己带的部族子弟甚多，就上前挑衅。

这一场混战下来，韩德让自然是受了伤，磨鲁古虽然不愿意伤着燕燕，但燕燕自己跑进去打架，却是没办法阻止，一来二去，燕燕脸上不免擦着了些。后来还是有人劝架，这才止住了。

耶律贤见她不肯说出原委，也不追问，只叹道："我们的宗室之中，还是有人抱持着祖制旧法，这般把辽汉分割开来，实在过分。"

燕燕点头："正是。"

耶律贤指了指街上："不说旁的，只说这汉城，你看那些口口声声嫌弃汉家的人，他们难道不来玩？他们难道不用汉家的东西？"

燕燕顿时觉得合拍："可不是。"

两人便纵谈起来，过得片刻，婆儿送水进来，轻咳一声，耶律贤会意，道："室中甚闷，我去开下窗子。"说着，站起来走到窗边，轻轻打开窗子一条缝，向外看去，果然见街道两边有几个人影鬼祟。再低头看去，见酒楼外站了几个汉人侍卫，心知自己约的人已经来了。再抬头看去，忽然笑了。

燕燕好奇道："你笑什么？"也凑到窗前去看。

耶律贤指了指不远处一队人马，道："你看这却是谁？"

燕燕跟着看去，立刻火冒三丈："又是磨鲁古这混账，哼，看我饶不了他。"

耶律贤看看酒肆，又看看燕燕，轻轻一笑："要不要我帮你出气？"

燕燕狐疑地扫了耶律贤一眼："你？你还是不要跟人打架了吧。"

耶律贤笑了："谁说我要自己打架了——"他意味深长地说，"有时候教训一个人呢，不一定要自己动手。"说着，附在燕燕耳边轻声说了几句话。

燕燕听了，疑惑地抬头看他："这能行？"

耶律贤轻笑："试试看又何妨？"

燕燕若有所思地点点头："你坏点子可真多！"

耶律贤笑容凝结，看着燕燕一副"我其实是在夸你"的表情，只能苦笑一声，摸了摸鼻子。

却说磨鲁古带着几人正在汉城闲逛，不想身边一个少年拉了拉他，道："磨鲁古，你看那边——"

磨鲁古抬头看去，却见一家新起的酒楼前，一个侍女装扮的人走出酒楼，到街对面的一个点心摊子上，买了几块糕点，左右看看，又走回酒楼。他认得这侍女正是燕燕的心腹侍女，走到哪儿都是跟着的。这侍女在这汉家酒楼，必是燕燕也在；若是燕燕也在，必不是独自出来的；她若不是独自出来，又是和谁一起来的？在这汉家酒楼，约的必是汉人。

一想到这里，磨鲁古摸摸脸上的一道伤痕，心头顿时火起。昨天和韩德让打了个不相上下，彼此都鼻青脸肿，回府还让父亲骂了一顿，早就有报复之心，如今见了机会，岂肯放过？他今日带的人手更多了些，料来必会得胜，当下就一挥手，道："快些过去。"

当下这一拨骄横子弟，驰马去了酒楼前，一起下马，推开店小二，直闯进去。他站在楼下大堂中左右张望，一抬头间，却见那侍女青哥自楼梯间一闪而过，当下振奋精神，叫了几个人守住楼下各处门口听他招呼，自己则带着几个少年分头包抄去。

他追着青哥，上楼拐梯经回廊，一路疾行过去，果见前面出现三个身影，其中一个，正是燕燕。

他大喜，立刻追了上去，但见前面一个男仆似是引路之人，带着燕燕主仆，拐了几个弯，便见燕燕主仆停步在一间厢房门口。

但见燕燕站在那厢房外面，似在犹豫，又往楼下看看。磨鲁古更不犹豫，追了上去，叫道："燕燕姑娘。"

燕燕一见他，眉毛立刻竖了起来："磨鲁古，你还敢到我跟前来。"

磨鲁古见了她的态度，心中更恼，叫道："我为什么不敢来？你到这里来做什么？可是和那汉奴幽会不成？"

燕燕脸色一沉："你不要胡说八道，再这么嘴贱，我拿鞭子抽你！"

磨鲁古指着那厢房的门，恨声道："那汉奴可在里头，你做得，我说不得？"

燕燕大怒："我与谁来，与你何干？这厢房里头的人我也不认识，休要胡乱攀扯上别人。"

磨鲁古哪里肯信，道："你不认识，哼哼，骗谁呢！我把他揪了出来，看他躲藏到何时。"说着也不管不顾，径直走到那厢房门前，一脚踹开房门，叫道："不过是个卑贱的汉奴罢了，还当自己是什么人物？就算封王为相，也不过是哄哄你们玩罢了，还不一样是我们家的狗！"

这厢门一踢就开，磨鲁古止一脚迈进，却是怔住了。

这室中坐着几人，的确是几名身着常服的汉官，只是其中却没有韩德让。为首一人，磨鲁古却是认得的，见状就要退出去。

那人却是一拍桌子，道："站住，既然来了，何必要走？"

磨鲁古见势不妙，转头就要跑。门边一个家将伸脚轻轻一绊，磨鲁古心神不定，一个踉跄往外摔去。还好他素来练武，下盘稳当，急切间一个挺身，抓住了门边，勉强站住，赔笑道："高郡王，误会，误会！"

原来此人正是高勋。他本是后晋皇族，率部来归，被封亲王兼南院枢密使，位高权重，正是汉人降臣的一杆旗帜，便是穆宗和罨撒葛，对他虽不无防范之心，面上也是客客气气的。

这高勋亦是知道辽国对他又拉又防的心态，但他手中势力非同小可，横帐三支对他都存有拉拢之心。他亦是倚此，愈加骄横放任，除了横帐三支以及一些势力极大的部族长之外，他对于稍远的皇族和一般的契丹族官员，也都是极不客气的。

磨鲁古虽然倚仗父势，但高勋的为人还是知道的，见居然误闯了高勋厢房，知道上了燕燕的当，吓得就欲退出。

高勋冷笑一声："不敢当，磨鲁古郎君，你既说出这等话，本王不妨与你父亲理论理论，再不然，与你父子在主上面前打一场官司如何？"

磨鲁古最怕父亲，见高勋张口就将他父子扯在一起，连忙拱手作揖道："高郡王，千万别找我父亲，这是我自己的事，与我父亲无关。再说，我刚才骂的并不是你，我以为是韩……"

高勋打断他的话："休要再说，本王不是聋子，你说的话，本王听到了，在场所有的人也都听到了。来人，将他拿下，待本王带他去见主上。"

高勋出门，自然是带着一群训练有素的家将，闻言一拥而上，就要去拿磨鲁古。磨鲁古知道此事不妙，若是惊动穆宗，自家父子不死也要脱层皮，因此哪里肯乖乖俯首就擒，当下拳打脚踢，就要挣脱逃走。

高勋带的心腹家将，都是战场上千军万马杀出来的，这武艺又岂是普通的贵族少年能比。莫说磨鲁古，便是他带着一众少年合力，亦不是他们的对手。那几个家将看高勋脸色，知道其意，厮打中趁机暗下黑手，只打得这一众纨绔少年哭爹喊娘不止。

燕燕早躲到一边，看得哈哈大笑，心中只觉得痛快无比，昨天打得半吊子不能出的气，早就出尽了。

第三十四章

密会高勋

却说那磨鲁古被打了个半死，高勋将他扔到一边，又叫来歌舞欣赏，过得片刻，忽然听得楼梯间脚步声连串急响，只见太平王罨撒葛率侍从匆匆赶来。

却是罨撒葛早派人监视着朝中重臣动向，耶律贤的信息自然是每日一报，先头只听得他入了酒楼，本不以为意。后来听得监视高勋的人来报，也是入了这家酒楼，又约了数名汉官，顿时怀疑起来。哪晓得磨鲁古进来一场大闹，监视之人匆匆赶去报信，罨撒葛听得明白，见高勋要借机生事，只得赶来平息事端。

磨鲁古等人见了罨撒葛来，连忙扑上前诉说委屈。罨撒葛已知原委，却装作不知，只问："怎么回事？"

高勋这才站了起来，淡淡地道："小王亦不知道是怎么回事，正要请教太平王呢！这小儿……"他指了指磨鲁古，轻蔑地道，"方才冲到我房内大骂什么'不过是个卑贱的汉奴罢了，还当自己是什么人物。就算封王为相，也不过是哄哄你们玩罢了，还不一样是我们家的狗'！不知道这样的话，是他一个人的意思，还是主上的意思？"

罨撒葛脸色顿时白了，顿足道："小儿无理，高郡王打得甚是！"

高勋冷笑："我高勋自归辽以来，自认忠心耿耿效忠王室，却不是为奴作犬。若是上京贵人们如此看待高某，则高某何以立身于大辽？"

罨撒葛忙劝道："高郡王，高郡王，小儿口上无知，何必在意。主上与我，素来敬重高郡王，何必听他胡言。"

高勋紧逼道："这小儿见了太平王，口口声声要太平王为他做主，不知道太平王与这小儿有何关系？他的言行与太平王可有关？”

雹撒葛忙道：“自然是与我无关的。”

高勋冷笑：“无关就好。呵呵，若太平王看不起我等汉人，要打要杀一句话的事情，不必派这等小儿来羞辱我。”

雹撒葛被这高勋一句逼一句，挤对得无言以对，只得转了话头骂磨鲁古：“你何以闯到此处，又胡言乱语，得罪高郡王？”

磨鲁古急道：“原不干我的事，我只是追着燕燕来的。”

雹撒葛诧异：“燕燕也在此？”

话音方落，却听得一人笑道：“姐夫，你怎么也来了？”

雹撒葛扭头看去，却见另一头回廊上，一对璧人姗姗而来，细看之下，不禁愕然：“明扆、燕燕，你二人如何会在此？”

耶律贤却不说话，只腼腆地笑了笑，转头看向燕燕，神情中情意绵绵，在场的除了燕燕以外，全都看得清清楚楚。

唯有全无此感觉的燕燕向着雹撒葛笑道：“哎呀，姐夫，这个磨鲁古原来是你的人啊。他先前欺负我，你快打他给我出气。”

雹撒葛得到的通报只知今日高勋进来以后，还有耶律贤，却不知道耶律贤竟是与燕燕同来，不禁头疼起来，叫道：“不要胡闹！明扆，你怎么也会在这儿？”

耶律贤走上前，讪讪地道：“侄儿是陪着燕燕姑娘来喝茶的……”他指了指回廊另一头，又道，“才喝了没一会儿，就听到这外面有吵闹声，便走过来看看。”

雹撒葛只想有个转移话题下台阶的机会，忙问道：“刚才是怎么回事，你可看到了？”

耶律贤摇头：“不曾看到。”

燕燕却叫道：“我知道啊，刚才他踹门，还骂人，我都看到了，高郡王说的是实话。”

高勋阴恻恻地道：“呵呵，这边磨鲁古踹门，那边太平王就带人来了。这是以为高某人带人密谋私会行不轨，所以找个由头来叫骂？”

罨撒葛心知肚明，表面上却是一派和气，笑道：“看看，多心了吧。我也只是路过而已，听到这酒楼里的叫骂声，所以来看看。既是这磨鲁古无理，我叫人押他回去，问罪于他，给高郡王消气如何？”

高勋听了，忽然转了笑脸：“既如此，那就有劳太平王了，只是今日太平王如何有空来这汉城？”他变脸变得甚快，方才还是夹枪带棒不依不饶，此刻似乎完全听信了罨撒葛的解释，顿时抛给他一个男人们心知肚明的笑容，“听说太平王新纳王妃，我还道您没时间出来玩呢，没想到也是同好。可是同高某一样，知道这酒肆新招了一批西域歌姬，个个绝色，颇有风姿。既如此，今日就由高某请客，一起欣赏如何？”

罨撒葛微一犹豫，说实话，他是想探听一下高勋来此的用意。他这一眼扫过去，见室中几人，均是上京的中层汉官，却无特别可疑之人。他有心想留下探一探高勋的底，哪晓得站在一边的燕燕听得不悦起来，叫道：“姐夫，原来你到这里来，是跟这些狐朋狗友花天酒地的，我要告诉姐姐去。”

罨撒葛心中一凛，生怕这丫头当真回去向胡辇胡说八道，当下喝道：“我只是路过闻声进来而已，燕燕，不许你胡说八道。”

燕燕顿足：“哼，你独自跑到这汉城来，就是想寻欢作乐。被我说中了，是不是？你还吓唬我，我要告诉姐姐去，叫她评评理。”

罨撒葛听了这话，饶是他老奸巨滑，一时竟也有些狼狈起来，想要阻止燕燕，又怕这不知天高地厚的丫头胡来，当真去告诉胡辇，又是一场麻烦。

旁人不知他家中事的，还一时看不出来，耶律贤知道内情的，顿时低头轻笑。

罨撒葛见状，忙向耶律贤招手：“明扆，明扆，你赶紧把她拉走……”说着不禁抚额，“简直胡闹。”

燕燕还要跳脚，耶律贤知道此时火候已到，便忍笑拉住燕燕劝道：“好了，燕燕，别闹了，我们回去吧，不必理会这些人了……”

罨撒葛见耶律贤拉住燕燕，连忙匆匆逃离。及至到了门口，却见耶律贤的侍从楚补站在门口，想起一事，便招手叫楚补过来。这楚补原是他放到耶律贤身边的，只是他不知随着时日渐长，楚补心思起了变化。

楚补当下忙趋上前道："大王，有何吩咐？"

罨撒葛问他："明扆今日可是一出宫就直接去了宰相府上？"

楚补忙点头："正是。他在后门小巷待了好一会儿，后来等到燕燕小姐回来，他才上前搭话，然后一起来的。"

罨撒葛问他："这时间可有与其他人联系？"

楚补摇头："不曾，只与婆儿说话。"

罨撒葛："说了些什么？"

楚补道："他叫奴才在巷口看着，所以奴才不曾听到。不过，明扆大王素来都是如此。"

罨撒葛皱眉："方才回报时，如何不提燕燕之事？"

楚补低头忙请罪："大王只说若是与朝臣私下往来要禀报，奴才想，这是私情……"

罨撒葛挥挥手："怪不得你。哼哼，明扆、只没，这一个个心都大了。看着萧思温嫁女，就起了心思。都跟喜隐一样，以为娶了萧思温的女儿就能得到萧思温的帮助吗？当真可笑之至。"

楚补低头不语。

罨撒葛转身欲走，又停住，交代楚补："你且进去，悄悄跟明扆说，叫他安抚住燕燕，不许她和王妃告状！"

楚补一怔，不解其意："这……"

罨撒葛也懒得同他说，只道："他自然知道我的意思，告诉他我不会白叫他帮忙的，去吧。"

楚补领命。当下到了耶律贤所在的厢房外，却听得房中耶律贤与燕燕笑得甚是欢畅，不敢进去，只低声报名求见。

过得片刻，耶律贤出来，问他何事，楚补便低声将罨撒葛的吩咐说了。耶律贤点头："我知道了，你只管去与太平王说，叫他放心。"

楚补应声离开。

婆儿见他去了，便向耶律贤低声说了接下来的安排。耶律贤点头，婆儿会意，忙悄悄出去准备了。

此时燕燕因为高兴，便叫了酒来，敬了耶律贤一杯笑道："你真聪明，我看那磨鲁古以后再也不敢纠缠我了。咦，你怎么知道那房间里头的人是高勋？哈哈哈，今天真是痛快。"

耶律贤笑道："我也不知道是高勋，我又不曾见过他。只是方才走过的时候，看到那边回廊外面站着家将，颇有悍野之气，磨鲁古这些人必不是他们的对手。拥有这样家将的汉臣，必不是易与之辈，所以想让你引了磨鲁古去，叫他吃个亏。没想到竟是让他撞上了大石头，更没想到会引来太平王。"他不动声色地转了话题，道，"燕燕，你休要让人知道你引得磨鲁古掉了圈套，否则的话，将来必会生出许多麻烦来。"

燕燕忙点头："放心好了，我又不是傻子。"

耶律贤趁机道："你刚才说要告诉太平王王妃，可是真的？"

燕燕掩嘴笑道："怎么会，我只不过是吓唬太平王罢了。我若告诉大姐，她岂会不知道这事我也有份，白白引她来骂我，我才不呢。"

耶律贤叹道："今日之事虽然只是一个意外，但是……唉！"

燕燕见他面有愁色，问他："怎么了？"

耶律贤叹道："似虎古这等的皇族重臣，本也应该是国之栋梁，却对汉人心存偏见。而且这样的人，不在少数。今日与高勋打得越是痛快，则汉人与国族的矛盾越深。"

燕燕脸也沉了下来，拍案道："其实汉人、契丹人又有什么分别呢？我们不是一样种田射猎，一样生活在这片土地上？为什么契丹人和汉人会起分歧呢？"说完，给自己倒了满满一杯酒，一口喝下。

耶律贤见燕燕还要再倒，忙伸手拦下笑道："此酒虽好，不可多饮。要不然，我陪你一起喝。"

此前耶贤律已经喝过一杯了，此时还要再喝一杯，婆儿见状面色一变，上前一步，欲开口阻止。耶律贤扫了他一眼，婆儿不敢多言，只得退开。

燕燕却敏锐地注意到了，摇了摇头：“算了，你还是喝茶吧。婆儿，你去叫人上些茶来，这酒还是我独饮为好。”说罢，又饮了一杯。

耶律贤拿过酒壶，无奈地道：“还是我来给你倒吧。饮酒过量容易伤身，燕燕姑娘若有不开心的事情，可以和我说说。”

燕燕喝得面上微醺，靠在桌上，轻叹：“不开心的事？我怎么会有不开心的事呢？我爹是北府宰相，我娘是公主，我从小要什么有什么，哪有不开心的事。”

耶律贤轻声道：“可人会长大，终究会有父母帮不上的时候，燕燕姑娘不把我当朋友吗？”

燕燕犹豫片刻，还是说了：“我喜欢一个人。”

耶律贤脸色微变，想到磨鲁古之言，立刻明白：“他不是契丹人？”

燕燕点了点头，忽然落下泪来：“可他不喜欢我。他喜欢汉人姑娘，汉人姑娘会刺绣，懂诗文，温柔似水，跟我不一样。”

耶律贤心中微喜：“他亲口跟你说，他喜欢汉人姑娘？”

燕燕摇了摇头，沮丧地道：“他虽然没说，可我看得出来，他一直想跟我保持距离。”

耶律贤见她如此，心中微痛，劝道：“这也是难免的。毕竟你不但是契丹姑娘，还是后族的契丹姑娘，以你的出身，便是皇后也做得。”

燕燕顿时恼了：“谁稀罕做什么皇后，我只想嫁给自己喜欢的人。”

耶律贤不动声色，劝道：“若是你做了皇后，一呼百诺，万民仰望，难道你不愿意吗？”

燕燕不屑地答：“拉倒吧，我家就是后族，岂会不知道做皇后是什么样子？有人想做皇后，想一呼百诺。可我若不能遂心如意，一呼百诺又有什么用呢？”

耶律贤心中一动，叹道：“你这话，当真是，当真是……”

他想到了开国以来历代君王，这“遂心如意”四字，又有谁能够做得到呢？太祖皇帝看似做了开国之君，然则他晚年欲推行汉化而不可行，他一死，原来择定的储君人皇王，也失位去国。太宗德光，开疆拓土，登位称帝，可最后死在军中，他的政策被亲生母亲应天太后全面否定。他的父亲世宗，立了甄氏为后，雄心勃勃要建功立业，却在刚刚出征就被暗杀。而当今皇帝穆宗，他虽然没有建功立业的宏图，可他哪怕当一个喝酒胡混的皇帝，又何曾真正遂心如意过。

他一时怔在那里，思来想去，这些年的深谋远虑，这些年的锥心隐忍，竟似是毫无意义，一时间心中空荡荡的，不知道如何是好。

燕燕见他出神，也不理会，只顾自饮。

耶律贤回过神来，强笑道："你刚才说什么？"

燕燕道："我刚才说，其实汉人的东西，有什么不好？说什么祖制旧俗，哼，要论过去，我们部族一百年前还在草原上给遥辇氏为奴为婢，是太祖皇帝带着我们建国，招揽汉人，学习汉制，我们的族人也开始学着汉人秋收冬藏，筑城建军，才过上富足的日子。为什么到如今，反而要本末倒置，强调什么汉人与契丹人的区分，还要仗着出身欺凌他人。当真守祖制旧俗的，让他们滚回北边过祖先的日子，到了冬天就饿肚子，部族间争粮食，打仗死人，小部族被吞并，大部族被分裂……实是可笑之至！"

耶律贤拍案叫道："正是！可是如今，还有谁管这些道理，只顾着眼前三分利，个个贪婪跋扈，鼠目寸光。"他看着眼前的少女，不由感叹，"燕燕，没想到你竟比朝堂大臣、部族长们更懂事。"

燕燕摇头道："我只是觉得，不应该分什么汉人、契丹人、奚人。只要有才能，又肯为百姓出力，能让国家兴旺，你管他是什么人。一个姓耶律的浑蛋败坏起祖业来，可能比外人来败坏还快呢，就像当今……"

耶律贤连忙捂住燕燕的嘴，看了看四周，轻声道："不可胡说。"

燕燕眨巴着眼睛，点了点头，表示自己明白，耶律贤才轻轻放开了手，叹道："你呀，真是喝多了，什么都敢说。"

燕燕吐吐舌头："反正也就你在听嘛。你不会传出去的啦。"

耶律贤轻叹一声，正欲说话，却听得脚步声响，紧接着婆儿轻轻掀开帘子，往内看了一眼，递了个眼色给耶律贤，又放下帘子。耶律贤会意，站起来道："我且出去看看。"

燕燕明白自己刚才说错话，见耶律贤起身，知道他谨慎，笑道："只管去吧。"

耶律贤便站起来，绕着回廊走出，绕了几圈，见前后无人，便顺手推开一间厢房的门，走了进去。

但见室中早有一人站在那儿迎候，见了他，便拱手行礼道："臣高勋参见明扆大王！"

耶律贤连忙上前扶住，含笑道："高郡王，早闻大名，今日终得一见。"

高勋一反刚才在太平王罨撒葛面前的倨傲，恭敬地请耶律贤上坐之后，自己方坐下，道："高勋亦早慕大王贤名，只恨不得拜见，今日得见，实如久旱逢甘霖！"

耶律贤亦知他的心意，高勋是率部归降，虽然在汉臣中看上去位高权重，只可惜也因此不得信任，始终进不了真正的权力核心。穆宗兄弟和李胡一系不重汉臣，他索性绝了攀附之念。而耶律贤一系自人皇王开始就推行汉化，他若是能够得到耶律贤的信任，将来自然是大大有益，岂有不恭敬之理。

耶律贤便是知道他此心，对他亦是着意笼络，两人你来我往讲了几句客套话之后，耶律贤便问："高郡王任南院枢密使之职，对南方军政民事，可有想法？"

高勋眼睛一亮，转而脸色沮丧，叹道："主上不重视南方，甚至说是得自汉人，便送与汉人何妨。我等为臣子者，夫复何言。"

耶律贤摇头道："主上酒后之言，何足为凭。幽云十六州是国朝根本，如何能轻视。便是当日主上说出这样的话来，依旧还是要扶醉南征。朝中有识之士甚多，国朝将来的方向，便是着力经营南方。高郡王若有想法，将来不怕没有实现之日。"

高勋心中一喜："大王，当真？"

耶律贤点了点头。

高勋眼中发出炽热之光，忽然站起，自袖中取出一方绢帛，展开以后，却是幽云十六州的地图。他本是后晋皇族，对这一方极为熟悉，而且多年来也早做设想，当下手指地图，一处处指过来，何处有缺陷，何处当如何施政，何处如今民生不安，何处兵力不足等，一路说来，滔滔不绝。

耶律贤静静地听着他说，只在关键点上，偶出言一二。他虽然出言不多，高勋却听得既是心惊，又是感动。他这些方略，若是遇上穆宗，对方便是打瞌睡；若遇罨撒葛，只是表面客客气气，完全不曾听进去；耶律贤虽然只说一二语，却正在点子上。说了盏茶工夫，他忽然停住，叹道："臣在大王面前班门弄斧了。"

耶律贤却摇头道："高郡王休要如此说，这些事，我只是纸上谈兵，知其果不知其因，知其略不知其详。可惜今日时间不够，将来若有机会，当聆听高郡王与我细说。"

高勋看着耶律贤，忽然跪下："臣高勋参见主上。"

耶律贤不惊不喜，只将高勋扶起，庄重道："高卿，为江山社稷之计，当请卿助孤共图大业。"

两人商议已定，高勋便请耶律贤先行离开。耶律贤知道自己是借助燕燕为掩饰，当下便问高勋，如何掩藏行踪。

高勋指了指屏风后道："这酒楼本是臣的门下所设，这屏风后有一门，可通向臣刚才的厢房后……方才臣借口带一歌姬入内，以掩饰行踪，谅无人怀疑。"

耶律贤顿时明白过来，高勋借着酒酣耳热之际，带了歌姬入内，有那歌姬作掩饰，自然无人怀疑他这个时间空当的去向。当下笑了笑，便推门而出。

他这一走出来，便见这厢房走廊俱是寂静，走廊两头，却有几个小二端着茶果往来。见他出来，一个小二便拐入厢房，恭敬一礼道："贵人请随小人来。”

耶律贤点头，便见那小二带着他又走了另一条回廊，过不多时，便回到了原来的厢房。

燕燕正等得不耐烦，见了他来抱怨道：“你去哪儿了？等你半天了，我还让婆儿去找你呢。”

耶律贤轻咳一声：“嗯，不好意思，刚才走错了路，绕半天没绕出来，后来还是叫了小二引路……”

燕燕轻笑：“原来你不识路……”当下也无疑问，只与他约定下次见面的时间，就散了。

次日一早，燕燕便收到耶律贤送来的几本绝版旧书。这却是她知道韩德让正在搜集一部叫《永徽律疏》的唐朝律典，偏生缺了几卷，昨日就乘机问耶律贤，哪晓得耶律贤居然有此收藏，慷慨应允送与她，因此这一早就送来了。

燕燕大喜，带上书又往韩府而去。

此时韩府之中，却正有贵客上门。

韩夫人欢欢喜喜地迎到檐前，来的正是三司使李继忠的妻女。两家当年在幽州十分要好，她更喜李氏女儿幽静娴雅，自小便疼爱十分。

这两位夫人坐在堂上，却刚好是明显的对比。

韩匡嗣的妻子姓萧，属于奚王一族，虽非后族，却也是契丹大族。当日韩知古父子得应天太后倚重，因此两代都得赐婚奚族萧氏，也算得荣宠。韩匡嗣得妻族相助，也因此有机会始终深度参与皇族事务，而被视为亲信。

韩夫人是典型的契丹妇人，身材健壮，浓眉大眼，说话行事均是风风火火，但她却对坐在旁边的李夫人赵氏羡慕不已。但见李夫人母女都是眉目如画，行动如弱柳扶风，一派典型的汉家女子模样，这种风姿，是她一生羡慕而不可得的。

其女李思与韩夫人见了礼，便奉上自己亲手绣的全套用品，从抹额到腰带到鞋子样样俱全。

韩夫人看得眉开眼笑，拿起一个牡丹穿蝶的抹额，但见那蝴蝶翅膀竟似活的一般，不禁连声夸赞："这是思儿绣的啊，真是漂亮，你们汉家姑娘啊，就是手巧。"

她夸了半天，扭头见李夫人神思恍惚，忙推了她一下，道："妹妹，你看什么呢？"

李夫人回过神，看着堂上的一桌一椅，无不是当日熟悉的摆设，没想到一过十几年，自己会重踏此地。只是——一切已经是物是人非了。

眼前的妇人，热情单纯地把自己当成好友，而自己这一生的期望，恐怕也要落在女儿身上了。想到这里，李夫人随即回过神来，微笑道："只要萧姐姐你不嫌弃就好。"

韩夫人握着李思的手，啧啧赞叹不已："哎哟哟，你看这小手，水葱一样，这么细，这么软，我这握着就舍不得放手了啊。妹妹你真会教孩子，我真是恨不得有这么一个闺女啊，多可人疼！"

李夫人笑道："萧姐姐你说笑话了，韩家满门俊杰，旁人羡慕你才是啊！"

韩夫人一拍膝盖，叹道："嗐，别提了，我有什么好羡慕的，我是闹心才是。我生了一堆臭小子，好容易生两个闺女，如今还没桌子高，就已经跟他们哥哥也学得猴子一般了。我就愁啊，怎么教的跟你闺女似的能陪着当娘的说说话，能绣个花儿做个衣服啥的多好啊！"

方才两家见礼，李夫人已经见过韩夫人所生的五子二女，一时之间，竟是连羡嫉之心都变成死灰了。眼前的她不住羡慕赞叹着自己纤细的腰肢、水葱般的玉手、眉宇间的书卷之气，可是却不知道自己多么羡慕她那灿烂、无心事的笑容，那变得肥胖的腰肢恰恰是她儿女成群的象征。她为他生了这么多的孩子，足以证明她没有辜负韩夫人这个位置。

李夫人心中又酸又涩，幽幽道："姐姐这话实在是心若憾之，实则喜之。姐姐为韩家开枝散叶，功莫大焉，不像我，只有一个女儿，实在对不住老爷。韩大人娶了您，是他的福气。"说着，神情变得黯然。

韩夫人却摇头道："嘿，我喜个什么啊，我生的一窝狗熊孩子，从小到大就爱打打杀杀，滚得一身都是泥。我这家里啊，就没有一刻安宁过，我这头都给他们吵裂了。好不容易，个个都长大了，没几个成样子的，整天给我惹是生非，也就是老二德让稍好些，其他的，还是闹腾。可别的孩子闹腾，他不耽误给我生孙子啊，就是德让这个死气活样的臭小子，到现在还不肯成亲，不知道在想些什么。”说到此处，她却向着李思挤了挤眼睛。

李思正听着，冷不妨看到韩夫人的神情，顿时面红耳赤，忙低下了头不敢抬起。

李夫人轻叹：“这也是韩大人对他寄望过深，所以他对自己的要求也太高，以致误了终身。”

韩夫人伸手紧紧握住李思的手，她的手温暖得烫手：“什么高啊，哼，我看他是找不着了。我想了很多年啊，你们思儿要是能当我媳妇儿该多好啊。”一边就直接问李思：“我们家如今有五个儿子，除了老大、老三已经成亲，剩下的老二、老四、老五，随你挑，怎么样？”

李思羞红了脸，吓得挣脱了韩夫人的手，逃到李夫人身后声若蚊吟道：“韩伯母，你怎么可以这样说……”

韩夫人却哈哈大笑起来：“哎哟，丫头你害臊什么啊，咱们契丹姑娘可不兴这么脸嫩的，你要不赶紧说一声，好男人可就让别人抢跑了。我告诉你，当初你韩伯父一走过我家门口，就被我一眼看中叼上了，我要不这么手快，他说不定就落到别人手上了。你看，对吧！”

李夫人怔了一怔，十几年的疑惑，不想今日竟无意得知。当年两人彼此有情，虽未表达，却已心许。他当日正处朝政动荡之间，她不忍影响他的事业，默默等候。可谁想到忽然传来消息，他要另娶她人。她原以为，他是为了家族而做此选择，可是却没有想到，一切仅仅只是因为眼前这个女子，比自己勇敢，比自己果决，甚至比自己更坦白。

她也知道，他们夫妻后来也算得恩爱，她只以为是日久生情，但却没有想到，也许只是一开始她就比自己更热情，更主动。而韩匡嗣，不忍负了这女子深情罢。

想到这里，李夫人不禁有些黯然。她转过头去，在避人处收拾一下脸上的表情，才扭回头来。

而此时，李思已经被韩夫人之言打趣得脸色通红，再也待不住，一跺脚跑了出去。

韩夫人还在那里笑："哎哟，被我吓到了，哈哈哈，这孩子脸真嫩……"

恰好此时韩匡嗣正走进来，与李思撞了个对面，李思红着脸匆匆向韩匡嗣行了个礼："见过伯父。"忙躲了出去。

韩匡嗣见李思匆匆出来，又看到韩夫人哈哈大笑，心中已经明白一二，问她："怎么了，你怎么把人家孩子吓得跑出去了？"

韩夫人笑道："我刚才在说啊，小姑娘家家的不要太害羞，若是看中谁，就得赶紧下手，就像当初你走过我们家门口……"

韩匡嗣听到这里，顿时脸一红，用力咳嗽起来。

韩夫人恍若未觉："哎，你怕什么，李家妹子又不是外人。"

韩匡嗣心中不安，不由得看向李夫人。

李夫人幽幽地道："姻缘天成，这也是韩大人与萧姐姐的缘分到了，别人或迟或早，总是无缘。"

韩匡嗣避开李夫人幽怨的眼神，对韩夫人强笑道："怎么好端端的，却说到姻缘上去了？"

韩夫人一把拉住韩匡嗣，道："你瞧李家丫头多可人啊。我呀，就喜欢这样的姑娘。匡嗣，要不然咱把她娶进门当儿媳吧。刚才我就同她说，我还有三个儿子没成亲，随便她挑，结果她臊了，就跑出去了，哈哈哈……"

韩匡嗣看着眼前的妻子，忽然想起当年，他心有所属，却因为应天太后指婚，而不得不应允。方定了亲，那英气勃勃的小姑娘就每天上门，每天缠着他，不管他冷遇她，还是避让她，甚至是故意用话伤害她，都无法击退她的热情和付出。是从什么时候起，他心中的影子渐渐淡去，而这个如同飞蛾扑火般的女子，在他生命中的印记越来越深呢？

他扭头看向门外，李思的心思，在幽州的时候，他就已经看出来了。而李夫人的心愿，他亦明白。若能够让两人的子女重续前缘，也算是了却他们为长辈的遗憾。可是，他们想要的，就真的能够实现吗？

韩德让的身边，如今已经出现了一个女子，如同他年轻时的命运复辙，甚至李思比起李夫人来更加弱势，因为此时的韩德让心中还没有儿女私情，只有家国天下。

想到这里，他不禁问："德让这几天在做什么？"

韩夫人道："哦，他前日和人打架，脸上擦着了一块，不好意思过来见咱们，这两天都躲在房间里上药。"

韩匡嗣一怔："打架？他怎么会和人打架？"

韩夫人不在意地笑道："嘿，这年纪的男孩子，和人家打架，十有八九是为了在姑娘面前献殷勤。"

李夫人脸色一变，颤声问："他为了哪家姑娘打架啊？"

韩匡嗣也是一怔，旋即摇头："德让不是这种人。"

韩夫人撇撇嘴："哼，这年纪的男孩子要不为姑娘打架，简直就不是男孩子了。"看着丈夫嫌弃地道，"我就说嘛，德让就是因为被你这种老古板管着，所以到现在连个姑娘都追不到手。"

韩匡嗣不由得向李思刚才跑出去的方向看了看："儿子自有儿子的姻缘，你不必多管。"

韩夫人没好气地一扭头："你以为这年头还会有什么姑娘追他追到家里头啊，老子有这个命，儿子未必有这个命哦！"说着，似忽然想到了什么，匆匆走了出去。过得片刻，却是叫人拿了一盒伤药来找李思。

第三十五章

醋海生波

李思匆匆逃出来，想到韩夫人刚才之语，一时犹豫，一时害羞，在院中转了好一会儿，才欲回去，不想韩夫人却赶了上来。

韩夫人一把拉住她挤眉弄眼地道："思儿，德让受了伤，闷在院中好几天不肯出来，我也不知道他究竟伤得怎么样。这么大的孩子也不肯再听爹妈的话了，要不然，你帮我去看看他，也帮我把这药捎给他。"说着把一盒药膏硬塞到她的手中，不由分说，便拉着她一直走到韩德让所居的院子前，把院门一推，自己却转身利索地走掉了。

对韩夫人这一系列迅速果断的动作，李思竟是反应不及，待要拉住她，哪里拉得住；待要叫她，她却装听不到走得更快；待要自己也离开，谁知道这推开院门的声音已经惊动院中人，便听得身后一个声音道："咦，是李姑娘？您是来看我们家二郎的吗？"

李思无奈，转身一看正是韩德让的贴身侍从信宁。见信宁眼露好奇，她顿觉得手足无处安放，结结巴巴地想解释："嗯，刚才，是伯母她、她叫我把这伤药带给韩二哥……"

信宁连忙摆手忍笑道："您不必说啦，小人明白的。"转身向院内叫道："二郎，是李姑娘来了。"

便听得里面韩德让道："快请进来。"

李思无奈，只得紧紧捏着药盒，一步一犹豫地走进院内。

此时韩德让已经走出房间，站在檐下相迎。李思见了他，果然脸上还有几道青痕，看着甚是吓人，惊道："韩二哥，你的脸怎么……"

韩德让轻轻捂着伤口，无奈地道："让你看笑话了。前几日，在上京郊外同几个皇族子弟打了一架。”

李思一惊：“皇族？韩二哥，你怎地和皇族起了冲突？”

韩德让摇头：“些许小事，没什么。”说着，便请了李思入内，沏茶待客。

两人便谈些琴棋书画之类的话题，李思自忖一个未婚少女，实不宜在一个男子房中久坐，方才不过是走避不及，只得进来尽了礼数。虽然她这一步迈进，实是内心也有些对韩德让的挂念，只是她终究是一个闺秀，这样的想法虽有，却是不敢多想下去。

想到这里，她便欲起身，可是看到韩德让脸上的伤，方才在心头转了多时的话，终于还是忍不住说出了口：“韩二哥，有些话，小妹不知道当讲不当讲？”

韩德让一怔，笑道：“你我自幼一起长大，何事不可言讲？”

李思踌躇片刻，方道：“韩二哥人才出众，一定会招来许多嫉妒。但大辽，终究是契丹人的天下……”

她说到这里，便顿住了。

韩德让已经明白了她的用意，苦笑道：“你说得很是……”

所以，他们一代代人所有的努力，就是为了打破这种歧视，就是为了改变他们的处境，纵难以颠覆，但也不能让这种不公正永远下去。否则的话，最终还是会变成一场惨烈的战争。战争结束后谁负谁胜，怕是完全不可知。但是，不管对汉人还是对契丹人来说，都是一场大灾难。自唐末以来，这种战争已经持续了近百年，眼看着千里荒丘，尸骨如山。而且幽云十六州的汉人与契丹人，在这百年之间，彼此通婚，血肉交融，又怎么算得清、割得开。他的祖母、母亲是契丹人，而耶律贤的弟弟只没之母亦是汉人，便是皇族后族这些年来的子弟中，又有多少是两族通婚的后代呢？

有时候时光如同一张网，把所有的人都网在里头，纠缠交错，最终发现每一步的举动，都是牵一发动全局，不得不思之又思，慎之又慎，甚至不能抽利剑斩断绳索，痛快了事。

李思见韩德让怔怔出神，不知道自己的话，他到底听进去没有。自己说得这样半含半露，他是否听明白了？

一想到他的伤或许是因为燕燕所致，也不知道到底是担忧，还是嫉妒，李思本欲起身，还是忍不住说了一句不合她淑女教养的话来："韩二哥，燕燕姑娘天真可人，便是我身为女子，亦是生出怜爱来。可是，她终究是后族的姑娘，将来，是要为后为妃的人……"

话犹未了，就听得砰的一声，燕燕踢开了门，气得满脸通红，指着李思大怒发作："你胡说什么？谁要为妃为后了？你说这话安的什么心，别以为我不知道！"

李思万万没有想到，她这一生不顾淑仪说出的唯一一句话，居然就这样被正主撞了个正着，当下脸色通红，难堪得恨不得有个地洞钻进去。

见李思低下头，匆匆就要离开，燕燕却挡在门前，逼问道："别走，你倒说说，你对德让哥哥说出这样的话来，是安的什么心？"

韩德让见李思窘得就要哭出来，也觉得难堪，忙站起身拉住燕燕："燕燕，李姑娘是无心的。她远来是客，你别这样。"

燕燕气得口不择言道："什么远来是客，远来是客就可以胡说八道吗？别以为我不知道，她分明是对你有意，才故意要编排我。"

韩德让脸一红："你胡说什么，快给李姑娘道歉。"

李思顿足，哽咽道："总是我的不是，韩二哥，我不应该说这样的话。"

韩德让见燕燕又要发作，忙对李思道："你先走吧，我回头向你赔不是。"李思顿了顿足，欲说什么，但见韩德让拉住燕燕向她使眼色，眼前自己再不走，只怕燕燕更加口不择言，只好敛袖施了一礼，红着脸匆匆而走。她心中只觉得难堪至极，强忍着泪回到自己所住的客院，便关上门，谁也不理，哭了半日。

这边燕燕见李思走了，气得把韩德让一推，叫道："你又帮她，你又帮她。"

韩德让就势松开手，叹道："燕燕，你又发小孩子脾气了。"

燕燕最忌讳这句话，一听就立刻气炸了："我怎么是小孩子了？许她背地里说我，不许我质问她不成？"

韩德让苦笑："李姑娘又不是故意的，她只是无意说到而已……"

燕燕顿足："什么无意？她、她就是故意的，她故意的……哼，你是不是喜欢她，才会对她这么好？"

韩德让怔了一怔，摇头："你又胡说了。燕燕，你也当学学人家，不要动不动就发脾气，你这样，又怎么不叫人把你当孩子呢？"

燕燕哇地一声哭了，顺手将带来的书卷摔到韩德让身上："韩德让，我再也不理你了。反正，反正我就是不成体统！你喜欢知书达理，你去找她好了！"

说着，推开门，也不顾韩德让叫她，哭着就跑掉了。

她这一口气跑出门，直上了马车，才慢慢冷静下来，等这一冷静，顿时就后悔了。她明明准备要在韩德让面前好好表现，明明准备要在韩德让面前洗刷小妹妹的形象，要让他看到自己已经长大了，而且是个懂他的大姑娘，怎么竟被李思两句话，就当真像个小孩子一样大发脾气，最终还是在韩德让眼中大失形象。

明明在幽州的时候，她已经成功地占了上风，成功地击败了李思，成功地让韩德让不再视她为小妹妹了，可今天一发脾气，就全完了。

想到这里，她心里懊恼不已，见马车正往回家的方向走，便叫道："停下。"

一边捧了巾子给她擦脸的青哥听到这话，连忙吩咐车夫："停下。"又问燕燕："小姐，你要去哪里？"

燕燕满心想着最好马上回韩府，话到嘴边，又不敢说出来，现在回去，自己同样是不知道怎么应对啊。可是就这么回家，又不甘心。这搞砸了的情形，应该如何收拾才好？

思来想去，忽然想到一人，眼睛一亮，叫道："去太平王王府。"

她如今这情景，也只有去求助大姐胡辇了。

及至到了太平王王府，燕燕下了马车，却见门前已经停了一辆熟悉的马车，正是她二姐乌骨里的车驾。

燕燕一喜，当下更不犹豫，跑了进去。

乌骨里今日来找胡辇，却也是形势所迫，不得不来。

李胡以谋逆之罪处死，喜隐虽然被放回家，但形同软禁，如坐困兽，动弹不得。乌骨里那日因进宫受辱，回到家中，愤恨不已。哪怕胡辇派人送来礼物安慰她，也被她当面收下，转眼就扔出了窗外。

只是她再恨再不甘心，面对现实，却也要低头。

喜隐被软禁，纵有天大的野心，也一筹莫展。他要不想像李胡那样大半的人生都在软禁中度过，就必须要获得自由。这样他才好控制部属，拉拢盟友，图谋事项。

所以为了喜隐，乌骨里只有强忍心中的不甘，去找胡辇，以获得太平王罨撒葛的高抬贵手，使喜隐得到赦免。

此时罨撒葛正好已经出去了，胡辇见妹妹婚后第一次上门，欣喜不已，亲自将乌骨里迎入自己房中，握着她的手，嘘寒问暖。

乌骨里对罨撒葛心怀恨意，对胡辇却是心怀愧疚，正因为此，她踏进太平王王府的那一刻，心中是忐忑不安的，生怕看到一个不幸福的胡辇，这不幸福会提醒她犯下了多么可怕的罪行。而在她的想象中，胡辇必是不幸福的。

但当她看到胡辇的时候，胡辇的眼神笑容，虽然不是新嫁妇的满心欢喜幸福，然而她的笑容是温和的，举止是从容的。从接到她到带着她从外院走入内宅，一路上婢仆整肃恭敬，看得出来，胡辇在太平王王府，并不只是一个虚有其表的王妃，而是真正的一府女主人。

待走到胡辇所居院落时，更是不同凡响，新建的院落金碧辉煌，更有许多珍稀花木，错落有致，看得出费了极大的心思。

虽然胡辇只着了家常衣饰，然则她房中一瓶一几，俱不是凡品，便纵是萧家姐妹母为公主、父为宰相，素日见惯富贵，然则胡辇房中的精心布置，还是让乌骨里愣了一下。

这时候乌骨里再看胡辇时，心中不仅没了内疚，甚至泛起酸意，话中也带了一些说不出的意味："看来太平王待姐姐不薄，如此小妹也放心了。"

胡辇不在意地道："也不过就是这样罢了。对了，喜隐待你可好？"

提起喜隐，乌骨里心中的酸楚这才下去，嘴角露出甜蜜的笑容："嗯，我和喜隐，自然是好的。"

胡辇看到她的笑容，松了一口气，轻轻拍了拍她的手道："你们好，我就放心了。"

两人说了一会儿闲话，乌骨里终于把话绕到了此行的目的上："大姐，你看我们这样，也不是办法。我和喜隐还年轻，难道就这么软禁在府中，行动都叫人监视看管着不成？"

胡辇也知道内情，叹息道："唉，当日你和喜隐在一起，我就说过……如今主上余怒未消，要不然那天也不会不让你们进宫……"她说到这里，忙掩口，果然见乌骨里脸上已经升起怒色，忙改口劝慰："这件事，急不来的。你是我妹妹，我岂有不关心之理——"

乌骨里脱口而出："那你让太平王抬抬手，放过我们家喜隐！"

胡辇摇头："这件事，岂是你我能说了算的。就算是罨撒葛，又如何能够违逆主上之意！"

乌骨里恼道："哼，谋不谋反，还不是太平王一句话。当日是他硬造的罪名，杀了喜隐的父亲，如今还不放过喜隐，他到底想怎么样？"

胡辇听着乌骨里连串的质问，不禁苦笑，这个妹妹还是如从前一样啊，想要什么就直接伸手，若是拿不到，就要父亲或者大姐来帮助做到，而毫不考虑其中有什么困难。从小到大，她几乎都是想要什么就能得到什么，所以也根本不知道，这世界上还有些事情，是她的父亲和姐姐所办不到的。

乌骨里见胡辇不语，急了，推了推胡辇道："大姐，你说话啊。"

胡辇伸手，轻拍着乌骨里的手，道："乌骨里，你若是信我，就听我的话，现在不宜为喜隐谋求此事。不管这件事一开始到底是主上还是罨撒葛要对付李胡一系，总之，是横帐三房的事，你我二人，都还没有嫁给他们。如今此事亦已经不是罨撒葛能够决断的了，一切还得由主上作主。主上的性子，咱们都是知道的……”

乌骨里被胡辇这番话说得无言以对，听到最后，急道：“那怎么办？喜隐岂不是……”

胡辇笑着劝道：“主上的性子，是不能硬顶着的，反正你们年轻夫妻，就算是暂时休息一两年也无妨。待主上气头过了，我再让罨撒葛缓缓图之。你放心，你是我的妹妹，我如何能让你长久过这样的日子。”

一席话，说得乌骨头低头不语，半晌，才道：“大姐，你既然这样说了，可要做到。”

胡辇点点头，又留了乌骨里继续说话，没多久，燕燕也来了。胡辇一喜：“没想到今日我们姐妹倒聚全了。”遂忙请了燕燕进来。

燕燕一边叫着“大姐——”一边急冲冲进来，见了胡辇正要说话，却看到乌骨里，先是一喜，后又想到她出嫁前两人吵过一架，当时虽和好，不免还是留下了芥蒂，脸色又沉了下来。

胡辇轻嗔：“燕燕，怎么见了二姐不说话了？”

燕燕嘟着嘴，看看胡辇，再看看乌骨里，见两人桌上的茶喝得半残，显然已经坐了许久。她和乌骨里本来就要好，吵架也是为了胡辇不甘，心中早已经软化，只是碍于面子，不肯先开口。

乌骨里却在成为人妇以后，为了丈夫，改了许多少女的骄纵性子。此时见燕燕犯倔，她心中虽然也略有抵触，但最终还是先开了口。

乌骨里瞪起眼睛：“怎么，连二姐也不叫了？”

燕燕看了她这样，忽然就笑了，叫道：“二姐。”

她这一笑，乌骨里也撑不住笑了，伸手轻轻在燕燕手臂上一拧，恨声道：“你这死丫头，竟然还敢给我脸色看。”

燕燕笑着倒在她的怀中，把她的衣襟揉成一团糟，乌骨里尖叫着拉开燕燕，道：“我的衣服，你这坏丫头，弄乱我的衣服了。”

胡辇笑着看两人嬉闹好一会儿，才拉开两人，道：“好了好了，都不许再闹了。”

见两人果然又是闹得头发散乱，衣服皱成一团，当下就叫福慧去取自己日常的衣服首饰给她们两人更换。三姐妹高矮胖瘦差不多，两个妹妹拿姐姐的衣服、首饰更是常事，当下就由侍女服侍着，拿了胡辇两套新衣服去换上。

乌骨里换好衣服先出来，坐到胡辇的妆台前，由侍女服侍着梳妆，却一眼看到妆台上有一个黑漆掐金螺钿的首饰匣半开着，顺手打开一看，顿时呆住了。

那盒中只放着一套花钗，纯金所制，镶七宝琉璃为饰，一花六叶，大小花树二十四株，匣子只开得一半，便已经映得室中一片宝光。

燕燕这时候也正好换了衣服出来，一见之下，冲上来打开整个匣子，发出一声惊叹："大姐，大姐，这左右各十二花树，是汉家皇后之饰啊，你怎么会有？"

后族萧家之女，自然识得这套首饰所代表的意义。虽然辽国服制，通常是皇帝着汉服，皇后着国服。胡辇就算有一套汉家皇后之饰，也不会在大礼上佩戴，但是，这套首饰摆在她的梳妆台上，终究意义不同。

两个妹妹都呆住了，转向胡辇。

胡辇还未答话，侍女福慧便笑道："这是早上太平王拿过来给我们王妃的。"

乌骨里呆呆地看着首饰，心中五味杂陈。燕燕忍不住问道："大姐，这没关系吧？"

胡辇不经意地笑了："有什么关系呢，本朝服制又不是这样的。"

乌骨里张口欲问，还没问出口，燕燕已经抢先替她问了："可这套首饰，是哪里来的？"

胡辇笑道："这原是汉国所贡，因为皇后不在了，所以一直留在库里。前儿我们进宫领宴，主上忽然想起来，便赐给了罨撒葛。放心吧，不犯忌讳的。平时不用全套，也就只是普通饰物罢了。"

燕燕"哦"了一声，不以为意，推了推还在发呆的乌骨里："二姐，你快些。"

乌骨里神不守舍地坐在那儿，待侍女替她梳妆完，福慧捧了首饰匣到她面前请她挑选，她心中眼中只有那套首饰，竟是看其他的首饰都黯然失色了。

胡辇见她挑不下来，又叫福慧端了自己的首饰匣子过来给她选。乌骨里道："这必是大姐素日常用的，我如何好拿去。"

胡辇不在意地道："你知道我素来不太爱这些首饰。你看看，若有你喜欢的，都拿去便是。"

乌骨里酸酸地道："若我要那套二十四花树呢，你也给我？"

胡辇笑了，顺手从那套花钗中拿起一根递给乌骨里："你真要啊？这钗子太招摇了，其实我不是很喜欢。你若真要，便给你吧。"

乌骨里拿着花钗，心中辗转半晌，还是把花钗往妆匣中一放："我才不要呢，这是太平王给你的。我将来要，就要喜隐亲手送给我。"

胡辇看着乌骨里，百感交集，只说："乌骨里，你长大了。"

燕燕看着乌骨里，吐吐舌头说："是啊，以前二姐看到大姐有什么好的都想要，现在嘛，居然知道避这个嫌。"

乌骨里心里正窝着火，闻言瞪了燕燕一眼："你阴阳怪气地做什么？是不是那天跟我打了一架气还没消？要不要再打一架？"

胡辇连忙拉住乌骨里："乌骨里，你胡说什么。燕燕小孩子脾气，你也和她一样吗？"回头又转向燕燕："好啦，你就别再和你二姐置气了。我本就是要嫁皇族的，嫁了太平王也不算埋没。今日你也看到了，他待我很好。"她拉住乌骨里和燕燕的手，将之交握到一起，道："娘亲走得早，爹爹忙于朝政，一直都是我们三姐妹相依为命，是这世界上最亲的人。你们不要为了一点小事闹生分。"

乌骨里和燕燕互相看了对方一眼，同时撇过头去："谁和她……我才懒得和她……"

两人齐齐住嘴，胡辇扑哧一笑："好啦，别闹别闹。燕燕，跟大姐说说，你和韩德让现在怎么样了？"

一句话勾起燕燕的委屈，她顿时眼圈红了，嘴一扁，扑到胡辇的怀中。

胡犖吃惊地问：“怎么了，燕燕？是不是心情不好，到底怎么了？和姐姐说说。”

燕燕委屈地说：“大姐，我和德让哥哥吵架了。”

“吵架？韩德让和你？”胡犖不可置信地问。

乌骨里也同仇敌忾起来：“他敢，我揍他去。”

胡犖横了乌骨里一眼：“你别帮倒忙。”转头又扶着燕燕问：“到底怎么回事，你给大姐好好说说。”

燕燕嗫嚅半晌，最终还是哭丧着脸，把方才在韩德让院中，与李思发生纠纷的事情和两个姐姐说了。说完，她不禁红了眼圈：“大姐，怎么办？我也不是故意的，可当时也不知道怎么的，就说了这样的话，做了这样的事。我只是生气，他明明知道我喜欢他，可他为什么总是把我当小孩子？”

乌骨里恨铁不成钢地戳着燕燕的额头：“该，你做的这种事，说的这种话，就是小孩子的样子，怎么能怪人家当你是小孩子。你既然喜欢他，就应该表现得温柔一点，体谅一点，为他着想一点。”

胡犖听了这话，心中欣慰，赞许道：“乌骨里说得对，成亲以后，你终于懂得忍耐包涵了。”

谁知道乌骨里下一句话又露了本性，她接着得意地道：“只要把他弄到了手，你再撒泼他又能怎么样，也只能接着，是不是？你这傻丫头，哪能这么早早地让人看到自己的坏脾气呢，那人家还怎么敢娶你。”

胡犖无奈地捏捏乌骨里：“才夸你一句，你又要教坏小孩子。”

燕燕着急地说：“大姐啊，现在你应该关心我的事才对。”

胡犖摸着燕燕的脸颊：“别吵别吵。燕燕，那你打算看着他被那个李思抢走？”

燕燕怒气冲冲地说：“不行！他是我的。他要是娶了别人，我会发疯的。”

胡犖笑了：“既然这样，那你纠结什么？为什么不去找他？为什么不继续追他？他现在不会娶李思，可你一直不说清楚，他说不定就真的娶了别人了。”

燕燕怔怔地道：“大姐是说，让我再去找他？可他那么生气，对我那么凶，对李姑娘却那么好。”

胡辇看着一脸单纯的妹妹，不禁笑了：“傻燕燕，德让哥哥是多么温文尔雅的一个人。他越是对一个人客气，越说明他心里没有她。他对你凶，因为他真的把你当自己人了。在他心里，你肯定比那个李姑娘重要得多。你现在要是因为吵架远着他，那人家可真就趁虚而入了。”

燕燕听了顿时又高兴起来，歪着头想了想，跳起来道：“大姐，我懂了，我肯定不给她趁虚而入的机会。”

胡辇点头：“这就对了，这才是我的妹妹。”

乌骨里亦道：“对了，一定要占住他所有的时间，让其他女人没办法接近他。”

胡辇嗔怪地拉开她，对燕燕重新教导：“别听你二姐的话。我觉得德让对你不会没有感情，只是他年纪比你大，肯定有很多顾虑，你好好和他说，让他知道你的真心，你们才有机会，知道吗？”

这一下午，在两个姐姐的轮番教导下，燕燕似乎懂得了许多，但心里又似乎更混乱了。

第三十六章

两情相悦

但不管怎么样，第二天上午，这个从不言败的姑娘，又找了个理由，还带上几本书去找韩德让了。

这次她吸取了经验，走到院落门口，先叫信宁进去通报以后才进去。见了韩德让，亦是规规矩矩地叫了声："德让哥哥——"又把手中的书给他。

韩德让昨天见着她生气跑了，本是担忧不已，今日见她如此，不禁松了口气。

两人坐下，韩德让道："昨天你回去没有再生气？"

燕燕摇头："有，我很生气。"

韩德让诧异："那你今日……"

燕燕坐正，严肃地说："我当然很生气，因为我喜欢你，看到别的女人破坏我们的关系，怎么可能不生气。"

她本来就长得讨喜，这一故作严肃的表情，不但没有严肃之感，反教人觉得更加有趣。韩德让咳嗽一声，压下嘴边的笑意，才道："李姑娘也是……"

燕燕截断他："我知道，李姑娘不过是个外人罢了，她不了解我，也不了解我们之间的关系，所以我现在不怪她了。"

"当真？"韩德让有些不信。

燕燕却认真地点头："是的，她以为我们后族的姑娘，就是要为后为妃的，以为我来找你，不是真心的。可我要告诉你，我是真心的，韩德让，我不为后，也不为妃，我只想做你的妻子。"

韩德让怔住了，一时竟久久无法回答。

他活了二十多年，自懂事以来，一直背负着父亲给他的使命，这使得他的少年时光，并不能像别的少年郎一样，有“知好色而慕少艾”的经历。他隐约感觉到过李思偷偷看过来的目光，甚至是鼓足勇气递出来的荷包和手帕，但是，他的心，没有动过。

有时候他想，或许等一切尘埃落定以后，如果他还活着，那么他也应该娶妻生子，那时候，李思若还没有嫁人，或许她会是个合适的对象吧。只是在这之前，在他要冒着生死大险之前，他不想娶妻，不想连累任何人。

这些年来，上京不是没有女孩子向他示过好，契丹族的女孩子，在情爱方面还是十分大胆的。可是他的心里有了“大业未成，何以家为”的想法以后，所有的秋波情意，都让他统统忽略了。

但眼前这个女孩子，是从什么时候起，闯进了他的生活呢？

一开始，他并没有想过他们之间会有任何感情的可能，对他说来，她只是一个让他经常要操心的小妹妹而已。因了萧思温和韩匡嗣之间的交情，也因了萧思温无子，而韩夫人一直生了数个儿子以后才生下小女儿来，所以在他的心中，萧燕燕视他如兄，而他视她如妹。也因此，他能耐着性子，从小到大跟在她后面收拾各种她闯下的祸。

这孩子是什么时候长大了呢？又是什么时候，对他起了不一样的心思？他不知道。

也不知道从哪天开始，这个一直跟在他身后的小妹子，开始口口声声说“长大了要嫁给德让哥哥”。他不以为意，置之一笑，总以为是小孩子的童言稚语，等她长大了，就会忘记这样的话了。

可是她没有忘记，她一直记着，甚至从来不曾变过，就这样执拗地在他的生活里出没，一直到他熟悉了她的存在，甚至到容忍她的侵入。

也许就是在去幽州的路上，千里同行，世界只有他们两人，他开始发现，原来那个他眼中的小妹妹已经长大，虽然仍然有些幼稚，但却开始有不一样的见识；虽然依旧有些任性，但却有了不一样的柔情。

她的眼泪，让他看到了她的痴情；她的险境，让他感觉到了她不一样的存在；老牧人一家的惨状，让他与她共同悲愤；对这个国家前途命运的共同理解，让他似乎觉得，有些事，与大业未成并不冲突。

一开始，他害怕这样的转变，克制这样的转变，甚至迁怒于她，因此而避开她的诱惑。可是当她这样坐在他面前，这样直接霸道地告白之时，忽然间，他竟发现，自己无法说出拒绝的话来。

她是认真的。而这一次，他不能再以端起的面孔、佯装的精疏、刻意制造的距离，来面对她的真心。

“燕燕，你真的懂婚姻是什么，情爱是什么吗？”那一刻，韩德让甚至有些茫然失措，甚至直面自己的内心，他竟也有些答不出来。

燕燕却一字一句地说：“韩德让，我十五岁了，不是五岁。我懂，我早就懂了。我说喜欢你就是真的喜欢你！我要嫁给你，这辈子除了你，我不会再喜欢别人。”

韩德让有些仓皇：“你不要胡说。”

燕燕看着他道：“那你喜欢我吗？

韩德让一时不知如何回答：“我，我……”他本能地想说“不”，可是，又似有另一种力量拉住了他，让他无法说出违心的话。

燕燕看着他第一次在她面前露出这种茫然失措的神情，一时之间，竟一阵心酸，一阵甜蜜。这些年来，她一股脑儿地闷头向前撞，只会一次次对韩德让说“我喜欢你”“我要嫁给你”，而从来没有考虑过，韩德让是否接受，甚至是捂住耳朵不想听到韩德让说“不”。

她不是没有犹豫过，可是她不敢面对，她真的不敢面对。如果韩德让真的真的永远不会喜欢她，那怎么办？

她只有闭上眼睛，捂住耳朵，假装这个问题不存在，用胡搅蛮缠、嘻嘻哈哈的行为来混淆这件事。

一直到李思的出现，一直到李思的再三出现，让她不得不面对一件事，那就是这个世界上，喜欢她的德让哥哥的，不止她一个人。德让哥哥，不是她用一辈子的死缠烂打就能够纠缠一生的。而是很可能，会在中途，被一个看上去比她温柔，看上去比她懂事，看上去比她跟德让哥哥更有共同话题的女人给截走。

所以她才会惊慌失措，所以她才会真正地被伤到，甚至是逃走。然后，做一些她自己都觉得莫名其妙、无理取闹的事情。可这明显是错的。

她知道是错的，可她不知道怎么做才对。她甚至不敢真正直面这个问题，也不敢去问任何人。

她终于去找胡辇、去问胡辇的时候，其实她的内心是真的惶惑到无路可走了。

胡辇让她这样做，她很不习惯，甚至有些坐立不安。她不习惯把这件事这么严肃直白地说出来，因为她怕，怕这样做了以后，如果被韩德让拒绝，她就再也没有装疯卖傻、厚着脸皮纠缠在他身边的机会了。

燕燕坐在那儿，板着脸，似乎咄咄逼人，可她的手心，已经紧张得都是冷汗了。

韩德让看着燕燕，眼前的少女坐得笔直，整个身体是僵硬的，她的脸板着，可是眼中却有一丝凄惶。看到这一切，韩德让自认是百炼钢的心，也顿时软了。

他露出一丝苦笑，他做的事情如此危险，如何敢接受这么一个自幼娇生惯养的姑娘的爱情？可是拒绝，他更不忍。

韩德让站了起来，有些狼狈地说："燕燕，你可否容我再想想？"

燕燕点点头："你要想多久？"

"我……"韩德让顿时语塞。

燕燕站了起来，气势如虹地走到韩德让面前，忽然紧紧地抱住韩德让，一动不动。

韩德让有些不安地想推开她，却听得燕燕哽咽道："德让哥哥，你别动，让我这样抱你一会儿。"

韩德让一惊："燕燕，你怎么了？"

燕燕的脸在他的衣襟上蹭了两下，似乎把眼泪都抹在他的衣襟上了，才哽咽道："我觉得好丢脸，姐姐说，我一定不能软弱下来，一定要让你说出真心话才可以站起来。可是我没用，我撑不住，我就是想哭。”

韩德让的心头似乎被针刺了一下，忽然间也想落泪。此刻所有的自制和矜持、所有的犹豫和矛盾竟都从他的脑海里消失了，他像一个毛头小子一样，只想让眼前的这个姑娘止住眼泪，只想看到她的笑脸。

他伸出手，也紧紧地抱住了她。

燕燕伏在韩德让怀中，不敢抬头。她哭得太狼狈，谈判丢盔弃甲、一败涂地，她觉得自己要失去他了，这是她能赖在他怀中的最后机会了吗？所以，她不敢抬头。

可是为什么，他也抱住了她？

这一刻，她只觉得失去了所有的判断能力，不知道如何是好，好一会儿，才怯生生地说：“德让哥哥，你……”

韩德让长叹一声：“燕燕，我输给你了，怎么办？我没有办法说服你，你却好像要说服我了。”

“世界原本是一片荒芜的，草原上的人，四下散落，被战火驱赶，被灾难逐使。有一天，一个骑着青牛的男人和一个骑着白羊的女人，在河流交汇处相遇。那一刻，天边的晚霞化为五彩，草原上所有的花儿同时开放，天地间响起美妙的音乐。从此以后一切都不一样了，世界开始重建，草原上响起牧歌，荒野变成了天堂……”

很小的时候，燕燕躺在母亲的怀中，听她讲着契丹族起源的故事，青牛和白羊相逢，世界就此建立。可是那时候母亲美妙的低语，只是催眠的曲子，她从来不知道，原来这天地鸿蒙开启的一刻，竟然也可以出现在她的生命里。

从韩府回到家，浑浑噩噩地，她不知道自己是怎么回来的，也不知道时间是如何流逝的，甚至不知道自己在那一刻以后，还做过了什么。夜深了，可是她没有办法睡着，只能睁着眼睛，时而发出轻笑声。

一直闹到天蒙蒙亮，她才终于撑不住睡意，沉沉睡去。一直到了近中午，她才忽然间从梦中醒来。

一件事想得太厉害，就会患得患失。一件事太重视，总会害怕失去。燕燕怀着甜美的快乐入睡时，深藏在心中的恐惧就从梦中显露出来了。她一惊而起，顾不得梳妆打扮，匆匆扯了件衣服边跑边穿，就这么披散着头发，骑着最快的马“乌云盖雪”，闯进了韩德让的房中。

韩德让震惊地看着燕燕，她的脸上犹有睡梦中的潮红之色，甚至还有枕头上的压痕，她就这么满脸惊恐地闯进他的房中，问他：“德让哥哥，你昨天说的事，是真的吗？”

韩德让诧异地问她：“燕燕，你怎么了？”

燕燕咬了咬牙：“我、我做了个噩梦，梦见、梦见……”

“梦见什么了？”韩德让问她。

“梦见……你不要我了，你和别人成亲了……”燕燕浑身颤抖，可是却没有哭，也没有如往日一般扑到他的怀中撒娇。这姑娘平时娇气，可是在重大关头却是格外硬气。

韩德让看着她的神情，他握住了她的双臂，双目直视她的眼睛，郑重地说：“我，韩德让，此生只爱燕燕，绝不相负。”

燕燕终于扑倒在韩德让怀中，又哭又笑：“我就知道，我就知道是噩梦，我就知道昨天的事是真的，我就知道你会喜欢上我的。”

韩德让搂着燕燕，苦笑一声。因为这时候，他已经看到房门前，韩匡嗣夫妻满脸震惊地站在那里，他们已经看到了刚才的一切，也听到了刚才的一切。

燕燕这么披头散发地直接闯进他的房中，如何会不惊动他的家人。而他却在燕燕闯进来的时候，脑海中只掠过这一丝念头，就已经被燕燕夺去了全部的思考能力，只想到安抚她的情绪，平息她的痛苦。

尽管，那只是一个小姑娘的噩梦而已。

看着父母已经看到了一切，韩德让只得轻轻推开燕燕，走到韩匡嗣夫妻面前，跪下：“爹、娘，孩儿请求二位大人，代孩儿向萧思温宰相求娶燕燕为妻。”

好半日，韩匡嗣才找回自己的声音："你，你说的可是真的？"

韩德让坚决地说："是，是真的，请二老成全。"

这时候燕燕也回过神来，先是羞红了脸，转眼天生的胆大性子又冒了上来，见韩德让已经跪下，索性也跑到韩德让身边跪下，道："韩大人，请成全我们吧。"

韩匡嗣脑中混乱一片，好不容易才道："你们、你们先起来吧，这件事，我还要去同思温宰相商量。"

燕燕一高兴，跳了起来："太好了。"

燕燕高高兴兴地回到家中，便等着次日韩家父子上门提亲。

谁知道第二日早晨萧府一开门，韩匡嗣带着韩德让进来，与萧思温方说得几句话，却听得有人来报，说是六院房的耶律虎古父子来了。

萧思温不解，却只得按下话头，请耶律虎古父子进来。

虎古带着磨鲁古走进大厅，看到韩匡嗣父子皱了皱眉头，却不言语。

磨鲁古伤势刚好，这时候看到韩德让，更是仇人相见分外眼红，正要说话，却碍于父亲在场，不敢发作，只用眼睛恶狠狠地瞪向韩德让。

虎古不搭理韩匡嗣二人，径直向萧思温见礼："思温宰相，今日可有一桩大喜事啊。"

萧思温面色古怪："大喜事？什么大喜事？"

虎古也不客套，头一句话就是指着磨鲁古道："我这孩儿对你家燕燕一片真心，求着我来提亲。我想着，耶律家和萧家世代联姻，你我两家若能成就姻缘，也是合了祖先之意。不知你意下如何啊？"

韩匡嗣听着这话，咳嗽一声，道："虎古大人，您来迟一步了。"

虎古瞪起眼："怎么？"

韩匡嗣笑道："我今日来，也是为了向思温大人求亲。"

虎古"哼"了一声，问他："你又能求得什么亲？"

韩匡嗣笑吟吟地道："我是为小儿德让，前来求娶燕燕姑娘。不好意思，在下比虎古大人早来一步！"

虎古"哼"了一声道："早来又如何？"直接转向萧思温："这种

事，怎么轮得到他们这些汉人。”

萧思温咳嗽一声，燕燕喜欢韩德让，他早就知道，只是碍于韩家一直没有表态，所以他也不好主动开口强让人家娶他的女儿。如今韩匡嗣率子登门，前头绕了半晌，虽然还没说到正题，但他听得话中意思，已经知道三分。

没想到虎古一来，逼得韩匡嗣终于把话说了出来。虽然韩匡嗣强调“先来后到”，然而刚才他们还并没有提到这个话题，此时萧思温自然不会戳破，只呵呵一笑道：“国朝分南北两院，都是大辽臣子，思温眼中，并无分高下。您二位都是朝中栋梁，德让和磨鲁古也都是少年英才，能够看得起我们家这个笨拙的女儿，思温深感荣幸，如何敢有嫌弃。”

虎古心中怒火燃烧，却不好向着萧思温发作，只得转头向韩匡嗣喝道：“韩匡嗣，你好大的胆子，敢和我抢儿媳。”

韩匡嗣淡然地说：“虎古大人说笑了。一家有女百家求，本就是件很正常的事情。”

虎古冷哼一声：“思温，你怎么说？咱们皇族后族世代联姻，你总不至于连这一点也不会想到吧？”

韩匡嗣知道自己反正已经与虎古不合，不欲萧思温为难，遂截住话头道：“皇族后族虽然世代联姻，却也不完全都只在两族内联姻。正因为有两族外的诸多联姻，才能够永保皇族和后族的尊贵。”

虎古冷笑：“与你们这些帐下奴联姻，只会堕了后族的名声，你以为思温会答应你们？”

萧思温不得不阻止：“虎古大人，慎言。韩大人亦是国之重臣。”

虎古一指萧思温：“那你就早些打发了他们才是，免得我说出不好听的来。”

萧思温来回看了看韩德让与磨鲁古，苦笑道：“各位也知道，小女素来任性。这是小女的终身大事，我看不如让她自己决定吧。”

磨鲁古的脸色大变，上前一步道：“不行。”他倒是有自知之明，若是让燕燕来挑选，十有八九会选韩德让的。

萧思温咳嗽一声："草原儿女，有本事的，自然要让姑娘自己喜欢他才是。磨鲁古郎君，你说是吗？"

虎古不解其意，瞪了儿子一眼，低声斥道："你慌什么，燕燕也是后族姑娘，她会不选你？"

磨鲁古有苦说不出，内心也怀着一丝期望，草原上任性胡为是一回事，真正择偶，又是另一回事吧。

哪晓得燕燕进来，萧思温简单把话一说，她想也不想，直接走到韩德让面前，拉住韩德让的手，笑嘻嘻地道："女儿自然选德让哥哥。"

萧思温松了一口气，故作抱歉地看着虎古："虎古兄，你看这……"

虎古脸色大变，愤然起身："萧思温，你太过分！你可以拒绝我，但是，你当面把女儿许配给帐下奴，根本就是故意羞辱我。"

萧思温呵呵一笑："虎古，你这样，就没气量了！"

虎古愤怒地甩了甩衣袖："你不必解释！磨鲁古，我们走。"

磨鲁古仍然不舍地看着燕燕，虎古一把拽住儿子拉了出去。

萧思温看着虎古父子离开，叹了一口气。他转头看燕燕，张口想说什么，想了想还是叹口气没说。

燕燕知道她父亲的意思，应该稍稍给对方一点颜面，不要这么直接。可是她才懒得敷衍这对父子呢，干脆直接地说："不能怪我啊，那个磨鲁古踢都踢不走，怎么可能给他赖皮的机会。"

萧思温无可奈何地摇摇头，挥手道："你们出去玩吧。我和韩大人商量事情。"

燕燕吐了吐舌头："得令。"当下欢快地拉着韩德让出去玩了。

厅中，剩下萧思温和韩匡嗣商量婚姻具体事项。两家都不是平民百姓，这婚姻自然也不是一提就立刻成婚。当日双王逼婚，是穆宗指定日子，不得已赶得匆忙。如今萧思温只剩这一个女儿，自然要办得周全妥帖才是。

韩家呢，也因为韩德让的婚娶年纪早就耽搁了，索性也不急，于是两家慢慢商议着婚事进程，黄道吉日也慢慢挑着。

燕燕和韩德让既订了终身，心满意足，倒不在乎是否立刻成亲。韩德让亦觉得燕燕还小，索性也由着她多玩些日子。于是这段时间，两人浓情蜜意，结伴出游，你侬我侬，小日子甜甜蜜蜜就不多叙了。

而这段时间，边境又有不宁。因去年汉国（即北汉）睿宗刘钧逝，子刘继元继位。宋皇赵匡胤遣昭义军节度使李继勋等率兵伐晋阳。宋军本进展顺利，兵抵太原城下，李继勋欲劝降刘继元，被拒绝，宋军久攻太原不下，后因辽军来援，一征北汉无功而返。

结果不死心的宋皇过了一年以后又发动北伐，大军再次直抵太原城下，宋军筑起长连城围攻太原。辽军分两路援救北汉，一路自石岭关入，为宋军败于阳曲。另一路从定州南下的辽军也为宋军所败。

穆宗得到辽军战败的消息，震怒之下砍了此次统兵将帅的脑袋，并大肆株连，满朝官员人心惶惶。民间百姓怨声载道，纷纷谴责主上昏庸无能。

上京开皇殿内，穆宗高坐在龙椅上，满朝文武分列其下。风尘仆仆的骑兵站在下面回禀："宋皇赵匡胤率大军亲征，晋阳危急。一旦有失，就不能再为大辽藩篱。我朝国主请父皇帝陛下速速发兵救援！迟恐生变。"

骑兵的话一说完，满朝文武顿时哗然，议论之声沸沸扬扬："南朝竟这么快就恢复了元气。""去了一个柴荣，又来一个赵匡胤，南人何时变得如此好战。""南兵如今凶猛得很，上次幽州之战我们也没占到便宜。难道真要派人帮刘继元守城吗？""这可如何是好啊？"……

穆宗听着这满朝喧哗，不悦至极，张嘴道："来人……"

罨撒葛一直注意着穆宗的神色，此时立刻出列，指着刚才喧哗得最大声的几人："你，你，你，给本王出来！长他人志气，灭自己威风，成何体统！来人，把他们架下去，重打四十大板。"

穆宗淡淡地加了一句："八十大板。"

卫士们如狼似虎涌上来，将那几个多嘴的臣子押下去，朝堂上顿时鸦雀无声。

萧思温出列建言：“主上，汉国虽然无用，好歹侍奉大辽多年，平日也乖巧，有他们在总能牵制宋国。”

穆宗淡淡地道：“那就按宰相的意思，派兵救援吧。”

此时朝堂上，群情沸腾。而太平王罨撒葛的一双眼睛，却在观察着所有的人。

耶律贤一脸病弱，半闭着眼睛，似乎无动于衷。可是他的弟弟只没的眼中，却流露出勃勃的野心来。

退朝之后，只没气冲冲地来找耶律贤，见韩德让也在，索性坐下来，怒道：“简直岂有此理！前方打了败战，战报到京城，主上只知道杀战败的将领，却根本没有应对的打算，就这样将城池丢给敌人，自己继续关在宫里醉生梦死。这算什么主上！”

耶律贤皱眉：“只没，咱们还在宫里，注意分寸。”

不想只没更恼了，叫道：“怕什么？都似你这般胆小，所以国朝才会如此不振。须知太祖的时候，我们可是压着南朝打的。太祖那时候，我们还入南朝的皇宫受贺，就算父皇的时候，南朝仍然是不堪一击。现在倒好了，区区一个新立之国两败我大辽，简直对不起列祖列宗。”

韩德让劝说：“只没大王，你冷静一点，不是还有太平王在主持大局吗？”

只没的声音更高了：“他就只会给主上擦屁股！他以为悄悄瞒下一些告状的奏折，卖点小恩小惠给那些将帅，大家就会感激他了吗？狗屁。人家本来就不用受这种羞辱。”

耶律贤头疼地揉了揉太阳穴：“只没，那你想怎么样？”

只没站了起来，叫道：“我上次就不该听你的。若是我当时请兵出征，肯定不会输给宋人。哥，我们是阿保机的子孙，不能永远躲着藏着。这大辽不是主上一个人的大辽。你看着他这样糟蹋大辽，不心疼吗？不做点什么？”

耶律贤与韩德让对视一眼，沉默不语。

只没愤然转身："好吧，这江山社稷，你不心疼，我心疼，我不能由着他这样。"说着站起，就要大踏步地离开。

耶律贤一急，叫道："只没，你不要乱来。"忽然间心口一痛，身子一歪，眼看就要倒下。韩德让忙上前扶他坐下："大王，您没事吧？"

耶律贤捂着胸口，压抑着情绪，好不容易喘息正常，说道："没事。我知道我不能喜怒过度。韩二哥，我好恨。我比只没更恨眼前这一切，可我们不能太冲动。"

韩德让沉声劝他："小不忍则乱大谋，您是对的。"

耶律贤咬牙："我真怕，我怕皇叔这个睡王把大辽江山在睡梦中丢掉。我一腔抱负从此无处施展，对不起列祖列宗。"

韩德让劝慰："不会的。我们不会让他走到那一步。"

耶律贤眼睛一亮，看向韩德让，两人彼此心照不宣。

耶律贤叹息一声："我还担心只没他……"他这样的性子，会冲动到害了自己。

韩德让劝道："我会慢慢劝他的。"

可惜，韩德让没能够劝动只没。而只没见穆宗越来越失人心，喜隐被囚，耶律贤病弱，以为此后的局面非自己莫属。于是更加在上京奔走各府，拉拢人手，欲形成一股强大的力量，推举自己成为抵御宋兵北伐的主帅，以期掌握兵权。更可在战胜之后，挟势归来，如世宗一般，逼得穆宗退位让贤。

可惜他的所思所想，所考虑的步骤，均是辽国开国以来大家都用过的套路，如何能够在穆宗面前得逞。穆宗虽然治国无方，但当年能够夺得皇位，这份心计，岂是只没这个长于宫廷、不知世事的年轻人能比。

因此，正当只没心怀逸志之时，一场早就已经设计好的大网，朝着他撒了下来。

第三十七章

只没受刑

这一日，只没依旧与安只幽会。

两人云雨过后，安只抱着只没，担忧地说道：“大王，安只很担心你。”她在穆宗身边多年，对穆宗的凶残手段，已经畏惧入骨髓，这些日子以来，她虽与只没幽会，但一直有种隐隐的不安，挥之不去。

只没亲了亲安只：“担心什么？别担心我，照顾好自己。等我得胜归来便是。”

安只紧紧抱住只没：“你一定要上战场吗？战场上刀剑无影，我怕……”

只没安慰她：“别怕。我是先皇之子，不能永远藏在这深宫中。我要去建立功勋，不能辜负父亲和祖父的威名。哼，到时候，我挟军功归来，皇位就是我的。到时候，我便封你为皇妃……”

安只轻笑：“那臣妾就谢过主上……”

话犹未了，忽然一声巨响，门被人踢开，一群侍卫涌进来，将两人赤条条地从被窝里揪了起来。

安只尖叫起来，只没怒道：“你们是谁？想干什么？我是只没大王，你们谁敢对我无礼。”

那为首的侍卫冷笑道：“小的不敢对只没大王无礼，只是大王如今这样子，呵呵……”

只没扯过自己的侍从术里递过来的衣服一裹，怒道：“我如今这样，又如何？”

那侍卫呵呵一笑：“私通主上身边的宫女，可不是小事。大王随我们去向主上解释解释吧。”说着，不顾只没的咒骂和安只的尖叫，也不给他们穿衣服的机会，将慌乱中只胡乱裹住私处的只没和安只就这么衣衫不整地抓走了。

只没恼怒不已，一路喝骂，一直被抓到穆宗面前，这才停口。只没见了穆宗忙叫道：“皇叔，这些侍卫实在无礼……”

话音未落，一只酒壶飞来，险些砸中只没。只没偏头让开，这才看到穆宗眼睛通红，已经喝了不少酒。他知道穆宗喝了酒便无理性可言，本来满腔气愤，这时候才有些害怕起来。

但在他的心中，仍然以为这只是小事一桩，想着不过是把原本和安只偷情的事情公开了，拼着被穆宗骂上一顿，也就索性向穆宗要了安只，免得这样偷偷摸摸的。

只是这事被穆宗抓个正着，难免名声受到影响，对他日后图谋大业上会被人当成话柄罢了。

他将此事想得轻松，岂料穆宗多年不能行人道，所有的扭曲残暴，倒有一半因此而起。此时看着只没和安只衣衫不整，身上带着的气味更是连他桌上的酒味也掩盖不住。这种情欲的气味，更是刺激得他脸色狰狞，看着只没的眼睛已经变得赤红：“只没，你倒风流快活啊。”

只没还没听出来，安只在穆宗身边服侍了好几年，他起了杀心的声音，却是听得出来的，不禁吓得瑟瑟发抖。她姿色不俗，当时进宫，能够选到穆宗身边，本是得意扬扬，以为自己可以飞上枝头。哪晓得穆宗身边，越是有姿色的女人，死得越快。她见了几个姿色出众的侍女，因意欲靠近穆宗而被穆宗忽然残杀之后，就学会了在穆宗面前饰掩自己的姿容，什么事情都退在后面，以保全自己的性命。

只是她终究是青春少女，有欲望也有野心，为了逃离穆宗，因此不顾一切地抓住了一根她以为能够带着她离开地狱的绳子。可是此刻，她发现她的自作聪明，可能会让她更快地接近死亡。

只没终究不是安只，他这些年在耶律贤的保护下，在穆宗和罨撒葛有意无意的纵容下，并不知道穆宗的真实面目是什么。此刻见穆宗生气，心中虽然害怕，还是强笑道："皇叔，怎么弄出这么大排场，吓侄儿一跳。"

穆宗冷笑："只是吓一跳？朕的女人你也敢碰。胆子不小嘛。"

只没心中一凛，脸上却不露声色，只是打个哈哈道："皇叔，我怎么敢。皇叔，您也知道，年轻人嘛，禁不住……"

穆宗听了这话，越发刺心，他与罨撒葛设定的计谋，本拟是将只没的野心打压下去，甚至就此吓破他的胆子，教他一辈子匍匐在地，不敢挺直腰杆。只是此刻听着只没的话，心中杀意升腾，竟是怎么也按不下来。他忽然一笑，道："那你想怎么样？"

只没不知道他这笑声中的含义，但他也是个聪明人，细想了下，知道今日之事，很可能是自己前些日子太过高调被人算计了。所以索性在穆宗面前倚小卖小起来，好教穆宗对他消了戒心，撒娇道："皇叔，您也知道，这是侄儿一时糊涂，只是事情既然已经发生了，您老人家打也罢骂也罢，只要您消气就成。您一向疼我，就索性把她赏给侄儿算了，也是您老人家成人之美吧。"

穆宗忽然笑了起来："哼哼哼，成人之美，你对朕身边的人下手，事情发作了，还敢想要朕成人之美？你以为朕是什么样的人？"

他的眼神如狼一般，让只没心头一寒，只是到了此刻，他也知道便是跪下来苦求，也是于事无补，当下强笑道："安只不过是个宫女罢了，不值得皇叔生气……"

穆宗嘿嘿冷笑："不错，这的确只是个宫女，但这整个宫里的女人，都是朕的女人，不是你的。你若是光明正大开口向朕要人，朕不是不能给你。可现在，你是偷人！你有什么脸要朕成人之美？"他忽然暴喝一声："来人，把那个贱人给我拖下去。"

他一声令下，便有侍卫上来将安只架起往外拖。安只吓得魂飞魄散，此时此刻她唯一的救命稻草便是只没，只吓得向只没嘶叫呼救："大王，大王救我——"

只没心有不忍，冲过去护住安只："谁也不许动——"这边急转身朝辽穆宗跪下求道：“皇叔，安只和我是真心相爱的，您这宫里这么多女人，便是赏我一个，又能如何？”

穆宗听着这话，忽然笑了起来，笑了好一会儿，才冲只没招招手。

只没疑惑地看着他，见穆宗又朝自己招招手，只当他已经松口了，心中一喜，疾步走到穆宗面前，不想却被穆宗一脚踢翻在地。

这一脚踢在只没的胸口，只踢得他血气翻涌，心头巨痛，低头咳嗽不已。

穆宗狞笑一声，指着只没骂道：“你这小畜生，朕把你从三岁养到今天，没想到，竟养出一只不知记恩的白眼狼来。只没，朕如今告诉你，你在朕跟前有体面，那是因为朕愿意让你有体面。若是朕不愿意，你什么都不是。”他冷笑着举起手中一只白瓷酒杯，一松手，在只没脸边落下，砸得粉碎，“小子，你听好了，朕是一国之君，朕富有一国，这宫中，这京城，这大辽天下，都是朕的，朕可以嫌多把它砸了、扔了，可你凭什么就可以想当然地认为，别人的东西多了，就必须要给你？你在同朕讲笑话吗？”

只没倍受羞辱，心中的不甘不愤再也压抑不住，藏在心中许久的话冲口而出：“什么叫不知记恩，什么叫愿意给我体面。我不是您的一条狗，我也是先皇之子。只为察割之乱，我父皇、母后遇难，是您在所有人的面前说，要抚养我们兄弟，视如己出。有此承诺，您才得以被立为皇帝。这些年父皇的斡鲁朵呢？您扣在手里还给我们了吗？我们的体面，是我们的血脉生来就有的。我也是耶律阿保机的子孙，我也是皇后所出，您凭什么如此羞辱我？”他说着说着，那股子气慢慢平息下来，露出一丝微笑道，“皇叔，何必把事情做绝。虽然您现在是皇帝，可是百年以后，这皇位终究还是我的，何必为一个宫女和侄儿翻脸。”

他索性撕破了脸，也不再装巧卖乖，只把结果说给穆宗听。他今日逞足性子，难道就不想自己百年之后的安定和盖棺定论吗？

穆宗忽然大笑起来：“你说什么？再说一次，你说，皇位终究还是你的，你凭什么？”

只没脱口而出："您和太平王无子，皇位不传给我，难道您还想传给那个敌烈的儿子，那个女奴的孙子吗？"

穆宗乐得大笑，指着只没对左右道："哈哈哈，你们看这乳臭未干的小子，何等可笑。敌烈是女奴所生，难道你就出身高贵？呸，你连敌烈还不如呢，至少敌烈还是我们纯种契丹人，你呢，你是个杂种！"

只没听他居然辱及生母，气得眼睛都红了，翻身而起，就想朝着穆宗冲上去，小侍花哥等连忙机灵地上前挡住了他。只没顿足愤怒大叫："你说什么？你凭什么骂我杂种？我母后是先皇堂堂正正册封的大辽皇后，你们所有的人，都跪拜过她，都跪拜过她！"

穆宗听得只没的叫声，如此尖厉，看着他的脸，亦已经变得扭曲。两人距离如此之近，近得甚至看得到只没眼中的恨意。这双眼睛好生熟悉，他记得这双眼睛。当年的甄后，就长着这样一双眼睛。

当年世宗初继位，他虽然心有不甘，但仍然前去拜见，世宗扶起他，相叙寒温，他看得出世宗的眼睛里，毫无戒备之心。然后他忽然觉得背后一寒，转头看去，却看到了甄后走进来。甄后微笑着，看着他，忽然之间，他只觉得自己的五脏六腑似被看穿了似的，惊出一身冷汗。

只没长得并不像甄后，他的容貌像世宗更多一些，然而他这双眼睛，却像极了甄后。这双眼睛令得穆宗心惊，令得穆宗心虚，也令得穆宗杀气大起。他冷笑道："什么皇后？甄氏不过是个汉婢而已，若不是她乱我国朝，先皇怎么会早死。朕只追封了明扆的生母为怀节皇后，可不知道先皇还有什么其他的皇后。"

只没最恨的就是有人辱及生母，他虽然不记得生母模样，然而他的身边终究还有一二他生母留下的旧婢，虽然这些婢女只是略识得几个字而已，可不妨碍她们在幼小的只没心中灌输对甄后的印象。在她们的描述中，甄后宛若天人，若是甄后还在，这大辽应该是如何兴盛，而不是现在这样万马齐喑。

虽然那几个旧婢，在他十来岁的时候，忽然间消失了。但他知道，她们之所以会消失，是因为有人忌恨他的生母。从小，他就在宫中贵妃的口中，时不时地听到关于他生母的议论，议论里充满了嫉恨和攻击。只有他身边的嬷嬷会告诉他，她们越恨他的生母，就越说明他生母的伟大。

在那几名旧婢消失以后，她们对他说过的话，却更深地刻在了他的心底，也是他这么些年，在那些歧视他的人的眼神中，活得越加嚣张自信的原因。他相信自己生而高贵，比所有的皇族更有资格统治这个国家。所以，他更不能容忍别人对甄氏的诋毁，尤其是穆宗不肯追封他的生母为皇后，更是他的多年隐痛。听到这话，他再也忍不住了，他痛到了，他就要让别人更痛。

在这样的愤怒之下，他和穆宗的对骂，完全失控了，失控到口不择言，而完全不曾意识到说出这话的后果："你侮辱我母后？你以为你自己又是什么？满宫里谁不知道你已经不行了，你一个女人都睡不了了，你还霸着满宫的女人做什么，你还能做什么……"

穆宗听到这句话，理智的神经顿时崩断，整个人的面容变得扭曲疯癫，脑海中只有一个念头："杀了他，杀了他……"

他甚至来不及拔刀，甚至来不及向前，就直接拿起桌面上那把切肉的刀子飞向只没："朕杀了你，杀了你……"

只没见刀飞来，急忙偏头，但他此时正被侍卫抓住，无法完全躲开，那刀子顿时插入他的左眼。

只没发出一声惨叫，鲜血随着他的脸颊流下来，众侍卫见状吓得连忙松手。只没捂着眼睛，痛得缩成一团，惨叫连声。

安只捂着嘴，不敢发出声音，整个人颤抖得如风中柳絮一般。

只没捂着左眼缩在地上，痛得破口大骂："昏君，暴君，你如此残暴无道，你、你不得好死……"

穆宗癫狂地指着只没大叫："朕得不得好死，你是看不到了，朕先让你不得好死。来人，把这个杂种给朕拖下去，拖下去，把他、把他给我……"他想杀了他，可是，杀了他，太便宜他了，他要让他求生不得，求死不能。他疯狂地左右看去，企图看到一种能令只没痛苦加倍的刑罚。

忽然间，他看到了缩在一边的安只，顿住了，嘴角露出一丝残忍的微笑："把他拖下去，给朕阉了他！"

朕就让你尝尝，什么叫真正的不能人道。

侍卫们上前将只没拖走，只没亦是听到了穆宗的命令，用力挣扎，高叫道："述律！你这个疯子，有本事你杀了我，你杀了我啊！"

只听得外面只没惨叫声远远传来，安只吓得心胆俱碎，泪流满面，却只能缩在角落里，瑟瑟发抖，一声也不敢出。

忽然听得殿外一声悲号："皇叔，皇叔，刀下留人！"

却见一人抢进殿内，看到地面上的血迹，顿时怔住，然而只怔了一下，就转身向着穆宗跪了下来，连连磕头。

这人正是耶律贤。

原来刚才只没被抓走，他身边的小侍术里机灵，见势不妙，缩在一边不敢作声，见侍卫们抓走了只没，他转身就跑去找耶律贤求救去了。

耶律贤正为只没最近的行为担忧，生怕他引起穆宗兄弟的疑心和杀意来，听到此事，便知不妙。他转身就要向开皇殿而去，只是走了两步，却又停下。只没此事，必是穆宗兄弟算计好了的，他就算独自前去求情，只怕也无济于事。要想救只没，必须另想办法。

穆宗一向只听罨撒葛的话，而罨撒葛也好借机邀买人心，为将来图谋。所以若是他拉了罨撒葛一起去求情，才有可能扳转局面。

想到这里，他匆匆赶往太平王王府，此时正好胡辇也在，见了耶律贤求情，心有不忍，也在一边劝说。

罨撒葛与穆宗早有预谋，自然不肯就此轻易罢手，当下只皱了眉头推托道："明扆啊，不是王叔不肯帮忙，你自己说说，只没做的这叫什么事？他喜欢女人，什么样的女人没有。只要他说出来，哪怕是南边的公主，我们也能给他娶来。便是他喜欢那个宫女好了，完全可以光明正大地讨要。他私下往来，将主上的颜面置于何地。他这样不争气，你还叫我去给他求情？”

耶律贤心中暗恨，却只能一味苦求道：“我知道只没不争气，可我父皇只有这么一个健康的儿子了。我日日用药吊着命，也不知能活到何时。只盼着只没为这一系留下血脉后嗣。王叔只当看在我父皇的分上，救救他吧。”

胡辇听得不忍，又见耶律贤跪在那里苦求，整个人摇摇晃晃，一副病体难支的样子，不禁也帮着求情：“罨撒葛，你就入宫去说句好话吧。明扆身体不好，这样长跪着伤身。”

罨撒葛被妻子这一说，竟是推脱不得，他本拟拖得久一些，让穆宗好好把只没打得一年半载起不了床，这才放心。太早进宫，也没打两下，平白浪费一个机会岂不可惜。但此时也只能无可奈何地道：“既然王妃也帮你们求情，我就勉为其难走一趟。明扆啊，你以后可千万要管好只没，别让他再乱来了。”

耶律贤不住地点头：“多谢王叔，多谢王叔！我一定管好只没，再不让他乱来。”

当下罨撒葛只得随着耶律贤去开皇殿求情，他有心拖延，一路上找了好几个借口，一会儿出了府又说要拿个紧急公文带给穆宗，一会儿又说马车不好，直到胡辇也看不过去，骂了他几句，他这才与耶律贤走了。

两人刚踏进宫门，远远就听到只没惨叫，叫声极为凄厉，耶律贤一急，疾步向着开皇殿赶去。罨撒葛本以为是只没挨打，只是这叫声凄厉之极，而这一叫之后，就没了声音。这样的惨叫，断断不是普通刑杖之下发出来的叫声，顿时也急了，匆匆追上。

他刚来到大殿门口，就见得另一头只没被侍卫拖回来，但见着他已经昏迷不醒，满脸是血，一目还在不断流血，身上血迹不似受杖，却是下身尽被鲜血浸透。

他大惊，挡住侍卫问道：“只没受了刑？”

那侍卫见了太平王问，吓得往后缩了一下，嗫嚅道：“主上有令，行宫刑。”

耶律贤听到声音扭过头来，看到只没惨状，再听到“宫刑”二字，目眦欲裂，只叫了一声：“只没——”就扑了过去，紧紧抱住只没，整个人如坠冰窟，只觉得天旋地转，万物崩塌，眼前一黑，口中鲜血喷出，整个人软软倒了下去。

罨撒葛见状大惊，上前抱住耶律贤，摸了摸两人脉博，才松了一口气，急叫：“这，怎么变成这样了！来人，快把两位大王送回宫去，叫太医来。”

穆宗暴喝一声：“不行！明扆可以走，只没不行！”

罨撒葛看到穆宗的脸色，又看到桌前打碎的酒壶酒杯，只觉得脑仁生疼，如今事情的发展，已经远远脱离他既定的轨道了。他心中气得要命，却不能不硬着头皮，再一次收拾兄上弄乱的残局。

他放下耶律贤，走到穆宗面前，只觉得酒气熏人，不由叹气：“皇兄，你又喝酒了！”

穆宗赤红着眼睛怒道：“这与喝不喝酒无关。只没小畜生太过猖狂，朕再不能留他。”

罨撒葛大急，道：“皇兄，只没毕竟是先皇的儿子，您答应过无论如何会保他兄弟性命的。”

穆宗大怒，指着只没对罨撒葛吼道：“你知道这混账刚才说的什么话吗？朕不杀他，难泄心头之恨。”

罨撒葛看了一眼只没，眼睛又转到殿中诸人身上，众侍卫看到他的眼神都不敢直接面对，一个个扭过头或者低下头。

罨撒葛已经有些明白了，叹息一声，按住穆宗道：“皇兄，他瞎了一只眼睛，又受了宫刑，这样子活着已经跟死了没区别了。”

穆宗咬牙道：“他还没死。”

罨撒葛压低了声音：“皇兄，小不忍则乱大谋，现在杀了只没，会令整个宗室发生动荡的。”

穆宗恨恨地看着罨撒葛，眼中充血。两人目光对峙了好一会儿，穆宗终于还是退让了，用力一击桌案道：“好，死罪可免，活罪难饶，将他重责一百杖，以儆效尤。”

罨撒葛还想再说：“皇兄——”

穆宗怒喝：“不要再说了，否则朕就改变主意了！”

罨撒葛无奈，道：“好吧，不过他现在这样子撑不住一百杖，让御医给他上过药以后再说，如何？”

穆宗冷冷地道：“十天之内，就要行刑。”见罨撒葛还要说话，一摆手道，“不必再说了，否则朕改主意了。”

罨撒葛只得应下：“是。”

穆宗恨恨地说：“这一辈子，别让他再出现在朕的面前，否则，朕杀了他。”言毕，拂袖而去。

罨撒葛长叹一声，吩咐身边的粘木衮道：“拟旨吧，只没削去王位，幽禁！”

粘木衮低声应了。罨撒葛迈步走到耶律贤身边，扶起耶律贤，叫道：“明扆、明扆！”

耶律贤刚才一时急怒攻心岔了气，却没有晕过去，只是全身无力。他吃力地睁开眼睛，想要说话，却没有力气。

罨撒葛亦是没想到事情会变成这样，此时方后悔起来：“对不住，明扆，是我来迟了。”

耶律贤心中极恨，却不得不安抚罨撒葛。他无力开口，只能捂住胸口喘息两下，再深深地看了罨撒葛一眼，摇摇头表示自己并不怪他。

罨撒葛叹息：“主上脾气如何，你也知道。我、我尽力了！”

耶律贤只得点点头。

罨撒葛低声道：“方才你也听到了，暂时只能如此，先让只没养好伤，那一百杖，我会吩咐他们从轻的。你放心，我一定会保住只没的。”

耶律贤点点头，看到迪里姑赶过来，将只没扶上担架，一口气一松，终于晕了过去。

等耶律贤终于完全醒来时，已经在自己寝宫中了。

看到他坐起身，迪里姑、婆儿、韩匡嗣、韩德让等围了上来，刚才他这一倒下，实是让迪里姑和韩匡嗣两个忙了好一会儿，施针用炙，才让他醒过来。

耶律贤听得众人问他如何，他却没有回答，只捂着胸口紧张地问：“只没、只没他怎么样？”韩匡嗣和韩德让脸上俱有不忍之色，耶律贤急问：“御医怎么说？”

刚才韩匡嗣已经亲自过去帮助抢救，此时也只有他最清楚情况，见状摇头叹道：“救是救下了。人现在在他自己寝宫。可是……”

耶律贤急问：“可是什么？”

方才他赶到的时候，看到只没受刑便倒了下来，耳中虽隐约听到穆宗和罨撒葛争执，可是人的心理，总是不愿意相信最坏的事，他还是抱着最后一丝希望，看向众人。

迪里姑咬了咬牙，道：“只没大王不止瞎了眼睛，还、还被主上施了宫刑。如今血虽然已经止住，可，可能不能活，还未可知。”

耶律贤捂着心口，顿时喘不过气来。

众人乱作一团，韩匡嗣急忙为耶律贤施针，又劝道：“大王，您别太激动，要保重自己啊。您若出事，还有谁能照顾只没大王。”

耶律贤等韩匡嗣施过针，又喝了药，胸口气息稍缓，才道：“带我去只没那里。”见众人神情似有劝阻之意，他摇摇头，道，“只没的事情不解决，你们以为我会有心思安坐在这里养病？”

众人无奈，只得依了。当下叫来一乘软轿，让耶律贤坐着，把他抬到只没房中。

此时只没虽然左眼和下身的伤处已经被妥善包扎，但自他醒来，知道了自己的情况以后，就面如死灰地躺在床上。他既不说话，又根本不愿意听进别人的话，不饮，不食，不用药，整个人如一具死尸一般，只多了一口气。

胡古典公主端着汤药在只没床前，已经劝了好半天，哭成了泪人：“三哥，你吃点药吧。我胆子小，你别吓我。”

世宗留下的两个太妃蒲哥和啜里虽然因着甄后的缘故，素来不喜欢只没，此时见他惨状，心中亦是不免产生兔死狐悲之感，坐在胡古典身后一边抹泪，一边相劝。

只是只没宛若死人一样，不管她们哭也罢，劝也罢，统统似对空气说话一样，毫无作用。

见耶律贤在婆儿与迪里姑的搀扶下，走进了寝宫，胡古典如见救星，扑过来哽咽道："二哥，你快来劝劝三哥。他醒过来后，不说话也不吃药。"

耶律贤走到只没跟前坐下，看着只没生不如死的样子，心中又是一痛，犹豫片刻，开口劝道："只没，如果就这么死了，你甘心吗？"

只没一直闭着眼睛，直到此时，才微微睁开眼睛，曾经炽热的眼神，此刻尽是灰烬。他惨笑一声说："甘不甘心，又能如何？二哥，我如今变成这样子，还吃什么药？疗什么伤？他要我死，我挣扎有何用？十天之后，我还要受一百杖，是吗？既然已经是注定要死，我何必勉强自己。"

耶律贤拉起只没的手，用力握紧："只没，不要放弃。太平王答应过我，十天以后的杖刑，他会让你活下来的，我也会想尽办法，让你活下来的。"

只没绝望地说："活下来又怎么样？也不过是个活死人而已，不如早死了好。"

耶律贤拉过胡古典，哽咽道："只没，这世间骨血相连的只有我们兄妹三人，十几年来，我们在这深宫里相依为命、相互扶持，你真舍得就这么抛下哥哥和妹妹走了吗？只没，我身体不好，胡古典又是女孩，你不是一直说，要代替父皇和母后，照顾我们的吗？"

只没闭上眼睛，两行眼泪流下，却没有再动，也没有再说话。

耶律贤从胡古典手里拿过药碗，用汤勺将汤药送到只没唇边，低声道："只没，我也曾经像你一样，觉得生不如死，觉得再怎么挣扎地活着，也不知道能够多活几天。可是，人只要活着，就有希望。振作起来，这一关会过去的。我还不是躺在病榻上，生生死死这么多年，不也过来了吗？”

只没一动不动，汤勺已经递到他的嘴边，他头一偏，药汤洒在枕上，一滴也没有进到他紧闭的嘴里。

耶律贤看着他一副一心求死的样子，咬了咬牙，他绝对不会这么放弃只没的。

耶律贤站起来，不由得踉跄一下。胡古典急忙扶住，惊叫：“二哥——”

只没眼睛微微一闭，看向耶律贤，随即又闭上了眼睛。

也就这一眼，让耶律贤下定了决心。他推开胡古典，婆儿和韩德让在一边，扶住了他。

耶律贤由两人扶着，向外走去，胡古典跟在后面，泪眼蒙蒙地问他：“二哥，你别走，三哥这样，我该怎么办？”

耶律贤拍了拍妹妹的肩膀，温和地对她说：“你在这里陪陪你三哥，别走开，二哥等会儿就回来。”

他走到室外，对韩德让说：“韩二哥，天快黑了，宫门就要关了，你和韩大人都先回去吧。”

韩德让见他的神情有些异样，不由得问他：“大王，有何打算？”

耶律贤面露倦容：“只没的事，我还要回去想想。韩二哥你先走吧，我自己慢慢地边走边想。”

韩德让见天色已黑，无奈只得道：“那我明天一早过来。”

第三十八章

月夜赴约

耶律贤见韩德让走了，他扶着婆儿的手，慢慢走着，此刻他的脸阴沉得可怕，连婆儿都不敢多看。

过了一会儿，耶律贤道："那个宫女安只，人在哪里？"

婆儿一怔，忙道："这个，可能要问女里将军。"

耶律贤道："叫女里把那个宫女送到我的宫中来。"

婆儿应了一声，叫一个小侍去传话，自己扶着耶律贤慢慢地走了回去。

等到耶律贤回到宫中时，女里早把安只送了过来。

耶律贤坐在上首，看着跪在下面的这个女人。

安只被侍卫扔下。她扑倒在地上，一动不动。

耶律贤冷冷地问她："你叫什么名字？"

安只怯生生地抬起头，楚楚可怜地看着耶律贤："奴婢名叫安只。"

耶律贤厌恶地皱了皱眉头，阴冷地道："说，是谁派你去勾引只没，陷害他的？"

安只知道此时是自己的生死关头，颤抖着回答："没有，没有。大王明鉴，我与只没大王真心相爱，怎么会害他呢？"

耶律贤冷笑："真心相爱？"

安只咬紧了牙关回答："是。我和只没是真心相爱的……"她明白，耶律贤一定会把只没的事情迁怒于她，若是一个不慎，耶律贤很可能杀了她，以解只没受刑之气。她想活下去，就只能紧紧抓住只没，以只没为盾牌，才能保全自己。她两行清泪流下，楚楚可怜地抬头，看向耶律贤，眼神中充满哀求乞怜："明扆大王，我与只没，约定同生共死。只没他怎么样了？大王，让我去看看他吧，我求求您，求求您！"

她哭得越可怜，耶律贤心中越恨，见她扑在自己脚下苦苦哀求，他俯下身，伸手捏住安只下巴，抬起她的脸，直视着她的眼神冷笑："同生共死？当着主上的面，你怎么不说与只没同生共死？你现在想到要去看他了，你以为我像只没这么好骗？"

安只见他一句句都戳在她的心中，一时竟无言以对，此时方发觉这个传说中好脾气的病弱皇子，并不如只没这般好对付。她情知在他面前已不能狡辩，只能装柔弱装可怜。耶律贤的手捏得她很疼，她借势垂泪哽咽道："大王，我说的是真的，我绝对没有骗您！"

她的眼泪滴到耶律贤手上，耶律贤如同被烫到一般，厌恶地将她用力甩开。安只扑倒在地，嘤嘤而哭。

耶律贤冷笑："你若当真要与只没同生共死，只没受伤的时候、受刑的时候，你在干什么？你有为只没求过一句情，还是为只没掉过一滴泪？"

安只惊诧地看着耶律贤，她没想到大殿短短一刻，耶律贤竟然还注意到了她的行为。她浑身颤抖，关键时刻，只能紧咬牙关，嘶声不住地叫道："大王，安只只是个弱女子，我被吓坏了，我真是被吓坏了。我对只没的心是真的，是真的！"

耶律贤鄙夷地说道："你以为我想杀了你为只没出气，所以，你口口声声和只没同生共死，要见只没，说自己爱只没，是想只没这个傻小子能保住你的命吧？"

这番话正中安只的心事，她无言以对，只能低头抽泣。

耶律贤冷冷地道："你想活也可以！"看到安只听到此话，顿时希冀地抬起头，双目含情脉脉地看着自己，更觉恶心，怒喝道："你的眼睛要再这么不安分，我就把它挖出来。"

安只吓得忙掩住自己的双目，低头颤抖不已。

耶律贤的声音冰冷地传下来："我不管你用什么方法，让只没吃药，让只没吃东西，让只没活下来，让只没开心起来……如果你办不到，我就让你给只没陪葬！”

虽是夏天，安只仍然感觉到浑身寒意，使得她竟不自觉地打起寒战来。

只没沉沉地睡着，忽然耳边听得一阵嘤嘤的哭声，如此地无助，如此地刺心。

只没心头一痛，他闭紧眼睛，不想睁开。

昔日的意气飞扬，指点江山，此时全然变成一个笑话，连他自己都不敢去看的笑话。

是痛、是悔、是恨、是惭……心头百感交集，一时间，竟不知道是恨自己，还是恨她。

安只将药碗放在旁边小几上，自己跪在只没床前，嘤嘤而哭，眼角的余光却在手帕间偷窥着只没。她知道只没醒了，可是只没没有睁开眼睛，反而将眼睛紧紧闭上，这是在抗拒她吗？

她的心里在害怕着，也在后悔着。她的内心充满了恐惧，前所未有的恐惧。

一步错，步步错，本以为到了皇帝身边服侍是一条青云梯，可没想到却是一条通往地狱的不归路。她想逃出去，想尽一切办法，逃离那个地狱。

她本以为攀上只没，就能为自己的命运多上一重保障，可万没想到，她以为是救命的蔓藤，却险些变成勒颈的绳索。

她如同飞蛾，以为扑进的是一个温暖的巢穴，可没有想到那竟是一个熔炉。每一次她越努力想往上爬，最终都发现陷落得越深。

可是她不甘心，不甘心就这么一次次被命运捉弄。在皇帝的身边，她每一刻都在体验什么叫命似蝼蚁。她以为只没跟她是不一样的，他是高高在上的皇子。可是就在今天，她更深刻地明白了，在皇帝眼中，所有的人，都是蝼蚁，没有区别。区别在于，由着皇帝的兴之所至而决定，谁多活一刻，谁少活一刻。

她虽然见惯生死，然只没落得如此惨状，又曾经是她身为女儿家第一个情人，又岂能不伤痛怜惜，心胆俱碎。

然而此刻，她心中顾不得怜惜，顾不得只没绝望到了极点的心情，只是希望只没快快睁开眼睛，快快留下她，让她好活下来。

她本来只是一个有些虚荣的少女，但天天在死亡面前要用尽全部精力去躲过一劫，时间长了，心性也越来越凉薄。

她用尽心思，百转千回地哭着，却见只没仍然没有睁眼，想到窗外似有一双眼睛在观察着她，甚至下一刻就会一声令下将她拖走，恐惧使得她的心狂跳不止。她咬了咬牙，伸出一只手，握住了只没的手，凄楚地道："只没，你睁开眼睛看看我，我知道你已经醒了，你看看我好不好……"

只没心中一动，不由得睁开眼睛，看着安只哭得梨花带雨，本能地一抬手，忽然眼睛和下身一阵巨痛，他猛然想起自己的处境，又痛苦地闭上了眼睛。

安只见只没的眼睛又闭上了，心头一沉，忍不住哭得更是凄凉："只没，我知道我没资格叫你的名字。大王不想看到安只，安只也恨不得代大王去死。早知道会给大王带来这般灾难，安只倒不如那日死在湖里，也免得今日连累大王……"

只没的眼睫毛微微一动，然而想到自己如今生不如死的惨状，他哪里还有什么资格谈情爱，连安只的存在，都成了极大的讽刺。

他咬紧牙根，不让自己说话，感觉到自己的手被安只的柔荑紧握，更是用力一抽。

安只不防只没竟然抽手，一想到下一刻的结果，心中更是恐惧，全身都微微颤抖。她双手握拳，强自镇定，好一会儿想到法子。她看着只没，幽幽地道："安只死不足惜，只盼着大王别糟蹋了自己的身子。"

见只没依然不说话，安只将药碗放下，退后一步，向只没端端正正磕了三个头，道："安只对不住大王。大王既然不想活了，安只先去地下给大王探路。到了地下，若大王不嫌弃，安只再伺候您。”

她说罢，站起来作势要去撞墙。

只没猛地睁开眼睛，失声叫道：“安只——”

安只此时也是心中绝望至极，只没再不肯理她，她也只有死路一条，倒不如撞死在只没面前，好得他一点怜惜，让自己得个好收敛。所以这一撞倒真是用力去撞，就在此刻听到只没一声叫，顿时身子一软，倒在墙边。头上也撞破了，鲜血顿时顺着脸颊流了下来。

她惊喜交加，顾不得什么，连滚带爬地爬到只没的床边，紧紧地抓住只没的手，且哭且笑道：“大王，大王，你肯理我了？”

这一口气松下来，只觉得汗湿重衣，手足酸软。

只没的手在颤抖着，他想甩开她，可是她的手心全是汗，她的脸上还有鲜血流下，他真的能够就这么甩开她吗？

只没痛苦地闭了一下眼睛，终于抓住了安只的手，嘶声道：“本王拼死救下你，不是要看你去死。”

安只回过身，紧紧抱住只没，哭得声干气噎：“大王！安只不怕死，安只怕大王再也不要安只了。”

只没紧紧抱住安只，仿佛如溺水的人抓住救命的稻草，哽咽地道：“安只，我什么都没有了，我现在是个废人了。”

安只亦是紧紧地抱住他，他是她救命的稻草，她亦是他救命的稻草，人生就是如此离奇而矛盾。这一刻，从死到生，她只能紧紧抓住他的手，一旦失去，就会万劫不复。她伸手，轻抚着只没的背部，缓缓地抚着，直至那紧绷的脊梁缓缓放松下来，方在他的耳边，用极低的声音说：“在安只心中，您永远是安只的只没大王，永远都是。”

只没长叹一声，血水从包住的那只眼睛流下，泪水从另一只完好的眼睛流下，血与泪，真与伪，交错到连他自己也难辨明：“安只，不要离开我，不要离开我。”

安只柔声道：“只要大王还要我，安只一生一世，只跟着大王。”

窗外，耶律贤站在暗处，看着里面所发生的一切，一言不发。直至旁边的小侍为只没重新包扎伤口，为安只清洗伤口上药，再到安只劝只没喝药之后，他方悄悄地转过身，向外走去。

这一日各种折腾下来，此时已经月上中天，圆月皎洁，照亮世间万物。

耶律贤倚在假山上，看着天上的圆月，他的脸色也是苍白一片，无喜无悲，清冷如月。

事实上，他的内心并不如他的脸色这么平静，就在他看到只没受刑、听到只没伤情的时候，他就恨不得马上杀了穆宗、杀了罨撒葛、杀了安只。

然而，他只能强抑下自己的情绪，只能深呼吸，慢慢放空自己，不敢任由这种情绪排山倒海地将他淹没。这既是多年身处险境养出来的谨慎，又是因为他这破败的身体，已经经不起大喜大悲。

悲不能悲，喜不能喜，怒不能怒，恨不能恨，这就是他如今的可笑处境。

他连这种自伤自怜的情绪也只能一闪而过，他只能照韩匡嗣所教他的方法，静心吐纳，放空自己，清除情绪，不去想这一切事情的前因后果，而只是先安置好目前最急切的情势。他要让只没活下去，也要让他身边所有的人活下去。

而只有此刻，在一切事情终于落定之后，他独自站在院中，才能够释放所有的思想禁锢，将事情的来龙去脉想清楚。

这是一个局，是一个针对只没而设下的局。只没血气方刚，在这种少年情欲初开之时，想要在情欲上设计于他，是极为轻易的事。而在罨撒葛兄弟所控制的皇宫中，只没与宫女有私，又岂会直到今天才让穆宗发现，甚至抓个正着。而一个皇子与宫女有私，又能是什么大不了的事情，弄到如此地步？这分明就是穆宗兄弟故意设计，先假意偏宠只没，年少气盛的只没不知其中险恶，轻易露出了对皇位的野心，而后招致穆宗兄弟的算计，借机敲打。

而这一点，他在日间去求罨撒葛救人时，看到罨撒葛有意拖延的态度，就已经明白了。也就是因为那一刻已经明白，所以他虽然心急如焚，却不曾想到最坏的情况去，甚至在那一刻晕倒醒来之初，还不能面对这个最坏的情况。

那一刹那，他忽然回想起看到只没受刑时，罨撒葛那震惊懊悔的表情。局是罨撒葛设下的，但是事情的发展，却出乎了罨撒葛的意料之外，而最终，是安只的诱引、罨撒葛的设局和穆宗的暴戾失控，致使他的亲弟弟，落到如今这种生不如死的惨状。

只没何辜？他还在懵懂无知中便失去了父母，在穆宗兄弟有意的培养下，让他不知人间险恶，让他单纯无知，没有对那两个抚养他长大的“亲叔叔”有足够的警惕。草原儿女，少年情欲，如此正常的行为，为何要遭受这样的算计和毒刑？

他恨，恨只没的不够警惕，也恨自己的不够警惕，他隐隐觉得不安过，也劝过只没，可是他却没有办法事先伸手管束只没，防范罨撒葛兄弟，防范他身边出现的女人。他的力量不够，他的控制不够，最重要的是，他连自保的能力都没有。

耶律贤重重一拳，击在假山上，一丝血痕流下，他却完全不在乎了。这些年来，他忍气吞声是为了什么？他拖着残败的病躯活着是为了什么？那一夜，祥古山所有的亲人都死了，他还活着是为了什么？为了仇恨，为了父皇的遗愿，为了母亲，为了弟妹，为了家国天下。

可如今，只没落得这样的下场，他怎么面对死去的父皇？怎么面对为了保护他兄长而惨死的甄母后？

罨撒葛只轻轻一挥手，就轻而易举地碾杀了只没。那么他呢？如果他的谋划、他的举动被发现，甚至只是让他们有一丝的怀疑，甚至不需要证据，他会有什么下场？

这一刹那，他忽然对自己这些年来的忍耐和谋划产生了怀疑。或许罨撒葛真的得逞了，他对只没的出手，是对所有对皇位存有觊觎之心的人的警告，包括耶律贤。

接下来会轮到谁？是耶律贤自己，还是胡古典妹妹？如果这重灾难再次落下，他拿什么来保护他自己？保护他的弟弟和妹妹？他这些年的坚持有什么用？忍辱偷生有什么用？如果他的期望是永远达不到、等不到的，那么，生有何欢，死有何惧？

耶律贤的心中天人交战，他累了，他太累了。他在想，他还在坚持什么？所有的坚持不过是别人的期望，而他自己背负的痛苦，却只有自己知道。更何况，这是一个注定无法单凭自己努力就能够达到的目的，所有的努力和坚持甚至敌不过命运的一挥手。而他这一生的苦熬，只能是等待命运的降落吗？

忽然，一阵冷意袭来，遍体生寒。他孑然一身孤立月下，只有自己对着自己的影子，茫茫世间，竟没有一人可共语。

婆儿悄悄跟在他的后面，看着耶律贤站在院中，面无表情地看着月亮，却不敢说话，只是静静地候在一边。也不知道过了多久，一直到耶律贤打了个冷战，他才上前低声提醒道："大王，夜深寒凉，您衣服单薄，不要着凉了。要不然，咱们回房去吧？"

耶律贤渐渐回过神，答应了一声，拖着沉重的脚步慢慢往回走。

快走到寝宫时，他看着银光泻了一地，忽然想起一事，站住脚步问婆儿："今日是十几？"

婆儿不解其意，正在细想之时，耶律贤却已转身向外行去。

婆儿一惊，道："大王，您去哪里？"

耶律贤握了握拳头："出宫。我和人约了，月圆之夜相见的。"

他想起来了，今天上午他其实已经在策划着下午出门的事，上次他和燕燕相约，就是在月圆之夜酒肆相见。谁知道术里报信，只没受刑，他晕倒之后，一醒来就因为只没的伤情而忧心重重，再加上安排安只去劝慰只没，以至于到了如今这时候，才想起此事来。

婆儿也想起来了，耶律贤要出门，他自然是要事先安排好一切事宜，只是今天他也顾不得此事了。此时听到耶律贤如此一说，顿时也想起来了。

只是……

他抬头看了看天色，还是摇头劝道：“大王，已经入夜了，只怕燕燕姑娘早已经回去了，酒肆也早已经关门了。”

耶律贤摇了摇头：“不，我要去。我不想对她失约。”

虽然明知道，她已经离开的可能性很大，可是，他还是想去。

虽然明知道，他此时出去，开宫门、动马车，甚至是犯夜禁出皇城入汉城，半夜跑到一个明明已经关门的酒肆前，是一种很傻很疯狂的行为，可是，此时此刻他不想再压抑，他只想这么漫无目的任性放肆一回。否则的话，他怕自己会真的发疯，会去杀人。

他从来没有做过这样一件明明知道全无理智，甚至是毫无意义的事情，可是，哪怕是飞蛾扑火，卧冰求鲤，他也想做这么一回。

婆儿看着他的脸色，月光下耶律贤的脸色很可怕，这样的脸色让婆儿不敢说出劝阻的话来，只能听从吩咐，一边叫人去取令牌通知开宫门、备马车，一边去拿了披风来给耶律贤披上，又倒了滚热的药茶来让耶律贤喝下，这才陪着他出宫上了马车，直往汉城。

夜已深，寂静的大街上，只有他这一行人，直往西而去，再开皇城西门，往汉城而去。

他这一趟出去，自然是关隘重重，但此时穆宗已经睡下，罨撒葛又在宫外王府之中。执掌宫中禁卫的是他的心腹女里，而他自己又掌皇城禁卫，一声令下，就算有人暗中生疑，也不敢违拗，因此一路行来无阻，直至酒楼。

他本以为此刻酒肆早已经关门，而这一外出举动，亦不过是他压抑已久的一次宣泄罢了。

可是没有想到，马车停下，他掀帘往外看去时，却看到酒楼中依旧亮着灯。

他一怔，心头忽然狂跳起来，一个不可思议的念头涌上来，连他自己都不敢置信，然而他又不可抑制地去想这种可能。

耶律贤跳下马车，如此的急切，脚一软直接摔倒在地。然而他顾不得什么，推开婆儿想要搀扶的手，自己跳了起来，冲向酒肆内。

此时酒肆内已经没什么人，桌子几乎都收拾了，凳子倒放在桌上，连店小二也只剩了两个在打盹。但却还有一张桌子没收拾，上面摆着一壶酒、几碟肉食，一个女子面对着酒肆门口坐着，柜台的灯从她身后映出，因为背光看不清她的脸。

耶律贤眯起眼睛，还不及辨认清楚，就看到那女子站了起来，向着他招手："咦，你还真的来了啊！"

这一刹那，如天地间万道金光绽开，如百鸟齐鸣、百花齐放，如神迹降世，如枯木逢春。在耶律贤这一生最痛苦最压抑最愤怒最绝望的一天，忽然间觉得，人生还是有一些事，值得他活下去，值得他继续忍受命运的苛待，让他有了在被击败时不顾一切奋斗的力量。

或者，人生并不全是一碗又一碗的苦药，而在苦药之中，有时候还有一块蜜饯。

耶律贤顾不得风雅的仪态，顾不得皇子的尊贵，看着那少女站起来，从一片金光中向他走来时，忽然间泪流满面。

他捂住脸，却捂不住泪水肆涌而出。他看不清眼前的少女，然后，却被她拥入怀中。

他听得她轻轻地，甚至是笨拙地拍着他的后背："哭吧，哭吧，我知道，你一定非常伤心，一定非常愤怒，我在这儿，我在这儿呢……"

耶律贤紧握双拳，他想努力克制住自己，他在努力转移话题："你怎么还在？"

就听得燕燕说："我在等你。"

耶律贤只觉得胸口一紧，痛得他近乎窒息。他喃喃地说："你在等我，呵呵，这个世界上，居然还有一个你，在等我……"

燕燕轻声说："是，我在等你。"

耶律贤试图克制自己的失控："谢谢你！"

燕燕轻声问："你没事吧？"

耶律贤轻声回道："我没事，没事……"忽然间他的精神崩溃了，俯身将燕燕紧紧抱在怀里，发泄一般地发出连续不断的嘶吼声。

燕燕先是一僵，但却立刻反抱住耶律贤。她不知道这是一种什么样的情感，但是她知道，此刻，他需要她。

她从小娇生惯养，不知人间愁苦，虽然见过战争，见过血腥，见过暴戾，也曾经命悬一线，但她却从来没有感受过如此沉重的伤痛，如此悲怆的嘶吼。

这一刻，她忽然很想哭，很想抱住耶律贤一起痛哭。

她这样想了，就这样做了。

于是她也哭了，她的心里感觉到了前所未有的悲伤，尽管她不知道这是为什么，然而她的心跟他一样的悲伤。

听到燕燕的哭声，耶律贤心中累积了十几年的伤痛，忽然也在这哭声中渐渐地减弱了。她像是草原上的仙女，把压在他心头的一重又一重的伤痛给搬走了许多，那沉甸甸地压得他喘不过气来的东西似乎真的少了，让他能够喘过气来，让他感觉自己不再是行尸走肉，让他感觉能活下去了。

耶律贤的哭声渐渐停息，终于，他平静了下来。

婆儿已经走到酒肆后堂，打了热水，用自己带来的新巾子给耶律贤和燕燕擦过脸，又退了下去。

耶律贤看了一眼桌上的酒菜，深吸了一口气，说："你一直在这里等我？"

燕燕点了点头，又摇了摇头，才说："我本来来了的，但后来良哥跑来跟我说，宫里出事了。我就跑到宫门外，想打听是怎么一回事，又想见你。但后来听说，你晕倒了，而且爹爹看到我在宫外，就不许我进宫去找你。我本想回家，但想着我们约好了的，万一你来了没看到我，岂不是我失约？就算你没来，万一你派人过来找我，我不在也不好。于是，我就又回来了。"

耶律贤问她："那你就等到现在？其他人都走了，酒肆关门的时间到了，你就可以走了啊，为什么还继续在这里等？"

燕燕摇了摇头，老老实实地说：“我不知道，我就是想着，今天你遇到了这么大的事，肯定不会来了。但又想着，今天你遇到了这么大的事，我更不能失约让你难过。于是也不知道为什么，我就这样等啊等的。他们要关门了，我就给了钱，让他们给我留着门，留着这个座位继续等。”

耶律贤心中五味杂陈，沉默良久，才道：“若是我不来呢，你岂不是要等一夜？”

燕燕忽然笑了：“其实我觉得你可能不会来，但是不管你来不来，我们已经约好了，我自然要等你。”她有些迷惘地摇了摇头，“不知道怎么回事，我就想着，今天你已经遇上够多的事了，我不想再做让你不开心的人……就算等一夜，对我来说，也并不是什么很难的事，但对你来说，就少了一件伤害你的事啊。”

耶律贤的心，就在这一刻被击中了。

他想，长生天对他虽然苛刻，但是至少，把她送到了他的身边，就因为这，他不恨命运了。

第三十九章

只没成婚

这一夜，对燕燕来说，只不过是她娇纵任性的少女时代一个略有些不普通的夜晚罢了，但对耶律贤来说，却是凄风苦雨的人生忽然间拐了个弯，他看到了阳光一闪而现。

虽然阳光离他很远，但他照到了，而且，被温暖到了。

这让他相信，朝着阳光的方向努力，一定能够拥有整个艳阳。

天亮了，耶律贤返回宫中，一夜未眠，他却不像往日那样虚弱难受。走到半途，他想了想，还是拐去了只没的宫中。

此时只没犹在睡梦中，他看了看，放下帘子，走了出去。

恰巧安只端了水盆进来，见了他，吓得浑身一颤，差点把水盆打翻。婆儿忙抢上前一步，接住水盆，才没有惊动只没。

安只已经吓得脸色惨白，耶律贤却只是深深地看了她一眼，低声道："照顾好只没。"

安只拼命点头，等她抬起头，耶律贤早已经离开。

在安只的照顾下，只没的伤情和心情，都渐渐有些好转。

耶律贤每天来看只没，只没也从看到他沉默不理、扭头不看，到渐渐能面对他，到愿意和他说话。

这一日早上，耶律贤又去看只没，此时只没已经醒了，安只正在喂他吃早膳，看到耶律贤进来，安只的手不禁一颤。

只没诧异道："安只，你怎么了？"

术里却是已经见着耶律贤进来，忙对只没道："只没大王，明扆大王来了。"

只没抬头，看着耶律贤，只是静静地看着，没有跟他打招呼，也没有笑容。

安只紧张至极，看着只没的表情，只觉得呼吸都要停住了。

良久，只没才开口，声音晦涩：“二哥。”

耶律贤走到只没面前，伸手欲去看他眼睛的伤势，只没头一偏，避开了。

耶律贤心中暗叹，脸上故作轻松，道：“看你的气色好多了，韩匡嗣说，你的伤只要好好用药，不会有大碍的。”

只没嘴角一抽，似哭似笑：“不会有大碍，呵呵……”

耶律贤心中难过至极，脸上却丝毫不露，只道：“我们契丹自兴国以来，大小战争无数，皇族子弟，谁身上没受个伤的，缺胳膊断腿都是寻常事。等你伤好了，将来上战场我给你做个面具，说不定还能把敌军吓得未战先降呢！”

“扑哧”一声，却是安只听得耶律贤说得风趣，竟是忍不住笑了一声，见着耶律贤扭头看向她，顿时醒悟过来，吓得脸色惨白。

耶律贤心中虽然暗恨她此刻还是事不关己的心肠，然而见只没本来黯淡的表情，却因为安只这一声笑，眼中也略带出一丝笑意来，就把冰冷的眼神收了回来，微笑着转向只没道：“看来安只照顾得不错。”

只没看着安只，点点头：“是，安只很好。”

见耶律贤看向自己，安只忙低头，看似羞涩，实则是害怕看到他的神情。

就听得耳边传来耶律贤温和的声音：“安只姑娘，有劳你了。”

安只心头狂跳，一张口，甚至有些吐字艰难：“不，不敢当，这是我分内之事。”

耶律贤温和地说：“你在宫里若有什么需要的，尽管和婆儿说，他都会给你安排的。其他的你都别担心，只要好好照顾只没就可以了。”

安只低着头，答：“是。”

只没见状，握住安只的手，却有些吃惊：“安只，你的手怎么这么凉？”他扭头狐疑地看着耶律贤：“二哥，她怕你？”

安只顿时紧张起来，忙说：“不，不，明扆大王温和亲切，我怎么会怕。”

只没看了安只一眼，又看了耶律贤一眼，忽然也沉默了。

房间里的空气，就在这沉默中，忽然变得紧张起来。

过了好一会儿，只没忽然道：“安只，你先出去吧。”

安只不安地看看耶律贤，又看看只没，见着只没点头以示宽慰，这才忐忑不安地收拾了药碗出去。

耶律贤看着只没，见只没亦是平静地看着他，心中有些明白，摆手示意从人出去，自己坐了下来，问只没：“只没，你要同我说什么？是同安只有关吗？”

只没点了点头：“是。”

耶律贤问：“你不满意安只照顾你，我可以给你换更好的。”

只没摇了摇头：“不。”

耶律贤诧异：“那，到底是什么事？”

只没看着耶律贤：“安只害怕你，为什么？”

耶律贤沉默片刻，有选择性地告诉只没：“你那日出事，皆是因她而起。所以我那日见你伤情，愤怒至极，迁怒于她，甚至想杀了她……”

只没脱口而出：“这不关她的事。”

耶律贤听了这话，对安只更恨，脸上却丝毫不露，温言道：“我知道，所以后来我也没怪她。她说她担心你，求我带她来见你，要照顾你。我见她心意甚诚，所以，也就成全了她。”

只没暗松了口气：“原来如此！”

在此之前，他不是没有怀疑过，安只此来，到底是她自愿而来，还是耶律贤命令她来的。此刻听了耶律贤这番解释，最后的疑心也去了，看着耶律贤道：“二哥，我知道你关心我，可是，我并不怪安只。”

他并不是不怪，他怪过，甚至是恨过，可是看到她在他面前梨花带雨地哭着，看到她真的如此决绝地为他去撞墙，看到她额头的伤和鲜血，那一刻，他觉得什么都不重要了。他只想要安只，只想这个女人陪着他。只有她在他身边，他已经绝望的生命里，才有一丝可留恋的意义。

他忽然开口："二哥，你有没有想过，我以后怎么办？"

耶律贤有些不解其意："以后？你养好了伤，我会向主上请求，让你去边关锻炼几年，立下了军功回来，怎么样也得有一个真正的亲王爵、一些封地吧。"

只没冷笑一声："王爵、封地，我如今成了一个废人，连子孙都不会有了，要这些何用？"

耶律贤心中一紧，劝慰道："只没，那不重要。将来你可以在族中过继一个孩子，甚至我将来若有了孩子，也可以过继给你，那也是有父皇血脉的……"

只没打断了他的话："没有我母后血脉的孩子，我要来何用？耶律皇族也罢，父皇的血脉也罢，难道还缺了人传承不成？我过不过继，有什么区别？可是我母后、我母后却……"

他说到一半已经哽咽着难以再说下去了。

耶律贤心中又何曾不叹息，甄后这样惊才绝艳的人，她的血脉无法传继下去，的确是世间极大的遗憾。尽管皇族中某些人对只没有迁怒、歧视，但只没却从小为自己有这样的母后而骄傲。他知道只没对甄后的感情越深，他对自己残缺的执念就越深。

沉默良久，他只能拍了拍只没的肩头，道："只没，就算是为了你母后，你也要好好地活着，活好你生命中的每一天。"

只没平息了心情，片刻，才摇头道："你说的那些，我如今都已经不在乎了。我只想关门闭户，与安只好好地过完下半生。"

"安只？"耶律贤有些诧异，似乎明白了什么，心底一沉，脸上却笑道，"你能够想明白，准备好好过日子，也是一件好事。"

只没看着耶律贤，片刻，终于道："二哥，我想娶安只为妻。"

耶律贤心头杀机已经升起，没想到安只面上看着消停了，可是居然还有兴风作浪的心。想当只没的正妻，她真是好大的野心啊。但当着只没的面，他却什么也没表露出来，只是微一皱眉，又微笑道："只没，安只服侍你这些日子，你自当给她一个名分。"

只没摇头："不只是名分，二哥，我知道你想说什么，你让我当她是个侍妾，是不是？"

耶律贤微笑："她毕竟只是个宫女，身份上差了些。只没，你若要娶妻，自有后族女子，或者各部族头人的女儿……"

只没摇头，冷笑："就算是娶了名门贵女又怎么样？我这个样子，还能够有夫妻之欢吗？与其娶一个将来会怨恨我终生的妻子，不如少祸害一个女子。"

耶律贤一时语塞，看着只没，张了张口，想说什么，还是吞了下去，只道："可是这样，对你来说太委屈了。"

只没摇头："没有什么可委屈的。安只和我总算有过肌肤之实，我因与她的这段情爱，受了这场无妄之灾，那么索性就让这段关系变成现实吧，也算是我不枉受这场酷刑。"

耶律贤心中难过，哽咽："只没，你原可不必这么委屈自己。"

只没摇头："二哥，你不懂的。"

如果不是这场灾难，将来他或许会纳安只为妾，却不可能娶她为妻。他对安只的感情，也并没有到那种一生一世再无他顾的程度，然而这场灾难却把他们紧紧地扭在了一起，这或许是长生天的意思吧。正如他自己说的，再娶一个名门之女，也只能让他的妻子守活寡，到时候，不但两人会变成怨偶，甚至对方还会迁怒安只。如果安只在他的身边只有恐惧和怨恨，只有委屈和忍耐，那么他又如何能在这样的两个女人，或者是更多的女人身边得到平静和幸福？

而他只想过平静的生活。如果一个正妻之位能够给安只带来安全，带来尊贵，带来心满意足，那么，就给她吧。

耶律贤看着只没的神情，半晌，终于点头："既然这是你已经想好了的，那么二哥就满足你吧。"

不过是一个宫女罢了，反正只没仍还有随时改变心意的权力，只要他开口，他就能为他办到。

他去找了罨撒葛，说明了此事，并请罨撒葛出面，向穆宗求一道赐婚旨。

罨撒葛倒不曾想到这件事。他吃了一惊，反问耶律贤："什么？你说将安只赐婚给只没？"

耶律贤看到罨撒葛的神情，心中暗恨，脸上却不显露，只向他拱了拱手："王叔，我知道这件事有些为难。但是，如今只能请您相助了，现在只没这个样子，如果能够给他个生存下去的目标，也是好事……"他犹豫了片刻，还是道，"况且，他现在已经离不开安只了。"

罨撒葛倒没想到会遇上这件事，只没的事情失控，是他始料未及的。如今上京城因着只没受刑，已经流言纷纷，甚至有人传说只没受宫刑的原因不过是穆宗自己不能人道，所以妒恨皇族中接近皇位的可能继任人选。甚至还传成罨撒葛因为自己无子，所以挑拨穆宗下手残害皇族近支。

罨撒葛初听这些个传言，气了个倒仰。他虽有算计只没之心，也不过是因为只没之前太过高调，引起了他的怀疑。但是把他们兄弟想象得如此龌龊下作，实是极大的侮辱。

他正想着如何解决此事，不想耶律贤来为只没求婚，倒是让他一喜。只要让穆宗为只没赐婚，也多少能够遮掩一些只没受酷刑的事，只说是少年气盛，惹得穆宗龙颜大怒，气头上给了他一些教训，但回头又赐婚宫女作为补救，也算是把只没受宫刑的事情遮掩了过去—— 虽然知情的人，是瞒不住的。但终究大部分人，还是不知内情的。

他心中一块石头落地，看着耶律贤觉得顺眼了许多。之前哪怕穆宗一直认为耶律贤多病温顺，十分无害，但他却不是这么认为的。他不是穆宗，穆宗看人是俯视，所以随心所欲，他看顺眼了的人就不再怀疑，甚至有时候还取笑罨撒葛过于多疑。

但罨撒葛的性格和身份地位决定了他对任何太接近皇位的人，总是警惕的。他总觉得，耶律贤温顺病弱的外表下，有着让他捉摸不透的东西，哪怕穆宗再信任他。穆宗每次发脾气的时候，他凭什么只是一味温和镇定，而不像别人那样，在穆宗发狂的时候，都会有那种因为生死无常而引发的本能的恐惧——对，耶律贤身上，缺少那种真正的恐惧感。

然而此刻，看着眼前耶律贤诚挚的眼神，罨撒葛忽然对自己曾经的耿耿于怀感到可笑。他自然知道此刻只没的情况。只没一向高傲，遇上这种毁灭性的打击，精神几近崩溃，生不如死。一个刚受过宫刑的人，哪里还可能想着娶妻，更何况是娶宫女为正妻，这简直是不把自己的颜面当一回事了。这么急着娶宫女为妻，还要去求穆宗赐婚，这明摆着是帮穆宗圆回颜面，体贴至此，怎么可能是只没的主意，只怕这件事，就是耶律贤一手操控的吧！

想到这里，罨撒葛顿时释怀了，一个包藏祸心的人，如何能够善解人意到为顾全穆宗颜面名声到如此地步？想清楚这些，他过去对耶律贤的种种疑心，便消了大半。

只没受刑那天夜里，耶律贤动用令符，私自出宫，还出了皇城去了汉城的酒肆私会萧思温的幼女萧燕燕，罨撒葛对这事掌握得很清楚。这事也只能有一种解释，那就是耶律贤看到只没受刑以后，对自己的命运产生恐惧，因此才会不顾亲弟弟刚受了重刑生死不知的情况下，冒险动用令符，去私会情人。这显然不可能是因为情欲，只能理解为不顾一切的求生渴望。

如今再看到他任意摆布只没的婚事，给他这么一个不体面的妻子，只为讨好穆宗，罨撒葛心中不禁升起对耶律贤的轻视来。他与穆宗兄弟情深，也因此对耶律贤如此凉薄的行为，是既高兴又不悦，极为复杂。

所以他本来一高兴立刻要夸奖耶律贤的话到了嘴边，想透了这一切，又缩了回去，带着淡淡的不耐烦道："明扆啊，你可真是给我出了个难题。主上就是为了这件事暴怒才严惩了只没，现在你居然要他转过头来给他们俩赐婚。这是直接打主上的脸呢！不妥！不妥！"

耶律贤苦笑："王叔，只没就算私通宫女，也罪不至此。如今他已成了废人，生无可恋。求王叔看在只没可怜的分上，就成全他一片痴心吧。”

罨撒葛站起来，在大厅里来回走动，显得很是为难。他犹豫再三，终于站定身子，道：“罢了。我总是拿你们兄弟没办法。只没这次受刑已是对不起他，总不能连着这点愿望也不帮他完成。我去求主上吧，左右不过是我被多骂几句。”

耶律贤忙深施一礼：“多谢王叔！”

看着耶律贤离开的身影，罨撒葛玩味地笑了，这件事真是有趣，只没完蛋了，也彻底证明了耶律贤不足为虑。

如今，他终于可以高枕无忧了，既然如此，能够在赐婚这件事上，把穆宗对只没施刑的影响稍微扳回一些，也是好事啊。

想到这里，他便叫人准备了马，进宫去见穆宗，先道：“皇兄，只没受此重刑，宗室里颇为恐慌。”

穆宗懒洋洋地说：“怎么？还有人敢吱声不成？”

罨撒葛劝道：“就算没有人吱声，我想着我们总得施些恩惠，收买人心。”

穆宗不在意地点头：“那就依你，什么恩惠？”

罨撒葛就说：“今日明扆来求我，说想把那个宫女安只赐给只没当正妻。”

穆宗怔了怔，一时不解其意，又细想了想，忽然就狂笑起来：“只没？他现在这样子，就算把那个宫女赐给他，他还能干什么？哈哈哈哈……”

罨撒葛沉下脸：“大哥，你如今是一国之君，不要说这种有失身份的话！”

穆宗抹去笑出来的眼泪，告饶道：“成成成，你是我祖宗，都听你的，好不好？”

罨撒葛只得肃然拱手：“是，臣代明扆谢过主上。”

穆宗也觉得无趣，想了想，又忽然撞了一下罨撒葛，挤眉弄眼道："你说这小子，新婚之夜，能怎么样？嘿嘿……"罨撒葛沉着脸不理穆宗。穆宗也不怕他冷眼，自己想着就嘿嘿笑起来。

罨撒葛却将来时考虑好的事一一说了："皇兄，只没的婚事倒是提醒了我，先皇留下的几个孩子都大了，也该到了婚配的时候……"

穆宗一皱眉："你的意思是——"

罨撒葛低声说："我是说，明扆的婚事，也该办了。"

穆宗一怔："明扆——"他想了想，"只没娶了个宫女，明扆可不能乱来。我上次不是听你说，撞见他私会萧思温的女儿——"

"不可。"罨撒葛沉下了脸，"我和喜隐都已经娶了萧思温的女儿，这已经是不得已了。若是明扆再娶了他的女儿，岂不是他三个女儿分嫁三横帐，如此，萧思温就按不住了！"

穆宗"哦"了一声，颇有些遗憾地道："唉，我还想到时候你和明扆都娶了萧思温的女儿，会更亲近些呢。"他意兴阑珊地摆摆手，"既然如此，你看着办就是了，朕不管这些事。"

罨撒葛既得了穆宗的许可，便叫了人来，准备为耶律贤和胡古典公主选择婚配对象。

为耶律贤选择的对象一时倒商议不下来，盖因如今只没受刑，耶律贤成了世宗一系唯一的继承人，再加上穆宗、罨撒葛俱无子，虽然耶律贤平时低调，但也不免有人把未来的筹谋落到他的身上。这是一种对他有算计的，罨撒葛自然不可能让耶律贤得到这一重助力，这样的名单就只能放到一边了。

而另一边，却是因为只没因残娶了个宫女，耶律贤自己又素来是多病多灾的，因此真心为女儿着想的人家，又不愿意把女儿嫁给他，毕竟嫁过去是有可能中途守寡的。甚至是有人听说了穆宗隐疾再加上只没身残之事的，不免也要怀疑，把女儿嫁给耶律贤这样一个长年卧病的人，搞不好夫妻生活也不一定有保障。这是一种退缩的，罨撒葛又嫌没有企图的人家门第太低，到时候人家怀疑他是有意要恶心世宗一系，他无谓白得一骂名，于是又搁下了。

而耶律贤也隐约听到风声，他自然是不愿意此时就由罨撒葛安排自己的终身。虽然他现在尽量不违拗罨撒葛，以免他怀疑，然而这毕竟是正妻之位，若是此刻一时屈就，招一个穆宗一系的铁杆做了岳家，将来成事以后，可就够恶心的。

所以他一听到这个消息，就开始装病了。如此一来，甚至那些对他有算计之心的人家，也有一些悄悄地撤回了联姻的想法。

罨撒葛借着“双喜临门最为吉祥”的名称，将耶律贤同母的妹妹胡古典公主指给了一个后族近支的中等官员，叫萧缀里，他出身审密部，祖上并不显赫，因他父亲早年死在南征中，也没有叔伯近亲护佑，所以虽然是近支，官职却不太高。

但此人有一个优点，就是长得颇为俊美，而且性格看上去敦厚宽和，再加上他虽是寡母养大，但其母也是性格慈善的妇人。这样的条件摆出来，虽然这个人官职略低，没得多少宗族照应，但是不管胡古典看了对方的相貌，还是耶律贤察知了对方家庭，都没有什么意见。

罨撒葛这一安排当然不是真心为胡古典能有一个安稳的后半生着想，只不过他虽然不打算给世宗一系以任何助力，但也不愿意把这件婚姻变成自己名声上的污点。只没的婚姻门第虽低，却是他自己求的。胡古典的婚姻外援虽缺，但只要婚姻幸福，旁人也是无话可说。

这个旁人，除了那些皇族后族里多事的人，自然也包括他的妻子胡辇。

听说他在准备只没和胡古典的婚事，胡辇先是为只没的不幸而伤痛，甚至迁怒于罨撒葛去得太迟，又为只没的婚姻选择而感叹，千叮咛万嘱咐罨撒葛一定要给胡古典和明扆选一户好人家。

胡古典未婚夫婿的相貌、性格以及家人的要求，也是胡辇在床笫之时提醒他的：“一个姑娘家要的，首先就是相貌俊美，其次就是性情温和，最后就是家里没有难相处的人，这三样是极重要的，切切。”

只要满足了这三样，门第略差点，胡辇反而是不在乎的。听说胡古典也是一眼看中了萧缀里，罨撒葛更觉好笑：“你们女人啊，就是这么肤浅。”

胡辇反问：“那你说，要看什么？”

罨撒葛道：“自然是首先看门第，其次看他是否功业有成，是否英雄了得，是否文才武艺优秀。”

胡辇扑哧一笑，道：“那只不过是穿在外面给世人看的衣服，但是衣服合不合身，舒不舒服，才是女人真正一生幸福所系。”

听了这话，罨撒葛沉默了，半晌才问：“那你呢？”

胡辇知道这话勾动了他的心事，看着他的神情，还是笑着轻拍了拍他的脸道：“虽然我嫁给你，是因为你是太平王。可是婚后我与你的生活，却是这第三样决定的。”

罨撒葛也笑了，自嘲道：“虽然我第一样略欠些，但第二样、第三样应该还是可以的吧？”

胡辇亲了他一口，道：“其实你第一样也没有略欠些。”

罨撒葛虽然知道这不是真实情况，但胡辇也没必要骗他，看来还是日久情深了。他的心情顿时大振，就开始闹腾了。

胡辇推他：“大半夜的你倒精神了。”

罨撒葛也不管，尽了兴，两人都有些倦了，他却又有些睡不着了，翻来覆去。胡辇问他，他假意道：“没什么。我就是在想，应该给明扆找什么样的姑娘好。”

胡辇笑了：“你啊，真是做媒做上瘾了。一个只没、一个胡古典都是你给办的婚礼，现在还想给明扆办。”

罨撒葛叹道：“做长辈的，没办法啊。”

胡辇横了他一眼：“说得这么老气横秋的。”

罨撒葛却道：“明扆在我和皇兄身边长大，这孩子素来懂事，与只没不一样。所以我也当他是我最关心的晚辈。但是你也知道，我们看他千好万好，可他毕竟身体太弱，出身太高的姑娘，只怕也难配成。你也帮我想想，后族有什么合适的姑娘，家世不要太好，父兄不要太强，人贤惠就行。”

胡辇叹气："还是不要了。明扆今天说得也没错。他身子那么弱，动辄发病，便是娶妻也未必能敦伦，到时候，反而害了一位清白姑娘。你还是别费心了。"

罨撒葛点了点头："唉，只没已经没法生育了，我总想着给明扆寻一门合适的亲事。先皇只有这两个儿子，若都不成，岂不是要绝后？"

胡辇叹道："谁也不希望这样，可这都是命。与其折腾明扆，耽误人家好好的姑娘家，倒不如先从别支过继一个。这样，明扆也安安心，说不定没有心事，身体倒能慢慢养好了。"

这话正中罨撒葛下怀，他方才想的，就是这件事，心中暗忖，若是明扆和只没这两个人都没有孩子，世宗这一系，就绝后了。接下来，就是李胡一系……虽然说横帐三支若是自相残杀，会让旁支得利，可是若是那两房真成了他们的威胁，当断还是要断的。等到威胁都去了，再找几个旁支的孩子，过继到他们两房下面，这样，太祖阿保机留下的横帐三支，就都掌握在他的手中了。

他翻了个身，舒舒服服地想着，到那时候，他才可以真正地高枕无忧呢。

穆宗把只没和胡古典婚礼的事扔给罨撒葛，自己又带着侍从去远郊行猎去了。只没的事，刺激了他，让他的性情变得更加不稳定。罨撒葛跪在他面前苦苦相劝，终于让他答应，以后就算要给高官贵族定罪，也要先交给罨撒葛，而不是他自己亲自动手。

这样一来，他的情绪发泄对象，就全部在身边的奴隶身上了。这些日子以来，他身边的庖人（厨子）、酒人（酒奴）、鹿人（猎鹿人）、彘人（训狗人）、马人（马奴）、侍人以及打猎的前导等，被他杀了无数。他的侍卫首领随鲁只得不停地往奴隶营去征选奴隶以备用。

这一日，穆宗身边有个近侍白海，竟趁穆宗出行的时候私自逃离。随鲁知道后大惊，若是穆宗发作，岂不是要连累他们同一个班次的所有侍从？所以连夜追赶，终于将他抓了回来。

此时一声令下，就见一对男女被抓了过来，跪在地上，不停发抖。

随鲁看向穆宗，静听吩咐。穆宗仰首望天，叹息："这样的天气，正好打猎，可惜今天居然没有多少猎物。"说着拿出腰刀，仔细拭擦。

那白海是穆宗身边的侍从，早清楚他的脾气，知道这次绝难幸免，然而看看跪在身边的无辜的妻子，终于还是忍不住扑倒在地，以头重重磕地，却不敢说话。

穆宗似乎此时才意识到身边还有人，一扭头间，似忽然才发现了他的存在："哦，白海，是你啊？"

白海强忍恐惧，低声道："奴才有罪，请主上恕罪。"

穆宗饶有兴趣地看看趴在地上如蝼蚁般的奴隶："哦，你告诉我，你有什么罪啊？"

白海的眼中升起一丝希望，用力磕头："主上饶命，主上饶命，小人不是偷跑，小的只是因为这次主上行猎的地方离家很近，所以想回家去看看妻儿，本想马上回来的……"

穆宗嗤地一笑，看向周围的侍从们："这么说，下次朕行猎的时候还得问问，去哪里行猎可以方便你们回家探亲啦。"

众侍从吓得跪下："小的不敢。"

白海脸色惨白，不敢说话。

白海之妻虽然害怕，但终究不太了解穆宗性子，听着他说话倒是笑吟吟地没有发作，但见白海吓得厉害，忍不住替他辩白道："主上，都是我的错，是我之前捎信给白海，我们的孩子病得很重，我想他能够回来看看孩子……"说着，不禁泪如雨下。

白海在穆宗身边做侍从已经三年，三年来没回过家。一个月前，幼子病重，她一时情急无措，想着丈夫在皇帝身边，虽然只是个奴仆，但总会比她有办法，于是托人捎了信过去。

白海得知信息，也是心急如焚，却不敢离开，穆宗有个古怪的性子，身边用熟了的人一旦不在，就会暴怒。之前穆宗身边亦有侍从请假回家，不想那日穆宗正好随口点到他的名字，他却不在，惹得穆宗大怒，一刀便杀了他。

但是这个孩子却是他唯一的儿子，今年才五岁，孩子病重，对他来说，自然是牵挂在心。好不容易趁着穆宗出去行猎，恰好这一次正在他家附近，于是他趁夜带了自己平时私藏的积蓄，悄悄回家去探望，哪知道孩子竟在数日前已经死去，他的妻子伤心劳累，一病不起。白海本拟放下积蓄就赶回去，但看着妻子病骨支离，拉住他且哭且诉，讲这三年来没有他在身边的痛苦伤心之事，一时不忍，拖延了些时间，竟不能按时回去。结果次日凌晨被人发现他不在营帐，只得一边来回禀穆宗，一边派人去抓白海夫妻。

白海之妻且哭且说，只希望引起穆宗的怜悯之心，饶过白海。她终究是普通人，只当穆宗会问罪白海，谁知道更大的灾难还在后头。

穆宗听她提到孩子，脸色就是一变，后来再听到白海因为被她拉住哭诉而晚归，脸色又是一变，看着白海缓缓地道：“白海，这么说，你是因为被妻子拉住，所以晚归，是吗？”

白海吓得脸色惨白：“不不不，是小人的错，求主上惩治小人，放过我妻子吧……”

穆宗忽然怪笑：“哦，你对妻子的关心，胜过对君王的忠诚吗？”

白海听得他这笑声，更是吓得颤抖不止，不停地道：“主上饶命，小人绝无此心。”

穆宗笑声瘆人：“这么说，你是愿意对朕忠心的了？”

白海已经吓得完全无法分辨判断，只觉得或有可能是希望，便连连点头：“是，是。”

穆宗忽然狞笑：“这么看来，是你妻子阻碍了你对朕的忠心了？”

白海茫然地点头，忽然又意识到了什么似的，拼命摇头：“不，不。”这几声说出来，他已经急得眼珠子都要凸出来了。

却听得穆宗笑道：“那朕就帮你一把……”他说着，忽然一把拔出身边的佩刀，刺入白海之妻的腹中。

白海之妻还在求情，不想忽然中刀，顿时倒在血泊之中。她挣扎几下，用尽所有的力气看着白海，开口想说什么，但一张口就有鲜血喷出。她就这样圆睁着一双眼睛，看着白海，眼中尽是诧异和牵挂。

白海看到妻子的死状，整个人的脸扭曲成一团，大叫一声：“不——”

他的叫声绝望而悲愤，如同草原上濒死的孤狼。

穆宗却似乎在欣赏着这样的哀号。他笑吟吟地看着白海，看着他足足号叫了好久，直至一口鲜血喷出，不能再叫，这才叹息：“看看，多好，你妻子死了，你就可以活了！”说完，他像欣赏完一出好戏似的，意兴阑珊地挥了挥手：“带下去，打八十。”

他身边的一众侍从看着这一幕人间惨剧，都吓得低下头去，不敢多说话。以白海如今的情况，再打八十，只怕就算不死，也是残废了。

便是侍从首领随鲁，也看得面露不忍，咬了咬牙，刚想叫人收拾现场，不想穆宗一回头，正看到他的表情。

穆宗抿唇一笑，看向随鲁，残忍地问道：“怎么？同情他们？觉得朕残暴？”

随鲁吓得心胆俱碎，立刻跪下颤声道：“小的不敢！”

穆宗嘿嘿笑了起来，拿着犹带血迹的刀柄，挑起随鲁的下颌，低声在他耳边道：“你若肯代他受朕一刀，朕饶过他，不打这八十杖。你肯不肯呢？”他的声音充满了诱惑，如同魔鬼一般。

随鲁面色惨白，身体僵直，不敢答话，众侍从也吓得屏息。

穆宗放肆大笑：“你不敢！你看看，世人都是这样，事不关己，就爱多事。要是威胁到自己的安危，就顾不得旁人什么了。”

穆宗止了笑声，忽然一刀划过随鲁的耳朵，削掉了他的左耳。随鲁惨叫着，捂着耳朵，鲜血顺着指缝流下。

穆宗嘴角露出一丝微笑：“朕这是成全你，须知这世上，那种不需要付出代价的同情是最廉价的，也是最可耻的。”

随鲁已经痛得不能说话，穆宗又转身去看身边的侍从，他的眼睛看到哪个人，对方就低头颤抖。

穆宗拿刀一一点着他们：“你们瞧瞧你们，刚才你们不都在同情他吗？现在呢，还同情吗？你看看你们，多可笑啊，哈哈哈……”

营地里飘荡着穆宗神经质般的狂笑，这一个血色清晨，也只是穆宗日常生活中经常发生的场景而已。

随着他的心思越来越反复无常，在他身边活得战战兢兢的人，何止是奴隶小侍，甚至连一些高官，都开始不安了。

上京城里，人员频繁走动；奴隶营中，奴仆们低声窃语；高官府第，宴会后是密室私语；坐拥兵马的部族长们，暗中调集着兵马。

第四十章

山雨欲来

只没结婚，胡古典出嫁，耶律贤自参加完这两场婚礼，就病倒了。

他病倒的理由很多，一是只没受刑的刺激；二是受了刺激之下，连夜去汉城酒肆，喝得酩酊大醉，到天明时方归；三是准备弟弟和妹妹的婚事过于劳累。

于是，耶律贤病得名正言顺，也顺便把他那一夜出宫门出皇城到汉城的奇怪行为做了洗白。那一夜他与燕燕分手之后，就想到了如何把事情抹平，于是把一坛酒倒在了身上，假装心情不好，任性买醉。

理由如此完美，穆宗与罨撒葛均不怀疑，反亲自来探病。

穆宗见耶律贤靠在床榻上，脸色苍白，眼角青黑，仿佛病入膏肓的模样，不由皱眉。韩匡嗣又在一旁说："明扆大王自幼身体就弱。上次发病伤到了根本，勉强撑着看到了只没大王和胡古典公主成婚，就又发病了。这次来势汹汹，老臣恐怕也只能尽力而为。"

穆宗急道："要什么药，你就说。明扆的病不能有任何耽误，知道吗？"他是个容易感情用事的人，多疑好杀起来，闻到血腥味根本停不住，但多愁善感起来，看到落花也要怜惜。他对耶律贤若是心存怀疑，便会毫不留情，但若是动了感情，则又呵护备至。

罨撒葛在一旁，适时插了一句："皇兄，我听说汉人有冲喜一说，不如……"

耶律贤闻言，轻咳了起来："皇叔，不，不可！"

穆宗忙拍了拍他的背："慢慢说话。"

耶律贤涨红了脸，吃力地说："明扆身体孱弱，终年药不绝口，不知何时便没了性命，实在不愿害了人家姑娘，冲喜之事万万不可。”

穆宗只得应道：“算了，你既然不肯那就不冲。”

罨撒葛还欲再说，胡辇拉了拉罨撒葛的衣袖，冲他摇头，罨撒葛只得作罢。

穆宗又问道：“若不冲喜，匡嗣，你有什么办法能让明扆的病好一些吗？”

韩匡嗣犹豫：“若能移到城外离宫静养，对大王的病就很有好处。毕竟，宫中阴气重，大王被阴气缠绕，自然就体虚。”

穆宗听了亦是正中心中隐事，叹道：“说得也是，那就让明扆暂且搬到离宫去休养一段时间。”想了想又道，“你若好些，这次冬捺钵也跟着去吧。多去外面走走，也是好的。”

见穆宗应允了，耶律贤松了口气。

等众人走后，室内无人，耶律贤忽然道：“楚补，我听说主上这次杀的白海，曾经对你有恩？”

楚补听了，伏地流泪道：“正是，当日主上行走之时我不及避让，若不是白海出言相劝，我早就没命了。”

耶律贤“嗯”了一声：“这却是因何？主上要杀人时，相劝之人，可是冒了莫大关系的。”

楚补只得道：“我们原是出身于同一部族，当年在部族中互相关照过的。”

耶律贤又道：“随鲁也是吗？”

楚补点头：“是。”

耶律贤低声道：“听说主上最近杀了几个庖人以后，就嫌膳食做得不好，常常拿人出气，随鲁如今正到处找擅长做菜的庖人奴隶？”

楚补瞪大了眼睛，旋即明白，伏地颤声道：“奴才知道了，奴才会把人安排进去的。”

耶律贤却道：“你怎么安排进去？你是我身边的近侍，随鲁岂不疑你？”

楚补低声道：“奴隶营中的管事有朋友与我交好，近日来听说他一直为送到主上身边的奴隶不够用而犯愁，我会通过他的朋友，把人送进去的。”见耶律贤沉吟，又道，“我曾听说，主上身边的近侍中有赵王的人。”

耶律贤一惊：“此言当真？你可知是谁？”

楚补忙道：“若是连我都知道是谁了，这人如何还能够安然。”

耶律贤咬牙：“哼哼，他父子惯会如此作为。”

婆儿在旁道：“以奴才看，确有可能。当日太宗之时，常在外征战，上京的事务皆掌于应天太后手中，应天太后死后，这部分人手，应该落在李胡手中了。”

世宗在位不过四年，其后穆宗在位，又皇后早亡，不立嫔妃，因此宫中事务皆是由一拨旧仆管理，这些人手中的掌事者都是从应天太后以及李胡之妻手中提拔上来的，所以若说穆宗身边有喜隐的人，的确是很有可能的。

耶律贤忽然道：“当日主上是如何成事的？”

婆儿答：“李胡虽然勾结了察割，然祥古山事发忽然，李胡应变不及，是主上近在身边，掌控力量，及时登位。”

耶律贤轻轻叩着几案，道：“那么，你看这次的冬捺钵如何？”

婆儿一惊：“您是说……黑山？”

耶律贤点头：“正是。”

婆儿心中犹豫，劝道：“大王，是否还要三思而行？贸然发动，只怕祸及自身。”

耶律贤咬牙道：“我等不得了，也不能再等了！等等等，我等了多少年，忍了多少年。我也想谋个万全之策，再行动手。可是你看只没、你看只没……”

说到这里，他眼泪流下，哽咽不能成声。

事实上，这不止是悲愤，更有恐惧。

他从韩匡嗣口中，也听到了穆宗当年的事。这些年他一直在穆宗身边，目睹了穆宗的恐惧、穆宗的变化。穆宗的情况已经越来越坏了，如果说一开始他只是想除去他眼中的叛逆，但近年来他被酒精所控制，越来越不能自我控制了。没有酒他就会恐慌，喝多了酒他就会暴戾，他自己也知道这种情况不对劲，可是他既没有勇气去戒酒，更没有能力控制自己的杀欲，就连给他治了几十年病的韩匡嗣他也不信任了。他去相信女巫肖古，就是期望能够有神迹。

当肖古的神迹也被证明是骗局的时候，对穆宗的心理打击是巨大的。肖古死后，他看似对“神迹”已经放弃，也看似恢复了正常，然而事实上是他的心理崩溃得更严重了。

他越绝望，就越会把自己的愤怒转而发泄在别人身上，越会用残忍的手段，去对付他所看到的，在某一刻“触怒”他的人，哪怕这种“触怒”只是他自己心理上某一刻的失控，对于对方来说，是完全莫名其妙的，是完全无辜的。

如果是在肖古事件之前，穆宗就算再残暴，也不会对只没动这样的酷刑。因为他一直以来，是把自己装成为抚养先帝遗孤、对耶律贤和只没视若己出的“好叔叔”。或者仅仅只是那一刹那的失控，就此毁掉了只没。那么会不会有某个时刻，他心里对耶律贤的猜疑会刹那失控，那时候，就算还想着要保留所谓的“抚养先帝遗孤”“视若己出”的伪装，恐怕是连穆宗都控制不住自己吧。

那他这么多年的忍辱负重有什么用？他的步步为营、宏图大志又有什么用？

只有那个人死了，他头上悬着的刀才能够移去，才能够有其他想法。否则，一切成空。

婆儿沉默了半晌，终于伏地，与楚补齐声道：“奴才愿为主上效死。”

耶律贤等人在筹备着冬捺钵的行动，而燕燕自然是对此一无所知，她正准备着自己的婚礼。

自那日萧思温在虎古面前允了韩德让的求婚之后，自然也开始给燕燕准备嫁妆了。

前有罨撒葛、喜隐成亲，后有只没、胡古典成亲，这几场婚礼提升了上京城的婚姻气氛，在他们婚礼的前后，就有不少皇族、后族子弟都凑在这时间也热闹地成婚。

萧燕燕和韩德让既订了婚约，自然也在筹备婚礼。只是他们这样的门第，自然不会草草成婚，事前的准备短则几月，长则一年，都是必要的。

所以燕燕这段时间很忙，忙着给自己备嫁。其实真正说起来，她的两个姐姐胡辇和乌骨里出嫁都有些过于匆促了，虽然嫁妆看上去亦是丰富无比，然而匆匆准备的和精心挑选的毕竟不同。

所以到了给燕燕准备的时候，不管是她父亲萧思温还是她的两个姐姐，都一定要在她身上补足遗憾，要把嫁妆足足备齐。

燕燕的嫁妆自然是在她小时候就开始准备了，契丹女子出嫁，是从生到死所有的东西都要准备好的。衣料、首饰、器皿、家具自然是年年准备，但是临到嫁时，更要选择大量时新款式重新采购。再加上良田店铺，陪嫁仆从、奴隶也要重新挑选，自然全家上下忙得不可开交。

妆台前，侍女良哥捧着一顶鎏金银冠虚放到燕燕的头上，那银冠是为燕燕婚礼时戴的，她两个姐姐嫁入皇室用的是金冠，而她嫁与韩德让，只能用鎏金银冠，然而也是金光灿灿，外表上根本看不出什么区别来。尤其是这银冠上面的花卉、鸿雁等纹饰更是韩德让亲手绘就，又让内府匠人精心打造，看上去精致无比，透着灵气。

燕燕对着镜子，左顾右盼，把自己戴着冠的每个角度都看得仔细无比，神情又是害羞又是得意。此时，她的嫁衣已经叫了三十个绣娘在连夜赶工了，绣工繁复无比，胡辇叫了自己心腹侍女亲自监工着。

青哥拿着嫁妆单子给她报："纱冠二十四件，金花毡冠二十四件，鹿皮长靴三十六双，国服、汉服各一百二十件……"又说库房中存有上品紫黑貂裘五件，胡辇看过后说单数不美，过几日她会从王府库房里再选三件送来，凑成八件，寓意吉祥些。

燕燕听得心中暗自得意，抿嘴微笑。

青哥又说已经备了银簪、步摇、耳坠、耳珰、璎珞、臂钏等首饰各二十八盒，再拿了一张长长的单子递给她，说道："这上面是城北市场里购入的宋国物品，邢窑白瓷、越窑青瓷、磁州窑褐花瓷等瓷器都齐全了。漆器方面，温州漆器是最有名的，这次还买到了一对戗金银朱漆盒，手工极为别致新颖，颜色也喜气。宋国京东路的东绢、蜀国蜀锦各入了千匹，又从幽州购入罗、绮万匹。再加上麝香、苏合香、沈香等香料，珠贝、玳瑁、珊瑚、玛瑙等珍宝，装起来，堪堪有百抬。"

良哥也递了一张长单给燕燕："这些是家具清单，除了日常的床、榻、案、椅、箱之外，就是多了一张象牙床，是吴越国商贩用海船送来的，虎思大叔做主买下了。"

青哥又递过来一张单子："还有这些丧葬物品，送终车、覆尸仪物、驼、祭羊等。"

燕燕大惊："连这个也要准备？大姐、二姐结婚的时候也有吗？"

青哥掩嘴一笑："当然有。咱们契丹人的风俗，姑娘出嫁讲究的是从生到死的物件都要带齐，才算周全。"

燕燕感慨道："那会儿家里一团乱，我哪里顾得上这些啊。"放下单子，又问道，"书籍呢，采购得怎么样了？德让哥哥爱看书。"

良哥回道："市面上有的孤本、古本都叫他们送来了。倒是宋国的雕版书少了些，他们还得派人快马加鞭去南边买。最好是能列个单目，他们购置起来也便利些。"

燕燕拍手，欢快地道："也行，咱们去找德让哥哥列个书单。"想到韩德让，她就想去找他，于是扔下这一摊子东西，兴兴头头出去了，谁知道韩德让偏又不在，说是去了离宫找皇子贤了。

良哥见燕燕无趣，连忙建议说不如找两位王妃去击鞠。燕燕想起春捺钵回来后大家一直忙，也已经很久没有一起玩了，近来三姐妹又和好了，这倒是个好主意，于是便先去找乌骨里。

此时乌骨里刚好诊出有了身孕，高兴得很，正准备吩咐瑰引去宰相府和太平王王府报喜，不想被喜隐拦下了：“且慢，这事还是缓缓。”

乌骨里诧异不解，喜隐却道：“你知道前些日子，只没受宫刑的事情吧？”

此事乌骨里自然是知道的，闻言忙点了点头，忽然想到一事，捂着肚子惊道：“你以为……”

喜隐看着她的神情，本欲不说，但最终还是沉声道：“虽然罨撒葛对外宣称是主上酒后一时冲动，可只没受了宫刑，明扆身体又差，今日不知明日事，他那一房眼看着就要断了血脉，谁知道这到底是述律一时冲动，还是他们兄弟早有预谋，为的就是断了人皇王一脉的传承。”

乌骨里大惊：“你是担心我们的孩子也被他们算计。”

喜隐点了点头：“还是小心为妙。”

乌骨里看着还未显怀的肚子，心中发愁：“可总有显怀那日，到时候……”

喜隐抱住乌骨里：“你别怕，我来想办法，大不了……”他眼中厉色一闪，“我们先下手为强。”

乌骨里听出他的意思，吓了一跳：“你想干什么？喜隐，你可不要冒险，上次的事……”她一想到那次两人入狱之事，心中犹有余悸，李胡被杀的惨状更是成为她好长时间的噩梦。

上一次出事，死的是李胡，若再出事，死的可就是……

一想到这里，她吓得紧紧抱住喜隐：“你，你可别，我有孩子了……”

喜隐看她吓得脸色发白，心中后悔告诉她这些事，当下忙抱住她安慰道：“你放心，我也只不过是往最坏的方向去想罢了。只没刚出了事，除非主上想和所有的宗室翻脸，否则他不至于再次动手。”

正劝着，却听得侍女来报，说是燕燕来了。喜隐见乌骨里犹自不安，笑道：“燕燕来得正好，你跟她说说话，也解解闷。”

乌骨里一脸忧心地看着喜隐：“那，孩子的事，能让燕燕知道吗？”

喜隐犹豫了一下，后悔自己有些矫枉过正，乌骨里怀着孩子，若是让她过于忧心，反而不好。当下只笑道：“她是你亲妹妹，有什么打紧的。只是……”他犹豫了一下，还是道，“只是暂时别传到太平王王府，免得罨撒葛起坏心。”

乌骨里点了点头，放松下来。

喜隐顿了一顿，又道：“为了孩子，小心些总没错。”

乌骨里笑道：“放心好了，燕燕总不会害我。”

见喜隐出去了，乌骨里就叫人更了衣服，端坐着等燕燕。过了一会儿，就听得走廊里脚步声连声响起，燕燕带着青哥、良哥风风火火地闯了进来，脚下一个不小心，在门槛处勾了一脚，险些跌倒，幸而被侍女扶住了。

乌骨里心中本是忧喜交加，见状倒是被她逗得不禁失笑：“哎呀燕燕，你都要嫁人了，还这么毛躁，真不知道韩德让看上你什么。”

燕燕听了这话，翻个白眼说道：“我难得来看你，你就不能说句好听的吗？”

乌骨里掩嘴戏谑道：“得，我不说。”说着上上下下打量着燕燕，“哎呀呀，反正人都被你弄到手了，难道不是心满意足了嘛。怎么，不在家里准备嫁妆，倒跑到我这里来？”

饶是燕燕脸皮再厚，也被说得脸一红：“瞧你说的，难道我就不能是想你了，来看看你吗？”

乌骨里扑哧一笑：“哎呀呀，我们家燕燕要嫁人了，懂事了，会想到探望姐姐了。好了，人都看了还有什么事？”说着不禁又笑道，“不会是嫁妆不够，来向我讨添妆之物吧！”

燕燕却也不脸红，得意地一昂首：“哼，我讨不讨，你都要给我准备得厚厚的，我用得着讨吗？”

“哟哟哟，”乌骨里叫了起来，“瞧瞧我这不害臊的妹妹，要东西也要得这么理直气壮。”

燕燕理直气壮地说：“当然了，谁叫你是我姐姐。”

姐妹俩说笑一番，燕燕就说：“二姐，趁着秋高气爽，咱们去大姐家一块儿玩几场击鞠赛吧。”

乌骨里本能地摸了摸腹部：“不了，你自己去吧，我就不去了。”

燕燕奇怪地问：“奇怪，你不是最爱玩击鞠的吗？怎么一嫁人就装淑女了？”

乌骨里的笑容顿时凝住，好一会儿才支吾道：“才不是呢，反正，我现在不玩了。再说，大姐家我也不爱去。”

燕燕见状，也有些明白：“为什么不去？难道，你是顾虑太平王和喜隐——”见乌骨里闻言脸色微变，忙安慰道，“放心好了，太平王可宠大姐了，你只管去就是了。”

乌骨里此时满心都是孩子以及喜隐说的事情，哪里可能和燕燕一起去击球，忙摇头道：“不是的。”

燕燕左劝右劝，乌骨里只是不应，燕燕不由得疑惑起来：“怎么今天这样别扭，倒不像你的脾气了，你到底为什么不肯去大姐家？”

乌骨里本欲不答，但是她和燕燕从小一起长大，有什么心事姐妹之间哪里看不出来，被燕燕扭着袖子拧不过，再加上她怀上孩子本就是喜事，要她不说怎么能忍得住，当下半推半就，附在燕燕耳边轻声说了。

燕燕听了，顿时高兴地跳了起来：“真的，你有孩子了，我要当姨母了……”见乌骨里吓得连忙用手指在嘴唇边做手势阻止她再说下去，又诧异道，“哎，这是好事呀！你干吗这样藏藏掖掖的？”

乌骨里忙阻止她大声说话：“别——”见着燕燕一脸无忧的样子，不由轻叹一声，“唉，这个孩子，还不知道是祸是福呢。”

燕燕吓了一跳：“怎么了？二姐，你何出此言？”

乌骨里欲言又止：“燕燕，你别问了，去玩吧。只是我求你一件事，去大姐家，千万不要说出我怀孕的消息。”

燕燕又是迷惘又是震惊，好一会儿才愣愣地问她：“二姐，难道你连大姐也信不过了？”

乌骨里咬了咬牙，冷笑：“我不是信不过大姐，只是信不过那个罨撒葛。”

终因为皇位之争，她如今连至亲姐妹也无法信任了。她轻抚着小腹，看着燕燕无忧的神情，想当日自己未嫁之时，何曾不是像她那样，什么事都不用放在心里。虽然她认为自己的选择是对的，可是想到燕燕如今嫁给韩德让，或许将来不如她与大姐这般尊贵，可是至少姐妹之间不用钩心斗角，也不会这般时时活在惊恐之中。

想了想，她还是对燕燕说："你应该也听说过只没受刑的事了？"

燕燕点点头，仍然不解其意，张口想问，忽然想到了什么，顿时打了个寒战："二姐你的意思是说，主上会对你的孩子下手？"

乌骨里冷笑一声："他自己没有孩子，罨撒葛也没有，你认为以他的性子，会让喜隐或者明扆有孩子吗？"

燕燕惊骇地看着乌骨里，今天听到的话，太出乎她的意料了。皇帝、皇位、皇嗣，在平时生活中她虽时有听到，但在她的世界里，只有父亲和姐妹三人，或者还有韩德让。她虽然也见过穆宗的暴戾，也知道大姐二姐分嫁两横帐房，两个姐夫都在争夺皇位，可为了皇位，彼此相争到如此血淋淋的地步，甚至连没出世的孩子都会有生命危险，这实是令她惊诧莫名，甚至是茫然失措了。

这种神思恍惚状态，一直到燕燕离开乌骨里的府第，到了胡辇府中，仍未回转过来。

胡辇自然一眼就看出燕燕有心事，但燕燕从来有了心事，见着她以后就会主动说的，如今她不说，自然是有原因的。胡辇也不说破，只拉了她去看自己给她备的嫁妆。她的侍女福慧见燕燕心神不属的，知道她爱玩，于是就建议说去后院比剑。

燕燕向来喜欢弓马刀剑，所以拿这个引她开心，一直都很有效。只是今日燕燕实在是心不在焉，不一会儿就扔下剑说："不练了，不练了。"

胡辇含笑看着燕燕："怎么不练了？"

燕燕心一慌，掩饰道："打不过自然不练了，没想到大姐你成亲以后，身手反倒比以前更好了。"

胡辇把剑交给空宁收起来，走到燕燕身旁，调侃道："那你呢，为什么身手越来越差了？"

燕燕脸上一红："大姐，你笑话我。"

胡辇捂着嘴，笑道："哟，马上就要定亲了，还怕人笑话啊？"

燕燕走到一旁喝水，掩饰尴尬，正看到腰间挂着的双鱼玉佩，想起今日乌骨里的话，又想起那夜耶律贤的痛苦，心中一动，遂问胡辇道："大姐，宫里现在怎么样了？"

胡辇一怔，没想到她竟问起此事，反问："宫里？宫里什么事？"

燕燕撇了撇嘴说："最近宫里还能有什么事闹得如此之大？就是只没的事啦！"

胡辇想起只没，也觉心痛，叹息道："唉，都过去了。只没和胡古典都已经各自成亲，明扆离宫休养，主上也答应不再追究此事。"

燕燕恨恨地说："主上不追究？事情都是因他而起的好不好？"

胡辇知道她说得对，但却只能佯怒地弹了她一下："你这张嘴，什么都敢说，小心祸从口出。"

燕燕看了她一眼，说："大姐，咱们皇族后族内部，这么多英雄豪杰、有才之士，难道就任由他……"

一句话未完，胡辇已经吓得掩住她的嘴，叫道："叫你别说了，你居然还敢越说越厉害。"见燕燕满脸不服，摸摸她的脑袋，叹息，"这些事，咱们管不了。"

说着，拉着燕燕走回房间，见燕燕仍然有些不服，只得又道："虽然如此，但好在罨撒葛还能劝主上几句，否则真不知该如何收场。这些日子，他为了安排明扆兄妹三人的事情也是疲于奔命，辗转难眠，实在辛苦。再加上因为只没的事，宗室对主上离心，他更不知道要费多少力气去安抚宗室，真是……"

燕燕不由得道："真是的。每次都是他为主上收拾善后，还真不如让他当皇帝算了。"

胡辇一瞪燕燕："不要胡说。主上还在，怎么轮得到罨撒葛。"

燕燕轻哼一声，说："我看啊，他这么肆意滥杀，迟早还得连累太平王替他背负仇恨。"

胡辇听她越说越不像话，当下眼神一扫，福慧会意，忙领着侍女出去了。见室中只有两个心腹服侍，胡辇方道："罨撒葛也是没办法，他们毕竟是兄弟。"

燕燕不同意地说："兄弟又如何？太祖太宗学汉人立国，让契丹人的日子越来越好。他却看不起汉人，还宣称可以放弃燕云十六州，如此败坏太祖太宗打下的江山，这就是千错万错。太平王就算是个好的，再这样下去，只怕也会失尽人心。"

胡辇听着这话，看着天真的妹妹，想到如今的局势，想劝又无从劝起，只能叹息道："燕燕，你不要因为自己喜欢韩德让，就觉得汉人什么都好。治国本来也不是只有一种方式。契丹人有契丹人的道理，汉人有汉人的道理。我们是不一样的。"

燕燕瞪大眼睛："道理就是道理，这是举世皆通的，怎么会分契丹人和汉人？"

胡辇拉了她坐下来："可是，道理也要因地制宜啊。你看，我们契丹八部历来都是在草原上游牧，草原之地才是我们的根本，这些年为了燕云十六州，我们和南朝打了多少战。主上说放弃燕云十六州，也是疼惜部族的勇士无辜枉死。"

燕燕瞪大眼睛："这怎么会是无辜枉死？若没有燕云十六州，我们大辽怎会有今日的兴盛？大姐，罨撒葛该不会就是这么想的吧？他和主上可真是亲兄弟啊。怪不得这么多年，他紧跟在主上的后面，给他收拾残局，却提不出有用的国策来。"

胡辇叹息："主上不仅是他大哥，更对他恩重如山。这么多年来，一直信任他，也只信任他。罨撒葛已经尽力在维护，在劝说了。"

燕燕看着胡辇，忽然说："大姐，你变了。"

胡辇一惊："我变了？我怎么变了？"

燕燕说："你从前也觉得主上暴戾，为什么现在嫁给了罨撒葛，就好似很理解主上，也很理解罨撒葛似的。大姐，你是不是喜欢上罨撒葛了，才这么为他说话？”

胡辇一愣，好半日才道：“哪里说得上什么喜欢不喜欢。我只是能明白他的心情，手足亲情是这世上最难以割舍的牵绊。若是你和乌骨里做错了事，便是旁人骂你们千句百句，我始终还是要护着你们的。”

燕燕看着胡辇，心中一动：“大姐，是不是不管我们做出什么事，你都会先护着我们？”

胡辇：“那是自然。”

燕燕小心翼翼地问：“那，如果和罨撒葛比起来呢，你选谁？”

胡辇敏锐地觉察到了什么：“为什么要和罨撒葛比？为什么要我选？燕燕，出了什么事？”

燕燕一惊，支吾道：“没有，没事。”

胡辇看着燕燕，直看得她心虚地低下头去，半晌，才拉起妹妹的手语重心长地说：“燕燕，我告诉你，在我心中，最重要的永远是爹和你们这两个妹妹，家人永远是家人，血缘的羁绊是断不了的。”

燕燕小心地问：“真的？”

胡辇佯怒：“怎么，信不过我？”

燕燕脱口而出：“大姐，我当然信得过你。可是，太平王他……”

胡辇敏锐地问：“怎么？怕罨撒葛知道？跟家里人有关？”燕燕没想到她反应这么快，忙低头，又摇头。

胡辇继续追问：“是谁出了事？是爹，还是乌骨里？”

见燕燕不说话，只是低头，胡辇顿时明白：“不可能是爹，那是乌骨里？”想到上次的事，顿时怒意勃发，“可是喜隐又惹出什么事连累到乌骨里了？”

燕燕急了：“没有，不是他。”

胡辇忽然站起来就要往外走：“我自己去问乌骨里！”

燕燕急了，忙拉住她：“大姐你别去。”

胡辇站住，问燕燕：“那你告诉我，你二姐怎么了？”

燕燕无可奈何，从小到大她就知道拿她大姐是没办法的，在大姐面前她从来都是瞒不住事的，磨蹭半天，才说："反正你别去……我跟你说，你可别告诉太平王。"

她附在胡辇耳边说了几句，胡辇听说乌骨里怀孕，先是高兴，继而转念一想，反问燕燕："这是喜事，有什么不能告诉的？为什么不能告诉罨撒葛？"

燕燕面露犹豫，胡辇何等聪明，顿时明白，又气恼又心疼："这个傻丫头真是……她当我是什么人了？她自己被喜隐迷惑得推心置腹的，她以为我和她一样吗？受了喜隐的挑唆，倒把我这个自家人当敌人防了。她也不想想，我能把罨撒葛看得比她更重要吗？我是为了谁才成这个亲的……"说到这里，顿时自悔失言，转而叹了一口气道，"我真怕将来喜隐有什么事，她会跟着他往火坑里跳。"

燕燕见胡辇生气，也吓得不知所措，只得伏在胡辇肩头低低地劝慰："不是啊，大姐，二姐说她信你，只是不信太平王。"

胡辇见燕燕受惊，忙转过表情来安抚她："我知道，放心吧。"

忽然听得门外有人道："放心什么？"

第四十一章

步步为营

燕燕大惊，抬头一看，正是罨撒葛，顿时吓得说不出话来。

罨撒葛本不以为意，见了她这副神情，倒疑心起来，问道：“小丫头，你背着我说什么悄悄话呢，怎么怕我听到吗？”

胡辇见了罨撒葛进来，也是一怔。跟在罨撒葛身后匆忙进来的福慧一脸无奈地朝她递了个眼色，她却随即变得镇定自如，笑道：“既然是背着你说的悄悄话，自然是怕你听到了。你一个大男人，听什么小丫头的悄悄话，听了你也不懂。”

罨撒葛被胡辇顶了一句，却不恼怒，只笑嘻嘻地指了指外面道：“我原想着你一个人在屋里，想给你一个惊喜的，没想到便宜了小丫头。”说着对着外面吩咐道，“抬进来吧。”

随着他的话音，两名侍卫抬着一个挺大的盒子进来，放到胡辇房中。打开盒子，却见里面是一套玉器，从玉香炉到玉几到玉枕等，摆了整整一床。

燕燕见了，顿时忘了刚才的事，惊呼：“好漂亮啊。”

胡辇见这玉质剔透可爱，喜道：“这是从哪里来的？”

罨撒葛道：“你前些日子不是说喜欢那只玉枕吗？我想着以前在宫里似乎见过一套玉器，前几天跟皇兄说了一下，叫人从内库里找了出来，你看着可满意？”

胡辇闻言，看了燕燕一眼。

燕燕还没明白过来，罨撒葛已经笑了：“你素来对这些并不热衷，这段时间精心搜集，可是给这小丫头添妆？”

胡辇也掩嘴笑了。

罨撒葛道："我本想着你若是喜欢，先留给你。只是燕燕你这丫头倒是运气好，你既然在场，被你看上了……"说着一挥手道，"便当我给你添妆了。"

燕燕一怔，看着罨撒葛，心中感觉却颇为复杂。她本是极为不喜罨撒葛的，这个人陷害她二姐下狱，又借此逼迫她大姐下嫁，十分可恶。再加上穆宗残暴昏庸，若没有罨撒葛相助，只怕早就被人推翻了。于是在她的小心灵里，早给这个人烙下"坏人"两字。然而婚后，这个人对胡辇千依百顺，各种讨好，甚至对萧思温、燕燕等也多方关照，倒让燕燕渐渐对他的看法有些改观了。

当下看着这套玉器十分精美，她也觉得他心意难得，便乖乖叫了一声："姐夫，谢谢你了。"

胡辇看着她自罨撒葛进来以后就有些坐立不安，也知道她的脾气，当下笑道："既然王爷回来了，燕燕，你也可以走了。"

燕燕顿时松了一口气，一溜烟地跑了。

等她回到家中，欲去找父亲萧思温的时候，却看到萧思温不在房中，房间里却站着一个书生打扮的人，背对着她，正看着书架上的书。

燕燕诧异："喂，你是谁？"

那人转过身，对燕燕一笑，燕燕顿时认出来了，原来是耶律贤，当下诧异地道："你怎么会在这里？"

耶律贤微微一笑："若我说，是来看望燕燕姑娘的，你可相信？"

燕燕扮了个鬼脸，道："我才不相信呢。你啊，肯定是来找我爹商量大事的！"

耶律贤笑吟吟地看着燕燕："是吗？那你猜，我跟你爹商量的是什么大事？"

燕燕眼珠子转了转，凑到近前："哼，肯定是……国家大事了！对了，你们商量什么事啊？"

耶律贤看着燕燕凑近，只觉得呼吸竟也是一滞，脸上似有些发烧。

他往后退了退，与燕燕拉开一点距离，这才恢复了呼吸，笑着岔开话题："都说了是国家大事了，你一个小小女子，关心这个做什么？"

燕燕听了这小瞧她的话，顿时不高兴起来："喂，别小看人，女子又怎么样？应天太后当年辅佐太祖皇帝定鼎江山，难道她不是女子？"

耶律贤看着燕燕，意味深长地说："哦，是啊，应天太后是一个连大多数男人都要畏惧的女中豪杰，看起来你很是崇敬她？"

燕燕一昂首："当然，她是我大辽女子的骄傲。"

耶律贤心头跳得厉害，试探着问她："你……愿意做应天太后那样的人吗？叱咤风云指点江山，辅佐夫君成就万世帝业。"

燕燕被说得激动击掌："人生在世，真要能像应天太后那样做一个改天换日的人，那才不枉活一世呢！"

耶律贤见她这般说，心里激动正要说话，不想燕燕这句豪气的话刚说完，就自己先泄了气道："不过，这种事情，也只能是想想而已。我哪有应天太后那样的本事和心肠，而且，现在也不是太祖皇帝的时代啊！"

耶律贤强按住激动的心，缓缓地道："或者，你能够再遇上一个欣赏你的皇帝，他会像太祖皇帝倚重应天太后那样，把江山交托给你！"

燕燕看着耶律贤，见他一脸郑重中带着一丝紧张，忽然扑哧一声笑了："哈哈哈，你说得简直跟真的似的，我听着都差点以为自己马上就要变成应天太后了。"

耶律贤眼睛一黯："怎么，你不相信？"

燕燕不在乎地挥挥手："明扆大王你真好玩，你哄人的时候这么一副特别正经的表情，真是很能骗到人呢！"

耶律贤看着燕燕，意有所指地道："燕燕，我绝不骗你，以后你就知道了。"

燕燕敷衍地答："好好好，我信你。"

耶律贤看着燕燕，又问她："燕燕，你说，我能成功吗？"

燕燕吃惊地指着自己："我？我说了哪能算啊！"

耶律贤双目炯炯："你别管，你只说，我能不能成？"

燕燕不假思索地说："当然能！"

耶律贤一怔，他没有想到，她会答得这么快。

"为什么？"

燕燕眨眨眼睛说："得道多助，失道寡助。你已经得了道，当然能够成功。"

耶律贤听得心头激动："哦，你说，我已经得了道，是指什么？"

燕燕笑了："汉人说：马上得天下，不能马上治天下。我觉得是非常有道理的。须知太祖阿保机的江山，就是从修汉城开始……"她出生后族与宰相之家，素日里往来高门，再加上从小学习典籍，能看到常人看不到的案卷，自然也有一肚子见识学问。可惜偏是家中幼女，人人都当她是个淘气的孩子，从小到大只有被父亲、姐姐乃至韩德让教导管束的份儿，此时见耶律贤一脸认真地听着她说话，不禁越说越是得意，便将素日所知所闻，从萧思温的教导、韩德让的言谈中得到的那些道理尽数搬了出来："汉人的江山，可以传承几百年，可草原上的部族，却只能强大一代，一旦失去了优秀的首领，整个部族就会被风吹雨打，散落不见。所以，我们辽国想要长治久安，就只能效法汉人，推行汉化。"

耶律贤不想这少女竟有如此见解，但见她眼睛闪闪发亮，显得极为兴奋，不由心中一动，有意引着她继续说下去，便笑道："可是有人会说，这样的话，我们就是背弃祖宗，背弃族群。"

燕燕不屑地道："人比野兽聪明，就是因为不断学习，不断进步。如果死抱着祖宗家法不放，那我们现在还住在山洞里，没有帐篷、没有房子、没有衣服，也不知道如何烹饪食物。再说，他们说的祖宗之前，难道就没有祖宗了，那么这个先贤，不也一样是违背了祖宗？若说死抱着族群不放，是不是先要追溯到谁才是真契丹？那真契丹算遥辇氏是正统，还是大贺氏是正统……"说到这里，她自己先笑得弯下了腰。

耶律贤虽然是有意引她说话，但她能够说出这样一番话来，也是令他十分惊异，不由点头道："说得很是，青牛白羊，二水合流而有契丹，然后才有八部，天底下所有的种族都是各种部族的融合。那些不能接受别人的智慧，融合别人的力量，而只会抱残守缺的种族，只怕根本没有传续的可能，早就成为草原狼的口中食了！"他说到忘形之处，不由得上前一步，握住了燕燕的手："燕燕，应天太后的刚强让大部分的男人都畏惧她，你却可以用智慧让大部分的男人都相形见绌。也许将来有一天，你能够成为比应天太后更让人钦佩的人。"

燕燕怔住了，看着耶律贤，在她的人生中，她从来都是被当成惹是生非的小妹妹，从来不曾得到过这么高的评价。

耶律贤也静静地看着燕燕，他在等待一个机会，一个能够在燕燕的心里留下印象的机会。

一时室内俱静。

其实就在燕燕说"马上得天下"之语时，她的父亲萧思温已经悄然回来，但他没有进去，只是站在书房门外静静地听着。

燕燕怔了好一会儿，忽然又笑了，笑声打破了室中那一刻若有若无的暧昧和僵持："谢谢你，明扆大王，你说的每一句话，都让我这么开心，我真喜欢你。"

就听得门外有人咳嗽一声，耶律贤转头看去，便见萧思温迈步进门，像个宠爱女儿的父亲那样对着燕燕微笑着："燕燕，你真不知害臊，你啊，你是喜欢所有会夸奖你又聪明又漂亮的人，是吧？"

燕燕看到萧思温，脸一红，索性跳上前拉着萧思温撒娇："爹爹，哪有你这样扫兴的，让女儿欢喜一会儿不好吗？"

萧思温笑呵呵地拍拍燕燕的手："好啦好啦，别淘气，爹爹有客，你出去玩吧。"

燕燕"哦"了声，转向耶律贤行了一礼："明扆大王，我先出去了。"

耶律贤心中若有所失，脸上仍然保持着彬彬有礼的微笑："燕燕，多谢你刚才陪我，请！"

燕燕欢快地走了，耶律贤看着她的背影，目不转睛，神情温柔中透露出恋恋不舍。

萧思温看到耶律贤眼中的依恋，不禁身子一震，目光在耶律贤和燕燕之间流连，心中升起疑虑。

燕燕已经走远，耶律贤仍然一副若有所思的样子，萧思温不由得咳嗽一声："明扆大王！"

耶律贤回过神，脸上神情镇定自若："思温宰相。"

方才耶律贤悄然来到的时候，萧思温正与另外几个官员安排皇帝接下来要去黑山冬捺钵的具体行程，一时不得抽身，只得让管家虎思将耶律贤迎到书房中。他书房前门自然是另外加人把守，但燕燕从后门过来，那守后门的却是不知情，自然不会挡她。等到萧思温匆忙结束那边的事务赶来时，刚好就看到这一情景。

萧思温见了耶律贤的神情，心中不禁升起一种预感，他嫁了两个女儿，这种感觉已经变得很敏锐了。当下也不好说什么，只轻咳一声道："如今情势，明扆大王怎么忽然离宫出来？"

耶律贤道："正是因为如今情势，我才特地出宫来见思温宰相。"

萧思温道："大王请吩咐。"

耶律贤点了点头，却没有说话。

萧思温看着耶律贤，心中虽然疑惑，却只能等待。过了好一会儿，见耶律贤仍然似在犹豫，没有说话，不由问他："大王对老臣，还有什么顾虑吗？"

耶律贤犹豫再三，终于开口："刚才我问燕燕，我能成吗？她说，得道多助，失道寡助，道在我这边，一定能成。思温宰相，你觉得她说得有道理吗？"

萧思温心中微安："老臣也正是这么想的。"

耶律贤看着萧思温，问他："既然本王是得道多助，那么失道寡助之人，又当如何？"

萧思温听得这话，心头一惊，脸色顿时严肃起来："大王之意……”

耶律贤既然已经决定于冬捺钵时动手，自然首先要来探问萧思温的心意，动手除去一个皇帝容易，可是皇位归属最终却与后族以及各部族长的心意息息相关。

耶律贤犹豫着应该如何开口，萧思温毕竟不同于楚补、婆儿这些心腹，也不同于韩匡嗣这样从小到大就已经认定他为主的臣子，萧思温有自己的立场，也有他后族的能量。所以，他不能将自己所有的心思都直接暴露。

他深吸了一口气，来回走了几步，忽然问萧思温：“当年察割之乱以后，你们为什么会选择他？”这个问题他在心中想了很久了，当时事变他年纪尚小，只知道一睁眼耶律璟就已经继位，而耶律璟继位之后，倒行逆施，宗族多有受害。不知道有多少次，他在心里想，在他父皇被杀以后，那些皇族重臣，当初为什么要推举耶律璟继位？如果祥古山一事再发生，那么最终得益者，会是谁？

韩匡嗣当时并没有在这个决定的核心当中，而他又一直没有机会去问问真正有决定权的耶律屋质、萧思温等人。此时，他不能不问。

萧思温知道此事事关重大，略一沉吟，还是如实说了：“大王，当时情势，是当今主上占了上风。况且察割之乱，看是一人意气而生事，实则乃是各部族有许多人对从人皇王到先帝一系的汉化政策心有怨气。当时如若再立人皇王一系，只怕太宗一系、李胡一系都会继续作乱。况且，当年大王才四岁。至于李胡，一来是远在京城，二来是当初屋质大王与群臣都已经选择放弃过他一次，就不会再给他机会。选择当今主上，一来是太宗皇帝父子相继，二来，唉……”他不禁长叹一声，“我们也想不到，他当了皇帝以后，性情竟变得如此暴戾。”

耶律贤听了以后，沉默良久，没有说话。

过了半晌，他忽然问：“那么，思温宰相，若是再遇上这样的事，你们当做何处置？”

萧思温一惊，心中疑云升起，不禁看向耶律贤，却见耶律贤镇定自若，并无多余的表情，只是他这话，却让人越想越是惊骇，当下试探着问道："大王莫非已经有了计划？"

耶律贤叹息一声，看向萧思温，眼神坦荡，苦笑道："我自幼到大，一举一动，皆在皇叔看管之下，能够有何计划可言？但是——"他俯向萧思温，低声道，"我听有人说，察割之乱，并没有结束。思温，这意思你懂吗？"

萧思温心中一凛，看向耶律贤："大王的意思是……"

耶律贤声音低沉："主上当年做了什么，谁也不知道，所有的事都只是猜测而已。但是李胡父子，却一直深悔自己两次错过机会……"

萧思温一惊，随即想到了什么，当年察割之乱以后，他细察蛛丝马迹，李胡和穆宗的行动，多少也探知一二，想到这里，不禁长叹一声："始作俑者，其无后乎。只是，若是这种手段变成常态，人人效法，则将国无宁日。"

耶律贤看着萧思温："为乱者，只是制造混乱而已，如果有人能够及时阻止混乱，控制局势，则这个人功劳莫大焉！"

萧思温朝天拱手："我虽只是后族，亦当效屋质大王当年匡扶新君、安定社稷之举。"

耶律贤点头，两人目光对视，一切尽在不言中。

耶律贤对萧思温说的这番意思，他曾经在草原上与萧思温第一次推心置腹相谈的时候说过，以穆宗的倒行逆施，一定会招来横祸，他希望在事情发生以后，萧思温选择的是他。

而上一次，他说的是，我不会出手。但这一次，他虽然也否认自己会出手，但这句话再问一次，再说一次，显然已经不只是一个简单的重复，而是一种肯定的探问。萧思温当然能够听出他话中的意思来，而他此时的回答，是"效屋质大王当年之举"，亦是给了耶律贤一个肯定的答复。

下子无悔，棋势已成。

耶律贤再度一拱手，转身欲走。

萧思温忙上前一步，推开房门相让。

君臣分际，就在这一步之间，最终确定。

耶律贤迈步正要走过门槛，忽然似想起了什么，转头看向萧思温："思温宰相，我记得，您的长女和次女分别许给了罨撒葛和喜隐，是吗？"

萧思温"嗯"了一声，应道："是。"他知道，耶律贤不会在此刻说废话，重点应该在下一句。

耶律贤微笑："那么燕燕呢，思温宰相有安排吗？"

萧思温大惊，刚才心中的预感，终于似要变成现实。他犹豫半晌，终于忍不住问耶律贤："大王是说……燕燕？"

耶律贤脸上镇定无比，只微笑点头："燕燕见识过人，心胸广阔，实是可以成为应天太后那样的人。"

萧思温心头一震，应天太后述律平是他姑母，后族荣耀自她而来，她亦是后族中所有女孩子的榜样："可燕燕她……"燕燕她已经和韩德让定亲了啊！然而他看到耶律贤的表情，到了嘴边的话又慢慢吞了下去。以韩德让与耶律贤的亲近程度，燕燕与韩德让定亲的消息，他岂能不知。可是他却在明知道韩德让与燕燕已经定亲的情况下，还要装作不知，向萧思温说出这样的话来，就算他再提出此事，又能怎样？

萧思温心中满是苦涩。他膝下无子，一生只有三个女儿，视若掌上明珠，可是这三个女儿的婚姻，却最终都要变成权势的交易品吗？

胡辇嫁给罨撒葛，那是为了保全家族；乌骨里任性无知，自择喜隐，他不得已答应；幼女燕燕，想着可以让她远离政治，享受小儿女的幸福，因此不顾皇族后族多少人说他娇纵女儿，还是答应让她许配给韩德让。虽然将来前程可能不如她两个姐姐尊荣，至少这个女儿，可以避开皇位之争，过得一生无忧。

然而，此时耶律贤这一句话，将他的计划彻底打乱了。

他要拒绝吗？但眼前之人，是他和韩匡嗣认定的主上，他们正在为他登上皇位而努力，他们的命运早已经捆绑在一起，一荣俱荣，一损俱损。

而当耶律贤说出这句话的时候，燕燕想要的寻常人的幸福生活，便已经不复存在。

萧思温张了张口，一时之间，竟说不出话来。说答应，此时此刻，难以出口；说拒绝，此时此刻，亦是不可。

耶律贤也看出萧思温的犹疑，摆摆手，笑道："我知道现在对思温宰相说这样的话，十分唐突。"

萧思温僵着脸，只呵呵地虚应一声，没有说话。

耶律贤看着萧思温，他很想说，他早已经认定燕燕，他很想说，他今日来，一开始并没有想到这件事，可是就在刚才与燕燕几句交谈之后，他心里却有一股不可抑止的呼声，让他不再克制，在离开之前，终于对萧思温说了出来。

他即将要行此生死一搏，成则拥有一切，败则身死灯灭。他若成功，一切都是他的，他若失败呢？他不想他死了以后，也无人知道，他曾经爱过一个女人。

然而，他看着此刻萧思温脸上的神情，心中不禁自嘲，便是他说出来了，又能怎样？恐怕不管是萧思温还是燕燕，都不会相信他真正的心意吧。

但是他终于说出口了，像韩德让一样，求过婚了。

萧思温听得耶律贤说："我知道此事来得突然，令你一时不方便答复。我亦不是要思温宰相现在就答应我，更不是要拿后位博取你更多的支持。我真心喜欢燕燕，想娶她为妻。但是，不是现在……"他心里一松，手一握，只觉得手心尽是汗水。

却见耶律贤又道："如今大事未成，我说这样的话，又有何意义？便是思温宰相应承了，我自己是否有这个命，也未可知。"见萧思温张口欲言，不待他说话又道，"思温宰相，如若我们这一搏失败了，那一切休提，我也不愿连累燕燕。若是侥幸能够成功，那我认为，燕燕会是最合适的皇后人选。"

萧思温看着耶律贤的表情，退后一步，叹息："大王，你可知道燕燕她……有喜欢的人？"

耶律贤缓缓地说："我知道。"

萧思温看着耶律贤，没有说话。

耶律贤看着萧思温，却是眼神坚决："可是思温宰相，你错了。"

"臣错了？"萧思温反问。

耶律贤反问："以燕燕的天分，属于她的最好的归属是什么，你想过吗，是嫁给我，成为像应天太后那样叱咤风云青史留名的人，还是嫁给韩德让，成为后宅一个普通妇人？你觉得，哪一种才是真正对燕燕最好的方式？"

萧思温轻叹："大王，燕燕只不过是个顽皮的孩子……"

耶律贤却摇头："不，你不懂她。她虽然是你的女儿，但在你眼中，恐怕只当她是个顽皮的孩子吧？但是，我告诉你，燕燕可以成为像应天太后那样的人，只要你愿意，她的将来，是有无限可能的。"

萧思温只觉得耳朵边似有什么在轰隆作响，耶律贤许给燕燕的，不仅是未来的皇后之位，他许给燕燕的，是罨撒葛不可能许给胡辇，也是喜隐不可能许给乌骨里的东西。

他这一支，是如何能够在契丹八部中成为后族的，就是因为他的姑母是应天太后——那个和丈夫一起创造了历史的女人。她的存在，让她母亲所嫁的前夫和后夫两个部族成为诸部落中仅次于皇族的后族。如果他萧思温的女儿，能够成为像应天太后那样的女人，那么，没有什么比这个承诺更让他无法抗拒的了。

"如果我没记错，后族之中，唯有思温宰相这支尚未出过皇后吧？给本王一个机会，也给你们这一支一个机会。"耶律贤走了，他临走时留下的这句话，让萧思温陷入了沉思。

待他回过神，已是夕阳西下。

他刚才就这么站在窗边，犹豫了整整一个多时辰。

虎思见他走出院中，忙上前禀报："相爷，刚才燕燕小姐来找过您了，我跟她说您要安静，她就没过来了。”

萧思温点了点头，又问道：“燕燕可在家里？她今天在做什么？”

虎思赔笑：“今天上午出去跑了马，下午刚好绣娘把嫁衣送过来了，她在试嫁衣。”

萧思温答应了一声，慢慢地走到燕燕的院中。此时院中正热闹着，几个绣娘站在院中等着吩咐，而嫁衣已经送到房间，燕燕正在试穿。

燕燕的嫁衣，却不止一套，而是有很多套，有汉服，有国服（契丹族服装），有小礼服，有大礼服；有接旨的服装、受品级的诰服、受萨满祝福仪的服装、次日奉亲的服装、三朝回门的服装，还有告庙的服装、进宫谢恩的服装等，除正用一套外，还要备用一套，以防酒水污了或者不小心损了。

如此一来，自然整个房间堆得满满的，所有的侍女都聚到房里捧着各式服装让燕燕选看。

萧思温走进去，就见两个贴身侍女一边给燕燕试礼冠一边奉承她。

良哥说：“姑娘戴这银冠真好看。”

青哥说：“配上这新出的嫁衣，到时候，肯定能把韩郎君迷得找不到北。”

燕燕穿着嫁衣扶着银冠，对镜自揽，得意扬扬，大言不惭：“那是当然。”

良哥掩嘴笑：“好了，如今嫁衣也绣好了，就等婚期了。可惜啊，这三个月，叫我们家姑娘怎么数着指头过啊！”

青哥也笑：“哎呀呀，最好我们多求求长生天，保佑咱们姑娘的婚期能够提前，那就好了。”

燕燕脸皮厚，闻言也不害羞，只是叹了口气，道：“唉，我也想早点啊，可惜德让哥哥他们都要办大事啊。”她一转头，看到了站在门边的萧思温，喜得如蝴蝶一样飞扑到他怀中，“爹爹，你来了，快来看看，我的嫁衣好不好看？”

萧思温一腔心事，不好言讲，只得重重叹息一声：“嗯，好看。”

燕燕顿足："爹爹，你看都没仔细看，这'好看'两字讲得一点诚意都没有。"

萧思温眼神一扫，青哥和良哥训练有素，见状立刻指挥着众侍女捧着礼冠和嫁衣退了出去。

燕燕倒诧异起来，看萧思温脸色严肃，想起自己刚才跑到书房之事，不由有些心虚："爹爹，我错了。"

萧思温诧异地问："你做错了什么？"

燕燕一边低头做认错状，一边又偷偷挑眉斜眼看他，低声讨好地笑道："嗯，就是我刚才遇到明扆皇子的事，嗯，我也不是故意的，就是遇上了，随便说说话罢了……"

萧思温百感交集，在她的头上轻轻摸了摸："是啊，错了，你自己知道错了吗？可惜，已经来不及了。"

他说话声音十分低，燕燕一时没听清楚，诧异地抬头："爹爹，你刚才说什么呢？"

萧思温摇摇头："没什么。"

燕燕忽然眨了眨眼，赔笑低声问："他找您到底有什么事啊？是不是德让哥哥说的大事啊……"

萧思温目光凌厉地看了燕燕一眼，燕燕连忙掩口摇头："我知道，不能说。"

萧思温忧心忡忡地看着茫然无知的女儿："你啊，你还是个孩子脾气啊，我怎么能放心让你嫁入……"他话到嘴边，又咽了下去。

燕燕只当他说嫁入韩家之事，忙宽慰他："爹，你放心好了，我就算嫁到韩家，也不会吃亏啊。德让哥哥对我这么好，韩伯父、韩伯母更是格外喜欢我。小时候，她还说想女儿想疯了，韩家的儿子随我们家挑呢，哈哈……"她咯咯地笑出声来，但看到萧思温沉重的表情，不禁收了笑容，不安地看着父亲。

萧思温看着女儿，轻轻叹息："燕燕，你可知道世上不如意事，十常八九……"

燕燕不解地问："什么意思？"

萧思温张了张口，最终还是一拂袖子，往外走去。

燕燕刚松了口气，正要做个鬼脸，却见萧思温站住，又走到她面前来，燕燕一个鬼脸做到一半，僵在那儿。不想萧思温却没注意，只看着女儿，郑重地说："燕燕，希望你将来遇到事情，要记住世上没有过不去的坎。我们是长生天的儿女，会如野草一样，生生不息，不必效法汉家儿女，伤春悲秋。"

燕燕莫名其妙地看着萧思温说完这一句就离开了，一脸茫然。

第四十二章

黑山惊变

天气渐寒，又到了冬捺钵的时候，穆宗要拔营前往黑山行猎。出行前，最恐惧、最慌乱的自然是穆宗身边的奴隶。每次行猎，穆宗杀的人就会更多。

此时侍从帐篷内，念古、随鲁、花哥等人围着火堆烤火，均有些瑟瑟发抖。随鲁的耳朵用白纱随意包扎着，还有些渗血。羊皮帘子忽然被掀开，有人走了进来。

诸人均是一惊，见是楚补才松了一口气。念古道："楚补哥，你怎么来了？"

楚补笑道："明扆大王在离宫养病，我们这些人都无事，他就准我回老家去看看。各家的大叔大婶托我给大家送点东西，我想着也许久没见大家了，就顺手给你们捎过来了。"

念古羡慕地说："唉，你的命真好，能侍候明扆大王这样和气的主子。"

随鲁摸了摸白纱包扎着的耳朵，也深有感慨："是啊，楚补，你的命真好。"诸侍从都是一起出来的，他们这些服侍皇帝的人看似运气好，实则却是运气差。

楚补将带来的东西放下，分发到人，父亲的肉干、母亲的坎肩、妻子的靴子，还有儿子给捎的羊哨子等，众人拿着就开始落泪。提起家人，提及同伴，便有人说起白海来。

随鲁听着忽然想到一事，翻出一个荷包递给楚补，道："这是主子们给的赏赐，有个牛角扳指还有个金环还值几个钱，你帮我带给我爹娘，让他们拿去卖了，留着钱傍身。若有那一日……这些就当是代我尽孝了。”

楚补却不收，道：“老人家还指着你们养老呢，若真有万一，就是你们送回去再多钱，又顶什么用？能活着还是尽量活着吧。”

随鲁指了指自己的耳朵，惨笑：“这可由不得咱们哪。”

楚补假作失口，道：“牛马急了还蹶人一腿子呢……”说到这里，却见诸人中，有一人眼神一闪，他心中一动，暗道莫不是就是此人？

他这几日假装寻亲访友，实则在试探穆宗身边近侍，果然似有几人，并不似普通侍从这般浑浑噩噩，甚至是警惕异常，或是若有所思。他却不再继续说下去，转过话头，问道：“你们什么时候出发？”

不想他方才的话，却正中了诸人之心，念古愤然道：“正是，咱们这条命反正也不知道什么时候就没了，连畜生都知道痛知道跳，我们还不如牛马。”

楚补连忙阻止：“别说了，都是我的不是，这可是忌讳的话。”

念古犹愤愤不平道：“什么忌讳，再忍着憋着，怕是连一声叫唤都没有就死了。”

随鲁见状忙喝道：“你们不要命了？能熬就熬，长生天自会保佑我们，可是这种事，却是要牵连整个部族的。”

楚补忙点头：“正是，正是，都不要说了，你们真不怕死啊，防着有人去告密。”

一言提醒众人，随鲁四顾看去，忽然道：“小哥如何不在？”

说到这里，众人顿时想起，近侍小哥已经一天不见了。随鲁说出此言以后再一想，自己也吓出一身冷汗来，忙警惕地站起身，去小哥的床位摸索了一番：“不好，小哥的东西不见了。”

念古大惊：“不会是逃了吧？”

此时营中已经乱成一团，楚补见状，忙退了出来。他本是想就此离开，去回报耶律贤，然而转念一想，却又骑上马，悄然而去。

近侍小哥果然是出逃了，他是在天亮之初，躲在被杀死的奴隶尸体下，被拉到乱葬岗上，装成死尸逃了出来。他也不敢回家，只站在家附近的山坡上，最后看了一眼父母所住的帐篷，就要离开。忽然听得背后有人道："就这么走了，也不向你爹娘告个别吗？"

小哥一惊，就要拔刀，却被那人按住，冷笑道："这会儿若是惊动旁人，你想死吗？"

小哥听出那人声音，哑声道："你怎么在这里？你是来抓我的吗？"他顿了顿，又道，"你不如现在就杀了我，反正我这次逃出来，就是准备豁出这条命的。"

那人站在暗处，冷笑道："我抓你做什么？我是怕你做傻事。"见小哥神情迷惘，又道，"小哥，你以为你能逃得出去？你逃走了，你以为主上不会追究你家里人的罪责？"

小哥目眦欲裂，想要扑上去，却被那人按住。他嘶声叫道："我要杀了你！"

那人反问："你真有杀人的心，杀人的胆？"

小哥咬牙："为什么没有？为了活命，我敢逃走；为了我家人的安全，我就敢拼命！"

那人冷笑道："好，你既然敢杀人，为什么不一劳永逸呢？"

小哥一怔："一劳永逸？"

那人道："谁叫你活不了，你就跟他一起死，这才是草原汉子干的事儿。"

小哥顿时如一盆冷水当头浇下，不由打了一个寒战："我、我——不行，会死很多人的，会死很多人的——"

那人冷冷地道："你以为你们现在就不会死吗？"

小哥顿时怔住了，那人俯身，在他耳边低低地说了几句。小哥先是恐惧，后是犹豫，最终朝那人磕了几个响头道："好，只要你能够让我爹娘没事，我这命，就交给你了。"

小哥走远了，朝着穆宗营地的方向而去。

那人远远地看着小哥的方向，月光照在他的脸上，正是楚补。

他的命运曾经和这些侍从一样，被选入宫，被指派服役。他运气好，被指派到耶律贤身边，虽然一开始他也是带着任务去的，以贴身近侍的身份去听命监视那个皇子。然而他亲手抚养那个可怜的小皇子从孩童慢慢长大，十余年来，渐渐地已经养出感情来了。韩匡嗣善于笼络人心，以应天太后之厉害、李胡之残暴、穆宗之多疑，皆能够信任于他，更何况楚补这等侍从奴隶。再加上人皆有趋吉避害之心，相比穆宗的好杀、罨撒葛的无情，耶律贤成了最好的主子。

这些年以来，耶律贤身边一开始也都是穆宗兄弟所派之人，然而随着时移势易，渐渐地，那些能收买的被收买了，能降伏的被降伏了；不能收伏的或自己倾轧内斗，或出点头疼脑热、走路摔跤之类的意外，而渐渐被排挤了出去；剩下的少数便被这些小侍声东击西，吹捧引导，并不起什么作用，只能作为以释罨撒葛疑心的摆设罢了。

楚补抬头望天，想起了白海。当年若不是白海手一抬把他指进服侍耶律贤的侍人中，或许他早已经尸骨无存了吧。

人之际遇，真是神秘难测。

转眼，就到了穆宗去黑山冬捺钵的日子，罨撒葛列了名单，这个名单上，没有喜隐，也没有耶律贤。

李胡谋逆案余波犹在，喜隐现在亦是形同幽禁。喜隐本是谋求这一次的出行，以求摆脱幽禁之令，然而罨撒葛却给了他一个冠冕堂皇的理由：喜隐新婚，乌骨里怀孕了，所以让他留在家里陪妻子。

而耶律贤被留下的原因则是，他之前曾经发病，黑山太冷，所以为了他的身体，还是不去为好。之前耶律贤以此理由，而求得出宫建府的机会，但此时罨撒葛以此原因留住他，却令他心中警惕。莫不是罨撒葛发现了什么，以至于……

罨撒葛也不知道为什么，临近穆宗出发前，他总有些心惊胆战。所以他这次依旧没有跟着穆宗一起去黑山，而是留在上京，控制住太宗所留下的国阿辇斡鲁朵和穆宗的夺里本斡鲁朵。同时，也将最有可能生事的喜隐和耶律贤留在上京，控制在自己手中。

“怎么办？”耶律贤房中，韩德让有些焦虑，“我们都安排好了，可是大王若不在黑山，只怕是……”

耶律贤却沉着地说：“没关系，我们这时候不能着急，若是招致太平王怀疑，反而不好。”

韩匡嗣却道：“没关系，如若有事，我当会即时传信，沿途也会留下人马，一旦有事，即安排大王千里驰行，赶往黑山。”

韩德让叹道：“也只能如此了。”

韩匡嗣走后，耶律贤却有些感慨，转头问韩德让：“德让，你怕不怕？”

韩德让一怔：“怕什么？”

耶律贤叹息道：“这是一次冒险，也许我们所有人都会丢掉性命。”

韩德让一惊：“大王何出此言？”事到临头，他为什么这么说？难道他退缩了？

耶律贤看出韩德让的心思，摇头道：“你放心，我并不是胆怯退缩。”他看着韩德让，放缓了声音，“只是忽然觉得，德让，我是生就宿命，不得不为，而你，已经为我牺牲了少年时光，这十几年来，少与家人团聚，始终如履薄冰。如今年华正茂，想来必有许多美貌姑娘对你倾心。将来你会有妻、有子，你还有大好将来，无限可能。如今却要同我一道走上这生死玄关，值得吗？”

韩德让听到这里，也是无限感慨。这十几年来，若说没有动摇过，是不可能的。十来岁的少年，正是意气飞扬的时候，而他却十几年如一日在这深宫中，陪伴一个抗拒任何人接近的孩子，保护着他，教导着他，帮助他在一个残忍好杀的皇帝手底下活下去，并取得对方的信任，帮助他在一个时时忌惮他的亲王眼皮底下伪装示弱，暗暗发展才华和雄心。

让他一直走下来的，不只是家族的重任，不只是父亲的嘱托，更有对眼前这个孩子的怜惜和感情。

但十几年走过来，每一天都似在刀锋底下生活，也让他有了一颗几乎苍老的心。如果不是燕燕，不是那个太过热情太过活泼的少女，或许他甚至已经不知道什么叫青春，什么叫心跳。

除了父母亲人外，耶律贤和燕燕是他生命中最重要的人，在他的心底甚至有时候还超过了父母亲人。

看着耶律贤的眼神，他摇了摇头："不，大王，德让此生无悔。"

耶律贤看着韩德让的眼神，心里紧绷着的感觉忽然松了下来，他心中是有畏惧的，他怕韩德让会离开他。尽管他知道，这次如果成功的话，他就会是皇帝，会有许多许多的人愿意向他效忠。他们可能比韩德让更有势力、更有能力，甚至也能为他而死。

可是这些人都不是韩德让，不是那个从四岁开始就抱着他，牵着他，扶着他，十几年来处处保护他、为他鞠躬尽瘁的韩德让。

所以，他才会问这番话，他才会问，就算是你的妻子、你的儿女，会不会比我更重要。

他松了口气，他放心了。

他看着韩德让，缓缓地道："德让，或许推行汉化，真是我们这一脉的宿命。太祖皇帝兴建汉城，而得天下，临终时想让我的祖父人皇王继续推行汉化，可是我祖父不但为此丢掉了皇位，还丢掉了性命。父皇为此得罪八部大人，被谋逆的察割所杀……"

韩德让亦不禁唏嘘："大王——"这十几年来，眼前的皇子所承受的一切，他都是一直陪伴着他度过的，所以他比任何人都清楚，他身上承担着什么。

耶律贤看着韩德让，努力想把自己隐藏在心底的诚意和歉疚传递到他心里，因为他知道，这是他们最后一次以朋友和兄弟的身份倾吐心事，一旦他登上大位，以韩德让的为人，哪怕他心里有再多的亲情，依旧会保持君臣分际的。此时，他想让他知道，他所做的一切，都是为了他们共同的目标："我自四岁以来，遇人生前所未有之灾难，从那时起，我这条命就不再属于我自己了，而是要承担起我们家四代帝王的梦想、整个大辽的将来。这些年来，我在深宫战战兢兢地活着，本来只是静待时机，谋定而动。结果最终还是被逼得不得不走上谋反这条路。哪怕我们的计划成功了，一切不过刚刚开始。就算我登临帝位，大辽也不过是回到十五年前，反对的声音不会少，依然会有像察割那样的人试图杀了我来阻止改革吧。也许，我不但不会皇祚绵长，甚至还会失去皇位，失去名誉，甚至性命……”说到这里，他不禁也有些哽咽。

韩德让握住他的手：“大王，无论今后如何，臣会始终跟在您身边。如果有人想要伤害您，那他必须先踏过我的尸体。我们不会重复先皇的命运，我们知道这条路有多难，对一切的反扑都有心理准备！”

耶律贤抬头正视韩德让，终于说出了最关键的一句话：“所以，若是我做了一些辜负别人的事情，看在我们的大业宏图上，是不是可以被原谅？”

韩德让并不知道他这句话真正的含义，只凭着本能回答：“臣不知大王在犹豫什么。您是王者，帝王行事只要有利于家国天下，无须求得每一个人的谅解。”

耶律贤反手紧紧握住韩德让的手：“你说得对，德让，希望你永远记得我们今天所说的这番话。不管发生什么事，你要站在我身后，永远支持我把这条帝王之路走下去，跟随我把大辽带到正确的方向上去，你做得到吗？”

韩德让跪下：“臣当为主上效死。”

耶律贤拉住韩德让：“德让，这是你的承诺，你要记住啊！”

辽穆宗十八年十二月，穆宗冬捺钵，驻黑山东川。此地在上京之南，近怀州，距上京亦不到百里，若是快马一夜可以驰至。

到时已近正月，穆宗先在行宫行宴，接下来近一个多月，他都是白天行猎，晚上饮酒，不问朝政。朝政事情皆由宰相萧思温、太尉化哥等人处理。

他的失控之症越发严重了，就这段时间里，酒人搭烈葛、向导末及益刺都因他的情绪失控而被杀，后者更是被挫尸弃道。

近侍小哥、花哥、念古等人跟在他的身边，越发地心惊胆战起来。

这一日，天降大雪，穆宗带着随从，一路飞驰行猎，至怀州附近，竟猎获白熊一只，穆宗大为兴奋，当晚又喝得高了。不想半夜醒来口渴，就叫了一声："来人，拿水来。"

因外头已经开始下雪了，宫帐内的炭火烧得较热，原本靠在脚榻边侍候的小哥竟不知不觉打起了盹，直到穆宗唤第二声，站在下头的随鲁已经听见，立刻上前推了推小哥，就忙去炉上提了正在温着的热茶来，端与穆宗，这边又忙踢了踢小哥。

小哥一个激灵忙爬起来，见随鲁已经送茶上去了，忙叫盥人花哥端了热水毛巾备着给穆宗擦脸。

不想随鲁送得急了些，炉上的热茶虽然一直用火温着，他也是照素日的温度送上去的，但因为帐内炭火太旺，所以哪怕是平时的温度，此时送上来竟显得略热了些。穆宗正是醉后半醒，帐内温度又高，于是心火更盛，只微微一沾唇，就感觉不合口感，顺手将整盏茶水倒在了随鲁头上，喝道："蠢货，你想烫死朕吗？"

随鲁大惊，忙跪下求饶："主上恕罪，奴才这就……"

此时穆宗正是半醉半醒之时，若是他赶紧退开再去倒一杯水，倒可能避过一劫，偏他素日本是最机灵的，但这段时间见穆宗杀人多了，心里恐惧过甚，再加上白天心惊胆战地陪着穆宗行猎，晚上过于疲倦，一时竟反应不过来，见穆宗发怒，忙跪下求情。

穆宗宿酒，只觉得头疼欲裂，再听得耳边嗡嗡响，顺手抽出放在枕边的腰刀来就是一下，随鲁还没反应过来，便已经中刀。

小哥正去接花哥手上的铜盆，听得随鲁一声惨叫，扭头看去，却见随鲁已经倒在血泊中。他大惊之下，铜盆不禁落地。

这一声大响，更令得穆宗烦躁起来，挥刀叫道："都拖出去斩了。"

此时已经半夜，帐中只余六七名侍从守夜，闻言大惊，相顾回望一眼，不知道穆宗的意思是把失手令铜盆落地的花哥和小哥斩了，还是把在场所有人都斩了。

而唯有小哥和花哥情知自己此番绝难逃过，两人相互对望一眼，彼此都从对方的眼中看到了绝望和杀机。两人都是近年来才征选入穆宗身边，各自均有些来历，再加上这些日子以来穆宗的杀戮早将身边的近侍弄得精神紧张，此时随鲁的死，再加上穆宗这一声暴喝，便似将两人最后的神经也都崩断了。

心中主意既定，再加上两人素日要好，此时眼神交汇，顿时一起行动，当下花哥扑上去抱住穆宗的腰，小哥扑上抱住穆宗的胳膊，口中叫着“主上饶命”，手上却是各有动作。花哥操起榻边几案上的割肉小刀直刺穆宗的腹部，小哥夺过穆宗手中的腰刀便向他心口刺去。

穆宗本就是沉醉未醒，刚才杀人也不过是信手挥刀，此时头昏昏沉沉地正要松手继续睡，哪晓得这么一下，当下怒骂道：“贱奴，你们这些贱奴，朕要灭你们九族！”

这句话却仿佛一个讯号，小侍念古本已经吓得呆住了，闻言浑身一个激灵，就要抽刀冲上前去。

花哥大喝一声：“你们还不来帮忙？等着他把我们全部杀了吗？”

念古拔刀本就是出于听从命令的本能，听得这一声喝，整个人都怔住了，忽然大喝一声，也道：“反正活不了，我们拼了！”

说着上前也是向着穆宗一刀刺去，其余小侍本也不知所措，听他这一声，都受到感染一般，怪叫着扑了上去，朝着穆宗乱刀砍去。

穆宗受了两刀，也痛得清醒过来，正要大声叫唤人，忽然颈间一凉，鲜血狂喷而出，竟是一声也来不及叫。

花哥只觉得头上一股腥热之气扑来，抬头一看，便见穆宗喉头被割了一刀，鲜血狂喷。再看那割喉一刀，正操在一只手中。

那人满脸的络腮胡子，显得十分粗犷，此时见花哥看他，收回刀冷笑：“杀牛杀羊，都是一刀割喉，这才不会吼叫挣扎。”

花哥口吃道：“辛、辛古？”

这人正是最近刚来的庖人辛古，之前穆宗惯用的庖人被他醉中误杀以后，接下来连换数名庖人都做得不合他的心意，也接连被杀，只有这辛古来了以后因为手艺出色，所以留了下来。

与这些小侍不同，辛古这样的厨子，宰牛杀羊已惯，素日都是一刀割喉。

穆宗看着诸人，此时他咽喉已断，喉头咯咯作响，却是说不出话来，就这么圆睁着双眼倒下了。

众小侍刚才喊打喊杀的悍不畏死，此刻见他倒下，倒吓得跳到一边去，各自战战兢兢地看着，反而不敢挨近去看看他到底是死是活。

花哥推推小哥："你看，他是死了吗？"

小哥丢开刀，用满是血的双手伸到穆宗鼻翼下，试了一下，顿时如被烫到似的缩手，颤声道："死，死了！真的死了！"

众小侍顿时虚脱似的都瘫软下来，几人你看看我，我看看你，忽然间似劫后逢生，抱头抽泣。

辛古看着众人模样，也瘫软在地，长长地嘘了一口气。

一时间，帐中只余众人大口的喘气声。

好一会儿，小哥才怯怯地说："那我们现在，怎么办呢？"

众人这才想到目前的处境，反后怕起来。

花哥颤声道："我、我们会死吗？"

小哥颤声道："我们、我们逃吧。"

念古道："我们能逃得走吗？"

小哥咬牙："只要逃走了，能逃一天是一天。"

辛古亦道："羊群里没了头羊还会乱一阵呢，草原这么大，只要逃出去了，谁会管我们到哪里。"

念古战战兢兢地问："可是营地这么大，外头都有人守着，怎么逃得出去？"

花哥阴狠地道："他死了，我们就能活了。"

花哥看看左右，忽然灵机一动，指着随鲁的尸体道："就说主上酒后杀了随鲁，叫我们把随鲁的尸体拖出去扔了……这样我们抬着尸体就都能够出去了！”

念古摇头：“不行，帐子里不可能没有人侍候，再说一具尸体怎么能让六个人抬？”

辛古却指着小哥脸上的血污道：“不是杀了随鲁，是杀了小哥，让小哥和花哥装尸体，就说随鲁在帐中服侍，主上又睡下了……”

众人此时身上都是血污伤口，但也只有小哥和花哥脸上身上的血污最多，顿时点头：“正是。”

此时帐中还有六人活着，正好两人装尸体，四人抬“尸体”，于是就让小哥和花哥再在身上划开几道抹上血污，就这么抬着他们出去了。

辛古细心，在众人都出去以后，将穹殿中的灯火也熄了大半，又在毡帘上堆了许多雪，一会儿雪冻住，连帘子都掀不开，自然也能拖延被发现的时间。

此时已经夜深人静，营中只余守卫巡逻，再无其他人。但见雪越下越大，半天便积了膝盖高。四人抬着“尸体”，心惊胆战地走着。

忽然听得有人喝道：“什么人？”却正是一队卫士提着羊皮灯笼走过去。

念古哆嗦得厉害，被他们一挡，吓得哭了出来。

那卫士小头领认出他来，不禁有些疑心：“你是主上帐中的，怎么半夜出来了？”

念古急中生智，带着哭腔道：“小哥和花哥都死了！”

那小头领顿时以为自己明白了，叹了一口气，拍了拍念古的肩膀：“唉，也是个可怜人啊！”

念古抹了一把泪，不提防手上还有血，抹得脸上都带着血，后头另一小侍紧张得握不住花哥的脚，掉了下去，又吓得连忙捞起。花哥也吓了一跳，脚还本能地缩了一下差点跳起“炸尸”，幸好夜深天黑无人注意。

念古壮着胆子继续编道：“主上、主上喝醉了，随鲁在侍候，让我们赶紧把他们两个给抬出去，免得主上醒来看到尸体又发脾气。”

那卫士首领见状，叹息一声，指了指另一方向道：“你们走错方向了，尸体都扔那头，你们往这方向走小心撞到夷腊大人。”

念古吓得一个哆嗦，暗骂自己吓得晕头转向差点走错，耶律夷腊是穆宗心腹，主管宿卫，被他的手下撞到就没命了，当下连忙谢过，朝他指的方向而去。

穆宗素日爱杀人，死人都扔到西北边，次日清晨再拉出去扔了。这个地方倒是没有什么人防守，四人抬着“尸体”走到这地方，见周围已经无人，就放下花哥和小哥两人，六人趁着夜色翻过栅栏，迅速消失在黑暗中。

却是这一夜，黑山忽然降起大雪，北风呼啸，除守卫兵士外，众人皆在帐中躲雪。一早上起来，官员的营帐居然被大雪封了门，好不容易铲开雪出来，便见各处来报，说是这一夜因雪下得太大，一些低阶普通兵士的帐篷倒塌了不少，更有马棚倒塌、马匹受伤等。

萧思温正忙着处理营中事务，不想女里慌乱赶来，说是穆宗营帐出事了。

原来女里本是负责穆宗禁卫之事，一早起来，等叫人铲了自己营帐的雪出门以后，想着穆宗营帐若是也被大雪封门，以穆宗的性子，可是要死不少人的。虽然心怯，还是早早赶了去。

等他到了穆宗营帐，果然见穆宗亲卫也在铲雪。他这穹殿极大，下面又有数层台阶，帐门口又有篷，因此雪积得更厚。好不容易开了门，众人皆不敢进去。女里只得在外头报名求见，等了好一会儿，也不见穆宗反应，里面更不见一丝声息，当下只好硬着头皮进去。不想这帘子一掀，直吓得魂飞魄散——

但见穆宗怒睁双目，一手撑在几案上，似要大吼出声。

女里一掀帘子，骇得膝盖一软，直接跪倒。他这一跪倒差点趴下来求饶时，却看到穆宗腹中插着小刀。这一吓非同小可，只觉得上下牙交咯咯作响，偏生脑子这时候却是反应极快，眼睛一扫过去，就已经看到穆宗身上俱已凝结的紫红色血块。他再一细看，穆宗脸色青灰，身子僵硬，显然已死去多时。

女里见惯杀场，死人的样子再吓人，他却是不怕的，待得脑子里刚转过“他已经死了”的念头时，顿时把骇破的胆子拾了回来，战战兢兢地走上前去，还是不由得摸了一下穆宗的鼻息。他一跤跌坐在地上，大口地喘匀了气。

跟着他一起进来的两名亲卫此时还未回过神来，吓得跌坐在地，竟是爬不起来了。女里再次扫视现场，发现地上还倒着一个小侍的尸体。只是素日近身侍候穆宗的，却不止这一个，其他的小侍去了何处呢？

女里细一思忖，只觉得此事荒谬得难以置信，难道穆宗之死，竟是身边这几名消失的小侍干的不成？

此时他的亲卫也已经惊魂初定，爬了起来，围在他的身边连声问：“大人，主上这是……”

女里定了定神，忽然跳了起来，跑出去指着穆宗营帐的所有守卫道：“把他们全部抓起来，看住这里，任何人都不得进来。把主上身边所有的小侍也都抓起来——”

他进来时，自然是穆宗身边的近卫掀帘，顿时也看到了帐中的情形，早已经吓得瘫软在地，不能作声。稍远些的守卫，但见首领这般模样，自然也是吓得不轻，顿时都被女里带来的禁军全部拿下。

女里只觉得脑子里轰隆隆的，想来想去，却只有一个念头：“主上已死，我应该向谁报信？”

向谁报信，表示投向哪方。此时此刻，他的脑子里把罨撒葛、喜隐、耶律贤三人迅速过了一遍，立刻撒腿去找了萧思温。

此时各官员均在指挥自己所部铲雪抢险，女里在萧思温身边耳语一番，萧思温大惊，一边叫人通知韩匡嗣，一边与女里赶到穆宗穹殿。

看到穆宗死状，萧思温与韩匡嗣均是大吃一惊，问及女里已经把相关人员全部关押起来，这才略放下心，当下就商议善后之事。

韩匡嗣先道："圣上大行，国不可无君，思温宰相，您看如何处置为好？"

萧思温微一沉吟，道："如今黑山一带女真、高丽诸部落才刚安扎下来，万不可泄露消息造成人心不稳，重蹈太宗殡天时的危局。"

四时捺钵本是为了安定部族之心，黑山行猎，亦是以武夸耀威慑之意。此时黑山上不止有皇帝与群臣，更有大辽东北边许多还不甚臣服的部族，若是皇帝死讯传出，只怕这些部族看到机会，就会作乱。

太宗耶律德光就是南征时死在军中，结果不止刚征服的南方不服，军中一些部族也趁机作乱，导致南征部队兵马大损。耶律阮被南征诸将拥立为帝，应天太后欲立李胡为帝，双方兵戎相见，损耗颇多。

也因着这段历史，上一次祥古山事变时，耶律屋质为了安定人心，避免战争，匆忙立了穆宗为帝，使得这些年来穆宗倒行逆施。

因此韩匡嗣更加不失时机地说："亦不可重蹈祥古山事变覆辙。"

萧思温却没有接此话，只肃然道："大行皇帝在时，曾对我言，我无子，以明扆为子。明扆皇子乃世宗嫡子，当日祥古山之变，大行皇帝亦是当着群臣的面，说是代世宗皇帝抚养明扆皇子，视若亲子。"

韩匡嗣心头一块石头终于落地，当下也跟着点头道："正是，大行皇帝之言，我等均在场，亲耳听闻。"

女里心里一块石头落地，当下道："既如此，须得立刻通知明扆皇子赶赴黑山，于大行皇帝灵前继位，方为正统。"

萧思温沉默片刻，方道："大行皇帝遇刺身亡，为了稳定人心，以免外族生乱，须得防止消息泄露。"

女里道："我刚才已经将宫帐的守卫全部关押起来了。"

萧思温道："封锁消息，不许任何人离开行宫。如有违令，以主上的名义，先抓起来再说。就说……主上遇刺受伤，现在要查幕后主使。"

女里会意点头："正是。这样的话，任谁也不敢多有动作，以免被主上怀疑是刺杀的幕后主使。"

萧思温摇头："不见得，总有怀疑之人。你有没有把握控制住黑山上所有的兵马，封锁消息？"

女里迅速回答："南院枢密使高勋是我们的人，殿前都点检夷腊、右皮室详稳萧乌里只不是我们的人，又掌控着一定的兵马，要他们不往外传消息不容易。"

萧思温叹了一口气："那你现在就传令把夷腊和萧乌里只请到这里来，将他们与他们的宫帐控制起来。"

女里连忙应"是"。见女里离去，萧思温又道："匡嗣，有劳你留在营中，为主上看诊，并代主上传言。"

韩匡嗣点头称"是"，走到穆宗身边，见他犹怒睁双目，叹了一口气，朝穆宗行了一礼，伸手为穆宗合上眼睛。

萧思温亦朝着穆宗行了大礼，方站起身来，叹道："人活着的时候，对他有诸多看法，可看到他真死了，却还是不免悲凉。"

韩匡嗣亦轻叹："主上这一生，唉！"

萧思温商议已定，便写了密信，让韩匡嗣派人迅速送到上京去。这边又宣布穆宗遇刺，韩匡嗣正在抢救，现在要追查凶手。群臣人心惶惶，皆怕自己被穆宗怀疑，因此，反而不曾怀疑穆宗已死。

第四十三章

景宗继位

黑山离上京不到百里，黄昏时分，一匹快马疾驰入城外的韩家别庄，一封书信从韩家庄头的手中送到韩德让手中，很快又送到了耶律贤手中。

耶律贤打开信一看，脸上各种表情交错，竟是怔住了。

韩德让轻唤他："明扆、明扆，你怎么了？"

耶律贤深吸一口气，将信递给韩德让："德让，你来看。"

韩德让接过信只看了一眼，顿时也怔住了，信是萧思温写的，只有八个字："主上黑山遇刺，速至。"他脑子里轰然炸响，心里头只有一句话："成了，成事了！"他看向耶律贤，对方也是一脸喜色。

然而，韩德让微一犹豫："此事与我们计划有异，是否有诈？"

耶律贤也是一怔，两人交换了一个眼神，心中万般念头闪过。此次冬捺钵耶律贤未得随行，因此本拟在冬捺钵发动的行动几番思考之后进行了调整，只说见机行事。而如今冬捺钵即将结束，穆宗快要返程时，忽然来了这封信，不知道黑山那边，到底发生了什么事？

然而这件事，亦是有可能的，想当年世宗祥古山遇刺，也是原来李胡勾结察割作乱的时间，被穆宗支使人向屋质告密，而令察割以为自己将被解职，铤而走险，将行动提前，使得穆宗渔翁得利。

当日耶律贤为防此事重演，亦有与众人交代"相机行事"。可是这个时机，却十分不对。既不在出行时，也不在回程时，这个时间点真是完全出乎众人的意料之外。

那么这次穆宗遇刺，是谁做的？是谁提供了这个机会？又是谁抓住了这个机会？若是此人早有策划，那耶律贤此行面对的会不会是一个陷阱、一个阴谋？

韩德让想到的，耶律贤自然也想到了，他先道：“你说，这件事，是真的吗？”

韩德让望着耶律贤：“大王可有事先安排？”

耶律贤点头，又摇头：“但不是这次，也不会是这个时机。”

韩德让断然道：“有人先动手了。”

他刚说完，两人就已经会意，异口同声道：“喜隐！”

若不是他们，谁还会忽然在这时候动手？只有喜隐。

耶律贤立刻道：“喜隐可还在？”

韩德让心中一凛，立刻叫人去喜隐府察看，这边又仔细地看了看信道：“臣认为，这信的确是思温宰相的笔迹，这纸上的暗号，也是我们约定的暗号。若是此事有诈，恐怕这个设局的人，未必能够差使得动思温宰相来谋算咱们，而且以思温宰相的为人，也不至于出卖我们。”

耶律贤点点头：“而且若是个局，思温宰相更不可能没有察觉。”他仔细看着信，“上面的笔迹有些匆忙，但的确是思温宰相的笔迹……”

他放下信纸，走动几步，猛一击掌道：“疑人不用，用人不疑。我们就赌这一次。”

韩德让微一犹豫，也点头：“不错，女里和高勋也在黑山，他们手中有兵马，再加上思温宰相，我相信应该能够控制局面。”

耶律贤道：“如此事不宜迟，咱们这就走吧。”

韩德让闻言抬头看看天色，失声道：“不好，天色已晚，只怕城门要关了。”

耶律贤一惊，也看向外面，急了：“是啊，只怕我们现在立刻就走，也赶不上城门关闭之前出城了。”他脸色沉郁，“既然已经决定要走了，那就绝不能拖到明日。黑山离上京太近，思温宰相能够通知我们，说不定罨撒葛也会接到消息。我们必须赶在罨撒葛前面出城。”说到这里忽地又生恨道，“只是城门关了以后再出城，就得有王令才能够出城了。”

韩德让眼神一黯，想了想，咬牙道：“王令自然是在罨撒葛手中……大王放心，今夜我就送你出城。我去设法拿到令牌。您先甩开监视的人，换了衣服以后，我们在城门处碰面。”

如今只能从罨撒葛手中得到王令，再扮成送信使者连夜出城才是。他当下与耶律贤约定改装之后的见面时间与地点，就匆匆出了耶律贤府，直向萧思温府而去。

此时萧思温在黑山，府中只有燕燕在，听到韩德让到来，连忙出来相见。

她一见到韩德让，就扑了上来：“德让哥哥，你怎么来了？”

韩德让扶住她，轻咳一声，看了左右一眼。良哥见状，以为他们要说悄悄话，忙笑着带领侍女们退下。

燕燕倒扭捏起来：“德让哥哥，你……要对我说什么？”

韩德让扶住她的肩头，在她耳边低声道：“燕燕，我需要你帮我个忙。我有急事要今天就出城，但城门已关，只有王令才能出去，你能帮我拿到吗？”

燕燕一怔：“王令，王令如今……只有太平王手中有。你们，你们这时候要去干吗？”

她脑子极快，已经反应过来，如果只有韩德让一人，怎么也不可能要连夜出城。

韩德让却道：“你就不要问了。”

燕燕看着韩德让，猜测道：“还有……明扆大王是吗？”

韩德让没有说话，只是叹了一声。

燕燕得意一笑：“果然是他，看我猜得多准！”她说到这里，忽然想到了什么，脸色也变了，颤声道，“你们要今天就出城，难道是因为……黑山有变？”

韩德让没想到她反应如此敏捷，紧张地制止她：“嘘——”

燕燕立刻明白，镇定下来，整了整衣服："我知道了，我现在就去太平王王府。"

韩德让握着她的手："我会在府外接应你，一定要注意安全。"

燕燕眉头一挑："放心，瞧在我大姐和我爹的分上，他还不至于杀了我。"

韩德让看着燕燕天真无邪的笑容，心中一动，实不忍她去冒险。然而成败在此一举，若是今夜耶律贤不能出城，耽误一夜，则不知道黑山又将会起什么变化。这却是千万人性命攸关之事，之前所做的一切都只是为了这一刻。

想到燕燕素来运气好福气大，在穆宗的行宫都安然无恙，想来此刻罨撒葛尚未回府，而太平王王府还有胡辇在，总不会出什么事。所以，韩德让虽然满腹担忧，还是依旧狠狠心目送她走进太平王王府。

北方的冬天，此时天色已经暗了下来，华灯初上，燕燕走进太平王王府。王府中正在准备晚膳，下人们也都在各处忙着，为太平王回府而准备，此时也是府中守卫最松懈的时候。

胡辇见了燕燕，取笑道："哟，这个时候来找我，可是又在挑嫁妆的时候缺了什么？"

燕燕上前，扭股糖儿似的纠缠半晌表示不依。胡辇无奈笑道："这又是怎么了？"

燕燕听了胡辇刚才的话，心中一喜，她知道哪怕是在太平王王府，罨撒葛的书房也是守卫森严的地方，她就算要去偷令符，怕也是极为困难的。恰好胡辇一句"挑嫁妆的时候缺了什么"提醒了她，顿时心生一计，缠了胡辇半天，才说自己要挑一套书给韩德让。她说的便是契丹开国初年耶律阿保机请人编的一套契丹八部家族谱系。

这套书胡辇房中自然是没有的，燕燕恰好在罨撒葛的书房看到过，于是缠着胡辇说自己马上就要。胡辇知道她要风就是雨的性子，无奈只好带着她去了罨撒葛的书房。

她是王妃，素来得罨撒葛敬重，去他的书房，旁人自然不敢有什么话。于是胡莘就带着燕燕去找书，燕燕却似开了笼的猴子，在书房里东挑西拣。

胡莘见燕燕淘气，又好气又好笑，只得喝止道："燕燕，你不要淘气，这书房里有许多重要公文，你若是弄坏了，可是大麻烦。"

燕燕吐吐舌头道："放心啦，大姐，我在爹的书房也是这样的，可从来不曾弄坏过公文。"

胡莘无奈，只得摇摇头，道："书我已经找出来了，你也别翻腾了，走吧。"

"别啊，大姐，"燕燕嬉皮笑脸地说，"既然进来了，只带一套书可不够，我看看这里可还有什么其他书，一事不烦二回嘛。"

胡莘拿她没办法，只得说："那你小心些，别弄乱了，看完都给我原样放回去。"

书房毕竟是重地，胡莘亦只带了心腹侍女空宁进来服侍，其他人都退了出去。

燕燕却是极有数的，罨撒葛并不是个爱看书的人，他的书房里虽然摆了许多架书，不过都是当个摆设，也因此燕燕缠着胡莘要书，胡莘也不以为意。

罨撒葛书房里的摆设并没有多少讲究，所有的书架书柜都是中规中距的，不像韩家的书房，每件物品每本书的摆设主人都了然于心。燕燕从小在萧思温的书房里玩，非常清楚他们会习惯性地把重要的东西放在哪个位置上。她借着找书之际，故意失手把书掉在地下，而借着俯身去拾书的机会，装作不在意地拽到了抽屉，果然见抽屉内有金光一闪，顿时心中明白。

只是此刻胡莘正在一边看着，她不好贸然动手，又知道胡莘精细，若是借指一事把胡莘调开，她走的时候，必会拉着自己一起出去，因此只能另想主意。

她心思转动，却不小心后退一步，撞到了书架，眼见书架上有书滑落，她眼疾手快去接，就在刹那忽然一个转念，这边去接书，那边手肘一碰，却又重重撞到了书架，顿时整个架子就要倒下。

燕燕“哎哟”一声，胡辇忙上前一步扶住书架，但书架上的书和摆件已经落了一地。

空宁见状也忙上来道：“三小姐，你没事吧？”

燕燕吐吐舌头：“没事，没事，我只是不小心而已。”

说着，她看胡辇和空宁低头收拾，自己忙退了两步，眼疾手快地从抽屉中拿了一块令牌藏在袖中，这边又手忙脚乱地上前收拾。

胡辇无奈，只得叫她：“你站远些，真是越帮越乱。”

幸而她弄乱的地方不多，胡辇素日也常进来收拾，很快就弄好了。

燕燕低着头，跟着胡辇离开书房，听着她絮絮叨叨地说她，只乖乖低头称“是”。胡辇要拉着她用晚膳，燕燕想到韩德让正在等她，心急如焚，哪里愿意，立刻就要离开。

胡辇无奈，只得答应。燕燕大喜，抱着胡辇又是赞美又是奉承，转身就要离开。

胡辇看着她往外走，忽然道：“燕燕，你刚才这书，不带走吗？”

燕燕哪有心思管这书，匆匆答道：“大姐，明天你派人直接送家里去吧。”边说边往外走。

胡辇却忽然说：“我送你出去吧。”

燕燕无奈，只好垂头跟着胡辇走出去。

太平王王府分成三层，最里面一层是胡辇夫妻所居院落，后面还有花园和练武场。中间是罨撒葛的书房与接见心腹议事之所。最外面则是接见外客和宴请的地方。

因此，胡辇送燕燕出去的时候，也是从中间一层走出去的。正当燕燕走到罨撒葛书房旁边的穿堂甬道时，胡辇却忽然道：“刚才在书房里，似乎还有东西没收拾好，燕燕，你跟我进去一下。”

燕燕一惊，忙赔笑道：“大姐，你自己去收拾吧，我约了韩德让，急着回家呢，我先走了。”

胡辇却拉住她，笑吟吟地道：“不急，不差这么一会儿，燕燕，你随我进来。”

燕燕想要挣脱，却看到胡辇眼中有怀疑之色，顿时只觉得袖中的令牌变得极为烫手，当下强笑道：“那，那我就陪你进去吧。”两人进了书房，胡辇屏退侍女，叫燕燕坐下，自己却把燕燕刚才碰过的每个地方都重新检查了一遍。

燕燕看得心惊，忙站起来道：“大姐，我、我先走了。”说着就要出去。

“站住，”胡辇冷冷地说，“等我把这里查看完，你再走。”

燕燕佯装生气，顿足撒娇道：“大姐，我可不耐烦等，我要走了。”

胡辇叹道：“我若不许你走，你走得出这府第吗？”

燕燕一愣：“大姐，你这是什么意思？”

胡辇盯着燕燕：“你有没有从这书房里拿走什么东西？现在交出来，我可以当什么事都没发生。”

虽然是冬天，燕燕后背也被惊出汗来，只觉得浑身寒毛都竖了起来，她看着胡辇，喃喃地说：“大姐，我、我……”“我”了半天，也没说出话来。

胡辇也不理她，就顺着刚才燕燕行动的每一步，也走到那书架前，低头去看地上，一转眼，却看到书桌的抽屉微开，顿时明白。当下转过身去，拉开那抽屉，却见里面放着一匣令牌，正好少了一枚。

胡辇抬头，正看到燕燕一张惨白的脸。她走到燕燕面前，伸出手来：“把令牌还给我，这东西不是你能拿去胡闹的。”

燕燕惊呆了，喃喃地说：“大姐，你是怎么知道的？”

胡辇冷笑：“你从小到大淘气的事儿有多少，瞒得过乳娘、丫鬟，瞒得过爹爹和乌骨里，可是什么时候瞒得过我？我刚才看你在书房里鬼鬼祟祟的样子就不对，到饭点了你又急着要走，我更怀疑了。果然，你又淘气。你拿这令牌做什么？你以为是好玩，但你知不知道，这东西丢了，就有人要掉脑袋。”

燕燕无奈，低下了头，从袖中慢慢地拿出令牌来，但她的脑子却在急转着找主意，等到胡辇接过令牌的时候，忽然有了主意，一下子抽回令牌，叫道：“大姐，我不是淘气，这令牌，我不能给你。”

胡辇一挑眉，神情不怒自威：“为什么？”

燕燕此刻已经想到了理由，忙道：“是……是这样的。韩伯父在黑山行宫得了急病，结果刚好药没带在身上，于是捎了信函回家，让德让哥哥带家中祖传的药丸去。偏这信函来得迟了，城门都落锁了才送到。德让哥哥急得不得了，我刚好在他家看到，所以就想帮他来拿令牌。”

胡辇狐疑地看着她：“你这话是真是假？”

燕燕急忙点头：“千真万确，大姐，这次我真是没有骗你。”她说着，想到这令牌关系重大，急得落下泪来，“大姐，你就相信我这一回吧，救人如救火，等不起的。”

胡辇本以为她在胡说，却见她说着说着就哭了，且哭得十分着急慌乱，倒不是素日撒谎假哭的样子，不由得有几分信了，当下沉声问道：“韩德让呢？他让你来偷令符，他自己在哪里？”

燕燕哽咽道：“他、他在王府后边的小巷子里等我。”

胡辇怔了一怔，走到门边，叫道：“空宁！”

空宁应声而来。

胡辇低声道：“你去王府后边的小巷子看看，韩德让是否在？不要惊动他，看到就立刻来报我。”

过了片刻，空宁匆匆回来，低声向胡辇回报了情况，胡辇点头，让她出去。再扭头看燕燕，见燕燕已经止住了哭，但仍然一抽一抽地，眼巴巴地看着她，那样子要多可怜有多可怜。

胡辇心一软，走到燕燕面前，拿帕子替她拭泪，一边笑骂道：“你这傻孩子，正当的事情，要这样装神弄鬼的，淘气也不是这样淘的。你要令牌跟我说一声就是，用得着哭成这样？”

燕燕一听，脸上立刻就阳光灿烂起来：“大姐，你这是答应了？”

胡辇没好气地把令牌塞给她，道：“去府外，把话交代了，告诉跟你来的人，你今晚在我这里睡。”

燕燕跳了起来，一边收起令牌一边向外跑去："你放心，这令符我明天一早就送回来。"

她得了令牌，急匆匆赶往与韩德让约定的地点，果然见韩德让等在那儿。见燕燕到来，韩德让急问："可有拿到令牌？"

燕燕喘着气，把令牌递到韩德让手中道："拿到了。"

韩德让拉起燕燕就要转身离开，燕燕却道："我不能和你一起走，大姐叫我把令牌给了你以后，还要回去。"

韩德让一惊："胡辇她知道了？"

燕燕扁了一下嘴，有些不好意思："嗯，我拿令牌的时候，被我大姐发现了。不过我告诉大姐，说是韩伯父在黑山遇急症，需要你马上带药去救人……你不介意吧？"

她编完谎才觉得不对，这明显是对韩匡嗣的不敬，刚才就不想告诉韩德让，只是还是没忍住脱口而出，说完以后又有些不安，小心翼翼地看着韩德让。

韩德让却不以为意，见了她的神情反而安慰她道："你为我冒险偷令牌，我如何会为这种事生你的气。你说得很好，很合理啊。"

燕燕松了口气："大姐也信了，但她不许我离开，只让我把令牌给你，还让我今晚留在府中陪她。对了，你们出了城以后，明天一早就要拿回来，我要还回去的。"

韩德让微一思索便已经明白："胡辇考虑得果然很周到，你匆匆来匆匆走，太平王一定会怀疑你的，如果留下来，就不会被怀疑了……"

燕燕松了口气，转身就要离去："那我回去了，大姐还在等着。"

韩德让忽然拉住了燕燕，在燕燕还不明所以的时候，一下子紧紧拥住了她。

燕燕骤然被他拉进怀中，头埋在他的胸前，顿时脑子一片空白，只能感觉到韩德让扑通扑通的心跳声，感觉到他独有的男性气息，不由得面红耳赤。

她毕竟还是个情窦初开的纯情少女，虽然平时仗着脸皮厚一直黏着韩德让示爱，甚至蹭抱偷亲，但其实对男女之事，还是懵懂未知。也只有在这一刻，她才感受到，男女之间近距离接触的时候，除了小小的窃喜、激动和因为兴奋而心跳加快外，还有那种肌肤的战栗，还有呼吸中的陌生感，心里既恐惧又被吸引。

韩德让捧起她的头，看着她如小兽般既有些恐惧又有些探索的眼神，看着她嘴唇轻颤……他低头，吻了下去。

刚开始，如蜻蜓点水，微拂过水面而离开，然后，每一次的时间都略长一点，接触略深一点，渐渐地，轻吻变成了深吻。

燕燕觉得整个人都不能呼吸了，脑中思绪更是如同爆炸开一样，完全成了碎片。她只觉得心跳加快，一种前所未有的刺激感升上头顶，炸裂开来，而传至全身，每一片肌肤都在战栗，每一次心跳都在雀跃，每一滴血液都在沸腾。

这甚至跟刚才韩德让拥她入怀时的刺激完全不是一个层面的，如果说刚才的感觉，就像是她小时候第一次被扶着骑上骏马，有点刺激有些紧张；那么现在的感觉，则就如同第一次疾马飞驰，让她想尖叫战栗，那种完全失控失重但又兴奋异常的感觉。

刹那间，似有一重生命之门打开了。

如同一颗种子破土而出，绽放出生命的花朵，她清清楚楚地知道，这一刻，她和过去完全不一样了。

韩德让松开紧拥住她的手，转身欲走，却又站住，在她的额上虔诚庄重地轻轻吻下，低声在她耳边说："等我回来，我们就成亲。"

燕燕站在那儿，一动不动，看着韩德让转身上马，疾驰而去。

冬天的夜晚寒冷异常，然而她的心却火热异常。

韩德让骑在马上飞奔。

他的心头也似有火在烧，那一刻，素来庄重自持的他，竟忍不住去吻了她。看着她那纯洁无措的眼神，他却恨不得将她整个人拥入怀中，把她整个人化入自己的身体里，把她变成心头的坠子带走。

那一刻，对生的留恋，对命运的不甘，达到了极点。

他知道此去，要么成功，要么成仁，没有别的选择。

多少年以来，他一直盼着这一刻的到来，一掷决生死，好过这样长年累月地活在忍耐中，活在恐惧里，活在不可自知里。

他恐惧的并非是自己的生死，而是他的家族、他的父亲、他照顾了十几年视若弟弟的耶律贤。耶律贤是他的主公，也是他的亲人，他和耶律贤在一起的时间，甚至比和任何一个亲人在一起的时间都要长，关系都更亲密。

他以为到了那一刻，他一定是什么也不想，可以置生死于度外，做一个对决，做一个解脱。

然而此时，他却忽然畏怯了，他不怕死，然而他怕再也看不到这世界上所有美好的、让人留恋的人和事。

在此之前，他不敢接近燕燕，不敢接受燕燕，就是因为他害怕万一死在这一战里，那么，何苦去连累别人，何苦让一个无辜的姑娘伤心。

他这样想着，他自负于他的理智。

如果不是燕燕一直勇敢地追求，他不会在决战之前，接受任何一个姑娘的爱恋。他以为他做得到，然而他终究还是凡夫俗子，在这样热烈的追求、这样纯真的感情面前，他还是一败涂地了。

幸福得一败涂地。

然而幸福来得太突然，让他惶恐不安。从小到大，他不认为自己有追求那种平凡的幸福的权力，那种天伦之乐，那种顽童无忧，那种放声大哭、放肆大笑、泥地打滚、捉弄别人得意扬扬、淘气任性的权力，他没有。

所以，对燕燕的追求，他从拒绝，到退缩，到无奈，到接受，都是被动的，他并没有世间男子情动之时，那种辗转反复，那种怦然心动，甚至也没有那种极度的渴求。

而这一个冬夜，当他站在太平王王府的后巷，在感动于燕燕的付出、在担忧她的冒险、在后悔自己的决定、在反思自己的自私时，在等待到望眼欲穿时，她忽然出现了。

她把令牌带给他，她不知道，或许他这一去，将有可能与她天人永隔。

那一刹那，他在生与死之间，多年来强自压抑着的所有对幸福的期盼和强烈的不甘，全部涌上心头。他不舍得死，不舍得燕燕，不舍得他眼前的一切，不舍得世间的美好。

可是他这不舍得，到了舌尖却不能说出来，他还是要选择继续走下去，走向他既定的人生。

他抱住燕燕，他吻了她，他一生强压着的所有感情，全数倾注在她的身上。

“燕燕，为了你，我也一定会让自己活着回来。”第一次，韩德让在面对这一刻的时候，想到的不是死，而是生，不管有多艰难，他也要活着回来，再看她一眼。

月黑风高，前往黑山的路，崎岖难行。

北方的冬夜，寒彻骨髓，迎风疾驰，似乎所有保暖的衣物都失去了效果。僵冷麻痹的感觉从手足开始，渐渐至全身。韩德让是久习武艺之人，亦觉得有些经受不住，更何况耶律贤本来就是体弱多病之人。

就在疾行间，韩德让敏锐地发现耶律贤的马蹄声慢了下来。他勒住马，转身迎了回去。借着微弱的星光，他看到耶律贤全身伏在马背上，一动不动。

韩德让大惊，策马跑到耶律贤身边，跃下马扶起他，叫道：“明扆、明扆，你没事吧？”

在微弱的星光下，韩德让只见耶律贤的脸色已经惨白，下唇更已经咬出了血，他伏在马上，紧紧抓住缰绳的手已经僵了，虚弱得几乎要跌下马。幸而他的马原是大内名驹，甚是通人性，在主人这种情况下，若再疾驰就会掉下马来，居然自动把速度慢了下来。

韩德让急忙扶起耶律贤，给他喂了一颗提神的药丸，一边轻唤。但见耶律贤轻嘘一口气，缓缓地睁开眼睛，吃力地一笑：“德让，我们到哪里了？”

韩德让摸了摸他的脉息，问他：“明扆，我们要不要停下来休息一下？”

耶律贤靠在韩德让怀中轻轻地，但坚决地摇了摇头，声音喑哑：“不要停下，快走，我们没时间休息。”

韩德让急道：“可是您的身体……”

耶律贤失控大喊：“我的身体没事！”

韩德让一怔。

耶律贤双手紧握，深吸一口气，定下心神，想了想，对韩德让道：“我没事，我能坚持住。须知罨撒葛随时可能知道消息追来，我们真的没有时间休息。”

韩德让低头一想，翻身上了耶律贤的马，道：“要不这样，我们俩共乘一骑，每隔半个时辰换一匹马，您靠在我怀里就可以。”

耶律贤微一犹豫：“可是，这样只怕速度会慢下来……”

等了多年的机会就在眼前，他此刻心急如焚，一刻都不愿意等待。

韩德让却道：“速度也慢不了多少。您从来没有这么长时间地骑马赶路，身子又弱，再这么下去不行。别忘了，到了黑山，您还要在群臣面前登基，总不能一到黑山您就倒下了。”见耶律贤还要再说，他将他的手一按，“明扆，听话。”

这一声“明扆，听话”，却是小时候韩德让经常对他说的，等到耶律贤成年以后，韩德让基本上已经没有再说过这样的话了。而此时说来，仿佛是回到了他们小时候，韩德让拉着小小的明扆，共同度过日日夜夜。

耶律贤脸色一缓，叹道：“好，我听你的。”

两人驰马共行，耶律贤心情复杂地看着韩德让，忽然道：“韩二哥，当日我的命是韩大人所救，此番若没有你，恐怕我也赶不到黑山去。你父子对我有恩，我自当终生不忘。”

韩德让却道："大王能够走到今天，相助的不只是臣父子，还有更多的人为您前赴后继，我们共同的心愿，就是为了大辽的将来。德让从来不是为了荣华富贵才冒险助您，只要大王不忘记自己推行汉制的决心，臣等百死无悔。"

耶律贤低沉地道："你放心，我绝不会背弃誓言的。若我有一天……但愿你能明白，我所做的一切，也都是为了中兴大辽，为了完成太祖、皇祖父和我父皇一直以来的梦想，也是为了不负你韩家和所有帮助过我的人。"

他说得极为含糊，韩德让听得不甚清楚，不由得问："你说什么？"

耶律贤转过话头："没什么，我们走吧。"

不及细述路上的艰难，两人一路快马加鞭，直至凌晨才赶到黑山，已经是大雪茫茫。

耶律贤刚出来的时候一时赶得太急，身体有些虚弱，韩德让还恐他一路赶路会经受不住，不想他却甚是坚韧，这一路行来，越近黑山，他的精神反而越是亢奋。

女里早已经派人在山下候着，见了两人到来，连忙迎上去，把他们带入大营。

此时雪正下着，两人风兜遮面，一路行来也无人注意，一直到了王帐之中，由韩匡嗣预先布置的人接了进去。一行人见面还来不及说话，韩匡嗣见两人俱是脸色青白，露在外面的手足也已冻得僵直，直接带了两人先去饮下早就备好的姜汤，这边才引了萧思温来见。

萧思温正等得心焦，如今见耶律贤到来，心头大石终于放下。

穆宗的尸体已经被收敛好，萧思温便先引耶律贤去穹殿后堂亲自察看。

耶律贤站在棺椁前，韩匡嗣轻轻推开棺材盖子，但见穆宗尸体平躺在里面，此时天气寒冷，因此尸体虽然放了两日，却几乎是冷冻住了，不曾腐坏，只是看上去，却有些不似真人，倒像是蜡人似的。

耶律贤看着那漆黑的棺木，一时间竟是神思恍惚，似乎看到了四岁那年他父亲耶律阮的尸体一样。也是这么一个漆黑的夜里，也是这样一具漆黑的棺木中，一代帝王就这样惨死于乱刀之下。

他的父亲和穆宗，虽然是不同的人，做了不同的事情，一个对帝国的将来满怀期望，一个在皇位上醉生梦死，可是最终，却是殊途同归。

那一刻，他的心神不禁也有些摇晃起来，他想到自己从四岁时立下的志向，想到这些年心无旁骛到禁绝人生所有的可能，想到他即将要做的一切……就在他看到穆宗尸体的一刻，他忽然想问问自己，这一切值得吗？

耶律贤站在那儿，忽然落下泪来。

萧思温虽然已经许他为主，终究对穆宗也是十几年君臣之情，虽然穆宗活着的时候残暴不仁，但看他死了，心中亦是唏嘘，此刻见耶律贤落泪，心中一动，感慨："毕竟是仁厚之主。"

耶律贤站在棺木前，这十几年在刀底下的忍耐、挣扎、隐忧、暗恨、期望、宏图，一一闪现，然而他毕竟是心志坚韧之人，这犹豫不决，也只有片刻，便摄定了心神，叹道："盖上吧。"

见棺木盖上，他朝着穆宗灵位肃然一礼，走了出去。

屏风外，萧思温、韩匡嗣、女里、高勋、耶律虎古等十余位心腹臣子早已经候在那儿，见了他出来，同时跪下口称："臣等参见主上。"

耶律贤点头："召群臣觐见吧。"

凌晨，因为大营被封、行动被监控起来的群臣正惴惴不安时，忽然接到一道旨意，说是皇帝召他们到穹殿觐见。

有些积年老臣，心头一凛，他们想到了这些年来大辽的数次政变，而这一天，他们似乎又闻到了那股不祥的味道。那么现在召他们觐见，是事情终于可以向他们揭开了吗？

怀着这样的心情，群臣进了穹殿，便看到此时大帐正中，龙椅前面，却是一副棺椁。众臣心中的疑惑顿时得到了验证一般，不禁心头惶恐，忍不住向左右察看，欲寻找熟悉的面孔和可以倚靠的同僚。然则左右一看，便先看到从里到外，皆有侍卫重重站满，手握刀柄，表情肃杀，到了嘴边的话，竟是不敢出声。

群臣到得很快，皆是被通知的侍卫几近押来的，谁又敢在这关键时刻耽误片刻，因此一会儿人就站齐了。

却见萧思温和韩匡嗣一身素衣，表情严肃地从屏风后走进来，群臣议论的嗡嗡声更大了，两人走到棺椁面前，扑地跪倒，大放悲声。

萧思温先道："主上……殡天了！"

但见韩匡嗣也跟着跪地大哭："主上……"

高勋、女里、虎古等人均一齐跪地大哭，群臣见状，连忙也跟着一齐跪地大哭起来。

当下便有穆宗的心腹臣子发难道："这是怎么一回事？主上怎么会忽然驾崩？"

虎古见状，也顺势上前问："主上可有说，选择谁为新君？"

那心腹臣子顿时叫道："如今主上驾崩，虎古大人不问主上为何出事，反而先问新君，忠心何在？"

虎古冷笑："主上已经驾崩，头等大事自然是新君为谁。我是大于越曷鲁的侄孙，自然要先问这样的国政大事。"

萧思温站起来，面朝众人长叹一声："主上前夜被他身边的小侍所刺杀，当时伤重不起，令我等封锁消息，密察凶手……"

韩匡嗣也道："只是主上的伤势越来越重，只得让我们一边封锁消息去查有没有幕后主使，另一边叫我们通知上京，令先皇的皇子贤与太平王赶来黑山。"

那臣子叫道："那是何人到了？何人继位？"

萧思温却不答，只朝着后殿跪了下来，道："臣等恭请新君。"

韩匡嗣等人亦一起跪下，同声道："臣等恭请新君。"

众臣一时还未回过神来，却是知道此时朝代更易，最安全的行动自然是跟随其他人行动，当下也一齐行礼道："臣等恭迎新君。"

随着这一声声群臣相请，后殿一队侍卫鱼贯而入，拥着一个青年男子走了出来。

萧思温便大声道："奉大行皇帝遗诏，皇子耶律贤克继大统。"

女里扶着耶律贤大步走到龙椅前，屏风后转出两名宫女，迅速将龙袍披到耶律贤身上，将皇冠戴在他的头上。

那穆宗心腹顿时叫了起来："这怎么可能？主上与太平王是亲兄弟，平时托以国政，如何不是太平王继位？"

虎古脸色一变，转头怒斥："主上当年于祥古山继位之时，曾亲口允诺抚育皇子贤，视为己出，多次有传位之诺。你说这样的话，是说主上言而无信，还是说太平王有不轨之心？"

萧思温也脸色沉重道："况且，大行皇帝的皇位得自世宗皇帝，如今传回皇子贤，也是应有之意。皇子贤身份贵重，确是继统的不二人选。"

虎古大声道："既然大行皇帝遗嘱立皇子贤为新君，我等当拥立皇子贤。"说罢，眼神一扫，那几个穆宗的心腹之臣还要说话，便已经被拿了下来。

群臣一半是见势已至此，心中生畏不得不从，另一半却如当日女里初次看到穆宗尸体时的心情一样，先是吓了一跳，随之却是大大地松了一口气，竟是升上一股欢喜来。穆宗终于死了，从此他们这些人再也不用畏惧飞来横祸、无端横死了。

这山呼万岁中，群臣各怀心事，竟也是声响如雷鸣。

公元九六九年，耶律璟为侍从所杀，在位十九年，年仅三十九岁，庙号辽穆宗，谥曰孝安正敬皇帝。后附葬怀陵。因他嗜酒成性，残暴妄杀，元朝人写的《辽史》对穆宗被刺杀这件事有"死其宜哉"的评价，意思是死得正是时候，早就该死了。

耶律贤在大臣们的拥戴下继承帝位，改年号为保宁，是为辽景宗。

第四十四章

迟来一步

就在耶律贤在黑山继位的时候，罨撒葛也已经率领自己的近卫军，拔营赶往黑山了。

穆宗毕竟在位十几年，黑山大营也毕竟有其心腹，所以在殿前都点检耶律夷腊和右皮室详稳萧乌里只被萧思温控制之后，直至天黑还未归营，他两人自然也有得力属下觉得情况不对，便悄悄地派人送信给罨撒葛。只是大营被萧思温、女里等人控制，所以信息慢了一步，直至次日黄昏才送进上京。

罨撒葛在宫中处理完政务刚欲出门，却收到了信息，说是耶律夷腊和萧乌里只当夜没有回营，不知发生何事。他大惊，立刻派人去黑山打探。这边又叫人去将喜隐和耶律贤先控制起来。

这时候他还没有朝最坏处想，直至去耶律贤府的人回来，说是耶律贤已经不在府中，而他留在耶律贤身边的几名心腹亦已经失踪，这才令得他大吃一惊，急忙赶往耶律贤府中。这府中自然还有下人在，他便将几名近侍进行拷打，这才有近侍说昨天傍晚时韩德让匆匆来找耶律贤，然后耶律贤在韩德让离开后就离了府，一夜未归。

罨撒葛便又问两人什么时候出去的，近侍只说是黄昏，却也说不清时间。罨撒葛一惊，马上赶回府中查看穆宗留下的王令，见俱在，心中更惊，料定耶律贤必是昨天城门关闭前已经离开。

这一想，顿时想到了一个可能，当下跳了起来，叫道："去叫粘木衮，传信国阿辇斡鲁朵，准备拔营，随我去黑山。"

胡辇吓了一跳，连忙站起来问："出了什么事，怎么竟要到拔营国阿辇的程度？”

国阿辇斡鲁朵便是太宗所留下的宫帐军，汉名叫永兴宫。当年穆宗就是恃此宫帐军而在祥古山事变中得以登上皇位。穆宗继位以后，又建立了皇帝专有的夺里本斡鲁朵，汉名叫延昌宫，于是就把国阿辇的执掌权力交给了罨撒葛。

皇帝尚在黑山，罨撒葛无故动用国阿辇斡鲁朵，若是惹得穆宗怀疑，可是大祸。胡辇担忧之下，不禁发问。

罨撒葛怒道：“殿前都点检夷腊的副手送来密信，说是皇兄出事了，整个黑山都被封锁了消息，这事儿不对。皇兄对别人再多疑，不可能对我也封锁消息。我倒要看看，是谁敢假传圣旨？”

高六一凛，顿时想到耶律贤之事：“大王，皇子贤的失踪会不会也跟这件事有关？还有喜隐听说也有异动……”

罨撒葛嚯地拔出配刀，杀气腾腾地道：“来人，把喜隐直接带下狱，带上人马，立刻去黑山。”

见罨撒葛也来不及说一声，就这么直接走了出去，胡辇顿时怔在当场。她忽然想到一事，那一夜燕燕过来盗取令符，说是韩德让要送药去黑山，而今耶律贤逃走，莫不是那一天，燕燕并不是为韩德让盗令符，而是为了耶律贤？

她这样想着，不由心思恍惚起来。空宁见罨撒葛忽然发作，吓得不敢上前。直到他走远了，这才上前，见胡辇神情不对，推她道：“王妃，王妃？”

胡辇忽然一把抓住空宁，惊骇地说：“那天晚上燕燕来……”

空宁一惊，她此刻亦有些想到，忙打断她：“王妃，你说什么？”

胡辇话到嘴边，心中一凛，最终还是把疑惑压了下去。那日燕燕取走令符之后，次日下午就送回来了，胡辇将令符放回原处，此事便神不知鬼不觉。

可是，这件事，燕燕到底知不知情，是韩德让利用了燕燕，还是燕燕真的卷入了耶律贤的谋逆之事中？

她越想越是心惊，只觉得全身冷汗浸透，这一夜，竟是无法安枕，睁了一夜的眼睛，心中却想，不知道罨撒葛到了黑山，是否还来得及？

罨撒葛急怒交加，不假思索，带着心腹去了城外的国阿輦斡鲁朵，匆忙点了一拨人马，浩浩荡荡直奔黑山。到次日清晨，就已经带着前头部队到了黑山，然见黑山脚下，处处设卡，如临大敌。

罨撒葛心知不妙，便让粘木衮上前喝问，关卡后一名中级将领出来高声道："奉主上旨意，任何兵马不得宣召，不得入山。"

粘木衮怒骂道："是太平王要见主上，尔等何敢阻挡。"

那将领却道："主上未曾有旨，臣不敢放太平王进山。"

粘木衮大怒，还待喝骂，他的副将却看出有异来，只见这营寨上头俱不见红，这领将头盔的红缨也摘去了，且腰悬白布，十分可疑，当下拉住粘木衮低声说了。

粘木衮大惊，上前再问："为何军中缟素？"

那将领道："大行皇帝殡天，所以三军缟素。"

罨撒葛亦看出有异，不顾身份催马上前，听得那将领的话，顿时胸口如被大石击中，眼前一黑，几乎坐不住马……

他身边亲卫忙扶住他，叫道："太平王，太平王——"

罨撒葛推开亲卫，继续催马上前，直至那将领面前，喝问道："主上怎么了？他身体强健，如何忽然殡天？"

那将领自然认得他是大行皇帝时的头号重臣太平王，本是内心有些畏怯的，然则想到如今皇位已经易主，上峰交代必须挡住太平王，便壮着胆子道："臣也不知道。"

罨撒葛嘶哑着声音问他："既然主上出事，我乃主上亲弟，谁给你这个胆子，敢挡我见主上？"

那将领看着罨撒葛，他赶了一整天的路，此刻两眼通红，脸上愤怒至肌肉扭曲，仿佛要吃人一般，心中吓得寒战不止，鼓起最后的勇气道："太平王若要进山，还须新君旨意。"

罨撒葛怒极反笑："我还没到黑山，哪来的新君？又有什么人敢为新君？"

粘木衮心中却是一凛，他们最害怕的事情终于发生了，果然耶律贤忽然失踪，已经占了先机。

便听得那将领朗声道："诸大臣公议，皇子贤为世宗皇帝嫡子，人品贵重，又是大行皇帝亲手抚养，视若己出，曾有传位之言。如今新君已经于昨日早晨在大行皇帝灵前继位了。"

罨撒葛听到此言，嘴一张，一口鲜血顿时喷了出来。这一日天边刚是微亮，层云密布，忽然间太阳自云层后跃出，映得黑山口一片金光，被雪地一映，罨撒葛只觉得双目刺痛，眼前刹时一片模糊，口中鲜血再次喷出，整个人跌了下去。

也不知道过了多久，罨撒葛幽幽醒来，只觉得灯光映得眼睛仍然刺痛。他以手遮住眼睛，一时有些恍惚，道："我怎么会在这儿？"

话一出口，他便想起晕倒之前的事了，顿时掀被一跃而起，却是刚踏上地就差点跌倒，亲兵忙扶住他。他怒喝道："粘木衮呢？"

过得片刻，粘木衮匆匆而来，却是神情憔悴，双目血红，头上红缨已摘，腰悬白带，见了罨撒葛便跪下来，扑到地上哽咽道："大王，节哀！"

罨撒葛颤声道："当真是主上已经……"

粘木衮刚才在罨撒葛晕倒期间，就已经与诸大将一起打听消息商量对策了，此时见问，道："虽不知具体情况，但听说主上是遇刺身亡，昨日一早皇子贤便已经赶到黑山，被大臣们拥立为新君了。"

罨撒葛咬牙问道："是哪些大臣？明扆那个病鬼从来不与人相交，怎么会有这么多大臣拥立他？主上遇刺，是谁封锁的消息？是谁通知他前来的？又是谁首倡拥立他的？"

粘木衮看了看罨撒葛的脸色，神情显出犹豫来。

罨撒葛恨声道："都到这时候了，你还有什么不可说的？"

粘木衮咬了咬牙道："虽然咱们一时未得消息，但是……要做这几桩事，思温宰相不可能完全不知。”

罨撒葛咬牙：“好个思温，好个思温，我待他不薄，他竟负我。是了，必还有韩匡嗣……”他一跺脚，转身拿起床头的腰刀，道，“你们同我上山，我要去杀了明扆，夺回皇位。”

粘木衮大惊，扑上前抱住他的大腿叫道：“大王，万万不可。”

罨撒葛喝道：“滚开，否则我杀了你。”

粘木衮叫道：“臣宁可大王杀了臣，臣也不能看着大王去送死。”

罨撒葛喝道：“我如何是去送死？”

粘木衮叫道：“大王慎思，黑山大营有十几万兵马，我们如今只带了几万兵马，还有大半在路上，敌众我寡，我们如何能够杀上山去？”

罨撒葛怒道：“难道就此罢了不成？难道就要本王眼睁睁看着那病秧子登基为帝不成？”

粘木衮劝道：“大王，如今黑山之上早有防备，以臣等之见，咱们不如拔营回京，占据上京，效法当年应天太后对付永康王之法，皇位未必没有转机。”

罨撒葛亦是决断极快之人，听了此言眼睛一亮，重重一击案：“好计。”

所谓应天太后对付永康王之法，便是太宗耶律德光死于南征军中，部将拥立耶律贤之父——永康王耶律阮继位，而应天太后欲立幼子李胡。耶律阮虽有军中数十万兵马及部分重臣拥护，然则这些人的家属却都落到上京城应天太后的手中，令诸将投鼠忌器，使得皇位之争陷入胶着。

后来，是惕隐耶律屋质出面劝说应天太后退让，最终使得耶律阮顺利为皇。然而罨撒葛却断断不是应天太后，他是不可能让步的。应天太后年事已高，纵握有权力，又能活几时，皇位是给李胡，还是给耶律阮，不过都是她的儿孙罢了。罨撒葛又怎么可能去重复她曾经犯过的错呢？

当下粘木衮道：“如此，咱们尽快回京，以免夜长梦多。”

罨撒葛微一犹豫，忽然垂下泪来：“主上无端惨死，我如今来到黑山脚下，却不能看他最后一眼，也不能够灵前拜祭，实是、实是……”实是心有不甘，实是痛彻心肺。

粘木衮劝他道：“主上素来疼爱大王，大王若得皇位，方是主上所愿。大王得了皇位，自然可以为主上大葬，灵前告慰。”

罨撒葛咬牙：“不管刺杀皇兄的凶手是何人指使，我誓要找出真凶，将他与幕后之人碎尸万段。”

当下再无他话，便于当夜悄然拔营而走，赶回上京，欲掌握上京，再与耶律贤一决高下。

只是他反应虽快，却亦是迟了一步。

随着罨撒葛忽然带着数万国阿辇兵马离京，上京城中经过事的有心人就已经发觉了情况不对，于是也各自展开了应对。

耶律休哥知道消息之后，心中顿时闪过无数猜测，想了又想，忽然似预感到了什么，连忙赶往耶律屋质的府中。

此时屋质却又比之前老了更多，他已经闭门谢客，只有极少数人还肯见上一见，这极少数人中就有耶律休哥。

但见屋质倚在榻上，白发苍苍，大部分时间眼睛都是半睁半闭的。休哥说着，他就这样一动不动，也不知道是醒着，还是睡着了。

休哥说到皇子贤失踪时，他还一动不动，直听到罨撒葛拔营时，忽然睁开眼睛，颤巍巍地道：“这么说，主上在黑山真的出事了？”

休哥犹豫片刻，还是道：“我以为，皇子贤无端失踪，太平王清晨拔营，甚至喜隐也有异动，看来黑山不但出了事，而且……”他犹豫了一下，没敢继续把自己的猜测说出来。

屋质却慢悠悠地说：“而且什么？而且这种情况出现，一定是主上已经无法控制局面，换而言之，黑山如今权力易主……那么，他若不是受了重伤，便是已经死了。”

休哥一惊：“屋质大王！”

屋质摆了摆手，道：“不必这么一惊一乍的，我这辈子见过的政局风云，多了去了。如果黑山那边不是有十分的把握，皇子贤就不会连夜赶往黑山……”

休哥眼神一闪，低声道：“这么说，皇子贤很可能已经继位？可是，太平王已经带着兵马赶往黑山了……”

屋质沉吟：“他带走了国阿辇多少兵马？”

休哥道：“临时点集，大约带走一半不到。”

屋质忽然笑了起来。

休哥退后一步，看着屋质的笑容，顿有所悟：“看来，只怕太平王没希望了。”

屋质叹道：“汉人说，成败有时候就是一步之差，看来是有道理的。皇子贤已经早早到了黑山，他若是掌握了黑山大营，一半国阿辇有什么用。”他朝休哥招了招手，休哥忙走到他身边，低下头去，倾听他说话，“休哥啊，我老了，以后族里的重担就落在你的身上了。”

休哥一惊，跪地道：“屋质大王，我还年轻，承担不起！”

屋质却摇摇头，说：“休哥，你知道我前年为什么推荐你接替我当惕隐吗？”

休哥道：“您要我接您的位置，也接替您守护大辽宗族的职责。”

屋质点头：“惕隐这个职位，治宗族，掌政教……”他多说了几句，此时就有些接不上气，又喘了几声，道，“所以，越是政局混乱的时候，你越要成为一杆旗帜、一道镇山之符！”

休哥越听越是觉得心惊胆战，这一刻，他才隐隐感觉，惕隐这个位置所要承担的东西，比他原来想象的还要更沉重。眼见屋质目光炯炯地盯着他，他只得低声道：“我就怕我承担不了。”

屋质呵呵一笑，笑声苍凉：“我年轻的时候，也以为我这个惕隐，不过是逢年过节祭祀的时候站站位置，管管皇族一些家务事。可到了那一天，应天太后和世宗皇帝祖孙对决的时候，我才知道，这惕隐管的家务事，不仅仅只是家长里短，还包括我大辽的生死存亡，数十万契丹勇士的性命，以及所有部族的安宁。我们都怕应天太后，因为她爱杀人，那时候我这样的人，她杀过不知道多少个。可世间总还有一些事，会让我们觉得，比我们的性命更重要。所以我站出来了，去做了这件谁也不敢做的事。如今，我老了，再也走不动路，骑不动马了。可是休哥，我问你，你敢不敢去做这样的事？”

休哥只觉得浑身热血沸腾，昂然道：“我自然是敢的。可是……”他的声音还是低了下去，“我怕我做不好，若是我做错了，只怕我一条性命，也抵不了这样的罪过。”

屋质哑着声音说：“休哥，我活了这辈子，想透了的就两句话——做了，好过不做；做错了改，好过做错了死不认，让别人替你收拾。”

休哥一惊，颤声道：“可是，可是我……”这一时之间，思绪混乱，竟不知道如何说才是。

屋质看着休哥，昏暗的眼中透出一丝看透世情的豁达：“谁能够在事前保证自己所做的事都是对的，都是成的？可是就算是做错了，日后还能补过。但若是不去做，或者自己求个清静，那只怕等到国族覆亡时，后悔就来不及了。”

休哥伏地：“是。”

屋质停了一会儿，他显得有些疲惫，似乎多想一会儿，多说几句话，都在消耗他的生命似的，好一会儿，才缓缓又道：“如今的横帐房不比从前了。三房子弟人丁稀少，若是再像太祖诸弟之乱那样为争夺皇位而杀人，横帐房就要绝嗣了。到时候，皇位的纷乱也许会祸及五院部、六院部……”

休哥思及他说的那种场面，甚至更严重的后果，不由得浑身一凛，忍不住双手搭在屋质的床榻沿边，急切地道：“屋质大王，请教我该如何处事。”

屋质却闭上了眼睛，并不说话，好一会儿，才缓缓道：“我不在乎谁当皇帝，只是，横帐房不能再死人。既然皇子贤已经取得先手，我们就不能让皇位之争扩大，使得我们契丹儿郎为这种事情牺牲！”他忽然睁开眼睛，费力喘息几下，方指了指床榻旁边几案上一个匣子。休哥忙过去取来匣子，端到他面前，依他眼神之示，打开匣子，却见里面是一枚金印。

屋质道："太平王走得匆忙，带走的人马不多。太宗皇帝的国阿辇余下人马，以及大行皇帝的夺里本斡鲁朵人马都还在郊外。休哥，你带上我的印符手书，分别去请他们到我府上来……"他说到这里，又喘息一阵，方道，"我若能说服他们便说服，不能说服你就直接扣押了他们。然后带上人马，去这两处，以新君继位之名接管兵权，安定人心。"

休哥接过金印，神情有些惊疑不定，问道："屋质大王，您的意思是—— 太平王去了黑山会失败，然后会回京，用这两支斡鲁朵的人作乱以对抗黑山？"

屋质闭上眼睛，淡淡地道："但愿我想错了，但是若是罨撒葛真有此事，我就不会坐视当年应天太后和世宗皇帝拥兵相争的事再发生。若是罨撒葛去黑山当真能够顺利继承皇位，那他要问罪时，你我便把这两条性命交给他罢了。"

休哥听到"你我便把这两条性命交给他罢了"这句话，只觉得身上的热血全部涌到了头顶，人生只有此时，最为得意。能够站在自己最崇拜的人身边，受他托付行事，便是死，想到自己是"成为屋质大王那样的人"去死，亦是极为荣耀。

所以，当罨撒葛自黑山下拔营返程，连夜赶回上京郊外的国阿辇斡鲁朵时，他完全不知道，事情已经脱离他的控制了。

当粘木衮进入夺里本斡鲁朵时，却见坐在正中的竟是耶律休哥，而兵营内的将领亦俱在帐中，但人数却比往常少掉了三成左右。

粘木衮大惊："你如何在此？"

休哥看着粘木衮反问："你又如何在此？"

粘木衮情知不好，但此时却骑虎难下，只能仗着这支斡鲁朵是穆宗宫帐，斡鲁朵之所属素有忠诚宫帐之主的传统，厉声喝道："奉太平王令，调集夺里本斡鲁朵人马听令。"

休哥冷笑："夺里本斡鲁朵不属于太平王部属，太平王之令，无权调动。”

粘木衮大怒，道：“夺里本斡鲁朵从来都是太平王掌控的。”

休哥却道：“只怕你记错了。夺里本斡鲁朵是大行皇帝的宫帐，从来只听皇命。大行皇帝信重太平王，授权他调配之权。如今，新君已经登基，没有新君手令，谁也不能调动夺里本斡鲁朵。”

粘木衮大怒：“你、你好大胆子，休哥，你奉谁之令，胆敢在此放肆！”他又看看左右将领们，“夺里本斡鲁朵是主上宫帐，你们为何不听太平王之令，休哥凭什么让你们听令？”

他的眼睛看过去，那些将领看到他的目光，竟或转头不敢直视，或低头看地，却没有人回应他。他只觉得全身俱是冰冷，嘶声道：“你们的忠诚呢？难道你们不是主上的宫帐吗？你们难道不是主上与太平王亲自一个个挑选出来的忠勇之士吗？你们怎么可以听从他人之令，而弃主上遗命于不顾，背叛主上，背叛太平王？”

他几乎是泣血而问，终于有人忍不住答道：“我们可以为主上出生入死，铲除不忠之人，但是我们俱是契丹大好男儿，横帐房的皇位之争，不应该拿整个契丹国族所有勇士的鲜血和性命去做无谓内战。”

粘木衮听到这话，不禁退后一步，脚下一个踉跄。他咬咬牙，问那人：“这话可是休哥与你们说的？”

那人看了休哥一眼，休哥点了点头，示意那人尽可推到自己头上来，不想那人微一犹豫，咬了咬牙道：“这话，是屋质大王说的。我们觉得，屋质大王说得有理。”

“屋质大王！”粘木衮的心如坠深渊，两次皇位之争，皆由屋质最后拍板定决。屋质从来不管皇族平时的纷争之事，但是人人却都知道，一旦屋质决定的事情，基本上就是朝中多数人会赞成的事情，甚至是最后的定议。

他不是已经老到只能躺在病榻上不能动了吗？他不是老到已经闭门谢客了吗？他不是根本没在黑山吗？他是怎么知道黑山新君已经即位了？他们是在黑山遇阻时才想到回上京掌控这两支斡鲁朵与耶律贤一争

的，可是他怎么可能在此之前，把这一切都掌控了呢？

难道真的是他已经通灵了吗，还是冥冥中有先祖指示他这么做？

这一瞬间，粘木衮几乎崩溃绝望到放弃所有的野心，只想就这么抛下刀去，如帐中这些将领一样，听从屋质的指示算了。

明知道是不可能达到的目标，还有坚持的必要吗？

然而最终还是对穆宗兄弟的忠诚，以及背后绑定的利益太多，让粘木衮重新握紧了手中的刀。他目光阴冷地看着帐中诸人，暗暗记下不在现场的人名。这些不在现场的人，就一定是对穆宗和太平王兄弟最忠诚的人。屋质和休哥顶多扣下他们，却不会杀了他们，而这些人亦是他们卷土重来的保证。

看到粘木衮不再说话，转身就走，休哥淡淡地说了一句："你若是想去国阿辇就算了，国阿辇也是一样。"

粘木衮脚步一滞，但却没有停下来，反而走得更快了。

果然此刻在国阿辇，罨撒葛也遇上了一样的情况，而他面对的是耶律斜轸，这个坏小子说话，则更气人一些。

正当罨撒葛质问诸人："国阿辇是我父皇宫帐，夺里本是我皇兄宫帐，你们竟敢不遵号令，难道你们要背叛斡鲁朵的主人，背叛我父皇和我皇兄吗？"

耶律斜轸却一脸嬉笑道："话可不能这么说，国阿辇奉的是太宗皇帝，夺里本奉的是大行皇帝，就算不听你的话，又算得什么背叛。我们大辽就算亲如兄弟父子，可大家也是各归各的帐，各领各的军。我只听说过活着拆帐的，可没听说过顶着死人名头夺帐的。"

罨撒葛咬牙："我执掌国阿辇多年，就凭你这无赖小子，也敢夺国阿辇斡鲁朵，只要我登高一呼，看看他们是听从你的多，还是听从我的多？我劝你滚出去，免得死于刀下。"

耶律斜轸的回答更无赖："人人都想富贵，想平安，你是能顶吃，还是能顶喝？我知道你手里也有一半国阿辇的人马，我手里也有一半。你要打，那我们就打打看，最后把国阿辇斡鲁朵打散了，是你更开心还是我更开心？”

罨撒葛气得险些吐出心头血，国阿辇斡鲁朵是他父亲留下的兵马，他忍下这口气，至少还能留下手头的一半，甚至以后也还有机会把另一半拉过来。若是此时翻脸，则是国阿辇自相残杀，那他手头还有什么兵马可言？

正僵持着，粘木衮匆匆赶来，拉了罨撒葛离开，正好给了罨撒葛一个台阶。

自然，这两支斡鲁朵的人马，只是不会跟着罨撒葛叛乱而已，但是终究还是罨撒葛父兄余部，就算休哥和斜轸明知道罨撒葛拉走另一半国阿辇兵马会有动荡可能，但也并不能拿罨撒葛怎么样。

罨撒葛带着兵马回到营中，一时之间也没了主意。很显然，黑山大营已经失控，如今两支斡鲁朵又失了一支半，他想控制上京的计划也没有办法执行了。

他召集手下商议。众人或有说，就以剩余兵马在这里等到黑山大营回京。他们之前在黑山脚下被阻，对山上情况并不了解，黑山上很可能仍有拥护穆宗一系的人马，到时候两边联手，未必没有一战之机会。

又有人反驳说，既然黑山脚下兵马已经不及对方，何必再打。穆宗早有传位于太平王的意思，这是满朝尽知的，如今他不在黑山，耶律贤擅自继位，未必能得到群臣的拥护，甚至穆宗之死也甚为可疑，说不定等穆宗灵柩回京，可以从追查穆宗死因中找到掀翻耶律贤的机会。

又有人反驳说，如今皇位已定，再行相争也无一定胜算，耶律贤虽然继位，但是一身是病，也不知道能活得几天。不如暂时偃旗息鼓，等过几年耶律贤死了，又有何人能与太平王争位。这就如当年太宗死于军中，世宗继位，穆宗当时没有出面争位，但最后还不是等到了皇位。

又有人反驳说，当年应天太后与世宗相争，也是听从了屋质之言放弃争斗，但最后应天太后和李胡俱被世宗幽禁，若是太平王俯首称臣，难保不被幽禁或者被杀，倒不如现在带了兵马，自成一国，进可攻退可守，才是上策。

又有人反驳说，新君继位，又有何处可以自成一国？若是新君攻伐，才是真的没有退路可言了。

如此众说纷纭，听得罨撒葛怒从心头起，拔剑将几案砍成对半，道："这不行那不行，难道就没有其他办法可行了？"

众人皆哑然失色，不敢再说。

就在这犹豫间，过得数日，御驾已经从黑山大营返回，浩浩荡荡，绵延数十里。

罨撒葛远远地站在城外的小山坡上，看着耶律贤的御驾在众人护卫下进了上京，还不等他有所行动，就见耶律斜轸带着人来传旨意，三日之后大朝会，皇帝正式首次接受百官朝拜，并于城上接受万民朝贺。

"大王必须做一个决断了。"粘木衮说，"我们已经失了先机，若再迟疑，只怕就要被新君一步步逼到无路可走了。须知当年的皇太叔李胡，就是因为失了皇位以后，没有当机立断，而被世宗皇帝幽禁多年，以致于一生再无机会。"

"上策，联络重臣，追究大行皇帝之死因，夺回皇位。"然而这条路，已经没有办法走了，在黑山，有萧思温拥立，回上京，有屋质主持夺宫帐，后族、皇族有许多人是跟着这两人走的，汉臣则更不用说了。

"中策，拥兵不动，继续观望。"但却很有可能步李胡当年后尘，等到新君坐稳位置，则一步步断他后路，到时候就只能坐以待毙。

"下策，带着剩下的国阿辇斡鲁朵兵马出走，去沙陀国，割据一方，静待时局变化，再倚此兵马杀回夺位。"这是死中求活的路，他这一走，很可能被新君宣布为叛逆，甚至一生不得归回，步上当年人皇王耶律倍的下场。然而他和人皇王毕竟不同，他还有兵马，而且他不会像人皇王那样天真。沙陀王也不是后唐李从珂。只要他手中握着国阿辇的兵马，他去沙陀国，只会是他控制沙陀王，而不是被沙陀王控制。

罨撒葛犹豫了一天，最后决定："我们拔营去沙陀国。"然后吩咐高六："高六，你回府，去把王妃接过来。"

高六一怔："可是萧思温……"

萧思温选择了耶律贤，背叛了罨撒葛，那么太平王王妃胡辇作为萧思温的女儿，罨撒葛逃亡还要带上她吗？她可信吗？

罨撒葛冷笑："萧思温是萧思温，王妃是王妃，胡辇是本王的王妃，自然要跟本王一起走。"

高六无奈，只得应"是"。

不料等罨撒葛点集人马以后，高六匆匆而来，却道他去迟一步，胡辇刚刚离府而去，回了萧思温府，他一时不知如何处置，只好转来回报罨撒葛。

粘木衮就道："既然如此，大王正好就此离开，不必挂念。"

罨撒葛却变了脸色，道："哼，那又如何？本王想要带走的人，岂是萧思温可以阻止的？"

粘木衮大惊："大王意欲何往？"

罨撒葛断然道："本王亲往萧思温府，接回王妃。"

连高六都在劝："大王三思。"

罨撒葛却冷笑道："我若是与明扆小儿一争皇位，或是胜负难料，可是就连区区萧思温也想拿捏于我，却是笑话。"

耶律贤此时按兵不动，只敢让斜轸传旨让他上朝参拜新君，这是从名分上一步步把他逼进死胡同，可也正说明了，耶律贤此时还不敢贸然跟他翻脸。

而萧思温—— 他冷笑，这个老东西敢背叛他，还敢扣下胡辇，他当真以为他看在胡辇面上，就会无休止地容忍他吗？他正要去问一问他，他罨撒葛有什么对不起他的，为什么他竟然暗私耶律贤，夺他皇位？

哼，难道真是这老东西野心太大，知道在他罨撒葛手中无法发挥权欲，以为耶律贤多病容易掌控，所以才做此选择？

想到这里，他更是不再忍耐，当下令国阿辇兵马在城外集结待命，若是他不出来，就立刻兵变。然后自己带了粘木衮等人及亲信卫兵，一路疾驰，来到萧思温府。

他虽然争位落败，然而毕竟在上京城掌控多年，各处要害均是他的手下，而耶律贤刚登上帝位，自顾不暇，一时之间，哪里就能够把上京城方方面面都换上自己的人手。

他这一路行来，毫无阻挡就到了萧思温府，跃下马来，便直接往府内行去。一路上府中卫士或要阻拦，或要通报，均被他带着的悍兵一一拿下。

到了萧思温所居院落外，他的手下亦是如前，干净利落地控制了整个院中的守卫。

而此时萧思温父女，正在书房中发生争执，所以竟未听到外头的响动。

第四十五章

婚讯惊变

原来自罨撒葛骤然而去，过得数日，高六来报信，胡辇听说耶律贤已经登基，心中已是一惊；又听说罨撒葛已经从黑山归来，却不曾进城，只在城外国阿辇斡鲁朵安营扎寨，心中亦是明白，只叫人收拾了东西让高六带过去。

谁知过了两日，就听说萧思温已经回到上京，她的心中何曾不是跟罨撒葛一样，充满了不解和怨愤。她的父亲不止是舍弃了她，就连燕燕也参与了这件事。而她，反而成了局外人。

胡辇自幼得萧思温倚重，从小到大在家中说一不二，没想到却遇上这样的事情，她岂肯甘心。当下匆匆到了萧思温府，也顾不上别的，直闯萧思温议事的外书房。

燕燕听说胡辇到来，还以为是来找她算账的，连忙撒腿就跑到萧思温书房求庇护，哪晓得胡辇没去找她，而是直接去找了萧思温，她这一跑过来，撞了个正着。

燕燕撞见胡辇，转身就要跑，被胡辇叫侍女给抓住了，劈头就问：“你见了我跑什么？”

燕燕支支吾吾：“我、我……你来找爹爹，我就不打扰了。”

胡辇冷笑：“燕燕，你说，是不是爹爹命你来我王府偷令牌的？”

燕燕大惊，本能地摇头：“不是，不是——”

胡辇再问：“那是谁？韩德让吗？”

燕燕吓得更是乱摇头：“不是！不是！”

胡辇冷笑：“难道是你自己和新君有勾搭不成？”

燕燕语塞："我……"

正当燕燕无言以对的时候，就听得一个声音淡淡地道："是我让她去的。"

胡辇、燕燕一起转过头，萧思温双手负背，站在门外。

胡辇咬了咬牙，眼眶已经红了："为什么？为什么父亲要这样对我？"

萧思温没有回答，只转身走了进去。

胡辇立刻跟了进去。

萧思温在胡辇入府的那一刻，就已经得到通报，此时正是他初回上京，万事纷扰的时候。他的书房里站满了来办事的官员，见着侍从悄悄跑过来报信，他略一沉思，就让虎思把所有的人都送走了。

所以胡辇来时，一路上只见官员纷纷走避，到了萧思温的院落里，倒是不见人了。

萧思温候在书房里，见她质问燕燕，这才走了出来。

两人走进书房，胡辇问："爹爹，我是你女儿，罨撒葛是你女婿，我们才是你的亲人。为什么你宁可帮明扆那个病秧子夺位，也不肯帮罨撒葛？你为何要这么做？是罨撒葛有负于你，还是我叫你失望了？"

萧思温看着胡辇，这个从来都镇定自若的长女，此时脸上尽是崩溃。他心头一痛，还是狠狠心道："胡辇，皇位从来没有应该是谁的，而是有德有能者居之。是，我这样做，可能有负于你，有负于罨撒葛，可我身为大辽宰相，无负于大辽江山与百姓。"

胡辇失声："为什么？难道罨撒葛为皇帝，就是负了江山，负了百姓吗？"

萧思温微一沉吟，道："我为大辽的未来考量，本不需要向任何人解释。可是胡辇，为着你，我愿意解释。自太祖殡天以来，横帐三房的皇位之争，一直不曾停歇。可是他们大多数人，却只是为了夺位而夺位，从没想过登基以后为大辽做什么。但是，明扆他……不一样。"

胡辇愤然道："可你从来不曾问过罨撒葛，他登基以后打算如何做？爹爹，他是我的夫婿啊，你至少应该给他一个公平的机会去证明，而不是这么早就否定了他。”

此时燕燕附在窗边，偷听着里面的动静，忽然感觉到身旁有人，一转头，发现竟是罨撒葛不知何时站到了她身旁。她吓得险些失声惊叫，却被罨撒葛一把捂住了嘴。

然后，罨撒葛站到燕燕原来站的位置上，凝神倾听着里面的对话。

就听得胡辇又愤然道：“罨撒葛这么多年来，为大辽尽心尽力。每次主上发狂杀人，都是他来收尾善后。是，大行皇帝的确不是一个合格的皇帝，可凭什么就以他哥哥的行为来否定他？这么多年以来，难道不是罨撒葛的努力，才让更多的人活了下来？你凭什么就认为居于深宫的明扆能胜过他？明扆什么事都没做，罨撒葛却已经做了这么多事了。”

萧思温轻叹一声：“胡辇，你为什么这般愤怒？难道你当真是对他产生了感情，而被这夫妻之情蒙蔽了双眼？是，罨撒葛的确做了一些事情，可与大行皇帝所给予罨撒葛的权力和信任而言，罨撒葛做得却太少太少。若罨撒葛真的有为大辽天下考虑过，他完全可以做得更多。可惜他没有，只是在主上发狂杀人时，偶尔出手给点小恩小惠为自己赚取人望，以便将来登上皇位。他的心里没有对社稷的考量，也没有对大辽将来的考量。他登基不过是另一个大行皇帝。”

胡辇哽咽，悲戚地问：“那我呢？你有没有考虑过我的处境？我和罨撒葛是夫妻啊。你舍弃了他，是不是也舍弃了我？”

萧思温看着胡辇，叹道：“胡辇，你爱上他了吗？”

胡辇一怔，还未回答，忽然萧思温喝道：“外面是谁？”

两人之前争执激烈，未曾听得外面响声，而此时两人一沉默，便听到了外头的声响。罨撒葛那会儿正听到萧思温的问话，心情激动，不由得用手按住板壁以支持平衡身体，结果这一声响就格外清楚地落入了萧思温的耳中。

胡辇一惊，转头看去，却听得门外哈哈一笑，罨撒葛大步走进来。

萧思温一惊，叫道：“来人。”却无人应答。

罨撒葛走进来，忽然拔刀指向萧思温，门里的胡辇和门外的燕燕，都不由得惊呼一声。

罨撒葛冷笑道："萧思温，我今日来，原本是想取你性命的——"他顿了一顿，转头看向胡辇，目光温柔。他嘿嘿冷笑一声，将刀插在萧思温的案头，"但看在胡辇的分上，我今日饶你不死。"

萧思温神情镇定："太平王，新帝仁厚，并不打算为难你。如今大局已定，你何必做无谓反抗，还是早些称臣吧。"

罨撒葛哈哈一笑："凭他也配。"

萧思温长叹一声，不再说话。

罨撒葛一把拉起胡辇的手，道："胡辇，走吧。"

胡辇看着罨撒葛，神情复杂，忽然问："你不是在城外斡鲁朵吗？你来干什么？只是为了质问我父亲吗？"

罨撒葛笑道："我自然是来接你的。"

胡辇再问："接我做什么？"

罨撒葛道："接你一起走。"

胡辇终于变了脸色："胡闹，你走，赶紧走。来接我，何必你自己来？"

罨撒葛看着胡辇，眼神温柔："我若不来，也听不到你为了维护我，而跟你父亲相争。胡辇，我果然没有看错你，你果然是个能与我共患难的女人。"

胡辇急了，推他道："赶紧走赶紧走，啰唆什么，快走。"

罨撒葛哈哈一笑，看了萧思温一眼，拉起胡辇就大步往外走。

见罨撒葛带人离开，燕燕才得以冲进书房，急道："爹爹，怎么办？大姐被罨撒葛带走了！"

萧思温沉声吩咐虎思："叫斜轸、挞凛立刻在南城门堵住罨撒葛，不能让他回国阿辇，只要控制住他，自然一切无事。"

同时消息传到宫中，耶律贤听到罨撒葛入城的消息后，也立刻派韩德让带兵前去追上。

果然等韩德让到来的时候，发现罨撒葛带着胡辇，刚刚冲出包围，已经出了城门。韩德让大惊，带着人马也追了上去。

远远只见罨撒葛一行人在前，韩德让从箭筒中抽出羽箭，弯弓射向罨撒葛。他箭术高超，罨撒葛没有防备，肩部中箭，扑倒在马背上。

韩德让大喝道：“罪人罨撒葛，还不速速停下。主上仁德，不取你性命，快随我回京。”随之，他所带着的兵马也已经从两边向罨撒葛包抄过去。

胡辇见状，咬了咬牙挡在罨撒葛前面：“韩德让，住手！”

韩德让一惊，收住弓箭，叫道：“胡辇，你让开。他必须回去。”

胡辇摇头：“你让他走。”见韩德让并不回答，胡辇忽然把刀横到自己颈上，“我知道我一个人拦不住你们，但是你若上前一步，我立刻自刎，说到做到。”

韩德让大惊：“胡辇！不要乱来。”

罨撒葛捂着肩膀上的伤口，看着胡辇的行为，心中又是感动又是惊惶：“胡辇，别冲动，他留不下我的！我们一起走。”

胡辇摇了摇头：“不，你自己走，我不走。”

罨撒葛一惊：“为什么？胡辇，你别糊涂，你以为就凭你的性命，可以挡住他们吗？就算是你留下，也是无谓的牺牲。”

胡辇摇头：“我本来就没打算跟你一起走，之所以跟着你出来，就是怕你糊涂留在城里不肯走，所以才送你到这里。就算韩德让不追过来，我也要跟你说，我要回去了。”

罨撒葛惊怒：“胡辇，你这是什么意思？难道你心里没有我？”

胡辇咬咬牙：“是，太平王，你走吧。皇位已经易主，你是英雄，不该被圈禁在牢笼中受辱，所以我放你走。可我的家人都在上京，我若跟你走了，从此就要与他们为敌。罨撒葛，我不会为了家人而舍弃你，可也不会为了你舍弃家人的。”

罨撒葛叫道：“不，你不走，我也不会走。你是我的王妃，这一生一世我都不会抛下你。”

胡辇叫道："你走吧。当初你救乌骨里一命，所以我委身下嫁。现在我救你一命，一命换一命。我不再欠你。你记住，咱们夫妻名分从此了断。"

高六大急，拉住罨撒葛："大王，不要辜负王妃的心意，只要您没事，总能与王妃团圆的。不要忘记太宗皇帝和大行皇帝的期望都在您的身上。"

罨撒葛心中一凛，看了看胡辇，终于道："好，我走。"这边却向胡辇道，"胡辇，你记住，我走得再远，也是为了回来和你团圆。咱们是拜过长生天的结发夫妻，生生世世，你都是我的妻子。我一定会再回来找你。"

他说完，深深看了胡辇一眼，拨转马头，在兵马掩护下疾驰而去。

韩德让叫道："追——"

胡辇叫道："韩德让，你若离开一步，我便自刎。"

韩德让稍一犹豫，胡辇立刻将剑尖靠近自己几分，雪白的脖子上出现了一丝血痕。

韩德让不敢动弹，只得眼睁睁看罨撒葛带着人马逃离。他不能去追，便有手下兵马追去，终究还是差了一些，让罨撒葛逃走了。

胡辇眼见远处国阿辇的兵马出营接应到了罨撒葛，这才松了一口气，扔下刀，对韩德让道："是我放走了罨撒葛，你可以带我去见主上治罪。"

韩德让却道："胡辇，你说哪里话。"这边吩咐手下，"来人，将胡辇小姐送回宰相府。"一边自己回了宫中向耶律贤请罪。

连耶律斜轸和萧挞凛也一并来请罪，耶律贤却不怪他们，道："众卿不必再自责，罨撒葛管辖国阿辇斡鲁朵多年，里面都是他的心腹，这次休哥和斜轸能够在皇位交替之时及时控制住两大斡鲁朵，而且这次国阿辇斡鲁朵还留下了一部分人，这是你们的功劳。罨撒葛走了就走了，他留在京中，倒是祸患。只要政局安定，罨撒葛就算逃走，也成不了气候。众卿这番为朕立下汗马功劳，朕一定会论功行赏。"

众人松了口气，素日在穆宗手底下心惊胆战，还真怕耶律贤也如穆宗一般，初登皇位，有心立威，众人的日子就难过了。谁知道耶律贤却与穆宗不同，他知道穆宗苛刻残暴，有心反其道而行，因此对众臣亦是唯恐拉拢不及。

如此，君臣皆大喜欢。

等众人走后，婆儿进来报说："只没大王来了。"

耶律贤忙道："快请进来。"

只没进来，此时他伤势已经恢复，只是整个人显得瘦削而沉郁，见了耶律贤就跪下行礼道："臣弟只没参见主上。"

耶律贤忙扶起他："只没，你我兄弟，何必如此。"

只没却低下头，沉声道："君臣之礼不可失。"

耶律贤看着只没意气消沉，心中又是伤感又是愤怒，忽然落泪："只没，只没！"

只没见了耶律贤如此，也慌了，脱口道："二哥，你别这样……我只是，我只是……"

只是这一张龙椅，隔开了天堑。

就在耶律贤继位的消息传回来的时候，安只欣喜若狂，但只没却沉默不语。而当耶律贤回京的时候，安只就要拉着只没出京去相迎，然而只没却把自己关了起来。

真是绝大的讽刺。之前他一心以为，自己文武双会，会是他来保护多病的哥哥和年幼的妹妹，会是他来继承父亲的皇位，为大辽子民谋万世。然而现实的情况却是他受刑险些丢了性命，是一直以为应该被他保护的哥哥，在他危难的时候救了他，也是人人都以为不可能夺得皇位的哥哥，夺得了皇位。

他忽然想起那时他企图以求娶燕燕而获得萧思温支持时，耶律贤对他说过的话，他说，别指望别人把皇位送到你手里；他说，别让主上觉得你有心谋求皇位；他说，不要和太平王相争……

如今想来，句句至理。而自己当时，是何等的无知轻狂。

他听着安只在门外叫他，烦躁地、急切地、充满欲望地，她希望他出去迎接皇帝，希望他能够讨好皇帝，希望他能够借这种姿态获得更多的权势和利益。

可是她忘记了，如今，他是皇帝。

他也曾经以为穆宗是好叔叔，他似乎一直都是，可是忽然有一天，他教会了他什么才是皇帝。

他并不是嫉妒耶律贤，可是—— 皇帝，不是哥哥。

这些日子以来，他因伤躺在那儿不动，那时候他只能不停地想着过去所有的点点滴滴，他忽然发现，以前的他自以为聪明英武，然而却从来没用过自己的脑子。他的父皇英年早逝，然后是皇叔继位，虽然说是察割谋逆，但细想来，在他父皇去世以后获得最大好处的人是谁？

他凭什么就相信穆宗这个皇叔会真心把他当成自己的儿子？就因为他没有儿子？然而宗室远亲近支被他杀死的有多少？想到耶律贤曾经对他的隐约提醒、劝阻叹息，他忽然就想明白了什么。或者在受伤前，他想通这点以后会怨恨对方，然而在他受伤以后他懂了，耶律贤为什么不能明说，因为如果他明说了，以自己那时候不用脑子的状态，只会让兄弟两人都陷身险境。

他不怪耶律贤，他只怪自己以前太愚蠢。

然而，他却忽然开始害怕耶律贤，没坐上皇位的耶律贤是哥哥，那么坐上皇位的耶律贤呢？还是好哥哥吗？如果他真的以为他还能够像以前一样在耶律贤面前任性骄纵，那么他的刑、他的伤、他的痛，可真是白受了，一点长进一点反思也没有。哥哥或许会包容弟弟的骄纵无知，但是皇帝不会。

就算是穆宗对罨撒葛再好，继位之初罨撒葛亦曾因卷入谋逆案而下过狱，或者也因此让罨撒葛吃了教训，才懂得除了做皇帝的好弟弟外，要更懂得做一个好臣子。穆宗的另一个弟弟敌烈却始终被冷落无视，哪怕他曾经在穆宗继位之时立下过大功。

只没不理门外安只的呼叫，握紧了拳头，既然他已经失败过，那他就愿赌服输。他是死过一次的人，他不会让自己的愚蠢再重复一次。继位的新帝是他的哥哥，他就不能只把他当哥哥，而是—— 主上。

所以，他规规矩矩地随同群臣和宗室一起郊迎，一起跪拜，一起称臣。新帝诸事繁忙，他绝对不会未奉召唤就凑上去给他添乱。围绕在新帝身边的都是从龙有功之臣，他恭敬感激。

但是当新帝忽然单独召见他的时候，他还是有一些手足无措的。但想了想，他还是决定按照自己原来的设想去做。或者新帝会不满意他不够亲热的态度，但是与其让自己再度迷失犯错，还不如一开始就谨守君臣本分，避免失了分寸，反伤了原有的兄弟情分。

此刻见了耶律贤流泪，只没心头刺痛，扶住他哽咽道："二哥，你别这样。都是我的不是！"

耶律贤摇了摇头，慢慢平复情绪，扶着只没坐下，半晌才叹息："我以为做了皇帝，我们兄弟可以不再活在恐惧里，可以畅所欲言。可是谁想到，这一把龙椅，就叫兄弟亲人，生了距离。"

只没叹息："我知道二哥的心意，只是如今你已经是皇帝了，这几日下的皆是恩旨，我想必是要厚待臣下，以消先帝时带给臣下的恐惧。只是宗室本就骄狂，你我若是再像从前那样相处，恐怕他们就更不驯服了。臣弟想，必得是臣弟先以足够的恭敬给他们作出一个表率来，才能使得他们知道进退，也免得给二哥造成麻烦。"

这话，一半真心，一半也是托词，却是刚才他看到耶律贤的态度时临时想出来安慰他的。

耶律贤听了这话，方得了安慰。他轻拍着只没的手，似是接受了弟弟的心意和理由。

沉默片刻，他轻抚着龙椅扶手，忽然似想起了什么，手摸到扶手侧边挡板上，在那雕花涂金的档板上感触到上面的几处刻痕，心中又是感慨，又是伤感，抬起手示意只没道："只没，看到这几处刻痕了吗？"

只没定睛一看，却见雕花档板上有几道刻痕，虽然不感兴趣，却还是配合地问道："这里怎么会有刻痕？"

耶律贤似陷入了回忆："只没，你还记得大哥的样子吗？"

只没其实已经完全不记得了，当年祥古山事变的时候，他才三岁，能记得多少事？也只有身边的保姆反复对他说着当年甄后之事，他才对自己的生母有一点印象。当年两后各处一宫，另一个母后所生的孩子，他唯一残留的印象也是与曾经被送到甄后身边住过的这位二哥。但是吼阿不这位大哥，只能是后来听保姆们略提起过，唯一的印象就是死于祥古山。但如今耶律贤问起来，他自然不好说完全不记得了，只略做思考状道："似乎有那么一点印象，只是，记不太清了。"

耶律贤见他皱眉苦思的样子，也是释然笑道："你那时候还小呢，自然是不记得了。"不像他，四岁以前所有的记忆都是每天找母后告状，说大哥又在欺负他。

他轻抚着刻痕，道："朕小的时候，大哥是太子，父皇待他要求严苛，他成日习文练武，很是忙碌。"所以空闲下来减压的唯一方式就是欺负弟弟。想到这些，耶律贤微微一笑，不胜怀念，"只有朕，父皇不寄希望，很是偏宠。那时朕很顽皮，拿小刀在此处刻画，留下了这几处痕迹。十五年来，每每看着皇叔坐在此，朕就想起那日父皇的眼光和大哥的笑声……"他忽然哽咽，"这张龙椅本该是他们的！本该是他们的……"

只没只得劝他："二哥，如今皇位重回我们这一房，我想，应该是父皇和大哥在天有灵的庇佑。"

耶律贤握着只没的手，咬牙："我只恨这一日来得太迟，以至于你，以至于你……"

只没只觉得耶律贤握着他的手忽然变紧，只感到对方那种至深的恨意和不甘心，是恨穆宗，也是恨自己无能为力，更是不甘心手足之折损。

只没的神情复杂，眼中伤痛一掠而过，最终还是紧紧握住耶律贤的手，劝道："没什么，二哥，以后你要多子多孙，连大哥这份，连我这份，都要你来了……"

耶律贤按着只没的肩头，默默点头。

兄弟二人无言，然而那一份刚进来的隔阂却消失了许多。

过得片刻，楚补悄然进来，呈上一份折子，道："主上，清单已经列好，请主上过目。"

耶律贤却不接，只道："都交与宁王吧——只没，朕给你拟了封号，为宁王，你意下如何？"

只没忙行礼谢过："谢主上。"

宁，是安宁的意思吧。

只是只没看着楚补递到面前的折子，却有些犹豫，不敢马上接过来，不知道是什么内容，也不知道是什么事情。

耶律贤看出他的心意，道："朕要纳贵妃了，纳妃的事宜，就由你来操持吧。"

只没松了口气，接过折子，道："这是臣弟应做的事。"纳妃这种事，无关紧要，又显出亲近来，正是他想接手的事情。只是一打开折子，就怔住了，上面赫然写着新贵妃的出身："北府宰相萧思温第三女。"

他猛地抬头，一句话似要脱口而出，然终于忍了下来，只说了一声："是。"

耶律贤却道："你我自家兄弟，有话直说无妨。你是不是想问朕——韩德让？"

只没沉默片刻，还是长叹一声："他——当会以大局为重。"

耶律贤松了一口气，点头微笑："你也这么想，可见，他从来都是识大体、顾大局的人。"

然而，只没看着耶律贤的笑容，心中却充满了不安，但是此刻，他只能低头遵命道："正是。"

且不说宫中与后族正在准备婚事。此时，仍蒙在鼓里的燕燕缠住这几天好不容易才来一次的韩德让絮絮叨叨："德让哥哥，你都好几天没来了，我看你眼圈都是黑的，这么累吗？"

韩德让叹道："主上刚继位，百废待兴啊。"穆宗朝搁下了太多政务，他可以不管，但如今新帝却不能如穆宗一般百事不理。

再加上罨撒葛出奔，诸王暗怀心思，各大部族又想在新朝重立格局，外加新政的计划，把新帝这群从龙之臣忙得不停，再加上韩德让的事务更是重中之重，所以最累的自然是他。

他却没有想到，正是新帝想让他忙得无暇分身，才好自己私下行事。

燕燕劝道："政务的事，又不是一天忙完的，你别把自己累坏了，反而不好。"

韩德让拉着燕燕坐下来，道："主上想重组各大斡鲁朵，又不愿过分刺激诸宗室，我这些日子都在整理方案，日夜操劳。别担心，忙过这阵子就好。"

燕燕瞪大了眼睛："重组斡鲁朵，为什么？"

韩德让低声道："虽然自太祖手中，把各部族力量削弱了，可如今各大宫帐，又成了尾大不掉之势。太祖宫帐、应天太后宫帐、太宗宫帐、世宗宫帐，再加上先帝宫帐，这就已经是五大宫帐了。这些宫帐军少则数千，多则数万，都是只听令于一人，比昔年各大部族更麻烦。"

燕燕道："可这不能动啊，汉人说，始作俑者，其无后乎。哪怕皇帝敢动先帝宫帐，岂不怕自己身后被人算账？"

韩德让道："是，自然是不能大动的，但多少可以借立新宫帐之名，将旧宫帐多少削一点下来，只作拱卫灵寝，护卫子孙，避免被他人当成争位的力量。"

燕燕点了点头："这是大事。从前世宗皇帝就是在这事上急了，才逼反了宗室，你们可得小心些。"她忽然似想起什么来，从怀里拿出一个护身符递给韩德让，"喏，给你。"

韩德让问她："这是什么？"

燕燕眨眨眼睛："这是我特意向老巫求来的护符，可以保佑你平安。"说着就要亲手挂到韩德让身上去。

韩德让只得由她把护符给系上："怎么想起来去求这个？"

燕燕眼圈忽然红了："那日你去黑山，我一夜没睡，以后你遇到危险我再也不要躲在后面等消息，我要你答应我，以后不管多危险的事，都要带上我，我要跟你一起并肩作战。"

韩德让将燕燕搂在怀里："好姑娘，是我的不是，让你担心了！你放心，日后再也不会有这种事了，如今主上登基，以后咱们只有太平和美的好日子。"

燕燕幸福地点了点头："嗯，我的嫁妆、我的银冠都做好了，就等着你忙完来娶我。"

韩德让笑道："好，很快了。"

燕燕又道："这几日家里忙忙碌碌的，好像抬了许多嫁妆进来，来，我带你看看。"

韩德让笑着摇头道："不成，你的嫁妆，我如何能够现在就看？"

燕燕说完也知道自己失言，忙笑道："反正我也没看，都是我大姐看着呢。好像这几天忽然忙起来了，我看钦天监的人前几日也来了，说是选日子。我听说好像就在最近呢，我估计我爹想趁着最近主上登基的喜庆日子，让咱们早些成亲。"

韩德让闻言有些惊愕："什么？最近？"

燕燕撒娇道："干吗，你不想早点娶我啊？"

韩德让回过神来："不是。"如果是近日成亲，萧思温已经在备嫁了，那么他家里怎么可能毫无动静？之前韩母也曾提过，当时自己好像说最近诸事纷扰，想忙过这阵再说。

可是若是萧思温在备嫁，怎么可能不跟他们沟通？

正想着，又被燕燕缠住说起别的事情来，他一边想着，一边随口应着。忽然想到一事来，问燕燕："你说，是你大姐在帮你备嫁？"

燕燕道："自然，我爹也跟你一样，忙得有时候直接宿在内阁不回家了，他哪有时间啊。"

韩德让却道："你大姐上次受了伤，如今好得怎么样了？"

燕燕道："好多了，只有颈上还有一道伤痕，至今未消。"

韩德让这次来原也带了伤药准备送给胡辇，他本已经放到燕燕案上让她转交，此时忽道："要不然，我们直接去见你大姐，把这伤药当面送上，或者我看看是否对症。"

燕燕也高兴起来："正是，大姐若看到你来，肯定高兴。"

当下就拉着韩德让拿着药瓶去找胡辇，到了胡辇院中，却不见人。问了侍女，才知道胡辇刚才去了库房，正是去察看燕燕的嫁妆。

韩德让心下暗叹，就准备离开，却在燕燕送他出门时，在回廊与胡辇遇见。

燕燕高兴地道："大姐，我们正找你呢，没想到在这儿遇上了。"

胡辇此时正是刚从库房回来，却在嫁妆中看到了一些不应该出现在燕燕嫁妆中的东西，心中猜疑，就去找萧思温询问，不想萧思温不在。她一路上心事重重，却看到燕燕与韩德让亲昵地牵着手过来，不由得神情复杂，问他们："找我做什么？"

燕燕忙把药膏递上："德让哥哥带了些上好的药膏来，祛疤效果很好，他说你颈上伤口刚好用得上。"

胡辇却不接药，忽然冲着韩德让发起火来："男子汉大丈夫如此婆婆妈妈作甚？我的伤口用不着你操心，倒是你，究竟何时娶燕燕？定亲的事情说了又说，为何不确定下来？"

燕燕十分愕然，讷讷地说："大姐，你怎么了？为什么忽然发这么大的脾气啊？吓坏我了……"

胡辇发完火，却没有再解释一句，径直扭头离去。

韩德让却已经听出胡辇话中意思，脸色大变，只对燕燕说了一句："燕燕，我先回去了。若是家中有事，不要冲动，先来问我。"

第四十六章

为爱私奔

韩德让急急赶回府中，见了韩匡嗣，问道："父亲，思温宰相近来可曾和您商量过我和燕燕的亲事？"

韩匡嗣一怔："没有，怎么了？"

韩德让心里咯噔一下，隐隐感觉有些不妙，却不好说出来，只勉强笑了笑："没什么。只是我想如今新君继位，太平和乐，我和燕燕的婚事不如提前办了，两家也可安心。"

韩匡嗣也同意，问他："好吧，那我和思温商量一下，挑个日子，你看什么时候为好？"他知道最近韩德让忙得整天不见人，之前也说过，等忙完这段时间再说。

谁知韩德让却道："越快越好，就挑个最近的时间吧。"

韩匡嗣知道他刚从萧思温府回来，笑了："是不是燕燕催你了？"他知道儿子的脾气，韩德让虽然对燕燕有情，但这样着急上赶着的不是他的脾气，倒是燕燕是个急脾气，那是恨不得每天黏在一起，立时就要嫁过来一般。也是萧思温因为两个女儿出嫁了，舍不得燕燕，再加上韩家因耶律贤之事，所以婚期才拖了下来。

韩德让勉强一笑，只一揖道："有劳父亲了。"

韩匡嗣只道这件事一说就成，谁想到去了萧思温府，却发现府中已有了婚庆的布置，才微觉不妙。

萧思温见他到来，心中已经猜到三分，等韩匡嗣只略提起话头，他就屏退左右，取出一只匣子，递给韩匡嗣。

韩匡嗣打开匣子，见里头一道黄绫诏书，打开一看，便怔住了，好一会儿才缓缓地道："这是什么时候的事情？"

萧思温满脸苦涩，叹道："从黑山回来的头一天。"

韩匡嗣一惊："头一天？他、他这个想法，却是什么时候有的？"

萧思温欲言又止，只是摇摇头道："我也不知道。"他本想说出耶律贤在黑山之前就有此意图，可是此时说来，已经无用，反而容易让韩家父子心存疑惧，所以干脆不说了，只摇头道，"匡嗣兄，并非我毁弃婚约，实在是君命不可违。我也没想到主上会看中燕燕，钦点燕燕入宫为妃。"

韩匡嗣心头万千思绪奔过，只是长叹一声："这也怪不得你……"

萧思温不无遗憾："我看着德让长大，他的品性我最知道。燕燕若能嫁给他，是燕燕的福分。可惜天意弄人，咱们两家没这缘分。匡嗣，是我对不住你。"

韩匡嗣长叹："主上和燕燕……德让和燕燕……如今变成这样，我当真不知道，这两个孩子会和主上变成什么样子，又如何收场？"

萧思温亦沉默了，这件事无论如何，都是耶律贤理亏，可是此时又如何能火上浇油，只能劝道："这件事上委屈了德让。可你我两家耗尽心血，才将主上推上皇位，总不能为了这点儿女私情坏了大局。我想德让一向懂事，应该不会有事的。唉，只有燕燕一向任性，我还不知道怎么劝她才是。"

韩匡嗣却沉默不语。

萧思温问他："匡嗣，你在想什么？"

韩匡嗣却道："我在想，先皇当年……"

萧思温一怔："先皇当年，先皇当年怎么了？"

韩匡嗣轻声道："当年祥古山事变之前，亦没有人看出他是残暴之人……"

萧思温悚然而惊："匡嗣！"

韩匡嗣说完，却苦笑着摇了摇头："唉，当今主上亦是我看着他从一个四岁的孩子到如今，我不相信自己竟然一点也不了解他，可是……”

萧思温咬了咬牙：“实不相瞒，黑山之事前，主上就曾向我提起过此事。”

韩匡嗣一惊：“那时候他就已经向你提起此事了？”

萧思温缓缓道：“这件事，我本不当言，只是……我们已经错了一次，无论如何不能再错一次了。匡嗣，你一向有远见，能够从主上四岁起就选择辅佐他，如今看来，在这一点上，你的选择是对的。主上他……聪明内敛得叫人又喜又惊啊!”他顿了顿，还是道，“然则，在燕燕这件事上，我们又都看走了眼。那么，我们就要想想，以此事而推断，他这份过人的智慧和隐忍，对大辽和我们是福是祸？”

韩匡嗣沉默了，良久，忽然问道：“思温，你且把主上当日提亲之时所说的话，再同我说一遍，可否？”

萧思温亦知此事重大，于是毫无隐瞒地将当日耶律贤向他提亲之事，一五一十地说了。韩匡嗣眉头紧皱，一边听着，一边想着，半晌，才缓缓地摇了摇头。

萧思温心一沉，问他：“匡嗣，怎么？”经历过穆宗之事以后，他真怕再来一个这样的皇帝。穆宗继位之前，并没有特别残暴之举，但是穆宗的童年和成长过程中所经历的事情，的确亦是让人唏嘘的。然而耶律贤的童年阴影只会比穆宗更重，而在耶律贤的成长过程中，是由韩匡嗣照顾的，他能够从中看出耶律贤将来可能的走向变化吗？

这也是萧思温最为担心的事情，所以看到韩匡嗣摇头，不禁心一沉。

韩匡嗣摇了摇头，却道：“不，我看不出来。若是在燕燕这件事发生之前，我会说我对主上的心思是有把握的，然而燕燕这件事，让我怀疑起自己的眼光和决断来。但是……”

萧思温听得他说这两个字时，顿时精神一振，问道：“但是什么？”

韩匡嗣道：“我原是怕燕燕这事毫无预兆，主上初登基就忽然下旨行此之事，则我等臣子当真要担心以后的事；若是他事先与思温你有约定，则另当别论。只是我不明白，后族这么多女子，他怎么就偏偏指定燕燕，是因为燕燕，还是因为……”他没有再说下去，若是耶律贤因为萧思温或者燕燕本身的缘故而选定燕燕，和耶律贤就是冲着韩德让的未婚妻而选定燕燕的，这是不同的性质。

萧思温皱眉，忽然推门走出去，吩咐守在门外的虎思道：“虎思，你去叫青哥来。”

过得片刻，青哥到来，萧思温问她：“青哥，你可知当今主上，也就是当日的皇子贤，可曾认识燕燕？”

他问这句话的时候，是有些不确定的，不想青哥一口回应：“认识，三小姐见过他好几次。”

萧思温一怔：“好几次？是哪几次？你且详细说来。”

青哥思索着：“头一次，好像是小姐出城打猎，他走过来，和小姐说了半天的话。但奇怪的是，我感觉他们好像是曾经认识的。后来，小姐跟着他去汉城玩过好几次……哦，对了，有一次还遇上磨鲁古，还有太平王。”

萧思温与韩匡嗣对望一眼，两人忽然就松了一口气，少年天子如果是喜欢上燕燕而隐忍不发，待登上帝位以后求娶，恰与他当日对萧思温说的一样，甚至是以一种“大业未成而不敢牵连他人”的克己态度慎重对待，这样的行事纵然有夺人所爱的嫌疑，但总算是有迹可寻，有情可原。总比他刚刚登基，就居心叵测以夺取燕燕而挑起萧思温和韩家不合以打压萧思温和韩匡嗣，甚至是对韩家猜忌下手来得让人能够接受。

青哥又说了只没受刑那夜燕燕和耶律贤的见面之事。等青哥走后，萧思温问韩匡嗣：“匡嗣，你意下如何？”

韩匡嗣长叹一声：“君臣之分，又能如何？我想……德让当能明了思温你的苦衷。”

萧思温听得韩匡嗣言下之意，已经消了对耶律贤的疑惧之意，也大大地松了一口气。无论如何，新帝已立，谁也不想政局再有动荡，然而穆宗之祸，谁也不想再来一次。见了韩匡嗣神情，也只得叹息：“德让是个好孩子，唉，谁也想不到，主上竟会有此念头，会下旨要燕燕进宫。这件事，是我们对不起他。我若还有一个女儿，必然会把她嫁给德让以做补偿!”他微一犹豫，忽然问韩匡嗣，“要不然，我为德让另择一个后族女儿如何？我保证，必不会弱于我家。”

韩匡嗣看着萧思温，见他脸上有羞愧之意，语出真诚，心底最后一丝不悦也压下了，却摇了摇头：“思温，我知道你的诚意，只是……唉，这件事，现在不要提了。德让这些年，并无心男女情爱之事，也是燕燕这样难得的品性，才……”

以韩家目前在辽国的身份地位，并不足与后族嫡支联姻，也是因为燕燕倾心相待，萧思温与韩匡嗣交好，再加上当时前两个女儿的婚姻之不得已，以及两人的同盟关系，所以才结成两家联姻。然而韩家与后族其他嫡支并没有这样的交情和同盟，齐大非偶，并无必要。

两人正在书房中相谈，却不知道，外头已经闹得天翻地覆。

却说那日胡辇没来由的脾气之后，燕燕虽不知道大姐的话是什么意思，但她听得出来，大姐是在催韩德让尽快与她完婚。虽然不解原因，但是大姐这话，明显投合了她的心思，所以便留心着韩家何时派人来。韩匡嗣一登门她就知道了，正要派青哥去打探情况，谁知萧思温派人来叫青哥，她猜到必与自己有关，等青哥前脚走，她后脚就跟上了。

萧思温的书房对她从来是设防不了的，从小到大，她有一百种方法偷溜进去，而萧思温也是一直听之任之，偶有教训，却从来没有真正处置过，所以就连虎思也睁只眼闭只眼。

不想这一次，她却听到了“主上下旨让燕燕进宫”这样的话，一下惊呆了，当即转身向韩府奔去，进门直扑韩德让住的小院。

韩德让正在等韩匡嗣的消息，不想燕燕旋风般地跑进来，扑到韩德让的怀中只叫了一声：“德让哥哥——”就放声大哭起来。

韩德让一惊，忙屏退左右，拉了她进书房，问她：“怎么这样子来了？青哥、良哥怎么没陪着你？”

燕燕拉着韩德让的手，急道：“德让哥哥，你快进宫去找主上说说清楚。你去跟他说，我们已经定亲了。我不能入宫嫁给他。”

韩德让大惊，腾地站起：“你说什么？”

燕燕咬牙切齿，语无伦次：“我真不知道他是这样的骗子，早知道他这样我一开始就不会理他……哼，我才不会嫁给他呢，我只喜欢德让哥哥……对了，我们定过亲了，我们定过亲了，他肯定不知道，所以才这样乱来……德让哥哥，你快进宫去，告诉他，我们已经定亲了……”

韩德让呆立当场，如遭雷击，隐隐的担忧终于变成了现实，他脑海中一片混乱，竟一时不知道如何反应才是。之前耶律贤说过的只言片语慢慢浮现，他问他家国天下与儿女情爱哪个更重要，他问他是否会永远忠于他，哪怕他做了一些不得已的事……

原来，他早有预谋。

燕燕仍在唤他，期望他能一如往昔，为她解决所有的烦恼。

然而……

韩德让低下头，苦涩地说：“燕燕，他早就知道的，他知道你我定亲的事，也知道我喜欢你……”

燕燕怔住了，忽然间，一阵愤怒涌上心头：“是，他早就知道，他早就知道我喜欢你，可他……他怎么可以做这样的事？枉我一直以为他是个好人，枉我们为了他，冒了这么多风险，做了这么多的事。他、他简直太无耻了！”

韩德让将燕燕紧紧拥入怀中，心中愤怒之极，脑海中却一片茫然。他一向足智多谋，然而之前他纵能够对所有的事情、所有的变化都有办法处置，但那只不过是他内心坦荡而无所困顿，然而此时，他却不知道何去何从了。

在此之前，他所有的心思和精力都用在辅佐耶律贤成长和夺位之上，从未考虑过个人的情感。当大业将成、成功在望的时候，他才有了松懈下来的心思，才有了对自己人生的期盼和筹谋。

此时，帝位已更易，他这一生原来谋划好的人生，已经结束，虽然也曾经想过将来为推行新政而贡献心力，但这些不过是水到渠成之事。然后他想着，和燕燕成亲，过上普通人的生活。

谁能想到，成功的背后是背叛，当他以为可以功成身退的时候，竟是连退路也没有了。那么他这一生，这十几年来，抛弃了家庭的天伦之乐，抛弃了无忧的少年时光，殚精竭虑为的又是什么呢？

燕燕仍在哭泣，韩德让苦涩地问她："燕燕，你打算怎么办？"

他这一生从未有过这样的茫然，竟需要问怀中这个小丫头。一直以来，不是只有燕燕在问他"怎么办"的吗？可是此刻，他已经没了答案，他问这一句的时候，甚至是一种自暴自弃。

燕燕抬起头，愤怒地说："什么怎么办？我这辈子要嫁的，只有德让哥哥你……"

韩德让喃喃地道："是，燕燕，你也是我心中认定的妻子。"

燕燕咬牙愤然道："他就算下了圣旨又怎样，谁爱理他谁理他。"

这一句话，却似一道霹雳打在韩德让的头顶，把他从一片混沌中劈得醒了过来。他悄悄地握紧了双拳，忽然间笑了："正是，你说得对，他就算下了圣旨又怎么样，谁爱理他谁理他。"

燕燕看着韩德让，惊喜地问："德让哥哥，你想到办法了？"

韩德让点头："正是，君行令，臣行意。燕燕，关键时刻我竟不如你看得明白。"

燕燕跳了起来："正是，圣旨又怎么样？他不让我们成亲，我们就私奔！"

韩德让一怔："你说什么？私奔？"

这却是他没有想到的，不由一怔。

燕燕却是越想越美："就是，我们私奔。青牛白羊在二水合流处相逢，便结为夫妻，从此有了契丹八部。祖先们在草原上可不就是看对了眼，就结为夫妻的吗？咱们这就去私奔，草原上天高云阔，驰骋万里，想去哪儿就去哪儿，这是何等自在。"

韩德让心中无数念头纷至沓来，看着燕燕的神情，忽然间长长地嘘了一口气，似乎将所有的事情尽数抛下了。他自幼少年老成，行事一步也不敢踏错，可是此刻他忽然有种疯狂一把的强烈念头，管他什么家国天下，管他什么旧朝新政，管他什么耶律贤，管他什么家族重望，他要做的事情已经做完了，他为什么不为自己活一次？

他一把握住燕燕的手："好，我们私奔。"

他这一说，燕燕反而愣住了，她说的时候只是一股任性少女的脾气，就算圣旨又如何，反正她不愿意，谁也不能勉强她做她不愿意的事情。大不了，她就离家出走，可是不能光她一个人走，她必须要和韩德让一起走。所以她在竭力给韩德让描绘着两人私奔到大草原的快乐和自由。她还正在想，怎么样能够说动韩德让。她自然是知道，以韩德让的性子，肯定会当她这话是小孩子脾气发作。

可她真是从未想过，韩德让竟然毫不犹豫地同意了她的提议，反而一时没回过神来，竟不知道如何回答，好一会儿才找回自己的声音来："你、你同意了？"

韩德让道："是，我同意了。"

燕燕跳了起来，扑到韩德让怀中亲了他一下，叫道："太好了，太好了，德让哥哥，我这就回家收拾东西去。"

她待要转身就走，却被韩德让拉住。她还以为韩德让改变主意了，谁知道韩德让却说："既然要走，就越快越好，越少惊动人越好。我们这就走，这就出城。"

韩德让竟然表现得比她还疯狂，燕燕不由口吃地道："那、那、那，我、我、我……我什么也没带出来呢。"

韩德让却神情坚毅，道："不需要，我带上干粮和水、钱，还有剑和马就足够。既然已经决定，则越快越好。事不宜迟，迟则生变。"

燕燕只能不住点头："好，德让哥哥，我听你的。"

这是韩德让独居的小院，左边是书房，右边是卧室，也不需要多少准备，韩德让本就为了应付突发情况，准备了随时可以出门的行装。此时略加收拾，包袱中放了金银和几件衣物，带上水囊，就和燕燕穿侧道自后门而出，牵了两匹马，上马直往西市，买了些干粮就往西门而出。

此时刚好日已西斜，料得再过一会儿，城门就要关了。

韩德让驻马，回望夕阳中的上京城，暮色苍茫中，这城市忽然变得陌生而遥远。

“别了，上京！”

燕燕在前面勒住马，扭头看他，向他招手。

韩德让一挥马鞭，追了上去。

燕燕和韩德让这一走，后续自然有事。

燕燕的侍女良哥等了半天，还等不到燕燕出来，忙去询问。信宁只得入内，这才发现韩德让和燕燕都不见了。

此时韩匡嗣还在萧思温府中未归，韩夫人听了此事，先是诧异，忙问良哥事由，此时良哥早已吓得哭了，不敢相瞒，将燕燕偷听到韩匡嗣与萧思温的话都说了。韩夫人听了，不但不惊，反而一拍案乐得大笑道：“这才是我儿子呢，别管了，没事，你只管回府去吧，等过得一两年，他们生了小娃娃，自然就回来了。”

良哥吓得魂飞魄散，不敢再停留，忙跑回萧思温府，去禀告胡辇。

胡辇怔了怔，竟然也没说什么，只令良哥先去休息，等明天再说。等良哥去后，胡辇看看天色，忽然转身令人收拾了些金银，就叫人为她备马。

她才走到后院，就听得一人道：“胡辇，你去哪里？”

胡辇一转头，看到萧思温匆匆而来，他的身后却是跟着良哥。

胡辇若无其事地说：“没什么，我嫌气闷，出去走走。”

萧思温不理她，只问她身后的空宁：“你手中捧着的是什么？”

空宁不敢违拗，只得打开匣子，里面却都是金锭。

萧思温脸色一变：“你为什么带这么多金子出门？”

胡辇镇定地说：“没什么，我想去真寂寺烧香，顺便上点香油钱。”

萧思温冷笑：“你从来不信佛，怎么会这时候忽然想去烧香？”

胡辇眼也不眨地现编故事：“我不信，罨撒葛信。我想为罨撒葛给佛祖烧个香，捐些香油钱。”

萧思温怒道："到这个时候，你还在同我撒谎，到底这些金子是给谁的？是不是燕燕？"他声转凌厉，"你知道燕燕在哪儿？是你教她去私奔的？"

胡辇咬了咬牙，朝着萧思温跪了下来："爹爹，你就让燕燕走吧。皇帝何愁没有后族女子相嫁，我和乌骨里已经走到这一步，何必连燕燕也一起牺牲了？"

萧思温看着胡辇，脸上肌肉抽动几下，痛苦的神情一闪而逝，最终顿了顿足道："你跟我来。"

胡辇站起来，跟着萧思温去了他的书房。萧思温屏退左右，只留下胡辇一人，问她："我正奇怪，燕燕如何忽然知道此事，韩大人又如何会忽然来问婚事，原来都是你在捣鬼。胡辇，我一向倚重你，没想到，你如今竟令我失望。"

胡辇跪在萧思温面前，泪水流下："爹爹何曾不令女儿觉得失望。女儿本以为，爹爹会是最爱我们的人，我本以为我和乌骨里的婚姻皆是因为我们自己落人把柄，爹爹是被迫允婚。如今我才知道，爹爹是何等深谋远虑。把我们姐妹分别嫁与横帐三房，则不管如何，我们中间必会有一人当上皇后。可是爹爹，纵然皇后之位能够落于我们中的一人手中，可是我们三姐妹分嫁三房，却是要让我们面对自己的夫婿与自己姐妹的夫婿不死不休。爹爹，你考虑过我们的感受吗？"

萧思温气得脸都白了，指着胡辇，手指颤抖，气得说不出话来。

胡辇见了萧思温此时神情，心中虽然也悔自己失口，但事已至此，索性一口气全部说了出来："爹爹，燕燕和韩德让真心相爱，她根本不想入宫。我们家三个女儿，有两个做政治联姻的牺牲品已经够了，何苦再把燕燕牵扯进来？"

萧思温本想和女儿解释，听到这话怒到不想细说，只厉声道："不行。旨意已下，岂是我们可以更改的！"

胡辇冷笑道："为什么不行？主上也不过是为了与后族联姻罢了，因父亲功大，所以要娶燕燕。父亲若是怕主上与其余两支联姻令我们这一支被削弱，那……”她咬了咬下唇，忽然道，“那我进宫去好了！”

萧思温一拍桌子：“胡闹！”

胡辇刚才那句话虽是脱口而出，但被萧思温这一喝斥，却起了逆反之心，倒是越想越有可能：“我不是胡闹！”她细理着思路，分析道，“爹爹，罨撒葛外逃，我与罨撒葛的婚姻已经作罢。既然要联姻，三姐妹中，我是长姐，论才貌能力我都胜过妹妹们。从小您就一直着力栽培我学文习武，以应天太后为典范。除了我以外，还有谁比我更有资格当这个皇后？”

萧思温看着胡辇，试探着问：“胡辇，我问你，你想当皇后吗？不是为了帮助燕燕，不是为了家族，而是……在你的心底，就是想自己当皇后，甚至比乌骨里还强烈？”

胡辇眼底闪过一阵迷惘：“我想当皇后……”不，她从来没有过这种强烈的欲望。虽然从小到大，她知道自己有可能当上皇后，也在为当皇后而学文习武，但是她是否愿意为了当皇后而如乌骨里这般，为了喜隐而放弃所有的亲人？

萧思温看出了胡辇眼底闪过的迷惘，就在她暗自咬牙说出“是”之前，摆手阻止了她：“胡辇，你没有这个决心，就不要入宫。”

胡辇问：“为什么？”

萧思温沉声道：“虽然你是我最看重的女儿，但你小看了主上——”

胡辇不解：“小看主上？”

萧思温点头：“是，你小看了他。”虽然你聪明能干，虽然你能够让罨撒葛对你敬重宠爱，但是，那是因为罨撒葛爱你。而耶律贤，却不一样，“主上这个人，有着与软弱外表截然相反的内心。你掌控不了他，我也掌控不了他。”

胡辇却不相信：“我也曾见过主上，他也不过是个男人而已。父亲，若是我征服不了他，你以为燕燕入宫，又能够起到什么作用？燕燕是家里最小的女儿，娇生惯养，一向任性爱闯祸。主上这个人，能够在先帝这样残暴的人手底下不惹他怀疑，他的心计得有多深啊。燕燕若进了宫，怎么能是他的对手，只怕会被他吞得连骨头都不剩下吧。”

萧思温却叹气道：“胡辇，你是该用心计的时候用了感情，该用感情的时候偏要用心计。对于罨撒葛，你并不爱他，却为了他而感情用事。如果你真的打算入宫，明知道主上心计过人，燕燕固然不是他的对手，难道你以为你会是他的对手吗？”

胡辇怔住：“爹，你的意思是……”

萧思温道：“对于主上，恐怕任何人都无法对他用心计，但是燕燕是他亲自选定的人，所以他会对燕燕心软，燕燕才比你更适合进宫。”

胡辇听懂了萧思温的意思，怔怔地跪在那儿，伏地绝望地号哭起来：“爹爹，我这一生已经毁了。甚至连乌骨里，她虽然看似幸福，但喜隐的野心迟早有一天会害了她。我本以为我们中间，至少还有燕燕能够幸福……可是您、可是您，您的心肠是铁打的吗？为什么您还要断送燕燕的幸福？”她忽然叫了起来，“娘，娘，您怎么走得这么早啊，您在地下有知，看到您的三个女儿都要一生不幸，会有多痛心啊！娘，娘，我对不起您，您临走的时候交托我照顾妹妹，我做不到，我做不到啊……”

萧思温明知这个长女智计多端，此时提起母亲便是要动摇他的心神，却也被她哭得不禁心酸。想起亡妻在时，她聪明强势，不论是在太宗、世宗、穆宗跟前，还是在应天太后跟前，均有办法护住自己的家人。自亡妻去后，自己性格保守，便处处受制，无处破局。想到这里，他不禁黯然神伤，扶起女儿，劝道：“胡辇，你起来吧。”

胡辇一扭身子，不肯起来：“我不起来，除非爹答应我，放过燕燕，有什么事，我担着。”

萧思温无奈叹道：“你啊，一叶障目，还说自己不是感情用事。你们三姐妹里反倒是燕燕性格坚毅，一旦认定目标便勇往直前，更适合独当一面。她若入宫，纵有困难也终有克服解脱的一日，但你，反而容易把自己陷进纠着中去……”

胡辇捂住耳朵：“我不信，我不服。”

萧思温摇头，道："不要再说了，你要是进宫了，罨撒葛立刻就能发狂，他若不管不顾带兵来攻，大辽就要陷入无休止的内乱，那时你我就是大辽的罪人！"

胡辇看着萧思温，自己不顾一切，使尽手段，依旧不能让他改变主意吗？她的神情又绝望又悲伤："爹爹，难道你的心中就只有政治权衡吗？我们三姐妹都是你的亲生女儿，不是你手中的棋子！"

萧思温却沉声道："胡辇，我首先是大辽的宰相，然后才是后族之长，最后才是你爹。"

胡辇悲戚地看着萧思温，哽咽无声。

萧思温长叹一声："胡辇，燕燕必须入宫。只有她入宫，我们家才能完全掌控住大辽的命运，才算是真正的后族之长。"

胡辇扭过头去，不愿意听。

萧思温却坐了下来，缓缓地道："胡辇，自太祖皇帝以来，横帐房皇位承继一直争斗不息，但是无论谁继位都要娶萧氏后族之女为皇后。这数十年来，皇权交替，后族巍然不动。大辽不仅是他们耶律家的，更是我们萧家的。对于江山社稷来说，个人的情爱又算得了什么？没有国，哪来的家？没有大辽的长治久安，谁的感情能够得到保障？你、乌骨里、燕燕，就代表了横帐三支，如今这三支，都在我女儿的手中，就代表了后族的力量，就代表了皇位传续的稳固。"

胡辇浑身一颤，不可置信地问他："爹爹，你、你……我们的婚事难道都是你的谋划？"

萧思温摇头："不是，乌骨里和喜隐，你和罨撒葛都是阴错阳差，出乎我的意料，为父只是因势利导。胡辇啊，后族三支五房，室鲁系有太宗靖安皇后，阿古只系有世宗仁节皇后，国舅别部有人皇王端顺皇后。我们家沾着室鲁、敌鲁的亲族关系，才名列后族，却不曾出过皇后。只有燕燕为后，我们才能够掌控全局。"

胡辇听着萧思温的话，脸上的神情渐渐变幻，最后变得十分复杂，陷入沉思。

萧思温按住胡辇的手，道："如今罨撒葛外逃，与你姻缘断绝，你可以不是任何人的妻子，这就让你具有既独立，又可以掌控任何变动的能力。胡辇，你有比当皇后更重要的位置，我活着是后族之长，我死了，这个掌控家族的重任就要交给你。胡辇，你是爹爹最看重的女儿，也是我真正的继承人，不要辜负我对你的期望。"

胡辇看着父亲，此刻，他眼中的自己，不再是女儿，而是托以家族重任的后继之人。她细看萧思温，发现这位永远宽厚的父亲，不知何时两鬓已经斑白。父亲老了，他再也护不住女儿们，护不住家族了，而这一切，要交到她的手里了，这是他的意思吗？胡辇想到这里，心口怦怦直跳："爹，你的意思是……"

萧思温把一枚令牌放到桌上："你带上人马，去把燕燕追回来。"

胡辇吃惊地站了起来："什么？"

萧思温沉声道："燕燕和韩德让是逃不掉的。但是只有你才能够把她安全地带回来，也只有你，才能够把事情控制在对每个人伤害最小、对事情最有利的局面。你如果真的疼爱燕燕，就知道什么样的选择才是对大家最好的。"

胡辇犹豫了一下："我……"

萧思温肃然道："胡辇，我要你现在就负起一家之主的责任，拿出一族之长的担当来。"

胡辇脸色犹豫矛盾，各种复杂的感情交错而过，终于拿过令牌，一声不吭，扭头走了出去。

此时天色已黑，城门已关，然而胡辇手持令符，带着部属叫开城门，便向着西门外径直追去。而胡辇率人出城的情况，也被守城之人飞快地报到了耶律贤的耳中。

第四十七章

苦命鸳鸯

耶律贤一早就收到了燕燕和韩德让私奔的消息，听到这个消息的时候，耶律贤愣住了。

他想过许多种可能，也在等着韩德让的质问，可是没有想到，一向冷静自持、以大局为重的韩德让，居然也会像一个被感情冲晕了头脑的草原少年一样，和心爱的姑娘就这么私奔了。

难道，真的是他判断错了吗？燕燕对韩德让就这么重要吗？

那么我呢？我不是你的君王，你最重要的人吗？

只没此时正在他身边，看他脸色变得十分难看，小心翼翼地问："主上，可要臣弟派人去把他们追回来？"

耶律贤平复了一下心情，道："不必了，朕想匡嗣和思温会知道怎么做的。"

果然不久之后，就听到胡辇带人追了出去的消息，耶律贤长长嘘了口气，吩咐只没："此事不必外泄。"

只没低头应道："是。"

一天之后，胡辇追上了燕燕与韩德让。

韩德让虽然反应极快，在燕燕提到之时就已经有了决定，若要离开，自然是以最快的速度出走。然而胡辇的反应也是极快，带着侍卫们一路追来，日夜不停。她又对燕燕和韩德让的性情十分熟悉，两人虽然是逃亡，但燕燕娇生惯养，韩德让亦会不忍让她太过辛苦，所以追上二人，并不算难。

然而若不是胡辇，换了别人来追，这些人的头脑却未必及得上韩德让，搞不好就没办法追上了。

所以当胡辇堵上韩德让和燕燕的时候，韩德让亦是惊诧万分。

燕燕却还一时没有想到，见到胡辇追上来，先是惊喜地叫了一声：“大姐——”就要上前，却被韩德让拉住：“别去。”

燕燕细看胡辇身后，顿时明白过来，不敢置信地问：“大姐，你是来抓我们的吗？”

胡辇凝视着燕燕，也就一天时间，燕燕已经因为赶路而变得满面尘灰，形容憔悴。她轻叹一声：“是，燕燕，你随大姐回去吧！”

燕燕脸色大变，她不能相信，一向宠爱她包容她的大姐，忽然间变成了追捕她和韩德让的人。她震惊而愤怒，顿足叫道：“不，大姐，我不回去，绝不回去——”

胡辇怜惜而无奈地看着燕燕：“燕燕，不要任性，你出来一天，过的是什么日子，你应该知道了。你以后难道真的要过这种日子吗？”

燕燕叫了起来：“我就是要过这种日子，我就要和德让哥哥在一起，什么贵妃什么皇后我都不稀罕，我就要嫁给德让哥哥！”

她的眼泪流了下来：“大姐，你一向最疼我，就当没有看到我们，好不好？”

胡辇却不看她，转向韩德让：“韩德让，你用了十多年，终于帮助主上登上皇位，如今正是你获得回报的时候，你走了，真的不觉得可惜吗？我知道以你的才能，若是去了南朝，或许还有重新成为重臣的可能，可是燕燕是我契丹人，她能够随你去南朝吗？你打算用你一身所学，反过来对付大辽的亲朋好友吗？”

韩德让摇头：“宋与大辽必有一战，胡辇，你放心，我父母家邦在此，我是不会带着燕燕去南朝的。”

胡辇又说：“那么，你是想做个普通人了？可是你这一身文才武艺真的甘心就此埋没于荒草吗？燕燕出身大族，从小到大甚至没有自己做过一顿饭，洗过一件衣衫，你带她走，是要让她从此做一个农妇，将青春年华浪费在田间灶台吗？”

韩德让神情不动，他决心已下，胡辇这些言语，又如何能够说得动他：“胡辇，谢谢你的提醒，有我在，我不会让燕燕吃苦的。”

燕燕也叫了起来：“只要和德让哥哥在一起，过什么样的日子我都乐意。”

胡辇转向燕燕：“燕燕，你真的要离开我们吗？你不要爹，也不要我们这些姐姐，不要我们这个家了吗？”

燕燕摇头，泪流满面：“不，我要你们。可是身为我的家人，难道可以把权势富贵置于我的幸福之上吗？是爹先不要我的，他只顾着向新皇效忠，出卖我的婚姻。大姐，你也要站在爹那一边吗？”

胡辇心头一酸，扭头拭泪，叹息道：“燕燕，你不是小孩子了，应该学会懂事，应该学会承担，要知道这世上许多事连我们也是无可奈何。你不能指望家里人一直哄着你，你不可以这么任性。”

燕燕摇头：“不，我不要你们哄我，是你们任性，不是我任性。我和德让哥哥情投意合，爹爹已经答应了我们的婚事，如今又来反悔，错的是你们，不是我们……”

韩德让长叹一声：“胡辇，你不要误导燕燕。我知道你可以为了妹妹牺牲终身，但你不能以此要求别人必须和你一样。燕燕与我情投意合，终身早定，你知道这样做对她有多残忍吗？胡辇，你一向有情有义，为什么今天你要为虎作伥？”

韩德让的话句句刺心，胡辇捂住心口倒退两步：“德让，你……”空宁忙扶住她，担忧地看着她。

胡辇扶住空宁，苦笑道：“我知道，我此刻追来，就要背负你们的怨恨。可是我宁可你们怨恨我，也要将你们安全地带回去。德让，若换了别人来，不会像我这样善待你们的。”

燕燕叫道：“大姐，我不要你善待我们，我只要你放过我们。”

胡辇深吸一口气：“燕燕，我替你求过爹……”

燕燕一惊：“大姐，你替我求爹，可你……”

胡辇打断她的继续追问："是，我求过，我用尽了所有的办法，可是没有用，燕燕，一切都挽回不了了。所以，我只能亲自来追你。我既然已经来了，就不会空手而回。燕燕，圣旨已下，你必须入宫为妃。"说着，扭头喝道："来人，把他们一起带回去。"

她身边带来的都是族中私兵，此时一拥而上，将韩德让与燕燕两人团团包围。本以为韩德让见此便会束手就缚，谁知道韩德让见了人来，不但不退，反而一边护住燕燕，一边拔刀相向。

胡辇一惊，细看韩德让，却见他神情有些悲愤，又有些决绝，手中持剑，并不退后。

胡辇暗觉不妙，叫道："韩德让，你一向稳重顾全大体，为什么燕燕糊涂，你也跟着糊涂？"

韩德让冷冷一笑："胡辇，我是稳重，顾全大体。可是再顾全大体的人，也要为自己活一次，为自己争一次！"他说完，不待那些兵士动手，便冲了上去。

那些兵士本来得了吩咐，知道只是捉两人回去而已，况且寡众之势太过明显，因此一上来并没有出手，哪晓得韩德让却出手在先，他们本是精锐之士，遇此情况，自然也只好出手。

一开始，那些兵士也怕伤到韩德让，不免有些束手束脚，因此竟险些被韩德让冲了出去，不由大惊。这一下便不敢再留手，虽然不曾往要害处招呼，但韩德让身上却开始见伤。

胡辇一惊，嘴唇微动，想要叫人手下留情，但话到嘴边，却还是咽了下去。她看得出那些部属下手都没有往要害处，而韩德让却始终不肯认输罢手，而在不停地反抗挣扎。他何曾是为了这一场无意义的围捕而挣扎，他所恃以搏斗的，只是一股不肯认命的气性吧。

胡辇没有开口叫停止，她已经下令不得真正伤了韩德让，而韩德让带着燕燕这一出走，大伤新帝颜面，韩家毕竟不是萧家，一旦引来新帝猜忌，或者其他臣子的攻击，反而不妙。韩德让若是完好无损地被带回去，他将面临什么样的责罚，谁也不知道。但若是韩德让一身是伤地回去，那么就算有再多的责罚，也只能往后推移了。

一旦往后推移，就有了运作空间，或者新帝怒气过后，对韩德让的责罚也会减弱。

所以胡辇明明看着韩德让在浴血搏杀，明明看到燕燕已经哭成了泪人，在那里愤恨地嘶喊求救，但她却站在那里一动不动。直至韩德让一身是血，力竭倒下。

忽然间，大雨倾盆。

胡辇抹一把脸，脸上的水，不知道是泪，还是雨。

耶律贤得知韩德让与燕燕被追回，先是松了一口气，不想又听得韩德让重伤，一惊之下，匆匆令人备了车驾，直往韩府而去。

韩匡嗣迎出来，还不及请罪，耶律贤便道："带朕去看德让。"

韩匡嗣欲言又止，最后直接将耶律贤带到了韩德让的房中。

才进院落，便听到里头韩夫人的哭声和叫声，又闻到极重的血腥味，待得见侍从拿着一团血衣出来，耶律贤心里一紧，推开侍从，径直进去。

此时韩德让已经昏迷不醒，御医正为他剪开衣服，清洗伤口，撒药包扎。耶律贤进来时，就见韩德让一脸苍白地躺在床上一动不动，上身一片血肉模糊，地上丢着一团团剪开的血衣，还有一盆血水。

此时血腥之气更重，耶律贤本就有畏血之症，见此情景，只觉得眼前一黑，差点栽倒，幸被随后而入的婆儿扶住。

韩匡嗣道："快把主上扶出去。"

耶律贤直到了韩匡嗣书房，喝了一杯静心茶以后，才缓过神来，急问："德让怎么样？"

刚才耶律贤进来前，就是韩匡嗣在为韩德让清洗包扎，御医在一旁打下手，此时便说："主上放心，德让的伤看着虽重，但并无性命之忧。"

这话说得可圈可点，耶律贤听得反而更加忧心："这话怎么说，虽无性命之忧，但是其他后果呢？唉，思温怎么下如此重手？”

胡辇送韩德让来时，对韩匡嗣说了一句话：“请伯父恕我手重，德让伤重，方可避祸。”

韩匡嗣自是明白胡辇这话的用意，此时便苦笑答道：“他拐走了人家的女儿，怎么怨得人家手重。”

耶律贤胸口一滞，竟是无话可说，他们本是明正言顺的未婚夫妻，是他一道旨意，逼得双双出走，最后韩德让一身是血，重伤在卧。

他长叹一声，挥退左右，方问：“匡嗣是否怪朕？”

韩匡嗣轻叹一声：“主上是臣看着长大的，臣在主上身上用的时间精力，超过臣亲生的任何一个孩子。容臣说一句僭越的话……”他看着耶律贤，缓缓地道，“没有人会怪自己的孩子！”

耶律贤眼眶一热，饶是他再心机深沉，此刻竟也是差点落泪，他能够分辨得出，韩匡嗣这话真诚与否。一刹那间，小时候的情景涌上心头，历历在目。

他四岁时几乎失去了所有的亲长，而余下的只有懵懂无知的一对弟妹，这十几年来，韩家父子几乎就是他最依赖的亲人。纵然没有血缘之亲，然而就算是他的亲生父母和兄长尚在，也未必能够对他如同韩家父子一般周到关切。甚至小时候韩德让都私底下调侃说怀疑自己是抱来的，耶律贤才是韩匡嗣亲生的这种话。

年长以后，他也渐渐明白，韩匡嗣对他的情感里头，或许还有因着他的身份而持有对未来的期许。然而这些年来，他这么一个病恹恹的皇子，得到大位的可能性实在是很低，甚至连只没都有可能比他更值得投资。就算他走到现在，身边也先后聚拢了许多他父亲时的旧臣和新投效的臣子，但是这些人却是在他年长以后，逐渐表现出他对皇位的可能性以后才聚拢的。但韩家父子除了他以外，根本没有其他设想。

他握住了韩匡嗣的手，道：“匡嗣，不是朕非要横刀夺爱，而是朕迫不得已。这话，朕除了你，不会对其他人说。”他停了一下，再看看左右，确定无人，这才道，“匡嗣，朕的事只有你最清楚，朕纵然坐上皇位，然而，这以后呢？朕的身体、朕的子嗣，甚至朕的将来……一旦有变，这江山社稷，又该何去何从？”

韩匡嗣默然，耶律贤的身体，他自然是最清楚的，穆宗兄弟为什么不会猜忌耶律贤，就是因为耶律贤身体太弱，看着简直就是肯定会死在穆宗前头。若不是黑山事变，罨撒葛失了先机，那么耶律贤真的很难有登上皇位的机会。

而世宗三子，吼阿不早死，只没受了宫刑，耶律贤一身是病。群臣其实都已经在暗自议论，耶律贤继位之后第一件事恐怕不是推行新政，而是赶紧生个儿子，否则世宗一系，就算是断了根。那么，万一耶律贤有个意外，罨撒葛、喜隐等人则完全可能卷土重来，问鼎大位。

世宗一系，目前还没有任何后嗣，耶律贤若不能赶紧生下一个儿子，则为防意外，也只能是过继世宗的异母兄弟如耶律稍、耶律隆先、耶律道隐等的子孙了。这样不但血统太远，而且那三王本身也不是省油的灯，其素质比罨撒葛和喜隐只低不高，若立其子为皇储，将来也是后患无穷。

“祥古山之事、黑山之事……”耶律贤说，“皇位危若累卵，稍有不慎，就会全盘皆输。而朕的身体，也不知道什么时候会病发不能主政，这时候朕需要一个能够在此时主持大局的皇后，便如同应天皇后一般。这个人，朕只能选择燕燕。”

哪怕祥古山事起突然，哪怕世宗和甄后遭遇杀身之祸以后，如果他的母亲，或者是世宗的母亲是应天皇后那样的女人，她们若是手头一直有一支兵马，而且能够迅速在事情发生变故时主政大局，那么至少后面的境况，不会这样无法收拾，而穆宗亦更不可能继位。

甚至黑山事变中，若是穆宗的皇后还在，并且是应天皇后这样的女人，他也不可能会得到继位的机会。

所以，他既然坐上了这个皇位，他就要防止这样的事情再度发生，哪怕他遭遇不测，至少他的孩子，能够得到母亲的保护，能够保证大局稳定，能够保证他这一系皇位不失。

韩匡嗣沉默着，他能够理解耶律贤内心的恐惧，而耶律贤的身体也的确很可能会在某一天忽然倒下，那么他们这些年以来，为新政、为江山社稷所做的一切，就会这么落空了。

然而——

“后族女子，能干者甚多，主上再无其他选择？”终于，韩匡嗣还是问了。其实他并不想问出答案来，可是他知道，耶律贤把话说到这一步了，就不会回避这个问题，而这个问题由他问出来，比耶律贤自己说出来更好。

耶律贤沉默良久，才道：“朕不认识其他的女子，朕也不会轻易信任一个陌生的女子做自己的枕边人，甚至交托江山和后嗣。”

他并不是一个容易相信他人的人，这一生他能够信任的人非常少，所以，他一个也不会放手。

韩匡嗣默默一揖：“老臣明白了。”

耶律贤看着韩匡嗣：“朕需要燕燕，但是朕更不想失去你和德让。”

韩匡嗣送走耶律贤，心情沉重地回到韩德让房中。

刚才耶律贤走的时候，对他说：“等德让醒了，告诉朕，朕再来看他。”

他看着仍然昏迷的儿子，他竟从不知道，这个从小冷静自持的儿子，还能够为了一个女人，拼成这样！他为什么要这么做？他是真的爱燕燕爱到连性命都不顾的程度了吗？

韩匡嗣默然想着，他自己不是这样的人，他父亲也不是，可是为什么到这个孩子身上，会出现这样的变化？到底是德让太过爱燕燕，还是他因耶律贤背叛这事产生的怀疑，对自己这十几年心血错付的绝望？

可是这块土地上所有的人，不都是这么从希望到绝望，从绝望再面对，再度怀着希望一代代传播种子，努力守护，不肯放弃，也因此不管世界如何天翻地覆，汉家的种子，却生生不息。

韩夫人见他进来，愤然道：“那个人走了？哼，他居然还有脸来。”

韩匡嗣不得不道："那是主上，你说话小心些。"

韩夫人"哼"了一声道："那又怎样？夺人所爱，不是好汉。亏得德让把他当好兄弟，做出这样的事情，居然还敢假惺惺地过来，哼！"

韩匡嗣看着韩德让，叹息："我也想不到，德让竟然会为了燕燕如此拼命。"

韩夫人理所当然地说："为了自己心爱的女人，拼成这样才是真男人。不愧是我的儿子！这件事，我就说他没错！我们契丹好男儿，遇到这种事还能忍，还算个汉子吗？"

韩匡嗣心有触动，看了看韩夫人，苦涩地道："可他是我韩家的儿子，他应该留着有用之身，做更重要的事。"

韩夫人冷笑："做人总得有点血性，要没点血性，还能指望他在重要的事情上有担当吗？"

两夫妻正在相争不休，却不知道韩德让已经醒来，只是他此时伤重不支，脑子里仍然昏昏沉沉的，只能听着父母争执，却是连手也抬不起来，用尽全力，也只发得出一声"呃"来。

韩夫人却已经听到了声音，惊喜交加地扑到他的床头，叫道："德让、德让，你醒了？"

韩德让缓缓地睁开眼睛，眼前从一片模糊渐渐变得清晰，他首先看到的是韩夫人惊喜交加的脸。

韩夫人稍抬起韩德让的头，给他喂了水，柔声道："来来来，先喝口水，你哪里痛，哪里难受，告诉娘，啊！"

韩德让喝了两口水，缓缓转头，看到身在自己的房间中，站在旁边的是母亲、父亲和侍从，却没有看到他想看到的人。他的眼神黯淡下来，声音微弱而嘶哑："燕燕……"

韩夫人扭头拭泪，强笑道："燕燕没事，德让，就算有什么大事，都来得及。等你伤好以后，你想做什么，娘都帮你。"

韩匡嗣皱眉："夫人，你这话——"

韩夫人却沉下了脸，指着门口道："你出去，儿子还伤着，你说这些话做什么？”

韩匡嗣无奈，只得叹了一口气，走了出去。

韩夫人坐到韩德让床边，道：“别理你父亲，德让，这件事你做得很对，是我们契丹好男儿的作为。燕燕在她自己家里，放心，是你的好姑娘，到了天边也是你的。她现在还没嫁，就算嫁了，咱们也能把她抢回来。”

韩德让心中一热，讷讷地说道：“母亲——”

韩夫人按住他：“你别动，你现在有伤，小心伤口挣破就不好了。儿子，我告诉你，天塌下来有娘在，天底下没有什么事情可以打倒一个男子汉。只要有命在，什么事情都不晚。”

韩德让长叹一声，闭上了眼睛。刚才韩夫人叫韩匡嗣出去的时候，他分明看到韩匡嗣看了他一眼，他懂父亲的意思，若是换了从前，他会出言让父亲留下来，他知道父亲有话想对他说。可是此时，他不想听，不想再当那个听话懂事、牺牲忍耐、承担家族责任的好儿子，不想当那个父亲寄予家族全部希望的好儿子。

此刻他只想在母亲的身边，听她说那些他素日不以为然，认为只是热情上头而不管后果、一味偏心宠溺的话。以前他是以容忍的心去看待母亲的言行，觉得自己比母亲更成熟，更懂得怎么做。母亲的思维是单纯的，被他们所保护着的，甚至她以前那些过于关爱的言行，也让他觉得有些避之不及。

然而这一刻，当他似乎对自己前十几年甚至二十多年的生命历程感到完全是错误的时候，母亲这种质朴的、完全是非理性的关爱，却让他忽然觉得可以把这么多年肩上的担子完全抛掉，可以任性一回，自我一回。

他从小就是一个小大人，没有真正做过一个孩子，而此刻，他累了，想当一回孩子了。

他躺在那儿，内心却并不似表面这样平静，这一刻他的内心，对自己是深深的厌弃和绝望。

他的长兄出世的时候，家族中正面临变故，所以从小就托寄在外祖父家中，被教导得像一个典型的契丹汉子，等到接回来的时候，父亲用尽办法也不能让他达到自己的期望。所以韩德让就成了父亲寄以重望的儿子。

从小到大，他崇拜父亲，敬仰父亲，模仿父亲，听从父亲的安排，在别的孩子出去玩的时候，他在学习，他在听着家族的历史，他知道自己将是承担家族重望的孩子。

祥古山那一夜，他从父亲手中接过了小皇子，从此他生活的重心就只有小皇子。他牵着他稚嫩的手走着，握着他的手教他写字，在他半夜梦醒的时候安慰他，在他病发痛苦的时候感同身受，为他殚精竭虑地在暴君和太平王手底下活下去，为他出谋划策，为他拉拢人手，为他谋夺皇位，为他出生入死。

有时候他也觉得承受不了，他没有无忧的童年，没有飞扬的少年，也没有激情的青年，他的生活中只有小皇子。

是燕燕的出现打破了这一切，让他的生命开始为除了小皇子以外的另一个人而担忧、心动。

他这短短二十多年，一直为了责任而活，而不知道什么是自己的想法和快乐。同样，耶律贤也是自四岁以后，就是为了责任而活，为了皇位而活。他以为世界就是这样，一种是像他们这样知道为什么而活的人，另一种就是浑浑噩噩、不知为何而活的人。

但是燕燕，却是不一样的。这个少女鲜活的人生，是为她自己而活，她的一颦一笑都是这么纯真自然而充满活力，这种活力，是他和耶律贤所不曾有过的。

一直以来，他所有的目标就是帮助小皇子登上皇位，推行新政，但这一切完成以后呢？夜深人静的时候他也曾想过，等小皇子登上皇位以后，怎么办？帮助他继续推行新政，实现所有汉臣向往的“化胡为汉，天下大同”。但是，再然后呢？

他每每想到这里，脑子里就是一片空白，这一段人生苦旅，他走得太久太久，久到甚至忘记为何而行，何时而止。

直至认识燕燕以后，他才有了新的想法，或许，等到小皇子登基以后，他就可以为自己活一回吧。他和燕燕结为夫妻，然后生下孩子。将来他一定不会让他的孩子从小就承受家国大业的负担，他一定要使劲地宠他或她，把他们宠成像燕燕那样无忧无虑的孩子，甚至是—— 无法无天的小浑蛋。

他的祖辈、父辈受过太多的苦难，他只想他的下一代，能够像燕燕一样，无忧无虑地度过童年、少年、青年，乃至一生。

他对未来开始有期许和盼望，想象着新帝继位、新政实行以后他全新的开始。

可是没有想到，在他以为忍耐即将结束、新生活即将开始的时候，他却迎来了最可怕的噩梦、最寒彻骨髓的背叛。

他甚至不明白，为什么会这样？这么多年以来，那个人在他面前的深情厚谊，那份推心置腹的诚挚信任，难道都是假的？都是装的？他为什么要夺他所爱？为什么在他以为可以共庆成功的时候，给了他这狠狠一刀？

他甚至不能恨自己看错了他。在父亲把那个孩子送到他面前的时候，他还是个四岁的孩子，这些年来，是他们描画了他，培育了他，成就了他。他是在他的精心呵护中，变成了现在的样子。

那一刹那，他惶恐得不知如何是好。这么多年来，他所做的一切难道都是错的？他所忍耐所坚守的，难道都是错的？他教他读书写字，教他隐忍筹谋，教他帝王心术，最后换来的是他得偿所愿以后，首先一刀刺向他。

他一直以为他还是一个小弟弟，可是他早就长大了。他一直以为他足够了解他，可是他却长成了他想象不到的样子。

如果这一切都是错的，是父亲一开始判断错了，还是他这些年以来做错了？那一刻，他心如死灰。如果他由他父亲安排的前半生都是错的，那么，就让他抛开一切，重新听从自己的心去过另一种生活吧。

所以，当他下定决心的时候，他就带着燕燕一刻也不犹豫地离开了上京。

然而，他心中却明白，自己是逃不掉的。如果他肯放过他们，他们才能逃得掉，如果不肯，他们就无法逃脱。

他恨着他，然而心底又暗存希望，他会就此罢手。

当胡辇堵上他们的时候，他是绝望的，那一刻，他觉得，与其回到上京，去面对他宁死都不愿意面对的结局，还不如就这么死了。

至少，死个痛快。

所以他几乎是不顾性命地去搏杀的。他从来没这么放纵过，这么痛快过，甚至是享受着身上每一处伤口的痛，这种痛让他觉得至少他还活着，还有感觉。

倾盆大雨下着，他身上的血在流失着，只觉得越来越冷，冷得感受不到痛了，眼前也在模糊，渐渐变黑，他终于倒了下来。在他失去知觉之前，他听到了燕燕嘶声的哭喊。

他很想说，好姑娘，对不起，这一生，我就让你哭这么一回，我这一生，也就任性这么一回。

可是他没有死，老天爷真捉弄他，让他活过来干什么？

他就这么躺着，不说话，也不动，他会喝水，也会吃药，只是他不想和任何人说话。

母亲在絮絮叨叨着，他喜欢听她絮叨，以前他嫌她什么都不知道只会啰唆，可现在他只想听这个温暖的声音。

父亲来了，他是单独来的，他犹豫着坐到他身边，慢慢地劝说着。

他说，放弃吧，君臣分际，又能如何？

他说，燕燕毕竟还年轻，等她当上皇后，就会忘记如今这一切的，而他们这十几年的守候，终于有了结果，新政就要推行，汉化就要推行，从祖父到他几代人的努力，就将有结果了。

他说，如今新君刚刚登基，太平王逃窜在外，诸亲王虎视眈眈，是皇帝最需要他和萧思温家支持的时候。如若他们私奔的事情传出去，旁人不免疑心皇帝将失去宰相府和韩家的支持。到时候，人心浮动，好不容易安定下来的局面就完了。

他说，若国家大乱，你和燕燕就成了国家的罪人……

韩德让没有理他，这些话，他早就猜到了，并没有什么奇怪的。他了解他的父亲，他宛如一面镜子，照见他可能的将来。他的父亲，也是在年幼时就被送进了宫，为了父辈的政治理念而前行。最终父亲变成了祖父那样的人，父亲又希望把他也变成那样的人。

可是，他累了，他什么也不想听，什么也不想做，什么也不想回应。

第三天，皇帝来了。

韩匡嗣陪着皇帝进来，见韩德让闭目不动，叫他："德让、德让，主上看你来了！"

耶律贤却阻止了韩匡嗣继续叫他："不必了。匡嗣，朕想与德让单独坐坐。"

韩匡嗣应下，带着诸人退出。

耶律贤坐了下来，看着韩德让，但见他脸色惨白，闭着眼睛，不理不睬。他知道自己可能会受到这种待遇，然而真正面对的时候，还是有些难受。他从小和韩德让一起长大，事实上他甚至可以说比韩匡嗣更了解韩德让，他虽然看似温和，但心志坚韧，而且颇为自负。而自己的这种行为，对韩德让是极大的打击。

但他还是来了，他不想就这么等着，或者就让韩德让在沉默中接受了韩匡嗣的劝说，最终——和他成了君臣。

他沉默良久，还是叫了一声："韩二哥——"

韩德让没有回答，也没有睁开眼睛。

耶律贤长叹一声："我知道你醒了，我也知道你听得到我说话。"

韩德让没有说话。

耶律贤又道："我知道你恨我，你一定以为，我是故意的。我要迎燕燕进宫，是冲着你来的，是想在你心口插上一刀，是想告诉你，我是皇帝了，我可以在你面前为所欲为。"他苦笑一声，"我刚登基，立足未稳，正是最需要你帮助的时候，我为什么要迫不及待地在你面前做出这副恶相来？教你恨了我，也教其他人认为我是个无情无意的皇帝，教臣子们离心？”

韩德让本待不理他，听得这话，忍不住睁开眼睛：“你想说什么？”

耶律贤微微一笑：“你终于肯睁眼看我了。”

韩德让又闭上眼睛：“罢了，你想怎样就怎样，何必与我解释。”

耶律贤问他：“为什么你不看我了？”

韩德让闭目：“我不敢睁开眼睛。”

耶律贤苦笑：“你这是在骂我？你是说自己看错了人？”

韩德让淡淡地道：“臣不敢。”

耶律贤问他：“我们再也不能像以前那样兄弟相称了吗？”

韩德让说：“君以礼待臣，臣以礼待君。君以诏令待臣，臣只能畏君威而远避。”

耶律贤心头一痛，叹道：“我知道，我不应该在事前毫无解释。诏令已下，我再说什么，也是我理亏。”

韩德让冷冷地道：“事前事后，又有什么区别？臣照样要遵旨。”

耶律贤叹息：“是，事前事后，的确没有什么区别，我是夺人所爱，可我这么做，都是为了江山社稷。”

韩德让冷笑一声。

耶律贤却道：“实不相瞒，在此之前，我就认识燕燕了。我认为她是一个很好的皇后人选。德让，我的身体不好，我的后宫需要一个像应天皇后那样在危乱中能主持大局的皇后。”

韩德让低声道：“她与我已有婚约，你应该知道！”

耶律贤点头：“我知道，但是德让，从小到大我们都明白，大业当前，感情并不是最重要的。思温宰相助我良多，后族也不宜再有人和思温宰相争权。我的皇后只能是思温宰相的女儿，你应该明白这个道理。”

韩德让冷笑：“大业当前，感情并不是最重要的？那么，你还来做什么？”

耶律贤上前一步，握住韩德让的手："是，感情并不是最重要的，但是却不表示我们可以抛弃十几年的兄弟之情。对我来说，你比任何人都重要。难道你就不能让这一回吗？"

韩德让缓缓地抽出自己的手："是，从小到大，我什么都让着你，不止是因为你是我的主公，更是因为我把你当成弟弟，当成亲人。可燕燕不是东西，她是人，是我心爱的女人，是不能让的。"

耶律贤道："大丈夫何患无妻。德让哥哥，你不要为了一个女人和我生分，好不好？你想想我们从小到大的情分。"

韩德让忽然笑了："情分？你就打算一直这样用情分挟制我吗？明扆，你下旨的时候，有没有想过我们从小到大的情分？"

耶律贤抿着唇不说话。

韩德让淡淡地说："可能是我错了。我从来就没有真正了解过你。你真的不是我认识的那个明扆。"

耶律贤恼了："燕燕对你来说，真的这么重要吗？可燕燕若嫁给你，一生不过是臣下妻，你忍心让她的才华智慧消磨在后宅婆婆妈妈的琐事上？她能够成为应天太后那样名垂青史的女人。"

韩德让冷冷地看着他："可大家喜欢应天太后吗？你真的爱戴她吗？应天太后这一生，逼死儿子，又为孙子所逼迫让位，她幸福吗？没有爱的女人，最后只是戴着王冠的怪物。"

耶律贤道："可她有利于大辽，有利于江山社稷，有利于天下。人的才干不能被淹没，青史留名比小情小爱更重要。"

韩德让冷笑："主上既然决心已下，又何必同我这种不相关的人来解释这么多。"

耶律贤咬了咬牙："我希望你依旧能够辅助我，这个世界上，我能信任的人很少，你们父子是这极少数人中最重要的。"

韩德让冷笑："你敢信我？"

耶律贤道："朕有这个心胸，有这个自信。"

韩德让却道："我没这个心胸，也没这个自信。"

耶律贤还欲再劝："德让……"

韩德让却已经闭上了眼睛："明扆，我累了。这十几年，我已经太累了，对不起，今后的路，你自己走吧，我恕不奉陪了。"说罢高叫一声："信宁——"

信宁机灵地跑进来："公子——"

韩德让淡淡地说："我要更衣，请主上回避吧！"

信宁转身向着耶律贤赔笑："主上，您看这……"

耶律贤顿了顿足，终于转身："德让，不管你什么时候能够想通，朕这里的位置永远为你留着。"

第四十八章

耿耿长恨

耶律贤走了。

下一顿送上来的药碗，被韩德让扔在地上，他根本不想喝药，也不想吃东西。他本以为可以平静地面对耶律贤了，可是他这一来，却令他的心绪再度波动起来。

韩夫人雄赳赳气昂昂地来了，拿着药碗走进来就骂道："你这个死样子连爬都爬不起来还想干什么？要抢媳妇，要跟人打架，要跟人辩是非，你也得能站起来、能走出去、能打得了架才行。要不然，就躺在床上叫叫，跟爹娘撒气，你以为你是三岁小孩啊！"

信宁吓了一跳，以为韩德让会生气，哪知道本来面如死灰的韩德让听了韩夫人的话，却渐渐平静下来。

韩夫人吩咐道："再去熬一服药来，他要不喝，灌着他喝。"

韩德让看着韩夫人，一时间竟是千言万语说不出来，良久，才长叹一声，说："母亲，我该怎么办？"

韩夫人坐下来，看着儿子憔悴的神情，心痛万分。

这个儿子从小由丈夫教养，她插不上手，也不懂得如何教。韩匡嗣把韩德让送进宫去陪伴耶律贤时，她反对过，但没有效果。儿子渐渐长大，言行越来越像丈夫，跟她却越来越没有话可说，她认了。祖祖辈辈都是这么过来的，草原上的母羊带着小羊稍稍长大些，就要看着小羊去奔跑觅食。她喜欢韩匡嗣，儿子长成丈夫那样，她再插不上手，也是欢喜的。

可是如今，看到儿子这般模样，她又是后悔又是心疼，把丈夫赶走了，自己坐下来陪着儿子，看着他露出小时候那般手足无措的模样，心早就化成了一团。

她拿着手帕胡乱抹了泪，道："儿子，你怎么这么傻啊。我知道你是伤心了，所以就不想活了。可是，你要活不了，哪有以后啊。"

韩德让茫然地说："以后……"

韩夫人叹息："你还年轻，遇上一点事，就觉得天塌下来了。可是你不晓得，人这一生很长，这天塌着塌着，也就习惯了。这跟草原上的人一样啊，头一次遇到狼群，遇到雪灾，羊群里的羊死了大半，命都快没了，那时候也是觉得天要塌了啊，活不成了啊。可是后来呢，年年遇上，也就习惯了。一年年过去，再回头看看，还会觉得那时候怎么这么娇气呢。"

韩德让低头："母亲也觉得孩儿娇气吗？"

韩夫人接着说："甭管以后怎么说，可这人生头一跤啊，摔得是真痛，从来没有过的痛，那都是痛在自己身上，痛得要死过去。天底下哪有什么人不娇气，都是摔着摔着就习惯了，都是这么痛过来的啊。德让，娘知道你心里苦，你做的都是对的。男子汉大丈夫，遇到这种事，怎么可以忍，怎么可以不反抗？"

韩德让苦笑一声："可我如今，这般反抗，又有什么用？"

韩夫人大声道："为什么没有用？天底下哪有什么事是想做就能成的。可是不能因为这个，一开始就认输，连努力都不努力啊。或许这一次你输了，可是人生长着呢，你要晓得，草原上的草啊，年年都要枯，到来年春天，又能重新绿遍草原。"

韩德让喃喃地道："来年春天，我还有来年春天吗？"

韩夫人道："为什么没有？你还活着，燕燕还活着，你们相爱过，你们为了在一起而努力过。就算现在有皇帝的旨意阻隔着，就算你们将来各自成家了有了孩子，甚至见不着面了，可是长生天看着呢，长生天知道你在想着她，她也在想着你，到你们化了飞灰，你们的灵魂在天上还能相逢呢。"

韩德让怔住了，细细品着母亲的话，竟是不由得痴了。

沉默良久，韩德让忽然问：“母亲，燕燕怎么样了？”

韩夫人叹了一口气：“你怎么样，她就怎么样。你想想以她的性子，会怎么样？”

韩德让心头一痛，如利锥刺心，竟是痛得连气息都滞了一下，差点转不过气来。

此时的燕燕，情况却是比韩德让还坏。

韩德让救回来的时候，虽然已是昏迷不醒，高烧不退，但也因此灌得进药，灌得进食物。而燕燕被捉回去关起来以后，却是一口食物不吃，一滴水不喝，竟是真正绝食了。

为了婚姻而绝食，之前乌骨里闹腾过，所以萧思温初时也不以为意，但胡辇却看出不对来。绝食还犹可，不喝水却极是伤人，只过了一天，燕燕就已经躺倒在床上了。

胡辇坐在她的床边，口都说干了，也只换得燕燕一句话：“我不愿意做的事，谁也别勉强我。要进宫，抬我的尸体进去。”

然后，她就闭目再不理睬任何人了。

胡辇无奈，只得报与萧思温。

萧思温也过来劝了很久，燕燕却始终只有这句话：“我不愿意做的事，谁也别勉强我。”

胡辇急了，跑到喜隐府，把乌骨里也拉来了。

不想乌骨里头一件事先是恼了：“好啊，怪不得黑山之事，父亲不帮喜隐，不帮罨撒葛，却去帮明扆这个病秧子，原来他根本就不考虑我们，只把皇后之位留给燕燕。都是女儿，他怎么可以如此偏心，难道他心里只有燕燕，没有我们吗？”

她这话一说，直把胡辇气了个倒仰，先和乌骨里吵了一架。虽然最终乌骨里还是跟着胡辇回来了，只是她心里既有此想法，在燕燕面前与其是劝说，不如说是酸意十足，话里话外，透着“爹爹最疼你了”“你要当皇后了还有什么不满足”的意思，最终自然也没能劝动燕燕。

胡辇气得站起来，厉声道：“每天熬一锅羊肉汤，按三餐给她灌下去。你要真的矫情成这样把自己饿死了，就不配是我们后族萧家的人。”

然而还是没有用，给燕燕灌下去的东西，她又给吐了出来，最后甚至只要肉汤一端进来她就开始呕酸水。

胡辇没有办法，只好来找萧思温：“爹，这样继续下去不行，要不然您进宫，劝主上收回成命吧。”

萧思温慢慢地说：“你所有的办法都想尽了吗？”

胡辇垂头：“是，女儿无能，所有的办法都想尽了。”

萧思温问：“你去找过韩德让了吗？”

胡辇心里一紧：“找韩德让？”

这几天她把全部的时间都放在对燕燕的劝说和关注上，不敢去想韩德让。她一闭上眼睛，就会看到韩德让那满是鲜血的身体，听到那雨中绝望的嘶吼声。纵是铁石心肠的人，也会软化的。

她甚至怀疑，那个在当时场景下仍然冷酷地下令去攻击他，去打倒他，把燕燕从他身边带走的人，竟会是自己。她不知道自己当时是以怎样的无情才能够做到的。事后，她都不敢面对当时的自己。

所以，她不敢去打听韩德让的消息，怕听到韩德让的伤情、悲情，怕燕燕哀求的眼光。

可是此时，萧思温却说，去找韩德让吧。

“为什么？”胡辇颤声问父亲。

“既然燕燕放不下，德让也放不下，不如让他们自己去面对。一段感情，只有当事人自己断，才算是真正的了结。”萧思温说。

胡辇颤声问：“那要是他们自己不能面对，不能了结呢？”

萧思温苦笑一声：“那也是他们的命！”

这个皇帝或许此时还是谦和有礼的，可是，大辽从建国开始，从太祖耶律阿保机开始，直至太宗、世宗、穆宗，就没有不会杀人的皇帝，也没有顾忌情义和功劳就不杀人的皇帝。

如果燕燕和韩德让不能面对，不能了结，那就只有死。

胡辇哽咽："这太残忍了。"

萧思温叹息："我们现在放纵他们陷进去出不来，才是真的残忍。"

燕燕仍然躺在床上，一动不动。

胡辇走到她的床边，端着热奶茶扶起她说："燕燕，听大姐的话，先喝碗热奶茶吧。"

燕燕闭目不动，也不张嘴。

胡辇轻叹一声："燕燕，你不想见韩德让了吗？"

燕燕猛地睁开眼睛，灰暗的眼中忽然透出亮光来，露出希冀又不敢置信的神情看着胡辇，嘶哑着声音说："大姐，你说什么？"

她的嘴唇因脱水而干裂了，喉咙也干涩得发不出完整的声音。胡辇心疼不已，端着热奶茶递到她唇边说："你先喝碗奶茶吧。"

燕燕却不张口，只用怀疑的眼神看着胡辇。

胡辇看着燕燕的眼睛，坦然道："燕燕，你不必怀疑我。这次我虽然没有站在你这边，可我什么时候骗过你？"

燕燕想了想，收起怀疑的眼神，再犹豫地看看胡辇，见着胡辇肯定地点头，终于张口喝了两口奶茶，又停下，积蓄了一些力气问："德让哥哥怎么样了？你真的带我去见他？"

胡辇点头："他没事，只是受了些皮肉之伤，并无大碍。但你现在不能去见他……"见燕燕急了又要说话，摆手阻止道，"你看你现在这个样子，站都站不起来，怎么去见他？见了他，不是叫他担心吗？"

燕燕一惊，忽然伸手，将那一碗奶茶咕嘟咕嘟喝了个精光，喘息了一会儿，才道："大姐，我可以的，我现在就可以去见他。"

胡辇淡淡地说："你不能出去见他，爹爹说了，你进宫前，就在这个院子里，哪儿都不能去。"见燕燕露出受骗的眼神，才又道，"但是你今天要好好养好身体，明天韩府会把德让送过来见你。"

“真、真的？”燕燕颤声问，“德让哥哥……他的伤没事了？”

胡辇说：“既然他能来，那他的伤就不会有事。”

燕燕长长地嘘了一口气，忽然只觉得身上增添了无穷的力量。

然而她毕竟是太虚弱了，就算开始吃东西，开始准备着力气去见韩德让，第二天也只能让侍女扶着她，在院中亭子里坐着，等着韩德让。

韩德让来了，但他却不是走着来的，而是坐在车上，由信宁推着进来的。

燕燕见着信宁推着韩德让进来，惊得就要扑上前去，腿一软，却差点摔倒，良哥忙扶住她，让她坐下。

信宁推着车，将韩德让送到燕燕身边。

两人只能坐在那儿，看着对方，四顾无言，唯有泪水成行。

此时的韩德让身受重伤，脸色因为失血而惨白，全身还包扎着伤口，就车推进来这一会儿，已经因为伤口疼痛而微皱眉好几次。

而燕燕呢，面容憔悴，因为绝食而身体虚弱，一向灿烂的笑容也已经没有了，脸上却是从未有过的悲戚和哀愁。就算她事前让侍女用胭脂和香粉替她修饰了容颜，却也掩不住她原本娇花般的容貌，如今已经如同烈日下暴晒了的干花一般了。

信宁和良哥悄悄地退了出去。

燕燕看着韩德让，嘴唇颤抖了几下，努力想笑一笑以掩饰自己的担忧和憔悴，但却笑得比哭还难看。

她想张口，未张口前，眼泪先下来了，泪水把她脸上的脂粉冲出两道痕迹来：“德让哥哥，你没事吧？”

韩德让声音干涩，也勉强笑道：“还好，燕燕，你还好吗？”

燕燕哽咽着点头：“我很好，德让哥哥，看到你没事，我就放心了。”她忍了又忍，终于放声哭了出来，“我不好，我怎么会好？德让哥哥，没有你，我怎么可能会好？这些天我好怕，怕到连睡觉都不敢睡，我怕我睡着了就会梦到你一身是血地来找我，说要和我告别了。我每天都在做噩梦，每天都吓醒。”

她摇摇晃晃地站起来，走了两步，腿一软，跪坐在韩德让的面前，抱住他的腿大哭：“知道你要来，我才肯答应大姐吃东西。看到你来，看到你坐着这个东西，我真想杀了我自己，真想杀了他们所有的人。你不好，我也不好……”

燕燕伏在韩德让膝上大哭，韩德让只觉得心如锥刺般地疼，腿上也刺心地疼着，也不知道到底是哪一种更疼一些。

他的额头冒出黄豆大的汗珠来，咬牙忍着，忍得脸色煞白，好不容易等这一阵抽痛过去了，才伸手抚着燕燕的头发笑道：“燕燕，可我们总算还能够再见着面，我们总算都还能够活着。”

燕燕泪眼蒙眬地抬起头来，看到韩德让的脸色，顿时吓得连忙松手后仰，却一下子没支撑好，手按在地上用力过猛，顿时滑了一下，抬起手来，发现已经擦破了皮，沁出血来。

韩德让也见了，急问：“燕燕，你手伤了，疼不疼？”

燕燕擦了擦手，抹泪道：“没事，跟你比起来，这算得了什么。”

韩德让轻叹一声：“燕燕，是我连累了你。”

燕燕摇头：“不，是我连累你。是我招惹的那个浑蛋，旨意也是下给我的。是我要拉着你私奔，是我连累你受伤，是我大姐下手太狠。”

韩德让苦笑：“不怪胡辇，她是在帮我避祸。”

燕燕恨恨地道：“若不是她来追，我们早就自由自在了。”

韩德让苦笑一声：“是我想得太天真了，我们跑不了的。”

燕燕看着韩德让：“德让哥哥，我爱的人是你，什么皇后贵妃，谁稀罕让谁去，反正我不进宫。”

韩德让点头：“我知道，我知道。”

燕燕说着，忽然又落泪了：“可是我们逃不掉了，爹爹不会让我们有第二次机会逃走。这府中上下，上京四周肯定早已埋下了天罗地网。我只有两条路可走，入宫或是死！”

韩德让一惊，握住燕燕的手：“燕燕，你不能死。”

燕燕看着韩德让，神情坚毅：“德让哥哥，我不入宫，死也不入宫。爹爹说，入宫是我的命。哼，真可笑，我萧燕燕的命得我自己做主，别人安排不了。”她看着韩德让微笑，笑容灿烂，“德让哥哥，如果只有死才能躲开和你分开的命运，那我就去死。他以为他是皇帝就可以任意妄为，我要让他知道，他错了，他们都错了。德让哥哥，你愿意和我一起死吗？今生无缘，来生我们再做夫妻。”

韩德让心中大恸，握着燕燕的手，紧咬牙关，咬得嘴唇已经出血。

看着燕燕，来之前，他已经下了决心，如果不能相守，那么就一起死也罢。可当他看到燕燕如此憔悴时，他原来的想法忽然就动摇了。

曾经是那么美丽、那么无忧无虑的燕燕，此刻苍白憔悴，愁苦绝望，她还这么年轻，生命还有无限的未来，就这样让她跟着自己一起死去，让她的一生就这么结束？

韩德让闭上了眼睛，两行泪水流下，不，他后悔了。

他们可以不能一生相守，可他希望她活着，活得长长久久，活成一个白发苍苍的老祖母，儿孙绕膝，哪怕是像他的母亲、祖母一样，容貌苍老腰肢粗壮，气壮如牛地呵骂儿孙，可是至少，她还活着。

天是如此的蓝，花是如此的红艳，世间万物，生生不息。她曾经是如此有活力的姑娘，就算没有他，就算她有求不得的失落，就算她没有了爱情，可她还有世间的一切。

他凭什么因为自己的失落、自己的绝望、自己的意气，就让她跟他一起殉情呢？

她应该继续活下去，为了让她活着，他也应该……活下来。

燕燕犹在佯装快乐地设想着：“德让哥哥，可惜我的嫁妆都在库房里锁着，要不然，我穿上嫁衣，我们一起打扮得漂漂亮亮地去殉情，该有多好。”

“够了，不要说了。”韩德让忽然打断燕燕，阻止她再说下去。他看着燕燕忽然间凝滞的表情，她的眼中并不是真的欢喜，而是绝望的。他想伸手去握燕燕的手，可是却握不到，他想努力往前伸手，却触动伤处，疼得脸上扭曲了一下。

燕燕看到了，连忙伸过手："德让哥哥，你想说什么？"

韩德让握住燕燕的手，握得如此用力，不同于他失血过多而冰冷的手，燕燕的手，温暖而鲜活。他紧紧地握着，似握住世间的一切。

他低声说："燕燕，不要说死。你还这么年轻，生命中还有那么多美好没来得及经历。我宁可自己死，也不会让你死的。更何况，来生如此虚无缥缈，今生都不能相守，又如何祈愿来生？"

燕燕看着韩德让，泪眼蒙眬："德让哥哥，不能和你在一起，我的生活哪里还有什么美好可言？德让哥哥，我只是想和你白首偕老，又妨碍到谁了？为什么他要用皇帝权势来逼迫我们？大辽那么多女人，为什么偏偏是我？"

韩德让嘴角漾起一丝苦涩："谁让我们生在大辽。先帝在位，所有人朝不保夕，胆战心惊。我尽力辅佐新君登基，以为从此云开月明，谁知道，却害了你，毁了我们的白首之约。燕燕，对不起。"

燕燕摇头："不是你的错，不是你的错。"

韩德让抬起燕燕的脸，轻轻地在她额头落下一个吻，低声说："燕燕，你这么年轻，这么美，这么好，我怎么舍得你死。燕燕，如果我们注定不能在一起，那也让我远远地看着你，守候你，每天能听到你的消息，那我就能够活下去。只要你我的心里有彼此，那么嫁给谁，娶了谁，又有什么关系？燕燕，长生天不讲理，他不让我们在一起。可是就算是这样，我们也要活下去，活得好好的，活得长命百岁。活着不止是为了我们自己，我们还有父母，有兄弟姐妹，有我们从小到大所有的亲人朋友。长生天要剥夺我们的爱情，我们不能让他再剥夺我们的一切。燕燕，活下去。为了我活下去，为了所有的人活下去。"

燕燕放声大哭，泪水把脂粉糊成了一团泥水："为什么要我活着？我不想活着，活着太难太痛苦。德让哥哥，我舍不得你，我不想活得这么苦。"

韩德让强忍着疼痛，将燕燕揽入怀中，哽咽道："好姑娘，我知道，我知道活着比死了更难。可是，我们不能向命运认输，你活着，我也活着，哪怕不能在一起，也能够远远地相望，知道你活着，我也活着，我们彼此就有活下去的力量。”

燕燕心中百味交杂，她觉得她快被韩德让说服了，可是她心里又充满了愤怒和不甘心，充满了抗拒和绝望。

绝食真的很痛苦，那种饿得烧心似的抽痛，渴得喉咙里着了火似的难受，侍女们送来的食物和水，让她极度渴望，可是这一切都不算什么，她都可以忍下去。

她态度强硬地不饮不食，甚至不惜将胡辇给她强灌下去的肉汤呕吐出来，但当她看到萧思温的两鬓斑白，听到胡辇不住的哀求苦劝，甚至最后连乌骨里都在边哭边骂的时候，她只觉得撑不下去了。

她舍不得韩德让，可她也同样舍不得她的老父亲、她的大姐和二姐，一想到如果就这样去了，她将要永远看不到他们，而他们将会如何地伤心，她就无法再想下去。

她强撑着，也只不过是因为希冀他们让步，以及对韩德让在雨中重伤疯狂搏杀的愧疚。

她想，如果德让哥哥死了，她就陪他一起死，就算舍不得父亲和姐姐们，可她也……没有力气再活下去了。

可是没想到，韩德让来了，他还活着，他劝她活下去，为了他而活下去。只要活着，只要心中有彼此，那么，不管天地如何变易，不管她嫁给了谁，他们都要约定活着。

她的脑海中一片混乱，一时间想着，听了韩德让的话吧，就可以结束现在的痛苦了；一时间想着，她死也不嫁给皇帝；一时间想着，若是她死了，爹爹和姐姐会如何伤心；一时间想着，若是韩德让死了，韩伯父和韩伯母会如何伤心。

最终，燕燕的哭声渐渐停了下来：“好的，德让哥哥，我答应你，我会好好地活着，你也要答应我，你也会好好地活着，让我能够一直看到你，一直知道你的消息。”

韩德让庄重点头：“好。”

两人一时沉默。

四下俱寂，只有风吹动树梢的声音，一只蝴蝶从两人眼前飞过，飞到院中花圃里的一朵花上停下。

燕燕忽然道：“蝴蝶还能自由地飞，可我们却飞不出去。”

韩德让轻声说：“人不是蝴蝶，人的脚下连着土地，连着血脉亲人，所以我们飞不走，也飞不了。”

燕燕轻声说：“你说，长生天是不是看着我们？”

韩德让不能肯定地说：“应该……能看到吧。”

燕燕忽然轻笑了起来：“那我们就让他看一看……”

她忽然站起来，俯下身子，轻轻地吻上了韩德让的双唇。

两人深吻着，吻得如痴如醉，似要把所有的力气都倾注在这一吻当中。良久，两人才分开，他们轻轻地喘着气，好一会儿，才能够恢复呼吸如初。

燕燕忽然从靴筒中掏出一柄匕首，轻轻割破韩德让的手腕，也割破自己的手腕，两人的手腕贴在一起，伤口合在一起，鲜血交融在一起。

她握着韩德让的手，看着他的眼睛，微笑：“德让，我要嫁给你，当着长生天的面，蓝天为证，白云为证，我们就在这一刻，结为夫妻，生生世世，两心相许。”

韩德让看着燕燕的眼睛，也微笑：“燕燕，当着长生天的面，蓝天为证，白云为证，我们就在这一刻，结为夫妻，生生世世，两心相许。”

他们彼此相许，就是生生世世。管它旨意是什么，庙祠中写的是谁，没有婚礼没有嫁妆也没有拜高堂，证六礼，那又怎么样？他们只属于彼此。

燕燕伸手扯散了韩德让的发辫，又将自己的发髻也解开，将两人头发各割下几缕来，编成一股，笑道：“德让哥哥，这是我们的结发之约。燕燕心中的夫君永远只有你一人而已。”

两人双手交缠，依依不舍地握着发辫，却知道，谁也不能把它带在身边。

燕燕忽然道：“你知道吗，这个院子里，我埋着许多秘密呢。”

她握住匕首，挖开亭子下的一块石板，里面却是一个匣子，她打开匣子，里面却放着许多零碎的小玩意儿。

燕燕说：“这是我小时候第一个玩具，这是母亲给我擦过眼泪的手帕，这是父亲亲手给我做的骨哨，还有，这是我从大姐那里偷拿来的一只耳环……”

她解下自己身上的一只荷包，把里面的东西都倒了出来，握着韩德让的手，一起把两人的头发放进荷包，再一起把荷包放进匣子里。

两人跪在地上，把匣子放回原处，又一起把石板放了回去。

燕燕和韩德让一起坐在地上，燕燕握着韩德让的手，轻声说：“德让哥哥，我这十五岁以前所有美好的东西，都埋在这石板下面了。从今以后，我再也不是那个任性妄为的萧燕燕了。”

她看着韩德让，声音低了下去：“德让哥哥，就算你以后还要另娶他人，别忘了我，别忘了有个燕燕喜欢过你，为你做过的许多傻事，别忘了我们的结发之约。”

韩德让将燕燕重新搂进怀里：“燕燕，没有任何人能取代你在我心中的地位。”

两人相依相偎，韩德让拿着手帕，为燕燕擦去脸上的泪水，也一点点擦去污了的脂粉。

韩德让握着燕燕的手，在地上一笔一画地划着：“当初我答应你，在你成婚的时候为你取个汉名，想来我无缘参加你的婚礼了，这汉名便提早给你。”

燕燕看着他一笔笔写下的字，深吸了一口气，强笑道：“绰，是什么意思？”

韩德让道：“《长恨歌》里有一句‘楼阁玲珑五云起，其中绰约多仙子’。燕燕，你就是天外的仙子，风姿绰约，世间罕有。”

燕燕哽咽：“这首诗我知道，‘在天愿作比翼鸟，在地愿为连理枝。天长地久有时尽，此恨绵绵无绝期。’”

韩德让哽咽道："燕燕。"

燕燕扑到韩德让的怀中，放声大哭。

半月之后，新帝下旨，迎贵妃萧氏入宫。

鼓乐盈天，新帝即位以来最豪华的盛典，冲散了穆宗朝的黯淡和恐惧。

萧燕燕登上銮车，驶入宫殿。

从此，她不再是少女萧燕燕，而是新帝的贵妃——萧绰。

与此同时，上京城的西门，韩德让骑着乌云盖雪，独自离开上京。

（第二卷完）

辽国皇族主要人物关系表

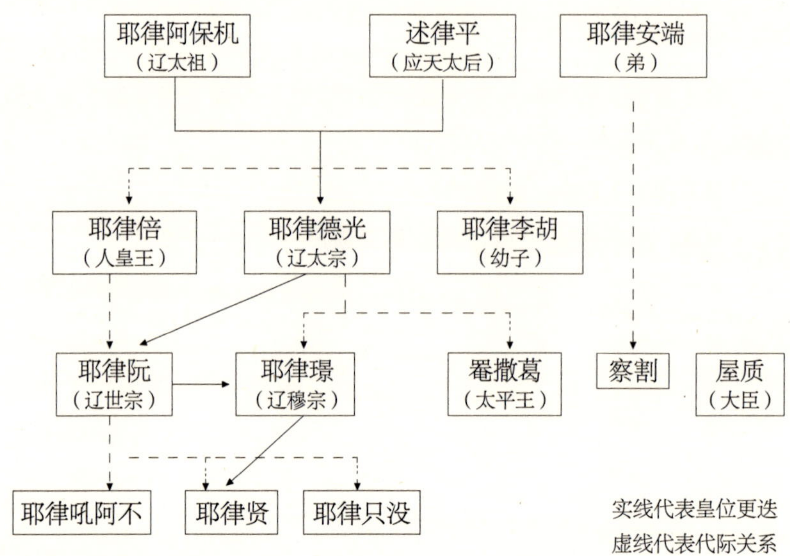

说明：

1. 辽太祖耶律阿保机与应天太后述律平育有三子：人皇王耶律倍、太宗耶律德光和耶律李胡，即为小说中的皇族三支。立国初年，因草原游牧民族“兄终弟及”的传统和契丹汉化的共同作用，三支为皇位争夺血流不止，血腥屠杀和阴谋叛乱不断，直至辽景宗耶律贤之后，皇位才固定由人皇王一脉相承。

2. 辽国政治实行一国两制，辽国帝王系大多有契丹名和汉名。小说中涉及的人物契丹名和汉名对应如下：

庙 号	契 丹 名	汉 名
辽太祖	耶律阿保机	耶律亿
辽太宗	耶律尧骨	耶律德光
人皇王	耶律图欲	耶律倍
辽世宗	耶律兀欲	耶律阮
辽穆宗	耶律述律	耶律璟
辽景宗	耶律明扆	耶律贤
辽圣宗	耶律文殊奴	耶律隆绪

蒋胜男

作家，编剧

浙江省网络作家协会副主席

已出版：

《芈月传》

《凤霸九天》

《权力巅峰的女人》

《历史的模样：夏商周》等十余部作品

燕云台·贰

产品经理 | 李　晴　装帧设计 | 悠　悠
监　　制 | 来佳音　技术编辑 | 陈　杰
责任印制 | 刘　淼　策 划 人 | 于　桐

蒋胜男 著

浙江文艺出版社
Zhejiang Literature & Art Publishing House

果麦文化 出品

目录

第四十九章 / 帝国的婚礼 001
燕燕站在廊下，看着远方。夕阳西下，余光照着远处的屋顶，反射着金光。但她心中，充满了惊恐、混乱、愤怒和无助……

第五十章 / 宫中生活 010
耶律贤看也不看跪在地上的安只，对胡古典点了点头：“你没事多进宫来陪太妃们说说话，至于贵妃——”他拖长声音，笑吟吟地。

第五十一章 / 帝王心思 022
燕燕坐在皇帝车驾内，撩开帘子向外看去，瞥到韩府旗帜时脸上僵了一下。耶律贤靠着扶手翻着书，漫不经心地道：“韩德让并未随行。”

第五十二章 / 小妃疑云 035
喜哥以己度人，自然更认为是贵妃为了打压她才要拉太妃族中的姑娘进宫来相争，心中恨极，一时间在自己宫中大发脾气。

第五十三章 / 终成花烛 047
一只自由的小鸟，落入了猎人精心布置的大网中，那网极轻极柔，却是极黏极密，一缕缕粘在它的羽毛上，它再也飞不起来了……

第五十四章 / 水静河深 060
萧思温道：“要徐徐图之，先要稳定人心。”他说着从袖中拿出一份奏折：“前日有大臣弹劾女里、高勋，我给拦了下来，主上不妨看看。”

第五十五章 / 燕燕封后 072
高勋对女里低声道："你看这些人围着萧思温多谄媚。女里兄，若是皇后生下皇子，那无论是前朝还是后宫，咱们都输给萧思温了。"

第五十六章 / 怀孕之初 080
蒲哥故意看了燕燕一眼，不料燕燕只是笑笑，只得以帕掩口轻咳几声："咳，皇后啊，有些事，别人不好说，我们也只得提醒你一下。"

第五十七章 / 思温遇刺 092
耶律贤曾看着穆宗如何越来越多疑，越来越疯狂。皇座是否真有魔咒，坐上它的人都会变成怀疑一切的疯子？他掩住了脸，泪落无声。

第五十八章 / 德让归来 105
韩德让眼神游移了一下，看到萧思温的棺木，又看向燕燕："你，你要多保重。思温宰相在天有灵，也一定希望你好好的。"

第五十九章 / 真凶浮现 119
众人大惊，就见内侍展旨念道："皇后与朕夫妻一体，着令皇后代摄朝政，从今往后，皇后言亦称'朕'暨'予'，着为定式。"

第六十章 / 高台陷阱 134
乌骨里心神不定，时不时抬头看天。不一会儿，燕燕的马车出现在视线内，胡辇忙迎上去。乌骨里神情犹豫片刻，也跟了上去。

第六十一章 / 皇子诞生 153
崇德宫外庭院里建起了白毡帐，一座大帐围绕着四十九个小帐。月里朵婆婆带着众萨满正在烧香祈祷，众萨满跳着舞，向上天祈愿。

第六十二章 / 齐王乱局 166
耶律贤起身举杯道：“众卿，皇子百日，朕心甚慰。朕拟将……”他话才到一半，忽间脸色大变，捂住心口缓缓侧倒在龙椅上。

第六十三章 / 佛法本相 186
罨撒葛忽然笑了。今日高勋针对喜隐之局，燕燕却每问都针对他。她是怀疑了什么？还是喜隐不保，高勋坐大，所以把他拉出来，借力打力？

第六十四章 / 流言四起 201
休哥冷笑一声按剑道：“女里，我也听说过一个流言，说你和喜哥小妃叔侄乱伦。为维护主上名声，何惜杀一马奴？娘娘，臣请代为杀之。”

第六十五章 / 德让离京 217
韩德让长叹一声，昨日胡辇走后，他心烦意乱，见母亲追问王妃来意，只胡乱说了一句：“母亲，你为我找个妻子吧，我想成亲了。”

第六十六章 / 胡辇之恨 231
罨撒葛一刀划破帐子，几个起落扼住那女子咽喉拖回帐中，就着灯光一看，惊忙撒手：“胡辇，你怎么来了？”

第六十七章 / 尘埃落定 250

萧达凛、耶律休哥两人站在广场看着士兵们收拾残局。南横街尽头，高勋与韩德让站在各自队伍当中，遥遥对立。

第六十八章 / 幽州之变 266

燕燕本在孕期，却因耶律贤病倒，只得代主朝政。此时幽州送来急报，太原被围，冀王带了城中泰半兵力出城驰援北汉，中了宋人埋伏。

第六十九章 / 冀妃闯殿 283

伊勒兰骂道："耶律沙与冀王一起出征，为何冀王父子皆阵亡，他倒能活命？冀王父子战死沙场，为何还背上误战之名？"

第七十章 / 归去来兮 297

跪在宫门前请罪的韩德让终于听到："燕王兵败辱国，罪不容赦，念其服侍三代帝君，勤恳有功，饶其死罪，削职降爵，闭门思过。"

第七十一章/ 禅院钟声 310

耶律贤盘坐着，竟不觉陷入了沉睡。他已很久没有这般好眠了，众人见状大气也不敢出，都静静候着。昭敏双手合什，笑而不语。

第七十二章/ 渤海贡女 323

那女子正要收拾起琴来离去，忽然听得人声，转头见两个男子不远不近地站着，不由吓了一跳，手中下意识地抱紧了琴，警惕道："你、你们是谁？怎么会在这里？"

第四十九章

帝国的婚礼

帝国的婚礼，在这一天黄昏举行。

新即位的大辽第四任皇帝耶律贤，册封北府宰相萧思温的第三女萧燕燕为贵妃。

新帝出自太祖耶律阿保机三子中的长子一系，是让国皇帝耶律倍的孙子、世宗皇帝耶律阮的儿子。

而新皇后有两个姐姐，长姐所嫁的太平王耶律罨撒葛出自太祖皇帝耶律阿保机的次子一系，是太宗皇帝耶律德光的儿子、穆宗皇帝耶律璟的弟弟。

次姐所嫁的赵王耶律喜隐，其父耶律李胡是太祖皇帝耶律阿保机的第三子，虽然没有当上过皇帝，但在太宗朝是皇太弟，也曾经差点当上皇帝。

耶律贤刚夺取皇位时，许多人认为萧思温失算了，他虽然把两个女儿嫁给了最接近皇位的两位亲王，却没想到真正的继位者另有其人。

然而，新帝登基后立刻册封萧思温之女为贵妃，便让那些人闭了嘴。很显然，萧思温又一次押对了。皇帝还没有大婚，从贵妃到皇后，只是一步之遥。

所以虽是册立贵妃，仪式却盛大得如同册立皇后一般，而此时的帝国也确实需要一场盛大的婚事，来冲散穆宗朝的黯淡和恐惧，冲散新帝上位的动荡与不安。

婚礼由奥姑主持。“拜奥姑”之仪是契丹旧俗，奥姑一般由皇室中最尊贵的女子充当，类似女祭司。奥姑在正殿西南方当奥而坐，念着祷祝词，接受新人上前参拜。后族送亲之人上前应答送亲之辞，奥姑赐酒。再拜。后皇族与后族再致辞应和，随即一同欢宴。这样的盛宴要变着花样举行三日，三日之后互赠礼物送别后族，这才算婚礼的结束。

这种充满原始遗留风貌的仪式，与其说是两个人的婚礼，更像是两个部族的结盟狂欢。

当前殿欢宴日夜不息的时候，贵妃萧燕燕坐在喜殿的大床上，一开始的紧张恐惧变成空落落的不知所措。

与常人想象的新婚之夜并不相似，大婚三日，新人不曾进入洞房，喜殿内外灯烛日夜不息，殿内各式命妇轮换着侍候贵妃，殿外萨满一拨拨地举行各种祝福驱邪的仪式，满桌的菜肴摆满不久，又几乎原封不动地撤下再换新菜，但贵妃却只能略尝几口，连水也没给多喝，以免频频出恭。甚至睡觉也是子夜过后人群渐息，在灯烛亮如白昼的殿中及四五十位宫妇侍女的围观下略打个盹儿，不到一个时辰就会惊醒过来。

一连三天下来，燕燕满心的紧张戒备都变成了疲惫与煎熬，好不容易等到婚礼完成，她才在侍女搀扶下，进入宫室睡了过去。

燕燕醒来的时候，发觉身边躺着一个人，险些一脚将对方踢下床去，脚抬到一半，脑子才清醒过来——她如今已经是贵妃了，而身边睡着的这个人，正是当今大辽皇帝耶律贤。

燕燕顿时惊得坐了起来，心里如一盆冷水浇下。抬眼四顾，这是一个如此陌生的地方，贵妃的寝宫。

耶律贤是什么时候进来的，她竟不知道。但，他是皇帝，哪怕是临幸妃子，也不能这么毫无预示地就这么自己躺在这里了。

那一刻她真切地感到了对命运的失控。

她惊惶失措、绊绊扯扯地从床上爬下来，头也不回地冲出帐子，向外疾步走去。

众宫女见她忽然冲出帐子，甚至还穿着睡衣，俱是面面相觑。良哥反应快，连忙抓起放置在托盘上的外衣，在她走出房间前追上她，慌慌张张地把衣服披在她身上。

燕燕披上衣服，站在廊下，一时茫然不知何去何从。

这宫殿的地势在其他宫室之上，可见前面宫殿屋檐重重叠叠，夕阳西下，斜晖笼罩。

萧燕燕这一冲出来，侍立在外的宫女们忙跟了几个随良哥去服侍，剩下的人战战兢兢地留在原地，偷眼帐内，见皇帝还悄无声息地睡着，才微微松了口气。

宫中大半宫女都是穆宗时期留下的，心中都对穆宗的嗜血心有余悸，虽然新帝到目前还没开杀戒，但她们被反复告诫过主上睡眠脆弱易惊多梦，个个都不敢大意。

帐子内，耶律贤的眼睛早已经睁开。但他没有动，只是静静地躺在那儿，听着燕燕冲出宫殿，听着她徘徊在廊下的脚步声。这个时候，他最应该做的反应，就是装作还没醒来吧。

燕燕站在廊下，看着远方。夕阳的余晖照着远处的屋顶，反射着金光。她的心中充满了惊恐、混乱、愤怒，还有无助。

她的余生就要在这个宫殿中度过。

可是她还没有做好在此度过一生的思想准备，更没有做好，会有另一个男人名正言顺地睡在她身边的思想准备……

她逃不了，从和韩德让被抓回来的那一刻起，她心中的绝望就一日比一日更深。天不怕地不怕的燕燕，甚至是在面对穆宗时都有一颗无畏之心的燕燕，不复存在了。那个永远天真地以为，不管出了什么事，还有父亲、姐姐和德让哥哥收拾的燕燕，消失了。这个世界上，有父亲、姐姐还有德让哥哥都无法解决、无法反抗的事。

她只能接受命运。

可是她却不甘心。

她原以为会在成亲当夜，严辞拒绝耶律贤，不惜动手翻脸也要让他知道自己对这桩婚姻的抗拒。可她没有想到，新婚三天会是这样繁杂的仪式。在她刚放松下来的时候，他就这样睡在了身边。

她发现自己低估了这个男人，不得不承认自己过于天真了。

天知道她多想把他立刻踢下来，叫他滚出去，撕下他的伪装，翻脸吵上一架，告诉他死心吧，就算我进宫了，我也不会是你的人。我这一生，只爱韩德让一个，永远也不会爱上别人。

她满腔怒火、无奈和凄凉。难道因为她之前的十五年太过恣意飞扬，长生天看不过眼去，要将她的骄傲和意气，全部收回吗？

她应该知道，所有的挣扎都只是白费力气。可是她的余生就要这么忍气吞声，任人操纵吗？

绝不——

她愤愤地扭头，紧握着拳头。她要去告诉他，就算他是皇帝，她依然不服不屈，有本事就杀了她。萧燕燕永远也不可能就这样认命。

此时天已经渐暗，宫中已经处处亮起华灯。

一个侍立身后的宫女，已经不知道站了多久，见她转头才行礼道："主上已经醒了，贵妃要进去吗？"

燕燕问："什么时候醒的？"

宫女道："贵妃出来后不久就醒了。主上听说贵妃在外面看景色，叫奴婢不要惊动贵妃，等贵妃问起，再请贵妃进来。"她看了燕燕一眼，又添了句："主上正在等着贵妃一起用膳呢。"

燕燕心底冷笑一声，也不说话，径直向内行去。

耶律贤此时已经起来，正坐在案前批阅奏章，见燕燕进来，笑道："贵妃来了，摆膳吧。"

正要开口的燕燕却被他抢了话，但见宫女们闻声鱼贯而入，很快就摆好了晚膳。燕燕见此，知道他有意挡自己的话头，内心冷笑，挑了挑眉一言未发，只坐了下来，拿起筷子猛吃。

她也是肚子饿了，且桌上大半是她素日爱吃的食物，虽然心中已经打好主意，却也不想委屈着自己，反正吃饱以后有的是时间说话。

耶律贤一边暗中看她，一边被她带着不由得多吃了两碗。素日他体弱少食，觉浅梦多，但在燕燕身边，却不知怎地吃得也香、睡得也深了。

他知道燕燕的性子，此番她被圣旨强迫进宫，必是存了一肚子怒火，所以他有意将婚礼办得极为盛大，虽然是册封贵妃，但一应礼仪都比照着册立皇后略减几分来的。整整三天的疲累，果然将这个怀着满腹怒火的小丫头拖得呼呼大睡。

他那晚走到她的床前，看着她累极而眠，脸色红扑扑的，可就是皱着眉头，舒展不开，跟以前不一样了。

不管怎么样，她在自己身边。他得到了她。

多年以来，他活得战战兢兢，活得如履薄冰，活得忍气吞气，活得人前人后都不敢流露出真正的七情六欲，活得许多次都怀疑自己为什么还要继续忍受这种命运，还要继续在这种命运中煎熬下去。

可是最终，长生天是公平的，他曾经被夺去的一切，今天又被他夺回来了。他是皇帝了，不必再压抑不必再苦熬，他想要的，都可以伸手去得到。

想到这里，他不由得在床边坐了下来。眼前的人是他的妃子，他短短的前半生唯一想得到的女人。现在，她属于他了。

忐忑不安的心终于找到了港湾，忽然间一阵倦意涌来。原本站起身准备为她放下帘子后离开，蓦地有一股极为强烈的欲望让耶律贤停下脚步，犹豫片刻，挥退宫女们，自己左右张望了一下，如做贼似的悄悄地放下帘子，和衣躺到了燕燕的身边。

他的心怦怦乱跳，一时激动紧张，一时又觉得自己可笑。她已经是他的妃子了，睡在她的身边名正言顺，为什么反而像做贼一般。

然而他毕竟是心虚的、理亏的，他知道若是燕燕醒着，她会立刻跳起来给他一拳的。

他本已想好方案，一开始的时候要避其锋芒，要以柔情和水磨功夫去打动她，消融她的怨恨，直至她放下心防。所以他早就计划着，在头一个月，只来探望她，逐步接近她，而不是这样直接躺到她的身边。

耶律贤掩耳盗铃地想，反正她这时候睡得很熟。三天三夜没休息好，估计得睡上五六个时辰才够补回觉吧，所以哪怕他睡到她的身边了，她也不会知道的。而在她起床前，他就已经避开了。

他知道这样很不理智，是在自欺欺人，可是他却意外地不理智、不克制，让自己沉湎下去，贪图这一晌的温暖，贪图这一晌的平静。

然而，应该面对的终究还是要面对的。但见燕燕用完膳，他不由得提高了警惕，等着燕燕忽然翻脸。

但是燕燕却没有发火，只是静静地坐着，也没有说话。

令人难堪的沉默中，耶律贤终于还是挥退宫人，开口道："燕燕，你若有气，就对着朕发出来也好。"

燕燕却忽然笑了起来："君臣有别，臣妾怎么会对主上发脾气？"

耶律贤怔住了："燕燕，你……"

燕燕站了起来："主上今天要在这里临幸臣妾吗？那臣妾这就侍候主上。"

耶律贤看着燕燕冷漠的眼神，忽然十分不安起来："燕燕，朕知道你心中有怨，但你我如今已经结为夫妻，自当荣辱与共、忧戚一体。朕相信你将是最好的皇后。"

耶律贤自问这话说得句句真挚，出自肺腑，但燕燕脸上却漫不经心："是，主上说得是。"

耶律贤轻叹一口气："燕燕，朕自第一次见到你时，就已经认定你为陪伴朕终身的女子。朕知道你现在还未必能完全接受，不过不要紧，朕会等你。"

燕燕笑道："主上说什么就是什么，臣妾听着就是了。"

耶律贤不想自己真心剖白换来她这样的态度，又气又伤心，上前一步握住燕燕的手，道："燕燕，你不是这样的人，何必做出这样的态度来？"他顿了一顿，又道："我只记得你天不怕地不怕，有什么说什么；我更记得，在我最绝望的时候，是你依约相候，不离不弃，让我感觉到这人生终于还有一丝温暖……"

他没有自称“朕”，而是“我”，希望自己这份心意能够软化燕燕。可还未等他说完，燕燕便冷笑一声将自己的手抽了回来，退后一步，端端正正地行了一个礼：“当日明扆皇子以诚意相交，燕燕真心相待。如今主上以皇权下旨，燕燕奉旨而行。主上若有不满，敬请下旨，妾身当奉旨而行。”

“奉旨而行”这四字如同重拳打在耶律贤的心口，他倒退了几步，心中大痛：“你、你竟如此看我？燕燕，是不是不管我做什么，对于你而言，都已经毫无意义了？”

萧燕燕嘴角浮起一丝讥讽的笑：“主上求仁得仁，燕燕岂敢多言？”

耶律贤被她这一言激得上前一步，口不择言地说：“那么，朕要你侍寝，你也是奉旨而行了？是不是你和韩德让早有情爱了，所以根本不在乎了？”

燕燕被这话气得冰冷的脸上一片赤红：“你——”她胸口激烈起伏，好一会儿才忽然一笑：“是，我不在乎。进宫之前，我父亲还特地让萨满来教我男女之事。萨满婆婆说，这种事本来就没有什么关系。以前我们在草原上牧马放羊，牛羊交配，万物繁衍，天生自然。把牛马羊都能做的事，用来刻意炫耀或者挟持别人，岂不可笑？”

耶律贤听在耳中，只觉得轰隆一声，脑中的神经似要断裂，他扬起手就要打下去，然而看到燕燕满不在乎的表情，最终却反手打在自己的脸上，愤然道：“是，这一掌朕是代你打朕的，是不是？你还要怎么样，还想怎么样才能满意？朕爱你的心错了，朕要你的方式错了，朕和你在一起是错的，可事已至此，你想怎么样，告诉朕啊！”

燕燕张了张口，想说，你放我出去，放我和韩德让在一起。然而，话到嘴边，又咽了下去。

她已经不再天真，事已至此，又岂能回转？纵然她内心已经如烈火焚烧，却不想再多说下去，敛袖施了一礼，道：“主上说笑了，一切自当由主上乾纲独断，臣妾哪有什么意见。”

耶律贤气得倒退几步，惨然一笑，笑容中多了几分冷酷："朕知道你的心意。可是……"他忽然低声冷笑："朕既然要了你，就不会反悔。江山是朕的，你也是！贵妃，你好好安歇吧，朕还有公务要忙，就不留下来了。"

他咬着牙转身向外走去，脚下微一踉跄，可立即稳住，旋即越走越稳，直至背影消失在殿外。

直至完全看不到他的身影，脚步声都远去听不到时，燕燕才跌坐在地，泪如泉涌。

进宫前，萧思温的确找了萨满婆婆来为她讲解男女之事。她拒绝听，也拒绝与萨满说话。

可萨满婆婆月里朵的话，依然钻进她的耳朵里："贵人不愿意听，可又能怎么办呢。人总是要活下去的，草原上的草，枯了还会再长出来。草原上的人啊，就和那野草一样，不管经过多少灾难，总能够坚强地活下去，一代代生育子嗣，越来越多。草场枯了，没有东西吃了，就会抢粮食，就会打仗。战乱一年又一年，孩子失去父亲，妻子失去丈夫，老人失去儿子……这些都是天天发生着的事情，可草原上的人，一边埋葬亲人，一边继续繁衍生息，活着，活下来，越活越好……"

她抬起头，问那苍老的萨满婆婆："这可能吗？亲人死了，还能够若无其事地继续活吗？"

"为什么不能，痛苦会带来活力，而不是消亡。要是大伙儿因为痛苦而不敢承担，那草原上的人就不会越来越多，而是越来越少了。天生万物，没有一个物种不是在灾难面前越活越旺的。长生天降下雨露，也引发干旱，带给我们死亡，也让我们生生不息。"她的每一句话，都似乎经历了千万年的痛苦才沉淀下来，沉甸甸地搁在人心底。

"可纵然活下去，心里的痛苦又如何能解脱？"她问。

"心里的痛苦，会变成你力量的源泉。"她说。

"纵然能活下去，可心里的痛苦又如何能解脱？"

夜深了，耶律贤仍然没有睡，他独自站在彰愍宫书房的窗前，看着天上的一弯冷月，久久不动。

他失败了。

这一点，他不肯承认，却不得不面对。

他以为杀死暴君，夺回皇位，是他一生痛苦的结束，从此以后，他就能从夜夜噩梦中解脱出来。他就能够开始新的生活，像他父亲那样，娶心爱的女人，生下他们的儿女，人皇王一系代代绵延，成为伟大的皇帝，过上幸福的生活。

然而他的梦想之路，刚刚成功登上第一步，第二步就撞上了墙。

他有种无力感。对付穆宗，夺回皇位，虽然艰难，但他有目标，有计划，有步骤，一步步行来，终于离目标越来越近。然而一个理想的妻子，一段和睦的家庭生活，却是如此的遥远。

征服一人心，竟然比得到皇位更难吗？

耶律贤暗暗握紧了拳头，他从来没有认输过。他不信这一次会输。

他想要的东西，一定能够得到。

疾步走回书案前，面对着如山的奏折，穆宗或许会以为苦，但他却不。奏折是义务，也是权力，更是掌控一切的工具。

他会把所有的事情，都掌控在他的手心中。

第五十章

宫中生活

耶律贤一怒之下拂袖而去，此后日日宿于自己宫内，宫女们不免有些不安起来。那日皇帝和贵妃争执，皇帝出来的时候脸上隐隐似有掌痕，宫人背后议论，都怀疑皇帝与贵妃两人打起来了，贵妃挣扎失手犯了圣颜。于是萧燕燕入宫不久就失宠的流言悄悄传开了。

消息先从宫中出来，公主胡古典在进宫探望世宗的两位小妃啜里和蒲哥的时候，听说了这件事。自然，两位太妃说起这件事，纯然是因为对皇帝的关心和担忧。

胡古典与耶律贤同母，但祥古山事变时，她还在襁褓之中。耶律贤四岁经历宫变，已经懂得暗藏心事，自然不可能像普通孩子那般无忧无虑。而并不同母的只没和胡古典两兄妹，虽在穆宗掌控中长大，却被保护得很好，天真无忧，因此从小到大反而更加亲密。

耶律贤虽然是他们眼中的好哥哥，却始终有距离感，再加上自他在黑山登基以后，原本文弱多病的兄长摇身一变成了皇帝，让弟妹们大吃一惊之后，更增了未知的畏惧感。

然而距离感并不妨碍兄弟姐妹间的彼此牵挂。胡古典心中担忧耶律贤，却不敢直接探问，而对于陌生的贵妃更不好乱说，只得来找只没。

耶律贤登基后，便封了只没为宁王。且说只没这段时间极是忙碌，他受伤以后的性子从意气飞扬变得自闭畏怯，不肯见人。耶律贤知他心事，特意召见只没，说自己诸事无可信之人托付，只有他出手辅助方可放心，一面叫人为他打造一只金冠，遮住他失去的那只眼睛。

只没本不愿意，但见耶律贤说得可怜，他体弱多病，刚刚继位又无人可托，哪怕自己再难堪再不敢见人，也只得硬着头皮迈出了宫门。然则及至真正走出门去，却发现这一步并不是那么困难。契丹人好勇好战，多年来从战场上下来的勇士，缺胳膊少腿被毁容的贵族并不少见，他最怕被人议论的残躯，也没有多少人取笑，顶多是多看一眼。只没曾经有多自负，受刑伤残的心理挫折就有多深。但是他自己心里最看重的东西，发现别人并不如他以为的这般看重时，反而渐渐走出了心障。

耶律贤派人观察了几日，知道他已经走出第一步，立时将许多事务统统扔了过来。只没突然被这如山的工作压得无暇顾影自怜，只忙得脚不沾地，脾气暴躁，胡古典刚进他的宁王府，便见他对着一干手下的官员大声咆哮，看见胡古典进来，方挥手令诸人退下。

但见着诸官员如蒙大赦般抹汗退出，胡古典不禁笑了起来。只没见她在笑，有些讪讪地道：“胡古典，让你看笑话了。这些人实在是太蠢，事情都办不好，由不得我不发火。”

胡古典却摇了摇头，只没如今生气勃勃骂人的样子让她不禁由衷道：“三哥，看到你这样子，真好。”

她的三哥终于摆脱了意气消沉，恢复了过去的意气风发。

只没问她：“你如何有空来了？”

胡古典叹气道：“我有事与你商议呢……”接下来就把自己在宫中得知之事与只没说了，担心地说道：“三哥，二哥他好不容易成亲了，却是这般光景。要不然你去问问二哥，或者是让三嫂进宫去问问贵妃，也好让我们帮他！”

只没听了，反而先问胡古典：“说起来，我还不曾问你出嫁之后过得如何。当日你我都被赐婚，我当时不肯理会外界的事，所以竟是疏忽了做兄长的责任。”

胡古典听了这话，脸一红，羞答答地低下头来，含糊道：“三哥你放心，我没事的。”

只没狐疑地看着胡古典：“你可要同我说实话，不要瞒我。你这门婚事是太平王安排的，他可不是好人，给你指的这个驸马，可不要是不好的。”他自己是拼死求来的安只，耶律贤当日也是装病重才躲过指婚，难免怀疑胡古典的婚事未必顺遂。

胡古典本有些害羞，想含糊过去，见只没这般说，抬头急道：“三哥，驸马待我极好，我极是满意。”见只没神情仍然不信，想了想，还是补了一句道：“虽然他出身后族旁枝，官爵也不高，家势单薄，但我又不计较这些，只要他人好便是。”

只没听了有些释然：“是了，想是太平王未必肯为我们用心，所以不曾挑家世好的，只是没想到恰好这个驸马性情让你满意。官爵低、家势薄却也不是什么事情，只要他待你好，还怕没前途？”

两兄妹既说完自己的婚事，又商议起耶律贤的婚姻来。只没想了想道：“不如你与王妃商议一下如何？安只一向善解人意，这些事情你们女人处理起来方好。”这边就让人去请王妃过来。

而此时的安只却在做一件对她来说最重要的事情。

婢女塔布，曾经是王妃安只身边的贴身侍女，如今却伏在王府偏院的一间耳房地上痛苦地挣扎嘶叫着。

好半日，她才听到有人进来，走到她的身边，冷笑一声。

塔布抬起头，看到的正是王妃安只，她挣扎着伸手：“王、王妃，快救我！”

安只笑吟吟地蹲下来看着塔布：“毒是我下的，依兰拿酥饼给你是我吩咐她的。你叫我救你，脑子没病吧？”

塔布顿时大惊，颤声问她：“你、你——为什么？”她的脑海中本是一片茫然，看着安只的笑容，似乎明白了什么。

安只的眼神变得狠厉：“哼，我现在是王妃了，为什么还要留着你这么个贱奴？”

这个贱奴，她第一次见到的时候，就想杀了她。那一天她跪在太平王面前苦苦哀求的时候，塔布就站在太平王的身边，看着她丑态毕现。她是太平王赐给安只的，所以安只必须带着她，容忍着她私底下对自己飞扬跋扈，张口闭口用太平王威胁着她。

可如今，耶律贤登基为帝，太平王已成了丧家犬逃亡在外，她终于不必再忍了。

眼看着塔布咬牙切齿的样子，她心中真是无比痛快。她伸出脚，踩在塔布的头上，得意地笑道："你是不是又想拿太平王来威胁我？现在可不一样了，只没是主上唯一的亲弟弟，他现在对我言听计从，这大辽我还需要怕谁？别说你只不过是太平王的一条狗，就算是太平王，又能奈我何？"

这个婢女必须死，不仅是她不想再忍她了，更重要的是，她如今是只没的王妃，必须要把自己曾受太平王要挟监视只没的事抹得干干净净。从此以后，她只是只没的王妃，什么污点也不会再有。

塔布只觉腹痛如绞，她咬牙伸手掐住安只踩在她身上的脚，狞笑道："你以为杀了我就万事大吉了？你做梦！王爷不会放过你的，他一定会为我报仇的……"

安只被她一抓，大惊失色，忙低下头去拉塔布的手，不想塔布手一翻，死死地抓住她的手腕，忽然纵声大笑起来，突然一口黑血吐出，就此气绝。

安只吓得魂飞魄散，塔布的手怎么也拉不开，自己又被她喷了一脸的血，又气又惊，更加手足无力，只得叫道："来人，来人！"

方才塔布叫了半天没有人，而此时她这一叫，便见一个侍女急忙走进来，见状吓了一跳，连忙帮安只拉开塔布的手，又掏出手帕给她擦脸，问道："王妃，您没事吧？"

安只惊魂甫定，没好气地说："这贱奴临死还要作妖，你替我看看，她死了没有？"

那侍女见塔布形状可怖，不敢近看，先是小心地用脚踢了踢，见塔布不动，又伸手试试鼻息，确定人已经死去，忙道："她已经死了。"

安只这才放心，恨道："我的脸可擦干净了，休叫人看出来。赶紧扶我回去洗把脸。"

这侍女忙应了声，又指着塔布的尸体道："那她……"

安只嘴角不屑地一撇，道："就说吃错了东西，得病死了，把她抬出去。依兰，从今以后，你来代替她的位置。"

侍女依兰忙行礼道："奴婢多谢王妃。"

安只得意一笑，由依兰扶了出去。依兰是只没开府以后进来的，因善于奉承，不多时就被安只视为心腹，叫她下手毒死塔布，她连个磕巴也不打就下手了，可见是多么好用的奴才。

安只回到自己院中洗了脸，听说只没找她，赶着殷勤地去了。见了胡古典，知道了原委。她当下忙出主意道："此事自然是不能问主上了。主上初登大宝，多少朝政事情忙不过来，岂可为这种事打扰他。倒不如我与公主进宫去看看贵妃，打听打听。我想着主上既然纳她为贵妃，必然是喜欢她的。如今夫妻不合，想是贵妃不懂相处之道，若是贵妃懂事了，主上自会满意的。"

只没与胡古典觉得她说得有理，当下决定进宫去见萧燕燕。

燕燕自耶律贤去后，每日里恍若无事，并不理会宫中其他人的眼色。但她身边的良哥和青哥等心腹婢女，却渐渐有些不安起来。

公主和王妃来访，良哥忙来报与燕燕，燕燕无可无不可地允了。胡古典和安只走进来，一番开场白后，胡古典看了安只一眼，安只硬着头皮恭维道："记得上次见着娘娘，是主上设宴贺太平王新婚。当日看着娘娘，就觉得必是个有福之人。如今可不正是与主上郎才女貌，天造地设的一对，当真是长生天注定的缘分。"

燕燕听她说得不着调，讥讽道："缘分……我倒不知道宁王妃还会看相，做王妃真是屈才，倒该去当萨满。"

安只自当了宁王妃以来，却是头一次被人当场扫了面子，不由得又气又畏，顿时语塞，尴尬地道："我哪会看相。不过是看娘娘天资聪颖，推测将来必定不凡。"

燕燕已经不理她了，只对胡古典道："公主还有什么事吗？"

胡古典不似安只这般惯于奉承，见状只好说："我听说，你和皇兄最近有些……不太好。不知道有什么我们可以帮得上忙的。”

燕燕看着胡古典，诧异道：“公主何以说这样的话来？可是主上叫公主来的？”

胡古典吓了一跳，连忙摆手道：“不是，不是的，我是……”

燕燕敏锐地问：“既然不是主上，那公主住在宫外，何以会听说我与主上不合？难道皇帝贵妃的事情，连宫外都在传扬吗？”

她心中不耐烦，倒显得有些气势逼人，胡古典却是个单纯没经过世事的姑娘，被她这一问，吓得站了起来：“不是，不是，并没有这种事，我也只是关心……”

“关心？”燕燕似笑非笑，“谁让公主来关心此事的？”

胡古典顿时支吾起来：“我、我……”

安只素日对胡古典奉承犹嫌来不及，此时见燕燕气势凌人，倒是看不下去了。她见过穆宗宫中那些妃嫔也是被皇帝随手捏死的蝼蚁，不免有些不把燕燕放在眼中，心中仗着自己也是皇亲国戚的身份，出言道：“贵妃未免太无礼了，公主也是一片好意——”

话音未完，却听得有人道：“朕不知什么人竟可到宫中教训起贵妃来？难道连上下尊卑都不知道吗？”

安只闻声，正是她最怕的人，吓得魂不附体，连忙跪下，颤声道：“主、主上——”

胡古典回过头，见耶律贤正大步踏进来，顿时有些讪讪地低下头来，叫了声：“皇兄！”

耶律贤看也不看跪在地上的安只，只对胡古典点了点头：“你没事多进宫来陪太妃们说说话，至于贵妃——”他声音微拖长了些，笑吟吟地道：“朕前些时候忙于公务，今日好不容易抽了空来，可不能让你占住了。”

胡古典听了他这话，顿时醒悟，扮个鬼脸笑道：“既然如此，我就不打扰皇兄和皇嫂了。”这边忙拉起安只，敛袖行礼退了出去。

她是天真毫无心计，安只跪在地下，虽然害怕不已，但起身时匆忙一瞥，却见皇帝朝着贵妃满脸是笑，贵妃却是沉着脸，既不行礼，也没有迎上来，更是连个笑容也没给。

她心中诧异，不敢多言。她虽然只见过耶律贤几次，对他的惧怕竟还甚于穆宗，穆宗虽是喜怒无常好杀无度，但耶律贤却是只消一眼就照出她的心肝脾肺来，叫她在初见他之后的几天里，做梦都会吓醒过来。

见二人走了，耶律贤令众人退下，这才赔笑道："她们打扰你了吗？你若不好下她们的面子，就由我吩咐以后不让她们进来了。"

燕燕却道："我若是不想见人，自然拒之门外，并不需要你。"

耶律贤松了一口气，笑道："你不怪她就行。"

燕燕看着耶律贤，神情微动，轻叹道："你有个好妹妹。"

耶律贤说起胡古典，脸上也有一丝怜意，坐下道："是我没有好好照顾她。祥古山事变的时候，她才生下来没多久，母后怕路上带着她不方便……幸而躲过这一劫。只是我从小自顾不暇，也没有多少时间陪她，反而教她时时牵挂我。你若是不嫌弃，可否以后多陪陪她？"

燕燕神情一软，又迅速变冷："她是你的妹妹，又不是我妹妹。"

耶律贤看着她脸上阴晴，心中暗暗惋惜，却也不气馁，转而又道："她们有没有说些不该说的话？"

燕燕看着他："这宫中除了你以外，没有人会说不该说的话。"

耶律贤反而笑了起来，她肯发脾气是一件好事，最怕她装着平静，给他一句"奉旨而行"把他噎得连话也不能说。当下也不顾话中的逐客之意，厚着脸皮道："朕好几天没过来了，你这里住得还好？"

燕燕淡淡地道："雷霆雨露皆是天恩，住得好与不好，并没有什么区别。"

耶律贤抚额叹息："又来，你我如何就不能好好地说几句话呢？"

燕燕反唇讥道："皇帝若想听好听的，有的是人说给你听，也可以纳上三宫六院、七十二命妇。"

耶律贤却道："朕不敢！"

燕燕没有接话，只是挑了挑眉。

耶律贤苦笑："若连自家安全和妻儿性命也不能保全，就算纳上再多的姬妾，生下再多的儿女，又有什么用！"

燕燕咬了咬牙，知道此人是利用自己心软博同情，然而他虽然行为可恶，但是童年之惨也不能不让人动容。耶律贤看着燕燕，诚挚地道："我虽已是皇帝，但对于我来说，世间一切的享受并没有多少意义。不管你信不信，我此生唯一所求，也不过是让我与我要庇护的人，都能够平平安安地活着。"

燕燕心头一酸，忍不住说道："可你却不让别人平平安安活着。"

耶律贤问："朕登基以来，杀过谁了？"

燕燕语塞："可我……"见着他的神情，顿时怒了："就算我们都活着，可你却让大家都活得不开心。"

耶律贤苦笑："今天不开心，明天不开心，后天就会把不开心的事都抛开。因为我们都要继续活下去。"

燕燕怒而转头："不可能。"

耶律贤的苦笑漾开："祥古山之后，我也觉得我活不下去，他们都以为我活不下去。我曾经以为这一生除了这件事以外，再也没有别的事可以更伤我了。可是只没受刑的时候，我恨不得这个世界全部毁掉。从四岁到二十四岁，我什么也改变不了！"

他闭上眼，已无泪流下，可是脸上的肌肉抽搐得厉害，手也在不受控制地颤抖。燕燕只觉得他又要陷入迷乱的梦噩中，就像那天夜里，她在小酒馆看到他的神情一样。

那夜，她给了他一个拥抱，有生以来第一次，她把自己的拥抱，给了韩德让以外的另一个男人。这个拥抱葬送了她的爱情，她曾经痛恨自己的不长眼，可是此时他的无助让她忽然觉得并不后悔在那个冰冷的世界里，给予他当时唯一的温暖。

她上前一步，手伸到一半，却又犹豫，停在半空中。

耶律贤睁开眼睛，看着燕燕伸出的手，惨然一笑，一字一句地说："燕燕，听过一句话吗？'何不食肉糜'！"

说罢，他头也不回地走了出去。

燕燕看着他的背影，并没有往日他被自己气走后的快意，只觉得有一丝心痛和失落。

她怔怔地坐着，直至天黑，宫女们送上膳食，她索然无味地用了几口，就早早上榻，却翻来覆去怎么也睡不好。

也不知过了多久，灯火忽亮起来，青哥急急上前，掀了帘子，低声唤道："娘娘，娘娘！"

燕燕一惊，坐起问道："出了什么事？"

青哥神情焦急道："主上宫中的四端来报信，说是主上夜惊梦魇，他们不敢做主，来请示娘娘。"

燕燕掀被下榻，问道："没叫太医吗？"

青哥忙道："太医已经去了，却不敢治疗……"

燕燕一边穿衣一边听着她回报，听到这里顿时恼了："为什么不敢诊断，难道他从前就没有发过病，那时候是怎么处置的？"

青哥也说不出来，只得道："奴婢叫四端来禀娘娘。"

燕燕却道："不必了。"反问青哥："为什么会报到我这里来？"

青哥嗫嚅着答道："主上发病不能决事，如今宫中……除了娘娘之外，无人能够做主。"

燕燕怔了一怔才醒悟，耶律贤身为皇帝，他这一发病，宫中真的无人做主。虽然心中恨极他，终究还是不能看着他发病不管，若是今夜处理不好，明天朝堂上就能翻天。

当下只能跺了跺脚，见青哥也是许多事不明白，便叫了耶律贤的贴身内侍四端站在屏风外答话。

四端也是无奈，耶律贤已经很久没有这么严重地发病了，素日他发病，身边有韩德让决断，严重时就请韩匡嗣施针。但如今，他倒真不敢去请韩匡嗣了。天晓得皇帝是否还信任韩匡嗣。他毕竟是个奴才，不敢做这样的主。当下只能一边叫御医迪里姑来，一边自己赶来回报贵妃。

燕燕赶到时，却见耶律贤正沉浸于梦魇之中，直挣扎得咬牙切齿，满脸涨红、青筋毕露，黄豆大的汗珠不断，却无法醒来。

婆儿等侍从小心翼翼地围在他身边低声轻唤。

燕燕站在床边，只觉得他本来是极可恨的，可是此刻看着，却十分可怜。

她以为自己是恨他的，他是皇帝，他作践了韩德让和她对他的感情，用权力拆散了他们，逼她入宫。

她对他的看法，最初是由韩德让带来的，她会听到德让哥哥多半带着怜惜和敬佩的口气提到耶律贤。那个四岁的孩子，一夕之间目睹父母的死亡，被恐惧占据了此后的岁月。他要在多疑好杀的穆宗身边活下去，还要庇护住无知的弟妹，既要克服身体的病痛，还要努力去实现父祖的理想。

那时候她心中的耶律贤，是“那个可怜的孩子，那个令人敬佩的孩子”，及至后来见着了他，却又与自己原来的想法不一样。曾经他站在她面前的时候，她完全不觉得他是那个孩子，甚至觉得，自己可以在他面前畅所欲言，眉飞色舞。她心里偶尔也会闪过这样的念头，或许他比韩德让更善解人意，她和他在一起，可能比跟韩德让在一起更自在。

她虽深爱着韩德让，但韩德让会看孩子般地看着她，她要压抑自己的任性，又害怕在韩德让面前说错话。可是在耶律贤面前，她觉得不管自己做什么，都是没有关系的。

后来，只没受刑的那一夜，他看上去如此的孤独可怜，像是被这个世界遗弃了一样。他抱紧她的时候，她觉得，他在这世界上只剩下她一个人了。

但他当了皇帝，忽然像变成了另一个人。似乎所有的皇帝，都不像一个人，而像一个怪物。穆宗皇帝是这样，他也是这样。穆宗皇帝失去人性滥杀无辜，而他不顾情义夺人所爱。

她把他当成怪物来防备，来抗拒，但此刻，他躺在床上为梦魇所困，如此孤独如此无助时，那一层皇帝的怪物壳子不见了，他似乎又成了那个可怜的小皇子，那个善解人意的朋友，那个孤独无助的哥哥。

身边的人来来去去，喧吵着，似乎都在围着他转，为他焦急，可他躺在这里，依旧是孤独的、无助的、痛苦的，谁也帮不了他，谁也解脱不了他的痛苦。

燕燕不由得坐下来，伸出手去抚他的额头，一片火热。她问："迪里姑，他怎么了？"

御医迪里姑苦着脸上前道："主上这是又犯了旧疾，这已经多时未犯了。若换了往日……"

燕燕听得出来他话中未尽之意，若换了往日，自有韩德让照顾着，或者让韩匡嗣来施针。然而此时他是皇帝，夺走了韩德让的未婚妻，逼得韩德让愤然离京。所以，现在他发病的时候，没有韩德让，也没有韩匡嗣了。

"活该——"她想着，然而还是问："你不能扎这个针吗？"

迪里姑低头道："若论针石之术，无人能及韩匡嗣大人。"

燕燕叹了一口气："那就快去请韩匡嗣过来。"

她不发话，没人敢去请。当日失势皇子由得韩匡嗣做主。现在他是皇帝了，谁敢承担他出事的责任。甚至是他自己不会出事，但对于请韩匡嗣为自己施针有心结，怎么办？

耶律贤警觉极高，一遇到人接近的时候就会受惊挣扎，迪里姑也不敢轻易尝试。

虽然此时耶律贤心腹极多，然而真正能够与他贴身亲近的人没有几个，清醒时，他对每一个人都和煦如春风，但在他隐入梦魇的时候，就算是连婆儿都未必能够让他安静下来。唯一信赖的韩德让却不在了。

天黑了，灯烛摇曳，此刻宫人正在赶去请韩匡嗣，其他所有的人，都只能焦急地看着耶律贤困在自己的梦中无法挣脱。

燕燕并没有发现，当她坐在耶律贤床边，手放在他额头上的时候，耶律贤似乎比较安静。她再一次去拭探他额头温度，耶律贤忽然抓住了她的手。

燕燕怔了一怔，以为他醒了，正想挣脱，不想耶律贤抓得更紧，透着几分用力。他仍然双目紧闭并未醒来，手是滚烫的，额头也是滚烫的，燕燕一时竟不忍挣开。

耶律贤抓紧了她的手，竟不再似之前那般不安，渐渐平静了许多。燕燕见状，便也不再想要挣脱。

他是不安的，哪怕他当了皇帝，依旧是不安的。燕燕忽然明白了。

如果说之前她对他是憎恨的、恐惧的、排斥的，她故意要顶撞他、激怒他，心底暗暗希望他会因此而冷落、远离、甚至杀了自己。但此刻她清楚地知道，他并不是想占有她，他只是想得到一份温暖，而自己恰恰曾在那样一个时刻给了他温暖。

孤苦皇子，或是皇帝，但不管哪一种身份，都没有给他对人信任的能力和条件。身边这些已经跟随多年的侍从也无法在他病发时安抚他，在他内心深处，他们不足以让他信任。

而自己，却是个例外。

第五十一章

帝王心思

燕燕心平气和地任由耶律贤握住她的手，一直等到韩匡嗣到来，为耶律贤施针，用药，直至次日耶律贤醒来，这才离开回到自己宫中。

这一场病发，奇怪地转变了耶律贤的态度。耶律贤此后就厚着脸皮每日在燕燕宫中磨着不去，连奏章都带了来。这日他下朝早，来到燕燕宫中，正赶上燕燕还在用午膳。

见着燕燕要叫人收拾，耶律贤自顾自地坐下："不必了，朕也未曾用膳，刚好一起吃吧。"

燕燕脸僵了一下，她平日饮食十分简单，今天更是连肉都没上，看着几案上剩了一半的面饼，勉强道："我不知道主上会来，这里并不曾备得主上的膳食。"脸皮厚待着不走也罢了，但她并不打算真的和他一起同吃同住。

哪晓得耶律贤脸皮甚厚，自己坐到了她的对面，说："没关系，朕吃得不多，我看这些就足够了。"

他身边的小内侍阿辛机灵得很，见状接了青哥手中的奶茶壶，给耶律贤倒上奶茶，耶律贤就拿了一个面饼吃开了。

燕燕见状，突然觉得一口也咽不下去了，勉强把手中的饼塞进嘴里嚼嚼吞下，就站起来："主上慢慢吃吧，我吃好了。"

耶律贤见她站起来，神情顿时低落，叹道："这十几年来，朕一直是独自用膳，形单影只。朕……只想找个人一起用膳罢了！"

燕燕见他说得可怜，又觉得自己这样做十分残忍，不由得又坐了回去，只沉着脸不作声。

耶律贤见她坐下来，心中得意，便开始埋头苦吃。他身子弱，吃得比燕燕还少，只喝了碗奶茶，吃了两个饼就放下手，侍女端盆净面后，又对燕燕叹道："咱们终归是要相处一辈子的，不过用顿膳食你就这样。过几日去了吐儿山，你还要和朕一起接见群臣，那又如何是好？"

燕燕一怔："去吐儿山？什么事？"

耶律贤笑道："夏捺钵要开始了，我今年初登基，各部族要早些见面，也好掌握状况。"

燕燕握着茶碗的手紧了几分："夏捺钵时，南北诸院的臣子们都会来。怪不得你最近这么忙。想来新君继位，穆宗时代许多章程都要改了。"耶律贤近日带着奏折来看并不避她，有时候看完一个奏折，还会同她点评上几句。她虽远远坐着不肯理会他，但只言片语却还是听入了耳中。

耶律贤点头："正是，到时候要召开北南大臣会议，首要便是要关于重新划分斡鲁朵以及被释放诸王的安置……"

燕燕打断他，白了他一眼："你自有你的臣子，同我说个什么？"

耶律贤顿住话头看着燕燕，认真道："因为你是朕的贵妃，也是朕最亲近的人。若朝堂一旦有变，你必须能够立刻接掌所有事务。"

燕燕默然不语。

世宗有异母兄弟耶律道隐、耶律隆先和耶律稍三人，皆被穆宗囚禁，此时已经重获自由。耶律贤新近继位，势力单薄，也急需三位皇叔相助。

新帝即位，先要设立新的斡鲁朵。耶律贤的斡鲁朵取名为监母斡鲁朵，意为"遗留"，汉名为彰愍宫，如今领永、同、龙化、降圣四州。

燕燕听到此不由问："四州是否太少？这里除了降圣州是从延昌宫拆分出来以外，都是太祖时所置州寨，由你继承本就是题中之义。与穆宗时所置的国阿辇斡鲁朵和罨撒葛所掌控的太宗之夺里本斡鲁朵相比，岂不是数量不足？"

耶律贤道："正因之前斡鲁朵势力太大，所以如今我才要这么做。

虽说斡鲁朵本是祖制，可却容易变成贵戚私领，成为他们对抗君王的倚仗，有违祖宗本意。所以我想效仿中原，将斡鲁朵长官改为宫使，下设副史、太师、太保、侍中等以制衡。各斡鲁朵中再设立都部署司、提辖司等分辖其事。朕如此设置自己的斡鲁朵，方可拆分国阿辇斡鲁朵和夺里本斡鲁朵。”

燕燕不由点头，又道：“如此，这斡鲁朵在现任皇帝手中，便可方便行事。但若是被后人继承，有这么多层层叠架的机构在，便不可任意行事了。只是……”她凝视着耶律贤道：“若是为了皇位再有更迭，先皇的后人想要夺回皇位，就更加困难了。汉人说‘始作俑者，其无后乎’，你就不怕，将来你这一支皇位有失，恐再难夺回了？”

耶律贤苦笑一声：“自太祖以来，皇位更迭，身为皇族中人，朝不保夕，我今得回皇位，亦属侥幸。然而这十几年来，睡不安枕，食之无味，倘若早知道夺位无望，皇叔亦不必如此猜忌好杀，我亦不必经受折磨，甚至只没也能安保。”

燕燕知道只没遭刑是他毕生痛事，神情更缓和下来，点头道：“正是，当年草原上生存不易，老祖宗们立下这样的规矩，原是希望能够一直让最有能力的子孙来掌握汗帐，然而权力越集中，反而争得越厉害。横帐房三支这些年来就没有安生过。唉，既然大家都是要往前走的，如今已经学了这么多汉人的规矩，也不必一直抱残守缺，明知道不对的事，还要认准不放。”

耶律贤点头称是。

数日后，往吐儿山夏捺钵出行的时间到了，但见城中车驾排得满满当当，都随着皇帝的銮驾排列成行，依序前进。

燕燕坐在皇帝车驾内，撩开帘子向外看去，眼光瞥到韩府旗帜，顿了一顿。

耶律贤靠着扶手翻着书，漫不经心道：“韩德让并未随行。”

燕燕被看破心事，羞恼地放下帘子，冷笑一声：“我只是在找我大姐二姐罢了，你紧张什么？”

耶律贤哂笑道：“他出京去了，听说是要四海各处游历一番。”

燕燕听了，面上装出不在乎的样子：“看来你倒挺关心他的。”

耶律贤脸上笑容不减：“他是朕心中南院宰相的最佳人选，朕当然要关心他。上次同你说的斡鲁朵的设置方案，原还是他提出来的。”

燕燕沉默片刻，忽然问他：“你就这么有信心他还会回来帮你？”

耶律贤看了燕燕一眼，说：“他不是帮我，而是帮他自己。从太祖到人皇王到我父皇再到我，从韩知古、韩匡嗣到韩德让，我们的理想，一直是一致的。”

燕燕看着耶律贤，忽然不知道这个人，到底是有情，还是无情。

吐儿山行宫到了，早有先头部队，已经布置了皇帝的宫帐。

中央的皇帝行营以枪立寨，每枪下又有黑毡伞，守卫的卫兵站在伞下，可避风雪。枪外又围绕了一圈小毡帐，每帐住五名卫士，宿卫大营。不同的小毡帐之间以毛毡相连，地基高出地面一尺多，可以行走。

南边各部族的首领于数日前到达，只待皇帝到了以后，歇息得两日就召集群臣。

大批南院的官员以及各州之长，还有部落首领，都是头一次见新皇帝。众人心中情绪各异，但也只能上前一起朝拜。

谁都没有想到，一向残暴的穆宗竟死得这么突然离奇，而没人重视的皇子贤异军突起，成为了皇帝。当看到高勋和女里忽然一跃成为新皇宠臣的时候，北南两边的大臣不是没有人跌足悔叹自己居然没有识得潜龙的；而萧思温之女成为贵妃，更让后族其他两支也把主意打到了新皇的后宫去；而皇族宗室的心情，则就更复杂一些了。

刚刚被释放出来的三位皇叔耶律稍、耶律隆先和耶律道隐排在前面，叩拜呼喊声比别人更高些。人皇王当年存活下来的共有五子，除世宗外，还有他的同母弟娄国。世宗死时，娄国尚掌一支兵马，穆宗为了安抚他，诱出察割让娄国手刃报仇，但心中却也存下了对娄国的疑忌，待得穆宗羽翼丰满，就借故杀死了娄国。余下的三人，却因为皆为庶出，只是被闲置或幽禁，倒还保得了性命。

这三人但见这八方公用殿上，帐篷立柱上彩绘着漂亮的龙纹，穹庐内壁挂着锦绣，地上铺着黄布绣龙为地障。耶律贤居于其上，受了辽汉大臣的朝拜后，就宣旨例行公事般封赏群臣与宗亲。封道隐为蜀王，隆先为平王，稍为吴王，喜隐为赵王，只没为宁王，敌烈为冀王。余下诸宗室亦依远近封赏，及领地军州等。

诸王谢恩以后皆退了出去，但心情各异，却是只有自己知道。

其中当数冀王耶律敌烈的心情最为复杂。当年祥古山之变，世宗身死，穆宗夺位，耶律敌烈在其中颇为出力。没想到穆宗即位之后，却重用罨撒葛而轻视他。而今耶律贤继位，罨撒葛逃走，叫他又是快意，又是不安。快意的是罨撒葛在他面前嚣张了大半辈子，如今终于落得狼狈出逃，亲兄弟之间长年龃龉落下的隐恨，甚至比陌生人结怨还来得更深。但罨撒葛的逃离，也让他生怕耶律贤的怨恨和报复落到自己的身上。穆宗对世宗的兄弟们杀的杀囚的囚，敌烈此刻心中甚是忐忑，暗忖着如何好好奉承皇帝，让他消了对自己的报复之念。还需让妻子伊勒兰想办法结交贵妃，探听消息。他正想着，这边一抬头，却见新封的宋王耶律喜隐从他前头走过，不禁心念一动，看着左右无人，就跟了上去。

喜隐自随同众人一起接旨时就满腹愤愤。没想到他父子又一次为他人作了嫁衣，世宗和穆宗两次抢了属于他父亲的皇位，耶律贤竟又抢了属于他的皇位。头一次的错过，让他的父亲一生抑郁；第二次的错过，让他父亲在他面前惨死；这第三次的错过，让他更是怒气难息。

不过幸而，耶律贤的身体太差，他相信自己不用像父亲那样等上几十年。只要他有足够的耐心，在耶律贤死前掌握住军队，最后的胜利必然是属于他的。

怀着这样的心思，喜隐对于敌烈的主动示好就从爱搭不理转变为觉得“这老贼还算有眼光”，甚至认为天下大势确已是在自己的掌握中。两人竟相谈甚欢。

待喜隐回到自己帐中，乌骨里正靠在一旁软榻上，懒懒地摇着扇子，侍女重九和瑰引坐在脚踏上，手中缝制着小儿衣物。

见喜隐大踏步走进来，乌骨里撑着肚子，缓缓起身笑道："今日大朝，怎么这么快就回来了？"

喜隐道："原也就没什么事，不过说些没用的废话，再封赏了一批闲人。"

乌骨里笑道："哦，可封了你什么王爵？"

喜隐一边喝着水，一边哼哼道："赵王。"

乌骨里哦了一声："倒也不坏。"

谁知一句话又惹恼了喜隐，他愤愤道："什么不坏，岂有此理！我是什么人？敌烈、只没、道隐这些人，居然与我并列，明扆这鼠辈！"

乌骨里诧异："好好的怎么又骂起人来？"

喜隐冷笑："什么好好的？他不过是占了第一个赶到黑山的机会才抢到这个皇位，如今心虚，倒把隆先、道隐这些没用的东西都封了王，只没也成了王爷，哈哈哈，这个废物还能干什么？难道明扆以为封的王爵多，就能够保得住别人不起心思？真是个窝囊废！"他喘口气又愤愤然起来："他怎敢将我与他们相比？罨撒葛带走了国阿辇斡鲁朵，他置之不问。横帐房这一系如今只有我才是首领，述律兄弟夺走的宫帐难道不应该还给我？"

他越说越气，转身撩开帘子走了出去。

乌骨里见他如此，不由得担心，忙叫了重九跟过去看看，免得喜隐又冲动惹事。等重九回来，说喜隐去了前帐，不过是喝了些酒，打一个奴隶罢了，这才放下心来。

哪晓得喜隐自己喝了闷酒，这一夜翻来覆去，竟是想了个主意出来。次日一早，就兴冲冲去找耶律贤分说去了。

他见了耶律贤，也不行礼，上来就说："主上，罨撒葛出逃沙陀，一直收拢周边部族试图反攻，应该早日征讨平定，以免他来日倒成了心腹大患。"

耶律贤昨日累狠了，夜里又险些犯了旧疾，一大早就召御医煎药治疗。他心情正是极差的时候，听喜隐跑进来说这些越俎代庖的事，皱眉道："太平王叔虽然外逃沙陀，却不曾举起反旗，如何说到征讨平定来？"

喜隐素日看耶律贤总是病弱温顺的样子，只道自己一吓一哄对方必然答应，哪晓得他居然还敢反驳，不由得提高了嗓门："你不征讨平定，还想请他回来不成？罨撒葛那般心高气傲的人，你夺了他的皇位，还指望他能和你好好说话？他迟早是要来夺位的，咱们不如先下手为强，难道还等他来先杀了你？"

耶律贤心中已是大怒，面上却越发冷淡道："赵王慎言。什么叫迟早要来夺位，皇位岂是谁能夺就夺了的。父皇当年遇难祥古山，先皇是由诸宗室公推为帝，他在时每每说自己无子，这皇位自父皇而得，自当传位于朕。罨撒葛时常陪伴在侧，并无异议。外面常有些人云亦云的谣言，宋王是近支宗亲，不可听信那些胡话。罨撒葛王叔只是和朕有些误会罢了。书信往返几次，解释清楚，他也就回来了。"

他这话说得不带半点烟火气，但听在喜隐耳中显得虚伪之至。喜隐顿时笑出声来："明扆，你是真傻还是假傻？皇位更替的大事，岂是几句话能说服的？罨撒葛现在恨不得吃你的肉，喝你的血，你还要和他好好商量？"

不想耶律贤神情转为阴冷："赵王唤朕什么？"

喜隐一愣，马上醒悟过来，他方才直呼了耶律贤的小名。如今耶律贤毕竟是皇帝，细究起来倒是个现成的把柄，可是他们这些人谁会理会这种规矩，便是当年穆宗时代也是有人敢当着面叫他小名的。见耶律贤如此拿大，喜隐反而来了脾气："便叫你名字又怎么样？论辈分，我比你还高。如今你才当了几天皇帝，倒在我面前端起范儿来了。别忘了，你这皇位如今可还不稳着呢。"

耶律贤只觉得脑后一阵阵抽痛，心里早不耐烦了。未封诸王之际不好和喜隐翻脸，如今封了诸王，立足渐稳，心中暗想正好拿这人开刀，免得诸王还怀着对他以前的看法，在他面前骄横放肆。

他突然有些明白当年穆宗为什么在即位第一年，就把皇族近支重臣权贵挨个儿收拾了一番，闹得积怨于身。这拨人个个坐拥部族为恃，性子骄狂，唯我独尊。若是待他们和善了，便不识进退；若是待他们狠了，便积怨于心暗怀杀机。从耶律阿保机开始的诸弟之乱直至如今，竟是谁也没办法拿出一个真正的好章程来。也唯有述律后时的精准打击，和太宗时的扩张分利，才使得他们稍安分些。一想到此，心念一动，话锋一转，道：“喜隐，你想要什么？”

喜隐张了张口，想说让耶律贤便如穆宗时把事情交与罨撒葛一样，把事情交与他来处理，自己只管安心养病。他自以为这个道理是说得很通的，心想皇族近支，罨撒葛与你作对，只没废了，道隐三个不够分量，除了我之外，你还能够把事情交给谁？因此格外理所当然道：“可惜黑山的事，我被罨撒葛坑了，倒便宜了你。现在你虽然坐上了这个位置，没有人帮助也是不行。我看这样，内政外交你就交由思温宰相处理，攻伐征战我给你包了。”

他以为已经说得很是稳妥，拉了萧思温出来作陪，想来耶律贤应该更加放心。却没想到耶律贤似笑非笑地看着他：“这是你和思温宰相的默契？”

喜隐点头：“当然。从前思温宰相和罨撒葛就是这么分权的，如今罨撒葛跑了，除了我，还有谁能顶上？你放心，你把兵符给我，我领了夺里本和国阿辇斡鲁朵出征，三月之内便能带回罨撒葛首级。”

罨撒葛带走了夺里本和国阿辇两部斡鲁朵的部分兵力，但耶律斜轸和耶律休哥控制得好，倒留下了五成以上，耶律贤不想喜隐说了半天，倒打上了这两部的主意，不由神色一变，阴冷地看着喜隐：“你区区亲王竟敢肖想太宗皇帝和穆宗皇帝留下的斡鲁朵！”

喜隐还没听出他话中的戾气，只笑道：“你自己新建的斡鲁朵也没从那边夺人，可见你也知道自己身体孱弱，领不了太多兵马。既然如此，这些人留着，只怕将来还要受罨撒葛影响，不如早些拆了。”

耶律贤怒极反笑："喜隐，你以为你是谁？若没有朕的赦令，你还是被囚之人，居然异想天开，想从朕手中夺兵马分权势，真以为朕不敢杀你吗！"

喜隐没想到对方竟如此强势，一时脸上热辣辣的，心中怒火大炽，上前直逼到耶律贤跟前，一拳捶到他桌子上，叫道："你想拿皇帝之位来压我？我告诉你，李胡的儿子从不怕什么囚禁。别以为你释放我就留下了什么恩惠。没有皇族宗亲的支持，你的皇位根本就坐不稳！"

耶律贤不想喜隐竟骄纵至此，看着他逼上前来，气势凌厉，令单薄的他竟格外感觉到了压迫。喜隐也看出耶律贤脸色一白，更加得意起来："主上，自太祖以来，横帐三房帝位传递凶险万分，不是强者，可谁也弹压不住啊。"

耶律贤的手都在颤抖，可一时之间竟是不敢发声，此时喜隐离他太近，而自己身边只有一个小内侍，这蠢货若是一时不知进退动起手来，连侍卫援救都来不及。

就在此时，帐子外传来一阵纷杂的脚步声，就听得燕燕的声音道："主上，臣妾求见。"

又听得另一个声音道："臣妾赵王妃求见！"这声音正是喜隐的妻子乌骨里。

这两个女人的声音传进来，方才剑拔弩张的两个男人顿时收了气焰，喜隐退开一步，耶律贤松了一口气，提声道："进来。"

燕燕带着乌骨里匆匆进来，正看到喜隐从耶律贤桌前退开。原来乌骨里听到撒懒回报说今日喜隐要去与耶律贤说分帐之事，心知不妙，忙找了燕燕来帮助劝阻，此时恰好赶上。

耶律贤见喜隐退开，燕燕与乌骨里进来，这才只觉得掌心尽是冷汗，当下不等乌骨里和燕燕说话，便提声叫道："来人——"

应他呼唤，帐前侍卫赶忙进来，就听得耶律贤道："赵王喜隐无礼，把他拖下去，杖责四十！"

侍卫们应了一声，上前拿住喜隐，喜隐大怒，挣扎着骂道："明扆小儿，刚才若不是我手下留情，一拳就捶死你了！你竟还敢打我？”

乌骨里拉着燕燕闯入营帐，还没开口就听到这样一段话，吓得花容失色，立时叫道：“喜隐，你满嘴里胡说些什么！还不住口！”这边又拉燕燕道：“燕燕，喜隐今天酒喝多了胡说八道，你向主上求求情，回头等酒醒了我让他来向主上请罪！”她经历过穆宗朝的残酷杀戮，心中对皇帝这个生物充满畏惧，喜隐素日再怎么轻视耶律贤，终究今日这一幕看在她眼里着实可畏。

她这边求情，那边喜隐还在跳着脚叫着：“乌骨里，不必求他。”

耶律贤微眯起眼，慢慢地说：“你确实不必求朕……”

乌骨里已听出耶律贤声音中的杀气，顿时心里一慌，拉住燕燕求道：“燕燕——”

燕燕也没想到竟遇上这种情景，方要张口，但见耶律贤眉头深锁，神情透出痛楚。她想了想，走到耶律贤身旁扶住他，厉声道：“赵王放肆，你还不跪下！”这边使了个眼色给乌骨里。

乌骨里会意，忙率先跪下叫道：“主上，喜隐喝多了酒，自己也糊涂，请主上饶恕他不敬之罪。”

喜隐方要发作，却见乌骨里扭头看向他着急的神情，心中不忍，这才软了态度，不甘不愿地道：“主上，是臣有错，请主上恕罪。”

燕燕一个眼色让侍卫放开喜隐，乌骨里赶忙拉喜隐跪下，喜隐心虽不服，但妻子身怀六甲跪在那里含泪看着，无奈之下只得屈膝道：“好了，你想怎么样就怎么样吧。”

耶律贤暗暗松了口气。若不是燕燕到来，以喜隐这副样子，说不得他真要撕破脸，如此一来，就会对诸王有所影响。如今见燕燕逼得喜隐服软，便正好下了这个台阶，面上却依旧淡淡地道：“赵王本处监禁之中，朕本是暂赦，如今又擅闯大帐，君前无礼，可见是野性难驯。未免再生事，如今暂将赵王看管起来，待朕回京之后，再行处置。”也不待喜隐开口，就挥手让侍卫押着他出去。

乌骨里来不及同燕燕再说，只点了点头就追了出去。

见喜隐走了，耶律贤才对燕燕吁了口气：“今儿幸而你来了，否则当真不可收拾。”

燕燕见他才说了两句就已经有些脸色发白，忙扶着他喝完一盏药茶，才道：“你明知喜隐的成色，怎么就让他近身了，真是好险！”

耶律贤看着她，忽然叹息道：“今天若不是你及时赶来，只怕我就危险了。”

燕燕回想刚才情景，也不禁道：“以后你不管召见什么人，都须让侍卫守在边上，哪怕……”她缓了一下，才说：“哪怕是我！”

耶律贤看了看自己瘦弱无力的手，苦笑一声：“今日让你看笑话了。朕自幼体弱，从不曾上过战场。喜隐虽然无礼，有句话却没说错，朕领不了兵，上不得战场。大辽历代帝王，从太祖皇帝到皇叔均是战功赫赫，也怪不得喜隐不服我。”

燕燕劝道：“如果只靠蛮力就能做皇帝，穆宗皇帝就不会引起公愤，被几个奴隶杀死了。文治武功终究还是文治在前，为人君者只需要善用能臣，不需要亲上战场。”

耶律贤握住她的手，深情地凝视着她的眼睛：“燕燕，每当朕最无助的时候，你总能够带来最大的安慰。”

燕燕抽回手，微扭过头去。

耶律贤正要开口，就听得外面有人禀道：“女里将军求见。”

燕燕见状就道：“女里来了，我先避开。”

女里虽对耶律贤的即位立下大功，然而此人马奴出身，言行不堪。燕燕不喜，见他要来就马上要避开。

耶律贤正想引她说话，不想扫兴的女里此时撞上来。燕燕径直掀帘子从后帐走了，自己竟是叫不住，心中极为遗憾，见了女里，就更没什么好脸色。

谁知这不识眼色的女里，进来竟又说出一件更没眼色的事情，惊得他险些要掀后帐去看燕燕是否已经走了，看着女里，只觉得啼笑皆非。

却原来女里听说喜隐闹事就忙赶过来，待见到耶律贤安然无恙，他松了口气，却不肯走，只左右张望。

耶律贤问：“女里，你还有什么事？”

女里欲言又止，上前贼忒兮兮地道：“主上，先皇这一支，如今只有您了。当务之急，就是要多生几个皇子。这就跟草原上遇上雪灾，到了春天，牛羊就要多下崽子一样。”

耶律贤听他比喻得不伦不类，不由失笑，一边不免也叹他质朴忠心。他兄弟历劫，可不就如同草原遇灾一般，这道理虽粗，却也有理。只是想起燕燕，不免心中一叹，这却需要慢慢的水磨功夫。他看着女里猴急的神情，心下便明白了，只道：“你想说什么就直说吧。”

女里搓了搓手，赔笑道：“我知道主上如今有了贵妃，思温宰相家的女儿，后族的贵女，自然是别人比不上的。只是贵妃再好，一年也就只能生一个不是吗？我觉得，主上要纳她十个八个妃子，明年肯定能生一窝……咳咳，是一群巴图鲁来！”

他那“一窝”险些让耶律贤喷出茶来，停了一停才平息了笑意，道：“你这话，倒也有理，但不知有什么推荐人选？”

女里摆了摆手：“女里是个粗人，我纵有推荐，您也看不上啊！”他一边耿直地实话实说，一边又扭捏道：“主上要是不嫌弃，肯辛苦多纳一个，奴才的大嫂，娘家素以好生养闻名，她自己同母就有八个亲兄弟呢，她如今也生了五个儿子三个女儿。最小的那个喜哥，长得最好看，嘴也最甜，您纳她为妃，肯定能生儿子。”

耶律贤斜睨着眼睛：“我看，生皇子这件事，你比朕还着急啊！”

女里理直气壮地说：“那是自然，能不着急吗？您看看喜隐、敌烈都有孩子，敌烈的儿子都快能上战场了，您可不能输给他们啊！咱们得快快生下皇子，把他们的势头压下去。再说，世宗皇帝一系的血脉能否延续，可都着落在您身上了啊。”

耶律贤似笑非笑：“朕倒不着急，朕与贵妃都还年轻，迟早会有孩子的。”

女里眼巴巴地看着耶律贤，忙点头：“奴才知道。可多几个妃子，多生几个孩子，总归是好事。”他涎着脸道：“主上，就算您喜欢贵妃，可独宠贵妃，和多纳个妃子没什么妨碍啊。您就当多养了只狗儿，有空过去随便坐坐。”

耶律贤不禁喷笑：“女里，你这是叫朕把你侄女儿当狗儿养吗？”

女里搓着手：“奴才就是打个比方。主上知道，奴才是个上阵杀敌的粗人，不会说话，可奴才的心是真的。奴才的侄女喜哥，别的不敢与人相比，但奴才敢打包票，她对主上的忠心，是跟奴才一样的。还有，奴才侄女多，这一个要是生不了，回头再换一个进来，一直换到生出儿子来。这就是奴才对主子上的一份忠心了。”

耶律贤听他说得不堪，直是摇头，待要回绝，忽然心头一动，缓缓道：“既然你如此坚持，那就过几天把她送进来吧。”

女里大喜，高声应诺而出。

婆儿见女里走了，方笑着上前为耶律贤换了茶来，道：“主上，您真要纳他侄女进宫？”

耶律贤点点头，问婆儿：“你以为如何？”

婆儿最知道他与萧燕燕如今的僵持关系，当下有些试探地问：“主上这是……稳妥起见？”那边与贵妃纠缠，这边先给自己留个后？

耶律贤听了他这话，顿时沉下了脸，斥道：“胡说八道！”

婆儿连忙求饶：“是奴才胡说八道，请主上恕罪。”

耶律贤摆了摆手，悠悠地道：“你就把这个消息悄悄地传给贵妃身边的侍女……”

婆儿低头正等着他下一句呢，一抬头看他已经在看书了，想了想刚才皇帝的意思，顿时醒悟，只想扇自己个耳光。他在耶律贤身边跟了这么多年，素日一点口风一个眼神就能知晓其意，但唯有这情爱之事，却是他主子之前心思不在上头，如今刚刚施展，因此怪不得他反应不及。

第五十二章

小妃疑云

且不说婆儿去行事，却说喜隐回到帐中，犹自恨恨，向乌骨里抱怨道：“方才我与明扆理论，你又为何倒先服软了？我是为了你才向那小子低头的。”

乌骨里与他相处最是有办法，知道他心里不舒服，也没与他争论，只抚着肚子皱眉，喜隐吓了一跳：“你怎么了？”

乌骨里皱了一会儿眉，才吁口气道：“你儿子又踢了我一脚！”

喜隐被她这一吓，倒把刚才抱怨的话忘记了，只一叠声地叫侍女扶了乌骨里去休息，回头叫来了撒懒，把方才的事情说了。

撒懒吃惊道：“那怎么办呢？”

喜隐冷笑道：“他以为重新把我监禁起来，我就没办法了吗？既然他这般不识趣，那就休得怪我无情。”又密密地嘱咐撒懒：“趁着今日他们还看管不严，你就悄悄派人去这几个部族，去游说他们的族长……”

他这边吩咐，却见撒懒若有所思，问道：“怎么？”

撒懒犹豫片刻，才压低了声音道：“大王，以奴才之见，那些部族长们，早已经让先帝吓破了胆子，与其游说那些部族长，不如收买萨满们倒更有用些。”

喜隐听了有些诧异：“如何是萨满？不是各部族长？”

撒懒解释道：“那些部族长胆子既小，又贪得紧。这些年咱们横帐三房相争，哪个不拉拢他们，早把胃口养大了。且他们如今早不是当年契丹八部时，上阵都冲杀在前头的样子了。一遇到事情，也不敢作战，都是驱使帐下武士冲杀。在自己部族中，威信还不如萨满来得高。不敢相瞒主子，奴才当日奉了皇太叔之命，也是与他们联系过的，甭管使多少钱下去，他们一面答应，一面可能转眼卖了咱们。后来奴才也是收买了他们族中萨满和勇士，才教他们不得不跟着皇太叔走。”

喜隐不禁感叹：“这话当年父王也说过。他说，如今的部族长们都不中用了，族中倒是萨满说了算。”

“正是。”撒懒道，“自从太祖爷立国以来，各部族都过上了好日子，哪怕遇了灾，找到上京来，同皇帝哭诉一番便能得些援助。因此上部族上的人不畏族令，只信神鬼，萨满们在部落里能量不小，稍一挑动就能让部民赴死。”

喜隐听得兴奋起来：“正是，明扆以为自己把各大斡鲁朵捏住，我就没办法了么。哼，咱们契丹全民皆兵，大部族各有各的算盘，全闹腾起来，看他怎么办。”

撒懒深以为然：“大王说得正是，咱们这次吃亏，说到底是没笼络住足够的兵马。那边……”他指了指皇帐方向道：“若不是拉着女里、高勋，也没这么容易就登上皇位，思温宰相也不至于上赶着嫁女儿。”

喜隐冷哼一声：“这老货，太过奸猾了。我还以为娶了乌骨里，他能帮咱们，谁知道他倒是个墙头草。咱们这次务必要捏住兵权，一旦有变就可以迅速夺位。”

撒懒点点头，又问：“那，宗室那边……”

喜隐道：“述律在位的时候，这些家伙就心存反意，只是被镇压圈禁了。如今换了明扆这么性格软弱的，我就不信他们没想法。大家一起出手，把水搅浑了，咱们才好摸鱼。”

女里因耶律贤应允了，就从自己侄女中挑了喜哥，不到天黑就上赶着送到王帐中去了。

而燕燕这边，自然是婆儿有心安排，早得了消息。

燕燕还没反应，侍女青哥就急了：“岂有此理，女里真不要脸，这种事情也做得出来！”

侍女良哥却道：“光说女里有何用。主上不同意也进不来。”

青哥顿时明白过来，更恼了：“主上真是太过分了，这边哄着娘娘，怎么那边转眼就纳了小妃入宫？”转向燕燕急问：“娘娘，这可怎么办？”

燕燕头也不抬地看着手中的书，道：“有什么怎么办的？他是皇帝，他爱纳几个妃子，我能管得着？你就更管不着了。”

青哥哑然，想了想还是不甘心：“主上最看重的自然是您，可是……他终究是男人，是皇帝。您是贵妃，可如今形同虚设，难怪他要另纳小妃。”

良哥斥道：“青哥，你怎么说话的？”

青哥顿足：“我这不也是为了娘娘着急嘛。”

良哥冷笑道：“难道你让娘娘学那些女人一样去争宠不成？”

青哥看了看燕燕脸色，声音低下来：“我并没有这个意思。只是咱们如今都进了宫，难道当真就和主上顶着过一辈子？他不自在，有的是小妃奉承。可您这样，以后日子怎么过啊？”

燕燕把书放了下来，悠悠道：“日子过得不好，我心里才好过。”

青哥与良哥面面相觑，竟是说不出话来了。

过了会儿，侍人来问要不要上晚膳，良哥只道耶律贤今日必是不来的，便令他们把膳食端上桌，燕燕就一个人用起餐来。

倒是青哥有些不安：“娘娘，主上素日都与娘娘一起用餐，您不等等主上吗？”

燕燕诧异道：“等他做什么？今日新人入宫，他难道不陪新人？”

青哥脱口道：“可咱们就什么也不做？”

燕燕道：“有什么可做的？他若同我说，我便道声恭喜；他若不说，我就当不知道。”

青哥语塞，不再多言，却不想还没等燕燕用完膳，耶律贤就来了。众人皆是愣住，耶律贤看了她们的神情，笑道：“怎么了？”

燕燕看着一桌子残羹，未免觉得理亏。这些日子耶律贤每日与她一起用餐，纵然是有时事务缠身过不来，也会派人通知。而今天耶律贤并未遣人通知，若说是自己私底下打探到皇帝纳了小妃而擅作主张，更就说不过去了。

况且她也从来没有想过要私底下打探，想来想去，竟无言以对,半天蹦出一句话来：“主上今天怎么来了？”

耶律贤一怔，旋即明白，反而大模大样地坐下来，笑道：“我天天来的，怎么今天不能来吗？”

燕燕脱口而出：“你不是新纳了……”

耶律贤假装不知：“什么？”

燕燕连忙改口：“没什么。”看了一眼桌子，就叫青哥：“还不快去给主上重新备膳。”

耶律贤也不忙，只笑着坐在那儿，也如往日一般，同燕燕说着朝堂上的一些事情，拖了很久也不见走。

自他在燕燕这里蹭饭以后不久，又打着避人耳目的口号，厚着脸皮要求留宿，只不过两人各睡一铺。燕燕既然连进宫都答应了，也不在意这些。耶律贤既然不是以帝王的身份强迫她，而是客客气气有理有据地请求，虽然有点厚脸皮，但终究她也找不出反驳的理由。耶律贤磨了几次，总是得逞了。

眼见阿辛要去铺置被褥了，燕燕还是忍不住问道：“你今晚，不在这儿吧？”

耶律贤漫不经心道：“不在这儿，又去哪儿？”

燕燕方想张口，青哥忙拉了拉她，又是使眼色又是做口型，燕燕便住了话头，也不理他，照往常那样，各自备榻，隔了屏风安歇。

不过，今日这事，未免叫燕燕心里搁了疑惑，思来想去，倒是没睡着。一边疑惑着他纳小妃的事情是不是真的，一边又疑惑若是他当真纳了小妃，为什么还要来自己这里。耶律贤刚当了皇帝，身体又不好，明明应该急着生下孩子，稳固皇位才对。可他又不碰自己，新人入宫，他还继续往自己这里，秋毫无犯的，他这样子……

她忽然想起进宫之前，父亲叫族中供奉的女萨满来同她讲些新婚事宜。虽然她满心排斥，但总还听了一星半点来，男人若是耶律贤如今这样……是不是不正常？

过了数日，耶律贤带着群臣去医巫闾山祭祠其父辽世宗耶律阮夫妻的陵寝。祭祀完毕，他与萧燕燕并肩漫步，说起当年怀节皇后萧撒葛只之死时，不胜唏嘘。

燕燕劝他："主上今日得继大位，也当告慰世宗皇帝和怀节皇后在天之灵了。"

耶律贤叹息："若是没有祥古山之变，父皇当年顺利南下，大辽也好，你我也好，就不是如今这样了。朕也许是个闲散亲王，此时也许会拿着一卷书坐在花丛中，伴着夕阳西下……"

燕燕却不信，反问他："难道你不喜欢当皇帝？"

耶律贤轻轻摇了摇头："当皇帝，只是个责任而已。我皇兄吼阿不从小被寄予厚望，是皇位的继承者。父皇那时候总把他抱在怀里共乘一骑，对他说天南地北和大辽的未来，而朕总是靠在母后怀里看着……"

那时候他还只有四岁，记得并不多，许多事都是后来韩匡嗣与韩德让一点点告诉他的。

世宗皇帝想改变大辽，改变帝位传承的无序混乱，像汉人那样父子相承；想把分散在诸斡鲁朵的兵力集中到帝王手中，统合精兵南下，建立契丹人的王朝；改变奴隶们的身份，让他们不再只是会说话的牛马，而成为国家的庶民；他想改变契丹的贫寒，让子民像汉人那样富足。他想做的太多而时间太短，最后为他的急躁激进付出了生命，而大辽为之付出代价的更多……

他说："朕很着急，可也知道急不得。朕想起过去十多年失去的一切，只觉得痛心，只觉得自己时间不够……怕自己不能活着看到改革成功，人亡政息，继承帝位的人不能顺着朕的路走下去。"

燕燕听到这句话，忽然想起那桩隐事来，不由道："如今宗室之中有资格继承帝位的人，怕是没有谁想着汉化改革。主上若不自己生个儿子，怕是没人能继承你的志向。"

不想耶律贤却道："朕只想和自己认定的人生孩子，贵妃这么说，是让朕有所期望了吗？"

燕燕原本是想诱他说出小妃之事，名正言顺地让他以后不要再来蹭饭蹭睡，不想他竟有此一问，不由语塞，狠狠瞪了耶律贤一眼，便不再说话。

过了数日，却有两人前来拜访贵妃，正是世宗昔年留下的两个小妃蒲哥和啜里。燕燕进宫之初，见过两人随着后宫女眷们上来行礼，并不留意。此后她们偶有来请安问候的，燕燕没心思理会，只推说有事，也就挡了。

但没想到这次两人听说贵妃有事，却不似往日般识趣离开，竟然说愿意在外头等候。这一来，燕燕倒不好推却，只得令人请她们进来。

这两人一进来，先是满脸堆笑地奉承了燕燕几句气色好、皇帝看重等废话，却又拐弯抹角地说些什么后族的姑娘应当大气，皇帝如今无子，当尽快生育，当要多子多孙，当年世宗那样独宠甄后，也不挡着别人生儿育女等奇怪的话来。

燕燕听得丈二和尚摸不着头脑，但隐约也感觉出些意思来。想着两人出身小族，莫不是想提拔自己族中的女孩子入宫，就问："两位太妃可是有什么族中的女儿要推荐给主上？"

那两人听闻，先是诧异，继而大喜，接着就滔滔不绝大赞燕燕的贤能，竟是不提刚才那话了，闲扯了一会儿，便起身忙忙地告辞而出。

等二人走了，燕燕就跟青哥说："去打听打听是怎么回事。"

青哥去了半晌，回来禀告燕燕，却原来是那个小妃喜哥入宫数日，并不曾见过耶律贤。她却是个惯使手段的，就怀疑是贵妃把持着皇帝针对她。因此这几日净是在皇帝行动的地方等着想上来讨好，但走不近王帐就让人挡了。百般无计可施之下，居然打听到两位太妃的路子，昨儿就带着礼物去拜访了太妃。

“所以今日这两位太妃，是为了喜哥来游说我？”燕燕恍然，原来倒她误会了。而她这一误会，让两位太妃发现了另一件更有机会的事，想是两人赶着要去准备族中姑娘进宫的事情。

青哥有些担心起来：“娘娘刚才说的话，是不是教太妃们误会了，若是她们当了真，去挑族中女孩儿过来献给主上，那可怎么办是好？”

燕燕发觉自己的误会，可能会给耶律贤招来一些小麻烦，然而嘴上却说：“后宫妃子多多益善，多几个少几个，又有什么关系。”

青哥为耶律贤抱屈：“娘娘，您终究已经入宫，要和主上过一辈子。主上待您一片诚意，连我们都看出来了。娘娘您就算是铁石心肠，也该感动了。”

燕燕听得她这话，怔了一怔。

良哥虽不如青哥这般偏向耶律贤，但她也要为燕燕打算，因上前道：“娘娘何苦这般为难别人，也为难自己呢？”

燕燕有些迷惘地摇了摇头：“你们说得似乎也有道理，只是我、我不知道……”

良哥问：“不知道什么？”

燕燕轻叹一声：“我不知道该怎么面对他。”

良哥诧异地问：“为什么？”

燕燕慢慢地说：“原先我当他是主上，以为这桩婚事于他于我都不过是个权力交易。可那日在陵前对话，我才知道他待我也有几分真心。至少，他眼前看到的是萧燕燕，不只是萧思温的女儿。”

良哥问她：“这不好吗？难道您反而希望主上待您只有假意，没有真心？”

燕燕自嘲地说：“真心，是要拿真心去换的。可我，哪里还能够拿得出第二份真心来，倒不如……从未开始过。”

青哥叹道：“可这样，主上就太可怜了。”

燕燕此时也是心乱如麻，低下了头，嘟哝道：“他有什么可怜的，他还有他的小妃呢。”

良哥看着她脸上忽明忽暗，低声道：“可是，若他当真不理会那些小妃们呢？”

燕燕茫然了，那个人，真的会在自己拒绝他的情况下，仍然不会理送上门的小妃们吗？

而这一点，对于耶律贤来说却是不成问题的。他本就是性情坚忍之人，否则怎么能够在穆宗手底下忍过这么多年。

但女里的侄女喜哥，却另有一种心思。

女里虽是马奴出身，贪财粗鄙，但这些年来屡次升迁，却也是有自己一分本事的。此人身上带着极重的原始兽性，拼杀起来最是凶猛不怕死，且对于危险杀机更有天然的敏感，所以自成为世宗的侍从以来，多年的护卫工作极为出色。外貌上带着野兽的悍气，但又显得极为老实可用。他虽贪财，但手头也疏爽，对下属十分慷慨。所以他私底下嚣张勒索的行为，对于帝王来说只是小节，倒衬得他更加可用。

女里既发达了，就爱提携自己的亲属，未免侄女侄子一大群。能够在一大群出身极低的侄女群中拼杀出来而得到成为皇帝妃子的机会，喜哥本身也带着女里家天然向上博杀的气质。她对自己的容貌有自信，对自己的手段也有自信，好不容易进了宫，如何甘心默默无闻。

喜哥自从进宫后就没见到皇帝，因此便开始撒钱收买宫中奴婢。穆宗活着时没有皇后妃嫔，他又爱杀人，因此后宫管理疏松，宫女们基本是一不小心就没命了。而耶律贤继位以后，宫中大量淘换奴隶，新进的宫人就更加粗放，钱也就更加好使，一段时间下来，喜哥竟也打听到了不少事情。先是说宫中除了贵妃以外，并无其他妃嫔。又说宫中还有两位老太妃，出身小族，喜欢财物。

她自然就以为，自己的不得宠与贵妃有关。她自己倒也不敢去挑战后族，便想到收买太妃向贵妃施压。两位太妃未必压得住贵妃，但是挑起贵妃的怒火，对着她发作起来，那她自然就可以借此向皇帝诉苦，至少让皇帝记得有她这个人，等皇帝见到了她的美貌，宠爱就到手了。

谁曾想两位太妃去见了贵妃以后，非但没有回报佳音，却开始忙着召族中姑娘准备入宫邀宠。

她以己度人，更是认为贵妃为了打压她，于是要拉两个太妃族中的姑娘来与她相争，心中一时恨极，在自己宫中大发脾气。

服侍她的宫女乌拉，素有上进之心，无奈容貌平平一直不曾被注意，却混了一肚子前朝的隐事八卦。及至服侍了喜哥，两人一拍即合，她在宫中为喜哥打探消息，也深得喜哥看重。

此时见喜哥屡次不得耶律贤垂青，所有招数使尽，她也不禁疑惑起来。见喜哥犹自一门心思地想去驾前献媚而不得法，竟有些喜怒无常起来，便小心翼翼地提醒道："小妃休恼，主上不肯召见，您可想过有什么其他原因？"

喜哥恼道："还能有什么，自然是萧燕燕在弄鬼。"

乌拉欲言又止，喜哥疑心起来，问她："你到底知道些什么？你若说了，我从此以后就重用你，你若不说，我就把你赶走。"

乌拉却道："自主上登基以来，若说别的宫殿也就罢了，唯有主上和贵妃两处，那是密不透风滴水不漏的，奴才如何能够知道内情。奴才知道的，不过是当年一些旧事罢了。"

喜哥听得蹊跷，就问："什么旧事？"

乌拉就道："当年穆宗皇帝不纳宫妃，唯有皇后一人。后来皇后从马上摔下伤重而逝，此后穆宗皇帝亦没有再纳后妃。人都说穆宗皇帝独宠皇后，可我以前听宫中的姑姑们说，其实就连皇后，穆宗皇帝也是不曾亲近过的。"

穆宗后宫只有皇后一人，再无其他妃嫔的事，喜哥也是知道的，当时也颇为羡慕，只是后来穆宗动辄杀人，也让这些女人们息了向上的心。如今听起来，却有些隐文，当下问道："这却是为何？"

乌拉左右一看，压低了声音，神色诡异地说："我从前服侍的姑姑有一次喝醉了同我说，穆宗皇帝之所以不纳妃嫔，不是独宠皇后，而是不能……”

喜哥瞪大了眼睛：“不能什么？”

乌拉压低了声音：“就是不能……那个啊！”

喜哥一把抓紧乌拉的手：“你说得是真的？”

乌拉迟疑着点点头，又道：“这件事，在老宫人中，原不是秘闻。还有人说，穆宗皇帝因为不能驭女，性情日益暴虐，宫中只有一个皇后还早早暴亡。其实，先皇后的死对外说是跌下马，其实是穆宗皇帝失控下的手……”

喜哥打个寒战，忽然想到一事，问她：“你同我说这件事是什么意思？难道是想说当今主上也是，也是……”

她不敢再说下去了，牙齿也不禁打起战来。

乌拉脸色一变，忙道：“奴才可不敢这么说，小妃这话传出去，奴才就没命了。”

喜哥听了这话越发起疑：“若是没这件事，你如何怕成这样？”她越想越觉得对，踱来踱去，忽然又想起一事来：“对了，当年宁王只没，在宫中与宫女私通被人当场抓到，还受了刑。主上他也住在宫中这么多年。一个青年男子，如何这么多年，莫说是宠爱的姬妾，竟是连个贴身的侍女也没有，身边只有婆儿楚补这几个人服侍着。莫非，莫非他当真是……”

乌拉见状，又悄悄地道：“小妃，前些日子，贵妃先是召了主上的御医迪里姑问话，后来又叫了她家供奉的萨满婆婆进宫，您说，她是不是也在疑心……”

喜哥怔了怔，一把抓住乌拉：“好乌拉，我如今就指望你了。你带着我的钱，去宫中打探一下，贵妃找迪里姑是什么事，找萨满婆婆又是什么事？”

乌拉有些犹豫，喜哥急了，又摘下手上的手镯给她，乌拉这才道：“奴才为了小妃，自然甘愿冒险。只是有句话，小妃恕奴才多嘴，穆宗皇帝当年身边其实也是有许多小族送进来的侍女，也是奔着一朝得宠的主意，只是穆宗皇帝酒醉之后爱杀人，后来这拨人也都死了。”

喜哥听得牙齿咯咯作响，就听得乌拉道：“若是主上也有一样的毛病，娘娘还是珍重自身为上。什么恩宠不恩宠，得先保住性命啊。”

喜哥瞬间面白如纸，神经质地叫了起来：“我要见叔父，我要立刻见叔父！”

燕燕的确召了自己家供奉的萨满进宫。她的疑惑不好同其他人说，便只能问这个老女巫了。

她屏退侍人，却又一时张不了口，不免犹豫起来。这老萨满月里朵，在她家族中供奉多年，从小看着她姐妹长大。她姐妹从小无母，成长过程中许多女儿家不易启齿的事情，萧思温作为父亲不好关照教育，就由老女巫承担起这些职责来。她对燕燕极为了解，又是积年老巫，只一看燕燕的模样，便已知她还未曾真正成为一个妇人，虽有些诧异，但心里反而有了方向。当下走上前拉住燕燕，慈祥地看着她道：“燕燕，你可是心里遇上了什么为难的事，要同我说？”

燕燕犹豫再三，还是忐忑地问出了口：“月里朵婆婆，什么样的男人，会拒绝触碰自己的妻妾？”

月里朵心里明白却不说破，只笑道：“天地万物生生不息，牛羊繁衍，一代又一代的人出生，这是自然之理。每到春天，所有公羊都在追逐母羊，怎么会有男人不愿意触碰属于自己的女人呢？”

燕燕问：“可是现在就是有了。婆婆，那是什么原因？”

月里朵并不直接回答，反而悠悠问道：“那到底是因为那个男人不愿意触碰女人，还是那个女人不愿意被男人触碰？”

这句话正中要害，燕燕顿时怔住了，心中反复思量犹豫，一抬头看到月里朵笑眯眯仿佛一切都了然的样子，又不忿起来，道：“可是，他也不触碰其他的女人，难道其他的女人，也不愿意让他触碰吗？”

月里朵道：“如是这样的话，那一定有很奇怪的原因。”

燕燕追问道：“什么样的原因？”

月里朵道："或许是他不愿意触碰不是属于他的女人，或者是不愿意触碰他不想触碰的女人，或者是他心中已经进驻了一个女人，又或者是……他没有触碰她们的能力。"

燕燕低头思忖，继而轻轻摇头："不属于他的，不想触碰的，已经进驻了，都不是啊……那你的意思是……"她脸色一变："难道他当真……"他当真没有触碰她们的能力吗？

一想到此，又有些不安，又可怜起耶律贤来，心里纠缠反复，脑海里一直回响着刚才月里朵的话："有时候眼睛看到的，未必是事实。燕燕，你要学会用心去看……"

用心去看，她能看到什么？又或者，她想看到的是什么？

第五十三章

终成花烛

燕燕想着那女巫月里朵的话，一时之间，竟是失神，直至耶律贤进来，拉着她的手问她："燕燕，你怎么了？"

燕燕蓦然心惊，扭头却见已经是黄昏时分，月里朵早已经离开，当下收回心神，笑道："没什么。"又问他："今天议了些什么事？"

这些日子以来，耶律贤除了与她一起进膳外，就是带着文件来批阅，将外头议的事情与她交流，晚上还隔三岔五借故睡在她的房中。燕燕也已经很习惯了。

如此过了一段时间，忽然传来了喜讯，赵王喜隐的王妃萧乌骨里生了一个儿子。

乌骨里是夜里发动的，待得早上燕燕得报，连忙赶去，就听说赵王妃已经生下了一个儿子。

她刚到喜隐的营帐，大姐胡辇也到了，过了不久，连萧思温也闻讯赶来了。小婴儿被抱出来，红通通皱巴巴的，只闭了眼睛大哭。乌骨里看了一眼就嫌弃起来："怎么这么难看，是不是抱错了？"

这是萧思温第一个外孙，他在屏风外看着婴儿被抱了出来，连忙接到手里，心里说不出的喜爱，当下道："哪里难看了，刚生出来的婴儿，都是这样的。等过几天长开了，自然就是白白胖胖了。"

乌骨里不信："真的？"

胡辇坐在屏风里，听了这话，忙安慰她道："是真的，婴儿生出来的时候就是这样的，那个……"她瞥见一旁的燕燕，指着她道："燕燕生出来的时候，也是这样红通通皱巴巴的，比你儿子还难看呢！"

燕燕逗弄着孩子，不妨大姐忽然说到自己，不忿地叫道：“大姐，怎么好端端地说到我头上来了。”

可见了她那诧异又不忿的表情，刚才还一脸不悦的乌骨里望望燕燕鼓起嘴的脸，再看看儿子皱巴巴的小脸，竟笑了出来：“你以为她现在这副表情，跟我儿子的差多少？”

燕燕叫了起来：“差多了，我比他……”然而看看乌骨里已经从刚才的一脸嫌弃到抱着儿子在逗乐：“孩儿孩儿，快快长大，长大比你小姨还好看！”

她笑了。能够让刚生完孩子的乌骨里开心起来，就算她被大姐调侃两句，又算得了什么。而她如今已经很少有那种惯性撒娇的口气了。

她也凑到乌骨里身边，拿手指轻轻逗弄着婴儿，道：“小宝宝，快长大，小姨带你打猎去。”

这个孩子由萧思温取名留礼寿。在场人都沉浸在欢快的气氛中，燕燕更是抱住孩子喜欢得不肯撒手。她本是家中最小的孩子，被姐姐堂兄们摸着脑袋教训了好多年。她与乌骨里从小一起长大，胡辇还没有孩子，这个孩子就等于是她们姐妹血缘最亲的孩子了。

她这段时间心中郁郁，无法任性撒野，克制本性的日子过久了，自然是不开心的。借抱着孩子哄哄玩玩，才渐渐调剂了一些心情。

所以连着几天，燕燕都跑来和留礼寿玩。这日更是等到各营帐起了灯，王帐中派人来催了多次，她仍然抱着留礼寿不撒手，甚至在乌骨里催她走的时候，还异想天开地说：“反正你现在也躺着动不了，要不然让留礼寿带着奶娘在我那边，我替你养几天吧。”

乌骨里已经是忍无可忍，怒竖柳眉骂道：“滚滚滚，有本事你自己生去，亏你想得出来！”

胡辇早就想走了，只是燕燕赖在这里，也只得留下，如今乌骨里发怒，便强拉着燕燕逃走了。

喜隐这才进来抱起孩子，抱怨道：“贵妃一直不肯走，害得我想抱自己的儿子都没机会。”

乌骨里也叹息："大姐跟罨撒葛这个样子，也不知道什么时候能有孩子。燕燕这么喜欢孩子，可是主上这身体……"

不想喜隐听了她这话，也惊诧道："难道这件事你也知道了？"

乌骨里诧异："知道了什么？"

喜隐见此时帐中只有两个心腹婢女，当下也不避忌，只压低了声音道："近日营中传说，明扆那小子，那个……不行！"

乌骨里惊得瞪大了眼睛，惊呼道："你说什么？"

喜隐见她这样，反而奇怪起来："难道你竟不知？"

乌骨里抱怨道："这种事，你却又是从哪里知道的？"

喜隐见她当真不知道，索性连那两个婢女也挥退出门外，才说道："前日许多宗室来向我贺喜，最奇怪的是，连女里也来了，还说了一些很奇怪的话……"

女里一直是积庆宫旧人，耶律贤的铁杆心腹。喜隐和他平时也并不怎么往来，倒还防他几分，可是不承想，这日女里却送了厚礼，还在别人走后神神秘秘地留了下来。

喜隐便有些诧异，一圈客套话后，女里又说："横帐三房，如今后嗣艰难，您这孩子来得正是时候啊。"

喜隐不明所以，却不肯开口。他如今也多了几分城府，听他这话说得怪，就有意不肯开口。

女里绕了几句话，才道："主上和太平王都还没有孩子，您的王子，实在是横帐房血统最高贵的孩子，将来必是要受万人朝拜的。"

喜隐听这"万人朝拜"之言，暗指皇位，难道是这家伙要向自己投效不成？可他早就站队耶律贤，而耶律贤刚即位不久，此时正是收获的时候，如何会冒险改换门庭。而且所谓的"将来要受万人朝拜"这话说得尴尬，他要投效，分明是应该向自己表忠心才是。

当下打个哈哈，想把这话岔过去，再试探一下女里到底来意如何，如果真要投效自己，也得有所行动，就这么不远不近几句可不成。

女里又说："听说大王前些时日冲撞了主上，臣为大王着想，大王应该早早与主上修好才是。毕竟，虽然您家的小王子如今算来与主上最亲近，然而冀王敌烈也有一个蛙哥王子，而他的王妃，最近可常进宫去讨好贵妃呢！”

喜隐听得更加糊涂，却见女里神情既焦灼又恼怒，简直就是想发作又强忍的模样了。

女里素来是个粗人，能够把话说到这样自以为是的含蓄也已经很是艰难，若是换个人早明白了。然而喜隐脑子却没往这里想，结果两个素日直白的人，都自以为是地用了些城府，倒弄得彼此更不明白了。

撒懒在一边侍候着，却听得真切，当下直打眼色，喜隐这下却看明白了，当下哈哈一笑，佯装了然地拍着女里的肩头说道：“多谢女里的好心，我若得了好，绝对忘不了你。”

等女里走了，他便问撒懒：“他方才的话，你可明白了？”

撒懒当下道：“我的主子，您怎么还听不懂呢？女里素来是主上的心腹，若不是他心中另有算计，如何会来找您。他这话说得是再直白不过，主上无子，将来恐怕是想过继个儿子，若论身份与亲近，自然属咱们家的小王子。可是敌烈那小子不要脸，就怕他上赶着先把蛙哥王子送进宫去过继给贵妃，到时候咱们小王这皇位就艰难了。女里这时候跑来告诉您，就是想给您卖个好，将来得益。”

喜隐一听，破口大骂起来。他本以为女里这会儿是换山头讨好来着，没想到人家虽然是过来讨好，但却根本看死他登不上皇位，只不过是看着耶律贤后继无人，预先看好他刚出生的儿子。想到那刚出生粉嫩嫩的儿子，自己还爱不过来呢，耶律贤居然敢来抢，当真岂有此理。

但他骂了半日，气也已经消尽了，回到帐中，听到乌骨里说起燕燕来，忽然心中一动，就同乌骨里商量起来：“这会儿我倒觉得，女里那老货说的话，倒有点道理。你说，明扆这病怏怏的身子吧，能不能生出个儿子啊？要是他生不出来，咱们把留礼寿过继给燕燕，到时候，留礼寿直接以皇子的身份继承皇位，岂不是省事？”

不想乌骨里听了这话，先啐了他一脸：“什么，你要把留礼寿过继出去，让他喊别人作爹娘？”

喜隐忙安抚她道：“这只是权宜之计。”

乌骨里听也不听：“狗屁的权宜之计！我辛辛苦苦十月怀胎，痛得半死，肚子里掉下来的肉凭什么管别人叫娘？她生不出孩子是她的事，干吗要拿我孩子去补？”

乌骨里气得痛捶喜隐几下，说完就裹上被子蒙上脸，再不理喜隐。

喜隐刚才骂起女里来，那是骂得淋漓痛快，但此时自己回转过来，却越想越有道理，反而兴奋起来，推着乌骨里道：“真是头发长见识短，就算过继出去，那也是我们的儿子。你儿子将来能当皇帝，这还不好吗？”

乌骨里气得掀被坐起身又骂：“你还是不是男人，要当皇帝就自己当。你没这个本事，就别想这个位置，拿我刚生出来的儿子去送人，你做梦！我的留礼寿，不能管别人叫娘。你想这么干，除非拿绳子勒死我！”

喜隐一时兴起，却被乌骨里骂了个狗血淋头，不由得也悻悻然起来：“好吧，你说不行就不行吧。”说完自顾自睡觉去了，次日已经把这件事情忘记了，照样不上心事地与撒懒等筹谋着如何为耶律贤制造更多的麻烦。

但刚生完孩子的女人，本来心情就容易陷入抑郁猜忌之中，次日再抱着孩子喂奶，乌骨里又想起昨日喜隐的话来，她知道喜隐对皇位有多执着，更知道黑山之变，已经让耶律贤抢了先机，只怕喜隐这一生就会如李胡一般，因为对皇位的执着屡生事端，最终在皇帝的钳制打压下郁郁一生，不得善终。

思来想去，觉得喜隐大有可能会把这儿子送出去给耶律贤，不由悲从中来，抱住儿子眼泪一滴滴落下来。这一哭竟是哭得一发不可收拾，最后抱住儿子哭得肝肠寸断。

这一来，惹得小婴儿也跟着她大哭起来，乌骨里听着儿子的哭声，更哭得停不下来，母子哭成一团，身边的侍女乳母们吓得跪了一地也劝不住。

此时胡辇正好来看望她，未进营帐就听得里头婴啼母号，简直活脱脱像是喜隐死了似的，吓得连忙掀帘进去问："怎么回事？"

就看到乌骨里抱着婴儿哭得昏天黑地，跪了一地的人，喜隐却是不在。她掀帘子，问话，走进来，也无人理会。

侍女们不知道所以然，劝了半日也劝她不住。主子哭了，奴婢们还能笑吗？只能跟着且劝且哭，半日下来所有人都哭晕了头。见着胡辇进来，但一时间没人想到主动站起来去迎接禀报。

胡辇一路走到乌骨里身边道："喜隐呢，你怎么哭成这样……"

话未说完，就见着乌骨里如抓了救命稻草般扑在胡辇身上，大哭起来："大姐，大姐……"

胡辇见她哭相之惨简直是有生以来从未见过，便是当年她闹着与喜隐成亲时也没哭得这么惨过，不由得慌了神："怎么了，怎么了？乌骨里，你别哭。刚生完小孩的产妇不好这么大哭的。"

乌骨里哭得脸都变形了："我不管，我的孩子都快没了，我还不能哭出来吗？"

胡辇一惊："你说什么？"

乌骨里虽然哭得昏头昏脑，但却不肯把孩子交给乳母，自己仍然抱着，又叫一屋子下人都退出去后，才向胡辇告状说："那个杀千刀的狗都不舔的贱奴女里，不知道和喜隐说了些什么，喜隐昨儿居然对我说，主上可能不能生了，让我把我的留礼寿过继给燕燕。大姐，我怎么办，我的儿子要没了。"

胡辇惊得一个哆嗦："你说什么？主上不能生？"

乌骨里瞪大眼睛："你不知道？他说主上不能生，太平王也不能生，若是教敌烈那混蛋把他儿子蛙哥送进宫去，将来皇位可没我儿子的份儿了。"

胡辇只听得一头雾水，自己先定了定心神，慢慢理清了思路："你是说，喜隐打着这个主意？"

乌骨里嘴一扁，又要开哭："我死也不肯，我的儿子凭什么要给燕燕，我不肯我不肯！"

胡辇连忙劝她："你先别急，事情到底如何还未可知。况且当真要过继，我怎么没听燕燕提起过？再说，我不信爹爹会让你的孩子被夺走，闹得你和燕燕姐妹失和。必是喜隐一厢情愿。倘若有爹爹做主，你和燕燕不肯，必然不能成。"

乌骨里听了这话，眼睛一亮，立刻站起来拉住胡辇："那大姐陪我一起入宫，去向燕燕讨个公道来。"

但乌骨里可不敢带着儿子进宫去，当下这边召乳娘进来哄孩子，再把自己身边的心腹侍女叫了来看住，想了想，又把自己陪嫁的亲兵也调了来围住帐子，再三嘱咐："若我不回来，便是连喜隐也不许来抱走孩子，你们可听明白了？"

胡辇又好气又好笑，知她产妇心情脆弱也不管她，只叫人备了软轿来，将轿内围得严实了，这才带了乌骨里去找燕燕。

燕燕见了两人倒也诧异："二姐，你还坐着月子，出了什么事，这么急着与大姐来找我？"

乌骨里有些急躁，只令侍女们都出去后，劈头就问："燕燕，你跟二姐说实话，你到底有没有和主上同房？"

燕燕一惊，不由有些心虚："你、你干吗忽然问这个？"

胡辇见了她的神情，不由得心中一凛，抓住了她的手，急问："燕燕，到底有没有？他到底能不能行？"

燕燕一怔，本能地一甩手，后退一步，羞红了脸："你、你问的这是什么话？"

胡辇顿时心中一凉："那就是没有了？"一想到燕燕今后的命运，不由得又恼又恨："他既不能，又为什么强要你进宫？"又埋怨燕燕："你这傻孩子，这么大的事你怎么不吭声啊。"

乌骨里听了，也恼上了："主上要真不能生，还要你留在宫中做什么？走，咱们找爹爹去，咱们家又不图那皇后贵妃的虚名。"

燕燕退后几步，疑惑地说："你们怎么今天忽然说起这种话来？我留不留在宫中，又关你们什么事？"

乌骨里顿足叫道："怎么不关我们的事，喜隐还说，要把我的留礼寿过继给主上呢。先告诉你，我可不答应。"

燕燕一惊："你说什么，喜隐要把留礼寿过继给主上？喜隐怎么会有这种想法？"

乌骨里一怔，她又不敢说是喜隐自己有野心，强辞夺理道："我、我怎么知道，这要问问你的主上，是不是真的有问题？天下的事，无风不起浪。说白了，还是爹的不是，根本不该把你嫁给这样的病秧子。还以为他只是身体差一点，结果根本就不能生育，当初还不如直接拥立我家喜隐呢。"

胡辇听得她越说越不像话，忙喝止道："乌骨里，不要乱说话。"

乌骨里见状只得低下了头，轻声嘟囔："本来嘛！他生不出孩子，到头来皇位还不是要重新选人。"

胡辇无奈地推推她："一码归一码，别把两件事情混一起好吗？"

乌骨里却对燕燕说："燕燕啊，听二姐一句劝。这事不能躲着避着，你必须搞清楚。咱们才好给你想办法。"

燕燕大早上被两个姐姐劈头盖脸地说了这通，脑海中已经是一团乱麻，只是想着，到底是什么人把这件事宣扬到世人皆知了？而耶律贤到底是不是不行？眼前这事，到底如何处理？

所以她也根本无暇顾及乌骨里一会儿风一会儿雨的，只想着快送两人出去，好去问问耶律贤到底是什么章程。

哪知这边乌骨里还拉着她要确认："燕燕，我跟你说，就算你们真的没办法生出孩子，也别想抢走我的留礼寿。我是不会把儿子让给你的。"

燕燕无奈地安抚她道："二姐，你想到哪里去了，我根本没想要你儿子好不好，你们先回去吧，我自己会解决的。"

乌骨里和胡辇对视一眼，终于一起拍了拍燕燕的手："你放心，不管有什么事，大姐二姐都会同你站到一起的。”

而胡辇等乌骨里走出门，自己又匆匆返回，对燕燕低声道：“燕燕，我不知道你和主上发生了什么事情。但你既然进宫了，就要好好面对自己的命运，不可以一直这么逃避畏缩，否则只会自误误人。”

燕燕听着胡辇话里有话，不免有些心虚，问她：“大姐，你这是什么意思？”

胡辇沉声道：“他把你弄进宫来，倘若他当真有隐情，行如此之事，岂不是害你一生。”

燕燕不由得为耶律贤辩护道：“不，不是的，是我……”

胡辇不待她说完就道：“若当真如此，我自会与爹爹说，拼着与皇帝撕破脸，也要接你出来。”

不待燕燕回答，她就匆匆忙忙赶了出去。

燕燕张口结舌，竟一时不知道如何是好。

等二人去了，她坐在那里呆了半晌，终于握紧拳手，暗下决心，今晚一定要问清楚耶律贤到底是怎么回事。

于是她就叫人精心备了晚膳，等着耶律贤回来。不想从前头来了侍从，送来一瓶色如琥珀的美酒，说是耶律贤今日宴客，要迟些回来，刚好有汉国送来的桂花美酒，所以先送过来让贵妃品尝。

燕燕好奇，倒出来品尝了一口，却发现这桂花酒甜丝丝的，好像没多少酒劲儿，不由得又多喝了两口。

她并不想多喝，只是待会儿要跟耶律贤质问那些话，未免有些难以启齿，就先喝两杯壮个胆气而已。这酒甜丝丝的，并不醉人，所以也就有些放心。岂知这酒虽然不烈，却也有些后劲，等到耶律贤回来的时候，燕燕已经有些微醺了。

见了耶律贤进来，燕燕抬起头来，冲着他笑了笑：“你回来了。”

耶律贤见她的眼神有些迷离，当下问青哥：“贵妃喝酒了？”

燕燕不悦地看了他一眼道：“喝了又怎么样，你不也喝酒了？”

耶律贤的确喝了一点酒，他素日脸色苍白，一点酒就会让脸上出现红晕，十分明显。

耶律贤好脾气地笑了笑，正准备叫侍女们准备床榻，不妨燕燕忽然一把拉住了他的前襟："嗯，我有话问你。"

耶律贤只得顺势坐到她身边，一边扶住她，一边问："什么事？"

燕燕张口欲言，忽然又想起了什么，对侍女们挥挥手："你们退下。"

她与耶律贤离得近，口中酒气喷出，那桂花酒又是桂花又是蜜糖，闻起来倒还有一股甜香。耶律贤见她似醉非醉，不觉好笑。若说她醉了，倒还晓得先屏退左右，若说没醉，可这么揪住他的前襟，倒像是怕他跑了似的，显而易见这不是清醒的举动。

燕燕板起了脸，但脸上红扑扑的，显不出严肃，反倒显出可爱来："今天大姐二姐来了……"

"嗯！"耶律贤点头。

"她说……她说……"燕燕一时卡壳了。

"说什么？"耶律贤鼓励。

燕燕鼓起勇气，抬头看着他："你是不是要过继喜隐的儿子？"

"哪儿的事？"耶律贤被她一句话弄得莫名其妙。他见燕燕的手已经不知觉地松开，因为自己俯着身子有些别扭，就想站起来重新坐下。

哪晓得燕燕以为他要走，跳起来就按住了耶律贤："你别走！"

耶律贤看出燕燕的异样，想到今日乌骨里的来意，不由好笑起来，故意问她："怎么了？"

燕燕双手按着他，手分明在抖，心里紧张得不行，却依旧执着地问他："你给我说清楚，你是不是要过继乌骨里的儿子？"

耶律贤扶着她的肩头，眼睛似要深深地看进她的心底，声音有些喑哑："我若要儿子，我自己会生，何必要别人的儿子！"

燕燕想起今天乌骨里哭得凄惶，气得用力捶了他一下："你自己生，那就生好了，何苦害得我二姐哭成那样？"

耶律贤握着她的小拳头，声音更加喑哑："那我要生自己的儿子，你给不给我生？”

燕燕的酒劲已经有些上来了，听了这话，竟是一时有些转不过来，只呆呆地看着他。

耶律贤附在她耳边低声说：“你说，若是不过继喜隐的儿子，自己又没有儿子，将来会怎么样呢？”

当日他带燕燕去祭拜亡母时提过，燕燕也是反复想过，听了这话，脑子虽然还有些晕，竟不由伸出手去，轻抚着耶律贤的脸，叹道：“可怜的孩子……”

是了，其实对耶律贤，她始终无法找到一个准确的定位。之前她对他所有的印象都是来自韩德让的描述。那个才四岁就遭遇祥古山事变的可怜孩子，那个在穆宗猜忌下挣扎活着的可怜孩子，那个想要继承父祖遗志努力奋发的可怜孩子。

可后来，他变成了那个毁掉她爱情的不义暴君，变成了那个让德让哥哥浑身浴血的不义暴君，变成了那个逼迫她爹爹允亲，逼迫她进宫的不义暴君。

她怀着那样深的恨意进了宫，可是他小心翼翼地护着她敬着她，偷偷看她的眼神，像极她小时候养的一只小狗。

那时候母亲刚过世，她心里难过。胡辇就给她抱了一只小狗来。可那小狗不懂事，撒欢乱咬，把她母亲留下的一个荷包咬坏了。她一生气把它扔出了帐子外，说再也不要它了。

谁知道过了一天，她出门的时候，那只小狗居然还在外头，见她出来也不敢再挨近，却又不肯走远，只不远不近地跟着她，在她回头看的时候，又畏缩又想接近地看着她，隔些时间，便挨近一些，隔些时间，便挨近一些。

最终她还是心软了，把小狗抱了回去。

可是后来小狗还没长成大狗就死了。她看着那只小狗流着眼泪，低低地叫了一夜，就去了。

那是她第一次亲手养的狗，就那样死了。她哭了三天。

她已经很久没想起那只小狗了，可是那样的眼神，她却是记得的。也就是这样的眼神，让她的心软了。就像对那只小狗那样，明明是不想要了，却还是让它一步步蹭啊蹭地蹭进了她的帐子中。

她又想起他带着她去祭拜父母，说起当年的往事；她想起他说起祖孙三代在皇位争斗下残酷的命运和传国之努力——祖父人皇王因推崇汉化而失去皇位；父亲世宗皇帝因推行汉化，一夜之间几乎灭门；而他自己呢，受了这么多年的苦，好不容易登上帝位，却是久病难支。若是他没有儿子，那么他这一系三代流血牺牲想要维护和传继的东西，将会就此湮灭。

耶律贤握住燕燕的手，声音越发地低沉："燕燕，不是我不想生下自己的孩子，可是我只愿意和你生下我的孩子。"

"为什么？"燕燕颤声问他。

耶律贤凝视着她，眼神灼热："因为只有你才能够做我孩子的母亲，除了你，我谁都不要。"

燕燕只觉得一股热气包围了她，她昏昏沉沉，本能地觉得危险，想推开，却又觉得全身无力，她低声说："你走开！"

"我不会走开的，"耶律贤说，"燕燕，我怎么可能再放开你。"

燕燕只觉得面红耳鸣，一时间烧得脑子昏昏沉沉，拼着脑海中最后一丝清明，她用力一推，耶律贤仰面倒在床上，但他的手却抓着燕燕的胳膊，把燕燕也拉得伏在他的身上。

燕燕伏在耶律贤的身上，想撑起自己的身体，却不知怎么地手一软，竟反而更加紧密地倒在了耶律贤身上："你，你起来。"

耶律贤伸手按着她的肩头，轻哼："你这样按着，我怎么起来？"

燕燕瞪起了眼睛，努力想瞪出气势来："你想干什么？"

然而她这一瞪之下，在耶律贤眼中，倒像是只猫儿，显得更加可爱，他轻轻呢喃："是你把我推倒的，我还要问你想干什么呢？"

燕燕昏昏沉沉想不清楚前因后果，只是不肯弱了气势，反而伸出双手，按住耶律贤肩头叫道："是我把你推倒的又怎么样？"

耶律贤微抬起头，在燕燕耳边轻声道："不怎么样，你不是想知道我行不行吗？你为什么不亲自验证一下？"

燕燕看着耶律贤近在咫尺的脸，本能地觉得不对，想要逃开。

耶律贤眼角一斜，手在燕燕的手肘上微一用力，燕燕整个人倒在耶律贤的怀中。

忽然只觉得一阵天旋地转，却是耶律贤已经翻过身来，将她压在身下，吻了上去。

她想挣开，却无力挣开。

一只自由的小鸟，落入了猎人精心布置的大网中，那网极轻极柔，却是极黏极密，一缕缕粘在它的羽毛上，它再也飞不起来了……

第五十四章

水静河深

也不知道过了多久，但见天色微亮，林子里的鸟一声连着一声地叫了起来，一会儿便是百啭千啼，汇成了一片鸟鸣之声。

燕燕就在这一片鸟鸣之中醒了过来。她睁开眼睛的时候，一时之间，竟不知身在何处。可是忽然间觉得有些不对，自己的身后贴着一个热乎乎的身体。她这一惊非同小可，奋力一挣，向外滚了一滚，险些摔下床去。

她扶着床棂，看着眼前赤裸着身体的男人，虽然自己身上裹着被子，但她此刻已经清楚地知道自己的身子也是赤裸着的。

她只觉得头疼欲裂，昨夜的事似乎碎裂成无数碎片，汇拢不出一个完整的经过来。

似乎是乌骨里来同自己哭诉，然后自己等着耶律贤，要问羞于启齿的事情，就想喝口酒来壮胆，不知不觉喝了许多。然后耶律贤进来了，自己跟他说了些什么？她想不起来。脑仁一抽一抽地疼，她似乎看到自己拉住了耶律贤按住了他……然后，是耶律贤倒在床上，自己倒在他的身上……耶律贤说："是你把我推倒的……"耶律贤又说："你为什么不自己亲自验证一下？"

后来呢，似乎两个人在床上纠缠，他撕她的衣服，她不甘服输地也在撕他的衣服，后来……她的记忆就是一片空白了。

然而在空白里头，她能够感觉得到，昨晚似乎是自己在主导着进行那不可言说的一切，这到底是怎么回事呢？

她睁开眼睛慌乱地张望，看到耶律贤已经醒来，却没有动，只是静静地看着自己。

在这样一双平静的眼睛的注视下，燕燕却慌乱得不知所措。她裹着被子跳下床去，胡乱抓起几件衣服就想逃离。

“燕燕，”耶律贤说，“你要去哪里？”

他的声音浑不似平日，清清冷冷的，燕燕想要往外走的脚步停了下来，不由得偷眼看着他。

“你、我，呃……”燕燕张口想说什么，一时也不知道如何开口。她是心虚的，自己喝醉了酒把个皇帝按倒了做出那种事来，天一亮就想不声不响地跑掉，实在说不过去。

“燕燕，”耶律贤忽然说，“你是不是想当昨夜的事没发生过，我们还可以一切如常？”

“我……”燕燕张了张嘴，无言以对。一旦她知道，耶律贤并非不能人道，他这般期待着江山传续，却明明有了小妃不肯理睬，一心只想和自己生孩子。因为自己的抗拒，一日日在她面前默默守候，不敢勉强自己。这样的用心，这样的期盼，令她实是不敢负荷。

若是两人之间什么也没发生倒也罢了。可是现在，他们之间，怎么还可能恢复如初？

燕燕呆怔在那儿，不知如何是好。

耶律贤眼中闪过一丝黯淡，他坐起身正视着燕燕说：“昨夜的事，是朕喝多了酒，或者，这也是长生天的决定。如今朕该说的该做的，都已尽到。你若要走，这一刻迈出门去，就……不必再回来了吧！”

他闭了闭眼睛，脸上的神情十分痛楚，然而最终还是控制住了，再睁开眼睛，声音却喑哑了：“你走吧，莫要教朕反悔。”

燕燕听了这话，本该不假思索地就走，却鬼使神差问了一句：“你是想我走，还是想我留？”

耶律贤苦笑一声：“朕自然是想你留。可是如今这个地步，你依旧是一刻也不愿意与朕待在一起，朕留你何用？”

他说到这里，忽然低头狂咳起来，燕燕一惊，扑上前握住他的手，道："你怎么样了？"

耶律贤反手抓住她的手，他抓得是如此用力，甚至手上青筋迸出，他的眼睛燃起了一团火来，声音更加喑哑："燕燕，你可知道，朕曾经中过他人的春药，差点就死了……"他顿了顿，见燕燕怔怔地看着他，就又笑了起来："是迪里姑给朕解了药，可朕也吃足了苦头。他不明白，他说朕既然这么盼着子嗣，为什么明明送到怀中的女人，还要推开，还要让自己吃这样的苦？他不明白啊！呵呵，他不明白……"

"明白什么？"她问。

耶律贤冷笑："子嗣，朕是需要子嗣，朕的确怕人皇王一系的江山就此继绝。可这一切，须建立在能守得住这份江山的前提下。否则生得再多，又有何用？如朕之兄长那样死于刀下，如只没那样生不如死，还是如朕这样活一天都是煎熬？不能给以保障，生再多子孙又有何用？"他抬起眼睛直视燕燕："朕只要燕燕，朕只能要你，你可明白！"

燕燕喉头干涩，好不容易才问出一句："为什么是我？"

耶律贤轻笑，笑声中充满了自嘲："自祥古山事变之后，十几年来到如今，朕只有两夜睡得平和宁静，一次是与你在酒肆之中相见之后，另一次就是昨天夜里！"

燕燕震惊地看着耶律贤。

耶律贤凝视着她："燕燕，朕要的，是一个我可以放心把我的后背交给她的女人。"

燕燕闭了闭眼睛，又睁开："可我不爱你。"

耶律贤泛起一丝苦笑，他沉默了一会儿，说："你还记得朕带你去母后陵前吗？小时候朕也不明白，父皇已经爱着甄母后了，为什么母后还依旧无怨无悔地爱着父皇？可现在，朕知道那个无可奈何，那叫……无可选择。长生天给你锁定了这个人，你有什么办法！"

燕燕浑身一震，她看着耶律贤漆黑的眼睛，那眼睛里映出了她，她在他的眼睛里，无处可逃。

这天中午的时候，燕燕接到了耶律贤送来的一个盒子，打开却是皇后金印。虽然未有明旨，金印出现，众人就明白了，都跪下向她道喜，她微微一怔，让她们退下，她想独处一会儿。

昨天，他同她说起他的母亲，撒葛只皇后。当年世宗深爱甄后，可是撒葛只皇后并不嫉妒，甚至先让出了自己的皇后之位，后来又为世宗去缓和旧族矛盾。而在祥古山事变之际，她本有机会逃脱，但是她却没有走，反而去找察割为世宗与甄后收葬。

爱得无怨无悔，爱得痴迷不悟，耶律贤会是他母亲这样的人吗？他明知道自己爱着韩德让，还能依旧不改初心，只为了能够将她留在身边，无怨无悔地等她吗？

他不是那个可怜的孩子，也不是那个不义的暴君，他现在变成了一个痴恋的人。燕燕陷入了迷惘之中。她该怎么办，她与韩德让已经此生无缘。她与耶律贤，真的宁死都要在一个屋檐下互相折磨吗？

她一个人坐了没多久，胡辇和乌骨里相携来访。

乌骨里先沉不住气说：“燕燕，你问他没有，他怎么说的？”

胡辇是已经经历了人事的妇人，她立刻就看出燕燕眉眼之间与昨日的不同来，眼睛一亮，抓住了燕燕的手，仔仔细细地将她从头到脚看了一遍，她身上的气息都有些不同了。

胡辇当头就问：“怎么，你与主上昨夜真的成夫妻了？”

燕燕冷不防胡辇问得这么直接，脸不禁红了，连忙扭过头去。乌骨里却是啊了一声，倒笑了起来，握住了燕燕的另一只手道：“这是好事啊，你这丫头扭捏什么！”见燕燕不回答，还用力拧了她一下，笑骂：“哼，也不知道你磨叽什么，都进宫这么久了，居然连个男人都搞不定。若不是我们昨天来闹了一场，真不知道你还要磨叽到什么时候。”见燕燕恼了甩脱了她的手，自己反而先服软了道：“好了好了，不说你了。”

她知道燕燕和耶律贤能够欢好，就意味着燕燕不用守活寡，她们也不用想办法帮助燕燕从宫中脱身了，这自然是一喜。若燕燕会生下自己的孩子，那她的儿子自然就脱离了被过继的危险，又是另一喜。心里一高兴，自然就好说话了。

她是个心大的人，这边高高兴兴地说了一会儿话，想起还在襁褓中的爱子，跳了起来道："不行了，我的留礼寿醒来若是见不到我会哭的。我先走了，大姐、燕燕，你们慢慢说话。"

见着乌骨里走了，胡辇这才缓缓对燕燕说："燕燕，有什么事想同大姐说吗？"

燕燕没有说话，胡辇也没有说话，只是等着。

过了良久，燕燕才闷闷地说："大姐，你有过喜欢的人吗？"

胡辇心头一痛，好一会儿才轻轻地说："没有。"

"那你嫁给罨撒葛之前，喜欢他吗？"燕燕明知故问。

"没有。"胡辇说。

"那你在嫁给他以后，是怎么能够和自己不喜欢的人一起过日子的？"燕燕又问。

胡辇停了一下，慢慢地说："因为，他对我实在是很好，好到我不忍拒绝，无法拒绝。"

"哪怕他为了得到你，做出了许多卑鄙的事情，甚至是不顾你的意愿，强行要得到你？"燕燕停了一会儿，又问她。

"不管他用了什么手段，至少，他付出了代价，足以偿付我的出嫁。那么，在我自己点头愿意嫁给他后，之前的事，就一笔勾销了吧。"胡辇有些惘然地说。

"真的可以一笔勾销吗？"燕燕问她。

"不能一笔勾销，又能怎么样？"胡辇温柔地看着妹妹，年轻的心总以为世界应该为她们而运转，但是从来只有人迁就命运，而不是命运来迁就人。和命运一定要拗到底的人，最终拗掉的是自己的人生。

"可是爱呢？没有爱，也能过吗？"过了很久，燕燕才幽幽地问。

已是晚膳的时候了，侍女们端上了晚膳，有奶茶，还有面饼。

胡辇倒了一杯奶茶，拿起面饼递到燕燕面前，自己也倒了一碗奶茶。她吃着面饼，慢慢地说："爱，就如这奶茶，有了它，吃着面饼就更好下咽。如果没有奶茶，面饼会很干会堵着喉咙难以下咽，然而慢慢地吃，也会吃下去。不能没有奶茶，就不吃面饼，让自己饿死。"

燕燕接过面饼慢慢地吃起来，没有奶茶润喉的面饼很干，很结实，她得一小块一小块地在口中慢慢嚼，嚼得细细的，干着喉头咽下去。

这一顿，她没有倒奶茶，也没有倒任何饮料、吃任何配菜，只是这样干干地嚼着面饼。她吃得很困难，用了比平时多一倍的时间，吃的却不如平时一半多。

然而过了刚开始的难以下咽以后，她却慢慢地吃出了味道来。细细地嚼着面饼，有一股别样的香甜。

夜深了，身体也渐渐从陌生到熟悉起来，熟悉他的每一次呼吸，每一次心跳，熟悉他身上的每一寸肌肤，甚至是他长年温润如玉的面具背后的脆弱和执着。

寒风中的孤鸿，本不是一对，却因为风雨在一个崖洞里，慢慢地，也就走近了。

耶律贤坐在水边，手执钓竿，静静地看着水面。

这一带水流湍急，并不适宜钓鱼，然而他不在乎，有时候他甚至会在这里坐一下午，一无所获地回去。

然而有时候，他能钓到一种当地人极少捕到的鱼，极大，肉质鲜美，只喜欢生活在水流湍急的地方。

整个夏捺钵季节，这种鱼他只钓到过两次。他不在乎每次是否都能够钓到鱼，甚至有时钓到普通的小鱼还会放生。

钓鱼，是他最好的休息。关注着水面的时候，他会把政事暂时从脑子里排空。而平时哪怕吃饭睡觉，他都在想着朝政，想到停不下来。

他总感觉时间不够用，也最怕时间不够用，一想到自己的身体随时可能倒下，而要做的事情总是这么多，他就无法放过自己。他如同在烈日下奔跑的羚羊，无法停下，直至累死。

他害怕这种感觉，但无法控制自己不去多想。许多年来他只能把野心深藏，不敢信任任何人，哪怕是身边最亲近的人。如今，他掌控着这个国家，便迫不及待地想把隐藏了多年的期望在这片蓝图上挥洒，一刻都不想停下来。

他知道以自己的身体状况，如果无法休息就会活活累死；他知道那种想象非常荒诞，可他控制不住自己。四岁时亲眼目睹父亲壮志未酬，死于非命，所有政治意图化为泡影。

他怕自己也会有一天倒地不起，不再有机会去推行改革，他希望在自己活着的时间里能够把律令有效地推行下去。至少在将来，人们会记得他，他的人生不至于苟且偷安地活了几十年以后，无声无息地逝去。

近乎饮鸩止渴的心情折磨得他快要发疯。直到有一天，他站在这个山涧边，看着水流形成旋涡落下，那鱼在水流中努力向上，他忽然想到年少时，一次次看韩德让在水边钓鱼。当时他满脑子奔腾的野心和欲望，根本无法理解，这样静静地坐一下午，难道不是在浪费生命吗?

韩德让只是对他说：“这样做，我的心可以静下来。或许将来有一天，你也可以试试这个办法。”

于是他忽然坐了下来，叫人拿来钓竿。

他也想试试了。

在韩德让离开后的第一次，他心平气和地想起了这个人，不知道为什么，他那如火灼的心，忽然清凉宁静了下来。他学着他的样子，开始钓鱼。

这个下午，他忘掉朝政，盯着河边坐了一个多时辰，一无所获。

站起来时整个人十分轻快，连原来头痛欲裂的感觉，也好了许多。他收起钓竿，去找燕燕共进晚膳。

燕燕并不打算去管朝政的事情，可是他忍不住要把朝政告诉她。奇异的是，随着他向她述说以后，很多事竟似没有那么严重了。

在向她的述说中，他慢慢地整理思绪。他在朝臣面前不露喜怒，但对着燕燕，他却可以发泄痛骂，或得意地夸耀，点评调侃。

燕燕静静地听着，并不多说话。他是皇帝，她是贵妃，他可以对她说着他的朝政、他的思想、他的宏图大业，然而她只是倾听。

或许开始时心存抗拒，但一旦决定面对，却发现并不如自己想象的那么艰难。

或许草原上生活的人，接受生活的改变就如同接受所有的灾难，天塌之后，日子也照样可以过下去。

萧思温走进皇帝御帐内时，耶律贤正负手背朝门口，看着舆图。

萧思温唤了一声："主上。"

耶律贤缓缓回身，对萧思温笑道："丞相，朕欲立燕燕为皇后，你意下如何？"

萧思温微怔，心下一块石头落地，当下忙恭敬行礼："这是主上恩德，老臣无以为报。"

耶律贤扶起他："长生天把燕燕赐给朕，也还要多谢丞相。"

两人相视而笑，彼此心里更加亲近。耶律贤让燕燕进宫，本就有心封她为后。但立后终究是大事，必要慎重。因此两人相处近半年，这才心意相投，让耶律贤下定决心。

萧思温今日来，是为新政推行之事："改革本就势在必行，可惜世宗中道崩殂。如今主上重新提起，老臣忧虑宗室群臣还有部族长们会反对，主上不能不考虑。"

耶律贤却道："难道因为这些人的反对，咱们就放弃了吗？"

萧思温忙道："不。臣的意思是，恐怕要徐徐图之，最重要的就是先稳定人心。"说着从袖中拿出一份奏折道："这是前些日子一些大臣弹劾女里、高勋的，我给拦了下来，主上不妨看看。"

耶律贤一怔："高勋、女里？"他接过奏折翻开，里头尽是高勋、女里近日所做不法之事，纵奴强抢商人财物，行凶杀人后竟胡乱以牛羊抵罪等事。耶律贤看了奏折，放下，看向萧思温缓缓道："你此时拿这个来，却是何意？"

女里奴隶出身，高勋是归降汉臣，这两人以前不得志，但却都有些才干手段和部属。耶律贤正是看中这点而拉拢两人，得以在黑山之变中获得支持。登基之后，对两人多有看重，一来是因为两人之功，二来也是因为两人出身。

他自幼遭遇大变，时时刻刻活得如履薄冰，内心充满了不安全感。表面上看来谦和温厚，极能与人交好，但实际上能够让他付出信任的人却是极少。

女里出身马奴，高勋是个汉臣，他深知他们的弱点，也知道他们必须倚仗和忠于自己。这两个人一个贪权一个爱钱，用起来也放心。

但女里、高勋虽然陡然得势，在朝中炙手可热，却绝非治国之才。耶律贤真正能够倚重的还是萧思温、耶律休哥、韩匡嗣等人。其中萧思温是燕燕的父亲，在两个女儿都已经嫁与其他两房之后，还在黑山事变中毅然站在耶律贤这一边，更兼他与皇帝的汉化理念一致，是真正的肱股之臣。

萧思温亦知此情，行事更加谨慎，当下道："新政之要，在于借助汉家制度，立纲纪，明法度，使得人人依法而行，才能革除部族旧弊。只是此举，必须伤至大族利益。若女里、高勋授人以柄，则新政就难以推行了。再则……"他顿了顿，还是道："自主上登基以来，女里、高勋以功臣自居，各地官吏也多有投效者，他们势力大涨，举止横行，实于新政不利。"

耶律贤明白萧思温之意，不由叹息道："女里、高勋于朕有功，终究是……"他现在还离不得这二人。女里掌军权，高勋能安定南府，他继位日子还浅，做皇子时又须处处谨慎，不敢多结交朝中大臣，因此手头竟一时无人可用。

萧思温见他犹豫，就道："女里、高勋有功无才，并非治国能臣，手握重权结党营私，于国不利。若是犯法不究，那主上的大业恐怕流于空谈。"

耶律贤只得道："丞相说得有理，只是宗室旧族势力犹在，女里、高勋忠心耿耿，功不可没，此刻朕不可先从他们动刀，以免伤了旧人之心。”

萧思温缓缓道：“常言道‘爵以赏功，禄以酬能’，女里、高勋有功，当以爵位金帛赏之。”

耶律贤自然也懂，赏完之后，就可以把他们手中掌控的权力收回来，让有能力的人去担当了。韩匡嗣、萧思温都是老成谋国之人，萧思温提出问题，韩匡嗣解决问题，都是攘外必先安内的前提。

他低头想了想，道：“女里那边，无非是多赏赐些金银财宝，至于高勋……”

萧思温极清楚高勋之所求，因道：“高勋乃晋北信王之子，若能够封他个王位，对于他来说，则是比什么赏赐都更有诱惑力。”

耶律贤点头：“朕就下旨封他为秦王。”

萧思温又提及诸王之事，连耶律贤都脸色沉重了起来。

诸王才是重头戏。推行新政，首先削的是诸王之权。宗室对于皇帝来说，是一种相当矛盾的存在。契丹耶律氏立国，自然是倚仗部族宗亲之力，但是当它开始反噬，也是棘手至极。阿保机得宗族相助战胜得到江山，但在他活着的时候就频频面临诸弟之乱。述律太后时大开杀戒，到世宗夺位的时候，就面临宗室反水的困境。世宗为了拉拢宗室，诸多宽容，连察割的逆臣之子，都可以得到重用，最终害了世宗自己。穆宗既不信汉臣，又猜忌宗室，总是用一批杀一批，更令诸王离心离德。到了耶律贤继位，他既有世宗遇害之顾忌，又有在穆宗身边养大、屡听他对宗室猜忌的经历，不免更受影响。

萧思温毫不客气地道：“先帝在位时杀人如麻，诸王胆寒，这才消停下来。如今，主上厚德释放了他们，却尚未立威，他们自然生了不该生的奢想。”

耶律贤听了这话也只能苦笑：“朕不愿像皇叔那样，杀得宗亲寒心，人人自危。”他刚登基时要避免穆宗的暴政，拉拢诸王之心，所以就算心中也有疑忌，但态度却亲厚，给外界的形象一向就是文弱，因此诸王自然骄横起来。如今他又不好如穆宗般翻脸，倒成了一件难事。

萧思温道："那便分封吧。与其让诸王聚在一起，同气连枝，倒不如答应他们的请求，把人都分封出去，咱们也好各个击破。"

耶律贤点了点头："也好。咱们再选派官员赴各封地任职，便可架空诸王。唉，可惜大辽百废待兴，偏偏所需要的人才不足，分封的事情不能拖延，去各封地任职的人选……就得思温宰相先回上京举行世选。朕就留住诸王在吐儿山坐夏，待选出的官员去各州上任，朕立刻宣布分封之事。"

当下议定，就由萧思温先回上京选定各州官员。在夏捺钵结束前，耶律贤终于宣布了分封诸王镇守各地的旨意。

蜀王道隐留守西京大同府，平王隆先留守东京辽阳府，吴王稍留守中京大定府，冀王敌烈留守南京析津府，赵王喜隐留守上京临潢府。

诸王听了，无不欢欣，而唯有冀王敌烈心中惴惴。

诸王相约共饮，敌烈本拟答应，王妃伊勒兰却跟他说："大王，如今主上刚分封诸王，你就跟他们一起饮宴，若主上知道，反而不好。"

敌烈年少时有些小聪明，后来受到穆宗打压，不免消沉，王妃伊勒兰却是个沉稳有见识的妇人，深得敌烈信任。此时见她出言阻止，敌烈颇为不解，便问："几位王叔盛情相邀，咱们若不肯去，岂不要被他们记恨上了？"

伊勒兰就问他："大王，如今您封了王，主上又不把咱们拘在上京，不是很好吗？"

敌烈踌躇地道："自然是好的，可是……"可是诸王初封，相约宴饮，肯定不是这么简单，肯定还要商量一些事情。诸王当日各自为营，在穆宗手里颇吃了些苦头，如今吸取教训共同作战。一个亲王宗室在皇帝面前算不得什么，但所有人联手或可反制皇帝。

伊勒兰知道他的心事，就问他道："大王是不是觉得主上性情软弱，也许有机可乘？"

敌烈笑了笑道："其实王叔们也没说错，咱们诸王同进退，总是要好些。”

伊勒兰却道：“您忘了，二哥还逃亡在外，咱们若是太出头，他派人寻来，怎么办？王叔们还只是想要挟主上拿好处。二哥可是要争皇位的。到时候，咱们冒着砍头的风险帮他，成功了，咱们未见得有更多好处，失败了，咱们反而受牵连。”

敌烈脸色一白，忙拉住伊勒兰的手，谢道：“我倒忘了二哥，幸好有你拦着我。”

伊勒兰道：“所以咱们还是安静些，当个闲散亲王吧。我听说主上要行册后大典，看来萧燕燕颇得主上之宠爱，我回头多与她交好，也为咱们家多谋点保障。”

敌烈连忙点头：“你说得很是，我都听你的。”

第五十五章

燕燕封后

到了举行封后大典那日，皇宫宫门处，文武群臣早已列队如仪。

萧燕燕一身皇后华服，坐翟车而行。惕隐耶律休哥已经率领皇族成员站于宫门前肃立相迎，行礼之后，皇后的车轿直行至殿前东南方约七十步的地方停下来，由惕隐夫人率皇族女眷上前，请皇后下车。

两名贵妇扶着燕燕走下翟车，又两名贵妇递来宝瓶与皮袋，皇后在铺着黄道的地面上前行，前面由一个贵妇手捧铜镜倒退着引道。镜子能够令邪祟不得进入，她的身后则由贵妇拿着羔裘以扑袭状在后面跟随，这是传统中劫婚制的遗留。

萧燕燕跨过放在道路正中的马鞍，由惕隐夫人引着她进入供奉祖先的宫室，朝正中先三拜，再朝南方与北方拜了一拜，敬冥冥之中的各种神鬼，之后再向历代祖先行礼。皇族中一个生儿育女最多的老妇人，接受皇后行礼，把一个宝瓶授予她，代表这位皇族最有福气的老妇人将自己多子多福的福气送给皇后。

行礼之后，萧燕燕被引到宫室去，换上新的翟衣，珠宝、金冠，接受赐酒，前往正殿。

宁王只没宣读立后圣旨：“王者祇膺宝图，奉若天命，必在详求淑哲，所以翊宣风教。姬周之盛，本自姜任之烈，虞舜之圣，亦资皇英之助，盖化行于内，而隆教以孚，位正于中，而人伦以叙。少父房萧氏，寅恭罄奉上之礼，慈仁符逮下之规，法相可以当人主，勤俭可以率内朝。宜改小君之号，立为皇后。”

耶律贤起身将金册、金印授予燕燕。

燕燕双手向上接过金册、金印道：“臣妾叩谢主上。”

燕燕三拜三叩完毕，耶律贤牵着燕燕的手共同坐在龙椅上，接受百官及各国使臣的朝拜称贺，接下去酒宴开始，炉鼎盛肉，歌舞百戏角抵等尽兴表演。

经历盛大的册封仪式，燕燕成为了皇后，掌管后宫。

而在朝堂之上，萧思温得到了更多的信任、更多的权力，也招来了更多的嫉恨。

元年十一月甲辰朔，耶律贤行过柴册礼之后，往木叶山祭祠，驻跸鹤谷。过了几日，就封萧思温为魏王，又加封北院大王耶律屋质为于越之尊。

严格来说，于越并不是官名，而是原来部族首领之称。阿保机成为可汗之前，便任于越之职。大辽开国以后受封于越的仅有一人，便是耶律斜轸的祖父耶律曷鲁。

耶律曷鲁是耶律阿保机的堂兄，他父亲是迭刺部的夷里堇。他作为长子，理应继承首领之位，但他却因为阿保机有才能，自甘臣服拥立阿保机为首领。在阿保机与宗族、兄弟的数番相争中，曷鲁每次都站在阿保机一边，危机时日夜护卫不计荣辱。可以说若无曷鲁，便无阿保机功至开国。阿保机有感于曷鲁功高，将自己曾任过的于越之职封于曷鲁。

于越一职，并无具体职掌，亦无品级，其实际含义也就是“大之极矣，所以无品”，位在百官之上，与帝同格。

自曷鲁之后，再无人能够获此称号，今日耶律贤将此称号封于屋质，就是彰显他在太宗死后挺身而出，劝说述律太后与世宗祖孙和平解决皇位之争；在祥古山事变之后拥立穆宗稳定人心；在黑山之变中帮助耶律贤稳定大局。辽开国以来，至耶律贤虽仅历五帝，却均是倚仗屋质的定鼎之力。以此功劳，受封于越无人不服。

屋质年老，他受封于越，大家虽然替他高兴，却也不敢来闹他，只是都上门送了贺礼。屋质也没出来，只是让儿子出来谢了众人。

因此众人转而去闹萧思温。萧思温无奈，只得开宴庆祝。

但此事却惹恼了一人。不是别人，正是新受封为秦王的南院枢密使高勋。同为黑山之变中的有功之臣，在新皇登基不到半年的时间里，他与女里明升暗降，而萧思温却因为女儿受封为皇后，得以权力日益增大。这一进一退，不免让他疑心萧思温在暗算他。

他打探出萧思温曾经把告他与女里的状子收了带去给耶律贤看，不由大怒。他并不知道萧思温本怕耶律贤贸然推行新政，会让对头拿满身是把柄的高勋和女里来作伐，反而以为萧思温是为了揽权，背后向耶律贤进了谗言。在他心里，部属族人的不法之事本不是什么把柄，他是后晋王室，轻贱人命、横行霸道是惯常的事。自投了辽国，虽说南北院行的两套法律，竟是两套法律都管不着他。

他心里看不上女里，但能够让他笼络得着的势力，也只有女里。当下就因为这事，约了女里。又恐人知道，不敢约在府里，索性就约他城外打猎。

当他赶到的时候，女里已经先打了一圈猎，正坐在篝火前烧烤着羊腿，侍卫们在远处围成圈守卫着。

高勋在女里跟前勒马停住，下马走到他身边，毫不客气拿起羊腿咬了一口，道："烤肉美酒，女里兄好兴致啊！"

女里大笑，丢了一个酒囊给高勋："我自然高兴，主上给了我整两个头下军州。对了，听说你还封了王，还不曾恭喜你呢。"

高勋苦笑一声："明升暗降，又有什么可恭喜的？"

女里诧异："怎么，你不愿意？我看你的营帐前宾客盈门，还以为你很高兴呢？"

高勋叹息："鱼，我所欲也，熊掌，亦我所欲也……"

女里却听不懂："你想吃熊掌？这容易，回头叫人打只熊来，就是鱼嘛，这儿可没鱼，回头冬捺钵的时候，我给你打条大鱼来！"高勋看着女里，摇了摇头，和这个目不识丁的人无法沟通，女里只觉得他古古怪怪的："你这又怎么了？"

高勋却不答，反问："听说主上让萧达凛分走了你的宫卫之权？"

女里摸了摸头，只觉得这句话刺耳，当下只拿了耶律贤同他说的话道："是啊，主上说我劳苦功高，叫我以后不用这么辛苦，有事情让那些年轻人去干就行了，还赏了我十个美姬、百坛美酒呢！对了，听说也赏了你不少东西啊！"

高勋冷笑："主上也说叫我不必太辛苦，还说想把我的南院枢密使之职委任耶律休哥，问我可愿意，嘿嘿，一个王爵，就想换了我的实权！"

女里一拍大腿："我说你想什么呢，咱们辛苦卖命，不就是为了高官厚禄，美女如云，如今都有了，你还揽事做什么？我告诉你，主上是厚道人，又不是先皇穆宗这种疯子，胡乱杀人。"

高勋冷笑道："主上是厚道人，可是却有不厚道的人在架空咱们。如今咱们手握实权，自然人人行礼讨好，可是手中的实权一步步被抽空以后，谁还理我们呢？"

女里顿时懂了，把脸一沉问道："你的意思是说？"

高勋阴沉沉地道："萧思温！"

女里一把将手中的羊腿扔到地上，愤然道："你说得太对了，哼，他当年当穆宗皇帝的狗腿子，如今主上登基，那是我们两人的功劳，他算什么？不就送了个女儿入宫，如今权势比穆宗皇帝时候还大，主上还没有过河拆桥，他就敢搜罗我的罪名，我府中有好几个逃奴就投奔了他！哼，摆明要对我们下手，真以为我女里是吃素的？"

高勋正中下怀，笑问："女里兄，你想怎么做？"

女里一脸杀气："连穆宗皇帝我们也敢对付，还怕萧思温，哼！"

高勋阴阴一笑："好，女里兄，有魄力。"

转眼到了萧思温宴客的日子，自然是门庭若市。萧思温被人围得水泄不通，皆是来贺喜的。

高勋坐在厅上，饮了一口酒，对女里低声道："你看这些人围着萧思温多谄媚。女里兄啊，若是皇后生下皇子，那无论是朝堂还是后宫，咱们都输给萧思温了。”

女里冷哼一声道：“那又如何？”

高勋不动声色地看着，却见萧思温的两个侄子萧海只与萧海里在厅上招待宾客，忙得团团转。

这两人虽与萧思温关系最近，却是无能之辈，如今见萧思温受封，又无子，就打起了继嗣的主意，这几日在萧思温面前忙进忙出，话里话外透出这意思来，更叫萧思温看不上。他二人本以为自己可以倚着皇后的裙带而上，但萧思温却只推荐了萧达凛，完全无视这两人。

高勋看出他们有意无意贬损萧达凛，却被萧思温骂了一顿，当下就上前来，与两人述话。

等人终于散了，萧达凛正在指挥着管事收拾，萧思温却道：“你同我来，我有事与你说。”

萧海只与萧海里两个，眼巴巴地看着萧达凛随着萧思温去了书房，眼睛都要瞪出来了。萧达凛看在眼里，心中暗叹。

@

到了书房，萧思温先叹了一口气：“可算是结束了，真是累人。”

萧达凛笑道：“伯父身兼北府宰相、后族之长与国丈，这热闹别人盼还盼不来呢。”

萧思温摇头：“达凛，你只看到眼前繁华，不知我心中烦忧啊。”

萧达凛道：“伯父位极人臣，三位妹妹均嫁入横帐房内，燕燕妹妹更成了皇后。伯父，侄儿有句话，说出来只怕有越俎代庖之嫌……”

萧思温心中有数，摆手：“你只管说来。”

萧达凛想了想，仍道：“伯父无子，若要寻嗣子过继，当以谨慎恭敬为上，海只、海里两位血缘虽近，只怕……是招惹祸事的性子啊。”

萧思温哈哈一笑：“你且放心，这两个人，根本不在我的考虑之内。”转而问他：“若论过嗣之人，达凛，你可有意？”

萧达凛笑着摇头：“侄儿的心愿是为大辽攻城略地、四海扬名。”

萧思温一愣，随即叹气："是啊，你能够以军功而获得功业，又何须成为我的嗣子反而束缚了手脚，可惜，可惜。"

萧达凛劝道："侄儿与伯父本就隔了一房，若是让我进来，恐怕族中纷扰不宁，反倒不美。"

萧思温拍拍萧达凛的肩膀，说道："纷扰在所难免。不过族里这么多后生，我只看重你一人，你不愿意便算了吧。我如今找你，却另有一事。"

萧达凛问："何事？"

萧思温叹息："胡辇！"

萧达凛看着萧思温脸上的忧色，已经明白，点了点头道："伯父放心，我去劝她。"

胡辇也正在送客人，忽然听得侍女报说萧达凛找她，当下迎了上去，问他何事。

萧达凛郑重道："胡辇，你从小懂事识大体，照顾妹妹们都成了习惯。现在，燕燕和乌骨里都有了归宿，你自己呢？"

胡辇一怔："我自己？"

萧达凛劝道："你才二十岁，难道打算就这么过一辈子吗？罨撒葛已经成了过去，你也是时候开始新的生活了，再去找个伴吧。"

胡辇自嘲道："达凛哥，我如今一个人清清爽爽，不耐烦这些事。何况有罨撒葛在前，哪还有什么合适的人呢。"

萧达凛问她："韩德让呢？"胡辇顿时哑然，萧达凛拍了拍胡辇的肩膀，语重心长地道："如今他未婚，你独居，你们很合适。"

胡辇道："如今他也不知何时归来。纵回来了，韩伯父怕也不愿再与我家结亲，再说……"她幽幽一叹，"他还忘不了燕燕。"

萧达凛一时竟无法反驳，只得道："我把话说在这里，你自己仔细思量着吧。"

见萧达凛走了，胡辇正暗自思量着，忽然有人送了一封信进来给她。胡辇拆信一看，脸色顿时变了。

原来这信竟是罨撒葛托人捎来的。那日他离了上京，带着余部一直往西到了沙陀国。如今正在召集勇士，训练兵马，准备重返京城，再争皇位。又叫胡辇等着，他一定会回来找她。

胡辇见了信，又气又恼。她本以为那日把罨撒葛送走时已经说得明白，两人从此恩断义绝。没想到这人竟还没死心，又来纠缠。

可是他随信捎来的竟有自己亲手做的一个牛皮荷包，已磨损得厉害。信上面还说，这荷包他一路带着，中途中箭，被这荷包倒抵护了一下，可见是胡辇一直在护佑着他。又说这荷包被射穿又染了血，不能用了，央胡辇再替他做一个。

他如此无赖，令胡辇十分气恼，但见了这荷包上的血迹，又不免牵挂于心。

就这么过了数日，她竟在不知不觉中，又拿起荷包来补了。

她却不知道，罨撒葛听到燕燕被立为皇后，萧思温得以重用时，是何等的大怒。

罨撒葛正在校场看着沙陀勇士练兵，冷笑道："上京真是一片和乐啊，真以为本王回不去了吗？等着吧，等兵马操练好了，就攻回上京，给他们些教训。"

室鲁笑道："这些沙陀国的好汉不比咱们契丹勇士差，大王定能旗开得胜。"

罨撒葛问他："上京那些官员，联系得怎么样？"

室鲁道："倒没严辞回绝，却也是摇摆不定。"

罨撒葛冷笑："明扆登基了，又有思温宰相和屋质大王支持，赢面颇大，所以他们不敢下注赌我。室鲁，你派人回上京和粘木衮联系，让他想办法除掉萧思温。"

室鲁一惊："您要杀了思温宰相？可是王妃她……"

若说罨撒葛如今最恨的人，耶律贤算得第一，萧思温就算得第二。他道："哼。若不是有萧思温替他张罗，哪里稳得住如今的局面。你让粘木衮想办法，务必杀了萧思温。这件事要做得机密，绝不可泄漏风声！”他顿了顿，又道：“最要紧是不能让王妃知道。”

见室鲁应声而去，罨撒葛抬头遥望蓝天，心中暗想：“胡辇，你妹妹当皇后了。我答应过你，会让你当上皇后，等我回去。”

第五十六章

怀孕之初

燕燕成了皇后，主理后宫。虽然后宫并没有多少妃嫔，然而穆宗朝无人主管的后遗症十分棘手。燕燕接手之后，整个后宫的内侍宫女们，全部重新规整一新。

只一件事十分让人头疼，就是女里的侄女喜哥应该如何处理。喜哥入宫多月，却一直未得耶律贤临幸。关于此事，耶律贤也向她承认过自己犯的错误。一来是女里的热情推却不了，二来是他当时与燕燕闹别扭，一时兴起想借这姑娘来刺激一下燕燕。如今他与燕燕冰释前嫌，这姑娘摆在宫中，既误她余生也容易让夫妻生是非。

因此燕燕提起此事，耶律贤就同燕燕说将她送出宫去为好。反正契丹人不在乎，回头她另嫁也罢。

燕燕应了，正想着找机会把这件事办了，却见着喜哥打扮得妖妖娆娆的，将耶律贤堵在去后花园的路上。

这日耶律贤约了燕燕赏花，燕燕去得迟了，正撞到这一幕，不由得就笑了。

喜哥见了她，知道厉害，忙转身就跑。

耶律贤扭头见了笑吟吟的燕燕，叹息道："朕和她没什么。"

燕燕倒有些感叹："我知道，只是她有些可怜。"

耶律贤见她不醋反倒心内不悦，调侃道："你觉得她可怜？那朕偶尔去陪陪她？"

燕燕瞄了他一眼："那你去啊。"

耶律贤忙道："不敢不敢。朕身体不好，有你一个就够了。"

燕燕道："也是我拖了这几日，还是早点处理为妙。"

次日就召了喜哥来。喜哥昨日被她撞见，已经是心中惴惴，见她来召，心中就想了个哀兵之计，见了燕燕就跪下请罪："请娘娘恕罪。"

燕燕皱着眉头："你别这样，起来说话。"

喜哥却道："除非皇后原谅臣妾，否则臣妾不敢起来。"

燕燕原以为是喜哥畏惧自己，这口气听起来倒有其他意思，当下问："你要我原谅你什么？"

喜哥抬起头来，目光顿时有了光亮："天皇帝，地皇后，中间总也容纳一二人吧。我也不是没名的奴婢，我是我伯父送进来的，主上也纳了我为小妃。您当日是贵妃，容不得我，如今您是皇后了，也请容容我吧。"

燕燕被气笑了，道："你要我容你什么？你以为我又做了什么？你既然是主上的小妃，想要男人，自己去找主上啊。"

喜哥听得这话更愤怒起来："臣妾知道自己不配和皇后抢什么，臣妾不敢多求，皇后总有不能服侍主上的日子，也别这么霸道总占着主上行不行？皇后，你现在防我又有什么用。主上是一国之君，你总不至于霸道到让他自此以后再没有别的女人。"

燕燕扑哧一声笑出来："既然知道他是一国之君，你以为我就可以决定让他不亲近女人，或指定他亲近谁？他不亲近你，自然是他没这个想法……"

喜哥怔了怔，被这句话击中心底要害，扑在地上放声痛哭起来。

燕燕原本被她无理取闹弄得生气，见她哭得凄惶，心中不忍，示意良哥扶起喜哥。

燕燕道："主上的心意已经明了，你是否愿意出宫？"

喜哥惊愕地抬头："出宫？"

燕燕道："只要你愿意，我这就安排你出宫。你可以自己寻觅一个如意郎君，再不必苦苦哀求别的女人和你分享。"

喜哥大惊，跳了起来："不，我不出宫！"她冲着燕燕尖叫："别以为我不知道你什么居心！你不过是嫉妒我，所以趁着主上不在，想要赶我出宫！我不出宫，我死也不出宫！我要去找主上说明白，我要去找主上揭露你的真面目……”

她一边说，一边向外冲去，瞅着侍女们站立的空当跑开，生怕燕燕叫侍女挡住她。这姑娘也真是草原上长大的，身手好得很，如羚羊般跳跃几下就跑掉了。

燕燕还没回过神来，就见着喜哥敏捷地跑了，当真是哭笑不得。

晚上等耶律贤来一起用晚膳时说起这事，也是一肚子无奈。燕燕道：“她今天找你了不曾？”

耶律贤摇头：“今日在书房同朝臣们议了一天的事，刚刚散了才过来的。婆儿同我说她在后头守着，于是我就从前头出来了。”

燕燕白了他一眼：“真是叫人……”说到一半，阿辛捧上烤肉来，她忽然只觉得一阵恶心，俯身吐了起来。

耶律贤失笑：“你也不必如此活灵活现吧。”却见燕燕还在继续干呕，诧异道：“这是怎么了？”

婆儿是积年知事的，见状顿时道：“主上，要不要请迪里姑来为皇后看看。”

说罢立刻叫了迪里姑来。诊罢脉，就给了耶律贤一个好消息：“皇后有了身孕。”

耶律贤欢喜不胜，当下就要宫中庆祝，被燕燕挡了。又想起皇后怀孕需人照顾，偏生竟一时找不到个合适的人。

太祖、太宗、人皇王皆有女儿，可惜除了燕燕生母吕不古公主外，其余的俱未及封号便早亡了。世宗的两个皇后死于祥古山之变，穆宗的皇后被他杀了。他自己的几个妹妹里，胡古典虽已出嫁却还没生过孩子，其余两个更小，还需要人照顾。

燕燕的两个姐姐，胡辇没生过孩子，乌骨里的儿子才几个月，势必不能抛下儿子来照顾燕燕。她便是肯来，喜隐野心勃勃，乌骨里又是个没脑子的，他也不能放心。

这日胡古典闻讯进宫来贺喜，见他烦恼，就道："不如让两位太妃来照顾？"

耶律贤一想，也觉得合适，当下拍板："甚好。"

当年祥古山之变以后，三位公主尚小，代掌宫务的吕不古就派这两位太妃去照顾公主，日后给二人养老。两人小族出身，又无儿女，世宗一死甚是凄惶，得了这句话，也是尽心照顾。胡古典与她们情同母女，想到兄长无人可托，自然就想到了两人。

两个太妃啜里和蒲哥闻讯，喜不自胜。当下忙带了些孕妇爱吃的甜酸果脯等东西过去。燕燕正在孕吐，吃了这果脯倒觉得好些。耶律贤见状更加欢喜，又怕燕燕怀孕操劳，也就让两人暂时帮着料理宫中事务，燕燕只管安心养胎。

太妃们开头倒是每日来探望，了解燕燕起居饮食适应与否，又将宫务报与她知晓。但她身边的侍女都是百伶百俐，萧思温又送了老嬷嬷进宫照顾。两个太妃讨好人的花样来来去去，很快就让她厌烦了。

两人眼皮子又浅，每次拐着弯地夸皇后宫里的首饰、摆设，燕燕听得明白，顺手赏了她们。不料她们尝到甜头，有事没事就借着探望或者回报宫务为由跑来讲古，说当年祥古山之变，两人被赶到偏院，过得清苦，又说为了养育公主，拿自己的私房打点宫人，她们不敢拿这种小事去打扰皇帝。燕燕听得烦了，索性叫双古去库房拿东西直接给她们，以为此事就作罢了。

谁知双古恼火着回来，气哼哼回报燕燕。

燕燕听着禀报，惊讶地问："搬走了许多东西？"

双古为难："是。皇后，您看这件事要不要……"

燕燕不在意道："不必了，主上最近政务繁重，不好分心。不过只是一些金银珠宝罢了，太妃既然喜欢，就送给她们吧。"

青哥不服气："简直一张嘴就胡来，什么这个是怀节皇后遗物，那个是怀节皇后生前许过她们的……真不要脸，那个库房明明都是您的嫁妆！"

燕燕笑道："那个库房里只是一些不重要的珠宝罢了，要真是怀节皇后的遗物，我还怕被她们糟蹋了。她们出身小族，见识浅，有些财物就能满足。青哥，你和双古去把不重要的珠宝锦缎再整理出两房来，以后太妃开口，就带她们去这三个库房自己挑。"

青哥顿足高声："皇后，您这意思是，还打算让她们把这三个库房都搬空啊！"

燕燕捂着头摆手："行了行了，别叫得这么大声，给我省点力气吧。不过是贪点小利，人也不算坏。当日穆宗时，她们与主上兄妹三人相依为命，就算没有功劳也有苦劳，如今不过是贪财多事罢了，要点东西就给她们吧。"见青哥嘟着嘴，愤愤不平，燕燕笑道："嘴上嘟得可以挂一袋马奶酒了，我都不心疼东西，你着什么急啊。"

正说着，外头就有人来报说，齐王妃和赵王妃过来了。燕燕一喜，叫人迎进来。

燕燕怀孕，胡辇与乌骨里常来看她。这日三人慢慢在园中散步。燕燕见胡辇似乎有些心神不定，不由问她："大姐，你怎么了？心不在焉的。有心事吗？"

胡辇回过神，忙道："没什么。"

燕燕见她神情，肯定地说："一定有事。咱们姐妹之间还有什么不能说的？"

乌骨里也道："就是，方才还没进宫时，我就看出来了。"

两个妹妹缠了好一会儿，胡辇推不过，只好踌躇地说："前日，达凛哥劝我再找个合适的人过日子。"

乌骨里扑哧一笑："没想到竟然是达凛哥先开口了。其实，我和燕燕也盼着大姐你尽快找个合适的人成婚。长夜漫漫，床榻的另一半冷冷冰冰，滋味肯定不好受。"

燕燕也道："罨撒葛消息全无，大姐你不会要等他吧。"

乌骨里道："别说这些。大姐看中什么人了？赶紧说出来，让燕燕给你赐婚。"

胡辇瞥了眼燕燕，道："达凛哥说，韩德让就是个不错的人选。"

乌骨里笑容一滞，忙看向燕燕，燕燕一惊，看向胡辇，见她定定地注视着自己，忽然只觉得心口艰涩起来："为什么是他？"

胡辇看着燕燕，缓缓道："你觉得他不好？"

燕燕想说什么却说不出。她想，她应该赞同的，可是她却狠了狠心："不，他比谁都好。可是，他心里没有你。"她看着胡辇，只觉得心头滴血，但终究还是道："大姐，罨撒葛千般不好，但至少他心里只有你一个人。如果你再找一个男人，我希望他也得是全心全意爱你疼你，心里不会有别的女人。大姐，事关你一生幸福，你……你要多加考虑。"

胡辇的话意味深长："我的第一次婚姻，嫁了个不喜欢的男人，他纵然再疼我，再爱我，可我并不幸福。既然要再来一次，你以为，我会重蹈上次的错误吗？我为什么不能够嫁一个我喜欢的男人呢？我既然拥有这样的权力，那么他喜不喜欢我，重要吗？"

燕燕心乱如麻，乌骨里却鼓起掌来："说得好，大姐，这才是我们萧家女儿的活法。你嫁得委屈，燕燕也嫁得委屈，我替你们不平。"

燕燕看着胡辇，百感交集："大姐，既然你想得如此清楚，那……"她想说，那你就去追他吧。可是，她真是说不出来，每一个字，都在她的心头滴血。

胡辇忽然间大笑起来，把两个妹妹都笑得愣住了，她伸出手来，抿了抿燕燕的头发："哈哈哈，你们还当真了？我若当真决心要喜欢一个男人，何必这样问东问西，需要别人替我做决定？"

乌骨里诧异地问："大姐你的意思是……"

胡辇的手放下来，她握住燕燕的手，从容地笑道："燕燕，我只是跟你开个玩笑罢了。"见燕燕神情嗔怪甚至还有一丝怨念，她收住笑容，语重心长道："燕燕，我的心里，已经把韩德让放下了，可你呢，你什么时候放下？"

燕燕怔住了，万般念头尽在脑海中翻腾，竟是连胡辇与乌骨里何时走的也不知道。

当夜，燕燕在床上翻来覆去，只是无法入睡。

青哥担忧地问道："娘娘，您哪里不舒服吗？"

燕燕摇了摇头："我没事。"

青哥不敢再问，只一边守着。

许是午夜时分，人的情绪容易低落，燕燕本是不想开口的，半晌之后竟忍不住问她："青哥，我是不是很坏？我明明已经有孩子了，这辈子也不可能和他在一起了，他也总是要娶妻的。可是，一想到大姐和他在一起，我就觉得不开心。"

青哥心中一凛，试探着问她："娘娘，您是说韩郎君吗？"

燕燕叹了一声："我知道大姐喜欢韩德让，他们在一起也是相配的。德让哥哥娶别人，总不如娶大姐。可是我……"她的语气哽咽起来："我就是觉得难受，心里疼得很。我宁可他走得远远的，不管他娶了谁，我看不见，心里才能清净。青哥，我这样，是不是很自私，很不讲理？"

青哥掀起帘子，坐到燕燕的身边，握住她的手，怜悯地道："娘娘，忘了他吧。主上待您如何？韩郎君虽然好，可是不可能了。"

燕燕失落地道："我知道，我都知道。"她摸着心口："可它不听我的。"

一夜无眠，早上起来的时候，燕燕只觉得心头突突地跳，心烦意乱得厉害，早膳端上来，只闻了闻就扔到一边。

正烦乱的时候，良哥来报说："娘娘，两位太妃来了。"

燕燕懒懒地道："让她们回去吧，我现在不想见人。"

良哥犹豫："娘娘，昨儿她们来，您就说要让明儿来，今天正是……"

燕燕想起她们昨天来过，被自己拒在门外，也是同她们说了今天来的。今天人家又一早来了，再不见她们，也是不好，有些犹豫。

青哥道："那又如何，皇后身子不适，不见又能如何？"

燕燕反而有些不好意思起来，道："就叫她们进来吧。"

青哥嘟哝："讨嫌得很。"

燕燕警告地看了她一眼："青哥！"

青哥吐吐舌头："知道了，在外人面前，我一定恭恭敬敬的，不给皇后娘娘您丢脸。"

但见蒲哥和啜里珠翠满头，洋洋得意地进来了。

蒲哥先问："皇后，今日觉得怎么样，是不是还想吐？"这两人中，啜里性躁，喜欢抢话，蒲哥虚伪，最爱表功。

燕燕无心理会，只敷衍道："还好，两位太妃所教的，我身边的侍女都记下来了，今日感觉好多了。"

啜里忙抢话："就是嘛，你说这过日子，还得有个老人照看着才好，你身边这些侍女都是连孕妇产妇也不曾见过，哪里懂得照顾啊。"

燕燕道："多谢两位太妃好意。"

一时无话，啜里忙推了推蒲哥："姐姐，你说那件事，咱们是不是应该说一说了。"

蒲哥故意看了燕燕一眼，以为燕燕会问，不料她只是笑笑却没有接话。蒲哥只得以帕掩口，轻咳几声："咳，是这样的。皇后啊，有些事，别人不好说，我们也只得提醒你一下。主上对皇后如此关怀，特地叫了我们这两个老人来照顾皇后的身体。那皇后，是不是也应该多多关怀一下主上的身体呢？"

燕燕身子困倦，懒得理会她们，就反问："主上的身体怎么了？迪里姑每天都有向我汇报，应该是没事吧。"

蒲哥和啜里闻言面面相觑，只道自己说得这般明白，燕燕应能明白。蒲哥想了想还是推推啜里，示意她开口。

啜里只笑道："嗐，皇后这是真不懂还是假不懂，我们哪说得是这个啊。"

燕燕哪里不懂，见两人居然蹬鼻子上脸，顿时就不耐烦了："那就爽快说吧。"

蒲哥见状就不敢说了，想拉住啜里，没想到啜里急道："你现在怀着孩子，不能服侍主上，总不能叫主上这些日子干熬吧。要是个贤惠的皇后，这时候就应该准备着给主上纳妃才是。"

燕燕眉毛已经竖了起来。

两个太妃对燕燕是有些畏惧的。

燕燕的生母长公主耶律吕不古，是开国以来受封的第一个公主，耶律阿保机的第一个孙女，性子烈，又特别护短。当年述律太后在时，三个儿子出去打仗，儿媳孙辈均被扣在她帐中看她脸色过日子。那时候吕不古才十岁出头，就敢跟老太后呛声，敢杀老太后派来管教小皇子的嬷嬷。老太后也只能指着她鼻子骂几回，心里其实极喜欢她这性子。等老太后年纪大了身体不如从前，竟将许多事务都交给了她来代管。

太宗在时，她能够当太宗一半的家。世宗出巡的时候，也把宫务交给她。穆宗小时候最怕这个长姐，哪怕继位以后也是畏她如虎。也就是她发话，才把耶律贤托给了韩匡嗣照应；保下了甄后留下的几个汉人宫女去照顾只没，也是她指派这两个小妃去照顾三位公主。

自述律太后晚年，宫中小妃内宦宫女侍卫听着燕国公主的名字就腿肚子打颤，只是公主如今去世十几年了，人们对她的畏惧慢慢遗忘了。

两个太妃初时畏于长公主威名，听说燕燕入宫，只敢悄悄看着风向。却见燕燕当了皇后，也只照着规矩并不擅作福威，连宫人也没处罚一个。

等燕燕怀孕，宫务都交给两人，两人得了权，身边一堆人紧着奉承。再见皇后似乎年轻面嫩，既不敢拒绝当面索要，又看不到私下大捞特捞，甚至对于重要宫务处理上的私下操作似乎也全然不知，不由胆大了起来。

蒲哥摸摸手腕上刚得的赤金手镯，想到堂堂后族也要贿赂自己帮忙纳妃，不由胆气又壮了几分，当下缓缓笑道："啜里妹妹说话虽有些急，心倒是好的。我们也是为了主上和皇后着想，世宗皇帝一脉子嗣单薄，全靠着主上一个人，可不得多纳几个妃嫔么，多生几个孩子。"说着举帕佯装拭了拭泪："我想起吼阿不、只没都无子，若是主上多生孩子，也能给他们都过继几个。"

燕燕怒极反笑："那你们可有章程了？"

啜里没听出来，反以为她依从了，忙笑道："我也知道，你如今怀着孩子，估计也没有精力去操持这些事情，我们都替你想好了。"一边扭头道："叫几位姑娘进来。"

就见蒲哥的侍女引了几个少女进来，燕燕倒认出其中几个，也是后族的姑娘，有大父、少父房，还有国舅别部的，竟是都到齐了。

燕燕强忍着恼怒不发作，只笑着一一应答以后，赐了礼物，送了她们出去。

见这八人走了，蒲里满脸慈爱地笑道："这些都是后族之女，出身名门，身份高贵，皇后看看，就挑你合意的进来。"

啜里道："对呀，我们知道皇后是个贤惠人，不喜欢喜哥，必是因为她血统不高贵。其实依我看，只要能够为主上多生孩子，那又有什么关系。喜哥的姐妹都很能生养，您也不必心存偏见。"

燕燕只觉得满耳朵嗡嗡声，头上似乎也在隐隐作痛，忍不住站起来冷笑道："你们既准备了，就送与主上看，到我这边来做什么？"说着就让青哥扶着她入内，再不理两人。

两个太妃不想皇后竟然如此直接不给面子，十分下不来台。

啜里粗俗，先道："皇后，我知道你嫉妒，可也不能因着你嫉妒让主上他硬憋一整年吧，回头他私底下找了，对你更不好。"

蒲哥皮笑肉不笑地说："想当年怀节皇后就是个贤德人，你也当跟她学学才是。"

燕燕大怒，顺手抓起案几上的杯盏砸去："滚，都给我滚出去。"

两个太妃不曾想她忽然发作，被赶了出去，越想越恼，哭哭啼啼来找耶律贤，说了一堆胡编乱造的话，叫起撞天冤来，道："我们也是看皇后年轻，怕她不知道轻重，才啰唆了几句，哪知道就遭了厌弃。"

啜里道："主上，我们这么大年纪，忙来忙去图什么？不就是盼着皇后早日生下健康的孩子吗？怀节皇后和甄皇后都没这么骂过我们呢，真是老脸都丢尽了。”

耶律贤前日也被燕燕骂了一顿，听迪里姑说孕妇会喜怒无常无理取闹，两个太妃今天又说这样的话，便信以为真，劝了两人一顿。只道：“皇后如今怀孕，脾气不好，等她生了皇子自会谢你们。如今你们且忍耐些，就当是帮朕了。”

两人缠了半日，又拭探他也无纳妃之意，只得悻悻去了，从此就躲着燕燕，依旧在宫中胡乱行事。

耶律贤见到燕燕，问她：“你今天和两位太妃吵了一架？”

燕燕警惕道：“怎么，她们找你告状了？”

耶律贤道：“没有。她们就是来找朕，朕肯定也是帮你不帮她们的，就是怕你过于烦躁，影响了孩子。”

燕燕注视着耶律贤，半晌才道：“我不是乱发脾气的人。”

耶律贤道：“当然。你就是想发脾气，这宫里也随便你发，包括朕。你不要压抑自己，想怎么样就怎么样，你心情舒畅了，咱们孩子才能健康成长。”

燕燕白了耶律贤一眼。

耶律贤抱住燕燕：“你在宫里待着也是闷，这样吧，我安排你去闾山行猎，叫上你父亲和两个姐姐一起，就当是散心。”

燕燕听了，心情稍霁。过了几日，就去了闾山行宫，也叫了两个姐姐相伴。

这天姐妹们在一起闲聊，胡辇趁机道：“过几日便是爹爹的寿诞，这是我们出嫁以后爹爹的第一次生辰。你们都回来为他庆贺，不要让他觉得太孤单了。”

燕燕一愣，旧日情景涌上心头，想到从小就宠爱自己的父亲，想到昔年姐妹嬉笑玩闹的情景。母亲死后，父亲抚育自己姐妹三人，如今三姐妹先后出嫁，独留父亲一人在府中，不知道会有多独孤呢。

她喃喃道：“爹爹的寿诞……真快啊，这一年发生了好多事。”

三姐妹的婚事，都不顺遂，父亲一生疼爱她们三姐妹，虽然表面上看来不以为意，但不知道心里多难过。胡辇握着燕燕的手劝道：“爹爹总问我你的事情。你就别和他怄气了，借着寿诞回家看望他吧，该过去的事情就让他过去。”

燕燕横了胡辇一眼，嗔道：“大姐真当我还是个孩子么？我还能记恨自己父亲一辈子？”

乌骨里笑着搂住燕燕：“我们家燕燕长大了，从前哪次怄气不是要坚持到爹爹先对你服软的。”

燕燕推开乌骨里，笑：“你说的是我还是你自己啊？”

三人说笑一番就散了，燕燕在等耶律贤回来之后与他说起此事。谁知道此时的朝堂上，正有事发生。

第五十七章

思温遇刺

耶律贤刚刚得到女里报告，北府宰相、北院枢密使萧思温行猎闾山，中途遇盗，被害身亡。

“遇盗？”耶律贤震怒之下，将奏报扔到女里的头上：“你告诉朕，盗从何来？为什么偏偏就只冲着萧思温去？”

女里脸色涨红，跪着回道：“奴才该死，现场只有思温宰相和几个侍卫的尸体，身上的财物都被劫去了。看情景的确是山匪袭击。可能是思温宰相行猎中误撞山匪，所以……”

“查！”耶律贤从牙缝中冷森森挤出这个字，“挖地三尺，查到凶手，查明真相，查到与案子相关的每一个人。”

“这……”女里面有难色，“闾山一带山高林密，主上行猎的地方，都是预先清查过，让人在外围守着才得保平安。思温宰相这次事出意外，只怕盗匪早已经远遁深山。这么大的范围，简直是在草原上找一只羊，实在是……”

耶律贤冷笑：“天上的鸟飞过有影子，地上的羊走过有痕迹，怎么就查不到。思温宰相遇害若真是盗匪所为，这盗匪得了财物以后，就要变卖。若不是‘盗匪’所为，那就问问谁最想杀他。”他顿了一下，缓缓地道：“女里，你给我个日期，多少天能够有结果？”

谁最想杀死萧思温？萧思温身兼北府宰相和枢密使两职，出身虽高，但却没多少军功，素日不显山不露水地处理朝政事务，在很多朝臣眼中，他也就是黑山事变中及时站队，再加上嫁了个女儿进宫罢了。他就这么把北府的军政大权满把攥在手里，还要推行汉制，替皇帝从宗室部族手里夺权，谁不恨他。甚至连女里自己都背地里叫过要杀了他。若从这里查起，哪里查得到？

女里急了，跪下口不择言道："主上，您杀了奴才吧，这种事，哪里就能几日之内找到真凶的。穆宗皇帝在黑山遇刺，如今都过了快两年了还找不着人呢，更何况……"

"住口。"耶律贤被说中隐事，大怒，"闾山守卫本就是你的责任。思温宰相遇刺，朕头一个就是要问你。朕驻跸闾山，居然还能够有盗匪闯进来杀人之后无踪而去，你还敢跟朕推诿责任？"

女里不敢再多话，狼狈退出，忙去找高勋商议。高勋听了此言，不但不忧，反而笑了起来，拍着女里的肩膀说："这不正是一件好事。"

女里问他："如何是好事？"

高勋冷笑："你忘记黑山之上，萧思温是如何控制局面的？"

女里一惊，似有所悟。

高勋又指点道："既然主上要你去查，你自然就可以借此事，趁机将这禁宫里里外外的权柄抓到手里。谁敢不服，就去查一查他是否是背后主指者啊……"

女里顿悟，忙一揖："谢高郡王教我。"

高勋哈哈一笑："你我兄弟，共同进退，何须如此。"他想了想，又问："女里兄，如今皇后有孕，你们家的喜哥小妃，可能出头了？"

女里恍悟："正是，我去问问喜哥去。"

他把喜哥送进宫去，其实也是不太管了。他侄女多，喜哥虽是他送去博富贵的，但正如他自己所说，皇帝要是不喜欢，他可以再换一个。

他管着宫卫，干脆直接进宫找了喜哥。问了之后才知道，居然喜哥进宫这么久都不曾得过耶律贤宠幸。他可不管缘由，当下把喜哥骂了一顿，放下话来说她若是再无用，就把她送出宫去再换一个进来。

喜哥听着训斥只含泪俯首，心中暗恨燕燕。但听着他又发牢骚说如今要查萧思温被杀的案子忙成这样，侄女还给他拖后腿云云，不由眼睛一亮："皇后的父亲死了？"

女里点了点头："嗯。"

喜哥忙又问："皇后知道了吗？"

女里眼一瞪："我怎么知道她知不知道？"

喜哥心里已是喜不自胜，也无心再听女里训斥，当下忙不迭各种答应各种讨好，好不容易把女里哄好送走，这边就叫了侍女乌拉去打听皇后之事。等乌拉回报并无人传说此事，自己还被宫中管事训斥，叫她不得胡说。

喜哥心痒难忍，脱口道："莫不是皇后怀孕，主上不敢让她知道此事，怕她心急滑胎。"

乌拉忙点头："想来是呢。"

乌拉又说了一事，原来前几日两位太妃去皇后宫中，不晓得说错什么竟被皇后赶了出来，老脸丢尽，如今在宫中整日抱怨着。

喜哥听了这话微怔，想出神了，忽然她得意一笑："咱们这就去找两位太妃去。"

却说燕燕这日午睡醒来，正坐在院中树下乘凉。她觉得有些热了，想叫良哥拿扇子来。谁知叫了两声才有回应。燕燕问她："你今天怎么啦？老走神。"

良哥一惊，犹豫道："我，我……"

青哥瞪了良哥一眼，忙接道："她昨夜没睡好，大概是累了。"

燕燕看着她们，心中闪过疑惑。

自那日耶律贤匆匆结束了闾山行猎，就带着她回了宫中，之后她这里就清静得厉害，除了自己的几个内侍宫女，竟连个走动的人也没有。

耶律贤每天都过来看她，嘘寒问暖的，胡辇和乌骨里好多天没来，问起来就说忙。乌骨里忙也罢了，胡辇忙些什么？良哥和青哥时常走神，心不在焉的。

这几日她越来越懒。精神困倦，腰酸背疼，许多事明明古怪，却懒得思量。见良哥如此，于是就挥了挥手道："你要是真累了，就休息几天，我这里又没什么事。”

青哥忙道：“娘娘别纵着她了。良哥，去把昨天我们做的小衣衫拿来给娘娘看看。”

良哥点了点头，匆匆走出去，燕燕看着良哥的背影更觉蹊跷：“良哥从闾山回来就不对劲。青哥，她真的没有心事？”

青哥低着头，继续给燕燕捏腿，眼眶有些发红：“没有。娘娘现在一切都好，马上要有小皇子了，我们能有什么心事呢。”

谁知就在此时，忽然外面传来嘈杂的脚步声。就听得双古道：“两位太妃，娘娘在休息，你们不能进去。”

啜里尖利的声音传来：“这么大的事儿出来，我们怎么可能不来见皇后，你们挡着是什么居心？”

燕燕脸色一变，问道：“什么事儿？”

青哥掩饰地道：“没什么，娘娘，您现在怀着孩子呢，别理那些心怀不轨的人。”

燕燕起了疑心，道：“到底是什么事，你说？”

青哥支吾着道：“没，没事，娘娘，您多休息……”向着外面扬声：“双古，别叫人扰了娘娘休息。”

双古才答：“是。”

燕燕却扬声道：“请两位太妃进来。”

青哥脸色大惊：“娘娘……”

燕燕看向她：“不管你是不是好意，我都不允许自己变成瞎子聋了，人人知道的事，我自己反而不知道……”

青哥心惊胆战，却又阻止不得，就怕是那件事发，急忙扬声叫道：“良哥，你快些出来。”若是有事，多个人也好阻止。

就见着蒲哥、啜里匆匆忙忙地进来，两人今日打扮倒还素净，表面上的关切掩不住底下的喜色。见了燕燕，啜里掩面哭道：“哎哟，我可怜的孩子啊，你可千万不要伤心，千万不要难过啊……”

燕燕听得心头火起，道：“太妃这是什么意思？”

啜里就恼了，叫道："哟哟哟，你这么凶做什么……"

蒲哥见状忙拉她一下，柔声道："娘娘也是伤痛过度，啜里妹妹不要计较。"说着使个眼色。

啜里道："算了算了，谁死了父亲心里能好过，我不跟你计较。"

燕燕厉声问："你说什么？"

蒲哥一脸诧异："娘娘不知道？七日前，萧思温宰相闾山遇盗，被杀身亡。"

燕燕看着眼前的蒲哥、啜里的嘴一张一合，只觉都出现了重影，她捂着肚子，弯曲着身子，倒在躺椅上。

耳边似乎听到青哥的尖叫："娘娘！快去请主上和御医——"

燕燕昏了过去，她似乎进入了某个奇怪的地方，眼前一片云雾，云雾中就见萧思温和一个既眼熟、又陌生的女人走进来，笑吟吟地对她说："燕燕，我们要去了，你从此以后，可不要再淘气了。"

燕燕仿佛回到童年，本能地说："我从不淘气……"忽然间感觉到了什么，越细看着那女人，越是感觉亲近："娘——"

她记事的时候，母亲身体已经不好了，病中又脾气极坏，所以这又漂亮又温柔的母亲竟是她从未见过的。可是不知怎么，她觉得这才是母亲应该有的样子。她问道："你们要去哪儿？"

母亲说："我们要去的地方，你如今去不了。"

说着，就见父亲和母亲手拉手地走了，她想去拉，伸不了手，想去追，迈不开腿，挣扎半天，却挣得满头是汗，只得叫道："爹，娘……"

这一叫出声来，她便醒了，就见着床前全是人。

耶律贤坐在床头，脸色白里发青，见她醒来，忙拉住她的手，急道："燕燕，你可醒了——"

燕燕眼神放空，似一时不知道发生了何事。渐渐地，她想起晕倒前的事来，忽然挣扎着坐起，转看耶律贤的身后。

耶律贤忙扶着她，问："你想找谁？"

燕燕方想说，我想找啜里太妃，我要问问她，我爹出事是真是假。但回过神来，看向耶律贤，抓着他的手问："我阿爹是不是出事了？"

耶律贤此时见她问，知道避不开了，却不知道如何回答。燕燕又问他："你是不是知道，你们是不是都知道？"她的目光在室内扫了一遍，青哥、良哥、双古、婆儿都低下了头，她的目光最后又落到耶律贤身上："你为什么要瞒着我？"

耶律贤只握住燕燕的手，沉重地道："本想缓一缓再告诉你。思温宰相在闾山被刺客暗杀了，朕没能救回他，对不起。"

燕燕泪如泉涌。

耶律贤见她这样，心肝俱裂，抱住燕燕落泪道："燕燕，你要撑住，你父亲也盼着你能撑住。别忘了，你肚子里还有孩子。如果你们有什么闪失，他在九泉之下也不会安心的。"

燕燕闭上眼睛，心头剧痛，说不尽的痛悔。想当日她入宫前，心存怨恨，直至与耶律贤结为夫妻，对父亲心结已去，本拟是趁着父亲寿辰，三姐妹一起祝寿，向父亲尽孝，可谁知竟已是天人永隔。

她缓缓地道："爹爹如今在哪儿？"

耶律贤扭头不忍看她，只哽咽道："府中已经布置好了灵堂。"

燕燕说："我要过去看看。"

耶律贤本想劝阻，但话到嘴边却生生咽下，点头道："好，我这就安排去。"

燕燕坐上辇车，一路到了萧思温府。

她恍恍惚惚的，直到走下辇车，看到熟悉的大门，熟悉的萧府，如今一片雪白。她只觉得伤痛如一道闪电击来，打得全身麻木，整个人一个踉跄，差点摔倒在地，幸而良哥和青哥时刻注意着她，搀扶着她，才让她没有摔倒。

在两个侍女的搀扶下，燕燕从灵堂前一步步登阶而上。原来的花厅已经变成灵堂，一切是这么的熟悉，又是这么的陌生。

燕燕伏在萧思温的灵前，放声大哭。这一刻，她真真切切地感受到，她的父亲，不在了；她的家，没了；她的过去，也没了。

胡辇与乌骨里早已经在灵前，两人已经哭过不知道多少回，然而看着燕燕哭得如同孩童走失，似整个世界都崩塌一般，也不禁担心起来。

胡辇上前握住燕燕的左手，乌骨里握住她的右手，劝她："燕燕，不要哭，你这样，阿爹也会不安心的。"

却听得燕燕喃喃道："大姐，二姐，阿爹走了，我再也没有阿爹了。我还没有和他和好，还没来得及和他说我现在过得很好，让他不要担心。"

胡辇听着这话，更觉得痛心，哽咽道："不要紧，阿爹会知道的。从小到大，他最疼你了。"

"我不该和他置气这么久。明明有机会和好，夏捺钵的时候，回京的时候，都错过了。我不知道，父女的缘分会这么短，我挥霍了太多时间，常常闯祸，惹他生气，从来都是阿爹为我操心，我还没来得及孝顺他。我还有好多话要跟他说……"

乌骨里紧紧抱住燕燕，号啕大哭起来："燕燕别说了，你别说了。我和你一样，也有许多话要同爹爹说，可我没机会了，没机会了。"

胡辇见两个妹妹哭成这样，也有些急了，抱住两人道："你们不要这样，就算是伤心，也不要伤了自己的身子，否则爹爹在天之灵也不会心安的。燕燕，你还要当心自己肚子里的孩子，乌骨里，你还有小留礼寿等着你。"

乌骨里想起儿子，哽咽着收了泪："大姐，我听你的。"

燕燕却道："我要看看阿爹。"

胡辇一惊，劝她："燕燕，你如今怀着孩子……"

燕燕截断她的话："不必说了，我一定要见。"

胡辇无奈，忙看了看耶律贤，耶律贤亦是为难，辽人对鬼神颇为忌惮，萧思温身遭横死，燕燕又是怀着孩子，倘若有冲撞，如何是好？

燕燕哭得昏天黑地，只固执道："我要见阿爹，我要看看阿爹。"

胡辇方要劝她："燕燕……"

却听得耶律贤长叹一声："胡辇，让她看一眼吧。"

棺木的盖子缓缓推开，躺在棺中的萧思温面色如生。

燕燕见状，就要扑上去，吓得胡辇忙拉住她，道："燕燕，你看着就行，休要伤了阿爹的遗体。"

如今天气热，萧思温的尸体虽然有冰块保着，看着头脸似乎如前，内里早已经在腐败，燕燕如今怀着孩子，怎么可能让她近前。

燕燕被胡辇和乌骨里拉着，只能站在离棺木近两尺的地方，看着萧思温，泪如雨下。

胡辇只让她看了一眼，就让人合上棺木。

两个姐姐这才放了手，燕燕瘫倒在胡辇怀中，已经无法站立。

胡辇扶着燕燕坐下，燕燕忽然问："大姐，爹爹是谁害死的？"

乌骨里摇了摇头："都说爹爹是行猎途中遇盗，凶手还没抓到。"

燕燕抓住乌骨里的手，咬牙道："我要为阿爹报仇，我要报仇。"

乌骨里不住点头："好，好，我们报仇。"

胡辇将两个妹妹一起揽在怀中："我们三个人齐心合力，一定要找到凶手，祭奠爹爹在天之灵。"

这一夜，燕燕没有离开，她就留在了萧思温府，留在了她原来的房间里。熟悉的布置，一切都如她出嫁以前，萧思温留着所有女儿的房间，一切布置，均如当日。

耶律贤亲自陪着燕燕回到萧思温府，但燕燕坚持留在萧思温府为父亲守灵，耶律贤无奈，只得留下迪里姑独自回宫了。

耶律贤阴沉着脸，找来了婆儿问明情况，他早已经下令要对皇后封锁消息，为什么还会出这种事？

婆儿已经查明原委，就说是喜哥小妃去挑拨两位太妃闯宫叫嚷，才被皇后得知此事。

耶律贤登时大怒："她们哪来这么大的胆子？"

婆儿这一查，查出许多事来，见耶律贤恼怒，当下索性道："此外，还有……"

耶律贤问："还有什么？"

婆儿就道："奴才问过双古和侍候娘娘的侍女，都说两位太妃名义上说是来照顾皇后，实则经常生事，还每每收受贿赂，带着许多姑娘来见娘娘，强迫娘娘为主上纳妃，甚至……"

耶律贤越听越恼，拍案骂道："甚至什么？"

婆儿说："两位太妃借故要为娘娘寻找合适的药材和衣物，要入内库，娘娘只好把自己嫁妆的库房打开，两位太妃每每看中珠宝物品，就指说是先皇后允诺赐物而直接拿走！"

耶律贤只觉得自己简直是被打脸，他本以为让这两位太妃去照顾燕燕十分稳妥，谁知道会是这种结果，忍不住道："皇后受了委屈，她为何不早说？"

说到这点，婆儿也不禁佩服，皇帝苦心求来的皇后当真是有皇后气量，当下就道："奴婢问了良哥，她说，娘娘说财物能够解决的就不是问题，她不喜欢的人，不见就是。这些只是区区小事，主上国事繁忙，不必为后宫妇人的事去麻烦您！"

耶律贤长叹一声，闭目不语，良久，才道："是朕对不起燕燕。"

是他对不起她，是他夺了她入宫，让她不得与心爱之人在一起。他本以为自己亏欠她的就只有这一件事，而他会以无上尊荣、万里江山偿还她。

可是，他没有做到，他让她在怀孕的时候还要受人委屈；他猜忌心重，不顾她的良言劝阻，让萧思温手握太多权力而招人忌恨，以致被杀；是他让她入宫，使得父女失和，尚未和好，就造成终生之憾。

耶律贤掩面。他想起燕燕在萧思温灵柩前苍白憔悴的脸，当他在草原上第一次看到她的时候，她是那般无忧无虑，可是如今，她的欢乐消失了，她的自信得意消失了，她红润的脸庞消失了，她的亲人消失了……

耶律贤只觉得有些透不过气来，似乎落到无尽的深渊中。他并没有弥补她，反而亏欠了她更多。这张龙椅，坐上去并不能让人幸福，反而让更多的人痛苦。

他的心如同针刺，激起了他的怒火，他道："送两位太妃回偏宫静养，无有旨意，不得到主殿来。"

他这旨意，却是把两位太妃踢出他的荫庇了。婆儿说这事也只是提醒一下耶律贤，两位太妃有些得意忘形，但处罚如此之重，还是有些心惊，当下不由道："太妃们毕竟抚育过公主……"

耶律贤冷冷道："朕并没有阻止公主去见她们。"

婆儿不敢再说，只得应是，又道："那小妃喜哥？"

耶律贤顿了一顿，还是道："把她关起来，不许她走动。"

婆儿应了是，这时候楚补进来回报，殿外群臣因萧思温之事而来。

耶律贤只得召了他们进来，先问女里道："萧思温的事情，怎么到现在还没个头绪回报？"

女里回报说："主上英明，奴才去查的时候，果然发现了行踪，在思温宰相遇伏不远处，发现几个匪贼的尸体。"

耶律贤问他："尸体？是谁杀的？"

女里一怔，兴奋之色收起，道："想是见财起意，自相内讧。"

耶律贤冷笑："他们倒不是见财起意，而是备好材料让你结案。"

女里顿时头上出汗，他本以为这样就能结案，殊不知后续更加麻烦，只得道："这些人看着倒像是穷苦出身的匪贼，身上也没有明显的标记，臣怕查不出来。"

耶律贤冷冷地道："那你就继续查。"

女里满头是汗，偷偷看了高勋一眼，高勋忙道："主上，现在最要紧的不是查案。"

耶律贤诧异，问："那是什么？"

高勋道："思温宰相是国之重臣，他突然遇刺，留下的这宰相和枢密使的职位该如何处置才是眼下最要紧的事情。否则，朝政大事无人处理，岂不误国？”

萧达凛涨红了脸，怒喝道：“高勋大人，你什么意思？我伯父尸骨未寒，你就想着争权夺利？”

休哥见萧达凛情绪激动，连忙拉住他：“达凛，你别激动。”

高勋叹道：“达凛，我知道你心里不好过。只是思温宰相突然遇刺，满朝哗然，太平王虎视眈眈，诸王伺机而动，咱们难道不应该马上重振旗鼓吗？一味沉浸在悲伤里，并无益于事情的解决。北院枢密使、北府宰相都得有人承担起来，这也是为了大辽好。”

耶律贤听着高勋的话，再看女里兴奋的眼神，不由心中一凛，看这样子，高勋是图谋萧思温留下来的这两个位置了——他脑中忽然似有灵光一闪，长叹道：“这两个职务确实不宜空缺，你们有什么想法吗？”

高勋一指女里：“女里大人功勋卓著，人望深厚，臣推荐他继位北院枢密使。”

室昉脸色一变，插嘴道：“不妥。”

女里、高勋闻声齐刷刷看向室昉，女里更厉声道：“何处不妥？”

室昉知道女里是个不讲理的人，也只能横下心道：“女里大人身为禁军首领，没能保护好主上和思温宰相，本就有罪，怎可再加官职。”

高勋一皱眉，室昉为北院枢密副使，素日是萧思温的助手，萧思温一死，他也是北院枢密使的竞争对手，当下冷笑道：“室昉大人，行刺案那是意外。女里大人已经在积极追查凶徒了。”

韩匡嗣一直没开口，此时却说：“那便等抓到凶徒，以功折罪之后再议。”

女里急了：“那就让这位置空着？朝政谁来管？”

萧达凛冷笑：“是朝政不能等，还是你女里争权夺位不能等？再说，就凭你，能议什么朝政？”

女里大怒：“我为大辽立了那么多功勋，难道当不得一个北院枢密使吗？”

双方争吵起来，越来越大声，耶律贤本来就因为萧思温的死好几日不得安眠，再加上燕燕出事后他一夜未睡守着她，又兼内心担忧焦虑疑心恐惧五味交织，这一吵，只觉得耳边嗡嗡作响，眼前一阵天旋地转。

他捂着胸口，呼吸开始急促，婆儿第一个发现耶律贤不对劲，忙上前去扶他："主上！"

他声音虽小，耶律休哥却听得清楚，马上转头："主上——"

众人闻声齐齐望过来，就看到耶律贤扶着书桌，倒了下去。

殿中顿时混乱起来。婆儿扶了耶律贤去内殿，因迪里姑留在了萧思温府照顾怀孕的皇后，此时只得赶紧派人去通知皇后，一边由韩匡嗣为皇帝诊治。

幸而耶律贤只是过度劳累，倒不是什么大的症候。但他身体素来病弱，若这种情况再继续下去，只怕也熬不了多久。当下韩匡嗣就令婆儿服侍耶律贤好好休息，不得劳心。

婆儿苦着脸应了，但是如今朝政一片混乱，皇后怀孕又各种症状，皇帝哪里可能休息得了。

耶律贤躺在床上闭着眼睛，他晕过去不久就醒来了。但他没有睁开眼睛叫人，只是由着帐子外的臣工侍人来来去去，渐渐有些抽离。

他一边想，刚才的朝政还没议完，应该把臣子们叫进来，把事情做完。然而一边又想，他不想见到他们，不想此时就跟某些人翻脸，那么这时候暂时逃避一下，是不是更好呢。

他知道现在这种状况很不对头，燕燕在听着他说起朝政之事时，曾经尖锐地指出他只信任三两个臣子，让他们担任要职，其实是很不妥的，权力过于集中，会让人失衡，也会让人成为别人的眼中钉肉中刺。

他不在乎女里和高勋的膨胀，他们越膨胀，就越孤立，越只能依赖自己这个皇帝。可是他没有想到，兢兢业业的萧思温却因为这过高的权力而死，这才是他的锥心之痛。

而刚才高勋那急不可耐的态度，让他心里闪过一丝猜忌，这丝猜忌竟然越来越大，大到无法佯装忽略。一个极为可怕的想法跃入他的脑海，萧思温的死，是不是高勋为了独揽大权而动的手？

他时而觉得这种猜忌无凭无据，他本来可信任的臣子就不多，如今萧思温死了，再连高勋和女里都要防范，是不是他要让自己成为穆宗皇帝那样的孤家寡人，梦中都不能让人近身的疯子？高勋为什么要杀萧思温？他只是个汉臣，身为南院枢密使与秦王，在辽国的地位已经到顶了，就算杀了萧思温，他也做不了北府宰相和北府枢密使。但是一旦失手，他就是死路一条。以高勋的精明，只要他没发疯，怎么也做不出这种事来。

可是猜忌如野草一样地疯长着，高勋在为女里争取北府枢密使时一刹那的急切神情，让他怎么也无法打消疑心。

他无法控制地疑心着身边每一个接近权力中枢的人，却也在为自己的疑心而恐惧抗拒。

他看着穆宗一点点地在皇位之上越来越多疑，越来越好杀，也越来越孤独，越来越疯狂。

皇座是否真有魔咒，坐上它的人，都会变成怀疑一切的疯子？

他掩住了脸，泪落无声。

第五十八章

德让归来

等耶律贤再次睁开眼睛的时候，天色已经黑了。而燕燕也得知情况，从萧思温府急忙赶来。

耶律贤看着燕燕，忽然眼中一热，他侧身轻拭了一下眼中差点涌上来的泪水，叫婆儿扶着他坐起。

他才伸出手去，燕燕忙握住。

他的手是冰冷的，精瘦的。燕燕的手却是温暖的，如一团最柔的毛皮，将他骨节分明的手掌每一处都温柔地包裹住了。她手中那种热量，似乎能从他的手掌慢慢地传达到他的手臂，传到他的心脏，传到他的全身去。

他是孤独的，寒冷的，恐惧的，多疑的，然而至少眼前这个人让他知道，他是不会怀疑她的，有她在，他就不会一直是孤独的。

他紧紧地抓住她的手，如溺水的人，抓住唯一能抓到的手，再不会放开。

等燕燕走了，他才沉声问："婆儿，去打听一下，今日朕晕倒以后，女里和高勋有什么举动？"

婆儿一惊，忙领命而去。他本以为是皇帝多心，仔细一打探却吓得半死，忙回来报知。

却原来见皇帝病倒，众臣皆惊忙失措，唯有女里心中有异，忙拉了高勋密议："主上病倒了，这可怎么办？"

高勋安慰他道："女里兄放心，你听到韩匡嗣刚才说的话了吧，主上只是劳累过度，并没有什么大碍。"

女里松了口气，后知后觉地道："是啊，那就好。"抬头见高勋却是脸色不好，诧异道："你怎么了？"

高勋叹了口气，拍拍女里，压低了声音说："他是暂时没事，可咱们有事啊。"

女里紧张起来："这话可怎么说？"

高勋左右看看，见已无人，才叹道："你我可是靠着从龙之功才有今日的威风，如今主上这样的身体，倘若……咱们怎么办？"

女里不由得也紧张起来，他这段时间足够嚣张，也得罪了足够多的人，如今想来，件件都是后患，忙拉住高勋道："那你想怎么样？"

高勋顿了一顿，笑着宽慰他："自古情义不可持久，唯有手握实力，方可永远有资本与人交易。"见女里惘然，心中暗叹这真是个草包。可惜也只有这草包是目前最好的合作对象，因耐心道："还是跟上次一样，横帐子弟哪个最能给我们带来利益，我们就支持哪个。"

女里吓得失声："你是说主上……"见高勋神情，赶紧住了口，细心一想，他也不是没打过这个主意，当日误以为耶律贤无子，跑去找喜隐讨好的事也干过，忙皱起眉头想了想，道："太平王和赵王可都不好控制啊。难道你想选冀王？"

高勋冷笑："冀王儿子都那么大了，怎么会受我们控制呢。再说，他的血统也低了些，很难服众。"他暗暗向外一指："我是指皇后肚子里的那个。"

女里瞪大了眼睛，轻声道："那可是萧思温的外孙，再说皇后也不是省油的灯。"

高勋阴恻恻地一笑："那又怎么样？女人生孩子就是过一道鬼门关，难产死了也很正常。到时候，让喜哥小妃抱养小皇子，有咱们两个扶持，谁敢多话？"

女里细想了想，一拍膝盖："这事做得。啧，喜哥还在冷宫里，本来以为她没用了，我得派人照拂着她点。"

女里匆匆离去，找到喜哥，只说叫她不要再闹，免得惹了皇帝生气，只消忍耐些时日，等皇后生了孩子，让她抚养，到时候听叔父吩咐就是。

他虽是私下吩咐喜哥，但喜哥身边的内侍忽列一向机灵，此时见皇帝病倒、皇后出宫，而女里出宫又回宫来找喜哥，心中生疑，悄悄在外听了一星半点儿，吓得魂飞魄散，忙来告诉婆儿。

婆儿不想竟有这事，急忙来回禀耶律贤。

耶律贤顿时大怒："什么？女里竟然如此大胆，敢算计燕燕腹中的孩子。你的消息是从哪里来的？"

婆儿忙道："喜哥小妃身边的忽列，早年受过我恩惠，他胆小怕事，就跑来告密。"

耶律贤阴沉着脸，沉默了好一会儿，才冷冷道："女里的脑子不会转得这么快，肯定是高勋的主意。"

婆儿担忧道："女里掌管禁军，整个皇宫都在他控制之下，他对皇后娘娘有恶意，娘娘就太危险了。"

耶律贤紧握拳头："朕不会允许他伤害燕燕和孩子的。楚补。"

楚补道："属下在。"

耶律贤道："去请韩匡嗣过来。"

韩匡嗣匆匆而来，闻言脸色也变了："这么说，女里、高勋当真包藏祸心？"

耶律贤叹道："匡嗣，你是朕最信任的臣子，眼下要怎么保住燕燕腹中的孩子？"

韩匡嗣道："女里等人既然想挟皇子以自重，那至少皇子出生之前应当安全无虞。皇后怀胎不过五月，我们在那之前将危局消弭便可保娘娘平安。出于安全起见，这段时间让娘娘去宰相府暂住吧。"见耶律贤点头，又道："后宫都是女里的人，万一他临时起了别的念头，咱们恐怕百密一疏。女里和高勋，一个掌着禁军，一个总管汉军事，二人联手，朝中除思温宰相外无人可制。所以他们才敢在思温宰相过世后，如此放肆。当务之急……是推出一个能够压制他们俩的人。"

耶律贤叹息："遍数满朝臣子，实在无人。屋质大王年迈体弱，休哥惕隐年轻不能服众。室昉已有要职在身，其余人等更不能服众。"

他的手紧紧握着，指甲简直要掐下一块肉来，他却已经没有知觉。真是恨自己这羸弱的病体，萧思温遇刺、燕燕怀孕，他又明显病体不支，不要说女里、高勋这些臣子起了外心，就算是忠心耿耿如韩匡嗣，也不得不劝自己要先选择一个亲王来辅政了。

他苦熬了这十几年，才刚刚登上皇位，才刚刚要推行新政，才刚刚看到幸福，他的妻子才刚刚怀上孩子——不管是谁杀了萧思温，这个人绝对不只是冲着萧思温而去，而是要杀了自己。

他心中毒恨着，脸上却不动声色，问韩匡嗣："你意下何人？"

韩匡嗣试探道："赵王喜隐如何？

耶律贤想了想，还是摇头："他只怕镇不住。若是在朕身后诸王动荡，就是祥古山之祸再现了。"

韩匡嗣却道："诸王掌权会有诸般后遗症，可毕竟能渡过眼下难关。主上韬光养晦，放任两虎相争，在当中平衡局势，趁机静养身体。赵王骄纵狂妄非人主之相，纵然一时得意，也威胁不了主上的地位。"

耶律贤喃喃道："韬光养晦，韬光养晦……"他用力一捶几案，恨声道："朕在穆宗皇帝手下隐忍偷生这么多年，到头来还是要忍吗？"

韩匡嗣劝道："主上，太平王还在沙陀虎视眈眈。若上京乱了，徒然给了他可趁之机。该忍咱们只能忍，来日方长。"

耶律贤脸色一变，忽然间眼神变得晦暗难明，喃喃地道："罨撒葛，朕竟差点忘记他了……"

韩匡嗣却没听到这句话，还继续道："如今高勋和女里紧密联合，对我们也很不利，应该想办法分化二人。高勋心机深沉，但女里却头脑简单。主上不妨立喜哥小妃为贵妃，以示恩宠。招女里入宫，叙旧情，许他政事令、行宫都部署职务。女里小人，荣华富贵到手之后，就不会再紧逼不舍。然后，我们再把高勋调离京城……"

耶律贤忽然道："朕再考虑考虑，你先退下吧。"

韩匡嗣见状只得作罢。待韩匡嗣退下，耶律贤起身走到墙壁前，仰头望着墙上的大辽地图，手定在沙陀区域，目光深沉。

过了半晌，耶律贤忽道："迪里姑。"

守在一边的迪里姑忙道："臣在。"

耶律贤叹道："你说，当皇帝怎么这么难呢？朕登基的时候，以为得偿夙愿，从此海阔天空。结果一切却只是刚刚开始。思温宰相一去，朕便独力难支，唉……"

迪里姑劝道："主上，为何不让皇后帮您呢？您不是一直希望皇后能够成为您的左膀右臂，与您共掌江山吗？"

耶律贤心中一动，但摇了摇头，没有说话。

他是想过的，可是，现在的燕燕还是太稚嫩了。她一直在思温宰相和他的庇护下，从没真正处理过朝政。更何况，她现在怀有身孕，若是她和孩子有任何闪失，他将后悔终身。

还是他来想办法吧，他要给她和孩子一个最安全的环境。任何可能伤害到他们的人，都不能活在这世上。

耶律贤紧握双拳，目光森冷，似对迪里姑说，又似对自己说："朕始终不愿像穆宗皇帝那样滥杀无辜，可有时候，真的只有肉体消灭才能让人彻底放心啊。"

萧思温灵前，燕燕仍在独自坐着。

青哥劝她回去休息一下，燕燕却道："我想多陪爹爹一会儿。"

青哥无奈劝她："娘娘，您怀着皇子，就算为了他，也要注意身体。"

燕燕叹了一声，摇摇头，萧思温活着的时候，她生他的气，躲在后宫不理他，可她内心深处知道，不管发生什么事情，他都会庇护着自己。如今等他走了，她才发现自己连个可以依靠的人都没有了。

青哥知她心意，只能别过头默默拭泪。

忽然听得外面惊呼一声，管家虎思匆忙跑了进来，一边跑还一边叫道："三姑娘，皇后娘娘……"

燕燕站了起来："出了什么事了？"

虎思喘着气道："韩、韩郎君来了……"

燕燕心头巨震，忍不住上前迎了几步，就见着几重门外，有人自远而近走来。

这个人影一出现，燕燕的心就狂跳不止。虽然隔得远，还看不清他的模样，然而燕燕的眼睛却似乎能穿透这距离，看到这个人一脸关切地，自千山万水外，向她奔来。

燕燕的泪水冲出眼眶，她眼前一时模糊，一时清楚，竟不知道是幻觉，还是他真的来了。

青哥见她身子摇摇晃晃，忙扶住了她。然后一抬头，看着韩德让越走越近，也不由得呆住了。

韩德让一袭青衣，已经被尘土弄得尽是灰褐色了。他疾步走来，及至走进院中，一抬头，就见着站在门内暗处的燕燕，脚步不禁顿住。

燕燕看着韩德让站在那儿，风尘仆仆，胡须拉碴，疾步上前，扶住门框。

两人互相对视，无语凝噎。

韩德让走进灵堂。

燕燕哽咽："德让哥哥……"

韩德让看着燕燕，千言万语无以诉说："燕燕……"

青哥见状，带着其他侍人悄然退出，自己站在大厅外面守着。

两人上前一步，却又停了下来，遥遥相对，咫尺天涯。

燕燕的手紧紧抓住案几的边缘，克制着自己扑到韩德让怀中哭泣的冲动："德让，你这一路，赶得很急吧。"

韩德让目光落到燕燕微凸的小腹上，努力克制住自己的情感，道："你……没事吧。"

燕燕摇了摇头，声音干涩："我还好。"

韩德让眼神游移，看到萧思温的棺木，又看向燕燕："你，你要多保重。思温宰相在天有灵，也一定希望你好好的。”

燕燕的手抚着自己的肚子，也看着萧思温的棺木，含泪点头：“我会的。为了阿爹，我会保重自己的。”

一时沉默。

韩德让忽然道：“凶手，我会帮你查的。天气转凉，这里寒气重，你不要在这里待太久。”

韩德让站了站，两人的目光回避着直接接触，只是都看着萧思温的棺木。

青哥见局面僵住，忙悄悄走进来，站到萧燕燕身后扶住她。

韩德让转头，深深地看了萧燕燕一眼，想说什么，却没有说出来，只对她点了点头，转身出去了。

从头到尾，他没有向她行礼，没有称她皇后，他只是叫她：“燕燕——”

此时此刻，也唯有在这一刻，他的眼中，她还是燕燕，还是他的燕燕。然而下一次见面，他会向她行礼，他会叫她皇后。

下一次见面，他们就是君臣。

燕燕看着韩德让的背影一步步走远，直至在门外消失，忽然泪下，再无法止住。

韩德让疾步出了萧思温府，上马扬鞭，回到韩府。洗去一身风尘，就去见了韩匡嗣。

儿子一年不见，黑了许多，瘦了许多，却反而脱去了原来一直笼罩着的沉郁之色，倒显得更加锐利和敏捷。韩匡嗣先是一怔，最终欣慰地点了点头：“德让，看到你如今的模样，我终于放心了。”

韩德让点了点头：“让父亲担心，是为儿的不是。”

韩匡嗣不由想起韩德让出走前一夜，父子之间的对话。

记得当日自己问他：“咱们苦心谋划十多年，如今新君登基，正是你大显身手的时候。何苦为了一点儿女私情，意气用事呢。”

韩德让却道："我为的并不是一点儿女私情。我所效忠的君王夺走了我爱的女人，我所视若兄弟的人欺骗了我的信任。父亲，你要我如何面对这个人，如何还能给予他信任和忠诚？便是我肯，他呢，他心中的猜忌，就能够因为我的屈从而消失吗？正相反，他自己心中有愧，这种猜忌只会日积月累，不能释怀。"

韩匡嗣长叹一声。韩德让这话说得刺心，耶律贤一朝变脸，他又何尝不惊，何尝不疑，然而事已至此，韩家没有足够的底牌，只能全力押注一人，全力效忠到底："你是我所有的儿子中最聪明的一个。只是一个人过于聪明，把一切事情看得太透，最终会让自己无路可走。人生最难得的，是糊涂啊！"

韩德让却道："父亲，儿不是不懂，但儿无法在现在面对他还能心平气和。所以，我不如不见他。"

于是，他走了。

这一年多来，韩匡嗣一直想着他的话，他以为韩德让这一去，会不知道什么时候才回来。可是没有想到，萧思温的死，令他回来了。

想到这里，他又有些心惊，想问又不敢问，最终只道："你这些时日去了哪儿？"

韩德让道："我走了许多地方，看了许多事……"

他看到草原上部族林立，一个王帐一个萨满，部族长们用萨满去控制部民和奴隶，让他们效死拼命，萨满们利用部族长们的权力胡作非为，而奴隶如同牛马一样，沉默寡言地劳作一辈子，甚至大部分人等不及衰老死去，不只是死于部族之战，更多的是被虐杀、被殉葬。

他曾经以为自己的家族是不幸的，自己的人生是不幸的，然而一路上看到的不幸，让他几乎失语。

这些牛马般的奴隶们，对萨满疯狂地相信着。或者绝望和苦难，让他们只能将一切寄托在神鬼的世界里。

他对韩匡嗣说，他曾看到部族长带着手下走进汉城，看中什么，直接一指手下就把货物拿走，连钱也不给。摆摊的汉人老者一脸敢怒不敢言，旁边的汉民们指指点点，却没有人敢出声或者争辩。

他曾看到汉人杀死契丹人要偿命，但契丹人杀死汉人只要赔一头牛羊。这是极大的不公平，但是同样，有权有势的汉人同样可以杀人横行，而穷苦的契丹人一样衣食无着。

他看到许多的事情，其实都是可以解决的，但却没有人去解决。

他对韩匡嗣、也是对自己说："要改变天下，就要走遍天下，知道天下人是怎么过的，求的是什么，可以为了什么而付出。"

韩匡嗣终于点点头："德让，你做得比我好。"韩家入辽三代，从韩知古被俘为奴，到今日韩匡嗣身居高位，韩家数代人亦是历尽千辛万苦，但是韩知古稚龄为奴，在述律太后帐下长大，韩匡嗣亦是从小长在述律太后身边。他这一生，于王帐中生长，于王帐中经营，他的见识他的心术，虽然是从父辈传承而来，从书本中学来，从王帐凶杀经历来，但这一生中真正的见识眼界，却未出王帐。

或许是上天注定，要让韩德让走这一趟，历练这一遭，给韩家带来不同的见识和心态吧。

他看着儿子结实的身躯，百感交集："或许，天降将大任于斯人也，必是要经历一番痛苦吧。"

韩德让叹了一口气："我本还想去汉国与宋国历练，可是走到边境，却听得思温宰相的事情……"他叹了一口气："我就赶了回来。"

韩匡嗣一惊，提醒道："萧燕燕如今是皇后了，君臣有别，你可要明白。"

韩德让点头："我明白。"

韩匡嗣道："你既回来，主上恐怕是要见你的。"

韩德让点头："我也正想见他。"

韩匡嗣看着韩德让："你见他何事？"

韩德让却锐利地道："父亲，您可还记得当日世宗皇帝的死吗？而如今，思温宰相又遭遇刺杀，这一切是为了什么，您还不明白吗？"

韩匡嗣的脸色顿时变了："你的意思是……"

韩德让道："大辽要汉化，权归君王，利归百姓，可是原来掌控这一切的宗室、部族和权贵呢，他们会有什么反应？惹怒了他们，他们连皇帝都能杀。从来推行改革，都是要死人的，而这次，主上一定不会让自己冲在第一个，这次死的人是思温宰相，下一个会是谁？"

韩匡嗣厉声道："德让，休要胡言！"

韩德让叹息："我知道父亲的心意，您并不在乎君王的品质如何，韩家只要借助一个君王完成这个王朝汉化和隔合，让这幽云十六州的汉民得到一份永久的保障。可是父亲，一个人能够背弃友情，也同样能够背弃对臣下的承诺。我们押上全部去进行改革，他却可能随时为保自己，抽身而退。父亲，韩家赌不起。"

韩匡嗣一惊："你这话是什么意思？"

韩德让道："我游历了这一年多，有些事情想了又想。我当日无法面对的，如今已经能够面对了。这不仅仅是父亲要做的事，也不仅仅是韩家的职责所在，而是为了我这一路上看到的所有人、所有事情。"

韩匡嗣问他："你还会做他的臣子吗？"

韩德让点了点头："是。"

韩匡嗣再问他："还如从前？"

韩德让摇了摇头："士为知己者死。我当日决定追随他的时候，就不惧死。但是现在，他已经不是我可以托付生死的君王。但是，他仍然还是我心中最合适大辽的皇帝……父亲说得对，君臣有别，是我以前糊涂了，如今，我却是明白了。"

韩匡嗣长叹一声："你打算从哪里开始？"

韩德让道："从思温宰相的案子开始。"

韩匡嗣看着他，若有所思道："你可是为了燕燕？"

韩德让摇了摇头："不，我是为思温宰相。我料到推行新政，会有人死，却没有想到，死的第一个会是他。此事，我责无旁贷。"

韩匡嗣点了点头："好，你去查吧。"

次日，韩德让顾不上一路连番快马赶回来的辛劳，就带着人前去萧思温死亡的地点查探，韩匡嗣就派了人跟着。

女里原来查探过，没查出什么头绪来。韩德让与他不同，仔仔细细地将两边道旁草丛、石头和折断的树木都一一看过，再去不远处掩埋凶手尸体的地方来来回回走了几趟，又带着侍从信宁、志宁等人，模拟当日凶手是如何在有着禁军守卫着的时候，这么多人潜入行宫猎场的行走路线，并根据草木石头折损的程度，想象当时的打斗场景。

这一夜，他房中烛火通明，直至达旦。

次日，他拿了韩匡嗣的令牌，去放着凶手尸体的殓房，再次查探。

信宁见他这几日奔忙不休，劝道："公子，如今过了这么多天，现场已经破坏。再说看这几个凶手的尸体有什么用，其他人的……"

他没敢说出来，萧思温的遗体已经入棺，不能翻看，那日随着萧思温遇伏的侍卫，也皆是有出身的，都已经被他们自己家眷领去安葬了。

如今正值五月，天气炎热，尸体已经开始腐烂，而这种半腐烂的状态是最令人无法忍受的。韩德让进去之前，信宁本想用熏香驱驱气味，可韩德让却说，气味也是一种线索，若是熏香驱味，怕是会有些线索闻不出来。

可这种情况的殓房哪是人待的，连他站在一边都觉得恶心得只想逃出去呕吐一场，可韩德让却还带着仵作在那里细细翻检那些正在腐烂的下等人的尸体。若是这些尸体能看出什么来，仵作早看出来了，还需要他家公子这时候来吗？

韩德让却不理他，只挥了挥手道："你若站不住了，就出去吧。"

信宁惨白着脸，却是不敢出去，只能在这里硬撑着。

然而最终，韩德让来与不来，还是不一样的。当日女里只叫仵作验尸来报，仵作只是照常规验尸，上报了死者衣着如何，大约多少年纪，几处伤，如何死的等等官样报告。但这次韩德让亲自来验尸，虽然仍然还是仵作在动手，他只站在一边看，然而他学识渊博，又心细如发，几次三番问得那仵作不得不一再细细验看。果然查得这十一具尸体中，虽然都是作匪盗打扮，但却还是有些不一样的。其中有七具尸体手脚粗粝，虽然孔武有力，但是均未经训练，饮食欠佳；但有四具尸体却是手上有武器使用过的茧印，身上有新旧伤，明显是经过长期训练的死士。

他再走出院子，查看那些人的遗物，志宁刚才是依着韩德让的吩咐，将那些尸体留下的衣服遗物都拿到院子里，在阳光底下细细翻看。这时候就报说，果然有七个人身上的遗物中杂物甚多，而有四个人除了随身衣物什么都没有。

“这明显是两拨人，为什么会是两拨人去杀思温宰相？而且两拨人葬在一起，就说明是一起行动的！”韩德让来回走了几步，忽然又对那仵作说：“你再查查那七个人的伤口，到底都是对战中被杀，还是事后灭口？那四个人的伤口，与那七个人有何不同？是不是一招致命的？”

仵作忙低头又去看尸体，又惧又服，道：“公子说得果然不差，这四个的伤口差不多就是一招致命，或者是受了致命伤以后再补一刀的。另外七个人中，有三个人伤口是致命伤外，还有三四处轻伤。”

“你确定是轻伤，不致命？”韩德让问。

“是。”仵作说。

信宁这时候也明白过来，兴奋地开口：“公子，我明白了。”

他方要再说，韩德让忙摆手阻止他，再问志宁：“除此之外，你还查看出什么来？”

志宁就拿起刚才已经放在旁边的一只鞋子递给韩德让，道：“公子，你看。”

那鞋子已经极臭，韩德让却不嫌弃，拿起来仔细地看了看，志宁指着鞋底一个小点道：“这里，有点绿色。”又拿起另一只道：“这只也有，一共发现有三只鞋子，底下都有染料的痕迹。”

韩德让点了点头，让两人将所有信息记下，就离开了。

回到府中沐浴之后，韩德让就叫来信宁和志宁，说：“如今你们可以说了。”

志宁道：“公子刚才可是怕隔墙有耳？”

韩德让点点头："那是女里的地盘，思温宰相的事，牵涉朝政，不可打草惊蛇。"

信宁恍悟："正是。"方说了自己的猜测："依小人看，这尸体中有四个是训练有素的杀手，另外七个则是临时叫来的打手。而这两拨人分别来自不同的支使者，由四个杀手掌控，在伏击思温宰相得手之后，这些人也是或伤或死，而剩下的人就把已经受伤的人杀人灭口……这些人真是好狠，连同伴的性命也不放过。"

韩德让再看向志宁："你说。"

志宁就道："小人查看死者遗物中，七个人的衣料混杂低劣，而另外四个人颇为相似，正同尸体验收相符。在其中三个人的鞋底下发现有染料的痕迹，小人猜想，这三个人应该都在最近去过染坊。"见韩德让点头，又道："小人认为，应该去查一下上京城有没有以染房为据点的买凶杀人之地。"

韩德让许可："你刚才说到染房，我就叫人去打听了。"

志宁一惊："公子早就料到了？"

韩德让道："不过，我估计也只能查到那七个凶手的来历，但那四个杀手，估计一时难以查出。"

次日，志宁就报来消息："公子，查到了。"

韩德让沉声道："说。"

志宁道："那个染房的老板是一个叫忽尔博的人，专在市井之中接仇杀生意！那七个死去的人，都是西市无赖，临时被忽尔博雇用来杀人。如今那个染坊已经没有人了，忽尔博已经失踪多日，他家人都不知道他去了哪里。"

韩德让沉默良久，还是摇了摇头："不，我觉得事情没这么简单。那忽尔博不过是市井无赖之徒，若是杀个普通人，倒是无妨。可是能够在守卫森严的行宫猎场视禁卫如无物，直杀思温宰相。根据现场查探，他们不但知道禁军守卫路线，而且身手绝对不是普通的市井无赖能比，尤其是那四个死士的来历——"

志宁却道："那些侍卫都是禁军，郎君现在一介白身，怎么询问啊？"

韩德让叹了一口气道："是啊，我只是一介白身……"

就在此时，信宁来报，皇帝来了。

韩德让一惊站起："他来了，他到哪儿了？"

信宁恭敬地道："已经在客厅上，指名说就是为了见郎君而来，王爷叫我来请郎君。"

韩德让苦笑摇头："他还真是……"不由低声轻叹："果然是为君王者，脸皮要够厚，心要够黑……"

信宁没听到他的话，诧异地问："郎君在说什么？"

韩德让自嘲地道："没什么，走吧，总不好让一国之君等我。"他看了志宁一眼，道："这件事，你再继续查下去。"说罢，他站起来，道："替我更衣，我总不好这样去见咱们的皇帝。"

说到这里，他的语气中也不禁带了一丝讥讽。

他到了厅上，就见着耶律贤已经坐在那儿，穿着常服，身边也仅带着楚补和婆儿两个侍从，把其他侍人都留在了外头。

他看着韩德让不紧不慢地走进来，不由得站了起来，两人四目相交，表情微妙。

韩德让整了整衣服，向耶律贤恭敬行礼："臣韩德让参见主上。"

耶律贤不等韩德让跪倒，立刻将他扶住，看着韩德让，不禁轻叹："一年多不见，德让瘦了。"

第五十九章

真凶浮现

见耶律贤伸手扶他，韩德让退开半步，一丝不苟地完成跪礼，言道："君臣有别，德让不敢无礼。"

耶律贤心口一滞，只觉得呼吸困难，好一会儿才强笑道："德让何必和朕如此生分。"

韩德让淡淡地说："今时不同往日。"

耶律贤看着韩德让，虽然两人分手不过一年多时间，但耶律贤眼中的韩德让却已经变了许多。风霜雨雪的奔波，让他变得更黑更瘦，也更挺拔精干。原来那种温文如玉的笑容也已经消失，他好像不再似从前那般以隐忍从容掩盖一切情绪，而显得更锐利，更直接。

他态度虽然恭敬，但神情却是遥远而疏离。

"今时不同往日。"

耶律贤想着这话，无奈叹息，退让一步："好吧。德让，不管你怎么想的，你既然已经回来，就不要再走了。朕需要你，回朝来吧。"

只要他留下，一切都能够恢复原状。

他能够征服燕燕，也能够征服他。

韩德让沉默不答，他是回来了，他也是要重涉朝堂，但却不是以前的状态。他曾经太过自负，也太过没有戒防，而君与臣，不能当真毫无保留。

而今，他与他，重新定位，是一场新的博弈。

耶律贤看着韩德让，微微一笑，站起来走了两步，踌躇满志地挥手指点江山："德让，自你走后，朕建立了监母斡鲁朵，分封诸王，设立宫使等职，一切都按你我原来计划的那样。”他拉着韩德让的手，热切地说：“大辽就像一张白纸，你刚刚落下第一笔就打算撂手不管吗？”

韩德让恭敬地道：“能给大辽天下落笔的只有主上您自己，有思温宰相和室昉宰相两位辅佐，您尽可一展宏图。”

耶律贤皱眉：“他们都不是你，德让，朕身边最重要的位置永远是留给你的。”

韩德让微微一笑说道：“主上何必强人所难。臣与您，真能回到从前吗？”

耶律贤表情一滞，竟被噎住说不出话。

韩德让淡淡地道：“人生在世，‘舍得’二字，您已经做了取舍，何苦回头？便是天子，也不可太过贪心。”

眼前这个人是天子，可以上一刻和你热泪盈眶地当兄弟，下一刻翻脸无情拿出君臣名分，他无意再陪着对方入戏太深。

他的情太浓，不想假，就只能冷。

耶律贤被他一再打断，笑容渐渐淡去，忽然一叹，黯然道：“只要德让信朕，便能一如从前。”他看着韩德让的眼睛，一字字地道：“朕是认真的。”

韩德让垂下眼帘，说：“臣也是认真的。”

耶律贤退了一步，捂着心口：“德让，你当真如此绝情！”

韩德让见耶律贤整个人显得虚弱无比，想到他前几日还晕倒不起，终于还是忍不住扶着他坐下。

耶律贤见状，忙抓住韩德让的手，吃力地道：“德让——”

韩德让扭过头去，闭一闭眼，无奈地道：“那么，主上给我一段时间好吗……”

耶律贤嘴角漾开一丝微笑，但迅速敛住：“多久？”

韩德让无奈之下，只得道：“我自幼长于富贵人家，习文练武，片刻不敢松懈，但是于民生疾苦，却了解得不够。我这一年行走四方，也是知道要推行新政，必须多了解民生，途中所得也利于辅佐主上。只是我一直只在潜邸追侍主上，于朝政之上并无建树，不如先由小起步，主上看如何？”

耶律贤注视韩德让许久，方道：“你欲从何起步？”

韩德让看着耶律贤，冷静地说：“从追查思温宰相之死起步。”

他觉得耶律贤抓住他的手骤然一紧又松开。耶律贤也发觉自己失态，勉强平静心神，笑道：“却是为何？”

韩德让自然知道他为何失态，却坦坦荡荡地道：“杀死思温宰相之人，就是主上欲推行新政最大的阻力，挖出此人，就是解决主上推行新政的暗礁。否则的话，恐怕待臣入朝，就是下一个目标。”

耶律贤心头一紧，三分猜忌顿作七分担忧：“德让，你、你千万不能出事。”

韩德让道：“主上放心，我如今只是一个小臣，暂时还无人会将我当成目标。”

耶律贤松了口气。他将来是要重用韩德让的，如若是一点小事就引发猜疑，那他和韩德让，以及燕燕将来三个人怎么相处。想到这里，他点了点头道：“既然如此，你原为东宫承奉官，我就补你为枢密院通事，转上京皇城使，密查萧思温一案。我再把楚补调给你。有事可让楚补直接进宫来传信与我。”

韩德让闻言，脸色不变，徐徐行礼谢恩。

耶律贤却因为心情激动，一夜不能入睡，到天明时，竟有些起不了床。燕燕闻讯赶来，见耶律贤挣扎着要起床，又气又怜，道：“你如今这样，如何还能够上朝，叫婆儿出去说一声，今日罢朝吧。”

耶律贤苦笑：“今天不适罢朝，明日不适也罢朝，若日日这样下去，朝堂就要失控。”耶律贤看着燕燕，长叹一声：“燕燕，你如今身怀六甲，朕不能让你有任何闪失，一旦朕失去对朝堂的控制，只怕……”

燕燕坐下来，按住他：“你怕这怕那，你就不怕自己倒下去。”她抓起他的手，按在自己的肚子上："你来摸摸，这个孩子在等着出世见父皇，你最不能让自己有任何闪失才对。"

耶律贤看着燕燕，脸上肌肉抽动，忽然道："你们都退下。"等身边的侍从都退下之后，他忽然对燕燕说："燕燕，朕有件事与你商议。朕想让喜隐摄政，封喜哥为贵妃……你别生气，这只是权宜之计，这样给喜隐和女里、高勋各自找了对手，朕暂时示弱退让，以保全你们母子。免得他们全部一门心思来算计。你意下如何？"

燕燕听了这话，瞪着他半晌，像是在看他是不是认真的，她恼火道："让喜隐代摄朝政？喜隐野心勃勃，放他出来摄政就是纵虎归山。天子职权怎能容他人代摄，到时候想再拿回来就难了。"

耶律贤苦笑："朕当然知道。可如今朕无力理政，只能如此。"

燕燕长叹一声，拿手指一戳他的额头，又气恼又无奈："主上，明扆——你忘记你当初的誓言了吗，你忘记为什么要我入宫了吗？当我们所有人都愿意与你站在一起的时候，你怎么可以因为恐惧而妥协？"

耶律贤闭目长叹道："燕燕，如果只有我一个人，我是不会妥协的。可如今，我不能让你、让我们的孩子受到伤害。我现在不能理政，朝堂上必须有一个镇得住的人，这只是权宜之计。"

燕燕握住耶律贤的手，坚定道："明扆，这世上没有权宜之计，权宜就是妥协。一旦退让便无可挽回。你要相信，就算我爹不在了，萧家的女儿也没有这么好欺负。你更要相信，我能够保护我的孩子。"

耶律贤苦笑："可如今，谁能够在朝堂之上镇得住喜隐、女里、高勋……甚至是远在沙陀国的罨撒葛？若是只没足够坚强，我也想让他来帮帮我，可是只没自从残疾之后，连心也残了……"

燕燕说："你忘记有一个人可以帮你了吗？"

耶律贤诧异："谁？"

燕燕说："我！"

耶律贤一怔："你？"

燕燕盯着他："你忘记当初你为什么要我入宫的原因了吗？不就是

指望我能够成为你可以放心交托后背的人？”

耶律贤看着燕燕的肚子：“可你现在这样子……”

燕燕抚着肚子，点了点头：“我问过迪里姑了，孩子已经度过了最容易会发生意外的头四个月，现在孩子稳当得很，我想我们的孩子，会像我们期待的一样坚强。明扆，我们是夫妻，我们可以站在一起面对困难，而不是让你把我庇护在身后，对外界一无所知。那才是最糟的事情。更何况……”她咬牙：“我阿爹的死，必是与朝中之人有关。我不能让人杀了我阿爹之后，再来欺负你我。我不要躲在你身后让你安排好一切，我要亲手去查这件事，我要亲手为阿爹报仇！”

燕燕眼神坚定。耶律贤犹豫半晌，艰难地点了点头：“好。”

次日政事堂上，群臣本以为昨日皇帝因病罢朝，今日哪能这么快就病体痊愈，谁知道抬头一看，却见殿上正中却摆着两把椅子，心中诧异，就听得司礼官唱仪，众人行礼，抬起头来，就见着上面端坐着帝后二人。

众人大惊，只见内侍展旨念道：“皇后与朕夫妻一体，着令皇后代摄朝政，从今往后，皇后言亦称‘朕’暨‘予’，着为定式。”

群臣面面相觑，不知该做何反应。就见着一道又一道的旨意下来，先是赏赐高勋、女里头下军州，后又令右皮室详稳耶律贤适出列出任北院枢密使，再升北院枢密副使室昉为北府宰相。

于是高勋和女里想要的北府两个位置全部落空，喜隐以为自己会因为耶律贤病倒而得到的摄政王头衔也没有了。

从政事堂出来，这几人均是脸色铁青。

燕燕虽然是正式坐上了政事堂，却是一句话也没说过，一切均由耶律贤坐镇，但是这一步迈出来，便是一个新的开始。

昨天冲动中，说出自己可以代替耶律贤上朝之后，燕燕始终是处在恍惚之中，有种奇异的感觉笼罩着她，一切都是这么不真实。

她像是走过了一段极长的跋涉之路似的，一回到她自己宫中就躺下睡着了，及至到了今天早上，她睁开眼睛，整个人的血液就如同燃烧着一样，简直无法安坐。

她怀着忐忑不安的心，来到了耶律贤的宫中，看着他起床，看着他一脸平静地带着温和的笑容，带着她走过长长的宫道，走进政事堂。

或者她应该庆幸，今日不是大朝会，而仅仅只是几个重臣在政事堂议事。她不能想象，如果有一天，她要独自坐在那大殿上，面对文武百官时，会是怎么样一种情景。

耶律贤从始至终一直握着她的手，他的手干燥、镇定，渐渐地让她的心也镇定了下来。

她与他从殿后走出，走进政事堂，看着面前低下的头颅。此刻她还不能够认清所有的人，她不知道他们是忠是奸。这其中埋伏着杀死她父亲的凶手和正想杀死皇帝的野心。然而，她坐在这里，他们所有的图谋将统统失败。

下一步会是什么，她无从得知，而此刻，她终于强烈地感觉到，她和皇帝，是联结成一体的，同生共死，同荣共辱。

她紧紧握住了耶律贤的手，这一刻，她想庆幸，坐在这上面的，不是她一个人。

没关系的，有他在，有她在，她会慢慢地看清他们，了解他们，让他们在皇座面前真正臣服。

直到朝臣们散去，她只觉得她的手已经冷汗湿透，而此时，耶律贤才缓缓放开她的手。

燕燕接过了双古递来的锦帕，她扭着锦帕，感觉着手心的汗被锦帕吸走，然而仍然是有一层黏黏的感觉，很不舒服。

“皇后今日临朝摄政了？”韩德让听到这个消息，也愣住了。

志宁恭敬地答：“是。”

沉默良久，韩德让才叹了一口气。看来耶律贤的病情更为严重了。想到这一点，他心中五味杂陈。这个孩子从四岁起，就在他的眼皮子底下长大，他们也曾经有过共同的热血、共同的理想、共同的追求；曾经携手成长，曾经生死与共，曾经无话不谈。

而今，他的病情竟然严重到要怀孕的妻子来替他上朝的地步了吗？如果不是萧思温的死让他赶了回来，是不是有可能再也见不着他了？

而燕燕呢？那个天真无邪的小淘气，真能够坐到这朝堂上来吗？她镇得住群臣吗？她能够看得清那些老奸巨猾？她能够躲得过那些明枪暗箭吗？

他仰首朝天长吁一口气。或许他真的应该庆幸自己此刻已经回来，至少在他们需要他的时候，他还在。

他有舍不下的牵挂，他也有舍不下的人。

好一会儿，他才回过神来，问志宁：“你可有查到线索了？”

志宁露出敬佩的神情来：“公子，你知道我查到了？”

韩德让道：“你的性子我知道，若是查不到，你不会这么快来报我说线索中断。”

志宁拱手：“果然不出公子所料，我又去查了忽尔博这些日子来的行踪，查出来果然之前有人找过他们，但是……”

韩德让问他：“但是什么？”

志宁跪下：“但是查到那个人，是后族思温宰相那一房的家奴。”

韩德让的脸色变了。他定了定心神，道：“不管如何，还是要继续追查。”

志宁劝道：“若是后族家务，我们岂好插手？不如把这个结果直接告诉皇上、皇后或是太平王妃、赵王妃。”

“不，”韩德让摇了摇头，“事情没这么简单，你须再查下去，我如今已经是上京皇城使，有什么事，你尽管查。不管查出什么来，我相信自有主上和皇后做主。”

志宁不敢再问，于是连着几日，最终查出了两个名字。

“萧海只？萧海里？”韩德让念着这两个名字，重重一拳捶在案上，“若当真是他们的话，实是丧心病狂！”

萧海只和萧海里，是萧思温的亲侄子，也是这一支中血缘关系最近的人。萧思温无子，曾经考虑过在族中择一嗣子，而若论血缘，这两个人当排在最前面。

韩德让与萧府多有往来，他知道这两个人实属无能之辈，莫说做不成一件正经好事，便是教他们做件有能量的坏事，只怕也是不成。

以萧思温的性情，岂会将他们考虑在内。难道就是因此，方令得二人怀恨在心，对萧思温暗下杀手?

当韩德让的进宫面奏请求传到宫中时，燕燕正好和耶律贤在一起。

这几日耶律贤身体不好，燕燕照常每日到政事堂处理政务。有些简单的她就当场处理，麻烦的她就带回来，坐在床边念给耶律贤听，然后耶律贤就会轻声把其中关联的人和事详细解释给她听，教她如何处理。

当楚补把韩德让的意思带到的时候，燕燕在一边也听到了，一时陷入沉默。

耶律贤轻咳一声，看了燕燕一眼，道："朕如今身体欠安，诸事都交由皇后处理，更何况这是后族之事，还是皆由皇后处理吧。"

燕燕站了起来："好。"

她不再说一语，直接转身向外行去。耶律贤看着她的背影，轻叹一声："楚补，皇后实在是很适合这个位置。你知道吗，朕还以为她会推辞呢。"

楚补当下不敢说话，心中却未尝不以为是。

皇后成长得很快。萧思温死前，她还是个由着性子行事的少女，如今竟能够面对任何事情都面不改色。这种沉稳气象，仿佛天生。

就算是耶律贤，也不免有心浮气躁的时刻，但皇后却似乎除了在萧思温死的时候崩溃一回以外，再没有失态过。

韩德让以为可以见着耶律贤，没想到出来的竟然会是燕燕，也不禁一怔。他平复心情，上前行礼："微臣参见皇后。"

燕燕并不客气，直接坐下道："韩通事，你可查到什么了？"

韩德让将证据呈上，并说了萧海只与萧海里之事，道："事涉后族，臣不敢擅专，还请主上、皇后示下。"

燕燕看完证据，只说了一句话："此事涉及人员，不管到哪一层面，你都可以擅专，我与主上在你背后担承。"

韩德让拱手："是，臣遵旨。"

这一场君臣奏对，是在御书房中，两边侍从林立，两人一坐一站，中间足隔了一丈远，所有的传递都由侍从经手。

燕燕发现这一个场面，并不如她想象中那么难以面对，她原以为，自己会激动失控，会不知如何是好。

可是，这一场见面，她稳稳地走下来了，没有出一丝差错，而韩德让，也同样没出一丝差错。

燕燕回到宫中，将此事一一说给耶律贤听。

耶律贤静静地听完，叹息道："德让实在能干，女里查了这么多天，一无所获。他才回来这几日，就能够查到这么多线索了。"

燕燕并没有接他的话题，反而转了一个目标："我实不明白，我爹爹并不曾亏待过海只、海里二人，他们为什么如此丧心病狂。"

"一切都是为了争位，"耶律贤淡淡地道，"横帐房要争皇位，后族要争后位，嫡支要争族长之位，旁支要争封位爵位。"

"有什么可争的？"燕燕恨恨地道。

"一朝权力在手，就可以随心所欲，肆无忌惮，岂不快意。"耶律贤淡淡地说，"你说你爹爹待他们并无差错，可是在他们眼中，你爹爹在这个位置上就是挡了他们的路，你爹爹没有把他们想要的权力和富贵给他们，就是最大的错。"

燕燕冷笑："我不管是什么原因，凶手必须死。"

过得几日，忽然女里来报，说是已经抓到真凶，就是萧海只、萧海里兄弟。

燕燕一惊，忙与耶律贤商议，并召来女里相问。

女里也不避讳，当下道："之前是奴才脑子不中用，只照着往常的去抓人审问，前日我营中仵作来报我说，韩德让去验看了尸体后，他的手下就去找有以染坊为据点接待杀人生意的人。于是奴才叫人去抓人，把那个染坊的老板忽尔博给抓到了，审问之下，他就说背后支使他们的人，正是思温宰相的侄子海只与海里。"

耶律贤与燕燕面面相觑，没想到连韩德让以及宫中密探都找不出来的忽尔博，竟是落到了女里手中。

又听女里继续说道："奴才初听还不相信，旧日因思温宰相之故，奴才也与海只、海里有过交情，因此不敢擅断。所以昨日就下帖请他们来喝酒。他二人酒喝高了，果然失口说出了刺杀思温宰相之事。兹事体大，臣立刻就将两人擒下，现已绑缚在宫门外，主上可传来审问。"

听了此言，燕燕立刻站了起来："速速将人带上来。"

海只、海里两人抓进来的时候，已经是被威吓过了，此时正是精神崩溃的时候，见了燕燕，跪下痛哭道："皇后救我。"

燕燕扭头拔了剑，指住萧海只问："你只说实话，我要知道，谁是真凶？"

萧海只吓得忙不迭地高喊道："不是我的主意，是他，是他，是他出的一千两，是他找的刺客。"

萧海里见状也立刻喊道："不是，燕燕，是他偷来的闾山防御图。不然我也是有贼心没贼胆。"

萧海只叫道："可主意是你出的。"

海里挣扎着用脚去踹海只："明明是你出的钱，是你说叔父死了，我们就可以过继给相府，可以当族长。"

海只道："别以为把事情扣到我头上你就没事了，你还不是一心想当叔父的嗣子。"

燕燕拍案而起道："给我掌嘴。"

侍卫上前抓住海只、海里兄弟二人，连扇了十几个耳光，终于让两人安静了下来。

燕燕无力地挥了挥手，海里忽然有些醒悟，叫道："燕燕，我还有话说，我还有话说。"

女里脸一沉："押下。"

这两人嘴角流血，眼睁睁看着燕燕，心里着急，却说不清话，就这么被押了下去。

燕燕犹自气恨未息，耶律贤摆了摆手，令女里等人退下，拉着燕燕的手安慰道："你不要太难过，这是谁也没想到的事情。"

燕燕恨恨道："我只是为爹爹不值，他一时英雄，却死在这等宵小手中，还是为了过继夺产这种上不得台面的事情。"

耶律贤道："此事确实太过荒唐，朕也没想到，海只和海里两人，就交由你处置。"

燕燕诧异地看着他："交由我处置？"

耶律贤看着燕燕道："这是你的家事，也是你的家仇，朕让你自己处置。"

燕燕点头："好。"这边叫良哥："你去请太平王妃、赵王妃进宫商议。"

等到燕燕走了，楚补上前轻声道："主上，韩通事求见。他想单独见您。"

耶律贤点了点头："朕也料定他会来。哼，他这次的事，是被女里半途劫道了吧。他必是有事要说的。"

当下韩德让急忙赶来，耶律贤故作疑惑，道："楚补说你急着求见，怎么了？出了什么事？"

韩德让急道："臣听说海只、海里派人刺杀思温宰相被抓了？"

耶律贤点了点头，笑道："你来迟一步了，方才女里正在此向朕禀告此事。他俩对于收买凶徒刺杀一事供认不讳，说起来，多亏了你孜孜不倦地查案，才让女里有机会抓住他们的把柄，让他们露出了马脚。"

韩德让沉声问："主上相信海只、海里那样的人能收买死士吗？"

耶律贤一怔，已经明白了："你的意思是……"

韩德让道："我曾带着当日的侍卫们还原当日的情形，并根据他们当时的述说，找了其他人分别假扮刺客、思温宰相以及当时也在现场的高勋大人，去复原当时的场景……"

耶律贤问："那又如何？

韩德让道："我问过萧府管家，思温宰相除了胸口中箭落马，额上摔伤之外，背上也有一道刀痕。按照现在这个布局，哪个刺客有时间在他身上留下刀痕？"说着，他又拿出一封书信，道："近日臣在内阁翻阅思温宰相留下的旧档案，有了新的发现。思温宰相遇害前曾收到一封秘信，他已着手调查此事。"

耶律贤打开书信，看了一眼落款时间："四月戊申？"

韩德让道："只比思温宰相遇刺早了七天。"

耶律贤倒吸一口凉气："那日闾山上的防卫是女里安排的……"心中一惊道："女里、高勋……德让，你可知道你的话意味着什么吗？"

韩德让平静地看着耶律贤："臣知道，意味着朝庭的动荡，诸王未定，部族不服，主上不得不还倚仗着女里、高勋……"

耶律贤被韩德让洞察一切的眼神看得有些心虚，扭过头，但又马上看回韩德让，意味深长地道："你知道就好！"

韩德让垂下眼帘，没有说话。

耶律贤看着韩德让，叹道："皇后怀孕了，我需要她心情平定，平平安安地度过这危险的时刻。"

韩德让压抑着内心的感情冲击，看着耶律贤道："那凶手呢？"

耶律贤道："皇后要看到凶手伏法才能安心，至于其他的……德让，你要明白，朕不是昏君。"

韩德让退后一步，行礼："臣明白了。"

耶律贤看着桌面，拿起笔来批阅奏折，似漫不经心地道："案子，继续查。"

韩德让深深看了耶律贤一眼："是。"

燕燕召了胡辇与乌骨里进宫，商议如何为萧思温报仇之事。乌骨里便建议以射鬼箭来处置两人：“让这两个凶手万箭穿心，以祭阿爹在天之灵，如何？”

燕燕恨恨地说：“好，也让那些人看看，敢动我们家，会是什么样的下场。”

胡辇也是赞成，道：“不错，射鬼箭祈鬼神，以佑活人。我们把杀阿爹的凶手以射鬼箭处死，阿爹在天有灵也当安慰，更会庇佑我们三姐妹。”

燕燕道：“他们既然有胆杀爹爹，就该有胆承受惩罚。就这么定了，让人准备高台。”

此时计议已定，因燕燕理政，胡辇管着萧思温灵堂诸事，乌骨里就自请去办这件事，再无异议。

喜隐便召了撒懒来，问道：“你可听说王妃要为思温宰相报仇，让海只与海里射鬼箭的事了？”

撒懒道：“是。属下听说了。”

喜隐笑道：“皇后怀孕，太平王妃也不方便，所以这搭高台，备射礼之事，就由王妃来负责，我就把这件事交给你了。”

撒懒道：“是，属下一定把这件事办好。”

喜隐道：“你真的知道什么叫‘办好’吗？”

撒懒一怔，抬头看到喜隐带着杀机的笑容，惊道：“还请王爷示下。”

喜隐招手道：“附耳过来。”

撒懒凑近，喜隐在他耳边低声说了几句。

撒懒大惊道：“王爷，这……”

喜隐眼神凌厉道：“怎么，做不到吗？”

撒懒退后一步，低头拱手道：“属下遵命。”

喜隐得意地笑了，忽然又似想起了什么：“此事机密，切不可令王妃知道。”

撒懒忙应道：“是。”

谁知他主仆一问一答，外头却正有个人在听着。

却是方才乌骨里有事提前从萧思温府里回来，却见喜隐进了一个小帐，十分隐匿。再见守卫都远远地站着不敢走过，不禁疑心，当下就悄悄过去。

里面喜隐的声音传来：“好，你要记住，在皇后上高台之前，叫住王妃，让她不要上去……不不不，这样恐怕会让人起疑心，最好在她踏进第三级台阶的时候，想办法拖住王妃……总是有些不妥！”

乌骨里大惊，又听得似是撒懒赔笑道：“王爷真是关心则乱，那台阶不过一人多高，以王妃与太平王妃的身手，便是发现有异，也不至于有事。以奴才看，什么也不说破最妙，如果连王妃也不知道的话，那试问谁还会怀疑王爷和王妃呢……”

喜隐叹气道：“我是怕乌骨里事后知道，怪我将她也隐瞒住并置于险地啊！”

乌骨里大惊，掀帘子进去直接质问喜隐：“你想对燕燕做什么？”

喜隐见状，忙让撒懒出去，笑道：“对她做什么？你何出此问？”

乌骨里不依：“我明明听得明白。”

喜隐的脸变得冷酷：“我不过是要让耶律贤没有儿子。这样，将来的皇位就属于我们的儿子。”

乌骨里道：“你……”

喜隐道：“难道你不想我们的儿子成为大辽皇帝吗？”

乌骨里怔住。

喜隐见状放柔了声音道：“我不会让你妹妹有生命危险，顶多让她失去孩子而已。”

乌骨里急了：“那也不行。”

喜隐冷笑道：“你是要向你妹妹告发你的丈夫吗？事已至此，就算你阻止了她，你以为她就会放过我吗？”

乌骨里怔住，半晌忽然捂脸哭了起来："你这死鬼，你这样害我，你叫我死后怎么见爹娘。"

喜隐见她如此，知道她已经软了下来，当下笑道："等你当上皇后，自然知道今日之事有多对。"

乌骨里怔在当场，一时不知道怎么办才好。

忽然，她又哭骂道："喜隐，你这死鬼，如此坑我……"

第六十章

高台陷阱

射鬼箭当日，就见高台筑起，海只、海里已经被人塞住嘴，捆绑吊在高台前远处的柱子上。

胡辇与乌骨里在台下等着燕燕，乌骨里心神不定，时不时抬头张望。不一会儿，燕燕的马车出现在视线范围内，胡辇忙迎上去。乌骨里转头看了看高台，神情犹豫片刻，也跟了上去。

马车停下，燕燕下车。

众人行礼道："参见皇后。"

燕燕由青哥、良哥等扶着走下来道："大姐，二姐。"

胡辇迎了上来，扶着燕燕吩咐道："当心点。"

燕燕道："没事。孩子现在很乖巧，比怀孕头三个月舒服多了，太医也说现在是最稳定的时候。"

乌骨里听到燕燕这么说，眼睛不自觉地落到了燕燕的肚子上，她咬着唇，神情更加纠结了。

燕燕牵着乌骨里和胡辇，道："大姐、二姐，我们一起上去。"

胡辇摇了摇头道："你是皇后，我和乌骨里跟在你后面。"

乌骨里脸色惨白，伸手想拉燕燕，手又停在半空。燕燕并未发觉，只是见乌骨里神情不对，反而关心地问："二姐，你没事吧？"

乌骨里苦笑："我没事。"

燕燕不疑有他，在良哥搀扶下一步步登上台阶。

此时就在校场不远处，韩德让正满头大汗，策马疾驰而来。原来他疑心女里抓捕海只、海里两人之事有鬼，就派人暗察。却知忽尔博有一日是被人缚了塞了口扔到女里的门前，身上还有一封信。虽然不知道这封信的内容是什么，想来以女里的草包，能够从忽尔博抓到海只、海里，还能够想到以酒宴相诱，可见此信作为不小。

韩德让顿时就疑到三人，一个是素与女里交好的高勋，另一个是与女里不和的喜隐，还有就是虽潜逃至沙陀，但在上京仍然留有不少余党的罨撒葛。

他派志宁在西市继续追查，不想却无意中打听到西市有匠人被人招去做工未归，志宁继续追查，却发现正是那匠人修筑了皇后射鬼箭的高台。他顿时感觉不对，也顾不得辨明真伪，立刻就飞骑过来准备阻止。

就在燕燕即将登上最后一级台阶时，忽然韩德让策马赶至，他拉紧马缰，乌云盖雪发出了长长的嘶鸣声。

韩德让高叫："皇后小心，射台上有陷阱——"

与此同时，跟在燕燕身后与胡辇并行的乌骨里猛地抢前半步，一把抱住燕燕。忽然台阶洞开，青哥顿时落入洞中，只余一声惊呼。

燕燕惊回神来，震惊地看着眼前的一切。胡辇连忙紧紧搂住燕燕，以身相护。

韩德让一跃下马欲冲上去，却被侍卫们挡住，他已经听到高台上的惊呼，还有女声尖叫，顿时心急如焚："你们让开，皇后有事，你们该当何罪？"

燕燕惊愕地看着台阶上塌下一个洞，脸色惨白。

乌骨里回过神，连忙查看燕燕全身上下道："燕燕，你没事吧？"

胡辇立刻扶起燕燕，对乌骨里道："快走。"

两姐妹立刻扶着燕燕飞快走下台阶。此时楚补已率众侍卫劈开高台挡着的木板冲了进去。

燕燕惊魂未定，却想起刚才听到的声音，忙转头去寻找韩德让。

侍卫让开，韩德让冲到燕燕面前，自上而下打量她一番，才松了口气，缓过神来连忙跪下行礼："臣……臣参见皇后。"

燕燕看着韩德让，上前一步，伸手欲扶，又停住了："德让免礼……你怎么会于此时赶来？”

韩德让道：“臣接到急报，说这射台之上有危险，幸好皇后与两位王妃无事。”

燕燕看着韩德让风尘仆仆的样子，心中触动：“多谢德让。”

胡辇推了推燕燕，燕燕回过神来，转头看着乌骨里，眼神复杂，有疑惑，还有震惊，诸般情绪糅杂，心中五味杂陈。

乌骨里脸色时白时红，低下头去，回避着燕燕的眼神。

过得片刻，就见楚补从高台下出来，在燕燕面前跪下道：“皇后，里面都是死士，见暗算不成，不肯就擒，为首的就杀死同伙自杀了。”

燕燕咬牙道：“又是死士，又是杀死同伙灭口。”她听韩德让回报说杀死萧思温的凶手有两批人。今天这里，将两件事都连上了。

这时候两个侍女扶着青哥从木板缝里钻出来，燕燕见青哥浑身血迹，忙问道：“青哥，你怎么样？”

青哥忍痛强笑道：“回皇后，奴婢只是扭伤了，并没有大碍。”里面的死士本拟是杀皇后的，但是见掉下来个侍女，一怔之间，外头的侍卫已经杀进来了，所以青哥反而逃过一劫。

见此情景，胡辇劝道：“燕……皇后，射鬼箭之事是不是暂缓。”

众人闻言皆看向燕燕。今日后族之内清理门户，来看射鬼箭的净是皇亲贵胄。

燕燕目光环绕周围，见诸人脸上的复杂表情，有震惊，有关心，更多的是幸灾乐祸。

燕燕一伸手道：“拿箭来。”良哥忙把箭递上来。燕燕看着乌骨里，又看着胡辇。她此时已经冷静下来，不管乌骨里是否知情，但毕竟关键时刻抢上前来救她的行为却不是假的。可见，她二姐还是可信的。她握住乌骨里的手，对两人道：“大姐、二姐，我们继续射鬼箭。”

楚补大惊：“可是，皇后，这太危险了……”

燕燕反问：“里面还有死士吗？”

楚补摇头：“没有了。”

燕燕道："危险已经清除，我们害怕什么。大姐、二姐，请。"

胡辇看了看乌骨里，方才的事她也闪过疑心，但最终也如燕燕一样选择相信自己的姐妹。她也拉起乌骨里的手说："乌骨里，燕燕说得对，今日是为阿爹报仇，任何人任何事，都别想阻挠我们三姐妹同心协力，为父报仇。"

乌骨里看了看燕燕，又看了看胡辇，毅然握住姐妹的手。

三人微笑，重上高台。

燕燕踩上第一级台阶，又回头看了一眼韩德让，两人四目相交，似已交流过千言万语，但见韩德让微不可察地点了点头，燕燕一笑，扭头重新拾级而上。

三人走到那个大洞前，胡辇上前一步跨过，又向燕燕伸出手，燕燕将手递与胡辇，乌骨里在一边扶住燕燕。见燕燕迈过大洞，乌骨里也跟着迈过，三姐妹手拉着手一起走过。

高台之上，燕燕看着被高高缚起在柱子上的萧海只和萧海里，深吸一口气，拿起弓箭，先射出了第一箭。随后乌骨里和胡辇跟着射出了第二箭和第三箭。

射鬼箭原为军中旧俗，即将一名死囚犯绑在柱子上以乱箭杀死，达到除鬼消灾的目的。契丹皇帝每次率军亲征前，都要举行这种仪式向魂灵祈求平安得胜。如果胜利还师，则将一名战俘以同样的方法射杀，死者全身布满了箭，如刺猬一般，谓之"射鬼箭"。

开国以后，射鬼箭的仪式逐渐成为处死犯人和叛党的一种极刑。太祖阿保机的养子涅里思就是因为参与"诸弟之乱"而被处以射鬼箭之刑。此番将海只、海里处以射鬼箭之刑亦是因为两人丧心病狂，因此处此极刑，以儆效尤。

当这三人三箭射出以后，台下的侍卫们便一起万箭齐发，将两人射成刺猬一般。

燕燕放下弓箭，忽然悲从中来，跪地哽咽："爹爹，你英灵未远，可看到我们为你报仇了……"你可看到了你刚刚离开，我们姐妹之间就有了嫌隙；你若是看到，会多么伤心。

你在，我们永远有可庇护的羽翼；你不在了，三姐妹的心都不能在一起了。

见燕燕哭了，乌骨里又愧又羞，也跪在地上，抱住燕燕大哭。

胡辇心里百感交集，也跪下来抱住两个妹妹，哽咽道："好了，好了，别哭了，别在这里哭。燕燕，你还有身孕，别哭坏身体……"

过了好一会儿，燕燕才止住哭，在良哥等人搀扶下起来，三姐妹步下台阶。

燕燕欲请胡辇和乌骨里一起进宫，乌骨里却有心事，一口拒绝，就要回家。见乌骨里走了，燕燕与胡辇交换了一个眼神。

燕燕道："大姐，你看——"

胡辇摇了摇头，只道："燕燕，你二姐终究是你二姐，你只看她今日不顾一切地救你……"

燕燕咬牙："喜隐，又是他——我记下了。"

乌骨里慢慢走过王府后院，此时瑰引哄着留礼寿玩耍，嬉笑声传遍整个庭院。

留礼寿看到乌骨里，跑过来抱着她的腿撒娇："娘，娘……"

乌骨里蹲下，抱住留礼寿，泪如雨下。

喜隐怒气冲冲地走来，看到两人，转身回了前厅大帐中。

乌骨里放下孩子跟着他走进去，挥退手下，喜隐猛然将桌上的瓷器、金器全部扫落在地，怒吼道："你到底在做什么？这是为了留礼寿，是为了我们的梦想。难道你以为可以不用沾任何血就顺利夺权吗？那张龙椅是用血铸就的，你知不知道？"

乌骨里知道自己坏了他的事，可仍要申辩："她是我的亲妹妹——我不能眼睁睁看着她在我面前死掉。"

喜隐冷笑："好，你不能看着她去死，那你就看着我去死吧。你知不知道，你出手救她就表示陷阱是我设的！"

乌骨里愣住了，她倔强地说："那我和你同生共死。"

喜隐看着乌骨里，恨铁不成钢地骂道："那我们的儿子呢？你要他也陪我们去死？"

乌骨里强道："我妹妹不是这样的人，她不会伤害我，也不会伤害你，更不会伤害我的孩子。"

喜隐冷笑："皇位面前哪有骨肉亲情可言，原来你一直没搞明白。你根本从小被娇宠太过，看不清这个世界。"

乌骨里直直地站在喜隐面前，倔强地说："你要伤害燕燕，我一定会保护她，如果她要伤害你，我一定会和她拼命。我没有办法选择只要你不要她。但是在我心里，你永远比她重要。"

喜隐再愤怒，看到如此的乌骨里，想到她为自己曾经付出的一切，一股怒火竟是被抽空了似的，他无力地看着乌骨里，摇头叹道："乌骨里，这个世界上没有两全其美的好事。"

乌骨里咬牙道："我就是要两全其美。你要争皇位，要杀其他人都没关系，我都会帮你，但是要对付燕燕和胡辇不行。"

喜隐怒了："天真！"

见喜隐拂袖而去。重九和瑰引抱着留礼寿，担心地走了进来，问道："王妃，您没事吧？"

乌骨里从她们怀中抱起留礼寿，紧紧抱在怀中，难过地摇了摇头，流泪问："我想要一起保全自己的丈夫和妹妹，有什么错吗？"

瑰引和重九对视一眼，不知该如何回答。

耶律贤已经接获情报，心中又怒又惊，看见燕燕回来，忙迎上去："你没事吧？"

燕燕看着耶律贤，勉强一笑："没事。我有姐姐们护着我，能有什么事？"

耶律贤握住燕燕的手，叹息："朕着实是吓了一跳。朕只想拿起刀立刻去杀了喜隐。"

燕燕脸上的笑容渐渐凝固，她抚摸着肚子，轻声道："二姐当年怕罨撒葛害了她肚子里的孩子，如今将心比心救我一命。主上，你若是我，你应该怎么办？”

耶律贤知道她这是求情，叹息着无奈道：“是朕没用，没能保护好你们母子。”

燕燕摇头：“我不是给喜隐求情，我是给二姐，给小留礼寿求情。”说到这里，她不禁落泪，忙胡乱擦去泪水道：“真糟糕，我怎么越来越没用了。以前我不是这么爱哭的，肯定是怀孕的缘故。”

耶律贤神色黯然地将燕燕抱在怀中：“朕明白，朕明白。燕燕，你尽管哭吧，有朕在呢，朕会一直在你身边，永远都会在这里的。”

燕燕本来就是勉强忍耐，听到这话，再也忍不住，扑到耶律贤怀中，放声大哭起来：“我不知道，我不知道我做错了什么。二姐她，她明明知道那个陷阱存在，可她什么也不说，她那时候拉住我之前，根本就没有要提醒我。我看得出来，我看得出来，她是救了我，可她也坐视着喜隐害我而不肯阻止……为什么，她为什么会变成这样子？喜隐简直是个魔鬼，她从认识他就变了，为了喜隐，她害得大姐嫁给罨撒葛，害得爹爹差点受牵连，为了喜隐她和爹爹翻脸……她的心里眼里只有喜隐，她已经不是我二姐了，已经不是我二姐了……”

耶律贤抱着燕燕，听着她哭得上气不接下气，听着她哭得语无伦次，骂了喜隐又骂乌骨里，心里疼惜万分的同时，竟隐隐有一丝喜意。

燕燕倚在他的怀中，第一次全心全意地依赖着他，向他倾诉。此刻，他们前所未有的亲密无间。

他与燕燕相识至今，燕燕终于可以像他依赖她、亲近她那样，来依赖他、亲近他了。

当日，是他不顾一切地娶了她，用尽一切办法去得到她。他是得到她了，她也愿意亲近他，也怀上了他的孩子，可是这一切都是他强求来的。她的心，始终还停留在原地。她不愿意与他的家人多亲近，她不在乎宫中权柄，她甚至不在乎太妃们的无礼张狂，甚至不愿意为自己孕中不适而向他诉苦。

在听到萧思温的噩耗以后，她第一个选择的是直接回到萧思温府，扑在胡辇怀中哭诉。萧思温的死，他已经用尽一切办法去调查真相，甚至不顾朝中权力的平衡。可是她信任的却还是韩德让，当她看到赶回来的韩德让，就毫不犹豫地让他去调查萧思温的死因，她只相信韩德让，无视他为此做出的努力。

尽管女里抢在韩德让的前面抓到了凶手，可是她并没有因此对他表示感激和信任。杀海只和海里报仇，她全部交给她的姐姐们。

这是第一次，第一次她全心全意地只向他倾诉，没有别人。尽管他明白，这是因为萧思温的死亡让她无所依恃；这是喜隐的杀机，让她失去了对姐妹的信任。桩桩件件，源起于她嫁给了他，源起于那些人对他皇权的觊觎。

可他仍然是欣喜的，欣喜于自己终于得到了她。同时他也是愧疚的，那些她如此伤心绝望的事，都是因他而来。

他抱住她，轻声道："燕燕，朕会补偿你的，朕会用这一生的怜爱来补偿你，朕会用这万里江山，来补偿你。"

夜如此之静，月儿弯弯照向人间。在这深宫之中，有一对相依相偎的人儿。

第二天，太阳照样升起，可有一些事情已经不一样了。

胡辇奉旨进宫时，还以为是为了昨日乌骨里之事，心里已经下定了决心，不管耶律贤如何试探，她都不会让他有机会得到口供。谁知进了宫，见耶律贤靠在病床上，见了胡辇就道："胡辇，朕想求你保护燕燕和我的孩子。"

胡辇一怔："主上这是什么意思？我不明白。"她知道昨日之事，耶律贤一定不会不顾，然而这句话又是何意呢？想了想，还是谨慎地回答："主上，是指昨天的意外吗？主上，是乌骨里护住了燕燕，她绝对不会对燕燕有任何不好的心思。"

耶律贤摇了摇头，叹道："昨天的意外不会是最后一次，只要孩子还在，只要还有人想夺取这个皇位，燕燕和孩子就永远处在危机中。”

胡辇动了动唇，最终沮丧地将话吞了回去。

耶律贤观察其神情，又道：“朕想求你去请罨撒葛回来。”

胡辇如遭雷殛，顿时怔住了。

昨夜燕燕哭累了睡了，耶律贤却是一夜未眠。他疑心的不只是喜隐有杀燕燕杀皇嗣夺位的心，更连萧思温之死，也疑心上了。若是喜隐因为萧思温没有帮助他登上帝位而杀萧思温泄愤，也不是没有可能的。

然而他更怀疑的还是高勋和女里，他本拟是由燕燕代为听政，令喜隐和高勋相争，可是一想到燕燕今日差点出事，就令他不寒而栗。他们连萧思温也能暗杀，谁又知道下一步他们会做出什么样的行为来呢？更何况，还有个太平王在沙陀练兵，不知道什么时候又会杀回来。

“必须要让他们找到一个新的目标去撕咬，燕燕还弱小，不能够成为他们所有人的目标。”耶律贤辗转一夜，终于下定了决心，才对胡辇说出了这番话来。

然而胡辇却是完全没有想到他居然会有这种提议，闻言顿时脸色大变：“您要请罨撒葛回来？为什么？”

耶律贤点了点头，忽然说出了一个骇人听闻的事情：“朕自幼体弱，其实不是病，而是毒，朕命不久矣。”

胡辇惊讶不已，脱口而出：“是谁？”

耶律贤看着胡辇，缓缓地道：“你应该知道是谁……”

胡辇吃惊地道：“难道是他……”她已经想到是谁了，然而终究还是矛盾地摇头：“不，我不信他会心狠手辣到对一个四岁的孩子下手……”

耶律贤这时候才叹道：“也不全是他。穆宗皇帝碍于在先祖殿发下的誓言不能杀朕，便用这种办法慢慢将朕除掉。此时他虽没有动手，却是知情的。”

胡辇犹疑道：“那，那你如今……”

耶律贤知道她想问的是什么，摇了摇头叹道：“等朕发现的时候，毒已经深入五脏六腑，药石罔效。从前朕想用几年的时间，恢复大辽的稳定，给燕燕母子留下一个平稳的局势，再有思温宰相从旁辅佐，一切当可无忧。可惜，还是朕高估了自己，朕没有想到，朕委托重任于思温宰相，竟然是会害了他。这件事，对朕的打击很大……”

胡辇看着耶律贤的憔悴之态，心中怜悯，更为燕燕担忧，燕燕如今怀着孩子，如若耶律贤身亡，燕燕母子应该怎么办？想到这里，又怨恨起来，你早知道自己寿数不长，何以还要夺燕燕进宫，毁她终身。然而这话到了嘴边，最终还是忍了下来，如今说这样的话又有什么用呢，燕燕终究还是进宫了，还怀了他的孩子，如今两人已经是一荣俱荣。为了燕燕，自己也只能帮他。

良久，胡辇才道：“主上身体不好，燕燕又怀孕，因此内忧外患之下，您想请罨撒葛回来。”

耶律贤抚头，苦笑一声：“公平地说罨撒葛的才华在诸王之中是一等一的，朕的皇位与其留给其他人，不如留给他。况且比起乌骨里来，朕更相信你。乌骨里不可能在喜隐面前护住燕燕母子，你却在罨撒葛面前更有分量。”

胡辇苦笑摇头：“罨撒葛也未必会听我的。”

耶律贤微微一笑：“胡辇，你太小看自己了。我自幼在穆宗皇帝和罨撒葛手下生活，是最了解罨撒葛的。他的身上从来看不到什么真情，但是他待你却是真的上心。你若要庇护燕燕母子，他一定会听。”见胡辇低着头，没有回话。耶律贤又叹道：“胡辇，燕燕和朕的孩子以后有没有福分当皇帝是另一回事，但是朕希望他们能平平安安地活着。”

胡辇张口，声音已经沙哑：“主上，容我再考虑一下。”

耶律贤点了点头：“燕燕一直念着大姐终身之事，若是太平王归来，她也可放心了。”胡辇沉着脸冷哼一声：“不劳主上费心。”她见耶律贤不语，又道：“若无事，我就告退了。”

旁边的御医迪里姑见耶律贤等胡辇一走，又露出倦色来，忙扶住他，想到方才情景，忍不住道：“主上，您当真要召太平王回来……”

耶律贤忽然狂笑了起来："是啊，当真讽刺，朕以为朕要把他赶到边疆穷塞，让他一生一世眼望上京，不得归来呢。没想到朕今日居然还要请他回来……"他一直笑，笑到无法呼吸，停下便狂咳起来。

迪里姑忙扶住他，为他顺气，耶律贤喘息稍定，忽然抓住他的手，看着他，淡淡地道："迪里姑，如果罨撒葛回来，你应该知道怎么办。"

迪里姑一凛，连忙低头应是，却只觉得一阵寒意从脚底升起。

胡辇走出宫门，恍恍惚惚，直到回了萧思温府，坐在窗前看着窗外，一动不动。

她的侍女空宁不敢惊动，只站在一边静静侍立，直到晚膳的时候到了，这才小心翼翼地上前提醒："王妃，该用晚膳了。"

胡辇回过神来，一怔："什么时候了？"

空宁道："已经是晚膳时间了。"

胡辇忽然问："你说，我以后怎么过日子？"

空宁一惊，诧异道："王妃，您怎么忽然说这样的话？"

胡辇苦笑："罨撒葛走了以后，几乎所有的人，表面上没问我，内心也是在这样猜测着我吧……我这算什么呢？我若还算太平王的妻子，他远在天边，我也早与他当面断绝关系。我若不算太平王的妻子，可世人眼中我却还是，就算我看中一个男人，别人也未必敢娶我。我走出门，也无人再称我为萧家姑娘，而只会叫我太平王妃。"

空宁心下恻然，劝道："王妃……"话一出口，就知不妙，只得苦笑道："您没有吩咐，奴婢们一时习惯了。"

胡辇苦笑："是啊，习惯了，都习惯了。不只你习惯了，我也习惯了。"

她转身走到案前，拿起案几上的一叠书信，都是太平王写过来的，这些书信通常还跟着许多东西一起送过来。或是他看中的一件首饰，或是一把刀，或是一些奇珍异宝之类的，这些都是他去了沙陀以后派人捎过来的，每月一封，从无落下。

胡辇忽然道：“你去太平王府找高六，问他，我想去见太平王，问他有什么办法可以做到？”

空宁一惊：“姑娘——”胡辇苦笑：“细说起来，罨撒葛其实对我……很好……”

天色渐渐暗了下去，夕阳余晖下，案儿上似乎有几滴水，映着一点最后的阳光。

胡辇去了沙陀，带着耶律贤的亲笔信，交给了太平王罨撒葛。一个月以后，太平王率部归来。

罨撒葛到京就应召入宫。进了彰愍宫，他终于再次见到了耶律贤。

耶律贤半倚在榻上，面色苍白，看起来虚弱而无力。罨撒葛站在榻边看着耶律贤，表情冷酷而轻蔑，散发着不友好的气氛，房间里只有他们两人对视着。

耶律贤先笑了起来，友好地道：“王叔，谢谢你回来。”

罨撒葛注视着耶律贤，似在评估他的身体：“你的身体好像比以前更差了。”

耶律贤坦然地道：“登基这半年多来，繁重的政务摧垮了朕本就虚弱的身体。迪里姑说，朕在世上的时间不多了，也许只有几年。所以，朕一直打算请王叔回来，因为这皇位与其交给别人，不如交给王叔。”

罨撒葛仍对耶律贤余怨未消，任是谁以为已经在手的皇位忽然为人人所夺，而自己不得不抛家别妻逃遁塞外，也不会不怨恨的。此刻他听得耶律贤如此说，不由得讥讽道：“既然觉得皇位可以给我，当初你又为何费尽心机去黑山呢？”

耶律贤沉默良久，直视着他，诚挚地道：“王叔，朕始终是横帐房的子弟，有这样的机会在眼前，不搏一搏怎么会甘心呢？当日，祥古山上，穆宗皇帝还不是利用察割之乱，夺了我父皇的皇位。同样的机会放在王叔面前，你会无动于衷吗？”

罨撒葛冷哼一声，怒道："祥古山上，察割杀了你父母，当时你才四岁，皇兄不继位，难道你守得住皇位吗？"

耶律贤却不急不怒，只缓缓叹道："朕当然知道一个孩子是守不住皇位的。所以才请王叔回来，朕可以封你皇太叔，国阿辇斡鲁朵也重新交还给你。待朕百年之后，皇位就传给你。朕唯一的要求就是你要照顾好燕燕母子，让朕的儿子平安成长。"

罨撒葛看着他，有些不信地问："只有这一个要求？"

耶律贤点了点头："是。燕燕怀孕之前，朕在这个世上无牵无挂，所以可以随心所欲，用尽一切力量去博杀，去争夺，就是为了心底那一份的不甘心，那时候，朕是个孤注一掷的赌徒。可自燕燕怀孕的那一刻起，一切都不同了。希望哪怕有一天朕不在了，朕的孩子也能在一个平安的环境里成长。朕输不起。"

罨撒葛不说话，只静静看着耶律贤，评估他话语的真实性。他素来多疑老辣，岂会如此轻易相信对方。但是他这次回来，却也是不得不为。他在沙陀到底是客居，虽然向沙陀王借兵，但总不好长期停留，总要杀回上京来。只是耶律贤这边若不出事，他就凭着半帐之力，小国借兵，终不能与他一决高下。

耶律贤重病，让胡辇带信给他，说是要让他回来主持大局，异日殡天之后，由他接任皇位。这话他信，也不信。不信的是耶律贤之意的真诚，信的是自己离开前在上京的一系列布局，将耶律贤逼到这个份儿上，这个局面，是他自己一手制造的。所以，他还是来了。

此刻，他将对方的话再三想了一想，心中已经拿定，这话的诚意确是十足了。耶律贤体弱多病，身上有多年积毒，他若是死了，他这一支连个继承人也没有。只没阉了，他儿子还没出生，若说他是想把皇位传给吴王稍、平王隆先、蜀王道隐同出一房的这几个叔叔……罨撒葛哂笑，还真不如传给他这个执掌政事多年的太平王。也只有自己，才能够在如今这样的处境中镇得住那些权臣宗亲，保得住他的妻子和未出生的婴儿。

想到这——罨撒葛点了点头，道："好，本王答应你。"

次日，众人都接获了消息。

耶律贤下旨，太平王归来，改封齐王皇太叔，仍领国阿辇斡鲁朵，入朝参政。

消息一出，众皆哗然。高勋心下惴惴，先拉了女里前去齐王府道贺，喜隐却怒不可遏，回府就大骂起来："明扆这个没出息的，居然把罨撒葛请回来了。你以为他能来帮你，他才是条恶狼，跟他哥一样，吃人不眨眼的。"回头又骂罨撒葛："蠢货，明扆那个软蛋说什么你信什么，皇太叔，哼哼，狗屁的皇太叔，我父王当了一辈子的皇太叔，什么时候登上皇位过了，还不是一个空头哄人的东西。"

事实上，这个"皇太叔"的称呼，对于罨撒葛来说，他自己也是不信的，所以在夷离毕粘木衮向他道贺的时候就直说了："不过是哄孩子的玩意，我可不是李胡。李胡会为了一个皇太叔的名号，傻傻等着即位，我可不会。只有实力决定一切，我若要时，就不会等的，更不会等着别人给我，若不是看在另一半国阿辇斡鲁朵的份上，我才不会陪他做这场戏。"

粘木衮赔笑道："不管怎么说有了这个名号，大王在上京行事就方便多了。"

罨撒葛站起身，走到粘木衮身边，拍了拍他的肩膀，语重心长地道："粘木衮，本王能回来，你居功至伟。"

粘木衮恭敬地道："应该的。属下盼着大王再上一层楼。"

罨撒葛得意地大笑起来，笑声停歇，他一个眼色，粘木衮会意，一挥手，众属下退出。

罨撒葛就问他道："关于女里、高勋……粘木衮，这件事情他们俩涉入多少？你有没有把握控制他们？"

粘木衮恭敬地微笑："属下手中不但有他们贪赃枉法的罪证，还有那份刻意被出卖的间山防御图，更何况，那封被萧思温查获的信，也还在属下手中，有这几样在手，不怕他们不听话。"

罨撒葛得意大笑："当初明扆依靠他们俩的背叛才夺得皇位，如今就让他自己尝一尝背叛的滋味吧。哈哈哈……"

粘木衮也谄媚地笑了。

罨撒葛又问："对了，我听说喜隐上蹿下跳得厉害，只没又如何啊？"

粘木衮叹道："唉，只没大王嘛，人阉了，心也阉了，他如今迷信僧人，足不出户，对政事也毫无兴趣。"

罨撒葛阴森森地笑道："这么说，安只那骚货岂不是守了活寡，真是够可怜的……"

粘木衮一听，顿时也笑了起来。

这日，汉城西边一间小院中，一辆马车停下，侍女依云带着一个浑身用斗篷包着的女子，东张西望地走进来。

那女子进了门，抬头看看，道："就是这里了吗？"

若是有外人在，肯定要大吃一惊，这女子赫然就是宁王妃安只。

宁王只没，是当今皇帝唯一的弟弟，最得皇帝倚重，罨撒葛归来之前，他在上京的权威，甚至一度超过诸王。

然而只没权势虽重，但他却曾逢不幸，在穆宗朝受过宫刑，又瞎了一只眼睛。他自受伤以来，性情大变，虽然被当今皇帝催着出来帮忙，然而他壮志成灰，身又残障，世间一切荣华享受，对他来说已经是毫无意义，不过是为了不教兄长失望而勉强应付罢了。一旦公事办完，他就会茫然无措，他甚至都不敢太多面对年轻娇艳欲望喷薄的王妃安只。所以年来竟与一个僧人昭敏相谈甚得，甚至在自己家中置了禅房。

安只虽然一开始慕势畏权，也还一心一意，然而随着只没越来越沉迷佛法，安只在府中权势日张，则欲望和胆子也渐渐大起来。只没越是躲避，安只越是恼怒不安。只没如今成了废人，能给予她的，只有一个空头的王妃位置，和宁王府的权势。只没权势越大，她在上层女眷中就越受奉承，只没越颓废，她就越受冷落，因此背地里就不免抱怨。只没见她这样，心中有愧。他是个废人，安只却越来越是美艳丰满，他躲进禅房自己清净了，可与安只之间本已经是假凤虚凰了，还让她整日独守空房，不免对她有所亏欠，便只能越发对她好一些罢了。

安只却已经听厌了这种口头上的甜言蜜语，她既得不了为人妇的欢悦，自然要得到世间的繁华来补偿空虚的心理。

只是她权势越重，心中的欲望越发不受压制，要了权要势，受了奉承还嫉恨别人有鱼水之欢，时间越久，越不平衡。

她的心腹侍女依云，有意无意地同她说起城中一些富贵人家的女眷，会因为闺房寂寞而私下与人有染的事情，更说得她心动起来。依云就投其所好，给她出了一个主意，给她在汉城置了所院子，装饰好了。再让她假扮汉家少妇，到此幽会。安只刚听到此事，还吓了一跳，骂了依云一顿，但是时间久了，她就心动起来。

一直到最近，她才真正同意，到此幽会。

安只用斗篷遮住面容，脸上却是浓妆艳抹，神情既惶恐又兴奋。她进来也看过，那小院却是十分精致，寂静无人。依云引着她走进房间，看布置亦是典雅无比。但见房内香炉静静燃烧着，依云服侍着安只沐浴之后，入床安歇。安只靠在床上，闻着那诱人的香味，脸色嫣红。依云在她耳边又说了几句话，说得安只不由吃吃地笑了起来。

等了片刻，安只还是有些不放心地问："依云，你确定都安排好了？"

依云谄媚地道："王妃放心，那人是上京城最擅风月的风流郎君，包管服侍得王妃舒服……"

安只脸一红，啐道："谁问你这个。我是说，我的身份应该是无人知道吧？"

依云轻笑道："我只说，我家娘子年轻孀居，富有资财，只想与可心的人儿共度鱼水之欢……"

安只横了依云一眼道："叫夫人。"

依云道："是，夫人。"

安只深吸一口气，闻着空气中的香味，得意地笑道："依云，你若当真合我心意，我以后不会忘记你的。"

依云谄媚地赔笑道："为夫人效劳，是奴婢的本分。"

见安只有些情动，依云悄悄地退了出去，到了走廊，就见罨撒葛带着粘木衮走来。依云忙向罨撒葛行礼，指了指房中，笑道："爷，那位夫人已经在房内了。"

罨撒葛点了点头，就走进房间。

安只侧躺着，看到有人走进来，面露期待之色。谁知见着的竟是她生平最怕的人，只吓得魂飞魄散，跳起来就想往外冲。

罨撒葛却不慌不忙，只笑道："怎么，你想穿成这样就跑到大街上，让一城的人见着宁王妃想偷人？"

安只顿时醒悟自己如今刚沐浴过，只着了肚兜纱衣，这般如何出门，慌乱地左右乱看，想找到自己的衣服，却竟是没找到。她羞耻交加，忙不迭跳上床，拉过被子盖住自己，只吓得眼泪流了下来，质问道："为什么是你？"

罨撒葛哈哈一笑，问道："我是谁，你竟不认得了？"

安只见他居然径直开始脱衣，吓得直往床里缩，颤抖着声音问道："太、太平王，你如何会在这里？"

罨撒葛两三下脱了衣服，露出精壮的身材，就掀开被子，直接压到安只身上，笑道："遮什么，你不就是受不了只没那个阉人，出来享乐的吗？"

安只无力地推拒，失声叫道："放开我！我现在不是宫女，是宁王妃！"

罨撒葛却根本不理，一伸手就已经撕开了安只的薄衫，嘲弄地道："宁王妃？你要是愿意陪着只没一辈子守活寡，又何必出来？"

安只羞得无言以对，只能无力轻泣："求你了，王爷，你放过我吧……"

罨撒葛抚摸着安只，轻笑道："嘴上说不要，身体却缠得这么紧，你到底是要，还是不要啊……"

安只又羞又窘，忽然只觉得罨撒葛直入正题，不由得尖叫了一声。但她当年在宫中与只没也是尝过情爱的人，如今久旷，一开始虽然倍觉恐怖羞辱，但几下之后，不免渐渐动情，抗拒的动作却小了下来。

依云守在门外，听得房内渐渐传出呻吟之声，脸上竟不禁露出嫉妒之色。

两人欢好半日，停了下来，安只赤身裸体躺在床上，看着罨撒葛若无其事站起来穿衣。罨撒葛是长年练武的人，虽然人近中年，但身材精壮一如少年，安只看着只觉得内心嫉妒如火烧一般。为什么别人的丈夫就是这么龙精虎猛，而她却要长年守着只没这个废人，甚至还是一个陪和尚的时间都多过陪她的废人。

安只拥被坐着，看着罨撒葛咬牙切牙齿地问："你到底想怎么样？"

罨撒葛半掩着衣服，扭头漫不经心地道："你真的甘心守着只没那阉人一辈子？"

安只绝望地问他："难道我还有选择吗？"

罨撒葛哈哈一笑，走过去轻佻地伸手捏了一把安只的脸庞："你可真是个磨人的妖精，让这样的妖精夜夜守空枕，岂不是暴殄天物，本王可真不忍心。"

安只眼中希望一闪而过，怀着一丝期盼问他："难道此时，我的命运还能够有什么转变不成？"

罨撒葛轻笑："怎么不成？"他漫不经心地俯身，在安只耳边轻声道："若是本王登上皇位，封你个贵妃如何？"

安只眼神发亮："你、你此言当真？"

罨撒葛不说话，只忽然伸手捏住安只胸前，轻轻揉捏，安只被他捏得又酸又痛又心痒，只能颤声求饶："王爷，不要，不要——"说到后来，那声音竟不知是求饶，还是求欢了。

罨撒葛低声道：“安只，你想不想有自己的孩子？想不想你的孩子当皇帝？”

这话正中安只心事，安只顿时愣住了。还没等她反应过来，就见罨撒葛已经站起来，大笑着走出房间。

只是他在走出门口的时候，才轻声说了一声：“蠢货！”

安只却没有听到他这一句话，她扑上前，朝着罨撒葛走出去的方向痴痴看着，轻抚着自己的小腹道：“我能够有一个自己的孩子？我的孩子还能当皇帝……”想到方才与他欢好的情景，她不由轻抚着自己的身子，过了半晌，她就陷入了近乎迷离的状态，口中又似呻吟，又似呢喃：“罨撒葛，罨撒葛……”

炉中的香，静静地燃着，依云站在门边，看着安只，表情莫测。

第六十一章

皇子诞生

冬天到了，宫城上覆盖着皑皑白雪。

崇德宫外庭院里建起了白毡帐，一座大帐周围围绕着四十九个小帐。在最大的帐篷内，月里朵婆婆带着众萨满正在烧香祈祷，众萨满跳着舞，向上天祈愿。

昨夜燕燕阵痛，今天就移到帐篷内生产。她在内帐中嘶声痛叫着，帐外奴隶们抓着角羊的羊角，令其发出惨叫，羊叫声和燕燕的呼痛声混杂在一起，倒是将这痛楚的声音减弱了些。

燕燕的榻上铺着甘草苗，燕燕在努力用着力，女医和产婆在一边不断观察着燕燕的变化，鼓励着。

燕燕满头大汗，咬着手巾，使劲用力。她这辈子没有这么痛过，痛得她几乎想说不想生了。就在这样极痛的时候，她想到了她的母亲，她的母亲就是在生育她的过程中难产，结果在生下她不久就缠绵病床，过了几年就去世了。

她在生自己的时候，一定比现在还痛吧。

想到这里，忽然不知道哪来的一股劲儿，咬牙用力之下，忽然只觉得有什么空了似的。耳边似传来远远的欢呼之声，然而她什么也听不到了，整个人晕晕乎乎的，并没有完全昏死过去，但又隔绝了外界的一切感觉。

冥冥中似有一个慈祥的声音在她耳边说：“草原上的草，枯了还会再长出来。草原上的人啊，就像那野草一样，不管经过多少灾难，总能够坚强地活下去，一代代生育繁衍，越来越多。”

"长生天降下雨露，也降下干旱，带给我们死亡，也带给我们生生不息。"

"生生不息……"她想着这句话，终于失去了所有知觉。

隔着屏风，耶律贤在外面心神不宁地坐着，胡辇、乌骨里等也在等着，甚至连年纪较长的胡古典公主、宁王妃安只也来了，人人都倾听着室内的声响。

燕燕惨呼声不断传来，只听得人心惊肉跳，忽然，内室传来一声婴儿的啼哭，耶律贤立刻站起身，期盼地看着内室。

月里朵从室内走出来，高兴地道："恭喜主上，请给皇后送酥杏仁油。"

契丹风俗，生男则饮酥杏仁油，生女则饮黑豆汤。

胡辇和乌骨里听了顿时齐声欢呼起来："是个男孩！"

耶律贤又惊又喜。不知为何，此番燕燕怀孕，他心中就有了极大把握会生儿子。如今听说果然生了儿子，大喜道："赏！快赏！婆儿，速叫开皇殿开宴，朕一会儿就到。"

婆儿欣喜地道："好！奴才这就去传令。"

耶律贤说着走入内室，青哥见状忙迎出来挡道："主上，皇后还没醒呢。"

耶律贤一惊："没醒，怎么回事？御医可看过了？"

女医忙上前解释："皇后无碍，只是脱力昏睡，等她自然醒了就好。小皇子生得极为顺利，想是皇后素日体健之故。"

耶律贤这才放心地点了点头，又问："皇后什么时候能醒过来？"

这个连女医也无法回答，只能说："过几个时辰吧。"

几个时辰？一个时辰还是十个时辰？谁也不知道。

耶律贤抱着婴儿，看着燕燕，想等她醒来说说话。可是过了好一会儿，燕燕仍然未醒，见婆儿再三催促，耶律贤方依依不舍地出来。

婆儿忙道："四端，快给主上更衣。"

生子，则父亲换红衣，这也是契丹旧俗。

前殿内，耶律贤亦是与群臣欢庆，为小皇子诞生，宫中连开十天宴席，举国同庆！

文武群臣开怀畅饮，大殿正中舞女们跳着舞蹈，庆贺皇子降生。

诸王心情复杂，而唯有喜隐直接将不悦的神情表现在了脸上。

反倒是罨撒葛一脸笑容地上前道贺："小皇子诞生，普天同庆，臣恭喜主上，贺喜主上！"

耶律贤向着罨撒葛举杯，饶有深意地说："朕就把这孩子交托给皇太叔了。"

罨撒葛忙行礼道："臣不敢当。"他敬完酒，回到座上，转头看喜隐脸色难看，假惺惺地拍拍喜隐道："高兴点，这是喜事，你就算心里有想法，也别挂在脸上。"

喜隐勉强笑了笑，却是拿起一杯酒，喝了下去。

燕燕这一睡，就睡到了第二天早上，这时候小婴儿已经洗过澡，喂过乳母的三次奶了。

燕燕也从帐篷里挪回了自己宫室中，她醒来以后，就先喝了一顿酥杏仁油，吃了十来个乳饼，这才问："孩子呢？是男是女？"

早就守在一边的耶律贤抱着婴儿忙走到燕燕身旁，将孩子递给燕燕看："燕燕，你看，我们的儿子，像不像你？"

这初生的婴儿眉眼未开，皱巴巴的，哪里看出像谁了。燕燕看他难得地冒傻的样子，再看着孩子，笑了："像你。"

耶律贤看着孩子，忽然间眼睛有些湿了，他握住燕燕的手，郑重地道："燕燕，谢谢你。"

燕燕诧异："怎么说这样的话，这也是我的儿子。"

耶律贤长叹一声，将燕燕和孩子都抱在怀中，如同获得世间最重要的珍宝："朕曾经以为，已经失去了一切，在这个世上孑然一身，如此拖着病体痛苦挣扎地活着，只是一份不甘心，只是为了告慰亡灵。可这一刻，朕才知道，朕如今才是真真正正地活着！有妻，有子，有家，有希望，人生如此，夫复何求。”

燕燕抱着孩子，看着这初生的小生命，如此幼小脆弱，却又是如此地充满生机，生生不息。她说：“一切都过去了，明扆。”她抬头看他：“你有我、有孩子，甚至将来，我们还会有更多的孩子，会有无限的将来。”

耶律贤紧紧抱住了燕燕，脸上充满憧憬：“对，我们还会有更多的孩子，一个儿子不够，我们要生两个儿子，不，我们要生三个儿子！不对不对，只有儿子没有女儿怎么行呢，最好生三个儿子、三个女儿！”

燕燕刚要点头，忽然想想不对，用力捶他：“你以为我是母猪啊，生这么多！”

耶律贤抱住燕燕，欢畅地大笑。

皇子诞生，普天同庆，皇子的洗三宴，自然就是开在后宫。后殿中女眷围绕，欢声笑语，正中摆着一只大金盆，月里朵抱着婴儿坐在金盆边，那孩子生了三日，肌肤已经伸展开来，不再是那种红扑扑皱巴巴的样子，如今帐内火盆烧得极热，他穿着大红肚兜，被月里朵放在金盆的边缘，不住地想扑腾到水里。

胡辇走上前，舀了一勺温热的清水，轻轻浇在这孩子的头上，然后放进了一只金锁。

月里朵满面笑容地说着吉词：“添盆添盆，添个小郎君！”

胡辇闻言，只是微微一笑。

跟在后面的安只听了此言，抬头看了胡辇一眼，眼中嫉恨之意转眼便掩住了。

胡辇后面，是乌骨里，她跟着上前，也添了一勺清水，把温水浇在这孩子的手中，再把一个金臂环放进金盆中。

月里朵又说着祝词：“添盆添盆，添个小娘子。”

乌骨里闻言也高兴地笑了起来：“我可正想再添个女儿呢。”

站在乌骨里身后的安只听了前两句祝词，脸色一僵，只是此时已经轮到她了，只得也跟着上前，把一个金脚铃放进盆中，却不知道这老婆子会说什么刺心的话来。

却听得月里朵满面笑容地道：“添盆添盆，添福添寿。”

安只松了口气，露出笑容，只是笑容里还是有一些苦涩。

紧接着，胡古典、蒲哥、啜里等人和宗室女眷也依次添盆。

月里朵把小小婴儿放入盆边，手中搅动着盆里的水，念叨道：“一搅两搅连三搅，哥哥领着弟弟跑……”

婴儿被她抱了半日，早不耐烦了，扑腾拍打着水面。众女眷围着婴儿且笑且议论着：“这小皇子好生活泼，将来必是个巴图鲁。”

月里朵等这婴儿扑腾了四五下以后，就赶紧把他抱起擦干身子，又用已经烘得极暖的襁褓把他裹住，急得这婴儿遥遥地指着水盆啊啊地叫，却只能被抱走了，引得众女眷又笑了起来。

因着皇后还在坐月子，婴儿也只抱出来过了洗三宴，剩下的宫眷之中，皇后的两个姐姐是一拨，皇帝的三个妹妹一个弟媳两个太妃又是一拨。两边彼此都是无话可谈，过得片刻就由主持宫宴的胡辇宣布散了。

太妃蒲哥脸色潮红带着酒意，由宫女豆蔻扶着回房。她心中也有不满，向豆蔻发着牢骚道：“主上也真是的，皇子降生，这宫宴就得咱们家的人来主持，若说我们身份不够，还有公主，还有宁王妃呢。”

忽然听得一个男人笑道：“说得是呢，这宫宴原应该让太妃来才是。”

蒲哥吓得跳了起来，就见着内室帘子掀开，新任的皇太叔摄政从里面走出来。他仿若是在自己房间似的，就走到正中坐下，朝宫女豆蔻随意挥挥手，豆蔻就跟没事人一般，悄悄退出了房间。

蒲哥抬头看到了罨撒葛，吓得连忙从榻上站起来，吃惊道：“太平王——你、你怎么会在这儿？”

当年她带着几位公主在宫中苦熬日子，生死予夺皆操纵于这位穆宗最得力的弟弟手中，十几年下来，积威日甚，远远地听了他的声音见了他的影子就恨不得躲起来。如今正在最得意的时候，忽然见着他从自己房中出来，不由得吓得厉害。

罨撒葛扫了室里摆设一眼，点头微笑："看来蒲哥太妃过得不错，如此本王就放心了。"

蒲哥色厉内荏："你、你闯进这里来想干什么？我、我现在可是太妃，你、你不要乱来。"

罨撒葛轻蔑地看了蒲哥一眼，自己坐下来，还悠然地倒了一杯酥油茶，笑道："你怕什么，我能对你怎么样？如今可是明扆当皇帝，要对你怎么样，估计也只有他才有这个权力了，是不是？"

蒲哥脸色大变，紧张地走到门边向外看了看，转头走到罨撒葛身边，警惕地低声问他："你——那件事，你告诉别人了？"

罨撒葛悠然地道："哪件事？"

蒲哥脸色变了变，张口欲言，又忍了下去，颓然坐下问道："王爷来找我，有什么事吗？"

罨撒葛道："我听说萧燕燕很不把你放在眼里啊……好像你也得罪了她。如今她生了小皇子，将来恐怕你们两个太妃，就这么在偏宫无声无息到死了。蒲哥，我一直觉得你是个聪明人，而且也有野心，你在宫里熬了大半辈子，就这么让一个才进宫不到两年的小丫头整治成这样子，你甘心吗？"

蒲哥明知道他说的话一句也不能信，然而她早有把柄在对方手中，他这话又正中自己心思，顿时倒退一步，想信又不敢信，转而警惕地看着罨撒葛："太……皇太叔，您到底想干什么，直说吧。"

罨撒葛鼓掌笑道："聪明，我就是喜欢和你这样的聪明人说话。说实话，小皇子降生，真是普天同庆。只是……"他逼近蒲哥，缓缓地道："本王却有些担心，明扆从小就身体不好，燕燕又在怀孕的时候遇上了萧思温被杀的事情……你说，这孩子会不会不太健康呢？会不会有可能就忽然夭折了呢？"

蒲哥看着罨撒葛说着，一边慢慢逼近，想着他话中的意思，顿时吓得脸色惨白："不、不，皇太叔，我、我不能……"

罨撒葛忽然爆发出一阵阴笑："你不能？哈哈哈，你不能？当日你能给明扆下毒，为什么到现在倒装善人了？"

蒲哥听得他说到自己最惧的那桩事，顿时心胆俱丧，浑身瘫软，扑通跪地，脖子似被人掐住了般："那是……你逼我的，是你逼我的……"说到这里，不禁轻泣。

罨撒葛蹲下去，蹲在她面前，低声笑道："哦，既然是我逼你的，你自然就没有责任了。那现在也是我逼你的，你大可以毫无负责地去做啊。蒲哥太妃，如果燕燕失势，这后宫，可不就是你可以出来作威作福了？你要知道，我从来不亏待帮我做事的人，过去你帮我做事，可也享受到了好处，你怎么不说啊？"

蒲哥崩溃地伏地痛哭："我只是后宫一个普通妃嫔，我只想活下去，我只想过点好日子，你为什么就不肯放过我，为什么？"

罨撒葛仰头大笑，笑着笑着，他的笑声变得惨痛："为什么……哈哈哈，我放过你们，谁放过我？"

在蒲哥的痛哭声中，罨撒葛大笑着走了出去。

他回到前殿，叫人接了胡辇一起出来。此时人也散得差不多了，他与胡辇登车的时候，就见着有一道目光射来，他扭头一看，却见正是宁王只没与宁王妃安只出来。

安只自那日与罨撒葛有了一段孽缘之后，竟是上了心，午夜无人之时，却是回想起那场床事，想着罨撒葛许她的"给你一个孩子"，更是不知不觉，心底升起了希望。

也因此她看到罨撒葛走在前头，对胡辇爱怜倍至的时候，心中竟不知不觉，将自己代入了胡辇的身份。看着身边一脸郁郁寡欢、如同深山古僧似的只没，不由自伤自怜，同样是亲王之妃，为什么自己嫁的是这个宁王，而不是那个齐王呢。

也就是因为她的眼神太炽热，炽热到让胡辇也不禁有感觉了，回头一看，也没发现什么，却见罨撒葛也在扭头看，就问："怎么了？"

罨撒葛淡然一笑，低声道："没什么，一个蠢货罢了。"

罨撒葛为人自负，胡辇也常在府中听他点评朝中诸人，经常在他口中听到的就是"这个蠢货""那个蠢货"，听了此言，也不以为意，只嗔怪道："王爷以后不要这么说人家。"

见两人走了，安只才悻悻地与只没乘车回府。

只没确也是因为皇子降生之事，有了心事。这一夜，他在甄后面前上了香，痛哭了一场。

"母后，您活着的时候，总说不在乎不能进祖殿祭祀，因为您求的是万世，您说过，您与父皇推行辽汉合一，自有后世子孙万代的祭奠。可是孩儿不孝，愚蠢冲动。若是我能够像二哥那样，冷静沉稳，不受那暴君兄弟的摆布，那么今天大辽皇室，当是您的血脉子嗣继承大统。母后，今天我看到二哥的孩子，我真是既为他高兴，更为自己痛心。母后，您是这么睿智卓识的人，我却是一步错，成千古恨，我当真是枉为您的儿子啊……我对不起您，对不起父皇啊……"只没伏案放声痛哭，他曾经也有机会的，他曾经也能够如耶律贤那般，可以娶妻生子，甚至得到皇位，让母亲的血脉能够流传下来。母亲这样才华绝世的人，她的血脉居然不能传承下来，她居然有自己这种无用的儿子……

自受伤以来，所有的痛、恨、羞、惭，于此一并发作出来，只没独自在房中，哭了很久。

安只站在门外，听着只没的哭声，她的手搭在房门上，却没有推开，反而转身走开了。

她本是心存愧疚，可是在只没身边时间越久，这种愧疚越少，她心中暗道："只没，你只觉得对不起你的母后，对不起你的父皇，可我呢，我就活该守一辈子活寡，我就只能一辈子没有自己的孩子吗……"

她又想起罨撒葛对胡辇的温柔体贴来，一个孩子，她可以拥有一个孩子，而自己——自己也是可以拥有的。

只没是个失败者，但她可不是。

想到这里，安只轻抚着自己平坦的腹部，脸上充满憧憬。想象着有一个孩子也将会在这里孕育，他应该会像今天的小皇子一样玉雪可爱。不，她的孩子，一定会更可爱的。

转眼，已经到了小皇子百日。小孩子百日要剃头，这日一早，月里朵就带着弟子进到宫里来了。只见到此时燕燕的气色已经恢复过来，双颊红润，精神抖擞。她抱着孩子坐在椅子上，怀中的孩子已经睡得十分香甜。

耶律贤满脸慈爱地坐在一旁，护着他们母子。

月里朵婆婆走到燕燕身前，弯腰行礼道："见过娘娘。"

燕燕抱着孩子道："免礼。月里朵婆婆，麻烦你了。"

月里朵婆婆微微一笑道："能为皇子剃发是老身的荣幸。"

青哥端着一盆水，良哥手里托盘上放着剃刀和毛巾。月里朵婆婆熟练地浸湿毛巾，以湿毛巾擦拭小皇子的头发，然后拿起剃刀为他刮去头顶的细发。

燕燕和耶律贤小心翼翼地扶着小皇子的头，任由月里朵婆婆施为。

月里朵婆婆剃去孩子头上的大部分头发，仅留下前额的部分头发和头后枕骨的一小绺头发。

燕燕轻轻地将孩子抱起，月里朵婆婆将后脑的头发梳理成小辫。

月里朵婆婆一边编着辫子一边念叨道："留老毛好养活，长寿多福，无病无灾。"

头发剃完，孩子也睁开了眼睛，好奇地看着周围。耶律贤欢喜地道："朕还怕皇儿第一次剃发哭闹，谁想到他这么乖巧聪慧，一直睡到结束。"

燕燕扑哧一笑道："主上又来了，才三个月大的孩子懂什么，不过是他昨夜睡得晚，晨起精神不济才昏昏睡去了。"她可实在受不了，这三个月，耶律贤像个傻爹一样，见着孩子的任何一个动作都稀奇得不得了，珍贵得不得了，聪明得不得了，乖巧得不得了。如今见他又发傻，不由得嘲笑他一下。

耶律贤笑嘻嘻地道："才不是呢，皇儿，你跟母后说，我可聪明了，是不是？"见小皇子吮着手指，咿咿呀呀仿佛回应。耶律贤高兴地道："你看你看，他应朕了。"

燕燕无奈道："好好，皇儿是天下一等一的聪明孩子，行了吧。"

就听得宫人来报，公主胡古典、宁王只没与宁王妃安只三人到来。

耶律贤惊讶地道："你们怎么来了？百日宴是在开皇殿，不在崇德宫呀？"

胡古典笑着迎上来："我们来看看小皇子再过去。"轻轻地触碰孩子的脸颊："小皇子，刚刚和父皇、母后干什么去了？"

耶律贤道："朕带皇儿去拜祭父皇母后。走，进去吧，外面风大。"

胡古典道："父皇、母后看到他一定很开心。"

耶律贤道："是啊。等皇儿大一点，再带他去显陵祭拜。"

众人前往宗庙，拜祭过世宗夫妻灵位，耶律贤又特地带着小皇子，也去祭了甄氏之灵。甄氏生前虽然受封为皇后，但死后穆宗收葬诸人时，却只给她以贵妃之礼下葬，灵位也只是贵妃。

当时契丹上层不喜甄氏者多，只没当年一心想要争皇位，有一部分原因，也是希望自己登上帝位，能够将母亲追封为皇后。

耶律贤虽然知道只没的心思，然而在他的心中，却也为当年母亲让出皇后之位而抱屈。继位以后，自然也不提此事。只没也知道他的原因，所以见此番他带小皇子来拜祭甄氏，心中也甚为感动。

出了宗庙回到宫中，燕燕下辇，亲自抱过小皇子走进殿中，只没等人跟在身后。小皇子被燕燕竖抱着，娇滴滴地趴在燕燕的肩上，可爱稚嫩的面容正好和只没、安只相对。

小皇子冲着只没、安只露出笑容。只没看着小皇子，面上闪过痛楚之色。安只眼馋地望着小皇子，不自觉地流露出渴望的神色。

燕燕走进来后，发现小皇子专注地盯着只没和安只，不由笑了笑："皇儿一直盯着王叔看呢。"

耶律贤道："是吗？这孩子喜欢你呢，只没。"

只没忙笑着从怀中掏出一个灵符呈上："这是臣弟在真寂寺求的灵符，高僧开光，庇佑小皇子平平安安。"

耶律贤接过灵符给小皇子挂上，温和地道："你有心了。"

小皇子抓着灵符上的红绳玩弄，好奇地看着只没。只没、安只看着白白胖胖的小皇子，都有些发愣。

燕燕见状，道："只没要不要抱抱皇儿？"

只没一怔，忽然有些慌乱："啊？可是我从没碰过这么小的孩子。"

燕燕将孩子抱到只没身前，只没小心翼翼地接过，孩子柔软的身子让他瞬间失神，不由求援地抬头看着安只。

安只亦是忍不住伸手摸了摸孩子柔嫩的小手，失态地道："这孩子真漂亮。"

宁王夫妻抱着孩子正在欢笑，见耶律贤心情正好，胡古典靠近耶律贤，小心翼翼地求情道："皇兄，两位太妃年纪大了，难免糊涂，既然小皇子降生也让她们出来一起庆祝了。我看，宫中事务繁多，不如还让她们回来帮忙吧。她们现在知道错了，以后肯定不会再犯了。"

耶律贤听了这话，才在笑着的脸顿时沉了下去，心中怒火升起。胡古典为人天真，她怎么会在这种时机说出这种话了，分明是两个太妃挑唆的。

他已经对那两个女人够宽容的了，在皇后怀孕期间，不曾照顾好皇后，他没有治罪，只是夺了她们的权柄，还让公主去照顾她们。甚至在小皇子出生以后，还解了她们的禁足，让她们参加庆典。可是没有想到，她们竟然还不知收敛，要利用他妹妹来争权。

沉默片刻，耶律贤还是不忍数落胡古典，只淡淡地道："胡古典，两位太妃年纪大了，不如在宫中静养，这些小事就不必劳烦她们了。"

胡古典见他不悦，心中也有些害怕，但想到两位太妃在她面前泪眼盈盈地道歉告饶，说自己只是一心为皇帝着急。如今她们失了管事之权，甚至要受官人冷遇，也不求什么，就是略让她们管些事情，也好让人知道她们并没有失势，还是硬着头皮出口求情道："但是，两位太妃真是想给皇兄皇嫂帮忙啊，她们的年纪也不大，就这么坐着什么事也不能管，实在是日子难熬啊……"

燕燕在一边，见着耶律贤眼睛一瞪，立时就要发火，忙上前打圆场道："公主，宫中待太妃的礼节依旧，尊重依旧，一应吃用并未削减。宫中人多事杂，有好几个人发号施令，反而容易生乱。公主如今嫁了人，自己开立了公主府，不如常常接太妃出去走动，也一样能让她们消愁解闷。"

只没正抱着孩子逗着玩，闻言也道："是啊，胡古典，宫中自然有宫中的规矩，你不要再为了太妃的事情纠缠皇兄了。今天是小皇子百日宴，你别说这些扫兴的事情。"

连安只也说："公主，太妃再重，重不过主上和娘娘，您还是别再提这茬儿了。"

胡古典只得叹息，再不做声。

这时候大约是被吵到了，小皇子在只没怀中开始频频扭动身子，发出咿咿呀呀的声音。

燕燕忙将孩子抱回来，笑道："这孩子想是要吃奶了，快叫乳娘抱下去。"

耶律贤也笑道："时辰也不早了，咱们去大殿开宴吧，别让群臣等急了。"

只没和安只恋恋不舍地放开手，安只羡慕地看着燕燕抱走孩子，交与乳娘。

只没揽住安只的肩膀，轻声地道："走吧。"

两人先出了宫门，去殿上候着帝后入席。

只没和安只同在宫道走着，却是默默无言，只没见安只伤感，伸手去拥抱安只，轻声道："安只，你喜欢孩子，我们去抱养一个吧。"

安只面上闪过一丝愤怒，却忍了下去："别人的孩子，终究还有他自己的父母。就算养大了，我们也不是最亲的爹娘。我只是想，要个自己的孩子！"

只没抱紧了安只，沉默地闭上了眼睛，没有回应。

第六十二章

齐王乱局

此时前殿诸王也陆陆续续地到了，皇太叔罨撒葛带着王妃胡辇走到宫门外，恰好碰到冀王敌烈和他的王妃伊勒兰走在前面。

敌烈和伊勒兰见了他二人到来，连忙避让行礼："见过皇兄。"

罨撒葛看着两人，哈哈笑着拍了拍敌烈的肩膀："你们也来了，皇子百日，普天同庆啊。"

敌烈赔笑道："是啊，是啊！"

罨撒葛亲切地问道："对了，蛙哥呢，你怎么不带他也进来，我这个伯父，也好久不曾见他了。"

敌烈自黑山变局以后，甚怕与这个哥哥牵扯不清，被当今皇帝疑心。穆宗皇帝当年各种找事杀世宗的亲弟弟。他怕沾上这层关系，但又不敢得罪罨撒葛，惹他日后报复，闻言一惊，不由向外看了看："哦，他还小，我怕他喝多了酒不好。"

罨撒葛意味深长地说："你可要好好照看蛙哥啊，如今他可是我们太宗系现存唯一的子嗣，我们这一系，将来可是要寄望于他了。"

敌烈心惊胆战，不知道如何回答："我、我……"

却见罨撒葛哈哈大笑着走进去，敌烈看着罨撒葛的背影，不知所措地看向伊勒兰："伊勒兰，你说，他这是什么意思？"

伊勒兰见敌烈素日总是吹牛，今日却这般窝囊，气不打一处来，忍着怒气道："你连这也看不懂，他这是给我们下诱饵呢。"

敌烈一怔："下什么诱饵？"

伊勒兰摇摇头，深知敌烈这个人自负聪明，却是目光短浅，见利舍身，当下劝说道："我虽看不懂，但敌烈你要想清楚，从小到大，他什么时候把你当兄弟过，什么时候给过我们好处？跟着他，好处没份，但若有事，只怕顶缸的就是我们。我们要为蛙哥着想，过我们太太平平的日子才是。"

敌烈叹了口气，有些无奈地叹了口气。他何曾不知道罨撒葛从来没有好事能照顾他，但他委屈得久了，一看到机会总是忍不住放弃。如今连他王妃也这么说，可见这事是不行了。

不提敌烈夫妻两人，胡辇跟着罨撒葛走进殿内坐下，见两边无人，才低声道："罨撒葛，你这是什么意思？"

罨撒葛一脸无辜："什么什么意思？"

胡辇瞪他一眼："刚才你跟敌烈的话。"

罨撒葛哈哈一笑："哦，我不过是逗逗他罢了。这种人既想吃肉，又怕烫嘴，我拿他又有什么用？"

胡辇叹了口气，想想还是不放心，劝道："你已经是皇太叔，大辽从来国立长君，你根本不需要做多余的事，皇位就已经是你的了。你有野心，我知道，从来没打算阻止过你，我知道我也阻止不了你。可我永远只有一句话，你的野心，不要把我、燕燕和乌骨里绕进去，不要把我妹妹的孩子们绕进去。"

罨撒葛笑着搂住胡辇的肩头："放心，你妹妹就是我的亲人，胡辇，我只是不甘心罢了。"

胡辇敏锐地反问："不甘心什么？"

罨撒葛嘻嘻一笑："我最大的不甘心就是，喜隐这小子有儿子了，连明扆这病恹恹的小子也有儿子了，我的儿子，在哪儿呢？"

胡辇脸一红，拍开罨撒葛的手："大庭广众之下你也不害羞。"

见胡辇脸红，罨撒葛笑得更是大声。

就在此时，宁王夫妻入殿归座以后，就听得钟鼓齐响，帝后上殿，众人纷纷起身，一齐参拜。

帝后就座，宣布宴会开始。

大殿中央，萨满跳起充满原始巫祝意味的祈福舞蹈，文武群臣各自宴饮。

被紧急召回的诸王看着耶律贤和燕燕，交头接耳。忽地高勋第一个站起来，走到耶律贤跟前，高声地道："今日是皇子百日，大辽后继有人，我建议大家满饮此杯，为皇子庆贺。"

女里、韩匡嗣、虎古等立刻举杯响应，喜隐、罨撒葛及诸王也都举杯相迎，大殿上顿时一片贺喜之声。

安只也跟着举杯，只是她饮完一杯又一杯，很快喝得两颊绯红。

只没见她喝闷酒，又不敢阻止，只能心疼地劝说道："慢点喝，吃些菜。"

安只轻轻推开只没，靠在桌子上，侧着脸，看向旁边的罨撒葛。只没以为安只醉了，将她揽在怀中。安只看着罨撒葛对胡辇露出笑容，夫妻俩姿态亲密，面上的神色变得有些哀怨。

罨撒葛注意到安只的哀怨，趁着胡辇不注意，对着她举杯一笑。安只脸色一变，害怕地回避。

酒至三巡，耶律贤喝得有些高了，兴奋地站起来，举杯道："众卿，皇子百日，朕心甚慰。朕拟将……将、将……"他这话才说到一半，忽然脸色大变，捂住心口，缓缓侧倒在龙椅上。

众人惊呼道："主上！"

燕燕扶着耶律贤，脸色大变道："快请御医！"婆儿、四端、阿辛齐上前，将耶律贤抬到后面。

罨撒葛见耶律贤倒下，先是愕然，随后欣喜。胡辇注意到罨撒葛毫不掩饰的喜悦，面色一变。

耶律贤被抬走后，群臣哗然，窃窃私语。

女里道："高勋，主上忽然倒下，咱们……"

高勋一挥手，制止女里接下去要说的话，高勋转过头与罨撒葛对视，罨撒葛回以微笑。

乌骨里惶急地道："喜隐，怎么回事？"

喜隐紧紧盯着高勋和罨撒葛，警惕地道："不知道。"

燕燕听着底下的纷乱，直接摔了一个杯子，大喝一声道："安静！"场面顿时安静下来，燕燕冷着脸道："休哥惕隐何在？"

休哥立刻出列。

燕燕道："喜宴到此为止，惕隐带禁军严守宫禁，派人送诸王及大臣回府，一切等明日主上醒来再谈。今夜，无论是谁若有异动，你可先斩后奏。"

休哥道："是！"

喜隐不以为意地撇了撇嘴，罨撒葛一脸意味不明的微笑。

众人目光一起落到龙椅前的燕燕身上，燕燕强行镇定，站立不动。

胡辇拉了一把罨撒葛，高声地道："谨遵皇后懿旨。"

罨撒葛低头看着胡辇，无奈地道："臣罨撒葛遵旨。"

胡辇拉着罨撒葛带头离开了开皇殿。

乌骨里推了推喜隐，喜隐也开口道："臣喜隐遵旨。"

有了罨撒葛、喜隐二人带头，大殿上的人才陆续退下。

大殿上人马全部离开后，燕燕瘫坐在龙椅上，青哥连忙上去扶她。

燕燕道："快扶我去彰愍宫见主上，把小皇子也抱来，今夜不能让那孩子离开我的左右。"

她回到宫中，就召来御医近侍等来问："迪里姑，婆儿，你们都是伺候主上的老人，应该知道百日宴有多重要。为什么主上的身体差成这样，你们都没有提前来跟我说一声？主上这一倒下，你们知不知道情况有多严重！"

迪里姑只得回道："主上怕皇后月子里还要为朝政伤神，落下病根，所以这段时日一直亲自处理庶务，这才累到了身体。"

燕燕恼怒地道："那你们也不能由着他。"

耶律贤虚弱地道："你别责怪他们，是朕又高估了自己。"

燕燕转过头，发现耶律贤醒了，又惊又喜道："迪里姑快过来给主上把脉。”

耶律贤一边伸出手让迪里姑把脉，一边道：“现在是什么时辰了？去宣德让、室昉、匡嗣、贤适、休哥他们进宫，朕有事吩咐。”

燕燕忙按住耶律贤：“有事明天再说吧，你现在需要休息。”

耶律贤摇摇头：“不行，朕这么倒下，明日朝会定会有人发难。你一个人上朝，若没有人帮忙，就会出大事。”

燕燕担忧地道：“可是……”

耶律贤握住燕燕的手，叹道：“别担心，为了你和皇儿，朕一定会撑住。”他喘了口气，叫道：“叫休哥、韩匡嗣、韩德让来。”

诸人刚才在酒宴上见到耶律贤倒下，心中都担忧不已。听到宫中宣召，急忙赶到。

耶律贤向他们说明了自己的病情，对他们道：“朕这一倒下来，朝中诸人一定蠢蠢欲动。朕不怕聪明人谋定而动，倒是蠢人如果乱局，到时候我们控制不住局面，反而会抵挡不住他们的后招。”

韩德让道：“主上的意思是，如果喜隐乱局，而女里、高勋就会跟上，两边相争，最后会让齐王渔翁得利？”

耶律贤点头：“不错，明日朝会朕最不放心的就是喜隐，他狂傲自大，冲动易怒，定会闹出乱子来。”

韩匡嗣道：“如果没有喜隐的话，女里、高勋他们毕竟是臣子，要的是权势富贵，如果罨撒葛不能给他们更多的话，他们未必会为罨撒葛所用。”

耶律贤点了点头：“不错。将喜隐赶出上京，剩下女里、高勋和罨撒葛双方对峙，燕燕你只需要负责从中调和，便能暂保无虞。”说着，令道：“休哥。”

休哥忙上前一步：“臣在。”

耶律贤道：“女里在禁军中心腹众多，你刚接手不久，未必全清理过。你要确保皇后和皇子身边的安全。”

休哥道：“主上放心，只要臣有一口气在，就绝不会容许人伤害到皇后。”

燕燕在一边听着他的安排，忽然道：“主上，我有个建议……”见耶律贤看向她，她顿了顿，道：“我想把喜哥从冷宫放出来……”

众人都一惊。

耶律贤不动声色地道：“你为什么会想到她？”

燕燕犹豫一下：“有她牵制，女里能看到更多盼头，明日就不会轻易惹事。”

耶律贤看着，良久点了点头：“好。”转向众臣：“明日早朝，皇后独自上朝，必然会有人不服，跳出闹事，室昉、贤适你二人老成持重，要帮着皇后掌控局面。”

等群臣走后，耶律贤坐在床上，看着窗外，心中忧虑。

燕燕坐在他的身边：“你在想什么？”

耶律贤叹息：“我在想，罨撒葛今日也在场，看了我倒下，他会有什么手段。”

燕燕也眉头紧皱，想了想，忽然推了耶律贤一下：“都怪你，为什么叫罨撒葛回来？”她想到当日之事：“当日射鬼箭的时候，喜隐搞鬼，我和二姐也有了矛盾。我如今只剩大姐了，可你却偏要让她把罨撒葛找回来。你明知道罨撒葛比喜隐还坏，你这样，分明是让大姐左右为难，你，你……”

耶律贤捂住她的手，叹道：“朕又有什么办法呢？罨撒葛在外兴风作浪，朕拿他无可奈何，在上京，至少朕还能够掌控，他还能够牵制一下喜隐和高勋的注意力。”

燕燕白了他一眼道：“你就不怕他联手喜隐和高勋等人来先对付了咱们……”

话犹未了，耶律贤猛烈地咳嗽起来，燕燕见状，知道自己刚才的话说重了，连忙一番劝慰，当下再不提此事。

而此时的罨撒葛，自然如耶律贤所料，从耶律贤倒下那一刻起，就在筹谋着计划了。他半点也不相信耶律贤真会在自己死后心甘情愿把皇位传给自己。他之所以回来做这个皇太叔，不过是以此为名，在耶律贤死后更加明正言顺地夺取皇位而已。

他心中计划着，扭头见胡辇忧心忡忡，笑着安慰她说："你放心，明扆从小多病，我们也一直担心他，结果他还不是好好地活着。"说到这里，不由带出一些恨意。

胡辇拉住罨撒葛："罨撒葛，我害怕。"

罨撒葛轻轻抱住胡辇："别怕，有我呢。"

胡辇忧心忡忡地看着罨撒葛，罨撒葛被她看得有些不自在，别过了头去。胡辇推开罨撒葛，看着他道："我怕的不是别人，而是你。"

罨撒葛失笑："你一路忧心忡忡，就是怕我会伤害你妹妹你外甥。胡辇，你就不能对自己丈夫有点信心吗？"

胡辇盯着罨撒葛："主上病倒，你肯定很高兴。"

罨撒葛沉下脸来，肃然道："胡辇，在你眼里，明扆是你妹夫，是个可怜的孩子。可是在我眼中，他却是一个工于心计、谋权篡位的人。也许在你们眼中，我皇兄不是什么好人，可他对我，却是一个好兄长。黑山之变他死得蹊跷，而我，"他指了指自己肩膀，"我的肩伤至今未愈，这是他留给我的。现在因为你、因为燕燕，我们达成协议，有共同的利益。但是对我来说，仅此而已。我不是圣人，你实在也不能对我要求太高。"

胡辇一时语塞，不放心地问："他发病与你无关吧？"

罨撒葛见她如此，叹了一口气："他如今是皇帝，一应吃用都有心腹照看，我能对他做什么？"

胡辇被他这一反问，也自悔失言，忙低下头。

罨撒葛道："放心，我不会伤害你的妹妹。"

胡辇叹了一口气，欲言又止，却是心事重重，直至深夜，还不能安心。见天色已晚，空宁忙去前头问了，回来同胡辇说："王妃，皇太叔还在书房议事，说请您早点歇息，不必等他。"

胡辇心事重重地问她："空宁，你说，请罨撒葛回来，到底是对还是错？"

空宁见她心绪不宁，忙劝慰道："王妃，是主上请您去请回皇太叔的，如果有错，也不是您的错。何况，有您在，皇太叔多少要顾忌几分，留情几分。若是换了赵王上位，赵妃恐怕根本控制不住他，而且在赵妃的心中，还真不知道是哪边更重要呢。"

胡辇摇头叹息："可我也一样控制不住罨撒葛啊，男人的野心，岂是女人能控制得住的，哪怕他再爱这个女人。我本以为，请他回来，至少有几年安稳。至少几年以后，我才会面对当日乌骨里的困境。没想到，事情变化得这么快。"

而此时书房中，罨撒葛笑眯眯地看着眼前一个麻袋，袋里有人形物正不断挣扎着。这里面装的就是他那滑头的好弟弟敌烈。这几日他派人去找敌烈来议事，可是敌烈却避而不见，于是他就只能用这种办法请他来相会了。

耶律贤今日忽然倒下，对于罨撒葛来说是千载难逢的机会，他自然要动用一切的力量来达到目的。

不管敌烈有多不情愿，既然他是太宗系的子孙，就得站在他这条船上来。

他一挥手，室鲁忙上前把麻袋的口子解开，里头的敌烈挣扎着从里面探出头来，被人从口中拔出塞着的布，满室亮光晃得他睁不开眼睛，不由惶恐又虚张声势地道："你们、你们是什么人，竟然敢绑架我堂堂冀王？"

忽然一阵大笑声传下，敌烈一抬头，看到罨撒葛坐在椅子上，跷着腿，看着他正在笑。

敌烈吓了一跳，旋即回过神来，这几日他闭门不敢理会罨撒葛派来的人，本以为可以躲过一劫，可没想到他居然做得出半夜打自己闷棍抓人的行为来。想怒又不敢怒，颇识时务的他立刻爬起来，谄媚地笑道："二哥，原来是您啊，吓了我一大跳。"

罨撒葛呵呵一笑：“呵呵，你倒是吓了我一大跳，我想不到我的好弟弟，居然会有这么大的胆子，不把我放在眼中，我派人连请了几次都请不到你，所以啊，不得已，只好用这种办法来请你，你不会埋怨你哥哥吧。”

敌烈忙赔笑道：“嘿嘿，不埋怨，不埋怨，我哪敢埋怨啊。不知二哥深夜招小弟来，是为了何事啊？”

罨撒葛嗤笑道：“你这么享受冀王的头衔，乖乖在南京安分守己，是不是已经忘记了自己身上流着太宗一脉的血了？”

敌烈慌忙辩解：“不敢，不敢。小弟一日不敢忘记父祖荣光。”

罨撒葛冷笑：“是吗？”

敌烈苦着脸：“二哥，我，我胆子小。主上病倒了，上京城里人心惶惶，我怕卷进纷扰，才躲着人，不是只躲着你。”

罨撒葛盯着敌烈，冷哼一声：“懦夫，你躲着事，事情就不会来找你了吗？我问你，京城一旦有变你手中南京兵马该何去何从？”

敌烈被罨撒葛看得低下了头，颤声说道：“小弟自当以二哥马首是瞻。”

罨撒葛微微一笑：“算你还不忘本，别忘记，若是没有皇兄和我，你根本连什么都不是。”

敌烈忙道：“是是是，没有您，我就是个屁，”说到这里，这个滑头的小子忍不住压低声音嘟哝：“所以您就不能把我当个屁给放了吗？”

罨撒葛装作没听见：“敌烈啊，大辽虽然是太祖皇帝设立，却是在父皇手中立住根基的。这皇位理应由我们太宗系来传承，人皇王一脉不过是窃国之贼。皇兄当年能从兀欲手里拨乱反正一次，咱们也可以，不是吗？”

敌烈耷拉着脑袋，有气无力道：“是。”

罨撒葛道：“敌烈啊，你知道我前头的王妃是难产而死的吧？胡辇嫁给我这么久，也是至今没有消息。我曾经找大萨满算过，他说我今生子嗣缘薄，你家蛙哥其实就是我们太宗系唯一的继承人。”

敌烈不可置信地看着罨撒葛，神色变换数次之后，才赔笑道：“二哥，您在开玩笑吧，王妃一定、一定能为您生下儿子来的。”

罨撒葛拍拍敌烈的肩头：“大辽立国，从来都是国赖长君，你们蛙哥已经十几岁了，我还能活多久？就算胡辇为我生下儿子，他的将来，我还是要托给蛙哥的啊！”

敌烈扑通一声跪地，立刻宣誓地说：“二哥，不，皇太叔，我对您一直忠心耿耿。您指东我就向东，您指西我就向西。”

罨撒葛向着敌烈伸出手，敌烈犹豫地伸手与罨撒葛相握，罨撒葛笑笑眯眯地道：“这就对了，咱们兄弟合力，定能恢复太宗一脉的荣光。明日大朝会上你就这样……”

他对着敌烈附耳低语，敌烈先是不信，后来却听得振奋起来，不住点头。

次日，果然只有皇后独自上朝。敌烈按着罨撒葛的吩咐正想率先发难，不想他的脚刚踏出一步，却见站在自己前面的赵王喜隐第一个出列开声：“主上昨日昏厥，不知今日情形如何？”

敌烈心头暗喜，忙把已经伸出去的脚收了回来。罨撒葛本也拿他没什么大用，只是许多事需要有一个人先跳出来发难，他才好后头摆布。敌烈不敢违他，又受了他许的好处，本已经硬着头皮准备上前，不想喜隐先跳出来，顿时正中下怀。

见居然是喜隐先出头，燕燕眉头一皱，心中暗骂，只得答道：“主上身体无恙，只是操劳过度，须静养数月。”

喜隐也是算计过的，耶律贤虽然请了罨撒葛回来为皇太叔，但料得他未必对罨撒葛完全放心，且如果他什么也不做的话，就等于眼睁睁看着罨撒葛在耶律贤倒下以后掌控大局，顺利继位，他怎么能甘心。不如仗着身份出来闹一闹。不管是燕燕因为他闹腾而感觉到压力而分给他一些权力，还是罨撒葛为了顺利掌控权力而不得不与他妥协分权，闹腾总比听天由命来得强。

当下他听了燕燕的话，立刻就道："主上静养，那朝政如何安排？"

所有人的注意力都聚集到了燕燕身上，燕燕顶着众人的目光，手紧紧地握拳，强自镇定道："主上有旨，着朕代为摄政，北府丞相室昉辅政，行宫都部署女里、北院枢密使贤适、南院枢密使高勋协助大丞相，主理朝廷内外事宜。盼诸臣公齐心协力，共度时艰。"

高勋与女里对望一眼，见自己权势无减，当下随点到名字的人一齐上前道："臣领旨。"

罨撒葛微微皱眉，想要说话，却忍下了，先看看喜隐有何话说。

果然见喜隐高声道："臣认为不妥，皇后刚生下皇子，身体虚弱，如何能够摄政。"

燕燕深吸一口，道："那赵王的意思呢？"

喜隐大声道："太祖阿保机打下的江山，就算是主上病体不支，让皇后摄政，那也应该让我们这些三支兄弟、阿保机的子孙辅政，怎么可以让外人辅政呢。更何况，高勋、女里狼子野心，皇后不可不防。"

高勋听得喜隐居然指到自己头上，心头一跳，却皮笑肉不笑地道："赵王，这'狼子野心'四个字，说臣，臣可承担不起，若是转回到赵王您自个身上，倒是相当符合的。"

喜隐此时敢发难，却是得到了证据的。萧思温的事，他从一开始就怀疑不可能只是海只、海里两兄弟就敢动手的。李胡当年留下的余党不少，女里查案稀里糊涂，但经办查案的人中却有一个喜隐的暗线。他早就密报喜隐，说是女里那日忽然收到关于海只、海里的密报和那个人证，然后就去找了高勋，在高勋劝说下立刻动手。那暗线当时就在女里身边，看着高勋接到女里的消息时毫不动容，劝说女里的话也似早有准备。

喜隐查知以后，就又抓了海只府上的亲信来审问，却是得知海只当日想动手，乃是在赌场欠了一大笔钱，向萧思温求借不准，又不知道得了谁的怂恿，这才对萧思温起了杀手。

而喜隐听了这话，顿时想起当日萧思温宴上，高勋与海只、海里两兄弟暗中嘀嘀咕咕的样子来，岂不疑心。高勋此人素来清高自傲，只与顶尖儿的那几个皇族宗亲和他认为有用的人，才会放下脸子来周旋，海只、海里两个废物无权无势又无能，除了和萧思温血缘近些，又有什么值得他去结交的。

他素来厌恶汉人，莫说手上掌握了好几个疑点，便就是几分疑心，也会直接把对方想象成凶手。如今见高勋竟然胆敢对他无礼，顿时起了铲除之心，当下翻脸："呸，给你脸你不要脸，那让我当面揭你的脸皮下来。高勋，我问你，思温宰相的死，谁的好处最大？是你高勋吧？你和女里暗中谋划的东西，你以为我不知道？闾山的守卫是谁安排的？死士是谁派的？你真以为别人都是瞎子吗？"

高勋想不到喜隐这番话说得诛心，脸色突变，竟不由得先转头去看皇后。

燕燕也是大惊，站了起来，喝道："喜隐，你说什么？"

高勋心如电转，立刻跪下叫屈："皇后，赵王这是污蔑！谁不知道思温宰相之死，乃是海只、海里所为。如今案子已经结束，凶手是皇后亲手处决的，他如今在朝堂上诬蔑大臣，有何证据？"

喜隐一怔，就理直气壮起来："我自然是有证据的，那日思温宰相的酒宴上，我就看到你和海只、海里背里地嘀嘀咕咕的，可见是有阴谋。你怕韩德让查到身上，才把那个证人和口供扔到女里门前，女里是听了你的话才去抓海只、海里用来灭口……"

高勋恨得牙痒痒，这个蠢货日常做事的时候要人明示暗示到差点把他脑仁劈开都说不明白，胡说八道起来居然句句真相。不能让他再说下去了，否则哪怕大家明知道他是胡扯，但句句关键点都打准的话，也不免让人疑心于他。当下立刻扭头怒道："赵王，我给你留三分情面，你居然血口喷人。我问你，皇后射鬼箭的时候，射台上有陷阱，下有伏兵，要暗算怀孕的皇后，是怎么回事？射台是你布置的，这一切的事，你逃不了干系。”

喜隐想不到高勋反咬一口，跳了起来叫道：“你胡说！”

高勋冷笑：“你诬陷！”

两人顿时你一言我一语地掐了起来，罨撒葛见状心中冷笑，一个眼色，几个早就串通好的臣子立刻站出来故意搅乱朝堂。

一大臣就道：“主上闾山遇伏，皇后射台失事，这两件事的主管之人，都罪责难逃。”

另一大臣也道：“说得是，女里大人，闾山的守卫可是你派的。”

女里听到说到自己，顿抡起拳头，叫道：“关老子屁事。”

那大臣就叫了起来：“朝堂之上，女里你还敢当着皇后的面威胁人不成？”

女里伸拳就打，顿时朝堂下乱成一团，罨撒葛也罢，喜隐也罢，高勋也罢，这三个人三个派系平时少不得争斗，此时都有意无意地上前添油加醋，有意无意地将今日独临朝堂的摄政皇后给架空无视掉。

头一天上朝，就闹得不可收场，这个摄政皇后，又有何威仪可言，将来她下任何旨意，都可以让几个大臣先闹一上通，让她束手无策。

燕燕看着下面闹成一团，她看到了那些有意起哄的官员，也看到了抱臂站在一边，冷笑着旁观热闹场面的罨撒葛，更看到了还有一部分在旁边焦急想阻止这场闹剧，又怕被卷入闹剧更加不可收拾的忠君之臣。

罨撒葛微微一笑，他早已预料燕燕独立临朝的第一次将以失败和混乱告终。

不想上面御案上忽然一声震响，燕燕一拍桌子，叫道：“休哥惕隐何在！”

只听得一声令下，耶律休哥率值殿将军进来，群臣顿时止住了争吵，有几个大臣脸上显露出惊慌来。

燕燕看着高勋、女里沉默，高勋额上冒出冷汗，不敢再言。

燕燕又转向喜隐，冷静地道：“赵王，你说高勋、女里与闾山行刺案有关，可有证据？”

喜隐语塞："这……我是听海只、海里亲口所言。"

高勋大笑："哈哈哈，海只、海里？亲口所言。喜隐，你既然早就听到了，为什么不事先禀报，现在人都死了，死人说过什么话，自然是由着你随便编造了。"

女里立刻站起身，指着喜隐道："皇后，臣以为，赵王污蔑宰相，图谋辅政之位，有逆乱之心。"

喜隐大怒道："你胡说……"眼看就又再吵起来。燕燕一拍御案，冷冷地道："要吵的人，都架出去，到殿外慢慢吵；再吵不够，到校场去比一场；比不够，立生死契约决斗去！喜隐、女里，你二人想选择哪样？"

喜隐和女里心中一凛，互相瞪着眼睛，但还是慢慢退回原位去了。

燕燕微微一笑，不见丝毫烟火气地沉声道："现在，继续议政。"

大臣贤适见状连忙上前一步："禀皇后，右夷离毕奚底遣人献俘，如何安排，请皇后示下。"

韩匡嗣也忙上前："禀皇后，派遣阿萨兰回鹘的使臣，应以何人为好，请皇后示下。"

后头与诸王没有勾结，又知机的大臣们就忙一个个拿着事儿插上来，眼见大臣们一个个地上前奏事，整个朝堂秩序有条不紊，罨撒葛的脸色越来越不好看。

终于忍到了散朝之后，见着女里、高勋与喜隐差点拔刀的样子，罨撒葛冷笑一声，心道燕燕虽然躲过朝堂这一劫，然而这两边又怎么可能和平共处呢。

罨撒葛面色沉静地站在台阶最高处，看着女里、高勋和喜隐先后离去，这才上车离开。

粘木衮等罨撒葛回府下车的时候，才轻声地道："大王，看来皇后有意用女里、高勋来对付您和赵王。咱们是不是帮赵王一把，压下他们俩的气焰？"

罨撒葛冷笑道："为何要压？三足鼎立只会陷入僵局，那不就恰好合了明扆的心思了吗？我要的就是不稳，唯有不稳，才能乱中取利。”

粘木衮正想说话，却住了口，就见胡辇已经听说罨撒葛回府而迎上来，笑吟吟地拉着罨撒葛的手，道：“大王回来了。”

罨撒葛一边揽住胡辇的肩膀向里走，一边以目示意粘水衮等离开。他到了房中，胡辇拉着他坐下，问：“今日早朝怎么样？”

罨撒葛知道她是不放心燕燕今日独坐朝堂，当下一边接了胡辇送上来的茶，一边笑道：“早朝一切都好，燕燕很能干，你不要担心。”见胡辇微微松了一口气，罨撒葛又皱起眉头：“只是……她将所有权力交给高勋、女里掌控，太危险了。”

胡辇警惕地评价道：“高勋是大丞相，女里是沙场宿将，主上病倒，他们来掌权也是寻常事情。”她知道罨撒葛一直怀着野心，他说这话是什么意思，难道是要自己跟燕燕说，不要重用高勋与女里吗？这样的事情，她是不会干预的。

罨撒葛叹了一口气，一脸忧色道：“我知道明扆病倒，燕燕如今防着诸王夺权，这才如此抬举高勋、女里。可是他们真的弄错了。有你在，我对燕燕多少还有些情分，女里、高勋呢？你别忘了，他们手里还有一个喜哥在。当初，他们可是想抬举喜哥抚育皇子，抢了燕燕的位置做摄政太后的！”

胡辇警惕神色略减，一边替罨撒葛解衣，一边道：“喜哥怎么能和燕燕比，不过是他们俩的痴心妄想罢了。”罨撒葛上次受了伤，因为当时逃亡时条件不好，伤口受了感染，结果一直迟迟不好，如今已经长成背疽了。如今回了上京，才找了上好的御医来，重新挖开伤口上药，吃苦不少。现在每日上朝回来，就要立即解衣重新换药。

罨撒葛忽然道：“胡辇，你可知道，女里、高勋很可能才是杀害思温宰相的凶手。”

胡辇一惊，手一颤碰到了罨撒葛的伤口，听到罨撒葛呼痛，这才回过神来，抓住他的手吃惊地问：“你说什么？”

罨撒葛道：“这是今日朝会上，喜隐亲口说破的。”

胡辇既怀疑又愤怒：“喜隐说的？他有证据吗？”

罨撒葛叹了一口气，摇了摇头：“恐怕是没有。”胡辇方松了一口气，却听得他又道：“其实我早觉得你父亲的案子不对，偏偏我又是被猜忌的人，再去说女里、高勋的事情，就好似是故意诋毁重臣，招惹嫌疑，所以我才保持沉默。可眼看着高勋得势，权势日益增长，有些话我便不得不说了。我不能看着你的杀父仇人，在你妹妹手里荣华富贵，飞黄腾达啊。”

胡辇的手停住，跌坐在榻上，愤然道：“杀我爹？他们能得到什么好处？”

罨撒葛不要为然地道：“为了权位罢了。你想想，你父亲死后得到最大好处的人是谁？不就是高勋吗，他一跃成为大丞相，明扆不得不更加倚重他和女里。若使思温宰相还在，今日辅政之人根本不可能轮到高勋吧。”

胡辇扶着太阳穴，只觉得头似乎要炸了，她站了起来：“不，这太突然了，我得好好想想，好好想想。”

她也顾不得罨撒葛，扶着墙跌跌撞撞地走出去，被空宁扶住：“王妃，您去哪儿？”

胡辇茫然道：“我去哪儿？不，我不知道，让我一个人静静。”

与此同时，喜隐府自然也是夫妻有一番热闹情景，喜隐一回府，就把怀疑向乌骨里说了，乌骨里顿时就要跳起来去找燕燕，好容易被喜隐劝住。

而诸王在今日朝会的举动，自然也被婆儿报给了耶律贤。

耶律贤道：“齐王从头到尾都没有说话吗？”

婆儿摇了摇头道：“没有。”

耶律贤道：“看来朕猜对了，他下一步便会设法帮着高勋他们对付喜隐。”

迪里姑不解地道：“主上，您为何不留下赵王，三足鼎立，才能长久平稳啊。”

耶律贤叹了一口气道：“大辽受三足鼎立之苦还不够吗？人皇王、太宗、李胡皇太叔就是三支各拥兵马，势均力敌，才让大辽每次的皇位更迭都变成一场内乱。朕宁可冒一些风险，扫除沉疴，为后世开太平。”他想了想，道：“叫韩德让。”

过得不久，韩德让进来，向耶律贤恭敬行礼：“参见主上。”

耶律贤看着韩德让恭敬而陌生的神情，心中一痛，他和韩德让，当真就不能回到从前了吗？他心中忽然有些委屈，他是对不起韩德让，但是，燕燕已经是他的妻子了，燕燕已经为他生下儿子了。为什么韩德让还是不能放下，还是不原谅他？

他已经跟韩德让说得再透彻再交心不过了，为了大局，为了国家，他有什么放不下的？这不是这些年以来，韩德让自己一再告诉他的话吗？为什么他自己竟是想不通？可见，自知者是多么难啊。

他一直以为，韩德让是远比他自己更理性，更睿智，更不为外务所动的人，但是事情临到他自己身上来，他终究还是不够理性，不够放得下啊。

想到这里，他忽然有一种站在这个他多年来一直仰视着的人面前，隐隐已经高过对方的得意。他深吸一口气，不要紧，韩德让不能放下，那是还没有想通。但是他身为人君，要有人君的气量，他能够礼贤下士，感化人心。

这个世界上，他能够真正信任的人，太少太少，所以，他一个也不会放手的。

这江山他能得到，这人心，他更能得到。

想到这里，耶律贤忽然就心平气和了，他示意婆儿：“把东西给德让。”

婆儿立刻捧着一个黑木匣子送到韩德让跟前，韩德让并没有接，只是诧异地看了看耶律贤。

耶律贤抬手示意：“打开吧。”

韩德让一打开，却见里面是一块金光闪闪的令牌，韩德让拿起一看，不禁吃惊，转头看向耶律贤："主上，这……"

耶律贤点头道："朕继位之后，便命楚补从潜邸中挑选精锐，加以训练，在斡鲁朵之外秘密另立御营，这是调动御营人马的令牌。朕交给你，你来保护燕燕母子。"

韩德让忙退后一步，跪下："主上，臣不敢收……"其实这支暗军的存在，他也是知道的。甚至其中的核心，就是当初他在潜邸时秘密训练出来的。当初他们起事前，他们在一起都讨论过，当耶律贤坐上皇位以后，应该如何训练出一支真正完全忠诚于他的秘密军队，为的就是防祥古山事变世宗遇害的前车之鉴。甚至在黑山事变以后，他们也将穆宗被杀的事件列入这支军队的应变之中。

可以说，这支军队，是耶律贤真正身家性命所在。当初耶律贤初即位的时候，韩德让也曾想过，自己可能会执掌这支军队。但是，那是耶律贤那道旨意下来之前。

如今，他们形同陌路。

他此番归来，他想的只是为这个国，为这片土地下的人，尽一份心力。此时的他，已经不是过去的他。他已经自己跳出了与耶律贤十几年相处的兄长身份，只想以一个普通汉臣的身份，做自己应做的事。

他厌恶于对方时时提到的旧情，在他做出了这样残忍的事情以后，竟然转眼一副当此事不存在的样子，甚至还对他露出那样一副委屈的模样，像是残忍的竟然不是他耶律贤，而是他韩德让。

但若他真是作伪的话，他不会这样毫无防范地把最重要的东西交给他，把自己的后背交给他。

他的心到底是怎么做的？他的情感，真的和自己不一样吗？

韩德让觉得此刻真的看不懂耶律贤了，这个他从四岁起就抚育长大的孩子，他到底有多少面是不曾给他看到的？还是自己竟然如此愚钝，这么多年，从来没看清过他。所以活该被这个年轻的皇帝从小到大，玩弄于股掌之上？

他默默地推开婆儿递到面前的木匣，在没有想清楚这些之前，他不想接。

耶律贤自觉拿出这面金牌，已经是自己拿出十成的诚意来了，他应该想得到，当年两人多少次月下纵谈的意气，指点山河的慷慨，还有初继位的所有设想。可是他居然推开了，他心头火起，强压了压，长叹了一口气，用最诚恳的眼神看着韩德让，道："德让，你收下吧。你是朕最信任的人，也是燕燕最信任的人。现在朝局变幻莫测，若真有万一，燕燕身边需要一个真心关怀她的人，陪她渡过难关。朕希望这个人是你，也希望你能有实力庇护燕燕母子。"

韩德让脸色变幻莫测，数次看向耶律贤，仿佛在辨析他所言真假。

耶律贤忽然笑了："德让自命英雄，难道连保护一个弱女子的勇气都没有吗？"

韩德让冷静下来，也笑了，他拿起令牌："既然主上愿意信任微臣，微臣敢不从命。"这一刻，他想明白了，既然回来了，这君臣之间的分寸，就不是他想保持在多少距离之内就能够保持在多少距离之内。既来之，则安之，自己既然决定了君臣之道，那就从心而行吧。

耶律贤见他神情，终于松了口气，郑重道："德让，朕就把朕的皇后，和朕的儿子，交托给你了。"

韩德让跪地，郑重道："若真有万一，臣定像臣父一样，做大辽的忠臣，护卫少主。"

耶律贤看着韩德让这一跪，恍惚间又想到当年那个把他从柴堆里头抱起的人，这一刻，两人似有重合。他想，就算他有什么意外，把孩子交给德让，他就放心了。

当韩德让走出宫的时候，远远看到对面回廊下，宁王只没引着一个僧人入内。见这僧人年纪四十左右，竟颇有高僧气象，宝相庄严，令得韩德让不由站住，多看了一下。

见韩德让好奇，侍人忙道："大人，那位是宁王。"

韩德让见这侍人面生，想是后来进宫的，当下只笑了笑道："我知道那是宁王，只不知那僧人是谁。”

那侍人就道：“这位是天龙寺主持昭敏，最近颇受宁王信任。”

只没自受伤以来，性情大变，虽然被耶律贤催着出来帮忙，然而他壮志成灰，身又残障，世间一切荣华享受，对他来说已经毫无意义，也不过是为了不让兄长失望而勉强应付罢了。一旦公事办完，他就会茫然无措，他甚至都不敢太多面对年轻娇艳欲望喷薄的安只。所以年来竟与一个僧人昭敏相谈甚得，甚至在自己家中置了禅房。

因为耶律贤一直睡眠不安，只没忧心他的身体，就推荐了自己最信任的昭敏来为耶律贤说法，以求驱他心魔，得以心灵宁静。

第六十三章

佛法本相

彰愍宫内，香烟缭绕，昭敏跪坐在耶律贤身前讲经，只没坐在一边，亦是一脸虔诚地倾听着。

昭敏念完一段经，道："十善业道，谓能永离杀生、偷盗、邪行、妄语、两舌、恶口、绮语、贪欲、瞋恚、邪见。"

耶律贤微笑请教："若达成了禅师所言十善业，佛法会有何回报？"

昭敏道："若能修此十善业道，即得成就十离恼法，一、于诸众生普施无畏；二、常于众生起大慈心；三、永断一切瞋恚习气；四、身常无病；五、寿命长远；六、恒为非人之所守护；七、常无噩梦，寝觉快乐；八、灭除怨结，众怨自解；九、无恶道怖；十、命终生天：是为十。若能回向阿耨多罗三藐三菩提者，后成佛时，得佛随心自在寿命。"

耶律贤点头赞许："说得简单明白，易知易行，若世人皆能以此法立身待人，则当世间大道通畅，人心喜乐。"

昭敏眼睛一亮，看向耶律贤："主上，若能够恩泽世人，当是极大的功德。十善业乃至能令十力、无畏、十八不共、一切佛法、皆得圆满。修十善道，则一切人、天依之而立，一切声闻、独觉菩提，诸菩萨行，一切佛法，咸共依此十善大地而得成就。"

耶律贤点头道："禅师博学广识，朕受益匪浅，只没你有心了。"

只没忙道："昭敏禅师是佛门高僧，本不愿涉足红尘事，臣弟与他相得，才求得他入宫讲佛。只盼能对皇兄有所助益。"

耶律贤道："是吗？这么说有劳禅师了。"

昭敏道："无处青山不道场，贫僧眼中宫中与深山并无差别。贫僧出山入世，见的都是红尘迷途之人。只是，许多人不识本心，学法无益。"

耶律贤微微一笑："禅师话中有话。"

昭敏道："方外之人，不敢妄言。佛法亦有缘法，主上是有大缘法之人，只是时辰未到，不能了悟本心。"

耶律贤呵呵一笑："昭敏禅师这么说，朕倒真的要让只没请你常来宫中了。朕相信朕与佛家是有缘的，但愿朕能够助力佛法，成就大功德。"

昭敏眼睛一亮，恭敬合十："如此，主上功德无量，昭敏有幸，佛法有幸，得遇明主。"

耶律贤与昭敏四目相交，彼此理解对方的意思，会意一笑。

而昨日朝堂这一闹，高勋见喜隐居然直指他是杀死萧思温的真凶，心中暗惊，顿时就定下一计来。

过了数日，喜隐府的管家撒懒照例去素日常去的一间寻春小巷，方推门进来，就见着一个人上前行了一礼，道："撒懒大人可来了。"

撒懒却不识得此人，诧异道："你是何人？"

那人冷笑："大人竟忘记昨天有人带信给您了？"

撒懒一怔，顿时想起昨日收到的信来，脸色一变："原来是你？"

那人点了点头，但见这人衣衫虽落拓，质地却还不错，显是个原来家道甚好，如今破落了的契丹人，但见此人脸上带着三分悍气、七分无赖，一看就是极为难缠的。

撒懒脸色顿时变了："我不认识你，也不知道你说的是什么。"

那人顿时叫了起来："你若是不知道，我就到衙门里去……唔，唔……"

撒懒见那人胡说，紧张地左右看看，见四下无人，忙掩了他的口拖到角落里，压低了声音喝道："你让人捎信说，你哥哥死在射鬼箭台下，想要我给你钱……你到底是什么人，敢敲诈我赵王府的人？我告诉你，根本没有这样的事。"

那人挣扎着拉开撒懒的手，苦着脸道："撒懒大人，我爹妈都要饿死了，我也是没办法，才来找您给口饭吃的。我那哥哥在射鬼箭前天同我交代，他是奉了您的命令去的，要是他回不来，那就是为赵王效死了……"

撒懒一甩手，喝道："放屁，你敢来哄我，那日我派的都是帐下死士，哪来的哥哥弟弟爹妈牵扯！"

他话音刚落，就听得那人忽然一阵大笑："你果然是派了死士！"

撒懒大惊，方要掩那人的口，忽然一阵哈哈大笑，撒懒转头看去，却见一人，正笑吟吟地站在他的身后，他顿时脸色惨白。

燕燕第二天，就收到了高勋送来的人犯和供词。

撒懒虽然忠心耿耿，熬了一夜的刑也没有招供，但他身边的从人却招供了。撒懒曾按喜隐吩咐，在射鬼箭之台暗伏死士，设下陷阱，暗算皇后与未出世的小皇子。

燕燕看着供词，一言不发，心中疑团却是越来越大。如果说前日喜隐指责高勋是杀害萧思温的凶手，可以说是情急乱咬人，但是高勋如此急促地就要干掉喜隐，则不能不叫她更加疑心。

那日射鬼箭时，高台陷阱，杀手暗伏，虽然杀手们全部死去，看上去线索全断，然而仔细一想，这高台从头到尾交与赵王妃布置，千钧一发的时候，赵王妃护住皇后，这种种疑点，有心人联系起来，头一个疑心的就是赵王喜隐。

然而这毕竟是横帐房的家务事，纵有忠心的臣子，可以暗中提醒皇帝皇后当对赵王多作提防。但此事以后，帝后不作追责，其余人自然也懒得多管闲事。横帐三房皇位轮换，当今皇帝身体又多病，谁知道哪天换到喜隐继位呢，谁没毛病非要针对着喜隐不放。

所以高勋忽然出手，自然是又快又狠又准，把事情做成铁证交上来了，又道："皇后，臣早就说过喜隐狼子野心，他诬陷臣等，就是为了架空皇后，到时候就谋朝篡位。"

今日政事堂议事，连女里也一齐来了，更道："是啊，当日高台之上若有任何意外，小皇子不保了。三支皇位为争皇位，这些年来你杀我砍，血流成河。皇后，主上有病，皇子还小，要防患于未然，把所有心怀不轨的人统统给镇压下去。"他说着，亮了亮拳头。

若换作平日，燕燕早就翻脸了，但她终究还是历练过几番事情，知道此事不宜与高勋等人翻脸，当下强抑心头怒火，闭了闭眼，只做出一脸不忍，道："喜隐虽然心怀不轨，但当时毕竟是赵王妃出手救了我一命……"说着，她缓缓看向下面群臣的脸色，忽然转问罨撒葛："皇太叔怎么看？"

若是除去喜隐，高勋只能说是狗急跳墙，但对罨撒葛来说，却是莫大好处。所以以罨撒葛的老谋深算，此时反而站在一边默不作声。冷不防见燕燕把问题抛给他，倒怔了一下，先看了看高勋，忽然笑了起来，道："看在赵王妃有功的份上，倒是可以免了她和赵王府其他人的罪，但毕竟证据确凿，以我之见，最好是把他关押起来免生事端。"

北府宰相室昉亦道："臣赞同皇太叔的意见，人证物证俱全，若不惩戒，则法令不行，与国有害。"

燕燕又看向罨撒葛："既然如此，那，喜隐关在何处为好？"

罨撒葛看着燕燕，忽然笑了。今日是高勋针对喜隐之局，但是燕燕却一直不看高勋，而是每问都指向他。她是怀疑了什么？还是因为喜隐不保，高勋坐大，威胁到她的制衡之力，所以把他拉出来，借力打力，以对付高勋。

真有意思，这至尊之位的确是很能够改变一个人啊。原来那个被胡辇护在身下，天天惹祸的小丫头，如今也能够对他出招了。高勋如今已经嚣张到站在皇后面前指手画脚了，而燕燕把这件事交给他，不管他如何处置，都会让高勋扫了面子。而他身为皇太叔，也势必不可能再转头说听高勋做主。

而对于喜隐的处置，不能太重，太重则会让宗室们想起穆宗时代的阴影；但是太轻，则对于喜隐来说，根本毫发无伤。当下他微一沉吟，道："不能关在京城，否则的话，软禁于赵王府，跟不关有什么区别？人人都知道谋害皇后与小皇子的结果是毫发无伤，那皇后和小皇子以后的安全，谁敢保证？"

燕燕一惊，看向罨撒葛，两人目光对视片刻，燕燕忽然笑了："那依皇太叔之议，当关于何处？"

罨撒葛道："将赵王关到祖州去，让他为祖宗守灵吧。"祖州是太祖阿保机与述律后的陵墓所在，李胡也葬于此处，让喜隐过去，也让述律后和李胡看看他的失败吧。

燕燕点头："皇太叔判得不错，喜隐犯了错，就让他在祖宗面前请求原谅吧。"

高勋虽然心有不甘，但喜隐关押祖州，驱离上京，也算是让他松了一口气。

旨意一下，当天下午乌骨里抱着留礼寿红着眼眶已经哭进宫来，见了燕燕就叫道："燕燕，你，你对得起我吗？"她说完，坐在榻上放声大哭起来，留礼寿不知所措地也跟着放声大哭。

燕燕见状忙赔笑上来解释道："二姐，你听我说，这件事我也是无可奈何，原是……"

乌骨里却不理她，只管自己放声大哭，小留礼寿也吓得哇哇大哭，母子两人的哭声吵翻了整个房间。

燕燕只得上前抱过留礼寿，拿帕子拭擦他的小脸，哄道："哎呀呀，我的小留礼寿都哭成小猫了……"

良哥连忙递过一条才拧干的热巾帕来，燕燕接过继续拭擦，又示意良哥递巾帕给乌骨里。

哄了半日，乌骨里的哭声渐渐低了下去，见母亲止哭，燕燕又递了一个果子给留礼寿哄着他，也渐渐止住了哭。

燕燕把留礼寿交给青哥，转向乌骨里道："让留礼寿出去玩玩吧，咱们俩慢慢说，别吓着了孩子！"

乌骨里看着燕燕的态度，从一开始的气势夺人也慢慢软化了，点了点头。

青哥抱着留礼寿，拿着果子哄他道："小郎君，咱们到园子里看花花，好不好……"

看着青哥把留礼寿抱出去了，乌骨里才长叹了一口气，问道："燕燕，你给我句实话，你还让不让我过日子了！"

燕燕诧异地问："二姐，你怎么这么说？"

乌骨里柳眉倒竖，怒道："你就别跟我装了，你都派禁卫军闯进我家把喜隐抓起来了，你还问我什么事？你要把喜隐关到祖州去？可怜我的留礼寿还这么小啊，你就要我们夫妻分离，就要拆散他们父子……"

见乌骨里说着又要哭起来，燕燕对侍女们挥手道："你们都退下去吧。"见侍女们退了出去，燕燕盯着乌骨里道："二姐，有句话我要问你，射鬼箭那天，是不是喜隐想要我和孩子的命？"

乌骨里一时支吾起来，转了转眼珠子，忽然大哭起来："你怎么会信这种事啊，你是我亲妹妹啊，我拼着命保护了你，我丈夫怎么会害你？"

燕燕忽问："可你怎么知道那里会是陷阱？"

乌骨里顿时答不上来了，她本是听到喜隐被抓，就怒冲冲地来找燕燕算账，没有想好这事的对话，此时被问住，一时难以回答，看着燕燕带笑的眼神，索性破罐子破摔，一甩手帕怒道："我……我，哼，难道我救你还救错了不成？难道我不该救你吗？"

燕燕见她如此，长叹一声道："二姐，你知不知道，高勋和女里把喜隐谋害我的证据都摆到政事堂了，逼着我立刻处置喜隐。罨撒葛甚至不让我把喜隐仅仅软禁于赵王府，说喜隐若是还留在京城，则人人都知道谋害皇后和小皇子以后还能毫发无伤，则我与小皇子的安全就无人敢保障了。”

乌骨里顿时转移了怨恨对象，站了起来骂道：“罨撒葛这个饿不死的狼，他根本就是不安好心，他就是想赶走喜隐，没人来帮你，你就任由他欺负了。别以我不知道他是什么样的人，他，他就是条恶狼！”想到当年自己被罨撒葛关起来，亲眼目睹罨撒葛率人拿着毒酒，把李胡拖到院子里喂毒酒，看着李胡毒发活活痛死的惨状，也不禁颤抖起来，急得抓住燕燕道：“你不能相信他，他会杀了喜隐，会杀了我，会杀了留礼寿。也会杀了你，杀了你的儿子的。”

燕燕的手被她抓得生疼，看着她脸色都变了，当下就看着她的眼睛，直接说道：“二姐，在喜隐这件事上，你若不说实话，我也没办法帮你。”

乌骨里一时语塞，张了张口，想说什么又实在心虚，但她和燕燕从小玩到大闹到大，身为姐姐，从来就是哪怕心虚也从不胆虚，当下眼睛转了一转，就坐下拉着燕燕哭诉起来：“燕燕，那真不关喜隐的事。你也知道，他手下有一拨是李胡留给他的人，倚仗着身为老臣，根本就想摆布他操纵他。那件事他也是事后才知道的，所以他就赶着告诉我，让我来救你了。可他不敢说出去，那些人再怎么无理，毕竟是他父亲留给他的人啊，而且他也怕说出去，自己洗不干净。喜隐真的是无辜的啊！燕燕，我也是为人妻为人母，我肯定不能让他做那伤天害理的事情。”

燕燕虽然知道乌骨里说的大半是假话，可是看到她当面承认了这件事是喜隐所为，尤其是她自己也是事先知情的，心中一痛，有种失望又隐隐松了口气的感觉。她心中已经下了决心，此后在喜隐的事上，她不必因为念着姐妹之情而存了顾忌。她会保护二姐，也会保护留礼寿，但喜隐，既然他在动手的时候，没有考虑到乌骨里的感受，那么她作为皇后，作为小皇子的母亲，到应该出手的时候，她也不会留情。

她轻叹一声，终于道：“二姐，我只信你待我是真心的，我只信我们姐妹之间的骨肉之情，是什么人、什么事都改变不了的。喜隐的事，虽说旨意是我下的，可是从头到尾，都是高勋和罨撒葛在操纵。你也知道，我现在暂时没有办法对抗他们。”

乌骨里听了这话，气得一甩手：“你要没办法，那合着我跟你是白说了，白求了？你就要眼看着喜隐去祖州受苦，看着我和留礼寿在上京无依无靠？”

燕燕却握住乌骨里的手，劝道：“二姐，你别生气，我只是说，我暂时没有办法。”

乌骨里眼睛一亮，反手抓住燕燕问道：“暂时没有办法，你这是什么意思？”

燕燕这才缓缓地道：“二姐，你可知道，高勋和女里为什么要对付喜隐？”

乌骨里一怔，似乎听出了什么来，问：“难道你知道？”

燕燕摇了摇头：“我原也不太清楚，可是……”她压低了声音道：“喜隐出事前，曾与高勋在朝堂上吵架时说过，他亲耳听到海只和海里说，杀阿爹的真凶是女里和高勋。”

乌骨里大惊，顿时跳了起来，一把抓住燕燕尖声道：“既有这句话，你还不赶紧把他们两人给抓起来，难道要让他们来害喜隐？”

燕燕一脸无奈地道：“二姐，喜隐说这话的时候，高勋当场就问他，证据何在？他既然早就知道，为什么在海只、海里还活着的时候不说出来？”

乌骨里一怔，坐倒在榻上，好半日才缓了过来，她大口地喘着气，慢慢理顺这话，气得咬牙问燕燕：“你是说，他在射鬼箭之前就知道，那还任由着我们把海只和海里当成真凶，而坐视真凶逍遥法外？”

燕燕叹了口气：“我不知道，当时我看喜隐没有反驳他，还以为他是信口胡说。可是看到高勋急不可耐地出手，我又有些怀疑起来……”

乌骨里急道：“对，必是如此，高勋想害喜隐，就是因为喜隐知道他是凶手。”

燕燕看着乌骨里，心头狂跳，故作诧异地道：“若是如此，那喜隐早知道杀死阿爹的真凶，却没告诉你？”

乌骨里怔了怔，回想明白后顿时悲从中来，掩面且泣且骂：“喜隐，你这死鬼，你到底还瞒着我多少东西……”

燕燕见她又哭又骂，松了口气，忙劝她道：“二姐，你别哭了，有件事还很重要，得你去办。”

乌骨里止哭问道：“什么事？”

燕燕道：“高勋对付喜隐，恐怕不只是为了争权，我猜是不是因为喜隐手里有高勋谋害阿爹的证据——”

乌骨里顿时站了起来，就要往外走去：“我这就问他去。”

燕燕拉住了她：“二姐，不急，现在就算是有证据，一时也扳不倒他们。你要有耐心，如果真的能够查出来，女里和高勋杀人的证据确凿，那么我们就可以为阿爹报仇。”

乌骨里醒悟，忙点头：“你说得很是。”

燕燕忙又低声道：“到时候，喜隐也算立了功劳，也能够算是立功赎罪——”

乌骨里看着燕燕，终于露出个笑脸来，有些感动又有些愧疚，握住燕燕的手：“我就知道，咱们姐妹的感情不是那些混账东西可以破坏的。燕燕，难为你了。”也就是燕燕这句话，让她终于相信，在那件事上，燕燕并没有怪她和喜隐，包括这次针对喜隐，也不是燕燕的主意。

乌骨里说完，就要往外走。

燕燕见她性子如此之急，忙拉住了她：“二姐，”她指指乌骨里的脸：“你先洗把脸，在我这里重新上妆吧。”

乌骨里顿时醒悟，她一早施了粉上了妆，听到喜隐的事情，到了燕燕这里又哭又闹的，脸上的妆早糊了，忙叫侍女们进来为她重新梳妆。

待到出门的时候，乌骨里叹了口气，拍了拍燕燕的手道：“唉，我们都难啊！”

说完，她低头向外走去，侍女们抱着留礼寿跟在她身后。

才出了燕燕的宫门，就见着迎面一行人过来，却是胡辇听说乌骨里来闹燕燕，怕燕燕应付不了，忙匆匆也赶来了。

胡辇看到了乌骨里母子，先打招呼："乌骨里。"

乌骨里却沉下脸，哼了一声，甚至从侍女的手中抱过留礼寿，脚步加快径直往外走，并不理胡辇。

胡辇担忧地看着乌骨里远去的背影，却听着背后青哥的声音响起："奴婢参见王妃。"

胡辇不由转头担忧地问青哥："赵妃有没有和皇后吵架？"

青哥笑着扶住胡辇往里走，道："刚才赵妃来的时候，倒是发了顿脾气。皇后叫奴婢带着小郎君在花园里玩，并不曾听到里面的声音。不过刚才赵王妃出来的时候，还是很平心静气的，而且还重新净面梳妆了，似乎不像是吵架的样子。"

胡辇松了一口气："没吵架就好。"燕燕知道她为何而来，忙笑着迎上去道："大姐，你来了，是因为二姐刚才进宫的事吗？"

胡辇担忧地问她："你和乌骨里，没吵起来吧？"

燕燕摇头笑道："没有，二姐是通情达理的人，怎么会错怪于我。"她见胡辇一脸不信的样子，只好无奈地承认："好吧，我只是对二姐说了实话。不是我要流放喜隐，而是女里、高勋逼我的，所以二姐明白了就走了。"

胡辇拉着燕燕坐下，恼道："又是高勋、女里！燕燕，你怎么能够让他们挟制住了你，你知不知道他们……"说到这里，恍悟到什么，忙又收口。

胡辇欲言又止。燕燕镇定地道："原来大姐你也知道了！"

胡辇惊讶地看着她："也？难道你——"

燕燕点头："是喜隐说的，他说是听海只、海里说的。只是他没有证据，当场被高勋反咬一口。我本来以为他胡说，直到这次高勋忽然搜集喜隐在射鬼箭时做手脚的证据，我才怀疑到他的——大姐，你是怎么知道的。"

胡辇叹道："其实前日朝会以后，罨撒葛也和我提及此事……"

燕燕诧异起来："他对你说的？"

胡辇点头道：“是啊，只是他身份敏感，我不敢轻信，也一直犹豫着没敢入宫和你说。”

燕燕叹气，忽然神情变得极为无助，她对着胡辇说出了心底的话：“大姐，你说，我们那天在射鬼箭的时候，是不是有可能我们三个人的丈夫，心里都知道那两个人不是真凶，而他们都为了权势和利益帮着真凶瞒着我们……”

她从罨撒葛与喜隐的身上，顿时也疑到了耶律贤身上。如今再细想当日以海只、海里为元凶，果然疑点甚多，虽这两兄弟的确是杀父凶手，可分析起来，很可能他们也只是被人利用来当了凶手。只可叹自己当时报仇心切，无暇细想。可是以耶律贤心计之深，疑心之重，他岂能当真毫无所觉。

胡辇却不似燕燕想得这么多，她见燕燕伤心，忙将燕燕搂到怀中，安抚道：“燕燕，别伤心。我猜喜隐和罨撒葛是会有私心的，不过主上应该是什么也不知道。都说闾山之事，那些刺客本来是想冲着他来的呢，他肯定是跟我们一样要揪出真凶的。”

燕燕抬起头，胡辇用手帕为她拭泪——燕燕拭着泪，忽然不好意思起来：“大姐，你还把我当孩子哄……”

胡辇慈爱地道：“你不管多大，都是让我操心的小妹。”

燕燕破涕为笑：“大姐，我不担心喜隐，他闹腾不出什么来。我只担心罨撒葛，他的心思太深沉，我怕他对你不利！”

胡辇摇头道：“你不必为我担心，他待我很好。只是，他那个人你也知道，对皇位太执着，我是怕他心迷眼盲，对你和小皇子不利，才防着他的。”

燕燕抱住胡辇，心中感动：“大姐，其实你不必这样，我会保护自己和孩子。你不要为了这个，影响和罨撒葛的夫妻关系，那样我心里也会不安。”

胡辇柔声道：“我是姐姐嘛，我答应过父亲，会好好照顾你和乌骨里。我和罨撒葛本就不是普通夫妻，你不要为我们担心，没事的。乌骨里那边，我去和她说，咱们三姐妹齐心合力，杀了女里、高勋，为父亲报仇。”

燕燕点了点头。

送走胡辇，燕燕去了彰愍宫，但见耶律贤坐在窗边，对着日光翻看《佛说十善业道经》。见燕燕走进内室，他放下经书。

燕燕本想问问他，是否知道真相，然而见了他一脸病弱，看到自己来露出的笑容如此真挚，不由将原本想问的话咽了下去，走到他身旁坐下问道：“今天觉得身体怎么样？”

耶律贤点头道：“朕都挺好的。你怎么样？罨撒葛、高勋他们没有为难你吧。”

燕燕道：“他们果然联手对付喜隐，我就依他们的意见，把喜隐关押祖州。”

耶律贤伸手抚摸着燕燕的脸颊：“下一步就是对付高勋、女里，你和皇儿身边要加强戒备。”

燕燕点了点头：“我会保护好自己和皇儿的，放心吧。对了，你在看什么，御医不是叫你不要劳神吗？”

耶律贤忙解释道：“我并没有劳神看公文，这是只没推荐的高僧送我的佛经，说是可以平心静气，对身子有利。”

燕燕想起只没，也不禁叹息道：“听说只没如今潜心修佛，外间一切事情都不愿理会了。”

耶律贤点头：“佛法能真切地解除他内心的痛苦，也是好的。他送了这些佛经，朕看了看，觉得有些意思，要好好研究一下呢。”

燕燕顿时警惕：“你不会也和只没一样，信了佛教吧？”

耶律贤笑着摇摇头：“我自有我的想法……我前天与韩德让长谈过。”

燕燕不想他话题一下子就跳转了，诧异道：“你们谈什么？”

耶律贤道：“我们大辽的痼疾，就是因为各部族长权力太大，所以君王的号令难行，这也是从太祖到我祖父、我父皇一直以来希望推行汉化的理由。可德让跟我说，他前段时间走了许多地方，发现各部族之内，虽说是族长为尊，可是更多的时候，族人更信任萨满的话。族长只代表世俗的权力，萨满却是代表着神来发号施令。萨满管着所有人的生老病死，婚姻嫁娶。得罪族长的人，还可以得到其他人的庇护，甚至亲人的扶助相救。可是若是得罪了萨满，那就是神灵所诛，甚至有人会为了表示自己的虔诚去亲手杀死至亲骨肉，来讨好萨满……”

燕燕听得渐渐出神，听到这里，又看看佛经，心中有所领悟：“主上的意思是……”

夕阳西下，斜照在书案上，耶律贤手抚着书案上的佛经，阳光落在他的手上，他缓缓地说出比今日燕燕朝会上情景更令人惊心动魄的话来：“上有所好，下必兴焉。要解决各部族林立的局面，融合分化并吞各部族是一种手段，让这些部族之内的人走出来，和其他部族融合，甚至让契丹人、回鹘人、色目人和汉人融合，让他们信奉同一个神灵，说一样的话，做一样的事，那么部族之间的矛盾就会减少。让所有的人无分种族，无分契丹人、汉人、回鹘人等，都真正成为我大辽的子民，政令才能通达，国家才可以真正成为一个国家。”

燕燕渐渐有些明白了：“主上打算先用佛教来化解萨满之权力？”

耶律贤轻抚着佛经，缓缓道：“你可知道，穆宗皇帝当年为什么对肖古言听计从？”

燕燕想到那个邪恶的女巫肖古，顿时寒毛都竖了起来。当年她毕竟年轻气盛，行事不知畏惧，如今想来，方觉得当时的凶险和自己当时的无知与幸运，不禁问：“他就是昏愦糊涂，倒行逆施嘛，难道还有什么用意不成？”

耶律贤笑着摇了摇头：“我原也以为是这样，可这段时间，我细细想来，却有些明白了。唉，当年他也是个有心计有手段的人。他当日信奉萨满大巫，原也是想以此为手段，以一个超越各部族萨满的大巫身份，以便更有效地去控制各部族。但是没有想到，他自身本来就好杀心虚，嗜酒癫狂，所以他本来是想控制萨满，最后却被萨满蛊惑利用，还败坏了名声。”

燕燕恨恨道：“他活该。”

耶律贤道：“萨满是神的代表，他的话就是神谕，到部民们习惯服从自他口中发出的神谕之时，不管多么荒唐多么离奇，他们都会习惯地听从。而且一个营帐一个萨满，一个萨满一种神谕，除了他们自己人以外，其他人很难进入。若是盖起大寺庙，造起丈八金身，引来高僧大德，再有皇家带头信奉……信奉佛法的人越多，那萨满的控制力就下降了。”他越说越是兴奋，眼神竟是散发出奕奕神采来。

燕燕看着耶律贤，这个病弱的身躯内，却蕴含着无穷的智慧和力量。她本以为，今日自己在朝堂上能够应付得了高勋、罨撒葛的进攻，已经算得上极大的飞跃了。可是比起他如今想的事情来，自己今日的行为，又算得了什么。跟他相处得越久，她竟不由自主地对这个男人的智慧和远见越是心折。

她轻叹一声，内心满是挫败：“主上，你怎么会想到这么多的？”

耶律贤苦笑一声：“这些年来，我骑不得马，打不得猎，每天都在房中，只能对着四壁的书，天天看，天天想。想着我们大辽建国以来，从太祖到应天皇后，从让国皇帝到太宗皇帝，从我父皇到穆宗皇帝，想着他们的思想，想着他们的施政手段，想着他们为什么这么做、这么想，他们的成败得失……用以打发漫长的时光，用种种设想让自己在一桩桩杀戮面前不崩溃、不绝望！”

燕燕听到这里，不免心疼起他来，抱住了耶律贤，轻抚着他的后背，柔声道：“明扆，都过去了，都过去了！”

耶律贤轻轻地拍了拍燕燕的手，叹道：“是，都过去了。现在回想起来，朕倒是觉得，这漫长的日子，没有虚度。如果只是为了争皇位而用尽心机，那么朕现在坐在这个位置上，一定会像穆宗皇帝一样不知所措，最后只能靠杀戮和醉酒来逃避现实。”他拉着燕燕站起来，走到挂在墙上的地图边，指着地图，充满了憧憬地说：“燕燕，江山如画，朕要做的事很多很多，朕需要你和朕一起完成。”

燕燕仰头看耶律贤："好，我会帮你完成。"我会和你一起完成这如画江山，因为这不仅仅是你的愿望，也是我父亲，还有他的愿望，也是我们所有人的愿望。

第六十四章

流言四起

事实上韩德让那日与耶律贤谈话以后，耶律贤就让他把这一年多的见闻和想法，写了详细本章上来。而燕燕那日与耶律贤谈话以后，也就拿了韩德让那本奏章来细看，又对照着昭敏送来的佛经看，细想着耶律贤的话，自己规划来，竟是越想越细。

就在此时，双古进来回道："娘娘，韩通事求见。"

燕燕一怔，就道："可知是什么事？"

双古道："韩通事原是求见主上，还递了奏书，主上看了以后说，近日政事都交与皇后了，让他直接来回皇后。"

燕燕想了想，道："宣到书房吧。"

当日海只、海里被抓时，韩德让怀疑其中有疑，也向耶律贤回报过。只是当时燕燕正是怀孕之时，耶律贤恐幕后之人狗急跳墙伤及燕燕，也恐燕燕一心追索凶手，影响胎气。于是按下此事，只教韩德让再去暗中调查。

过了数月，韩德让又有所获，就来报与耶律贤。耶律贤却因喜隐之事，有些猜到燕燕已经对海只、海里之事有所怀疑。想了想，索性让韩德让直接去见燕燕。一来也解开自己的心怀，显示自己的气量；二来让韩德让对燕燕直接说明，比自己向燕燕说明更好。

燕燕在耶律贤素日的御书房召见韩德让。她坐在上首，看着韩德让进来、行礼，表面平静，内心却是波澜起伏。

昔日爱侣，今成君臣，燕燕从未像此刻那样深深感受到这件事。自她入宫以后，这是第三次见到韩德让了。第一次，是她在萧思温灵前，韩德让驰马赶回，告诉她，他会帮助她找到杀父凶手，也果然在他的追查下，线索一一浮现，女里被迫抢在他前面交出真凶；第二次，是她高台射鬼箭，千钧一发之际，他赶到，提醒她有埋伏。

而这次，是第三次。

这次，她是摄政的皇后，他是行礼如仪的六品通事。

韩德让行完礼，站在那儿等候燕燕发问。宫人们屏住了呼吸，整个书房内静得连根针掉在地上也能听见。燕燕扯了扯嘴角，想笑一下缓解这种气氛，笑到一半却僵住了，轻咳一声，拿起刚才的奏章道："南院枢密使郭袭把你的奏章转呈上来了，写得极好。"

韩德让依礼微低着头没有与她直视，自然也是看不到她的神情，同样，他的神情，她也看不到。他低低地说："臣惶恐。"

燕燕道："主上登基也不过一年多，朝中大臣，眼睛还都是只盯着这点权力斗争，竟没有几个人如韩、韩通事你一样，关注到边境之事。你说宋国自篡周夺位以来，势力日益扩张，南唐、吴越相继去国号称臣，看来长江南北一统，势不可免。如此接下来，宋皇必将起北伐之心，剑指北汉，最终目标是针对幽云十六州……连南北两院的枢密使都没有想到看到的事，你不但想到看到了，而且有分析有谋略有对策，不愧是……"她说到这里，顿了顿，她很想说，不愧是韩德让，不愧是皇帝一提起来就敬重万分的人，你这样的人，当入中枢，你当在朝堂上去推行这些政策，而不是只做一个小小的六品通事。

而这样的话，少女燕燕可以说，但是皇后燕燕，却只能把这话留在心底。

韩德让终于抬起了头，神情依旧是这样温文尔雅，只淡淡一笑道："皇后缪奖了。韩德让资历尚浅，怎么敢与中枢大臣相比。臣今日来，却是有事要回报皇后，臣近日查到关于杀害萧思温宰相幕后之人的一些线索，特来回报皇后。"

燕燕闻听，站了起来："你说的可是真的，可是那高勋——"话一出口，却见韩德让神情一滞，不由怔住："难道不是他？"

从喜隐的事情来说，她已经猜到了真凶可能是高勋，可是看韩德让的神情，难道还另有其人不成？

韩德让长叹一声："是他，可又不只是他。"

原来海只、海里死后，那接头人忽尔博自然也被处死。韩德让却查到当日忽尔博是被人捆住塞上嘴放在女里家门口，上面还放了一封信，是忽尔博的口供，说出海只、海里雇用他的内情来。女里依此抓了海只、海里，两人认罪之后，就此定案。

韩德让就首先怀疑那个把忽尔博抓到，并录了口供的人，很显然，这个人才是幕后的操纵之人。而在闾山上死的杀手中，共分两拨人，其中一拨明显是用来掩人耳目的市井中人，均是忽尔博的手下，他向下查了这几户人家，发现忽尔博那日派去的人，都死在了闾山之上，很明显，就是被人灭口了。

但是忽尔博是个底层的混混头子，他是如何被人绑走，又是如何做出的口供，却是让人怀疑。韩德让追查数日，不得结果，只知道他有一日忽然不曾回家，此后失踪，再出现时，就在女里家门口了。

但一个市井混混，纵手下有一批打手，也无法趁禁卫军巡逻空当进入闾山行宫，再查问之下，忽尔博的妻子就说，忽尔博在行事之前几天，得到一幅闾山禁卫军的图，据说这张图是雇主所给。

韩德让再去查海只、海里两人，他二人既已经伏法，身边近侍自然也是被以党羽之名统统杀死，只有一些低阶奴隶被转卖。韩德让查了几人之后，终于查到一个奴隶说曾经见到海只说托人从禁卫军中买到了巡逻图，到底是何人所卖，却又不知，线索再次中断。

当下又查到海只、海里曾经被人追债，却是两人曾经在赌坊欠下高额巨债，想是因此而起了杀萧思温争产之心。韩德让却开始怀疑，能够在上京开赌坊的纵然是背后有势力，也有可能设局坑人，但似海只、海里这样的后族近支，一般赌坊哪里敢给他们设局，这不是自找麻烦吗。果然一查，两人虽然长年有些欠款，但却是又于短日之内，忽然欠下大笔赌债。于是他就去抓了赌坊老板，一审之下，果然是有人威胁赌坊老板，并且从赌徒到债主，均是对方的人，只是借了赌坊名义，而这些人亦已经消失无踪。

一查几个月，不管是卖禁卫军图的人，还是设赌局的人，以及死士的背后之人，均是数番线索都不得下落，不想近日却接二连三获得线索。先是信宁在查忽尔博之事的时候，忽尔博之妻要将染坊出售，信宁恐落了线索，再去细细查了一次。在搬空染坊所有物件之后，竟在角落里发现一个极小的金片，似是从什么器物上掉下来的。信宁再去各大金铺查询，却有人看出这似是刀鞘上的金饰碎片脱落，而那碎片，却被认出是一个部族的族徽。有些出身较好的部族核心要员，会依身份在自己的刀鞘上、马鞍上，甚至衣帽、靴子上用金、银、铜等饰以族徽。那个族徽，正是夷里毕粘木衮的族徽。

燕燕听到此，顿时站了起来，失声道："难道幕后主使，是罨撒葛不成？他为何要杀我爹爹？"

韩德让不答，又说了另一件事。却是北府宰相室昉在查案卷的时候，发现少了一些案卷，追查起来，正是萧思温遇害前收到的。本来这销毁案卷的事情，对方也算做得彻底了，又遇萧思温被害，无人过问。但室昉是个极为心细的人，他就暗中将所有可能经手的小吏召来，借公事之名，一一盘问。果然有一个小吏，当时经手过档案记录，他无意中说出，萧思温曾经接到过一个密告，说是高勋与潜逃在沙陀国的罨撒葛有过密信往来。

燕燕听着韩德让一一分析案情，心潮激荡，无以言喻。在她自己都以为已经查到真凶而将此事结案的时候，韩德让却依旧还没放弃。而这样缜密细致、坚持不懈的查法，不要说女里做不到，就整个上京来说，也没几个人能够做得到。这其中付出的心力，更是无以言表。

她看着韩德让，当日他离家一年多，虽然久历风霜，却只见坚韧，而在这上京半年多，却显得更加消瘦，眉心也多了几条竖纹。她很想伸手，去抚平他眉间的皱纹，可是却不能。

她深吸一口气："那么，你以为真相当是如何？"

韩德让道："臣以为，思温宰相之死，是皇太叔连环之计……"

最恨萧思温的人，不是喜隐，不是女里、高勋，更不是海只、海里，而是罨撒葛。正因为萧思温在黑山之变中，封锁消息，扶持耶律贤继位，才使得罨撒葛错失皇位，远遁沙陀。

杀萧思温，是一环扣一环的连环之计。他先是假意与高勋密信往来，以高勋之野心勃勃、首鼠两端，在新皇继位之后，自觉功高于萧思温而权力不如萧思温，就会有逆反之心。而皇位在横帐三房的流传，也会让他在接到罨撒葛的密信以后，存下投机之心，于是与罨撒葛开始建立联系。

而萧思温得到的密报，若是他预料不错，必是罨撒葛故意让人落于萧思温之手，而又让人将此事告知高勋。则高勋必会惊恐万状，再加上萧思温推行的新政，是要削他与女里之权，他杀死萧思温，一来灭口，二来又可打断新政的推行，岂不两全其美。

而海只、海里是高勋挑中的杀人刀，两人见萧思温无子，以为血缘最近，就一直以萧思温嗣子自居，结果萧思温根本没有挑中两人的意思。两人被高勋设赌局欠巨款之后，再被人挑拨，于是忽然间自动获得了市井混混买凶的方式，又得了闾山禁军的巡逻图，刚好一头套进去，为人作嫁。

而罨撒葛还怕杀不死萧思温，就由粘木衮再派杀手，跟在博尔忽所派混混后面一起行动，事后再杀这批混混灭口，而去过染坊的粘木衮身边亲信刀鞘上的一角碎片也因此落于染坊中。

萧思温死后，高勋自然支使人窃走那份密告，而恰恰室昉细心，从记档的小吏口中得知案卷大致内容。

韩德让回来以后，细查萧思温之死，令得高勋惊恐，但他本就准备将海只、海里做替死鬼，于是将早被绑走的忽尔博连同早就造好的口供扔到女里门前，女里见信，求教高勋，高勋正可指使他一步步按自己计划一边结案一边灭口。

高勋行事滴水不漏，若是往大了想，以喜隐之粗心，何以能够"无意中”得知高勋杀人的机密事呢？若是从罨撒葛主谋方面去想，则更可能是萧思温事件重演，让喜隐知道高勋机密，引发高勋出手对付喜隐，踢喜隐出局，再借此事将高勋掌控于他的手心。若说高勋与罨撒葛原来密信往来，只是投机心理，纵是被识破，也未必是必死之局。但高勋步步踏错，到他为灭口杀死萧思温以后，这样一个重大把柄落于人手，高勋就算不上罨撒葛的船也是不可能了。

燕燕悚然：“你的意思是，一切都是罨撒葛在布局？那么，如今我们走到这一步，都是在他的局中。”

“恐怕是的。”韩德让沉重地说。

“那么主上让大姐去请罨撒葛回京，也是在他算计之中了？”燕燕再问。

“虽不中，亦不远矣。”韩德让说，“就算主上不请他回来，到时候喜隐依旧会揭破高勋之事，逼得高勋狗急跳墙，与喜隐火拼，上京大乱。则罨撒葛与粘木衮里应外合，在沙陀率兵杀回上京。”

这样的话，危机就会更早爆发，情况就会更加不可收拾。

而今，虽然局面比之前更加严峻，罨撒葛赢面更大，可是，所有的人都在上京，最恶劣的事情还未爆发。

不管这一局是胜是负，最坏的结局，也只是上京城内横帐房三支的博弈，而不会是兵连祸结。

而耶律贤宁可冒最大的险请罨撒葛回来，也是为此。

而罨撒葛愿意回来，是为了赢面更大，也是为了自己继位之后，不用收拾绵延战火后的局面。

尤其是在于幽州还有如高勋这样野心勃勃希望借上京内乱而裂土分疆自立一国的人，还有南方初立的赵宋王朝。

为了皇位，他们的确是不惜血流成河，而同样，把江山已经视为自己囊中物的人来说，也并不希望自己的江山多出一场兵乱来。

燕燕长长地吁了一口气：“至少，至少我们还有机会。”

这一日，燕燕与韩德让在御书房从上午待到了华灯初上，韩德让出宫的时候，天已经黑了。

而流言，就在此时，席卷了整个上京。

皇后与韩德让旧情未忘，趁皇帝病重，孤男寡女密室幽会一整天。

而皇后婚前曾与韩德让私订婚姻，甚至私奔被抓的消息，也被传了出去。

耶律休哥和萧达凛也听到了。萧达凛愤然地道：“到底是谁又将当初订亲之事重新拿出来说？”

休哥忧虑地道：“更糟糕的是，还污蔑德让留在内阁勤政至夜，是别有用心。这些消息若是传进宫中，怕是要出事。”

休哥的忧虑自然不是空来的，女里听到这件事，就大为兴奋地来找高勋：“高勋兄，上京城里流传的消息，你听说了没有？”

高勋正在练字，他写完最后一个字，放下笔道：“是说皇后和韩德让有私吧。”

女里道：“不错，这可是个大好机会。你原先不是也说，皇后掌权，若是有一日知道了萧思温的事情，咱们就危险了。如今咱们已经赶走了喜隐，压住了罨撒葛，不必再和她虚与委蛇，干脆趁机一举将她赶回后宫去吧。”

高勋道：“可你不觉得这个消息，来得太凑巧了吗？”

女里一愣道：“凑巧？怎么会呢？”

高勋笑着摇了摇头道：“恐怕是有人故意放给我们听的啊。不过也好，我听说，主上把御营交给了韩德让，还让他兼上京皇城使，实在碍眼。若能趁着这次机会，逼皇后退居后宫，再把韩匡嗣也捎进去，咱们也是得利的。”

女里眼前一亮道：“你说，皇后德行有亏，咱们有没有可能，请主上废了皇后，让喜哥来抚育皇子？”

高勋道：“这就要看主上的心思了，女里兄不妨让喜哥去试试。”

女里冷笑道：“那就试一试，我就不信哪个男人会大度到不计较他的妻子心里有别人，而且还会把对自己性命攸关的权力交到这个男人的手中。”

女里所谓的试一试，自然是让喜哥去试探。

耶律贤平静地听喜哥说完，淡淡道：“你的消息倒是灵通啊。”

喜哥见耶律贤没有生气，胆子便大了起来：“无风不起浪，至少和韩德让订亲、私奔都是事实。如今您病重在床，皇后临朝，韩德让时常出入内阁和彰愍宫书房，和皇后接触颇多，难免不会旧情复燃。到时候，若真有了什么首尾，皇后倒是其次，叫小皇子如何做人啊？”

耶律贤拳手暗握，眼光中杀气闪过，却没有说话。喜哥没看到耶律贤的神情，还以为打动了他，越说越来劲。

耶律贤按捺着怒火道：“喜哥，朕累了，你回去吧。”

喜哥说得正起劲，忽然被打断，立刻又惴惴不安起来，勉强说了几句就走了。

迪里姑看了看喜哥的背影，又看了看耶律贤，担忧地道：“主上不必为小妃之言忧心，皇后不会的。”

耶律贤靠在床上，注视着天花板，冷冷地道：“朕比谁都更了解燕燕，她有她的骄傲在；朕比谁都更了解韩德让，他是个君子。可是……”可是，他们的心中，真的已经忘记旧情了吗？如今他病倒，燕燕和韩德让经常见面，会不会旧情复燃？

而他和燕燕本来感情就不稳定，又为萧思温的事而发生了争吵，如今虽然维持着，但也不过是因为他生病了，而困于国事。

耶律贤想到这里，忽然激动得咳起来。婆儿忙上前搀扶着他，问他：“主上，要不要宣御医？”

耶律贤摆了摆手：“不必折腾了，朕心里有数，别惊着皇后。”

他虽然表面上不以为意，可当夜却失眠了，第二天，越发病势沉重起来。

他这几日病情已经在转好，忽然恶化，令得燕燕也惊慌起来，第二日上朝时也不禁有些心神不宁，谁知道这一日，朝堂忽然有人发难。

几名大臣依次上奏完各地的一些事务，轮到女里时，女里却忽然道："皇后娘娘，臣听说近来市井有许多关于皇后的流言，说皇后与韩德让通事有私情，不知皇后可曾听说？"

燕燕脸色顿时变了，这流言自然未曾传进她的耳边，骤然听到此事，心中一股怒意勃发，厉声道："女里，你这是何意？"

萧达凛是燕燕堂兄，他早知此事，此时见燕燕失态，心中暗叫不好，忙立刻挺身而出道："女里大人，市井之间荒诞流言甚多，怎能拿到朝堂上讨论？"

女里阴阳怪气地道："达凛大人，这可不是什么荒诞流言，关系到皇后娘娘清誉，事关皇家血统，事关皇族的颜面。您身为后族，也不可以倚势压人，这人的嘴，可封不住啊。"

萧达凛还待再说，耶律休哥前日已经得他拜托，此时见女里嚣张，就站出来懒洋洋地道："女里大人，您出身哪一族啊？"

女里一怔，不解其意，下意识地回道："逸其氏族。"

休哥嗤笑一声："哦，是逸其氏族啊，我还以为出身我们皇族的迭剌部呢。"

女里的脸都涨红了，又羞又气，他自恃今日得理不饶人，却被休哥以部族与身份压制，竟无言以对。

休哥继续懒洋洋地道："不知女里大人现任何职啊？"

女里已经明白休哥的意思，哼了一声，愤怒地扭过头去，不愿意中他语言圈套，而此时群臣已经有人笑出声来。

休哥继续用那副懒洋洋要气死人的腔调道："哦，我记起来了，女里大人似乎是现任政事令兼现任太尉，只是刚才女里大人这一质问，让我有些恍惚，以为女里大人才是掌皇族政教事务的大惕隐，哈哈，哈哈哈！"

女里的脸涨得通红，吼道："哼，就是因为你休哥惕隐不作为，才惹得流言纷纷。我们身为臣子，不得不对主上尽忠，才会上奏此事。"

休哥斜眼看他："无稽之谈，何足挂齿，把这种谣言拿到朝堂上来说，女里大人，你低级不低级啊。”

女里怒道：“休哥惕隐，你一意袒护韩德让，是何道理？”

休哥一副惫赖样儿，呵呵一声道：“我可不是袒护韩德让，我就觉得你狗拿耗子多管闲事，你插手到我的职责范围内不依不饶，那么女里大人，我改明儿调动你的兵马出去溜几圈，你意下如何？”

女里怒道：“你、你胡搅蛮缠。”

休哥眼一白，道：“你无理取闹。”

萧达凛一站出来，燕燕顿时醒悟到自己的失态，虽然内心怒火高炽，但耶律休哥插科打诨转移了众人注意力，她默默平复心情，趁机一拍几案，冷冷地道：“好了，朝堂不是你们吵闹的地方。女里，休哥，你们退下，别妨碍了别人说正事。”

休哥一笑就想退下，这边女里身边也有大臣想拉着他退下，不想这是个浑人，被休哥挤对得怒气上升，竟然挣脱那大臣的手不肯走，还大叫道：“臣认为这是最大的正事。娘娘若真对韩德让没私情，不如即刻下令斩杀此人，以示清白？”

堂上众人的视线顿时集中到站在大殿角落的韩德让身上。韩德让却是神情淡然，一言不发，只是眼神中微露杀气。

燕燕怒道：“这是什么混账话？岂有为了无稽流言而擅杀无辜臣子的道理？”

女里却大喇喇地道：“一个汉奴玷污了娘娘清誉，以死谢罪本来也是应该的。”

韩德让冷笑一声，如休哥般不屑地斜看女里一眼，道：“臣倒觉得，那个制造流言、传播流言的人，才是真正玷污皇家的清誉。娘娘要杀，就应该杀那个人。”

女里大怒，口不择言地骂道：“韩德让，你这个汉奴——”

休哥本已退后，见状上前骂道：“女里，你也不过是我家马奴。”

女里无法下台，索性按剑道：“皇后娘娘，韩德让不过一汉奴，若能维护主上与娘娘名声，何惜杀一汉奴？娘娘下不了手，臣可以替你下手。”

休哥冷笑一声，也按剑道：“女里，我也听说一个流言，其实你和喜哥小妃叔侄乱伦。娘娘，若能维护主上与娘娘名声，何惜杀一马奴？娘娘下不了手，臣可以替你下手。”

女里气晕了头，拔出剑指着休哥叫道：“你胡说八道，我要杀了你以洗此辱。”

休哥见他拔剑出来相对，轻松笑道：“哈，谁怕谁？”

群臣见事情忽然爆发至此，整个朝堂气氛立刻变得紧张起来。

就在此时，忽然听得殿外有人冷笑一声：“好热闹啊。”随着声音，耶律贤在四端的搀扶下，出现在大殿。

大殿内顿时安静下来。群臣忙行礼：“参见主上。”

燕燕见状也忙站起，走下去扶着耶律贤到中央御座上坐下。但见耶律贤脸色苍白，眼中还有怒火。

耶律贤看着下面低头行礼的群臣，冷笑道：“刚才你们在吵什么，连剑都拔出来了，这是打算把朝堂变成演武场吗？”

休哥率先收剑鞠身行礼：“臣不敢。”

女里见状也只得收剑行礼：“臣不敢。”

耶律贤一言不发，也无人敢说话，朝堂上顿时一片沉默。

女里脸色有些苍白，忙求救地看看高勋。

高勋只得开口道：“主上，女里只是一片忠心赤诚，只是说话不当，但也不应该被休哥惕隐如此诬蔑羞辱，更伤及喜哥小妃，请主上治休哥之罪。”

韩德让冷冷地道：“那女里诬蔑皇后，当堂拔剑，又当何罪？”

女里又被激怒，叫道：“哼，你与皇后不清不白……”

耶律贤大怒，拍案喝道：“大胆女里！”

女里吓了一跳，情知又说错话了。他仗着皇帝不在，想让燕燕因为羞辱而退回宫中，但见皇帝来了，这话可说不得，忙跪下请罪道：“臣有罪。”

耶律贤冷笑："朕知道你们的心思，不过是看着朕身体不适，想借欺辱皇后，逼皇后退回后宫，则朝堂就可以任由你们为所欲为了，是也不是？"

众臣听了这话诛心，忙一起跪下齐声道："臣等不敢。"

耶律贤看向高勋，冷笑道："今天编派韩德让，明天就可能编派到你高勋，你也一样是出身汉人啊，高枢密使，你别以为自己就可以置身事外！"

高勋被说得满脸通红，伏地道："臣绝无此心。"

耶律贤刻薄地道："女里，你不过马奴出身，是我父皇让你脱籍，是朕让你位列高官，你如今是想连皇后都不放在眼中吗？"

女里被休哥先揭了底，再被皇帝刻薄，气得脸色通红，却也心惊胆战，忙伏地道："臣不敢。"

耶律贤厉声道："朕下过旨，皇后摄政，称'朕'暨'予'，与朕同体。于你们而言，是君，是主。什么时候轮得到你们诬蔑皇后，逼迫皇后，以下犯上，以臣凌君？"

见耶律贤的声音越来越凌厉，女里和高勋不禁额头见汗，偷偷对望几眼。他两人虽然骄横，但骄横的资本不过是仗着拥立耶律贤有功，而得耶律贤重用，此时耶律贤大怒之下，他虽然是个病弱皇帝，但终究还是皇帝，发作起来，却是与燕燕这等代掌国事的皇后不一样。

就听得上面耶律贤怒道："朕登基以来，一向宽仁慈爱，不用非刑。可这并不表示，朕不会杀人！"

但听得"啪"的一声，御案上的砚台被耶律贤扔到群臣当中，碎得四分五裂。

这是这个年轻病弱的皇帝即位以来，第一次当众发脾气，群臣想起穆宗时代杀人如麻的情况来，都一齐伏地，一声也不敢再出。

耶律贤站起来，大步向后殿走去，燕燕和侍从们连忙跟上。

群臣听得脚步作响，直至无声，这才敢抬起头来，见皇帝已去，这才慢慢地起身，走出殿外。

耶律贤脸色铁青地走出来，走出门便向后一仰，差点摔倒。

跟在后面的燕燕连忙扶住他，紧张地低声唤道：“主上！”

耶律贤一言不发，推开燕燕，径直坐上软轿离开。

燕燕孤独而失落地看着耶律贤的背影远去，青哥忙上前来扶住燕燕：“娘娘——”

燕燕沮丧地低声说：“青哥，我今天是不是很失败——”朝臣在朝堂上有异动，她居然事前一无所知，甚至还差点控制不住自己的情绪去骂女里，若不是萧达凛、耶律休哥及时相助，她今天甚至控制不了场面，甚至要病弱的耶律贤赶来压住群臣。

她一直觉得，她已经足够努力去做这个摄政皇后了，而且近段时间以来，也一直处理得很好，可是今天的朝堂，却实实在在地给她上了一课，让她知道，自己与耶律贤的距离，与一个合格的一国之主的距离，还很远。

耶律贤回到自己宫中，下辇的时候，脚步有些踉跄，婆儿与四端连忙扶住他，将他扶到床上坐下，迪里姑上前为他诊了脉，道：“主上，您的脉息很乱，这几日已经过于劳累，还请平心静气，早些休息为好。”

耶律贤抚着胸口，喘了几下，才说道：“迪里姑，朕今天不是身体劳累。”

迪里姑道：“是。”

沉默片刻。

耶律贤忽然冷笑一声，咬牙切齿地说：“迪里姑，朕是想杀人。”

迪里姑不敢说话，只是扶住耶律贤，给他喝了一杯安神茶，再扶着耶律贤躺下。

耶律贤闭上眼睛，微微平复了一下气息，他听到流言，就知道肯定会有人以此大做文章，就让人去朝堂打探，只要有人跳出来，就立刻过来通知他。

他知道燕燕这些日子虽然已经有些历练，但遇上这种事，只怕难免会因羞怒而失了控制能力。然而他虽然算计到了一切事情，但终究他也是个男人，听到这样的话，他心思再深沉，也忍不住气得想要杀人。

他最想杀的，就是今日的主谋，罨撒葛。

耶律贤闭着眼睛，好一会儿才道："你去打听一下，罨撒葛为何没来上朝？"

罨撒葛自封皇太叔，对朝堂掌控十分上心，从未曾错过大朝之会，怎么今日高勋发难，他竟脱空不在？这是自负一定能够闹得起来，还是有什么事情拖住了。

他闭目长长地吁了口气，今日若是罨撒葛在，哪怕他亲临现场，恐怕也未必能够压得下此事，也未必能够威吓得住群臣。

罨撒葛到底为何不来，这不像他的作风。

他闭着眼睛，虽然喝了宁神茶，也尽量宁神静气，可心潮起伏，无法安宁。想着女里朝堂上句句刺心，高勋字字含讥，想到上京城的流言……他恨恨地一捶床板，他想杀人，他想杀了所有说这些流言和听到这些流言的人。

他以为他可以不在乎的，的确，他是从韩德让的手中，夺走了萧燕燕。而萧燕燕当年，的确与韩德让情深似海，甚至到了今日，心中也未必能够完全断情。

可是，他发现自己越来越贪婪，他得到了燕燕的人，也渐渐得到了燕燕的心，甚至，还有了他们共同的孩子。而当孩子降生，他因为病体而执行早就设定的方案让燕燕摄政以后，他越来越觉得，燕燕应该是完全属于他的。

韩德让的归来，他是欣喜的，他终于回来了，一切又回到原点，他仍然是他的德让哥哥，忠心耿耿，才华卓绝。韩德让要追查萧思温的死因，他也是认可的，他为萧思温的死因耿耿于怀，又缺乏足够的人力去查这件事。而且韩德让初归朝堂，也的确是需要建立功勋，才能够迅速提升。

可是看到韩德让在萧思温之案里的追查经过，他的心中却又是五味杂陈的。平心而论，韩德让并没有做错什么，他连接触的分寸也是把握得足够标准，可是，就是因为他在这件事里太过用心，太过努力，让他竟不知道，他这么做，到底是为了皇帝的使命，还是为了燕燕。

他的心底是有一些酸的，甚至这股酸意，已经泛到口边了。

他睁开眼睛："水。"

四端送上了水，他正喝着，才略缓过气来一些，就听得婆儿匆匆来报："皇太叔府来报，王妃、王妃她有喜了！"

"砰"的一声，耶律贤手中的水杯落地，眼睛忽然睁开，充满了杀气："朕还以为罨撒葛为何不亲自到场看他自己布的局，原来是胡辇怀孕了，哼。"

迪里姑忙道："主上，怒则伤肝，明天臣再给你改一帖药。"

耶律贤深深地呼吸了几下，才冷笑一声："哼哼……迪里姑啊，王妃有孕，朕与皇后甚为欣慰，明日你就去皇太叔府，给王妃诊脉吧。"

迪里姑低头："是。"

耶律贤沉默片刻，又徐徐道："朕还有一件事要交代你。"

迪里姑道："不知主上有何吩咐？"

耶律贤道："朕想请王妃帮个忙……"迪里姑走出宫的时候，已经是夕阳西下，他回望宫中，见华灯初上，想到耶律贤交代给他的任务，不由心里沉甸甸的，不知道如何是好。

而此时，夕阳西下，韩德让面对窗子，负手而立。他听到身后有脚步声，是韩匡嗣的声音，他徐徐回头，拱手道："父亲。"

韩匡嗣点了点头，忽然道："德让，我准备向主上请为南京留守，但我如今年迈体弱，你与我一起走，辅佐于我吧。"

韩德让怔了一怔，旋即明白了父亲的意思，急道："父亲，这时候我不能走！"

韩匡嗣问他："那你想什么时候走？"

韩德让一句“我不走”话到嘴边咽了下去，想了想，才道：“父亲，我知道您的意思，可是我现在不能走开，思温宰相的案子另有蹊跷，我必须要把这件案子结了，才能离开。否则的话，对主上，对燕燕，都是莫大的隐患。”

韩匡嗣问他：“这件案子什么时候能好？”

韩德让欲言又止，摇头道：“我不知道，我觉得我已经快接近真相了，可如今尚还缺少证据，而且，就算拿出证据来，只怕一时也奈何他不得。”

韩匡嗣：“他是谁？”

韩德让道：“罨撒葛。”

韩匡嗣一怔，长叹：“原来是他！”他顿了一顿，又道：“正因为是他，所以，你才不能久留。德让，主上已登大位，你的任务已经完成，若仍滞留不去，只怕反受其殃。你可知今天朝堂上杀机四伏，幸而休哥惕隐帮忙，一顿胡言乱语，打乱了女里的步步紧逼，但是，你以为他们会就此罢休吗？如果你不走，下一个他们要除掉的人就是你了。”

韩德让袖中的拳头紧握，半晌才道：“可是，正因为如此，我不能离开。我们好不容易走到今天，如若罨撒葛上位，只怕……”

韩匡嗣截断他的话：“如今主上对你已生猜忌，你若不走，不要说罨撒葛，连主上也不会放过你。”

韩德让心头一痛，一时竟无语可说。

韩匡嗣冷冷地道：“你知道，我手头还有一些人，明天我就把这些人交给你，你尽早结案，早日离开上京。”

韩德让独自站着。天色迅速黑了下来，他看向远方，心中痛极。

燕燕，难道我连远远地站在一边看你一眼的资格都要失去了吗？

第六十五章

德让离京

黑夜过去，黎明到来。

太阳升起，金光洒落宫阙楼台。

迪里姑走出皇宫，抬头看去，但见有乌鸦飞起，飞向远方。齐王府，皇太叔罨撒葛正扶着王妃胡辇在院子里小心翼翼地走动着。

胡辇有些不好意思起来，推罨撒葛道：“你昨日就不上朝，今日也不去，就不怕朝堂有事？”

罨撒葛见高六似有话要讲，迅速用目光阻止他，才转身对胡辇道：“天塌下来也没有我们的孩子重要。”

罨撒葛按着胡辇躺下道：“你现在有身孕，不要随意走动。”

胡辇失笑道：“孩子现在还没拳头大呢，你打算按着我在床上躺足九个月吗？”

罨撒葛抿着唇，严肃地道：“你别不当一回事。”

胡辇道：“怎么啦？这么紧张可不像你。”

罨撒葛脸色有些不安地道：“胡辇……我的前王妃就是难产而亡，她和那个未出世的孩子一起去了。我在战场上杀过很多人，见过很多血，可那一日的产房里，血多得可怕。我，我……”

胡辇见罨撒葛面上现出恐惧，立刻起身将罨撒葛抱住，心疼地道：“我不是她，我的身体强健，绝对不会有事的。我会为你生下一个又一个的孩子，多到你觉得腻。”

罨撒葛笑了，亲了亲胡辇的额发道：“傻胡辇，怎么可能会腻。”

胡辇抚摸着平坦的小腹，期盼地道：“如果这是个男孩，你就教他行猎骑射，如果是个女孩……”

罨撒葛打断道：“肯定是个男孩。明扆和喜隐第一胎都生男孩，咱们也不会输给他们。”

胡辇横了罨撒葛一眼，娇嗔道：“要是女孩你就不喜欢了？”

罨撒葛哈哈大笑道：“你生的我都喜欢。最好像你说的，咱们以后生一箩筐，一半男孩一半女孩。”正嬉笑着，侍从来报说：“主上听说王妃有孕，派了御医迪里姑来为王妃诊脉。”

罨撒葛的脸沉了下去：“要他多事，我又不是没有好医生。”

胡辇见他如此倒好笑起来，推他道：“人家也是好意，迪里姑也是太医局之首，给他看看我也放心。”

罨撒葛却不信耶律贤有这般好心，不过是装人情罢了。心里十分不情愿，表情都写在了脸上。

胡辇见他这副样子，忍不住笑了起来。罨撒葛素来心机深沉，可自昨日诊出她有孕以后，就七情上脸喜不自胜，拉着她说了一大通关于孩子出世以后的种种，简直已经想象了孩子从出生到成亲中经历的所有事情。她可以看得出他的激动和惊喜。

好不容易哄好罨撒葛，胡辇才召了迪里姑进来诊脉。迪里姑笑吟吟地进来，先给罨撒葛与胡辇道了喜，罨撒葛的表情才稍好看些，再为胡辇诊了脉，道：“王妃脉象平稳，腹中的小郎君很健康，臣可以放心回去向主上禀报了。”

胡辇微笑道：“主上有心。”又顺口问起燕燕和小皇子的情况。她絮絮问着，正中迪里姑下怀，就细细地讲着小皇子的种种可爱之处，逗得胡辇笑声不止。

恰此时粘木衮来找罨撒葛，胡辇推着他出去了，回来再听迪里姑讲着趣事，讲着讲着，迪里姑就说到昨日朝堂的情况。

胡辇虽然听说了大概，却不知详情，罨撒葛不欲她知道太多，就推说自己没上朝，什么都不知道。当下就道：“我只听说有人在朝堂拿流言闹事，幸而主上来了才压了下去，究竟是怎么回事？”

其实胡辇也是欲打听情况，又知道罨撒葛不肯说，于是也故意与迪里姑磨蹭着等罨撒葛走了，才可细问。

当下迪里姑就将昨日的事说了："……昨日朝堂上，女里大人便以此谣言，逼迫皇后退回宫内不与大臣接触，并要皇后处死韩德让以自证清白。"

胡辇惊异地站起来，厉声道："你说什么！"

迪里姑诧异地道："皇太叔没告诉您？"

胡辇道："皇太叔昨日不曾上朝，他怎么知道此事？他既不知，我就更不知了。"

迪里姑欲言又止，最后还是叹了一口气："皇太叔他……唉，算了，臣还是快些说吧。昨日幸亏休哥惕隐出来驳斥了女里，主上又及时得到信息赶到，训斥群臣，维护了皇后的威仪。"

胡辇松了口气道："这就好。"

迪里姑却吞吞吐吐地道："可是……"

胡辇道："可是什么？"

迪里姑道："此事可一不可再，下次若是他们再以此理由在朝上发难，而主上又重病不能赶到呢？"

胡辇不由点头，猛然领会到了迪里姑的含义，看向他的眼神也锐利起来："你跟我说这个，又是什么意思呢？"

迪里姑叹道："王妃是最关心皇后娘娘的人，相信您也不愿意再看到皇后娘娘因此被人攻击，甚至令得韩郎君身受牵连，成了别人夺权的牺牲品吧。"

胡辇厉声道："你不过是个御医，怎么敢说这样的话，恐怕是有谁叫你来的吧？"

迪里姑面色不变："是。"

胡辇道："是谁？"

迪里姑道："臣只有一个主公。"

胡辇冷笑："他这是什么意思？他希望我做什么？"

迪里姑反问："王妃认为此时，要如何做，才是最好的保全皇后和韩郎君的上策呢？"

胡辇站起来，来回走动着，陷入了矛盾和犹豫，最终驻足，看着迪里姑愤怒地说："他是皇帝，皇后是他自己要抢的，江山是他自己的江山。如今他倒来逼迫于我，逼迫于韩德让，他还要脸吗？"

迪里姑长叹一声："王妃，主上不是没有努力过，昨天若不是主上撑着病体，发了前所未有的脾气，只怕这件事压不下来。可是主上回去就发病了……主上，这也是逼不得已啊！"

胡辇冷笑道："不得已，他的每一次不得已，就是把别人扔到刀山上，自己倒是一脸委屈……"

迪里姑无奈地道："王妃，除此以外，还有更好的办法吗？"

胡辇指着门外，怒道："滚，带着你主子的命令滚出去。"

迪里姑只得向着胡辇一拱手，走了出去。

胡辇颓然坐下，捂住脸，心中无限悲伤："父亲，为什么每次都是我，每次都要我做这样的事……"

然而次日，胡辇还是去找韩德让了。

韩德让见了她来，颇为诧异："王妃到访，所为何事？"

胡辇看了看，令侍女退出，韩德让见状，也让手下退下。

胡辇欲言又止，终于犹豫着开口："德让，你知道我不会害你。"

韩德让点了点头，有些不明白。

却听得胡辇道："找个温柔贤淑的女人，早些结婚生子吧。"

韩德让脸上的笑意消失了："有人嘱托王妃来劝我这个？"

胡辇不自在地扭过头去，又觉得不妥，扭回头道："谁嘱托的并不重要。重要的是，如今这是唯一的路。否则，谁也请不动我来劝你。"

韩德让试探地问："是皇太叔？"

胡辇诧异地道："你怎么会认为是他？"

韩德让一惊："是燕燕……不，不会是她。"

胡辇提高了声音："当然不可能是她。"

韩德让神情黯然："我明白了。"

胡辇轻叹："你这么聪明，既然不准备再逃了，要留在燕燕身边辅佐她，那便该知道，只有你早日成婚，燕燕才能免受流言困苦。"

韩德让沉默不言。

胡辇叹道："德让，我知你不是那等犹犹豫豫的人，为何在这件事情上如此不干脆呢？早日了断，对你，对燕燕，都是件好事。"

韩德让声音变得沙哑："情与理若能一致，王妃今日也不必走这一遭。王妃的意思我明白，只是成婚够吗？恐怕我还得远走他乡吧？"

胡辇苦笑道："你若留在上京与燕燕时时相见，对你也是一种折磨。时间和空间的距离若能让你忘记她，未尝也不是一个好选择，不是吗？你走吧，让时间和空间消磨那些不应该有的情感，放过燕燕也放过你自己。"

韩德让闭上眼睛，良久，才道："我懂了。"

韩德让看着胡辇远去，慢慢地转身，回到房中。

然而，当真要下这个决心了吗？

他茫然地看着房中的一切，竟是处处都是燕燕的影子。桌上的书是燕燕送的；墙上挂着的弓箭，燕燕拿起来玩过；案头的花被燕燕掐下戴在头上；连窗口的风铃，也是燕燕挂上去的。

闭上眼睛，就听到燕燕的笑声："德让哥哥，你快来教我练弓箭啊。"

韩德让捂住眼睛，过了好一会儿才缓缓放开，却又见燕燕穿着一袭大红的裙子，戴着银冠，在整个房间里旋转着，欢笑着，笑声如银铃。

他这一生，恐怕也无法走出这个绮梦。

这一夜，韩德让辗转反侧，无法入眠，直到天亮，他终于站起来，拿了剑，在庭院里练剑，练出一身汗来，这才觉得有些疲累了，于是去洗了个澡，换完衣服出来，就见韩母拖着李思进来。

韩德让一愣，随即微笑道："李姑娘什么时候回上京的？"

李思腼腆一笑："就在前几日。"

韩母见两人说上了话，立刻指了一事托辞走了。

见母亲走了，韩德让客气地道："我要不要叫小妹来陪你？"说着，转身欲走。

李思忽道："韩二哥，一定要拒我于千里之外吗？"

韩德让一怔，苦笑："你言重了。"

李思却道："今日一早，伯母来说，说，你有成亲之意？"

韩德让一怔，转头看李思，李思勇敢地迎着韩德让的目光。

韩德让长叹一声，昨日胡辇走后，他心烦意乱，见母亲追问王妃来意，只胡乱说了一句："母亲，你为我找个妻子吧，我想成亲了。"岂料韩母动作这么快，一早就跑去找李思了。他看着李思勇敢的眼睛，张口欲言，最终还是摇了摇头道："不，我不能对你这么做，思儿，你应该配一个更好的人。"

李思却执着地道："可我只想嫁你。朝堂上的风波，我也听说了。既然你要成亲，与其娶别人，不如娶我吧。"

韩德让转过头去不敢直视李思："不，我宁可娶一个一无所知的姑娘，至少她是快乐的。思儿，从小到大，我把你当成妹妹看待，我不能这么伤害你。"

李思倔强地道："我心甘情愿，何来伤害。德让哥哥，我不在意种种前尘往事，只想嫁给你。无论生老病死，我都陪着你。"

韩德让不禁动容："思儿。"

李思看着韩德让，眼中已经有了泪光："德让哥哥就这么讨厌我吗？宁可找个陌生姑娘，也不愿意找我吗？"

韩德让抿唇不语。

李思忍泪哽咽："思儿还以为，就算我在德让哥哥心中比不上她，也总还有方寸地位，看来又是我想多了。"她哽咽着转身欲往外走。韩德让心中一痛，忽然道："等一下。"

李思站住，却没有回头。

沉默半晌，韩德让忽然道："我不能保证爱你。"

李思惊喜地扭头，眼角带泪："我，我只盼着以后能和你做一对相敬如宾的夫妻。"

韩德让长叹一声，向李思拱手一揖："我当努力尽到做丈夫的责任，不让你蒙羞。"

韩德让成亲了，韩德让要走了，他要离开上京，去南京幽州，辅佐他的父亲南京留守韩匡嗣管理事务，耶律贤仍保留了他上京皇城使之职，又提升他遥领彰德军节度使。

燕燕先是接到了韩匡嗣的转任书，里面提到以韩德让为辅官时，就恼火起来，去找耶律贤："这是怎么回事？"

耶律贤长叹一声："他走了也好，对彼此都是件好事。"

燕燕恼道："我不答应，我决不答应。他这一走算什么？我和他清清白白，又没有瓜葛。"

耶律贤劝道："燕燕，朕知道你们很清白。但是，你也要为韩德让考虑，他现在成婚了，不像从前还是一个人。现在上京流言纷纷，你让他的新婚妻子如何自处？我们都知道，韩德让是个多负责任的人，他不可能眼看着妻子被上京众人议论、嘲笑的。"

燕燕看着耶律贤，张了几次嘴，却说不出话。

耶律贤缓缓道："想明白了吗？你不可能跟每一个人解释你和韩德让是清白的，也不会有人问你。倒不如让他走吧，时间久了，这个谣言淡了，他便可以再回来。"

燕燕沮丧地坐下："结果还是让造谣者得逞了。韩德让去了，咱们身边又少了一个可信之人。"

耶律贤抱住燕燕道："别担心，还有朕，朕会帮你。"

燕燕张口欲言，但最终，什么也没有说。事已至此，她再说，还有何用。

韩德让的忽然成亲和急切离开，让她知道，她还不够成熟，还不能够保护住自己想保护的人。而他们，却都在为她做着牺牲。

燕燕不由得两行眼泪流下，如果说上一次韩德让的离开，让她的内心充满了愤怒和绝望，而这次他的离开，却是让她的内心充满了战意。西风萧萧，燕燕站在城楼上，遥望韩德让一行人的马车离开，泪水模糊了视线。

从今以后，她又是孤独一人了。

她虽然似乎拥有整个国家的权力，可是她的内心，却是如此无助。

韩德让走了，权力的斗争仍然在继续中。

高勋是河西人，家族出身显贵，自唐末至今，已有五代。他祖父高万兴于后梁时就因据鄜延等州，而被封为北平王，从后梁到后唐直至后晋，一直世袭北平王之位。至后晋时，石敬塘以献幽云十六州，称儿皇帝而得辽国支持以称帝，石敬塘死后，石崇贵继位，自以为羽翼丰满，对辽国只肯称臣，不肯称孙，以至于辽太宗耶律德光派兵南下问罪。石崇贵派大将杜重威抵挡辽军，哪晓得杜重威自有私心，想在辽国支持下自立为帝，当下就率军投了辽军，后晋自此灭亡。而高勋当时正是杜重威部下，于是随杜重威一起降辽。

但后晋大将刘知远却自此称帝，建立后汉，反而杀了杜重威，但又重向契丹称臣。高勋则因曾为后晋旧臣，如今后汉交好，又坐拥州郡势力，而得辽国数代皇帝的重用。自太宗德光到世宗耶律倍再到穆宗耶律璟再到如今的耶律贤，横帐三房皇位轮换越频繁，对南边汉家权贵势力越需要安抚笼络。

而高勋自此，一路升为南院枢密使、秦王、总汉儿司，可以说，是汉人高官中第一人了。然而他仍然是有野心的，这野心从石敬塘到杜重威到他，都一直存在着。或者从前他势力不够的时候，这野心也只是存在心底深处，可是如今，他已经越来越接近了。

萧思温和韩匡嗣等要推行的新政，收部族、改赋税、推吏治、明刑典、开科举、整军制、劝农耕、录户籍……桩桩件件，影响最大的固然是那些契丹旧制下的部族头人，对于高勋这种割据起家的军阀世家来说，同样也会伤及他们的利益。若皇帝插手州县赋税，甚至军队和官吏任命，他这个南面王还能够有今日稳立四朝，越来越稳固的权势吗?

所以萧思温必须死，可没想到，萧思温死了，皇帝又把韩家父子，派到幽州他的地盘上去了。

高勋握紧了手中的酒杯，冷笑一声。

他的侍从进来回道："王爷，皇太叔来了。"

高勋看着自己手中的酒杯，微笑道："快请。"

罨撒葛走入高勋府后院，今日酒宴，设在后院水阁。此时正逢夏日，一池莲花盛开，酒宴中所用的器皿均是名瓷琉璃烧就，作莲荷样式，奢华而别致。

见罨撒葛来了，高勋忙吩咐开席，举杯笑道："齐王到来，我这水阁蓬荜生辉啊，来，来喝酒。"

罨撒葛坐下，举杯一饮而尽，看了看周遭的布置，笑道："都说秦王出身世家，这水阁之宴极为雅致，果然不是我等俗人能比。"他今日来，就是要拿下高勋。

前几日他就派粘木衮与高勋联络，暗示以萧思温之死的真相，果然高勋下帖请他赴宴来了。他一看这种做派，就知道高勋果然已经有了近好之心，只是一时却未必就能自此屈服。高勋哈哈一笑："哈哈，皇太叔这是取笑我呢。为臣者出生入死，所图不过荣华富贵，纵情享乐，亏得主上英明赏识，我也算功成名就，自然不能亏待自己。"

罨撒葛淡淡一笑："高郡王只顾沉溺于温柔富贵乡，难道看不到眼下危机吗？"

高勋挑眉看着罨撒葛。

罨撒葛笑道："喜隐挑破了两位暗杀萧思温之事，你们不会以为皇后真的无动于衷吧？更何况，你们还试图逼杀韩德让，最后害得他远走幽州，这些账皇后可都会算到你们头上。"

高勋冷笑道："那又如何？说什么摄政皇后，不过是主上病弱无人可用罢了，就凭她一介女流，能拿我们怎么样。”

罨撒葛冷笑：“一介女流？当年应天太后，也是一介女流，可她当年在时，谁敢在她面前哼一声？”

高勋知道他说的是述律太后，当下哼了一声道：“应天太后这样的女人，世上也就一个吧。萧思温的女儿，又算得了什么？”

罨撒葛语重心长地道：“萧思温可是有三个女儿啊，她们三人合力，便是本王不动，有赵王府的宫卫加上皇帝的心腹兵马，你们也未必能占到便宜吧。”

高勋笑吟吟地道：“听起来，皇太叔倒是站在我们这边的？”

罨撒葛笑道：“本王知道高郡王想的是什么，本王答应你……”他压低了声音：“汉国刘崇父子无能，遇到柴荣、赵匡胤之辈，频频要我朝来救，却自理乏能。若我继位，当换个人取代之……”

高勋的手端着杯子，停在半空中，只觉得口干舌燥，一颗心顿时怦怦乱跳，差点要跳出胸腔来。多年来的野心欲望忽然被人一口挑破，甚至有了实现的可能，又怎么能不方寸俱乱。

罨撒葛见他端着酒杯不动，脸上的神情却是魂不守舍的样子，不由一怔。他并不知道自己一语正中高勋心意，刚才只不过为了将来而漫天开价，拿出一个让对方无法拒绝的好处罢了。

好半日，才见高勋长长地吁了口气，放下酒杯，却没头没脑地只问了一声：“女里呢？”

罨撒葛一颗心落地，知道他这是答应了，而问自己如何拉拢女里，他自然也早有成算，当下就道：“女里赐姓耶律，入六部院。”

高勋深深地看了罨撒葛一眼，这个人开出来的价码，果然是让人无法拒绝。高勋想裂土自立，女里出身奴隶，想变为高门，这却是两人生平最大的渴望。

当下，高勋拿起酒杯，向罨撒葛恭敬举起：“臣敬皇太叔。”罨撒葛举起杯，两人一起饮尽杯中酒，同盟就此建立。

过了数日，宫中小皇子忽然生起病来，浑身发烧，啼哭不止。

燕燕十分焦急，叫来了御医用药，用了药虽好些，但到了半夜，又发起了烧。反反复复，折腾了两三天，宫里宫外都惊动了。

就有人建议说，恐是邪祟作怪，不如在宫中开个法坛，为小皇子驱邪祈福。

契丹人重巫，草原上各部族通常都是医巫兼用，巫重于医。听了此言，燕燕与耶律贤商议，索性叫了月里朵进宫来祈福。

两位太妃听了此言，忙讨好说自己也要设坛为小皇子祈福，多些长辈关照，长生天也一定会多降福给小皇子。

不只两位太妃凑兴，胡辇也带了家中萨满说要为小皇子祈福，乌骨里听说，也要来祈福。此时还有几位长公主也要一起参与，安只见状，也忙拉着只没说要为小皇子祈福。

胡辇见状便道："既然要作法，不如在宫中多开几个法坛在其他公主、王妃、妃嫔处，也让她们一齐为小皇子祈福。有这么多长辈的关爱祈福，小皇子一定会渡过这个难关的。"

燕燕此时心乱如麻，见状点头道："说得很对，就这么办。"

崇德宫庭院中，树立起巨大的白色帐篷。

大帐中间便是萨满祈福的场所。月里朵婆婆带着几个萨满在中央祈福，整个大帐香火缭绕。

燕燕、耶律贤抱着孩子站在萨满们中间，接受着祈祷，胡辇、罨撒葛、只没、安只、乌骨里、胡古典等也围坐着一起祈福。

似乎这法事还有些效果，过了半个多时辰，小皇子的啼哭渐渐安静了下来。

众人见状松了一口气，只没就道："如今小皇子已经安静下来了，胡古典，你们几个也早去休息吧。"

胡古典等几个公主先散了，安只与只没也散了，胡辇与乌骨里是最后散的。

今日众人都住在宫中。

罨撒葛扶着胡辇，心疼她的辛苦："你也累了，回去好好歇息。"

胡辇抚着肚子叹息："病在儿身，痛在娘心。看到燕燕这样，我心里真不好受。想想我肚子里的这个，只祈祷将来可要多多省心才是。"

罨撒葛脸色有些不好，勉强地道："你多心了，咱们的孩子，一定会平安无事的。"

大辽的皇宫很有意思，虽然开国初从耶律阿保机就向往汉化，整个皇宫的营造上也是仿汉家体制，可只是修了个大体框架，到太宗、世宗朝虽也修了一些宫室，但大体上还是保留了许多草原习惯，有着大片用来搭帐篷的空地，就算是宫室，也有许多内部摆设一如原来的帐篷。

罨撒葛与胡辇没有住宫室，而是住在一间他自己派人搭的帐篷里。

夜深人静，只有远处隐隐传来萨满作法之声。

罨撒葛扶着胡辇睡下，自己却走到屏风外。

胡辇隔着屏风问他："你怎么还不睡？"

罨撒葛却道："我到外头处理些公事，你先睡吧。"

胡辇见他出去，自己也就躺下睡了。许是今天实在累了，她很快就睡着了，睡到半夜，却忽然醒来，一摸身边没人，再看看外头烛熄声寂，连侍女们都睡了。

她很是诧异，自她怀孕以后，罨撒葛十分上心，除白天处理公事外，晚上都陪着她一起睡，没理由到了宫中，他还半夜不睡。想起临睡前他说要处理公务，当时她恍惚中并不在意，可是既然入了宫，宫中也就是两人身边的几十个侍人，何来公务？

难道他出宫了？也不像，宫中有夜禁，他若出宫，就得等到明天宫门开了才能进来，他不可能不告诉胡辇一声就走了。

胡辇越想越是疑心，索性披衣起来，走到外面。

但见月光下人声寂寂，除了守夜的侍女，其他侍从就在旁边的小帐中，也都是熄了灯，寂静漆黑一片，只有远处的宫灯发着亮光，远远传来巡逻宫卫的脚步声。

奇怪，罨撒葛去了哪里，在这深宫中，半夜不归，难道他竟有什么秘密不成？又或者，他与哪个宫人私会去了。

胡辇想到此，不禁脸色一变，内心吃醋不悦自然是有的，但更多的是担心。毕竟不管宫中有什么人和罨撒葛有过旧情，但如今毕竟皇帝已经换人了。当年只没私会宫女，被穆宗处以宫刑差点死于非命，若是耶律贤记恨旧事，趁机发作，罨撒葛可就是自己送了一个大大的把柄在耶律贤手中。

她知道耶律贤虽然不得已立了罨撒葛为皇太叔，以交托后事，可是她毕竟也是经历过改朝换代的人，纵然相信耶律贤对燕燕及自己的诚意，但却并不太相信耶律贤能对罨撒葛毫无恶意。

一想到此，心中焦急，也不及思索，就向前行去。她知道自己这样做或许是无用的，也未必找得到罨撒葛，可是心中却似乎有一种感觉，觉得自己还能来得及去阻止某些事情的发生。

午夜乍醒，人有时候并不是特别清楚，更有一些莫名的预兆，让她容易凭着本能行事。不知怎地，她没有去叫醒侍女们，只是将披着的外衣穿好，就这么静悄悄地走出院门。

远远似乎听到三更鼓声，走出这个宫院，就是一个宫道，她知道为小皇子祈福的法帐在左边，于是就往右边拐去。

她漫无目的地走着，走过一个宫院，就见门内又是一个法帐，隐隐还听到萨满作法的声音。宫中有许多处小帐，都是太妃公主们设的，瞧着方位，想来就是太妃们的法帐了。

她不知怎地心头一动，想起耶律贤登基之后，原来服侍穆宗的宫女都已经放出宫去了，罨撒葛若是与宫眷有什么旧交情的话，最有可能就是两位太妃和她们身边的宫女了。想着这点，就悄悄地走了进去。

事实上她这一路走来，从她住的宫院到这里，竟没遇上一个巡逻的人，却是极可疑的。但她此刻，并没有想到这点，只是茫然无知地走了进去。

她却不知，宫中本是禁卫森严，只是她今日所住的宫院，恰好与太妃的宫室最近，也恰好巡逻宫卫，今夜都被安排不往这条路上走。

胡荦进去的时候，却见那法帐中走出一人。

月光下，这人正是罨撒葛的心腹高六。

胡荦这一惊非同小可，忙将身子隐在暗处。但见高六叫来一个小萨满进帐。这时候院内无人，听得里面有人说话，隐约是罨撒葛的声音。

胡荦本想上前掀帘进去，但心念一动，绕到帐后，附耳细听里面的声音。

高六道："如今外头没有人。"

就听得里头罨撒葛嗯了一声，忽然问："怎么样了？"

一个老人的声音费力地道："还要连做三天法事才成。"那声音有些古怪，正是萨满们素日的拿腔作调，胡荦听出这声音是罨撒葛供奉的一个老萨满。

罨撒葛斥责道："你说府里太远效果不好，要我想办法把你弄进宫里作法。如今到了宫里，怎么又变三天了？"

那萨满惶恐道："皇太叔，小皇子如今的情况，便是证明我作法有效。只是之前没有预料到小皇子毕竟不是普通的小孩子。主上和皇后的福分庇佑着他，宫中有御医用药物帮助他，更有大巫为他作法……我的法术受到这些人的阻挡，所以见效就慢了。但是皇太叔您应该也能看到，法术是有效的。"

罨撒葛哼了一声道："我不管你有什么理由，总之，三天后若是小皇子依旧活着，你就要活不成……"忽然他似乎感觉到了什么，陡然转身喝道："什么人？"

第六十六章

胡辇之恨

外面一声响动，似有人慌慌张张往外跑去，罨撒葛已经一刀划破帐子，只见一个女子背影，他几个起落扼住那女子咽喉拖回帐中，就着帐中灯光一看，大惊之下连忙撒手："胡辇，你怎么来了？"

胡辇倒在地上，她抚着喉头，狂咳了几声才抬起头来，惊异地看到帐中除了罨撒葛主仆与正在作法的萨满外，居然还有啜里和蒲哥。

胡辇惊骇万分道："你们想干什么？谋害皇子？"

啜里和蒲哥惊恐万状，蒲哥眼露杀机，啜里上前就想掩胡辇的口，被罨撒葛推倒在地，顿时变色，尖叫道："皇太叔，若是让她说出去，我们可都别活了。"

罨撒葛冷冷地喝道："闭嘴！"转而拉起胡辇，笑道："你怎么来了？来了多久了？"

胡辇愤怒地甩开他的手，如看着魔鬼，又是伤心又是绝望："你为什么要这么做？罨撒葛，你想夺回皇位，就明刀明枪地去争去抢，争取群臣的拥戴。可你……你对一个才几个月的孩子用这种诅咒的手段，你还是个男人吗？"

罨撒葛的笑容收了起来，铁青着脸站在那儿，没有说话。

胡辇等着罨撒葛的辩解，看到他的表情，心也沉了下去，转身质问两名太妃："你们为什么要这么做？皇帝对你们还不够好吗，你们现在是太妃，要尊荣有尊荣，要富贵有富贵，为什么要害小皇子？你们还想要什么？"

啜里急着分辩道："我们也是没有办法……"

蒲哥看着罨撒葛，警惕地拉了啜里一把，对着胡辇冷笑道：“王妃，如今我们都是一条船上的人了，有种的，你去告发你丈夫啊！”

罨撒葛怒喝道：“蒲哥！”

蒲哥一惊，忙拉着啜里退到一边去，不敢再言。

胡辇看看周围，发现自己已经无法离开。

罨撒葛搂住胡辇，温柔地道：“胡辇，我带你回去休息吧。”

胡辇用力挣开罨撒葛：“别碰我。”

罨撒葛冰冷地看着已经停下来的萨满道：“继续。”

萨满们和两位太妃吓了一跳，却继续喃喃念咒，竟是视若无睹。

胡辇左右看看，四周站着好几个虽是穿着宫中侍卫服饰的武士，却显然是罨撒葛的亲信。但见罨撒葛神情轻松，显然是料定自己就算发现了这一切，也无法摆脱他去告知燕燕此中情由。

她看着法坛上供着一个木制人偶，作婴童模样，身上还套着一件小儿衣衫，想来是从小皇子身上得来的，那人偶身上还绕着几根稀淡的毛发，扎着小针，听着那念咒声越来越响，只觉得脑海中似有锤子敲击般越来越难受。想到小皇子夜夜发烧哭号，皆是因为罨撒葛在暗算。想到劝燕燕在宫中设法帐，还是自己因为忧心孩子病情，为罨撒葛语言所惑，结果竟向燕燕进言，以致让罨撒葛有机可乘。

想到这里，又悔又痛，更恨眼前这枕边人，居然如此蛇蝎心肠，为了皇位，连这个刚出生不久的婴儿也要下手。眼见他与这两位太妃如此熟悉，必是早对耶律贤有所设计。

她听着这念咒声越来越急，那老萨满眼见今夜出了差错，知道罨撒葛为人狠毒，怕他回头迁怒自己，更加使足了全身的功力，念咒直念得声音嘶哑，浑身抽搐，简直如同鬼怪上身一般。

胡辇知道他念得越是厉害，对孩子施咒就越狠，她被罨撒葛挟持着，眼见想出去的每个方位都被卫士控制，脸上的神情越来越绝望，忽然间她一脚踢向那立着的竖灯，那灯倒向帐篷，火光顿起。

罨撒葛一惊，手中劲道不由一松，胡辇趁势挣脱开罨撒葛，冲上前撞翻了法坛，发出一声巨响，趁众人慌乱之际，她抓起人偶扔进中间的火盆中。

众人惊呼起来，那老萨满慌了，顾不得火烧，忙伸手去火盆中抢那人偶。啜里、蒲哥见火烧帐篷，法坛倒塌，吓得惊叫躲避。

罨撒葛见状不妙，这火势一起，岂不暴露，心中暗悔小看了胡辇，伸手一掌，忙将胡辇先打晕了，抱起胡辇就往外走，一边吩咐侍卫道："本王先带王妃离开，你们善后。"他眼神中带着杀机，微一示意，那几名侍卫便已经明白。

见罨撒葛抱着胡辇迅速离开，蒲哥拉起啜里也想走，却被那几名侍卫挡住去路。

蒲哥心中暗惊，忙赔笑道："王爷既然走了，我们也赶紧离开吧，这火光一起，怕是要引来宫中之人。"

那几名侍卫却是留在此处善后的，见状冷笑一声，就见几名侍卫忽然抽刀，一刀一个，将几名作法的萨满统统杀死，蒲哥和啜里还来不及惊呼，就只觉得后心一凉，双双倒地。

那几名侍卫各自抽刀将帐中之人统统杀死，又将一应萨满用的证物扔进火中，毁灭证据，又推倒帐篷烧着，这才从容撤离。

等宫中侍卫发现营帐失火赶来，却只见正在烧着的法帐，惊得忙去扑火抢救，那些侍卫则早已经撤离了。

到天亮时帝后闻讯匆匆赶来，唯见现场虽然经水扑过，但法帐已烧去大半，里面的萨满、太妃啜里以及几名宫人内侍的尸体横了一地。

燕燕看到此景，脸色一白，差点跌倒。

就见婆儿向耶律贤呈上烧得只剩半截的人偶和小衣，还有小衣上写的八字与画符。

燕燕夺过那小衣与人偶，拿起看了看，咬牙道："这是皇儿的小衣和八字，原来她们是在作法诅咒皇儿。"

耶律贤脸色难看之至："朕就奇怪皇儿这病怎么来得如此凶狠反复，原来是另有缘故。"

燕燕将小人与衣服扔到火堆里，怒道："快将这些肮脏东西全都烧干净了。"

耶律贤就问首先来报的侍卫："你进来的时候发现了什么？"

就见那首领侍卫禀道："臣等看到火光赶来的时候，远远见宫巷尽头有七八个人影见着我们来就跑了。"

耶律贤道："可曾抓到？"

那首领惭道："当时天色太黑，我们头几个赶到的人见院中火起，顾不得他们，只派了两人去追，其余人就去扑火了。等后来的弟兄们赶到时再追去，就见着那两人已经被杀了。"

耶律贤道："查到是什么来路？"

那首领额头出汗，道："已经在查了。还有……我们发现蒲哥太妃虽然受了重伤，但还活着，想来能够从她的口中知道内情。"

耶律贤问："蒲哥太妃伤势如何？"

那首领道："伤势过重，还昏迷不醒。"

耶律贤恨声道："叫迪里姑一定要救醒她，问出这件事的所有情况，不计一切手段。"

那首领忙应道："是。"

耶律贤道："你还看到了什么？"

那首领道："臣来得太晚，只看到这些。只是……"他顿了一顿，道："我们是看到这里失火才赶到的，发现火势虽然不强，但油灯跌落在这里……"他指了指那跌落油灯的方向："这不像是不小心走水，倒像是有人故意引火。"他又指着帐篷的裂缝："这帐篷被刀割过。"又指着法坛："法坛被踢倒，人偶被烧着……以此种种看来，臣猜想，他们昨晚作法的时候，被人撞见，而且那个人点燃了帐篷，踢倒了法坛，烧着了人偶，都是为了救小皇子，并向主上和娘娘传讯……"

耶律贤紧张地问："那人会是谁？"他指了指一地尸体问："可有在其中？"

那首领道："现场尸体，均为一刀毙命，照他们倒下的方位来看，都不像是有过挣扎。若是依臣来看，那个人不在这些尸体当中。”

耶律贤皱眉：“难道被凶手带走了？”

燕燕皱眉：“这背后之人丧心病狂，一旦发现有败露的可能，就会杀人灭口。连萨满和那两个太妃都不放过，若是那人坏了他们大事，为何不直接杀死，还要将人带走？”

耶律贤亦道：“就算将人带走再杀死，也不如当场杀死来得方便，这火一起，宫中搜索必严，他将人带走岂不自寻麻烦？”

说到这里，两人忽然有所醒悟，互相交换了一个眼神。

燕燕忽道：“是大姐。”

耶律贤同时开口道：“是罨撒葛。”

就在这时，把守宫门的楚补匆匆走进来禀报说：“禀主上、皇后，今日一早，宫门刚开，皇太叔就说王妃胎动不安，要回府去静养，匆忙出宫回府了。”

两人对望一眼，齐声道：“果然是他。”

也只有这个坏了那幕后主使者好事的人，是他不能下手杀的人，所以才会将她带走。符合能够轻易将两位太妃当成弃子，却舍不得下手杀坏他好事的人，只有罨撒葛与胡辇。

燕燕怒道：“罨撒葛一早匆匆带着大姐出宫，必定是心里有鬼。”

楚补虽不明白，但还是补充了当时的情景：“据宫卫回报，似乎当时王妃被皇太叔抱在怀中，不知道是否清醒。”

燕燕顿足道：“大姐一定是发现了什么……”

耶律贤面露犹豫之色。

燕燕不安地问他：“主上想说什么？”

耶律贤叹气：“你记不记得，思温宰相之死，恐怕罨撒葛也曾参与其中。朕担心，既然他能下狠手杀了你父亲，只怕对胡辇也……”

燕燕冲动地道：“我这就叫休哥带兵去齐王府救人。”

耶律贤忙拉住燕燕：“燕燕，我们不能动，别忘了罨撒葛握有重兵，如果我们不顾一切与罨撒葛交兵，则京城必将大乱，如果女里、高勋乘机加入变乱，那我们就会重蹈父皇在祥古山的劫难。”

燕燕忧心忡忡：“可是大姐万一有生命危险怎么办？”

耶律贤道：“现在还不至于，你忘了，她现在怀有身孕，罨撒葛没有儿子，他既然没有当场杀死胡辇，还冒险将她带出宫去，我看若不惊动于他，他就算要动手，也会等她生了孩子以后。”

燕燕听了这话，渐渐冷静下来：“那现在怎么办？”

耶律贤道：“罨撒葛匆匆找借口出宫，说明他现在还是不想和我们明面上撕破脸，这表示他还有顾忌。只要他有顾忌，我们就可以赢得时间，调集兵马。燕燕，你放心，皇儿这次能够逢凶化吉，就说明，神灵都站在我们这边。”

燕燕叹了一口气，细数自己手上的人马：“你的皮室军和我的属珊军加起来，不管对付罨撒葛还是女里或高勋都能胜过，可若是这三个人联起手来，那就麻烦了。”

耶律贤道：“所以，要让他们心怀侥幸，认为情况没到最坏的时候，不做鱼死网破的打算，然后，我们不但要把他们消灭，更重要的是要以最小的代价，用最少的死伤，让京城这场变革平稳过渡。”

燕燕道：“这一战将心腹之患拔除，你才是真正的大辽皇帝。”

耶律贤叹息：“但愿……但愿一切尽如我们之愿……”

胡辇悠悠醒来，已经在齐王府自己的房间中了，她坐起身，摸摸后颈，只觉得脑子嗡嗡作响，后颈也是酸痛无比。

坐在床边守着的罨撒葛上前扶住她，问道：“胡辇，感觉怎么样，没事吧？”

胡辇张开眼睛，看着眼前的人，同床共枕两年多，今日竟然陌生如此，原来，她从来没看清楚这个枕边人的真模样。见着他仍然虚情假意地露出关怀之情，胡辇愤恨难忍，一把推开罨撒葛：“你别碰我。”

罨撒葛一脸无奈：“胡辇，你听我解释。”

胡辇抚着肚子，笑得凄然：“罨撒葛，我怀着你的孩子，你居然做得出这种事来，你就不怕神鬼报应吗？”

耶撒葛脸色也变了：“胡辇，你再恨我，你也不能咒自己，咒我们的孩子。”

胡辇冷笑：“你连一句话都听不得，你却可以对别人的孩子作法下咒，唯恐其不速死？罨撒葛，你还有没有人心？”她越说越怒，掀被就要下床，却站立不稳，差点摔倒：“罨撒葛，你是个魔鬼，我不能再和你在同一个帐子里……”

罨撒葛已经扶住了她，肃然道：“胡辇，你有没有想过，留着燕燕这个孩子，我们的孩子会怎么样？当初，我父皇赶走了人皇王，却没为难图欲，结果图欲就抢了我皇兄的皇位。皇兄养大了明扆，明扆却抢了我的皇位。你要我留着燕燕的孩子，让他长大后抢我孩子的皇位吗？”

胡辇恨声道：“你别跟我说这些歪理。你居然敢有脸说是为了孩子，我问你，等孩子出生以后，你要给他看的就是这么一个杀戮不止的家族吗？让他看到他的父亲满手都是亲人的鲜血？”

罨撒葛却笑了，笑容神秘且充满杀机：“不，怎么会是我杀的呢。当然是女里和高勋这两个叛逆，心怀不满，杀死了主上一家三口。而我，作为皇太叔，入宫勤王，杀了叛贼为先帝报仇。”

胡辇猛地睁开眼睛，她听出了他的意思，只觉得充满了愤怒，道：“你，卑鄙。”

罨撒葛伸手抚向胡辇的肚子，却被胡辇拍开，只得距离半尺渴望地虚抚着，一脸的温情脉脉：“胡辇，等我做了皇帝，你就是皇后，我们的孩子就会传承大辽万年江山。胡辇，这情景多美好。难道你想让孩子一生下来就没有父亲，然后以罪人之子的身份，活在当朝皇帝甚至下任皇帝的猜忌之中，最后无声无息地夭折？胡辇，你是孩子的母亲，你要为我们的孩子考虑，不能这么自私，这么任性啊！”

他试着用自己的理论去劝说胡辇，可胡辇听了，却只觉得荒谬异常：“你真是颠倒黑白。”

罨撒葛却笑得温文尔雅：“你慢慢想吧，想想看，我们才是一家三口，我们才是世间最亲的人。我们不能为了外人，彼此伤害。”

胡辇扭过头，不愿意再听。

然而罨撒葛并不在乎胡辇听与不听，他只是把一切情况告诉了胡辇，反正，如今胡辇就算知道一切，也无法走出他的掌控之中。

见罨撒葛走了出去，胡辇闭目，两行眼泪流下。

她的心中充满了无助和愤怒，事至如今，她才真正看清了这个看上去深情脉脉的男人不择手段的野心，以及他冷酷无情的真面目。

她伏在枕上，无声哭泣。

罨撒葛这一去，数日没有回来。

他在布置着计划，正如对胡辇说的，要引诱女里和高勋先动手，他才方便渔人得利。甚至他之前在宫中布下的棋子如宁王只没的妃子安只，公主胡古典的驸马萧啜里，以及宫中的暗线，都要动用起来了。

他在这里布置着，背上的暗伤发作了也不在乎，一想到他终于要成为皇帝了，又怎么会因为这样的小事而停下脚步。直至有人回报，说是王妃身体不适的时候，他才匆匆去了胡辇房间。

但见胡辇倚在榻上，神色萎靡，眼眶发黑。罨撒葛走进房内，她却没起身。罨撒葛走到她身边温声规劝，她也完全不理会，只最后问了一声：“你什么时候放我出去？”

罨撒葛伸手去碰胡辇，被胡辇狠狠拍开。他也不生气，仍旧关心地道：“侍卫说你好几天都没好好睡觉了。胡辇，你这样糟蹋自己的身子，对孩子不好。”

胡辇冷笑：“你马上就要对着另一个孩子举起屠刀了，还关心这个孩子做什么？我不是不睡，而是一想到你丧心病狂的所作所为，根本睡不着。”

罨撒葛无奈笑道：“看来，你的确是缺少人照顾。”他拍了拍手，就见胡辇的侍女空宁、福慧被放进房内，他指着二人对胡辇道：“让她们好好照顾你吧。”

罨撒葛转身走出房间，房门再度被关上，空宁、福慧立刻扑到胡辇身前，心疼地道：“王妃，你怎么样？”

胡辇颓然地坐下：“他是真的下决心了。”他是下定决心要夺位了，而且，马上就要行动了。眼看着悲剧就在眼前发生，可她却无能为力，她从来没有这样愤怒过，也从来没有这样绝望过。

胡辇被抓走以后，燕燕自然心急如焚，可是那日证据已经被烧了大半，而唯一的证人蒲哥太妃也重伤不醒。虽然她与耶律贤皆知是罨撒葛干的，然而罨撒葛先走一步，又带走了胡辇，自此闭府不出。燕燕几次派人要去见胡辇，皆被罨撒葛以王妃怀孕不适，不宜见客等理由挡了，送去的礼物收下，送去的人却见不到胡辇，借故召胡辇进宫又被拒绝。

罨撒葛亦以自己背伤复发为由不肯出门，但却频频调动自己所掌控的两斡鲁朵兵马，在他的府外形成一层层屏障。同时又数番开宴，与女里、高勋等人商议，肆无忌惮地摆开与耶律贤分庭抗礼的样子。然而越是这样，反而令耶律贤越是不好下手，一旦有事，就是上京城的血流，他不能不投鼠忌器。

在帝后万分焦急之时，就见婆儿匆匆来报：“主上，蒲哥太妃醒了，她招供说，是罨撒葛逼她给小皇子灌符水、偷小衣，并用她的祈福小帐作法的。”

燕燕怔了一怔，惊怒交加道：“她、她为何要这么做？主上对她们还不够好吗？她到底对我们有什么仇什么恨，要下这样的毒手对待皇儿？”

婆儿不敢答，只看看耶律贤：“蒲哥太妃说，想要见主上。”

耶律贤余怒未消，冷冷地说：“朕不想见她。”

婆儿小心翼翼地道：“御医说，蒲哥太妃快不行了，这只是回光返照，依奴才看，她想见主上，可能是有重要的话要对主上说。”

耶律贤一怔。

燕燕见状忙道：“我去吧。”

耶律贤还未说，婆儿忙道："蒲哥太妃说，有件事，只能单独告诉您一个人。"他说着，又悄悄看着耶律贤的脸色。

耶律贤想了想，看着燕燕说："那就朕一个人过去好了，朕倒要看看，她能说出什么话来。"

燕燕有些担忧地说："你要当心。"

耶律贤失笑："你放心，她不过是垂死之人，能有什么伤害我的。"说着，匆匆而去。

到了太妃房中，但见御医上来轻声禀过情况，再看蒲哥脸色苍白，奄奄一息，她看到耶律贤走进来，露出欣慰的神情来，却不停地流泪道："主上，长生天庇佑，让我能够在临死前有机会向你当面忏悔！"

她神情激动，似要扑过来，但却因为虚弱无力，虽努力想支撑起身子，却终于不支倒下。

耶律贤在离床还有一米多的地方站住，婆儿忙挡在他的身前，以防蒲哥临死前再出什么花招。

耶律贤淡淡地道："朕已经来了，有什么话，你说吧。"

蒲哥张了张嘴，想说什么，但却忽然警惕起来，看了看左右："主上，我下面这话，事关你的安危，我只能单独和你说。"

耶律贤仔细看着蒲哥的神情，终于挥挥手，令所有人都退出。婆儿有些不放心，欲言又止，退了几步，又看看耶律贤。

耶律贤淡然道："就凭她如今这样子，难道还能伤到朕不成，你们退下吧。"

见众人已经退下，耶律贤看着蒲哥，冰冷地道："你有什么话，就说吧。"

蒲哥看着耶律贤冷漠的神情，眼泪又流下："明扆，我不知道应该怎么面对你？你是我看着生出来的，你从小我就跟在先皇后身边照顾你。祥古山之变之后，我更是亲手抚育你和胡古典这几个孩子长大。我没有孩子，几乎是把你们几个，当成我自己的孩子一样看着长大。可是，我又不敢面对你……"她说到这里，泣不成声，呜咽许久。

耶律贤一动不动地站着，只是看着她哭。他是个太过早熟的孩子，四岁的时候亲眼目睹父母的死去，他的心防是极重的，普通的示好，根本走不进他的心底。

小时候，两位太妃是照顾过他，可是那时候他受惊过度，夜夜梦魇的时候，让她们觉得他是个已经痴傻的孩子，照顾他没有回报，于是宁可去看护只没和几位公主。后来是韩德让来照顾他，那种生死与共无微不至的照顾，才让受惊过度的他慢慢走出心防，开始正常的生活。

或者胡古典等几位公主会觉得同两位太妃有点感情，但是在耶律贤眼中，这两位太妃对他的感情，甚至及不上从小服侍他的保母保父。

蒲哥只觉得胸口伤处剧痛，她知道自己大限将至，努力抓紧自己最后的一点力气，将事情和盘托出："我知道你是不会原谅我的，我做出了这么丧心病狂的事，我为了活命，对一个无辜的孩子暗中下毒手，我自己知道，我罪孽深重，这么多年来，我每夜都睡不安稳……"

耶律贤原以为"对一个无辜的孩子暗中下毒手"是指的小皇子，听到后来才忽然明白过来，厉声道："你说什么，这么多年来……你、你做了什么？"

蒲哥流泪："我对小皇子下手，是受罨撒葛所要胁，因为我有把柄在他的手中。十几年前，我就曾经受他要胁，在你服用的药物之中下毒……"

耶律贤只觉得心口如击大石，他退后一步，跌坐在椅子上，颤声道："原来、原来朕一直长年多病，原来真的不是体弱，真的是中毒？是罨撒葛叫你下的毒？"

蒲哥掩面而泣："当日我们的生死，皆操于人手，我不敢不应。我当时只是想，就算我不答应，他们要对你下手，你也是避不过去的。可我，我不想死……是我贪生怕死，自此受制于人，一步错，步步错，从此不能再回头。明扆，我对不起你，对不起怀节皇后，更对不起先皇。我死了下到黄泉，也没有面目见他们，对不起，对不起……"她反反复复，说了许多句对不起，忽然间浑身一颤，脸色扭曲，似在忍受极大的痛苦，牙关紧咬，浑身痉挛，好一会儿，才用尽最后一丝力气嘶声叫道："他给你下的毒，我留下了一点，那瓶子在我房间佛龛后面，你看看能不能……"

她虽然是用尽力气而叫，但声音却微弱之至，然而耶律贤还是听得清清楚楚，他终于上前一步："蒲哥太妃——"

蒲哥看着他，凄然一笑："能不能有用……"她说到这里，忽然停住，一动不动。

耶律贤失声叫道："快来人，看看她怎么了——"

守在门口的侍人们连忙赶进来，迪里姑匆忙进来，摸了一下蒲哥太妃的呼吸，叹道："主上，太妃去了。"

耶律贤看着蒲哥的尸体，只觉得有说不出来的愤怒，眼前的尸体、孩子的哭泣，再到从小到大自己身上的病痛，乃至于祥古山冲天血光，这桩桩件件，都是那个早就应该死去而还没死去的人所做下的。

他的神情越发地冷酷。罨撒葛，我发誓，我一定要看着你，死在我的眼前。

而就在蒲哥死去的同时，燕燕的崇德宫也来了一位客人，正是赵王妃乌骨里。

她见了燕燕，劈头就问："你们调兵遣将，是要对付女里、高勋，还是罨撒葛？"

燕燕一怔："二姐，这次你的消息很灵通啊。"

乌骨里冷笑："他们害了阿爹，又害喜隐，我绝对不会放过他们。我告诉你，自从喜隐离开上京，他的人马就交到我手里了。我让他们全部给我盯着高勋、女里，还有罨撒葛府上。果然见他们这几日一直出入异常，我急着来告诉你，进宫时就看到宫中戒严，是不是你们要正式开战了。"

燕燕看了看乌骨里，点头承认："是，罨撒葛扣押了大姐，并已经与高勋、女里联手，而且还想暗害我的孩子。"

乌骨里道：“我不管你要对付谁！”一边拿出令牌拍在桌上：“李胡留给喜隐的兵马，现在在我手里，我可以听你调用。只要你在事后，能够让我将功折罪，放喜隐回来。”

燕燕大喜，拿起令牌：“二姐，有你这句话，我就放心了。如今大姐在罨撒葛手中，我们联手，一定要将她救出来。”

乌骨里翻个白眼：“不是为了大姐和喜隐，哼，我才懒得理你。”

燕燕看着乌骨里微笑，乌骨里的脸也拉不下来了，终于两姐妹相视而笑，两双手握在了一起。

这一日，空宁进走浣房，两个浣衣妇在院子里洗衣服，几个架子上晒着衣服。

见空宁带着一个小丫环抱着一叠衣服走进来，一个浣衣妇站起来擦擦手来接衣服，讨好道：“空宁姑娘，这种送衣服的事哪能叫您亲自来做呢，随便叫个小丫环送过来就行了。”

空宁淡淡地说：“这两件衣服绣着金线，要小心洗，我怕小丫环传话不仔细说忘了，所以自己过来。”

那浣衣妇忙奉承：“那是那是，怪不得空宁姑娘在王妃跟前，总是头一份，果然做事仔细，与别人不一样。”

空宁抬头，就看到架子上晾着的白麻布，皱眉道：“大王的伤口还没好？”

浣衣妇赔笑道：“是啊，高六总管说，每天要用买来的新细麻布煮过晾过，才给大王去用。这不，锅上还煮着呢。”

空宁转头看了看锅上煮着的白麻布，点了点头。

那浣衣妇似是一个小管事，此时就叫另一个浣衣妇道：“吉玛，你带她去房中拿王妃刚洗好的衣服。空宁姑娘，您稍坐会儿。”

那小丫头不由看了空宁一眼，空宁并不理她，只坐在那浣衣妇端出来的凳子上，掩嘴打了个呵欠。小丫头无奈，只得跟着另一个进去了。

空宁懒得理会那浣衣妇喋喋不休的奉承话，微闭着眼睛似听非听，就听得那浣衣妇在一堆夸奖中却说了一句："……虎思大叔说过几日是您生日，我想着不知道您喜欢什么……"

空宁半闭着的眼睛中陡然闪过一道寒光，她睁开眼睛，看了看周围，见整个浣房的人不是忙着洗衣晒衣叠衣，就是在收衣送衣，都离她二人颇有些距离。

空宁忽然笑了，看似享受着奉承，却笑道："我们做奴婢的，哪有这个讲究……"接着便用低不可闻的声音问道："虎思大叔说什么？"

那浣衣妇一边用正常音量说着奉承话，另一边却见缝插针地低声道："皇后有话，三天后，四更天，送王妃从南三门走。"

空宁边笑着拿起放在一边的奶茶喝着，一边低声："王妃有孕，就怕她不走。"

那浣衣妇也低声道："皇后说，皇太叔是杀死思温宰相的主谋，王妃不走，她不好动手……"

话未说完，就见空宁的手一抖，整碗奶茶全扣在自己的胸前，那浣衣妇一惊，忙扶住她："空宁姑娘，你没事吧？"

就见空宁脸色惨白，扶着她的手冰冷而颤抖，她这动静一大，就见院中几个浣衣妇都看了过来。

空宁顿时回过神来，扬手就给了那浣衣妇一个耳光："都是你不好，把我衣服弄脏了。"

那浣衣妇连忙跪下来相求，空宁一脸"怒色"，那小丫环刚拿了衣服出来，见状忙上前来问，那浣衣妇迭声赔不是，空宁一甩手，怒气冲冲地走了，走到一半回头道："我先回房换衣服，王妃那里你同我说一声。"

那小丫环将她送至房间，扶着她进去了，还在门口等着道："空宁姐姐，我等你。"

空宁进了下人的耳房，拉上帘子去换衣服，在帘子内，她倚着板壁，泪水汩汩而下。

那一句"皇太叔是杀死思温宰相的主谋"将她整个人都要震碎了。

她想到了七岁那年，整个部族被血洗，自己在血泊中被人救起时看到的那个男人。那一刻，她想，她愿意为他而死。

他收养了她，给她选择。她自愿成为死士，接受了各种常人无法想象的训练，又被他送到他的长女身边。当年萧思温满心以为真正能够承担起家业的女儿会是胡辇，所以将自己精心栽培的死士，派在了胡辇身边辅助。后来事情的走向虽与萧思温的意料不同，但她仍然留了下来。

萧思温死的时候，她哭了好几夜，和他的女儿一样伤痛，一样充满仇恨。在射鬼箭的时候，她同样朝着凶手射出了充满仇恨的一箭。然而，她万万没有想到，真正的主谋，居然近在咫尺。

那个看上去深情款款的男人，竟然是这样的魔鬼。

她听到小丫环在敲门，听到她问："空宁姐姐，你好了没有？"

空宁抹了抹泪，回答道："快了，我就出来。"

那一夜，胡辇入宫为小皇子祈福，她与福慧也跟着进宫。谁知天亮的时候，胡辇不见了，直至近中午了，才收到府里的消息，让她们立刻回府。之后，就是几天的禁足。

一直过了数日，两人才又被带到胡辇身边，才看到王妃也同样被软禁了。而她俩一旦离开胡辇的房间就会被各自分开，行动都有人跟着。

然而对受过死士训练的空宁而言，就算在她们的监视下，她依旧可以做到她想做的事情。

三日后，四更天，南三门走。

空宁暗自念着，她不知道这府中还有没有别人的消息，但她却是知道，这一离开，她就再也不会有机会接近罨撒葛了。

要想复仇，只有留下来。

走，还是留？

尽管皇帝和皇后会对付罨撒葛，可是她更想亲自动手。那个人强迫大小姐嫁给他，怀上他的孩子，又利用算计三小姐和她的孩子。而且，这个魔鬼，还杀死了……

空宁不敢去想那个名字。她必须亲手报仇。

她拿了胡辇的膳食，端着盘子走到房内："王妃，多吃点吧。"

胡辇淡淡地道："我吃不下。"

空宁看着她，这个苍白憔悴的妇人，是她看着长大的小女孩，她曾经是那个人的掌上明珠，可她的一生却毁在这个魔鬼的手里，她压低了声音："王妃，吃饱饭才有力气逃跑。"

胡辇一惊："你……"她连忙转头看了看，发现房间里就只有自己两人。胡辇颤声问："你说什么？"

空宁低声："我听高六说，皇太叔后天要出府去国阿辇斡鲁朵召集旧部阅兵，我猜他要有所行动了！所以王妃一定要在他行动之前逃走，否则的话，只怕他到时候一旦失败，丧心病狂之下……"

胡辇抚摸着肚子，有些犹豫："他不会伤害我和孩子的……我一旦离开，就怕他会发疯，再也没有人可以阻止住他了。"

空宁压低了声音："他才是杀死思温宰相的真正主谋！"

胡辇瞪大了眼睛看着她，觉得自己完全没有听清她究竟在说什么，所有的声音都嘈杂成一片。

空宁施了一礼，在监视的小丫环进来前，就拿着托盘出去了。

她站在廊下，看着院中一片春花开得正旺盛，忽然笑了。

杀死罨撒葛这个念头在她脑海中不停翻腾。就算有毒药暗器，也接近不了罨撒葛。更何况在此前为了应对搜拣，她早把那些东西毁了。

再说，她如今日夜有人跟着监视，连夜间都有罨撒葛派来的婢女与她睡在一起，似乎真的毫无办法了。

后院似乎百花盛开，却无人知道那一片桃花中有几株夹竹桃。她学过医毒之术，夹竹桃的汁液是致命的毒。

空宁在花园中提着篮子一边走，一边哼着歌儿去摘花，监视她的人只道她采了花送到胡辇房中摆放，却不晓得她悄悄地摘了几枝夹竹桃，将花悄悄地在手帕中拧碎了。

空宁提着花篮直接进了浣衣院，见两个浣衣妇正将煮过的白麻布晒到架子上去。

空宁问："王妃的衣服洗好了没有？"

前日那浣衣妇已经不见了，另一个浣衣妇有些紧张地道："洗是洗好了，就是那件有金线的衣服还没有熨烫好。"

空宁抬头看着挂在空中的白麻布，问："怎么是你，依玛去哪里了？"那浣衣妇一怔，笑道："依玛昨日回家探亲去了。"

空宁心中一沉，面上若无其事地道："王妃今天问起这件衣服了，你还不赶紧去。"

那个浣衣妇连忙慌张地擦了擦手，奔进内室去了。

空宁见另一个浣衣妇还在，问她："你怎么不进去帮忙？"

浣衣妇为难地道："高六总管说，这白麻布从煮到晒到收好到交给他，必须寸步不离，不能离了人。"这些白麻布是给罨撒葛包伤口的，高六是极细致的人，为了怕伤口感染，就用了新麻煮过洗净晾干以后，再给罨撒葛使用。

空宁叹了一口气："真麻烦，她进去了，你一个人也晾不了啊。算了……"她叫跟着她的小丫环说："你来帮忙吧。"

浣衣妇感激地道："多谢空宁姑娘。"

那小丫环在房里侍候，只做精细活儿，素日从不浣衣，手指纤细得很，拧起布来未免力不从心。空宁叹道："你真是笨，不如我来吧。"

这边将篮子给了那小丫环提着，自己与那浣衣妇一起拧起来，然而却悄悄将藏在帕中的夹竹桃的花汁都拧进了白麻布里。

罨撒葛换药之时，伤口血水与药汁会将细麻布渗湿，如此一来，麻布里的夹竹桃汁与伤药互相渗透，会直接进入罨撒葛的伤口，进入他的体内。

空宁微笑着，看着那浣衣妇将麻布晾了才离去。

第二日，她又去了一次。

这一夜，她就要依照约定，与胡辇一起逃出去了。

夜深，人静。

空宁和福慧带着换了侍女衣服的胡辇，潜行于府中。

把守胡辇的两个侍卫，已经被空宁打倒了。当她们走出所居的院落时，就看到两个仆役打扮的人已经候在门口，见她们出来，便低声道："奉皇后之命，接应王妃，请三位随我们来。"

一路行来，随着这几人或避或躲，走走停停，好几处走出来就见着守卫已经被打倒，就这么走到了南三门，这间小门是离厨房最近的，素日厨房中运菜送垃圾，都是从这小门过。

那仆役走到门前，低声道："外头已经有人接应，姑娘快带王妃走，这条路我们的人都已经清过了。"

胡辇道："好。"

空宁的手刚放到门上，准备开门，门忽然自己开了。但见原来一片漆黑的门外忽然大亮，罨撒葛带着人马，已经站在门口。

空宁大吃一惊，不由后退。

罨撒葛哈哈一笑："本王真要谢谢你们，把府中所有的暗线都一举清空。"这边下令："除了王妃以外，所有人统统格杀勿论。"

胡辇一惊转身，就见身后亦有伏兵涌出，转眼就与那几名潜伏的仆役搏杀起来。那几名仆役虽然身手不错，但终究寡不敌众，转眼就遭到砍杀。

就见几名身手矫健的妇人上来就要拉住胡辇，另一边空宁与福慧亦被围住搏杀。

空宁一咬牙，不管不顾地夺了一把刀，就向着罨撒葛冲杀过去，势若疯虎，转眼身上就中了好几刀。空宁拼尽最后的力气，将刀朝着罨撒葛面门掷去。这一下事起突然，罨撒葛闪身一避，却也被刀锋削到了手臂上。

罨撒葛大怒，喝道："乱刀砍死！"

胡辇失声惊叫，就见着空宁转眼之间倒在血泊之中，她也不知道哪来的力气，用力一挣就往前跑去。

那几名健妇虽然控制住了胡辇，终究碍于她是王妃之尊，身上又怀着罨撒葛的孩子，也知道罨撒葛对她重视万分，所以并不敢太过用力。

没想到胡辇忽然拼命挣扎，不禁手一松，等回过神来又忙去拉胡辇。

胡辇虽然挣脱了那健妇的手，却用力过猛而扑了出去，整个人跌下门口台阶，惨呼一声，昏了过去，

罨撒葛见状大惊，飞跑了过来，抱起胡辇就知不好，裙底触手之处只觉得温热黏潮，他大叫一声：“掌灯。”

身边侍从忙提了灯来，但见灯光之下，胡辇裙底，尽染鲜血。

就听得身边一个妇人颤声道：“王妃是不是……滑胎了！”

罨撒葛只觉得心头剧痛，哪里还有破获阴谋的得意，只余下不尽的惶恐和无助。他心中念着，长生天啊，你千万千万，不能让胡辇有事。

然而，御医还是报给了他一个残酷的事实——孩子，没了！

第六十七章

尘埃落定

天色一片漆黑，渐渐透出亮来，直至太阳升起。然后日头渐渐西斜，一直到夕阳西下。

日头落下，庭院中的光线慢慢灰暗下来。

侍女点上了灯烛，胡辇也睁开了眼睛。

听到王妃醒来，临时把所有布置事件都改在胡辇居处前厅的罨撒葛抛下满室的手下，匆匆进入内间，上前就要扶住胡辇：“胡辇，你醒了——”

胡辇扭身避开，痛恨地道：“别碰我。”

只一日一夜，罨撒葛便从意气风发变得憔悴，赤红着眼睛，沙哑着声音，却还努力安慰妻子：“胡辇，孩子没了就没了，只要你安好就行，我们以后还会有更多的孩子……”

胡辇只是看了他一眼，这一眼冰冷至极：“你自然不在乎，可是……”她的眼泪落了下来：“孩子在我的肚子里这么久，我能感受到他一点点地成形，长大……没了就没了，你倒想得开。”

罨撒葛听了这指责，心中也愤怒起来，重重一拳捶在桌上，怒道：“我比你更希望有这个孩子，我盼了这么久，这是我们俩的孩子，是我的孩子……”他抓着胡辇的肩头，吼道：“你为什么要这么做？为什么要离开我？为什么宁可冒着失去孩子的危险也要逃离我？胡辇，我这么待你，你却屡屡辜负我，你这个女人，还有没有心啊。”

胡辇冷笑一声，反问他：“你对一个婴儿也能如此不择手段，你的心又在哪里？”

罨撒葛赤红着眼睛，声音嘶哑：“我本来要把至高无上的凤冠给你，让你和我站在最高处，你为什么要和我对抗？”

胡辇红着眼眶，咬牙道：“你杀了我的父亲，要害我的妹妹，你做的事情，与魔鬼有什么不同？你用这种肮脏手段得到的凤冠和至高之位，我不稀罕！”

罨撒葛大怒，举手就要打下，胡辇毫不示弱，瞪着她。

罨撒葛的手举在半空，好一会儿，才重重捶在床柱上，惨笑一声：“胡辇，有时候我真恨不得杀了你。”

罨撒葛起身拂袖而去。

胡辇闭上眼睛，眼角两行泪水落下。

罨撒葛握紧双拳，回到前厅，叫道：“让人都进来吧。”

众人一齐进来，罨撒葛冷笑道：“粘木衮，你方才说皇帝打算举办家宴，庆贺小皇子康复？”

粘木衮拱手：“是。”

罨撒葛问：“定在何时？”

粘木衮道：“七日后。”

罨撒葛狞笑道：“明扆既然给自己挑了一个祭日，我们就成全他。粘木衮，你知道应该怎么办了？”

敌烈恭敬地道：“是！”

胡古典的驸马萧啜里原来虽然职位较低，但因为耶律贤继位之后，他也得到重用。这一日因为皇帝要举行家宴，他特地提前下朝，准备先回家与公主一起进宫。

不想他方走出朝房，就看到了他最不想见的人。

萧啜里脸色苍白，叫了一声：“室鲁大人！”

室鲁对萧啜里笑道：“有人托我给驸马带了样东西，问一声好。”

萧啜里疑惑地看着室鲁，却见室鲁装作亲热地拉着萧啜里的手，悄悄地将一个小瓶从袖中塞进对方袖中，压低了声音道：“主上要办家宴，齐王托我把这东西交给驸马，驸马应该知道怎么办。”

萧啜里脸色变得苍白，努力想把瓶子递回去：“不，我不能，我——”

室鲁威胁道：“驸马的老母、小妹，还有心爱的如夫人和刚出生的儿子，齐王会帮您照顾的。”

萧啜里听到室鲁的威胁，如被雷劈中一般，顿时就傻了。他想不到自己最隐秘的把柄，居然会落到别人手中。莫说他一身富贵得自对方的主子，莫说对方拿他母亲作要挟，便是对方若是把他私纳小妾生子的事情传扬出去，皇帝也会要了他的性命。

想到这里，他手一缩，将那瓶子捻入了袖中。

室鲁冷笑一声，假装好心地将萧啜里扶正道：“驸马，你要小心点，别自己给别人看出破绽来。”

萧啜里一凛，连忙挺直了身子，走了过去。

与此同时，宁王只没也被妻子安只催着进宫了。只没带了昭敏法师来，为小皇子祈福。

昭敏也听说了宫中之事，前些日子就提了个建议，说是四月初四文殊菩萨生辰，若是借助文殊菩萨狮吼威风震慑魔怨，为小皇子驱邪祈福，必能使小皇子从此否极泰来，一生顺遂。

皇帝大喜，道：“若佛家真能帮皇儿摆脱邪魔，朕便将这孩子舍到文殊菩萨座下。”

见昭敏做了几天法事，小皇子果然一天天康复起来，皇帝就依承诺将小皇子舍到文殊菩萨座下，起了一个小名，叫文殊奴。

黄昏的时候，部队已经集结，城内的禁军、城外的国阿辇斡鲁朵军，只等罨撒葛一声令下，就可一起发动。

高六为罨撒葛穿上盔甲，正准备出发，见他形状威武，先跪下贺道：“恭喜主上旗开得利，奴才在这里先贺喜主上。”

众属下见状也跪下道：“恭喜主上，贺喜主上。”

罨撒葛举目一扫，皆为臣属，不由哈哈大笑，不料笑声到了一半，忽然中止，他捂着肩膀，摇摇晃晃，倒退了几步。

众人一惊，罨撒葛今日已经穿上盔甲，本想亲自率军，不想此时忽然只觉得眼前发黑，心中莫名腾起不祥的预感。

这种预感他曾经有过，那就是穆宗去了黑山，某一夜他忽然也有这种感觉。数日之后，他接到消息，穆宗黑山遇刺。他赶到黑山，却迟了一步。

他咬牙，他拒绝这种感觉，他要做的事，就算是长生天也拦不住。为了这一天，他付出的代价已经太多、太多，他绝对不会就此罢手。

他咬破舌尖，刺痛让他提起精气来，高六正站在他身后，忙将他扶住，低声叫他："主上！"

罨撒葛低声说："我感觉眼前有些发黑。"

见罨撒葛已经站不住了，高六大惊，忙将他扶入后堂，召来御医，解开衣服，却见罨撒葛背后整个伤口已经变成青黑色了。

高六阴沉着脸问那御医："大夫，大王的伤怎么忽然变成这样？"

那御医看到伤口也傻了，哆嗦着道："怎会如此？前些日子这伤口都已经转好了，怎么会一夜之间恶化至此？"

高六沉声道："你只说要不要紧。"

那御医道："大王这伤拖得太久，伤口已经化脓变毒，只怕……"

高六道："只怕什么？"

御医压低了声音："只怕是吉凶难料。"

高六气得拔刀道："我砍了你这个庸医。"

罨撒葛抬起头道："高六——"

高六的刀停在大夫的脖子上道："大王——"

罨撒葛忽然惨笑起来道："哈哈哈，时也，运也，命也！本王处心积虑谋画至此，竟是赌不过老天爷先要了我的性命。哈哈哈，明扆，你赢了，没有想到，你这个病殃子居然在寿数上赢过了我。我真是不甘心，不甘心哪！"

高六扑通跪地，痛叫一声道："大王！"

罨撒葛大叫一声，晕了过去。

天色渐暗，国阿辇斡鲁朵大营前，士兵们列队整齐，静静地等着。但是那个本来应该到的人，没有来。

罨撒葛依旧昏迷不醒，高六已经令御医在为罨撒葛扎针，但却连扎几针都没用。

粘木衮怒道："为什么还不醒过来，你这庸医！"

御医畏惧地道："扎针之术是能够刺激病人，怎奈皇太叔背疽之症已经恶化，毒入心肺，药石无灵。"

粘木衮暴躁地骂道："我不管，若是大王日落之前醒不过来，你就去死吧。"

在天黑之前，罨撒葛终于醒了过来。

粘木衮大喜，冲到罨撒葛面前连声唤道："大王，大王。"

罨撒葛眼前一片模糊，等慢慢看清眼前的一切，才道："粘木衮，是你。"

粘木衮急道："大王，国阿辇斡鲁朵数万军士，等着大王命令。"

罨撒葛道："什么时候了？"

粘木衮道："酒宴就要开始了。"

罨撒葛看着粘木衮，恶狠狠地道："那你还等什么，还不速速拔营起事。"

粘木衮看着罨撒葛的神情，有些不安："大王，您没事吧——"

罨撒葛的眼神如同狼一样嗜血："本王不甘心，输给明扆那个阴险小子，本王不甘心！就算本王不能亲临指挥，可也想看着明扆死在本王面前，本王就算死之前，也要先坐一坐那张龙椅……"他看到两人的眼神有些犹豫，又加了一句："你们跟本王一场，本王不能叫你们没有着落。有你们在宰相太尉的位置上，辅佐我选定的下一任皇帝，我死也安心了。"

粘木衮和室鲁眼睛一亮，大声应道："是。"

见粘木衮和室鲁取了令箭，各自率兵离开。

罨撒葛长长地吁了一口气，看到窗外夕阳将天空染为一片血色，忽然道："王妃呢？"

高六道："王妃今天早上派人来问，说是想见大王，只是大王昏迷不醒，所以小人就说，大王有要事，暂时无法见王妃。"

罨撒葛长长地吁了口气："去请王妃过来吧。"见高六微微犹豫，他叹了一口气："去吧，高六，你要记住，我与王妃，夫妻同体。"

高六一凛："是。"

胡辇匆匆走进来，看到罨撒葛的脸色，惊呼道："罨撒葛——"

罨撒葛有气没力地笑了笑道："胡辇，你来了。"

胡辇道："你怎么了？"

罨撒葛道："没什么。"

胡辇道："你别骗我，你这个样子，还叫没什么？"

罨撒葛目不转睛地看着胡辇，忽然笑了道："就是这样，胡辇，我第一次发现自己喜欢上你的时候，就是你现在这个模样。当时我想，如果世界上有一个女人，能用这样关注的眼光看着我，那该有多好。现在，我看到了。"

胡辇坐到了床沿上，拿着手巾为罨撒葛擦去额上的虚汗道："你受伤了，还是伤势恶化了？"

罨撒葛摇了摇头道："别问。胡辇，我希望今夜你能够坐在我身边，陪我坐这一夜，好吗？"

胡辇狐疑地道："为什么？"

罨撒葛拉住胡辇的手，平静地笑笑道："没什么，因为今夜会是一个不眠之夜，许多人没机会看到明天。"

天黑了，宫门外，华灯初上。

宫宴将开，仪仗和马车停在宫门。

只没和安只走下马车，坐上软轿在随从簇拥下进了宫门。

胡古典和萧啜里走下马车，同样坐上软轿进了宫门。

宫门关上。

天边最后一点亮色也消失了，夜色彻底黑了下来。

正殿中，宫女内侍们捧着各色灯笼、食盒往来穿梭。

殿中歌舞升平。

耶律贤和燕燕坐在主位上，安只、只没、胡古典、萧啜里分别坐在下首两侧。

耶律贤举起酒杯道："咱们兄妹家人好久没有这样团聚了，这一杯敬父皇、母后还有甄母后，愿他们在天之灵保佑我们兄妹永远平安。"

众人纷纷举杯道："敬父皇、母后、甄母后。"

安只端着两杯酒走向燕燕和耶律贤，屈膝跪下，奉承道："安只恭贺主上病愈，这是安只和大王亲手为主上酿造的美酒，可以滋阴润肺，增补元气，请主上享用。"

只没一脸愕然，他并不知道安只会来献酒，却也没有上前打断。

耶律贤看了一眼只没，叹了一口气。

安只不知所措地看着耶律贤和燕燕。

燕燕微微一笑："宁王妃有心。这么好的酒，不如你先享用吧。"

安只假笑道："这酒是为主上和皇后准备的，安只怎敢不敬。"

燕燕道："那就算是我请王妃先试酒。青哥，你帮帮王妃。"

青哥道："是。"她端起酒杯，逼近安只。

安只脸色大变，急忙后退，但青哥却一直端着酒杯举在她的面前，安只慌忙之下，挥手打落酒杯，但见酒液洒了一地，竟发出嗞嗞声，任谁都看出了这酒的不对劲。

只没脸色大变，站起来问她："安只，你在酒中放了什么？"

安只苍白着脸不敢回答，驸马萧啜里看到这一幕，吓得跳了起来。

燕燕冷笑喝道："来人，将安只、萧啜里拿下。"

见侍卫上前拿住自己的丈夫，胡古典惊愕莫名，问道："皇后，驸马又犯了什么罪？”

燕燕一挥手，就见内侍端上托盘，上面是一壶酒和一个毒药瓶子。

萧啜里面如死灰，垂下头来，道：“公主，是我对不住你。”

这时，外面隐隐传来砍杀声，只没、胡古典脸色大变，安只却面露喜色，叫了起来：“皇后，你别得意，你们马上就要倒霉了。”

燕燕哈哈一笑：“马上倒霉？本来还以为你只是被利用，现在看来你知道得不少啊。”喝道：“拉下去。”

安只见吓不住燕燕，却被两名如狼似虎的侍卫架起往外拉，这个情景似曾相识，就是只没受刑那日，她再看到耶律贤淡漠的脸，忽然想起这是视人命如草芥的主儿，顿时勾起最害怕的事来，尖叫了起来：“只没，只没——大王，大王救我！大王！！”

只没震惊而痛心：“安只，你到底在做什么？你不说清楚，让我如何救你？”

安只却不敢说，轻泣道：“大王，我只是一时糊涂。你说过会一生一世保护我的！你说过，我是你在人世最大的期盼。”

只没道：“你为什么要毒害主上？”

安只不敢说，紧紧闭着嘴。

燕燕道：“说吧。我也好奇罨撒葛到底给了你什么好处？还是你有什么把柄在他手中。”

安只不敢回答，继续哀求只没道：“大王，你求求主上，就饶了我这一次吧。”

只没痛苦地道：“国有国法，家有家规，你毒害我哥哥，我救不了你，也不愿救你。”

燕燕和耶律贤对视一眼，松了一口气，燕燕道：“把罪人安只拿下去，好生审问。”

侍卫拉起安只往外走，安只见了无生机，面目狰狞，尖叫起来道：“不，不！只没你这个废物、骗子！自己妻子都保护不了，我嫁给你有什么用？当初要不是这昏君逼迫我，我才不会嫁你。”

只没浑身一震道："慢着。"侍卫止步，只没颤抖着问安只："二哥逼你嫁给我，难道你从来都不曾真心喜欢过我吗？"

安只恨恨地道："我从头到尾都没有爱过你。早知道你这么没用，早知道你会被穆宗皇帝处以宫刑，我根本就不会多看你一眼。"

只没受此一激，竟是喷出一口鲜血来。

耶律贤脸色一变，怒喝道："还不快把罪人带下去！"

而就在此时，外头激战更烈，不断有军情报入。

"回主上，韩节使已在南横街挡住高勋兵马。"

"回主上，喜哥小妃打开宫门，女里已经从乾德门杀入。"

"回主上，休哥郎君已经在安东门挡住国阿辇斡鲁朵之军。"

"回主上，达凛郎君已经擒下女里——"

天空渐渐明亮，阳光普照大地。

乾德门前的广场上一片狼藉，血流成河。

萧达凛、耶律休哥两人站在广场看着士兵们收拾残局。

南横街尽头，高勋与韩德让站在各自队伍当中，遥遥对立。

高勋笑了一下："没想到，你竟是没去南京。"

韩德让微笑："我去了，又回来了。我若不离开，你们怎么会以为阴谋得逞，胆敢发动兵变呢？我若不去南京，又怎么能安得住幽云十六州的军民之心，避免后院起火呢？"

高勋仰天长笑："我经历数朝，平生自负异常，没想到，竟然败于你之手——你可知道，我若失败，大辽再不会出一个有足够分量与他们……"他指了指皇宫："坐下来谈条件的汉人了。"

韩德让摇了摇头："你代表不了幽云十六州的汉人。你拿他们做筹码，但你手握大权这么多年，却从来没有为他们真正努力过。你有的，只是野心罢了。"

高勋纵声大笑："野心，谁没有野心，不过是成王败寇罢了！只是，我不甘心，我不甘心啊！"

"我不甘心，我实在是不甘心——"罨撒葛喃喃地说。

这一夜，外面的喊杀声从无到有，再从激烈到渐息。

胡辇被迫留在罨撒葛房中，与他一起听着外面的喊杀声，直至清晨第一缕阳光射进窗子。

罨撒葛对外看了一眼，叹气道："天亮了。"

胡辇道："是啊，天亮了。"

罨撒葛放开了胡辇的手，依依不舍地盯着她看了好一会儿，才毅然转头道："你走吧。"

胡辇怔住："你说什么？"

罨撒葛没有回头，声音低沉："你不是要离开我吗，不是千方百计地想逃出这齐王府吗，你现在就可以走。"

胡辇站起来问他："为什么？"

罨撒葛道："不为什么，赶紧走吧。迟了，我就改变心意了。"

胡辇怔在当场。

罨撒葛喝道："高六，叫福慧来侍候王妃出府，备车送王妃走。"

高六颤巍巍地出现在门口，一夜之间，他老态毕现，带着哭腔应了一声："王妃，您随奴才来吧。"

胡辇还来不及反应，就被两名侍女簇拥了出去，她走到门边，不由回头，看到罨撒葛的脸仍然朝着里面。

直到胡辇走了出去，罨撒葛才转回头，整个人脸色发青，额头全是冷汗，他躺平在床上，长长地吁了一口气。

高六弯着身子，陪着胡辇走到了大门口。

忽然外面一阵兵荒马乱，一个侍从匆匆跑进来："大总管，不好了，休哥惕隐派人包围了府邸。"

高六脸上抽动了一下，斥喝那侍从道："慌什么！"转身对胡辇恭敬道："王妃，您走出这道大门，休哥惕隐会在外面接应您离开。"

胡辇停住脚步，回头质问："出了什么事？昨天夜里的喊杀声整整一夜，你们干了什么？”

高六面如死水，带着悲哀和绝望：“王妃，您就不要再问了，走吧，走吧！”

胡辇忽然感觉到了什么：“罨撒葛，他——他怎么了？”

高六痛苦地摇头。

胡辇猛然觉得不对，推开侍女，转身向内院飞奔，推门进了罨撒葛房间。

就见罨撒葛脸色铁青，仰天倒在床上，胡辇冲了进去，扶起罨撒葛，一搭脉搏，脸色大惊道：“罨撒葛，罨撒葛——”

罨撒葛睁开眼睛，看了好一会儿，一张嘴，一口黑血吐出。

胡辇慌忙去倒了一杯水递给罨撒葛：“你怎么了？”

罨撒葛喘息了好一会儿，就着胡辇手中的水冲了口中的黑血，才勉强开口：“你怎么还没走？”

胡辇问他：“为什么？”

罨撒葛苦笑道：“我布了这个局，算计到了每一个人，却没想到自己也成了局中人，最先输掉的竟是我自己。”

胡辇已经明白：“你输了。”

罨撒葛点头：“是。你走吧，我现在已经没什么能力留下你了。”

胡辇却缓缓摇了摇头：“我留下来。”

罨撒葛喘息道：“你……为什么？”

胡辇道：“我们毕竟是夫妻，你娶我的那天说过，你希望有朝一日，你一无所有的时候，还有一个人能够对你不离不弃，始终如一。”

罨撒葛纵声大笑，笑得眼泪都流了出来：“哈哈哈，长生天，你骗我罨撒葛一生，终于还是最后对我起了一点仁慈之心啊。哈哈哈……”

胡辇站了起来，道：“高六！”

高六响亮地应了一声，走进来的时候腰都挺直了许多，带着一脸欣慰和感激：“王妃有何吩咐？”

胡辇道：“把药拿进来，我给大王换药。”

高六大声应着："是，王妃。"

而此时，耶律贤与燕燕在宫中，已经得到了安只和萧啜里的口供，也包括高勋与女里的口供。

耶律贤看完供词，将供词递给燕燕，咬牙切齿道："祥古山上，他与那暴君勾结，害朕的父皇、母后、皇祖母、甄母后，还有大皇兄！这么多年来，他又要挟两位太妃给朕下毒，监视朕，暗算朕。没有想到，他居然连胡古典和只没的婚姻也不放过……"他扭头，握住燕燕的手道："还有你和朕的皇儿，还有思温宰相！罨撒葛，朕身边所有的人，你都不放过啊！"他重重一击案几："你罪恶滔天，朕决不能轻饶你，朕要将你明正典刑，五马分尸——"

燕燕也恨得咬牙："我只道他再可恨，至少对大姐还是真的。可没想到他居然私通安只，这个禽兽！"

耶律贤长叹一声："朕真不知道该如何向只没交待。"

燕燕咬牙切齿道："连大姐也骗了，我要去救大姐。"

耶律贤按住她："别冲动，休哥已经包围了齐王府，刚刚送信过来，说是齐王府叫他到府门口接胡辇回宰相府。"

燕燕却道："不行，宰相府中如今只有一个十岁的继先，他还只是个孩子。叫休哥立刻把大姐送进宫里吧，好有人照应。"

就在此时，青哥忽然跑进来道："皇后，不好了。"

燕燕一惊，站起，问道："怎么？"

青哥道："休哥惕隐说，他在齐王府门口接应，看到大小姐明明已经走到齐王府门口了，不知道和高六说了什么话，就回头又进去了，然后齐王府的大门就关上了。他请旨是不是要带兵攻进去。"

燕燕大惊道："当然要，必须先救出大姐。"见青哥转身，忽然犹豫了一下叫住她："等一下。我亲自去齐王府。"

耶律贤一惊："燕燕——"

燕燕却道："你放心，罨撒葛已经是穷途末路，他也挣扎不出什么花样来了。”

耶律贤微一沉吟：“好，我同你一起去。”

帝后两人一齐乘车，前往齐王府。

而此时胡辇正在齐王府照顾罨撒葛。

一天一夜过去，罨撒葛已经昏迷了很久。胡辇为罨撒葛擦着额头的冷汗，见他变得如此虚弱，虽然还是恨他，却也不免有些心酸。

罨撒葛从迷糊中醒来，忽然抓着胡辇的手：“胡辇，我不行了。”不等胡辇说话，他从枕下取出一面令牌，喘息着道：“这个世上，我只放心不下你，如今我把国阿辇斡鲁朵交付给你，高六会帮你。有这令牌，你就可以指挥我所有的兵马，但是我这令牌是给你的，只属于你，你不可以交给燕燕。”

胡辇大惊：“你这是什么意思？我并不要你这东西，我也掌不了斡鲁朵。”

罨撒葛笑了，紧紧握着她的手：“胡辇，这兵马你一定要掌握在自己手里，燕燕做了执政皇后，以后会是太后，她会更多地考虑她的丈夫、儿子、大辽天下。皇权面前是没有亲情可言的，你不要太傻了，对别人太好。你待她全心全意，她待你却未必如此。你要多为自己考虑一些，知道吗？”

胡辇慌乱道：“别说这些了，你需要好好休息。等你病好了，什么兵马什么皇位，我们都不争了。我陪着你出去周游四境，陪你去沙陀，去哪儿都行。求求你，听我的话，去请太医吧。”

两人推让半天，罨撒葛却已经有些狂乱起来：“不，我不相信太医。胡辇，我这伤有古怪，也许我还是着了明扆的道。我这不是病，是毒，是他给我下了毒。”

胡辇忙摇头：“罨撒葛，不可能是毒，你所有饮食都有人试毒。”

罨撒葛眼神空洞地望着天空，挣扎地挥着手：“不，一定是毒，一定是，一定……”

罨撒葛的手慢慢掉落下来，整个人变得无力。

胡辇捂着嘴，不可置信地看着这一幕。

忽然，胡辇扑倒在罨撒葛身上，撕心裂肺地哭喊着道："罨撒葛，我恨你，我恨你，你为什么这样死不悔改啊……"

忽然只听得外面有人报道："主上、皇后到——"

随着声音，耶律贤与燕燕走进齐王府，走进罨撒葛房间。

燕燕疾步进来，却见胡辇萧索地坐在罨撒葛床边。

燕燕叫道："大姐。"

胡辇回过头，眼神空洞："你来了，一切都结束了吗？"

燕燕见了她这样子，眼泪就落了下来，急忙上前握住她的手，担忧地道："大姐，你，你没事吧？"

胡辇声音空洞，毫无生气："他走了，孩子也没了，只留下我一个人。"

燕燕脸色一变："孩子没了？"

胡辇手中握着令牌，空虚地道："是啊，没了。罨撒葛害了我的孩子，我和他夫妻之情便走到了尽头，可他为什么临死又对我这么好，要把国阿辇斡鲁朵留给我，诸般叨念。我们这几年纠缠，到底是我对不住他，还是他对不住我。"

燕燕上前抱住胡辇，难过地道："大姐，对不起，对不起。"

胡辇靠在燕燕怀里，虚弱地道："燕燕，我好累好冷，我想回家睡一觉。"

燕燕心酸地道："好，我带你回家，回家一切都会好起来的。"

燕燕扶着胡辇一直走出府门，登上马车时，见休哥率军在一边相送，燕燕忙道："这里已经没事了，你带兵去宫城那里，帮韩德让消灭国阿辇斡鲁朵的人。"

休哥道："是。"

胡辇忽然转头，叫住休哥："等一下。"

燕燕不解地看着胡辇。

胡辇手伸进袖中，欲把令牌递给燕燕，递到一半停住，忽然之间，她想到了罨撒葛的话："我这令牌是给你的，只属于你，你不可以交给燕燕。"她的手垂下，摇摇头："带我去宫城那里，罨撒葛把国阿辇斡鲁朵交给我了，我让他们退兵。"

休哥大喜："太好了。如此就可避免一场恶战，避免更多死伤。"

燕燕却问她："大姐，你现在的身体可行？"

胡辇摇头道："没关系。"

城门打开，胡辇单骑出来，她手中的令牌在阳光下金光闪闪。

国阿辇斡鲁朵将士跪地，高呼道："参见王妃。"

罨撒葛的余部，就此解决，所有的动乱，全部平息。

女里、高勋二人私藏甲兵，密谋毒害主上，罪大恶极。女里赐死，高勋诛杀，高勋家产皆赐思温宰相家。赵王喜隐官复原职，改封宋王，总领汉军事。原女里所部皆由休哥惕隐接手，尊齐王妃为皇太妃，执掌国阿辇斡鲁朵。

小妃喜哥，于冷宫赐白绫而死。

宁王妃安只，于囚室赐毒酒而死。

牢房，女里在牢房里饮下毒酒。

萧啜里在隔壁牢房也饮下毒酒。

刑台，高勋被押在刑台上，刽子手手起刀落。

牢房，粘木衮、室鲁撞墙而亡。

郊外荒坡，风雨凄凄，荒坡上两个小小坟头，立着木牌"罪人萧啜里之墓""罪人萧蒲哥之墓"。

一切都尘埃落定。

胡古典在坟前烧纸，低声啜泣。

罨撒葛坟前，胡辇一身白衣目送着奴隶们将灵柩送进墓室，萨满们开始作法，奴隶们以砖土封闭墓穴。

胡辇注视着墓穴，心中喃喃地道："罨撒葛，愿你来生过得好，只是若有来生，我们不要再相遇了。"

高六一直跟在她身后，这些日子，她去平定国阿辇，去为罨撒葛下葬，做任何事都跟着她。她以为罨撒葛死后，高六没有理由再跟着她了，可是他还是跟着她，一如罨撒葛在世。

终于有一天，胡辇问他："高六，你为什么要帮我？"

高六道："大王遗命，令我辅佐皇太妃。只要您不把国阿辇斡鲁朵交给皇帝皇后，我就会永远辅佐您。"

胡辇道："可我始终只是代掌。国阿辇斡鲁朵是帝王之兵，我不能长久掌控。"

高六道："皇太妃，没有人在尝试过权力的滋味后还能再放开，国阿辇斡鲁朵是您的。"

胡辇转头看着校场上操练的士兵，沉默不语。

第六十八章

幽州之变

燕燕从睡梦中醒来，习惯性地去摸身旁，发现被窝已经空了。她坐起身，青哥、良哥立刻迎上来，帮她穿戴衣衫，整理发髻。

燕燕问道：“主上去哪里了？”

青哥回答道：“主上一早就出去了，说是想去永兴宫走走。”

燕燕惊讶地道：“永兴宫？”

永兴宫是耶律贤与只没童年时住的地方，而自从耶律贤下旨流放只没以后，他始终想着童年之事，郁郁寡欢。

耶律贤在永兴宫中行走，看着那些回廊、假山，仿佛看到从前的自己和只没、胡古典。

童年时代，他因为体弱多病，且内心压抑，一直是只没带着胡古典在玩，而他只能站在一边羡慕而又忧心地看着。

他本以为，当上皇帝可以让弟妹幸福，可是没想到，只没惨遭酷刑，被妻子背叛，而胡古典也要被迫看着自己的丈夫被处死。

他这一生的努力，似乎得到了一切，最终却失去了更多。想到这里，不由心神激荡，捂住胸口。

燕燕的手伸过来，扶住他道：“主上。”

耶律贤回过头，燕燕带着青哥站在他身后。

燕燕道：“主上，你没事吧？”

耶律贤摇了摇头，勉强一笑道：“没事。”

燕燕见他落落寡欢，握住他的手道：“主上不是答应过我，要坦诚相待吗？还是燕燕不值得信任，你心中有事也不愿意和我谈及。”

耶律贤道：“不是。”他将头靠在燕燕肩上叹息道：“祥古山之变的时候，只没才刚刚学会走路，胡古典也还在襁褓之中，朕则病痛缠身。那时候，整个永兴宫中充满了绝望，所有人都觉得我们未必能长大成人。朕那时便发誓要代替父皇、母后好好照顾他们俩。”

燕燕轻轻抚摸着耶律贤的背部，静静聆听着。

耶律贤道：“可朕终究没能做到。只没被宫刑的时候，朕无能为力。胡古典嫁给萧啜里，朕明知有不妥却没法制止，眼看着他们掉进了罨撒葛的陷阱，害得他们两人丧偶而伤心欲绝。”

燕燕叹气道：“主上不要太苛责自己，只没和胡古典的婚事都是当时形势下不得已而为之。”

耶律贤道：“朕做了皇帝，还是保护不了自己的亲人。胡古典日日在家中悲泣，只没在流放路上吃苦受罪，朕空有天子权势，却什么也做不了。”

燕燕道：“胡古典还年轻，过几年，她伤心过了，我们再帮她选个好的便是。至于只没，你若真放心不下，咱们派人接他回来吧。”

耶律贤道：“朕答应过他，让他为安只的罪行赎罪。”

燕燕道：“那是主上答应的，我并没有答应，不是吗？那就让我以摄政皇后的身份，下旨命他回来。”

茫茫草原上，夕阳西下，只没在草原上快步行走着，神情死寂。两个差役在后面跟着，苦不堪言。

差役甲道：“大王，已经走了一天了。今天不如早些歇息吧。”

只没摇头道：“太阳还没完全落下，继续走吧，早些到达韩州。”

两差役对视一眼，无奈地继续跟随。

草原后方，一个骑兵策马奔来，高声道：“宁王留步！皇后有旨，赦你无罪。请宁王速速回京。”

只没死寂的面容终于起了一丝波澜，惊愕地道：“皇后赦免我？”

耶律贤惴惴不安地等在积庆宫中，只没还是那身布衣，平静地走进殿中，看着耶律贤苦笑道："二哥何苦再招我回京？"

耶律贤见只没瘦骨嶙峋，他伸手搭在只没肩上，痛心地道："你、你怎么瘦成这样？你这般不爱惜自己，朕怎能放心让你远行。"

只没凝视着耶律贤长叹道："如今世间还会关心我的，也只有二哥和胡古典了，既然你要我活，我就继续活下去。"

耶律贤不舍地道："只没，朕只有你一个兄弟。"

只没道："你我兄妹三人幼年不幸，天残地缺，只能彼此依靠，互相扶持。二哥待我的用心，我从来都知道。只是……"他落下泪来，道："世事变幻，上天不仁，我此生闭门谢客，全心全意侍奉佛祖。主上，请回吧。"

只没跪坐在禅房，手持念珠，闭目静修。

耶律贤走出积庆宫，宫门缓缓合上。

此番政变，虽然顺利平定，但是两位太妃的死，以及耶律贤弟妹双双失侣，胡辇的失子，再加小皇子曾经的病情，帝后心情郁郁寡欢了好长时间。最后还是乌骨里接受月里朵的提议，劝燕燕为皇帝举行再生礼，请诸王和八部都来观礼，洗一洗晦气，迎来新生。

燕燕也觉得甚好，于是择定吉日，举行再生礼。

再生仪的举行，是在皇宫北门。

北门外，三座帐篷上挂着再生室、母后室、先帝神主室三个匾额，被宫女们擦洗得发亮。在再生室东南方向，倒植了三株崎木。

巫师们在神主室内，跳着舞，口中念念有词，祭奠先帝。

耶律贤行过祭祠以后，带着几个童子在崎木下绕着圈走，崎木旁站着一位端着酒的老妇人和一个拿着弓箭的老者。

耶律贤每从崎木下走过一次，老妇人一边在他身上做拂拭的动作，一边念叨道："无病无灾，再获新生。"

耶律贤走完三次，就在崎木旁卧下。

持箭老者击打箭袋，高声道：“生男矣！”

然后耶律贤重新起身，则再生之仪完成。

群臣跪下迎接道：“恭贺主上，再生礼成。”

然后皇帝入神主室，走到世宗画像前跪下，默念祈祷之辞，太巫于一边行祝。大殿中央巫女跳着舞蹈祝贺皇帝再生礼。

看着耶律贤自罨撒葛死后又振作精神，燕燕也觉得，这再生礼或许是有些作用的。

可过得不久，半夜一声惊雷将睡梦中的耶律贤惊醒，却听得外边传来纷杂的脚步声。

侍从急报：“主上，大于越府传来消息，说大于越不行了。”

耶律贤脸色一变：“马上更衣，去大于越府。”

燕燕也大惊道：“良哥，去把文殊奴抱来。”

帝后带着皇子去了于越府，此时府门口的马车已经排成了长队。

这是辅佐了四代帝王的大于越，因此不管皇族后族，嫡系远系，能来的都来了，只为送大于越最后一程。

以休哥为首的众宗室排队站在屋外院子里，虎古带着磨鲁古走到队列中，所有人都静静看着寝室内传出的微弱灯光，整个场面静寂无声。

屋质的儿子，将帝后迎了进去，但见屋质躺在床上，气息奄奄，看起来比原先更衰老了几分。

燕燕抱着文殊奴站在床边，文殊奴靠在燕燕怀中睡得很香甜。

耶律贤紧握着屋质的手道：“大于越，朕带文殊奴来看你了。”

屋质费力地道：“皇了很好，主上后继有人，我就放心了。”

耶律贤眸中闪着泪光道：“祥古山上，若没有当年大于越力保，朕没有今日。黑山之变，若没有大于越力挽狂澜，大辽也没有今日。”

屋质拍了拍耶律贤的手道：“世人都道我辅佐四朝天子，议立三代帝王，是大辽的定海神针，可我惭愧，只能在事后安定局势，却无法避免和阻止这大辽几十年内乱的内因外患。这许多年我一直在担心，不知等我去后，谁能为大辽掌舵避开内乱。而今，有主上在，有皇子在，我终于不再担心了。当年，帮着思温护住主上，是我这辈子做得最对的一件事。”

耶律贤道：“大于越。”

屋质道：“主上和皇后都还年轻，今后还会再有孩子。可太祖皇帝的错误，你和皇后都不要再犯，别为后世子孙留下隐患。”

燕燕点了点头道：“大于越放心，燕燕知道轻重，绝不会让私心宠爱坏了大辽天下。”

屋质道：“外面各房的人，都叫进来吧。”

婆儿立刻走出去，不一会儿，皇族各房的代表纷纷走进来。

屋质向燕燕招了招手道：“皇后过来。”

燕燕抱着文殊奴走到屋质身旁。

屋质伸手抚摸着文殊奴的脸盘，嘱咐众人道：“大辽有主上有皇子，传承无忧，我死后你们要尽心尽力辅佐主上，振兴大辽。”

众人道：“是，大于越！”

屋质松开手，缓缓闭上眼睛，含笑而终。

燕燕看着屋质离去，不禁落泪。

一晃，数年过去。

夏捺钵开始了，草原上的马车队伍连绵不绝。

最为华美的御驾在队列中央缓缓行着。

御驾内十分热闹，胡辇、乌骨里、燕燕三人已经显得更成熟了，整辆车内充满了孩子们童稚的声音。

八岁的大皇子文殊奴拍着席子叫着道：“妹妹，妹妹，到这里来。”

一岁多的三公主延寿女刚刚学会爬行，嘴里发出咿咿呀呀的声音，毫不犹豫地向着文殊奴爬去。

乌骨里道：“你看，三公主爬得真好。”

胡辇道：“来来来，延寿女，给姨母抱抱。文殊奴啊，不要逗妹妹了。”

文殊奴认真地道：“姨母，我有大名了，我叫隆绪，以后不要叫我小名了，叫小名会长不大的。”

乌骨里大笑道：“哎哟对啊，我们的文殊奴有大名了，是大孩子了，哈哈哈……”

胡辇道：“这次出来只带了这两个孩子，其他的孩子们没闹腾？”

燕燕道：“观音女也大了，普贤奴和长寿女都很乖，再说，他们也习惯了。”

胡辇叹息道：“唉，你这些年，又要忙于朝政，又要四时捺钵到处奔波，还一个接一个地生孩子，主上又时不时地发病，真是辛苦你了……”

燕燕道：“我觉得很好。如果哪天不这么忙了，反而会失落呢。”

胡辇笑着拍了拍燕燕的手，正在此时，车门被人敲响，侍从来报：“皇后，汉国送来急报，汉主刘继元请求出兵助他们抵御宋军。”

燕燕道：“主上知道了吗？”

婆儿道：“是主上令我送急报过来的。”

燕燕点头接过。

这些年来，宋辽安静了许多。但是就在三年前，宋太祖赵匡胤召其弟赵光义入宫饮酒，当晚共宿宫中。隔日清晨，赵匡胤忽然驾崩。晋王赵光义继位后，使用政治压力，迫使吴越王钱俶和割据漳、泉二州的陈洪进纳土归降。

而这份急报，就是北汉之主刘继元报来的，赵光义亲征太原，继续发起征伐北汉的战役。

乌骨里一边哄着延寿女，听了燕燕说急报信息，不屑地道：“汉国实在无用，宋主不过刚刚出兵，他便立刻求援。若是举国都不知自强，还要我大辽兵马为他们送死，咱们留他何用。”

胡辇抱着文殊奴，道：“汉国虽然无用，可有他们在，多少还能牵制一下宋国。若汉国被灭，到时候咱们和宋国之间就要真正赤膊对峙了。”

两人的目光都齐聚到燕燕身上。

燕燕就道：“夏捺钵时间已定，不好更改。且北方各部族长与各小国都已经等候，如若失约，恐北方不定。区区宋军，汉国不可能连点自保之能也没有。藩属藩属，是要用他们来护我大辽藩篱，没有反过来的道理。这样吧，传旨幽州，让他们密切注意宋汉之战，有任何变化及时来报。如有危急，幽州城可出兵救援。”

说话间，就到了黑山行宫，此时已经有奚族、阻卜、回鹘、室韦、渤海、靺鞨、女真等诸部族长们恭敬地在黑山行宫外排列成行相迎。

入帐以后，便见底下群臣分成两列，左侧是随同前来的文武大臣，以喜隐为首。右侧是北方部族的族长，以奚族六部长奚和朔奴为首。

次日到了猎场上，彩旗招展，鼓乐齐鸣。

耶律贤和燕燕一身骑装，各自骑乘骏马，在队列前方。

众部族带着亲兵人马跟随在后面。

耶律贤道：“今日会猎，无论地位尊卑，射猎最多的勇士，朕赏赐重甲利剑，射猎最多的部族朕许其免贡三年。”

众部族勇士顿时嗷嗷直叫道：“主上万岁万岁万万岁！”

耶律贤忽然想起一事，微笑道：“高丽国王何在？”

高丽国王走出队列，这是一个有些桀骜的年轻人，向着耶律贤行礼：“高丽王参见主上。”

耶律贤点头：“真是年轻啊，大辽麾下三十九国王府，八十余属国中，高丽王的年轻也是排得上号吧？”

耶律休哥道：“主上圣明，高丽王确是众国王中最年轻的。”

耶律贤点了点头，令近侍吹起长长的号角，宣布会猎开始。

燕燕站在一边，也知道耶律贤特地点出这高丽王是什么意思。这高丽王刚刚继位不久，颇为年轻气盛，赵光义这边亲自率军进攻北汉，这边怕辽国相助，就派人联络高丽王在后头捣乱以牵制辽军。

此时正是耶律贤北巡之时，立刻就下旨令高丽王来见。高丽王虽有不臣之心，但辽帝率大军夏捺钵，他要是明面上相抗，顿时就会有兵临城下之危，因此不得不来。

然而他心中终是不服的，退下以后，各部族都派了勇士参与围猎，高丽王张望着高台上的耶律贤和燕燕，低声地道："老巫，我看辽主也不怎么样，这么瘦弱苍白，听说武艺也不好，我们抓准了时机，完全可以自立。"

老巫是他祖父时留下的，已经历了三朝，深知大辽实力，忙劝道："大王，两国交锋比的不是王者个人的勇武，而是国力国势。大辽还是拥有大势，你不可妄动。"

高丽王不耐烦地道："知道了知道了。我不是听你的话，乖乖来黑山听令了吗？"

老巫无奈地叹了口气："大王是口服心不服啊。"

高丽王桀骜地道："要我心服得拿出点货真价实的东西来。"

老巫叹道："我劝过大王很多次了，不要因为大辽只在东京府放了四万人便小看他们。辽主麾下有三十万皮室军精锐，南北枢密院下辖部族军，北院三十二部，南院十五部，随便派出哪一部都可以碾压北方各族，他们还可以随时征集逾百万的京州军出征。这般庞然大物不是我小小高丽可以对付的啊。"

高丽王不甘心地说："可他们会被宋国牵制住大部分兵力。"

大巫反问："大王要把自己的命运寄托在宋国身上吗？"

高丽王顿时闭口不言。

过了一个多时辰，近侍吹起号角，所有出去行猎的勇士按照部族排列，在高台下列成方阵。

打着契丹旗帜的人便占了大半地盘，个个身着精甲，高大健壮。

高丽王看着这么多契丹勇士，脸色便不太好看。

楚补跪在高台前禀报："会猎第一人乃六院部夷离堇房斜轸郎君！猎得猎物最多的部落是女真完颜部。"

耶律贤惊讶起来："女真完颜部？这个部落朕可从没听过，似乎还没有纳为大辽属国吧？”

高台下，回拔女真族长忙站起来走到耶律贤跟前，诚惶诚恐地道：“小王乃回拔女真王，这些人乃是生女真，跟随小王前来。”

耶律贤点头：“生女真？”生女真即是还处于完全的原始部落形态，未开化，不通交易甚至不通语言。耶律贤当下点头：“回拔王不必惊慌，你部本就得了特许，可以和生女真诸部交易来往。这完颜部的首领何在？”

那回拔王就扭头叽里咕噜了几句，就见完颜部首领从队列中走出，来到耶律贤跟前跪下，也是叽里咕噜地说了一串。回拔女真族长代为翻译道：“禀主上，完颜部还是野蛮部落，这完颜绥可只会说土语，不太会说官话。”

耶律贤看着完颜绥可健壮的身躯笑了笑：“是吗？那你传话问他，朕原先承诺夺得第一的部族可以免税，他如今尚未归附，这一项却是办不到了。你问问他要何奖赏？”

回拔女真族长转头和完颜绥可说了几句，答复耶律贤道：“绥可说他愿臣服大辽，希望和契丹人一样用得起铁剑铁甲。”

耶律贤道：“你再问他，可愿入皮室军，跟随朕回上京。”

回拔女真族长和完颜绥可又说了几句，见那完颜绥可一脸纠结，最终还是摇了摇头。回拔女真族长转而禀道：“主上，他说他还有族人要照顾，想让族人住上木屋，过上和大辽一样的生活，不能跟随主上走。但是，他愿意带着族人臣服大辽，为大辽镇守北疆。”

燕燕失笑：“完颜部现在住什么样的房子？”

回拔女真族长道：“禀主上，完颜部冬天住在土穴里，通常以打猎和捕鱼为生，去年才开始学会用渔网。”

耶律贤叹道：“果然还是个野蛮部族。罢了，便也赐他一身铁甲铁剑，叫两个匠人随他回完颜部去，帮着建造房屋吧。”

回拔女真族长将话传给完颜绥可，他高兴地给耶律贤跪下磕头。

燕燕道：“斜轸是哪位？”

斜轸走上前道："斜轸参见主上、皇后。"

燕燕看着耶律斜轸点头赞许："果然是个巴图鲁，你父祖的名字是什么？"

斜轸忙道："我的祖父是大于越曷鲁。"

燕燕见他比磨鲁古还年轻，不由诧异起来："曷鲁是你祖父？这么说你和虎古是同辈。"

斜轸道："是，虎古是我堂兄。"

耶律贤道："好，赏。"

斜轸道："多谢主上。"

耶律贤站起身来道："此次会猎，朕十分欣慰，我北方部族个个都是好汉，来人，开酒，我们不醉不归。"

众部族一起大喊道："乌拉，乌拉。"

耶律贤看着下面，点头微笑，这番会猎的目的，就是要震慑北方诸部，只要他们臣服了，就可以放心回头布置对南朝的战役。

过了数日，各属国国王及诸部族长各自骑着马离开黑山。

耶律贤听了回报，道："全部走了吗？"

婆儿道："是。"

耶律贤松了一口气道："那就好。"

耶律贤忽然捂着心口歪过去，婆儿连忙上前扶住他。

迪里姑大惊，冲上前为耶律贤把脉："主上又发病了，赶紧回去休息。"

燕燕闻讯赶来时，见耶律贤躺在床上，嘴唇发白，双眼紧闭。

燕燕坐在床边，皱着眉头道："怎么忽然就发病了？"

迪里姑道："这段日子在黑山陪着北方各部族游猎、宴饮带来的疲劳都会大大影响主上的健康，而且从上京出来以后，主上就一直心情郁结。"

燕燕听后无言，她看着耶律贤病弱的样子，神色黯然。

耶律贤缓缓睁开眼睛，便看到燕燕守在自己身旁。

耶律贤道：“你怎么来了？朕没事。”

燕燕看着耶律贤道：“躺下吧，不要逞强。你若有什么事情，我和孩子们怎么办？”

耶律贤道：“朕又不是故意的。”

燕燕道：“我命人暂缓了回京事宜，你既然病了就留在黑山养病吧。我先回去。”

燕燕站起来，忽然有些头晕目眩。

耶律贤道：“怎么了？迪里姑，快给皇后看看。”

迪里姑立刻上前为燕燕把脉。

迪里姑把了脉，十分兴奋地跪下道：“恭喜皇后！您又有孕了！”

此言一出，燕燕和耶律贤均是一惊。

燕燕抚摸着肚子道：“孩子……”

耶律贤高兴地道：“燕燕，你小心保养身体，朕让迪里姑陪着你回去。”

燕燕复杂地看着耶律贤叹气道：“主上身体要紧，我这都是第六胎了，自己心里有数，定期让迪里姑过来诊脉便是。”

然而此时的幽州，情势已经非常险峻了。

十余日之内，信报连连。

燕燕本是怀孕初期，需要静养，然而却因为耶律贤病倒，她只得代为主持朝政。

这日，幽州城送来急报，说是太原被围，冀王带了城中泰半兵力出城驰援北汉，中了宋人埋伏。

燕燕大惊，宣群臣到来议事，群臣亦惊。

室昉道：“冀王大败定会给宋国可趁之机，他们很可能大肆宣扬这一败绩，吓唬住汉国君臣，让刘继元主动投降。到时候，再挟大胜之威，只怕要对幽州城下手。”

喜隐不屑地道：“敌烈本就是个志大才疏的，他打败战再正常不过了。太原天下名城，千年锦绣，多少英雄在太原城墙下折戟沉沙。韩德让居然还怕他们会进攻幽州？真是想太多了。”

休哥皱紧眉头：“若是平时，冀王败了也就败了。如今正是宋国国主亲征，意在平灭汉国。冀王一败，很可能影响到宋汉两国的战况。若是宋国国主轻胜北汉，到时候全力攻打幽州，幽州城要面对的就是二十万宋军的围困，城中仅剩下的那一万多兵马就危险了！”

喜隐道：“休哥，那不过是韩德让夸大其词，宋军根本没可能攻下太原。”

休哥道：“宋王，你不该如此武断，毕竟韩德让在前线，比我们更了解战况。他奏折里有这样的担忧，我们必须重视起来。”

燕燕咳嗽了一声，底下顿时安静下来，她道：“这样吧。这次行猎，斜轸表现出众，就派他带上精兵南下，驰援汉国。我们出兵及时，救下太原，幽州自然也就没有危险了。”

群臣道：“是。”

燕燕本以为，辽在幽州经常屯驻的汉兵，有神武、控鹤、羽林、骁武等军，共一万八千余骑；又有其所属将帅契丹、九女、奚、南北皮室当值舍利一千九百五十人。而且若遇急情，还可以调集东京辽阳府、中京大定府诸路兵，兵力可达二十余万。

然而，北汉国主刘继元得知冀王援军白马岭全军覆没，心生畏惧，便出城投降。

紧接着宋军从太原分路东进，翻越太行山，数日便抵镇州。紧接着宋主赵光义调发京东、河北诸州的武器装备和粮秣运往前线。辽易州刺史刘宇、涿州判官刘厚德相继献易州、涿州投降宋军。宋军推进很快。不到一月，赵光义大军已至幽州城南。

权知南京留守事韩德让、权知南京马步军都指挥使耶律学古，另有辽北院大王耶律奚底与统军使萧讨古等军在城北屯扎。宋军先锋东西班指挥使傅潜、孔守正巡哨城北，在沙河遇到辽军，马上以先至的兵马与之交战，后军不久到达，而后诸军齐集，大败奚底、讨古及乙室王撒合军，斩获甚众，生擒五百余人。

燕燕急派耶律斜轸南下相救，斜轸一路急行，屯兵得胜口，见宋军锐气正盛，不敢与之直接冲突，便伪作收容溃军之状以诱敌。抓住机会突然袭击宋军后方，赢得一仗。然耶律斜轸兵力不足，只是据险而守，仅能声援幽州之敌，便只留一部兵力与之对峙。因此宋军以大军围攻幽州城，令定国节度使宋偓领兵万余攻城东南面，河阳节度使崔彦进率兵万余攻西北面，彰信节度使刘遇率军攻东北面，定武节度使孟玄喆攻西南高梁河，并以潘美知幽州行府事。

此时人心惶惶，降者甚多，耶律斜轸部将渤海帅达兰罕、铁林都指挥使李扎卢存、顺州守将刘廷素、蓟州守将刘守恩相继率部降宋。

南京危急。

这日，燕燕、胡辇、乌骨里三姐妹牵着马，正在草原上随意散步。

燕燕忽然道："大姐，你听，是不是乌云盖雪？"

胡辇道："怎么可能呢，燕燕，你又在胡思乱想了。"

乌云盖雪忽然出现在道路的另一侧，直冲燕燕跑来。

燕燕闻声抬起头，失声惊呼道："乌云盖雪！"

胡辇看到乌云盖雪马背上有一个人，忙道："马背上有人。"

燕燕大惊，抓紧了胡辇，紧张地道："大姐。"

乌云盖雪跑到近前，燕燕忍不住要迎上去。

胡辇挡住道："别去，你现在怀着孩子。我来。"

胡辇迎上去，乌云盖雪长嘶一声，前蹄跪下，可以看到马背上伏着一个人。

胡辇发现此人身中数箭，已经死去。

燕燕大惊，快步上前才看到马背上的不是韩德让，一时放心下来，整个人几乎要瘫倒。

胡辇扶住燕燕道："燕燕，你没事吧？"

燕燕道："没事。"

在后面护卫的萧达凛立刻带人围了上来，士兵将马背上的信使放下，萧达凛仔细观察尸体。

燕燕问：“怎么样？”

萧达凛道：“禀皇后，这个人已经死了两天了。”随即他发现马鞍上挂着的袋子，立刻从袋子里拿出信函：“这里有封信。”

萧达凛把信呈给萧燕燕，燕燕抚了抚乌云盖雪，接过血迹斑斑的信，拆开信后脸色大变道：“汉国投降了，韩德让在幽州被宋兵围困，危在旦夕。”

胡辇和乌骨里也立刻围了上来。

乌云盖雪冲着燕燕长嘶一声摔倒在地。

萧达凛摸了一下，抬头道：“乌云盖雪力尽而亡。”

燕燕将信按在胸口，泪水滚滚而下。

整个行宫里的人都在忙忙碌碌地收拾着。

婆儿扶着耶律贤快步走进来。

耶律贤道：“燕燕，你要亲自带兵去幽州？”

燕燕点了点头，坚毅地道：“是！宋主带着最精锐的部队，挟大胜之威围困幽州。只靠斜轸带去的部族军不是对手。那些宋兵能够轻易伏击敌烈带去的幽州兵马，战斗力不在皮室军之下。”

耶律贤道：“他们和北汉刚打完一场大战，已成强弩之末，只要韩德让调度得当，不会吃亏的。韩德让的能力我们都知道，根本不需要你急急忙忙赶过去。”

燕燕道：“可是别人却不知道。他的官职太低，无法节制诸军，若是再出几个敌烈那样自行其是的宗亲，韩德让有再多本事也救不了幽州。我们就是派再多的援军过去，如果没有一个统一的指挥，也很可能是各行其是，反而给了宋军可趁之机。”

耶律贤道：“你是想临时提拔韩德让任南面统帅吗？”

燕燕道：“那些部族兵都掌握在各部族长手中，我们便是临时提拔了韩德让，他们又怎么会听一个年轻人的命令，必须我率皮室军亲去幽州压阵才能确保万无一失。”

耶律贤惊愕道：“不行，你知不知道自己怀孕经不起长途奔袭？”

燕燕道：“幽州有失，上京危矣，大辽危矣，国难当头，我顾不得这个。”

耶律贤气急败坏道：“你太不理智了！大辽上下多少兵马，何须你这皇后亲自出战，你别忘记你还怀着孩子。”

燕燕毫不在意地道：“我都生过五个孩子了，要不要紧，我自己很清楚。”

耶律贤急怒之下口不择言道：“如果困在幽州城的不是韩德让，你会这样不顾你自己的身体和肚子里的孩子吗？”

耶律贤说到这里，恍悟自己失言了，将头扭到一边。

燕燕气恼地道：“主上，这都到什么时候了，你还闹这种意气。这不是谁比谁更重要的问题，若是为了江山天下，这些远比我个人更重要。若韩德让有事，我一生愧疚。但是，我这次出兵更多的是为了幽州。幽州若失，大辽很可能要退回到长城以北，太祖太宗留下的基业便去了大半。你是皇帝，当以国事为重。你若觉得我是怀有私心，等幽州之战结束，我自请处置。”

燕燕说完，转身走出书房。

耶律贤捂着胸口道：“燕燕——”

燕燕没有回头，义无反顾地走开了。

耶律贤缓缓倒下，婆儿连忙扶住他。

婆儿道：“主上，主上，您怎么了？快叫迪里姑。”

草原上，人马队列快速奔驰着。

燕燕骑在马上，青哥紧随其后。

青哥担忧地道：“娘娘，主上又发病了，您就这么走了，是不是太绝情了？”

燕燕道：“我问过迪里姑，主上只是气急攻心，回上京好生调养便是。他绝不会同意我去幽州，而我的心意也不会改变，与其等他醒来作无谓的争执，不如就这么分别吧。”

青哥道：“万一主上他真的……”

燕燕摇头道：“青哥，我尽我的心，我是大辽皇后，主上把摄政之权给了我，我应当负起我的责任。幽云十六州不容有失，韩德让是为了大辽而守幽州，他不负国家，我不负他。”

幽州城头。韩德让带着亲兵在城头穿梭，看到哪里出现险情便上前助力，此时他头发散乱，温文儒雅不再。他两眼通红，持长刀仿佛地狱修罗。

所有人都陷入了厮杀中，每一个人都杀红了眼。韩德让不顾重伤，依然坚守城池。

信宁急报：“大人，幽州城要守不住了，我们撤吧。”

韩德让叹息一声：“我们撤了容易，乱军入城，这一城的百姓怎么办？幽州一弃，后面的城池，怎么办？太原城的下场，你们忘了吗？”

众人沉默了。宋主赵光义攻灭北汉，因为在太原城下折损过多，于是下令纵火尽毁太原城，将民众迁往汾水建设新城。

那几日，太原城方向火光冲天，日夜传来啼哭之声。消息传回幽州城，城中百姓更是惊惶。

宋主只道王师北上，挥手间所有汉人便要一呼百应。但是这片土地上，人们安居乐业已经百年。赵匡胤黄袍加身，赵光义烛影斧声，他们不知道这个宋王朝能存在几年，他们只是不想经历兵灾，他们只知道宁为太平犬，不作离乱人。

他守护的，不是谁家的王朝，只是这片土地上的人。

然而，他还能够守得了多久呢？他知道，只凭如今这一城的力量，是守不住的，他只是尽自己的心而已。

韩德让看着爬上城墙的宋兵越来越多，防线渐有崩溃迹象，不自觉地伸手抓住胸口的护身符，轻声地道：“燕燕，再见了。”

城下忽然传出喧哗声、马蹄声，熟悉的大辽号角隐隐传来。

韩德让竖起耳朵道："这号角……"

耶律学古带着人马赶到韩德让身旁，大喜道："韩大人，援兵到了！城下宋军已经乱成一团，你看！"

耶律学古扶着韩德让到城头看。

韩德让远远一眺，宋兵果然被杀得大败，已经溃不成形。

韩德让看着远方，眼睛不觉越睁越大道："那是，那是……"

但见远处旗帜下，萧燕燕在精锐骑兵掩护下，穿过已然崩溃的宋军军阵，直达幽州城下。

萧燕燕仰着头，看着城墙上的韩德让。

两人遥遥相望。

纵使隔着千山万水，纵使历经无数的变故，然而，在他最危难的时候，她来了！

这一眼，便是一生一世。

第六十九章

冀妃闯殿

太平兴国四年（979年），宋太宗赵光义为稳固皇位，亲率大军出兵攻打北汉。辽主耶律贤接到北汉求援，命南府宰相耶律沙为都统，冀王耶律敌烈为监军，偕南院大王耶律斜轸率兵驰援。然因冀王耶律敌烈争功，率孤军先行进攻，反而中了宋军埋伏，全军覆灭，耶律斜轸兵力不济，只能救走耶律沙退守得胜口自保。

北汉国主刘继元归降，赵光义志得意满，受了群臣鼓吹，转而从准备收兵回京改变作战方略，率得胜之师，直接从太原亲自督军北上，正式发动对辽国的攻击。

赵光义下了命令，兵行神速，十日后宋军就已直抵幽州城下，命宋军围城三匝，穴地而进。此时的南京留守韩匡嗣正随驾北上，其子韩德让只得挑起重任，日夜登城指挥，力保城池不失。

此时幽州兵力与宋军对比强弱分明，眼看幽州失守，后面防线就将全线溃散。但因为宋兵攻打北汉，从正月到五月，已经是师劳饷乏，完全不宜再开打新的战役。何况此时的辽朝已经不是辽穆宗时代，自新帝耶律贤继位以来，政治清明，国力修复，再加上幽州的汉民听说赵光义火烧太原城，宋军有劫掠北汉之民财物妇女的行为，都是心中惊惧，反而齐心守城。加之宋朝又没有经过充分的前期准备和严密的军事部署，便仓促上阵。就这样，辽军竟以孤弱之势，将幽州城牢牢地守了半个月，获得了最关键的战略时间。

宋军围攻半月之后，已经疲惫不堪，同时运输线过长，军粮也开始短缺，而此时，辽国皇后萧燕燕亲率大军赶来驰援，名将耶律休哥与驻守得胜口的耶律斜轸合兵，以耶律沙先攻高梁河，两人也各率大军于左右两翼向宋军发起猛烈的攻击。

城内辽军见援军赶到，便开城助攻。宋军在辽军数路猛攻下，全线崩溃。这一战打了一天一夜，赵光义在混战中腿上中了两箭，仓皇间与大军失散，竟只能夺驴车而逃。

辽军大胜，次日，打扫完战场之后，幽州城门缓缓打开，韩德让率军兵于城门恭迎皇后萧燕燕率兵入城。

韩德让率众迎在城门，见皇后旌旗缓缓而来，当下率众跪下行礼："臣韩德让率南京臣属参见皇后。"

众人一起行礼，过了一会儿，前驱走过，方是皇后萧燕燕骑马至众人面前。燕燕在马上朗声道："诸位为大辽守住了幽州城，我当谢过诸位，三日之后，于行宫开宴，为诸位庆功。"

众人山呼万岁，拥皇后入城。

韩德让为幽州首脑，便由他与耶律沙引皇后入驻行宫。此处原是穆宗旧宫，也是燕燕旧游之地，如今进来，不由有些感叹："我上次来，还是假扮巫女进来的。不过几年时光，仿佛已经是上辈子的事情了。这里的摆设，也都变了。"

韩德让想起旧事来，不由也露出微笑："娘娘那时候也太大胆。"

燕燕自嘲："那时候年少不知事，可以肆意妄为，可是……"她长长地叹了一口气："如今那样的日子就再也没有了，现在遇到同样的事情，我可不敢那么冲动莽撞。"

韩德让看着燕燕，语带双关地道："可臣相信，真遇到事情，娘娘一样不会逃避。"

燕燕笑了起来："是啊，江山易改，本性难移。"又问他："幽州军民如何？"

韩德让忙道："皇后及时赶到，幽州得保。大辽幸甚。"

燕燕忽然凝视着他，问："那你呢？"

韩德让一滞，看着燕燕，眼神中百感交集，他只道自己此番定然会殉城，甚至想都没想过乌云盖雪能真的能把信送到。没想到，援军竟及时赶到，更没想到，会是燕燕亲自率军而来。他强抑心神，缓缓地道："臣——也是幸甚！"

燕燕嫣然一笑，笑容灿烂，在苦战了数十天的韩德让眼中，竟似透过乌云的金光，就听得她轻轻地道："我能够及时赶到，能够看到你安然无恙，我也幸甚！"

这话说得很轻，轻得似乎只有韩德让和她身后的两个侍女能听到，就见着燕燕说完，转身迈入门槛。

韩德让怔了一怔，只得跟上。

燕燕入殿，吩咐道："把这次的作战地图拿来。"

韩德让忙令人将这次的作战地图拿来，同燕燕细说经过。

燕燕触摸着地形图，想象着上面好几处卫城失而复得，得而复失，直至一寸寸陷入孤城苦城，叹息道："看这图便知道你们步步退守，守得有多苦。"

韩德让亦叹道："好在都过去了。"

燕燕凝视着韩德让，他虽然特意换了一身新官服以掩去苦战痕迹，但却难掩苍白憔悴的脸色、裂开的双唇，还有官服下几处包扎的痕迹与离得近了就能闻到的血腥气与药味，只是，如今君臣之分，却只能想象，不能亲视，听到他这一句话，不由得心潮激荡，脱口而出："若是过不去呢，咱们是不是差一点就要生死永隔了？"

韩德让不语，空气中一时静默了下来。

停了一会儿，燕燕恢复了端庄的神情，看着韩德让，只轻叹一声："韩卿辛苦，也不必陪我了，你身上有伤，快些回去休息吧。安置之事，就交由讨古等人吧。"

韩德让静默，拱手，正准备退出。

却听得燕燕幽幽地道："德让，你回去以后，就准备一下跟我回上京的事。"

韩德让一怔，抬头欲言，却见燕燕已经站了起来，转身向后厅走去。他看着燕燕转身入内的背影，心头已经掀起巨浪千重。

燕燕说完那句话，自己也是内心极不平静。韩德让走了，她走上宫墙，看着韩德让在宫道上的背影渐行渐远，直到走出宫门。

她眼前出现了当年的画面。想到那日她假扮女巫，怒骂穆宗，险些脱不得身。正是韩德让用真女巫引开追兵，拉着她的手她，从这条宫道离开宫中。

然后，他带着她，走遍大街小巷，走上燕云台，同她讲燕云往事，同她讲百年兴亡。那时候，她只是听得似懂非懂。如今，她懂了，可是却再也不能携着他的手，一起登上那高台了。

她也不知道站了多久，直到内侍来报，说是休哥惕隐回来了，但是受了重伤。她一惊，忙下了宫墙回到殿上，叫来报信的人问："伤得重不重？"

那人忙道："休哥惕隐是昨夜受了伤，倒是于性命无碍，只是一时骑不得马，但因为发现了宋主逃走的行踪，坐了轻车一路直追了三十里，本来就要擒获宋主了，偏涿州城中有一行人马杀来接应，只得暂时还师。"

昨夜一场混战打得极为惨烈。宋军本占了先机，兵力上也有优势。无奈攻城战了十几天，人困马乏，眼看幽州城将下，人人心中存了"马上就可以结束了"的心思，谁知道伏兵突出，顿时就手忙脚乱起来。宋军的作战能力的确突出，因此这一夜厮杀下来，双方都是伤亡惨重。宋主赵光义孤身受伤逃走，辽军主师耶律休哥也受伤落马。休哥虽然受伤，还不罢休，坐轻车直追了宋主三十多里，眼见来救驾的宋军越来越多，再追下去连自己这一行人马也要陷在里头，只得悻悻回师。

只是他本已经受伤不轻，粗粗包扎就坐车追赶，一路颠簸，等到最终收兵的时候，发现伤口早就裂开了。赶回幽州城重新包扎，这一来一去，实是加重了伤势，这时候根本站不起来了。

燕燕听了，当下亲自来找休哥。休哥这时候正躺在院子里，光着上身，身上绕满白布，眯着眼睛看夕阳。

燕燕看他上身层层白布包扎着，显是受伤不轻，见了她就想起身，忙叫人按住他，道：“休哥你有伤在身，不要起身了。”

他们从小相识，犹如兄妹，休哥也不拘礼，也只略一点头：“娘娘请恕臣有伤，不能行礼。”

燕燕摆手，自己坐了下来，问道：“休哥，你伤势如何？”

休哥道：“外伤已经结痂，就是内伤未好。”

燕燕点头：“这次大战告捷，多亏你了。你身受重伤，还要在车中指挥，若没有你，真是不能想象后果。”

休哥道：“这是臣的本分。这次大战，也是将士用命的缘故。”他顿了一顿，又说：“若非韩德让、耶律学古内安人心，外固城池，坚守待援，幽州屹立不倒，才能为援兵争取时间。而这次斜轸更是出乎我的意料。”

燕燕点头：“是啊，若没有他和你左右钳击宋军的话……”

休哥却说：“臣不是指这件事。”见燕燕不解，又解释道：“斜轸匆忙领命，能够以少数兵力与宋军周旋，守住得胜口，一来声援幽州，二来据险待援，使得臣与耶律沙宰相的援兵得以轻松通过燕北要塞，并能够将决战地点控制在最有利于我军的高梁河，这是他的功劳啊。耶律沙与萧讨古虽然首战失利，但溃而不败，能够在我的队伍赶来之后，迅速与我合兵，才有此番大捷啊。”这便是他不顾身上受伤，就要急着见燕燕的原因，后天燕燕就要上殿与群臣论功行赏，而战场上诸人功过，却只有休哥最清楚。当下，由此开始将这场战况又分析了一遍，包括冀王争功战死而使得全局被动，休哥和耶律沙为何据兵得胜口不能来救幽州，正是不中宋兵围点打援之计，才能够在休哥兵马到时与他联兵，韩德让苦守城池十五天争取战略时机之重要等。

燕燕见他伤重，仍将前后军情详细说来，甚至数次因为说到着力处牵动伤情而皱眉，不由感动：“休哥不愧是本朝第一大将，能够将一场大战之后所有人在战场上的反应了如指掌，更难得让功于人，心地厚道。”

休哥方欲谦逊，就见站在皇后身边的一个少女忙上前行礼：“多谢休哥惕隐为我父亲说话。”

燕燕见他不认识，就笑着介绍：“她是讨古的女儿，叫海澜。这几日在幽州城，我就叫她来做伴，也帮我更快了解幽州的情况。这是个很聪明的孩子，文武双全呢。”

萧海澜羞涩地笑了：“姑母过奖了。”

休哥点了点头，思索着：“思温宰相是敌鲁的侄子，讨古是敌鲁的孙子吧，我记得讨古尚了公主……是朴谨公主吧。”

萧海澜道：“是，休哥惕隐好记性，我母亲正是朴谨公主。”

休哥却笑着摇头，有些无奈地道：“谁叫我是惕隐呢！”他身为惕隐，其实就是宗族的大管家，自从被赶鸭子上架到这个位置，见到一个人就先从脑海中找寻其人的父系母系，已经成了本能反应。

燕燕闻言，也掩口笑了，点头称赞道：“正是，休哥这个惕隐做得甚好。”

休哥无奈地笑笑。他生性沉稳，做事也肯下苦功努力，只要把事情交到他的手里，他不管擅不擅长，都会做到万无一失。所以他身为领军之将，帐上兵将记得清清楚楚；身为惕隐，便将族谱记得清清楚楚。见燕燕笑他，不由问她：“对了，幽州之围已解，皇后打算何时回京？”

他本是随口一问，不想燕燕竟是沉默不言。

休哥心中一凛，脸上却是笑容不改：“皇后还是尽早回宫吧，主上身体不好，诸事不可长离。”

燕燕沉默片刻，挥手叫萧海澜退下：“我要等韩德让一起回京。”

休哥一怔，闭目想了想，睁开眼问她：“皇后，你真的想好了？”

燕燕并不知道休哥之意，但却倔强地道：“我意已决。韩德让在上京，会比在幽州有更大的作用。”

休哥沉默片刻，才点头道：“也好。”

燕燕诧异：“你不劝我？”

休哥却道："于公来说，这是一件好事。"

燕燕问他："于私呢？"

休哥淡淡地道："既然于公有好处，于私怎么样，就是小事了。"

燕燕听到此言怔了一下，低头细细想了想，释然一笑。数日来焦灼困顿的心，似解开了一道纠缠的锁链。

休哥却仍然如初，温厚地笑着。

离开休哥府第，燕燕就叫了军中书记官来，将此战中所有官员将领的表现都记了下来，又与带来的臣子商议了几件要事。直至入城第三日，方正式在行宫大殿召见群臣。

因休哥一身是伤，便赐坐在椅子上，以韩德让、斜轸为首的文武将帅在底下分列两边。

燕燕道："刚刚传来消息，宋主南逃至金台屯，此战斩首宋军过万，这都是诸位将军同心协力的缘故。朕代表大辽多谢诸卿了。"

诸将忙行礼："皇后英明，臣等不敢居功。"

燕燕又道："此番两军战于高梁河，耶律沙失利在前，然幸得耶律休哥与耶律斜轸两翼包围成钳击之势，大败宋军，宋军死者万余人，连夜南退，争道奔走，溃不成军，宋主赵光义要用驴车逃跑……"

众将官听到这里，顿时都笑了起来，既是笑宋主的狼狈，亦是得意于己方的大胜。

燕燕见众将官笑了，也笑道："如今宋军败退，也该论功行赏。"

当下将僚臣所拟军功颁布：高梁河一战，大败宋军，耶律休哥首功，耶律斜轸次功，其余诸将依次论功。休哥虽不能行动，也坐着行礼，斜轸等上前谢过。

再论幽州守城之功，权知南京留守事韩德让，权南京马步军都指挥使耶律学古，知三司事刘弘，安人心、卫城池，亦是有功。韩德让、耶律学古、刘弘三人亦出列谢恩。

又论南府宰相耶律沙未能劝诫冀王，致有白马岭之败，此次协助斜轸大王追击宋兵有功，功过相抵，不追究责任。

耶律沙之前悬心许久，听到此时忙跪下来叩谢：“多谢皇后！”

燕燕又道：“冀王敌烈战死白马岭，不再追责，其麾下先逃遁者皆斩，都监以下杖背……”

她方说到这里，就听到一个女声高叫道：“皇后此言，令妾身不能服气！”

话音未落，但见一个白衣女子自殿外跑了上来，值殿武士方要上前阻挡，却见她手捧着两个灵牌，认出她是谁来，不敢阻挡，只眼睁睁看着她越过诸人，跑上殿去。

殿口逆光，燕燕眯起眼仔细看了一下，就见这女子径直向自己走来，群臣见了她不管不顾地一副拼死往前闯的模样，纷纷避让，直走到离燕燕还有一丈左右，双古和良哥忙挡在面前，喝道：“不得无礼。”

那女子直挺挺地跪下，将手中两块灵牌顶到头上，高声叫道：“冀王妃伊勒兰，为冀王耶律敌烈、世子蛙哥鸣冤。”

燕燕这时候才看清这竟是冀王妃伊勒兰，此人亦是后族近支出身，往日里宗族相聚，也见过，此刻见她一袭孝服，眼眶通红，脸白如纸，一副伤心欲绝、形销骨立的模样，也不禁升起怜惜之意，柔声道：“冀王妃何事闯殿？”

伊勒兰素日在宗室里头，也是颇有贤名，有些后族出身的姑娘多少有述律太后遗风，嫁到夫家，不是娇纵任性，与夫婿吵吵闹闹，就是心比天高，挑唆夫婿揽权生事甚至逆谋造反。伊勒兰却是一心相夫教子，从不生事。耶律敌烈性子轻浮逞能，她还经常劝谏，素日于族中名声颇佳。可是此刻丈夫和儿子均已殒命，她痛恨怨毒之下，已经近乎疯狂。

她闯上殿，指着耶律沙骂道：“耶律沙与冀王一起带兵，为何冀王父子皆阵亡，他倒能活命，难道不是他畏战怕死。冀王父子战死沙场，为何还要背上误兵之名？耶律沙临阵脱逃，如今还能以功抵罪，甚至将来还有立功升迁之机会？我夫、我子死得冤啊！”

耶律沙心中有愧，见伊勒兰指着他骂，当下拱了拱手：“冀王妃，冀王父子之死，我实于心有愧，”又向燕燕跪下：“皇后，臣愿领受战败之罪，请将高梁河的军功转予冀王父子死后哀荣。”

伊勒兰满腹怨恨，被他这一说倒转移了一些，耶律沙与冀王搭档合作多年，两家往来甚深，见着这老实人一脸愧疚地向她认错，竟是不知如何是好了。当下咬了咬牙，转向耶律斜轸，道：“耶律斜轸救援来迟，请皇后究其之过。”

她虽是看上去如疯似癫，但今日闯殿之事却是已经思索了两日，极有章法。耶律沙是老实人，先骂了他，他必会自己认错，就定了一个基调，让她往后骂的时候，也能够让这些人跟着耶律沙一样道歉伏低。最终，她要恢复冀王名誉，更要找人为冀王抵命。

所以她对耶律斜轸虽然也是问责之意，但却明显因为耶律斜轸的身份而口气松了许多，只要耶律斜轸稍作表态，当殿道歉一下，她就可以对下一个人咬死了。

不想耶律斜轸年少气盛，从来是骄横惯了的人，又因为敌烈争功战败，使得他不得不按兵退守得胜口，眼睁睁看着北汉失援而降宋，更是眼睁睁看着宋兵围困幽州城整整半个月，令得他时时刻刻心如火灼，却不敢出兵而落宋人陷阱，及至耶律休哥兵马到来，他真是兴奋得发了疯，率先士卒一阵狠打，这才狠狠地出了一口气。

眼见冀王妃闯殿，先骂耶律沙，逼得这老实人让功认罪，他心里就不爽了，再见这妇人居然寻到他来骂，顿时发作道：“呸，敌烈自己争功作死，害得大军战败，害得北汉失陷，害得幽州被围，他若活着，也是要治罪的。老子赶去救援倒成罪过了，皇后在上，您倒评评理，是功是过，难道就因为人死了，就可以颠倒黑白，胡说八道吗？”

伊勒兰不想被他顶了回来，想要发作，最终还是忍了忍气，哭声凄厉：“我夫、子俱亡，这战场上的事，可怜死了的人无法辩白，南院大王您说什么便是什么罢了。好歹我也记您肯去救援的情，可是……”她陡然跳起，指着韩德让厉声叫道：“韩德让这汉儿又有什么资格表功。他不顾冀王被围，遏制援兵出城，坐看大辽亲王被杀，其罪当诛。求皇后做主，以韩德让人头，祭冀王父子及上万将士在天之灵，问罪韩匡嗣教子无方之罪。”

韩德让不由愕然，他想不到冀王妃咬了一圈，最终的目标竟是要自己的人头，心中又是恼火，又是厌恶。当时这妇人听说冀王父子被困，就要调集大军出城去救冀王，甚至闯进韩德让的指挥营帐，强迫他立刻派兵去救冀王。韩德让却已知耶律斜轸早已经赶去支援，而消息传到幽州后再从幽州赶到白马岭，若不是战事早已经完毕，就是人家等着再吃掉他们这支援军。当下阻止冀王妃胡为，并将她赶了出去。估计这件事对这妇人来说，是奇耻大辱吧。所以竟是将一腔怨恨全部记到他的头上来，此时更是欲置他于死地了。

燕燕虽同情冀王妃，但她咬到韩德让身上，可是触了她的逆鳞，心中已经是悖然大怒，面上却不显露，反而更加面带同情地道：“冀王妃，朕能明白你的心情，耶律沙自愿让功，朕就不为已甚，准冀王父子风光大葬，至于有没有人误引冀王冒进，朕也答应你追查到底，你看这样的处置如何？朝堂还要继续议事，你且先回去吧。”

她一个眼色，双古就带了另一个内侍上前，欲请冀王妃下去。冀王妃伊勒兰听她含糊地说了几句，却没有一句是自己想听到的，当下挣开双古，叫道：“皇后如何处置韩德让？”

听了这话，有几个知道韩德让与燕燕当年关系的人，不由偷眼看向燕燕，燕燕面不改色，温言道：“杀死冀王的是宋军，更何况战场上瞬息万变，生死由天。韩德让的职责是守卫幽州，而不是保护冀王，怪不到他头上。”

伊勒兰却不肯走，厉声叫道：“若是当日韩德让派兵出城，冀王未必会死！冀王是太宗一脉最后的继承人，就这么白死了吗？皇后岂可不处置韩德让？”

冀王妃闯殿闹事，若不是涉及韩德让，燕燕也不会这般好颜色待她，此刻见她冥顽不灵，自是懒得再理她了，挥手道：“王妃伤心过度了，回去好好休息，冷静下来，朕再和你谈。”

还不等伊勒兰反应过来，双古便机灵地与另一个小内侍上前轻盈地架起伊勒兰，脚不沾地迅速出了殿。隔得老远，才听得伊勒兰犹在尖叫："放开我，我和皇后还没说完……"到了最后就变成："韩德让，你等着，我绝不会放过你！"

燕燕见韩德让脸色不豫，温言劝道："韩卿不必介怀，冀王妃死了丈夫和儿子，难免神志失常，冀王之事你并没做错。"

韩德让只得拱手："臣明白。"

燕燕道："传令诸将士，今夜宴饮，庆贺大胜，朕与群臣同贺！"

诸将齐声应是，等燕燕一站起来，还未转回后殿，像耶律斜轸等几个年轻毛躁的军官就已经欢呼起来。

燕燕笑了一笑，笑指斜轸道："你们晚上好好灌他，休哥有伤，你们少敬几杯，不许闹他。"见众人哄笑应是，又对韩德让道："冀王的事，我还要问你，你随我来！"

众人不以为意，犹围成一团哄笑，只有休哥微一注目，却不言语。

韩德让随燕燕到了后殿，方想解释："当日冀王之事……"

燕燕就已经摆手道："不必解释了，冀王的事，我早已经知道了。我叫你来，不是为了这事……"见韩德让不解，就道："那日我跟你说的，你可想好了？"

韩德让一愣，本能地推脱道："这，臣还没想好。"

燕燕："你总不能无休止地想下去，我回上京之前，你必须要想好了。"

韩德让讷讷地道："幽州总是要有人镇守……"

燕燕却道："幽州城，谁都可以镇守。但你的天地不应该仅限于幽州，你有宰辅之才，幽州不该是你的归宿，上京需要你，主上和我也需要你，大辽变革更需要你。"

韩德让摇头："我既已离开，就不会再……"

燕燕打断他的话："我知道你为什么离开？在这件事上，你、我、主上，都错了。"

韩德让吃惊地看着她："皇后……"

燕燕看着她，缓缓地道："我们都很清楚，你到幽州，是一种浪费，而这一切，只是出自一个男人的私心。我和你，都不应该纵容这种私心，而你退让了，我虽然是事后知道，却没有及时去改正这次错误……所以，我今天亲自来，就是为了完成我应该做的事情。"

韩德让震惊地看着她，好一会儿，才道："皇后，难道你不顾忌主上的心意吗？"

燕燕毅然道："他既然当日明知道你我……"她说到这里，顿了一顿，又继续道："他还要下旨令我入宫，那他就要有面对你的气量。你我可以为大辽江山而牺牲自己的感情，那么他身为皇帝，难道不更应该为了江山社稷，而克制自己的私心，做出为人君王应该有的胸襟气量吗？"

韩德让看着燕燕，神情复杂，他没有想到，燕燕会这么说，这话似是蛮横无礼，细思却又有几分道理，至少，这个当今皇帝曾经倚仗着皇权大义所做的事情，竟让她以子之矛，攻子之盾了。想到这里，轻叹了一声道："燕燕，你长大了。"

燕燕苦笑："人总是要长大的。"

两人沉默良久。

燕燕却又道："德让，我不是以燕燕的身份要你回上京，而是以皇后的身份问你，可还记得自己对大辽的企图？还有没有改革的锐气？"

韩德让想开口，但最终还是长叹一声："你让我想想。"

燕燕看着他，缓缓地道："你好好想想，我不愿你因为这样无谓的事情，放弃自己生平志向。我这次回去的时候，希望你能够跟我一起走。"

两人相对而视，韩德让脸上闪过为难纠结的神色，然而燕燕却依旧坚定地看着他。

最终，韩德让还是拱手道："请皇后容臣再考虑几日。"

燕燕点头："好，你考虑吧，但我还是会把你带走的。"

韩德让闻言，不由苦笑。

这时候良哥见两人说话已经结束，就上前道："皇后，宴已经摆好，可否开宴。"

燕燕豪气地一挥手："朕这就出去。德让，今晚且一醉方休。"

韩德让见状，也不由笑了起来："好，一醉方休。"

这一夜，广场上，群臣及将士群舞欢歌，杯来盏去。

这一夜，却也有人注定不眠。

韩德让回到府中，夫人李氏迎上来，服侍着他更衣，净面，漱口，见他满身酒气，叹道："你伤还没好呢，喝这么多酒。"

韩德让已经有些醉意，今日他虽然没有当面答应燕燕，然而内心长期以来的抑郁却终于在今日得到释放，不由笑道："我今日，很是高、高兴……"

李氏见他说话都有些不清楚了，知道他今日醉得有些厉害，韩德让一向自律甚严，从未这般醉饮过，不由也为他高兴，就笑问："什么事这么高兴？皇后给你升官了？"

韩德让握着她的手，眼睛闪闪发亮："夫人，我，我要回上京了。"

"什么？"李氏待要细问，却见韩德让将手一撒，四仰八叉地横躺在床上，不一会儿，就睡着了。

李氏无奈，与侍女将他搬到床上躺正，盖上被子，自己守在一边，不觉看着烛火，怔怔的竟是一夜未眠，直至天将黎明，这才叹息着自去安歇。

等她醒来，已经是下午了，韩德让已经出去，只得再等了几个时辰，待韩德让回来，就要问他昨夜的话。韩德让想了想，将昨日与燕燕的对话择了一些与她说了，李氏心中大惊，当下就紧张地问他："那你要听她的话回上京吗？"

韩德让见她如此，不禁长叹了一口气："夫人，我还在考虑。"

李氏顿时落泪："为什么要回去？我们在幽州不是很好吗？"

韩德让不想她如此反应，忙温言劝慰："夫人，无论我们在哪里都会很好，回上京也一样。”

李氏哽咽道：“上京是是非之地，我们好不容易避开，你现在回去，岂不是当日白白出来了？”

韩德让叹息：“所以我也在考虑啊。”

李氏急道：“你，你是不是心动了？如若不是，你考虑什么？”

韩德让没有说话。

李氏见状，心一点点沉了下去，低声道：“德让，你还记不记得你婚前的誓言，你说过要好好尽到一个丈夫的责任，不让我蒙羞的。”

韩德让一怔，他不知道李氏竟想到这方面去了，忙道：“夫人，你想到哪里去了，当日对你说过的话，我从未忘记，你是我的妻子，不要太多心了。那是皇后，是我要效忠的主上，我和她之间已经没有什么了。”

李氏却是听不进去，只执拗地问他：“如果我反对，你还要回去吗？”

韩德让摇头：“夫人，我一生的志向是为辅佐君王，为大辽安宁天下。回不回上京，我都避不开皇后。希望你能谅解。”

李氏抬起头，泪如雨下：“你，你只是在找借口。她来了，你就什么名誉，什么流言，什么家族都不顾了，是不是？”

韩德让皱眉：“夫人，我们成婚前你就知道我的事情。自从皇后入宫，我和她从来不曾逾越雷池，我也不曾对不起你，你应该相信我。”

李氏高声道：“我相信你，可是别人不这么想啊。”

韩德让也提高了声音：“我若是畏于人言，还能成什么事？”

守在门外的侍从听得两人声音都高了起来，忙推了推身边侍女，侍女芸儿无奈，战战兢兢地进来问：“大人，夫人，您有什么吩咐？”

李氏见侍女进来，再也说不下去了，咬着唇，忽然间转身跑了出去。

韩德让看着她的背影，轻叹一声，回上京之路，甚至要远比自己原来想象的更加严峻。

第七十章

归去来兮

过了数日，韩德让来见燕燕。

燕燕听了他的话，不禁诧异："你说，让我和你乔装改扮，再走一回幽州城？"

上次她和韩德让一起走在幽州城中，正是穆宗时代，那时候她乔装女巫入宫，幸而脱险以后，两人就在幽州城中，走遍大街小巷，登上燕云台，指点江山，意气飞扬，也就是那一次，他们情订终身。

想到往事，不由心中一荡，看向韩德让的眼神，也多了几份绵绵情意，旋即又想到，如今已不同往日，两人咫尺天涯，再不能相拥相亲。韩德让是端方君子，他如今这样的相邀，当不是为了鸳梦重温，必是有其用意，想到这里，点了点头道："就依韩卿。"

只是如今她身份不同，自是不可能像从前那样，只换件衣衫就可出行。当下她与韩德让换了便服，身边前后跟了数十名便衣的宫女侍卫用以暗中保护、听从使唤。

当下就与韩德让自南门出来，一路行去。这一路上，便与上次有些不同了，那次是犹在战争状态，到处断壁残垣；而这次虽然也是打了大半个月的仗，但因为援兵已经到来数日，城中已经安定下来，就见着市集已经开放，一片繁华。

燕燕看着街市繁华，感叹不已。韩德让带着她一路走来，低声解说。她看到街市契丹贵族横行无忌，欺压汉民，她想上前阻止，却被韩德让拉住。

韩德让低声说道："这是契丹人和汉人。"

她生气不解，于是韩德让又带着她去了城外，让她看田埂间忙忙碌碌的农人。此时大军退去，农人抓住农时耕作，虽然犹是贫困，但妇人送食，小儿拾穗，却有着安居之满足。

韩德让道："这也是汉人。"

他又带她去另一边的契丹部族聚集之地，但见衣衫褴褛的契丹奴隶放牧着牛羊，赤着上身，汗流浃背。

韩德让道："这也是契丹人。"

燕燕见着这一切，仿佛明白了什么，皱起眉头，不再说话，及至跟着韩德让到他留守衙中，方问："你方才之意，可有解释？"

韩德让早已经备了大量卷宗，一边呈上，一边解释道："太祖太宗分北南二院分治契丹、汉人，规定汉人犯法以唐律处置，契丹根据番法，本是为了尊重传统，减少争端，现在却变成了同罪异法、贵贱异法。臣以为，一国两法，只能是过渡之用。如今汉辽杂处，同一件事而行两种法度，时间长了就容易被人钻空子。比如汉家之法，杀人者偿命，而草原上杀死一个奴隶不过赔上几头羊。若契丹贵人杀死汉民，如何判决？"

韩德让又呈上一份卷宗："皇后再看这个，这是幽州城近几年的诉讼记载，您看那些涉及契丹人和汉人纠纷的部分。通常判例是契丹人若打死汉人，只需偿以牛马，汉人打死契丹人却要按唐律斩之，其亲属皆为奴婢。这样的案例如今已经相当多了，两族异法，本是为了去贪枉、除弊病，现在却变成同罪异罚，实为不公，长此以往，必增民怨。不但不符合太祖为避免两族争端之原意，反而会令族群不合。"

燕燕叹息道："你从前说过，古者治天下，须明礼义，正法度。太祖太宗建立的法度，自穆宗废弛至今，确实到了该重建的时候了。"

韩德让便将一份刑狱的卷宗呈上，道："自穆宗皇帝废钟院以来，律法废弛，庶民贫寒者有冤无处诉，四方狱讼积滞。这里有许多人甚至已经被关押了十几年。现在，许多百姓担心一旦被诉讼，被投进监狱就不知何年何月才能出来，这也是刚才在街上，皇后看到的那个汉商宁可忍气吞声的缘故。”

燕燕看着韩德让：“难道在你心里，也是这般认为，契丹人欺压汉人，汉人已生民怨？”

韩德让摇头：“若是生了民怨，就不会在宋兵攻城时，如此上下一心，奋力守城了。”

燕燕神情一凛：“愿闻其详。”

韩德让道：“如今国朝最大矛盾，却还不是契丹人与汉人之间的矛盾，最苦的是那些部族奴隶。在草原上，奴隶生死由部族大人们掌控，甚至通常都活不过三十岁。但是现在我们建了城，部族之间不用为了草场奴隶牛羊粮食而打仗，奴隶们没有了战争上的朝不保夕之苦，但他们反而被部族长们任意虐杀，更加痛苦不平。契丹奴隶生死皆在主人手中，但是，他们也是人，不是牛马。”

燕燕听到这里，也不禁面色凝重起来：“正是，穆宗皇帝就是死在他任意肆虐的奴隶手中。”

韩德让又拿起一个卷宗，上面记录着的正是幽州城这几年的赋税情况：“幽州城里汉人缴税，契丹及其余部族都是不缴税的。整个幽州城里，一切都是依靠着汉人的税赋建立起来的。但是，缴税的普通汉民却活得比不缴税的契丹奴隶好。这些奴隶，同样是大辽的子民。”

燕燕已经明白，轻叹道：“每年都有一两起奴隶作乱杀主的案子，掌控奴隶越多的部族长，势力越大，越不利于大辽的长治久安。”

韩德让点了点头：“正是，臣以为，如今当推行汉法，释奴隶、废部族、统军事，如果那些奴隶能够脱离部族长的控制，于他们自己获得了人身自由，于国家增加了赋税来源。而且，这还能有效瓦解部族长们手中的部族军，保证主上手中的皮室军始终是国中最强大精锐的。”

燕燕长长叹息一声：“说得很是。”

韩德让继续道：“此外，在吏治上，国朝的官员多为世选出身，汉人和渤海等地的读书人报国无门，沦为下僚。古人早已说过，王侯将相宁有种乎？只要给那些勤奋上进的年轻士子一个上升的通道，大辽必能得到一批能臣廉吏，于国有百利而无一害。若继续坚持世选为唯一选拔途径，大辽吏治迟早腐化僵化。”

燕燕抬头凝视韩德让，她知道，从阿保机开始，一代代的君臣都在努力使得国朝向着汉化前进。汉化的好处，对君王，对国家，对庶民都有益无害。然而汉化侵犯的是大辽的立国之根本，触犯了拥有着比皇帝更多人口、军队、权力的部族力量。一旦这些部族力量联合起来，皇帝也难保江山和性命。不改，国乱；改，君亡。如何掌握这其间的平衡，那就要拉拢更多的人为自己所用，积蓄起更多的力量使得反对的人不敢和他们开战。

但是这一点，虽然她知道，但是从阿保机到当今皇帝，都在寻找如何拉拢更多力量、真正解决部族问题的途径。牺牲了这么多人以后，如何能够再继续推进改革。这需要找到正确的方法，如何能够在不引起最大反弹的情况下缓步推进，而一旦遇到反弹的时候，是继续坚持，还是妥协让步？

她来幽州，是为韩德让而来，也是为了幽云十六州而来，她希望能够带回韩德让，为汉化改革增加助力。但是她没有想到，韩德让给了她这么大的一个惊喜，在经历了被皇帝夺爱之后，再到猜忌，再到他不得不自请到幽州，形同于被放逐出权力中心以后，韩德让非但没有放弃他的理想与信念，反而默默地在幽州把他对这个国家的设想一一去实现。从立法到吏治，从赋税到兵权，他站在角落里，却心怀天下。

“韩德让，幽州果然容不下你，你天生就该回上京，站在开皇殿上，为大辽江山着墨。我要你马上跟我回去，我要回京以后，马上推进你说的政策。”她握住韩德让的手，激动地说。

韩德让看着她兴奋的神情，提醒她：“若皇后要这么做，就要向整个契丹八部的部族大贵族做出挑战，要面对的困难，可能比您想象的要多得多。”

燕燕却道：“那么做这件事，有没有对国家有好处，有没有对许多人有好处？”

韩德让点头："有，它能够让大辽长治久安，能够让皇后赢得民心。"

燕燕毅然道："那就去做。"

韩德让长叹一声道："可是，也会让皇后变成八部大人之敌，会让皇后步世宗皇帝被夺位、思温宰相被暗杀的后尘。"

燕燕却道："就算我什么也不做，眼看着国家动荡，大权旁落，难道就能够安享天年吗？"

韩德让一怔："这……"

燕燕仰首，眼望长天，长长出了一口气："既然做与不做，都没有区别。那就做吧。不管是多难的道路，只要我们一步一步地走，总有抵达山顶的那一日。我有这个气魄去做，德让难道没有吗？"

韩德让被燕燕打动，他缓缓跪下，郑重地道："臣参见皇后。"

燕燕郑重地扶起韩德让，两人神情激动，目光对视，看透彼此心中所思所想。

离了留守府，燕燕犹自心潮激动，她没有乘辇回去，而是依旧一身乔装，与良哥等人步行回去。

及至回宫时，却见宫门前站着几名重臣，俱是一脸焦急，见了燕燕回来，耶律沙忙迎上来道："皇后终于回来了。"

燕燕诧异，问道："怎么回事？"

耶律沙忙呈上急报，道："主上车驾，离此不过百里了。"

燕燕一怔："主上来了？"

当下忙准备迎驾，到了晚上，皇帝的车驾就已经到了城外不远处驻扎，次日早上，皇帝就已经进了幽州城。

朝臣们先是到城外出迎，皇帝特地下旨，要皇后留在宫中相候，不必相迎。及至见了燕燕，耶律贤牵着燕燕的手，上上下下看了一番，这才放心道："看到你没事，朕这颗心才算是彻底踏实了。"

燕燕笑道："我这都第六个孩子了，有什么可怕的？"

耶律贤却道："不管是第几个孩子，朕都担心你。你把朕一个人留在上京，可曾想过朕会担心？”

燕燕靠在耶律贤肩上，脸上神色复杂，她感慨而伤感，最终反手抱住了耶律贤，温柔地道：“你放心，我和孩子都没事。”

耶律贤坐下，对燕燕道：“现在宋军南逃，幽州无虞，咱们启程回京吧。”

燕燕点点头：“反正幽州诸事已毕，你便不来，我也要准备回京了。”

耶律贤点头：“那好，就叫人准备回京吧。”

燕燕嗔怪道：“主上好不容易来到幽州，理当留些时间，安抚官员，慰问百姓，了解民生，怎能匆匆来去呢？”

耶律贤笑道：“你说得很是，只是我恐你身怀有孕，早些回上京也好安胎。”

燕燕摇头道：“也不在这十天半月的。”

耶律贤点了点头，道：“也好。”

当下帝后二人就说起幽州诸官员之事，说到韩德让时，燕燕忽然道：“良哥，你去将韩德让的奏书拿来。”

良哥取了来，燕燕递与耶律贤道：“你且看看。”

耶律贤打开一看，脸色微变，欲待合上先放到一边去，燕燕却已站起来道：“奏书内容甚多，主上且慢慢看吧，我让迪里姑给我诊脉。”

耶律贤无奈，只能看着燕燕离开，这边又慢慢翻开奏折看起来，逐字逐句研读。“本朝兴起于大漠之北，太祖太宗创业维艰，穆宗贪恋游猎，荒怠政事，十余年来杀戮不息，国人怨恨。陛下继位，海内引颈期盼中兴之治。而现今除授官员，多为世选……”

燕燕举着灯烛走进书房，将灯烛放在桌子上，惊动了认真浏览奏章的耶律贤。

耶律贤抬起头，看到燕燕一脸微笑地看着自己，叹息地放下奏章。

耶律贤道：“朕以为自己足够了解韩德让，没想到还是低估了。这份奏章写得很好，太好了。”

燕燕微微一笑：“奏折里提到的许多事都可以先慢慢做起来。首先，我们可以在幽州先开科举，选拔一些人才为我所用。以后时机成熟了，再慢慢在大辽全境铺开。”

耶律贤叹息：“燕燕，朕早有改革之心，更知道科举乃汉人千年以来最伟大的发明，比我契丹的世选制度高明百倍。可想到父皇当年激进的汉化政策带来的大难，还有思温宰相遇刺一事，说到底也是朕和他想推动汉化，才引来了女里、高勋的憎恶所致。朕心中难下决心，没想到最后竟会是你劝朕重开科举！”

燕燕道：“主上，正因为这是世宗皇帝和父亲毕生所愿，他们为此不惜丧生，我们后来者才更应该把这件事坚持下去，不是吗？”

耶律贤点了点头道：“婆儿。”

婆儿走进书房道：“主上。”

耶律贤道：“去请韩德让——”他抬头望天：“天已晚了，明日召韩德让进宫。”

燕燕却道：“不，这就叫他进来吧。心系于国，论什么早与晚。”

耶律贤一怔，点了点头。

及至韩德让到来，耶律贤便道：“德让的心血之作朕已经看过了。当年，朕劝你入仕，你说要外出游历，看看大辽天下，原来不是虚话。这奏折让朕想起了我们年少时的很多事，那时候咱们一直盼着早日推翻穆宗皇帝的统治，给大辽画上最好最美的图画。现在，大辽已到了非变不可的地步，德让重新回京来帮朕吧。”

韩德让看着景宗，肃然拱手：“主上，推行汉化事关重大，恐怕非一朝一夕能够办到，其中所面临的艰难，主上真的考虑过了吗？”

耶律贤点头：“孟子云，虽千万人吾往矣。德让熟读圣人之言，为何在担当大任的时候，如此犹疑？大辽的改革离不开你。朕此番诚心诚意邀你回京，委以重任。”

韩德让与耶律贤对视，终于跪下：“臣愿为大辽鞠躬尽瘁，死而后已。”

次日，皇帝升殿接见群臣，询问过幽州围城诸事以后，留下几名大将，商议接下来的军务。

此时宋军已经撤兵，但接下来如何行动，还须商议。

据探子传来的消息，宋主赵光义在高梁河身受箭伤，伤情严重，目前正在定州城收拢败兵，不过他已经吓破了胆子，倒并没有再度北上的意思。更得到消息说，因宋主曾与大军失散，宋国群臣一度想拥立赵德芳为帝。而赵德芳，正是宋太祖赵匡胤之子。

这一形势，倒与当年辽太宗耶律德光身亡，世宗继位的情形有些相似。

耶律贤听了这事就笑了起来，道："朕可以放心了，想来宋人几年之内都不会再北上骚扰了。"

燕燕亦点了点头："是啊。赵光义是兄终弟及，本就心中有鬼，再有这番折腾，在理完内政之前他决不敢轻举妄动。恭喜主上，幽州无虞了。"

众人皆贺道："这是主上之喜，大辽之喜。"

燕燕却道："只有一桩事，休哥惕隐虽然大胜而归，但是宋兵大多是溃逃，死伤不过万余。我以为，当派兵追击宋军，彻底击溃其余部，若都让宋军收拢带回南边，过几年他便又可以卷土重来，不利于幽州边境的长久和平。"

耶律贤看了众人一眼，问道："哪位卿家前去追击。"

此时耶律休哥重伤，斜轸另领一支在外，韩德让自忖此时当是自己领兵为好，便上前一步道："臣愿领兵。"

话音未落，却听得另有数人也同时道："臣愿领兵。"

韩德让转头一看，竟有一人是他的父亲韩匡嗣，不由惊讶，看了父亲一眼，低声道："父亲，有事儿子服其劳，还是让儿去吧。"

韩匡嗣却看着皇帝："主上——"

此时出列的却还有数人，耶律贤见状看了燕燕一眼，问："皇后意下如何？"

燕燕看了一下，沉吟道："韩——"

她话还未说完，就听得耶律贤忽然道："那便韩匡嗣吧。"

韩匡嗣大喜，忙谢恩，就听得耶律贤道："朕命你为都统，耶律沙为监军，与惕隐耶律休哥、南院大王耶律斜轸等领兵，攻伐河北及河东，东西两路宋军。"

等人散了以后，燕燕便问耶律贤："为何不让韩德让领兵，而让韩匡嗣领兵？"

耶律贤看她一眼，道："皇后不同意？朕还以为你是想让韩德让留下呢？"

燕燕问他："为何？"

耶律贤道："宋军南逃，韩德让功劳已定，他这番奏折深得朕意，朕借此功劳带他回京，另有重用。若此番有所折损，岂非画蛇添足。再说……"他看着燕燕，叹息："你身怀有孕，朕不想让你担心。"

燕燕一怔，原本想说的话到了嘴边，只得咽了回去，长叹道："韩匡嗣虽然忠心耿耿，但他从来没带兵打过仗，只怕……"

耶律贤却不在意地道："之前韩德让不也没带兵打仗过，此番不也是立下难得的战功吗？有子如此，其父自然也是不差的。"

可是谁也没有想到，这一战竟然败了。

消息传来的时候，燕燕和耶律贤正一起用餐，忽然接到消息，韩匡嗣满城兵败，耶律贤顿时手中金碗落地。及至详情传来，却是韩匡嗣侦察不严，深入敌境，中宋人诈降之计，这一战竟阵亡一万多将士，幸而休哥带伤赶来，接应余部。

耶律贤听完,急火攻心，气得晕了过去，好半日才醒来，愤然道："匡嗣误朕！"

此时君臣俱已回到上京，且韩德让因幽州战功而得重用，正准备推行新政，不想竟生出此事来。

消息传来，韩匡嗣下狱，韩德让自然不能坐视，当下于宫门前长跪请罪，以求赦免。

燕燕听到此事，已经是傍晚了，听说韩德让已经跪了两个时辰，宫中却一直无话，无奈之下，亲自来见耶律贤，说了此事。

耶律贤正坐在床头，刚喝完药，听了这话，阴郁地道："功是功，过是过，韩德让的功劳，抵不得韩匡嗣的罪过。"

燕燕问他："你打算怎么处置韩匡嗣？"

耶律贤冷冷地道："他贪功冒进，害死万余兵马，让宋主顺利南逃，论罪当诛。"

燕燕一怔，她自然知道韩匡嗣此番失利，甚难宽容，只是战场上胜败本是兵家常事，若论打了败战，就要处死，实是太重，况且韩匡嗣于耶律贤有恩，十数年来忠心耿耿，并无过犯，仅仅一场战败，就要他的人头，实是太过。

本不待言，然而见着耶律贤这边唤了婆儿来就要下旨，只得劝道："主上少安毋躁，杀一个韩匡嗣容易，可是分析出战败的原因，避免以后犯同样的错误，才是我们应该做的事。"

不想耶律贤听了这话大怒，脸色涨红，瞪着眼睛问她："皇后这话是什么意思，难道是想为败军之将求情吗？"

燕燕见状也不禁恼了："战场上情况瞬息万变，就算是百战之将，也未必没有打败仗的时候。主上不问具体缘由，就要先杀韩匡嗣，这又何必呢？"

耶律贤冷笑："这是朕要杀他吗？你明天上朝去，问问群臣，看看有多少是要杀他的？"

燕燕也冷笑起来："韩匡嗣就算不打败仗，要杀他的人，一样不少。"的确，想杀韩匡嗣的人，一直不少，对他以汉人身份上位的，对他无军功而得势的，对他想推进汉化的，甚至暗恨他当日保下耶律贤性命的……

耶律贤自然也听出这个意思来，顿时激怒，额头青筋暴起："皇后不是一样杀伐决断的人吗，为什么今天费尽心思，要为韩匡嗣求情？"

燕燕恼了，道："我不是为他求情，我是怕你后悔。"

耶律贤冷笑："朕后悔，朕后悔什么？"

燕燕见他如此，只得按下情绪，坐下来温言劝道："祥古山事变，是韩匡嗣把你从柴堆中救出来，也是他多年来一直暗中为你治病，如父如兄地照顾你，更为了你的皇位费尽心力。他战败是有罪，但要论情况定罪。你若因为一时冲动而杀了他，我怕你以后会后悔。"

耶律贤听着她这话，本有些心软下来了，听到最后一句话，立刻反弹起来，冷笑道："后悔，朕有什么可后悔的？"

燕燕见他如此冥顽不灵，也被激得口不择言起来："主上如此急切地要杀了韩匡嗣，您到底怨恨的是韩匡嗣的战败，还是怨恨自己用人失当？"

耶律贤气得掀被就要下地，却摇晃了一下，差点摔倒："你、你说什么？"

燕燕见状也惊了，忙上前扶住，不由后悔起来："主上，是臣妾之过。"

耶律贤却不肯甘休，直拉住她道："你、你给朕说清楚。"

燕燕无奈，直白地道："你不愿意将战功归于韩德让，才选择让韩匡嗣立更大的功战盖过他。韩匡嗣从来不曾独当一面带过兵，你应该让休哥为主帅才对，为什么偏要让韩匡嗣统兵？"

耶律贤怒极，指着门口喝道："你，你出去，出去——"

燕燕欲言又止，最终还是甩袖而去。

耶律贤见燕燕真的走了，更加恼火，嘴唇颤抖着指着燕燕去的方向，对婆儿道："她，她竟为了韩德让如此伤朕？"话未说完，竟气得昏了过去。

婆儿见状，吓得忙去叫了迪里姑来，扎针之后好一会儿，耶律贤才悠悠醒来。

不知为何，他刚才那股无名之火，竟是不见了。

迪里姑见状，为他取下扎在头上的银针，方道："主上，暴怒伤身，您当平心静气才好。"

耶律贤疲惫地揉了揉太阳穴，挥手："朕知道了。"

他挥手令众人退出去，自己静静地坐着。事实上，刚才燕燕的话，是极为刺心的、他不愿意面对的事实。

事实上，韩德让一直是扎在他心里的一根针，这针扎得太深，稍动一动，都会让他感受到那种无法摆脱的愤怒和焦躁。

有时候他甚至比燕燕更加盼望韩德让的归来，他希望韩德让能够将过去那一页翻过，毫无芥蒂地回来辅助于他。但有时候他会忍不住暗暗怀疑，韩德让真的能够毫无芥蒂吗？燕燕能吗？

年轻时的他太自以为是，太迷信帝王的权力，他当年真的以为，他可以永远同时占有韩德让的忠诚和燕燕的倾心。

他是预想到了燕燕的愤怒和反抗，并为此准备好所有的应对手段。但他却没有预想到韩德让的愤怒，让这个十几年的知交竟不顾一切弃他而去。

在那一刻他惶惑了，失控了。直到韩德让最终归来，可是归来的那个韩德让，并不是他想象中的那个从四岁起就永远站在他身后，把所有的时间、热情和忠诚都只奉献给他的韩德让。

他回来了，却不是因为他，而是因为燕燕。他再度离开，同样也是因为燕燕。从他拆开他和燕燕那一刻，他就失去了他。

这不是他想要的。他愤怒而焦灼，他疑心而针对，但最终，他用尽所有办法，无法让他们回到原点。他相信他的忠诚依旧在，可是，这份忠诚或者是给了江山，或者是给了黎民，他们之间的情分呢？或者他可以掩耳盗铃地继续把韩德让当成他的好臣子，接受韩德让的谏言，让他重回上京，并委以重任。

可是在内心深处，这根针会时不时的冒出来刺他一下，让他在关键时刻失去理智。细想起来，他当日对燕燕说的话，直是无理。韩德让已有战功，若有折损，反为不美。

他怕韩德让会因为失利而折损战功，他就不怕韩匡嗣会折损战功？凭什么他相信没带过兵的韩匡嗣能够战胜，因为韩德让立过战功？为什么他宁可把韩德让的才华归于韩匡嗣的传承，而不相信韩德让自身已经成长为超越韩匡嗣的存在？

他才会在韩匡嗣失利的时候如此暴怒，是因为韩匡嗣辜负了他的信任和他隐约的期望，他期望韩匡嗣立一个更大的战功盖过韩德让，让人认为韩德让的成功，只是因为他是韩匡嗣的儿子。而韩匡嗣的失利，逼得他回想起自己当时执意任用韩匡嗣那不可告人的私心，他不想承认，不想面对，所以他才这样执意地要去怪罪韩匡嗣，似乎韩匡嗣的过错越大，他的过错就会越小。

所以他才会在燕燕当面揭露此事的时候，不可容忍，激怒晕厥。

他怎么会变成这样的人？他的冷静呢？他的理智呢？他的权衡呢？他的帝王之心呢？

他抬起头来，问迪里姑：“迪里姑，朕这段时间有很多不对的地方，说话行事，简直就不像朕自己了……”

迪里姑一怔：“主上何出此言？”

耶律贤想了想，挥退左右，遂把一些情绪波动与争执的事，拣了一些说了。问他：“朕从来不是这样的人，为什么这段时间这么冲动，这么偏激，让这种无谓的情绪操纵着朕的理智……”

迪里姑伏地哽咽：“主上，恕臣之罪，您的身体如今已经不宜再操劳国政了，甚至不能再激动了。这次您本就不应该出巡，更不应该自己赶来幽州，尤其是……皇后不该拿政事令您分神。”

耶律贤叹了一口气：“这么说，当真是因为朕的身体……”他顿了一顿：“是朕的身体已经失控了，所以才会导致朕的理智也失控了。”

迪里姑抬眼看他，眼中尽是忧心：“主上，您不要再想了。”

耶律贤闭上眼睛，长叹道：“是啊，朕不能再想了，不能再做过多的事了。”他摆了摆手，道：“传旨吧。”

夕阳西照，跪在宫门前请罪的韩德让终于听到耶律贤宣旨：“燕王韩匡嗣兵败，丧师辱国，罪不容赦，念其服侍三代帝君，勤恳有功，饶其死罪，削职降爵，闭门思过。”

第七十一章

禅院钟声

天渐渐冷了，窗边最后一片叶子落下的时候，阿辛将煎好的苦药端到耶律贤跟前：“主上，该用药了。”

耶律贤摆摆手：“朕不想喝。”

阿辛不敢强他，只苦着脸劝：“主上！”

耶律贤淡淡地道：“朕喝了一辈子的苦水，又有什么用？到底还是苟延残喘，生不如死。”他满怀的雄心壮志，竟变得索然无味起来，争什么，斗什么，执着什么？如果到如今他连自己的身体也无法控制，连自己的情绪和理智都无法控制，他这一生所有的奋斗，都是为了什么？

迪里姑哽咽：“是臣的罪过。”

耶律贤摇了摇头，忽然站了起来要往外走。

阿辛忙扶住他：“主上，您有什么吩咐？”

耶律贤只觉得厌倦，挥开他冷笑：“朕还没有脆弱到连站都站不住。”如果说过去他愿意承认自己体弱，愿意被人搀扶，那是他内心还怀着满腔的热望。而如今，他甚至对自己都产生了厌弃。

见着室中诸人的惶恐之色，耶律贤强按下心头恼怒，勉强道：“朕觉得很闷，想出去走走。”

阿辛赔笑：“那奴才陪主上去御苑走走？”

耶律贤沉吟：“御苑？”他的内心忽然极度排斥，他这一生，永远是在皇宫、御苑、行宫、行营中来回打转。但这些地方，他此刻是一点也不想再待了。

在皇位上坐久了，有时候人会忽然无名地生出厌倦、恐惧、逃避甚至是暴戾的情绪。而作为帝王，这种情绪的发泄，是不受约束的。而一旦不受约束地发泄过以后，便会在所有情绪低落的时候，不由自主地一再重复这种情绪的宣泄。

而他一直压抑着自己，压抑到自己近乎疯狂，就是因为他见过这样做的后果，那就是变成穆宗那样的怪物。

他曾经不理解人何以会变成这样。可是坐上皇位以后，他忽然发现自己曾经无数次触碰到这种情绪，他甚至发现，自己的内心越来越接近穆宗当年，这令他恐惧，甚至是自我厌弃。

他不想再待在这里了，他只想逃离这里，飞出这里，飞到一个谁也不会打扰的地方，没有朝政，没有压力，什么都没有。

他眼望长天，半晌，忽然问："只没在哪里？"

他想去找只没，他已经很久没有看到只没了。而此时，看着满目繁花，他想，跟他一样不想看到这鲜活春色的，或许只有只没了吧。

但只没并不在王府。他在天雄寺。据说，自从安只死后，只没隔三岔五，会到天雄寺待上一整天。

阿辛来报的时候，满心希望皇帝听到这话以后就不出门了，谁知道皇帝只是怔了一怔，说，就去天雄寺吧。

皇帝来到天雄寺，轻车简从。

当他穿着一身普通士子的衣衫，从马车上走下来，见着新建成的天雄寺，也不禁怔了一怔。

寺周围遍植松柏，耶律贤说来逛逛，并没有事先通知只没。

谁知道只没刚刚离开，寺主昭敏听说皇帝到了，吓了一跳，忙带着几个弟子匆匆迎了出来，见了耶律贤便行礼赔罪。

耶律贤道："并没有什么事，朕只是想出来走走。听说只没到你这里来了，又听说天雄寺刚落成，十分气派，也就顺便过来看看。"

昭敏赔笑道："不知主上驾临，可巧宁王殿下刚走，贫僧已派弟子去请回宁王。"

耶律贤却道："不必了，叫他们别惊动宁王了。朕本是随兴而至，四处逛逛，在宁王府，在天雄寺，与只没聊天，或与昭敏禅师聊天，都没有什么区别。”

昭敏忙道：“大丈夫自有真性情，是贫僧着相了。”

当下就陪着耶律贤一路看来，这天雄寺刚刚建好，竟是前所未有的宏大辉煌，但见丈二金身宝相庄严，令人不由起了膜拜之心，耶律贤赞叹：“当真是佛法广大。”心中更觉满意。

他虽有弘扬佛法之心，但却不知道实现成果如何。然见此佛堂壮观，佛像巍峨，信众虔诚之态，顿时大增信心。当下赞昭敏道：“这天雄寺如此宝相庄严，功在法师啊。”

昭敏恭敬地回道：“没有主上天恩，便没有天雄寺。”

耶律贤听着寺庙内隐隐传来念经之声，笑了：“要将天雄寺扩建成如此雄伟的寺庙，朕拨给法师的银子是不够的吧。”

昭敏忙道：“佛法广大，亦须护持。皆因主上有意亲近佛法，上至宗亲贵族，下到贫民百姓，慕主上之英明，都十分乐意为供奉佛法、为本寺扩建捐献。此皆是主上恩德所致。”

耶律贤听得十分悦耳，他要推行佛法，并不是为了自己爱好，更是因为想利用佛教消融萨满对于部族的影响，昭敏这种做法，正是迎合了他的本意，不由笑着指指里头：“朕觉得，朕的弟弟也往里头扔了不少钱吧。”

说得陪着的众人皆都笑了。

一路行来，见着前面的殿堂，后面的僧舍，再至最后面的僧田和药田还有济贫院。昭敏介绍说佛堂兴建的时候，有不少信众自愿出工助力，整个佛堂最后造价竟比原来预算少了三成，因此后面又扩建了几间殿堂。他又将一些僧田改为药田，种植药草，免费为贫苦之人治病疗疾，又有信众捐钱造了济贫院，帮助无谋生能力的老人，收容弃婴。

耶律贤听得频频点头，昭敏所为，甚得他之心意。且昭敏面容清俊，谈吐雅致，与他相处起来，实有如沐春风之感。

走了一会儿，耶律贤便有些面露倦容，迪里姑正想请他回宫，昭敏却道："这一路逛来，主上也累了，不如随贫僧到禅房坐坐，寺中恰好新添了一味清茶，正寻觅有缘人品尝。"

正中耶律贤下怀，当下笑道："那朕就叨扰了。"

当下进了禅房，但见这禅房内布置简单，禅房正中间有一座木雕的如来佛像，平铺的榻榻米中央放着两个蒲团，房间四角各放置一个香炉。香炉静静燃烧着，一股特殊的檀香味萦绕在房内。

耶律贤和昭敏相对跪坐着，两人中间放着一整套茶具。

昭敏点燃炭火开始煮茶，随后将茶饼缓缓碾碎，放入茶碗中："此茶自东南而来，名为剡溪茶。唐代名僧皎然曾在《饮茶歌诮崔石使君》中提及，说此茶一饮涤昏寐，二饮清我神，三饮便得道。"

耶律贤微微一笑："朕读过那首诗，昭敏禅师竟能寻来此茶，有心了。"

昭敏拿起水壶，将水冲入茶碗中，以茶筅不断打击，茶水中渐起饽沫，茶乳交融，一套工序完毕，昭敏将茶碗递到耶律贤跟前道："主上，请！"

耶律贤闻着茶香说道："看来以后即便是为了饮茶，也得常来叨扰禅师呢。"

昭敏微微一笑："那是贫僧的荣幸。"

耶律贤缓缓饮着茶，神情微微缓和下来。

昭敏小心地观察着耶律贤的神情："主上近来心绪似乎颇不平静，不如，贫僧为主上念一段《心经》平复心灵。"

耶律贤点了点头。

昭敏手持念珠，轻声念诵道："观自在菩萨，行深般若波罗蜜多时，照见五蕴皆空，度一切苦厄。舍利子，色不异空，空不异色……"

耶律贤闭上眼睛，静静听着佛经，心神一片宁静。

窗外，夕阳西下，日光渐渐消散不见，天色渐暗。

耶律贤盘坐着，低着头，竟不知不觉陷入了沉睡。

他已经很久没有这般好眠了，众人见状大气也不敢出，静静候着。

不过两刻钟功夫，耶律贤忽然惊醒，道："朕刚才好像走神了。"

昭敏合十，笑而不语。

也是从那日以后，他就经常要么召昭敏入宫，要么自己出宫去天雄寺。如今他要静心养病，许多朝政就交与皇后。

自韩德让回京以后，帝后大力推行新政，颁下系列条令：

其一，头下州县改行赋税制，头下户须向州县官府交租，向头下领主交税。诸王及亲贵部曲须落籍于州县；各部奴隶皆编为部民。

其二，恢复钟院，各州县分决滞狱，留心听断。诸刑狱有冤，不能申雪，听人至御史台陈诉。

其三，南京试行科举取士，幽州及渤海读书人皆可应试。

其四，简汰军卒，皮室军中不能任事者黜落，命诸道军将勇健者之名上报朝廷，选其精悍骁勇之辈填充禁军。

其五，宋辽边境交战多年，诸县田亩禾稼见弃。招募百姓收获，以所获禾稼之半给收割者。

这些政令的推行，涉及部族利益的削减，涉及许多权贵权力的被限制，甚至在南边，科举取士也影响到许多在朝官员的利益，兵制的改革，以及与宋的外交等等，都需要花费大量心力。燕燕忙于政务，虽然也经常去探问耶律贤的病情，听说他安心静养，多有好转，昭敏也出力不少，又知他推行佛法，实是有政治意图，便也不多作探究。

若说耶律贤崇佛，一开始只不过是为了打压各部族尊崇萨满之风，然而跟昭敏相处越久，越觉得佛法高深，且因为他从小身体虚弱，内心时时惊惶不安，听了佛法解说以后竟然有轻松之感，因此渐渐有些离不开了。

天雄寺起，一半是耶律贤为了政治需要，另一半也是因为他的确有对佛法的需要，因此竟是亲自来了好几回。上行下效，因为皇帝喜好，也因为佛法的确迎合了许多契丹上层贵族所好，天雄寺的香火，竟一日好过一日。不只是天雄寺，就是上京城其他寺庙也因此香火好了许多。

过了数月，燕燕生下三皇子。

消息传到皇帝耳边的时候，耶律贤正与昭敏在论禅，此时宫中亦置了禅房，内摆放着一座精致而巨大的佛龛，室内香炉冉冉升烟，熏香缭绕。

耶律贤正问昭敏："你说朕还能有多少寿可延呢？"

昭敏含糊道："人生在世，如白驹过隙，都只是一瞬间的事情而已。于佛眼看来，并没有多少区别。"

他正在烹茶，一边说着，一边徐徐倒了茶来给耶律贤喝。

耶律贤饮了一口，叹道："各种苦药几乎要坏了朕的味觉，与禅师饮茶谈禅，已是朕如今唯一的享受了。"

昭敏微微一笑："茶能清心，自然去除主上心中烦扰。"

耶律贤感慨道："这些时日来，朕每次病痛缠身，不能忍耐之际，多亏了你的清茶和祈福，朕才能熬到今日。"

昭敏道："主上与我佛有缘法，您虔诚向佛，佛祖自然会回应您的祈求，免去您的病痛。"

正说着，外头来报皇后诞下皇子。昭敏忙取过一个匣子，里面有个护身符，说是当日开寺时与佛像一起开光，临来前在佛前请来了送给小皇子。

此时皇帝已经有三位皇子、三位皇女，前两位皇子小名分别为文殊奴与普贤奴，三位公主一名观音女、一名长寿女、一名延寿女，俱都是与佛教相关或是祈福延寿相关。

耶律贤收了护身符，笑道："朕拟再出十万金，为天雄寺添置万佛堂，昭敏禅师以为如何？"

昭敏道："阿弥陀佛。善男善女，只要诚心供奉菩萨，必能圆成菩提，来生永不堕恶道。"

耶律贤喃喃自语道："朕唯盼能化解世间一切冤孽和病痛。"

昭敏道："待万佛堂落成之日，若是皇后能亲临祈福法会，诚心祈祷，定能有助主上，化解病痛。"

耶律贤点点头："朕会同她说的，想来她必是同意。"

昭敏神情不动，但心中却是暗喜。皇帝虽然崇佛，但皇后却是淡淡的，皇帝眼下如同风中之烛，皇后若能够如皇帝一般支持佛法，才是长久之策。

自耶律贤重病，政务都交与燕燕。皇帝夫妻恩爱，后宫又再无其他妃嫔，便得皇后竟是每隔一两年就要怀孕生子，如今成亲十余年，已经有了六个孩子。

幸而燕燕身强体健，生子、政务两不耽误，尤其是此番已经是第六个孩子，前一刻还在处理朝政，因为阵痛而急忙转进产房。等她生完孩子一睁眼，次日就能够躺在床上听着侍女读奏章，并口述批示，由几名女官代为执笔写下，送到内阁由宰相印发。甚至事情急了，几名臣子站在帘子外就能够直接与帘内的她讨论政务。

而此刻，因母后刚生了个小弟弟，几个皇子皇女都跑来看，于是五个孩子在皇后寝宫里头闹腾得厉害。

就见着刚出生的三皇子胡都堇被放在床边的摇篮里，八岁的大皇子文殊奴，七岁的二皇子普贤奴，五岁的大公主观音女，三岁的二公主长寿女都围着摇篮转悠。

更有一岁多的三公主延寿女在炕上眼巴巴地看着，乳母在一边看护着不让她往前爬。

见耶律贤进来，孩子们顿时一拥而上叫道："父皇，父皇。"

耶律贤看到孩子们，疲惫的病容消去，露出真心的笑容来，待要去抱围在膝边的长寿女，就见延寿女拍着炕在叫着："父皇，父皇……"一边还朝他伸出手来。

耶律贤见状，忙笑着走到炕边，抱起延寿女正想说："可是想父皇了……"就见着延寿女毫不留情地推着他指着小摇篮方向道："弟弟，弟弟……"一边说还一边急切地拍打着他，示意他赶紧抱自己去看弟弟。

耶律贤哈哈大笑，把延寿女举得高高的，抱着她朝摇篮边走了两步，逗得延寿女咯咯大笑。

长寿女本见父亲来抱她了，却去抱了妹妹，跌跌撞撞地上前几步，就抱住耶律贤的腿，叫道：“父皇我也要我也要……”

大皇子文殊奴见状，忙像个小大人一样地管理起弟妹来：“延寿女，不要淘气。父皇身体不好，不要闹。长寿女你是姐姐了，你要乖，观音女你管管她……”

耶律贤看到孩子们闹成一团，一边笑着，一边把延寿女抱在左手，蹲下身伸出右手欲去抱长寿女。

不想他是久病之人，这右手只搂住二公主长寿女就站不起来了。

内侍四端见状，忙上前欲去接过他手中的延寿女，不想这小公主虽然才一岁多，但吃得胖胖的，此时在耶律贤怀中又是极活泼。此时正被父皇抱住，哪里肯让别人来接，见四端来接，直接一脚踢在他伸来的手上，挣得耶律贤险些抱不住，忙松了右手的长寿女。

长寿女哪里肯放，双手死死巴在耶律贤的右臂上，连声叫着父皇，让耶律贤实是快乐且狼狈着。

长寿女出生前，耶律贤的病情就恶化过一次，及至后来连接两个女儿出然，燕燕取名一曰长寿，二曰延寿，俱是为耶律贤祈福之意，宫中萨满又说，让皇帝多抱抱两个公主，会起到祈福延寿之意。

所以这两个公主，自出生之日起就颇得耶律贤宠爱。小女孩娇嗔可爱，跟孩子们玩玩，心情一好，精神状态也就好多了，或者还真有点延寿长寿之能。

也因此两个公主在耶律贤面前，最会任性胡闹，有恃无恐。

两个小公主天真无知，文殊奴却是知道耶律贤身体状况的，见父皇被两个妹妹闹腾竟是无可奈何，忙自己一边上来接延寿女，一边让四端去抱长寿女。

两个公主一个躲着哥哥，一个拍开内侍，小女儿莺声燕语撒着娇，俱却不肯撒手。

燕燕在床上看到，一声咳嗽道："延寿女——"

延寿女立刻垂下手，乖乖被乳母抱走，四端亦抱走长寿女。耶律贤方得脱身，大冷天的竟也出了一头的汗，当下接了阿辛递来的布巾自己边擦边走到燕燕床边坐下，又招手让延寿女和长寿女坐到床边来，其他孩子便都跟着围绕在他的身边。

耶律贤两手搂着孩子们，慈爱地笑道："孩子还小呢，别拘着他们。"

燕燕虽然刚刚生产，却气色红润，并不见如何虚弱，见着他一脸宠溺的样子，摇头道："再小，也要知道规矩，不能太任性，你总是太溺爱他们。"

耶律贤只对两个稍大的儿子略严肃些，却也基本没有责罚过，在女儿们面前，更加从来是百依百顺的慈父，所以在孩子们面前，只能是燕燕当严母了。

所以听了燕燕这话耶律贤也只是赔笑，不敢反驳，当下转过话头："燕燕，你又给朕添了一个儿子，朕如今看到这些孩子们，此生再也没有遗憾了。"

燕燕忙宽慰他："主上别这么说，你还要看着他们一个个娶妻生子，要为我们的三个宝贝女儿挑驸马呢。"

耶律贤也笑了，顺口就将昭敏所请在天雄寺添个万佛堂，要为皇帝开祈福法会的事说了，又说到时候帝后一起前去祈福。

燕燕便笑道："若能让主上身体好转，便应当日日去祈福。"

次日，皇太妃萧胡辇进宫来看望燕燕及新生的小皇子，却见燕燕已经倚在床头口授朝政事宜了。

胡辇见状嗔怪道："刚生完孩子才几天啊，也不爱惜身子，快别管你那奏折了，好生休息一下吧。"

燕燕忙几句话结束了，见胡辇已经坐到床头，笑着滚到胡辇怀中撒娇地道："还是大姐关心我。"

见胡辇又带来了许多食物，皆是按着她从小就喜欢的口味做的，就叫人倒了茶来吃了几块。两人说了几句关于孩子的事情，燕燕就顺口提到天雄寺万佛堂之事。

胡辇不悦起来，说："主上宠信他也罢了，这妖僧竟然敢支使起你来，你就当真识不破他的心思？"

燕燕叹："我何曾不知，只不过主上信他，我也顺着主上罢了。"

胡辇不悦："你管着朝政如此辛苦，还要为了顾全他宠信的僧人而难为自己。燕燕，我看这昭敏实是一个妖僧。我听说他如今仗着主上信任，遍收弟子，侵占良田。上京许多权贵为了讨好主上，投入巨资兴建寺庙，甚至还有人说，昭敏的一言一行能影响文武百官的升迁进退！"

燕燕笑道："胡说，他能影响百官升迁，我如何不知？"想了想又觉得不对，问胡辇："大姐如何知道此事，可是有人说了什么？"

胡辇顺口道："前几天，月里朵婆婆到我那里好一通抱怨，说主上偏宠佛门，天雄寺的僧人遍收权贵弟子，利用影响侵占良田，有许多作奸犯科之事。"那月里朵原本是看着三人长大。自萧思温死后，月理朵不愿意继续留在府上，胡辇孤身一人，就接她来供奉，平时也好做伴。

说到这里，胡辇自己也觉出不对来，看了看左右，又压低了声音对燕燕道："我刚进来的时候，就见着主上身边内侍送一个和尚出来。那内侍态度恭敬得很，手上还戴着佛珠，我看那态度，竟是比对主上还要多了几分发自心底的恭敬。若是主上身边伺候的人都信了佛，信奉如此虔诚，这些人对主上和皇后还有多少忠心？"

燕燕一怔，强笑道："主上信佛，他身边的人自然也跟着信佛，这哪里是真信呢，不过是为了讨主上的好。"

胡辇却摇头："我看主上信那妖僧，已经有些沉湎了。如今国库尚有不足，倒拿钱去修佛堂。皇后忙于朝政到连月子都坐不好，倒要给那妖僧捧场。皇后，我仿佛看到当年穆宗皇帝宠信肖古女巫的日子重现眼前，此事不吉啊。"

燕燕听到这里，未免刺心，问胡辇道："这话也是月里朵婆婆说的？"

胡辇忙道："你只说这事有理无理，别管是谁说的。"

燕燕坐直身子，皱了皱眉头："且不管是你，还是月里朵婆婆，如今都并不外出，怎么会知道外面的事？"

胡辇道："月里朵婆婆还收过几个弟子，却是常来见她的。"

燕燕冷哼一声："我就知道。萨满从前得势的时候，也没少教唆那些部族长和权贵干坏事，如今势力叫佛家僧侣夺走了，便诸多指责。"

胡辇问她："你的意思是，不管了？"

燕燕摇摇头："管不了。那些萨满为何失宠，大姐不是最知道的嘛。若不是他们当年肆无忌惮，也没有今日佛家之兴。主上扶持佛家，更多是出于平衡的考量，我拦不了，也不能拦。"

胡辇又问："可昭敏借主上之势，广收弟子，强纳良田以为供奉的事呢？"

燕燕叹了一口气，解释道："这些事，我也知道。可主上的病一日比一日更重，近两年更是频频发病，有昭敏在，主上至少能够少些痛苦，多些舒心的时候。所以我得容下昭敏，所有这一切就当是给主上治病的花费吧。"

胡辇听了也不禁叹气："燕燕，难为你了。"

燕燕长叹一声："我是皇后，每天要对着千千万万不断冒出来的军国大事，这点小事，我还能容得了。"

燕燕口中虽然说容得了，可其实这话还是在她心底留下了影子。尤其是明知道她对佛法毫无兴趣，昭敏还是借着耶律贤要挟她去礼佛，令她隐隐不悦。

过了两月，天雄寺万佛堂落成，现场当真是热闹非常。

燕燕和耶律贤御驾到时，虽然已经将人群隔离在外，然隔着人群，依旧能够看到外面的盛景。但见远处旌旗招展，都是各部族的徽记。许多权贵的马车也只能排列在远处，却纷纷下车步行入寺，以示虔诚。

御驾在天雄寺前停下，耶律贤和燕燕被搀扶着下了马车，燕燕抬头一看，便被天雄寺的宏伟惊到了，眉头微皱，露出沉思的神色。

昭敏带着诸弟子在门后迎候耶律贤和燕燕，他双手合十，恭敬地道：“主上、皇后娘娘，请进。”

昭敏带着耶律贤和燕燕在万佛堂里行走，但见佛龛中诸佛金碧辉煌，十分夺目。只看这佛堂，就知道是多少金子堆成的了。

昭敏又道：“有主上和皇后娘娘带头，上京众信徒踊跃捐献，共在万佛堂里铸了两万余座佛陀金身。”他指着佛堂正中的药师佛像：“主上捐赠的药师佛像在此。”

耶律贤虔诚而欣赏地看着佛像，跪下叩拜。

燕燕却因为惊讶地欣赏周遭而慢了半拍，昭敏注意到燕燕精神的不集中，神情微变。

耶律贤和燕燕叩拜完毕起来，昭敏道：“大殿的法会已经准备好了，请主上和皇后往大殿一行。”

大殿前临时搭建了高台，昭敏引着帝后走上高台。

燕燕看着高台下挤满了来参加法会的信徒和僧众，所有人整整齐齐地盘坐着，仰望着高台，不由暗中心惊。

见帝后入座，昭敏开始传道。

见耶律贤听得入迷，燕燕又看台下竟有不少高官与部族长，听着昭敏传道，也流露出十分崇信的神情来，燕燕心中便渐渐有些膈应，面上都不流露，只含笑听着。

这一日礼佛，昭敏细看皇后神情，虽然一直和蔼微笑，但却是这种微笑，反而让他有些失望，很明显皇后对于今日礼佛只当是走过场，并没有被佛法吸引。

且不说昭敏心中思量，帝后回宫，耶律贤便问燕燕今日有何感想。燕燕便夸了天雄寺的宏伟和信众的虔诚，话虽不虚，但耶律贤毕竟与她夫妻多年，听出她言中的未尽之意，就问：“怎么？皇后有什么话想说的？”

燕燕想了想，还是道：“主上，推广佛法确实是卓有成效。只是若是我们削弱了萨满，又让佛教一家独大，岂不是驱狼吞虎？”

耶律贤听了这话，先是一怔，竟笑了起来，道："皇后多虑了，佛家如今不过是在上京、南京等大城里有些影响，大辽草原上的部民还是崇敬萨满更多。说佛教一家独大为时过早。至于不法之事，朕觉得不过是那些萨满攻讦佛门的借口，不足为信。"

燕燕听了这话，亦是稍稍放心，最终还是有些迟疑地道："无论是不是借口，我都觉得至少要限制昭敏对文武群臣的影响力。主上，咱们推动佛门大兴，是用来削弱萨满，有助于我们统治大辽，但不可让他们反客为主。"

耶律贤微笑着摆手道："佛门没到你担心的这种程度，你反应过度了。"

燕燕依然紧皱着眉头道："但愿是我多虑了。"

耶律贤道："别担心，朕知道分寸。"

燕燕道："不如让我再派人去调查了解下，再请主上裁夺。"

耶律贤应了。

第七十二章

渤海贡女

如此春去秋来，又是数年过去，皇帝的身体明显药石罔效了。燕燕就更忙了。

闲下来的时间里，皇帝觉得更加寂寞。大部分时间，他只能寂寥地看着窗外，便是看公文，也有御医劝他不可过于劳神。整个人都觉得在慢慢地衰弱下去。

他如今更依赖于昭敏的秘药，每次病发之时或心神浮躁，吃了那药，就觉得好些。

迪里姑是他的御医，却也解决不了他的病痛，但对于昭敏的药，却是心有疑惑，终于偷偷地藏了些药末，来找韩匡嗣。

此时的韩匡嗣因为满城兵败的缘故，已经辞职在家，他这段时间，苍老了很多，迪里姑看去，但见他已经两鬓银霜，神情更显憔悴。

迪里姑说了耶律贤近来的情况，叹道："主上的病，我已无能为力，大人能不能入宫一趟，再去为主上诊治？"

韩匡嗣却摇了摇头："迪里姑，我虽然是个罪臣，但对主上的忠诚却始终未变。若能为主上延寿，我宁可折自己的寿。可是……"

迪里姑听得他话中之意，追问道："可是什么……"

韩匡嗣沉吟半晌，终于道："当年穆宗皇帝和罨撒葛根本不打算让主上活到成年，下的毒药性极强。若不是蒲哥太妃供出了毒药，你我穷尽心力，精研解药，主上也绝无可能延寿至今，可是药物虽好，却不能逆天，主上五脏六腑，早已经侵蚀不堪。依你刚才所言，恐怕主上的病情，就在这一两年了。"

迪里姑惶急地道："大人医术远胜于我，只要去看看主上的病，回头召了名医一起商量，一定会有办法的。"

韩匡嗣叹息道："迪里姑，所谓油枯灯尽。你也是医者，应该知道，我们只能救阎王让我们救的人。"

迪里姑失望地低下了头，心头伤痛涌上，不由哽咽："主上吃了那么多苦，受了那么多罪，做了那么多好事，他应该要有福报。上天太残忍了，让主上受尽病痛折磨还不够，连寿数都不肯多许。这样下去，主上太可怜了。最叫人不能接受的是，主上如今甚至连自己也放弃自己了，他甚至迷信昭敏的所谓秘药……"

韩匡嗣一惊："什么秘药？"

迪里姑就将经过说了，又拿了药给韩匡嗣看。韩匡嗣拿起那药末，先是闻了闻，又尝了尝，自己站起来去了府中药房，拿了几样药来又一一品过，这才对迪里姑摇头："算了，不必费心了。"

迪里姑不解："为何？"

韩匡嗣道："方外之人，多半都有些能治病痛的手段，以此来博取民众信赖，我等医者或也有向他们学习的地方。然而这种手法，却是不能治本的。我虽然不曾见过昭敏具体是如何制药的，但听了你的说法，再辨其中之味，想来是一种具麻醉效果的药物。"

迪里姑一惊："这么说，并不起到真正医治作用？"

韩匡嗣摇了摇头，神情委顿，长叹一声："那又如何——主上辛苦一生，此刻再为病痛所扰，若这种秘药能够让他少受些痛苦，那昭敏也算是有功的。"

迪里姑听完伏案哽咽："都是我无能，不能解主上之病痛！"

韩匡嗣心中酸楚，他的心情，又何曾不是与迪里姑一样呢。迪里姑可以就近照顾皇帝，可如今，他却连皇帝的面也不易见着。

迪里姑离开了。

当夜，韩匡嗣大醉。

过了数日，见着皇帝身体状态和心情都甚好，婆儿便劝他到御苑中走走。

耶律贤应了，他走在御苑中，见冬去春来，微风吹拂，柳枝渐渐发芽，嫩芽在枝头摇曳。婆儿见他今日精神甚好，就劝道：“主上，如今牡丹正在开放，不如去牡丹园看看？”

耶律贤也来了兴致。苑中有一处牡丹园，如今正值花期，开得正好。姚黄魏紫，争相夺艳。婆儿凑趣道：“牡丹可比花中之王，这花也知人意，知道主上来了，就开得如此之好。”

不想耶律贤却走到一丛牡丹前，指着枝头的两朵花道：“婆儿，你说朕和皇后是不是很像这两朵花，一朵正盛放，另一朵却要凋落了。”

婆儿看那枝头两朵花，果然是一朵正迎着日光怒放着，一朵却早早凋零。

晚风吹过，吹起站在花边的耶律贤的衣衫，更显削瘦。

婆儿吓出一身冷汗来，一时竟不知道如何开口，支吾道：“主上，那边的白牡丹开得正好，四五枝齐整整的，不如剪几枝下来，一枝给皇后，另外两支给两位小公主，公主必会高兴的。”

想起几个女儿，耶律贤终于露出一丝微笑来，点头称是。

婆儿使个眼色，阿辛忙上前将披风披在耶律贤身上，道：“主上，起风了，咱们是不是回宫歇息？”

耶律贤点了点头，转身走向寝宫。婆儿抹了抹冷汗，匆匆跟上，自悔今日多事。

这么过了几日，按例是皇帝又要准备去春捺钵。两个小皇子听说此时，就早早来缠耶律贤。

帝后虽然一个政务繁忙，一个病魔缠身，然而都是极为重视子女教育，每日里争取时间与他们相处。长子文殊奴今年十一岁了，大名叫耶律隆绪，次子普贤奴也十岁了，取名耶律隆庆。只有幼子胡都堇才三岁，不曾取大名。

隆绪因是长子，已经懂事了，一举一动，极为规矩。隆庆是次子，就有些散漫了，趴在耶律贤床边叫道："父皇，什么时候带我们去春捺钵啊？孩儿今年还想跟着父皇去猎鸭。"

耶律贤笑道："好，你母后已经在准备了。"

燕燕见闹得厉害，插嘴道："普贤奴，父皇需要静养，你们都不许闹，知道吗？"

隆庆嘟起嘴："知道了。"

耶律贤忙道："没事，孩子们围着朕也热闹。"

燕燕摇头："还是你身体要紧。这几个孩子如今都皮得跟泼猴似的，寻常除了请安，我也不敢往你跟前带，怕把你给累着了。"

隆庆跳着道："母后，我们没有顽皮啊。"

燕燕斥道："去去去，上次是谁险些把帐篷烧了？别吵你父皇了，赶紧走。"

见着燕燕推着孩子们往外走，文殊奴和普贤奴不断回头，又被燕燕揪住抓走，耶律贤看着这一幕，忽然想起当年的事来，祥古山事变前，他的母亲也是这样每天如燕燕一般制服着几个猴儿似的男孩子，不禁心头一酸，却又是一甜。

然则等燕燕把孩子们带走以后，空下来的彰愍宫却顿时显得寂寥冷清起来，耶律贤只觉得索然无味，不禁长叹一声。

谁知道临行前夕，燕燕忽然接到密报，说宋主又有北伐之意，频频招曹彬、潘美等大将入宫商议。她恐怕再兴战事，决定坐镇上京居中调配。于是就与耶律贤商议，这次的春捺钵，就由他带着两个年纪较大的皇子去，而留下三位公主与小皇子在上京。

耶律贤便率大军一路直往混同江。这次既然南朝有异动，索性就让诸属国皆来朝见。

草原上搭着连绵不绝的帐篷。诸属国国王相继来大帐朝拜，呈上贡品，名马、貂皮、东珠、猎鹰，山珍海味，一应皆有。

接下来的日子，皇帝就进入与各属国国王游猎行宴的日程。春捺钵无非是放鹰捕鹅、骑马行猎、凿冰钩鱼等，皇帝身体不好，只坐于高处，看着诸武士们行猎，喝一两杯马奶酒，大鱼大肉不好多吃，歌舞赏久也脑仁疼。

如此过了十几日，耶律贤早烦了，索性叫几个亲王代劳，自己休息两日，慢慢地散步休闲。

此处虽是行宫，但却占地极广，更多的是山林，偶有几处建筑供人歇脚。

耶律贤一身便服，带了十几个从人慢慢走着。不觉走到一处小山丘，就听得远处传来一阵悠扬的乐曲之声。

耶律贤露出惊讶之色。他闭上眼睛听了一会儿曲子，微微一笑道："是渤海枕琴，在弹《汉宫秋月》，曲中有悲愁寂寥之情。"他转头问："婆儿，朕来登山的时候，你没告诉过别人吧？"

婆儿忙道："当然没有。主上晨起临时吩咐，奴才都没料到。要不然，叫那弹琴之人下来拜见主上？"此处是行宫，不会有不相干的人进来，想来不是行宫的乐师，就是哪里的宫人，不过是避人处偷偷自己弹琴解闷罢了。

耶律贤亦是想到此节，忙摆手道："人家好好地弹琴，何必坏他雅兴，朕又不欠这一个头来磕。"说着就要离开，走了几步，忽然又生了好奇之心，对婆儿道："要不然，我们上去看看。"

婆儿见他近日来心情消沉，难得有此雅兴，岂有不应之理，忙道："就主上与奴才两人？"

耶律贤笑道："就你我两个。"指指跟在身后的侍从："你们都留下来。"

婆儿想这行宫禁卫森严，且这小山丘并不高，若有什么事，自己一声口哨，这些侍卫也能立时赶到，当下应了，陪着耶律贤上山。

两人走了一小段路便看到山腰一座亭子里，有一白衣女子手持枕琴正在演奏。

但见女子姿容清秀，虽不美艳，却有种温婉如水的气质。那女子似全身心沉浸在琴声中，并不曾发现耶律贤二人上来。

耶律贤静静站在一边听着。女子换了一支曲子，似是当地的山水之音，仿佛林中风声鸟声，与天地相融。

这曲子弹得比方才那首古曲更好，耶律贤不由赞道："甚好。"

那女子正要收拾起琴离去，忽然听得人声，转头见两个男子不远不近地站着，不由吓了一跳，手中下意识地抱紧了琴，警惕地问："你们是谁？怎么会在这里？"

耶律贤看着女子这般如临大敌的样子，不由好笑起来，便慢慢走近，笑道："姑娘勿怕，此处行宫，不会有坏人进来的。"

却见那女子一脸"你就是坏人"的样子，问他："那你又是如何进来的？"

耶律贤顺口编了个身份，笑道："我是随主上来游猎的宗室，横帐房明扆。姑娘怎么称呼？为何在此弹琴？"

那女子紧紧抱着琴退后两步，险些就要踩空掉出亭子，堪堪站住，听了耶律贤的问题，居然回答说："我不告诉你。"

耶律贤听了这有趣的回答，不由笑出声来："你便不说，我难道就看不出来吗？"

那女子不再声响，那双警惕的眼睛，便如小鹿一般，只让人觉得既想逗逗她，又怕吓着她。

耶律贤坐在她方才弹琴的石凳上，笑道："你弹的是渤海枕琴，一曲《汉宫秋月》有如悲泣，说明你正为远离家乡而伤心。今年春捺钵渤海国献了三十六个美女给大辽天子。你就是那三十六人之一，对吧？"

那女子见他猜中，瞠目结舌地看着他，悻悻地道："就，就算你猜对了，我也不会告诉你我的名字。"

耶律贤哈哈一笑："好吧，不说就不说。再接着弹琴吧。弹首《高山流水》如何？"

那女子抵触地看着耶律贤，一声不吭。

耶律贤就与她打商量地道："要么把琴给我，我弹给你听？"

女子将自己的枕琴抱得更紧了一些。

耶律贤道："真不给我？那算了。你每天都来这里弹琴吗？"

那女子抱起琴就要走："我明天不来了。"

耶律贤站起来想要挽留："等等。"

耶律贤才站起来，忽然露出痛苦神色，以手抚额身子一歪，忙扶住柱子才避免倒下。

那女子见状，吓了一跳，本能地放下枕琴，扶起耶律贤，紧张地道："你、你怎么样？"

耶律贤额上冒汗，好一会儿才缓过劲来，长吁了一口气道："无事，只是忽然有些头疼胸闷。"

那女子见左右无人，愁道："你身子不好，怎么一个人出来，也没个人跟着。"

原来婆儿本跟着耶律贤，见亭中只有女子一人，便有些放心。又见耶律贤上前搭讪，心中一动，故意不走出来，悄悄地落在后面却不现身。

那女子甚是羞怯，见陌生男人到来，本拟逃开，谁知对方忽然病发，自己一时不知如何是好。对方又实在不似作伪，终于鼓起勇气，上前扶着耶律贤坐下。

耶律贤闭目半晌，眉眼才渐渐舒展开来，只觉身后扶着自己的人软玉温香，竟有种前所未有的温馨之感。他转头看见女子羞怯的侧脸，竟有些恍惚起来。眼前的女子让他恍惚有一种似曾相识的感觉，可是却又想不起来了。

好一会儿，他才想起来——这女子的神韵，竟有三分似他年幼时见到的甄氏。但细看之下，却又是半点也不像了。

轻风吹来，春寒犹自料峭，那女子感觉微凉，有心离开，却又不敢把耶律贤一人扔下，怕他身体不好，无人照顾岂不出事。犹豫了好一会儿才道："你还走得动吗？我扶你下山去吧。"见耶律贤点了点头，便扶着耶律贤下山。

两人才没走几步，就见着一行人迎面而来，却正是婆儿带着随从上前扶住耶律贤。

那女子听着这些人居然叫自己扶着的人为“主上”，不由大惊，方才醒悟过来，忙跪下颤声道：“玉箫参见主上。”

耶律贤点了点头，只对婆儿道：“带她回去。”

回到皇帝大帐，耶律贤躺倒在榻上闭目不语，显见是累着了。

玉箫手足无措地站在一边，看着耶律贤闭目养神，不知如何是好。

过了半晌，耶律贤缓过劲来，睁开眼睛，见着一个陌生女子站在面前，也不由一呆。就见着婆儿上前恭敬地问：“主上，这位玉箫姑娘……”

耶律贤这才慢慢想起刚才的事，哦了一声，看着玉箫一脸的无措，就吩咐婆儿：“就让她留下吧，你给安排一下。”

婆儿无奈，只得将玉箫领进内帐，叫来几个侍女安置了她。

那几个人本是耶律贤身边的三等宫女，从未遇上过这种事，犹犹豫豫地上前，行礼服侍。

玉箫又是激动，又是惶恐，无措之下，浑浑噩噩的也不知道到底是怎么过来的。直至夜静人息，她躺在榻上，翻来覆去无法入睡，细将这一天的事情想来，只觉得仍然如在梦中。

今年渤海国运气不好，珍珠没有特别珍稀的，海东青也没有特别神骏的，其他异宝也没有凑齐，皇帝东巡春捺钵，召诸藩国相聚，若是贡物没有出挑的，哪怕是当今皇帝性子好不计较，但落一个敷衍上国的印象也是不妙。无奈之下，只好于国中挑了三十六名美女进贡。

如今辽国皇后摄政，后宫中并无得宠的妃嫔。这三十六名美女，料得皇帝也顶多留下几名，其余皆会赏赐给王公大臣。

玉箫是渤海望族破落旁系之女，于诸贡女中并不出挑。容貌不是最艳丽的，手段也不是最厉害的，因此混了个不上不下。诸女每日里争妍斗艳，闲来就打听宫中诸事，玉箫融不进去，也不在意。因去国离乡，一怀愁绪无可倾诉，就每日抱了琴，在这偏静一角的小山丘上弹琴眺远，略解心事。

谁知道今日竟是遇见了皇帝，而皇帝竟一点也不像他们传说中的那样高不可攀、难以取悦，而是这般温文尔雅、和蔼可亲。

她转了个身，看着穹庐中央的天窗处一弯新月、几点星光，皇帝如天上的月亮一样，而草原上众生，能够看到月光，就应该满足了吧。

也不知道为什么，她竟然就这样留了下来。皇帝没有让她走，婆儿也有意无意地安排着她出现在皇帝身边，还安排她给皇帝弹琴。

她从一开始的战战兢兢，到慢慢消除了恐惧。她会观察着皇帝的日常动作表情，润物细无声地照顾到皇帝的点滴喜好。

于是不知不觉地，当皇帝伸手的时候，总能够触到不冷不热刚好的茶；用膳时，最喜欢的菜总是摆得最近；喝药的时候，也有恰到好处的温水和蜜饯。虽然这些事情，内侍们也能照顾周到，但不知为何，玉箫经手以后，再由别人服侍，总觉得有一点不能完全合意舒适。

耶律贤回头看着正在煮沸奶茶的玉箫，心情复杂起来。

玉箫并不知道耶律贤在观察她，好一会儿忽然觉得有些异样，抬起头来，看到耶律贤的眼神，忙柔声笑道："主上，奶茶这就好了。"

说着，她端起奶茶，先倾出一点倒在茶碗中，晃一晃倒在旁边容器里，如此倒到第三回时，方慢慢倒好入口的奶茶，捧起试了试手温，才端给耶律贤。

耶律贤端着奶茶，并没有喝，这是他最习惯的温度和浓度。他垂下眼，道："玉箫，你喜欢过任何人吗？"

玉箫一怔，偷偷看着耶律贤。

耶律贤问："怎么，说不出来？"

玉箫吓了一跳，本能地道："不，奴婢喜欢过。"

耶律贤问："你在渤海国，有心仪的男子了？"

玉箫一怔，连忙摇头："不，不——"

耶律贤道："若是有心仪的男子，就告诉朕，朕会送你回去。"

玉箫惊得跪下："不，主上，您别赶我走。奴婢、奴婢想一辈子侍候主上。"

耶律贤看着玉箫，有些诧异："你不必害怕，朕会告诉渤海王，这是朕的意思，他不会怪你的。"

玉箫跪着前行两步，眼泪扑簌簌落下："主上这是嫌弃奴婢了吗？"

耶律贤一惊："玉箫，你这是做什么？"

玉箫伏在他的膝前，哽咽道："如果奴婢做错了什么，请主上给奴婢一个改正的机会，不要赶奴婢走，求主上慈悲。"

耶律贤诧异起来："你不愿意走？可你……不是说你有喜欢的人了？朕不好误了你！"

玉箫泪水滚滚而下，忽然抬起眼看着耶律贤，问他："主上，您是真的不知道吗？"

耶律贤看着玉箫痴情的眼神，不禁愣住了，他缓缓抬起玉箫的脸，抹去她的泪水，问道："为什么？"

玉箫如梨花带雨："如果我知道为什么，还会这样飞蛾扑火一样扑上去吗？我对主上，如萤火对着月亮，距离是那么遥远。可我就是想离您近些，这样服侍着您看着您，希望您笑得开心，想为您祛除病痛，想让您的眉头不要一直皱着……"

耶律贤听着，渐渐动容，将玉箫拥入怀中轻唤："玉箫……"

灯火跳动，两个人紧紧相偎，渐渐至无声。

次日，婆儿上前来服侍，就见着玉箫一脸春色地为耶律贤穿衣。

耶律贤往外走时，见着玉箫跪送，忽然停住脚步，看了玉箫一眼，低声吩咐婆儿道："找两个人侍候。"又补充道，"照小妃的例吧。"

婆儿一怔，忙低下头去，不敢再言，也不敢再看玉箫一眼。

春捺钵结束了，皇帝要踏上归征。

奴隶和侍卫们开始将行营帐篷拆解下来，整理好放到马车上。他们训练有素，不过半日就收拾好了。

长长的车马队列在草原上缓缓前行，绵延不绝。

御驾内，耶律贤端坐正中，玉箫在旁边倒上奶茶递给耶律贤，柔声道："主上请用奶茶。"

相较玉箫，耶律贤却显得心事重重，他接过奶茶放在一边："坐我身边吧。"

玉箫道："是。"

耶律贤想说什么却又说不出来，车里一时沉默。

他当日一时情动纳了玉箫。如今要回京了，玉箫如何安排，他又如何向燕燕说起玉箫，一时竟成了难事。

过了半晌，耶律贤才道："回京以后，你的事，我会和皇后说的。你放心，总归会给你一个名份的。"

玉箫哪里知道帝后之间的风云涌动，只是她性子一向温驯无争，闻言低下头道："玉箫只要能时时刻刻在主上身边，陪伴着主上，什么名份根本不重要。"

耶律贤拍了拍她的手道："你懂事，朕也自然不能亏待你。"

玉箫犹豫片刻，还是怯怯地问道："那，皇后……"

耶律贤安慰她："皇后是个明理的人……"说到这里，他自己也没底了，又道："只是这件事，要慢慢提。"

玉箫应了声是，怯怯地问："皇后，是不是很厉害？"

耶律贤问："你也听说过她？"

玉箫点点头，慌忙又摇摇头。

耶律贤已经明白："不要紧，说吧，他们说她什么了？"

玉箫小心翼翼地说："都说……皇后很英明，以前穆宗皇帝在的时候，一会儿要海东青一会儿要东珠的，摊派到的属国就很倒霉，稍一不如意就会受到处罚。可有些属国偏偏又不用纳贡，真正是苦乐不均。如今皇后在，以前辛苦的，现在都好多了，以前要滑头的，也都要不成了。"她说到这里，想象着皇后的聪明和能干，黯然地低下头："主上，玉箫什么都不会，什么都不懂……"

耶律贤看着玉箫，阳光斜照进车里，她低垂着头，脖子弯成好看的弧度，像天鹅一样洁白而无辜。他的心中一片柔软，伸出手去，轻抚上她的头发，柔声道："你不是什么都不会，你是上天赐给朕的珍宝。你温柔体贴，慧质兰心，你所有的一切，都是像是为朕量身打造的。"

玉箫不曾想耶律贤会这般夸奖她。她听出这声音里的柔情，一时又惊又喜，不敢相信，心里如同小鹿乱撞，不知怎么地竟是神差鬼使地问了一句："那皇后呢？"

她才一说完，脸立刻白了，也不知自己为何如此大胆，连忙请罪："奴婢说错话了，请主上恕罪。"

耶律贤却微微一怔，并没有马上回答她，只是看着掀起车窗帘子的一角，看着远方的山峦，好半日，才怅然道："皇后，是上天赐给大辽的珍宝。她属于江山社稷。"

（第三卷完）

辽国皇族主要人物关系表

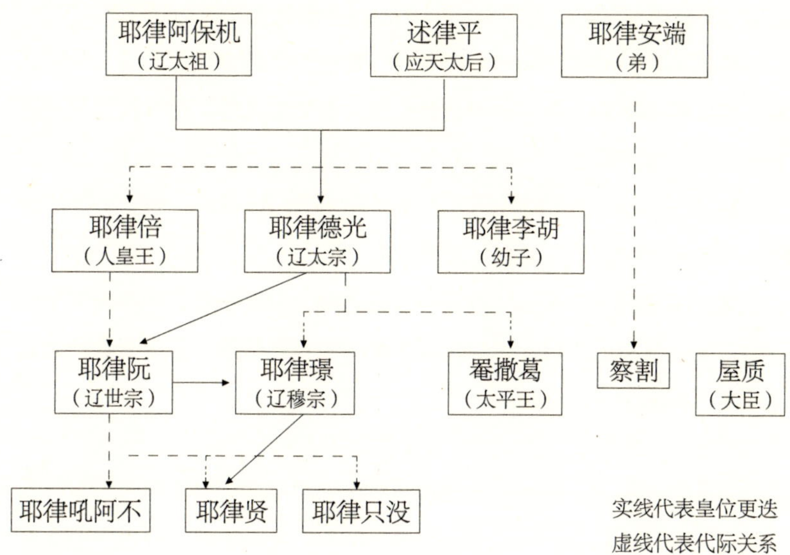

说明：

1. 辽太祖耶律阿保机与应天太后述律平育有三子：人皇王耶律倍、太宗耶律德光和耶律李胡，即为小说中的皇族三支。立国初年，因草原游牧民族“兄终弟及”的传统和契丹汉化的共同作用，三支为皇位争夺血流不止，血腥屠杀和阴谋叛乱不断，直至辽景宗耶律贤之后，皇位才固定由人皇王一脉相承。

2. 辽国政治实行一国两制，辽国帝王系大多有契丹名和汉名。小说中涉及的人物契丹名和汉名对应如下：

庙　号	契 丹 名	汉　名
辽太祖	耶律阿保机	耶律亿
辽太宗	耶律尧骨	耶律德光
人皇王	耶律图欲	耶律倍
辽世宗	耶律兀欲	耶律阮
辽穆宗	耶律述律	耶律璟
辽景宗	耶律明扆	耶律贤
辽圣宗	耶律文殊奴	耶律隆绪

蒋胜男

作家，编剧

浙江省网络作家协会副主席

已出版：

《芈月传》

《凤霸九天》

《权力巅峰的女人》

《历史的模样：夏商周》等十余部作品

燕云台・叁

产品经理｜李　晴　装帧设计｜悠　悠

监　　制｜来佳音　技术编辑｜陈　杰

责任印制｜刘　淼　策 划 人｜于　桐

蒋胜男 著

浙江文艺出版社
Zhejiang Literature & Art Publishing House

果麦文化 出品

目录

第七十三章 / 帝后之争 001

李氏慢慢放下绢帕，哽咽道："你当真以为我只为这种事而恼你？德让，你可知道，让我做这个无理取闹的蠢妇，好过旁人恨到要杀你。"

第七十四章 / 皇子身世 014

耶律贤和燕燕均听得脸色大变，耶律贤挥手将几案上的杯盏挥落在地，发出一声巨响，脸色铁青地问："荒谬！哪来这种谣言！"

第七十五章 / 一壶毒酒 030

良哥抬头，看着马车驰入宫中。高高的宫墙如无形的威压，更显得在她怀中哭泣的女人，是如此孤独渺小。

第七十六章 / 重九之死 043

尸身已冷。这短短不到一天的时间，她到底遭遇了什么样可怕的酷刑，以至于香消玉殒。

第七十七章 / 姐妹生隙 058

胡辇冷冷地说："如果是这样的话，我就会把他的脚打断，也好过放他去作死，甚至祸连自己和孩子。"

第七十八章 / 我见犹怜 069

玉箫惊恐地看着燕燕，浑身颤抖得无法停下，脑海里只余一个声音："她知道了，她会杀了我，会杀了我的孩子。"

第七十九章 / 病入沉疴 082

燕燕转过身，眼眶仍是通红的，但是面上却能勉强露出笑容，仿佛自言自语般地说："大姐，他会渡过这一关的。"

第八十章 / 喜隐父子 093

喜隐没有说话，却只是佝偻着身子，缓缓将棺材的盖子推开。乌骨里看着他的后背，忽然发现他的头发白了大半。

第八十一章 / 景宗之死 107

燕燕本来就是这样的至情之人，她会为了家国天下而入宫，也会为了对耶律贤的十几年夫妻之情而全力维护耶律贤。

第八十二章 / 太后摄政 121

燕燕转过头，望向跪在群臣之首的韩德让，韩德让也仿佛心有灵犀般抬头，恰好与燕燕的目光撞上。

第八十三章 / 初定朝纲 135

韩德让心中轻叹一声，却没有避让，稳坐着受完皇帝一礼，才站起来扶住他："文殊奴，你放心，外头的风雨，有我和你的母后挡着。"

第八十四章 / 至亲至仇 150

忽然间两人相拥的感觉变味了，谁也没说什么，谁也没做什么，可就是一种莫名的异样，让那一刻激起的姐妹之情忽然间就消失了。

第八十五章 / 柴册之礼 163
群臣抬起头，看到燕燕整个人被炫目的阳光笼罩，仿佛神祇一般，许多部族长亦被这神圣的一幕惊呆了。

第八十六章 / 寿宴喋血 178
瑰引中剑倒下，在血泊中犹挣扎着向乌骨里辩白道："我、我没有……"话犹未完，就已经气绝而亡。

第八十七章 / 胡辇北上 191
赵王府新的灵堂已经布置起来，胡辇独坐在灵前，不过一夜功夫，她整个人憔悴了许多，甚至鬓边都有了几丝银发。

第八十八章 / 被寒衾冷 207
燕燕目光炯炯："你说过，只有活着才有希望，也许，我们能活到重新在一起的那一天。"

第八十九章 / 儿女情事 222
消息一出，自然就有脑子转得快的人出来分析，萧继先才是萧思温的承嗣子，太后为什么不选萧继先的女儿，而选萧隗因的女儿？

第九十章 / 怒杀虎古 235
韩德让的脸色青白交替，咬牙切齿地看着虎古，即喝道："虎古，你竟如此污蔑太后，是想谋逆吗？"

第九十一章 / 太后下嫁 246
一步、两步、三步，他们携手稳稳地走完短暂又显得无限漫长的一段路，最终入席，在上首一起坐下。

第九十二章 / 迟来之爱 258
但见他越走越近，赤裸的身子上滚动的水珠格外诱惑。胡辇的脸忽然红了，解下自己的斗篷，扔给他道：“给我把衣服披上。”

第九十三章 / 马奴风波 271
燕燕的笑容凝结在脸上，不由看了外面正在骑马的韩德让一眼，又强笑道：“那也没什么，大姐喜欢就行。反正只是个奴隶罢了。”

第九十四章 / 奴隶营中 286
挞览阿钵左肩的血滴落到泥土间，随风飘散的血腥味仿佛某种信号，野狼随即一跃而上，直接扑倒了他。

第九十五章/ 澶渊之盟 298
公元1005年，宋辽两国在澶州城下签订和议，规定宋国每年给辽国岁银10万两、绢20万匹，史称“澶渊之盟”。

第九十六章/ 千秋功业 318
韩德让亲了亲燕燕的额头道：“我这一生能遇到你，能陪着你完成这千秋功业，此生亦无憾。”

第七十三章

帝后之争

春捺钵结束了，皇帝即将返京。

上京城中，燕燕正在与室昉、韩德让等重臣商议新政推行的事宜。

韩德让已经升至南院枢密使，常常要轮值内阁。有时候燕燕召群臣议事久了，就让众人直接留宿宫中。

这一日又议事到华灯初上，只见一个内侍进来，禀道："韩枢密使府中来报，说是韩夫人心疾犯了。"

韩德让一怔，忙向皇后告罪请求回府。燕燕面上不显，只道："尊夫人的病严不严重？不如我派御医去你府上一趟吧。"

韩德让心中隐隐知道原因，当下婉拒："不必了。臣略通医术，内人的身体我自己知道，不需要劳动御医。"

燕燕也只是笑笑，说今日的事也议得差不多了，就叫都散了。待众人离去，燕燕叫上青哥吩咐道："你过几日带上御医去韩府探望一下，看看这李氏，到底是真病，还是假病。"

青哥从小跟着她长大，在她面前向来无甚忌讳，直言道："这不是明摆着的，凡遇上您留韩大人奏对，韩夫人就紧赶慢赶派人来叫回去。哪有那么巧，每次都挑这种时候发病的，这也太明显了。"

反是另一个侍女良哥忙劝道："青哥你休要胡说，这是韩相公的家事，娘娘您也别管了。"

燕燕本就是一时意气，听了良哥之言，便不再说话。良哥接着道："那边来信说，主上再过得十余日就回来了。此番大皇子与二皇子随驾，您也好些日子没见着他们了，必是很想念他们的。"

说起两个儿子，燕燕不由得露出微笑来，口中却道："谁想这两只猢狲了，离了我这里才好，在身边倒日日吵得我头疼。"

青哥本来也后悔自己莽撞失言，忙接茬说起皇子公主们的趣事，把话头岔开了。

且说韩德让心里有数，这边匆匆回府，就见着李氏的侍女正引着一个医生走出来，却不是府里常用的，瞧服色不似官医，倒像是寻常平民，就问："先生，我夫人身体如何？"

那医生见了韩德让慌忙行礼，神情拘谨畏缩，讨好地道："大人放心。夫人吃了我这帖药，保准明年一举得男。"

韩德让听这话村野得很，不由皱起了眉头，令侍女送了人去，就问起管事这大夫的来历。管事不敢隐瞒，只得说这人是外乡来的，前不久在某寺院摆摊，据说是擅为妇人求子云云。

韩德让心中不悦，李氏本是极温良贤惠的妇人，只不知近来添上个毛病，就是想求子几至走火入魔，起先还是找找城中的名医，等得众多医生看了也不中用，就开始求神拜佛，寺庙巫婆都拜了个遍，举凡城中的秘方游医也要去求，甚至还常劝韩德让纳妾蓄婢。

韩德让实在拿她没有办法，劝了无数次，总是不听，近来还因为乱吃药，把身体折腾坏了，本来挺健康的人，如今十天里倒有五天要躺在床上喝药。

他来到李氏卧房，推门进去，见李氏正跪在一座白玉观音像前虔诚地祈祷着。她气色委顿了些，精神倒是还好。

见韩德让进来，侍女搀扶着李氏起身坐下。李氏冲韩德让笑了笑，问道："相公回来了，我原叫她们不要大惊小怪的，是不是误了你的事？"

韩德让欲言又止，半晌道："夫人，你怎么又请那些来历不明的游医进府？我早说过，不要病急乱投医，更不要胡乱求神问道。这些年来，你请的那些游医除了把你的身体折腾得更差，有过什么效果？那些道士和尚萨满，除了从你这里拿走了一箱又一箱的钱财，又给过你什么？”

李氏低头叹息：“如果能有孩子，多少苦我都愿意受。至于钱财，本就是身外物，舍弃了又怎样？”

韩德让皱眉道：“命里无子就不要强求，你为什么永远听不进去我的话？”

李氏却冷笑一声：“我劝相公纳妾，相公为何也总是听不进去？”

韩德让道：“我的大哥和弟弟们人人有子，韩家血脉哪里还差我一支。纳妾之事不必再提了。”

李氏看着韩德让，忽然笑了：“你一直不肯纳妾，到底是为我，还是为她？”

韩德让听着这话不对，沉下脸来问她：“你这是什么话？”

李氏这些年吃药吃得性子也乱了，说起话来再不掩饰，她直勾勾看着韩德让问道：“你心里莫不是还念着她？她心里若没有你，为什么人人都下朝了，偏你被留下奏对？”

韩德让恼了，站起来冷笑道：“宫里人来人往，我与皇后谈的都是政事。什么单独奏对，室昉大人、贤适大人分明也在，你说的这是什么话！幸而这是内室之中，若是传到外头，莫说是皇后清誉，便是我，又如何能再立足于朝堂？你何必胡说些有的没的？”

李氏看着他，忽然双目流下泪来：“相公，我知道，我这样频频装病，让你觉得难堪，让你觉得讨厌，对不对？”她掩面哽咽：“我何尝故意要做这种事，搞得自己像个小肚鸡肠的无知蠢妇一样。”

韩德让见她这般哭着，竟是仪态全失，心头一痛，想起她当年，是何等温柔娴雅的一个少女，世情练达，为人处事如沐春风。到如今变得偏执焦虑，易哭易恼，皆是因为自己忙于国事，与她相处太少，又一直无子，让她压力极大，当下温和地劝道：“我并不恼你，你也休要太过着急，只管安心慢慢静养，子嗣的事，原是天定，不必焦虑。”

李氏慢慢地放下绢帕，忽然挥手令侍女们退下，一把抓住韩德让的手，哽咽道："你当真以为，我只为这种事而恼你怨你？德让，你可知道，让我做这个无理取闹的蠢妇，好过旁人恨到要杀你。"

韩德让听了这话，心头巨震，细看李氏，眼中精光四射，哪里还有半点空闺妇人的浅薄之色，他本能地阻止她继续说下去："夫人，你不要再说了。"

李氏好容易鼓足勇气对丈夫说出这话来，哪里肯停住，当下厉声道："不，我要说，你可知道这几年我根本没办法安枕。我是真的害怕，你推行这种新政，削弱部族权力，削弱宗室权力，你要得罪多少人？你忘记你是怎么离开上京去幽州的？主上岂能容得下一个曾经与皇后有过私情的人？他一向心思深沉，对于过去的事，根本不可能忘怀。现在，他需要你替他做事，去得罪人，所以暂时忍耐。你和皇后多说一句话，都是往他心上扎刀子，到将来兔死狗烹，他岂能容你活下去？"

韩德让震惊地看着李氏，一时竟无言以对。

李氏一口气说完，闭上眼睛，泪流不止。

韩德让将李氏抱在怀中，轻叹："夫人，夫人……"

李氏抱住韩德让，放声大哭。

她哭的是韩德让的命运，更哭的是自己的命运。眼前是万丈深渊，她眼睁睁地看着丈夫每天都在一步步地朝那深渊迈近，她拉不住，劝不住，除了拿生子这件事拼命折腾自己以外，还能怎么办。

今天她说的这些，他又何尝不知道，可是他还是朝这深渊走去，从未停下。

她恨，她恨自己不是萧燕燕，对他没有那么大的影响力，不能够改变他的选择，可是她爱他，爱得如此无助，如此无望。

皇帝的车驾终于回到了上京，帝后相见，甚为欢喜。

皇帝这次回来，整个人的状态好了许多，比临走前显得更加愉悦，甚至晚上的睡眠也大为改善。燕燕问了随行的迪里姑，听说皇帝用昭敏药物的次数也少了。

燕燕大喜，将迪里姑连带耶律贤身边的人都赏了，又叫了孩子们上来，三位公主两个多月不见父亲，想念得紧，都猴在他身上不肯下来，逗得耶律贤不住笑着。

燕燕又叫了两个年长的儿子过来问话，这两个孩子此番跟着耶律贤去春捺钵另有部属和独立宫帐。耶律贤私纳小妃这种事自然不能让孩子知道，他俩每日里白天与诸部族一起打猎，了解当地民生与各部族之间的关系，兼练习武艺骑射等。当下也规规矩矩地站在母亲面前，回答了问话。

燕燕听了两个儿子的回答，觉得他们弓马有长进，见识也增加了，心下宽慰，便不再多问，让他们带着弟妹们去玩了。

过了数日，燕燕拿给耶律贤一份人员任免的名单，是她早就准备好的，只还需要耶律贤认可。通常这种情况也就是走个过场罢了，但这次耶律贤却没有看过就放下，反而提笔圈了几个名字，问燕燕："为何要贬削他们？"

这几个人并没有明显的缺点，也算得有能力，只是……

"他们借以崇佛为由，私下结党，我不能容忍这种事在我眼皮底下发生。"想了好一会儿，燕燕才回答。

耶律贤放下文件，看着燕燕："可有明证？"

燕燕正色："虽无明证，但确有许多蛛丝马迹。"

耶律贤摇头："皇族后族互相提携，大家都是司空见惯，没有这样背景的人彼此私下抱团援助，也是不得已的自保之法。虽然有错，但也是时局使然，你以崇佛为由而打压，实在有失公平。而且……"他顿了一顿："我怕这么做会让人误会，以为你要对佛门动手了。是朕带头信佛，才引导臣子们从信萨满转向信佛，如今你这一动，只怕朕之前的努力，就要起变化了。"

耶律贤已经不常评点朝政，但说起话来却极有分量。燕燕闻言，皱了皱眉，无奈地道："我还是以为，坐视这股势力壮大，着实不妥。"

耶律贤劝她："一国之主，要的是平衡，大局当前，有时候不免要妥协。如若在此时打击佛教，会造成误导，不利于我们的计划。”

燕燕沉默片刻，还是开口道：“可是昭敏越线了，我怕到时候不只不会平衡，反而会失衡。”

耶律贤道：“任何宗教的崛起总是要分薄旧宗教的势力，他这么做也是为了收纳信徒。我们现在本来就是在打破平衡，掌控新的平衡，而不是因为一点变化而害怕失控。”

燕燕恼道：“我岂是害怕变化和失控……”她如今也正在推行新法，又岂是短见之人。恰恰相反，她认为自己才是每日直面朝局变化的人，而耶律贤的设计虽然有远见，但终究有些局势细微处的变化，他无法及时察觉：“如今在上京，信奉萨满的权贵已经很少了。我认为，哪怕我们要继续支持佛门，也应该支持他们去草原上向牧民们传教，而不是继续在上京这些地方扩展势力。”

耶律贤沉默片刻方道：“你说得有理，不过……”他顿了顿，“不过，不必心急，昭敏，朕还有更大的用处。”

燕燕自然是知道什么叫更大的用处，皆因如今的耶律贤，越来越离不开昭敏了。

这场人事任免终于还是被搁置了，但已经有人吓出一身冷汗来，有时候犹豫不决，反而会引起更大的祸患，激起更大的变局来。

昭敏先得到消息，不由捻着佛珠思忖：“因为官员信佛，皇后就要处置他们？这事儿不对。阿辛，是不是有萨满向皇后进谗言了？”

此时禅房内，耶律贤的贴身内侍阿辛恭敬地立在他身边，他早在很久之前，就成了昭敏的忠诚信徒，也真诚地相信，任何对佛门不利的事情，都会影响皇帝和佛门关系，而皇帝是得佛门庇佑的佛子，佛门让他的病情减轻，甚而让他得道佛菩萨果，随侍在皇帝身边的人，也会因此沾光。

自然，阿辛这样的人，昭敏在宫中收了不止一个，所以一有风吹草动，昭敏总是能最先得到信息。就听得阿辛道：“前些日子皇太妃进宫来看皇后，听说是她家中一直供奉着的萨满婆婆告了佛门弟子一状。”

昭敏双手合十，念了一声佛：“阿弥陀佛。皇太妃身边都是太平王旧部，她自己又笃信萨满，我真怕皇后受她的影响，对我佛门不利。”

他说得大义凛然，阿辛是奴隶出身并无甚主见，此时只觉得昭敏句句有理：“大师说得很是。”身为奴才，皇帝自然是要效忠的，皇后自然也是不可猜度的，太平王旧部借皇太妃之势影响皇后，致使帝后不合，这才是最合理的解释。

昭敏捻着佛珠叹道：“我佛家弟子，荣辱并不看在眼中。然而，弘法路上，不可退缩，否则谁来拯救世间沉沦的百姓。”他顿了顿，又道：“皇后心智刚毅，她既然先入为主，恐怕我们也很难说服她。”

在座的诸弟子听了，脸色都有些委顿，昭敏却徐徐道：“可皇后的权力，也是主上所授的。只要主上支持佛法，等到佛法兴盛到一定的程度，就算是皇后要动佛门，也要掂量掂量。”

诸弟子精神一振，皆点头称是。

阿辛得了指点，回到宫中，有意无意便怂恿耶律贤召见昭敏，问以长生之道。

昭敏借机就说，主上病痛缠身，都是宿孽旧怨之故，须得祈福作法，让佛法来化解冤孽，驱除病痛，延寿益年。耶律贤听了“宿孽旧怨”四字，不由心动，就问如何祈福作法。

昭敏便合十道：“立功德，做法事，都是祈福的手段。主上施政英明，又大兴佛事，功德不谓不够，只要主上有足够的虔诚心，佛祖是能看到的。”

耶律贤还在沉吟，阿辛忙凑兴道：“主上，佛祖实在灵验，奴才那六十岁的老娘，原来眼睛已经半瞎了，就是因为天天供着佛祖，早晚三炷香，每天念佛不止，如今眼睛也亮了，身体也好了，一口气赶着羊群能走十里路呢。”阿辛之所以对昭敏虔诚万分，正是因为昭敏治好了他母亲的病，却又不归功于己，而将此托于佛法。阿辛感激敬佩之下，更加虔诚。

一来二去，耶律贤便有些心动，如今他身体一天不如一天，长期以来的压抑痛苦，几乎要将他击倒，在这种情况下，即便有玉箫的温柔相伴，他对于昭敏的依赖仍然一天比一天更重。

于是接下来的这段日子，彰愍宫中日夜都是成群的僧人作法念经。而昭敏更是被封为三京僧尼都总管兼侍中，这种只有宰相才会兼的职位让一个僧人得了，更是令得满京权贵都争相奔走于昭敏门下，让他一时炙手可热。

燕燕早知此事，有心与耶律贤理论，谁知耶律贤却闭耳不听。燕燕不想为此事与皇帝失和，再说昭敏虽然得宠弄权，但毕竟没有真正影响到大局，她只能强行忍下。

谁知过了几日，双古来报说是皇帝又发病了。

燕燕立刻丢下奏折，问："迪里姑怎么说？"见双古犹豫着不敢说，燕燕眉毛一扬："怎么了？"

双古就道："近段时间，主上发病，都没有叫迪里姑去，而是召了昭敏法师来作法。如今彰愍宫中，僧侣日夜作法，烟熏火燎。而且……"

燕燕见他犹豫，问他："而且什么？"

双古才道："而且主上在日前加封昭敏为三京僧尼都总管兼侍中。甚至拨了许多内库银两去修建佛堂。昭敏持主上手书，侵占良田，在朝中横行无阻，目中无人。"

燕燕面沉如水："昭敏如今就在彰愍宫吧？"

双古忙应是，燕燕就站起来，说："去彰愍宫。"

她来到彰愍宫时，阿辛正守在门口，看到燕燕过来，顿时吓了一跳，慌忙跪下，高声叫道："奴才见过皇后娘娘。"

燕燕见他这般鬼鬼祟祟的样子，情知是故意在跟里面通风报信，冷笑一声便往里面闯道："主上在吗？"

阿辛和四端赔笑："皇后娘娘等一下，里面正在作法，闲杂人等，不得入内。”

燕燕凝神一听，听到室内隐隐传来念佛之声，再闻到那烟雾之味，皱起眉头：“迪里姑可在里面？”

阿辛一愣，摇了摇头。

燕燕怒了：“混账！主上病重，怎可不请御医诊治，反而寄希望于这些神神鬼鬼的东西？你让开！”

此时室内却不只是昭敏带着众僧作法，更有玉箫还陪在耶律贤身侧，这才是阿辛不顾皇后威仪，拼死上前拖延的原因。

耶律贤方才发病，此时正倚在玉箫怀中，闭目闻着香炉中的烟气，似乎觉得舒服了许多，就听得侍从来报说皇后来了，众人立刻脸色大变。

服侍玉箫的小内侍忽列连忙上前，拉起玉箫急道：“小妃，皇后来了，快随奴才到后面去。”

玉箫还不明白其中含义，犹豫地看了一眼痛苦的耶律贤：“可是主上如今……”

忽列急了：“快走吧，再不走就来不及了。”

耶律贤正闭目痛苦皱眉，听到方才的话，忙挥手示意玉箫离开，玉箫无奈，由忽列带着匆匆从后门出去。

昭敏闭目念经，仿佛没有看到这一切。

玉箫刚走开，燕燕便闯了进来，见一群僧人念咒熏香，整个房间烟雾缭绕，到处贴满了符咒，不由怒气更盛，挥着烟气道：“把窗户打开。这是宫里，弄成这样成何体统。”

双古与几个小内侍连忙应声，动手去打开窗户。

那一众僧人见状，都不知所措地停下，看着昭敏。却见昭敏神情不动，继续念佛。僧人们得到了信心，便继续念佛。

此时燕燕带来的侍从去开窗，众僧围着燕燕，一时间室中佛号大作，竟形成一股隐隐的精神压力。连燕燕身边的两名侍女神情都有些惶惑起来。

燕燕站在众僧当中，看那昭敏貌似八风不动，专心念佛，实则透着一股有恃无恐的猖狂，不由怒火更盛，再也忍不下去，指着那些符咒法器道："来人，把这些乱七八糟的东西全部给我扔出去！"

双古见状一击掌，外头的侍从们一拥而入，就要听命行事。

僧人们大惊，念佛的声音顿时低了下去。

昭敏这时候才睁开眼睛，双手合十念了句佛号，才缓缓道："皇后，主上病痛缠身，贫僧正作法为他消除病痛，请不要随意打断。"话仍然说得气定神闲，无半点慌乱。

燕燕并不看昭敏，只看着仍然躺在床上闭着眼睛的耶律贤："这里是皇宫，不是佛堂。"

昭敏依旧淡定从容："贫僧是奉主上之命，为主上祈福。心崇佛法，处处皆是佛堂，宫门山野，皆在佛心。"

燕燕不理昭敏，走到床前，看着在床上闭着眼睛强忍痛苦的耶律贤，伸手摸了摸他的额头，柔声道："主上，你怎么样了？"

这时候耶律贤已经从病痛中缓过来，他捂着头长长叹息一声，睁开眼睛看了看，叹道："皇后，昭敏禅师是朕请来为我祈福的。"

燕燕怔在那儿，好半日才缓过胸口堵着的气，冷淡地道："这里毕竟是主上寝殿，闹得如此乌烟瘴气的，对主上的身子不利。主上有病，还是请御医来看，把宫里弄成这样，实在是不像话。"

耶律贤心中早不耐烦，玉箫仓皇离开，皇后过来又直接要砸掉法会。他的精神已经在痛病和药物的作用下变得有些狂躁，他神经质地冷笑一声，尖利地说："御医，御医要是有用，朕还用得着受这样的折磨？朕是天子，身有病痛，请个僧人祈福，又怎么样？"

燕燕从未见耶律贤如此暴躁，不由愕然。

昭敏嘴角一丝得意的微笑，开始继续念经，他的弟子们也随着一起念起来，分明就是不让燕燕和耶律贤继续说下去。这是挑衅，也是驱逐。燕燕岂能不明白。她执掌国政多年，从来都是令出法随，皇帝也要让她三分，今日居然被这个僧人当面挑衅，岂能忍耐，喝道："朕与主上要说话，双古，将这些僧人全部赶出去！”

昭敏一怔，忙看向耶律贤，但耶律贤却紧闭着眼睛，似在强忍病痛，却不出一言。昭敏心一沉，双古已经站到昭敏面前，伸手做出一个请的手势：“大师，请吧。”

昭敏双手合十朝耶律贤行了一礼：“阿弥陀佛。”就带领众僧走了出去。

见僧人们走了，燕燕只觉得眼前清静不少，道：“把房间也都清理干净。”

耶律贤却终于爆发：“够了，你还要做什么？皇后，你眼中还有没有朕？”

燕燕一怔，众人都吓得站在原地不敢动。她上前拉住耶律贤的手问：“主上，你到底怎么了？”

耶律贤却一把甩开燕燕，怒道：“昭敏为朕祈福，去除病痛，谁准你赶走他？皇后，朕给你权力，不是让你来挟制朕的！”方才他是不想在僧人面前争执，隐忍不发，等到人走了，终于发作出来。

燕燕惊愕不已，刚才硬生生压下的郁气上涌，沉声道：“主上，你知不知道，这些日子以来，昭敏倚仗着你的手令，在外为所欲为。如今更是把这皇宫搞得乌烟瘴气。这样的妖僧，你还信他？我是你的妻子，请医用药祈福，这些事，难道不应该是我分内之事，主上说出这样的话，你当我是什么人了？”

耶律贤冷笑道：“朕不信他，又能信谁？你如今倒说是你的分内之事了，可朕被病痛折磨的时候，你又在哪里？”

燕燕又气又急，待要发作，但见他如今病成这样，想说什么又咽了回去，忍气道：“是我的不是，前一阵子军情紧急，我对主上有所疏忽，可我如今不是在补救吗？”

耶律贤却是听不进去，反而冷笑道：“补救什么？要么不闻不问，要么兴之所致，来折腾一番，以显示你的权威？”

燕燕看着耶律贤，满眼失望和不可置信，她抿着唇不再争辩：“主上要这么说，臣妾无言以对。”说完，扭头便走。

耶律贤不想话未说完，燕燕就甩脸走人，气得怒叫道：“你……”话未说完，就倒了下去。

随侍在一边的婆儿忙扶住他，叫道：“主上，主上——”

玉箫急忙奔出，扶起耶律贤哽咽道：“主上，主上，您没事吧？”

耶律贤虚弱地摇了摇头，愤愤地道：“岂有此理，她太放肆了。”

帝后争执不是小事，很快就传到宫外去了。

喜隐听到此事，正中下怀，不由兴奋起来。他的父亲李胡曾经是述律太后最喜爱的儿子。太后晚年一直让李胡伴随左右，甚至在死后还将自己的宫帐留给了他。虽然皇位几番轮换没到李胡手中，但宫中还是多多少少留有一些与李胡父子亲近的旧人。所以耶律贤私纳小妃这件事，喜隐比其他人更早知道，如今帝后失和，他正想借此事做文章，便问道：“这渤海贡女如今真的进宫了？”

撒懒正是打听了消息来回报：“千真万确，这是我派人到阿辛那里打听到的。主上确实在春捺钵期间私纳了一个渤海女子，还写入了《起居注》，看起来颇不寻常。而皇后那边，至今还不知情。”

喜隐嘴角一丝冷笑：“好啊。这些年来，他们夫妻同心协力，将大辽的国事牢牢掌控在手中。现在明扆私纳新人，以燕燕的脾气他们夫妻肯定得闹翻。”他看了撒懒一眼：“我们的机会终于来了。”

撒懒笑道：“恭喜大王！”

喜隐皱眉：“不过，此事便是捅到燕燕那里去，无非是让他们吵上一架，不过让明扆杀了那女人，最终夫妻俩还是会重归于好。”

他皱眉想着，撒懒肃容听着。

喜隐喃喃地说：“最好是吵一架以后，让燕燕没有办法再转回与明扆重归于好。那就要找个让燕燕无法下台的原因……”他顿了一顿，问撒懒：“你说本王去请韩德让来饮酒，叙叙旧，怎么样？”

撒懒听了先是极赞：“大王此计甚妙。”但停了一下，还是有些不确定地说："韩德让对主上，那可是……"

喜隐冷笑："是，他是与明扆从小一起长大，帮着他争夺皇位。可是只要是男人，都不会无视夺爱之恨的。若是他夫妻和睦，他自然息了心思。可明扆对不起燕燕，等他们夫妻翻了脸，我就不信韩德让还能无动于衷。"

第七十四章

皇子身世

帝后发生争执，韩德让自然也知道了。这段时间他一直尽量避开与燕燕除公事以外的相见，但听闻这件事，还是让他求见了皇后。

此时正值夏日，长廊上藤萝成荫，蝉声悠长。

燕燕与韩德让缓缓地走在长廊绿荫下，将自己与耶律贤发生争执的事说了，叹道："我竟不知道他是怎么了？他对我说，支持佛门，利用佛门，是为了防止各部族长利用萨满割据控制部民。可如今，我真的很难相信，这个样子，是他利用佛门，还是佛门利用他？"

韩德让心中感伤，也叹息道："我原也不相信，以主上如此睿智的人，会真的沉湎于佛法，为人所控。现在想来，我虽能明白主上的用意，可是主上却未免太自负了，佛门千年传承，自有他们驾驭人心的手段。君王再聪明睿智，终究是人，而利用人对死亡的恐惧，正是所有神道所擅长之术。古往今来，多少明君英主，都逃不过这一关。"

燕燕听得一怔，不由站住："有这么严重？我虽然生气，但那昭敏不过是个僧人而已，何至于厉害至此？"

韩德让叹了一口气："秦皇汉武这样的君王，同样是为了求长生，而受小人鼓惑。秦始皇贬太子扶苏，秦二世而亡；汉武帝杀太子刘据，最终只能把江山传于幼子，托于霍光。越是英君明主，越是会在生命最后的关头，为求长生之道，而猜忌最亲近的人，甚至杀死自己原来想扶植的接替者。"

燕燕心一沉，摇头道："不，主上不会是这样的人。"

韩德让却问："皇后可听过梁武帝的故事？"

燕燕一怔，犹豫地问他："梁武帝，什么事？"她虽然知道梁武帝是南北朝的一位帝王，但是具体情况，却还当真不太清楚。

就听得韩德让缓缓道："梁武帝萧衍，是南梁开国的高祖皇帝，出身名门，何尝不是文武双全。他开国定鼎，勤政爱民，最初崇信佛法，也是为了削除旧族势力，安定国家的需要。可最后，他却沉湎其中，不能自拔，以致荒废国政，最后侯景作乱，竟将他活活饿死，梁朝因此而亡……"

燕燕听得心惊胆战，竟不由阻止他道："你别说了，别说了！"

韩德让却没停下："侯景为人反复无常，无人不知，他投降梁朝的时候，群臣本要杀他，可侯景买通了梁武帝所宠信的僧人，以杀人有碍佛法为由，使得梁武帝不但没有杀他，反而托付侯景以重权……"

燕燕闭目，暴喝道："够了！"

韩德让停下，缓缓行礼："是臣失言了。"

燕燕睁开眼，看着韩德让的脸，这样熟悉，又这样陌生。他说的话却让她心惊。萨满有好有坏，可一个部族供奉过的萨满，再尊贵也跑不到别的部族去。各部族自顾自的，也说不上有什么大祸害。

皇帝说要以佛教克制萨满，她是赞同的，之前像肖古那样的祸害是不能长久了。可她不知道，皇帝过于信任一个教派竟然会导致身死国灭。这样的事，令她心惊，令她惶恐不安。良久，燕燕脸沉似水地说道："这么说，昭敏是不能留了。"

韩德让问她："皇后打算怎么做？"

燕燕道："无非是个昭敏而已。只要除去便好，有什么打算的。"

韩德让却道："昭敏虽然不足为患，但皇后岂不要投鼠忌器。"

燕燕自负地道："我不信主上已经昏庸至此。"

韩德让摇头："臣说的不是这个，如今的昭敏，还不能动。"

燕燕道："为什么？"

韩德让便说出前情："御医迪里姑前些日子来过我家，他说自己对主上的病情已经无能为力，想请臣父入宫为主上诊治。可臣父……也是无能为力了。”

燕燕一惊，脚下不禁踉跄，抓住韩德让的手，瞪着他问：“你说什么？他、他到底是……”

韩德让长叹一声：“具体的情况，皇后问迪里姑可能会更清楚一些。臣想聪明如主上恐怕已经猜到，他的病，普通医者已经没有办法了，所以他才会在病痛来临时求助神佛。人之将死，必然有许多看不开、放不下的。主上性情大变，恐怕也是这个缘故。”

燕燕听闻此言，心头巨震，耶律贤身子一直不好，她已习以为常，所以根本没有想到，耶律贤的病情会恶化到如此程度。耶律贤如今性情古怪，不如以前待她那般千依百顺，但发火后又会赔不是，她也只生气恼火，却从没料到…… 想到这里，她一刻也不想耽搁，当下道：“召迪里姑。”见双古领命待要离去，她忽然又道：“我自己去。”

燕燕径直往太医院而去，一直到了药房。迪里姑正在拣药，看到皇后匆匆进来，吓得连忙放下手中的活计，上前行礼。

燕燕站住，看了看药房里的药童，道：“你们都下去。”

双古与药童们出去，迪里姑方才开口：“皇后……”

燕燕已是一把抓住迪里姑急问道：“主上的病，到底怎么样了？”

迪里姑一怔，顿时支吾起来：“皇后怎么问起此事来了？”

燕燕本来只是疑心，见状心里一凉，脸色都变了，厉声道：“迪里姑，你当知我与主上乃是夫妻，主上身体有变，你居然胆敢不如实告诉皇后？”

迪里姑吓得跪下：“臣不敢，此皆因主上有令，不让告诉皇后。”

燕燕缓了缓，道：“那你现在告诉我。”

迪里姑道：“主上的病情，已经恶化，只怕……”

燕燕倒吸一口凉气：“你且告诉我，会有什么后果。”

迪里姑道：“这些年来，主上一直受着病痛折磨。臣是医者，最了解病人。生病，不只是摧毁人身体上的健康，甚至更会折磨人的精神。长年累月之下，再坚强的心智也有守不住的一天。恐惧死亡，性情暴躁，容易动怒，都只是最普通的现象。甚至还有极端者，会害怕光亮，害怕声音，连树叶的掉落都会让病人产生死亡的心态……”

燕燕惊异不已：“这么严重？”

迪里姑叹息道：“主上一生孤苦，命运多厄，多年来耗尽心力，终于排除万难，登上帝位，推行新政，一直都处于身劳心焦之态。如今……”

见迪里姑看了自己一眼，没有敢再说下去，燕燕道：“你有什么话，只管说。”迪里姑道：“如今主上终于苦尽甘来，有了江山万里，有了家室温暖、儿女绕膝，一切尚未能好好享受，就日夜受病魔折磨，甚至命不久矣。皇后，换了任何一个人，都会不甘心，不肯认命啊。”

燕燕低声道：“不肯认命，就想逆天改命，是不是？”她明白了，她明白了耶律贤的无奈，也明白了耶律贤的惶恐与不安。

与此同时，彰愍宫也有一场对话。

帝后相争，已过一日，耶律贤的情绪与病况已经渐渐稳定下来，他靠在床上，看着周遭的佛家法器，神态有些迷惘。

玉箫就问他：“主上，可觉得好些了？”

耶律贤点了点头，神情却仍然若有所思。

玉箫观察着耶律贤的神情，建议说：“主上，要不要去花园走走，或者，去看看几位小皇子和小公主？”

耶律贤摇了摇头。

玉箫想了想，又建议说：“要不要，去皇后的崇德宫走走？”

耶律贤一震，看向玉箫，但见玉箫的神情仍然是一派纯真诚挚，耶律贤长叹一声，问她：“你怎么会想到崇德宫。”

玉箫犹豫片刻，支吾道：“主上恕罪，奴婢以为，皇后……也是一片好意。”

耶律贤看向玉箫，有意试探：“哦……你这么认为？那你也认为，朕不应该让昭敏在宫中作法？”

玉箫虽不十分了解帝后相争之原因，但想了想，还是鼓足勇气道："奴婢不敢。主上，如果佛法真的对主上有好处，奴婢愿意为主上祈福念经，甚至舍身割肉。可是，主上毕竟是皇帝，宫中可以设佛堂，但主上的正殿不能变成佛堂。"

耶律贤看向玉箫，神情顿时变得威严起来："嗯？"

玉箫急得眼泪都要出来了，结结巴巴地解释："主上，奴婢不懂那些大道理，也不会说话，奴婢只是觉得，这样不行。皇后虽然说话硬了些，可道理是对的。她跟奴婢一样，都是为了主上好……"说到这里觉得不敬，忙道："不，是奴婢和皇后一样……"又觉得自己说错，忙又解释："不不不，奴婢和皇后不一样，我们一个天一个地……"她是个老实孩子，越着急越笨拙，自己越说越乱都说不下去了，急得直抹泪。

耶律贤笑了，拿起枕边的手帕为玉箫拭泪，笑道："你们都一样，都是为了朕好，朕知道。"

玉箫连忙自己拭去泪水，看着耶律贤怯怯地说："主上，皇后要为主上处理朝政，要养育管教六位皇子皇女，还要为主上的病情操心。您那天说的话，会让皇后多伤心啊。"

耶律贤听了这话，想到与燕燕这些年的点点滴滴，不由长叹一声。

玉箫胆怯地建议："要不，您去找皇后吧！或者，让婆儿去请皇后过来？"

耶律贤抬眼看了看四周，那些法器符咒，放在佛堂可以，放在宫殿之中，的确违和。当日他在恼怒之下，只觉得燕燕胆大妄为，伤了他的颜面，此时想来，皇后的话不无道理，当下就点了点头道："把这些都清理掉吧。朕是有些失态了。"

玉箫破涕为笑。

耶律贤顿了一下，指指案上新贡来的一件金如意，对四端道："你去把这个金如意拿给皇后，请皇后过来。"

玉箫虽然单纯，但也察觉得到阿辛对昭敏似乎更亲近一些，所以今日趁只有四端随侍，才大胆劝说起耶律贤。

四端便捧着金如意应了，就要出去，不想走到门口，就见燕燕也来了。四端忙高声叫道："奴婢见过皇后。"燕燕听了这声音，不由犯疑："怎么，昭敏还在里面作法？"

四端忙紧张地摇头："没，没有，上次走了就再没召他了！"

而此时玉箫和耶律贤听着外面的声音，也不禁脸色大变。

玉箫欲躲避，耶律贤却道："来不及了，你端着这个……"他左右一看，正看到放在案上的药碗，就道："你端着药碗就站在这边。"正可冒充送药的宫女。

玉箫忙端起药碗，按耶律贤所指，站在光线暗处，才刚刚站好，就见燕燕已经走了进来，玉箫忙低下头，与她带来的两个侍女站在一起。

燕燕在门口就听说四端奉旨带着金如意去找她，心情本已经好了许多，进来时环视一圈，注意到周遭的一切已经恢复了原样，那些奇奇怪怪的法器俱都消失了，不由露出欣慰之色。

当下走向耶律贤，拉住他的手道："我有话要与主上说呢。"

耶律贤暗松了一口气，忙挥手令身边的侍从退下，玉箫便也乘机混在侍女中退下。

耶律贤和燕燕同时出声道："对不起。"

两人同时一怔，燕燕抬头看着耶律贤，微微放松。

燕燕微微一笑："我先说。"

耶律贤点了点头："好。"

燕燕握住耶律贤的手，先开口道歉："昨日是我的错，我不应该只管自己的想法，不考虑主上的心情。这些年来你受病痛折磨，我却对你关心不够。你说得对，我应该更关心你才是。我一心只顾政务，却忽略了身边人。"

耶律贤拍了拍燕燕的手，叹道："朕知道你独自撑起江山，这是多少英明的男人都难以担当的重任。朕不能为你分忧，反而沉湎于自己的伤痛之中，甚至受人所制。那日是朕口不择言，你不要放在心上。"

燕燕放心地舒了一口气："我听到这话，真是十分欣慰。我所熟悉的那个英明睿智的主上又回来了。”

耶律贤也感叹：“很多时候，我们是当局者迷旁观者清。”他轻轻拍拍燕燕的手，忽然道：“朕也是受人的提醒和劝说，才能够明白自己的错误。”

燕燕道：“谁？”

耶律贤道：“朕希望，你日后能够记她这一份功劳，记她一份赤诚之心。”

燕燕虽不解其意，但最终还是点了点头。

燕燕离开耶律贤处后，专门请了韩德让来向他致谢：“德让，多谢你告诉我这件事，否则我不知道要和主上置气多久。若他真有万一，便是我一生的憾事。”

韩德让颔首：“这是臣的本分。”

燕燕忽然一叹：“这些年来若不是有你在我身边支持，我绝对撑不了这么久。”

韩德让肃然道：“士为知己者死，臣何尝不是因为有皇后的支持，才能一展抱负。”

燕燕却道：“有一件事我觉得很奇怪，主上身边，似乎出现了一个能够左右他决定的人。这次主上跟我说，是有人相劝，他才意识到自己的错误。你我都知道，主上是一个内心多么强大的人，能劝他改变主意，让他如此重视此人，你说，会是谁呢？”

韩德让也有些疑惑：“臣并不知道，娘娘要臣去打探此事吗？”

燕燕想了想，还是点点头。这不是当日的少女燕燕会点头的事，却是此刻的摄政皇后会点头的事情。

两人正商议要事的时候，青哥走进来报说：“韩枢密使府上又派人来请，说是夫人心痛病发作了。”

韩德让有些尴尬地看了燕燕一眼。

燕燕有些烦乱：“她到底想干什么，没完没了啦？让他先回去吧。

我这里还有一些事要和韩德让商议。”

韩德让却是心中明白，忙道：“不，皇后恕罪，臣先告退了。”

燕燕恼了，问他：“你这是什么意思，德让，我们的话还没讲完，我不许你走。”

韩德让轻叹一声：“皇后，主上的事，您不应该问我。”

燕燕怒道：“我不问你问谁？”

韩德让道：“君臣有别，臣与皇后，的确是要保持适当的距离。”

燕燕更加生气：“这又是那个女人说的？德让，她分明是在拖你的后腿！”

韩德让苦笑：“那又如何？”

燕燕烦躁地道：“有时候我觉得她的存在真是碍眼。”

韩德让愕然，提高了声音：“皇后，慎言。”

燕燕自知失言，却怒道：“我就不慎言了，又如何？”

韩德让不再就这个危险的话题继续下去，拱手道：“臣先告退了。”说着转身离去。

燕燕怔在那儿，指着韩德让的背影一时没回过神来：“他这什么意思，啊？”

青哥道：“皇后，您当着韩大人的面，怎么可以这么说？”

“为什么不可以？当着臣子我要做皇后，当着主上我还要顾及他的病痛他的心情……”燕燕说到这里，不禁心酸起来，她唯一能够无所顾忌发泄情绪的人，竟只剩了韩德让，可是连韩德让都走了。“可我呢，我就活该什么都忍到肚子里，跟人发泄几句都不行！”

这个人纵然曾经将她视为全天下最重要的人，可是如今，她有夫，他有妇。

燕燕颓然坐下，听着侍女青哥勉强安慰：“娘娘，您太累了，休息一会儿吧。”

燕燕揉了揉太阳穴，叹道：“我哪有休息的时间和心情啊，还有一堆奏本等着我呢。”说着，走到桌边，认命地批阅起奏章来。

韩德让回到府中，见李氏坐在房中，正在绣着一幅金童抱鲤图，对韩德让坐在书桌边喝着茶，却是一副毫不在乎的样子，甚至对于韩德让阴沉着脸的态度也视若无睹，只是自顾自地做着女红。

过了良久，韩德让忍不住叹息一声："你这又是何必。"

李氏停下手中的针线，冷冷地道："我宁可世人当我是个妒妇疯妇，是个不识大体的蠢妇人，我也不愿意你再独自进宫。你涉足新政，已经是一脚踏进生死门，再卷入帝后之间的不和中，岂非更死无葬身之地。你就算不在乎自己，也要在乎父亲，在乎韩氏家族。"

韩德让叹道："你以为，我们还能退吗？"

李氏抬起头，苦笑道："相公这么聪明，岂不知人言可畏，人心难测！主上近年情绪诡异莫测，古往今来，君王重病濒危，往往不能以常情度之。相公，听我一句劝，除了上朝，不要再进宫了，就当是为了父母考量。"

韩德让的拳头握了松，松了握，终于扭头："我再考虑考虑。"

帝后和好了，这个消息又让许多人失眠。

喜隐正要去请韩德让饮宴，听了此事，对撒懒道："走，咱们去天雄寺。"

昭敏听说赵王喜隐到来，心中微一沉吟便有了数，特地亲自迎了出来。拜过正殿，上完香，进入禅寺以后，两人相视一笑，竟有了几分不可言喻的默契。

昭敏试探着问道："贫僧没有想到，赵王也有亲近佛法之心。"

喜隐咧嘴一笑："我听说佛门广大，善容四方之人。昭敏大师能够和主上、宁王结交，想来也能够和本王结交。"

昭敏垂目数着佛珠，半晌，才抬头道："不知赵王对佛祖所求？"

喜隐阴阴一笑："主上的身体一天不如一天了，昭敏大师，你现在倚着主上之势，拼了老命地拉拢官员，广收弟子，可真到了那一日，能挡得住皇后一道懿旨吗？"

昭敏心头一颤，喜隐说的，正是他所担忧的，但面上却仍不露声色：“阿弥陀佛，昭敏无罪，何惧之有。”

喜隐却笑了，凑近了昭敏，低声道：“崇佛法，不是如今主上才会做的，其实我也很愿意推崇佛法的。昭敏大师，本朝开国以来，皇位一直在横帐房三支中流转，可从来没有幼子继位、妇人当国这种先例——”

喜隐的野心，在这一段话中，表露无遗。昭敏看着喜隐，什么也不说，只是缓缓合十念佛：“阿弥陀佛——”

他念了好几声，又缓缓道：“赵王有心向佛，也是佛门之幸啊。”

喜隐听到这一句，这才放心，不由得意一笑。

次日，昭敏又进宫了。

昭敏进来的时候，就见耶律贤站在窗边望着外面的柳枝招展，耳畔传来响亮的蝉鸣。

婆儿低声提醒道：“主上，昭敏禅师来了。”

耶律贤劈头就问：“禅师原先给朕吃的那秘药可还有？”

昭敏一惊，也不敢说出实情，只劝他：“主上，那药只能一时镇痛，不可多用。若是用得多了，贫僧怕以后……”

耶律贤却道：“拿来吧，朕恕你无罪。朕现在没有多少以后可以考虑了，能考虑的只是当下。当下的大辽需要一个头脑清醒的天子。”以耶律贤的精明如何能够不知道昭敏心中的意图，以及他药物的效用？然而到了他这个时候，已经什么都不在乎了。身为帝王，建功立业这一切他已经做到了，然而到了生命衰亡的时间，他只希望余生能够延长、延长，再延长，然后把他的病痛减轻、减轻，再减轻。而在此期间昭敏是否弄权，是否敛财，他真的是一点也不在乎了。对于他来说，这些只疥癣小疾，没有什么比缓解他的痛苦和焦虑、延长他的寿命更重要的，甚至江山社稷都显得不再重要了。

昭敏心中一喜，忙应下了。

半晌后，皇后也来了，见了昭敏并不像以前那般横竖看不顺眼的样子，反而相当客气地与他打了招呼，又说皇帝身子不好，有劳他了。

昭敏心头惴惴，暗自盘算。

燕燕扶了皇帝，去院中散步。

两人走了一会儿，耶律贤道："皇后这些日子天天陪着朕散步，朝上的事都不忙吗？"

燕燕看着耶律贤瘦骨嶙峋的身子，不禁鼻子发酸，她控制住情绪，勉强笑了笑："我以后一定多陪着主上。朝中的事再重要，又怎么及得上你更重要呢。"

耶律贤拍了拍燕燕的手背："朕没有责怪的意思，你忙于政事也是为了朕和孩子们……"他咳嗽一声，转移了话题："朕也正有事与你商量，想册封文殊奴为梁王。"

燕燕的注意力被转移，惊讶地道："可文殊奴才十一岁，会不会早了点？"

耶律贤道："封王之后，朕才能为他建斡鲁朵。他是我们的长子，将来势必要承担更多的责任，早些封王，对他对大辽都好些。"

燕燕知晓他的用意，他是迫不及待想让长子早些学习政务了，点头道："主上想好了的话，臣妾没有意见。"

耶律贤轻叹一声："朕想去看看孩子们……"两人冷战以后，他又发病，所以这些日子，只让长子文殊奴和长女观音女每日去请安。

因此他今天提起，燕燕点头："那我让文殊奴下课以后带孩子们去见你。"

耶律贤却摇头说："朕想去看看他们上学的样子。"

燕燕一怔，还是陪着他去了。

两人缓步走到诸皇子就读的学堂。此时正是贤适与皇子皇女们讲课。见了帝后来，都要行礼，被耶律贤阻止，两人直至这一堂课上完，才进来。

只见里面摆着四张书桌，大皇子文殊奴、二皇子普贤奴、大公主观音女都乖巧地站在书桌旁迎候着父母。

文殊奴带领着弟妹给父母请安道："孩儿给父母请安。"

耶律贤看着孩子们，欣慰地笑道："都起来吧。"

燕燕扶着耶律贤在主位上坐下。耶律贤道："父皇最近忙，也没时间考校你们功课。"他向着孩子们招了招手："别站着，都过来。"皇子公主们都围到了父母身边，学堂里规矩大，都乖乖仰望着耶律贤，思慕之情溢于言表。

耶律贤直接将观音女抱起来，放在自己膝上，问孩子们："你们近来都读了些什么书？"

文殊奴恭敬道："孩儿在读《贞观政要》。"

普贤奴就抢着说话："先生说，这是父皇最喜欢的书。"

耶律贤微微一笑道："那你们喜欢吗？读了可有所得？"

文殊奴还是先答道："孩儿觉得太宗最了不起的地方，就是见贤者则敬之，不肖者则怜之。因为他有这样的心胸，用人则用其所长，无视其短，才有大唐盛世。"

耶律贤感慨地道："我儿这是读到太宗治政的精髓了。普贤奴、观音女，你们呢？都读出了什么？"

普贤奴望着耶律贤天真地说："孩儿觉得父皇很像太宗，对治下之民，无论辽汉，一视同仁。"

耶律贤哈哈一笑，伸手捏了捏胡都堇的脸蛋："胡都堇这是和谁学的？都学会拍父皇马屁了。"

普贤奴毫无心机地道："乳母教的，说要让父皇喜欢我，我才能在宫里待得长久。"

耶律贤和燕燕同时眉头一皱。

燕燕忙柔声问他："乳母还教了你什么？"

普贤奴天真地道："说让我不可以和韩枢密使说话。"

燕燕一惊，又问："为什么？"

普贤奴道："不知道啊。乳母只说她不会害我的。"

耶律贤和燕燕对视一眼，都有些疑惑，却不便发作，只笑着又与孩子们玩了片刻，这才回去。

回到彰愍宫，耶律贤立刻道："派人去把普贤奴的乳母叫来。"

燕燕点了点头道："我刚刚已经让良哥去唤乳母过来了。"

过得不久，良哥带着普贤奴的乳母走进内室。

乳母行礼后，燕燕劈头就问："今日二皇子在主上和我面前说了一些奇怪的话，说是你教的。"

乳母顿时脸色煞白，慌忙跪下，拼命磕头："皇后娘娘恕罪，皇后娘娘恕罪。"

燕燕见她慌张，和耶律贤对视一眼，语气便凌厉起来："一介乳母竟敢品评朝廷重臣，你为何不许二皇子和韩枢密使亲近？"

乳母心虚地看了一眼耶律贤，喃喃地道："奴婢、奴婢不敢说。"

耶律贤冷冷地道："说。"

乳母拼命磕头："宫外有些风言风语，说三殿下乃是皇后那年赶赴幽州解围时怀上的。又说二殿下喜好骑射，也、也不太似主上，怕又生了什么流言，害了二殿下。所以，所以，奴婢才叫二殿下远着点韩枢密使。奴婢是一片好心哪。"

耶律贤和燕燕均听得脸色大变，耶律贤挥手将几案上的杯盏挥落地上，发出一声巨响，脸色铁青地问她："荒谬！哪来这种谣言！"

燕燕严厉地道："这话，你有没有跟普贤奴提过？"

乳母连连摇头道："奴婢绝不敢在二殿下面前乱说。"

耶律贤道："这种混账话，是谁告诉你的？"

乳母支支吾吾道："我、我也是听外面人说的。"

耶律贤道："查，彻查！竟有这种荒诞流言！"

耶律贤说着忽然捂着头倒下。

燕燕脸色大变道："主上！快去请迪里姑。"

待迪里姑诊治后，耶律贤醒转过来，燕燕立刻叫来了韩德让，当着耶律贤的面，燕燕咬牙切齿地道："这流言必须彻查，竟然把皇儿牵连进来，我绝饶不了此人。这件事拜托给你。”

韩德让心中也是惊涛骇浪：“这个谣言来得莫名，两位皇子无辜受累，臣定当尽心竭力，查出真相，将此人绳之以法。”

燕燕转头凝视韩德让：“一切都拜托你了。”

韩德让肃色一礼：“娘娘放心。”

燕燕欲言又止：“你自己也小心。”

韩德让微微一笑：“娘娘放心，时至今日还想靠这种小儿伎俩对付我，实在是太小看我了。”

而不知道怎地，关于小皇子的流言，一时间已流传甚广。

这天胡辇与乌骨里进宫来看燕燕，先是问了皇帝安危，燕燕不解其意，道：“迪里姑开了药方，说是气急攻心，伤了根本，接下来要好好静养一阵子。”

胡辇道：“不是说主上精神好多了吗？怎么忽然就晕倒了？”

燕燕略有些难堪地别过脸，本不想说，怎奈乌骨里急道：“主上都病成这样了，你对着我们俩有什么话不能说的？”

燕燕过了好一会儿才叹气道：“你们可曾听到外头的流言？”

胡辇心头一惊，佯装不知：“流言？什么流言？”

乌骨里却直截了当地说：“是说胡都堇那个吧？”

燕燕看向她：“二姐，你也知道了？”

乌骨里冷哼一声，得意洋洋地说：“我不但知道，我还知道这个流言是谁放出来的。”

燕燕一惊，问她：“是谁？”

乌骨里道：“还能有谁？就是韩德让那个成天病恹恹的夫人呗。她啊，忌恨韩德让常常出入宫门，就干脆放出这么一个不成体统的流言，直接断了韩德让的仕途，跟着她回幽州。”

燕燕没想到听到的是这个回答，简直哭笑不得：“这不可能吧。韩德让岂会任由她胡来？”

乌骨里却道："他们男人怎么会知道后宅女人的事情。"她压低了声音，煞有介事地说："你仔细想想，这么一个流言出来，能伤害到谁？能伤到你？胡都堇？主上？都不会。咱们比谁都清楚，胡都堇是早在黑山就怀上的。唯一难堪的只有韩德让，他身为臣子却再三被卷进这种流言，迟早得自请外出，那可不就合了那个女人的意了。"

燕燕听得她这般分析得头头是道，竟有些将信将疑起来，口中却道："说到底这都是二姐你一个人的猜测，作不得准。"

乌骨里瞪着燕燕，直问道："你还有比我这个更合理的猜测吗？"

燕燕一时语塞："这……"

乌骨里洋洋得意地说："你看吧。治国理政我不如你和大姐，这些后宅女人的心思我可比你们懂得多。"

胡辇听不下去了，阻止道："乌骨里，你别胡说了，没有证据我们怎能胡乱猜疑，更何况还是韩德让的妻子。"

乌骨里冷笑："是不是胡乱猜疑，燕燕你自己心里要有数，别阴沟里翻船，叫这么个上不得台盘的女人算计了。"

胡辇见状只得阻止道："好啦，燕燕已经够心烦的了，你就少说两句吧。"又对燕燕说，"既然主上没事，我们便不搅扰你了。你自己也够累的，要多歇息知道吗？"说着就拉起乌骨里匆匆往外走。

乌骨里边走还边道："大姐，你别拉我啊。我话还没说完呢……"

胡辇这种行为，更是让燕燕心中生疑，若说乌骨里的话，让她只疑了三分，胡辇匆忙硬拉乌骨里走开，反让燕燕更疑了七分。

乌骨里回到府中，洋洋得意地同喜隐说了今日入宫的事，道："燕燕还不信，哼，这般明摆着的事，还有什么不信的。"

喜隐搂着她安慰道："这才是你做姐姐的本分，明扆这个人心思太深，你要帮着燕燕提点她防着皇帝才是。"

乌骨里听出些不对来，问他："这话来得奇怪，我还没问你呢，这次春捺钵到底发生了什么？怎么你回来之后，一提起皇帝和燕燕就是这种阴阳怪气的话。"

喜隐低声道："这事可不能对别人说去，尤其是不能对燕燕说去，否则的话，宫里就要乱套了。"

乌骨里听了这话，顿时兴奋起来，拉着他问："到底是什么事？"

喜隐假装不肯说，闪躲了半日，才"不得已"地说："我听说，明扆这次春捺钵时，私纳了一个渤海贡女为妃……只是这事你可说不得，说了就是滔天大祸。我们如今本就受明扆猜忌，若是他知道是你这里泄露出去的，定会迁怒于我……"

乌骨里恼道："我不信燕燕会看着他乱来。"

喜隐道："这可难说，毕竟你们两个姐姐虽然待她掏心掏肺的，但在她的心中，姐妹却是敌不过皇后之位，还有丈夫儿女。再说，我也只是风闻，并无证据。"

乌骨里想了想，只得道："好吧，那我先不说，待我拿到证据再说。哼，胆敢对不起燕燕，我可不放过他。"想了想又瞪起眼睛扭着喜隐的耳朵道："你可别教我知道你私下里做什么对不起我的事情，否则的话我一刀砍了你。"

喜隐赔笑："我有了你，还要别人做什么。我是什么样的人，你还能不明白？也唯有我娶你，是真心的。你看罨撒葛和明扆不过是冲着思温宰相的支持去的，哪及得我，从无二心。"

乌骨里听了，心中得意，松开手，揉揉喜隐的耳朵，柔声道："我就知道，你和他们是不一样的。"

把乌骨里哄出去以后，喜隐微微一笑，对撒懒道："你去约韩德让吧。如今，时机到了。"

第七十五章

一壶毒酒

一处隐秘的酒楼中，韩德让与喜隐对坐。

几盏酒后，韩德让放下杯子："不知大王找我，是为了何事？"

从一开始，韩德让就怀疑关于三皇子的谣言是来自赵王府，而赵王喜隐主动相约，正中他下怀。

喜隐一直以来对皇位怀有野心，但却并不是心机深沉的人。他与李胡一样，从小过于顺风顺水的环境让他徒有野心，而无与之相称的城府心机。虽然在为了图谋皇位的事情上无所不为，但是手段总是过于粗糙与直接。而部族内为了抱团，从太祖起就对谋逆者不下杀手，令得李胡与喜隐这对父子更加有恃无恐。

尽管穆宗继位以后，也对宗室大开杀戒过，尽管李胡的死，也让喜隐畏缩过。但当今皇帝继位以后，过于病弱的身体让宗室们一直有一种皇帝软弱宽厚的错觉。而喜隐的野心，更是张扬得全无避忌。

宫中流言虽然似无绪可查，但上京百官府第，却是可以查的。流言的发端，是在几次宗室贵妇的宴会后，而他一查，却查到次次都有乌骨里在场。不管乌骨里是造谣还是传谣，源头应该就在眼前的喜隐身上。

他心中厌恶，却要强抑这种厌恶，与喜隐虚与委蛇。

只听得喜隐将他祖父、父亲到他与他的兄弟们都夸了一遍，又说到耶律贤当年横刀夺爱之事上，以及皇帝满城之战不顾救命之恩降罪韩匡嗣一事，俨然为他父子打抱不平的架势。

韩德让淡淡道："大王慎言，臣父与思温宰相是旧交，臣与皇后只是寻常相识，哪里有什么私情。如今皇后与主上夫妻情深，儿女成群，谁会胡说什么。满城之战确实是家严轻敌冒进，他一直有愧于心，便是主上不罚他，他也没脸再留在中枢。”

喜隐哈哈一笑，指指他道：“你们父子都是太实诚了。不过，我就喜欢你们这样的厚道臣子。若是我是主上，哪里会这般待你。可见，纵是良臣，也要择主而侍才是。我这么多年来算是看出来了，他的心机比谁都重，看起来病恹恹的，却能在穆宗皇帝手里逃出生天，还干掉了罨撒葛。可怜燕燕为他生儿育女，操劳国事，他却在后宫纵情声色……”

韩德让一惊，凝视着喜隐，缓缓道：“大王，纵情声色四字何解？这样的谣言不可乱造。”

喜隐笑道：“可见你们都是太过痴傻。你可知道你忍痛割爱，最终却是枉费忠诚。明扆对燕燕只有利用之心，我告诉你，他早就背着燕燕私纳小妃了。”

韩德让惊愕不已，失声道：“这不可能！”

喜隐见韩德让终于有了反应，得意一笑：“我可没胡说，德让不信派人去长宁宫一探便知。那个小妃，是渤海国送来的贡女。”

韩德让面色铁青，缓缓问道：“大王为何要告诉我这件事？”

喜隐冷笑：“我只想告诉你，你信错了人，燕燕也信错了人。”

韩德让心中隐隐想到了什么，试探道：“那又如何？”

喜隐道：“他在天子位置上坐久了，早就不是从前那个人了。他如今暴虐荒淫，根本就不配做大辽天子。”

图穷匕现，韩德让反而笑了：“赵王也是经历过穆宗皇帝时代的老人，大辽从那时走到现在殊为不易。赵王若还记得自己是耶律阿保机的子孙，为大辽的长治久安考虑，还是安分守己些好。”

喜隐不想韩德让竟然这样不识抬举，脸色骤变：“本王还不需要德让你来劝我，如今你倒要想想自己如何收场。明扆的身体，恐怕你父亲韩匡嗣是最清楚的吧，他还能撑多久？他死后，除我之外，还有谁能继承皇位？”

韩德让冷冷地道：“大皇子已经十一岁了。”

喜隐纵声大笑起来：“你以为一个小儿守得住这江山？草原上从来强者为尊，谁会支持一个小儿？”

韩德让站起来，拱手道：“赵王不必再说。您今日说的这些话，韩德让就当没听过。主上在位十余年，大辽好不容易恢复了平静，没有人想看到耶律家内乱再起。希望赵王看清楚形势，谨慎行事，免得自取灭亡。”

喜隐脸色变得十分难看，从牙缝里挤出一句话：“哼，看来你是冥顽不灵了！”

话不投机，两人就此别过。

韩德让回到府中，并没有与夫人说起此事。次日进了宫，正要向燕燕回报此事，却听得燕燕对他说：“德让，我听到一个可靠的消息，那流言是你夫人放出的。”

韩德让一怔，笑着摇头：“这不可能。”

燕燕犹豫片刻，还是道：“我虽不是很信，却也不无可能，所以找你来商量下。”

韩德让断然道：“皇后，我和她多年夫妻，我相信她做不出这种事。”

燕燕见他如此，心中不悦，勉强道：“德让，我知道你不愿怀疑你夫人，但是，你不能否认李氏对我有敌意。也许她放出这个流言，并不是想让你怎么样，纯粹只是想给我难堪罢了。”

韩德让一怔，低头细想了想，还是摇头道：“不，流言最早是从宗室女眷聚会中传出，李氏缠绵病榻多年，便是有这个心也没这个能力。这个猜测，是谁告诉皇后的？”

燕燕一怔，本能地不想将乌骨里说出，只道：“人猜是她，总有理由。我亦没说肯定是她，这只是一个方向，你若要查，总是要每个可能都查一查，岂可什么都不清楚的情况下就断然否认。”

韩德让只得应了，当下又说了一些朝政之事，这才回府。

此时天色已经晚了，侍女芸儿迎上来，道：“大人还未曾用膳，夫人正等着大人一起用膳呢。”

韩德让道：“不是早说过，夫人身体不好，让她自己先用膳，不必饿着肚子等我。”

芸儿就笑道：“知道了，夫人如今都先用一些，等您来了，再一起吃些。对了，刚才皇后送了一壶酒来，夫人还与芳儿姐姐先喝了些。”

韩德让心中一愣，方才他就在皇后处，皇后赐酒，为何当面不说？难道还有些别的用意不成？当下停住脚，问芸儿：“皇后赐了酒？还赐了些什么？”

芸儿就道：“还赐了四道菜，夫人用了两道，还留了两道温着。”

韩德让点了点头，之前他公务繁忙，李氏一开始经常空着肚子等他，后来经他劝说，也不执着，就变成先用一半，再留一半等他回来一起用。

说着就来到正房，但见桌上摆着酒宴，李氏却伏首在桌上，似是等得久了睡着了。韩德让歉疚地一笑，上前想扶起李氏，触手处却觉得不对，李氏的身体僵硬，浑不似寻常样子。大惊之下，往她鼻下一探，竟是生机断绝。

韩德让当时只觉得脑中一片空白，一时竟不知如何反应，等他回过神来，众人已经发现出事，惊呼哭喊之声连片。

韩德让抱起李氏，他颤抖到几乎抱不住，好容易在信宁等人搀扶下，将李氏抱上床，放好，好一会儿镇定心神，才问芸儿：“这是怎么回事？”

他觉得已经是用尽最大的力气在问了，然而在旁人耳中听来，却几乎只看到他嘴唇在颤抖。信宁站在他身边，帮他又复述了一声。芸儿瘫软在地上，只觉得哭都哭不出来了，只微弱地回答：“我不知道，夫人刚才还叫我到门口等大人，她刚才还好好的，好好的……”

另一个侍女芳儿伏在李氏的膝边，也无声无息地死了。

死亡原因，是那一壶酒，那一壶皇后派人送来的酒，有毒。

韩德让问：“是什么毒？”

韩家本就是医术世家，此时早有人去验了酒中的毒，答道："是草乌头。"

草乌头，巨毒，少量可治风寒湿痹、中风偏瘫，过量则会引起心跳过快而骤死。

韩德让再问："谁送的酒？"

当时接了酒的侍从颤声答道："是皇后身边的青哥姑娘送的酒。"

韩德让声音尖利："你确定？"

那侍从早跪地磕头不止："奴才、奴才不敢说谎，青哥姑娘替皇后传旨许多次，奴才不会错认的。"

若不是皇后亲信送过来的，他又怎么敢送进后院。一想到这酒原来是皇后赐给韩德让喝的，若是喝下去的不是韩夫人而是韩德让——他背上冷汗湿透。

在场之人顿时静默下来，很明显，酒是送给韩德让的，只是被夫人误服了。那么，皇后为什么要送一壶毒酒给韩德让？

是皇后要赐死韩德让吗？为什么？

信宁顿时想到前不久宫中传扬的三皇子生父之事，不由惊出了一身冷汗，难道是……皇后为了三皇子的身世，要杀韩德让灭口？

志宁却是想得更多一些，他不相信皇后会毒杀韩德让，倒是想到了另一层，很可能真正想杀韩德让的，不是皇后，而是皇帝。三皇子的身世流言，还有最近的帝后失和，皇帝对韩德让与皇后的旧恋一直耿耿于怀，若是皇帝想要迁怒和灭口，便会对韩德让下手。

其他人的想法，虽然也是各种猜测，但却多多少少，往这个方向多了些。

志宁先开口："大人，夫人的事，接下来应该如何是好？"

是啊，应当如何是好？皇后赐下毒酒，是要韩德让的命，不管这背后到底是皇后所赐，还是皇帝所赐，都是这个国家权力顶峰的人，想要韩德让的命。那么，韩夫人死了，韩德让没死，接下来韩德让怎么办？

是质问宫中，还是……揣度上意，为了不连累家族，自己了断？

他想到的，韩德让自然也能想得到。

他看着志宁，忽然笑了：“你以为，是谁想要我死？”

不是皇帝，更不会是皇后。

他闭上眼睛，只觉得内心涌上来的愧疚，快要把他给完全淹没了。李氏警告过他，哭过、求过他，甚至于不惜自污名声，不顾一切地想把他从那个旋涡中拖出来，以免他在其中没顶。

可是他没有听，不但没有退出来，反而越陷越深。

他不畏死，他以为自己有足够的准备，面对所有的打击和报复。

可他没有想到，死的会是李氏。

“思儿——”她的名字，他有多少年，没有叫出来了。

她死了，永远地走了，他一生都亏欠于她。

当燕燕知道这个消息的时候，已经是第二天了。

“青哥？”燕燕震惊，叫道，“她人呢？”

这时候她才恍惚想起，昨天晚上，她没有看到青哥。

良哥跪在她面前请罪：“昨天上午，青哥向我告假，说是临时有事，到晚上仍未回来。我已经派人去找了，但现在仍无消息。”

燕燕坐在那儿，心似乎被什么揪住了，她不能想象，韩德让现在会是怎么样的情况。她问良哥：“那你说，青哥会背着我，带着一壶毒酒，去毒死韩夫人吗？”

良哥震惊地抬头：“这绝不可能。”

燕燕看着她：“那你说，这会是怎么一回事？”

良哥都快哭了：“奴婢也不知道怎么一回事，但奴婢敢以性命保证，青哥不会做这样的事。”

燕燕再问她：“青哥去了哪里？”

良哥摇头：“奴婢不知道。但是……”她抬头坚决地说：“奴婢相信青哥和奴婢一样，不管遇上什么威胁都不可能做对娘娘和韩大人不利的事情。”

燕燕长叹一声："传我命令，张榜搜查青哥的下落，无论生死，都有重赏。"

良哥心中一惊："娘娘，无论生死，难道……"

燕燕闭了闭眼睛："若我所料不差，青哥应该已经没命了。"她站了起来："去韩府。"

此时韩府，已经设起了灵堂。

燕燕下了车，一步步走在韩家府邸里，但见满府缟素，越发凄凉。韩德让一身素衣，站在灵堂前，脸色憔悴得厉害。

燕燕想说什么，还是咽了下去，只道："朕是来吊唁的，能给朕一炷香吗？"

一个素衣侍女拿了香上前来，眼中却含着恨意。良哥挡在前面，接过她手中的香，方递给燕燕。

燕燕神情复杂地拿着香，走到灵前给李氏上香，她躬身三拜，插好香，看着韩德让长叹一声："韩枢密使要节哀顺变。"

韩德让神情疏离："多谢皇后关心。"

燕燕皱了皱眉头，看了看左右："朕想和韩枢密使单独谈谈，你们且下去。"

此时韩匡嗣也在，闻言担心地看了一眼韩德让，韩德让却是面无表情，但也没有反对。

韩匡嗣便带人离开，灵堂中只余两人。

燕燕立刻道："毒酒不是我送的。"

韩德让却漠然道："皇后不必解释了。无论如何，夫人都是因为我而死的。若我没有重回上京，这一切都不会发生。"

燕燕本就心中惶恐，闻言问："这话是何意？难道你也怀疑我？"

韩德让疲惫地道："皇后，我们不要再讨论这些了。"

燕燕却上前一步："不行。这事儿，你我都不能逃避。我知道你心情不好，但是你不能就这么一蹶不振。大辽还需要你，流言案还等着你去查清，你不能就此萎靡不振。”

韩德让一怔：“流言……”

燕燕咬牙道：“对，那个恶毒污蔑我和胡都堇的流言。”

韩德让忽然爆发了，他扭头看着燕燕，双目赤红，话语凌厉：“是谁跟你说流言是李氏放出的？这些人有什么事情大可以冲着我来！何必攻击一个深宅妇人！”他说到最后，声音越来越激愤：“她不过是个深宅妇人，成日病痛缠身，能做什么？为什么连她的性命也不肯放过？”

燕燕从未见他如此对待过自己，那一刹那的恐惧更胜过被冤枉的委屈，她不由后退一步，脸色惨白：“韩德让，你这是什么意思？你冲我发什么火？”

韩德让看到燕燕惊恐的神情，忽然间似从痛苦中醒悟，他退后一步，摇了摇头：“不，我想冲着自己发火，她一直早有预感，一直早有预感啊！她那么害怕，那么苦苦劝我躲开是非。结果……”他不禁掩面哽咽：“她就这么死了，若不是我的妻子，绝不会如此年轻便殒命。”

燕燕伤心欲绝，上前一步问他：“你是在怪我吗，怪我把你拖进这个旋涡里，害得你夫人身亡？”

她殷切地看着韩德让，希望他能够抬头看她，哪怕他迁怒于她，骂她一顿，也好过他如此内疚，如此自悔。

但韩德让扭过头，不再看燕燕，也没有再说话。

燕燕等了很久，也没有等到他回头，越等越是伤心，哽咽道：“不管你自己愿不愿意有所行动，事关我的清白，也事关江山社稷，这个案子，我会一查到底的。”她说完，再也无法留在这里，转身疾步走开。

她走出灵堂，良哥就率众侍女迎了上来，燕燕不及理会等在外面的韩匡嗣夫妻向她行礼，径直而出。

她回到御辇之上就崩溃了，伏在良哥肩头，反反复复只说一句话：“他居然不信我，他居然不信我……”

良哥手足无措，却没有办法安慰她，只反复劝着：“不会的。韩大人是最了解您的。他定是伤心过度，才口不择言。娘娘不要放在心上。

咱们加把劲，把青哥找出来，一定可以证明娘娘的清白……”然而她这样的车轱辘话，对于此刻的燕燕来说，却是无济于事的。

良哥抬头，看着马车已经驰入宫中。高高的宫墙如无形的威压，更显得在她怀中哭泣的女人，是如此的孤独渺小。

这一刻，她不是权倾大辽的皇后，而只是一个无助的女人。

燕燕这一去，韩德让一夜未眠，次日起来，还未出门，萧达凛就已经到来：“你妻子的死，与皇后有关吗，这到底是怎么回事？”

韩德让一惊：“你说什么？”

萧达凛怒道：“你还问我，一夜之间，上京城都已经传遍了。”

韩德让的妻子误饮毒酒身亡，而这毒酒，恰是皇后送来的，一时上京城中，流言纷纷，都说是皇后与韩德让有私情，而韩德让的妻子因嫉妒散布流言中伤皇后。皇后一怒之下，就用毒酒赐死了韩夫人。

流言仍在继续发酵，三天了，青哥仍然没有找到，反而有另一件事，悄悄浮出水面。

“你说什么？”燕燕不可置信地问双古，“主上在春捺钵的时候带回一个渤海贡女，如今用的是小妃的例？”

青哥失踪，首先就要查她在当日以及之前所接触过的所有人和事，自然也就是先从宫中查起。于是整个宫中都掀翻了彻查，连个老鼠洞都要搜上三次，所有宫册查了又查，自然宫中多了一个大活人的事，就这么查出来了。

皇帝此番春捺钵，收了渤海国三十个贡女，于当时就赐了一半给跟随的群臣，回到京中之后又把另一半赐予其他宗室，而查册的时候，却只有二十九个贡女的记录，另一个却悄悄地记上了小妃的份例。

双古查到此事，不由大吃一惊，不敢惊动旁人，只自己再悄悄地查探明白，这才来回报皇后。

燕燕看着账册冷笑连连：“好啊好啊，我还以为他只是宠幸了一个小宫女。没想到，他竟然瞒着我纳妃，看来对人家是动了真心。我得去问问，到底他眼里还有没有我这个皇后！”她说着，站起身要出去找耶律贤，才走到门口，忽然身子一软，倒了下来。

也不知过了多久，燕燕才幽幽醒来，就见着御医坐在床边把脉，良哥眼睛哭得红肿侍立一边，床头却坐着胡辇。

见燕燕睁开眼睛，胡辇忙按住燕燕道：“你先躺着，不要乱动。”这边问御医道：“皇后怎么样？”

御医退开半步，恭敬地道：“娘娘自生完三殿下后，就有些伤了身体。本该好好调理，却一直忙于朝政，无暇顾及自身。这次的病势汹汹，也是操劳过度、心情压抑的缘故，若不好好调养，恐怕会伤了根本。臣去开个方子，皇后接下来须按着方子吃药，静心休养。”

胡辇叫御医下去，这边指着燕燕，有些恨铁不成钢地道：“你啊你，这么大人了也不知道注意身体，把自己折腾成这个样子。说吧，到底出了什么事？”

燕燕看到胡辇，忽然只觉得所有的委屈都涌上心头，抱住胡辇，叫了一声：“大姐……”再也忍不住，失声大哭起来。

胡辇抚着燕燕，看着她失态大哭，心中酸楚。这个妹妹原来是最任性的，可是自从入宫当了皇后之后，被迫长大，被迫坚强，被迫扛起江山社稷，她也变得越来越有威仪，越来越不肯向人展露内心，展露她的脆弱与无助。

而此刻，她近乎崩溃的哭声，令胡辇心疼无比，她轻抚着燕燕的背部，仿佛这十几年的时光不曾过去，她依旧是她最娇气的妹妹。她轻轻安慰道：“燕燕不哭，有大姐在，没事的，没事的……”

哭了很久，燕燕才渐渐停住，也觉得有些不好意思起来。扭过头去，叫良哥打了水来洗过脸，这才坐正了，拉住胡辇的手，道：“大姐，你怎么来了？”

胡辇心疼地拈起她鬓边的一缕头发，放在耳后，这才叹道：“你都这样了，还问我怎么来了？我若不来，还有谁会看顾你。”

燕燕苦笑一声，倚在胡辇的怀中，懒洋洋地竟不想动了。

此刻，她很累，只想逃避，只想放弃思考，什么都不必面对。

胡辇也知道她的心事，这个妹妹是她看着长大的。此时的她，或许遭受了从小到大未曾有的压力和痛苦，她明白，她懂。

她只是轻轻地抚着燕燕，缓缓地哼起小时候的歌谣，燕燕不知不觉睡着了。

直至醒来，已经是晚上了，她发现自己仍然依在胡辇的怀中，不由红了脸："大姐，你应该叫醒我的。"

胡辇却抬起她的脸，看了看："这会儿气色好了许多，良哥，去拿膳食来。"

燕燕用了一碗乳粥，吃了几个酥饼，整个人慢慢缓了过来。

胡辇问她："你可是为了韩德让夫人的事？"

燕燕摇了摇头，低声道："大姐，你别问了。"

胡辇知道她不肯说，只叹了一口气道："燕燕，不管发生什么事，大姐都会站在你这边。你累病了，气病了，难道还不肯说吗？"

燕燕只笑了笑，轻轻拍了拍胡辇的手："没事，我自己能处理好。"此时此刻，她不再是那个躲在大姐怀中哭泣的小妹，而又再度成了摄政皇后。

胡辇看着她这副样子，情知之前已经是她情绪的极限了，她若不肯说，自己也是无法，只得长叹一声，指指她道："你啊，还是太要强。"顿了顿，又道："好吧，大姐也不逼你，任何时候你若有事，只管叫她们到延昌宫找我，知道吗？"

燕燕点了点头。

胡辇道："天大的事，大不过你自己的身子，好好休息。我明日再来找你，这段时间我会看着你如何养好身子。"

燕燕笑着点了点头。

胡辇出了宫门，上了宫车，忽然叹息一声，对侍女福慧道："燕燕病倒，良哥不敢去彰愍宫通禀，反倒是悄悄来延昌宫找了我。燕燕定是和主上发生了什么事。如今韩德让的夫人死了，她被人污为凶手，本就情绪低落，又和主上生分，完全是内外交困。怪不得，平时牛一样的人忽然就倒了。”

福慧轻叹一声：“皇后也是太辛苦了。”

胡辇沉声道：“这件事太不对劲了，那李氏才死了几天，京中流言就能传得如此有鼻子有眼，居然说她是为了嫉妒李氏，所以才派人下毒，简直岂有此理，满口胡言。燕燕嫁给主上也已经十几年了，韩德让另娶也七八年了。她若要嫉妒，哪有七八年后再去杀人的？”

福慧不由道：“以奴婢之见，这背后必有人在做文章。而且，韩夫人刚死，流言就能够立刻编派出来，这时机赶得太巧……”

胡辇眉一挑：“你的意思是？”

福慧想了想，还是道：“有没有可能，这毒杀韩夫人的，和制造流言的，会是同一伙人？”

胡辇大惊：“你怎么会想到这个的？”

福慧详详细细地解释道：“奴婢以为，从当日传三皇子的流言，到送毒酒给韩大人，再到制造皇后因嫉妒毒杀韩夫人的流言，这三件事，其实是十分相似的。都是抹黑皇后名誉，让韩大人无法立足京城。奴婢以为，是谁最不想让韩大人留在京城，谁最恨皇后与韩大人亲近的……”说到这里，她忽然似想到了什么，吓得掩口。

胡辇已经猜到她往哪儿想了，凝神想了一想，摇头道：“不是的。”她一开始，也不由往福慧所说的方向去想了，可是把这三件事放到一想再细想，却越发认为不可能。

三皇子是谁的儿子，皇帝再明白不过，燕燕在黑山的时候就已经怀孕了，三皇子身世的流言，必不可能是皇帝所为。哪怕他对韩德让再嫉恨，也不会伤害自己的儿子。而且这三件事都是同一指向，那就是毁了燕燕这个摄政皇后的名誉，让韩德让无法辅佐燕燕，这两个目标，都是与皇帝的意图相违背的。

如果燕燕不能摄政，如果韩德让死了，而这时候皇帝病重，这种情况，对谁最有好处？

过了数日，上京城外土坡草丛中露出一个玉钗，被路过的牧民看到。牧民见无人注意，便悄悄上前，拨开泥土，随即发现玉钗是戴在一个人头上。

牧民吓得跌坐在地上，青哥的尸体就这么被发现了。

韩德让坐在书房里，信宁在一旁回报案情："青哥姑娘的尸身今晨在城外草堆里被发现，就在城外的山腰，是一个牧民发现的。仵作说遇害已经七天以上。"

韩德让阴沉着脸，道："七天……就是夫人遇害的那天。"

信宁道："是。她身上各类首饰俱全，死前身子清白，不是劫杀，也不是奸杀。"

韩德让道："青哥平日生活简单，多年来都在深宫中服侍皇后，没有什么仇人，也不可能是仇杀。而且，她是给我府上送了毒酒之后才出的事，恐怕还是受我牵连。"

信宁道："不错，送毒酒之事也许是被威胁的，然后那个人随即杀了她斩草除根。"

韩德让道："那毒酒本来是送给我的，流言也是针对我。误杀了李氏之后，对方为了掩盖真相，才手忙脚乱放出了皇后毒杀李氏的第二个流言，还杀了经手毒酒一事的青哥，盼着能离间我与皇后，从而让我们无暇追究。"

志宁走进房内道："老爷，宫里又来人，请您进宫，说有要事。"

信宁道："定是为了青哥姑娘的死。大人快进宫去吧，正好也和皇后把误会解开。"

韩德让摇摇头道："不。志宁，你去回话，说我暂时进不了宫。"

信宁迟疑地道："大人，您是想？"

韩德让道："既然对方是想离间我与皇后，那就不妨让他以为得逞，放松警惕。"

第七十六章

重九之死

而此时，高六的调查，却也有了新的进展："奴才彻查过了，这流言最初是从赵王府上来的。"

胡辇惊愕不已："你确定，真是赵王府？"

高六道："不错。"

胡辇道："两个流言都是？"

高六点了点头道："第一次的流言，虽然赵王府的人做得隐晦，但奴才一直留心着他们的动静，稍一查探便发现了。至于第二次，连赵王妃都亲自上场了，好几次在聚会中和人提及韩夫人忌恨皇后，活该被处死。这也是近来许多人深信皇后赐下毒酒的原因。"

胡辇大怒，立刻下令备马前往赵王府。

乌骨里听说胡辇来了，亲自迎出来，笑道："今天吹的是什么风？几百年不出宫门的大姐居然亲自来访。"

胡辇不理会她话中带刺，冷着脸看着乌骨里："乌骨里，你知不知道燕燕病倒了？"

乌骨里一愣："什么？燕燕病倒了？她怎么会病倒呢？"

胡辇讥讽地道："那就得问你了。你们给她找了这么多麻烦，她能不倒吗？"

乌骨里莫名其妙，也恼了："大姐，你在说什么？"

胡辇就把两次的流言说了，问她："你到底想干什么？嫌燕燕的麻烦还不够多吗？你还有没有一点姐妹亲情？你和喜隐就不能过一点太平日子吗？"

乌骨里没想到胡辇上门竟是兴师问罪的，既恼又恨："大姐你说的是什么我竟是不知道，你护着燕燕我不恼你，你为了燕燕这般骂我，我却是不服气的。"

胡辇见她毫无认错之意，更怒了："你还同我说你不知道？两次的流言都是从你这里出来的，一边跟燕燕说，是李氏造谣三皇子的事；另一边又到处和人说，李氏活该被燕燕赐死，这样冤枉自己的妹妹，助长流言滋生，你还说你什么都不知道？怪不得上次在崇德宫你那么多话，原来是贼喊捉贼呢！"

乌骨里大怒："谁贼喊捉贼了？燕燕与韩德让之间的事，别人不知，你我能不知道？李氏造谣，惹恼了她，她便是因此下令毒死了李氏又有什么可奇怪的？是，我是说了几句实话，可那又有什么大不了的？燕燕是皇后，看一个汉人女子不顺眼，杀了就杀了，值得这样发作吗？大姐你要是上门来骂人的，恕我不奉陪了！"说着站起来便欲离开。

胡辇拉住她："你给我说清楚！亏你还是姐姐，给燕燕编造这种事，简直离谱！死的可是韩德让的妻子，你这是不给燕燕活路了！"

乌骨里反而冷笑起来："哟，韩德让一个臣子，能把她这皇后怎么样？都做了十几年皇后了，还放不开韩德让，那不正说明我说的那些都是实话吗？她心里就是容不下韩德让有别的女人。"

胡辇大怒："胡搅蛮缠，不可理喻！"说罢拂袖而去。

乌骨里大怒，看着胡辇的背影顿足："岂有此理，她这是什么意思！"她愤然拉着侍女瑰引道："她这是什么意思？燕燕不好，拿我来撒气，我倒成了出气筒了！"

瑰引素日深得她倚重，闻言却眉头深锁，看了看左右，有些忌惮，只劝道："王妃消消气，我送您回房去。"

直至两人回房，见左右无人，才道："奴婢觉得皇太妃的话有些不对……"

乌骨里仍气恼道："她的话自然是不对的。"

瑰引忙道："不是，她说，两次的流言，都是从您这里出来的……”

乌骨里恼道：“她胡说八道，你也相信？难道我会造燕燕的谣不成，分明本来就是这么一回事嘛！”

瑰引知道她素来粗心，忙拉了她安慰，又缓缓引导她道：“那，李氏对皇后造谣的事，您是怎么知道的？”

乌骨里脱口而出：“不是你同我说的吗？”

瑰引愕然：“我？奴婢没说过啊！”

乌骨里一怔，揉揉额头：“不是你说的，那必是重九说的，总之是你们中的哪个说的。好像是那天给我梳头的时候说的。”

瑰引一惊，又试探着问她：“那皇后毒死李氏的事，也是重九说的？”

乌骨里摇了摇头：“不是……”她皱起眉头思索着，忽然似是想到了什么：“对了，那是我说的，我那天和喜隐说起来的时候，我就跟喜隐说，必是这么一回事。”

瑰引的心往下沉，就听得乌骨里又道：“那天喜隐问我，说是不是也相信燕燕和李氏争风吃醋，出手毒死了她？我说，燕燕倒未必会吃这个醋。但是，那个李氏放风说胡都堇是韩德让的儿子，就绝对触到燕燕和主上的逆鳞了。我是燕燕，我也饶不了这种女人。而且，如果我喜欢的男人有了别的女人，我就会给那女人一壶毒酒。你别看燕燕现在和主上夫妻恩爱，其实韩德让才是她心里最重视的男人。我是她姐姐，还能不知道她吗？喜隐还说我聪明呢。”

瑰引听得肝颤，不敢再问下去，一扭头，见着门边已经站了一人，吓得手一抖，此时她正在为乌骨里卸妆，差点扯到她的头发，她勉强稳住心神，不敢再看那人。

这时候门边那人款款走进来，上前接手了瑰引手中的活计。瑰引退到一边，去整理床铺了。

等到乌骨里睡下，自有值夜的小丫环接手，重九和瑰引就退出去回到下人的角房。

两人同住一房，一回去，就见着重九忙着铺床，卸妆，整衣服，似乎忙得停不下来。

瑰引却没有动作，只静静地坐在一边，看着她忙碌。直到重九再也撑不住，坐到床上瞪着瑰引："你到底想说什么？要说就说吧，你这样瞪着我，我瘆得慌。"

瑰引欲言又止，半晌，才叹息一声："你可知道，青哥死了。"

重九一惊，失声道："什么？"

瑰引道："今天早上刚发现的尸体，已经死了七天了。"

重九失魂落魄地坐在床上，喃喃地说："七天。"

瑰引又道："今天是韩夫人的头七，韩夫人死的那天，青哥就死了。"

重九打了个寒颤，忽然回过神来，暴怒道："你跟我说这个算什么，我什么也不知道，我什么也不知道！"

瑰引道："重九，你我从小是一起服侍着咱们王妃长大的，应当知道她的性子，是容不下一粒沙子的。太平王死后，查出他与宁王妃安只有染的事，咱们王妃可是整整骂了十天。若是到了她自己身上，你当知道……"

重九还没等她说完，又气又急道："我服侍王妃的日子比你还长，你当我是傻的吗？我怎么可能、怎么可能……亏你想得出！"

瑰引一怔，她素日就疑心重九逢事都是言语中站在喜隐一边不动声色挑拨乌骨里与姐妹之间的关系，又看她鬼鬼祟祟从喜隐书房出来过，便疑心到这方面去了，见重九神情不似作伪，心念电转，忽然问她："不是大王，那是谁？"

重九又气又急之下，失口道："自然是桑吉。"话才说出口，便知不对，已经上了瑰引的当，说出了自己情人的名字来。

桑吉是赵王府总管撒懒的儿子，撒懒从李胡时代起主管他这一系的奴隶、财物，甚至是许多对内对外的事务工作，被李胡父子视为最心腹之人，这种职位为了保证忠诚，通常都是父子相传。重九虽是女奴，但长于乌骨里身边，向来心高气傲，寻常府中奴仆下人哪里在她眼中。撒懒为了帮喜隐掌控乌骨里身边之人，不惜出动儿子，这才拿下了重九。

重九失口说漏了嘴，又羞又惧，忙恐吓瑰引道：“你、你别多管闲事，这事原与你无关。”

瑰引急了：“重九，姐妹一场，我若不是为了你，何苦去问这事。青哥已经死了，你就不怕吗？”

重九打个寒战，她何尝不怕，她若是不怕，今晚就不会如此失态。可是如今已经上了这条船，她还能如何？她只能努力说服她是他们自己人，他们不会对她下手的。否则的话，她哪里还敢继续安稳地睡在这张床上！

想到这里，她勉强道：“你不必说了，我自有分寸。睡吧，明早还要早起呢。”

瑰引看了看她，不再说话，只翻身盖上被子。

重九叹了一口气，也吹熄了灯。

只是两人各有心事，翻来覆去，都难睡着。

瑰引听得旁边重九也在翻身，只道了句：“重九，你也早些睡吧。”

重九没有回答。

瑰引等了她半日，没见回答，这时候也快下半夜了，她正昏昏欲睡的时候，恍惚中忽然听得重九轻轻叹了一口气：“你还记得兰哥吗？”

她并没有对着瑰引说话，似乎是在自言自语，瑰引此时眼皮都抬不起了，她想回答，但身体似乎已经进入昏睡状态了，只勉强有一丝精神醒着。但后头重九并没有再问她，也没再说话，瑰引就睡着了。

然而这一夜，重九翻来覆去，根本不曾睡着。

瑰引醒来的时候，天已经大亮了，这一夜她竟睡得过了时间，还是小丫环见她到时候没来，就来把她推醒，急道：“王妃已经醒了，你和重九姐姐都不在，旁人可服侍不好王妃。”

瑰引忙抬头看去，却见重九并不在房间里，忙问：“重九姐姐已经过去了吗？”

小丫环道：“并不曾，我一路过来，也没见着她。”

瑰引一惊，上前去摸了摸重九的被褥，已经冰冷，显见重九已经离开多时了。瑰引心中升起莫名的惊骇，直吓得脸色惨白，却不敢引人怀疑，只打个哈哈道：“重九起得倒早，她必是早到王妃房中去了，我也得赶紧过去。”

只是她声音喑哑，脸上的肌肉也是僵硬的。那小丫环却未察觉，认真地辩解道：“我刚从王妃房中回来，就是没看到重九姐姐。”

瑰引不去理她，匆匆打开柜子，却见重九的东西少了许多，她心头巨震，不敢怠慢。忙穿衣挽了头发，也顾不得找热水，随手拿放在墙角的脸盆就着昨夜的残水抹了把脸，这水冷得她打个哆嗦，顿时清醒，立刻赶到了乌骨里处。

乌骨里早已经洗漱完毕，此时正由一个二等丫环为她梳头，见了瑰引来，不悦道：“怎么一早上你也不在，重九也不在，就仗着我宠爱你们，一个两个都懒怠起来。”

瑰引只觉得心脏跳得快极了，却不敢说话，只匆匆服侍了乌骨里梳妆后，仍然未见重九。乌骨里也奇怪起来，问瑰引：“重九去哪里了？”

瑰引一时怕是重九逃出去了，自己若说了反害了她，一时又怕重九没逃出去，若不早说，只怕她性命不保，心头犹豫矛盾，却不敢说话。忽然想到一计，对乌骨里道：“不知道大王这几日在前头书房用餐用得好不好，王妃何不去看看大王？”

几个房内服侍的二三等丫环也都附和，乌骨里遂站起来笑道：“说得很是，我也过去看看喜隐。”

说着就叫人备好早膳，带着一众丫环去了前头书房。

瑰引眼尖，就见着撒懒父子刚从书房中出来，但见撒懒神情轻松，桑吉却又是沮丧，又是畏惧。见了乌骨里一行人来，这父子俩就避到一边，恭敬地迎乌骨里进去了。

乌骨里走进来，瑰引细细打量，见喜隐眼下青黑，显见是前一夜不曾好好休息，神情反而有一些亢奋得意。

瑰引心里一沉，重九早上不见这件事，上房几个小丫环早嚷出去了，若是重九当真逃了，喜隐知道此事，岂会是如此神情，再想到刚才撒懒父子的神情，难道是重九竟没跑掉不成？

她甚至还隐隐闻到了一丝若有若无的血腥之气，难道是……

她不敢想下去了，内心充满了恐惧，却丝毫也不敢表现出来。

就见着乌骨里与喜隐说了几句不咸不淡的话，说几日后儿子留礼寿十六岁生日怎么过云云，瑰引站在那儿一声不吭，却暗中观察，就见着喜隐袍子边还有新鲜的血迹。

喜隐府中有几个囚牢拷问的地方，瑰引在乌骨里身边掌事多年，也有几个心腹之人，便暗中让人留心那几处。就见天刚黑时，地牢里抬出来一具尸体送到角门外要送到化人场去。

那尸体用破麻布袋装着，已经送出角门放到门前备着的车上了，忽然听得一个声音道："站住 。"

那管事的一回头，就见着灯光亮处，瑰引带着乌骨里匆匆而来，几乎要瘫倒在地。

乌骨里道："把麻袋打开。"

管事不敢动手，乌骨里身后跟着的亲卫就上前，打开麻袋，顿时惊呼："是重九姑娘。"乌骨里大惊，问那管事："这是怎么回事，我的侍女，你敢擅杀？"

那管事早就跪下道："奴才不敢，奴才只是奉大王之命，把尸体运走，具体的事，奴才什么都不知道。"

瑰引上前，看着这面目全非的尸体，这一身血污，揭开一角衣服竟是血肉模糊，显见在死前受过酷刑，只有极熟悉的人，才能认出这是重九来。

她尸身已冷，这短短不到一天的时间，她到底遭遇了什么样可怕的酷刑，以至于香消玉殒。

乌骨里虽然明知这府中除了喜隐以外，无人敢动她的侍女，但总归还是不敢置信，听了那管事的话，悲愤交加，咬牙道：“好奴才，你倒是会推！我先问过大王以后，再来问你的罪！”说罢顿了顿足，吩咐瑰引道：“你给我把重九搬回我院中去，”

说完，乌骨里转头飞奔到喜隐书房，推门进去就大声道：“喜隐，你给我解释清楚，为什么对重九下这么狠的手？你知不知道她服侍了我二十年！”

喜隐见了她这般到来，先是吓了一跳，及至听她说完，反而冷静下来，笑着揽过乌骨里的肩膀：“乌骨里，你冷静点。我当然有我的理由。”

乌骨里拍开喜隐的手，恨恨地看着喜隐：“好，我倒要听听你怎么解释，你说。”

喜隐便道：“今日一大早，撒懒来告诉我说，重九带着包袱，一早就偷偷地想溜出府去。被门上报过来，他心中疑惑，就扣下她审问。谁知道竟查出她勾结外人，偷府上东西的事。不忠心的婢女没必要留着，我就让撒懒帮你处置了。”

喜隐说得轻描淡写，乌骨里却越来越怀疑，怒道：“不对！你骗我，你有事瞒着我。重九为什么偷东西，她在我身边这么多年，还缺钱用吗？就算缺钱，跟我说一声也就是了……再说，她是我的侍女，就算她有什么事，你为什么不先跟我说，偷偷地对她用酷刑，还要编着理由杀她？你到底隐瞒了我多少事？”

乌骨里素日对喜隐是极信赖的，他说什么自己都懒得去想，全交由他来做主。喜隐不曾想今日她居然敏锐起来，只得无奈地道：“算是我的错，我当时正有一些不顺心的事，一时暴躁起来就让撒懒务必要问出她实话来。谁知道她嘴硬，打着打着就失手打死了。不过一个侍女而已，我回头赔你一百个罢了。”

乌骨里毕竟不是傻子，况且两人夫妻多年，她认真追究起来，岂能看不出喜隐敷衍的态度来，顿时大怒，将近日所有的事情前后联想了起来，越想越是疑心："你不要以为我不知道你在鬼话连篇！打狗还要看主人呢，凭是重九偷了什么东西，用得着你这般酷刑审讯？除非，你是干了亏心的事，怕重九告诉了别人，所以才要对她严刑审讯，才要将她置之死地。是了，说李氏放流言，是重九跟我说的。说燕燕毒死李氏，是你诱使我说的。大姐说的那些是真的？你到底想干什么？又瞒着我，利用我、利用重九做了什么？"

喜隐先是漫不经心，只当哄孩子似的神情，听到后来，神情越来越凝重，听到最后，苦笑道："乌骨里，你想到哪里去了，我们夫妻好好的，何必为一个侍女吵闹。好罢，我答应你，以后你的侍女，我一根手指也不会动，好不好？别吵了，教留礼寿听到，还以为我们怎么了！"

乌骨里拍开他伸过来的手，冷笑道："我可明白了，撒懒的儿子成天跟重九鬼鬼祟祟的，你什么时候把我的侍女也骗得替你做事了？我问你，三皇子身世的话，是不是你叫重九进宫传的？害死李氏嫁祸燕燕，是不是也是你干的？"

喜隐手悬在半空，无奈地道："乌骨里，你又何必追根究底，我不会害你的。"

乌骨里厉声叫道："不要顾左右而言他。你答应过我，绝不伤害我的亲人。你现在在做什么？"

喜隐被逼得无奈，只得叹了一口气，双手搭在乌骨里肩上，劝道："你先冷静下来，我慢慢和你说。"

乌骨里定定地看着喜隐，不肯再理会他惯用的缓兵之计，毫不退缩地道："别慢慢说，就现在说。"

喜隐无奈，只得拉着乌骨里坐下，叹道："是，你说的这些都是我做的。不过，我并没有违背对你的承诺，不管燕燕还是胡辇，还是燕燕的孩子，我都没有动手。那壶毒酒本来是给韩德让准备的，他的妻子喝下它纯属意外。"

喜隐本以为乌骨里早就想明白此事，既然她已经将此事说得一点不错，他索性认了也罢。但却不知乌骨里是随口胡猜，听到他当面承认，反吓得自己脸色惨白，语无伦次地问：“你、你为什么要这么做？”

喜隐听了这话，忽然哈哈大笑起来，笑着指向窗外皇宫方向：“为什么？乌骨里，你该不会是忘了吧？”他用力一捶桌子：“开皇殿中的那张龙椅本来是属于我的！明扆窃取皇位已经十四年了，我的忍耐也到了极限。韩德让是他麾下最得力的臣子，是我们夺取皇位的最大障碍，我当然要设法杀了他。”

他态度硬了，乌骨里反倒软了下来，只讷讷道：“就算如此，那跟重九又有什么关系呢？”

喜隐冷笑道：“重九知道了不该知道的东西，而且试图逃出去。乌骨里，如果她被胡辇或者燕燕抓走，那我做所的一切就全都暴露了。”他俯身附在乌骨里耳边，如魔鬼般低语：“乌骨里，你不是说过，在你心里，我才是最重要的吗？为了我的生命安全，你就不能舍弃一个婢女吗？”

乌骨里张了张嘴，想说什么，一时竟说不出话，好半天，才终于掩面沮丧地说：“你可以把她关起来，或者告诉我，让我来劝她。重九很忠心，她不会乱说的。”

喜隐声音更加温柔，却充满着邪恶：“乌骨里，重九猜到真相的第一反应是外逃，让我怎么能信任她呢？我唯有快刀斩乱麻才能安心。你想想，通向皇位的路从来都是布满鲜血，我有可能连一个人也不杀，就能让明扆主动退位吗？”

乌骨里怔怔地听着他这般说话，竟是觉得无可辩驳，就听得喜隐又在她耳边低语：“你要知道，所有这些牺牲都是为了皇位，为了你和留礼寿，为了我们这个家。”她如鬼使神差一般，闭上眼睛，哽咽着说道：“我不管你了，只是你要保证，你的所作所为，绝不会伤害到我大姐和燕燕。否则，我就带着留礼寿离开你，一辈子都不会原谅你。”

喜隐松了一口气，轻快地道：“当然，我保证。”

夜深了，瑰引终于等到乌骨里回来。她甘冒杀身之险，说动乌骨里及时赶到，终于查出了重九的下落。可是没想到却已经迟了，重九就这么死了，死得如此凄惨，不能瞑目。

她在等，等着她与重九服侍了二十年的主子，能给重九一个交代。

可是，乌骨里回来，只是一脸愧疚地对瑰引道："重九的后事你给她办了吧。她若有亲人，可以选进府来伺候，就当是抚恤了。"

最终，重九是怎么死的，为什么而死，却是谁也没给她一句明话。

甚至连下葬，也只有瑰引一人来送。

次日，郊外，一丘荒土，葬了重九。

乌骨里赏了一口棺材、一身衣服、几件首饰，算是给重九最后的安慰，又破例让萨满给重九念了一天的经。

瑰引在萨满帐中，为重九念了经，出来的时候，看着夕阳西下，一时间，竟对回赵王府产生了极大的排斥心理，虽然明知道天黑之前要回去，但却只是牵着马，在那里慢慢走着，回忆着与重九这二十年来相处的点点滴滴，心中疑惑万千，默默垂泪，脑海中只想着一件事："重九，你死得好惨，你到底知道了什么，落得这样的下场。"

这时忽然听得背后有人叫她："瑰引。"

瑰引抬头，见了来人，吃惊地道："福慧姐姐？"

来人正是胡辇的侍女福慧，这些日子，胡辇的人一直在盯着赵王府，她前天才去找过乌骨里，昨天赵王府就死了个婢女，岂能不疑。因福慧在府里时，与瑰引交好，于是就派她来试探。

今日瑰引出城，葬了重九，又去萨满处作法，福慧派人跟了一路，见她此时身边无人，正好出现。

福慧策马走近，跳下马来，道："真巧，你今日也出城啊。"

瑰引扭头抹了眼泪，强笑道："是啊。"

福慧见了瑰引脸色，轻叹道："你可是来送重九的？当真也是有情有义了。"

瑰引又伤心起来，低低哭泣。

福慧试探着又道："我听人说，重九是偷东西，被赵王杖毙了？"

瑰引闻言，脸上露出愤恨之色，怒道：“福慧姐姐，你也相信这样的话？”

福慧看着她神情，想起当年几个侍女在府中相处的日子，心中悲愤，她是早知原委的人，当下就恨道：“我当然不会相信，我们这些跟了皇后、王妃的人，虽然是奴婢，可也不会眼皮子这么浅。再说就算是偷东西，有什么贵重东西，值得把重九这样活活打死？”

瑰引听到这话，引动心事，扑到福慧怀中大哭：“福慧姐姐……重九、重九她死得好冤啊！”

正是城外，远近无人，福慧轻抚着瑰引的背，安慰道：“没事的，没事的。你好好跟我说，重九到底是怎么回事？”

瑰引哽咽道：“其实我也不知道到底发生了什么。重九这些日子一直坐立不安，我问她有什么心事又不说。我就看着她跟撒懒的儿子鬼鬼祟祟的，又爱挑我不在的时候跟王妃私下说谣言，让王妃信以为真。昨天王妃还跟我说，就是重九在给她梳头的时候，说三皇子的事，是韩……韩夫人传的流言。”

福慧脸色一变，忙问道：“那她到底说了什么，做了什么？她是怎么出事的，出事之前，有什么话给你留下？”

瑰引想起前事，心中悲伤，哽咽着摇摇头道：“没有，她什么也没有说。我只知道，她承认和撒懒的儿子有私情，后来我怎么问她，她也不说。我本以为还有机会再问她的，可是第二天一早起来，她就不见了……”

那一日，必是重九听了她与王妃的话，知道自己已经败露，就想趁着天亮时悄悄逃走。这个糊涂的丫环啊，也不知道桑吉许了她什么诺言，她居然就这么死心塌地为他去送死。

又或许，她知道这已是必死之局吧，皇太妃的质问，必是让王妃有所怀疑，以王妃的性子，便是自己不提醒，过得两日也会去刨根问底，一旦追问到重九身上，大王为了灭口，也一定会杀重九的。

可是她为什么这么傻，不去向王妃求助，反而自己悄悄逃走？王妃一向心软重情，若是她向王妃求助，王妃岂会坐视她死去？

可是这样一想，瑰引的心更凉了，这个王府，表面上看来是王妃想怎么样就怎么样，大王对王妃总是千依百顺。可是当大王真正想做什么的时候，王妃却总是拿他没有办法。就像这次重九的死，王妃气势汹汹地去找了大王，可是回来以后，却是一脸无可奈何，轻描淡写。

或者，重九果然比自己对王妃的了解更深，她是明知道就算向王妃求助，而且王妃就算原谅她答应保护她，最终她还是逃不过喜隐的魔爪吧。可是为什么她什么都知道，还是一步步踏上这条不归路？或者，她一开始，也并不知道这段私情会让她走入死境吧，也或者是因为她在知道自己濒临绝境时，才会把所有的事情都想过，想得比她更透彻一步。

瑰引在此刻，忍不住诅咒喜隐，她心底充满了怨念，再也无法对他的恶行熟视无睹。

她虽然心中思绪万千，但当着福慧的面，还是避重就轻地答："王妃一早发现她不在，就叫人去找，直到快入夜了，才有人报说地牢里有一具尸体抬出来，王妃过去一看，竟是重九……"

她说到这里，忍不住泪如雨下。她自然不敢告诉福慧，找重九的是她，引着王妃过去看的人也是她。她只是一个奴婢而已，她不能让任何人知道她为重九所做的事，否则下一个死的就是她。

福慧心中也不禁恻然，情知可能再问不出什么来了，但本着谨慎的心态，还是再问瑰引："那天夜里，重九真的除了你刚才说的那几句话，再没说过什么了？"

瑰引已将她从乌骨里房中离开到她入睡前的每一句话都复述给福慧听了，闻言只是摇摇头："没了。"

福慧点点头，又问一句："那她睡前或者第二天临行前，有没有跟你说过什么，或者留下什么话。"

瑰引摇摇头，忽然神情中闪过一丝不确定来，还是继续摇头。福慧却眼尖，看出她这一丝犹豫来，又问："真的没有，你再想想？"

瑰引犹豫地道："我，我当时快睡着了，不知道到底是重九跟我说的，还是我做梦梦到的，我真是记不得了……”

福慧急问：“她说了什么？”

瑰引道：“我那会儿半睡半醒的，就听到重九说：‘你还记得兰哥吗？’”她摇摇头：“我不知道，她说的是兰哥，还是青哥，可我当时睡着了，我也不记得，这到底是她说的，还是我睡迷糊了。”

福慧一怔：“兰哥是谁？”她皱起眉头，“我怎么似乎听到过这名字。”

瑰引道：“兰哥是青哥的双胞胎姐姐啊，和青哥一起进的府，那年给二小姐、三小姐挑贴身侍女的时候，青哥挑上了，兰哥没挑上，后来很早就配给庄子里的人了。对了，她们俩长得还真像，我们以前还认错过。”

福慧一惊，拉住瑰引问她：“你说什么，兰哥是青哥的双胞胎姐姐，长得很像她，能让你们这些很熟的人都错认？”

瑰引点点头：“是啊。”她在府中，不太听到府外的消息，只知道韩德让的妻子被毒死，外界传说是皇后下的毒，却不知道送毒酒的那个侍女正是青哥，更不知道青哥的尸体刚被发现。

福慧握紧拳头，一切终于有了线索。

两天后，皇太妃胡辇，带着兰哥进了宫。过得不久，惕隐耶律休哥、北府宰相室昉、大理寺卿等进宫，韩德让也奉旨带着当日接旨的管家与侍女进宫。

就在帝后面前，韩府管家当场就认出，这个叫兰哥的女人，就是当日来传旨的“青哥”。

虽然经过几年庄子上的农活，兰哥其实与青哥并不如当日那般神似了，可是穿上同样的衣袍，脸上搽了脂粉，努力装一装，在不太熟悉的人面前，还是可以暂时冒充一下的。

兰哥跪在地下，痛哭流涕，她只是一个农庄的女奴，萧思温府里的一名小管事叫她打扮了去送一份备好的酒菜，说一段背好的话，她并不明白是何用意，只知道这样可以得到一笔财物而已。可她没想到，这一点点贪利之举，害死了她妹妹，也害得自己差点身亡。

胡辇派福慧赶到的时候，那小管事正准备杀兰哥灭口。

而那名管事，就是萧思温府给乌骨里陪嫁的奴仆。

第七十七章

姐妹生隙

事情败露，喜隐下狱，燕燕大怒之下，就要杀了喜隐。

胡辇听到这件事时，立刻站起身来就准备进宫求情，在她心里，自然是知道喜隐有错，但是对于她来说，喜隐就算千错万错，燕燕也不能让乌骨里当寡妇，让留礼寿没有父亲。

她是个大家长，她或者会论是非，但她更重视亲情。

她正匆匆梳妆完出门准备去找燕燕，就看到乌骨里带着留礼寿直冲进延昌宫，跪倒在自己身前，保住腿哭叫起来："大姐，你去救救喜隐！燕燕她不肯见我，她一定想杀了喜隐。大姐，我不能做寡妇，我不能让留礼寿没有父亲，求求你，大姐，你让她念在我们姐妹一场，饶了我的丈夫吧……"

胡辇用手指一戳乌骨里的额头，怒其不争地骂她："你不能做寡妇，你不能让你的孩子没有父亲。可你就忍心看着燕燕做寡妇，就忍心让文殊奴他们没父亲？你现在知道讲姐妹之情，可你早干吗去了？就眼睁睁地看着你的丈夫去谋害燕燕一家子，甚至还去当帮凶？你有把燕燕当你的妹妹吗？你这个愚蠢的女人，你的心里除了你的男人以外，还有别人吗？你扪心自问，如果有人要谋害你的丈夫、你的孩子，甚至说你和别的男人私通，你会把她怎么样？"

乌骨里听到这声声责问，顿时语塞："我、我……"她再也说不出来，只能羞愧地掩面大哭。

胡辇问她："你自己做不到，凭什么要别人替你做到？"她长叹一声："乌骨里，我没想到你嫁给喜隐之后，变得毫无羞耻之心了。"

乌骨里泣不成声，却无言以对，只能泣声道："大姐，我知道错了……可是，可是我不能没有喜隐，我不能……"

乌骨里心知胡辇从小主持家事，是非分明，两个妹妹都是她一手管教，容不得她们蒙混过关，但她亦知胡辇是极重姐妹之情极心软的，虽不敢在她面前巧言饰非，只想着装可怜惹起胡辇同情，让她出面为自己求情。

她算盘打得虽好，旁边的留礼寿却正是年少气盛，被母亲拉着来哭求，本就觉得极羞辱，再看到母亲被胡辇指着骂，早已经不忿，站起来叫道："皇太妃，如果你不想帮我们，就不要羞辱我的母亲。这次就算我们求错人了，母亲，我们走！"说着，想把乌骨里拉起来离开。

胡辇一怔，面现难堪之色。自罨撒葛死后，她一度消沉，乌骨里和燕燕为了让她解颐，就派着孩子们轮流来陪她，让她走出心理低谷。

胡辇自己没有孩子，就将乌骨里与燕燕的孩子视为寄托，素日对这些孩子们极为疼爱。她管教起妹妹们来极为严厉，但对这些孩子却是连句重话也舍不得说，所以两个妹妹有什么事不好直接对她说的，都让孩子们来撒娇耍赖，必能达到目的。

她带留礼寿的时间最长，感情也最深，可冷不防留礼寿这般翻脸，于胡辇来说，真是如当面一记耳光扇上来，让她十分难堪。

乌骨里带了留礼寿来，本就是拿他来让胡辇心软，胡辇这次帮了燕燕，害得喜隐阴谋失败，她心中何尝不是隐隐生怨。留礼寿这一说，正是她想说的话，但她却不是为了来与胡辇翻脸的，见胡辇难堪，不禁心中称愿，表面上却是抬手就打了留礼寿一巴掌，骂道："混账，你怎么敢对大姨母无礼，快跪下赔礼！"

留礼寿却仍倔强地站在那儿，叫道："我不，她根本就不帮我们，她就只会帮皇后！母亲你还要傻到什么时候，你去求人家，人家会理你吗？我是耶律阿保机的子孙，就算死也要站着死……"

乌骨里大惊失色，忙去掩他的嘴，故意哭道："那还不如让我先死了吧……"

胡辇沉默地看着，任由乌骨里唱念做打，一边的福慧忍不住开口道：“赵王妃，小郎君，皇太妃刚才就准备出门去找皇后求情，如果不是你们挡着哭诉，她现在已经去替赵王求情了。”

乌骨里一怔，才知道自己枉作了这出戏，只得一脸惊喜地抬头，拭泪笑道：“真的，大姐，你真的是要去替喜隐求情吗？对不起，大姐，是我错怪你了，留礼寿，快跪下给你大姨母赔罪。”说着忙去拉留礼寿跪下赔礼。

留礼寿虽然跪下了，但仍倔强地道：“大姨母，如果您能够救我父亲，我可以天天跪着给您赔罪。”

胡辇忙扶起留礼寿，欲去扶乌骨里，乌骨里不肯动，仿佛要看着她先给个肯定的答复才会起来。

胡辇低下头，看着乌骨里长叹一声：“乌骨里，我原本要去求情，但如今看你们这样，却是要犹豫三分了。”

乌骨里急了，直接站起来追问她：“大姐，你这又是为什么？”

胡辇与乌骨里对视，道：“因为你到现在只会为自己开脱，只想求别人帮你，只想让喜隐免罪。可你从来没有意识到，造成这一切的不是燕燕，不是我，而是喜隐。你求我们有什么用，你去求喜隐啊，让他能保证以后永远不会再犯这样的死罪吗？”

乌骨里被说穿心事，不敢与胡辇对视：“我可以，我可以……”

胡辇截断她的话：“你做不到，喜隐犯这样的事，已经不是第一次了，主上和燕燕不是没有饶过他，可他继续一次又一次地谋害他们。我现在担心，如果我去向燕燕求情放了喜隐，我何以向燕燕交代，说喜隐不再会起谋反之心？”

乌骨里张口欲言，但看到胡辇洞悉一切的眼神，慢慢又缩了回去。

胡辇叹道：“我知道，你做不到，就算你今天答应我，你一样做不到。因为你也曾经保证过，可你的保证没有用。你无法约束喜隐，甚至，你一直只能被喜隐操纵……”她怒其不争地指了指乌骨里：“乌骨里啊，你软弱无能到被一个男人操纵成这样，简直叫我不敢相信，你是萧思温的女儿，是我和燕燕的姐妹。”

乌骨里退了一步，跌坐在椅子上，听着胡辇的数落，忽然间伏案大哭起来：“大姐，我没有办法，我没有办法……你是不曾体会过，如果真爱上一个人，你怎么忍心无视他的痛苦，怎么忍心拒绝他的请求，你根本没有抗拒之力！”

胡辇冷冷地说：“如果是这样的话，我就会把他的脚打断，也好过放他去自己作死，甚至祸连自己和孩子。”

乌骨里怔在那儿，看着胡辇，满脸惊骇。

胡辇看着她，长叹一声：“我现在就去替你求情，你是不是只要求他活着就好，不要让你做寡妇，不要让你孩子没有父亲，是不是？”

乌骨里慌乱地点头：“是，是！”

胡辇看了她一眼，扭头向外走：“我也只能替你去求到这一点。”

乌骨里怔怔地坐在那儿，看着胡辇转身走出客厅，一直走出延昌宫，她仍坐在那里，一动不动。

好半晌，才听得留礼寿在那里推她：“母亲，母亲……”

乌骨里一把抱住留礼寿，语无伦次地说：“能活着就好，能活着就有机会，就有机会……”

见胡辇走进来，燕燕心中已经明白，叹气道：“大姐，二姐去找你了？”

胡辇走到燕燕面前，凝视着她道：“她不找我，我也要来。燕燕，我今天找你，和我替你去找兰哥查明真相的原因是一样的。因为你是我妹妹，她也是我妹妹。”

燕燕看着胡辇，感慨道：“包括你当日为了她，嫁给罨撒葛吗？”

胡辇一怔，竟无言以对。

燕燕站起来，拉着胡辇在炕上坐下，叹道：“大姐，我不是不爱二姐，我们不是没有努力为她忍让过，牺牲过。你的婚姻，你的终身大事，都是为了她被毁了。而我，一次次要把喜隐这个祸患留着。可她呢，她永远只任性地活在她的爱情里，这样践踏我们的牺牲和忍耐。”

胡辇欲言又止，最终只能长叹一声：“燕燕，我知道……”

燕燕举手阻止她继续说下去：“大姐，你不要再说了。这一次，你立下大功，你若以你的功劳，换喜隐的活命，我可以答应你这个交易。可是，没有下次了。”

胡辇欲言又止，叹气道：“好吧。那你打算怎么处置喜隐？”

燕燕沉默了，许久之后缓缓说道：“我不想再见到这个人。”

赵王谋逆，着永囚祖州，终生不得获释。

旨意到时，乌骨里跳了起来，不能置信地叫道：“怎么，不是说饶过他了吗？不行，我要找燕燕问清楚……”

来宣旨的双古挡住了她，道：“赵王妃，皇后已经饶了赵王性命，您就接旨吧，不要多生事端了。”

瑰引也忙拉住乌骨里，劝道：“王妃，只要人活着，就可以从长计议。皇太妃好不容易求了情，您别把事情再弄坏了。”

乌骨里恨恨地一甩手：“燕燕，我算看透她了。”

站在一边的留礼寿沉默不语，眼中却带着仇恨。

不管乌骨里怎么不甘心，最终还是只能带着儿子，去送别喜隐。

一直送到城外，喜隐道：“好啦，送得再远也须别离。乌骨里，快带着留礼寿回去吧。万一起风，把你吹病了可不好。”

乌骨里早已经泣不成声：“喜隐，祖州那么远，那么艰难，你是堂堂赵王，去受这个苦，叫我怎么能放心。”如果说喜隐当日行事，她还有对喜隐的怨念，对燕燕的愧疚，到此时，她内心已经完全被对燕燕的怨恨所充满。

不管喜隐对燕燕做过什么，或者想做什么，到如今燕燕毫发无伤，而她却要杀死喜隐，流放喜隐。这对于乌骨里来说，是不可接受的。

喜隐看着眼前哭泣的妻子，拍拍她道：“好了，好了，你别担心，我身体壮着呢！”他转头看了皇城方向，露出讽刺的笑容：“我总熬得过明扆吧！”

乌骨里震惊地想去掩他的口：“你，你怎么还这副死性子啊！”

喜隐眼神闪烁，安慰乌骨里道：“你要真想着我，就别和皇后使性子，平时和皇后，还有皇太妃多走动走动，等她气消了，就求她早日放我回来。”他说这话的时候，嘴角带着一丝讥讽的微笑。

这样的微笑，十多岁的儿子留礼寿竟看懂了，乌骨里却没有看出来，只边拭泪，边点头应他：“好，我会的。”就算再委屈，为了喜隐，她也会努力和大姐还有燕燕搞好关系的。

喜隐笑道：“好。我等你好消息。”

留礼寿看着父亲，不解而愤然地问他：“父王，我们为何要求皇太妃。您不知道，她是怎么羞辱母亲的，母亲那么跪在地上求她，她都没出来看一眼。”

见喜隐脸色难堪，乌骨里沉下了脸道：“留礼寿，闭嘴。”

留礼寿仍然继续发泄着情绪：“她根本就没把您当成什么好姐妹，她不配做我姨母。父王，你等着吧，不必求她，迟早我要靠自己的力量打败她，把您迎回来。”

喜隐听到这话，纵声大笑起来：“好！有志气，不愧是我耶律喜隐的儿子。”

乌骨里顿足恼道：“喜隐，他是孩子脾气，你怎么还叫好呢。你们父子俩，这是要把我愁死啊。”

喜隐看了乌骨里一眼，向儿子招了招手，道：“留礼寿过来，咱们到前面去，父王和你聊聊。”见留礼寿一脸倔强，喜隐强拉他道：“过来走走，咱们父子能相聚的时间不多了。”

留礼寿这才跟着喜隐走到亭子外。

喜隐注意了一下跟着的卫兵的距离，这才压低了声音，道：“留礼寿，好孩子，你为父王不平，父王知道。可你若真想为父王报仇，就不能这样把仇恨都流露到外面。你得学会隐忍，像什么事情都没发生那样，和普贤奴、文殊奴，还有你的那些表弟表妹们好好相处。要比现在更加接近皇帝一家，获得他们的信任，然后你才能发现他们的弱点，知道吗？”

留礼寿没想到父亲竟然说出这话来，不由得瞪大眼睛，诧异不已道：“父王——您说，您是说让我……”他兴奋得心脏怦怦乱跳，一刹那间，幼年间听到的太祖阿保机、祖父李胡、父亲喜隐平生所有能说得上的英雄事迹一一涌现脑海，顿时只觉得热血上涌，那些故事的主角，都似要变成自己。

喜隐见他兴奋，忙压低声音：“低声，休叫人看出来。”

留礼寿忙努力掩去脸上的兴奋，板着小脸，憋着气，不一会儿脸就涨红了。喜隐看得好笑，道：“我叫你低声镇静，不是叫你连气都不喘。”

留礼寿脸一红，像胀气河豚似的脸顿时就泄了气。

喜隐又压低声音道：“撒懒忠心耿耿，他会帮你。但是你要记住，不要犯父王犯下的错，要看准机会。就像当今主上抓住了黑山之变的机会那样，一击绝杀，知道吗？”

留礼寿激动地连连点头，咬着下唇不敢发声，好一会儿才低声道：“父王，孩儿懂了。”声音里透着兴奋。

喜隐拍了拍留礼寿的肩膀，又道：“你母亲终究是个妇人，有些事，不必告诉她。我们一家人若还想再团聚，就只能夺取皇位。这一切都靠你了。”

留礼寿顿时心中升起万丈豪情，父亲流放，母亲一介妇人，如今他就是一家之主了，他就要完成祖父、父亲没能完成的愿望，成为比他们更伟大的人，当下看着喜隐，目光炯炯地道：“父王你放心好了！”

喜隐深深地看了撒懒一眼，撒懒心里明白，喜隐看似对留礼寿交代了一大番话，实际上，真正交托的人，是他。当下只深深一礼，却一句话也没有，主仆两人四目相交，尽在不言中。

送走喜隐，乌骨里心中充满离愁别恨，竟是茶饭不思，夜不安枕。

就这么魂不守舍地过了十来日，直到听到撒懒对她悄悄说的一个爆炸性消息，顿时把她炸得精神了起来。

“什么？你说主上私纳了的渤海妃子已经怀孕了？”乌骨里神经质地抓住撒懒的手，听不清她这话里到底是义愤填膺，还是幸灾乐祸。

撒懒早已经打听得明白：“就是上次春捺钵时，纳的渤海国贡女，而且最近听说主上为了她怀孕的事，还花了一万贯，让昭敏在天雄寺专门做法事为她母子祈福……皇后那边却被瞒得密不透风。”

乌骨里将手一松，冷笑道：“一万贯，他可真大方啊。燕燕还在那里愁国库银子不够呢，他就有这份豪气给宠妃供一万两香油钱。我倒想看看，这到底是什么样的倾国倾城，祸国妖姬！”说着忽然坐到妆台边，得意地道：“瑰引，帮我梳妆，我要进宫。”

瑰引见状不禁有些犹豫，她知道乌骨里这一进宫，必要生事，劝道：“王妃，您是想把这件事立刻告诉皇后？要不要再想想，毕竟夫妻间这种事，谁去说都是里外不讨好。”

撒懒告诉乌骨里，本就是想让她生事去的，只有帝后不和，喜隐一党才有机会搅动风云生出是非来，当下只阴阴地道：“王妃可是皇后的姐姐。皇后的事情，她不管还能谁管呢。”

乌骨里傲然地道：“没错。我这是关心我的好妹妹。”她看着镜子得意一笑：“她得知道，男人不可靠，还是自己的姐妹可靠，别这么死心眼为了男人断了姐妹情。”

瑰引欲言又止，终究不敢违逆乌骨里，只得拿起梳子乖乖地为乌骨里梳妆。

乌骨里打扮完毕，坐车入宫。

喜隐虽然获罪，但李胡一系并没有受到牵连，更兼乌骨里是皇后的姐姐，宫人也不敢怠慢，忙去禀报。

燕燕闻讯也是一怔，这边令人请她进来，一边皱着眉头思索原因。喜隐才流放了十来日，她可不相信乌骨里已经消了气，肯主动来找自己，必是有什么其他的缘故。

想到这里，也有了几分的警惕，就见着乌骨里扶着瑰引的手进来，燕燕忙迎上去笑道："二姐，你来了。"这次她流放了喜隐，虽然是喜隐自己的错，但站在姐妹立场，她先服个软，才好教乌骨里开口。

果然乌骨里见她先迎上两步，先是冷笑一声："哎呀，可不敢让皇后迎我，妾身参见皇后。"

见着乌骨里就要行礼，燕燕忙扶住她笑道："二姐，你这是做什么，难道还在恼我吗？"

乌骨里顺势就不行礼了，白她一眼道："我可不敢，你这妹妹皇后两张脸，什么时候变脸我都不晓得。"

燕燕就拉了她坐下来，笑道："不管男人们发生什么事，你我姐妹之情，是永远不会变的。"

乌骨里闻言，就顿了一顿，看看左右，故意道："要不是念着这份姐妹之情，我才不会来讨嫌呢！"

燕燕听她话里有话，不由问她："二姐想说什么？"

乌骨里故意左右一看，露出欲言又止的样子。

燕燕看得分明，左右一看，朝乌骨里微笑道："二姐，园中的花开了，不如我们一起去走走吧。"

这话正中乌骨里下怀，她当下就道："好啊。"

姐妹俩携手漫步花径，侍女们远远地跟着。

乌骨里心神不定地走着，左顾右盼。

燕燕反而走得很平静，她已经猜到乌骨里要说什么了。

乌骨里看着燕燕的神情，叹道："你怎么累成这样了。你这般辛苦，主上这个皇帝，做得可真是轻松啊。"

燕燕笑道："主上身体欠安，我身为他的妻子，为他分忧解劳，也是应当。"

乌骨里忽然掩嘴一笑道："哎哟我的傻妹妹，你如今还……"左右一看，又停住了。

燕燕知道好戏来了，就说："二姐，如今这里无人旁听，有什么事你可以说了。”

乌骨里一脸矛盾：“这话，我真不知道该不该和你说……我就怕你受不了。”

燕燕道：“天底下没有多少事情能让我受不了，你尽管说吧。”

乌骨里犹豫片刻，还是开口道：“我说了，你可不要生气啊。我只是替你抱不平，你看你这么辛苦，又要管理朝政，又要照顾好他的身体，还要管孩子们。可他呢，却背着你，另外有女人，还怀了孩子！”

燕燕虽知皇帝纳妃，但听到最后一句，这是她预料之外的，顿时大为震惊：“二姐，你说的可是真的？”

乌骨里急了：“当然是真的，燕燕。我们姐妹从小到大，虽然是吵过闹过无数次，可再吵再闹，我们也是打断骨头连着筋的亲姐妹，不能看着你被男人这么欺骗。”说到这里，她不禁有些幸灾乐祸：“我知道，你们都嫌我对喜隐太好，可喜隐再怎么不好，可他却从来没有背叛过我。那种嘴上说得好听的男人，像罨撒葛，像你男人，这种敢让别的女人生孩子的男人，就算有一百桩好，有这一桩不好，也是枉然……”她心里正是这样想着，她的喜隐纵有一百桩不好，可是就这一桩，也让她胜过了胡辇与燕燕。

燕燕厉声道：“二姐，你不要再说了。”

乌骨里悻悻道：“好，我不说。反正我也明知道，这时候跑来跟你说这样的话，是两头不讨好，不过我这个人脾气向来如此，也犯不着讨好谁。我来告诉你，只是因为看在你是我妹妹的份上。”

燕燕心中变化万端，又是伤心又是愤怒，却强行忍耐下来：“二姐，谢谢你来告诉我这件事，你这份情我记住了。”

乌骨里得意地一笑：“你现在心情一定不好，我也不继续留在这里讨你不开心了。我就先走了。”

见乌骨里转身走了，燕燕只觉得站立不稳，她走了几步，扶住石头坐下。

良哥忙走上前扶住她，担心地劝道：“娘娘，您可要保重。”

燕燕沉着脸问良哥："赵王妃说的事，你可知道？"皇帝纳妃的事，她早知道，可是她没有想到，这小妃居然怀孕了，而且是在她还不知道的情况下，已经让乌骨里知道了。这证明这后宫中的控制如何地疏漏，也证明她的手下如何地隐瞒于她。

良哥吓得跪下："奴婢该死！"又忙解释："听说是迪里姑前天刚诊出来的，奴婢也是才知道，正想找机会告诉您，见您忙于政务，一时不敢说。请娘娘责罚。"

燕燕忽然发出短促的冷笑："哼，哼，连赵王妃在宫外都知道了，同在宫里的我，居然还要她来告诉我。良哥，你的确是失职啊！"

良哥连忙请罪："娘娘恕罪，奴婢这就去安排。"

燕燕冷冷地道："还要打听一下，这件事，外界有多少人是知道的。"

良哥去查了，回禀道："已经打听到了，就是上次那个渤海国进献的贡女。"

燕燕低头看着一本奏折，佯装不在意，可她的心思却完全不在奏折上了："哦。"

良哥偷看燕燕一眼，鼓起勇气又道："还有，因为前天诊断出她有喜，主上拨了一万贯给天雄寺的昭敏大师，用作祈福！"

"啪"的一声，奏折摔在了良哥面前，良哥大惊，连忙磕头："娘娘息怒，娘娘息怒！"

燕燕愤然道："他私纳贡女，倒也罢了。可为了这么一点子事，居然滥用民财、佞佛迷信……他怎么堕落成这副样子了！"这还是当初与她相约共创盛世的明君吗？当初她恨过他夺人所爱，可是在此点之外，他的所作所为无负明君之名。可是如今，他沉湎女色，沉湎于神佛鬼怪，甚至行为颠倒，完全失去了当日的风采，也负了当日的诺言。

她想去问问他，你忘记你当日的抱负了吗，你要堕落成穆宗那样的皇帝了吗？

第七十八章

我见犹怜

燕燕听了乌骨里关于耶律贤私纳小妃的事情，正欲找耶律贤算账，谁知才走到一半，就遇上了胡辇。

胡辇对乌骨里是有些警惕的，当她知道乌骨里进宫的时候，以她对乌骨里的了解，她不认为在这么短的时间里，乌骨里能主动与燕燕和解，当下急忙赶来，恰在宫门口见着乌骨里，乌骨里又洋洋得意地以好姐姐的姿态将事情说了。

胡辇情知不妙，顾不得责怪乌骨里，忙赶来拦住燕燕道：“燕燕，你别去。”

燕燕看也不看，直接甩开胡辇的手就往前走，胡辇又拉住她，这次终于拉住了燕燕。燕燕瞪着胡辇，胡辇看了看燕燕身后，吩咐道：“你们先退下，我和皇后要单独说几句话。”

众侍女一起看着燕燕，燕燕哼了一声，片刻之后，才点了点头。

见众侍女退到稍远的位置，胡辇才拉着燕燕的手，坐在回廊上，忙道：“燕燕，我知道乌骨里进宫了，我也知道她跟你说了什么，刚才我在宫门口遇上她，她全说了。”

燕燕不言不语，只冷笑一声。

胡辇见状急了：“燕燕，你听我说，这时候千万别冲动，别中了他人的计，别落人口实。如今主上病重，皇子年幼，群臣不服你摄政。兰哥的事刚刚过去，如果你和主上再为这件事不和，那就又给了那些人兴风作浪的机会，皇家岂不成了笑柄。”

燕燕恼怒地抽回手，咬牙道：“你以为我不知道？之前若不是因为兰哥之事，我早就想去质问他了。如今他昏愦至此，连遮掩丑事的能力也没有了，竟闹到外头路人皆知，我再不闻不问，只怕皇家才是闹成了笑柄！”

胡辇一怔，看着燕燕，竟不知道从前无忧的妹妹，如今竟能隐忍至此，再见她怒火冲天的劲儿，想了想还是硬着头皮劝她：“你别急，我觉得事情没到这一步。”

燕燕再恼，也要给姐姐面子，当下道：“那你说，应该怎么办？”

胡辇想了想，缓缓道：“什么都不动，把你知道此事的消息泄露给他。我想，主上他是个绝顶聪明的人，如今这件事，不过是仗着你政务繁忙，一时偷欢。既是偷欢，就不能见光。他若是知道你已经知悉此事，我想他一定会做出处理，给你一个交代的。”

燕燕一怔：“交代？”

胡辇轻拍着燕燕道：“去吧，我知道你心情不好，去花园散散心吧，也消消郁气。或者，去跟孩子们玩玩。你要相信明扆，相信他能够给你一个满意的答复。”

燕燕最终还是点了点头，重新站起来，她没有去耶律贤宫中，而是自己慢慢地、沉重地走在御花园中。

谁知走到一半，却见着前面有嘤嘤哭声，颇为熟悉，竟是大公主观音女的哭声。

燕燕一怔，走近几步，却见隔着一座假山，有一个宫女打扮的人，正抱着观音女坐下，就听那人柔声道：“小公主，别哭啊，哭成大花猫就不漂亮了哦。”

观音女向来顽皮，经常避开保姆乳娘偷跑出去玩，这次必也是偷跑出去，就听得她哭道：“疼，疼！”

就见着那宫女拿出手绢为观音女拭去眼泪，柔声哄道：“哪里疼了？乖乖不哭啊，让我看看。”

这声音当真温柔入骨，便是顽皮如观音女，听了这声音也不由得乖乖安坐在她怀中，只指着膝盖说：“疼。”

燕燕带着良哥和其他侍从们从假山后看到了这一切，良哥看到观音女与一个陌生宫女在一起，脸色微变，正要上前。

却见燕燕挥手拦下良哥，摆了摆手。自己的女儿自己清楚，观音女从来是个天不怕地不怕爱惹事的性子，并不会轻易被一个陌生人抱在怀中，可是此时坐在这宫女怀中的时候，竟是一脸乖巧，并无半点素日的任性，反而有一种努力想在这宫女面前表现乖巧亲近的样子。这宫女何德何能，竟能让她的大公主这样听话。

燕燕细看这宫女，但见她一身浅绿宫装，容貌娟秀，眉宇间虽有微愁，但仍然带着浅笑。她似乎天生就有一种温柔似水的气质，燕燕虽然心情浮躁，见了这女子，竟也似消了许多火气。

那宫女撩起观音女的裙子看了看，心疼地道："蹭破了皮呀。"就见着她跪下来，在观音女膝盖上吹了吹："吹吹就不疼了。"再拿手帕在伤处轻轻包住，柔声劝道："咱们先包扎起来，然后去拿药敷上好不好？"

观音女点了点头。

那宫女微笑着摸了摸观音女的脸颊，夸道："公主真乖，真听话。"

观音女疑惑地看着那宫女，问道："你叫什么名字？我怎么没见过你。"

那宫女就道："我叫玉箫，是彰愍宫的宫女。"

正在假山后的良哥到这话，吓了一跳，忙偷眼看着燕燕。皇帝私纳的小妃，名字就叫玉箫，她又自称彰愍宫的宫女，莫不是就是此人。

但见燕燕听了这话，虽然神情微变，但却还是站在那里，一动不动，看着那宫女和观音女说话。她不动，身后的侍女自然也不敢。

就听得观音女道："你笑得真好看。我去跟父皇说，你来伺候我好不好？"

那宫女玉箫就轻笑起来："这怕是不行呢。"

观音女天真地道："那我跟母后说，父皇也听母后的，大家都听母后的。”

玉箫柔声道：“可是，你父皇身体不好，身边也需要人照顾啊。公主不要和生病的父皇抢人好不好？公主如果喜欢玉箫，可以经常来彰[illegible]宫看父皇，那就能看到玉箫了。”

观音女为难地道：“可是母后经常说父皇病了，让我们不要随便打扰父皇的。”

玉箫笑道：“父皇虽然有病，可你们都不去看他，他会觉得很孤单、很寂寞的。你们是他的家人，应该要多陪在他身边啊。”

观音女天真地问：“父皇也会寂寞吗？”

玉箫柔声道：“是人都会觉得孤单啊。让公主一个人待着，你会不会害怕呢？”

观音女果然露出害怕的神情，娇嗔道：“我最怕一个人待着了。”

玉箫柔声道：“你父皇也一样啊。公主多来看看他，他就会多开心一点呢。”

观音女点点头道：“好，那我偷偷地去看父皇，不过，你不能告诉我母后，不然她就知道我没听她话偷偷出来了。”

玉箫听着也不禁笑了：“好，我不说。”

观音女犹不放心，伸出一根手指道：“那我们拉钩？”

玉箫也陪着她一起伸出手指来说：“好，拉钩。”

两人拉完钩，玉箫正准备抱起观音女去找乳母，忽然听得身后有人道：“皇后到。”

玉箫心头一颤，腿一软，忙放下观音女，自己早已伏在地上。

观音女好奇地看看玉箫，扭头看到燕燕带着人从假山后出来，高兴地扑上来叫道：“母后，母后——”

玉箫伏在地上，一动不动。

燕燕俯视玉箫，神情莫测。

观音女欢乐地跑到燕燕裙边，拉着燕燕的裙角，叫道：“母后，你怎么来了？”

玉箫伏在地上，低着头，紧抿着的唇微微颤抖，泄露出她的害怕。她只能看到一行人的裙角，看到那个镶金锁边的裙角向她移近，感受到那个人在一步步走近她，恐惧似扼住她的咽喉，让她透不过气来。

就听得一个女人的声音冷冷地道："你抬起头来。"声音比她想象的更年轻，却也更威严。

玉箫颤抖着抬起头来，她用力吸着气，但已经泪流满面，却强自压抑着。她想努力睁开眼看清眼前的一切，却又恐惧得不敢面对，泪眼中只能看到一片模糊。

燕燕垂着眼睛看看她的腹部，此时还没有显怀，什么也看不出来，她低头问："你在害怕？"

就见这眼前的女子听到她的话，吓得连忙点头。

燕燕笑了："怕我吗？"

玉箫正在点头，听到这话，忽然不敢点头，忙摇头，又觉得不对，整个人害怕得不知如何是好。

就在此时，观音女怯生生地拉着燕燕的裙子，轻声道："母后，你把姐姐吓哭了。"

燕燕转头看向幼小的女儿，她眼神稍稍放柔和了些，转而吩咐道："良哥，把公主抱走。"

良哥笑着抱起观音女哄道："大公主，奴婢送您回宫去好不好。"

观音女乖乖地被抱走，还向玉箫招手："姐姐再见。"

玉箫忙抹了抹泪，冲观音女点点头，眼神中有羡慕和柔情。

观音女走远了，燕燕忽然捏起玉箫的脸，让她看着自己，玉箫又惊又惧，心里还怀着一丝侥幸，却忽然听得燕燕问道："你这孩子几个月了？"

顿时一颗心在半空中跌得粉碎，半丝侥幸也没了，玉箫惊恐地看着燕燕，浑身颤抖得无法停下了，脑海里只余一个声音："她知道了，她会杀了我，会杀了我的孩子。"

燕燕又问了一声，此时玉箫满心惊恐，竟是没有听到，没有回答。

燕燕长叹一声，放下手，转身欲走。

玉箫惊骇至极，竟失了理智，不顾一切地拉住燕燕，求道："皇后，您能不能，容奴婢生下孩子，再杀了奴婢。"

燕燕扭头，看着这无助的女子，忽然笑了，俯身看着她，道："我杀人从来不等。"

玉箫怔住了，她用力紧紧咬住下唇，吓得竟是一个字也不敢说了。

就见着皇后轻轻地伸手，抹去她脸上的泪珠，叹息了一声："温柔似水，真是我见犹怜！"

玉箫跌坐在地上，闭目待死。

她整个人在惊恐中，竟完全不曾听到身边的衣裙拂过，步履渐去。

过了好久，才听到有人叫她，有人推她："玉箫姑娘，醒醒，醒醒……"

她睁开眼睛，眼前却只有一个素日跟着她的小侍女，她茫然地问："皇后呢？"

那侍女抹了把冷汗，道："皇后走了。"

刚才那侍女原是听说皇后来了花园，赶来通知玉箫，没想到还是迟了一步，见皇后带着人马来此，吓得远远地躲起来不敢走近，直至皇后走了，这才敢出来叫醒玉箫。

玉箫被侍女扶起，她怔怔地看着眼前的一切，一时竟不知是梦是幻，好半日才梦游般地对那侍女道："我是不是在做梦？"

那侍女道："并不是在做梦，方才皇后是来过了，真吓死我了。"

玉箫使劲掐了掐自己的手臂，痛楚传来，才让她感觉到，果然不是梦，刚才的一切都是真的。

恍惚间，她怔在当场。

三日前，迪里姑为玉箫诊出了喜脉，耶律贤喜不自胜，当场就令人供奉一万贯钱到天雄寺，为她和孩子祈福。然而到了晚上，他从欣喜中回过神来，却陷入了不安。

她感受到了他的欣喜和随之而来的不安，她本以为，这种不安仅仅是限于他因为自己身体病弱，害怕孩子将来的健康，无法看到孩子的成长而带来的。

可是直到今天，当耶律贤听说赵王妃进宫的事以后，他终于向她说出了真相。

他说："玉箫，朕无法维护你。在皇后和你中间，朕永远只能选择皇后。"

他说："玉箫，这个叫明扆的男人爱着你。可他不仅仅是你的男人，更是大辽的皇帝。朕从四岁开始，就知道这个江山比朕的性命更重要。为了江山社稷，不仅你可以牺牲，朕自己一身所有，性命、情感，皆可以牺牲。"

她听着他口中的话语如此深情，却也如此无情："玉箫，你做好和朕一起死的心理准备了吗？从生到死，永远永远陪着朕。如果你不愿意，朕可以现在就将你送出宫去，远远地离开，你和孩子就安全了。"

她抱住他，用力抱紧他，哽咽道："玉箫愿与主上同生共死。"

她听到了他的话"这个叫明扆的男人爱着你"，这一生，她能够听到一国之君，对她说出这样的话，她还有什么可犹豫的？她纵然万死而无憾。

玉箫不怕死，只怕在他心中没有位置。他是大辽天子，有皇后有太子，她却只是一个渤海孤女，什么都没有。既没有皇后的家世背景，也没有皇后的政治智慧和铁腕。如果她不能为他分担烦恼，当然更不能为他增添烦扰。

她已经做好了死的准备，如果能够保得下孩子，那她就以死相保，如果保不下来，黄泉路上，一家三口一起走，那她也不悔。

她不怕死，但皇帝却还是想让她多活一刻，所以听到消息的时候，叫她避到花园中。

可是没有想到啊，长生天的安排如此奇妙，她到花园中，是想避开皇后，但却先遇上了公主，再遇上了皇后。

公主真是很可爱，如果她将来的孩子，有她一半的可爱，她也就心满意足了。皇后有六个孩子，这是她无比羡慕的。她看着公主哭了，心疼得厉害，竟忍不住主动上前去抱起她，去安慰她。

可是，皇后却出现了，那一刻，她魂飞魄散，以为自己死定了。如果说在春捺钵的时候，她初遇皇帝，还不知道皇后代表着什么，但是进宫这数月间，她却是太明白皇后在这宫，甚至于在朝上，以及在整个大辽代表着的是何等可怕的存在。

服侍她的宫女，说起宫中以前曾经有过一个小妃，但后来，那个小妃死了，连她的家族都被皇后一并杀死了。从此以后，宫中再无其他嫔妃。

当时她吓得整夜整夜睡不着，可是她又无法不去爱皇帝，她的爱是如此卑微，又是如此地无怨无悔。皇帝和皇后，如同天上的日与月，而她，只是一只萤火虫罢了。

可她没有想到，皇后没有杀她，她只是带着怜惜地看着她，为她拭去脸上的泪水，叹息一声："我见犹怜。"便转身离开。

"皇后说'我见犹怜'是什么意思？"玉箫问耶律贤。

"'我见犹怜'吗？"耶律贤看着眼前的玉箫，这般弱柳扶风，温柔到了骨子里的风韵，的的确确，是"我见犹怜"。她的温柔如一汪春水，让人沉湎。

他以为，皇后会恨他的负心，会恨玉箫的夺爱，可是他没有想到，她只留下"我见犹怜"四个字而去。

他站了起来："朕去见皇后。"

或者，他不应该逃避，而应该去面对。或者，他并不如他以为的了解燕燕，这个女孩子在他手中成长，并且成长到超过他的预期。而他，却退缩了，怯懦了。

他要去见她。

崇德宫中，一片漆黑，燕燕孤独地坐在黑暗中。此刻，她前所未有地孤独，也是前所未有地沮丧。她想象了无数种可能，却没有一种，是耶律贤居然另有所爱，而她，看着玉箫那张无辜的脸，下不去手。

室外，婆儿点着灯笼引路，耶律贤缓步走进正殿。

他从婆儿手里接过灯笼，越过守在门口的良哥，走进室内。

坐在黑暗中的燕燕，看到耶律贤提着灯笼进来。

耶律贤将灯笼放到一旁桌上，又点燃了烛台。

燕燕忽然发声："今天，我很生气，气得想杀人。可是这股怒意却在看到她的那一刻忽然平静了下来。看到她第一眼我就能够看清她的内心，那是个单纯的小姑娘，她不是喜哥，也不是安只，她没有做错任何事情。"

耶律贤举着烛台，走到燕燕身旁坐下，叹息道："朕知道你不是那种滥杀无辜的人，你们都没有错，错的人是朕。"

燕燕隔着蜡烛的焰火，看着耶律贤的面容，有些悲伤地说："我说过，你有了我就不能再有别人。你也曾亲口答应过我不会再有别人。"

耶律贤凝视着燕燕，心中愧疚，但仍然勇敢地承认真相："对不起，是朕食言了。现在说这个就好像是借口一般，但这是朕的真心话。"他扭头，看着黑洞洞的殿外，长叹："如果朕身体康健，那朕这一生都不会再有别的女人！"

燕燕瞪着他，一时竟不知道，他这话到底有几分可信。她也曾以为，他这一生除了自己，不可能再有别的女人。可现实却给了她一耳光，到如今她竟不知道是否还应该信他。

"为什么你身体康健，反而不会再有别的女人？"燕燕问他。

耶律贤握紧了拳头："因为朕不甘心。朕的前半生步步为营，为大辽、为皇位殚精竭虑。如今，天下太平，一切都好了，但朕的身体如此孱弱，生命已经如同风中之烛，余日无多。这清风白云，这繁华世间，朕还根本没来得及抬起头来，好好地看一看……"说到这里，他额头的青筋跳动，声音也不由变得嘶哑："这世间，你们每一个人，都还能够有剩下的几十年时间去欣赏人世间的一切，可是凭什么朕的生命要如蜉蝣般转瞬即逝。朕不甘心，朕真的不甘心！"

听着他的诉说，燕燕原本的怒气，忽然间就消了。是，她还有无穷的未来，可是耶律贤的人生呢，他握得再紧，他的生命也已经如沙子般漏出去了。

她站起来，走到耶律贤身边，温柔地唤他："明扆，你还有我，还有孩子们。"

耶律贤伏在她的怀中，如同一个在外头摔得头破血流，而回来伏在母亲怀中的孩子："所以朕才想着，至少再最后单纯地为自己活几天，就任性地放纵了这份感情的发生。燕燕，朕一直以为，朕早已经不知道什么叫为自己而活了。朕所做的一切，所思所想，都是为了大辽江山。朕为大辽江山选了你，你是最合适的，可朕……可朕仍然是孤寂的。燕燕，你没有任何的错，所有的错，都在我。我想自私一回，无法自控地想逃避责任。和玉箫在一起，我才看到天如此蓝，花如此开，鱼如此游，感觉到内心真正的平静。她温柔体贴，给了我完全不同的温情。"

燕燕看着耶律贤目光越来越悲伤："所以，她才是主上倾心所爱的女人，我要为她退位让贤吗？"

耶律贤回过神来，看着燕燕，忽然惨然一笑："不！你们是不一样的。燕燕，朕娶你的时候便知道，朕的皇后永远只有你，大辽的江山也只能交托给你生的孩子。玉箫不会给你造成任何威胁——"他咬了咬牙，毅然道："朕死后会命她殉葬。"

燕燕看着耶律贤，怔住了，简直不敢相信自己的耳朵，他说，他爱那个女人，然后他又说，会让她殉葬。这到底是怎么样的一种爱啊……

耶律贤忽然笑了，看着燕燕："朕是自私了一回，无理取闹了一回。可是朕从来都明白，明扆的任何需求，都比不上大辽皇帝的责任重要。朕知道分寸，不会给你和文殊奴带来任何麻烦，放心吧。"

燕燕看着耶律贤，一时竟无言以对。

耶律贤得不到燕燕的反馈，站起身，轻叹一声道："朕回去了。"

燕燕忽然站起来，抓住耶律贤的衣袖，将他按回位置上。

耶律贤一怔，才想说话，就见燕燕站在耶律贤面前，将手按在他肩上，气势汹汹地道："既然你要任性，为什么不任性到底？既然那是你喜欢的女人，是带给了你完全不同的生命温情的女人，为什么还要让她陪葬？你死后就算洪水滔天又和你有什么关系？"

耶律贤惊愕地看着燕燕："燕燕，你……"

燕燕忽然将头埋在耶律贤肩膀上，难过得落下泪来："你为什么到了这种时候还放不开理智？还要这么冷酷地对待自己？就算我们之间没有爱了，可难道连信任也没有了吗？"

燕燕的眼泪滴落在耶律贤的衣襟上洇湿一片，耶律贤错愕不已，他艰难地抬起手，有些无措地拍了拍燕燕的背。

燕燕哽咽道："耶律贤，你知不知道这个世界上最难谋算的就是人心？我最讨厌你这么做了。你算计我，算计韩德让，把所有一切都当成可以权衡的筹码，就好像你没有心一样，让人看了就生气。现在你对自己都这么狠。你以为你这么干净利落地对自己的心下刀，我就会心怀感激吗？"

耶律贤捧着燕燕的脸与自己对视，喃喃地说："你哭了？"

燕燕抓住耶律贤的手，霸道地说："耶律贤，我告诉你，天皇帝与地皇后之间多一个妃子，如果能让天皇帝高兴，根本就不算什么。我和孩子们也没你想的那么脆弱。就算没有你，我也能把自己和孩子们照顾得好好的。"

耶律贤一时无言以对，只能手忙脚乱地擦着她的泪水，只一遍遍地叫着她的名字："燕燕，燕燕……"他没有想到，曾经天真任性的小女孩，如今竟已经变得如此坚毅、如此强大。

燕燕抱住耶律贤，喃喃地说："明扆，我不怪你了，你放心，我会陪着你渡过这一关的。"

帝后和解才过了三天，燕燕还在朝堂，忽然得报，耶律贤忽然再次发病。

燕燕临时罢朝匆匆赶回内宫，问迪里姑："主上怎么样了？"

迪里姑却只能流泪磕头：“臣无能，主上病势沉重，今夜若能醒来，或能有望……若不然，只怕……臣也无力回天了。”

燕燕喃喃道：“无力回天，无力回天……”她大叫起来：“不，我不信，他二十几年都撑过来了，这次一定也可以！”她抓住迪里姑的手，摇晃着，强迫着他给她一个自己想要的答案。

迪里姑伏地痛哭：“娘娘，主上已经没有求生之念了。从前，他一直担心大辽会乱，担心您和皇子公主们会受欺凌，才一直勉强自己支撑下去。如今……您别再勉强了。”

燕燕失声叫道：“我当然要勉强！他才三十五岁！我凭什么不能勉强！”

殿内雅雀无声。

迪里姑、婆儿等跪在地上，看着皇后。

他们这些心腹之人，自然都知道皇后当年入宫的不得已，和皇帝最近另有新宠甚至已经怀孕的事，知道外界流传的皇后因嫉恨毒杀韩德让之妻，又因皇帝宠信昭敏而大闹皇帝内宫之事。谁都以为，帝后已是貌合神离，而此时看到皇后的失态，才感受到她的痛心和执念，都在心中暗自感叹，这确是个至情至性之人。

之前胡辇为乌骨里的事来到宫中，见皇帝病重，燕燕情绪不稳，事情又多，不放心燕燕，就留在宫中照应。此时也闻讯匆匆赶来，见状忙上前拉住燕燕柔声劝道：“皇后，迪里姑他们也是尽了心，如今该您来决断接下来的事。”

燕燕看着她，眼神渐渐清明，她慢慢收敛起情绪，开始指派任务：“双古，马上出宫去请韩匡嗣来给主上诊治。良哥去将皇子和公主们带来这里……”她说完这一系列话，顿了一顿，忽然道：“婆儿，玉箫在哪里？叫她来服侍主上，我要主上为了她，也要坚持撑下来。”

婆儿哽咽地应了，不一会儿，玉箫赶来了，孩子们也赶来了，都围在耶律贤身边。

燕燕拉住耶律贤的手，轻声唤他：“主上，你看看这些孩子，他们还这么小，怎能没有父亲的庇护。你得振作起来，为了国家，为了这些孩子们撑下去。”她顿了顿，把玉箫的手放到耶律贤的手中，继续说：“还有玉箫。她腹中的孩子尚未出世，你怎么舍得让他一出生便没有父亲呢？我们所有孩子的名字都是你起的，你总得好好活着，给这个孩子起个名字吧。”

玉箫跪在耶律贤床前，听得燕燕对她命令道：“你去叫他。”她顾不上多想，紧紧握住耶律贤的手，哭着柔声唤着：“主上，求求你，不要这么早丢下我和孩子……”

诸皇子与诸公主等，并不知道玉箫之事，此时听得燕燕这样说，心中疑惑已极。但眼见耶律贤命在垂危，也无暇多想，只都扑在耶律贤床边呼唤不止。

不知唤了多久，耶律贤动了动嘴唇，又动了动手，最终缓缓睁开眼睛，他先看到了燕燕，转头又看到满脸泪痕的玉箫和孩子们，嘴角抽了抽，虚弱地道：“都哭什么，朕还活着呢。”

玉箫听了，眼泪落得更凶。倒是燕燕振作起来，露出了一个笑脸：“就是，都别哭了。主上好好的，这是多大的喜事啊。”

燕燕缓缓退后，让玉箫去服侍耶律贤，自己走到了屏风外头，就见良哥过来轻声地道：“娘娘，外头还有政务……”

燕燕摆了摆手：“渤海妃那边安置好了吗？”

良哥道：“是的，照皇后您的吩咐，按正式册封的妃子礼节相待，给她安排了长宁宫。只是，她坚持要到彰愍宫的偏殿来住。”

燕燕道：“那就搬回来吧。她离主上近些，主上日日看到她，心也能安些。”

良哥忙应道：“是。”

燕燕轻叹一声，缓缓坐下。

第七十九章

病入沉疴

胡辇看到燕燕远远地站在屏风外，注视着玉箫坐在耶律贤床边，喂耶律贤吃药，担忧地走到燕燕身边，轻声地道："燕燕，主上怎么样？你没事吧？"

燕燕转过身，眼眶仍是通红的，但是面上却勉强露出笑容，仿佛自言自语般地说："大姐，他会渡过这一关的。"

胡辇握住燕燕的手："当然。你自己也要撑住。良哥说你一宿没睡了，赶紧休息一会儿吧。主上这样，孩子们还要依靠你这个母亲呢。"

胡辇扶着燕燕："你也够累了，歇歇吧。"

燕燕摆了摆手："出去走走吧。"

两人走到外面，燕燕坐在花园中，方疲惫地道："昨夜我坐在主上身边，想起了很多事。想起当年爹爹逼我入宫，我痛苦得仿佛死去。那时候，我跟韩德让说，萧燕燕从此死了，入宫的是萧绰。新婚那夜，我怀着憎恶，防备着他。后来，我终于和他成了夫妻，虽不相爱却也相敬如宾。这么多年来，我敬他治政的果决坚毅，也畏他偶尔显露出的黑暗。可是如今，看到他病成这样，我心中只有悲痛，只有怜惜。为什么上苍如此不仁，不曾给他平安幸福的人生，不曾给他无忧无虑的童年、少年，不曾给他健康的体魄，如今连最后的残破身体也要夺去。"

胡辇怜悯地看着她："燕燕，你知道吗？一个女人对男人如果既有尊敬又有怜惜，那就表示她已经爱上他了。"

燕燕略有些茫然地看着胡辇："爱？"

胡辇道："你对韩德让是春心初动，而后被一纸诏书截断，从此生离，撕心裂肺，那是少年初恋，自然一生难忘。你和主上却是结发夫妻，互相扶持，感情在润物无声中萌芽。”

胡辇自以为看得明白，不想燕燕却摇头：“不，不是的。真正的爱，只有一种。我对主上，是夫妻之情，是相濡以沫，是彼此信赖，是携手并肩，但是，我清楚地知道，我对主上，和对韩德让，是不一样的。”

胡辇诧异地看着她：“你……”

燕燕摇摇头，她的感觉，比胡辇能理解的，复杂得多，她轻叹一声道：“所以，他有了懂他的女人，疼他的女人，我会因此而愤怒，而失落，而欣慰、怜惜，他是我的亲人，至亲的亲人。但是，我清楚地知道，那不是爱情。”

胡辇诧异地看着燕燕，半晌，叹息道：“燕燕，你长大了。”

燕燕道：“我早已经长大了。”

姐妹俩握着手，相视一笑，彼此明了。

过了良久，燕燕忽然问胡辇：“大姐，你说，世间真的有佛吗？”

胡辇吃了一惊：“怎么忽然这么问？”

燕燕低声道：“我已经召了韩匡嗣来问了，他也说主上不行了。如今，他们这些人都没有办法了。你说主上这么信佛，佛法真有用吗？”

胡辇也不禁犹豫起来，若是平时，她自然一口回绝，她信的是萨满，不是佛教，可是此时，却由不得她不小心三分：“可能，大概是有用的吧。主上的病，反反复复，拖了这么多年，以主上这么睿智的人，若是佛法对他一点用也没有，他不会信这么多年吧！”

燕燕沉默良久，才道：“是啊，人在绝望之中，就算是有一丝可能，也宁可去信一信吧。”胡辇没有再说什么，等胡辇走后，她才问：“良哥，我问你，上京的佛法高深之人，有几个？”

良哥诧异地说：“昭敏大师不是很得主上信任吗？”

燕燕摇头道：“昨天主上已经召昭敏入宫了，他也没有办法，我们得再找一个。”她没有说出来的是，帝后信任同一个僧人是很危险的。

良哥就道：“开龙寺的慧明大师，德高望重，这些年以来一直施药救人……”

燕燕截口道：“那就是他吧。”

数日之后，皇后亲赴开龙寺为皇帝祈福。

此事自然也是惊动了许多人，那一日，开龙寺的人，来得特别多。虽然被卫兵重重阻隔，但所有的人都看到，皇后亲自跪在大殿如来佛像前虔诚叩首，一下又一下地，额头触碰到地面，发出沉闷的响声，直至额上渐渐青紫、出血。

一时之间，竟令所有看到此场景的人不由动容。

燕燕磕着头，她原本是不信佛教的，可是在此刻，她愿意去信奉，愿意去虔诚，愿意去布施，愿意去磕头。她只想能够为耶律贤的生命再求来一点奇迹，为此她愿意尝试任何方法。若这满天神佛能庇佑他身体恢复，她愿意成为佛祖最虔诚的信徒。

皇后大殿内祈福，大殿外，甚至寺外山门一路皆有民众跟着一起祝祷。而留礼寿和撒懒也混在人群中，见皇后出来的时候，头都磕出血来，也不禁动容。

撒懒压低了声音，同留礼寿说：“小主子，看来我们今天闻讯来开龙寺，是来对了。皇后这样子显然是急红了眼了，不是病急乱投医，这个甚至要把昭敏赶出宫的女人，如何会跑来向她不相信的佛祖求恳。”

留礼寿嘴角露出一丝微笑：“这是上天助我，若是主上死了，上京定要混乱一阵子，到时候我们就可以趁机把救父王和夺皇位的事情一并办了。”到时候，李胡一系三代人的愿望就终于可以实现。

留礼寿天真而得意地笑着，少年的心，认为世间之事，都像他想象的那样简单。

而耶律贤渡过这一关以后，也不知是命不该绝，还是牵挂玉箫，或是皇后祈福有效，他的病情似乎渐有好转，终于一直熬到了玉箫临盆，生了一个小皇子。

燕燕亲自照顾着玉箫生下的孩子，自己头一个抱住，就觉得这孩子不似自己之前生的孩子那样活泼有劲，却是又瘦又弱，连哭声都跟小猫似的。燕燕心中担忧，脸上却不显露什么，反劝玉箫说孩子刚生出来都是小的，养几天就壮了。

她知道耶律贤也在等着这个孩子，便用襁褓包得严实了，送来给耶律贤。

耶律贤已经是在苦熬最后的时光。他躺在榻上，身上盖着薄被。整个人如枯骨一般，任何人都看得出他的生命几已消逝殆尽。

燕燕抱着孩子走进室内，看到耶律贤的样子便鼻子一酸，险些落泪，忙别过头控制了一下情绪，再转回头，露出一个笑脸道："主上，玉箫给你生了个皇子，你看看。"

耶律贤抬起手，露出干瘦的手臂："孩子，抱来我看看。"

燕燕抱着孩子靠近耶律贤，耶律贤捏了捏孩子的脸颊，孩子发出了轻微的啼哭声。

耶律贤叹息地道："这孩子真弱，哭声比文殊奴他们刚出生时没劲多了。"

燕燕心中也有隐忧，面上却笑道："没事，孩子刚出生，总是有不一样的，将来养着养着就健康了。"

耶律贤叹道："都是朕不好，是朕的身体太弱，连累了孩子。"燕燕不想他如此伤感，故意白他一眼："胡说，文殊奴他们不还是健健康康的。"

耶律贤伸手握住燕燕的手，此时他的手瘦成一把骨头，又潮又冷，燕燕的手却是又暖和又温柔。他看着燕燕，心中感激："那是因为你的身体太强健，朕真庆幸……"他轻咳几声："孩子们都像你。"

燕燕心中惨痛，握紧了他的手，口中却嗔道："哪有你这么说话的，难道你怪玉箫不够好吗？"

耶律贤无奈地笑："是朕说错话了。"

燕燕身上似乎有一种极强的生命力，这种生命力曾令他迷恋，亦令他嫉妒，更令他想逃避。她生了六个孩子，但却完全没有因为生育而折损体质，反而生完一个就增加一分的强势。然而玉箫是个纤弱苗条的美人，令他怜惜，令他俯视，令他心安。但是看着怀中明显先天不足的孩子，他忽然心中很想感谢上天，那六个孩子遇上他这种先天不足的父亲，若非有燕燕这样足够强悍的母亲，恐怕会跟这个孩子一样病弱吧。

燕燕见他伤感，鼓励道："放心，有我在，我会把他养得壮壮的，跟文殊奴、普贤奴、胡都堇一样壮实。来，你先给孩子起个名字吧！"

耶律贤摸了摸孩子的额头，眼神中充满怜惜："这孩子就叫药师奴吧，寄在药师佛菩萨的名下，希望药师佛菩萨能保佑他一生康泰，无病无灾。"

燕燕听了这名字，心中咯噔一下，面上却是不显，接过孩子低头逗弄道："小药师奴，听到了吗？你有名字了哦。"

耶律贤看着燕燕的笑脸，柔声道："孩子小，不要留在朕这里熏药味了，赶紧抱回他娘亲那里去吧。"

燕燕点了点头："好。我把这孩子送回去，然后就回来陪你。"

耶律贤恳切地说："别，玉箫刚生了孩子，正是虚弱的时候，朕也不能过去陪她，你代替朕照顾她和孩子。"

燕燕点了点头："你放心。"

耶律贤郑重地道："去吧，朕把他们母子都拜托给你了。"

燕燕抱着孩子转身离开，临走前又不放心地回头看了耶律贤一眼。耶律贤回以微笑，燕燕才万分不舍地离开。

燕燕的身影消失后，耶律贤便露出怅然若失的神色。

见耶律贤身上盖着的被子滑落，婆儿走上前为他重新盖上："主上，您躺下歇息吧。"

耶律贤却摇摇头，道："婆儿，看到这孩子出生朕的心愿便了了。你去请休哥惕隐过来。"

耶律休哥到来的时候，见耶律贤坐在椅子上，盖着被子，脚边是燃烧的火盆。

见了他来，耶律贤指了指软榻旁的凳子，笑道：“你来了，过来朕身边坐。”

休哥应声坐下，他凝视着耶律贤的病容，心中酸楚，却只说：“主上今日气色看上去好多了。”

耶律贤看着休哥笑着摆摆手：“朕如今哪有什么好气色。”

休哥闻言，心中惨痛，只叫了一声：“主上！”

却听得耶律贤道：“休哥，朕的第四子今日出生了。”

休哥先是惊讶，随即忙说了声恭喜。

耶律贤却指了指自己的心口，摇头道：“可是朕已经等不到他长大了，也看不到大辽万里江山的未来将何去何从。休哥，你看得到吗？”

休哥点了点头，坚定地说：“看得到，大辽的未来必将一片光明。有您十四年辛劳打下的基础，大辽定是风调雨顺，国泰民安。大皇子文武双全，敦厚宽和，定能成一代圣君。”任何时候，休哥总能够给人以稳若泰山的感觉，让人觉得放心，觉得可以把自己的后背交给他。

耶律贤听了这话，发出嘶哑的笑声，最终笑声化为连绵不断的咳嗽声，不顾休哥担忧的问话，耶律贤摆了摆手，又问他：“休哥，大辽开国以来从无幼子登基的先例，你觉得文殊奴可以例外吗？”

休哥已经有些知道耶律贤今日召他来的目的了，点头道：“可以。有皇后娘娘这样的母亲，大辽上下定能齐心合力，辅佐大皇子登基。”

耶律贤点点头：“休哥，你做了这么多年的惕隐，是我们皇族最值得信赖的大家长，朕想将耶律家的未来托付给你。”

他转过身去点点头，婆儿捧着早已经写好的圣旨上前，他指指圣旨：“挑个好日子，为你筑台颁旨。”

休哥本已经准备伸手接旨了，听了此言一怔。这般郑重，莫不是……

就听得耶律贤道：“这道圣旨，朕要正式拜你为大于越。”

休哥大惊，忙跪下：“主上，臣如何敢当？”

耶律贤没有理他，只自顾自缓缓地说：“于越位于百官之上，地位大至极矣。大辽开朝以来，只封过两位于越，你是第三个。朕盼你能像曷鲁大于越和屋质大于越一样，成为大辽的砥柱中流，成为皇族的定海神针，辅佐皇后渡过即将到来的风雨。”

休哥郑重行礼，道：“臣当辅佐皇后，安定江山。”

耶律贤缓缓道：“有你这句话，朕便安心了。休哥，万事拜托！”

他用尽全力，巍颤颤地抬起手，向着休哥郑重一揖。

数日后，在城南建起高台，由皇后主持，拜耶律休哥为大于越，群臣皆至，一起朝拜耶律休哥。

于越之职，为群臣之首，无具体掌职，无品级可论。“大至极矣，所以无品”。辽国开协以来，只封过耶律曷鲁和耶律屋质两人为于越，耶律休哥乃是第三人。

若论功劳和德望，耶律休哥自以为远不能与前两位于越相比，他知道耶律贤如今封他为于越，是希望他在将来，能够建立与这两位于越相同的功勋。

当他接过于越大印时，心潮激动，盛恩无可相报，唯有守护幼主，护住江山，以谢天子。

为耶律休哥建台拜于越之仪，耶律贤并没有参加，他只是躺在床上，静静地听完宫人来回飞报所有流程，最后一口气松了下来，就昏了过去。

等他醒来的时候，见燕燕坐在床边，紧紧握着自己的手，但她眼眶通红，气色看起来有些糟糕。

耶律贤看到燕燕，轻轻笑了笑，问她：“朕昏迷了多久？”

燕燕哽咽地说：“三天三夜了。”

耶律贤道：“哦，怪不得你看起来那么邋遢。”

燕燕情知他是故意想让气氛轻松，忙配合着努力露出一个笑脸，却比哭还难看：“是啊，你嫌弃吗？”

耶律贤紧紧握住燕燕的手，轻笑：“朕哪敢嫌弃，还盼着你为朕顾全身前身后呢。”

燕燕听了这话险些又落下泪来，她一再眨眼，将泪水逼回去，哽咽地道：“我扶你起来，喝点东西吧。”

说着她上前想将耶律贤扶着坐起来，不想触手之处竟是毫无支撑的力量，不禁一怔。

耶律贤见燕燕额头出汗，笑了笑，平静地道：“不必再费力了。朕已经油尽灯枯，坐不起来了。”

燕燕的手停住，她缓缓地扶着耶律贤重新躺了一个舒服的位置，垂首痛苦地落泪：“不应该这样，不应该这样的……”

耶律贤看着燕燕，微笑道：“事已至此，不必强求。燕燕，能和你相伴十几年，朕很知足。这么多年，辛苦你了。”

燕燕再也撑不住，扑倒在耶律贤身边，哭了起来。自耶律贤身体全面崩塌以来，她心力交瘁，也只有在完全明白耶律贤病痛和心理的时候，她对他的感受才有体会，也更心疼他，为他不平。他这般长期受困于病躯，真的无法到病势完全不可救的时候才会产生放任的心态。这个人如此自律自苦，总是想要做到最好，但长生天为何对他如此残酷。

耶律贤看看身边的燕燕，望着天花板，平静地问：“秋捺钵要开始了吧。”

燕燕抬起头来，诧异地问他：“难道你……”

耶律贤说：“朕是大辽皇帝，四时捺钵是朕的职责，也是朕的权力。”

燕燕顿时明白，立刻急了：“那怎么行，你现在的身体怎么能经得起长途跋涉？”

耶律贤看着天花板，神情平静无波：“在穆宗时，朕时常卧病，眼睛只能看到窗子里的四方天，那时候朕想，朕如果就这么静悄悄地死在这深宫里，那是多么可怕的事。这个国家是朕的，可朕还有许多地方没走过、看过，朕的子民还有许多不曾见过朕。朕是天子，是男人，就算要死，也得死在马鞍上、天地之间，而不是深宫枕席上。”

他是天子，燕燕从未有此刻，对这句话有如此深的理解。她不能阻止，也无法阻止，哪怕明知道，这一路旅程对他如今的身体来说已经成了酷刑般的折磨，甚至他可能活不到目的地，而死在半路。

燕燕召来了重臣们，淡淡地宣布了秋捺钵的决定。

自然，重臣们为皇帝的身体而担忧，但燕燕说：“这也许是主上最后一次出巡。”

群臣们都闭嘴了。

燕燕继续安排，吩咐上京、祥古山两边，要做好万全准备。同时，所有近支宗室都随主上出巡，上京城留下部分兵马把守即可。并让休哥以于越身份，约束宗室，勒令所有亲王随驾出行，以免不测。又推荐斜轸留守上京，赋予他专断之权。

直至安排好所有的事情以后，她请来胡辇，把秋捺钵的事情跟她说了，胡辇明白其意，点头道：“好，我跟你一起去，你照顾主上，孩子们我会照管着的。”

却见燕燕有些踌躇，胡辇再三问她，她才道：“大姐，我想带上二姐一起出行。”

胡辇已经明白：“你是不放心她？”

燕燕说实话：“我不是不放心她，我是不放心喜隐。你知道，她容易被人操纵，如果你我都不在上京，她受人利用，只怕闯出祸来，对她不利。”

胡辇也不由点头：“说得也是……唉，乌骨里一向就是不听劝。”

燕燕说：“我不想下旨，我想……”

胡辇立刻明白：“我去叫她跟我一起走。”

燕燕松了口气：“多谢大姐。”他们这一走，上京空虚，喜隐一定会生事。虽然她早有安排，但是她不希望乌骨里再卷进其中。

胡辇叹息：“我只望我们三人，一生一世都是好姐妹。”

她依着燕燕所托，在临出发之前，亲自去找了乌骨里，说了燕燕的邀请。

乌骨里顿时大怒：“你又要替她当说客，你以为她这是好心想捎上我吗？”她尖声道：“她这是不放心我，这是怕她前脚走我后脚就会夺他们家的皇位！”

胡辇只能硬着头皮劝她：“乌骨里，都是自家姐妹，讲什么赌气话。我倒觉得，咱们一起走也好，路上多走动走动，姐妹之间关系好了，说什么话也容易，对不对？”

乌骨里满心恼怒，但听到胡辇最后一句，却是心里一动，她抓住胡辇的手紧张地问她：“大姐，你说的是真的？我去跟燕燕处好关系，她能把喜隐还给我？”

胡辇虽为她刚才的言行而不悦，但也怜她夫妻分离之苦，微一犹豫，还是叹息道：“我又何尝愿意你们夫妻分居呢，我们姐妹的婚姻总也不遂。我这样，燕燕也……唉，喜隐有千万般不应该，到底，你们夫妻总是和睦的……”

乌骨里顿时大喜：“我就知道，大姐你会帮我的。”

胡辇拍了拍乌骨里的手，劝道：“你也别和燕燕使性子，到底也是你们家喜隐先对不住他们夫妻，而且这件事，宗室、群臣也都看着。慢慢来，不能着急啊！”

乌骨里道：“好，大姐，我就听你的，至少这件事，总算也有个盼头不是。”

室外，乌骨里之子留礼寿正听着两人对话，面上露出冷笑。

待得胡辇又说了一会儿话，才离开，留礼寿避在一边，看着胡辇离开，这才走进来问他母亲道：“皇太妃来做什么？”

乌骨里不悦地道：“留礼寿，你怎么这般阴阳怪气的，大姨母不叫，倒叫皇太妃。对了，刚才我叫人找你，你怎么不来？”

留礼寿正值年少气盛，满心叛逆的时候，父亲临走时把他当成一家之主般嘱托，他就自以为比母亲高明得多，眼见母亲犹相信胡辇的话，不由有些恨铁不成钢地道：“您把人家当姐妹，人家可未必把您当成姐妹，人家只会做当今皇后的知心姐妹……”他冷笑一声：“自然，如果您成了皇后，她也会成您的知心姐妹。”

乌骨里恼道：“你这孩子今天说话怎么这么阴阳怪气的。算了，不理你了，赶紧叫人收拾东西，跟我一起准备去秋捺钵。”

留礼寿凉凉地说：“人家不放心母亲您，眼中却未必有我的存在。当然，这也是件好事。我想皇后还不至于对您下手，至于我……”他顿了顿，说：“就说我骑马摔伤了腿，去不了啦。”

乌骨里急了：“呸呸呸，你这孩子，不想去就别去，不许这么白眉赤眼地咒自己。”

留礼寿无所谓地说：“好吧，随您的便，爱说什么理由说什么理由，反正我不去。”

乌骨里不放心地嘱咐他：“那我走了，你一个人留在上京，可要处处小心。每天按时睡觉，不许叫一拨狐朋狗友喝酒到天亮，不许闯祸，不许跟人打架……”

留礼寿满脸不耐烦地看着母亲唠叨半日，终于忍无可忍打断她的话：“母亲，您还当我是个孩子吗？”他微微昂头，满脸得意：“您放心，儿子将要成为令父母骄傲的人。”

第八十章

喜隐父子

留礼寿也不是平白无故地吹牛，他早就与昭敏勾搭上了。一边是喜隐父子要夺位，必须要拉拢人手，昭敏得耶律贤宠信，这些年来大开法门，在朝中收了不少信佛的弟子，甚至连皇帝身边的心腹之人，都有他的信徒。如得昭敏相助，必会事半功倍。

另一边，昭敏势力虽大，却如沙上城堡，并不牢固。他的荣耀建立在皇帝的宠信上，而如今皇帝眼看就要不行了，摄政的皇后对他反感，甚至为他和皇帝曾发生争执，以至于皇后为皇帝祈福，竟弃天雄寺而选开龙寺。此举既摆明了皇后不会弃皇帝的崇佛之举，也更明明白白地将昭敏排除在外。

沙门之中，也并非都是齐心协力的，如果皇后不厌佛而只是厌昭敏，不必皇后动手，就会有人帮助踩下昭敏。所以，如果昭敏不想将来面临从云端跌落的命运，他就必须要找对下一任皇帝投资。

所以，两人一拍即合。

留礼寿说："横帐房三支，本来就应该轮流为帝，我祖父曾经最接近皇位，不幸却错失两次。如今，穆宗与罨撒葛无了，小皇了年幼，我李胡一支，父子俱年富力强，正该继承大位。大师是聪明智慧之人，当知道这从龙之功，对佛门会有如何大的帮助！"

昭敏假惺惺道："贫僧受主上恩惠极深，对主上忠心耿耿，实不忍人皇王一系，皇位旁落。"

留礼寿冷笑一声："大辽建国以来，哪有小儿郎能够坐稳皇位的，到时候只会引来更激烈的皇位争夺，大师一心要为主上考虑，那就更应该在新皇帝面前，得到能够保全文殊奴兄弟性命的权力才是。”

昭敏眉毛一耸，合十道：“阿弥陀佛，我佛慈悲。”

留礼寿知道他已经动心。他特意此时跑来，就是要最后敲定，所以干脆用上一剂猛药：“或者是……大师等到皇后继了位，对大师和沙门下手，再由主上的子嗣，成为汉臣韩德让的继子？”

昭敏合十不语，他私心再重，毕竟不如留礼寿这般什么脸面都敢撕下来，所以之前两人虽然各种暗示会意，但是终究还是没有说到这最后一步。

而今，留礼寿给了他一个理由，一个可以既顾全皇帝对昭敏的情意，又可以让昭敏站到皇后对立面的理由。他的所作所为，并非背叛，而是为了在新主面前保护皇帝的幼子们，为了防止皇后为情欲所惑让汉人窃取大辽至高权力。所以他勾结留礼寿谋逆的行为，恰恰是出自对皇帝的忠诚。

撒懒站在留礼寿身后，面无表情。这番话，正是他针对昭敏而设计的，昭敏不需要别人说服他的理由，他只需要一个粉饰他背叛的理由。

一室寂静，只有铜壶滴漏的声音，一滴滴似打在心上。留礼寿已经显得不安，但撒懒仍然镇定如常。

但见昭敏一颗一颗数着念珠，沉默了一会儿才开口道：“主上自召见休哥惕隐后，已昏迷数日，太医们皆有不好的猜测。”

留礼寿哗地一下就站了起来，激动之情溢于言表：“消息可靠？”

昭敏点了点头：“千真万确。”

留礼寿握着拳头一挥：“好！太好了！”随即又懊恼起来：“来得太快了些。”

昭敏叹道：“主上是心怀大志的人，他一生挣扎于病榻，是不会愿意自己仍然死在病榻上的。”

留礼寿看着昭敏，推测道：“禅师的意思是，主上还会出巡？”

昭敏闭目，嘴巴嚅动，似念着佛经，却没发出声音来。

撒懒轻推留礼寿一下，留礼寿立刻明白，当下恭敬行礼：“多谢大师。”

昭敏依旧无声念佛。

留礼寿见状想了想，忙又道：“待我父王继位，当重修天雄寺，封您为国师，崇佛教为国教。”

昭敏眼睛睁开，看了留礼寿一眼，没有说话，但也没有继续念佛。

留礼寿心里顿时定了下来，合十微笑：“大师，我父王曾主管汉军营，如今汉军营还有愿意效忠我父王的人，只是一旦事起，还缺少兵符号令。大师可有办法？”

昭敏合十：“郎君放心，到时候，自然会有的，一切都会有的。”

留礼寿走出天雄寺，脸上露出得意的笑容来。

撒懒道：“郎君，咱们要赶到城外，去送别王妃了。”

留礼寿露出不耐烦的神情来，他的母亲乌骨里又强势又啰唆，对他管头管脚，还一直看不清楚状况，对皇后和皇太妃抱有幻想，遇到事情根本没有把对方当成敌手，而且还老想着向对方让步。不过他父亲说，你要体谅你母亲，让着你母亲，她是妇人，心慈手软，你是阿保机的子孙，你是要做大事的人。

他记得父亲的话，所以就算再不耐烦，面上也要哄着母亲。所以此番皇后带走他母亲，他也松了口气，终于不用被母亲管着，早出晚归都要听她啰唆了。

撒懒看了他的神情，劝道：“郎君，您若是去得迟了，王妃见了你一定会念叨的。”这个少郎君的性子，与喜隐大王以前真是一模一样。但是他是世代忠仆，再多的缺点，在他眼里也能看出花来。

留礼寿听了他这话，叹了口气：“好吧。”

他耐着性子，送走了啰唆的母亲，转身便冷下脸来，吩咐身旁的撒懒道：“今晚就动手。”

撒懒一愣：“今晚？会不会太急了？”

留礼寿得意一笑：“就是要打他们个措手不及。这次留下来守城的是南院大王斜轸，这人吊儿郎当难堪大用，咱们就是要以快打慢。先夺下上京城，然后去祖州接父王回来登基。”

当夜，留礼寿带着死士，聚合宋军营的降卒，计划以天雄寺藏在宫中的秘线所盗的令符，暗中打开南城门，欲攻占皇宫，控制上京之后，就派人去祖州接回喜隐，诈言耶律贤已经在焦山行宫驾崩，推喜隐继位，强迫百官臣服，造成既定事实。

他心中暗暗冷笑，皇后以为带走他的母亲，就可以挟制他了吗？一旦他控制了京城，再以上京城中百官及家属为质，与她谈判，他不信皇后敢冒天下之大不韪，会对他的母亲、自己的亲姐姐下手。

这是当年太宗耶律德光去世，世宗耶律阮挟重兵，与应天太后述律平谈判，最终述律平只能让步的旧例。

这是当年世宗耶律阮在祥古山被杀，留下幼子无法继位，文武大臣只能臣服已经成年、离皇位最近的穆宗耶律璟继位的旧例。

这是当年穆宗耶律璟在黑山被杀，耶律贤抢先登基，使得太平王罨撒葛只能远遁沙陀，最终失去皇位争夺权的旧例。

开国至今，皇位变迁，他今日的举动，不管依哪一种旧例，都是必赢之局。横帐三房，如今就算是轮，也应该轮到他们李胡这一支了。

想到这里，他看着身后的兵卒，得意一笑。宋军营中，是几场大战之后宋军战俘所组成的，都在城南大营里，他父亲喜隐受封后管理过这宋军营，当时就有意笼络中下层军官，如今他以父亲留下的信物，召集这些中下层军官，从南门进入，直攻皇宫。

他知道皇后留下耶律斜轸来控制上京，可是耶律斜轸这种在上京有名的纨绔班头，又有什么能力和智谋，只要这些宋军降卒一作乱，他就会慌了神。可是他一定不知道，自己真正的力量，是父亲暗中留下的蒲速斡鲁朵的亲军，也就是应天太后留给自己最心爱的幼子的亲军。

眼见得城中已经乱声杀声四起，留礼寿一挥手：“走！”

带着兵马，直驰南城门，他年轻的脸上满是亢奋和野心。

但见夜色迷蒙中，南城门开着，城门洞内外似布满了尸体，但却没有了守卫，想来南城门攻破以后，已经被降卒们一路攻进去了。

留礼寿把手一挥，带人一拥而入。

进城之后，一行人便看到路边横陈有着激战后的尸体。

撒懒忽觉不对，道："且住。"

留礼寿不悦地勒马，问道："怎么了？"

撒懒不及细说，伸手勒住他马头后转，急道："郎君，情况不对，咱们快退出去。"

留礼寿还没回过神来，忽然听得一阵金鼓齐鸣，长街尽头，城门两边，甚至城楼上都涌出人马来。

就见当先一人上前，哈哈大笑道："小留礼寿，就凭你那点本事，串通几个降卒骗个令符就想来占据京城，哈哈哈，真是太天真！"这人正是耶律斜轸，他举起刀指向留礼寿："看在皇后的份上，我不杀你，立刻投降吧。"

留礼寿大怒，叫道："休想，鹿死谁手还不知道呢！"他立刻抽出长刀，冲上去前："给我杀！杀死耶律斜轸，官升三级，赏银千两！"

杀声四起，双方战成一团，然而耶律斜轸有备在先，他是从战场上血战下来的，身边也多是积年大将，早就布置好陷阱等着留礼寿了。而留礼寿这边只有一个十几岁的少年乱指挥，岂能不败。

撒懒见势不妙，护着留礼寿边打边退："郎君，此地不宜久留，我们走。"

留礼寿却不肯："不行，我要杀了耶律斜轸，他坏了我们大事。"

撒懒急了，叫来几个心腹，挟着留礼寿离开："事不可为，我给您断后，您带着兵马去祖州营救大王。"

留礼寿急红了眼，被几个心腹夹着，一路冲杀出去，耳边只有撒懒最后的嘱咐："趁上京之变还未能传到祖州，快拿这令符，带上兵马去祖州救大王！你们父子只要不出事，就还有希望。"

留礼寿赤红着眼睛，带着仅剩的人马，向着祖州逃窜。

西风凛冽，他迎着风疾驰，眼睛被风沙吹得不住落泪。那个他看不上的，啰唆的老奴，服侍了他祖孙三代，就这样为他的莽撞冲动而死。

同时死去的，还有他父子赖以争夺江山的部曲旧属们。

他唯一的希望，就是能够到祖州救出父亲，然后父子倚着残余势力控制祖州，等候耶律贤的死讯，等候着那寡母幼子控制不住局势，这也是他们再次的机会。

天雄寺主持禅房内烟雾缭绕，外面隐隐传来震天杀声。

昭敏手持佛珠，闭目念佛，紧皱着的眉头透露出他内心的不平静。

外面走廊传来急促的脚步声，随即禅房的门被推开，他最得力的弟子明空焦急地道：“师傅，不好了，南院大王耶律斜轸的兵马已经将天雄寺团团围住，怎么办？怎么办？”

昭敏一惊，站起来，气极败坏地问：“他好大胆，他凭什么？”

明空是知道内情的，犹豫地说：“师傅，南院大王说，我们勾结喜隐之子留礼寿谋反！”

昭敏一惊，跌坐在蒲团上，脸色灰白：“留礼寿怎么样了？”

明空跪地哽咽：“兵败逃走，余部已经全部被剿灭。他们，他们还抓到了明觉师弟。”明觉是昭敏的另一个弟子，这次留礼寿起事，他派这个弟子跟随联络，不想竟已经落在耶律斜轸的手中。

昭敏怔在当场，他完全没有想到，事情竟然会如此急转直下。素日里他是佛门高人，智慧如海，那些王侯将相在他面前，都只能低头拜服，所以在他心中，亦不免将这些操纵政局、发动政变的事情，瞧得轻易了。但是他虽懂得人心，却不懂得政治，更不懂得军事。这些根本不是他在禅房随便指点几句，或者以掌控人心的手段，以语言诱劝而能够行得通的。

所以败局一来，他一时竟不知所措。

见昭敏端坐不语，神情颓然，明空急道：“师傅，您快逃走吧！”

昭敏心中一动，却摇了摇头，长叹一声：“逃走？大辽天下，我能逃到哪里去？我逃走了，你们怎么办？天雄寺怎么办？整个沙门又怎么办？”若说到对事理的辨析，他的灵智又回来了。将所有的事情前后想了一遍，还是否决了明空的建议。

明空闻言，伏地痛哭，脑中一片混乱。

却见昭敏只是数着佛珠，慢慢地念着佛号。

只听得外面叫门声越来越响，昭敏慢慢放下佛珠，神情从恐惧、不甘、颓然，最终归于平静，他缓缓道：“明空，你去把寺门打开吧。”

明空一怔，抬头：“师父……”

昭敏合十念了一句佛号：“我自己造下的孽自然要自己来解。明空，去开门吧，我承担了我的罪孽，天雄寺才能保住。”

耶律斜轸带着兵士走进天雄寺时，却见大殿前，昭敏正坐在柴堆之中，他身边插着一只火把，四周也有火把，眼见着是随时准备丢进去。

众弟子跪在一旁，诵读佛号，有些人已经在轻声啜泣。

斜轸看到这一幕，整个人一愣。

士兵们将昭敏及其弟子们团团围住。

昭敏却垂目并不看他们，只念了一声佛号道：“斜轸大王不必费心，贫僧自知罪孽深重，已决定自焚谢罪。”

斜轸厉声喝道：“主上待禅师不薄，没想到禅师却辜负主上信任，盗取令符，勾结叛逆谋反。禅师对得起主上吗？本王很想知道，那喜隐父子给您许下了多少好处！”

昭敏长叹一声，合十忏悔道：“贫僧从第一步开始就走错了，佛门之光大，应靠我等弟子静守本心，弘法须一步一个台阶。是我太急功近利，妄想为教门立绝大功德，与世俗权力联结太深，以至于枯荣系于外物，行止受制于心魔，最终泥足深陷，不能自拔。”他说完，转向明空道：“明空！”

明空跪在最前面，闻声膝前两步，哽咽道：“师父。”

昭敏道：“为师去了，天雄寺就交给你。切记切记，弘法从无捷径，证道须行大道。你们今后行事，要以我为戒，不可急功近利。切记，切记！”

明空啜泣："是，师父。"

昭敏拿起身边的火把，丢进柴堆，柴堆缓慢地烧了起来。

昭敏闭上眼睛，开始诵念佛经道："观自在菩萨，行深般若波罗蜜多时，照见五蕴皆空，度一切苦厄。舍利子，色不异空，空不异色，色即是空，空即是色……"

明空见状，咬咬牙，也将自己身前的火把投入柴堆中。另外三边守着的嫡传弟子，也各自将火把投入柴堆之中。

火既然已起，只有尽快加大火势，才能够让昭敏早些了断，缩短他烈火焚身之苦。

但见火势越来越猛，昭敏渐渐被大火吞没。

众僧侣不再啜泣，一个两个开始跟着昭敏念诵佛经："受想行识，亦复如是。舍利子是诸法空相，不生不灭，不垢不净，不增不减，是故，空中无色，无受想行识，无眼耳鼻舌身意……"

斜轸虽然对这个僧人满怀憎恶，看着这烈火焚身的一幕，心中也极为震撼。他看着眼前火光熊熊，佛号声声，降逆伏恶的兴致也没了。

他索然无味地一挥手："走吧。"

走出天雄寺，斜轸长吁一口气，神情复杂。

侍从阿古回报："大王，留礼寿郎君跑了，怎么办？"

斜轸冷笑："跑了，能跑哪儿去？我早就派人在祖州等着他了。来人，将今晚赵王府与昭敏谋逆之事，写上奏书，飞报焦山行宫，给主上和皇后。至于咱们……"他看看身边的亲兵们："走，去祖州抓留礼寿回来。"

太阳从草原上升起，渐渐驱散黑暗。

越过千里草原，祖州城的城墙出现在眼前。

越过城墙，是大辽祖陵。

一场新的战役，又将打响。

而耶律斜轸的奏报，也以三百里加急的速度，直送焦山行宫。

当着燕燕和几名重臣的面，耶律贤暴怒之下，直接砸了奏报，厉声道："留礼寿不过十四岁，怎么敢谋逆？定是喜隐在背后怂恿。来人——传旨上京，让耶律斜轸去祖州城，亲手赐死喜隐！"

燕燕甚至来不及说话，就见着婆儿已经飞跑了出去，忙跪下求情："主上！可否再……"

耶律贤还未等她说完，就摆手嘶声叫道："闭嘴！"他的神情因痛苦和愤怒而变得狰狞，一句话未完，就已经喘息了好几下，他看着燕燕，眼神平静中带着冷酷："朕要死了，朕不能把这祸患留给你们！"

燕燕不敢再说，就见旁边的学士已经拟了旨上来让皇帝亲自看过，又用了印，立刻送出去。

耶律贤因为这一番事激得病情再次发作，燕燕只得让太医来扎针用药，忙乱了好一阵，直看着耶律贤又沉沉睡去，才抽身出来。待问得旨意已经向上京而去，忙让良哥去请了胡辇过来。

见了胡辇头一句话就是："出事了。你快护送二姐去祖州，见喜隐最后一面。"

胡辇还不知情，大惊："出了什么事？"

燕燕将原委说了，胡辇大惊，立刻拿了燕燕的令符，去找乌骨里。

此时，夜已经深了。天一亮，乌骨里就与胡辇顾不得坐马车，直接上马一路飞驰赶往祖州。

焦山离祖州千里之遥，纵然是乌骨里恨不得插翅飞去，但终究还是用了十几天才赶到祖州。

此时的祖州已经打扫好了战场，一片平静。乌骨里心无旁骛，径直向着喜隐囚所而去，但胡辇却已经看到城外垒起新土，分明是曾经有过一场战争。

当她们赶到喜隐囚居处时，刚进入院内，就见着耶律斜轸手执圣旨，正从石屋里走出。

这间石屋，曾经囚禁过喜隐的父亲李胡最意气风发的年月，此时，又囚禁了喜隐。

乌骨里无视斜轸，直接擦身而过。胡辇也紧跟着乌骨里要进去，却被耶律斜轸拉住。

胡辇眼一瞪，耶律斜轸脖子一缩，却不肯放手，只低声说："您可别进去。"

胡辇一惊，忙问："喜隐已经……"

斜轸点点头，又低声说："不，还有留礼寿。"

"什么？"胡辇声音都抖了，"为什么还有这个孩子……"她还没说完，就听得石屋中传来乌骨里恐怖之至的尖叫之声。

乌骨里撩开帐篷的时候，看到的先不是喜隐，而是摆在喜隐身边的一口棺木。她退后两步，才看到喜隐。

但见喜隐蓬头垢面，已全无当年的意气，浑身充满了绝望和呆滞，他跪坐在棺材边，身前是一个盘子，上面是空了的酒杯和酒壶，旁边还有刚解下来的手铐脚镣。

乌骨里看看喜隐，再看看那棺木，脑海中似乎有一种极为可怕的暗示，她不敢细想，只问他："喜隐，你、你怎么了？"

喜隐没有说话，却只是佝偻着身子，缓缓将棺材的盖子推开了。乌骨里看着他的后背，忽然发现他的头发白了大半，他才三十多岁，怎么背影竟已经似五十多岁的老人了。

随着棺盖缓缓开启，就见着棺中躺着一具尸体，乌骨里眼角余光只扫到那尸体的样貌，整个人竟不由自主地发出绝望至极的哀鸣，令人肝肠寸断。

乌骨里踉跄着跑上前来，粗暴地推开喜隐，顾不得已经近乎枯槁的喜隐站立不稳摔倒在地，她双手伸进棺材，抱起那尸体尖叫起来："留礼寿，留礼寿，你怎么会在这里，你怎么会在这里啊！"

这尸体，就是他们唯一的儿子，年仅十四岁的耶律留礼寿。

虽然已经是十月了，但毕竟留礼寿死了大半个月，已经发出腐败之气，乌骨里抱起他的时候，感觉到手底下的肉体在溃烂。

然而她半点感觉也没有，在她的眼中，这仍然是她怀胎十月生下的，那个让她一辈子爱不够也亲不够的宝贝儿子，哪怕他已经成了骷髅，在她眼中，也永远是她离开上京时看到的那个鲜活少年。

乌骨里紧紧地抱住留礼寿，抱得尸身都有些溃败了。喜隐踉跄着爬起来，在乌骨里背后，抱住她，哽咽道："乌骨里，别这样，把留礼寿放下。他已经走了，你就让他安心去吧。"

乌骨里颤抖着手，将留礼寿缓缓地放回棺木中，将他整个身子细细地整理安抚着，生怕让他不舒服了，如同放着一个稍不舒服就会啼哭的婴儿一般。然后，她接过喜隐抱过来的棺盖，又缓缓把棺盖合上。

她脚步一个踉跄，差点摔倒，喜隐忙上前伸手去扶她。乌骨里的手忽然如鬼上身般抽搐起来，忽然抬手狠狠地一耳光扇在喜隐的脸上，她抓起喜隐去扶她的手，张口狠狠地咬了下来，她咬得这么用力，用力到简直要把喜隐的一块肉给咬下来。

喜隐站着不动，似木头般任她去咬，双目有泪流下。

乌骨里忽然松开嘴，嘴边有血流下，她抓住喜隐捶打着，嘶声叫着："我恨你，我恨你，我们一家子本来好好的，就是为了你这个混账。我求过你多少次，不要造反，不要造反。你害了我，害了我的孩子……你还我留礼寿，你还我留礼寿……"

喜隐抱着乌骨里，忍受着她的捶打："对不起，对不起……是我害了你，是我害了我们的孩子，是我害了我们一家……我……"他说着说着忽然开始吐血，整个人忽然间倒了下去。

乌骨里大惊，尖叫着抱住喜隐："喜隐、喜隐，你怎么了？"

喜隐倒地，乌骨里连忙扶住他，喜隐看着乌骨里，脸上露出一丝愧疚的微笑："乌骨里，对不起……"

乌骨里怔怔地看着他，眼角余光又看到一旁的空酒杯，脑海中终于一点点浮现起她是为何而来。耶律贤要赐死喜隐，她与胡辇赶来就是希望去阻止这件事。

那么，是她又来迟一步了吗？

她看向喜隐，喜隐点点头，他此时已经毒发了，他吃力地抬起手，握住乌骨里的手：“乌骨里，我要离开你了……”

乌骨里还未从前一个噩耗中醒来，又被迫面对第二个噩耗，她无法承受，只能尖叫：“不，不……”

喜隐流泪，只能一遍遍地向这个世上最爱他的妻子忏悔：“对不起，我对不起你……”他哽咽着：“我错了，这辈子都错了。为了我狂妄的野心，害了你一辈子，害留礼寿断送了性命，可我此时明白，却已经太迟了……”

留礼寿死了半个月了，在这半个月的时间里，他儿子的尸体就放在他的旁边。

在上京谋逆不遂以后，留礼寿就急忙赶往祖州，假传旨意，欲骗开城门，营救喜隐。只可惜耶律斜轸早料得留礼寿等人谋逆不成，必往祖州营求喜隐。这边在上京设下伏兵的同时，就已经传信祖州加以防备。

留礼寿又在祖州中了埋伏，全军覆没。本来祖州守将只想生擒他，他只消弃械投降，本不致死。谁知留礼寿年轻气盛，仗着守将必是不敢杀他，居然诈作投降，实则暴起欲再作顽抗。哪晓得军阵之中，不是小孩游戏，一团混乱中，刀箭无眼，不知哪里来的流矢竟射中了留礼寿，等到混乱结束时，他已经是进气少出气多了。

等喜隐知道的时候，送到他面前的，是仅余一口气的留礼寿了。

喜隐看着爱子在他怀中断气，尸体在他身边一天天溃烂下来，不得不放入棺木之中。

他每一天都活在痛悔里，每一天都如同地狱，让他生不如死。

半个月时间，他就从一个充满野心的壮年人，熬成了枯瘦如柴的老人。在看到儿子咽气的那一刻，他就想死了，可是他却没有死。不知道是一种不甘心，还是一种期待，他们没有杀死他，他就要等着。他知道耶律贤快死了，他想熬到对方死在他的前头。

可惜，他斗了一辈子，没能够斗过耶律贤。一道旨意、一壶毒酒，将他最后一丝希望扼杀。

在毒酒入喉的那一刻，他忽然感觉到深入骨髓的悔意。如果他不曾坚持着他的野心，如果他能够隐藏他的野心，或许他能够比耶律贤活得更长。如果他能够不这么早地把野心种到他年幼的儿子心中，如果他在临流放前不把希望寄托在他儿子的身上，那么他的儿子还可以活着，那么哪怕他不去争这个帝位，他们一家三口，还依旧可以幸福地生活在一起。

可惜人生没有后悔药可吃。

乌骨里泪流满面地捧着喜隐的脸庞，她恨透了他的自私、他的野心，可是眼看着他要死了，她心中却充满了无法承受的恐惧。她慌乱地用衣袖为喜隐擦着嘴边的鲜血，一遍遍叫着：“喜隐，不要，不要离开我。留礼寿走了，我只剩下你了，只剩下你了。”

喜隐的毒开始发作，他本来就是油枯灯尽的身体，只不过硬挺着到现在。这毒来得格外快，他握住乌骨里的手，想对她说对不起，却只能发出低微的声音。

乌骨里并没有听清他的话，却似乎听明白了，她的眼泪如珠串般落下：“不，不，我们说好了要一辈子白头到老，要一起看子孙满堂。”

喜隐提起最后一口气，看着乌骨里，强笑道：“乌骨里，我曾经答应过你很多事，但从来都没做到，对不起。如今我快死了，我求求你最后答应我一件事。”

乌骨里哭得不能自已，已经无法回答喜隐，只能不断点头。

喜隐吃力地抬手捧着乌骨里的脸，眼神是前所未有的爱意和真诚：“珍重自己，不要报仇。你还年轻，把我和留礼寿都忘了吧，再嫁个人，再生孩子，好好过日子，你应该要更幸福一些。”

乌骨里咬着牙，不断落泪，却拼命摇头。

喜隐急切地看着她，嘴角微动，似乎在恳求着她。

乌骨里流着眼泪一直摇头：“不，不——”她怎么能答应，怎么能答应。

喜隐慢慢合上眼，手渐渐从乌骨里的脸上落下，眼前一阵朦胧，似乎又回到了那一年草原上，她在火堆边，跟他跳着舞的样子。那时候，他眼中并没有她，他只是在逢场作戏，他的眼神依旧在寻找着其他的目标。可是此时回想起来，所有的人物都已经模糊，只留下她一个人的倩影，是那么的美，那么的青春，那么的单纯。

喜隐的手跌落到地上，乌骨里整个人呆在那里。

半晌，石室内一片死寂，乌骨里只觉得整个世界跟着她一起死了。她呆呆地坐着，似变成了石像般，要就此坐到天荒地老。

忽然石屋的门帘掀开，一道阳光射入，刺痛了乌骨里的眼睛。

胡辇冲了进来，抱住了乌骨里，痛哭道："乌骨里，乌骨里——"

乌骨里转了转干涩的眼睛，茫然看着眼前的一切，她是怎么了，她怎么会在这里，她看到了喜隐的尸体，又看到了留礼寿的棺木，忽然间，她想起来了所有的一切。

她推开胡辇，颤巍巍地走了几步，拿起放在地上的酒壶，摇了摇，又僵硬地看看周围，忽然一头朝着留礼寿的棺木撞了过去。

胡辇一开始尚不明白她想做什么，直到她放下酒壶，才想到难道她是想喝毒酒，顿时吓得上前去扶乌骨里，但见乌骨里已经撞向棺木，直吓得失声尖叫，忙扑上去扶住妹妹。

幸而乌骨里一路奔波，早已经疲惫不堪，再经丈夫爱子俱死的刺激，整个人虽然撞上了棺木，却只是撞晕了过去，头破血流，细看却并没有撞得多厉害。

胡辇抱着乌骨里，再看看一旁的尸体，只觉得悲从中来。

福慧却自外面奔入，见了胡辇就跪下哭道："皇太妃，焦山传讯，叫我们赶紧回去。"

胡辇僵硬地扭头，问："怎么了？"

福慧跪下："主上，大行了！"

胡辇抱着乌骨里，对着长空，绝望之至，悲怆地哭道："长生天啊，为什么你如此残忍，要让我们三姐妹都成了寡妇！"

第八十一章

景宗之死

胡辇姐妹离开焦山那天，耶律贤经过一夜休息醒来，他觉得精神好了许多，就让人请来韩德让。

他要与韩德让进行人生最后一次的对谈。

秋捺钵一路颠簸到焦山，他破败的身体更是被颠得七颠八倒。然而他只要还没死，他只要还有一口气，这远近的属国、部族，都要来向他朝见、行礼，以示臣服。

到了焦山以后，他时而昏睡，时而清醒，而今天一早，他醒来的时候觉得这是他近来状态最好的一天，于是，他召来了韩德让。

看着韩德让进来行礼，耶律贤轻叹一声：“不必行礼了，坐吧。”

韩德让恭敬地道：“是，主上。”

耶律贤摆了摆手，婆儿等人一齐退下，韩德让一怔，见室中居然只剩下他二人，不由心中惊诧莫名。

耶律贤看着他的神情，微微一笑：“不要叫我主上，韩二哥，鸟之将亡，其鸣也哀；人之将死，其言也善。今天我们不论君臣，只坐在一起聊聊而已。”他见韩德让犹豫，不禁叹息：“咱们有十多年没一起坐下好好说话了。”

韩德让身子一震，惊讶地看着耶律贤，脱口而出：“主上……”在耶律贤哀伤的眼光下，最终还是改口叫他：“明扆！”

耶律贤嘴边露出一丝微笑，虚弱地抬手，捂住胸口，喘息了几下，自嘲地一笑：“小时候，我的身体虚弱，所有人都以为我活不到成年。只有你一直护着我，陪着我。那时候，我想过最好的结果也比不上现在……”他顿了顿，自负地一笑：“朕登上了皇位，恢复了父皇的新政，大辽日渐繁荣，皇位后继有人。”这是他这一生最得意的四件事。

韩德让长叹一声，看着耶律贤，所有的恨意都没有了。眼前这个人，用他的一生，油枯灯尽，做了这四件事，让他不得不佩服：“这都是主上的功劳。”

耶律贤笑着向韩德让伸出手，韩德让看懂他的意思，也伸出了自己的手。两人的手，终于在经历了这么多年以后，又握到了一起。

耶律贤和韩德让的两只手放在一处，对比明显，耶律贤的手苍白得没有一丝血色，骨瘦如柴，韩德让的手却粗壮有力，血脉偾张。

耶律贤看着两人的手，虚弱地笑了笑：“我的生命即将终结了，我既觉得解脱却又不甘心。从前那些看不开的倒都看开了。韩二哥，朕若是身体康健，是不会选燕燕入宫的，你相信吗？”他最终，还是把两人最闪躲、最不肯面对的事，说了出来。

韩德让看着耶律贤，眼神中的那种疏远和隔离终于慢慢消融，渐渐流露出不忍之色：“主上，过去的事情就不必再提……”

耶律贤却打断韩德让的话，神情有些亢奋：“很多话，朕本打算一辈子都不说，无论你有多少怨恨，朕都坦然受之。毕竟舍得舍得，有舍有得，朕在你的情谊和燕燕入宫一事上做过了取舍，朕选择了横刀夺爱，命燕燕入宫为妃。因为朕认为，燕燕是当时最适合的皇后人选，朕是自私，可朕也是为了江山社稷。”

韩德让没有说话。是的，燕燕的确是最适合的皇后人选，可是这却并不代表，耶律贤能够以江山社稷为由，做得如此理直气壮。

耶律贤亦知他的心情，摇了摇头：“朕一直认为，朕没做错。尤其是这些年来，随着时间推移，燕燕成为朕的左膀右臂，朕以为，你们的伤口，会随着时间而愈合。可是……”他长长地叹了口气，眼中露出愧疚之色：“长生天却让朕在人生的最后遇到玉箫，她让朕知道什么是真正的爱！”

燕燕是个好女人，聪明大气，他因为一己私心将她禁锢在宫中，她却安然接受了自己的命运，为了他和大辽尽心尽力，还给了他六个聪慧可爱的孩子。她包容了玉箫，他相信她会善待玉箫和孩子。可正因为她的宽容，让他知道，她不爱他，她爱的人，仍然是韩德让。

感情是排他的，在以前，他以为他对燕燕的那种感情是爱，而只有他自己真正爱过以后，他才明白，爱是什么。

同样，也更明白，当初他对韩德让和燕燕的伤害有多深，多残忍。

他长叹一声，看着韩德让，终于说出心里的话："对不起，德让，朕如今才知道，当日伤你有多深——"

说到这里，耶律贤猛烈地咳嗽起来，韩德让忙扶住他，喂他喝水，轻拍他的背部。

耶律贤一把抓住韩德让，急切而焦灼："这个世上，朕能全心全意信任的人不多，你算一个，燕燕算一个。韩二哥，朕、朕将燕燕和孩子们都托付给你，望你、望你们保护文殊奴……"

韩德让震惊地跪下："主上——"

他听出了耶律贤的意思，只觉得既荒谬又悲怆，下意识想抗拒。

就听得耶律贤低声说："燕燕爱的，始终只有你一个。"

韩德让只觉得耳边似一阵轰鸣，如雷霆炸响，炸得他五感俱失，他甚至不知道这场君臣对话是怎么结束的，他是怎么离开耶律贤宫帐的。

直到他回过神来，已经是在行宫的后苑了。他也不知道，自己是怎么不知不觉走到这里来的。

眼前一泓清泉，水声潺潺，让他从魂游天外中渐渐回神。

他一时尚无法消化耶律贤的话，干脆坐在湖边山石上把心情冷静下来。他明白耶律贤说这话的心态和目的，他看着皇帝从四岁成长到壮年，两人之间的了解和默契，让他们可以说是几乎一个眼神一个词语就能够彼此明白。

只除了燕燕那一次，他低估了他的帝王。

一旦皇帝重新恢复成"明扆"，他想说什么，想做什么，韩德让都太过了解。

所以他反而更加震惊。

他看得出耶律贤的心机，看得出耶律贤的担忧，所以他更看得出来，耶律贤最后的那句话，并不是谎言，而是真相。

是的，燕燕爱他。

所以她才会对耶律贤的出轨充满包容，才会对垂危的耶律贤充满怜惜，甚至愿意为挽救耶律贤的生命去向她所不信奉的佛法低头，并为了让耶律贤有活下来的力量，还让玉箫去皇帝床前照顾他。

这一切，让不懂他们三人的旁人以为这是至爱。唯有他们三人彼此明白，或是至情，却不是至爱。

燕燕本来就是这样的至情之人，她会为了家国天下而入宫，也会为了对耶律贤的十几年夫妻之情、帝后之缘而全力维护耶律贤。

但是，这不是爱。

耶律贤看得清清楚楚。

而他，也应该是看得清清楚楚的，只是在此之前，他不敢睁开眼睛看清楚。

韩德让长长吁了口气，振衣站起，准备出宫。

刚绕过一个小径，他忽然看到梁王耶律隆绪的近侍挞不阿站在一座廊桥边，不由一怔。再将目光在附近搜索，果然看到耶律隆绪正站在桥上，怔怔地遥望着远方，脸上仍有泪痕。

韩德让本欲悄然离开，可是却不知道什么原因，让他鬼使神差地走了过去。挞不阿见了他就要行礼，韩德让摆摆手，挞不阿会意，忙悄然退后。

他自南京回上京，经常出入宫禁，而燕燕又有意识地让这几个皇子皇女与他亲近，甚至耶律贤也会对这些孩子说起当年他才四岁时就被韩德让照顾长大的旧事，令得这几个皇子皇女，对韩德让格外亲近。

但见耶律隆绪仍在怔怔出神，韩德让走到他身边，低声道："文殊奴，你没事吧？"

隆绪闻言转头看到韩德让，吓了一跳，慌忙拭去眼泪，勉强答道："我，我没事。"

韩德让看着这个身子已经快到他肩膀高，脸上却仍带着稚气的孩子，轻叹一声，拉着他走到凭栏处，温声道："你有什么心事尽可以和我说。"

隆绪沉默半晌，就在韩德让以为他不会说的时候，忽然道："太傅，父皇的病是不是好不了了？"

韩德让没有说话，他不想说，不，他会好的。但他更不能说，是，他不会好了，甚至就在这几天了。

前者欺骗，后者伤人。

他只是默默地把这个孩子揽入怀中，轻轻拍着，就如同当年他这样拍着还年少时的耶律贤一样。

很奇异地，隆绪也同样被安抚了。这样亲密的动作，韩德让对耶律贤做过，但他没有对隆绪做过。

但是隆绪在七岁以后，就再也没有被别人用这样的姿势安慰过。臣下奴仆们不敢，母亲一直忙于政务，父亲一直在生病，纵然想对孩子们亲近一些，他下面还有更小的弟弟妹妹们争着扑到父母的怀中求拥抱求抚慰。隆绪总是在心里说，他是大哥，他是最懂事的，他要以身作则……

然而他终究还是个孩子，他也需要一个怀抱给他撒娇，给他安慰。

而眼前这个怀抱，意外地让他安心。

"他一天比一天更瘦，我都不敢去看他。我，我是不是很没用？我是父皇的儿子，却不敢去看他。"隆绪的声音断断续续："母后那么忙，普贤奴、胡都堇他们还那么小。我是大哥，我要照顾弟弟妹妹。可是，我好怕，我好怕父皇离开我们。太傅，要是父皇离开了我们，我、我不知道自己能不能保护好母后和弟弟妹妹。"

韩德让轻轻地为他抹去眼泪，郑重承诺道："文殊奴，别怕。休哥惕隐、达凛将军，还有我，我们大家会保护好你们和你母后的。"

隆绪扑到韩德让怀里道："大家真的都会保护我们吗？"

韩德让抱住隆绪正在长高而显得瘦弱的身躯道："会的，您放心。我们所有人都会保护您，忠于您。"

这一刻，他似乎又回到了祥古山事变的时候，那个四岁的孩子偎在他的怀中，似乎他就是整个世界的感觉。

韩德让走了，耶律隆绪这一夜，睡得格外安心。他很久没睡得如此有安全感了。自从父皇的病一天比一天沉重，母后一边忙于国政，一边还要照顾父皇，实在是没有精力去顾及他的心情，更无人能发现他的恐惧和不安。

他要压下这种恐惧和不安，还要去照顾弟妹，可是这种强压下的情绪，最终会变成他的噩梦。

而这一夜，他无梦到天明。

这一天，皇帝召见了他。

皇帝的状态已经很差了，平时一整天都昏昏沉沉的，有时候甚至坐不起来。但这几天精神忽然好转了许多，有时甚至可以坐起来说话。

耶律隆绪到的时候，皇帝又处在昏迷中，他只有趴在床边，等着父皇醒来。

耶律贤睁开眼睛的时候，看到长子趴在床边，他紧紧握着自己的手，眼眶泛红，却倔强着不肯落泪。

耶律贤嘴角抽动了一下，缓慢地说："文殊奴，父皇要走了。以后你就是大辽皇帝，你害怕吗？"

耶律隆绪先是摇了摇头，想说不害怕，却见耶律贤慈爱地注视着他，在这看透内心的眼神中，他终于低下头，将头靠近耶律贤的手，两行清泪落下，说："害怕。"

耶律贤轻轻地说："其实父皇也害怕。"

耶律隆绪诧异地抬起头来，看着父亲，在孩子眼中，父亲是无所不能的。就算他长年在病榻上，可是他的成就，却是印刻在孩子的心中。这样的人，也会害怕吗？

他的眼神里，已经透出了他的疑问。

耶律贤笑了笑，轻声说："可是就算再害怕，也要勇敢地挺身而出，因为作为皇帝，没有人会让你有重来一次的机会。你记住了吗？"

耶律隆绪问他："父皇，那我该怎么办？"

耶律贤看着儿子，忽然转过头对婆儿说："朕想再看一次蓝天，你去准备轮车。"

婆儿一惊，想劝阻："主上！"如今他的身体，哪能再吹风，又哪有力气坐在车上。

耶律贤笑了："朕知道自己的身体，可以的。把朕放到轮车上，让文殊奴推着朕走走。"

婆儿无奈，只得应是。

时近深秋，大片枫叶，红如血染。

焦山行宫长廊如今空无一人，只余落叶。

耶律隆绪推着耶律贤，慢慢走来。

一片寂静中，只余车轮在木质长廊上碾动的声音，还有皇帝父子低声的对话。

"文殊奴，你知道应该怎么做一个皇帝吗？"耶律贤问。

"我，我不知道。"耶律隆绪站在父亲身后推着车，眼泪落了下来："我是不是很没用？"

"不，父皇在你这么大的时候，也不知道怎么做一个皇帝。"耶律贤安慰他说："不过不要紧，你比我幸运，你有你母后帮你，还有韩德让会保护你。"

"太傅？"耶律隆绪一怔，忽然想起昨天那个温暖的怀抱。

"父皇四岁的时候，你祖父去世了，那时候父皇也很害怕。"那时候，就是韩德让一直保护着他，"韩太傅会待你好，会是这个世界上除了你母后之外，最值得信任的人。"他对儿子说。

"孩儿知道了。"耶律隆绪声音哽咽，他知道，这很可能是父子间最后一次相处了。

“文殊奴，答应父皇，以后要把他当成父皇那样来尊重，好吗？”耶律贤沉默良久，说。

这时候车子已经停下，耶律隆绪已经伏在他的膝上，听了这话，不由抬起泪眼朦胧的眼睛问：“当成父皇那样来尊重，为什么？

耶律贤摸了摸他的头，道：“因为你需要他，皇位也需要他，他是这个世界上最值得信任的人。”而要牵制韩德让的心，只有以诚心相待，他看着儿子纯真的眼睛，轻声说：“朕已经负过他一次，失去过他一次，希望朕的儿子，不要犯朕同样的错误。”

耶律隆绪懵懂地问：“那我应该怎么做？”

耶律贤轻声道：“真心只有拿真心来换，好孩子，你现在不懂没关系，记住父皇这句话，把韩德让当成父亲来尊重，不要负他。”

不要负他！

你不负他，他必不负你！

傍晚，随驾的文武重臣们跪于行宫王帐。

耶律贤躺在床上，已经形销骨立，燕燕带着隆绪肃然站在床边。

大于越耶律休哥在皇帝跟前，念着传位诏书：“梁王隆绪，皇后所生，年十二，天资聪慧，文武兼备，可即皇帝位。命文武群臣保翊幼主，勉天尽忠，一应军国大事悉听皇后决断。”

耶律贤勉强抬起身来，点了点头，以示首肯。

群臣跪地齐声道：“臣等定当尽心竭力，保扶幼主及皇后！”

耶律休哥收起诏书，朝燕燕和隆绪跪下，呈上诏书。

耶律贤点了点头，看着群臣在他的眼前，向着新主效忠，这一系列的行为，保证了耶律隆绪能够在朝廷重臣的拥戴之下，保证着皇位的传续，和权力的传续。

小小年纪的耶律隆绪，在巨大的压力面前，努力保持着镇定和从容，走完了这一仪式。

夜深了，但是因为皇帝眼看就不行了，群臣并没有离开，他们现在就在行宫外的大帐内，静等着最后的消息。

这是最后几天了，在床榻前让群臣参拜幼主，是耶律贤最后的清醒时刻。之后，他就陷入了混乱中，一直昏昏沉沉地睡着，醒来的时候，也是时而清醒，时而糊涂，而且神志混乱的时间越来越长。

燕燕在旁边守着，玉箫本也准备要陪着，但被她赶去休息和照顾孩子了。四皇子刚出生，需要母亲照顾。

而孩子们也轮班在床前守着，此刻是观音女和普贤奴轮班。

耶律贤忽然开始发抖，燕燕忙上前，轻拍着他道：“主上，主上，你怎么了？”

燕燕的轻拍似乎令得耶律贤安稳下来，但燕燕的叫声，他却似乎没有听到，又陷入了重度的昏迷中。

他似乎又回到了祥古山，天真黑啊，空气中充满了血腥之气，他一直在跑，一直在跑，背后却一直有一个声音在狰狞地笑着，黑暗中有一只无形的黑爪越来越近地追来。

这个梦已经困住他数十年了，小时候，他经常被这个噩梦困住，吓醒，然后就再也不能入睡。但有时候也会有一个人轻轻拍打着他，有一个声音轻轻哄着他，他顿时就感觉到了安全，然后安静地睡着。

这个人是谁呢，他似乎不记得了，那个曾经他脱口就能叫出来的声音，为什么现在脑海中一片空白。

他没办法再叫出这个名字来，而那恐怖的狞笑声却离他越来越近。他似乎已经逃不动了，他再没有力气逃开了，他永远陷入了黑暗中，再也无法逃开。

燕燕发现无论如何呼唤，也无法使耶律贤再睁开眼睛，他似乎完全陷入了自己的噩梦中。他的眼睛紧闭着，浑身发抖，忽然间发出小孩似的声音：“父王、母后，你们去哪里了，这里很黑，明扆很害怕，你们快回来，你们快回来……”

燕燕紧紧抱住耶律贤，不断地想用呼唤叫醒他：“主上，主上，明扆，你醒醒，你怎么了？”

耶律贤忽然抽搐几下，发出凄厉的呼叫：“好多血，好多血，父皇，母后……”

燕燕已经明白了，顿时泪如雨下，她紧紧抱住耶律贤，用哄孩子的语气安抚着他：“明扆不怕，明扆不怕，你已经长大了，你是皇帝，你是我们所有人的依靠，你很强大，没有人再能够伤害你。明扆，不怕，不怕……”

此时玉箫等人均已赶来，见状只能捂住嘴，哭得摇摇欲倒。

良哥抱着小公主，乳娘抱着药师奴，隆绪领着其他弟妹跑进来，跪在耶律贤的床前，齐声叫唤：“父皇，父皇……”

可是耶律贤没有醒来，他一直深陷于梦境之中，这个他从四岁开始就无法逃开的梦境，这一次，终于死死地困住了他。

这一夜，他数番在梦境中凄厉惨叫，有时候叫“父皇母后”，有时候叫“你们别过来”，有时候却在叫“我好冷，我好怕……”。

他临终前已经神志不清，他叫过父皇母后，可他没有叫过燕燕，也没有叫过玉箫，更没有叫过他的孩子们。

生前他努力地做臣子们的好皇帝、燕燕的好丈夫、孩子们的好父亲，甚至是玉箫的好情人，可是最终，谁也没真正走进他的心底去。

他这一生，永远困在了四岁时的血腥噩梦中。

燕燕一直以为，他最后一刻能清醒过来，看他们一眼。

可是没有，耶律贤一直陷在极可怕的噩梦中，受了一天一夜的折磨。直至第二天天亮时，他一声惨叫，就此气绝，死时面容狰狞扭曲，竟是至死未能解脱。

燕燕抱着耶律贤，泪如雨下。

丧钟敲响，燕燕怔怔地坐在一边，她的眼里茫然一片。

屏风内，侍女为耶律贤最后净身，萨满在作法祈祷，驱离妖魔，让大行皇帝的灵魂早日飞升。

屏风外，儿女们嘤嘤啼哭，玉箫抱着孩子晕倒，被侍女抬了下去。

外面，已经有侍从在通知文武百官、宗室亲王这个噩耗，并准备所有的丧服仪制。

恍惚间，她觉得自己的灵魂似乎飞到了空中，看着下面那个木然坐着的自己，还有哭泣着的人们，以及来来去去的仆从们。

以及，外面调动军士的声音。

这是大行皇帝在死前一一安排的，如今正在由着他曾经发布的命令在调动着。

她看到那个人躺在床上，侍女已经为他换好了衣服，他的神情奇迹般地平静了。为什么他的表情并没有停留在他死亡的那一刻？人死了，还会有感觉吗，肌肉还会有变化吗？这是真的，还是只出于她的意愿？

或者他这一生都未曾解脱过，但真希望他死后能够得到解脱。

她从小就很聪明，能够迅速看穿一个人想要什么，不想要什么。可是很奇怪，唯有他，她自始至终，从来没读懂过。她甚至不明白他为什么执着地要娶她，就算她是萧思温的女儿，可是后族的好姑娘多得是啊，为什么要因为她，而失去他和韩德让的友情。

她虽然没有问过，但她知道，至少在她初入宫的时候，韩德让在他心目中，比她重要得多。他临死的时候，没有特意跟玉箫长谈，也没有跟她长谈，唯一那段精神好的时候，只见了两个人，一个是隆绪，他的儿子，也是帝国的继承人，而另一个，就是韩德让。

她的灵魂似飘在上空，看着他，她想看明白他，她想他对她说一句话，回答她这一生所有的疑惑，可是他并没有。

此刻，她看着他死去的表情，觉得他似乎在有些不耐烦地向她示意，走吧，你的问题已经不归我管了。

是啊，她的问题已经不归他管了。

她缓缓地吁了口气，睁开眼睛，看着屏风后面，不知道这屏风后面，是不是她刚才那一刻灵魂出窍而看到的。

可是，这重要吗，这已经不重要了。

耶律贤死了。那个曾经打乱过她的人生，引导过她的人生，曾经让她恨，让她怜，也让她敬畏的男人，死了。

她想着草原上的第一次见面，他就在骗她，可她想，那是无奈的欺骗。第二次，他面临绝望和崩溃，她在那家小酒馆等他，那时候她只是想，如果连她都不等他的话，他会多么地难过。但那一等，却赔上了她的一生。

然后，他牵着她的手，走进了皇宫；握着她的手，把她带上了皇座；扶着她的手，让她一步步成为合格的一国之主。

可是如今，他不再骗她，也不再需要她，甚至，他的手也不在了。

如果说过去，哪怕独自坐到前朝的那个位置上，她都带着一丝别扭和一点底气，她这是代他执掌，她的背后还有他在把舵。可如今呢，如今，这世上真的只剩她一个人来面临抉择了。

好，或者坏；成，或者败；都只能她一个人来面对，来承担。

如果说过去，她坐在那个位置上的时候，还会想着这是他的国家。而如今当凌晨的钟声敲响的时候，这是她的国，只有她一个人，在承担她所说的每一句话导致的后果。

她坐在那儿，看着门外，一缕阳光在天边出现时，她站了起来。

耶律休哥和韩德让走了进来："兵马调配完毕，朝堂的准备也已经就绪，请太后、主上上朝。"

燕燕站了起来，拉过耶律隆绪的手："走吧，孩子。"

前殿，文武百官早已经闻讯，全体集于大殿之上，个个神情肃穆沉重。他们其实早有预感，皇帝大约也就是在这几天的事情。及至这一夜兵荒马乱，到天明时丧钟敲响，就知道皇帝去了。

萧燕燕牵着耶律隆绪的手，一步步走上大殿，远处，是刀剑如林的闪亮，近处，是群臣各怀心思的眼神。

他们看着她和她牵着的孩子，她曾经看过这种眼神，在她第一天独自上朝的时候。

这是群狼环伺的眼光，这一次，却比任何时候都可怕。

她想到了祥古山事变，尽管她那时候还没出生，但她听她的母亲和姐姐讲过。那时候察割已经杀了太后、皇帝和甄后，撒葛只皇后本来是可以逃走的，可是她没找到她的儿子，于是她毅然向王帐走去。

那时候，她也是这样独自走在所有不怀好意的、嗜血的眼神中吧。

她站在殿前，看着阴暗的殿内，停了一下。她松开隆绪的手，因为她此刻感到自己的手心在出汗，不想这样的情绪影响到孩子。

走在她后面左侧的是耶律休哥，右侧的是韩德让。她停下来的时候，休哥看了韩德让一眼，韩德让上前半步，微微低头，看向她。

她明白这个眼神，她扭头看向右后方，知道休哥也在等着她示意。

由他，或者耶律休哥在她面前先进去，这能够让她有一重抵挡，正如之前，耶律贤曾经为她所抵挡过那样。

但是，燕燕还是微不可察地摇了摇头，朝前迈了一步。

不，她要自己来，她要让所有的人都知道，这个国家，从今天起，由她说了算。

她可以倚重和信任韩德让、耶律休哥，还有耶律斜轸和萧达凛，她相信这时候，他们对她一定是忠心耿耿的。可是，没有人可以永远倚重另一个人，当她习惯了被别人挡在面前的时候，她也会习惯让他们中的哪一个，替她做主。

这不但没有用，还会适得其反。

殿中的群臣，虽然大部分人已经是离开草原的第二代或者第三代的人了，可他们骨子里不甘被驯服的野性仍未褪去。虽然经过数代驯化，他们已经能够认同迭剌部耶律氏是他们的统治者，可是还远远没达到认同规则上某个人是他们必须臣服的，更不会认同除迭剌部耶律皇族氏之外的其他臣子可以决定一切。

所以，燕燕想要得到和平和顺利，就必须让所有人明白，一切权力都出自于她，真正掌控一切的只有她。

如果他们臣服的不是她，那就不是真正的臣服。

只有让他们完全明白，如今是她说了算，她才能够镇伏一切，让天下太平。

她收在长袖中的手，紧紧地捏了一下内袖，把手中的冷汗吸干以后，才再伸出手去，拉起隆绪的手，一步步往前走。

萧燕燕走进殿堂，一步步走上最高处，站在最高处。群臣纷纷跪下。她看着面前所有低下的头颅，那些不管是骄横的、阴险的，还是忠诚的、善恶难辨的，统统低下了头。

然而这些低着的头在想些什么，是想着效忠还是想着把他们掀翻，她无从得知。此刻，她强烈地感觉到了至尊之位的孤独。

她畏惧着坐在这上面的感觉，更畏惧从这上面掉落的可能。

也唯有这一刻，她无比深刻地感觉到了耶律贤曾经有过的恐惧，甚至是……那个残暴不仁的穆宗曾经有过的恐惧。

燕燕开口缓缓道："大行皇帝，殡天了。"言毕，潸然泪下。

辽乾亨四年，即公元982年九月廿四，耶律贤于出狩时死于现今山西省大同市的焦山行宫，享年三十五岁。耶律贤死后，庙号景宗，谥曰孝成康靖皇帝。

一代帝王，至此尘归尘，土归土，而新的篇章，即将开始。

第八十二章

太后摄政

群臣见皇后带着梁王出来，皆已经明白，全体无声跪下，待得皇后说完噩耗，一齐摘冠伏地大哭。

休哥越过众人，走到前面，高声宣布："大行皇帝遗诏梁王，即皇帝位，皇后辅政。"这本已是意料中事，当初在耶律贤的病榻前，群臣已经参拜过当时为梁王的隆绪，而大行皇帝的旨意，已经于当时就颁布过了。

这时候与那时候，有什么区别？

最大的区别就是，那时候大家其实是在拖延，在等候。并不是谁都能够心甘情愿地接受一个孩子成为他们的君王，哪怕燕燕摄政已久，在群臣眼中，她依旧只是先帝的代言人，大家接受的是先帝的统治，而不是燕燕，更不是隆绪这个孩子。

而耶律贤死后，谁知道局势会有什么变化呢。横帐房三支，自耶律阿保机死后，为了皇位相争，出了多少事，死了多少个皇帝。一个成年人尚无法掌控的世界，一个孩子能吗？

是的，他母亲是个成年人，可是萧燕燕真的能够自己独立掌舵吗？

他们在等着，等着以往那些血统离皇位最近的亲王们，是否会重演一出对皇位血腥拼杀的大戏。

当日他们之所以没有表态，是因为谁也不愿意招惹一个濒死的疯狂的皇帝，那个自登基以来一直努力表现出自己"仁慈"外表的皇帝，对喜隐父子的果断处决，把所有人都吓坏了。谁也不想成为皇帝临死前下一个祭刀的人。

群臣怔在那儿，没有动，却将眼神暗暗看向了几个亲王。

然而那几个亲王也在暗暗叫苦，他们倒是很想争一争，闹一闹，然而他们这时候才想明白为什么耶律贤要拖着半死不活的身体硬要去秋捺钵了。那就是要借着这次秋捺钵把有可能对皇位造成影响的近支亲王都带出来。可笑的是这几个亲王还打着皇帝身体垂危说不定要传位给自己的算盘，高高兴兴地上路了。甚至为了减少皇帝的猜忌，还在休哥等人的“劝说”下，并没有带上足够多的亲信军队。

直到耶律贤病榻上宣布传位隆绪，让群臣参拜的时候，他们才知道大局已定。而更多人往深里想，才明白为什么皇帝把诸王都带走了，反而把喜隐留在祖州，让他有机会造反。谋反迅速被平定，喜隐被皇帝以雷霆手段处死。而喜隐的死吓坏了潜在的可能会在耶律贤病榻前传位隆绪时闹事的人的胆。

诸王既然在当时不敢闹事，时至今日，自然也只能左右看看，都成了巴不得别人先闹起来的胆小鬼。

而自耶律贤病榻前传位梁王以后，诸王都被监视起来，谁也没能力在这短短几天内纠合旧部夺位。再看看殿外，早由韩德让事先准备的兵马守着，谁又敢先跳出来试刀。

休哥站在燕燕下首，暗暗观察着诸王神情，心中已经确定，正对耶律斜轸使个眼色让他率先参拜称贺。却不想宁王只没手持佛珠，越众而出，率先称贺：“吾皇万岁，万万岁！”

他是与耶律贤血缘最近的亲王，他率先称贺，诸王宗室也只得跟着一齐跪下参拜。

休哥松了口气，也走下台阶，向着燕燕及隆绪参拜称贺。

景宗去后，就要准备着梓宫扶灵回京的事情。同时，还要准备着回京之后，新帝正式登基的仪式，要通告国内外，加强对诸王的拉拢与防范，对文武群臣的调整，对诸部族根据亲疏远近的预案，对高丽、阻卜等诸藩国的镇服，对大宋的外交往来与边境兵马调配等。

燕燕忙得脚不沾地，整日与朝臣们商议，到晚上又要将所有的事情独自逐一思索，理清思路。一时顾不得其他事情。

耶律贤死后第三日，忽然服侍渤海妃玉箫的侍女匆匆来报，说是渤海妃闭门不出，侍女们一个不在，连乳母都被事先吩咐教今日另行带着小皇子，不要打扰她。

那侍女是燕燕派去服侍的，便觉得不对劲，忙来报与皇后，又说渤海妃自先帝大行之后，第一夜悲痛晕倒，次日醒来时就显得十分平静，并无伤痛之态，只有偶尔看着小皇子的时候，才会偷偷落泪……

燕燕听到这里，就已经觉得不对，急问："还有呢？"

那侍女道："她还不眠不休地给小皇子做衣服……"

燕燕站起，立刻迈步往外走，说道："快走，这傻孩子不对劲。"

她匆匆向外走，良哥忙备了辇，待来到渤海妃住的房间，宫人们在玉箫的寝室外正不知如何是好。见太后来了都如见到救星，燕燕见状，便让良哥去敲门。

良哥高叫："太后来了！"里面并无动静，又敲了几下，便当机立断道："踹开。"

然而已经迟了。燕燕进去房里，但见玉箫盛妆静静地躺在床上，早已经气绝身亡，她的枕边却放着一封信。

服侍玉箫的宫女们吓得魂不附体，一齐跪下低声哭泣。

良哥取过信，递给燕燕，燕燕打开信，玉箫娟秀的字体出现眼前。

"太后：我是个软弱无能的女人，主上去了，我也没有继续活下去的力量了。主上一生孤苦，我不忍他在地下也孤零零一人。我要过去陪他了。我对不起我的药师奴，我不是个好母亲，我爱他的父亲比爱他更多。主上走了，我没有爱他和抚养他的力气了。太后，您是一个有力量的母亲，药师奴交给您，我很放心，我想主上也会放心的。对不起，我把所有的责任都交给您了，我知道您会比我更好地抚育和爱护这个孩子，我便少受这十几年的辛苦吧。玉箫绝笔。"

燕燕看着躺在床上的玉箫，她平静地躺着，甚至比活着的时候还更美艳。她活着时，自己只见过她淡妆，此刻才第一次见到她的盛妆。

她如同扑火的飞蛾，扑向生命中她自以为的唯一爱情之火，不顾生死地投入所有的感情，用情之深，甚至无法再多挤出一丝力气，为她的孩子留在人世。

乳母抱着小皇子进来，孩子哭声震天。

燕燕伸手："把孩子给我。"

良哥从乳母的手中，接过孩子，递给燕燕。

燕燕紧紧地抱住那孩子，她闭上眼睛，忍住即将落下的泪水。

哭吧，孩子，为你的母亲而哭。

从今以后，你就是我的孩子。

燕燕踉踉跄跄地回到所居的宫室，好半天也无法回过神来，她只觉得茫然无着落，不由问良哥："玉箫为什么要死？"

良哥知道她性子要强，玉箫是她当着景宗的面承诺过要好好照顾的人，可是谁也没有想到，玉箫竟然会抛下尚在襁褓中的小皇子，毅然服毒自尽。

然而她又能说什么，只劝道："太后，渤海妃的遗书里，不是说得很明白了吗？"

"她爱他，就爱到这么深吗？"过了半晌，燕燕仍然不能释怀。将心比心，她也爱过一个男人，也有过愿为这个男人而死的心。可是她仍然不能想象为了已经逝去的爱情，抛下尚在襁褓中的亲生骨肉的心态。

这份舍生忘死，令她无法释怀；这份托孤之情，重如泰山。

良哥看着燕燕，心中轻叹。

玉箫是个怎么样的女人呢，她傻到为了先帝的爱重而不顾性命，可她又聪明到能够看透太后威仪下的善良，居然胆敢以幼子相托。

自玉箫死后，小皇子药师奴的摇篮就已经移到太后的寝宫了。太后亲自照顾着这个先天不足的孩子，甚至因为半夜婴啼而弄得自己无法好好休息。她对这个孩子的上心程度，超过了她自己所生的六个孩子。不管是公主还是皇子，甚至是当今的皇帝，都是一生下来就由乳母照顾，父母会去孩子的房间看望孩子，在有限的时间里陪伴教导，却从来没有把孩子放到自己房中日夜亲自照顾过。

而这次，只因为听太医说孩子体弱，燕燕就下旨让这个孩子住在她的宫中，一直住到周岁以后再搬出去。

长长的队列在草原上行进，皇帝的灵车在队列正中。

皇族、后族都穿着丧服，其余百官则穿白枲衣，随着灵车前行。

燕燕和几个孩子坐在御驾上，看着外面一片缟素的凄凉情景，神色黯然。

隆绪等皇子皇女俱着斩衰丧服。年纪小的几个在流泪哭泣，萧海澜也在车中，拿着手绢给观音女、长寿女几个擦眼泪。

萧海澜轻声安慰："公主，别哭了。"

隆绪反倒一脸肃容，紧紧握着燕燕的手，低声道："母后，您别太伤心，孩儿会一直陪着您的。"

燕燕低着头，将隆绪揽到怀里："不要强撑着，你还有母后，任何事情都有母后。"

隆绪靠在燕燕怀中，红了眼眶，却依然坚强地道："朕已经长大了，是弟弟妹妹的大哥哥，朕是皇帝，朕要给普贤奴他们做榜样。"

燕燕抚摸着隆绪的脸庞，叹了一口气。这个孩子一夜之间目睹了父亲的惨死，自己又成了皇帝，这几天可以明显看到他以肉眼可见的速度消瘦下去。他给自己的压力太大，大到让这小身板快承受不住了。

可叹自己前几日一直沉湎于情绪、忙碌于政务，还因玉箫的死而伤痛，为小皇子的事而劳心，根本就没有感受到儿女们的变化。

隆绪努力跟在自己身边，试图安慰自己，分忧解劳，可她并没有发现这一点，反而因为一点小事把积压的火气发泄到他的身上去。

观音女在努力管束好弟妹，最小的胡都堇还不知道死亡是什么，别离是什么，而小女儿延寿女则是刚刚意识到，终日啼哭不停。

这些孩子在她看不到的时候，跌跌撞撞地成长着，过早地懂事，用稚嫩的肩膀扛起重担。

而她却没有发现，甚至不曾感知。直到昨天临出发前，韩德让一脸严肃地告诉她不应该对隆绪发脾气，告诉她，她的孩子们是如何为了她而努力。

隔着窗子，她看到观音女正在安慰在向她诉说委屈的隆绪，也看到隆绪在向观音女道歉说自己身为长兄，却让观音女这个妹妹承担起照顾弟妹们的点点滴滴。

她这才明白，自己错过了什么。

所以，今天出行的时候，她让孩子们跟她坐在同一辆车上，看着孩子们惊喜到不敢置信的眼神，她才感觉自己真是有失母职，竟让孩子们在不安的环境中这么久。

帘子掀起，她看着远处韩德让的身影，若不是他的提醒，自己还要忽略孩子多久呢？若不是他的提醒，自己可能要后悔终生。

此时，就见耶律斜轸骑着马远远驰来，到了御驾外，行礼道："太后，主上，召臣有何吩咐？"

燕燕看到斜轸，点点头道："斜轸，主上在车上也坐乏了，你陪着他出去骑会儿马，让他散散心。"转而拍了拍隆绪："你出去走走，松快一下。"

她不知道如何安慰这孩子，仅凭着身为母亲语言上的安抚，虽然可以暂时给予安慰，却不一定能真正化解他的心理压力，甚至很可能适得其反。

隆绪没有同龄朋友，只有耶律斜轸虽然比他大了十来岁，却仍有一颗少年的心，平时还能带着隆绪一起玩。她希望耶律斜轸能够带着皇帝散散心。他平时在母亲面前总是一派小大人的样子，不想她为他操心，却不知道这样只会让她更忧心。

耶律隆绪却摇摇头："我要陪着母后和弟妹们。"

燕燕安慰他："不要紧的，你已经陪了我们一天了。你是男孩子，不能整天闷在车里，去跑一跑马，看看风景，回来说与弟妹们听。"

隆绪听了，这才点了点头，走下马车。

斜轸下马，扶着隆绪上了马，自己再骑上马，两人并肩，策马狂奔，很快就甩开了后面的队列。

隆绪在马上奔跑着，感受风从耳畔呼呼而过，只觉得心跳得飞快，原来压抑沉郁的心，在这一望无垠的天地之中，飞驰的速度中，竟也有些飞扬起来。

斜轸见隆绪越跑越快，不由担心，心中暗忖，若是皇帝跑得太快出了事，他可吃不了兜着走。

想到这里，准备上前让隆绪控制一下速度。哪晓得隆绪也的确是跑得过快了，就见眼前一个小树丛，那马飞跃过去的时候，隆绪忽然在马身上一动，身子向一边歪去。

斜轸心念不好，立刻飞身扑过去，想要抱住隆绪，没想到隆绪一用劲，仍然定在马上，反倒是斜轸摔到草地上，在地上打了个滚。

隆绪勒马停下，奇怪地问道："斜轸，你干吗？"

斜轸坐起身，头发上还挂着几条干草，看起来颇为狼狈。他看着好好坐在马上的隆绪，顿时语塞："臣，嗨，臣就一多管闲事的傻瓜。"

隆绪顿时醒悟，不禁笑了："朕三岁开始骑马，哪那么容易落马啊。你也未免太小看朕了。"

斜轸本是一脸懊恼，但他奉命就是要带着隆绪散心的，这几日看到小皇帝脸色沉重，如今见他这一番跑马，整个人已经松弛下来，自己这狼狈相能博得他一笑，也算不负太后所托。想到这里，自嘲地撑着地面站起来，拍了拍身上的干草，隆绪见状，也知道他是关心自己，控马到了他的身边，翻身下马。

斜轸有些诧异，不知道他要做什么，却见隆绪走到旁边草地上，坐了下来，也顺势把斜轸拉下来："斜轸，你陪朕坐坐。"

斜轸忙道："好。"

两人并肩而坐，隆绪忽然严肃地说："斜轸，朕问你一个问题，你一定要老实回答。"

斜轸不知道他要问什么，不过他素来心大，就大大咧咧地点点头："好啊，臣一定知无不言。"

隆绪抿着唇，声音略有些紧绷，透露出他的紧张："你觉得朕能当一个好皇帝吗？大辽从来没有过少年天子，你们对朕有信心吗？"

斜轸没想到他会问出这句话来，他扭头看着隆绪，看了半天，看得隆绪都开始紧张起来，他才认真严肃地说："当然。"

隆绪一怔，心里有被认可的兴奋，又有些不安："可是朕还年少，文才武艺都……"

斜轸忽然大笑起来。

隆绪羞红了脸，恼道："你笑什么？"

斜轸却摆了摆手，说："不是这么说的，主上若是文才武艺什么都比别人强，还要我们这些臣下做什么？你知道能够用好文臣武将就行啦。知道谁有本事，能够让他们为您效命，把不服气的人收拾了，那就是了。说句不敬的，要是单凭文治武功来选人，那谁的武功都比大行皇帝强啊！那罨撒葛，也不是个省油的灯，是吧。"

隆绪若有所悟。

斜轸拍了拍他的肩膀，豪气地说："放心吧，主上。有太后在，有大于越在，我们会守护着您，直到您长大的。"

隆绪和斜轸相视一笑，忽然有了信心，他握住斜轸拍上他肩头的手，点点头："朕要谢谢你，朕感觉好多了。"

他身为天子，要赏什么，自然也就是随口一说，自能办到。谁知道斜轸听了这话忽然变脸，看着他露出一种欲言又止的神情来，巴巴地说："主上真要谢我？"

隆绪点点头："是啊。你想要什么赏赐吗？"

斜轸扭捏地说："那能不能，以后帮臣给宫里传个书信。"

隆绪表情古怪："传信？你莫不是看上了谁？难道是母后身边的侍女？她们都比你大啊！"

斜轸急了："嘿，那些都是可以叫姑姑的人了好不好！"

隆绪想了想，有些明白了，却故意说："难道你喜欢公主？胡古典姑姑？母后正在为她择婿！"见斜轸忙摇头，又作震惊神情道："不会是我妹妹观音女……"

斜轸急了，忙打断皇帝的胡说八道："当然不是！是海澜！"

隆绪恍然大悟，吃惊地上上下下看了斜轸好几回："海澜表姐？你确定？可是她好厉害的，你、你拿得住？"

海澜自在上京被燕燕看中，带入宫中相伴，同时也让她管着孩子们。普贤奴、长寿女几个正是猫狗都嫌的年纪，文殊奴根本管不住他们，也幸有海澜镇着，孩子们才少些淘气。

却见斜轸一脸美好地说："臣就喜欢她的厉害。我跟她在幽州城初见，那时候啊……"那时候，他上前搭讪，被海澜当成登徒子打了一顿，从此念念不忘。

隆绪一脸不能理解，直到回到御驾上，发现普贤奴等哭累了，萧海澜正一脸凶相地按着孩子们去睡觉。

隆绪不由对她看了又看，实在想不出斜轸到底是看上她哪点了。

燕燕发现他神态轻快了许多，心中安慰："出去跑跑马，心里好多了吧？"

隆绪点了点头："斜轸真是个有趣的人，而且也很聪明。"

萧海澜正好听到，撇撇嘴，一脸嫌弃地道："哪里有趣了？哪里聪明了？这个人最没脑子又没本事，主上休教他给骗了。"

隆绪反问："他要没本事，怎么能当得上南院大王？他要没脑子，怎么能够平定留礼寿和喜隐的叛乱！他要不聪明，你怎么会怕他骗我？他要不有趣，你会记得他是谁吗？"

一语正中海澜心事，她恼羞成怒起来："主上！"

隆绪见她恼了，忙吐了吐舌头，掩住了嘴，眼睛却骨碌碌乱转。

海澜见他这样子更生气了，语带警告地质问他："主上，你在东张西望看什么？"

隆绪眼睛转来转去，忽然一指窗外，道："外面有只呆鹅。"

海澜顺着隆绪指的方向，向外看去："什么呆鹅？"

隆绪忽然推开车窗，斜轸刚好跑到窗前，看到海澜伸头出来，高兴地探头过来讨好道："海澜，你找我？"

海澜伸手，把车窗一合，直接把斜轸的脸拍在了窗外，却听得隆绪嘴里嘟哝了一声，扭头问他："主上在说什么呢？"

隆绪忙道："没什么。"口中却低声道，"斜轸好可怜哦。"但他这低声，却是低得刚好让海澜能够听到。

旁观全过程的燕燕按住隆绪道："大人的事，小孩少管。"

隆绪看着燕燕，认真地说："我是皇帝了，我不是小孩子。"

燕燕轻叹一声，抚着他的额头："是啊，你是皇帝了。"她是皇太后了。

她眼望窗外，怅然若失。

回京之后，耶律贤灵柩正式下葬于乾陵。

出殡那天，太后率皇帝、诸皇子公主，以及皇族后族、文武大臣，倾城出动，为先帝送葬。

诸亲王推送灵车至陵墓前，由巫者杀黑羊祭奠。再由大巫祈禳，将先皇所遗的衣服、弓矢、鞍勒、图画、马驼、依卫等焚化。

燕燕带着隆绪跪拜在陵前，目送耶律贤的灵柩被送入陵内，心内苍凉，她默念："明扆，主上，一路走好。愿长生天带着你的灵魂飞翔，不再为身体所拘束。你我夫妻十四年，吵过闹过也恩爱过。如今就让玉箫陪着你吧，这辈子，你对得起我，我也对得起你。盼你来生幸福无忧，身体康健。"

燕燕转过头，跪在群臣之首的韩德让也仿佛心有灵犀般抬头，恰好与燕燕的目光撞上。

燕燕牵着隆绪起身，走下高台，孩子们或走，或被乳母抱着，所有皇族、后族、百官及命妇都跟随他们绕陵三圈，葬礼结束。

送陵的宗族大臣们回到上京，各归各府。

但胡辇送了太后回宫以后，却不回家，而是下令：“去赵王府。”

乌骨里在喜隐死后昏厥，次日清醒过来，就提刀去焦山找景宗报仇，然而此时消息传来，景宗已经殡天，新帝耶律隆绪继位。

乌骨里气得病倒了，胡辇放心不下，一直照顾着她直至回到上京。见着她近日似乎已经好些了，这才放心。但今日送灵，赵王妃称病不去，胡辇不放心，想着还是去看看。

她进了赵王府，瑰引迎出来，在路上低声请求道：“从祖州回来以后，王妃就日日守在大王和郎君的灵柩前。奴婢忧心不已，求皇太妃好好劝劝她吧。”

胡辇点点头：“我自然会劝她。她身边如今也就剩下你照料，你多费心着些。”

当日因为喜隐和留礼寿两人死时是罪人，又遇上景宗之殇，自然只能草草落葬，直接葬于祖陵的李胡墓边上。

赵王府虽然设了两人的灵堂，但只有极近的几家至亲来拜祭，今天更是门可罗雀。

乌骨里木然地坐在灵堂外的廊下。这些日子，她浑浑噩噩，如同行尸走肉，脑海里想的，只有含恨而死的丈夫和儿子。

喜隐死前叫她不要报仇，可她又怎么能够释怀。

也只有想到喜隐，她那死气沉沉的眼睛才会转动，有着回忆的光芒。喜隐，你这个混账东西，你骗了我一辈子，为什么临死前不骗我再为你守一辈子，偏要同我说，我还年轻，叫我忘记你们父子另嫁。可你知不知道，我这辈子除了你，不会再喜欢上别的男人。这世间就算有一千一万个好男人，他们都不是你。

她又想着留礼寿，那个孩子，是她十月怀胎生下来的，捧在手心里养大的，是她唯一的孩子。胡辇曾劝她说将来还会有孩子，可是她就算再生一百个一千个孩子，那也不是她的留礼寿。她就算可以忘记喜隐的死，可她这一生绝不会忘记留礼寿的死。她的儿子不应该死，她不应该承受这样的命运……

想到这里，她含恨站起身，一扭头，却看到胡辇正走进来。

她一点也不想看到这个大姐，她永远只会帮着燕燕，如果不是她帮着燕燕，她的喜隐不会死，她的留礼寿更不会死。

他们都死了，她过来，天天陪着她，做好姐姐状，还有什么用？她恨她，恨她无原则地当好人，恨她的虚伪，恨她只图自己心里舒服，却不顾她的水深火热。

“乌骨里——”胡辇见她要走，忙上前拉住了她。

“你来干什么？”乌骨里冷冷地说。

“我——”胡辇本想说，来看看她，但话到嘴边，看了看灵堂，改口道：“我来给喜隐和留礼寿上个香。”

乌骨里撇了撇嘴，显是不信，但还是带着胡辇进了灵堂，嘲讽地道：“如今举国都在为明扆的葬礼忙碌着，也只有大姐还会记得来给他们俩上一炷香了。”

胡辇在灵前行过礼，道：“其实燕燕也惦记着你。只是隆绪年幼，朝廷内外的事情都离不开她这个母后，她只能过一段时间再来看你，留礼寿的事情，她也没想到，劝你节哀。”

她不说还好，一说这话，乌骨里顿时翻脸：“哼，没想到？她是摄政皇后，没有她的命令，谁敢伤我的喜隐，谁敢伤我的留礼寿！”

胡辇叹息一声：“留礼寿在上京谋逆，先皇接到奏报，就立刻下旨叫休哥去赐死，连燕燕都拦不住。留礼寿这孩子……唉，斜轸本有意放他一马，喜隐也叫他快走，可他偏要撞上去，乱军之中，刀箭无眼，他是为流箭所伤，当时斜轸和喜隐都在场，一切都发生得太突然了，这是个意外。”当日她得了消息，匆匆带着乌骨里离开，并不知原委，直至梓宫回了上京，她才得了机会与燕燕相见，得知内情。

乌骨里却半点也不相信，听了这话，反而更加暴怒起来：“哈哈，这是燕燕告诉你的？杀我丈夫，她这个摄政皇后拦不住；杀我儿子，是个意外？”她厉声道：“她为什么不老老实实地承认，她就是想杀我丈夫我儿子，以绝后患！她讲这种恶心的话，当我是什么，当我是三岁小孩吗？”

胡辇见乌骨里情绪不对，忙握住乌骨里的手，劝道：“乌骨里你冷静点……我们三姐妹从小一起长大，如果可以，谁会愿意自己的姐妹作寡妇。如果可以，难道燕燕不想保下喜隐，更不要说留礼寿！她也是有孩子的人，她怎么会想到伤害你的孩子？如今我们三个都是寡妇，这世上只有我们三姐妹相依为命了，你这样不理智，我实在很痛心。我只有你和燕燕两个亲妹妹，我们是这个世界上最亲密的人。燕燕绝不想伤害你，大姐希望你也不要对她误会太深。”

乌骨里甩开她的手，嘶吼道：“她也是有孩子的人，是啊，她生了六个孩子，个个安全无恙，长子还登上了皇位。可我呢，我只有一个留礼寿，只有一个啊……”她声音里透着绝望，直是痛哭得撕心裂肺。

胡辇听得更加不忍，将她搂在怀中，哭道：“乌骨里，我可怜的妹妹，为什么长生天让我们承受这样的命运……”

遥想当年，春捺钵上，姐妹三人，正青春年少，意气飞扬。可是转眼间，她被迫嫁于罨撒葛，眼看着罨撒葛坏事做尽死在她的怀中，她怀了他的孩子又失去这个孩子；燕燕有情人被拆散，被迫嫁于皇帝，为皇帝生儿育女操劳国政，却眼睁睁看着皇帝出轨有了异出子，如今也成了寡妇；好不容易乌骨里嫁了个心上人，可又眼睁睁看着夫子俱死，痛断肝肠。

她们姐妹三个，未嫁时只想嫁个有情人，出嫁后不管甘不甘愿，都尽到了为人妻的责任，无负于人。可她们到底做错了什么，要落得这样的命运？

乌骨里虽然满心怨恨，但听着胡辇的哭声，最终也被哭得渐渐软化，被胡辇抱入怀中的时候，她没有推开。两姐妹抱头痛哭。

乌骨里哭得累了，胡辇将她扶回房间，她靠在床上，胡辇坐在她床边为她掖被角。

乌骨里昏昏沉沉地睡去，醒来时胡辇已经离开了。

瑰引服侍着她起来，对她道："皇太妃已经走了，她说大王丧礼的事情，王妃不用操心太多，一切由她办理。刚才皇太妃还让御医来看过您了，说您一直抑郁于心，如今哭上一场，把郁气发出来后就好多了，还留了药方。"

乌骨里冷笑一声："罢了！"

她有时候恨胡辇，有时候又不免有些感动，这样不分是非的滥好人，为什么不干脆站了一边，倒省得她为难。

乌骨里瞟了瑰引一眼，见她神情犹豫，便道："她还留了什么话，说吧。"

瑰引只得道："皇太妃还说，如今世上也就留了姐妹三人相依为命了，叫您不要执念，要记得只有你们三人才是一母同胞的亲姐妹，没有谁重得过你们。"

乌骨里果然翻了脸，冷笑道："哼，她说得倒好，我们三个都是寡妇了，所以我的仇就得算了吗？我的留礼寿难道就白死了？哼，我们三个的确都是寡妇了，可凭什么我和大姐的孩子都没有了，燕燕的孩子却当上了皇帝——"

乌骨里没有再说下去，可她话语里的不甘和寒意，让瑰引简直不敢想下去。

眼看着乌骨里吃了数日的药后，就开始召集喜隐原来的旧部，打探上京的消息，甚至不惜自己扶病出来，走访各宗族王公、各部族长的府第，挑起他们的叛心，游说他们去对抗燕燕母子，瑰引只觉得心惊胆战。可乌骨里是她的主子，她就算是死，也只能替她保守这个秘密。

第八十三章

初定朝纲

大行皇帝耶律贤死后，离皇位最近的除了宁王只没外，就是世宗耶律倍的几个兄弟。

当年人皇王耶律倍生了许多儿子，活到最后剩下的只有五个。

柔贞皇后萧氏生了三个儿子，长子世宗耶律倍，也就是耶律贤的父亲，被察割谋害，死于祥古山之变。

次子耶律娄国，在祥古山因兵力稍逊穆宗，在群臣劝说下，最终以手刃察割为兄报仇为条件而暂时放弃皇位。但穆宗残暴，娄国不甘臣服，最终谋反不成，被穆宗处死，又将他废为庶人，葬在绝后之地，足见对他的猜忌。

第三子耶律稍，因为参与耶律娄国谋逆，而被穆宗猜忌囚禁，直至景宗继位时才被放出来，封为吴王。

第四子耶律隆先，是耶律倍妃子大氏所生，大氏出身渤海国名门，隆先文武双全，在穆宗朝，虽然也受猜忌，因他毕竟与娄国不是同母，反而稍好些。景宗继位后，封为平王，委以重任，他亲政爱民，善荐贤才，曾征伐高丽，颇立战功。但不幸的是在回程中，却被他的儿子耶律陈哥勾结渤海国旧人所杀。景宗大怒，将陈哥车裂而死。

第五子耶律道隐，是耶律倍妃子高氏所生。耶律倍当年抛妻弃子，独自出奔后唐，得后唐国主赠以妻妾，其中一妾高氏生道隐。耶律倍遭后唐末帝李从珂杀害之时，道隐尚年幼，得洛阳一僧人将他藏匿并养大，因此取名为道隐。在太宗耶律德光南征时才得出来相认。景宗继位以后，封为蜀王，先任上京留守，后又任南京留守。但这个人从去年起就一直告病，焦山也没去，甚而这次出殡也没跟着来，乌骨里上门，也被拒之门外。

所以乌骨里在皇族中选了一圈，就选中了吴王稍作为突破对象。

吴王稍这个人，说起来实在是让人有些无奈，景宗继位以后，重用了庶出的隆先和道隐，却没怎么给吴王稍派重要的任职。这也许是因为景宗表面宽厚实则内心猜忌，但更是因为隆先和道隐的表现比吴王稍好得太多。两人因为年轻时吃过苦头，反而更珍惜机会，感恩皇帝，做事又勇于承担，谦虚低调，有不同意见会当面直谏，但在大方向上却是绝对不和景宗唱反调。

但吴王稍却自恃在人皇王一系出身最高，又是在穆宗朝囚禁时间最长，吃过苦头最多的人，认定自己应得到最大补偿，连官位在宁王只没之下都不肯接受。为人行事根本没有公心，只与宗族部落酒宴往来，性子暴躁，胆子又小，几桩事情派下来，每每都做不成。

他对此并无认知，其实这几年他任的都是闲事，景宗之前几次捺钵，都没叫上他。但他见着这次景宗病重还要秋捺钵，巴巴地就跟着到了焦山。景宗病重，逐一召见重臣宗室，其他重臣和核心宗室轮值在外殿即可，他偏要日夜守着，生怕错过了景宗的传唤。

他自己掰手指算着，景宗死后，谁能接位。离皇位最近的宁王只没身有残疾，更兼他生母争议太大，而他本人更是对皇位毫无兴趣。再数过来，那就是他吴王稍了。他是人皇王在世的唯一嫡子，除了他，还有谁比他更有资格接任皇位？

再论起横帐房，太宗系自穆宗与罨撒葛死后，本来还有越王必摄，可惜在景宗朝也已经病死了。李胡系的卫王宛也在景宗朝去世了，本来赵王喜隐也是他皇位竞争最大敌手，可惜自己作死，居然在景宗病重时造反，父子一起赴了黄泉。

当他在值班房中听到这个消息时，简直想一蹦三丈高，立时就要拿上一皮囊的酒来庆祝了。当夜回到自己帐篷里，又在属官的恭维下喝得个烂醉。

可是他没想到，明扆这个病秧子，居然这么无耻，居然当着宗室群臣的面，强迫他们接受他病榻前传位稚子的决定。他当时就想跳起来抗议，可惜耶律休哥和宁王只没跪在他旁边，一左一右按住了他。

直至景宗去世，萧燕燕带着隆绪在前殿登基为皇，他知道景宗传位给他已经无望，便暗中串联了一些大臣，准备在景宗死时发难，只可惜那些人胆子太小，见韩德让带着兵马，就立刻怂了，全成了没蛋的娘们儿，跪下来称臣了。他能怎么办，他孤立无援，只能承认现实啊。

他不服气，却也只能自己在府里喝闷酒发牢骚，当听到赵王妃来访，努力从酒气中提起神，迷迷瞪瞪地睁开眼睛，问："谁？是谁？"

便见他的长史说："是太后的姐姐乌骨里夫人，原先的赵王妃。"

耶律稍怔了怔，站起身，嘟囔道："这么晚了，她来做什么？"他第一个想到的就是，莫不是太后猜忌他的野心，所以让她姐姐来试探自己不成？

他是在穆宗朝被折腾怕了，不由脸上露出畏惧之态来，一边脑子里疯狂想着，是因为自己焦山上的串联被发现了，还是回京以后发牢骚被听到了？

长史最是明白他，见了他的神情，知他心里畏惧，又问："那大王见是不见？"

耶律稍哼了一声，将桌子一拍："见！我堂堂吴王还怕一个女人不成！"当下长史忙令人打了水来，让他洗脸漱口，这才换了衣服出来。

耶律稍走进前厅，就见乌骨里悠然地坐在那儿。乌骨里见吴王出来，便闻到了一股酒气，嫣然一笑："看来大王这段日子过得颇为不顺哪，竟需要借酒消愁。"

吴王稍冷哼一声："怎么，我在自己家里喝酒太后也要管吗？"

乌骨里嘲讽道："原来吴王误会了。我先同你说清楚，我是李胡皇太叔的儿媳，赵王喜隐的王妃，留礼寿的母亲，与太后何干？"

吴王稍听了这话，已经明白她的来意，只是他反而更不信了，当下揣摩着问："那王妃今夜过来，不知有何指教？"

乌骨里道："指教不敢当。只是听说大王因明扆将皇位私授幼子，不合祖宗之法，在焦山上发声说过几句公道话，如今却被挤对得几无立足之地，只能在家中喝闷酒。想起先夫在世时，也和您一样郁郁不得志，所以我这未亡人才过来看看。"

吴王稍却哈哈一笑，滑头地说："哪里的话，今上继位，群臣拥戴，本王怎么会为此不满。夫人若是代太后来问罪的，本王明日再上一道请罪折子。"说完还装模作样地朝头上拱一拱手。

乌骨里本就没什么耐性，见他这般油滑，立刻起身就往外走："我诚心诚意来，大王却言辞闪烁。既然大王已经服软，那乌骨里这趟就当是白来了。告辞。"

吴王稍见她当真要走，不由一怔，忙伸手拦下乌骨里，试探着问："王妃，那皇位上坐着的可是您的亲外甥。你真的觉得我在焦山上说的话有理吗？"

乌骨里冷笑一声，重新坐下，恨声道："什么亲外甥，那是我杀夫杀子的大仇人！大王觉得，我为什么不支持你呢？"

虽然喜隐父子死的时候，吴王稍只差拍手称快，但此时却做出一副同仇敌忾的样子来，假惺惺地抹了把泪："唉，喜隐若是活着，定是宗室诸王之首，众人公推的新君人选啊，想当年……"

乌骨里也懒得跟他再继续假惺惺下去，她不是来听人说假话的，她要的是真正的合作。当下就打断了吴王稍的话说："所以有些歹毒的人便容不得他们活到那时。咱们又不是汉人，非得父死子继的，祖宗留下的规矩，皇位要兄弟叔侄之间轮流坐，咱们横帐房三支可是都有继承权的。皇太叔这一脉和太宗皇帝那一脉嫡出近支的亲王大多都死得早，可你还是人皇王的嫡子，如今其他皇伯们的子孙也在，哪里轮得到一个懵懂幼童为帝呢？"

吴王稍见状立刻长叹一声："那日我在焦山上也是这样想，奈何隆绪有汉军精锐拥戴，赵王妃，我手头无兵无权，怎么跟人争？唉，形势比人强啊！"

乌骨里冷笑道："此一时彼一时。焦山上，他们突然发难，大王自然防备不及。如今回了上京，莫要忘记，我们李胡一房，还有应天太后留下的蒲速斡鲁朵的兵马……"

吴王稍闻言，顿时精神一振，这些历代皇帝和摄政太后所传下的斡鲁朵，是争夺皇位最强大的力量。当日世宗死后留下的耶鲁斡鲁朵，娄国掌握了少量，剩下的被穆宗以耶律贤划走，然而这支部队亦是只效忠耶律贤。等娄国死后，那少部分的亦是重归耶律贤手中。

当日罨撒葛为什么能够和耶律贤对峙，就是他手中握着太宗的一部分国阿辇斡鲁朵；李胡父子为什么敢屡次造反有恃无恐，就是因为这一支蒲速斡鲁朵的兵马啊。

他脸上顿时笑成一朵菊花："王妃说的是，本王原以为自己孤立无援了，看来咱们皇族之中，总还是心中自有公道，咱们耶律家无论如何也轮不到一个孩童做主。"

乌骨里阴恻恻地道："吴王英明。既然太后那边好好的劝谏不听，咱们不妨兵谏。五院部、六院部的兵马都在部族手中，有你们几位年长亲王领头，难道还奈何不得一个小皇帝？"

吴王稍眼珠子转了转，见她不说把兵马交出来，当下就道："话虽如此，可太后始终掌控着皮室军精锐，我等也无可奈何啊。"

乌骨里道："我们王府已经没有了血脉传承，如今，我唯一的心愿就是为夫报仇，任何人只要能帮我完成心愿，我便将李胡一系的宫卫拱手送上。"

吴王稍大喜，站起来走到乌骨里面前，急问："王妃说的可都是真心话？"

乌骨里冷冷地道："我说过，若能报仇，了却我的心愿。我无夫无子，又不想做皇帝，要这宫卫何用？"

吴王稍大喜："一言为定！"

乌骨里伸出手来："一言为定！"与吴王稍当下就击掌为誓。

等乌骨里走了，吴王稍立刻摩拳擦掌，兴奋得不能自已，大叫道："来人，拿酒，我们且庆祝一下。"

长史在一边听得明白，立刻跪下道："恭喜大王，贺喜大王！"

吴王稍得意大笑："嘿嘿嘿，那可是李胡留下的宫卫。太祖皇帝三个儿子中，唯一没有被拆分、削弱过的宫卫。你看，齐王皇太妃这十余年来在朝谁人不敬？你以为真的是因为她是太后的大姐吗？是因为齐王临死的时候，把太宗的国阿辇斡鲁朵留给了她。"

长史狂拍马屁："大王刚才以退为进，高啊，高啊……"

吴王稍冷笑："现在是她求我早日兵谏，自然不能那么轻易地答应了。她说复仇之后将宫卫拱手送上，谁知道事成之后会怎样。自然要先商讨清楚，若能先拨一部分兵力过来，到时候要不要兵谏，就是本王说了算。"

长史犹豫："若是她去找了其他大王……"

吴王稍冷笑："我是她的第一选择，就算她再找别人，诸王的为人我还不了解吗，他们只会和我存了一样的心思，先瓜分了李胡的宫卫再论其他。"

长史顿时明白，忙奉承道："大王高明。"

赵王妃乌骨里自以为隐秘的行为，却是早落在韩德让眼中了。

自焦山上耶律绪隆登基，至回上京，韩德让便以拥立之功，总理宿卫事，将禁军掌控之权握于掌中。而京中宗室、部族所有往来，也都在他的控制之中。

他得到消息，当下就匆匆进宫，来报太后。

而此时崇德宫中已近三更，仍是灯火未熄，燕燕看着墙上的舆图沉思着。

"太后，这么晚了，怎么还没睡呢？"不必回头，她也听得出这个声音来。

她轻叹一声："怎么能睡得着呢！大行皇帝升天，惊涛骇浪重重呀…… 德让，这么晚了，你也还没休息？"

“我是总值宿卫，太后未休息，微臣怎么能休息呢？”韩德让走到她的身后，燕燕回头，见韩德让神情憔悴，不由关切地问：“德让，你没事吧？”

韩德让摇了摇头：“我没事。”

大行皇帝在焦山驾崩，消息传到上京，韩匡嗣叹惋之下也不行了。

此前韩匡嗣年老体弱，已经告了病，并未随同去焦山。等听到景宗去世的消息，竟是心疾发作，等韩德让从焦山扶灵回来，才知道父亲竟已经去世了。

他临死前让妻子不要告诉韩德让，因为他知道，景宗死后，整个朝政又要大乱，此时韩德让应该在焦山，帮助稳定乱局。

一代又一代人的努力，不能在此时因他的死亡而生变。

他没有留下遗言，因为他想说的话，早已经在这许多年里，全部告诉韩德让了。

“君臣同归，”燕燕长叹一声，“你父亲对主上的忠诚，的确无人能比。”

韩德让心中一痛，或许在他父亲的心中，耶律贤的分量比他这个儿子更重吧。那个从四岁起就由他在血泊中抱回来的孩子，多少年来，他的病痛苦痛一直牵挂着韩匡嗣的心。

韩匡嗣或许是有所图谋的，但是他对耶律贤的感情，同样也是深入骨髓的。以至于耶律贤去世的消息传到上京，竟会令他痛彻心扉，甚至引发旧疾。

韩德让想起父亲曾经跟他说过的、祖祖辈辈的理想和信念，父亲在的时候他有过痛苦迷茫抗拒逃避，可是父亲死了，这个理想和信念，只有他自己一个人永远藏在心底了。

耶律贤走了，父亲走了，李思也走了，这个世界上能够了解他的心事、理想和隐痛的人都离开了，只余他孤身一人。

他看着眼前的女子，心想，或许他在这世界上的牵挂，只余她了。

他看着她面前的东西，问：“太后在看舆图？”

燕燕点头。

那是韩德让手绘的大辽舆图。

记得当年，两人在草原中、穹庐里、城楼上、星空下，畅想着大辽的未来，推翻暴戾的君王之后，打败入侵的宋人，废除不平等的汉胡之分……他们的爱情，从始至终都是和他们的政治报负和热血理想联在一起的。

这幅舆图，是韩德让画了送给耶律贤的，可是后来他远走他乡。没有想到，耶律贤把这幅图留了下来，甚至传到了燕燕的手中。

韩德让心神浮动，强自压下来问道："你觉得，宋皇会有异动？"

燕燕淡淡笑了一下，道："怎么不会，高梁河之战，他做梦都想扳回来。我想，他听到咱们这里的消息，一定会动手的。"

韩德让点点头："但他要动手，怎么也得一年半载之后。现在最大的问题，不是外患，而是内忧。"

燕燕沉默片刻，忽然道："德让，你是说诸王，还是我二姐？"

韩德让一怔："太后知道了？"

燕燕无奈地摇了摇头："我二姐这几日频频串连诸王，昨夜更是到了吴王府。唉，她这样子，我也当真不知道怎么才好。"

韩德让见燕燕只是为乌骨里的事忧心，不得不提醒道："臣也正要禀报此消息，赵王妃任性罢了，可是主上年幼，若是诸王串联生事，却是不得不防……"

燕燕早得了消息，当下只得长叹一声："我真不知道，二姐她竟然如此糊涂，与虎谋皮。喜隐虽死，可她手中握有蒲速斡鲁朵的兵马，做什么不行，如大姐这般，自掌一国也好；要不然在李胡系另寻一个子嗣过继也好；再不成上京这么多的好男儿由着她挑也成。她为什么非要在喜隐这棵树上吊死，为什么非要和我作对？"

这是姐妹之间的事，韩德让不好掺和，只道："赵王妃虽心怀怨念，但她一个人是掀不起大浪来的。诸王夜间串联，图谋皇位，却是不得不防。否则难免再有祥古山之变。赵王妃手中无人，就算是蒲速斡鲁朵，她也是控制不住的。”

燕燕点了点头，不错，只要控制住诸王，乌骨里再闹腾也有限，蒲速斡鲁朵再忠心耿耿，也不会由着她性子作死。当下就道：“虽然有先帝的改制竭力削弱部族兵权，可大辽的兵制根子在那儿，诸王若联合各部族长，突然发难，咱们也是猝不及防。就算勉强弹压住了，国家也将元气大伤。”

韩德让早有腹案：“所以，只能分清轻重，各个击破。”接着便提出两点，一是他前日上奏的内容，本朝祖宗家法，以汉代为本，因此以东汉太后监朝故事，皇太后本有奉遣诏摄政，更请太后临朝听政，总揽军国大事。二是请太后下诏，严禁上京所有人等私下聚会和夜行，以断绝诸王来往。

燕燕点头：“看来你早有方案。”

韩德让将诸王的性情为人一一分析过，又道：“他们大多年事已高，贪恋荣华，且子孙甚繁，只要太后和主上逐一上门示好，恩威并施，足以击垮他们的勇气，让他们不再起谋反之念。”

燕燕眉头微颦：“到如今先皇宴驾，母寡子弱，族属雄强，边防未靖。德让，我们付出那样的代价，为的是大辽的安定，到今天这一步，你我仍然要携手并肩作战。”

韩德让恭敬行礼：“太后放心，玉田韩家和所有的汉人大姓都拥护你。虽然兵马在北疆，可是钱粮命脉却都在南部，三军未动粮草先行，没有粮草那几个大部也作乱不得。咱们只要想法子制服八部的几个为首之人，其他的人不在话下。放心，但凡我有一口气在，你的天下谁也撼动不了。”

燕燕点头，看着韩德让，眼神复杂：“好，有德让在，我母子可以平安了。”说着扭头对萧海澜道：“去叫主上来。”

此时她近身服侍的不再是良哥等陪嫁女奴。她自做了摄政皇后以后，就要有帮助她处理国政文案的助手，身边的侍女就是臣属的夫人和女儿。

这是草原旧例，首领带着部属的男人在外打仗，部属的女眷就服侍首领的妻子，听她的指挥管理整个部落。

所以述律后才会在耶律阿保机死后，控制住了整个部族的女眷，然后强迫外头的男人拥立她看中的次子德光为帝。又在世宗军中继位后，控制着上京的女眷们欲强迫那些臣属归降。

而此时燕燕身边最得用的两个侍女，一个叫耶律汀的是出身皇族宗室，另一个就是她从幽州带过来的，出身后族的萧海澜。乌骨里之事，便是萧海澜同她说的。

此时萧海澜闻言忙亲自出去，找了小皇帝耶律隆绪进来。

燕燕见了隆绪进来，就吩咐他："皇儿过来，给你相父行礼。"

韩德让大吃一惊，本能地道："不，太后，万万不可。"

隆绪恭敬地给韩德让行礼道："拜见相父！"

韩德让立刻扶起隆绪道："主上，臣当不得如此大礼。"

燕燕道："韩德让听旨。"

韩德让跪下道："臣在。"

燕燕道："钦命南院枢密使韩德让加开府仪同三司，兼政事令，任宫中总宿卫事。"

韩德让一怔，与燕燕四目相交，立刻下拜道："臣谢主隆恩！"

韩德让站起。

燕燕拉着隆绪的手，交到韩德让的手中道："隆绪，你父皇生前将你托付给相父，以后他会辅佐你处理朝政，教你治国方略。你要像敬重自己的父亲那样敬重他，知道吗？"

隆绪点了点头道："孩儿明白。"转向韩德让："请相父莫怪隆绪愚钝，多多教诲。"

韩德让心中轻叹一声，却没有避让，稳坐着受完皇帝一礼，才站起来扶起了皇帝："文殊奴，你放心，外头的风雨，有我和你的母后替你挡着。"

隆绪被韩德让抱在怀中，只觉得心头一跳，一种不知道何种滋味涌上心头。他的父亲多病，自打他有记忆起，不是批奏章就是躺在病榻上吃药；而母亲亦是严厉多于慈爱。此刻，被韩德让揽在宽广的胸怀中，看着他庄重的面孔，忽然有种从未有过的安全和信任的感觉。

燕燕取韩德让之计，先是下旨，称新帝即位，上京城中颇多宵小夜间往来，为保太平，自今往后，实行宵禁。

此后，又带着新帝四处拜会诸王。吴王稍、蜀王道隐的王府便是头两个去的。一边同两位王叔述旧，一边说起穆宗往事，敲打诸王，最后又以召他们的子孙入宫给皇帝伴读为名，行笼络之实。

等太后和皇帝的车驾走了，吴王妃就直接对吴王稍道：“大王，太后与主上诸多恩德，那件事，我看还是算了吧。”

吴王稍却有些不甘心，叹气道：“我一老朽，争来争去又有何用，也不过是为了子孙后代罢了。”

吴王妃却道：“就是为了子孙后代，我们才不应该争。这件事能不能成，连一半的把握也没有。就算成了，吴王、平王他们，难道就甘心拱手相让皇位？哪怕就算成了，皇位该给谁？老大虽居长，老二却心思深，老三又最要强……我们受了一辈子的苦，临老要看着儿孙们自相残杀吗？”她说着，想起当年往事，拿着手帕掩面就哭了起来。

吴王稍只得劝她道：“哎，哎，你别哭啊，这件事还没影呢，你哭什么！”

吴王妃一甩帕子，险些甩到吴王稍脸上：“既然知道没影，你又闹腾什么？儿子们自小被囚禁，到了先帝继位才有舒心日子。其实太后说得没错，您有这辈分在，传承不乱，咱们府上就少不了富贵。若是乱起来，被另外几位王叔得了便宜，恐怕他们没有这么大心胸容下我们。”

吴王稍听了这话，再想到席上儿孙们的神情，不由有些失落，叹道：“罢了，罢了，既然你们都安于富贵，那还说什么。”

太后这一串走下来，立见成效。吴王缩了，蜀王躲了，乌骨里闻讯，暴跳如雷：“这几个老东西，真是毫无诚意！”

瑰引担忧地看着乌骨里，欲言又止。

乌骨里瞪她一眼："有什么话想说就说出来吧。"

瑰引劝道："王妃，吴王没有答应也不见得是坏事。大王和郎君都已经过世了，太后和皇太妃是您仅存的亲人了，又何必……"

她说到一半，就见乌骨里瞪着她，哪里敢再说下去。

乌骨里见她不说了，缓缓道："瑰引，我不是喜隐，不会要你性命，但我身边也不需要不忠心的婢女，我给你一笔银子，你出府去自谋生路吧。"

瑰引吓得扑通一声跪在地上，请罪泣道："王妃明鉴，奴婢对王妃的忠心日月可鉴，甚至可以为王妃而死。王妃，奴婢从无二心，所说的一切，都全然是为了王妃所想。如今诸王实力相当，便是您的谋算成功了，到时候他们为争皇位，会将大辽闹得四分五裂，到时候……"

没等她说完，乌骨里已经近乎癫狂地叫了起来："那又与我有什么干系？我要的只有报仇，就算大辽灭国，也不关我的事！"

瑰引哪还敢再说，只得低头不语。

正在这时，有人来报，冀王妃伊勒兰来访。

乌骨里一愣道："她来做什么？"但她此刻是急着要拉人下水，只要有人肯上门，不管是不是目标，都不想拒之门外。却不及细想，就出去了。

乌骨里走进大厅时，就见着冀王妃伊勒兰独自站在大厅里，仰头望着厅内挂着的太祖阿保机夫妻画像。

伊勒兰听到乌骨里进来的声音，便转过身来。乌骨里倒吓了一跳，但见她头发已经半灰，眼角皱纹丛生，整个人看来比之前老了不止十岁，却还穿着一身缟素。

伊勒兰见了她，微笑着行了礼："请恕我冒昧上门了。"

乌骨里冲伊勒兰点了点头，眼睛盯着伊勒兰身上的丧服，忽然笑了："冀王妃，我知道你为什么而来。"

伊勒兰点点头："我也知道，赵王妃你为什么肯见我。"

乌骨里伸手请她坐下，才道："看来我们的目的是一样的。"

伊勒兰看着乌骨里，这个曾经得意骄矜的女人，如今只余愁苦和疯狂，不由叹息："我们以前都是相夫教子的女人，一心想求清净，和谁都不想争，都只愿劝着自己的丈夫儿子退让一步。可为什么上天偏偏让我们这样一心一意只想过好自己小日子的女人，承受丈夫和儿子的死亡，承受这天塌下来的痛苦！"说到这里，她不禁哽咽。

乌骨里寡居以来，人人都劝她要走出过去，努力过上新的日子，却从来不曾有人这般设身处地说出她内心的不甘和痛苦来，不由触动心事，痛哭失声。

啜泣中犹听得伊勒兰恨恨地道："他们毁了我们的世界，我们也不能让他们好过，大不了，鱼死网破，同归于尽！"

乌骨里握着帕子，咬牙切齿地说："正是。"

这两个都是夫子俱亡的寡妇，都有着对夫婿的甜蜜回忆、对爱子的无限疼惜，更有失去一切后的不甘与痛苦，无论说到什么，都有极强的共鸣。两人一边说，一边哭，竟是才短短几刻钟，就已经彼此称起姐妹来，觉得只有对方才是这个世界上唯一能说到一起的人。

伊勒兰见火候已到，才道："好妹妹，只是我不懂，我若有你那样的出身，我若像你一样手握横帐房三分之一的宫卫，我早就开始我的复仇了。从小到大，你们姐妹都是别人羡慕的对象，到了如今这种境况，我都还羡慕你。你如今手中有足够的兵力，就有了纵横捭阖的筹码，就能够说动诸王为你所用，把这上京城掀个底朝天。"

乌骨里对她的话是越听越入耳，闻言勾起心事来，恼道："你以为我没有想过吗？只是我孤掌难鸣！诸王都是见利忘义之人，明明答应了我，如今却都缩了脑袋。"

伊勒兰正是知道诸王都缩了头，知道乌骨里此刻最需要援手，这才看准了时机来的，便道："太后恩威并施，诸王都年纪大了，犯不上冒险，功名富贵皆已到手，自然也就缩了。"

乌骨里恨恨地说："可不是，姐姐，你说我现在该怎么办？"

伊勒兰说："诸王都是墙头草，蜀王道隐心思深沉，没有十足的把握，他是不敢出头的。吴王稍浅薄贪婪，虽然一激就上，但却也撤得最快。你要说动这些人为你所用，就得对症下药。"

乌骨里："哼，这种人，我再不想理会他们。"

伊勒兰道："我可以帮你说服他们。我们的目的是一样的，多一个盟友多一份成功的可能。"

乌骨里这才满意，道："那这件事，就交给你了。"

伊勒兰说："如今诸王刚被太后游说过，就怕这时候找他们不合适，不过我另有方向。"她冷笑道："太后让主上称韩德让为相父，近来对韩德让更是言听计从，已经激怒宗室重臣，咱们就让这位出面吧。"

乌骨里眼前一亮："你是指……"

伊勒兰自信地说："耶律虎古这批人本就是先帝死忠，怎么会看着韩德让独揽大权呢。我再去挑唆几句，定叫他们结成死仇……"

两人商议了好久，伊勒兰才告辞出去。乌骨里直送到门口，不想却遇上了胡辇到访。

胡辇有些诧异，等伊勒兰走了，就问乌骨里："那是冀王妃伊勒兰？她怎么会在这里？"

乌骨里讥讽地道："她和我一样无夫无子，我们俩一起同病相怜说说话，大姐也要管吗？"

胡辇无奈："乌骨里，这么久了，你还怨恨难消吗？燕燕有燕燕的难处。"

乌骨里转过头，不愿意再看胡辇："大姐，我如今还愿意叫你一句大姐，可你来了这么多次，永远都是这些话，你没说腻，我却听腻了！"说完，竟不理胡辇，甩手直接进了府。

瑰引匆匆施了一礼，道："皇太妃请见谅，我们王妃如今心情不好！"也不敢与她多说，就忙追了进去。

胡辇见这样子，竟是直接把自己扔在门口，让她进不得退不得，无奈之下，只得摇摇头，先行离开。

第八十四章

至亲至仇

次日，冀王妃伊勒兰来拜访耶律虎古，不想正遇上虎古与斜轸在吵架。

就为了今日在政事堂中，虎古反对约束部族之事，竟与韩德让吵了一架，拂袖而去。

斜轸见状追出去，却见虎古已经上马走了，他也不管不顾，跟着上马追到虎古府，与虎古吵起架来："虎古，我说你这是干吗，好好的为什么非得和太后拧着来呢。"

虎古看着他这样子也是气得不行："我那是和太后拧着来吗？我是不愿意按照韩德让那小子的规矩来。咱们契丹男人又没死绝，凭什么他一个汉人来治理大辽江山！"

斜轸白他一眼，嘟囔道："你得罪韩德让，可比得罪太后还狠呢。"

虎古拉住斜轸还想劝他："斜轸，我跟你说，你我身为夷里堇一房的人，就应该做这大辽的顶梁柱，错的事情，绝对不能听从。尤其你，你是曷鲁大于越的子孙，更应该有这个责任。那些汉奴的心机太深，绝对不能让他们得逞，否则我们这些契丹八部的高贵血统，将来就要被别人骑在头上了。休哥、达凛这些人是本族的叛逆，你少和他们往来。"

斜轸却是已经明白了他的意思，心里只觉得好笑，不耐烦地阻止他继续口沫横飞："好了好了，你想太多啦。你自己讨厌汉人，别强加于人。当年阿保机被其他七部逼迫的时候，还不是靠着握有汉城才得以翻身，成为开国皇帝的。你呢，要有本事做皇帝，就去反了他们。要没这本事呢，就该吃吃，该喝喝，一把年纪了，何必给人当枪使？”

虎古气得发昏，指着他颤声骂道：“你、你个混账东西！”

斜轸已经不想听也不想理会他了，径直向外走去：“行了行了，我先走了。”

虎古大怒：“我话还没说完呢，不许走！”

斜轸见问题已经解决，想起今日好不容易约上海澜，当下道：“我如今佳人有约，不能迟到。”

虎古顿时警惕起来：“站住，什么佳人，你可是要去那汉城里头找汉女？”

斜轸道：“放心，正经后族姑娘，萧讨古的女儿。”

虎古想了想，恼了：“就是在宫里陪太后的那个？”

斜轸说起心上人，顿时眉飞色舞：“是啊。你也知道她？我就知道，我们家海澜这么出色，就跟那夜里发亮的明珠似的，遮也遮不住。”

虎古气急败坏：“我就知道，我就知道！萧讨古和韩德让从南京开始就搭档，肯定是那韩德让给你布下的美人计，你赶紧离那个萧海澜越远越好！”

斜轸翻个白眼，只觉扫兴，摆摆手：“虎古，你老了，年轻人的事，你就不要管了。”

虎古道：“斜轸，不许走！气死我了，气死我了！”

斜轸懒懒散散地走了出去，全不管虎古的呵斥，他走出府的时候，就见着一个妇人进来，也无暇理会，径直去了。

伊勒兰进来的时候，还听得到虎古的骂声，笑吟吟道：“虎古大人这是在跟谁生气啊？”

虎古看到是她，顿时想起她昨日送了帖子来说要来拜访，刚才和斜轸吵架，一时忘记了此事。他不愿意把自己兄弟之间的矛盾露于外人面前，当下只道：“没什么。斜轸从小就混账，我正教训他呢。”

伊勒兰笑道：“不知为了何事？不知道我可否帮得上忙？可是斜轸

大王要找个好姑娘了。”

虎古却移了话题，道：“冀王妃，你说有事找我，不知是为了何事？”

伊勒兰道：“虎古大人授涿州刺史以来，久不在上京，此番是因为大行皇帝送灵才回来的吧。”

虎古点头：“正是。”他是世宗一系的死忠，前些年到涿州为景宗掌控边境之局面。景宗死前怕诸部族生事，下旨让他回京扶助幼主。

伊勒兰泣道：“正因为大人久不在上京，这宗室之中少了一个老成持重者掌舵，才叫我们受了欺负。”当下就提起冀王父子之死，口口声声只说是韩德让所害。

虎古听了，就道：“那韩德让只是个帐下奴，若是他当真害死冀王，当日你何不禀明主上，问罪于他。”

伊勒兰哽咽道：“我何尝没有告过……”就将自己顶着冀王父子灵牌拼死闯殿，反被当年的皇后赶了出来之事说了。又道：“当年太后摄政，偏护韩德让，将此事定了性，我便是见着主上，也是无用。”

虎古诧异：“太后为何不护着宗室，倒护着这帐下奴？”景宗会护着韩家父子，那是因为韩家父子自幼年时就辅佐于景宗，他是明白的。他倒没有想到，太后也会护着韩家父子。

伊勒兰掩口笑道：“你竟不知，太后当年与那韩德让有婚约，如今听说竟是准备重续旧情。”

虎古骇异：“你说什么？”

伊勒兰眼中闪过一丝恨意。她当年被燕燕赶出，一直不平，后来一心想对付韩德让，用尽心机去打听情况，这才知道两人旧事。心中自然是暗悔当日自己竟会去找燕燕呼冤。她按下恨意，对虎古道：“您要知道，我们身为妇人，从来都是容易为感情所驱使的，她如今只怕被韩德让控制住了。我听说因着如今太后偏听偏信那韩德让，不但让他做了南院枢密使，还加开府仪同三司，兼政事令，更任宫中总宿卫事。更听说如今还让主上称他为相父——”

虎古狠狠一捶桌子，怒道：“此事可当真？”

伊勒兰阴阳怪气地道：“千真万确！虎古大人，一个帐下奴做了我们契丹皇帝的相父，宗室之中竟然无一人敢反对。这件事，实在是可怕至极！”

虎古怒从心头起，愤然道：“太过分了！她要倚重韩德让，自由着她，怎么可以让主上认韩德让为父？韩德让他配吗？”

伊勒兰冷冷地道：“此事真正可怕之处，您还没想到吗？细算起来，韩家父子只怕早有布局。从扶持先帝登基到太后入宫，都是一场他们谋划多年的大阴谋。他们在这个过程中一步步剪除耶律家的英才，为韩家的将来铺路。”

虎古听得浑身一震，瞪大眼睛看着伊勒兰：“你是说……”韩家父子，竟有这样的野心不成？

伊勒兰知道他已经信了大半，当下就细细分析给他听：“你看，韩德让五个兄弟，人人高官厚禄，手握重兵。横帐房呢？除了让国皇帝一脉之外都绝嗣了。他们父子是刻意而为之的，先是齐王，然后是我们冀王，接着是赵王。把最有可能继位的壮年亲王一一杀死，留下太后和今上孤儿寡母，便好下手了。”

虎古初听只觉得不可置信，但听伊勒兰如此一一说来，不由又有些信了，犹豫道：“你说的是真的？”

伊勒兰咬牙道：“当年幽州之围时，虎古大人不在，因而不知道详情。其实，我家大王彼时虽说被宋军合围，却并非没有获救的机会。可偏偏，那韩德让拦下了城中援军，不许他们出城，才害得我夫子皆亡。这些年，我一个寡妇枯守着王府，日夜悲泣，却也只能怨自己命苦。可前些日子，赵王父子殒命的消息传来，我才想到当年的许多不对劲之处。虎古大人，你想想看，怎么会那样巧。冀王父子同时命丧战场，赵王父子又同时身亡。”

虎古不由点头，若是一件事也罢了，两件事放在一起比着，便让人不得不信了，哪里还管冀王父子是阵亡，喜隐父子是因为谋反，且辽国宗室子弟都是带着兵马上战场的，这些年来也有无数宗室死在战场上。

伊勒兰见他信了，又道："咱们大辽这些年来，一直世选得官，执行得好好的。他却非要改成什么科举考试，如今也考了几次，哪一次得官的不是他看中的汉人、渤海人。要我说，这根本就是为他自己的将来做着准备呢。"

虎古一拍桌子，狠厉地道："果真如此，那韩德让便不能活着！"

伊勒兰见状，满意地一笑，正想再去找乌骨里，却见赵王府前的街道已经封了，侍女去打听了，说是太后到了赵王府。

伊勒兰阴恻恻一笑，当下却没有回去，坐在车中想了半晌，又道："去蜀王府吧。"

只有乌骨里这种蠢货，才会去求人也摆着一副高高在上、等人奉承的架势。肯在她这种态度下结盟的人，自然是别有目的，要不就都是些无用之辈。

所以吴王稍既能够轻易与她结盟，也能在太后威吓下轻易退缩。反而是蜀王道隐这个人，向来有心机有手段，他此时闭门称病，才是高明之举呢。

此时赵王府中，燕燕正与乌骨里携手往里走。

若换了早一日，乌骨里才不会理会燕燕到来。恰是因为伊勒兰昨日到来，游说得她心中起了别的念头，刚好伊勒兰走了，萧海澜就来访，亲亲热热地叫着姑母，将太后要亲自上门来拜访她的事说了。乌骨里心中一动，顺势应了下来。

燕燕临来之前还不放心地问萧海澜："你可与她说好了？"

萧海澜想了想："我觉得赵王妃虽然仍有些不乐，但却已经没有以前那样的敌意了。"

燕燕叹息道："二姐只怕余怒未消，若她和我之间有什么争执，你拦着别叫人看见，省得旁人说她不敬太后。"

萧海澜应了，心中却有些不以为然。如今看着眼前两人携手一道进入，更觉得太后是过分忧心了。天底下哪有姐妹有隔夜仇的呢，说开了，也就好了。

燕燕一进来就直嘘寒问暖，见乌骨里一直不应，等到了后殿坐下，终于问她："二姐，你是不是还恨我？"

乌骨里冷笑道："恨又怎么样，不恨又怎么样？喜隐终究还是去了，我终究还是做了寡妇。"

她这话虽然是怨气未消，但终于还是肯回应了。燕燕松了口气，这才像是她的二姐，否则倒是假了。她看着乌骨里，叹息道："我们三姐妹都做了寡妇，长生天为什么这样捉弄人的命运？"

乌骨里听了冷笑一声，不再接话。

燕燕屏退左右，试探着道："我知道，你还放不下喜隐。"

乌骨里冷冷地道："放得下如何，放不下又如何？燕燕，你和大姐不要硬把我拉在一起。她不爱罨撒葛，你也不爱先皇，可我爱喜隐。我是想恨你的，喜隐和留礼寿死的时候，我恨不得杀了这世上所有的人……"说到这里她不禁情绪爆发，声音也凌厉起来。

燕燕一惊，正想说什么，却见乌骨里看着她，长叹一声，眼泪流下，哽咽道："可杀了你们，喜隐也活不过来了……"她扭过头去，抹去眼泪，看着燕燕，声音已经平静下来："留礼寿死了，可是文殊奴他们却还小啊！"

燕燕听了这话，心头剧震，没想到乌骨里居然能够如此，尤其是听到最后一句"文殊奴他们却还小啊"，也不禁流下泪来，扑到乌骨里的怀中，哽咽道："二姐，我不知你竟能够这样想。对不起，对不起，如果当日……"

不错，旨意是耶律贤盛怒之下发出的，她的确也立刻求情了，可如果当日焦山行宫她能够多求一求耶律贤，甚至是在信使出发前紧急阻止，或许喜隐有可能不会死。

当日自己为什么犹豫？是她听进去了耶律贤临死之言，他要为她和孩子们的将来铲除荆棘；也是因为她对喜隐始终怀有怨恨，不管是他蓄意欺骗乌骨里，让她不得不投鼠忌器，还是他多次对自己下手想置自己于死地，自己多次放过他，他却毫无悔意。尤其是他让兰哥以她的名义企图毒死韩德让，又在误杀李思之后诬蔑是她下毒，更是让她恨不得将喜隐千刀万剐。

正是“不能让乌骨里伤心”和“喜隐早该死了”的两个念头在她心里纠结的时候，耶律贤果断出手，帮她下了决断。

此时听着乌骨里的哭声，想到乌骨里的情义，她又不禁又有了悔意。然而这悔意也很快消散了。她的二姐在婚后被喜隐操纵，与她渐行渐远，而如今她能够对她有所顾念，对她的孩子有所顾念，不正是因为喜隐死了，她的心神不再受喜隐操纵，这才恢复了原来的情分吗?

所以，喜隐的死是没错的，现在二姐虽然伤心，但已经走出低谷了，该有一个真正珍惜她心意的男人，该有更多可爱的孩子。

乌骨里在燕燕扑到她怀中哭泣的时候，竟是想起了从前的情景，燕燕一激动就往她怀里扑的样子，真的和从前一样啊。姐妹俩似乎就在刹那间恢复了从前的感觉，可是旋即燕燕“如果当日”说到一半又停下来的时候，顿时又把乌骨里的心情拉了回来。

忽然间两人相拥的感觉变味了，谁也没说什么，谁也没做什么，可就是一种莫名的感觉，让那一刻激起的姐妹之情忽然间就没有了。

两人分开，坐了下来，都有点怔怔的，似还没回过神来。

好一会儿，乌骨里先回神，扯了扯嘴角，似要露出一个笑容，最终还是不见笑意，叹道：“喜隐临死的时候说，他很后悔，就是因为他那一点野心和不甘，害了我一生，也害了孩子，害了我们这一家……”

燕燕一怔，这段对话，她却是不知道的，不由得问了一声：“喜隐真的这么说？”

乌骨里点了点头，怅然道：“是。人之将死，才想到这些，却又有什么用呢？他说他悔恨这辈子只想着夺权夺位，耽误了我一生，劝我今后不必以他为念，更无须报仇……”说到这里，她不禁泪下，哽咽道，“刚开始，我想不开，怎么都想不开。我做错了什么，为什么会失去丈夫、儿子，我凭什么要承受这样的命运。难道反而是我错了吗？我一个人在这府里到处走，每一处都有我们一家人留下的记忆。我还记得留礼寿小时候是多么乖巧可爱，他孝敬长辈，彬彬有礼，怎么会年纪小小就瞒着我带兵叛乱……”她停了下来，哽咽得说不出话来。

燕燕握住乌骨里的手，也哽咽道：“二姐——”

乌骨里神情却变得极为刚毅，只抹了抹泪，又继续道：“喜隐说得没错，他错了，我也错了。我以为我只要做个好妻子好母亲，帮他实现他所有的期盼，那就会得到幸福。可没想到，我最应该劝他停下不该有的野心。”

燕燕只觉得心中酸涩，终于开口：“二姐，对不起，是我没保住喜隐……”

乌骨里嘴角泛起一丝苦笑，叹道：“我知道，大姐说过，你也求过情，是明扆下的旨。我只能怪自己命不好，好不容易看中一个男人，却偏偏要卷入皇位的争夺中去。”

燕燕握住她的手，酸涩地道：“二姐，如今世上只剩我们三姐妹相依为命，我们一定团结和睦，才不负父亲和母亲的在天之灵。”

乌骨里却慢慢推开她的手，只淡淡地说：“是啊，父亲和母亲在天上看着我们呢……”她的神情有些复杂莫测。

却听得燕燕道：“二姐，你以后打算怎么办？”

乌骨里一惊，眼神闪烁，忽然道：“你今天来，不是为了参拜太祖遗容吗？”

这自然是燕燕今日来的理由了，她这生硬地一转，燕燕自然知道她不想说下去了，也不再接话。

乌骨里带着燕燕往后走去，但见后厅里布置成帐篷模样，摆设着具有契丹族特色的器物，正中上方挂着两张画像，正是耶律阿保机和述律太后的遗容。画像栩栩如生，而殿中布置摆设的，也是当日他们用过的遗物。

燕燕拈香三拜，叹息道：“没想到，这里居然还供着太祖和应天皇后的御容。”

乌骨里自负地说：“不止呢，你看这里的东西，都是太祖和应天皇后当年用过的。”

燕燕有些不明白：“哦？”

乌骨里恨恨地说：“李胡本是守灶子，按草原的规矩，父母身边留着的守灶子，才该是继承家业的人。”

燕燕不由叹息道：“这可能也是李胡父子一生都对皇位耿耿于怀的原因吧！”

乌骨里尖声叫起来：“应天皇后答应过李胡，要让他当皇帝的。”

燕燕转身看着乌骨里，忽然笑了：“那应天皇后没有做到的，朕给她做到。”

乌骨里震惊道：“你说什么？”

燕燕道：“双古——”

双古捧着匣子，上前一步道：“奴才在。”

燕燕道：“宣旨吧！”

双古打开匣子取出圣旨，高声道：“皇帝有旨，赵王妃接旨。”

乌骨里脸色一变，只得跪下道：“臣妾接旨。”

双古道：“皇帝制曰：李胡乃太祖第三子，太宗时立为皇太弟，穆宗时因受谋逆牵连，死于冤狱。今国泰民安，追思先人，恩泽亲族，着追封李胡为钦顺皇帝，以慰太祖、太宗在天之灵。钦此。”

乌骨里跌坐在地，半晌没有回过神来，她嘴唇颤抖道：“你、你……”

燕燕看了一眼良哥，良哥连忙上前去扶乌骨里，旁边的瑰引也回过神来，连忙去扶乌骨里。

乌骨里却忽然挣脱两人，郑重跪下三拜道：“谢过……吾皇万岁，万万岁！”

乌骨里伏地，哽咽得浑身颤抖。

良哥和瑰引用了很大的力气，才把乌骨里扶起来。

乌骨里坐在椅子上，仍然哭得肝肠寸断。

燕燕叹了一口气，对瑰引道："扶你们王妃去洗把脸吧。"

瑰引道："是。"

瑰引为乌骨里洗了脸，端起铜盆出去。

乌骨里渐渐平静下来，看着对面的燕燕道："你这是什么意思？"

燕燕道："自从太祖殡天以后，就因为应天皇后的私心，让她的三个儿子人皇王、德光和李胡这三支子孙，陷入了无穷无尽的争斗之中。这些年来，死了多少皇帝，死了多少皇族、多少部族首领，更涉及千千万万的无辜军民为此牺牲。这一切，应该结束了。人皇王系，出过皇帝；太宗系，也出过皇帝；只有李胡一系，代代为争这皇位，死了多少人，如今人已经死了，这个皇帝的追封，希望能够安抚亡灵，也希望能够让生者平息心中的不甘。"

乌骨里苦笑一声道："是啊，你如今是太后了，自然想怎么样做，都可以。"

燕燕敏锐地道："你并不满意？"

乌骨里摇头道："我只是一个女人，平生最大的愿望，不过是嫁一个如意郎君，与他生儿育女，共度一生。我要这个追封皇帝的圣旨做什么……不过，我想喜隐和他的父亲，会满意的。"取过圣旨交给瑰引："瑰引，把这个圣旨供在皇太叔……不，如今应该是钦顺皇帝的灵前。再请一个萨满，让他把这个消息，传给李胡和喜隐的在天之灵。"

瑰引道："是。"

燕燕轻叹道："看你比刚才好多了，我才放心。"

乌骨里似笑非笑地道："你放心，我会比你更坚强的。"

燕燕道："那我就放心了。"随即又叹息："其实，当年我平生最大的愿望，何尝不是跟你一样，嫁一个如意郎君，与他生儿育女，平安共度一生。"

乌骨里道："你现在还能做到啊，叹什么气？"

燕燕一怔道："二姐，你说什么啊……"她看了看周围："不说我了，我反正就是这样了。说说你吧，二姐，你一向是个爱热闹的人，如今冷冷清清一个人住在赵王府里，也不是办法，有没有考虑过以后？”

乌骨里看了燕燕一眼道：“你是说……”

燕燕道：“大姐我也劝过她，罨撒葛走了，她后半生的日子还是要过的，不要让自己过得太孤单。”

乌骨里道：“我知道你的意思……不过，我和大姐不一样，她和罨撒葛没感情，我和喜隐的感情……这一时半会儿，转不过心肠去。”

燕燕道：“二姐能够想开，我就放心了。”

乌骨里横了她一眼道：“你有嘴说别人，没嘴说自己？别我一说你就打岔，大家都是明白人，你和韩德让，在婚前闹腾成这样，现如今他鳏你寡，为什么不在一起？”

燕燕一愣，尴尬地道：“隆绪登基，里里外外这么多事，哪里还顾得上这个呢。”

乌骨里嘴角挂着一丝诡异的笑容道：“兜兜转转这么多年，你们还有机会在一起。这就是上天注定的缘分，不要耽误了。”

燕燕心动地道：“缘分？你也这么认为？”

乌骨里道：“怎么不是呢？”

燕燕有些狼狈地站起来道：“二姐，天色不早了，我还有事要处理，我先走了。你有空时，多和大姐一样常进宫来姐妹相聚。”

乌骨里发出一阵笑声，燕燕红着脸匆匆走了。

乌骨里的笑声在燕燕走后，忽然变得扭曲而怪异起来，瑰引匆匆进来，看到乌骨里笑得脸都扭曲了，不由胆寒起来，站在一边不敢说话。

乌骨里收了笑容，恨恨地道：“一道所谓的追封旨意，一张没用的废纸，就能换我丈夫和儿子的命吗？做梦！”她越说越恨：“你们自己嫁不得如意郎君，做了寡妇是巴不得的事。可我凭什么要当寡妇，凭什么？我让你们重拾旧欢，我看你们……”她没有说出口，然而她在心底恶狠狠地想着——我看你们怎么死。

她刚才在作戏，而燕燕也在作戏。

燕燕在作戏，是想以同为寡妇的身份勾起她的同情，想以姐妹情，以父母感受和亲情来化解她的怨恨。她希望当一切都没发生过，就像她的丈夫和儿子尸骨堆成的仇恨不存在一样。

乌骨里明明白白地看出来了，因为她也是在作戏，她的世界已经毁灭，凭什么罪魁祸首可以踩着她亲人的尸骨成就至尊权力。如果说过去她的内心只有怨恨，见人就毫无掩饰地表现出对燕燕的恨意，行动是毫无章法的捣乱的话，那么自从她与冀王妃伊勒兰交好，她就在对方的诱导下，开始隐藏起恨意，酝酿起计划，甚至学会了有针对性的作戏。

乌骨里并不算是聪明有手段的人，更不擅长作戏，然而她却是对付燕燕最有办法的人。

作为相差仅两岁的姐妹，会是最好的朋友，也会是最大的敌人。从小姐妹俩好得蜜里调油，一起淘气一起惹事一起被教训；但同时也因为一起长大，会因为看中同一件东西而争抢。哪怕还在幼童时代也会无师自通、无意识地开启心机和手段。从开始比着谁号哭声音最大到谁更会卖乖，惹了祸的时候互相推对方去垫背，到骗对方去干自己不喜欢干的事情，甚至互相打架……

无分阶级，无分善恶，甚至无分古往今来，这种行为都会在这世间大多数岁数相差不多的兄弟姐妹中发生。这是从资源匮乏的原始时代带过来的为生存而争抢的天性；同时，又有着在艰难生存环境下由血缘而生出的互帮互助的亲密关系。

她们会上一刻打得不可开交，下一刻联手对付父亲和姐姐以及乳母。姐妹之间相处的时候，燕燕会仗着自己最小全家都得让着她的特性而撒娇耍赖，而乌骨里亦会利用这一点，利诱和拐骗燕燕替自己出头或背黑锅。

如今的燕燕已经成为万万人之上的皇太后，甚至许多老奸巨猾的朝臣们在她面前都会被她一眼识破，然而她在和从小一起长大的二姐乌骨里面前，却有一种盲区。一种盲目相信自己是这个世界上最了解对方的人，但却没有意识到，对方也是这个世界上对她最有办法的人。

从她两岁，她刚出生开始。

当燕燕还本能地照着从前的惯性在乌骨里面前撒娇博爱怜时，即使在某一刻有些伪装，也是出于对喜隐的极度厌恶，她的目的依旧是天真而善意的。

然而乌骨里却早就不是她想象中可以倚着撒娇博回情意的二姐了，在她抱着留礼寿的尸体，目睹喜隐死去的那一刻，燕燕的姐姐乌骨里就已经死了，活着的，是想把所有人拖下去陪她一起痛苦的妻子和母亲。

只要她想，她就能够完美地表演出燕燕心中的那个二姐，别扭嘴硬，但还是顾念着亲情，她甚至连喜隐留下的遗言都可以利用。

她演得可真好啊。而果然，燕燕还是和以前一样好骗啊。就像她以前，骗燕燕帮她出府与喜隐相见一样，只要她想，她就能够把她这个妹妹抓得牢牢的。

乌骨里走进自己的卧室，掀开帘子，帘后是喜隐、留礼寿两人的画像。自他们死后，她每天只有对着画像说话的时候，才不会觉得时刻如烈火焚身。

乌骨里坐下来，轻抚着画像，喃喃地说："喜隐，你父亲被追封为皇帝了，你高不高兴？我知道你一直为你父亲抱屈，认为他被夺了皇位，如今这皇位回到他的头上了，这说明，皇位就应该是你们的……"她的神情变得狰狞："既然如此，她凭什么判你们谋逆，凭什么让你们枉死？"

嘶吼怒骂了好一会儿，乌骨里抚着儿子的小像，声音转柔："留礼寿，我的小留礼寿，你在地下冷不冷，是不是怪娘亲没来陪你们。你们放心，等我把仇人都送上路，就会来陪你们了。"

说着，她笑了，笑得令站在一边的瑰引，只觉得毛骨悚然。

第八十五章

柴册之礼

自乌骨里府中出来，兴致飞扬的燕燕回到宫中，才下了车驾就见着韩德让正等在宫门，不由有些诧异。

韩德让上前行礼，心情很好的燕燕见韩德让神情沉郁，不由得开起玩笑道："德让，君因何而忧？"

韩德让看着燕燕神情，不由反问一句："太后又因何而喜？"

燕燕神秘一笑："你先说。"

两人边说边往里头走去，韩德让存了一肚子的话，看她神情欲言又止，就换了话题道："近来以耶律虎古为首的重臣和部族长一直在妨碍新法的实施，前两日还将原先放入州县的奴隶又重新抓了回去。依我看，他们还是根本不打算认同我们汉辽和睦的方向。"

燕燕亦因为虎古近日行为而十分不悦，当下就说："有些脑子过时的人，就应该让他们的权力也过时。若不把他这势头打压下去，我们过去几年的努力就全白费了。所有的部族长都会有样学样重新把放走的奴隶再抓回来。"

韩德让点了点头："如今诸王虽然被太后一一拜访说服，可有些人心里还有不少小算计。只是大辽的政局经不起颠簸，处理虎古事小，若他闹将起来，其他宗室也难保心里打起别的算盘。"

燕燕看向韩德让："德让可有什么办法？"

韩德让道："若要采用平和些的办法，不如给他们夷离堇房内换一个领头之人。"

燕燕立刻醒悟："你是指，斜轸？"

韩德让点了点头："不错，斜轸的祖父，是曷鲁大于越，他曾对大辽开国有过莫大的功勋。只是曷鲁大于越死得早，那时候他两个儿子还不足以执掌部属，所以由他的弟弟觌烈掌事。觌烈又活得太久，死的时候曷鲁的儿子们都去世了，斜轸当时年纪又太小，是屋质大于越做主，让虎古掌事。其实，这一支真正的掌事人，应该是斜轸才对。"

燕燕点头道："斜轸年纪虽轻，但不论脑子还是军功，都比虎古强。那我们就慢慢栽培他，让他取代虎古的位置。虎古就让他回部族里养老去吧。"

韩德让应声道："是。"

燕燕忽然笑了："好了，虎古的事说完了，你就不问问我今天去做什么了？"

韩德让刚才早已经问过："你去赵王府了。"

燕燕微带着点得意地说："正是。"

韩德让看她神情就有些明白，故意道："乌骨里对你态度很好？"

燕燕笑道："怎么可能，她要是忽然间跟我姐妹情深起来，那才叫吓人呢！刚一开始，她的态度是不好，不过我走的时候，我想她的执念，已经差不多解决了。"

韩德让一怔："解决了，怎么解决的？"

燕燕道："李胡一系，不就是心心念念想成为皇帝嘛。那我就让他们当一回皇帝啊！"

韩德让大吃一惊："什么？"

燕燕扑哧一声笑了："看你紧张的，我只是追封了李胡当钦顺皇帝而已。"

韩德让怔了一怔，忽然问她："乌骨里的反应如何？"

燕燕叹道："她失声痛哭，险些崩溃……唉，既有今日，何必当初。从前稀里糊涂，只会一味地顺从男人，不但没管好喜隐，连留礼寿都没教好，才会一错再错，导致今日这样的命运，连我也看得不忍。说起来，终究还是喜隐一开始就居心不良！"

韩德让犹豫地问她："她……就这样，谅解了？"

燕燕道："是啊。"

韩德让忽然问："你相信她？"

燕燕自负地道："为什么不信？她是我二姐，我们从小一起长大，还能有谁比我和大姐更了解她？"她自然是深信，乌骨里已经放弃了前嫌，但看韩德让仍然有些忧心，笑着安慰道："放心，二姐从来就不是一个有心机的人，否则的话，当初她就不会被喜隐给骗走了。"

韩德让却不知道此事，不由问："她被喜隐骗走？"

燕燕回想起往事，犹有不悦，道："是啊，那时候喜隐老在我们身边转来转去的，谁不晓得他那心思啊，也就是二姐这么傻，才会被他骗走。"

韩德让再问她一句："这么说，你真的相信，赵王妃已经对你去了芥蒂？"

燕燕手一摊，笑道："不然她还能怎么办？喜隐是先帝下旨处死的，先帝也已经驾崩了，她就算要报仇，也只能到地下去寻先帝了。留礼寿是喜隐害死的，她能怨谁？她现在无非是一时走不出执念罢了，我追封李胡为皇帝，完成了喜隐的遗愿，也算她对喜隐的在天之灵有所交代了。她还年轻，将来的日子还长着呢，我就不信，整个大辽找不出一个比喜隐长得更好看、更会讨女人喜欢的男人来。"

韩德让也笑了："看来你对赵王妃，已经有十分把握。"

燕燕道："十分没有，六七分总是有的。"

韩德让微笑点头，带着这样的微笑，一直走出内宫，往内阁走去。

他才迈出内宫，笑容就收了，命令信宁道："我不管你用任何办法，派人打入赵王府，能派多少是多少，只要赵王妃有任何动向，我都必须第一时间知道。"

他见过乌骨里，那时候他奉命去为喜隐吊唁，那时候的乌骨里恨意入骨，还尚未打算掩饰。

乌骨里不是胡辇，胡辇不爱罨撒葛，胡辇没有儿子，所以胡辇的感情依旧在姐妹情分上。而乌骨里却不是。过去无数次的事情证明，在关键时刻，乌骨里永远站在喜隐这一边。如果说喜隐和燕燕之间发生矛盾，乌骨里还要犹豫一下。但是留礼寿的死，足以让身为母亲的乌骨里发疯。

如果乌骨里一直坚持着她的恨意，那么哪怕她对燕燕这一辈子就这么口出怨言，永不原谅，韩德让还能够放心一二。可是这么短短一段时间，乌骨里居然能够“想通了”，“放下了”。燕燕会为此欣慰，而韩德让，却只会从心底升起一股深深的凉意。匿怨相交，必藏祸心，这样的乌骨里，会是燕燕生命最大的威胁。

韩德让一直走到内阁，就见书办急急出来，见了韩德让就道：“韩枢使，大事不好！宋主欲兴兵北伐。”

韩德让接了幽州密报一看，不由脸色大变：“我这就去找太后。”

辽国新立幼主，消息传到宋国，宋主赵光义大喜，以为孤儿寡母主政，诸王及八部不稳，乃是收复燕云十六州的绝佳机会，因此立刻决定北伐。

消息由汴京的细作传回来，朝堂之上顿时哗然一片。其实辽国上下，对于南朝是有些畏惧的，毕竟人家才是天朝上国，而他们只是方兴未艾的草原部族而已。

阿保机当年立国，是趁着中原军阀林立之时打了个混水摸鱼，严格意义上还不能称之为国。而太宗德光时，也是因为石敬塘献了幽云十六州，才算正式一脚踏入中原，才算是真正开启契丹王朝。然而当耶律德光欲南下汴京举行登基仪式，谋求正式为中原之主时，却最终战败而归，死于军中。

及至世宗继位，准备一续太宗之志而南下时，却在祥古山之变中被杀。至穆宗即位，不断被南朝压着打，属国被灭，关南之地被后周世宗柴荣所夺，连幽州都几度危险。

到了景宗继位之后，最后一个属国后汉也被灭了，幽州城险些不保，虽然高梁河打了个伏击战取得大胜，但最后宋军撤兵却是因为自己的内部矛盾。宋主赵光义与中军失散，疑忌太祖赵匡胤之子赵德昭谋位，所以才匆匆撤军。

而今赵光义弄死了赵德昭，更是将其余能够接近皇位的弟弟侄子都清理干净，便痛下决心要报高梁河之仇，早已经筹备数年，更是看准了辽帝新丧、幼主继位的时机，兴举国之师而来。

大宋立国以来，南平、武平、后蜀、南汉、南唐、吴越、北汉等国一一被灭，让辽国上下对宋人，比对后周柴荣还要畏惧。如今宋国已经灭尽敌国，唯一的对手就是辽国了。

而宋辽之间虽然边境之战时有发生，但最大的一次战争只有高梁河之战。而那一战刚开始的时候，辽国所有的战略安排几乎全面溃败，唯一的转机是韩德让坚守幽州二十多天，撑到了援军到来，一举打乱了宋军部署。此后宋军主力撤走，但后续的战争依旧断断续续延续了数年之久。先是韩匡嗣追击宋军，在满城遭伏而战损过万。此后是驸马侍中萧咄李率军报复性袭击雁门，又被杨业所败。此后辽景宗亲率大军进攻雄州，于瓦桥关外与宋军大战，无功而返。两年后景宗又亲率大军分三军分别攻满城、雁门、府州，结果三军均大败而归。

以上，就是宋辽交战的全部战况，多败少胜，唯有瓦桥关能够勉强说是打过胜仗，但最后还是因为宋军援军到来而不得不撤兵，并没有完成战略部署。

而今，辽国立国已近六十年，阿保机时代的铁血气性，在这几十年的皇位相争中消磨了大半，如今闻听宋军到来，竟都慌了神。要不就是毫无章法地直嚷嚷着打一场，要不就表示干脆把幽云十六州弃掉算了。

燕燕听着众臣喧哗了好几天还没个章程，不由大怒："够了！吵吵嚷嚷，成何体统。朕决定了，如果宋军来攻，朕就携皇帝南下幽州督战。燕云十六州乃太祖太宗心血铸成，如今已成大辽基石，谁人再提放弃，朕定斩不赦！外敌入侵，大辽上下自当君臣一心，同仇敌忾，各部整顿兵马，随朕和主上南下御敌！"

殿内顿时寂静一片。

良久，才有休哥、斜轸等率先出列请罪。

燕燕转身退朝，群臣这才一一出去。

休哥想了想，找了萧达凛、韩德让两人，道："太后震怒，你二人进去相劝一二，军国大事，还是要谨慎为好。回头我们三人再详议。"

方才他在朝上一言不发，也正是出于谨慎的心态，应该如何做，他还需要两人去探明太后口风，才能够进行部署。

萧达凛应了，与韩德让再行通禀入内。过了好一会儿，才见着良哥出来说，太后请入，但却令韩德让先进来，萧达凛稍后。

韩德让微一犹豫，看向萧达凛，萧达凛却是已经会意，道："这样也好，你我一起进去，恐怕同声共气，倒看不出本来的意图来。太后英明，不如你我各自直抒己见，也好让太后有所参考。"

韩德让应了，这才进去。但见崇德宫中，燕燕独倚窗前，侍女们只远远地在一边侍立着。她的身影看上去如此单薄，又是如此孤独。

韩德让心中一动，缓缓走到她的身后，方叫了一声："太后。"

燕燕没有回头，也没有应声，只长长地吁了一口气。

韩德让没有说话，只站在她身后静静地等着。

半晌，燕燕才道："德让，你说这一战，我们能打吗？"

韩德让说："太后刚才在朝上，不是已经决定要打了吗？"

燕燕仍没有回头："那么，我问你，你说能打吗？"

韩德让沉默片刻，才答："臣，不知道。但是太后说要打，臣尽全力去打。"

燕燕悠悠地叹了一口气，说："还记得吗，当年后周世宗柴荣北伐，我父亲要穆宗皇帝亲征，他被文武百官逼勒不过只得答应，却在临行前一天，把自己喝得烂醉，险些走不了。他对内残暴无比，对外却怯懦畏战。我当时很瞧不起他，我觉得他哪配做一个皇帝！人家都兵临城下了，他还说出把幽云十六州还给南朝就行了这样的荒唐话来……"

她顿了顿，转过头来，看着韩德让："那时候我们都在嘲笑他，可如今我坐在朝堂上，却忽然有些明白他了。说打，很容易，可是我们却没有必胜的把握。一旦输了，就是千千万万人的性命，还有整个国家的命运，到时候，纵然百死，亦难赎其罪。”

韩德让跪下来，握住她的手，低声道：“你不会输的，我们都不会输的。”

燕燕低低地叹了一口气，道：“母寡子弱，族属雄强，边防未靖，奈何？”

韩德让低声道：“信任臣等，何虑之有！”

燕燕微微一笑，眼眶边有水光隐现，一滴眼泪欲坠未坠，格外动人：“朝臣们战和不定，我等了几天，你们一直在吵，却没有办法吵出一个结果来，我只能宣战，只能宣战！”

韩德让低声道：“是，我们只有一战。”

要么，退回大草原，如过去所有的草原部族一样，无声无息地分化、消亡，要么，经此一战，奠定基础，推进汉化，建立一个真正的王朝，让族群得以延续，在青史上留下姓名。

这一日，太后陆续召见了韩德让、萧达凛、耶律休哥、耶律斜轸、室昉等臣子，最终，确定了对宋的作战方案：

一是要阻止宋军在边境的集结和筹备，同时作为己方的战备，于是决定改任耶律休哥为南院大王，亲临幽州指挥；

二是尽力争取分化宋辽两边交境的部族和属国，招纳两属地的流亡人员。所谓的两属地就是宋辽交战中未定的中间属地。

三是休哥提出来的，让太后举行柴册仪。

“柴册仪？”燕燕诧异地反问，“你要我举行柴册仪？”

柴册仪原先仅仅只是“燔柴祭天”，作为一种原始宗教礼仪对诸神表示崇敬，这是部族沿袭的古老习俗。相传在遥辇氏阻午可汗时，制定此仪为可汗继位时用的礼仪。自耶律阿保机于太祖元年命有司“设坛于如迂王集会埚，燔柴告天，即皇帝位”，在原来阻午可汗的基础上相对简单粗糙的燔柴仪结合中原礼制，而成柴册礼之定制。

太祖阿保机在时，为了稳定朝政，曾几次举办柴册仪，太宗朝以后，辽朝政权趋于固定，柴册仪也趋于定型化。

这种仪式的形式是选择一个吉日，在这之前，设柴册殿及祭坛。祭坛用木头制成，共分三级，其上厚积薪，设御帐，又置母后搜索之室。找九个与皇帝相似的贵族，穿上与皇帝相似的衣服，于当夜子时，连同皇帝共十人单独住进早已经设好的十个帐子中。然后到当日吉时，每个帐前有契丹大人一员，进入帐内捉认天子，当真皇帝被捉到时得用契丹语说“我不是皇帝”，捉得皇帝的人说“你是皇帝”，如此三番，契丹皇帝方说“是便是”，于是皇帝受拜，再穿上红袍貂冠，由八部年长者簇拥皇帝至柴册殿东北角，先后望日四拜，次拜七祖殿、木叶山神、金神、太后、赤娘子等。礼毕，由后族长者为皇帝驾车疾驰，仆从用毡毯覆盖皇帝。皇帝抵达高地后，大臣和诸部首领列仪仗遥拜。皇帝发布谦辞，表示要皇室当选贤者为帝。群臣表示“唯帝命是从”。皇帝于是在此地封垒土石以为标迹。皇帝再拜先帝遗像，宴饮群臣。次日，皇帝出柴册殿，护卫太保搀扶登坛。北、南府宰相率群臣环立，各举毡边欢呼。枢密使奉玉宝、王册进献，上尊号，群臣三呼“万岁”，顶礼叩拜。

这一套礼仪，既有原始部族推举制度的遗留，又有中原王朝受天承意册封为帝的规则，它与再生仪不同，再生仪是皇帝、太后、太子、夷离堇都可举行的，但只有皇帝才能行柴册仪，而且只行一次，象征着臣民对新君的拥戴和上天对新君权位的认可。故辽朝诸帝，凡即位执政，必先行燔柴祭天之礼。

景宗死后，耶律隆绪继位为帝，但是越过隆绪，由燕燕举行柴册仪？这个建议休哥提出来以后，连韩德让都怔了一怔。但看萧达凛也似是一怔，耶律斜轸神情却是毫不为意。

韩德让想了想，还是问：“由太后行柴册仪，而不是主上？”

斜轸却道：“举行柴册仪的目的，本来就是让大家不要各怀心事，统一听令。谁发号施令，大家听谁的，那就让谁举行柴册仪。”

韩德让想了想，恍然大悟，他虽然生于兹长于兹，言行举止与他们无异，但终究还是有些过于注重汉家仪制。阻午可汗也好，阿保机也好，开国以来的诸帝也好，举行柴册仪的目的，无非是确认最高权力的归属，威慑诸人，告诉他们最高权力已经定，从此你们就只能听我的，否则上天、神灵，和所有的人都会征罚于你。

隆绪未到可以发号施令的年纪，他行不行柴册仪，国事都由燕燕做主。他就算行了柴册仪，也不能行执政之事实。他若行了柴册仪以后，反而削弱了燕燕发号施令的权威性。

而景宗病亡，诸部未定，宋军北伐，这时候急需向所有的部族、州县、属国宣示新主的权威，而柴册仪是最好的宣示，所以只有燕燕举行柴册仪，才是正确的。休哥和斜轸反而觉得这很正常。

“太后虽临朝听政，但仿的是东汉太后垂帘之礼。如今要令部族听从，臣认为太后必须举行柴册礼，有了大巫的祝福和习俗的认可，才能笼络更多人心，更加名正言顺地执政。”休哥又道。

事实上除了休哥以外，谁也没有想到这点，甚至是谁也不敢去提出这件事来。也唯有休哥以大于越和宗室惕隐的身份提出此事来，才是最正确的。

此事乍听十分大胆，但仔细想来，却是越想越有理，众人不由将佩服的眼光看向休哥。

燕燕听了，也是一怔，细想了想，她虽素以述律太后为目标，但却是连述律太后都未曾举行过柴册仪。太祖在世之时，述律后辅佐太祖，太祖死后，她虽违背太祖之意，废东丹王而立太宗，但却也没有实际执政过。太宗死后，她又想立李胡，也同样没有自己执政过。

而如今，她是走到述律太后都没有走到过的位置了？眼前已经没有参照，此后的路，她只能自己一步步走下去。

燕燕站了起来，点头道：“那就依大于越所言，行柴册仪。”

但虽然如此之说，终究行柴册仪的时候，是由燕燕带着幼主隆绪一起举行。

举行柴册仪当日，大殿下，诸王、大臣及诸部首领列仪仗等候着，燕燕牵着隆绪的手从搜索之室走出，两人一同站上马车，乘马疾驰，驶至高地。

一路上，诸王、大臣及诸部首领遥拜。

马车在高台前停驻，燕燕下马，牵着隆绪一步一步走上高台。

转身面对群臣后，隆绪看了一眼燕燕，燕燕回以鼓励的微笑，隆绪高声道：“先帝升遐，有伯叔父兄在，当选贤者，冲人不德，何以为谋？”

群臣齐声道：“咸愿尽心，敢有他图。臣等宣誓，唯命是从！”

最后一句“唯命是从”不断重复，尾音层层叠叠，形成声浪，覆盖全场。

蜀王、平王等互相对视一眼，长叹了一声，也跟着呐喊道：“唯命是从。”

燕燕站在高台上，看到这一幕，欣慰地笑了。

高台上，月里朵婆婆手持玉册，恭敬地念着祈愿词：“祈愿长生天，庇佑我大辽国泰民安，风调雨顺，战无不胜，攻无不取。”

燕燕带着隆绪跪在坛前，神态虔诚，对日四拜，然后从月里朵婆婆手中接过玉册，重新站起来。

燕燕手捧玉册，高举过头。日光落在玉册上，折射出耀眼的光芒。

燕燕高声地道：“青牛白马之神，将在天上庇佑大辽，战无不胜，攻无不取！”

群臣抬起头，看到燕燕整个人被炫目的阳光笼罩，仿佛神祇一般，许多部族长亦被这神圣的一幕惊呆了。

群臣齐声呐喊：“愿为太后尽忠！”

“太后万岁万岁万万岁！”

渐渐地，山呼万岁的声音越来越大，直冲云霄。

柴册仪之后，耶律休哥前往幽州，不久之后，就有消息不断传来，先是休哥兴兵，阻止宋人于河北筑城，之后，又有宋人逃亡千户归辽。

直至最近，又传来消息，党项李继迁逃亡入辽，韩德让的弟弟、袭了韩匡嗣西北面招讨使的韩德威已经派人护送李继迁往上京而来，引起了朝野震动。

李继迁的到来，是一个意外。

自唐末之乱以后，蕃镇、胡族各成势力，党项原来臣服于大唐，在这乱世也自成一方。大宋东征西讨，威临天下的时候，小族弱国，无不望风而降。而当大宋的刀锋刮过西北的党项，有人顺应臣服，有人不甘而反抗。定难节度使李继筠死后，其弟李继捧继位的第一天就向大宋归降，纳夏、绥、银、宥、静五州，而堂弟李继迁却带着一群不肯归顺的人反了，希求在历史洪流中，恢复过去的荣光。

下场自然是惨淡的。大宋重兵压境，地斤泽被灭，李继迁输了个底儿掉，连老母妻子全丢了，只身带着长子，逃到大辽求取一栖身之所。

大宋并不罢休，直接下了国书来，要求把李继迁还给宋人处置。

那么，要把李继迁还给大宋吗？

“去年，党项十五部侵扰我西北边境，这账还没算呢！”

“党项部族太多，西北十五部的事儿，算不到李继迁头上来吧。”

“他在葭芦川伏击宋军，侵袭银州，激怒了宋主。宋主派大军攻伐，他彻底失去了银夏五州，仓皇逃窜。现在是没有别的办法，才来我大辽撞撞运气。宋辽两国虽然磨刀霍霍都在备战，但毕竟还没发动，又何必为了一个小小李继迁，多生事端。”

“可我们也不能就此向宋人低头。”

“当年，我们费了多少人力物力援助汉国，那是延绵了数代的大国，麾下还有杨继业这样的猛将，结果还是被宋主灭了。现在，李继迁有什么？就凭他一张嘴？还不如多花点精力在备战上，打仗始终还是要靠大辽自家勇士。”

“就是因为我们失去了汉国，才要再扶植一个属国，以作宋辽缓冲之地。”

朝臣们争议不休，崇德宫书房，小朝会也在商议这件事。

“李继迁只身投来，到底值不值得出手相助？”燕燕问。

室昉说：“论理，我们和宋国敌对，李继迁能在银夏五州立足，也能为我们分担许多压力。可如今朝中许多人的议论也不无道理，担心他会像汉国刘继元那样，又是一个扶不起的阿斗。”

韩德让亦分析道：“刘继元生于宫闱之内，长于妇人之手，自然性格软弱。李继迁却是自幼长在马背上，十二岁受封管内都知蕃落使。叛宋自立至今十几年间，屡败屡战。如今他妻子和族人为宋国所夺，用来威逼他投降，他却依然没有服软，反而能赶来我大辽求援，足见此人性格坚毅，值得扶植。”

燕燕转向休哥、达凛道：“大于越、达凛郎君可曾见过李继迁？”

休哥点了点头道：“见过。此人文武齐备，确是党项人中的大英雄，当世难得的青年才俊。”

萧达凛道：“他也曾拜访我，其叛宋自立的决心十分坚定。他坦白说，若大辽能出力扶植，他愿意随时受太后驱遣。”

燕燕想了想，转而询问室昉道：“室昉宰相，宋使是你接待的，他们到底是怎么说？”

室昉捋着白胡子道：“宋使要挟说若不交出李继迁，即刻派大军前来攻打。”

燕燕笑了道：“这是真拿我当市井愚妇吓唬呢。咱们送还李继迁，难不成他们就不打了吗？德让，你刚才说，李继迁的妻子被宋人夺去了？”

韩德让点了点头道：“是。”

燕燕道：“既然诸卿对李继迁如此盛赞，朕便见他一见，若真是青年才俊，倒不妨从大辽宗室中为他择一妻室，届时他成为我大辽驸马，自不能置之不顾。”

众人道：“太后圣明！”

太后有旨，宗女云集，在其中终于挑出了给李继迁的妻室人选，就是宗室、王子帐节度使耶律襄之女耶律汀。

耶律汀是个有想法、有气性的姑娘，她父亲地位不算低，也算得宗室近支，可惜生母早亡，继母想干涉她的亲事，她不愿意。刚巧与萧海澜交好，就成了太后帐下侍女。

燕燕自成为摄政皇后乃至太后以后，身边的侍女就有不少皇族后族的出色少女，她这次在校场选拔骑射，考问才学，真正出挑的都选作她身边的侍女。

或许是萧海澜素日与耶律汀走得太近，见耶律汀中选，高兴地拉她去一起置办嫁妆，结果居然让人误会了。

南院枢密使耶律斜轸匆匆赶来，焦急地道："太后，你可不能把海澜嫁给李继迁啊。这家伙又老又丑，阴险狡诈，对我们大辽不怀好意，根本不值得贵女下嫁！"

燕燕奇怪地看着斜轸，疑问："海澜？嫁给李继迁？"

斜轸更着急了："太后扶持李继迁，无非是想给宋国找麻烦。只要太后将海澜赐婚给我，我就立军令状，保证宋军有来无回。"

燕燕啼笑皆非："胡说八道！你堂堂南院大王立什么军令状。你要娶海澜，自己与她说去吧。"

斜轸这才后知后觉地回过头，看到萧海澜牵着耶律汀的手站在外面，一脸又气又羞，顿足道："姑母别听他胡说八道。我才不嫁这个浪荡子！"

斜轸急得抓耳挠腮，委屈得不行："海澜，咱们不是已经解开误会了吗？我、我不是浪荡子啊。"

海澜跺着脚，恼道："你不是谁是！谁让你闯到崇德宫里胡说八道来了！"

斜轸忙道："好好好，你别生气，是我不对。"

燕燕看着一对小儿女这般作态，了然一笑，清了清嗓子："海澜说得对。斜轸身为南院大王，乱闯禁宫，罪不容赦。来人，把斜轸拉下去，重打八十大板，以儆效尤。"

海澜顿时变了脸色，忙求道：“姑母，不要！”

燕燕故意道：“哦？为何不要？他私闯禁宫，胡言乱语，坏了你的名声，到时候害你嫁不出去可就糟了。姑母这是为你出气。”

海澜突然结巴起来：“我、我们契丹姑娘，也不会去顾忌那些胡言乱语。”

燕燕道：“那不成，你小姑娘不懂事，姑母可不能看着你被人陷害了。双古，还不快快把斜轸拉下去。”

见双古作势要把斜轸带下去，海澜慌忙拦住双古，护着斜轸：“不不不，姑母，你别打他。”

斜轸起初有些发愣，看到海澜回护自己，万分感动地道：“海澜，没事，我皮粗肉厚的。”

海澜闻言狠狠一脚踹向斜轸，怒斥道：“蠢驴，八十杖打下去是要人命的。”

燕燕拖长尾音：“双古，还不赶紧把人拖下去。”

海澜慌了：“姑母，他、他没坏我名声，你别打他。”

燕燕道：“那他求我赐婚，你也是愿意的喽？”

斜轸眼睛发亮地看着海澜，海澜羞涩地点了点头。

斜轸抱着萧海澜欢呼起来：“海澜，你点头了，你点头了！”

燕燕轻咳了一声：“斜轸，既然你们都是愿意的，朕便将海澜赐婚于你，你可得好好待她。”

斜轸又兴奋又激动，忙道：“是。谢太后！”

燕燕似笑非笑地道：“还不出去，留在我这儿做什么？”

斜轸傻笑着拉着海澜出去了。

燕燕招了招手道：“阿汀留下。”

耶律汀走到燕燕跟前，燕燕将她上上下下，仔细打量了一番，才道：“你是个聪明姑娘，朕也很欣赏你的果决。现在最后问你一次，是否真的愿意远离大辽，嫁与李继迁为妻？”

耶律汀坚定地点了点头：“阿汀虽是女儿家，也是耶律家血脉，愿为太后节制银夏党项部。”

燕燕欣慰地笑道：“好，朕便如你所愿。”

当下就下旨：“封李继迁为定难军节度使、西夏国王，赐婚义成公主，并以三千兵甲为义成公主之陪嫁。”

第八十六章

寿宴喋血

不久之后，上京接到消息，宋主兴举国之力，以大将曹彬、潘美、米信、田重进为帅，兵分四路北上，来势汹汹。并向高丽、渤海两国遣使相约一起联手，同共夹击辽国。

但赵光义继位成谜，尤其是上次高梁河之役他战败与众将失散以后，听说众将以为他死了，正准备拥立太祖赵匡胤之子赵德昭为帝，连仗都不打了匆匆回朝。此后就借故逼得赵匡胤长子赵德昭自杀，随即赵匡胤次子赵德芳又莫名“病死”。直至五年前，又莫名将其弟赵廷美以谋反罪名逼死。曹彬、潘美、米信、田重进这些人，都是赵匡胤用过的大将，他对兄长旧部心怀猜忌，那些大将又何尝不对他这个皇帝心中不服。听说此次北伐，曹彬、潘美等人都是极力反对，偏他急于立威，一意孤行。

曹彬四人本是百战宿将，但他却在军中安插监军，而且那些监军良莠不齐，甚至颇有些卑鄙小人。

结果这一战，本以为必输之局的辽国胜了，而性格稳重的曹彬急躁冒进，潘美行军又犹豫不决，打出了与他们性格完全不一样的战法，这很明显，就是监军之过了。

于是曹彬一路，因为贪功冒进先行战败。也因此令得潘美不得不撤军。大将杨业，因为是后汉降将，被监军王侁挤对，说他号称“无敌”却畏战怕死，被迫率兵出征，不想杨业奋战至陈家谷，而本应该在谷口布阵的潘美之军，却因为王侁畏战逃走，而不能接应。杨业兵困被擒，萧燕燕亲自劝降，然而杨业仍绝食三天而死。

因君臣猜忌，将帅不和，监军为祸，宋主赵光义不顾重臣劝阻而悍然发动的“雍熙北伐”，虽然取得了前期胜利，最终却以大败收场。这一仗浪费了北宋所积蓄的精兵和国力，自此北宋永远失去了对北方发动战争的主动权。

燕燕和隆绪得胜还朝，御驾在上京街头，接受百姓的欢呼。

看着百姓们齐声高喊：“万胜！万胜！万胜！”

隆绪第一次经历这样的场面，不禁十分兴奋，坐在车驾中手攥得掌心发汗，眼睛闪亮。

燕燕看着儿子，微笑道：“隆绪高兴吗？”

隆绪兴奋地点了点头：“高兴！原来打胜仗能够得到百姓这么发自衷心的拥戴啊！”

燕燕道：“百姓拥戴你，是因为你能保障他们安居乐业的生活。隆绪，要记住这一点。”

隆绪似懂非懂地地点头：“是，母后。”

燕燕向沿途百姓挥手致意，百姓山呼万岁，燕燕回以灿烂微笑。

而此时，乌骨里与伊勒兰并肩站在酒楼最高层，远远看着燕燕母子入城，接受民众欢呼。

乌骨里的手紧紧握住栏杆，神色扭曲，带着绝望：“真没想到，这样的战争，居然也让她赢了。”

伊勒兰却反而比她镇定些：“这是大辽数十年未有的大胜。这一战之后，太后的权威更加至高无上，他人不管再做什么都没用了。看来，我们输了。”

乌骨里狠狠一砸栏杆，近乎癫狂：“胡说！我怎么会输！她得死，她必须得死。否则，我何以面对喜隐和留礼寿于地下！”

伊勒兰叹道：“可是，大辽已经没人敢掠其锋芒了。”

乌骨里咬牙道：“那我就自己来。我一定要让她去给喜隐和留礼寿陪葬。”

伊勒兰看了乌骨里一眼，神秘地一笑："好，我来帮你。"

过了数日，赵王妃向太后呈上贺表，贺太后战胜，并请太后降临赵王府饮宴。

燕燕见了奏表十分高兴："哦？真是难得二姐有心。看来，她这是从喜隐之死中走出来了。"

良哥在一边抿嘴笑道："太后可看清了，这宴请的日子？"

燕燕闻言，又去看了看那帖子，细想了想，才恍然道："咦，这日正好是二姐的生日啊，怪不得！那可要好好替她过个生日。"

良哥道："我听瑰引说，赵王妃已经将府中重新清理修缮，到时候姐妹团聚，我们也好热闹一下。"

燕燕笑着点头："你先去帮我挑个好寿礼。"

到了正日，燕燕早朝过后，驾临赵王府。

乌骨里早带着仆从站在府前，笑着相迎："参见皇太后。"

燕燕连忙亲手扶住："二姐，今日乃是家宴，我是来给你拜寿的。你要这样，我可不敢进去了。"

乌骨里站起，故意爽朗地笑了起来："好啊，既然太后如此吩咐，我就恭敬不如从命了。"

燕燕问她："大姐到了吗？"

乌骨里笑道："早到了，谁还敢比你这太后还迟啊！"

燕燕嗔怪地道："二姐。"

乌骨里笑道："开个玩笑不行吗？"

燕燕也笑道："哪里，你肯开玩笑，我才放心呢。"

乌骨里看了看，道："你没把孩子们带来？"

燕燕道："我们姐妹很久没有这样单独聊聊了，所以这次我索性不带他们来了。"

乌骨里嘴角一丝冷笑，却没有说什么。

燕燕这次也是故意没带孩子们来，往年她们姐妹生日相聚的时候，也会带上孩子，那是因为胡辇没有孩子，带上孩子们过来，也让她消愁解闷。

可是今年留礼寿死了，带上孩子们过来，只怕反而会令得乌骨里触景伤情。她好不容易修复好姐妹感情，不想再发生惹乌骨里翻脸的事情。

乌骨里亦知她的用意，讥讽的话已经到了嘴边，但想起今日的目的，还是忍了下来。

两姐妹一边说笑，一边携手进了后厅，胡辇已经到了，三人在一起又说了会儿话，这才出去。

前厅又有几个素日交好的族中姐妹也到了，燕燕便宣布开宴。

燕燕、胡辇、乌骨里三人各拥长几坐在上首，其余后族旁支姐妹坐在下首，酒菜流水般上来，又有歌舞助兴，渐渐地热闹起来。

但见舞女们穿着左衽长衣，腰上系着蹀躞带，不断回旋时腰上金玉一片也在旋转，煞是好看。

燕燕看得鼓掌，笑道："二姐，你这歌舞十分别致，是什么时候排练的？"

乌骨里表情微僵了一下，旋即故作漫不经心地答道："我哪有心弄这个，前几日随意叫他们安排一下罢了。想是当年排给他们看的吧。"

燕燕不想提起此事又说到喜隐，心中不禁暗悔，喜隐去世前被流放祖州，不管在他死前死后，乌骨里都是没心思自己去排练歌舞的，想是当日排练这歌舞时，是他们夫妻感情正好的时候。

想到此处，忙岔开话题又说起了别的事情。

此时耶律汀出嫁了，萧海澜也在备嫁，跟在她身边的是耶律休哥的女儿耶律女古和萧达凛的女儿萧兴哥。

兴哥是极聪明的人，她看着乌骨里神情不对，就有些疑心。此前她恰好听萧海澜说起过，去年起幽州兴起歌舞姬用蹀躞带作胡旋舞的新潮，一时大盛，但肯定还没有传进上京来。若说这是南边新进的歌舞姬，这原也没什么，赵王妃为什么不肯说明呢。

想到这里，就有些留心，然后就看到一个侍女站在赵王妃身后，手中捧着一个酒壶，那酒壶比普通酒壶大些，上镶七宝，显得十分精美。但那侍女却没有上前倒酒，只是紧紧捧着酒壶，神情却是有些紧张，眼神也是游移不定。

兴哥心中诧异，就更加留心了。

但见乌骨里举起酒杯，道："来，谢谢大姐和三妹来给我过生日，这府好久没这么热闹了，我先敬你们一杯。"

众人也一起举杯共饮。

饮毕，乌骨里把酒杯一放，一个侍女忙上前来倒酒，乌骨里将手一摆，道："瑰引，倒你的酒来。"

那侍女瑰引忙捧壶上前，给乌骨里倒了一杯酒。乌骨里拿起酒来正要说话，却见燕燕先举起了酒杯来道："咱们姐妹好久没有这样齐聚了。大姐、二姐，我今天真高兴。这第二杯敬你们。"

她这一举杯，众人自然响应，饮尽之后，乌骨里才含笑嗔怪地道："若不是你这太后忙忙碌碌，咱们姐妹早该坐下聚聚了。"

胡辇见乌骨里待燕燕如此温和，担忧之情去了大半，也笑道："再过几日就是母亲的冥诞，我们一起去祭奠她，怎么样？"

燕燕道："好啊。一晃母亲过世也快三十年了。"

胡辇对着几案比划着道："母亲走的时候，你才这么一点点大。"

燕燕左手握住胡辇，右手握住乌骨里，动情地道："是啊，母亲去世的时候，我还小，也不知道发生了什么事，二姐抱着我哭了一夜。后来，我们俩都病倒了，大姐你为了照顾我们累得好几夜没睡好。那时候父亲忙于政事，又不肯续娶。府里上下事情都是大姐在打点。其实，我脑海里关于母亲的记忆很淡，能想起的都是我们三姐妹相依为命的情景。"她一手揽住胡辇，一手揽住乌骨里，叹道："这么多年过去，我们三姐妹还一直在一起，真好。"

乌骨里微微一笑："是啊。姐妹们还能在一起说说心里话，这场家宴我应该早些安排。"

燕燕叹息道："只可惜，咱们命苦，竟都成了寡妇，可我不希望你们一辈子就这么苦守着。特别是大姐，你早该过上新生活了。”

胡辇轻轻一笑，嗔道：“你是姐姐还是我是姐姐？我自己的事情我自己心里有数。你啊，还是管好你自己吧。”

燕燕听她话中倒有一些言外之意，不禁脸一红，摸了摸脸，觉得有酒意上来，笑道：“姐姐这是喝多了呢，咱们再喝两杯就不喝了。”

乌骨里顺手拿过瑰引手里的酒壶，给燕燕手中空着的酒杯中倒了酒，将酒壶握在手里顿了一顿，再倒了一杯给自己，又倒了一杯给胡辇，道：“别介，今日高兴，再多喝两杯吧。”

本来酒宴上三人各据一几坐着，都由自己带来的侍女在身后倒酒，但三姐妹拥在一起，又已经喝了几杯，乌骨里这时候顺手给三姐妹一起倒上，也无人疑心。

萧兴哥倒没有疑心赵王妃，只是觉得那侍女可疑，见乌骨里拿了那酒壶倒酒，那侍女竟吓得脸色惨白，似要站立不稳了，她本能地觉得这酒喝不得，见燕燕三人端起来就要喝，忙按住燕燕的手，叫道：“太后，等一等。”

她方开口伸手，就见着同时有一个侍女的手也伸了过来欲去阻止萧燕燕喝下。她一扭头，见是一个身着赵王府二等侍女衣饰的小丫头，那小丫头见她已经伸手，迅速将手一缩，却抬起头向她挤了挤眼睛摇摇头，待燕燕等三人听了她的话扭头时，那小丫头已经缩到一边去了。

乌骨里柳眉倒竖，显得十分狰狞，声音也是极为尖利刺耳：“兴哥，你做什么！”

兴哥当时也是一时直觉冲动，本也后悔了，听到乌骨里这一声斥责，吓得一哆嗦，一阵恐惧感升起，又想到那小丫头的异动，脱口而出：“太后，这酒您别喝。”

乌骨里怒极，一耳光扇了过去，喝道：“为什么不能喝？”

本来她若是镇定自若，燕燕还不疑心，只是乌骨里本来就是个急躁骄横的性子，她匿怨隐恨策划这么久，如今只差一步就要成功，这时候却无端被破坏，不免心理落差太大，一时失了理性，待得这一巴掌打过去，也顿时清醒了。见燕燕眼中已经有狐疑之色，当下一仰首，将自己杯中的酒喝了，朝着燕燕一亮杯子，冷笑道："你既无心与我重续姐妹之情，何必叫人假惺惺作态，是不是疑心我要毒死你？我如今自己先喝了，你喝不喝随你。"说着一放杯子，佯怒就要转身。

燕燕若是当真以为她恼了，或者怕兴哥的行为惹恼了她，为了缓和她的怒意，是有可能将手中的酒喝下来打过这个圆场的。

见燕燕犹自拿着酒杯犹豫，乌骨里转向胡辇，冷笑道："大姐也不喝，可也是疑我了，要不然，我来喝了你这杯吧。"

说着就要去夺胡辇手中的杯子，胡辇一惊，忙阻止她道："乌骨里，你可是疯魔了，不过是小事一桩，你就要动手打人，也太过了。"

乌骨里却是已经有些神经质起来，扭头看着燕燕，冷笑："燕燕，你到底同我是真心，还是假意。若是无心与我和好，便出了这门，再不用叫我二姐。"

若换了出嫁前的燕燕，会被这番要挟激将拿捏得稳稳的，只是如今已经久历政事的燕燕，又如何能够被她这番话激住。她越是催促着燕燕喝下去，燕燕越是疑心。只是她满心不愿意因此与乌骨里再度闹翻，见她如此，一时竟不知道如何是好。

却听得外头步履之声自远而近，匆匆而来，就见着韩德让带着侍从进来，道："太后，这酒喝不得！"

燕燕本已起了疑心，闻言松了口气，忙不迭把手中杯子放下，问道："德让，你怎么来了？"

乌骨里忽然将几案一拍，面容狰狞地站起来，喝道："韩德让，你好大的胆子，敢未经许可闯进我的家宴，你以为你是谁？来人，给我将他拿下！"

却听得燕燕冷冷地道："二姐，你为何要将他拿下？"她看向乌骨里，眼神凌厉："莫非他说中了什么？"

乌骨里强自镇定下来，忽然大笑起来："好啊，你说这酒里有毒，可我的酒，和你是同一个壶里倒出来的，我已经喝完了，如果有毒，我不是先毒死我自己？”说着一指韩德让，厉声道：“韩德让，你挑拨我们姐妹之情，是何居心？”

胡辇也疑惑起来，看看乌骨里面前的酒杯和酒壶，又拿起自己的酒杯看看。

韩德让大步迈进来，夺过燕燕面前的酒杯，放到乌骨里面前，冷笑道：“既然赵王妃敢亲自饮酒以示无毒，那么就把太后面前的这杯酒也喝下去，若是无事，我自会向赵王妃道歉，随王妃处置。”

乌骨里一扬手就要把杯子打翻：“胡说，我为什么要听你指挥？”

韩德让敏捷地挪过酒杯，又放回乌骨里面前，笑得更加从容：“你不敢喝，是心虚了吗？赵王妃，你这鸳鸯壶，里面两层，内装美酒，外置毒酒，拨动机关，转换自如，你自己刚才喝的是美酒，放到太后面前的，却是毒酒，对吗？”

乌骨里一步步后退，忽然扭头怀疑地看向瑰引，指着她尖叫起来：“瑰引，你这贱婢，你敢出卖我？”

瑰引吓得跪下，拼命摇头：“王妃，不是我，不是我……”

乌骨里忽然拔剑，刺中瑰引，恶狠狠地道：“叛我者死！”

瑰引中剑倒下，她在血泊中犹自挣扎着向乌骨里道：“我、我没有……”话犹未完，就已气绝而亡。

胡辇眼看寿宴上异变陡生，再看乌骨里一身是血，如疯似魔的样子，心中寒意升起，失声道：“乌骨里——”瑰引从小就服侍她，她怎么能这样一剑就杀了她？再看看眼前的酒杯，也吓得不禁将酒杯放下，被酒水溅到的手指还不禁在袖中擦了一下。

就听得韩德让道：“赵王妃，你杀错人了，她的确没有背叛你。”

乌骨里失声道：“不可能，整个府中，除了她没有别人知道这件事……”她说到一半，就明白自己说错了，这简直是不打自招。

胡辇吃惊地站起，看着乌骨里充满了伤痛和失望：“乌骨里，你真的要对燕燕下毒……为什么，为什么？”

乌骨里疯狂大笑起来：“哈哈哈，大姐，为什么？凭你也配问为什么？她杀了我的丈夫，杀了我的儿子，你倒来问我为什么？”

燕燕面色苍白，不可置信地指着乌骨里：“二姐，我同你说过多少次，喜隐不是我杀的，留礼寿更不是我杀的……”

乌骨里怒道：“我儿子死了，我丈夫死了，你凭什么做这个太后，你儿子凭什么做这个皇帝？凭什么你儿女成群？”更一指韩德让：“还有个人对你死心踏地，凭什么我就夫死子亡孤苦无依。你去死，去死，去死吧！”

燕燕气急败坏：“二姐，你还讲不讲理！你我的事，为什么又牵涉上旁人去？当日青哥的事，我忍了下来，我原以为是喜隐干的，如今看来，只怕你也有份。”

胡辇脸色一变，此事乌骨里确实有份，是她隐瞒了下来，可没想到，乌骨里对燕燕的敌意，竟是如此之深。

却听得乌骨里冷笑道：“你当然这么想，你从来都是最单纯无辜的，错的都是别人。口口声声说大姐当了寡妇可怜，可出手杀人的时候却没手软过。罨撒葛还不是你和死鬼明扆联手害死的。你骗得了大姐，可骗不了我！”

胡辇见她越说越过头，不由急了，忙上前隔开燕燕和乌骨里，气急败坏地道：“乌骨里，够了！大势之下，螳臂当车，自取灭亡，又怪得了谁？你既然看着去男人争江山，你就该担得起争败了的后果。”

乌骨里不可置信地看着胡辇：“大姐你居然帮她？你被她害得还不够吗？你醒醒吧，你帮她帮到现在，你又得到什么？”

胡辇看着乌骨里，只觉得恨铁不成钢：“乌骨里，你糊涂！说什么夫死子亡孤苦无依，你是我妹妹，三条腿的驴马不好找，两条腿的男人要多少有多少！大辽的男人任你选，你要有多少夫就有多少夫，要多少子就有多少子，你也一样可以儿女成群，也一样可以有对你死心踏地的男人。一个喜隐又算得了什么？”

乌骨里推开胡辇大叫起来：“闭嘴！我活得比你明白，你这一辈子才是个糊涂虫。你爱的男人看都不看你，爱你的男人被你自己出卖了。

我这一辈子再没有比现在更清醒的时候了，此生此世绝不放弃报仇！”

说着，拿起剑就要刺向燕燕。韩德让就站在旁边，岂能让她得手，只一脚踢在她的手上，将剑踢飞，燕燕身边的侍女上前按住了她。

胡辇震惊地看着乌骨里从开始口不择言到后来的疯狂行为，本能地上前维护：“你们放开她。乌骨里，你气糊涂了，来人，赶紧扶你们王妃下去休息，我看她明天清醒了就会后悔了。”

乌骨里身边的侍女这才醒悟过来，见皇太妃有意偏袒，连忙上前从燕燕的侍女手中接过乌骨里，拥着她就要下去。

乌骨里哪里肯罢休，一边挣扎一边高叫道：“我才不后悔呢。哈哈哈，要后悔我只后悔当年喜隐要落她的胎，我顾及姐妹之情出手相助。若是那时看着她掉下高台摔死，也不会害得自己丈夫儿子惨死。”

燕燕刚才从异变开始，就一直保持沉默。她不知道应该如何面对，这个跟她从小一起长大，曾经把所有的心事全部都告诉她，跟她喜怒无忌的二姐，如今却用一重重伪装，让她怀着良好的祝愿而来，给她献上一杯毒酒。

她想杀了她，想抓着她摇醒她，问她为什么。她想看到她认错忏悔，可迎来的却是咒骂尖叫。

没有她的命令，韩德让不会擅自处置乌骨里，她想说些什么，可是却张不开口。她看着胡辇急急地上前，想去掩饰乌骨里的行为，想去保护她。

她忽然松了口气，不管她有没有想好如何应对乌骨里，至少这时候，她不想面对这个她视为至亲，而对方却视她为至仇的二姐。

可是她纵然想逃避，对方却不肯放过她，甚至说出了击穿她忍耐底线的话来。那一刻，怒气如狂潮，淹没了她所有的理智。

她走上前，拨开护在她身前的侍女，拨开挡在她与乌骨里中间的胡辇，走到乌骨里面前，颤声问她：“你后悔救我？你想看着我摔死？”

乌骨里见着她来了，更加疯狂地笑了起来：“是！我悔不当初，我就该看着你摔死！”

这最后一句，如同油桶上的火把，彻底炸毁了燕燕的最后一丝克制，她只觉得满心寒透，怒意瞬间如大火席卷了所有的情绪，每一句话都只想照着对方给过自己的伤害全部还击回去：“这么多年，我装聋作哑，就换来你的满腔怨恨？原来一直是我在自欺欺人，当日害我的根本就不是喜隐，而是你。喜隐怎么会知道兰哥的事，只有你，只有你才会利用兰哥来假扮青哥。当日射鬼箭，你若没有参与，你怎么知道高台有陷阱？我真后悔当日放你去见喜隐，我后悔当日为了救你性命去幽州追回密函，我更后悔当日射鬼箭的时候就应该杀了喜隐。我一直拿你当姐姐，你却盼着我早死。你好，你好。来人！把她拿下！”

胡辇见乌骨里胡言乱言，已经惊骇无比，再看到燕燕已经被她成功激怒，更加惊惶，眼见着事情就要向着不可收拾的方向滑去，忙拉住燕燕，高声叫道：“燕燕，不可！”

燕燕转向胡辇，眼中怒火高炽：“大姐你还要护着她到什么时候，是不是等到她杀了我，你才明白她无可救药了？”

胡辇急道：“她是你二姐！”

燕燕怒道：“她不是。她是叛逆喜隐的妻子，反骨留礼寿的母亲。她根本不是我二姐，从她嫁给喜隐那天起，二姐就死了。她的心里已经没有你我姐妹了，我又何必稀罕她这个姐姐！”

乌骨里笑着问她：“那你想怎么样，杀了我吗？”

燕燕冷冰冰地道：“该怎么样，就怎么样。谋杀太后是什么罪名，你就受着什么罪名！”

谋杀太后，自然就是死罪了。

胡辇一听，脸色大变，拉住燕燕急道：“燕燕，你别冲动。”

乌骨里却忽然大笑起来，她用力一推，侍女们虽然两边挟着她的手准备往内扶，但终究不敢使太大力气，此时被她一挣，竟挣开了，就见着她扑到几案上，拿起几案上的酒壶仰头便倒了下去。

胡辇大惊，连忙去夺，哪里来得及，早被她灌了好几口进去了。

见着胡辇惊慌，乌骨里反而笑了，摇头道：“大姐不必求她。既然报不了仇，我留在这人世也没什么意思。这杯毒酒，她不喝，那便由我来喝吧。”她一边说，一边就吐出一口血来。

胡辇大惊失色，立刻扶住乌骨里，又拍又打：“乌骨里！快吐出来，快吐出来！”

乌骨里摇摇头，又吐出一口血来，笑道：“大姐，来不及了。”

燕燕看到此情此景一个踉跄，跌坐在位置上，韩德让担忧地走到她身旁，扶着她的手。

胡辇抱着乌骨里，失声痛哭：“你这傻丫头，为什么这么傻，燕燕说的是气话，她怎么会杀你，她不会的，不会的……”

乌骨里看着胡辇，忽然笑了起来，边笑边吐出血来，后来的血色已经是黑色的了，这毒发作本就极快。其实，她虽然用了鸳鸯壶，却没想过自己能活，无非是想看着燕燕先死罢了。她笑着看着胡辇：“大姐，傻的是你，我如今才是看明白了。我走了，你要保重自己，别、别再相信她了……”

她的手，指向燕燕，嘴角泛起一丝笑容，便缓缓闭上了眼睛。

胡辇抱着乌骨里的尸体，失声痛哭。

燕燕看到乌骨里饮毒酒自尽时，已经呆住了。

她和乌骨里某些方面的性子是极像，却又是极为相斥的。她俩从小到大，吵了无数次，和好了无数次。因而当乌骨里激怒她的时候，她本能地还之以颜色，这是姐妹俩从小习惯的模式。可是燕燕没有想到，这一次的反击，会将乌骨里彻底激怒成疯狂，竟直接饮毒自尽，连一丝让她反应的机会也没有。

她跌坐在毡上，一时竟不敢上前，只能看着胡辇抱着乌骨里企图施救，看着乌骨里临死前，直直地指着她，看着胡辇放声痛哭……

她忽然一个激灵，几乎是连滚带爬地扑上前，想去抱住乌骨里，想把她摇醒，她们的恩怨还没说清楚，她怎么可以就此扔下她而去，怎么可以就这么冤枉了她就走了。

“大姐，你告诉我，她没有死，她不会有事的……”燕燕不想她一句话未完，就被胡辇用力推开。

胡辇的脸上带着前所未见的冷漠和憎恨，她指着她说：“你还想怎么样，她已经死了，你如愿了。你走，我不想看到你……”

燕燕又惊又怒，张口欲辩：“大姐，难道连你也……”

韩德让见势不妙，忙拉住她，阻止道：“太后，别说了，此处不宜久留，赶紧先回宫去。”

燕燕甩开他的手，急道：“我不，我要和大姐说清楚……”

韩德让冷静地说：“这会儿她听不进去。”扭头吩咐：“来人，赶紧送太后回宫。”

见侍女们不敢上前，韩德让索性直接挟着燕燕往外走去，一直走到门外，将她扶上车驾，才对萧兴哥等人吩咐道：“直接将太后带回宫中，中间不得停留。”

他走下马车，冷着脸吩咐道：“来人，将赵王府上下一切人等，统统拿下！”

第八十七章
胡辇北上

等一切都处理完以后，已经是入夜了。

韩德让负手立于窗前，背影萧杀。

信宁匆匆进来，走到他身后恭敬地道："大人。"

韩德让没有回头："说。"

信宁道："据桔梗说，鸳鸯壶是冀王府送给赵王妃的，舞姬也是冀王妃送的。"桔梗就是那个给兴哥使眼色的小丫环。当时若是兴哥没有发现瑰引的异常，桔梗也会在燕燕喝下毒酒前把酒打落。自那日韩德让疑心乌骨里对燕燕有匿怨相交之意，就暗中派了数人设法潜入赵王府，最成功接近到乌骨里身边的，就是桔梗。

韩德让冷笑道："果然是这个女人。"

信宁恨恨地道："冀王父子为了抢功擅自出征，这个女人却把仇恨记在大人您的身上，真是可笑。"

韩德让摆手道："不必说了，关于冀王妃的事，可有证据？"

信宁摇头道："据说当时鸳鸯壶是装在一个匣子里，送进赵王妃房间的，所有的人都被赶出来，第二天瑰引从王妃房中亲手拿出这个酒壶就一直捧着没有离手，可惜瑰引死了，应该只有她一个人清楚内情。"

韩德让转过身去，目光炯炯："桔梗又是怎么知道的？"

信宁忙道："她在房外套取了冀王妃一个叫紫苏的侍女的话，大人，这个紫苏，可以是个证人。不过……"

韩德让道："不过什么？"

信宁道："昨天冀王妃离开赵王府以后，就出了上京，直往幽州而去了。”

韩德让道：“那么这个证人，很可能已经不在了。”

信宁恨恨地道：“那怎么办，就这么放过这条毒蛇？”

韩德让呵斥道：“信宁！”

信宁急道：“大人，打蛇不死，殆祸无穷。冀王妃和赵王妃一样是个无可理喻的疯女人，这样的人活着，只有一个念头，那就是找她自以为的仇人报仇，不死不休。不如禀告太后，早早把她给处决了。”

韩德让摆手：“不行，赵王妃或许是个祸害，太后会因亲情而让她有可乘之机。可是冀王妃却不会有这个机会，况且她恨的人不是太后，而是我。她的危害并不算大。”

信宁急了道：“难道危害您还不够吗？”

韩德让摇头：“证据不足。“

信宁道：“只要告诉太后，鸳鸯壶是她给赵王妃的，不管证据足不足，太后一定会杀了她。”

韩德让却摇头道：“恰恰因为如此，我才不能说。”

信宁问：“为什么？”

韩德让长叹一声：“信宁，你要明白，契丹人争起皇位来，虽然不择手段，可是对内却是十分团结。从太祖阿保机开始，那些争权失败的皇族们，有几个会被处死？反了又反，还不是关了放，放了关。而且冀王生前，冀王妃在宗室中的评价也算得一个贤德妇人。太宗皇帝深得人望，但他子嗣凋零，穆宗、齐王罨撒葛、冀王敌烈先后去世，越王必摄又重病。如果我们因证据不足，而问罪冀王妃甚至杀了她，那么宗室就会认为是太后急于得到冀王这一支的兵马，而捏造罪名，到时候引起宗室反感，太后执政就只会更被动。”

信宁恨恨地道：“好狡猾，怪不得她昨天晚上就连夜离开了上京，这就是为了制造事发之时她不在上京的证据，好让我们无法问罪于她。可是……真的就这么放过她吗？”

韩德让走回座位微笑道：“放过她又有何不可，既然她想做什么我们都已经知道了，她就算再有阴谋，又能怎么施展？而且这样的女人，虽然现在缩回窝里去了，但绝对不会甘心罢手的。如今各部族鱼龙混杂，或者她能够比我们更灵敏地找出谁才是我们的盟友，谁会是隐藏的敌人。”

信宁顿时明白：“是，属下明白了，我这就派人混入冀王府，掌握她的行踪。”

韩德让缓缓坐下，道：“但是我很怀疑，谋杀太后这件事，仅仅只是这两个疯狂的女人会做出来的事情？”

信宁心中一凛：“大人是怀疑谁？”

韩德让眼神一沉：“我刚才一直在反复地想着这件事，我不相信这仅仅只是赵王妃的个人行动。或许她有这样的心思，从幽州舞姬到鸳鸯壶，都有可能是她的手笔，但她若要行事，不可能只独自行动。我怀疑诸王之中，至少有一个与冀王妃同谋。否则的话，太后一死，兹事体大，哪怕赵王妃也跟着自尽身亡，冀王妃也逃不过问责。这个女人可不比赵王妃，她是既想杀我，又想保命，哪里会轻易将自己折进此事里头。若是她与诸王同谋，则可以解释，太后一死，主上年幼，一旦此人早有准备预先发动登上皇位，则冀王妃成了有功之臣，她才可以杀我报仇，又能保全自身。可叹赵王妃一时伤痛过甚，却成为她利用的对象。是了……”

他忽然想起一事，立刻回身疾步走到书案前，拿起自己的调兵令符，道：“你立刻调右营大军，全城戒防。然后去盘查，最近哪处兵马有调动迹象。这个人若是想趁着太后中毒而发动兵变，那么肯定早已经预备好兵马！”

信宁不由问：“那，他为何不发动？”

韩德让冷笑一声：“我原本预备赵王妃狗急跳墙会拼命，所以预先调动了兵马。想是那人自以为未曾暴露，又见太后无恙，所以没有极大的把握，便不敢发动。但兵马调动，必有痕迹，他便是藏得再好，也无法掩盖。”又道：“叫志宁进来，同时备车，我要去大于越府。”

信宁已经明白："您怕大于越误会？"

韩德让点头："如果她真的勾结宗族，我们最好让大于越事前有个心理准备。大于越纵然再深明大义，他也曾是耶律一族的惕隐，他会维护太后，更会维护宗族。"

燕燕被韩德让挟着匆匆坐在马车上，茫然地看着窗外的街市，一直到回了宫中，依旧无法回神。

她呆呆地坐着，没人敢上前劝她，直至天色全黑了下来，良哥壮着胆子上前道："太后，您还没用晚膳呢。"

燕燕摇了摇头，喃喃道："我吃不下。"

良哥劝道："要不，您先歇了吧，明日还要上朝呢。"

燕燕眼神空洞，紧紧地抓住良哥道："良哥，我今天是不是在做梦？今天发生了什么事？"

良哥鼻子一酸，眼泪险些落下，哽咽道："太后，您别想了，都过去了，都过去了。"

"过去了？"燕燕笑得比哭还难看，"二姐、二姐要毒死我，大姐叫我走，说不想看到我……为什么，为什么？"

良哥紧紧地抱住燕燕安慰道："太后，不关你的事，是二小姐不好，是她想害你，不是你的错，不是你的错。大小姐只是一时气昏了头，她一向深明大义，等她清醒了就会理解你的……"

她说到这里，已经是忍不住哭了起来，不想她这一哭倒是对了，燕燕本来是一腔怨忿无处发泄，听到良哥的哭声，引动她也不禁泪如雨下，痛痛快快地哭了一场。

她与乌骨里从小一起长大，对乌骨里的感情甚至比胡辇更深。想起两人从小一起打闹顽皮，一起受罚，总是好了又吵，吵了又好。可是为什么，她忽然变成了一个自己完全陌生的人。

是，她可以为了爱情而奋不顾身，也可以为了爱情离家出走，在这一点上，她与乌骨里是一样的。可是，她再爱一个男人，也不会在明知对方对自己亲人有杀心的时候继续和他在一起；她再爱一个男人，也不会为了他去图谋自己的亲人；她再爱一个男人，也不会为了他遭遇不幸而去迁怒谋杀自己的亲人。

而乌骨里全做了。

她在明知道喜隐在射鬼箭的时候要谋害自己，可她一言不发。是，虽然她最后一刻拉住了自己，可这只能说明她还存着一丝姐妹之情，却更是说明，她没有阻止喜隐。

她非但不阻止，甚至还主动出谋划策害自己，她用兰哥假冒青哥，借假自己的名义去毒死韩德让。这一点，让燕燕不可容忍。她无法想象，若是那天喝下毒酒的是韩德让，他要是死在以她的名义送出的毒酒时，她会怎么样呢？

她觉得她会疯掉的。

如果乌骨里会因为喜隐谋反不遂而想杀死燕燕，那么在她假冒燕燕对韩德让送出毒酒时，燕燕是不是也可以杀死她一百次？是怎么样的心态，才可以对己对人完全两套标准还这样理直气壮？

在这些事发生的时候，她曾一次次催眠自己欺骗自己，把这件事当成是喜隐的谋划。可是随后而来的谣言，还有胡辇去找兰哥途中乌骨里亲自阻止的事情，让她心中一直有一根刺扎着。

流放喜隐，是她最大的让步。但她的内心，却是希望喜隐死去的。她无法去怨恨乌骨里，只能把所有的恨意都倾倒在喜隐身上。

可她没有想到，她努力不让自己怨恨乌骨里，甚至在努力修补与乌骨里的关系，可乌骨里依旧还是会因为喜隐而迁怒了她，甚至要亲自用毒酒来毒死她。

到了今日，自己诚心来为姐姐祝寿，可这家宴上，乌骨里却会因为阴谋失败而疯狂咒骂，甚至不惜饮下毒酒也不愿意与她和解。

为什么，这是为什么？

燕燕问韩德让：“德让，为什么二姐这么恨我，恨到要杀我？她怎么变得这么可怕，学会用这种虚情假意来欺骗自己的亲姐妹，就是为了杀我？”

韩德让处理好手头的事情赶到宫中，正看到燕燕哭得伤心欲绝，他知道自己此时不该上前。她是太后，他是臣子。她这样的失态不应该在他面前出现，可是他却忍不住走上前去抱住她，安慰她。他知道自己这一步走出去，或者他原来坚守着的防线，就无法再守了。

然而，他不悔。

他抱住燕燕，一遍遍安慰她：“不，燕燕，不是你的错，是她自己的心被魔鬼控制了。喜隐活着的时候控制她，死了也在控制她。她早就不是你二姐了，在喜隐死的时候，她就跟喜隐一起死了。”

燕燕抬起头，眼神是如此无助：“喜隐不是我杀的，不是！”

韩德让柔声道：“我知道，不是你。是先帝临死前，惧怕宗室会欺负你们孤儿寡母，所以才会要取喜隐的性命，来杀鸡儆猴。”

燕燕执着地拉着他，她无法对胡辇解释，无法对乌骨里解释，她只能抓着他一遍遍地解释：“我劝过了，我求情过——”

韩德让劝道：“一个人要迁怒于别人的时候，是不会讲道理的。”

燕燕的哭声渐渐停息，她慢慢地离开韩德让的怀抱，接过韩德让的手帕，擦干了眼泪，刚才的失态在刹那间消失。她将心中的惶恐和愤怒在韩德让怀中一倾而尽，最终慢慢恢复了镇定：“德让，我刚才……失仪了！”

韩德让凝视着她，摇头道：“没什么。”

燕燕回避地转向窗外，叹道：“我真的觉得困扰，为什么最亲近的人，从小一起长大的人，我自认为最了解的人，会忽然变出另一张脸来？德让，我觉得很害怕，如果连自己的亲姐姐也不可信，那我身边，还有什么人是可信的？还有什么是不会变的？”

韩德让道：“太阳每天升起每天落下，花开会花落，世间哪有什么是不会变的呢？燕燕，你不能拿过去看她的将来，而是应该看人的心现在在哪儿。乌骨里的心，早就给了喜隐，在她的心里，最重要的人是喜隐，为了喜隐她可以做出任何事。”

燕燕扭头问他："那大姐呢，大姐的心给了谁？"

韩德让摇了摇头："我不知道，或许，她把自己的心守得太牢，到现在还不曾给任何人。"

燕燕问他："那你呢？"

韩德让看着燕燕，没有说话。

燕燕，我的心在很多年前，早就给了一个人，这个人是谁，你应该明白。

燕燕没有听到她想听的话，可是，她想要把自己想说的话说出来："德让，我的心，也只给了一个人，始终没有变过。"

韩德让低下头，没有说话。

一室俱静，可是奇异地，原来那孤寂、无助、绝望的气氛，却在慢慢地消失。

良久，韩德让道："明天我去看看胡辇。今日的事，她应该是一时之气，回头必然也是会后悔的。"

燕燕摇了摇头："不，德让，我比你更了解大姐，二姐的事，对我来说是极大的打击，可对于大姐来说，打击只怕会是更大。"

韩德让脱口道："这不是你的错。"

燕燕扭头看着韩德让，无奈地笑了："你一直这么偏袒我。"

"德让，你一直这么偏袒她。"胡辇看着韩德让，沉声道。

这已经是第二天了，赵王府新的灵堂已经布置起来，胡辇独坐在灵前，不过一夜功夫，她整个人憔悴了许多，甚至鬓边都有了几丝银发。

韩德让看到她的时候，不由吃了一惊："胡辇，你怎么了？"

胡辇漠然地看着他："我怎么了？"

韩德让便让侍女拿了镜子给她看："你怎么有白头发了？"

胡辇将镜子推开，冷笑道："乌骨里都死了，你却关心这个？"

韩德让轻叹一声，不再说话，蹲下身为火盆里添上纸钱。

半晌，胡辇问他："你来做什么？"

韩德让说："燕燕的状况很不好，你去看看她吧。"

胡辇冷笑一声，没有说话。

韩德让问她："为什么不说话了？"

胡辇忽然笑了，笑得瘆人："她再不好，也是至尊无上的太后，皱皱眉头，便有人忙着关心，忙着跑来质问我。可乌骨里，她却孤零零、冷冰冰地躺在这里，除了我之外，这世间，就再也没有人关心她的死亡了……"说到这里，不禁落泪。

韩德让质问道："你在为乌骨里的死，迁怒燕燕？胡辇，我以为你是个明理的人，可你现在这样想，和乌骨里有什么区别？"

胡辇愤怒地站起来，怒道："乌骨里已经死了，你竟然还要说这样的话？"

韩德让也站起来大声反问："那你想怎么样？让燕燕也去死吗？"

两人四目相交，过了半晌，胡辇忽然崩溃，她跌坐到地上，掩面恸哭："为什么，为什么要让我面对这样的事？父亲、母亲，我对不起你们，我没有照顾好妹妹……"

韩德让看着胡辇崩溃大哭，再想说什么也无法说出口，只能面色惨然，闭目长叹。

胡辇哭了好一会儿，渐渐平息下来，见韩德让伸手过来，便扶着他站起来，坐到椅子上，凝神半晌，才苦笑一声："母亲临死前，拉着我的手，她放心不下，再三嘱咐，让我作为大姐，照顾好妹妹。乌骨里任性，燕燕年纪小，我得让着她们，我们三姐妹要一辈子相亲相爱。父亲走的时候，虽然什么话也没来得及留下来，但他早就把这个家交给我了。可是如今……"她嘴唇颤抖两下，好一会儿才道："我怎么于地下面对母亲和父亲，他们会问我，我们把妹妹交给你来照顾，你是怎么照顾的啊……"她闭上眼，仰头，两行泪流下，她没有哭出声来，却比哭出声来更伤痛。

韩德让长叹一声，道："如果你真要恨，那就恨我吧。是我和赵王有了龃龉，才导致了赵王行差踏错，有了流放祖州之事。让斜轸留守上京也是我的主意，结果斜轸做事没有轻重，害得留礼寿郎君中了流箭。那日我赶来阻止乌骨里王妃时，更是千错万错，不该直接挑破了她下毒之事，逼得她没了退路——”他顿了顿，哽咽道：“燕燕从始至终都不愿姐妹之间生嫌隙，更不愿意让事情闹到如此地步，如今乌骨里已死，你只有这一个妹妹了，不要冷了心肠才好！”

胡辇听着韩德让的话，忽然笑了起来，笑着摇头：“德让，还是这样一心只是偏袒燕燕。你知不知道，她已经不是以前的燕燕了。”

韩德让看着胡辇：“可她永远都是你的妹妹。”

胡辇怔了一怔，忽然叹了一口气：“你不必把事情都揽到自己身上。其实我也没有责怪燕燕，我只是怪我自己。”她有些哽咽：“我早就发现乌骨里情况不对劲，可总是抱着侥幸心理，以为能劝得她回心转意。结果，迟迟不能下决心带着她远走高飞。”

韩德让听她话中不对，大吃一惊：“远走高飞，你想去哪里？”

胡辇意兴阑珊地道：“哪里都可以，总之不要再留在上京了。燕燕成熟了，如今大权独揽，已经不需要我这个姐姐，我也看厌了这些争权夺利的事情。前段时间，不是奏报说西北不稳，阻卜诸藩国蠢蠢欲动，需要一个人去镇守吗？我带着国阿辇斡鲁朵过去吧。”

韩德让苦笑道：“皇太妃，太后心目中镇守北方的人选里，肯定没有你。”

胡辇淡淡道：“那你便跟她提一提吧。我心意已定，你与其在我这里费口舌，不如去劝劝她。”

韩德让一怔，指着自己：“我？”

胡辇自嘲地一笑：“谁让我们俩身边能说得上话的人只剩下你了呢。我们姐妹也就只能拽着你狠命闹了。”

韩德让苦笑道：“这话怎么说的呢？我不同意。如今燕燕正是因为乌骨里的事情，感情脆弱，如何能够再承受你离去的打击，她会认为你在怪她。她一向最注重亲情，失去二姐以后，她不能再失去大姐啊。长姐如母，她现在虽然杀伐果决，但是情感上还是很依赖你的。”

胡辇摇了摇头：“越是这样，我越是要离开。一国之主本就不应该太依赖他人，这也是为她好。”

韩德让叹气道：“你这让我都无话可说了。”

胡辇向韩德让深施一礼道：“德让，有劳了。”

韩德让无奈，只能长叹。

韩德让这一去，接连几天都没有回音。

直至胡辇叫了长史来写了自请西北镇守的奏表上去，到乌骨里出殡前一天，皇帝来了。

这时候胡辇已经在做去往西北的打算了，她甚至怕自己长久不演练武艺退步，这几日已经开始在后苑校场练习骑马射箭了。

恰巧胡辇射完一轮，放下箭来，转身看到耶律隆绪与其弟耶律隆佑，先是一愣，随即笑了：“我猜你母后也该叫你过来了。”

侍女忙道：“主上来了好一会儿，就一直站在这里等着，说皇太妃正在射箭，还让我们不要通报，不要打扰到您。”

隆绪凑到胡辇身边，殷勤地拿过弓，乖巧地道：“姨母箭法又精进了。什么时候回宫指点我们？观音女、延寿女这段日子老念叨您呢。”

胡辇知他来意，摇头道：“你们的箭法自有教习师父教，哪里用得到姨母。观音女她们要是想姨母了，就到王府来。反正姨母离京前的各种准备也还要一些时间。”

隆绪不想备好的话竟被堵了回来，一时无措，只得丢个眼色给他的三弟耶律隆佑。

耶律隆佑就拉着胡辇的衣袖开始撒娇：“姨母，你不要走。胡都堇从来没跟你分离过，你舍得离开我吗？”

胡辇自己没有孩子，一直把燕燕的几个孩子视为己出。想是燕燕知道自己来劝必是没用的，于是就派了这几个孩子来。

胡辇失笑，摸了摸隆佑的头，又对隆绪道：“文殊奴如今已经登基做了皇帝，胡都堇也已经封王。你们都已经是大孩子了，不要作这般小儿姿态。你们未来会有自己的妻儿亲人，姨母不可能陪你一辈子。”

隆绪上前一步，急切地道：“姨母，延昌宫永远留给您住。”

胡辇道：“可是姨母已经住厌了。文殊奴，回去告诉你母后，批了我的折子吧。我是一定要走的。她不许，我带着国阿辇斡鲁朵回封地去也可以。”

隆绪无措地看着胡辇，见胡辇神情刚毅，全不似素日迁就模样，带着弟弟磨了半晌没有结果，只得怏怏回去见母亲。

燕燕见了他第一句话就是问：“怎么样？你姨母回宫了没？”

隆绪摇了摇头，苦着脸道：“母后，不行啊。姨母很坚决，说您若不批了她去北边的折子，她就带着国阿辇斡鲁朵回封地去。”

燕燕眉头微皱，愤愤地将桌上的笔墨挥到地上：“胡闹！”

笔墨摔了一地，溅起的墨水染上了隆绪的下摆，隆绪吓得不敢作声，半晌才道：“母后，您别太生气，要不，孩儿再去劝劝姨母。”

燕燕痛苦地闭上眼睛，道：“傻孩子，你不懂，她不会听你的。”

这时候内侍来报：“太后，韩相求见。”

隆绪道：“母后，要不您和相父再商量商量。”

燕燕没有说话，隆绪便令人请韩德让入见。

韩德让走进内室，第一眼便看到地上的笔墨，便知道今日必是劝说胡辇不成了。

果然见隆绪道：“相父来得正好，母后正为姨母的事烦心呢。”

韩德让便道：“臣也是为此事而来。太后，皇太妃心意已决，您若强行阻拦，不过是再添新的不愉快罢了。反正北边也确实需要一个人镇守，不如先让她过去吧。过些年，她情绪好了，再召她回来便是。”

燕燕抿着唇，一脸不甘不愿：“我宁可她就这么留在皇太叔府，待到她高兴为止。好歹都还在上京的同一片蓝天下。西北边境动荡不安，我怎么会放心。”

韩德让摇头：“有国阿辇斡鲁朵，谁能够与她争锋，西北只要有人镇住即可，也不算有太大风险。如今她反正是强留不住，不如成全她的心愿吧。”

隆绪道：“母后，您别担心，姨母过一段时间消气了，一定还会回来的。”

燕燕看着自己生命中最重要的两个男人，叹了一口气，终于还是点了点头。

韩德让看了隆绪一眼，道：“臣正有事，要与太后禀报，主上也在，正是再好不过。”

燕燕见了他神情，立刻也严肃起来，问他：“何事？”

韩德让道：“臣已经查出，赵王妃行事当天，有人暗中调动兵马，企图发动兵变，后来因为臣提前戒严，又因赵王妃下毒之事没有得逞，那人便不敢动手了。”

隆绪急问：“可查出是何人？”

燕燕却徐徐道：“可是蜀王道隐？”

韩德让一怔：“正是。”

事实上，在前几日韩德让向燕燕指出赵王妃之事，必有亲王在背后操纵时，燕燕将所有的近支亲王疑了一圈，便有些猜到是他。

与此同时，韩德让也将手中查到的案卷呈与燕燕。

蜀王道隐与吴王稍是离皇位最近的亲王，吴王稍虽是世宗同母弟，但为人庸碌。而道隐是人皇王耶律倍出走后唐所生，出生不久，耶律倍即遭后唐末帝李从珂杀害，道隐当时年幼，被一洛阳僧人藏匿并将他养大，因此才取名为道隐，即为对那僧人的感激。后来耶律阮入汴京时与他相认，将他带回。他年幼多难，因此养成隐忍警觉的个性，又有文武之才，被时人称道。景宗继位以后，非常重视这被穆宗整废了的叔伯辈中唯一能用之才。他先任上京留守，后任南京留守，都是重要的位置，也培养起一拨军中亲信。及至景宗病重，诸王受猜忌，他就告病而退。景宗巡黑山，他也称病未随。想是那时就有不安分之心了。只是后来喜隐先行发动兵败，偏又败得那么惨，也因此吓住了道隐。

耶律隆绪在黑山继位，诸王蠢蠢欲动，他反而借病而不出头，只躲于一边观察。乌骨里满心恨意遍访诸王，而他不看好乌骨里能够成事，于是装病不见，反推吴王出头。结果太后上门，吴王就缩了。冀王妃上门，他才借冀王妃之手，推出这连环之计。

燕燕看着案卷，越看越怒，将案卷一拍，咬牙道："道隐真可杀也！德让，你且去拟旨——"

韩德让却摇头道："太后，不可！"

燕燕杀气腾腾地问他："为何不可？"

韩德让叹道："平王隆先被害，其子弑父问斩，越王必摄病死，冀王敌烈及其子战死，赵王喜隐及其子谋逆而死，横帐房诸王，如今还能剩下几个。若是太后再问罪蜀王，部族不会认为蜀王该死，而是会认为太后太狠心。"

燕燕怒道："难道我二姐就白死了不成，蜀王不应该给我二姐抵命吗？"

韩德让反而松了一口气，他就是怕燕燕纠结于乌骨里之死与胡辇远离这件事上走不出来，能够让她有一个转移仇恨、发泄怒火的对象，反而是件好事。当下道："如今近支亲王所剩不多，太后要动蜀王，何妨与大于越商议一二？"

说到于越休哥，燕燕稍冷静了一些，叹道："只怕很难说服大于越。"

对燕燕来说，乌骨里的死是塌天的事，多少人的命也抵不过。然而对于耶律休哥这个宗室大家长来说，尽量维护宗族所有人才是目的。

韩德让又道："冀王妃在赵王行事的前一夜，已经赶回南京冀王府。"

燕燕恨恨地道："便宜了她。"

冀王妃奸猾如狡狐，鸳鸯壶是装在礼品盒中送进去，知情人只有乌骨里和瑰引，现在两人俱死。她连夜遁逃，乌骨里事成，蜀王道隐不会忘了她的功劳；乌骨里失败，她有完美的不在现场证明。她逃回冀王府，倚着敌烈留下的兵马，燕燕若要拿她问罪，难免一场厮杀，损兵折将的都是大辽将士。哪怕燕燕眼中乌骨里之死是锥心之痛，但是对于宗室来说，没有证据只凭疑心就要灭了一支亲王最后遗存，会令宗室陷于不安。

她要杀死冀王妃，不是做不到，而是这代价，值不值得。

韩德让却又道："臣在调查蜀王道隐调兵之事的时候，发现蜀王妃去找过大于越的夫人，说是蜀王病体久久不愈，希望能够回到外罗山养病。"

"他想跑？"燕燕顿时明白，外罗山是蜀王道隐封地，他若是回到封地，燕燕要拿他问罪，就会跟冀王妃一样，代价巨大。

燕燕眉一挑，缓缓地道："来人，传旨，明日朕与皇帝，亲自到蜀王府，去探望皇叔祖。"

辽统和元年（983年）正月丙寅日，蜀王耶律道隐病重，皇帝耶律隆绪遣使探望病情，同日皇太后萧绰亲自到府上探望病情。

八日后，蜀王耶律道隐病故，辽主耶律隆绪下旨停止朝议三日以表追思，同时追封耶律道隐为晋王。

一月之后，皇太妃胡辇率国阿辇斡鲁朵往西北进发。

虽然草间已经有绿意，但仍是春寒料峭，燕燕在城北，送别胡辇。

胡辇看着燕燕，忽道："还以为你会生气，不肯来送我呢。"

燕燕委屈地道："一直是大姐在生我的气，我又没生大姐的气。"

胡辇笑了："现在这些都不重要了。燕燕，大姐走了，你保重。"

燕燕看着胡辇，眼角湿润："道隐已经死了，大姐，难道你还要怪我吗？"

胡辇摇摇头："不，我不怪你，只是我自己……我还没办法走出乌骨里的死，我怕我继续待在上京，会迁怒于你。"她自嘲地一笑："或许离了上京，我反而会因为想念你，而想起你的种种好处来。等我释怀之后，再回来吧。"

这样的话，韩德让也对燕燕讲过，燕燕终于无奈地接受了："大姐，你还会回来的，对吧？”

胡辇看着燕燕泫然欲泣的样子，终于心软：“也许会的。”她顿了顿，忽然叹道：“燕燕，我走了，就剩下你一个人了。”

燕燕默然：“是，就剩下我一个人了。”

胡辇叹息：“古来帝王，总称孤道寡，我从前不明白是为什么，可如今看来，你站在这个至尊之位，可也终于是个孤家寡人了。”

燕燕眼一酸，扭头抹泪，勉强平复一下心情，道：“你既然知道我是孤家寡人了，为什么还抛下我？”

胡辇叹道：“我纵留下来，你也依旧是孤家寡人。我是罨撒葛的妻子，纵有姐妹名分，但对于你我的关系来说，并不见利，只见其害。”

燕燕失声问她：“为什么？”

胡辇苦笑：“若你不是皇太后，便是乌骨里怨你恨你，哪怕是你们两个抄起刀子来干一架，这事也就了啦。可惜你是皇太后，她不能抄起刀子来和你干一架。就因为你是皇太后，哪怕乌骨里死了丈夫儿子，你肯来听她两句怨言，就算得够委屈自己了。若你不是皇太后，乌骨里哪怕事败，也不会只有死路一条。”

燕燕听得又是委屈，又是伤心：“大姐，难道我应该给二姐毒死吗？就算我死了，在你眼中，二姐也是情有可原的吗？”

胡辇摇了摇头：“燕燕，我不是这个意思。只是，你是太后，跟任何人在一起，都无法恢复到从前的身份和关系了。”

燕燕握住胡辇的手：“大姐——”她知道她是好意，她心领了。

胡辇忽然道：“你和韩德让之间，要早做决断。到底是君臣，是情人，还是夫妻？不要再这么含糊下去了，这对你、对他都没好处。”

燕燕有些慌乱：“大姐，你为什么要说这样的话？我不明白。”

胡辇叹道：“一想到乌骨里，我就无法面对你，可是只这样看着你，我又觉得，我走了，你怎么办？燕燕，你才三十岁，你这一生还很长啊。如果你现在就当了孤家寡人，你这以后的日子，怎么过啊？”

燕燕鼻子一酸：“大姐，你既然知道，那你为何要走？”

胡辇叹道："你有你的想法，我有我的想法，我不得不走。可是还留在你身边的人，不要暧昧不明，弄得连君臣也做不成。这是大姐给你的最后忠告。"

说完，她松开燕燕的手，飞身上马，驰向等候一边的军队。

第八十八章

被寒衾冷

这一夜，燕燕躺在床上，翻来覆去，不能成寐。

胡辇的话总在她的心里回响，“你们之间到底是夫妻、是情人还是君臣，要早做决断。”她有些慌乱，该怎么决断呢？

胡辇的话触及到她不想面对的事。她一直觉得，她和韩德让之间的关系已经结束。是的，当初入宫时，她是不甘心的，甚至还幻想过某一天能和他重逢。可是在她与景宗真正结为夫妻，有了一个又一个的孩子以后，德让哥哥就变成了前世的一个美梦，只能回味，而无法实现。

在千里奔袭幽州时，她不能让他死，也同样不能失去幽州。在幽州把他带回上京时，她想的是，以他的才华应该站到朝堂正中，他对国家的设想，应该实现。

十几年的君臣相处，她器重他、信任他，甚至依赖他，然而她心中，认定自己完全是出于公心的，就算不是她，换了景宗，换了隆绪，他们难道不会像她那样信任他、倚重他吗？

甚至在景宗死后，她也完全没有想到和韩德让可以重新开始。行走在那些狼一样的日光中，她想的只是要倚重所有可以倚重的人，包括韩德让，也包括萧达凛，还包括耶律休哥、耶律斜轸、胡辇、室昉，甚至是耶律虎古这些景宗的旧臣。

她或许会私下对他流露一些负面情绪，或者会在他面前放任自己表现出恐惧不安来，可是这手段，她对于其他臣子，也会有不同的呈现。她觉得，这样会让她所需要的每一个臣子，都以为自己才是她最倚重、最信任的人，为她效忠。

可是今天胡辇的问话，却让她陷入了混乱中。

她和他，是君臣。可是……是情人吗？

不，现在还不是。可是为什么不呢？她为什么要划地自限？她为什么不可以跟韩德让重新开始呢？

在此之前，她没有想过，可是她也从来没有像今天这样惶惑无助。她已经失去了乌骨里，失去了胡辇，这个深夜，她格外孤独。

她不由得想，真的还能跟韩德让重新在一起吗？她不知道，可是就算有万一的可能她都想试一试，她不想成为孤家寡人。

焦山的那一夜是如此地可怕，她感受到了穆宗的恐惧和疯狂，甚至她想，景宗也是感受到了。她不想成为穆宗，到了最后，因为无法面对长夜的孤独和恐惧，而变成一个丧心病狂的疯子；她不想像景宗那样，没有人能够真正走进他的心中，到死都没有办法走出他的噩梦。

长夜孤寂，被衾越发寒冷。她不想变成一个被恐惧控制的怪物，她也不想这世间最后只剩下她一个人，她想，她要找到韩德让。

燕燕坐起身，掀开帘子，看着窗外的朗朗明月。

这些日子她睡得不好，良哥宁可白天跟别人换班，也要自己在夜里守着她，见她又醒了，劝她："太后还是多休息吧。"

燕燕不答，半晌幽幽地道："被寒衾冷，自然就醒了。"她叹气："良哥，我大概变得脆弱了。二姐走了，大姐也走了，只留下我孤零零一人。如今到了夜里，我便觉得孤枕难眠，被冷难耐，心里空落落的。"

良哥无奈，她也没有办法解决这件事，只能拿起一件披风，盖在燕燕身上："夜里冷，别着凉了。"

燕燕忽然掀被跳下地来，下定了决心："良哥，派人去一趟德让府上，召他入宫觐见。"

良哥一怔："入宫，现在？"

燕燕点头："是。"

良哥无奈，只得领命而去。

韩德让接到这个旨意时，也是莫名其妙的，心底有一个声音要他谨守臣道，有什么事明天再说。可莫名又有一种感觉，告诉他燕燕此时或许不是为了国事，经历乌骨里的死、胡辇的离开，她现在一定在情绪最不稳定的时候。她此时找他，是因为她此刻最需要他。

入宫，是不谨慎的，会落人话柄，也不是为人臣子应该做的。可是这些统统都不重要，重要的是，如果他不去，燕燕会不会觉得这个世界太寒冷太可怕了。

韩德让终于还是进宫了。

进了内殿，转过屏风，他看到燕燕只穿着中衣，披散着头发，倚在熏炉上。此时的她，显出一种与素日威严完全不同的朴素稚拙来。

她向他招招手："德让，你来了，外头冷，快过来烤火。"

韩德让看着燕燕，叹了一口气，却还是坐到熏炉边，道："不知太后召我来，有何急事？"

燕燕斜着头着看他："没急事，我就是想你了。"

韩德让肃然："夜半三更入深宫，实在不是为臣之道。"

燕燕笑了："可你还是来了。"

韩德让有些纵容、有些无奈地看着她："臣答应过太后，不拒绝您的宣召，自然会办到。"

燕燕叹了一口气："是啊。德让从来都是个仁人君子，一诺千金。那你可还记得，你曾说过的一句话？"

韩德让一怔："什么话？"

燕燕目光炯炯："你说，只有活着才有希望，也许，我们能活到重新在一起的那一天。"

韩德让惊得站了起来，甚至有些不顾礼仪地斥责道："你说的是什么话？"

燕燕斜倚在熏笼上，看着他："这不是你说过的话吗？"

韩德让呼吸一滞，几乎无法直视燕燕炽热的目光，狼狈地道："太后，臣、臣那时候……"他想了好几句话，都不知道怎么说才好。他怎么能说，那时候我只希望给你活下去的信心，我根本没有打算能活到重新在一起的那一天。他想说，就算活着，我们现在也不能在一起了。

大实话，最伤人。

燕燕反而笑了，韩德让发现她竟是媚眼如丝："那时候，你其实没想到会有这一日，那句话只是拿来安慰我的，是不是？"

韩德让长长叹了一口气，什么解释也不需要了："太后既然都知道，何苦旧事重提？"

燕燕起身走了几步，韩德让想退后，可是身后已无处可退了，再退就要跌下去了，就听得燕燕说："可是如今真有了这一日。我们都自由了，可以为自己做主了。你当日说出的话，是否算数？"

韩德让又叹了一口气，他今年叹气比任何时候都多："太后，你首先是大辽国母，主上的母亲，然后才是你自己，得顾及先帝的名声、主上的感受。"他顿了顿："臣当年的承诺出于真心，但是世易时移，很多事情错过就是错过了。我怎么想根本不重要，重要的是，我们已经无法回到过去。"

燕燕却道："不，德让，我首先是我自己，然后才是隆绪的母亲，大辽的国母。活着才有希望，是你告诉我的。如今你活着，我也活着，怎么就是错过了？"见韩德让犹有退却之意，燕燕手按在熏笼上微一借力，便整个人将他扑倒。

韩德让失声叫道："太后，你、你……"

燕燕压住韩德让，双目炯炯："叫我燕燕，不许叫我太后。德让，话已经讲得这么明白，你还在怕什么，你在逃避什么？"

韩德让看着她的眼神，心一软，话到了嘴边，还是推开她："燕燕，别闹了……"

他站起来整理衣冠，燕燕恼了，去拉他的衣服，拉扯间熏炉的盖子都被闹腾飞了，韩德让忙去护住燕燕，不想把自己外袍的袖子都燎着了，虽然只是几点火星，但也不能穿了。

侍女们原都在外头不敢进来，后来闹腾开了才赶紧进来收拾。

韩德让有些着恼，却见燕燕知道把他惹恼了就不再闹，只静静地坐在一边，散着头发，看着又可怜又可气，此时此刻，竟有些像是当年未进宫时的模样，心也不禁一软。

良哥拿衣服给她披，她一拨，把衣服拨到地上去了。

韩德让叹了一口气，见燕燕似乎又准备把良哥准备往前递的新衣服也给打掉，只得自己上前伸手接过，燕燕看了看他，乖乖伸出手，让他给她穿好衣服。

她见韩德让也有些着恼，又见他袖子燎了，便道："你先脱下来吧，这衣服不能穿了。"

韩德让不肯，只道："太后既然无事，臣也要告退了。"

燕燕忽然落下泪来，拉着他的袖子道："不要离开我，德让。二姐变了，大姐也变了。德让，你不会变的，对不对？"

韩德让虽然明知道她有一半是在作戏，可是听到这话，心也软了，神情微有犹豫。

燕燕看出他的神情，立刻又道："二姐要我死，大姐怪我，弃我而去。德让，我怎么办……"她一开始有些作戏，但说到伤心处，也不禁动情，眼眶隐现泪花。

韩德让心中一动，竟是情不自禁将她肩头搂住，只觉得这肩头瘦弱无助，心里有一千一万个呐喊要及早抽身，但终究还是没有推开她。

燕燕伏在韩德让怀中，紧紧抱住他的腰："你告诉我，你不会离开我的，对不对？这世间，我总还有一个人可以一辈子安心依靠的，永远永远，都不会对我有另一张脸，永远永远都不会离开我的，对不对？"

韩德让面现挣扎之色，终于还是回答："是，我不会离开你，我不会背弃你，我不会有另一张脸的。"

燕燕依在韩德让怀中，终于笑了，蹭了蹭他："德让，我就知道，你会这么回答的。"

韩德让耳朵都红了，迅速推开她，肃然道："但是，仅此而已。"

燕燕急了："为什么？德让，除非你不想，否则我不认为我们重新在一起有什么不可以。”

韩德让拱起手挡在燕燕面前：“不，是你想得太简单了。”

燕燕站起来，气极败坏：“是你想得太复杂才是。”

韩德让急转身，背对燕燕长长呼吸，好不容易心神平定后，才道：“我走了。”

“慢着。”燕燕说，“你纵然要走，这衣服也不能穿出去了。良哥，你去拿一件锦袍来。”

良哥应声，去拿锦袍。

韩德让却走到窗边，夜风寒凉，吹着他发红的脸颊，一直吹得滚烫的感觉降下温来。

燕燕站在他的身边，手按在他的肩上，想把他扳回来，但他真心不想转身，她自然是扳不动的。

燕燕轻笑道：“好，我不逼你现在就答应。我知道你需要时间考虑，我不逼你，给你一些时间去考虑。你只要知道，从过去到现在乃至很久以后的将来，我的心意都不会改变。”

这话说得缠绵之极，韩德让却一动不动。

直至良哥送了衣服来，韩德让才转到隔屏后脱下外衣换了，沉着脸向着燕燕施了一礼，转身走了。

走到外头，由宫中侍卫护送出宫，坐上轿子回了府，才听得信宁道：“大人，你这身锦袍……”

他方才匆忙未及细看，且隔屏后灯光也不甚亮，此时才看到自己身上一袭锦袍，光华璀璨，乃是金线夹了五色锦织成，粗看不觉得，灯光一映，格外华美。

信宁是知道他进宫穿的衣服的，他们大人半夜被召入宫，出宫时换了新的锦袍，细看连头发也有些乱了，不由浮想联翩起来，不过只一瞬间，他就想给自己一个耳光，韩大人怎么可能做出这种事来，他居然这样歪想，实是该死。

韩德让叹了一声，挥手令他退下，此时再去补眠也已经来不及了，索性到了书房，处理起文件来。

想歪的不止信宁一人，那日护送韩德让入宫出宫的侍卫长乃万石，也是同样见着韩德让进出换了一身不同的衣服，那锦袍实是华美，让人印象深刻。

他虽然知道深宫中这种事情，哪怕看到了也该当自己没看到，但这个秘密藏在心底实是让人心痒难忍，恰好过了几日，与一好友私下饮酒，多喝几杯，竟是把这事半含半露地说了出来。

那密友恰又与虎古之子磨鲁古交好，就把这事说与磨鲁古听了。

磨鲁古听了大怒，急冲冲来找他父亲虎古。

而此时虎古正为乌骨里服毒自尽、胡辇率兵北上的事而忧心，找了几个素日交好、意见一致的室宗饮酒，边叹道："竟然叫冀王妃说对了。赵王妃被毒杀，齐王皇太妃远去北疆，韩德让这是一步步在排除异己啊。"

磨鲁古风风火火地进来，不等虎古训斥，喘着气把听来的话说了。

虎古大怒，一捶几案，怒道："无耻！我们不能任由他们这样下去了，必须要让韩德让滚出上京！"

磨鲁古提醒父亲："要把他赶出去，太后肯吗？"

虎古大怒："她越是不肯，越说明韩德让留不得。"

却听得胡里室冷笑道："男女之间，越亲厚，就越容易生嫌隙。"

磨鲁古眼睛一亮："你有什么主意？"

虎古哼了一声，赶磨鲁古道："滚滚滚，大人议事你一边去吧。"

磨鲁古抓耳挠腮地等了几日，就听到消息说，渤海王为贺新君即位送了一拨美女，送了两个给韩德让。

景宗一生独宠皇后，晚年却迷恋上渤海妃，渤海贡女的美貌，也因此在京中成了一个稀罕话题。而渤海王因为此事，也觉得找到了窍门。因此这一年渤海王上京，又带来渤海美女数十人，分赠京中诸王亲贵及重臣，也不知道他得了谁的指点，竟是将两名绝色的美人送进了韩德让府中。

太后好妒，上京城无人不知，当年先帝在世时，后宫多年只有太后一人，这莫说是皇帝，便是娶了公主的驸马，也不是没异出子的。传说中韩德让当年的妻子也是因为太后好妒而被毒死。而先帝晚年却忽然偏宠渤海妃，有宫中人言之凿凿地说，曾经看到太后与先帝为此而大吵大闹。但先帝还是保住了渤海妃并生了一个儿子。太后表面容忍下来，但还不是等先帝一死，就拿渤海妃殉葬了。

送渤海贡女给韩德让，不仅会令太后会猜忌，而且“渤海贡女”这四个字，更会引起太后的愤怒来。

果然如幕后之人所料，当晚，太后就亲自闯到韩德让府中。

书房中，韩德让独自一人正在练字，忽然外面一阵喧闹，就听信宁道：“太后，太后，您不能进去。”

但见燕燕风风火火地闯了进来，一脸怒意。

韩德让放下笔，抬起头，一脸莫名地看她：“太后？”

燕燕看看室内并无美女，再看桌上的字，却写着“君子慎独”四字，不由松了一口气，有意笑道：“君子慎独？韩相刚刚收了两个渤海美女，还有这慎独的心思吗？”

韩德让叹了一口气：“一国太后，就为了这种小事特意跑来？”

燕燕假意笑了两声，道：“这种小事？这可不是小事，有人想离间君臣。我怕我的韩相中计，却不过藩国情面，到头来被人说是私截贡女贪为己用，目无君王。”

韩德让：“如今呢？”

燕燕笑道：“如今我就放心了，看来韩相还是很清醒的。贡女呢？还是让我带回宫吧，免得惹闲话。”

韩德让叹气：“你这样跑过来，只会让人闲话更多。”

燕燕眉毛一挑：“谁敢说我闲话？”

见韩德让不答，燕燕又问：“那两个渤海美女呢？怎么不见人啊？”

韩德让叹了一口气道：“送给别人了。”

燕燕这才转阴为晴，掩口笑道：“我就知道，德让是君子，怎么会无端接受别人送来的所谓美人呢。”

韩德让没有说话，只静静地看着燕燕。

燕燕有些不好意思起来，支吾道：“嗯，那个，你忙，我先走了。”

韩德让依旧不说话，依旧只是看着燕燕。

燕燕只得顿足道：“好了好了，是我不应该不相信你，这么急着跑过来的……”

韩德让道：“信宁。”

信宁进来道：“大人。”

韩德让道：“出去看看，太后的车驾护从是否齐全。”

信宁道：“是。”

信宁出去。

燕燕低头。

韩德让道：“等车驾护从到齐了，你再去一下大于越府和几个重臣府吧。”

燕燕低着头，不说话，脚尖轻轻踢着地毯上的花纹。

韩德让转身，拿起一件白狐镶边斗篷，披在燕燕身上，斗篷明显过大，拖到地上，燕燕抓住两边的毛边，把自己裹在斗篷里面。

韩德让道：“走吧。”

燕燕低着头，走到门槛边，见韩德让把头扭到另一边没再看她，她故意装作踩到过长的斗篷边，跌了出去。

韩德让立刻伸手，扶住了她。

燕燕抬头，冲着韩德让一笑。

韩德让无奈地叹了口气：“你啊！”

燕燕一脸无辜地拉拉过长的斗篷：“怪我吗？”

韩德让叹气道：“怪我，好不好。”

燕燕低头笑了。

然而这样的事，接下来就层出不穷了，都说韩德让位高权重，丧偶无子，必会再娶。想与他结亲的人家很多，朝中诸王及重臣也多有为其做媒牵线的。

燕燕在宫里也听到了，问良哥："都有哪些人？"

良哥道："不敢说大半个朝堂，可朝中有点分量、能说上几句的，怕是都去说过了。特别是几位亲王等甚至还愿意将宗女下嫁。"

燕燕沉默片刻，忽然发出一声令人胆寒的冷笑："送完美女，又来做媒？这是当朕是傻子呢，还是当我的德让是傻子？"

燕燕是一个极有行动力的人，一旦她想明白了，就不会为任何原因而犹豫。就如她一旦决定要与韩德让重续旧缘，在她的心中，自然就把韩德让转换成了自己至亲之人，"我的德让"说出来便毫无凝滞。

见良哥不敢说话，燕燕又道："去查查，这背后有谁在作怪？"

良哥犹豫了一下，还是劝道："就算知道又怎么样，现在查出来已经迟了。大多数人不明真相，还是会继续向韩大人说媒献美的……毕竟，韩大人总要留个子嗣的，这也是人之常情！"

她说到这里，不禁看了燕燕一眼，见燕燕看着自己平坦的小腹，神情落寞，吓得不敢再作声。

燕燕心中暗悔，早知道，不应该让迪里姑给自己开那药的，她连生了六个孩子，其中危险痛楚自不堪言，每次临盆这种生死瞬间无能为力的无助，更让她都生怕了。尤其是在生胡都堇的时候，胎位不正，险些难产身亡。所以生完第三子，她觉得有三个皇子了，不管怎么样，至少皇位后继已经无忧了，所以她才让御医备药，而防止自己再次怀孕。

可是，如今她才有些后悔，韩德让无子，而她已经不能生育，她若要韩德让，那就要他眼睁睁从此再无子嗣，这对于韩德让而言，未免太过残忍。

燕燕忽道："你说，我挑几个人送给韩德让，等他有了儿子，就不许他再理会那些人，他会答应吗？"

良哥忍不住打断她的异想天开："且别说韩大人是否会答应您的安

排，就说您自己真能做得到？”

燕燕不禁语塞。

见燕燕把头扭到一边，一副不甘不愿的样子，良哥劝道：“算了，太后，别理会这事了，早些歇息吧！”

燕燕忽然掀开被子，赤着脚跳下地来，咬牙道：“不能算。我不管，我就自私这一回，韩德让是我的，我不会让给任何人。”

良哥吓坏了，忙跪下劝道：“太后，这，这不妥……”

燕燕眉头一挑：“你不是说，大家不明真相，还是会给韩德让做媒送美女，那好，朕就让这些人看明白真相。”她知道韩德让也是爱她的，也知道韩德让不会有二心。但是韩德让这人过于君子，若是他觉得因为这段感情而让她遭受非议，那他很可能会为了顾全她的名声，而故意自污或者接受一段他认为可以冲散那些谣言的婚姻。

当年他就是为了避免流言非议，而离开上京去了幽州，别娶了李思为妻。

当时她是无可奈何，她已经为人妻，为人母，那时候也认为自己这辈子没办法和他在一起了，所以她希望他能够幸福。但是如今她既然要和韩德让在一起，她就不会再给他重来一次的机会。

所以她要用所有的行动，让韩德让，也让世人明白，别企图在她的这段感情里再作破坏。

燕燕想了想，对良哥说：“我记得他的生辰就在下月。你去安排一下，我要在宫中为他祝寿。”

良哥劝道：“太后，韩大人只是一介臣子，在宫中祝寿，恐怕朝中大臣会议论啊。”

燕燕冷笑：“朕就是要这议论纷纷，良哥，我与韩德让之间的事情，你是最清楚的。人生苦短，既然下定决心，就不要犹犹豫豫，错过机会。从前错过，如今不能一错再错。”

韩德让的生日到了，前几日他妹妹韩静香捎信来说，欲带着弟妹到他府上为他庆寿。此时韩德让母亲也去世几年了，他虽然贵为丞相，但李氏死后，连姬妾也没有，下朝回去，偌大的府第，只有他一个主人，未免冷冷清清。他几个兄弟又大半都领兵在外，因此上家族虽然兴旺，但他却有些孤独。

不想这日他刚下朝，就见双古来请，说是太后请他入御苑。他本不欲去，便说今日自己寿辰，太后若是没有大事，他要先行离开。不想双古直接说，太后设宴为他庆寿，他不如先过去后，再直接向太后面辞。他知道这一去就未必能脱身，但想到或许只是两人的小宴，只得去了。

刚走到御苑，前面就来了一行人。对方见了他的仪仗，就退在一边，韩德让走过的时候，那人忽然叫道："二舅舅。"

韩德让一转头，看到一个美貌少女冲着他跑来，不禁露出了温和的笑容道："菩萨哥也来了。"

菩萨哥跑到他身边，笑道："舅舅，恭贺生辰。"

韩德让摸了摸菩萨哥的头，笑道："好乖。"

菩萨哥甩头躲开韩德让的手，嗔道："可别摸人家的头了，我都是大姑娘了。"

韩德让呵呵一笑："是啊，十三岁的大姑娘了。"

菩萨哥高高兴兴地跟着韩德让往宫里走："二舅舅，制心表弟、雰金表哥都来了呢。"韩制心、韩雰金等皆为韩德让兄弟之子，韩德让无子，他的哥哥弟弟却生了不少孩子，这几个都是侄子中颇为出挑的。

韩德让一怔："他们怎么来了？"

菩萨哥诧异地道："不是说要进宫为您庆寿吗？"

韩德让有些明白了："还有谁来了？"

菩萨哥笑道："我爹娘都来了，还有几位舅母带着表弟表妹们。"她仰头看着皇宫的飞檐轻笑道："好多人都是今天才第一次进宫呢。"

韩德让问她："那你怎么单独进来了？"

菩萨哥脸一红，道："我原是跟母亲一起来的，母亲和太后说话去了，叫我自己玩来着，我就找兴哥姐姐玩去了。"

等韩德让携菩萨哥走进殿内，众人均已到齐。韩德让见在场的有燕燕所出的六个孩子，以及韩德让还留在上京的几个兄弟及家眷，以及萧思温的承嗣子萧继先，以及堂弟萧隗因等几家近支及家眷。虽是家宴，倒也有二十来人，十分热闹。

燕燕见韩德让身边还带着个小姑娘，笑着招手令他过来道："德让，可就等你一个人了。这小姑娘是谁？长得可真俏啊。"

菩萨哥慌慌张张地躬身行礼道："菩萨哥参见太后。"

燕燕方才正与韩德让的妹妹韩静香说话，听到这名字就想起来了："嗯，你就是菩萨哥啊。"招手令她到自己的身边来，见这孩子肤白如雪，五官柔美，初看之下只觉眼前一亮，细看之下更是越看越舒服。她抚摸着她的小脸，十分喜欢，抬头跟萧隗因说："这是你和静香的女儿？嗯，长得好，眼睛鼻子都像你，嘴巴和额头像静香，把父母长得最好的地方都拿过来了。"隗因和静香都只是中人之姿，没想到女儿竟是这么好看。

韩静香掩嘴笑道："正是，我们的亲事，还是太后做主赐的婚呢。"

燕燕叹息道："是了，一转眼时间过得这么快，看看她都这么大了，顿时感觉自己都老了啊！你几岁了？"

菩萨哥自觉已经长大，还被人像小娃娃一样摸脸，就被摸得不好意思了，她涨红着脸道："十三岁了。"

燕燕笑道："你父亲是我堂弟，我们的血缘最近。你母亲是德让的妹妹，你和德让的血缘也是最近。你身上，有我们两家的血脉，看到你，就觉得你就像是……"

燕燕没有继续说下去，只意味深长地看了正在入席的韩德让一眼，这个孩子，是有着他们两人血脉的啊。

她又不禁看了一下坐在下首的隆绪，心里想着，虽然她与韩德让无法拥有他们共同的孩子了，若是这个孩子嫁给隆绪的话，那生下来的孩子，岂不相当于她和韩德让拥有自己血脉的后代一样了。

隆绪见母亲看向他，以为是在向他示意，当下对燕燕笑道："母后，人已经到齐了，是否可以开宴？"

燕燕对隆绪微笑着招呼道："隆绪，这是你隗因舅舅的女儿，也是相父的外甥女。你过来认识一下。"

隆绪这才抬头细看了一下，就见菩萨哥大大方方地上前见礼："菩萨哥参见主上。"

隆绪的脸突然红了，一时支支吾吾地连话也说不出来，还是他的小侍挞不阿机警，捅了捅他，他这才醒过神来，忙说了几句场面话，众人都不以为意。

接下来就开宴了，众人先一齐向太后敬酒。

燕燕笑道："今日寿星是德让，大家当先给他敬酒才是。"

韩德让连忙逊谢。

燕燕摆手笑道："不必太过拘束，你我两家本是世交，我出生的时候，燕王和夫人还在我家中呢。这些年我进了宫，咱们两家的来往就少了。年轻一辈的孩子们互相都不认识。今儿，我们两家人重新聚在一起，一是为德让庆贺生辰，二也是为了让两家人重新熟悉熟悉。这第一杯，大家共饮，从今以后就是一家人了。"

此言一出，大厅之内年轻的少男少女们没什么感觉，萧达凛、萧隗因等人不由看了韩德让一眼。

见燕燕将酒一饮而尽，众人都看着韩德让。

韩德让看了燕燕一眼，一脸若无其事地端起酒杯，敬道："臣多谢太后。"也将酒饮尽了。

众人见韩德让若无其事，轻轻松了口气，也忙举杯饮酒。

众人饮酒毕，燕燕转向隆绪道："隆绪，你不是为相父准备了礼物吗？还不拿出来？"

隆绪笑道："正是。"说着让身边小侍取来一个礼盒，道："朕知道相父喜爱文墨，特意寻来这方唐代的澄泥砚为相父贺寿。"

后世称为四大名砚的，澄泥砚出世最早，却不是石砚，而是泥砚。

乃是取河泥澄而制砚，工艺极为繁杂，光是淘洗澄结便要一二年，出泥后作模型，再刻削成形，曝晒、烧制后又以黑蜡、米醋相参蒸多次，最后呈现出颜色多变、形状多样、坚如铁石且质地细腻如油脂，贮水不涸、历寒不冰、滋润胜水的特质来。比之当时因工艺还不成熟而显得粗糙的石砚来说，更显优势。

而这方澄泥砚是群仙上寿的形状，砚体上方显立体镂空，其山水人物、草树花卉、走兽飞禽虽不多，却栩栩如生，实是难得的佳品。

见皇帝上前施以晚辈之礼，韩德让吓得立刻起身，想要避开隆绪的行礼，却被燕燕按住，笑道："这是家宴，你是长辈，不必避让。"

隆绪亦笑道："是啊，今日是您寿辰，相父不必拘礼。"

随后，普贤奴、胡都堇、观音女、延寿女、长寿女等诸皇子公主们也依次上前献上了礼物，又有韩家子侄辈与太后族中子侄上前见礼。

韩德让不敢在众人面上太过矫情，让燕燕难堪，但他预料到今日之事，必将会有人借此兴起风波来。但也只能在宴后，悄悄劝谏燕燕一番。只是燕燕素来有主意得很，表面上答应了，背后还是自行其是。

果然，太后在御苑中为韩德让庆寿，引发了群臣背后暗议。

这日北府宰相室昉就特地写了一章《尚书·无逸》篇给燕燕，燕燕看着"君子所其无逸。知稼穑之艰难，继自今嗣王，则其无淫于观、于逸、于游、于田，以万民惟正之供……"不禁笑了，知道室昉忠心，索性将奏折压了，不再回应。

第八十九章

儿女情事

其实那日寿宴，除了为韩德让庆寿正名之外，燕燕原也有准备为皇帝挑选后妃的意思，只是见隆绪那日一脸目不斜视的，燕燕问他可有喜欢的人，他居然答："都好。"燕燕便也不以为意。

谁知道过了数日，这日燕燕正在看奏报，婆儿慌慌张张跑来报说隆绪不见了。燕燕大惊，忙问其原因。

婆儿去查了回报说："主上早上说要出去行猎，带着小侍挞不阿就出去了。中午的时候说有些累了，让人设营休息一个时辰。结果刚刚奴才进去一看，营里是空的，主上和挞不阿都不见了。"

燕燕立刻问："消息可曾外泄？"

婆儿忙道："奴才立刻就封了消息。"

燕燕看了看天色，此时已经快到申时了，当即下令："悄悄派人去找。双古，立刻传令皮室军，内松外紧，以防万一。"

找了一个多时辰，有消息报来，皇帝已经回了营帐，与众人聚合了，正往宫中过来。

燕燕松了口气，当下怒气上升，只冷冷地道："等他回来再说。"

皇帝回来的时候，已经是酉时二刻了，宫中已经过了上晚膳的时辰，他也顾不上了，这一天的惊险刺激足够让他忽略晚膳这种小事。

他以为做得神不知鬼不觉，自己高高兴兴地回了宫中，见兴圣宫中一片漆黑，还有些奇怪。

忽然听得一人道："主上还知道回来呢。"

隆绪吓了一跳，殿内的烛光顿时被点亮。燕燕一脸肃穆地坐在殿内，冷笑道："这一整天，你跑哪里去了？知不知道宫里为了找你，闹得鸡飞狗跳的？"

隆绪顿时慌张起来，支吾着申辩道："孩儿，孩儿就是出去逛了逛……"

燕燕不想他还敢申辩，不由怒了："混账东西！你是大辽天子，怎能只带着一个小侍就出去逛？万一遇到刺客怎么办？"

隆绪却满不在乎地说："不会那么巧的。"

燕燕本来只想问问他因何而私自出去，见他这副样子，反而有了怒意，道："看来不给你点教训，你是不知道事情的严重性。良哥，拿藤条来，朕今日要亲自教教他。身为天子，怎可如此随性所欲。说，你去了哪里？"

隆绪见母亲这般，反而倔强起来："我不说，我就是不说！"

燕燕虚挥着藤条问他："再不说，我可就要打了。"

隆绪头一昂："我不说！"

燕燕原本只是虚张声势吓吓他，一听这话，气得一藤条挥了下去："岂有此理，你说不说，说不说？"

良哥吓了一跳，连忙上来抱住燕燕："太后，太后，打不得，他是主上，是皇帝。"

燕燕大怒，一把推开良哥，冲着隆绪打了下去："正因为他是皇帝，没人敢管了，所以我更得要教训他。你给我听着，你是大辽天子，再也不是依偎在你父皇膝下的孩子了。你不但要给你的弟弟妹妹做表率，更是天下臣民的表率。你以为皇帝是什么？是荣耀，更是责任！"

隆绪倔强地咬着下唇，一言不发。

良哥拉不住燕燕，急叫："快来人啊，快把主上带走，快！"

几个侍女进来，一边拉住燕燕，一边把隆绪拉走了。

隆绪一边被拉走一边叫着："你们放肆，不许拉我，我和母后话还没说完呢……"

皇帝被打了的消息，也传到了韩德让耳中，韩德让皱了皱眉，就想进宫劝说一下燕燕，才准备出门，就见着哭着来找他的萧菩萨哥：“舅舅，你快救救主上。”

韩德让一惊，忙扶住她：“怎么了，主上又与你何干？”

就见菩萨哥扭捏半晌，才说了原委。却原来那日寿宴上与皇帝相见之后，虽然表面上两人没有表现出什么来，但私底下却是鸿雁传书了好几回。

所以这日皇帝就派人给她送信，约她在真寂寺相见，两人头次相见，还是大庭广众之下，只不过面上客套几句罢了，此时经过几番书信往来，见了面竟是有说不完的话，越说越高兴，一直说到太阳西斜，皇帝这才醒悟过来，忙与她约定了下次相见，这才匆匆跑了。

皇帝原本是计划悄悄溜出来，与她见个面说个话就走，没想到竟会不知不觉地延误了，还让侍卫当成一件大事上传太后，被发现了。

菩萨哥回家，自然也是为皇帝悬着心的，谁知道竟听到皇帝因此而挨打不能见人的事，她顿时觉得皇帝必是伤重，苦于无人求助，只能哭着来找韩德让这个舅舅了。

韩德让兄弟数人，只有静香一个妹妹，从小就宠爱异常，如今她嫁人生女，菩萨哥就成了他最喜欢的后辈，连几个兄弟的儿女都往后排。

如今见了她这般哭泣，心软道：“你且说说，是怎么一回事？”

菩萨哥把原委说了，泣道：“二舅舅，他都是为了出去见我，你让太后别怪他。大不了，我以后再也不见他了。”

韩德让忙哄她道：“别哭，乖，好好和舅舅说说，你们这是什么时候的事情？”

菩萨哥可怜巴巴地看着韩德让，说：“舅舅，我说了，你就会帮我吗？”

韩德让苦笑道：“行啦。你跟舅舅说实话，舅舅才好帮你们。”

菩萨哥眼睛发亮，扑到韩德让怀中叫道：“太好啦，舅舅我最喜欢你了！”

韩德让忙道："别，你喜欢的是主上。"

菩萨哥顿足道："舅舅你真坏。"

她才十三岁的年纪，韩德让看着她活泼可爱的样子，只想满足她所有的愿望，又不免有些老父亲般的心酸，骗走她芳心的男孩子，偏又是让自己感情最复杂也最疼爱的晚辈，心中五味杂陈，只得依了她的话，将她打扮成个小厮，借自己探望皇帝为由，带她入宫。

而此时的隆绪却有些纠结，他对着镜子看着自己脸上一道还未消去的红痕，皱眉道："怎么还没消掉啊，都不能见人了。"

小侍挞不阿凑趣道："是啊，尤其是不能见菩萨哥小姐了。"

隆绪恼得踢他一脚，骂道："去你的。"

其实他心中是有些纠结的，平生第一次，他发现自己喜欢上一个姑娘。也只有见了她，他才知道"喜欢"这两个字代表着什么意思，就是怦然心动，就是辗转反侧，就是无端发笑，就是患得患失。

他不是没见过女人，登基次年母后就给他选了妃，一大堆后族的姑娘进宫，当面问他喜欢哪个。他知道必须选上其中一个，就随手指了他认为长得最好看的。

那个姑娘就进了宫，封了妃子，如果过上几年怀了孕，就可以封为皇后了。将来如果有他看上的姑娘，还可以再封为妃子。

他本以为就是这样了，反正他是皇帝，这个世界所有的东西都可以任他挑选，只要他随手指指，点点头就行。

可是他没想到，自己会遇上这样一个完全想象不到的人，她像阳光下的花朵，像雪山上的仙女，像最易碎的花瓶，最清澈的泉水，哪怕用尽世间所有美好的语言，也无法描述她的美好。

她坐在母后的这一边，他坐在母后的那一边。她在这边活泼泼地说着笑着，他在那边一脸严肃一言不发，实际上却在万分紧张地竖着耳朵攥着拳头，生怕漏听了一个字。席间除了她的声音外的任何声音都是不可饶恕的噪声，打扰得他险些要把所有发出噪声的人都拉下去打上八十大板。

席间母后似乎也跟他旁敲侧击过，他一则是紧张得不敢说话，二则是他觉得原来那种随手一指就让人进宫的行为，实在是太过无礼了。他怎么知道她会愿意进宫，要是她根本不愿意呢，或者哪怕她愿意，那她是愿意嫁给皇帝，还是真心喜欢他耶律隆绪这个人呢？

他患得患失，心乱如麻，哪里敢随便应承。燕燕只道他不感兴趣，随便提了提就不放在心上了。

他没想到母后居然只提了个开头，不再说下去了，她是随口说说呢，还是不怎么喜欢菩萨哥呢？如果真喜欢，哪怕他应不应承，都会接进宫来的啊。那她在席间对菩萨哥前所未有的喜爱，是真心的，还只是做给人看的？

等母后走了，他才想起来，自己刚才有一句极其重要的话还没说出来，可是母后都不提了，他要怎么才能再把这话头提起来，再表示自己十分情愿、百分情愿、千分情愿、万分情愿想让菩萨哥进宫的呢？

翻来覆去地想了一夜，早起的时候眼圈都是黑的，他才终于想定了一个方案，那就是先不要和母后提，自己悄悄地去约一下菩萨哥，问问她对自己观感如何？如果她也喜欢他，那他就可以有十足的底气去跟母后提这件事了。

如果说菩萨哥不喜欢他呢，一口拒绝了他呢，他接下来会怎么办？说实话，他没有想过。顶多，顶多自己继续害单相思吧。

幸好，他的运气很好，他喜欢的姑娘居然也喜欢他。他本来只是想溜出来跟她悄悄见上一面，问问她心里有没有自己，得到答案就赶紧溜回去的。结果因为害羞先兜了半天圈子，然后两人不知道怎么地越说越投机，若不是小侍挞不阿急到跳出来远远地跟他打手势，他还舍不得停下来。他以为顶多说了一刻钟，谁知道已经两个时辰。

直至临走的时候，他才敢鼓足勇气，问出了今日来的目的，然后得到一句含羞带怯的回应，那时候他真心感觉走路都是飘着回去的。

然后他就被母后抓到了，就被打了。

其实打得并不算重，可就是两人争执时一个不小心，在他脸上捎着了一下，结果只能窝在房间里好几天不敢见人。这倒罢了，可他焦急的是，原来跟她约好了明天要见面的，他怎么能够出去呢。

就在这时候，听得外头内侍来报说："主上，韩相来看你了。"

隆绪大惊，把镜子一扔，愁眉苦脸地道："肯定又是替母后来教训我的，什么身为皇帝不顾危险……"他越想越害怕："他可比母后还会教训人，连母后上次出宫都被他训了……"

挞不阿见他吓得团团转，急得劝道："主上，韩相马上就要来了，您这样子让他看到，岂非不妙？"

隆绪顿时醒悟："对对对，我得想想，别让他训得太厉害……"

挞不阿提醒他："韩大人可是菩萨哥小姐的亲舅舅……"

隆绪猛然回过神来道："对啊，对对对，我还得让他对我有好印象……等下。"他飞扑到床上盖上被子："要装得可怜一点才有用。"

挞不阿掩嘴直笑，见着隆绪朝他瞪眼，连忙帮他盖好被子，又放下半边床帐，方出去迎韩德让。

隆绪就听得外头进来两个声音，又听得挞不阿"啊"了一声，又无声了。心头疑惑，却不敢抬头，唉声叹气道："相父，朕受了伤，不便起身给您行礼。"

韩德让诧异的声音传来："主上……这伤这么重吗？"

隆绪长叹一声道："相父，其实朕是心里内疚啊……"他话说一半，就见韩德让已经掀起帐子来，连忙往里一缩，却听韩德让道："你们说说话吧。"

耶律隆绪这才看清韩德让身后的人竟是男装打扮的菩萨哥，大吃一惊，立刻翻身坐起："菩萨哥，你怎么来了？"

菩萨哥高兴地扑到隆绪身边，道："舅舅带我来看你。你没事吧？听说你受伤了，我好担心啊。"

隆绪见菩萨哥眼圈都红了，连忙解释："没事没事，我根本没受什么伤……"

就听得韩德让闲闲地道："看来主上的确是很精神。"

隆绪立刻回过神来，老老实实翻身上床躺好，但眼睛却不住瞟着菩萨哥。就听得韩德让道：“菩萨哥听说你受伤了，担心得不得了，求我带她进宫来看你。”他不由大为内疚，拉住菩萨哥的手不住道：“菩萨哥，对不住，其实我没事，真的没事。”

菩萨哥上前拉起隆绪的手，左看右看：“打到哪儿了，疼不疼啊。我听说你被打得下不了床了，你、你赶紧躺下来啊，别坐着啊！”

隆绪跳了起来：“谁说的？”忙指指脸解释：“我、我就是不小心捎到了这里，所以才不敢出来见人的。母后本没想打我，真的，她就是想唬唬我，我跟她顶上了，她生气了才错手打两下，后来我就跑了……”

菩萨哥不放心地追问：“真的没事？”

隆绪赌咒发誓安慰着她道：“没事，真的没事。”

韩德让却听得笑着问他：“主上为什么要和太后顶上？”

隆绪顿时卡壳：“我、我……”

见隆绪不断偷看菩萨哥，韩德让笑了。

隆绪见韩德让笑了，知道他已经明白，低下头脸红了。

韩德让微微一笑，转身欲向外走。

隆绪急问：“相父，不教训我吗？”

韩德让站住，回头，看着他微笑道：“臣要说的，主上已经明白了，还需要臣说出来吗？”

隆绪脸红了，微微低下头：“是，我知道了。”他知道自己错在哪儿了，他知道自己偷溜出去让母亲担心了，他更知道自己这样做的后果是什么。他也知道昨天他失踪以后，母亲调动了多少兵力在找他，引起了多大的恐慌。

他既然已经知道错了，韩德让又何必再画蛇添足地训呢，这不训之训，比严厉批评对隆绪起到的警醒作用更大。

隆绪抬起头，严肃地对韩德让说：“相父，朕知道错了，朕再也不会犯了。”

韩德让笑着点了点头。

隆绪忽道："那，菩萨哥她……"

韩德让笑道："她怎么样？"

隆绪脸色涨红："我，我……"半天还是没把话说出来。

韩德让已经明白他的意思，这孩子是希望自己向他母后开口说要娶菩萨哥的事吧，他并没有答应，反而肃然道："您是一国之君，话要自己说，事要自己做。"

隆绪终于还是提起勇气，道："好，朕这就自己告诉母后去。"

话才说完，外头就有小侍报说："太后到。"

隆绪好不容易鼓起的勇气立刻消散，惊惶地看着菩萨哥，说："母后来了，怎么办？"

连菩萨哥也被他说得慌张起来，想到自己一个未婚女子跑进宫来看皇帝，也的确不好，慌张道："我、我得藏起来。"

隆绪也急得到处找可藏身之所，拉着菩萨哥慌道："快躲到床后面——不不，柜子里——不不，屏风后面——"

这俩孩子忙乱地找地方躲，竟是忘记韩德让还在一边。韩德让没有提醒他们，只袖手微笑，看着菩萨哥和隆绪慌慌张张找地方躲藏。

菩萨哥刚藏好，燕燕随即走进室内，却见隆绪一脸惊慌，韩德让在一旁轻笑，便觉得室内气氛古怪，于是就问："隆绪，你慌什么？"

隆绪吓得面白耳赤："没、没有，孩儿没有惊慌。"

菩萨哥躲在床帐后面，也是惊慌，身子一颤，燕燕便看到了帷幕晃动。

燕燕扫了一眼帷幕，闻了闻空气中残留的清香，忽然喝问道："帐后是什么人？"

却见在一边袖着手的韩德让笑了，燕燕见状有些明白了，忍笑又道："出来，不出来我进来抓了。"

韩德让就道："出来吧。"

却见菩萨哥红着脸走出来，扭捏地行礼："菩萨哥参见太后。"

燕燕惊愕地看着两人，指指菩萨哥，又指指隆绪："你、你们？"她的目光在隆绪和菩萨哥赤红的两张脸之间游移。

隆绪握住菩萨哥的手，鼓起勇气道："母后，就是、就是你看到的这样。"

燕燕看向韩德让，问他："你早就知道？"

韩德让笑道："我也是今日才知道。"

燕燕再度看向一对小儿女，忽然掩嘴笑了："算了，韩相，我们走吧。"看着两个孩子面红耳赤地站在那儿，燕燕招招手，把韩德让拉走了，只留下他们小两口自己细述情意去。

走出隆绪宫中，燕燕无限感慨："真没想到这两个孩子竟然会有这样的缘分。"瞥了一眼韩德让："我更没想到，你竟然会帮着两个孩子偷偷见面。"

韩德让微笑道："也是难得的缘分。"

燕燕道："你就装吧。是不是看到这两个孩子就想到了我们当年？是不是觉得我们的缘分能够借着孩子们再续也是另外一种圆满？"

韩德让沉默不语，但是神态上却并不否认。

燕燕站住，转身，握住韩德让的手，道："德让，我们是我们，孩子是孩子。孩子不是我们生命的延续，我们的遗憾应该由自己补完，而不是在他们身上追溯。"

韩德让见着她目光灼灼，犹豫之下，还是摇头道："太后……"

燕燕却阻止他再说下去，只道："我会下旨成全他们。但是，你我的事情，你也别再想着逃避。孩子们都这么大了，我们也不该再浪费时间。"

一月后，诏令下："朕恭秉太后慈训，颁告全朝，后族少父房隗因之女萧氏仁孝聪慧，幽闲专静，可立为皇后。"

消息一出，自然就有脑子转得快的人出来分析。萧继先才是萧思温的承嗣子，太后为什么不选萧继先的女儿，而选萧隗因的女儿？

因为萧隗因娶的，是韩德让的妹妹。不是太后的娘家侄女要做皇后了，而是韩德让的外甥女要做皇后了。太后与韩德让有私情，这已经不是私底下的秘密了。侍卫长乃万石亲眼看到韩德让半夜入宫，再换了一身锦袍出宫。再有那些积极为韩德让说媒的人，都受了太后借故斥责，连渤海王都被骂了，说他心术不正，以后不许以贡女代替贡品。

然后太后的行为越来越过分，不但在宫中为韩德让祝寿，还让皇帝、诸王与公主对他以父礼相敬，如今更要将韩德让的外甥女立为皇后。后族三房中，有血统更高纯正高贵，人才更加出众的，而萧菩萨哥骑射武功都并未多出色，凭什么立她为皇后。

这些潜滋暗长的流言，渐渐凝聚起一股怨恨的力量来。

这一日，正是立后大典之后，太后特地下旨，为南北两院举行一场马球大赛。

其实这是每年春天都会举行的大赛，因为去年打了胜仗，今日又新立皇后，耶律斜轸就建议说每年只看着年轻郎君们下场没意思，干脆今年他们这些人也都下场比比，看看是不是都老胳膊老腿打不动了。

他这建议，一来是因为前些日子太后惩治了一些部族和皇族后族弄得人心惶惶，不如借此机会，大家打打闹闹喝喝酒把紧张气氛消融了。二来也因为去年一场大战，各部都伤损不小，一场大庆既可相聚述旧，同时也让军中之人彼此较量一二。

但谁也没想到，在打马球的时候，出事了。

韩德让身为南院枢密使，与南院大王耶律休哥是一队，萧达凛和耶律斜轸是北院队的，这几个原来交好，却不知道一场混战起来，中间就开始有人下黑手了。

太后推行新政，推行汉制，提升汉人地位，自然就侵犯了旧部族的利益。他们许多人是凭着先天血脉，凭着握有部族奴隶而世代为官，哪怕是自领一军，也只是仗着属下有几个擅长作战的奴隶而已。原来太祖时代还八部共同议事，太宗时代尚有五部院六部院横帐房共同议事，但随着时间越往后推，他们就会发现自己渐渐被边缘化，而许多被他们看不起的俘虏奴隶的后代反而执掌了权柄。

尤其是在太后执政之后，他们更加深切地感受到新政的影响，而所有的积怨，自然都指向了韩德让。在他们发现已经无法以流言驱逐他，无法以女色离间太后对他的宠爱，他的权势竟然还有进一步提升，便果断决定除去他。

韩德让正在控制马球，忽然感觉到马身一颤，被人狠命撞了一下，他身子剧烈抖动之下，勉强控制住了平衡。马球被斜轸夺去。

韩德让正想策马去追逐斜轸，忽然马身再度被撞，他回过头，便看到胡里室直接向自己冲来。这一次冲击极大，韩德让措手不及，从马背上落下。

此时，球场上一片混乱，一些人尚未注意到韩德让落马，仍然在争夺马球。少数几人注意到韩德让落马，有些是因为急着比赛无暇顾及，有些发现了却因为人多拥挤，难以控制马匹无而法驰援。

却见胡里室骑着马，直冲韩德让而来，韩德让脸色大变，眼看马蹄就要落到自己身上，迅速闪身一躲，躲开了。球场上群马奔腾，落于马下的人如果不能迅速离场，就有可能被乱马踩踏而死。

此时作为马球场上监督人的是虎古，已经有人发现情况不对，让虎古赶紧鸣金止赛，虎古却阴沉着脸，充耳不闻，而此时胡里室一击不中，直接就挥起马球棒向韩德让击去。

马球场上的混乱，燕燕与隆绪坐在高台上，远远地也看到了，只见似有一人落马，因场面混乱，一时却看不清是谁。

她的次子隆庆，小名叫菩贤奴的，还是少年心性，不肯老实坐在位置上，一等马球比赛开始，他就扑到高台的栏杆边，脖子伸得老长去看，见到韩德让落马，就惊呼起来："是相父落马了，监督为什么不叫停啊？"

燕燕大惊，立刻站起扑过去看，就见着有一个人纵马向着韩德让冲去，燕燕惊呼出声，却见韩德让滚地避过一次前蹄，但却被后蹄踢中，抬手捂住肩头。

就见着原来那人再次拨转马头，手挥着马球棒又向韩德让挥去，饶是她隔得再远，饶是还看不清是谁，但也能看清那人分明就是对韩德让起了谋害之意。

燕燕不及细观，立刻伸手抓过隆庆身上带着的弓箭，直朝那个向韩德让冲去的人射去。

说时迟那时快，韩德让见胡里室再度纵马过来，已经心知不妙，但他刚才肩上受了伤，行动难免迟缓，而且他明显察觉到还有好几个人骑马在他附近，似无意若有意地正挡住他躲避的去处。

眼见胡里室马蹄向着韩德让身上踩去，就见不知道哪里的一支箭半空飞来，千钧一发之际，刚好先射中胡里室肩头。

与此同时，忽然一马疾驰而来，直接将挡住韩德让去路的几匹马撞飞，一个声音道："韩相，快上来。"

韩德让见一只手伸来，连忙握住，借力跃上了马。却原来是休哥与韩德让同属一队，看到韩德让落马，又见韩德让落马处被几个北院队的部族子弟围着，似有意无意截断旁人支援，这在马球战术中虽不罕见，但此时马球明明不在韩德让这里，他心思细密，当即驰援过来。

胡里室肩头中了一箭，跌落马下，他身边还有几个部族子弟见状，立刻高声叫骂起来："何人敢施暗箭？"

与此同时，休哥也在问韩德让："你没事吧。"

韩德让手抚右肩，眉头微皱，勉强道："无事。"

就在此时，一声鸣金，虎古见韩德让已被救走，胡里室受伤落马，此时事已不可为，立刻下令暂停比赛，沉着脸问："是何人射箭？"

从御座所在的看台那边有骑飞驰而来，道："太后令韩相速到御前。并，刚才何人袭击韩相，着令拿下带到御前。"

虎古脸色一变道："只是一场马球，或有误伤，何必小题大做。"

那人只道："刚才太后射了一箭，何人受伤，就是何人袭击。"

此时休哥已经策马带着韩德让向着御前而去，就见御医已经等在高台下，见韩德让到来，当即由小侍扶着韩德让直接进了太后御帐诊治。

休哥上了高台，向燕燕行礼，道："臣参见太后。"

燕燕一脸严肃，问他：“这是怎么一回事？”

休哥微一犹豫，他虽然稍迟发觉，但也觉得这是胡里室等人有意针对韩德让，但想了想，还是不愿意多生事端，只道：“臣也没看清楚，想是无意冲撞吧。”

燕燕挑眉，冷笑道：“胡说，朕看得清清楚楚，那人将韩德让撞下马以后，还反复来回驰马踩踏，分明是意图谋杀，而且不是一个人，而是一伙人！”

事实上休哥也想事后把这群人找出来教训一番，但听太后口气，像有要大肆兴师问罪的口气，当下道：“不过是几个生闲事的人，太后交给臣来管教便是。”

燕燕看着休哥，知道他有意要保下这些人了，便点点头：“好，其余那些人，我交给大于越，只有一人……刚才动手的那个人，是谁？”

休哥知道保他不住，叹息道：“是胡里室。”

胡里室是个宗室子，本身也颇为能干，虽然与皇位距离较远，但与虎古这一支走得较近。燕燕也听过他的名字，点了点头，只说了一个字：“斩。”

第九十章

怒杀虎古

一个“斩”字，瞬间一颗人头落地，将所有的人都震在当场。

马球赛自然就这样草草落幕。斜轸心里郁闷极了，这马球赛是他提议的，结果闹出韩德让受伤，胡里室被问斩这种结果，原来预想的借马球赛促进南北两院感情、消减部族矛盾，却适得其反。

而且韩德让是他好友，胡里室是他族弟，想到当日自己为何会起此念，的确有胡里室等人的煽动诱导，不觉心里更是复杂。

虎古冷笑道：“韩德让如今平安无事，却要将胡里室斩首，这就过分了。胡里室毕竟是宗室，韩德让不过是个帐下奴出身的汉人，不要说没事，便是真杀了，胡里室也没有死罪。”

他也跑去向太后求情，却被太后一句话拍了回来：“都不必再说，朕的眼睛没有瞎。胡里室从头到尾跟着韩相，一再策马冲撞，分明意图不轨。他既然起了刺杀韩相的心，应该就有承担后果的准备。韩相没死，是他幸运，不表示胡里室不应该被问罪。如果说朕今天饶过了他，那朕怕明日上朝，朝堂上就没有一个站着的大臣了。不要以为，朕不知道你们的居心。”她扫视全场，目光在虎古身上特别停了片刻才转开：“此事极为恶劣，朕不能开这样的先例。”

燕燕说完，就转身下了高台，径直去往营帐，问过御医，得知韩德让只是肩头撞伤，没伤着骨头，养上一段时间就好了，这才放心。便令众人退下，这才赶紧进来找韩德让。

却见韩德让也正疾步出来，还未开口，燕燕就已经抱住了他：“刚才吓死我了。德让，我真怕会就此失去你。”

韩德让抱住燕燕，感觉燕燕整个人颤抖得无法停止，他抚着她的背，轻轻安慰道："没事的，没事的，我已经没事了。燕燕，我没事了，你放心，我没事了……"

燕燕喘着气，渐渐冷静下来，她伏在他的怀中，犹自惊悸："他们想杀你，他们想杀你，他们竟胆敢杀你！"她重复了三次，头一句还是颤抖着声音，第二句就咬牙切齿，第三句就已经是无限杀意。

韩德让在她耳边轻轻地道："燕燕，我没事，我很安全。"

燕燕紧紧抱住韩德让，仿佛怕一放手这个人就会消失一样："还会有第二次的，我绝对不允许他们有第二次。"

韩德让问她："我刚才听说，你要杀了胡里室。"

燕燕声音冷了下来，手也放下来了："这与你无关。"

韩德让拉住她："燕燕，我没事，我只是受了轻伤，你可以惩戒，但完全不必去杀了他啊。"

燕燕看着韩德让，微笑道："你不必管这件事，我已经处置了。"

韩德让见了她的神情，也知道不可挽回，轻叹道："胡里室真的非死不可？"

燕燕道："非死不可。"

韩德让道："其实，他们恨的不是我，而是新政。"

燕燕道："我知道，所以我更不能妥协。"

韩德让叹气："改革总是要付出代价的，当年在幽州我就和你说过。这是一条遍布荆棘的道路。况且，自古以来革新之臣都是要用生命来祭奠自己的理念。商鞅、吴起、桑弘羊无一不是君王弃子，我早就做好了……"

燕燕连忙捂住韩德让的嘴："不，你和他们不一样。"

韩德让沉默。

燕燕着急地说："韩德让，你我不是君臣。"

韩德让苦笑："我宁可只是君臣。"

燕燕问他："你在怕什么？"

韩德让说："我不是为自己怕，我是为你。"

燕燕坚定地看着他："不怕，谁也休想阻止我的决定，胡里室的鲜血能让这些人的头脑清醒清醒。"

韩德让摇头："燕燕，杀了胡里室只能激起他们的反抗欲望，于事无补。你是太后，他们是容不得你和我有君臣之外的关系的。"

燕燕抬头凝视韩德让："不，只要让他们清楚知道我的决心，就没人敢再对你的事情说什么。今天的事，让我更加清醒地认识到，我不能失去你，我更不能任由你犹豫不决，把事情一天天拖延下去。"

韩德让预感到不妙，握住她的双肩，看着她，问："燕燕，你说什么事情？"

燕燕忽然笑了："我们成亲的事。"

韩德让大惊："你说什么？"

燕燕笑得云淡风轻："咱们契丹女子从来不兴汉人守寡那一套，我没了丈夫，你没了妻子，上天注定我们该走到一起。"如果说胡辇走的时候，她也仅仅只是想着和韩德让在一起，但是在一起以后，怎么办呢？她没有想，只是凭着本能就想拉住韩德让。

然而接下来的流言、送美、说媒等不断出现的事情，让她不得不面对这个事实，她和韩德让，是不是就这样不清不楚下去，任由世人诽谤下去，她不怕人家说她淫乱，反正契丹女子从来不必守着汉家那套规则。与丈夫不合，可以合离。丈夫死了，可以再嫁，没有谁规定非得守一辈子当寡妇。

可是韩德让，他有经天纬地之才，她怎么能够让他承受"男宠"这样的污名。他已经是南院枢密使了，只要他愿意，名门出身的妻、千娇百媚的妾，要多少有多少。她又怎么能够倚仗着他爱她，自己坐拥儿女成群，却让他一辈子这样孤零零地独居在偌大的府第？这对他不公平。

想到这里，她不禁有些羞愧，如果不是那些人一次次地逼迫着韩德让，把他的窘境、他的艰难这样推到她的面前来，她甚至就是想这样心安理得地享受着他的付出、他的牺牲，而自欺欺人地拖延着不处理两个人的关系。

是时候了，她应该给韩德让、也给世人一个交代。她要嫁给他，他会跟她在一起，而不用再每天回到那个只有他一个人的空荡府第，她的孩子就是他的孩子，他们会组成一个新的家庭。

她这样想着、计划着，她知道这不是一张口就能够完成的事情，它像一场战役一样，要提前做好设计，再一步步地制定目标，如同一个个城池一样地拿下。

而今天，胡里室的出手，或许就是这战场揭开帷幕的契机了。

燕燕看着韩德让，一字字地道："德让，你我早有婚约，此时正应该重偕旧好，我子当同汝子。"

韩德让怔在当场，燕燕说的话，完全出乎他的预料。正如燕燕所想的一样，他在与燕燕分手的时候，虽然说的是安慰她的话，说只要活着，就能重聚。可是他当时就明白，那只是虚幻的安慰。

后来燕燕入宫，他四方游历，更是自我的放逐。直到听说萧思温去世，他心系燕燕，赶了回来，为她查清萧思温的案子，也因此而再度留下。时移势易，他以为他和她这一辈子，就这么守着君臣之礼，他只要这样站在台阶上，永远这么远远地看着她，在她需要他的时候站出来为她效命，仅此而已。

可是在景宗死后，他看着她一个人撑起一个帝国，看着她在重重压力下，变得紧张、削瘦，看着她甚至渐渐走上穆宗、景宗曾经面临的四顾无人，满目皆敌的恐惧不安，他不由自主地心疼她、怜惜她，曾经是那样一个无忧的少女，她不应该走上这条路，可既然已经走上这条路了，那他就只能站在她的身后，成为她的支柱，她的臂膀，她的港湾。

乌骨里死了，胡辇走了，她更孤独了。她在深夜惊悸，她任性地让他来陪她，甚至她会因为听到有人为他说媒而失措地跑来找他。

他的心情是复杂的，她曾经是他的小女孩，可他失去了她，然后看着她变得强大、变厉害，变得有手段，可是在他心底，她永远是他的小女孩，哪怕她已经成为人人畏惧的存在，可是只有在他面前，她才偶尔会出现小女孩时候的样子。

如今，他的小女孩站在他面前，说她可以让时光倒转，她可以让前盟重续。

他的心中一片柔软，拒绝的话到了嘴边，却不忍说出，只轻轻抚摸着燕燕的发髻，一脸的无可奈何和纵容宠溺："反对的人会多得出乎你的意料啊，燕燕。"

燕燕道："只要你和我一条心，再多人反对我也不怕。"

韩德让答应的话到了嘴边，理智让他克制住了，最终，只能长叹一声："燕燕，你让我再考虑考虑。"

燕燕看着韩德让，眼中闪亮，似有星光落入眼中，她说："我会给你时间，但不会给你太久的时间。我们已经错过了半生，没有多少时间可以浪费了。"

"我们已经没有多少时间可浪费了。"磨鲁古对面前的人说。

胡里室的死，与胡里室共谋的几个人都害怕了，他们既不甘，又不忿，太后杀了胡里室，下一步是不是要问罪于他们呢?

大于越休哥点了他们几个的名字，让他们的长辈带他们回到部族，至少几年之内，不可以出现在上京，出现在太后面前。

他们还正是年富力强的时候，怎么甘心为了这么一件小事，而失去最能建功立业的大好年华。韩德让毫发未损，而胡里室已经死了，还要惩治他们，这实在太不公平了。

于是他们就来找虎古。

如果说还有一个支持他们的人，那就是虎古。

其中有一人叹息道："太后的果决超乎我们想象，她这是要用胡里室的鲜血逼退我们。"

他们要干掉韩德让，想用韩德让的命，给太后一个警告，给那些妄图推行新法的人一个警告。大辽是他们这些部族所共有的，皇帝的权力，当初也是八部公推的。有了皇帝，他们的日子是更好过了，可是皇帝不能够以新政为名，一步步侵夺他们作为部族贵人天生就拥有的权力。

这样做的皇帝，是要引起公愤的，是做不长的。八部能够拥戴你，也能够掀翻你。

而现在，就是要把皇帝伸得过长的手砍掉，把那些妄想爬到八部大人上面的帐下奴们除掉。

“韩德让必须死。”这是他们共同的议定。

过了大半个月，韩德让的伤势也养得差不多了，御医终于允许他骑马了。

然后一件棘手的案子摆到了他的面前，各州释奴为民的行动遭受到部族的阻力，为首的正是涿州刺史耶律虎古，他不但公然抗命，甚至还去抓捕那些已经奉旨成为自由民的人。

而更过分的就是，昨天还有一个来赶考的举子，住在客栈里就被虎古的儿子磨鲁古当成奴隶抓走了。相关衙门去要人，还被打了出来。

“韩相，这件事要不要上奏太后？”衙中的书吏为难地看着他。

韩德让想了想：“虎古毕竟是重臣，闹到太后跟前，只会让他更加抵触。要不然，我先去找虎古说说，磨鲁古这样做不对，让他避免把事闹大，先把人交出来再说。”

当下韩德让就带了人前去虎古府中，递了拜帖，就见着管家出来赔礼说，虎古今日在西郊练兵，恐怕今夜回不来。临行前留下话来说，若有急事找他，可直接去西郊军营。

韩德让想起虎古与斜轸近来也为了一部分曷鲁于越留下的兵马而相争，就想着干脆去一下西郊大营，约上斜轸，一起找虎古把两件事都解决了。

当下就直接骑马往西郊大营而去，谁知道竟然会在中途遇伏，韩德让险些丧命。

燕燕听闻此事大为震惊，立刻派了梁王耶律隆庆亲自过去看望，若是韩德让伤势不重，则立刻接进宫来。若是伤重，她亲自出来探望。

隆庆一去，立刻就接了韩德让入宫，却见韩德让只有一些皮肉之伤，这才对她说明原因。原来那日胡里室被斩，那几个在马球场与他同谋的宗室虽得休哥保下，但也要被休哥送回部族里去。那些人哪里肯甘心，于是频频串联，韩德让掌控京城宿卫，早知情况。更探得他们在城外往西郊大营的途中设伏，恰好磨鲁古又抓了上京举子，韩德让将两件事一联系，于是干脆将计就计，索性亲自上门去找虎古，得到管家说虎古在西山大营的回复，于是这边自己带着几十个侍卫上路，另一边就派人去通知耶律斜轸。

于是就在韩德让“踏入埋伏”的时候，早就守候在后的耶律斜轸就来了个反埋伏，将这拨人一网打尽，只有磨鲁古等几人逃走了。

燕燕大怒：“是虎古干的？”

韩德让摇了摇头：“所有联络行事都是磨鲁古出面，现在不知道虎古是否知情和参与。虎古毕竟主持夷离堇房多年，胡里室杀人在是众目睽睽之下，太后量刑虽然略重，他们也无话可说。但如今尚无证据说明是虎古做的，只有明天抓了磨鲁古之后才能明白。”

韩德让备下网去抓磨鲁古，磨鲁古计划失败，早就惊慌失措地跑去找虎古问计：“父亲，怎么办？韩德让和斜轸都逃脱了。”

虎古正在写信，闻言喝道：“慌什么，不过是撕破脸罢了。你决定杀他的时候，就应该做好万一不成的准备。”

磨鲁古见虎古如此镇定，稍微平静了一些，问道：“那我们现在怎么办？”

虎古停下笔，磨鲁古这才注意到桌上已经有三封写好的信函，正想问，就听得虎古道：“派人把这三封信函送到诸王府上，告诉他们，我们明日早朝动手，他们若想取代太后成为辅政亲王就帮我们一把。”

磨鲁古吓了一跳，结结巴巴地说道：“父、父亲，您这是要谋反吗？”

虎古眯起眼睛，喝道：“胡说什么。我对主上忠心耿耿，怎么会谋反。这是‘清君侧’。太后被韩德让这竖子迷惑，我不能眼看着耶律家的江山被姓韩的操纵在手里。”

磨鲁古怯怯地说：“皇宫都有重兵把守，只凭我们手里的私兵是不可能在早朝的时候有什么作为的。”

虎古道：“你难道没听到今天传遍上京城的那个传言吗？太后和韩德让私通已久。若没有这么传言，我还下不了这样的决心。韩德让绝不能留，我一生忠于人皇王一系，不能坐视主上变成汉奴手中的傀儡。就是拼了我这条性命，明日早朝也必须除了韩德让这祸端。韩德让一死，太后独力难支，再有诸王配合，就能逼太后退位。”

磨鲁古犹疑不定，问道：“吴王他们早已向太后臣服，会愿意帮我们吗？”

虎古道：“哼，你以为他们真的会心甘情愿臣服于一个女人吗？那不过是没办法的事。此前蜀王死得不明不白，吴王这些人能不惧怕不愤怒？如果我们先在朝堂上挑起事端，不必他们出面，只要附和着说几句话，他们肯定很愿意。更何况，明日早朝我们不动手杀了韩德让，逼太后退位，就轮到他们对我们父子痛下杀手了。”

磨鲁古看着父亲，心中畏服：“是。”

这一夜，上京城中有无数黑影避过禁卫，穿梭各府。

这一夜，从宫里到许多显贵府中，都亮了一夜的灯。

太阳从天边升起，一丝霞光照耀全城，整个城市苏醒过来。

今日，是大朝会的时候。

皇宫门口，韩德让策马而来，在宫门前下马，在宫外解剑，正欲走进皇宫，却见虎古持枪站在殿前，挡住了他进殿之路。

韩德让皱眉，并不搭理虎古，想要绕开他，走进殿中。

虎古却挡在面前，不肯让开，他冷笑道：“韩德让，你昨日不是遇险差点身亡，我看你怎么倒没事人一样！”

韩德让看着他："虎古大人是觉得我没死很遗憾吗？"

虎古冷笑道："我儿中你奸计，你既然想要诬蔑我儿害你，我倒不如成全你，给你添上一些伤势，也好让你向太后哭诉。"说着，将手中的枪往前一戳，威胁之意十足。

韩德让冷下脸，看着虎古道："虎古，你昨日派人射杀赶考书生，已经触犯了国法。如今不过是戴罪之身，我劝你还是谨言慎行些好。"

虎古冷笑道："触犯国法。哼，当年太祖皇帝钦定耶律家和萧家世代联姻，同气连枝保卫大辽的时候，你们这些汉人还不知道在哪里。如今反倒人模人样，官居高位，凌驾于这些契丹子弟之上了。你们这些汉奴迷惑太后，妄图改革太祖旧制，变更国家法度，居心叵测，国族子弟怎能再看着这些人祸乱家国。"

大殿内外此时已经到了许多臣子，俱都围在一边，看着虎古和韩德让的对峙，不少人交头接耳。

韩德让注意到周围的变化，转头冷冷地看着虎古："何必把自己说得如此高尚。虎古，你不过是因为自己待下苛刻，所以帐下奴隶多自请入籍州县，被改革危及了权柄，心态失衡罢了。汉化改革虽是太后主导，却也是先帝当年钦定为国策，你一味将矛头指向太后，还试图煽动朝臣，究竟是何居心？"

虎古道："韩德让，你不用拿太后来压我。太后若还当自己是先帝的妻子，主上的母后，我自然敬她。可她任性放荡，与你不清不楚，还有何颜面坐在龙椅之上，垂帘听政。"

虎古此言一出，众人哗然一片。

韩德让的脸色青白交替，咬牙切齿地看着虎古，喝道："虎古，你竟如此污蔑太后，是想谋逆吗？"

虎古道："是不是污蔑，你心中有数。我本就是耶律家人，何须谋逆？要谋逆也是你们这些外姓汉奴。我不过是要替主上清君侧，除了你这帐下奴。"他说完手中长枪一抖，直接向韩德让刺去。

韩德让狼狈躲避，大声地道："虎古，我是大辽南院枢密使政事令，你敢动我？”

虎古追击韩德让的动作却更快了一步，冷笑着道：“有什么不敢的？你不过是个帐下奴，我当场把你打死，就像杀死一只蚂蚁罢了。竖子，还不快快授首！”

韩德让左右闪避，却见围观的人一动不动，吴王、平王等甚至隐含期待之意，顿时神色一变。斜轸、达凛等想上前帮韩德让，都被几个皇族子弟有意无意地拦住。且此时众人皆已经解剑入殿，再看虎古神情，虽然看似暴怒狂野，但眼神清明，隐含杀机，顿时明白虎古假借语言冲突，实则今日就是想杀了他，然后再以群臣要挟太后脱罪。

他毕竟是一方藩镇，实权大员，不是胡里室这样的宗室可比，而且他只要先杀了韩德让，就可以被一些反对汉制新政的契丹旧属视为英雄，从而获得这些人的帮助。他以自己的命博韩德让的命，当是作了充分的预演。

燕燕的确想到了这些部族长们会对韩德让起杀心，所以她企图用胡里室的脑袋警告他们，可是她一定没有想到，胡里室的人头非但没有让这些胆大妄为的契丹贵族们退步，反而让他们更加变本加厉地起了对抗之心。而且他们仍然自信，自己手中拥有的实力，会让太后在对付他们的时候不得不退让。

虎古毕竟也是沙场宿将，论武艺是极好的，韩德让又吃亏在没有武器，且右肩受伤未愈，两人交锋起来，险象环生。

韩德让一咬牙，终于抛却误伤其他臣子的顾虑，转身冲着殿内而去，大臣不得带武器上殿，所以众人此前早已在值房解了兵器，只有虎古早有预备，这才带着武器等在殿前。

不想他往前的时候，却有一个宗室也往前一扑，恰好挡住了韩德让之路，此时虎古的枪已经过来，韩德让衣服被划破，他就地一滚，刚好转到殿前的值殿武士身边，伸手就夺他手持的金瓜直接回身反击过去。

他早就算好虎古不会让他逃进殿中，他只是给他一个误解，才有时间转到殿前武士这里夺下他的金瓜作为武器反击。

那几个值殿武士见异变发生，早就围了过来，但两个都是重臣，一时竟握着武器站在那儿不知道如何出手是好。那武士冷不防看到韩德让伸手来夺他的金瓜，本能地一撒手，毫无反抗之意，就让对方夺了他的金瓜。

他也知道虎古出手是很不英雄的事情，只是自己不敢干涉，韩德让夺了他的金瓜自卫，正合他意。

谁知道就在此时异变陡生，韩德让本想是以金瓜击飞虎古的枪，因此出手的时候用了极大力气，谁知道就在击飞虎古长枪之后应当力道回收之时，他受伤的右肩忽然抽痛，往回之力转了方向，金瓜竟是脱手而出，直击虎古面门。

这金瓜本是铜制，做成实心瓜状，下有长杆，挥舞起来颇具力道，这一脱手而去，竟是直接击中虎古太阳穴，顿时头破血流，倒地不起。

韩德让手持金瓜锤，脸色铁青地看着虎古，脸上的怒意未消。

旁观众人被这急转直下的变化震惊得失声，诸王的脸色更是铁青。

就在此时，听得小侍喝道："太后临朝！"

萧燕燕快步走进开皇殿，便看到虎古血溅大殿，也是一愣。

就有虎古的堂弟上前哭道："太后要为我兄长做主啊！韩德让当殿杀人，目无法纪！"

燕燕看了看虎古，又看了看韩德让，惊愕之至："韩德让，发生了什么事了……"

韩德让丢开金瓜，跪地请罪："耶律虎古在殿前挡住为臣，意欲将臣杀死，臣不得已而自卫，以金瓜相挡，不想失手伤了虎古，臣有罪，请太后治罪。"

燕燕怔了好一会儿，见着韩德让官袍有破损，身上有血，虽然满心想问个原因，但此时见殿上各部族群情激愤，当机立断道："事情未明，来人，押韩德让回府先行软禁，等朕审明经过，再行处置。"

韩德让一拜后站立起身，径直向外走去，群臣不敢阻拦，流水般让开，任由韩德让离去。

第九十一章

太后下嫁

崇德宫书房外，绿树成荫，蝉声连绵不断。

书桌上的奏折被整齐地分成两边摆放，燕燕拿起其中一份看了看，又长叹着放下，神态十分苦恼。

良哥走进内室，燕燕立刻丢开奏折，站起来急问："请到韩德让了吗？"

良哥摇了摇头，呈上一份奏折道："禀太后，韩相闭门谢客，奴婢没见到他人。他让信宁递了一份请罪书来。"

燕燕接过奏折，打开看了眼，皱着眉头丢到桌上，生气道："胡说八道！虎古死就死了，我怎么可能治他的罪。"她颓然地坐在椅子上，沮丧不已。

昨日萧达凛为此特地来找过她。

萧达凛问她："太后这几天被满天飞来的奏折伤透了脑子吧。"

燕燕叹息："诸王宗室和朝臣完全分裂了，一方要处死韩德让，一方要力保韩德让，现在剑拔弩张，吵得不可开交。达凛哥去把那傻子叫进宫来，我们好好商议一个方案，去应对朝臣的吵闹才是。"

萧达凛却道："德让当殿打杀虎古，就算虎古有再多的不是，德让的错处都是明面上的。诸王是不会就此罢手的。如今德让在风口浪尖上，所有人都盯着。太后有没有想过让他暂时避避风头？"

燕燕脸色一沉，不悦地道："你是说让他暂时离开上京？"

达凛点了点头："是啊。让他去幽州待几年，暂时回避一下，过几年再召回来便是。"

燕燕顿时变色："达凛哥是不是也听说了那些风言风语，所以才想把我和韩德让隔开？你可知道，我已经把胡说八道的乃万石下狱了。"

萧达凛摇头，表示并不赞同："谣言已经传遍上京。诸王盯着德让不放，并非是一定要为虎古出头，终究还是因为那谣言。德让离京，谣言不攻自破，也就不会再有人要处死他了。过几年，再让他回来……"

燕燕冷笑道："过几年，相信谣言的人看到他回京，依然会再度传谣。难道我和他这一生都要被这谣言左右牵绊吗？达凛哥，如果你没忘记，应该记得当年他就是被谣言逼到结婚，逼去幽州。他有宰执天下的才具，就为了这谣言要一直困于州县之中吗？"

达凛叹气："可你是大辽的执政太后，万万不能离京，也只能委屈他了。"

燕燕却不肯听："达凛哥的意思我明白了。这件事，我自有打算。您先回吧。"

达凛看着燕燕的背影，张了张嘴，欲言又止，最终拱手告退。

想到昨日之事，燕燕自嘲地笑了笑："良哥，你说，一个寡妇想和自己心爱的人在一起度过后半辈子，怎么就那么难呢。"

良哥无奈地说："太后，如今还能有什么别的办法呢？他们一定会抓着虎古大人的死大做文章的。"

这是一个陷阱，可惜却难以破解。因为许多人都会选择性地看事情，而他们一旦决定这样去看的时候，不管跟他们说什么，他们也不会信的。而她又不能跟穆宗一样，把他们全都杀了。

他们看不到胡里室在马球场上意图谋杀韩德让，他们只看到韩德让受了伤，她就把胡里室给杀了。他们看不到虎古前一天设陷阱谋害韩德让，后一天就因为阴谋败露而不顾殿前解兵的规则亲自持枪要杀韩德让，他们只看到韩德让杀了虎古。他们要太后给大辽所有的部族一个交代，他们要韩德让以命抵命。

可是如果胡里室杀了韩德让呢，或者虎古杀了韩德让呢，他们会认为这两人也应该给韩德让以命抵命吗？他们只会说，只是玩笑、只是误伤、口角冲突，罚酒三杯就行了，罚点钱降个职就是很大的惩罚了。

这是多么不公平的事情，害人者只需要说是玩笑失手，自卫者却要成为蓄意谋害的凶手。

不管韩德让有多少的才能、多大的功劳，不管她给韩德让以何等的地位，何等的权威。在他们眼中，韩德让始终还只是个帐下奴，始终不过是太后的男宠罢了。

不，只有给他一个让他们完全无法轻视、无法回避的身份，一个配得起韩德让的才华和功劳，一个配得起韩德让的情意和付出的身份。

燕燕放下手中的奏折，这是写得最厚，也是写得最为关切合理的奏折，这是北府宰相室昉所上的。他说的内容，基本上与萧达凛并没有多少区别，这已是站在韩德让这边最亲近最关心的人所能给的建议了。

可她偏不接受，谁也无法规范她，她会给他们一个破局之策。

此时室昉正要进入韩德让的府中。

这些日子，韩德让闭门谢客，闭门思过，谁也不见，甚至连太后和皇帝派来的人，也被挡在门外。

可是室昉的拜帖送来，他却不好不见。

室昉祖上是鲜卑人，北魏孝文帝时，他这一族改汉姓为室，虽然长居北地，但是汉化得比一般汉人还深。他是辽太宗会同年间由科举取士而为官，继萧思温后，为北府宰相。

老宰相今年已经六十多岁了，在新帝继位之初，就想告老致仕，但太后一时没找到可接替他的人，便多番挽留。因此他一般说的话，在太后跟前分量是极重的。

室昉多年来兢兢业业，任劳任怨，在中枢拾遗补缺，在地方行事公平。他又是属于非汉人中的学问精深者。穆宗多疑又乏才，遇到不明白的事情，就喜欢问时任翰林学士的室昉，他一张口，古今治乱得失无不明白。到景宗时，就让他继萧思温之后，任北府宰相。

难得这个人，是辽汉两边都喜欢和尊重的：在辽官中，他是智者长者；在汉官中，他是贤师大儒。契丹人当他是自己人，汉人也当他是自己人，也难怪太后再找不出第二个人来代替他。

自太后摄政以来，倚仗他甚多；自韩德让回上京以来，也得他帮助甚多。这样一位长者到来，韩德让纵然可以拒绝任何人，却是不好将他拒之门外的。

当下就迎了他进来，室昉却说，先到他书房坐坐。

韩德让无奈，只得接了他来。室昉又说，想看看韩德让近日练的字如何了。

韩德让知道他今日来，必是为虎古之事，等着他开口呢，偏他不说，只得自己恭敬等着。

室昉却是慢慢翻看着韩德让的字，这几日韩德让内心激愤中又有些无望，他自知杀了虎古，就难有回旋之地，只将自己素日对国政的看法写下来准备交与燕燕。另一边也在心绪烦乱中，练字以平复心境，这心境自然就在练字中显示了出来。

室昉是老而成精的人，他拿着练习的字看过来，就能够揣摩出韩德让的心境来，方好说话。只见他拿起一张字，笑道："德让虽然闭门谢客，可这心中波澜仍然难以平静哪。"

韩德让轻轻一叹："德让毕竟不是圣贤。"

室昉看着韩德让，脸色转为严肃："德让，许多事，太后不懂，难道你也不懂吗？为何要放任事情走到这般地步？"

韩德让抿唇不语。

室昉道："太后和你一手主导了汉化改革，本就是集怨于一身的事情。为何在个人品行上还不能谨言慎行，反倒落人口实。诸王在乎的是你和太后有私情吗？他们只是想借着这件事情，全面否定我们的改革。一旦让他们的反对浪潮形成了气候，大辽政局便会动荡不安。咱们过去多年的努力就都白费了。"

韩德让苦笑道："事已至此，老丞相是来劝我的吗？"

室昉道："前些日子，我给太后上了一道折子，就是想劝她以大局为重。可太后留中不发，并无表态。现在，我以同样的话来劝你，德让，大局为重啊。汉化改革能让大辽国祚绵延，你我身在其中，若能促成此事，足以青史留名。你自幼熟读四书五经，勤练文武艺，求的不就是将自己的才华贡献给大辽，实现自己一身抱负。这个时候，个人的情感受一点点委屈，又有什么要紧的呢？”

韩德让的脸色不断变化，最终忍无可忍，恼道：“难道我为大辽牺牲得还不够多吗？我和太后少年订亲，她被迫入宫，我多年来并无怨言。到如今，她和我都丧偶独身，却还是不能走到一起吗？”

室昉看着韩德让，这是他最欣赏的后辈，也是他最寄以期望的接任者，叹道：“德让，你若只是个平庸士子，我绝不劝你。可你文武双全，有出将入相之才，我一直视你如子侄，怎忍你为了一点私情而走上歧途。苏秦配六国相印，却因为与易后的私情而殒身。更别说，史笔如刀，后世之人若将你和审食其之流同列史书，你又情何以堪。”

韩德让被说得浑身一震，他颓然坐到椅子上：“老丞相说这话，是直戳我心窝啊。”

室昉心中不忍，但此话他不说，又有何人能说：“这些事，我知你心中明了，否则你不会面对太后的紧逼步步退让。只是，没人给你点出，你就始终想逃避开去。德让啊，天下美人何其多，你又何必非要纠缠在太后身上呢。”

韩德让苦笑一声：“可那些都不是萧燕燕。”

室昉拍拍韩德让的肩膀，劝道：“人生不如意十有八九。你还年轻，去幽州再续娶一房妻室。佳人相伴，时间久了，慢慢会忘记的。”

韩德让道：“我这一生做的最大的一件错事，便是在心有所属的情况下，另娶他人。同样的错误，我不会再犯第二次。老丞相请回吧。”

室昉长叹一声，无奈地转身离去。

韩德让重重地一捶桌子，痛苦之色再难遮掩。

这一天，太后下旨，令女官良哥，到萧思温的府中库房取了几个箱子回来。

燕燕打开箱子，就见着一件红色嫁衣。

燕燕不舍地抚摸着红色嫁衣，面露怀念之色道：“没想到，十多年过去了，一点不见褪色。”

良哥含笑道：“当年咱们府上选的是最好的料子，请的上京最好的绣娘，这些年又精心收藏，自然不会旧了。”

燕燕将嫁衣抱起来笑道：“真是没想到会有重新用它的这一天。”

良哥凑趣道：“可见是长生天注定的缘分，再也拆不开的。”

燕燕看着镜中的自己，比着嫁衣，整整一个上午都不舍得离开。到了下午，她叫来隆绪，把自己的决定说了：“你的弟弟妹妹们，就要你去说了。”

隆绪沉默着，却没有说话。

燕燕看到隆绪的神色不对，问他：“你不高兴？你不同意？”

隆绪别扭地道：“母后，你一定要这么做吗？孩儿都愿意认韩相为相父了。您又何必非要这样呢。”

燕燕有些失望地看着隆绪：“非要怎样？你喜爱菩萨哥，想给她皇后的名分，给她最好的。为什么母后就不可以？”

隆绪支支吾吾道：“可，可您是太后……”

燕燕道：“可我也是个人。我们大辽普通贵女都可以三嫁、四嫁，一国之母反倒活得还不如她们吗？隆绪，母后不知道你何时变得这么迂腐的。还是你很厌憎你相父吗？”

隆绪急道：“当然不。相父是辅国重臣，又是菩萨哥的舅父，朕待他只有敬爱。您要召他入宫，朕都不管，私下里，朕也愿意以子侄之礼相待。可是人言可畏，您不能……”

燕燕打断隆绪道：“能光明正大去做的事情，为什么要偷偷摸摸？我爱他，就要与他光明正大地立于阳光之下。隆绪，你是大辽天子，你若因为些许人言，畏首畏尾，将来如何治国。臣子们若分成几派互相攻讦，你是不是就束手无策，不知该如何决断。”

隆绪道："那不一样。"

燕燕道："那都一样。"站起身向外走去："母后主意已定，你若还有犹豫，可以不去。"说完，大跨步走出了大殿。

良哥为难地看了看隆绪，轻声地道："主上，您别和太后犟。这是她多年心愿，一定是盼着你们兄弟一起过去庆贺的。"

隆绪长叹一声，最终，还是点了点头。

太子太保、开府仪同三司，兼政事令、楚国公韩德让，在朝堂上以金瓜击死涿州刺史耶律虎古，朝野大惊。

如果仅从官职上来看，韩德让之职，高于耶律虎古。然而，韩德让还有一重身份，那便是自他祖父韩知古开始，便是皇族宫帐之奴。虽然韩家三代为官，亦属显赫，然则这一重天然身份，却是无法抹杀的。

更何况，这是在辽国，这是契丹人统治的辽国，而耶律虎古，不仅是手握重兵的一方大员，更是皇族中人，他的祖父开国之初，曾任六院夷离堇，即汉称的南院大王。

满朝文武，都在看着摄政太后萧燕燕的决断。

韩德让闭府，上请罪表，将一切官职爵位退还，听候太后处分。

而耶律虎古所属的六院司，亦上奏表，请治罪韩德让。

三日后，正是休朝之日，却有数十名重臣，接到太后秘密手书，令他们在宫外相候。众人到了宫外，等候不久，便见宫门大开，宫车仪仗俱出，太后御辇先出，皇帝御辇及皇后御辇随后，又有诸王车驾相随，驰上御道向外行去。

众臣不解其意，但听得内侍传旨，令他们各自上马上车相随。一行人浩浩荡荡，直至大丞相府门前。

早有内侍提前通报，令韩德让准备接驾，韩德让得报大惊，忙下令大开府门，自己立于府前相候。

但见车马停下，宫女前行，铺了毡子直至门前，皇帝、皇后与诸王先下了马车，皇帝与皇后到太后御辇前，扶着太后下了御辇，随在太后身后。

太后下车之时，众臣不由相视愕然，但见太后一身大红吉服，却非太后仪制，倒有点似……

主管皇族事务的惕隐耶律休哥与后族最有权势的兰陵郡王萧达凛对望一眼，彼此都从对方眼中看到了早知如此的神情，心中暗骂一声对方老狐狸，只扫视了那些明显有些摸不着头脑的群臣一眼，暗叹一声，脸上却毫无异态。

大丞相韩德让也怔住了，此刻他的心中如万马奔腾，恨不得立刻将太后塞回马车，自己赶紧转身关上府门，再也不出来了。一边急忙用眼神暗示，一边却只得恭敬行礼："罪臣韩德让，见过太后。"

他特意重重地说了"罪臣"二字来提醒对方，不想对方依旧数十年如一日地自行其事，恍若未闻，只笑吟吟地扶起他道："丞相不必多礼。"

韩德让看了看太后身后的皇帝、皇后与诸王，脸色更是难看，低声警告地道："太后身份贵重，何以亲至寒舍，甚至如此兴师动众？"

太后若无其事地道："你闭门不出，屡召不来，朕只好带着文武群臣亲自登门了。"

韩德让脸色一变，轻咳一声，见太后毫无反应，无奈道："太后，请。"他正欲往前引道，不想太后却伸出手去，握住了他的手臂，道："你我同行吧。"

韩德让只得与太后一齐前行，但见宫女内侍训练有素地鱼贯入府，先行布置，但见大红毡子，从门外一直铺了进去。待得他与太后入府之时，便见门厅两边、前院回廊、前厅廊下、厅中，均已经铺了大红毡子，挂彩悬灯，许多锦缎包上了柱子，连他正厅的桌椅均已经换走，摆上了一张张案几，上面摆着酒菜，显见是要在他府中摆一场大宴。整个素净的府第，顿时变得喜气洋洋起来。

若说这时候，众人还在心中猜疑，甚至暗地里掩耳盗铃存着自己可能想多了的时候，却见大厅正中，摆上了一只马鞍。皇后之母、韩德让之妹萧韩氏捧了银镜在韩德让与太后之前倒退引导时，众人脑海中均是轰然一声。

捧镜跨鞍，大红嫁衣，再看几案上摆着的标准婚宴菜肴，这是……太后要在今天嫁人？

韩德让见状，脸色也变了，他本与太后携手并肩走进前院，待见了厅前马鞍，顿时明白，不禁欲松开太后的手，不想手却被太后紧紧攥住。耳边传来她的低声警告："德让哥哥，你是知道我脾气的……"

韩德让一怔之下，还未反应过来，便见太后握着自己的手，坚定而不容质疑地款款迈步，迈过马鞍。

韩德让长叹一声，反手紧紧握住太后的手心，对她微微一笑，拉着她，毅然迈出自己主导的第一步。

一步、两步、三步，他们携手稳稳地走完短暂又显得无限漫长的一段路，最终入席，在上首一起坐下。

此时群臣终于按捺不住，一人急道："太后……"

兰陵郡王萧达凛却截断了他的话，抢在他前面迈上一步，恭敬行礼："臣等参见太后。"

惕隐耶律休哥也跟着上前："参见太后。"

他俩此时分别为皇族与后族之长，有俩人这一率先表态，便有几名心腹跟进，一齐行礼。

今日能够得到太后秘旨同来的，自然都是太后认为靠谱可信之人，虽然一开始有人回不过神举止失措，但见耶律休哥和萧达凛这一表态，显然是早已经知情的，那些不知情之人，要么或以两人马首是瞻，或是太后心腹，或是韩德让部属，此时哪里不懂，竟都没有一个敢出头做不识趣之人。

太后微笑："众卿平身，今日是个大吉之日，朕借此处设宴招待众卿，望众卿体察朕之心意，今日酒宴，尽欢而归。"

群臣唯唯退后，左右交换眼光，迟疑着落座，但见内侍宫女送上的各色菜肴果蔬，着实有点难以下咽。

皇族后族，皆被耶律休哥和萧达凛的表态压了下来，倒有一个汉臣终于忍不住站起来问道：“太后，臣愚钝，敢问太后这是要与韩德让成婚吗？”

太后忽然笑了：“你说呢？”

那汉臣怔住了，口吃地道：“可这捧镜跨鞍，这酒宴……”

太后已经截断了他的话：“是，又如何？不是，又如何？”

那汉臣怔住了：“可，可这……实是不合礼法啊！”

太后大笑，笑完，举了举杯，将杯中酒一饮而尽，淡淡地道：“礼法岂为我辈而设！”

那汉臣怔住了，看着太后的笑容，似乎明白了什么，失魂落魄地坐下，拿起酒盅，认命地灌了下去。

太后身后的韩德让轻叹一声：“燕燕，你知道这话代表着什么？”

大辽皇太后萧燕燕微微一笑：“我自然知道。”

韩德让低声：“你今日行事，为何事先不与我商议。”

萧燕燕微笑：“我问过你的意见了。”

韩德让道：“可我还没有同意。”

萧燕燕轻笑：“我已经给你做决定的时限了。现在，时限过了，该听我的了。”她扭头，扬起脸来，笑得既嚣张又热烈。

韩德让长长地吁了一口气，握住了她的手：“好吧，听你的。”

当他说完这一句话的时候，忽然间奇异地，身上似有一个无限的重负，被卸了下来。

一个人扛着这个重负太久，走得太累，如今，真的可以放下了吗？

萧燕燕反握住韩德让的手，与他相视一笑道：“双古，传旨。”

双古拿出圣旨道：“诏令：玉田韩氏自太祖归附以来，为大辽戍守四方，劳苦功高，着全族脱籍。南院丞相韩德让，文武双全，孜孜奉国，忠诚至孝，赐以国姓，列横帐季父房，位于诸亲王之上，赐铁券几杖，从今而后，入朝不拜，上殿不趋。钦此。”

所有臣子都被这道圣旨震慑得不知所措。韩德让亦是意外不已。

这时，隆绪带着两个弟弟、三个妹妹走了进来。燕燕看到隆绪，面上浮现淡淡的笑意。

隆绪带着弟妹，恭敬地向韩德让行礼道："恭贺相父大喜。"

韩德让本能地想侧身避让，却被燕燕一把按住道："隆绪，相父也不是外人，如今他已位列皇族，你们兄妹几个，改口叫叔父即可。"

隆绪道："是，母后。恭贺母后、叔父大喜。"

诸王群臣面面相觑，不知该如何应对。

吴王稍硬着头皮上前道："太后，那韩……"见燕燕盯着自己，目光凌厉，改口道："韩相打死虎古一事……"

燕燕微微一笑道："虎古纵子行凶，杀害赶考书生，本就罪大恶极。德让是代朕执法，有何过错？"

群臣愕然，实在没想到此事竟还可以如此解释。

燕燕道："今日是大喜的日子，所有来道贺的诸位爱卿爵升一级，赏银千两。你们不必以朕为念，只管分曹双陆，博采尽欢。朕和德让一起敬大家一杯。"

燕燕说着举起了酒杯，韩德让只得与她一同举杯。

群臣面面相觑，燕燕只含笑看着众人。

休哥轻叹，率先举起酒杯，无奈道："恭贺太后，恭贺皇叔。"

所有臣子见休哥动了，虽都如败家之犬般，但也只得举杯相贺。

燕燕看到这一幕，微笑的神情不改。

酒宴罢，燕燕携起韩德让的手，一齐上车，入了崇德宫。

崇德宫内，一如新房布置，龙凤花烛熊熊燃烧着。

燕燕和韩德让并肩坐在床上，相视而笑。

燕燕披下长发，将自己和韩德让的发辫绑在一起，深情道："德让，这一次我们是真正的结发夫妻了。"

韩德让执起发辫，轻轻一吻，然后将燕燕抱入怀中道："是，我们是真正的夫妻了。"

燕燕道："德让，我等这一天，已经等太久，太久了。"

韩德让道：“久到我都不敢相信，这一天还能到来。”

燕燕道：“这一步迈出去，才会明白，其实并没有这么难。”

韩德让道：“这一步，是你迈出来的。燕燕，我惭愧，让你承担了这步。从今往后，无论有多少困难，我们都一起面对。”

两人双手交握，四目缠绵，此生此世，再也没有任何人、任何事，能够将他们分开……

第九十二章

迟来之爱

在燕燕与韩德让成婚的时候，胡辇在北方也有了一段自己的情缘。

离开上京，她本是怀着一腔悲愤之情，带着大军北上，以可敦城为中心，将北方诸部都扫荡了一遍，不出几年，就平定了阻卜，打败了女真，迫使高丽王向上京上表臣服。

而与此同时，可敦城亦在大兴土木，为她营建的王宫和新城也已经落成。

然而她却陷入了迷惘当中，要打的战，都已经打完了，那些藩国和部属，都已经十分臣服。那么，她是返回上京，还是继续留在可敦城？

返回上京，则又要面对燕燕，乌骨里死了，自己若无其事地与燕燕再做好姐妹，她觉得她如今还做不到。可是留在可敦城，天天埋首案牍，做这个实际上的北方诸国之首，也没什么意思。

燕燕推行的汉化改革，在可敦城也没有办法实现，这里最重要的还是部落和军队。

她兴味索然地驰马在草原上，天渐渐热了，再热一些，她都不想出去了，一跑一身臭汗，油腻腻的。可是枯坐城中，更没意思。

生活没有挑战，让人乏味。可是过惯了一呼百诺，唯我独尊的日子，再回到上京，独自守着太平王府，还要掩藏自己本性做一个众人眼中的丧夫妇人，更让她不愿意。

跑了半日，都没见着一个大的猎物，众人都有些人困马乏了，眼见前面小山坡后，出现一个小湖，湖边还有一片树林，胡辇就道：“就在这儿休息一下吧。”

众人欢呼一声，都牵着马去湖里饮马玩水。

胡荸自然是由福慧陪着，到最上游一处水源饮水洗脸。

福慧忽然看到附近不远处有马群，诧异道："皇太妃，这里也有马群，不知道是谁赶来的。"

湖边有一群马，看上去很是雄壮威武，令胡荸眼前一亮："看上去不像野马，可能是有人赶着马过来的，不知道人去哪儿了。"

几人正说着，忽然听到一阵水声，胡荸一转头，看到从湖里站起来一个青年男子，教人顿时看呆了。

那青年约摸二十出头，但见他身材健美，五官俊美如玉雕，正潜水而出，一扬头，头发上水珠四溅，他仰天一笑，笑容阳光灿烂。

福慧看到吓了一跳，就想叫人，却被胡荸抬手按下。

那俊美青年见着湖边居然有数名女子，也不羞怯，也不怕生，反而就这么，赤着身子一步步踩着水走上岸来。

见胡荸站在最前面，衣着最是华丽，那青年赤着身子，就冲着胡荸吹了声口哨，充满了挑逗之意，接着就唱了起来："哟嘿……天边何时飘来云彩，哪里来的仙女来到湖边？我的心为你怦怦而跳，你可否允许我轻吻你的手和脚……"

胡荸从来没遇上过这样的男人，惊愕之余，突然大笑个不停。

福慧气坏了，上前一步斥责："哪来的狂妄小子，竟敢如此无礼，还不快快穿上衣服。"

胡荸却抬手挡住了福慧，上前一步，笑问："你是谁，你是哪个部族的，叫什么名字？"

那青年一怔，随即哈哈大笑："姐姐长得这么美，为什么要问这么俗气的话？天气这么好，景色这么美，难道不应该讲些快乐的事吗？"他说着，就这么全身赤裸着向胡荸走来。

胡荸边笑边问他："小子，你居然敢调戏我，你可知道我是谁？"

那青年笑道："太阳之下，草原之上，青牛白马湖边相逢，我是男人，你是女人，这就够了。"若换了别人，这话必是讲得极为无礼，偏生他长得美，说起这样的话来，既理直气壮，又充满诱惑，叫人既拉不下脸来骂他，又觉得心防失守。

但见他越走越近，赤裸的身子上滚动着水珠，格外具有诱惑力。胡辇的脸忽然红了，解下自己的斗篷，扔给他道："给我把衣服披上。"

那青年接了斗篷，却不披上，只闻了闻上面的香味，作了个夸张神情道："好香啊，这必是名贵的香料，可见姐姐是贵人……像我这样的穷小子穿这个也是糟蹋东西。而且……就算现在穿了，等一下也是要脱的。"

福慧低声咒骂："真是不知死活的小子。"

胡辇却没生气，她本来满心乏味，此时忽然有了兴致，干脆与这个大胆的小子调笑起来："好大胆的小子，你可知道你若是招惹了我，就不能脱身了。"

那青年眼睛一亮，也笑嘻嘻地道："美女姐姐都喜欢这么说，你不叫我脱身才好呢。"

胡辇忽觉心跳加快，实不想再与这妖孽说下去了，有什么话，带回去再慢慢说吧。当下就令道："来人，把他带走。"

她身后的几个女侍卫就忙走上前来，那女侍何等眼色，知道皇太妃对此子感兴趣，再见他一身光溜溜的不好下手，干脆直接从马上取了行军的毡毯来，直接两人一人扯着一头，对着那人转了个圈，直接把他连同胡辇的斗篷包在一起，裹成一串扎肉，就将他抬起来架走了。

就见那青年也不害怕，只是笑着叫道："喂，喂，美女姐姐，跟你走没关系，但是我的马……我的马晚上要赶回营房的，喂，叫你的手下帮我把马赶回乌古部乌古斯大人第五马房啊！"

胡辇不由愕然："原来他是我的马奴？"

那青年被放上马背，然后看到胡辇等人上马，把他的马群也一起牵走了，大急道："美女姐姐，我的马要送回去的。"

胡辇骑马到他的身边，用马鞭挑起他的下巴，笑了笑："人，我要带走；马，我也要带走。人和马，都是我的。"

那青年有些吃惊，他只道自己报出主人的名字来，对方会替他把马送回去，这一片大草原上，谁敢动乌古斯大人的东西。至于他自己，这种风流韵事，原本就是寻常。见这女子初见面时对他的调笑有些不知所措，此刻倒大胆起来，当下也不害怕，只笑道：“你好大的胆子，难道你是草原上的女强盗？”

胡辇大笑起来：“对，你是小无赖，我就是女强盗。”

那青年就笑嘻嘻地道：“我就猜嘛，听到我主人的名字，还敢把我和马一起抢走的，只有女强盗才有这样的胆子？”

胡辇问：“为什么？”

那青年就道：“你真不知道？我主人的主人，是皇太妃心腹。这千里江山，都是皇太妃的。上百个小国的国王族长，都得臣服于她。”

胡辇笑道：“我就不可以是皇太妃？”

那青年斜眼看她，满脸的不信：“你，嘿嘿……”

胡辇问他：“怎么，不像？”

那青年嘿嘿地笑了几声，道：“人都说皇太妃是皇帝的长辈，又说她很厉害。难道她不应该是述律太后那样的老太太吗？你这么年轻漂亮，顶多当个太子妃吧。”

胡辇听他说得有趣，纵声大笑起来，一挥鞭子，拍马而去。

福慧跟上去，问她：“皇太妃打算如何处置那个人？”

胡辇反问：“哪个人？”

福慧道：“就是您今天带回来的那个马奴。”

胡辇道：“他不就是个马奴吗，那就让他继续放马吧。”

福慧道：“您不是……”

胡辇道：“我不是什么？不过是见这小子好玩，寻个开心而已。”

福慧不敢再说，只哦了一声。

胡辇反而瞪她：“哦什么，哼，我没这么容易就看上一个男人。”

福慧笑道：“我真希望您看上了他，至少也能够陪您开开心。”

胡辇笑了起来：“胡说。”

胡辇虽然装作不在意，但到了晚上睡觉的时候，竟是不知不觉，想到的全是那青年赤裸的身体，这一夜翻来覆去，竟是不曾睡好，次日起来的时候，眼圈就有些黑。

福慧见了就问她："皇太妃可是睡得不好？却是为了什么？"

胡辇斜看她一眼，道："多嘴。"

昨日高六没跟着一起出去，但见着她两三日听下属回事的时候都有些走神，就有心打听了一下，知道胡辇前日带了一个赤裸的男子回来，但又没有什么特别的吩咐，还是让他继续当马奴。

高六当下不动声色，过得几日，却忽然对胡辇道："前日阻卜王送来一批马，其中有几匹烈马无人能驯，皇太妃要不要去看看？"

胡辇最爱好马，闻言道："那我今日下了朝就去看看。"

高六陪着她去看马，就见着牧马官一路奉承，胡辇看了一圈，就问："近日新送来的马都在这里了？"

那牧马官脸色微变，道："那边倒还有一批。"

胡辇抬头凝望，发现马群中有一小群马养得特别膘肥体壮。

胡辇举起鞭子，指着那群马道："那些马是谁所养？养得不错，去牵一匹来给我。"

牧马官一看那些马，脸色一变："皇太妃娘娘，不如换一匹吧。"

高六斥道："胡说什么！皇太妃想要的马你敢不给。"

牧马官额头冒汗，道："小的不敢。只是那些马都是刚从野马群里掳来的，桀骜不驯，平日除了饲养的马奴，无人可以近身。"

胡辇喝道："那马奴何在？叫他牵一匹过来。"

牧马官苦着脸道："他一早就出去狩猎了，并不在这里。"

福慧道："混账东西！昨日就传令过来，说太妃今日要过来选马，小小马奴竟敢私自外出。"

牧马官忙道："大人恕罪！小的也是一早点名时才发现他已不在。挞览阿钵他仗着自己一手养马绝技，素来桀骜不驯，小的管不住他。"

胡辇面色也是不虞："把那马儿牵来。我自幼驯服的烈马多了，不信驯服不了这一匹。”

牧马官面色如土，眼看着侍卫们将那马牵去，却是不敢反抗。

胡辇抚摸着马鬃，轻笑道：“果然好马。左右无事，我们去狩猎吧。咱们分开行猎，比一比谁的猎物更多怎么样？”

高六忙道：“皇太妃单独出行，不妥吧。若有危险……”

胡辇笑道：“如今北方已经平定，哪里还有什么危险。”当下不顾众人阻止，自顾自纵马离去。

夕阳西下，余晖透过林间树叶落到地上，形成斑斑点点的光圈。

胡辇策马在树林里行走着，马背上挂着不少猎物。只是马儿却有些急躁地喘着气，胡辇浑不在意。

一只鹿从前方经过，胡辇精神一振，挽弓射箭，精准射中鹿颈。

胡辇正欲策马上前，忽然她所骑的马剧烈地甩动起来，一声长嘶，整个癫狂起来，试图将胡辇甩下马背。

胡辇大惊，慌忙抱住马头，却全然无用，这时，树林另一侧忽然传来阵阵马蹄声。胡辇看不到来人，只感觉到那人飞身来到自己的马上，与她共乘一骑。

那人以情人呢喃般的语气哄着马儿道：“乖孩子，别怕，是我。”

那人马技高超，马儿在他的安抚下渐渐平静下来。

胡辇这才冷静下来，转头便看到一张俊逸非常的脸盘，却是很有些眼熟。

两人共乘一骑出了林海，胡辇才醒过神来，道：“是你！”

来人却正是那日胡辇从湖中捞回的马奴，那人吹了声口哨道：“又见面了，皇太妃。”

胡辇问道：“你叫什么名字？”

年轻人道：“挞览阿钵。”

胡辇有些惊讶：“你就是那个马奴？这是你养的马？”

挞览阿钵耸了耸肩道：“对！”

挞览阿钵抱着胡辇下马，正要重新上马离开。

胡辇忽然道："慢着！你救了我，我要赏你。"

挞览阿钵无所谓地道："不需要。"

胡辇笑道："你还不知道我的赏赐是什么？就这么轻易放弃？"

挞览阿钵道："不必了。我还是喜欢现在的自由自在。"

见挞览阿钵翻身上马离去，胡辇看着他的背影，若有所思。

晚间，福慧在给胡辇梳妆，高六恭敬地站在一旁汇报："挞览阿钵也不知出身在哪个部族，确实有一手养马的好技术。十四五岁开始就是草原上出了名的浪子，所有部族的姑娘都渴望与他春风一度。他也几乎来者不拒，过着潇洒浪荡的生活。而且这个人吧……"

胡辇瞟他一眼："说吧。"

高六为难半日，才道："他虽是个低贱的马奴，但却格外能够讨女人的欢心，我听说许多部族的贵妇人都暗中给他钱，与他有一夜情。"

福慧见胡辇不说话，忙道："高六总管，这种话，就不要说了。"

胡辇看着镜子，神情深不可测。

这一夜，胡辇早早地歇息了，可是却在床上辗转反侧，难以入眠，那日出水时赤裸的身姿，今日共乘时那男人的气息，那健壮的身体，时时撩拨着她的心。

终于，胡辇猛地坐起身，道："福慧，叫高六！"

高六恭敬地到来，见了面，只说了一句话："回皇太妃，今日是草原上的节日，奴隶营里正围着火在歌舞，挞揽阿钵也在，要不要老奴去把他找过来？"

胡辇想了想，道："不必了，我们悄悄地过去看看吧。"

胡辇带着人到了奴隶营前，见着许多奴隶正围着篝火且歌且舞。

胡辇透过人群，很快找到了篝火前舞动的挞览阿钵。此时挞览阿钵脱去了上半身的衣衫，裸露出健壮的体格，正在篝火前回旋着，他的身旁是数个年轻姑娘。他果然来者不拒，和每个姑娘调情，年轻而英俊的脸上尽是欢畅的笑。

胡荦有一刻的神思恍惚，似乎是有一年的春末之时，整个草原都弥漫着少男少女的春情，她走过一个个篝火堆，那里也都是这样围着火跳着舞的少男少女们，向所有的异性展示自己娇好的容颜与婀娜的身姿。

中意的情人们，就这样手拉着手离开篝火，来到营帐后、树林边、草堆后，把春情春意洒落在草原。

可是那个年纪的她，在干什么呢？那时候她的眼里心里，没有歌舞春光，有的只是对朝政的衡量，对家族的经营，对妹妹的忧虑。

现在回想起来，她的青春，是何等的苍白和仓促啊。

听得高六低声的问话，胡荦旋即回过神来，问："你刚才说什么，再说一次。"

高六道："要不要奴才把挞览阿钵带过来？"

胡荦点了点头，道："你把他带到营帐后面来。"

高六应命，却没有自己去叫，而是找了一个奴隶营的小管事，叫他假称有姑娘约他，把挞览阿钵叫到了营帐后面。

胡荦此时已经骑在马上，居高临下地看着挞览阿钵。

挞览阿钵一脸兴奋地怀着有美相约的心情来到约定之处，看到的却是胡荦，不禁露出轻微的惊讶，随即他反应过来，轻佻地吹了个口哨。

胡荦问他："你知不知道我找你出来干嘛？"

挞览阿钵轻笑："我知道。你喜欢我。"

胡荦冷下脸来，喝道："放肆。"

挞览阿钵却拉住胡荦的马缰，翻身上马，直接拥抱着胡荦，笑道："这就放肆了？那这样是不是更放肆？"

胡荦看着挞览阿钵没有说话。

挞览阿钵更加大胆，他贴近胡荦，亲吻着她，一番唇舌纠缠后放开，才喘着气问她："这样呢？皇太妃要不要治我的放肆之罪？"

胡荦看着挞览阿钵，原本严肃的面容化为春水般的笑颜，道："你跟我走。"

胡辇和挞览阿钵共乘一骑，调转马头，驰向王宫。

王宫内殿，烛光下，房内一片风光旖旎。

胡辇和挞览阿钵纠缠在一起，她享受着挞览阿钵的亲吻，放任自己沉迷在情欲之中。她把他留在宫中的大床上，留了整整四天，连吃喝都是在殿内。

他们要么是在床上，要么是在浴室里，要么就在殿中的地毯上，不知餍足地索取着，放纵着，然后睡着，醒来就继续欢好。

颠倒日夜，不知今夕何夕。

胡辇终于离开她的内殿了，她一只脚迈出殿门的时候，扭头看了一眼仍然高卧未醒的挞览阿钵。阳光透过纱帘射在他光裸着的背上，似给他身上蒙上了一层金光。这样青春活力的少年，简直是太阳的宠儿。

胡辇抿嘴一笑，走了出去。

此时已经积压了一堆的政务，高丽王治遣使乞为婚，并请求遣童子十人来学大辽国语；高昌回鹘阿萨兰汗亦遣使为子求婚；铁骊国送来贡鹰若干；黄龙府燕颇有异动；塔靼国近来频繁调动兵马；阻卜国有内乱……

千头万绪，都是属国的大事，要她这个皇太妃来处置。

胡辇轻车熟路地处置着，心里想着，她果然还是没办法脱身回上京的，可敦城是一日也无法离开他啊。

等把所有的事情都处理完了，天也黑了。

胡辇想着自己荒唐了数日，就有些想素一素，于是就去了自己的内殿休息。如此就安心睡了一夜，次日又继续处理政务，到第三天时，把手头的事情都处理完了，就去挞览阿钵的侧殿看他。

谁知道殿内早已经无人了，问起宫女，却道挞览阿钵昨日下午就已经离开了。而且还是趁着她们去准备晚膳，把留下来侍候的两人调开，自己悄悄逃掉的。

胡辇都气笑了，叫福慧去察看殿内情况，却是她那日卸下来扔在梳妆台上的首饰少了两件，其他镶珠宝的都还在，只有两个最不值钱的纯金镯子不见了。

胡荦得了福慧的回报，只是笑着摇头，福慧也笑了，道：“皇太妃，要把他找回来吗？”

胡荦眉头一挑，道：“把他给我抓回来。”

此时的挞览阿钵正在草原上策马飞驰。

草原上小少年的思维方式，是胡荦这样的贵女想不明白的。

挞览阿钵十三岁的时候，就被他主人的一个小妾按倒在草堆上体验了人生第一次，那也是他平生记忆中第一次感觉到肚子吃饱了。

从此以后他就基本上再没饿过肚子，衣服也一直有人替他洗，许多帐篷里的妇人，还会争着把自己最好的东西给他，他也从这些妇人身上，学到越来越多让她们喜欢的技巧。他对女人并没有挑拣，不管年老的、年少的，貌美的、貌丑的，只要有人对他表示好感，他就会让人感受到快乐，真心诚意地。

但要说此后完全没饿过肚子也不是没有，印象最深的一次就是在他十五岁的时候，被一位贵妇人藏在她的帐篷里头，但那次不知道是那贵妇人的丈夫还是身份尊贵的情夫来了，她忙着招待那个尊重的男人，于是忘记他还在帐篷里等她。他当时还很无知，就这么傻傻地等了她好几天，把帐篷里的东西都吃完了，也不敢动。因为他记得她恐吓他说，如果他出去被人看到了，就会被人杀死。

经历那一次以后，他就学聪明了，如果枕边的女人一去到第二天晚上还没回来，他就会自动寻找他认为抵得价值他这一夜风流的财物而离开。头一次他太贪心，拿了太多的财物，结果被人找到，打了他一顿，东西也被拿了回去，他的手险些被砍掉，幸好最后只是打折了他的手骨。从那时候他就学聪明了，他拿的会让人觉得有点心疼又自认倒霉，而不是让人愤怒到要报复回来的数量。

有时候风声紧了，他就逃掉，逃到另一个草场去，给另一个主人放牧。他天生就知道如何驾驭马，就像他天生就知道如何驾驭女人一样。他在草原上流浪，从一个部族转到另一个部族，从一个女人身边转到另一个女人身边。早年间他因为幼稚、无知、贪婪和好奇，被生活教训过无数次，但他天生胆大，也命大，每次吃过亏就会学着长进一点。没有人教导，但身上的伤痛和饥饿，以及对逃亡与死亡的感受，是最好的老师，每一课，都让他深入骨髓。

他并不懂得“皇太妃”到底代表着什么，没见到她之前，她的威名不过是他口头上提起，她有很大的权势，但到底有多大，具体是什么，他没有感觉。见到她以后，他觉得，她就是一个女人，和草原上他之前见过的所有女人都一样。那些女人在床笫之间也会夸耀自己的丈夫多么尊贵，自己的娘家多么强大，自己的情夫身居高位……一开始他也好奇、惊恐、羡慕、期待过，但后来发现，不管她们的生活是怎么样的，跟他完全没有关系。他跟她们，永远只是肉欲关系，肉欲之外的所有事情，跟他无关。

所以他等了一个白天，到晚上的时候没看到胡辇回来，于是他就如过去所有的经历一样，果断地拿起两件值钱的首饰，溜走了。

事实上他从宫里溜出去，许多人都看到了。但这个人特别大胆，也是惯犯熟手，一旦溜出事发现场，他就会以一副特别理直气壮的神情往外走，许多人会产生一种他似乎是奉命外出的误会。

而且，也没有人想象他会偷跑。

他以为生活会像之前那样，一段激情过后又恢复原状，所以直到他在跟一个牧羊女谈情说爱的时候，被一队侍卫呼啸而来，抓上马背带回宫殿，还有些没想明白。

挞览阿钵被五花大绑丢在床上，看着贵妇人走近，抢先道：“你的两个镯子还在，我没卖掉。”

胡辇笑：“你若需要，这一殿的东西，全都给你。”

挞览阿钵先是点头，后是摇头。

胡辇问他：“怎么，不愿意？”

挞览阿钵道：“以前也有夫人跟我这样说过，可我不喜欢。我不喜欢只呆在女人的帐篷里，我想跑马，我想自由。挞览阿钵天生属于草原，不是女人的帐篷。”

胡辇问他：“那你最想做的事是什么？”

挞览阿钵得意地道：“我就想当个马奴。我养着我的马，它们一个个膘肥体壮，我带去草原上，人人都羡慕我，谁也没有我威风。”

胡辇失笑道：“你想要的威风就是这样？那你想不想体验更威风的事情？”

挞览阿钵面露疑惑：“更威风？”

胡辇拍了拍手，福慧带着婢女走进来，给挞览阿钵松绑，婢女们引着挞览阿钵到一旁更衣。

胡辇则悠闲地坐着喝茶，含笑看着挞览阿钵在婢女们的打扮下褪去马奴的旧衣，更换上华美的服饰，变得更加英气逼人。

挞览阿钵从来没穿过这么华贵的衣服，刚走出来的时候，简直站也不是，坐也不是。他头上、身上、靴上全部是黄金和宝石镶嵌着，那些宝石在他见过的最富贵的人的珍藏中，也没有这么大这么漂亮的。

然而这个人天生就有一种自信，或者是因为驾驭过最烈的马，或者是见识过许多的贵妇人，他很快就把衣服穿出一副洋洋自得来。

然后她把他带出来，让奴仆们参拜他，让他从前的主人们参拜他，让他和所有听都没听过的大人物一起饮酒。

然后她带着他阅马，带着他上战场，让他带人打一场必胜的战役。

挞览阿钵很快就爱上了这种生活，他觉得以前二十来年的日子简直是白活了。

胡辇问他：“你现在还想回到草原上去当马奴吗？还是愿意留在我身边当一个将军。”

挞览阿钵爽快地说：“你若只留我一个男人，若让我一直过这样的生活，我就留在你身边，永远留在你的身边。”

欢乐的日子过得飞快，上京的消息也渐渐传来。

太后把自己嫁给了韩德让；太后把韩德让全族都解除了宫奴身籍；太后为韩德让赐姓“耶律”，改名隆运，属季父房；太后任韩德让为总知南北院枢密使府事、大丞相、齐王，集大辽军政大权于一身；太后赐韩德让铁券几杖，入朝不拜，上殿不趋，左右特置护卫百人；太后特赐韩德让拥有宫帐。

太后给了韩德让什么，胡辇就照例给挞览阿钵，有了太后在前，别人纵然不满，也不敢当着皇太妃的面说三道四。

但是韩德让能够胜任这些职务，并且处理得比别人更强。而挞览阿钵生长在草原，除了马和女人以外的知识等于零。他担任的所有职务，处理的所有事情，都会闹成一场笑话。

胡辇不在乎，她可以含笑看着她的“傻小子”把所有的事情处理得一塌糊涂，只要大局不乱，中间出些差错，其实都在她的可控范围内。

对于胡辇来说，挞览阿钵闹出来的乱子，只是让她的工作增加了三分之一。可是对于被挞览阿钵处理过的那些部属藩国和职司来说，挞览阿钵给他们制造的麻烦却是足以毁灭他们的生活和他们的利益。

第九十三章

马奴风波

自北方而来的，雪片似的告状信飞到了上京，飞到了燕燕的座前，燕燕一本本看来，眉头越皱越紧。

韩德让本坐在一旁喝茶，见燕燕这般姿态，好奇地问：“北方来的奏折有什么不妥吗？”

燕燕丢开奏折，脸色难看地说：“密报说，大姐宠幸马奴，滥权胡闹，如今西北政局不稳。”

韩德让却摇头道：“燕燕，一面之辞，不足为信。我倒觉得，胡辇若是真的能够找到一个她喜欢的男人，那是件好事啊！”

燕燕气恼地嘟哝：“什么好事，若真是个好男人，倒也罢了。可这里不但有密报，还有十数位大姐帐下的臣子们的奏报。说那马奴还不到二十岁，与大姐年龄相差悬殊，出身低贱，人品不端——”

韩德让劝她：“人还没见到呢，怎么就能轻易给人下断语。胡辇的为人，你我都知道，如果那人真是如此不堪，胡辇怎么会喜欢他？”

燕燕听不进去：“谁知道呢，若是一个人说他坏话也罢了，这些臣子们，统统没有说他好话的。我看，是大姐为人太过忠厚心软，让那个滑头小子给骗了吧。”

韩德让忽然笑了。

燕燕瞪他：“你笑什么？”

韩德让悠然地倒了一杯茶，慢慢喝着：“我就怕哪天有人给你大姐写信，说皇太后让一个汉儿给骗了，这个人还是帐下奴出身，年纪还大了一大截。若是一个人说他坏话也罢了，各宗室旧族，统统没有说他好话的……”

韩德让话未说完，燕燕已经是笑着扑上去捶他：“你还说，你还说，你这坏人，你成心堵我的嘴。”

韩德让握住了燕燕的手，笑道：“好了好了。明白了？”

燕燕点头：“朕才不会听信一面之辞呢。不过，大姐先前说要在北方终老，我就觉得奇怪。她所有的亲人都在上京，为何会有这样的念头。现在看来，也许就是被那小子迷惑了。”

韩德让笑道：“你认定了那个人是坏人，是因为他就是坏人呢，还是因为他抢走了你大姐，所以才是坏人。”

燕燕用力捶了韩德让一下：“韩德让，我才不是这样的人呢！”两人打闹成一团，此事就略过了。

只是燕燕终究不放心，且又挂念胡辇，于是干脆下旨，巡幸北方。

胡辇接了旨意，十分高兴，下令准备迎驾。

这一日太后御驾至可敦城，胡辇率部站在城门口迎接。

燕燕从御驾上下来，胡辇高兴地迎了上去，姐妹上前相拥，凝视着对方，不胜唏嘘，往日恩怨均烟消云散。

述过寒温以后，燕燕看了一眼胡辇身后的可敦城和那些来列队迎接的诸部族长，欣慰地道：“朕一路行来看到北方一切井井有条，政局稳定，民众安乐，就知道大姐过去几年付出了许多心血。朕代隆绪、代大辽多谢了。”

胡辇轻笑着道：“有你这句话，我这些年在北方的辛苦总算没有白费。”转向韩德让：“恭喜你们。这么多年总算有情人终成眷属了。”

韩德让上前一步，拱手道：“谢谢你，胡辇。你的祝福是我和燕燕最想听到的。”

胡辇携燕燕重上御驾，御驾缓缓驶入城内。

燕燕凝视着胡辇，试探地道：“大姐在这边过得好吗？比起北方的政局，我还是更关心大姐你自己。”

胡辇坦率地点头：“很好。燕燕，你不知道，我在兴安岭遇到了人生中最大的惊喜。”

燕燕心中咯噔一下：“惊喜？”

胡辇面露羞涩道：“他叫挞览阿钵，一会儿到了城里，我介绍给你认识。和他在一起的这段日子，我第一次感受到做女人的幸福。燕燕，我终于明白，你当年为何能为了韩德让不顾一切，甚至随他私奔。我那时强行将你拦下，实在太过狠心。还好你们现在终成正果，我们姐妹都有伴，父亲和母亲也能含笑九泉。”

燕燕见胡辇满怀喜悦，心下一沉，但仍强作笑颜道：“大姐能够喜欢上一个男人，那真是件好事啊。想他一定是个文武全才才华盖世的人，如此才能够配得上大姐吧。”

胡辇坦言：“没有，他原来是个马奴，唯一会的就是骑马。”

燕燕的笑容凝结在脸上，不由看了外面正在骑马的韩德让一眼，又强笑道：“那也没什么，大姐喜欢就行。反正，就是个奴隶罢了。”

胡辇却沉下了脸：“他已经出了奴籍，他是我的男人。燕燕，我希望你也能够拿我对待韩德让的态度来对他。”

燕燕瞪大了眼睛：“可他只是一个马奴……”

胡辇回过神来，看到燕燕脸色，皱起眉头，不悦地道：“你这话什么意思？你看不起我的男人？”

燕燕忙道：“我不是那个意思。大姐，你把他和韩德让相比，是不是不妥啊。韩家书香门第，世家出身，入我大辽也已经三代高官，父兄都封王。他自己又任过南北两院，你让一个只会骑马的马奴和他相比……，”

胡辇笑容转淡，冷冷地道：“难道到了我这份上，还需要什么男人的身份地位给我添彩吗？你喜欢谁，就能够让皇帝拜他作皇叔；我喜欢谁，让我妹妹、妹夫对他多几份尊敬，有什么不对？”

燕燕恼了：“这话简直不讲理。”

胡辇也恼了：“我不讲理还是你不讲理。”

燕燕气道：“你……大姐，你简直不像我认识的大姐了。”

胡辇看着燕燕，郑重地道："燕燕，你是我妹妹，为了你，我自己可以委屈，可我不能让挞览阿钵受委屈。"

燕燕扭头不理胡辇。

胡辇见状，只得忍下气，推她道："燕燕，就算大姐求你，我在西北守边这么多年，没有功劳也有苦劳。挞览阿钵本来就是草原上自由飞驰的野马，是我把他留在了我的身边，他在这个环境格格不入，受到了很大的敌意和伤害。他的自尊心很强，你是我的亲妹妹，我希望我最亲的两个人之间，能够和睦相处。"

燕燕扭回头，一脸伤心："难道我在你心目中，竟是和那个什么挞览阿钵一样吗？"

胡辇抱住燕燕哄着道："哪里一样了，你是我的妹妹啊，他是我的男人，怎么能一样呢？"

燕燕倚在胡辇的怀中，不再说话，可是脸色却是阴沉了下来。

直至到达王宫，燕燕和胡辇相携着从马车上下来，就见着一个二十出头的年轻人率众在王宫门口迎接。燕燕见那人虽然身着华服，但却举止粗鄙，进退无矩，站在一众老臣与部族首领前面，毫无谦和之态，殊为无礼，心中就有些不悦。她虽然听得胡辇喜欢上一个比她年纪小的男人，可没想到竟然年轻如此。说句不合适的话，胡辇当初嫁给太平王的那年如果就生了个儿子，也差不多这么大了。

见胡辇热情地拉着她介绍："他就是挞览阿钵。"

燕燕勉强一笑："起来吧。不必多礼，果然是一表人才。"

挞览阿钵本也是惴惴不安地行了礼，见燕燕夸奖，不由有些得意，抬起头来见了燕燕美貌，不禁夸了一句："太后也很年轻美貌啊！"

他只道天下的女人都喜欢听夸奖美貌年轻的话，谁知道燕燕本就是勉强忍耐，听到这句轻浮的话，更加恼怒。

不想挞览阿钵是个不会看脸色的，说完这句话，不但没有看燕燕的脸色，反而得意洋洋地冲着胡辇眨了眨眼，颇有些夸耀自己的意思。

胡辇见了他这般可爱，不由得笑了起来。

燕燕看着两人互动，只觉得更不悦，想要发作，忍了又忍，终于还是拂袖进去了。

韩德让见势不妙，忙向胡辇赔笑道："太后旅途乏累了，多谢皇太妃费心。"

胡辇也已经看出燕燕的态度，心中亦是不满，只是为了挞览阿钵，也不便发作，只笑道："那就请太后歇息片刻，今晚宫中设宴，请太后与齐王赴宴。"

韩德让温润如玉，却有不怒而威之势，连挞览阿钵这般惫赖的人，也不禁收敛了一些，笑着与胡辇告辞离去。

韩德让耳朵灵，就听得挞览阿钵转身之时，对着胡辇洋洋得意道："他不如我好看，你妹妹眼光不如你。"

韩德让哂然一笑，摇摇头进了营帐，但见燕燕阴沉着脸坐在榻上，韩德让坐到燕燕身边，握住她的手，笑道："外面就要开宴了，怎么还不更衣？不舒服吗？"

燕燕愤怒地甩开他的手，道："你看到大姐的样子没有？这哪还是我素日英明睿智的大姐，她简直就是一个色令智昏的傻女人。她现在这样子，比二姐当年喜欢上喜隐的时候还不可理喻。"

韩德让只得再握住燕燕的手："燕燕，你太激动了。你不是一直希望胡辇不要孤单单一个人。现在她找到了合意的人相伴，你为什么不高兴呢？"

燕燕怒道："这能是合意的人吗？那个人，那个人简直就是个轻薄无赖。至少那时候二姐喜欢上喜隐，喜隐还是个身份高贵、举止优雅的亲王。那个是什么东西，他就是那种在草原上跟什么女人都乱睡的……那种马厩里配种的种马。"

韩德让扑哧一声笑了："你、你这比喻倒是新鲜。"

燕燕白了他一眼，道："我派去打听的人就是这么说的，说他就是那种马，除了毛色好看以外，既不能骑，又不能拉车，除了配种以外，一无是处。挞览阿钵那种男人，除了陪女人睡觉以外，一无是处。"

韩德让答道："既然胡辇喜欢，你何必管他。"

燕燕却道："我怎么能不管，当初大姐就是迁就了二姐一次，让她去见喜隐，结果惹来无穷无尽的麻烦，导致我们今天姐妹一个天人永隔，一个远在千里之外。甚至父亲的死，都未必与此无关。那个挞览阿钵，就知道一定是个祸害。他留在大姐身边，迟早会惹出事情来。"

韩德让叹道："我觉得你是不是偏见太深。"

燕燕正色道："绝对不是，相信我，德让。这世上有些人，是知道什么事能做，什么事不能做的。但是那个挞览阿钵，就是一个从未掌握过力量的顽童在挥舞着大锤当玩具，他甚至还不知道发生了什么事的时候，就会把整个屋子砸得粉碎。而大姐，就是那个溺爱这个顽童，而把大锤交给他的人。一旦失控，第一个受伤甚至毁灭的就是大姐自己。"

韩德让严肃了起来："燕燕，你是否想多了？"

燕燕执着地说道："我没有想多，你等着，我会阻止这种情况发生的。我看人，再准不过。"

话不投机，但宴会时间将至，韩德让也不欲与她再争执下去，只得先去赴宴。

可是酒宴上，又出了件让燕燕恼怒的事情。

本来可敦城地处偏僻，虽有些奇珍，但歌舞却只是平平。

燕燕已经按捺下性子，与胡辇互诉离情。此时乌骨里去世也已经多年，再深的芥蒂，也随着时光而渐渐淡去，升上来的更多是姐妹间年少时光那些珍贵的记忆。正如萧达凛劝过胡辇那样，她已经失去了一个妹妹，何必再断绝另一个妹妹的感情呢。

燕燕也同样珍惜与胡辇的感情，但是唯有这种珍惜，令得她对于胡辇更加关注，也更加上心。大姐为了家族，为了姐妹之情，而失去一次婚姻的幸福和孩子，所以这一次，她要帮助大姐擦亮眼睛。

她错过了与大姐相处的数年时光，她要让大姐重续亲情，她来这里的目的之一，就是请大姐跟她回上京。

上京，有她，有堂兄萧达凛，还有她的儿女们，她不会让大姐再孤独，更不会让乌骨里与喜隐的悲剧在胡辇身上再次上演。

所谓关心则乱，燕燕丝毫没有发觉，她此时的心态，已经有些不太像一个妹妹的正常思维。十余年来，从摄政皇后到摄政太后，她一直高高在上，掌控着整个帝国，也操纵着千千万万人的命运。

如果说早年她还曾经因为鲁莽和稚嫩做错事而反省，那这些年来她一直顺风顺水，在朝政上铁腕强势，导致了她的独断专行。

不管臣子还是儿女，没人敢在她面前说过不字，而当她决定做一件事，就没有失败过。

所以她怀着这样的想法，见胡辇带着幸福的笑容又提到挞览阿钵时，忍不住又看了一眼挞览阿钵。

这无知的马奴，坐在高位上，如同沐猴而冠，偏生还不自知，洋洋自得。不但如此，他居然还胆敢对跳舞的歌姬眉目传情，对送酒的侍女暗拉小手。

这还是当着诸多臣工、各国使节、部族首领们的面，当着她这个当朝太后的面，坐在胡辇身侧的时候。

萧燕燕的眼中简直要喷出火来，尤其是在大姐还对这个马奴如此情深意切的时候，这个马奴竟敢与别的女人做这样无耻的事来？

事实上，胡辇当然知道挞览阿钵的这种习性，他也不是起了外心，只是天性如此，习惯养成，忍不住对每一个女人眉目传情，忍不住对每一个女人都夸奖奉承。胡辇从见他第一眼的时候就知道他是这样的人，她不在乎，她也很明白地知道，这宫里的女人，哪怕被挞览阿钵哄得再心花怒放，也绝对没有这个胆子敢在她眼皮子底下挑战她的底线。

正相反，挞览阿钵这种调笑，会让她觉得更快活、更有趣，也更青春。他们在一起的时候会彼此语言调笑，她和侍女们在一起的时候，也开始用这种调笑的语气互相取乐，这只会让她的宫中更有生机。

但是燕燕不知道，她无法接受，更无法容忍。

不一会儿，舞女退下，换了伶人上来表演马戏。

挞览阿钵一杯又一杯地喝着酒，不觉就酒意上来，由侍从扶出去。

燕燕见状，回头招来良哥，轻声对着良哥耳语了几句，良哥有些惊讶，随即点头离去。

燕燕坐在那儿，对着胡辇举杯："大姐，我敬你一杯。"

一场好戏，就要上演，她会让大姐看清楚，这样一个品性低劣的人，不值得她为他驻足青眼。

却说挞览阿钵因酒气上涌，就由侍者扶出去，寻了个僻静地方吐了个干净。

挞览阿钵一低头，看到自己衣服上溅上了污物，嫌恶地挥手命令侍从道："你去给我拿件衣服来换。"

侍从脱下他的外衣去了，挞览阿钵嫌恶地皱皱鼻子，扶着墙走出。

他蹒跚着走到院子里，坐在一块石头上，看着天上的星光。

忽然一声轻笑，挞览阿钵抬头，却看到刚才那群舞女中长得最美的姑娘，笑吟吟地站在他身后，向他甩出一条披帛来。

挞览阿钵已经有些醉了，看到女子向他抛出披帛，本能地就笑嘻嘻地一拉披帛，那舞女轻笑一声，跌入他的怀中。

挞览阿钵凝视了她一会儿，方有些认出："哦，是你？"

舞女在他怀中风情万种地笑着："大人认得我是谁？"

挞览阿钵笑道："你不就是刚才那个跳舞跳得最美的那个？"

舞女轻笑道："果然大人刚才一直在注意我，我还以为是我自作多情呢？"

挞览阿钵顺口夸奖："像你这么美的女人，怎么会不被人注意呢。所有人当中，就数你最出色了。"

那舞女娇笑："那大人喜欢我吗？"

挞览阿钵也在笑："喜欢。"

舞女就问他："怎么喜欢法？"

挞览阿钵大笑着揽过舞女，亲了亲她的脸颊，才放开她，指指前面空地："你舞跳得不错。来，再跳一曲给我看看。"

舞女轻笑一声，略退开半步，对着挞览阿钵就跳了起来，她长得美，跳起舞来的时候，腰肢柔软得似要折断了似的，让人恨不得上前去扶一扶。

挞览阿钵这样想着，也伸手去扶了。

那舞女倒在挞览阿钵的怀中，顺势就用水蛇般的双臂缠住挞览阿钵，她靠在挞览阿钵耳畔，吐气如兰，轻声呢喃："大人，就只想看我跳舞吗？"

挞览阿钵勾起舞女的下巴，感觉头有些发晕，说话也更无忌惮了："你胆子挺大，居然敢勾引我。"

舞女的手在挞览阿钵的胸前轻抚，充满了挑逗之意："那大人上不上钩呢？您这样的英俊男儿，可是草原上许多姑娘的梦中情人啊。"

挞览阿钵得意地大笑："那当然，我睡过的女人就跟天上的繁星一样多。"

舞女又问："那现在呢？"

挞览阿钵一想到现在，不由地叹了口气："可惜啊，现在不是在草原上。"

舞女笑嘻嘻地问她："在草原上怎么样，不在草原上又怎么样？"

挞览阿钵叹气："如果在草原上，我们幕天席地，就能够有一段浪漫的露水姻缘。只可惜……这是在可敦城，闷死人的可敦城。"

舞女就问："大人不喜欢可敦城？"

挞览阿钵道："不喜欢。"

舞女道："既然不喜欢，为什么不离开？"

挞览阿钵无奈地道："走不了啊。"

忽然有人道："为什么走不了？"

随着话语声，燕燕带着良哥，走入庭院，站在台阶上居高临下地看着挞览阿钵。

挞览阿钵看到燕燕，疑惑地盯着她看了好一会儿，才忽然明白过来："皇太后？"

那舞女也慌忙跪下行礼，燕燕看也不看她，道：“退下。”

挞览阿钵看了看燕燕，又看了看舞女仓皇离去的身影，拍了拍自己的脑子，渐渐清醒起来，忽然道：“你、你跟踪我，还是这个女人是你派来的？”

燕燕嘲讽地道：“这不重要，重要的是，你是不是真的想离开可敦城。”

挞览阿钵忽然笑了：“我离不离得开可敦城，你说了不算。”

燕燕看着挞览阿钵：“我说了，就能算！”

挞览阿钵摇摇头，锐利地说：“我是个说了不能算的人，你要说了能算，就不会来屈尊与我说话。”

挞览阿钵说着，转身就要走。

燕燕一怔，勃然大怒：“站住。”

挞览阿钵转过身，桀骜地看着燕燕：“太后还有什么事情吩咐？”

燕燕忍怒喝道：“挞览阿钵，你最好安分守己，否则的话……”

她话还没完说完，就被挞览阿钵大笑着打断了：“我安分守己怎么样，不安分守己，又能什么样？太后能给我什么？太后能给我的，只要我和胡辇在一起，她都会给我。”

燕燕怒道：“你果然是为了权势富贵才和我大姐在一起。”

挞览阿钵冷笑道：“是与不是与你何干？胡辇乐意，我乐意，天皇老子也管不着。”

挞览阿钵说着，就越过燕燕的身边往外走去。燕燕大怒，厉声喝道：“挡住他。”

侍卫们伸手挡住挞览阿钵，挞览阿钵敏捷地出手反抗，扭打中挞览阿钵肚子中了一拳，他本就是酒醉，这一拳打得他张口喷涌，竟是污物吐出，溅在了燕燕的裙子上。

燕燕本来就积蓄着怒火，这下再也忍不住了：“岂有此理，你这贱奴敢对朕无礼。”顿时喝道：“把他给我拿下，抽他四十鞭，让他好好清醒清醒。”

她身后的侍卫立刻上前，将挞览阿钵捆绑到树上就开始鞭打。

燕燕看了看脏污的衣裙，恨道："扶我去更衣。"

燕燕更衣完毕，就欲回到行宴的王帐中去，哪晓得刚走进帷墙，就见着胡辇一脸怒色，带着一队侍卫匆匆向外行去。

燕燕连唤几声，胡辇都不理她，她心知不妙，连忙跟了上去。

果然见胡辇一直冲到刚才她鞭打挞览阿钵的地方，见着那侍卫仍然还在一鞭鞭地打着，胡辇大怒，冲上前护住挞览阿钵，喝道："住手，你怎么敢、怎么敢在我的可敦城行刑——"她气得浑身发抖："来人，把他拉下去，杖毙。"

那侍卫见胡辇发怒，也吓得跪下求道："皇太妃恕罪，臣也是奉命行事。"

胡辇又岂不知除了那一位之外，还有谁敢做这样的事，她亦是知道燕燕跟在身后，却故作不知道："这是我的王城，你奉谁的命令就可以无视我的存在？"

燕燕不得不上前，道："是我的命令。"

胡辇冷冷地道："你为什么要这么做？"

燕燕自觉理直气壮，道："他冒犯我，对我无礼。"

哪知方才还被打得奄奄一息的挞览阿钵却忽然抬头，冷笑一声，对胡辇道："她让一个女人来勾引我，问我是不是想离开可敦城。"

燕燕不想这马奴居然这样一盆脏水泼到自己头上来，倒显得她蓄意谋算不成，恼羞成怒而要打杀人泄愤灭口。她自觉不过是看出这马奴居心险恶，想要揭穿他；不过是这马奴蓄意犯上，她才会出手惩戒。叫他这样一说，居然颠倒黑白。

她上前一步，本想要怒斥，却见胡辇已上前扶住被侍卫解下的挞览阿钵，心疼地道："挞览阿钵，你既然能说话，为什么不叫我？"

挞览阿钵冷笑道："叫你有用吗，她可是皇太后。"

胡辇更加心疼了："你怎么这么傻啊，就这么忍着要被人活活打死吗？"说着扭头怒问燕燕："燕燕，就算他冒犯了你，难道你就一刻也等不得，就这么瞒着我要活活打死他？”

燕燕没想到她居然会如此说话，不由大怒：“大姐，你就宁可相信这个马奴的话，而不是相信我？”

胡辇冷静地反问道：“你要我怎么相信你？”她一指侍卫：“这是不是你的侍卫，他是不是奉了你的命去打挞览阿钵的？”

燕燕无言以对，她觉得自己似乎落入了一个卑鄙而低劣的陷阱里面，她已经很久很久没有这种感觉了，久到甚至无法立即作出反应来。

胡辇还在问她：“是还是不是？”

燕燕看着胡辇，张了张嘴，她不想在胡辇面前矫饰，就算事实并非完全一致，但命令的确是她下的，不必诿过于人：“是。”

胡辇不再说话，扶起挞览阿钵就要离去。

燕燕静静地站在那儿看着她的举动，心中越来越凉，只问她：“你去哪里，酒宴还没散呢，群臣还在呢。”

胡辇发出尖厉的笑声：“酒宴？呵呵，我一直把你当好妹妹，安排了盛大的宴会欢迎你，结果你却在这里鞭打我爱的男人。你这皇太后做得真是好啊，好极了！”

燕燕问她：“大姐！难道在你心中，这个贱奴比我还要重要吗？我这么做，只不过是关心你。”

胡辇却冷笑起来：“你关心的方式，就是鞭挞我爱的男人，甚至杖毙他吗？太后娘娘这样的关心，我承受不起，我们走。”

说着，她就带着挞览阿钵离开了。

她并没有看到，被侍从扶着的挞览阿钵临走之际，忽然回头看着燕燕，挑衅地一笑。

这一笑，顿时激怒了燕燕，燕燕险些又要发作：“你……”

良哥连忙拉住了她，劝道：“太后，您别中了他的计。”

燕燕和胡辇先后离开，尤其是胡辇是在听了侍卫密报后怒冲冲离开的，韩德让就知道发生事情了，忙让侍从去打听，得知消息以后也顾不得满座臣藩，匆忙赶了过来。

只可惜他到的时候已经太迟了，在路上遇上了胡辇，待要问她，被胡辇怒冲冲将了一句："问你的女人。"他满头雾水，及至到了现场，看到地上的血污和跪着的侍卫，已经知道是怎么回事了。不由暗怪燕燕鲁莽，只是此刻还不能说她。

但见燕燕余怒未消，还得安慰于她："燕燕，你没事吧？"

燕燕只觉得心头梗得厉害，握着韩德让的手都在颤抖："大姐竟然为了那个马奴这样待我……"

韩德让无奈地道："你啊，你就算不喜欢他，也不用一转眼就把他打成这样子啊，你这样不是激怒胡辇吗？"

燕燕大怒，推开韩德让扭头不理他："难道连你也不相信我，难道你认为我会无缘无故打他吗？"

韩德让只得抱住她安慰道："好了，好了，我相信你，我相信你。"

燕燕恨恨地顿足道："那个无赖，他根本就是故意的！他居然敢用苦肉计陷害我，你看大姐那样子，已经完全被这混账迷晕了。"

韩德让无奈，先将燕燕劝回王帐，另一边让群臣散宴。这头劝了燕燕一夜，次日才劝得燕燕同意，先与胡辇恢复关系，再说其他。

谁知道燕燕派去的使者连去了三次，都被胡辇拒之帐外。

福慧也劝过胡辇，胡辇余怒未消，怒道："她说要鞭打挞览阿钵的时候，何曾想过我？现在假惺惺求饶，是做给谁看呢。"

福慧道："可一直这么僵持着也不是个事情。太后那边传过来的语气已经越来越不好了，不如就……"

胡辇怒视福慧："不如就让她一次。反正我从小到大也让惯了，更何况她如今是太后，对吗？"

福慧见胡辇神色不对劲，抿着唇不敢答话。

胡辇冷冷一笑："我这一生忍她让她的太多了。我心爱的男人让了一次不够，还要来第二次吗？她自己和韩德让双宿双栖，却看不得我有一个心爱之人。就算她是太后，我也忍够了。"

燕燕自觉十分有诚意了，谁知道胡辇居然连她派的使者也不肯见，不由也怒了起来：“大姐竟然连见一面，听朕解释一句都不肯。那个挞览阿钵到底给她灌了什么迷魂汤！双古。”

双古道：“奴才在。”

燕燕捏紧拳头，仿佛终于下定了决心：“你去把那个挞览阿钵抓起来，流放去极北之地。朕要他和皇太妃永不相见，让这个祸害永远不能迷惑到大姐。”

此时韩德让不在，良哥闻言大惊，劝道：“太后，万万不可。皇太妃正在气头上，您不能再刺激她了。”

燕燕怒道：“良哥，那日你也看到了。那个挞览阿钵根本就是个毫无底线的无赖。他不但不忠于大姐，甚至在大姐眼皮底下就敢招惹别的女人。他还敢陷害朕……大姐在他的蛊惑之下，我三番五次请她，她都不来见我。她从来没这么对我过。大姐现在是魔怔了，我得把他们隔开。对，把他们隔开得远远的。然后大姐就会慢慢清醒过来了。双古，还不快带人去办。”

双古无奈应下，带着一队人马去了胡辇的帐中，抓走了挞览阿钵。

此时刚好胡辇前往校场，为三日后的大阅兵作巡查，双古这一去，竟是无人阻止，就这么顺利地抓走了挞览阿钵。

侍卫将挞览阿钵从床上拉起来，挞览阿钵正在睡觉，昨夜因为伤口疼了一夜，早上胡辇出去时他才得刚刚睡着，侍卫们闯进来时才惊醒，怒道：“你们是谁？干什么？”

侍卫们挟制着挞览阿钵出门，将他丢进马车时，挞览阿钵心知不妙，厉声惨叫：“胡辇，胡辇——”

侍卫立刻拿布条塞住了挞览阿钵的嘴，带着马车迅速离去。

胡辇的侍从看着挞览阿钵被带走，不由惴惴不安地问着一直站在一边袖手的高六道：“大人，我们就这么让他们带走挞览阿钵吗？”

高六看着双古的背影冷笑一声，从牙缝里呲出一句话来：“让他带走才好。如此，皇太妃才能听得进去我们的忠言。”如果不是他蓄意袖手，还阻止了其他人，双古想要从胡辇帐中把人带走，呵呵，那可没这么容易。

高六直等到傍晚，胡辇从校场回来后发现挞览阿钵不见了，这才来向胡辇告罪：“皇太妃，奴才有罪，奴才没能够阻止得了，挞览阿钵大人今日被皇太后派人抓走了。”

胡辇大怒，问高六：“人在哪里？”

高六道：“被双古带走了，不知道带到哪里去了。”

胡辇就要转身：“我去找。”

高六却挡住她：“您能往哪里找啊，还不如直接跟皇太后讨个人情岂不更好。”

胡辇信了，直接往燕燕宫帐行去，不想之前她不肯见燕燕派来的人，此刻她亦被燕燕挡在门外。

这一来一去，天就黑了，纵然此时胡辇再要往城外寻人，也被臣属苦劝住了。离了可敦城，天黑了，往哪里找呢?

胡辇无奈，只得点了人马，往城里城外的奴隶营去找人。

高六却早知道，太后必会将挞览阿钵远远地送到胡辇控制不到的地方去才是，所以他这一挡，等过了一天，这挞览阿钵早被送到天边去了，胡辇纵然再有心，也是找不回来了。

第九十四章

奴隶营中

当夜，燕燕翻来覆去，难以入眠。

韩德让握住她的手，叹息道："你这般不安心，不如就把那马奴放回来吧。"

燕燕顿时反应激烈："不行！我绝不能放他回来。"

韩德让叹道："可你又为胡辇现在的失魂落魄而不安。你啊你，也太冲动了，不过是一个马奴而已。"

燕燕咬着牙道："你不懂。那不是一个普通的马奴。"

韩德让看着燕燕，问她："那你好好跟我说说，你为什么对那个马奴特别排斥。"

燕燕想了想，还是如实说出了心里的感觉："大姐变了。这一次见面，我发现她的眼里心里仿佛只有那个马奴一人，其他任何的人事物，甚至我，都不被她放在心上了。她以前不是这样的。哪怕她为了二姐和我争执，离开上京的时候，我知道她心里还是关心我，关心大辽。可是，现在她变了，你明白吗？"

韩德让抚摸着燕燕的脸庞，也只有他才能够看得出她这个权倾天下的皇太后心中的无助和茫然，他柔声道："燕燕，你得接受，你的姐姐她找到了自己心爱的人，有自己的生活要过。"

燕燕却道："大姐当然可以再婚，我也一直盼着这一天。可是，那马奴完全配不上她。我会在上京再给大姐找，身份才能容貌配得上她的男人，可以随她挑选。"

韩德让叹气道："燕燕，如果那些她都不喜欢，就是再好，与胡辇又有何干呢？你魔怔了。”

燕燕咬着唇，不再说话。

韩德让问道：“你这般置气，到底是因为觉得挞览阿钵配不上胡辇，还是因为你不再是胡辇最重要的人了？燕燕，你何时变得这么任性了？”

燕燕气恼地转过身，用被子把自己的头盖住：“我不信大姐真的会对那马奴动心。她再过一阵子就会消气的。”

韩德让试图去拉被子：“燕燕，逃避不是办法。”

燕燕却道：“快睡觉。明早还要阅兵呢！”

韩德让无奈地看着鼓成一团的被子叹气。

次日，阅兵之时，却果然出事了。

这次阅兵本为震慑北方部族与藩国而来，胡辇虽然将各部一一打理过了，然而各部总还是有些心有不满，借机生事。

燕燕这次就是带着皇帝亲军到来，以这种压倒性的兵力和军容来给诸国一个心理上的大震慑，然而就在燕燕聚集大军之前，却得到萧达凛急报，国阿辇斡鲁朵退出阅兵。

燕燕勃然大怒，令耶律斜轸道：“有人无视军纪，擅自率队退出阅兵式，你还不速速去将人擒拿回来。”

斜轸不敢应声，偷眼去看韩德让。

燕燕怒道：“你看谁！朕的命令你没听到吗？”

斜轸无奈，正要转身，萧达凛忙上前道：“太后息怒！请允许臣去劝说皇太妃。”

韩德让亦劝道：“今日之事，不好叫藩国看笑话，斜轸你去他们的营帐，告诉他们说是根据大巫卜卦，阅兵时间推迟一个时辰，让他们等时间到了再到校场去。”这边对达凛道：“兰陵郡王，你有一个时辰的时间，务必在这时间把国阿辇斡鲁朵带回来。”这边再劝燕燕：“若是当真误了再说，如今先让达凛试试吧。”

燕燕看着达凛，脸色略微缓和道：“好，此事就交给达凛，今日阅兵是国之大事，皇太妃因私害公，实在不该。你去将朕的意思好好和她说说。”

萧达凛不敢延误，忙匆匆赶去，待到胡辇王宫时，却发现里面换了装饰。

而这样的装饰，他曾经见过，曾经被惊吓过，这是要婚礼的装饰。

萧达凛心中暗道不好，忙问高六：“这是要给谁办喜事？”

高六淡定地道：“自然是我家主人。”

萧达凛心中一惊，急奔进去，果然见着胡辇没穿阅兵的礼袍，而是穿着一身喜服站在中央。

胡辇看着达凛，笑道：“达凛哥来得正好，恰可以为我证婚。”

萧达凛顿足道：“胡辇，你胡说什么，你要嫁给谁？快别胡闹了，太后还在广场等着，你快随我回去请罪吧。”

胡辇平静地说：“我没有胡闹。”

萧达凛见她如此，不由痛心疾首：“胡辇，我知道你最近在为那马奴的事情和太后置气。可现在真不是置气的时候，你不该因私废公。这场阅兵式是为了震慑北方诸部，也是为了巩固你戍守北方的根基。你知不知道你这样任性退场，将大辽内部的不和暴露在那些部族长面前，又会激起他们不该有的野心。说不定，你这几年的征伐好不容易建立起的威慑力就会功亏一篑。你这是拿大辽北方的稳定开玩笑啊。”

胡辇却冷笑道：“那又如何？达凛哥，大辽的太后是她不是我。凭什么我要一次次为大辽做牺牲，我还是保不住我的男人。凭什么我还要为所谓的大辽北疆的稳定而牺牲？我也是个有血有肉有脾气的人。”

萧达凛劝道：“胡辇，达凛哥知道你这些年不容易，可你一向深明大义……”

胡辇直视萧达凛道：“我一辈子深明大义，换来了什么？我四十岁仍孑然一身，夫死无子，好不容易看中一个男人，还要被太后强行流放。我这一生难道就不能为自己活一次吗？”

萧达凛无奈，只得道：“你先随我回去阅兵，太后那边我帮你再劝劝她。”

胡輦冷笑道：“劝说如果有用，就不会走到今天了。我的心意已决，我是不会再回去了。今日就是我和挞览阿钵的婚礼。她要么把我的丈夫还给我，要么就让我做第二次寡妇吧。”

胡輦说罢，转身开始举行婚礼。

萧达凛无奈，只得转身急回燕燕营帐，这两姐妹一把年纪了还闹意气之争，直如三岁小儿，偏生一个地位至尊，一个手握兵权，倒把他夹在当中为难。

见众人都等在大帐中，燕燕却是不在。他想了想，还是悄悄派人去寻了韩德让出来，把事情告诉了对方，道：“这件事不难解决，德让，你还是劝劝太后吧，毕竟马奴事小，阅兵事大。”

韩德让也只能叹气，转身进了营帐，就见着燕燕坐在案前似在看着奏折，可神驰天外，明显已经心不在焉。

韩德让走到她身边坐下，把萧达凛来说的话，婉转地说了一遍，劝道：“燕燕，胡輦那边已经是拧着了。不如就算了吧。”

燕燕依然怔怔地，没有反应。

韩德让柔声劝道：“燕燕，算了。不要为了一个马奴伤了姐妹之间的和气。”

燕燕怔怔地，忽然长叹一声：“二姐背叛了我，结果现在，连大姐也背叛了我。我还以为大姐是这世上唯一不变能够让我永远信任的人。结果，她为了一个马奴背叛了我。”

韩德让也有些无奈，只得道：“燕燕，你不能这么想。”

燕燕怒道：“事实就是这样。在大姐心里，那个马奴比我重要得多。我和她三十多年的姐妹之情，还比不上那个马奴和她短短数月的欢好。她居然为了这个马奴，公然给我难堪。”

韩德让也恼了，道：“那你现在怎么办？胡輦都把自己嫁给那个马奴了，你真的要让她做第二次寡妇吗？”见燕燕终于不语了，他缓了声音：“燕燕，算了。告诉她那马奴的下落，别真的把姐妹变成仇人。”

一番又哄又劝又解释，燕燕最后还是不甘心地答道：“他在北疆的奴隶营。”

韩德让松了口气，道：“我去告诉达凛。”

燕燕在他身后高声叫道：“就算大姐嫁了他，朕也永远不想见这个卑贱的马奴。”

韩德让笑着哄她：“好好，不见就不见，你说什么就是什么。”

消息传给了胡辇，最终，这一天的阅兵仪上，国阿辇斡鲁朵重新回到队列，阅兵仪顺利展开，部族蕃国镇压，万岁之声震天。

阅兵仪后，燕燕起程回京。

可敦城下，大军待地，燕燕坐在御驾上，张望着可敦城的城墙，试图在那上面看到胡辇的身影。

然而，城墙上却始终没有出现人影。

马车缓缓启动，燕燕看着城门，黯然神伤。

韩德让扶着燕燕的肩膀，劝道：“没事，胡辇现在气还没消，等过段时间这件事淡了，我亲至可敦城再和胡辇好好谈谈，一定能让她回心转意的。”

燕燕苦笑一声，摇头道：“大姐这次恨透我了！”她把头伏在韩德让的怀中，叹道：“我这一次的事情，做得一塌糊涂。德让，幸亏最后还有你来及时劝我一劝。”此时，她才有些后悔了。

韩德让道：“没事的，胡辇一向深明大义，你看她这次还是参加阅兵仪了，是不是？她终究还是顾全大局的人，也是最疼爱你的人。”

而此时的胡辇，已经在准备着行程，她虽然派了侍卫前去接挞览阿钵。可是她觉得还是无法就这样苦等，她不如亲自去接挞览阿钵，也好过在这里牵肠挂肚地等他回来。

而此时的挞览阿钵，也在经历着他平生前所未有的痛苦和磨难。

他虽然是个奴隶，但从小野性，因为长得俊俏，嘴又甜，人又机灵，也没吃过什么大的苦头。十三岁以后，更是在马背上和妇人身边辗转，连小时候的穷苦也淡忘了。

而此时，他被太后下旨，送到了极北之地的奴隶营中，这一路辗转，他本是身上有伤，路上也无人照应，一路被扔在马背上颠簸，被扔到奴隶营里后，竟一动不能动了。

这奴隶营在极北之地，此时已经飘雪了。侍卫们从最后一个牧民聚集地到此地，快马都走了两遍，途中除了狼群再没有其他活物。

所以这奴隶营根本也没怎么防守，只用木栅栏围着的奴隶营，早已经肮脏不堪。许多衣衫褴褛、神情麻木的奴隶或呆坐在地，或聚在一起闲聊。更多的奴隶则不断在原地跺脚转圈，试图抵御那极端的寒冷。

侍卫们打开木栅栏的门，将鼻青脸肿的挞览阿钵丢进营里。

奴隶营管事辛古陪着这几个侍卫进了他的帐篷，殷勤地在侍卫身边讨好："大人，这人是哪来的？什么身份？"

那侍卫满不在乎地道："一个得罪了贵人的马奴，没什么身份。"

辛古赔笑："这么冷的天气还要劳烦几位大人走这一遭，看来，这马奴得罪人不浅啊。"

那侍卫吃着他的酒肉，知道他的用意，便呵呵一笑道："放心吧。这人没有翻身之日了，你想怎么处置就怎么处置。"

辛古立刻放下心来，忙陪着那些侍卫去喝酒吃肉了。

奴隶营中，挞览阿钵扑倒在地，他身上依然穿着被带走时的皮袍，这引得其他奴隶眼睛发亮，有几人起身将他围了起来。

挞览阿钵伏在地上，方艰难地抬起头来，就看到其他人贪婪的目光，不由立刻警惕起来。

挞览阿钵强撑着亮出拳头，忽然将第一个触碰他皮袍的人压住，往死里揍。那人猝不及防，挨了挞览阿钵好几个拳头，头破血流，很快失去了战斗力。

挞览阿钵打压住了一个，转头恶狠狠地看着其他人，问道："还有谁想找死？"

几个奴隶看了看，心中就有些怯了。挞览阿钵虽然病恹恹的样子，但却是一身华贵，眼中更有极大的戾气，对于这些长年处于最底层的奴隶而言，会觉得他跟自己不是一个类别。虽然奴隶群中争端更激烈，但也是要看人的。他们不过是看着挞览阿钵初来，以为他纵是富贵中人，但一旦沦落，还不是被他们欺负罢了。

谁知道竟然遇上一个硬杠子，挞览阿钵虽然受伤，但受的只是皮外伤，那侍卫虽然奉了太后旨意鞭打，但也怕皇太妃迁怒于他，所以终究不敢下重手，只是打得他皮开肉绽罢了。挞览阿钵身体又壮，吃得又好，还得胡辇关照，跟几个侍卫练了几年搏击之术，又哪是这些长期营养不良的奴隶们能比的。

直到挞览阿钵把几个出头的奴隶都打趴下以后，所有人都被他打怕了，竟没人敢再招惹他。

挞览阿钵支起身体，越众而出，找了个角落坐下。

这时候就见着角落里一个老奴隶看着他轻笑。

挞览阿钵警惕地瞪着他："你笑什么？"

那老奴隶阿列也是阅人无数了，当下笑道："看你穿着这么漂亮的皮袍，还以为你是刚刚被贬的贵人，没想到竟很了解奴隶营的强弱规则。不硬撑着这口气打这一顿，接下来在奴隶营的日子可不好过。"

挞览阿钵冷哼一声："贵人又怎么样？我也不是没做过贵人。"

不想阿列年老成精，听了这话，呵呵一笑，打量了他一眼："做过贵人？是睡过贵人吧！啧啧，你这长相倒是真有可能被贵人看上。不过，也就这样了。"说罢，还叹了口气。

挞览阿钵听得不顺耳，怒视阿列问道："什么也就这样了？"

阿列打了个呵欠，懒洋洋地道："包养你的贵人不还是舍弃你了？不然你怎么会沦落到这种地方。人家春风几度以后，就生厌了吧。"

此话正中挞览阿钵心底弱处，他不由揪住阿列的衣领，捏起拳头就要揍他："老东西，别以为你年纪大了胡说八道，我就不会打你。"

阿列怜悯地看着他："你心里明白，我说的是事实。你们就是一段露水情缘，你被丢到这里，她是不会再来找你的。"

挞览阿钵的拳头举在半空，迟迟不能落下，最后他从牙缝里挤出一句话来：“她对我不一样。”

阿列不以为然地道：“每个人刚被丢开的时候，都这么想。你就认命吧，做奴隶的就是一辈子被人踩在脚底的命。露水情缘，露水情缘，你知道什么叫露水吗？那是太阳一照就会消失的东西。”

挞览阿钵恶狠狠地看着这老奴隶，阿列却十分坦然，最终，他还是放下手，咬牙切齿地骂道：“凭什么她们一出生就高高在上，可以任意羞辱别人。而我不管如何努力，都会被人轻易踩到泥里。我不服！绝不服！我一定会报复回去。我不打你，我要你活着看到我的成功。”

阿列倒收了笑容：“没看出你倒还有股志气，这可是奴隶中难得的。可惜，你的出身就注定了你和人家天差地别。”

挞览阿钵冷冷地道：“我不信老天会如此不公。”

阿列蜷曲着身子，重新靠回角落里，懒洋洋地说：“老天若是公平，这世上就不会有贵人和奴隶之分了。”

挞览阿钵咬牙道：“就算她是贵人，这样羞辱我，我也一定要拉她下马！”

阿列睁开眼睛：“小子，你叫什么名字？”

挞览阿钵道：“挞览阿钵。”

阿列叹道：“挞览阿钵，听我老人家一句劝，你还是先想想以后在这奴隶营的日子怎么过吧。”他一指外头：“这里的管事辛古手段最是厉害，你得罪了贵人，在他手里，以后的日子难熬着呢。”

果然被阿列说中了，此后那个管事辛古对挞览阿钵诸般为难，挞览阿钵起初也想忍耐，怎奈他的性情这几年被胡辇养得又狂又傲又骄，连皇太后都不放在眼中，何况一个小小的管事，不免就被辛古有意针对，吃了许多苦头。

此处是极北之地，大雪天的本就是窝冬的时候，辛古却不肯放他们白闲着，于是冰天雪地中，奴隶们被驱赶着去树林伐木。

此时挞览阿钵身上的皮袄已经残破不堪，而辛古的鞭子仍毫不留情地向他身上抽打过去："不许偷懒！今天伐不够足量的木材，晚上你们所有人都没饭吃。"

挞览阿钵身上又多了一道血痕，他强忍住愤怒，继续砍伐禾木。

老奴隶阿列看了挞览阿钵一眼，轻轻一笑："这次总算学乖了，没和辛古干起来，他可不是什么善人。"

挞览阿钵冷哼一声："我的性命是要留着报复那个将我打入如此地狱的女人，怎么能轻易结果在这个恶奴手里。"

阿列轻蔑地笑了笑："你以为你隐忍，人家就能放过你吗？你刚来时违逆过他，人家早就记在心上了。"说着他便降低音调："看在你本性不坏，照顾过我几次的份上，今天伐木结束快逃。"

挞览阿钵皱着眉头看着阿列，轻声道："阿列，逃奴是死罪。"

阿列努努嘴，暗指辛古，低声道："你留下也是个死。你没发现他看你的眼神越来越不善了吗？不是今天就是明后天，他一定会把你丢到野地里喂狼。"

挞览阿钵轻轻转过头，辛古果然正阴恻恻地看着自己。挞览阿钵捏紧手中的柴刀。

阿列道："不想死，就快走吧。他这段日子也是在观察，看会不会有人再来找你。毕竟你这身袍子挺唬人。现在过了这么久，皮袍的震慑力已经没了。"

挞览阿钵咬了咬牙："我知道了。"

日头落到了山后，光线渐渐暗了下来，辛古看了看天色，高声地道："收队，回营！"

挞览阿钵假装跟着大队伍行走，却在路过一处斜坡时，脚下一歪滚落斜坡，队伍里顿时骚乱起来。

有奴隶惊呼："辛古大人，挞览阿钵滚到山坡底下去了。"

辛古挤过人群，走到山坡边，往下张望，却因为光线不好，只能模糊地看到一个人影在底下窜着，顿时明白。这奴隶营中他唯我独尊，这几日因为挞览阿钵数番与他作对，他想除掉挞览阿钵的心思也没有多少掩饰。

挞览阿钵眼高于顶，一时没有察觉，似阿列这样却是早看清了。辛古也知道他必是想逃了，咬着牙道：“好大的胆子！拿我的弓来。”他取过弓对着挞览阿钵连发三箭，就见着挞览阿钵一边逃一边躲避，却一个踉跄倒在地上，果然有一箭射中了。

辛古大笑着放下箭，不屑地道：“自寻死路的家伙。这种寒夜，戴着镣铐，带着伤，我看你如何躲过野兽的追逐。”

下属道：“大人，那就不找他了？”

辛古道：“明早再过来搜索他的尸体吧。我们回去。”

辛古一挥手，队列又重新移动起来，可是等他回到营房，就见着营房外兵士成列，肃穆萧杀。

辛古这辈子都没见过这么大的阵仗，直接就吓趴下了，他身后的奴隶们更是吓得连气都不敢喘。就见着那队伍中出来几个戎装女子，拉起一个个奴隶就寻找起来。

另有一个贵气异常的女子问他：“你们营前些日子接收了一个人叫挞览阿钵，他现在在哪里？”

辛古害怕了，他支支吾吾地不敢说话，那女子看他的样子，就变了脸色：“他出事了？”

辛古顿时吓得跪倒在地，却是畏畏缩缩不敢答应。

老奴隶阿列却站了出来道：“挞览阿钵他掉到山坡下去了，还受了伤。今晚若不能寻他回来，他就回不来了。”

就听得人群后一个尖厉的声音传来：“哪个山坡？你马上带路。”

天黑了，四周风声呼呼，时而传来狼啸。

挞览阿钵嘴唇白得发紫，脚步虚浮，捂着左肩的伤口，踉踉跄跄地在树林里行着。

也不知走了多久，挞览阿钵终于走不动了，他虚弱地靠在一处树下，手一放下，便见满手鲜血，触目惊心。

他喘着气，坚持着向前走。他的神志已经有些模糊，但他知道，要逃得越远越好，他已经听到了远处的脚步声，他不能让人抓到，一旦抓到，作为逃奴，他就会被当场处死。

挞览阿钵的肩上的血顺着他走过的道路，一点点滴落，失血过多的他已经没有精力掩盖血迹，他只能麻木地坚持着行走，只知道自己得逃得越远越好。

走着走着，挞览阿钵的前方出现了一匹野狼，目光幽冷地盯着他。

挞览阿钵呼吸停滞，提起柴刀，挡在身前，紧抿着的嘴唇透露出了他的紧张。

挞览阿钵左肩的血滴落到泥土间，迎风飘散的血腥味仿佛某种信号，野狼随即一跃而上，直接扑倒了挞览阿钵。

挞览阿钵终究失血太多，竟连反抗之力也没有，柴刀只轻轻在野狼背上刮过，非但没能造成伤害，反倒刺激得野狼野性大发。

就见着那野狼的血盆大口离他越来越近，挞览阿钵终于放弃了，绝望地闭上了眼睛。就听得空气中似有破风之声，那野狼口中腥气扑面而来，发出凄厉的吼声，甚至是血腥之气扑了他一头。

挞览阿钵以为自己死定了，哪知道那狼将他扑倒以后，血盆大口已经冲着他的头脸张开了，却整个身体朝他压了下去，一股温热腥咸的液体，渗入他冰冷的身躯。

耳边似乎听到有人在叫他，这声音十分熟悉，他听了无数次。

挞览阿钵睁开眼睛，看到的居然是胡辇，他笑了笑，伸出手来，抚着胡辇的脸，居然还是热的："你来了，我就知道你会来找我的。"

说着，他眼前一黑，晕了过去。

等他醒来的时候，有一刹那，他以为还在梦里。这将近一个月时间，他只有在梦里，才能够梦到这样松软的床榻，这样干净温柔的被褥，还有这一室如同天堂般华贵的装饰摆设。

他扭过头去，看到了胡辇，忽然笑了："我果然还在梦里，我又梦见你了。"

胡犨将他紧紧抱在怀中，哽咽道：“你不在梦里，我来了，我来找你了。”

挞览阿钵受了伤，这段时间又没养好，缺吃少穿的，手脚都冻伤了，身上还有新伤旧伤，看得胡犨心痛无比。自己捧在手心里珍惜的瑰宝，被人这样作践，她内心无处发泄，也无法找那罪魁祸首质问，本想将管事辛古砍了泄愤，思及挞览阿钵或要亲自报仇，只将他关了起来。

胡犨坐在床边，亲自为挞览阿钵喂药。

挞览阿钵一口一口吃着，看着胡犨的眼神渐渐不同，少了从前那种戏谑，反倒多了一丝凝重和感动。

胡犨柔声道：“大夫说了，你年轻，这些伤调养几个月都会好的。只是北疆天寒，你受了凉，这几个月，你得好好歇着，免得落下病根，以后这痛那痛的。”

挞览阿钵笑了道：“好，都听你的。”

胡犨安慰道：“放心，我不会让任何人伤害你。”

挞览阿钵点点头：“我知道，你会来找我的，你不会抛弃我的。”

胡犨说：“那个管事辛古，你要不要亲手杀了他出气？”

挞览阿钵说：“算了，让他当奴隶吧，这比死了还惨。对了，还有一个老奴隶阿列，这个人对我有恩，让他到我身边侍候吧。”

胡犨说：“我派了五百亲兵保护你，除非他们全死光了，否则任何人也休想再带走你。”

挞览阿钵笑着点头。

正好此时高六来找，胡犨就一步三回头地去了。

挞览阿钵看着胡犨的背影，心中暗道：“放心，我也不会再任由自己落到那等任人宰割的境地了。那位尊贵的皇太后必须为她的所作所为付出代价。”

第九十五章

澶渊之盟

时光如梭，转眼就到了统和二十二年（1004年），景宗的六个孩子都已经成亲生子了。

次子隆庆和幼子隆佑，娶的是后族之女。长女观音女，封齐国公主，嫁萧思温的承嗣子萧继先。次女延寿女，封卫国公主，嫁萧达凛的儿子萧排押。最小的长寿女，嫁的是萧达凛另一个儿子萧恒德。

其他孩子倒也罢了，长寿女却是在统和十四年早夭了。这说起来是燕燕一桩悲伤的事情，景宗晚年生的孩子都身体较弱。玉箫所生的药师奴从小多病，一直是泡在药罐子里喂大，没长到十岁就夭折了。长寿女身体也弱，好歹在宫中养到十四岁才嫁出去，可是没几年就死了。

燕燕正是万般悲伤的时候，偏生这时候还爆出来驸马萧恒德在公主病重之时，与太后派来照顾公主的宫中女官贤释私通之事，燕燕大怒，当即下令赐死萧恒德与贤释。

萧恒德是萧达凛幼子，年轻俊美，屡立战功，打仗时每每身先士卒，总是第一个攻上城头，是燕燕最喜欢的一个晚辈。统和六年，他跟着隆绪攻宋的时候，萧恒德不惧城上矢石如雨，独当一面指挥镇定，最终城被攻克，恒德却中了流矢，太后还亲自前去探望赐药。攻长城口时，又率先头部队攻敌营，被燕燕当成军中表率称赞。后来又征高丽未归附，萧恒德兵拔其边城，高丽王畏威而上表请降。

但他年少成名，又因为一直受太后及皇帝宠爱，未免意气骄狂，打仗时勇敢，战略上却连吃了好几次败仗，官职升了又削。他既受上京女子追捧，公主又体弱多病，私生活就有些不检点，长寿女年纪小，生得娇，又去世早。太后及两位长公主，不免将怒火都发在他的头上。观音女与延寿女就哭着跑进宫里来，说要为妹妹做主。燕燕更悔将女儿误嫁，这三个女人的怒气上涨，莫说萧达凛不敢为儿子求情，连皇帝与韩德让也不敢开口了。

那次事情过后，燕燕郁结了好些日子，幸而有皇后萧菩萨哥温情劝解，又带了一堆孙女们给她解闷，这才渐渐把情绪缓过来了。

隆绪不像景宗，他虽然深爱菩萨哥，但后宫也从来没空过，到如今儿子生了七八个，女儿十几个，后宫有名有份的妃子，也有几十位了。

胡辇这边，却是一直只有书信往来，连信也只是淡淡地略述寒温，不及其他，这令得燕燕颇为遗憾。

除此之外，这些年在政务上推行却是极见成效，不管是释奴为民、推行汉制、改“同罪异论法”“贵贱异法”，还是改革军制，推行科考，任贤用能，且开疆拓土，征战四方，都是佳绩连连。

大辽自开国以来，其实一直动荡着。在太祖阿保机时代末期，才刚刚开始少量推行汉制，任用了几个汉官，但基本上还是草原遗风，以至于到他死时，述律太后就用草原习惯轻易地把他生前定下的太子人选给废了。太宗德光继位，得石敬塘献幽云十六州，国力大盛，却又因为南下汴京称帝，而最终兵败而退，死于军中，在位也仅十年。世宗继位，有心改革汉制，但还没推行，就死于祥古山之变。穆宗继位，更是暴乱之政。

直至景宗在位，前期还一直在处理横帐房诸王之争，汉制改革缓步开展，但终究时间还是太短。而燕燕自景宗开始摄政时代直至如今，已经三十多年。

这是大辽开国以来，前所未有的稳定执政时期，更何况燕燕麾下还聚集了如韩德让、室昉、耶律贤适、耶律休哥、耶律斜轸、萧达凛、萧观音奴、奚和朔奴、张俭、邢抱等一干皇族、后族、汉族、奚族，乃至鲜卑、回鹘等各族精英的文臣武将们，前仆后继地建立功业。甚至这几年间，五京的刑狱都为之一空，汉民的地位得到了提升，奴隶被解放，这二者释放出的生产力更是惊人。

而耶律休哥、耶律斜轸、萧达凛这些人南征北伐，所收伏的部族部民，也很快成为大辽的一员，甚至建功立业，出将入相。

帝国已经做好所有的准备，在等待着新的转机。

而这个转机，很快到来。

宋主赵光义病逝，新君继位。

燕燕接到密报，于是召开群臣商议此事。

萧继先道："宋国新君乃是宋主第三子，自幼长于深宫之中，从未上过战阵，听说性情也很是软弱。太后，这是咱们大辽的机会到了。"

燕燕皱起眉头："你的意思是？"

萧排押也道："宋主赵光义是百战之将，两次北伐虽然无功而返，却给我们大辽造成了许多麻烦。如今换了这黄口小儿当家，来而不往非礼也，我等怎能不予以还击！"那时候赵光义趁景宗病故，孤儿寡母继位，趁机兴兵北伐，令得许多大将耿耿于怀。

梁王耶律隆庆道："不错。赵光义欺我大辽无人，两次围攻幽州，我们必要攻下汴京，还报与他。听说，宋国新君继位的时候，还有人想拥立赵光义长子为帝。可见他们国内不稳，说不定我们这一攻伐，宋国自己就先乱了。"

韩德威也道："这也是夺回瀛莫二州的大好机会。太后，万万不可错失。"

随着岁月的变幻，许多人事也在变动。统和十六年，耶律休哥病逝，统和十七年，耶律斜轸病逝，如今朝上的中枢老将只有萧达凛了。

而年轻一代也开始崭露头角。如燕燕的次子梁王耶律隆庆为南京留守，三子楚王耶律隆佑为西北招讨使，萧思温的承嗣子萧继先如今已经是北府宰相，韩德让的弟弟韩德威为南面招讨使，萧达凛的儿子萧排押，耶律休哥的儿子道士奴，高十等都已经接任他们的父辈而上位。

而虎古死后，他的儿子磨鲁古跟在斜轸身边，也渐渐消去了恩怨，颇建了些军功，如今也被任命为北院大王。

而这些年轻人，更想建功立业。

燕燕想了想，看向一直没说话的萧达凛。

萧达凛微微点头道：“兵者国之大事，太后须慎重行事。”

萧押排已经道：“太后，征宋之议或许也可一试。我们虽扶植银夏李继迁侵扰宋国，可毕竟还不成气候。若大辽亲自出击，或可毕其功于一役。”

耶律隆庆已经叫了起来：“各部族军已整军备战多时，太后有令，随时可以出征。臣愿为前驱。”

燕燕听了众人意见后，却没表态，只先散了朝，却独留下萧达凛，要问问他的意思。

萧达凛先问：“太后是不是要南下出征了？”

燕燕点了点头道：“是。所以我想再问问达凛哥，可有把握？”

萧达凛道：“太后您掌国十余年，日渐老成持重，许多事早已无需臣提醒了。宋辽乃当世大国，两国交战，关系国家气运，老臣不得不多啰唆几句。”

燕燕道：“此战关系甚大，所以出征之前，我要听一听您的老成谋国之言。”

萧达凛道：“太后此番南下，可有灭宋之意？”

燕燕摇了摇头：“宋国虽然不稳，可根基尚在，大辽虽然强盛，可南北强弱之势却还比不上太宗皇帝当年。太宗也只是入汴梁而还，我不敢有此念。”

萧达凛点头：“太后心思澄明，老臣甚是欣慰。既如此，此番南下请太后顺势而行，大宋可战则战，不可战就要以战促和，为百年之计，不可为意气之争。”

燕燕轻轻一笑道：“有达凛哥这句话，我心中终于安定了。群臣都认定这是大辽的大好机会，我虽也心动，可军中许多年轻人的灭宋狂念，却让我心中不安。我只是想着，若能以战促和，奠定辽强宋弱之势，解决穆宗皇帝以来，南朝时时不忘北伐的僵局，便是最好的结果。

可我心中也不免忐忑，是否因为我是一介女子，才失了那一鼓作气灭宋朝食的野心。”

萧达凛道：“老臣恰恰是怕太后被军中的狂热冲昏了头脑，没想到，太后您早已心中有数，大辽此番南下无忧矣。臣，愿为主帅。”

燕燕大喜，她没有立刻应下来是否开战，就是要看看萧达凛的意思。若是萧达凛没有挂帅的意思，再选一个为主帅的人来，谈何容易。这些年轻人都是没经过宋辽之间真正的大战的，想到这里，不由感叹：“幸而还有你在。”休哥、斜轸都不在了，幸而还有达凛。

燕燕带着皇帝主上亲征，南下伐宋，下旨兰陵郡王、南京统军使萧达凛为三军统，奚六部大王萧观音奴为先锋，再次兴兵南下。

萧太后挟数十万兵马攻破数个城池，辽军势如破竹，逼近汴京。

大宋举国震惊，真宗起用毕士安、寇准为相，并在寇准的劝说下，决定御驾亲征，以鼓舞士气。

谁也不知道，就在宋辽交战的关键时刻，千里之外的可敦城，也正在酝酿着一场巨变。

自从那次挞览阿钵被放逐之后，胡辇与燕燕生了隔阂，但对挞览阿钵却越发地好了。而挞览阿钵自那次以后，也变得沉稳了许多。以前管事不过是恃宠胡闹，如今却肯谦虚礼让，结交部族和蕃国。胡辇虽然觉得他原来一派天真甚好，如今沉稳踏实倒是不错。反正他什么样子，她都是喜欢的。

只是近来挞览阿钵与阻卜王铁剌不走得极近，胡辇却知这阻卜王向来心术不正，时有叛心，不想挞览阿钵受其影响。但她也不管束，只叫侍女留心着若是挞览阿钵与阻卜王私会，就要把他们说的话报给她。

不想这几次侍女对她说，挞览阿钵与阻卜王商议的时候，都不让她们留下。胡辇就起了疑心。这次阻卜王来，挞览阿钵又不让侍女留下，只让自己的亲信守着外头，自己与阻卜王在帐子里密议。

胡辇便悄悄走了过来，挞览阿钵再心腹的侍从，见着真正的主人也是不敢作声的。阻卜王虽也留了亲信在外，却被胡辇让人悄没声息地拿下了。

胡辇就站在帐外，听得里头似是有三个人在说话，一个是高六，一个是挞览阿钵，另一个就是阻卜王铁剌不了。

就听得阻卜王道："也只有挞览阿钵大人这样的英雄才配得上太妃这样的女子。太妃实在慧眼识英才，本王佩服。"

挞览阿钵叹道："胡辇自然是极好的。可恨她那个妹妹，妹妹……"

阻卜王道："太后嘛，确实太不尊重英雄了。"

高六道："是啊。太后当日强行将您流放，皇太妃担忧得吃不下睡不着。若不是皇太妃不惜率国阿辇斡鲁朵退出阅兵而相要挟，后果真是不堪设想。幸而，大人有上苍庇佑，平安归来。"

阻卜王道："若是我受此大辱，定是要报复回来的。纵然是大辽至高无上的皇太后，可咱们北地从来自成一国，更何况，如今皇太妃镇守北方，得各部拥戴，已是实际上的北方共主，太后的手也伸不到这么远。"

挞览阿钵冷哼道："我自然不会就此罢休。"

阻卜王道："本王和大人是一见如故，如今不妨和大人交个底。北方各部不服太后，却服皇太妃，早有拥立之意。若挞览阿钵大人登高一呼，自立为王，再封皇太妃为后，必然从者云集啊。"

阻卜王又道："只如今那楚王隆庆为西北招讨使，驻兵附近，实在是个妨碍。他是太后的爱子，会妨碍我们的立国计划。"

挞览阿钵咬牙道："那就杀了他。"

阻卜王微微一笑道："小王也是这个意思。只是一来没得到挞览阿钵大人的允许，总是难下决断。二来楚王是出了名的勇士，以一敌十不在话下，轻易出手怕拿不下他。若是大人也有此意，只要您配合，以皇太妃之命，请楚王饮酒，到时候在他的酒中下点药，小王再派族中高手行刺，保证做得神不知鬼不觉。"

挞览阿钵道："好，都听你的。只要事成之后，你保证拥立我为王，不会少了你的好处。"

阻卜王道："是，多谢大王。"

挞览阿钵听得通体舒畅："现在倒不必这么早称呼大王。"

阻卜王道："您有皇太妃支持，称王也是迟早的事情。"

挞览阿钵忽然只觉得外头声音有些过于安静，起身高声问道："什么人在外面？"他在胡辇这里的权威日盛，一般人当真不敢得罪他。

却见帘子掀起，胡辇带着侍女站在门外，神色肃然。

阻卜王和挞览阿钵都吓了一跳，高六却是脸色镇定，只跪伏在地，一声不响。

胡辇一步步走进帐内，脚步声一步步令得阻卜王心惊胆战。

胡辇冷哼一声："阻卜王。"

阻卜王吓得脸色如土，仓皇跪下："皇、皇、皇太妃。"

胡辇冷声喝道："阻卜王，你好大的胆子，竟敢叛变！"

阻卜王忙道："不不不，不关我事。"

挞览阿钵却拦到了阻卜王前面："你不必责骂他，要发火就冲我来吧。他只不过是听我命令。"

胡辇见挞览阿钵如此，只能暂且忍下怒火："你退下吧。"

见阻卜王仓皇离去，胡辇对高六及侍女道："你们也出去。"

众人退去，帐中只剩下胡辇和挞览阿钵两人。

胡辇看着挞览阿钵，深吸一口气，缓和语气道："挞览阿钵，阻卜王此人野心勃勃，阴险狡诈，他会欺骗你的。你与他交往怎么不和我说。这自立为王的事，是他怂恿你的是不是？"

挞览阿钵却梗着脖子道："不是，是我自己的主意。皇太后侮辱我，害我成为笑柄，我在北疆的时候就发誓要报复她。现在，你要我当一切都没发生过，继续给她当奴才、当臣子，我办不到。"

胡辇不可置信地问他："你要当王？你深恨皇太后，那我呢？我是她的姐姐。"

挞览阿钵双目深情款款地看着胡辇："你不一样。你对我一片真心，是我心爱的女人，我做了王，你就是王后。以后，我们的国传承千秋万代，你和我同归陵寝，共享后世子孙香火，永生永世都不分开。"

胡辇忽然想笑，她笑了起来，抚摸着挞览阿钵的脸庞，问他："你真的想当王？"

挞览阿钵认真地点了点头："是，你若要阻止我，那不如直接杀了我吧。"

胡辇的手忽然掐住挞览阿钵的脖子，笑道："好，我就杀了你。"

胡辇的手越掐越紧，挞览阿钵的脸从通红渐渐变得铁青，呼吸困难，却始终咬紧牙关，一言不发。

胡辇忽然松手，挞览阿钵跌到椅子上，抚住咽喉，咳嗽不止。

胡辇蹲下，对挞览阿钵流露出复杂的眼神，既想杀了他，又有些不舍："你到底想怎么样？"

挞览阿钵一边咳嗽，一边笑道："我就知道，你舍不得杀我的。"

胡辇问他："你就不能为了我，放弃这个心愿？"

挞览阿钵笑着看了胡辇半晌，摇了摇头，仰起脖子送到胡辇面前："你还是杀了我吧。"

胡辇沉吟半晌，忽然道："好，我帮你。"

挞览阿钵睁开眼睛，不敢置信地看着胡辇："你说什么吗？"

胡辇看着他微笑，笑容中的复杂情绪深不可测："我说，我帮你。你要活，我就让你活下来；你要权力，我就把权力给你；你要王冠，我就把王冠戴在你的头上。"

挞览阿钵震惊地看着胡辇，眼中的自暴自弃渐渐退出，一层泪光蒙上，他扭头，哽咽道："为什么？"

胡辇道："人只能活一次，我这辈子忍让得太多，牺牲得太多，我想照自己的心意活一次。"

挞览阿钵道："为了我？"

胡辇站起来道："是。"

挞览阿钵兴奋地站起来准备往外走："我这就去找阻卜王。"

胡辇却道："不必了。那个人，对你没有用。"

挞览阿钵站住，扭头不解地问："为什么？"

胡辇道："阻卜王只是想利用你搅乱北疆的局面，让他可以混水摸鱼，根本不是真心帮你成为北疆之王。斜轸死了，燕燕马上就能派另一个人来镇守北疆。你的新立之国立刻就要面对大辽太后的雷霆之怒。"

挞览阿钵虽有野心，但完全不明白国朝的内政外交，听了这一番话，完全手足无措，只呆呆地看着胡辇："那怎么办？"

胡辇轻抚着他的脸庞，虽然如今也经历了一番风霜，可是不管长成什么样子，都是一样的好看，一样的单纯。连自以为的坏心眼，在她眼中，也是一样的单纯可爱。她笑了，缓缓地道："一切都交给我吧。"

胡辇回到她的王帐，开始写信。

挞览阿钵自那时起，就一直跟着她，看着她的一言一行。他想努力拉近跟她的距离，想知道"谋反"这件他和阻卜王商议了很久仍一头雾水的事情，胡辇是如何让它实施起来的。

就见着胡辇不断地写信，一封封地写，她没有去找那些蕃国与部族结盟，也没有检阅军队准备武器拉拢将领，这些高六和阻卜王告诉他谋反必须准备的东西，她一样也没做。

挞览阿钵终于忍不住开口询问："这些信都是写给谁的？"

胡辇轻描淡写地道："写给那些燕燕的反对者们。她力主汉化改革，又下嫁韩德让，为所欲为之下，得罪的宗室后族各部族长不少。你关起门来自立为王是没有用的。只要燕燕还是大辽说一不二的执政太后，她随时可以派皮室军北上镇压叛乱。我们必须联合其他反对者，釜底抽薪，重重打击，让她无暇顾及北方，你才能安然无恙地做这个王。"

挞览阿钵听得眼前一亮，他上前抱住胡辇，高兴地道："胡辇，你对我真好。"

胡辇看着挞览阿钵，淡淡一笑："记住，以后有任何事情都不要瞒着我。”

挞览阿钵兴奋地点了点头，抱住胡辇撒娇:“胡辇，你是这世上对我最好的女人，我一定不会辜负你的。”

胡辇轻轻一笑道：“我相信你。你不是说，今天要去看赛马吗？玩去吧，别为这些事情耽误了你的兴致，先过去吧。我把这些信处理好，就过去找你。”

挞览阿钵道：“好。我在赛马场等你。”

见挞览阿钵转身离去，胡辇含笑看着他走出门，笑容转淡道：“福慧，去叫高六过来。”

不一会儿，高六来了，依旧还是这么恭敬：“奴才参见皇太妃。”

胡辇冷冷看向高六：“挞览阿钵和阻卜王的事情你知道，对吗？”

高六坦然地说：“是。挞览阿钵大人和阻卜王的相识是因为奴才促成的。”

胡辇瞪着他，眼中杀机毕露，然而高六神情既坦然，又无惧，最终还是叹了一口气：“你终究还是不死心。我以为你已经成了我的奴才，可你终究还是没有忘记罨撒葛。”

高六道：“太妃，奴才和国阿辇斡鲁朵的所有兵士始终都是太平王留下的人马，朝廷不会信任我们的，我们也必须为自己找一条出路。”

胡辇冷笑一声：“现在终于把我逼上船了，高兴吗？”

高六立刻跪下道：“高六绝不敢逼迫皇太妃。且不说您是太平王所认定的继承人。这十几年来，若无皇太妃庇护，国阿辇斡鲁朵早已被太后拆得四分五裂。这份恩德，高六绝不敢忘。这次的事情是奴才擅自妄为，皇太妃若觉得我罪不容赦，随时可取我项上人头，高六绝不反抗。”

胡辇叹了口气：“起来吧。这世上没人能逼我做不想做的事情。”

高六惊喜地抬起头，就见胡辇抽出桌上几封信函递给高六：“这些信关系到我们的大计，你派人用八百里加急尽快送去。”

高六重重磕头，声音微颤，难掩激动道：“是，属下这就去。”

见高六去了，胡荸反倒有些迷惘，她问福慧：“我这么做，是对，是错？”

自从她喜欢上挞览阿钵以后，福慧已经发现，自己对胡荸任何的劝说都是无效的，此时她已经学会了不发表评论，只说：“皇太妃，您既然已经决定，那就是对的。”

胡荸轻吁了口气，站起来道：“走吧，去找挞览阿钵看赛马。”

发出去的信，很快就回来了。

胡荸一封封地拆看着，什么也不说。挞览阿钵忍了数日，等到回来了十余封信的时候，终于问：“怎么样？他们答应了吗？”

胡荸道：“自然是都答应了。这些人早就对燕燕的新政不满，对韩德让有恨。如今有人挑头，计划周密，哪有不应的道理。”

挞览阿钵握拳一挥道：“太好了！”随即又抱住胡荸欢呼：“我就知道我们家胡荸是最能干的！”

胡荸看到挞览阿钵毫不掩饰的欢乐，脸上也浮现出轻微的欢愉。待挞览阿钵将她放下来，她轻轻抚着挞览阿钵的脸盘，温柔地道：“你放心，我总是要让你得偿所愿。”

挞览阿钵握住胡荸的手，感动地道：“胡荸，我有礼物给你。”

胡荸一愣：“礼物？”

挞览阿钵笑：“你随我来。”他欢快地拉着她，向外走去。

胡荸顺从地被挞览阿钵拉着走出大帐，走到挞览阿钵的私人小帐中，就见着挞览阿钵吩咐道：“你们把我备好的礼服拿出来。”

就见着侍女们转而捧了两套衣冠出来，挞览阿钵便捧了一套衣冠到胡荸面前，拿起那件大红袍子在胡荸身上比划，道：“这是我亲自监制，根据你的身量做的王后衣冠，你看，可喜欢吗？”

胡荸抚摸着衣衫，内心五味杂陈。这衣服大红为底，以黄金翠羽为线，七宝为饰，极尽奢华，细部又是毫微可辨，极尽精细。

挞览阿钵的才能，在这些方面显得特别出色。胡荸知道，他说了亲自监制，这件衣服肯定是花了他许多心思的。

挞览阿钵见她不说话，有些紧张："你不喜欢？我叫她们准备了三套，我觉得这套最好，如果你不喜欢，还有两套你看看……"

胡荤打断了他的话，说："不，我很喜欢。"指着另一个婢女手中捧着的衣冠："那件是你的王袍吗？"

挞览阿钵道："是啊！我想，这些东西要早些准备起来，免得到时候手忙脚乱。你成日筹谋大事，这些细节小事我就帮你办了。我穿王袍给你看！你也去换上衣衫，我们俩站在一起肯定很配。"

挞览阿钵将王后衣冠塞到胡荤怀里，推着她到屏风后去更换。

福慧服侍着胡荤在里间更衣，挞览阿钵则在外面更换衣衫。

就听得外面婢女笑道："挞览阿钵大人穿这身王袍真好看。"

挞览阿钵得意地道："是吗？我也觉得挺好看的。"

福慧观察着胡荤的神色，见她并无太多喜悦，担忧地问："皇太妃，您没事吧？"

胡荤轻轻摇头道："我只是还想着刚才的事情。我想，燕燕会恨我吧。"

福慧偷眼看了看外面，轻声地道："您后悔了吗？"

胡荤忽然笑了起来："可我就是想看看，她恨我的时候，会是什么样子。她无可奈何的时候，会是什么样子。她认输的时候，又会是什么样子。"

福慧终于忍不住道："太妃，您真的要为了挞览阿钵大人谋逆吗？这值得吗？"

胡荤怔了一怔，忽然道："我也不知道值不值得。"

福慧问："那为什么？您就这么爱他吗？其实，太后说得也没错，他除了那副皮囊，没有一处配得上您。您又何必冒这么大风险呢。"

胡荤想了一想，轻叹："是啊，我知道。可是，如果和挞览阿钵分开，我不知道自己还有没有能力再爱另一个男人。福慧啊，我老了。纵然你每日为我梳妆的时候，总想方设法为我遮掩脸上的皱纹，可我心中的苍老却是怎么都遮掩不住。挞览阿钵确实不是韩德让那种文武双全、成熟可靠，值得托付终身的男人。可他的年轻、赤诚、热情却可以填补我这颗苍凉的心，我不想放开他。”

福慧道：“太后正在前线对宋作战，您若在后方发难，大辽恐怕就……”

胡辇语气转冷：“燕燕一生任性妄为，却从来想要什么就得到什么。她出嫁为皇后，代夫执政，说一不二。先帝故去，她做了太后，和韩德让的多年苦恋也修成正果。她这一生都为自己而活，不留任何遗憾。我呢，我这一生都在为大辽，为别人而活着，从来没有一天是随着自己的性子来的。难道不可以试着任性一次吗？福慧，我也想任性一次。”

福慧不敢再劝。

胡辇却在自言自语中坚定了决心：“我这一辈子，总该为自己活一次。”

胡辇走出房间，看到挞览阿钵已经穿好王袍，正在对着镜子准备试戴王冠。

挞览阿钵低头，侍从拿起王冠，准备为他戴上。

胡辇走过来，拿起王冠，轻轻地戴在挞览阿钵的头上。

挞览阿钵抬头，发现是胡辇，怔了一下。

胡辇微笑道：“这个王冠，我替你戴上。”

正在前线的燕燕并不知道，胡辇已经联合正在南京的冀王妃伊勒兰，要截断她的后路。而她正遇上一件极为悲伤的事情。

事起在于因为被阻在澶州城下，萧达凛听说宋皇亲至，于是一早带着兵马，亲至前线观察敌情。

他为人细心谨慎，打仗时胜多败少的要诀就是知己知彼，所以每次都是亲自勘察战情以定战略。

这日他也正是如此，而他万万没有想到，此时澶州城头，一个寒光四射的箭头，正对准了他。

威武军的军头张环站在城头，清晨的阳光照在床子弩上，反光映得张环微眯了一下双眼，他看到城下来了一队辽人的兵马，虽无旗号，但见为首几人的服饰，当是辽军高官。

张环怦然心动，悄悄令人张弩，对准了萧达凛。

严格来说，萧达凛并不是处于床子弩的准确射程之内，他离城下起码还有八百步的距离。他对宋军的弩箭射程是很清楚的，而这个清楚，是用了许多辽军探马的性命换来的。

但他没有想到，这次他遇上了一种新的弩弓，更遇上了一个赌性极强的弩手。照理说，他身处射程之外，一般人是不会浪费弩箭的。但张环掌握的是床子弩，而且是床子弩中最为强劲的三弓八牛弩。整张弩弓由三张大弓组成，拉动这张弩需要八牛之力，弩弓大如铜床，因此得名。每次动用床子弩，需要百余名兵士分别绞轴张弦，方能将弩箭发出。而用的箭矢以硬木为杆，精钢为镞，生铁为翎，状如标枪，三片铁翎则像三把剑一样，世称“一枪三剑箭”。这样力度的弩箭一旦射出，便是城下敌将穿着铁铠甲手执盾牌挡阻，也难免盾碎甲裂，一命呜呼。

身处射程之外，前面又有数排兵士拿着巨盾以策安全的萧达凛想不到自己居然也会遇袭。他正在勘测地形，听得连声惊呼，忽见六尺长的弩箭从天而降，直穿破挡在他面前的数张盾牌，只觉得一股大力直接将他撞在马下，顿时鲜血喷涌而出。

众将惊呼起来，正在此时，澶州城开，守将率军扑击过来，众人被打了个措手不及。那守将本冲着那中箭之辽将而来，不料辽人悍不畏死，直将宋军队拖住，却有数名将士，抢了那萧达凛拼死冲杀出去。

燕燕和韩德让坐在一起，正在看着地图。

双古匆忙而入，跪倒在地道：“太后，萧达凛元帅他、他——”

燕燕站起道：“元帅怎么样了？”

双古道：“元帅在澶州城下察看地形，被宋军床子弩射中，已经、已经去了。”

燕燕大惊，往后一仰，晕了过去。

萧达凛的死，令得燕燕心理受到极大的打击，她身着素服，亲往祭奠，沉重的心情无法消弥。

这一天傍晚，韩德让与她商议道："澶州城已经守了大半月，我们虽然派人不停攻伐，可久攻不下，达凛死于战阵，士气已经大不如前了。如今，我们深入宋国腹地，他们坚壁清野，一路上粮草运送压力非常大。燕燕，你还想一直打下去吗？是否可以做一些让步，早日结束这场战争。"

燕燕叹道："德让，我们老了。我只想在有生之年，为大辽一劳永逸地解决和宋国之间的争端。"

韩德让道："燕燕，你想一劳永逸，宋国可未必让你如愿。近三十年来，两国边境摩擦不断，远的柴荣北伐不说，赵匡胤、赵光义兄弟都先后亲征北上。宋国对燕云十六州的执念不是那么容易消散的。"

燕燕道："正因为如此，我才不愿两国兵力再消耗在这些无谓的小摩擦中。宋辽之间既然谁也灭不了谁，那我就要一次把他们打透打怕，让他们不得不在心底承认，燕云十六州已不是宋国可以期望的领土。"

韩德让道："在你原本的计划里，打算在何时议和？"

燕燕苦笑道："我原是打算占些州郡便设法议和。后来一路顺遂，我又觉得若占了汴京，再逼宋国签下城下之盟，对大辽会最有利。而今，这澶州城久攻不下，那宋国新君竟然亲征，胆识大大出乎我的意料。宋国并非无人啊。"

韩德让问道："这些日子的猛攻，都是为了在议和的时候占据主动权吗？"

燕燕点了点头。

韩德让握住她的手："我还担心你被达凛的死激怒得冲昏头脑。"

燕燕道："为君者无私情。我自然为达凛哥伤心不已，却不能因此坏了大局，让他的白白牺牲。更何况，若战争不能在我手中结束，将来大辽再来一个穆宗皇帝那样的昏君，就会把国家拖入战争深渊之中。"

韩德让道："无论你想做什么，我都会全力支持你。"

燕燕淡淡一笑，靠在韩德让肩头道："德让，幸好我还有你，幸好我还有你。"

燕燕点头道："你还记得王继忠吗？"

韩德让道："那个降将。"

燕燕道："对，当今宋主当亲王的时候，这个王继忠是他的亲信。当年王继忠也算一员勇将，伤重被俘，曾与我约法三则，才肯归降。头一条，就是我们南征，他不上战场……"

韩德让道："是啊，这些年来，他一直本分，北征各部族时，也算出力，倒是一个遵守承诺的人。"

燕燕道："我留着他，依从他的条件，善待于他，就是为了今天，他能够在宋主和我们之间穿针引线，达成和议。"

韩德让道："这样的话，于他来说，也算是忠义两全了。"

过得片刻，王继忠到来，恭敬向燕燕行礼。

燕燕就道："继忠归顺我大辽已有数载，生活可还习惯？"

王继忠谨慎地道："承蒙太后照拂，赐婚宗室，又封臣为户部侍郎，臣很知足。"

燕燕道："继忠可有归宋之念？"

王继忠吓了一跳，慌忙跪下："臣不敢有此念。"

燕燕轻轻一笑道："继忠不必如此，起来说话。"

王继忠起身，额上却已冷汗淋淋："是。"

燕燕道："当日，朕招降继忠时曾有一约，继忠此生只为宋辽和议出力，绝不为两国交战出力。而今，继忠旧主就在这澶州城中，不知你是否愿意代朕走一遭。"

王继忠惊喜地看着燕燕："太后果真有议和之意？"

燕燕微微一笑："朕实不忍两国百姓长久为征战所苦，若宋国能答应朕的条件，宋辽两国大可约为兄弟之国，各得安宁。"

王继忠踌躇地问："那太后当日为何下令南征？这场战争因大辽而

起，我却代表大辽去议和，若是宋主诘问我，怕是难以答复。”

燕燕长叹一声：“继忠在大辽多年，当知就算是朕在朝中也并非全无掣肘。当日，举国亲贵都有征宋之念，朕如何能违逆众人之意。更何况，朕虽老迈，宋主却年轻，朕也怕他认不清局势，贸然北伐，倒不如先下手为强。只是这战事一开，迁延不决，大辽虽占尽优势，朕却未必能从头到尾掌控住局势。朕更怕将来大辽再出现一位穆宗那样的皇帝，宋辽两国战端迭起，坏了大好局势。所以想趁着朕有生之年，为两国定下永久的和平。”

王继忠道：“太后的意思臣懂了，臣定当尽心竭力，促成宋辽两国议和。”

三日后，王继忠双手高举和议书，跪在地上道：“臣幸不辱命，宋主已同意议和。”

双古上前将和议书取来，送到燕燕手中。

燕燕道：“继忠一路辛苦了，先下去歇着吧。”

见王继忠退下，坐在一旁的隆绪立刻按捺不住，焦躁地道：“母后，你什么时候派了人去向宋国求和？如今我们可是压着宋人打，为何要求和？”

燕燕看着隆绪，眉头一皱道：“跟你说过多少次，为人君者要能沉得住气，不可如此焦躁。”

隆绪道：“母后，你为什么要议和？如今我们还大占优势，一直压着宋国打。他们龟缩在澶州城里，根本就不敢出来应对。”

燕燕道：“你的眼睛就只看到这一时的胜与败吗？愚蠢！你可知道，自从宋主亲征到了澶州城，每天都有无数勤王军向澶州城进发，他们的兵力只会越来越多。你没看到如今的天气，一日比一日更寒冷，我们深入宋国腹地，一路上粮草运送越来越艰难。”

隆绪听得脸色不佳，道：“照母后如此说，那宋国又何须议和。他们只要将战事拖延下去，我们就必须退兵了。”

韩德让道：“主上放心，我们固然一时奈何不得宋国，宋国却也不可能反制大辽。一则，他们新君刚刚即位，人心不稳。二则，赵光义两次北伐已经耗尽宋国元气，我料他们如今国库空虚，也坚持不了久战。如今，是我们攻入了宋国，这议和是城下之盟，优势还在我们这边。”

隆绪听到此处，方才重新振作起来，只是仍然有些恹恹地道：“母后和皇叔是不是早就知道，宋国不可欺，此番南下也只是走个过场。”

韩德让道：“也不能这么说。我们南下主要是为了凝聚人心，夺回瀛莫二州，如今都已达到目的了。”

隆绪撇了撇嘴道：“可是刚才，王继忠说的，宋国可是要我们返还所有占领的土地。”

燕燕道：“哼，我们大辽已经占有的领土，他们不能通过战争夺回去，难道还想通过和谈夺回吗？真是痴心妄想。王继忠本是宋人，他去谈判，难免内心倾向故国。宋国的这些条件，大有谈判的余地，回头更换了使节过去再谈，总要宋国臣服。”

隆绪别扭地道：“是我们大辽先南下的，最后以和谈结束战争。儿子是怕后世史书说我们打不过宋国才求和。”

燕燕失笑道：“傻孩子，能发起战争再按自己的计划结束战争的人才是真正的胜利者。我们此番南下，本就是以攻为守，收集诸王及八部亲贵的军权，为你收揽人心。此番征战下来，这个目的已经达到了，也是时候结束了。”

两边的和议密集地谈判着，两边都有议和之意，只是为了具体的条件商议不下。辽国要索回后周柴荣时失去的关南之地，而宋国却不肯出让。辽国索要岁币三百万，而宋只肯给三十万。

宋国的崇仪副使曹利用，和辽国的飞龙使韩杞，作为谈判使臣，两边往来，唇枪舌剑，难分高下。两边拉距不下，眼看就要谈崩。最终两边都有心退让一步，宋真宗便让使臣把岁币的数额定在百万以内，就可答应。因为计相丁谓算出，两边罢战之后，两国的榷场贸易一旦开展，每年就有可能有百万收入，就算把这百万收入都付与辽国，对于国库收支来说，也不算是损失。

而燕燕与隆绪商议的时候，也是把岁币估算在五十万到八十万之间。为了达成目标，该打的战，还是要继续打的。

所以这几天的仗，反而打得更加热闹了。

燕燕带着隆绪站在大营里，遥望着澶州城头的激战，笑道："没想到这宋人竟如此强项。我们猛攻了两日也没有丝毫动静，我倒是小看了赵桓。"她转向隆绪："若两国和议达成，你和他要约为兄弟。他有这番坚守的胆魄，倒是做得你皇兄。"

隆绪道："母后，前两日还为宋国不识相而气坏，这会儿倒夸上敌国之君了。"

燕燕满不在乎地道："那是两回事。"

就在此时，韩德让手执书信，匆匆而来。

燕燕见他面容严肃，心生不祥道："怎么了？"

韩德让将书信递给燕燕道："胡都堇寄来的，北方有变。"胡都堇是楚王耶律隆佑小名，听了这话，一边的梁王耶律隆庆脸色也变了，叫道："出了什么事？"

燕燕连忙拿过书信，一边拆一边问道："北方？是大姐出事了吗？"

韩德让摇了摇头，面露不忍。

燕燕低头看信，没注意到韩德让的神色，然而她只看了几眼，立刻脸色大变，厉声地道："这不可能！"

隆绪道："母后，出了什么事？"

燕燕面色变得惨白，一把抓住韩德让的手，情绪激动："德让，一定是有人蓄意挑唆，陷害大姐。她不可能背叛我！"

隆绪担忧地看着燕燕，忙劝道："母后，大姨母一定是被人胁迫了，说不定是那挞览阿钵干的！"

燕燕深呼吸了几口气，恨恨地道："当然。她肯定是被达揽阿钵那贱奴迷惑、胁迫的。德让，立刻派人去南京城查探冀王府的动静。”

韩德让道：“好，你别太紧张。没事的。”

燕燕闭上眼睛思索了片刻，再睁开眼睛，咬牙道：“派人去澶州城告诉宋主，关南之地我们不要了，岁币三十万即可。尽快达成和约，班师回朝。”

隆绪惊愕地叫道：“母后！”

燕燕没心思再在阵前观战，竟不搭理隆绪，转身离去。

隆绪正想追上去，被韩德让拦下：“别过去。你母后她需要一个人静静。”

隆绪担忧地道：“皇叔，大姨母真的会叛变了吗？”

韩德让叹气地道：“若不是罪证确凿，如何有人敢来禀报。北方若乱，则上京危急，那才是大辽的根本所在。所以你母后也顾不得关南之地了。”

澶州城下，辽军兵马陆续撤退。

燕燕、韩德让、隆绪三人骑在马上，最后遥望了一眼澶州城，转身离开。

公元1005年，宋辽两国在澶州城下签订和议，规定宋国每年给辽国岁银10万两、绢20万匹，史称“澶渊之盟”。从此两国以兄弟相称，往来通使，开始了长达一百二十年的和平时期。

澶州城头，宋真宗带着群臣在城头望着辽军撤退。

宋辽边境，百姓抱头痛哭。两国士兵兴奋地抛却武器欢呼。

和平终于到来，从此铸剑为犁，千里江山，不再是战场，而为良田、为榷场，繁华时代，就此开始。

第九十六章

千秋功业

回军路上，辽军有序行进着。

就因为隆佑的情报送得快，所以燕燕的军队没有进入冀王妃的埋伏中，反而进行了反包抄。

冀王妃伊勒兰带着多年训练的死士拼死抵御，最终还是兵败被俘，赐毒酒而死。

胡辇这张网，布得极广，她对于燕燕太过了解，她对于大辽的时势也太过了解，所以她这一出手，把所有明面上的，和隐藏着的燕燕所有的敌人，全部联合了起来。

南京冀王妃伊勒兰，耶律休哥的儿子耶律道士奴与耶律高九，耶律虎古的儿子北院大王耶律磨鲁古，还有许多的契丹重臣，以及对汉制与释奴法令不满的部族长们，以及高丽、阻卜、铁骊、回鹘等属国。

这是从南到北，从内到外，全部联动的危机。

燕燕率大军回京，一路荡平，直至坐镇上京，兵马直指可敦城。

率兵的将领，就是萧达凛的儿子萧排押。

谁也没想到，胡辇的兵马，会败得这么快。

胡辇联合的力量再多，去牵制政治的格局走向，或还有一试之力，但如果用来起兵谋反，其实反而显出了弱势来。

眼看着兵临城下，胡辇思来想去，最终想明白了这其中关窍。这就是大义名分，这就是皇权和军权，这也就是为什么当年述律后敌不过世宗，为什么穆宗一旦上位，其余诸王就无法在明面上与他对抗。甚至是罨撒葛已经远走沙陀，最终不得不回到上京，落到景宗的圈套中来。

自从阿保机建国，自从汉制推行以来，谁握着王权，谁就已经立于不败之地。其他的人不管多能干，多么得人心，但最终敌不过以王权号令下的举国之兵力。

能杀了王的，只有王自己。只有他自己施政不力，民怨沸腾，让他手中无官无兵，才能够杀死他。

胡辇长叹一声，她想明白了，可惜，时光不能重来。眼看着城池即将不保，胡辇果断转身，带福慧等少量心腹离开城头。

挞览阿钵见着胡辇回来，立刻迎了上来，正在关心地问候着她的安危，就见胡辇握住挞览阿钵的手道："别忙这些了。城快破了，你走吧。"

挞览阿钵惊愕得结结巴巴："什、什么？"

胡辇道："萧排押的兵马就要攻上来了，你若被捉，燕燕定不会放过你。我派人护送你离开。"

挞览阿钵茫然地问："那你怎么办？"

胡辇道："我留下断后，给你争取时间。放心，我始终是太后的亲姐姐，不会有事的。你快走吧。"说着叫了福慧："挞览阿钵交给你，赶紧带他走。"

福慧带着人，拥着挞览阿钵离开，挞览阿钵茫然地转头回望胡辇，胡辇却报以一笑。

挞览阿钵逃出的时候，整个可敦城里已经乱成一团，街市上不断有人横冲直撞，幸而挞览阿钵护卫众多，护着他安然穿过街市。

挞览阿钵脸色茫然，不知所措地问："福慧，我们要去哪里？"

福慧道："去西域或者更北面的北疆，总之要去到大辽势力所不及的地方。"

挞览阿钵道："那胡辇还能来找我们吗？"

福慧沉默不言。

挞览阿钵不安地问她："你为什么不说话？"

福慧烦躁地道：“啰唆这么多干吗？再不走，你当心被萧排押的人抓到。

挞览阿钵冲出城门，最后回头看了一眼，却看到城中一道浓烟，不由睁大眼睛道：“那、那个方向！是胡辇的行宫？福慧，是不是胡辇的行宫起火了？怎么会这样？萧排押竟敢放火烧宫？”

福慧落泪：“你怎么这么蠢！那是皇太妃自己放的火，她根本不打算再活了。你以为谋逆是小孩游戏吗？失败者当然要付出生命的代价。”

挞览阿钵茫然地看了看福慧，又看了看城里，忽然一咬牙，策马往回奔。

福慧叫：“挞览阿钵，你要干什么！”

挞览阿钵扭头一笑：“我回去找她。”

可敦城王宫里，胡辇举着火把，在庭院里四处点火。然后，她平静地寻了一处栏杆靠坐，看着四周大火熊熊燃起。

城门被攻入城头的士兵打开，萧排押带着兵马闯进城内，却看到胡辇行宫方向的浓烟，大惊道：“快去皇太妃行宫救火！太后有令，要抓活的。”

挞览阿钵从马上下来，穿过熊熊燃烧的宫门，冲进里面。

火势渐大，烟越来越浓，胡辇无力地靠着柱子，不断咳嗽。

却听得似有人在大叫：“胡辇，胡辇——”

胡辇一怔，失声叫道：“挞览阿钵——”随即又摇头道：“我真是糊涂了，他这时候怎么会来？”

可就在这样想的时候，胡辇恍惚间看到浓烟里冲出来一个人影，但她却看不清。直到那人越跑越近，紧紧抱住了她，她才愕然发现来人竟是挞览阿钵。

挞览阿钵红着眼眶，形容狼狈。可她自认识他以来，却觉得从未见过他如此俊美：“你，你怎么回来了？”

挞览阿钵赤红着眼睛：“胡辇，你骗我，”他哭得像个孩子：“我不走。我怎么可以留你一个人面对失败，我要保护你。”

胡辇抚摸着挞览阿钵的脸，叹道：“你、你这傻孩子，我不是叫你逃走了吗……”

挞览阿钵紧紧抱住胡辇，哽咽道：“你叫我走到哪里去，天地茫茫，离开你，我什么地方也去不了。”

胡辇眼泪流下：“你还年轻，你哪儿都能去得了。”

挞览阿钵惨笑一声：“没有你，我去哪儿？胡辇，你已经把我养废了，你要负责到底，你不能抛下我……”

胡辇看着他，百感交集，不禁落泪，紧紧抱住挞览阿钵：“好，好，我负责到底，我们永远在一起。”

大火熊熊，几乎要将他们吞没。

胡辇醒过来的时候，已经是在回上京的路上了。她发现自己身边只有福慧服侍，一惊坐起，道：“挞览阿钵呢，他在哪里？”

福慧含泪劝她：“皇太妃，挞览阿钵大人没事，他在另一辆车上。幸而萧排押大人来得早，及时把你们都救了回来。”

胡辇苦笑一声：“可我宁可与挞览阿钵一起被火烧死，也不愿意接受被押回上京的命运。”

福慧劝她：“皇太后不会这么对您的。”

胡辇摇了摇头：“我的妹妹，我最了解。”

当燕燕走入延昌宫的时候，看到胡辇缓缓回头，她已经两鬓斑白。

姐妹两人相见，互相凝视着。

胡辇道：“你来了。”

燕燕走到胡辇身旁坐下：“我来了。”

胡辇道：“我败了。”

燕燕问她：“为什么？”

胡辇忽然笑了道：“不为什么。”

燕燕痛心地问："大姐，你怎么变成这个样子了？"

胡辇笑道："我本来就是这样子，只是你没见过而已。"

燕燕沉默良久，还是说："阻卜王都招认了，是挞览阿钵先起了谋逆之心，大姐你才帮他的。罪在挞览阿钵，与你无关。"

胡辇笑着摇头："这个世上没人能逼我做我不想做的事情。我不是为了挞览阿钵，只是为了我自己。你可以做太后，掌国政，我也想试试这种说一不二的滋味。"

燕燕道："大姐对挞览阿钵还真是一片真心，为了保全他，把所有的罪行揽上身，甚至不惜如此激怒我。只是可惜，他不会和你有一样的心情，你这么付出根本就不值得。"

胡辇回想起挞览阿钵最后穿过烈火来寻自己，不禁轻轻一笑："我和他之间的事，你不懂。"

燕燕看着胡辇幸福的笑容，觉得万分刺目，她站起身，怒道："我会证明给大姐看，他一直在利用你，你完完全全选错了人。"

燕燕转身，气冲冲地走出延昌宫，问侍卫："挞览阿钵在哪儿？"

侍卫轻声道："在天牢。"

燕燕冷笑："他如今怎么样了？"

侍卫低声地道："他在火灾中就受了伤，进来以后，按照太后的吩咐严刑拷打，不过这人嘴硬什么都不认。"

燕燕忽然笑了："找个人过去，跟他说，让他去我大姐那里，老老实实把他那阴暗的小人心思都交待了。说他一直在利用她，说他根本不是真正爱她。那样，朕或许还能饶他一条贱命。"

侍卫领命而去，过了一天，回报燕燕说，挞览阿钵答应了。

次日，燕燕再带着挞览阿钵去见胡辇，此时挞览阿钵已经被收拾过了，虽然神情憔悴，但眼中的桀骜不驯却依旧存在。

燕燕忽然笑了："你果然是个小人，果然不是真心的，果然随时准备出卖我大姐。"

挞览阿钵看着燕燕，忽然笑了笑："你根本不是因为我是马奴才看不起我。你是因为我夺走了胡辇的心才如此恨我吧。”

这个马奴，就是永远有本事一句话惹怒燕燕，她顿时恼羞成怒，差点翻脸就要将这马奴直接拖下去打死。她怒道：“你这贱奴！你要害我大姐到何时？你想拖着她跟你一起下地狱吗？”

挞览阿钵咬牙忍痛，仍然桀骜地笑道：“我当然不会让胡辇跟着我下地狱。你让胡辇来见我，我会让她死心的。我不是怕你，只是因为我欠胡辇太多，我要她好好活下去。”

燕燕冷笑一声：“记住你说的话！”

说着，她径直入内，挞览阿钵也跟了进去。

胡辇独坐窗边，正静静地看着窗外。

燕燕强笑：“大姐，你看我带谁来了。”

胡辇转过头去，诧异地看着她身后的人。

挞览阿钵吃力地忍痛往前走了几步，强装着漫不在乎地笑道：“怎么，我如今难看到连你也不认得了吗？”

胡辇扑上去，紧紧抱住挞览阿钵道：“你没事吧？”

挞览阿钵抱着胡辇，脸上留恋的神情闪过，最终变为痛楚，他忽然反手推开了胡辇，叫道：“走开，你这个没用的女人！”

胡辇一个踉跄，跌倒在地，惊愕地看着挞览阿钵。

挞览阿钵忽然笑了起来：“你还来干什么！你这个没用的蠢女人。要不是你当初说能保我当王，你以为我会陪着你吗？你也不看看你几岁了，比得上草原上那些娇嫩的小姑娘吗？现在你已经不是草原上说一不二的皇太妃了，还来干什么？你给我滚！滚得越远越好！”

胡辇凝望着挞览阿钵，默默落泪。

燕燕远远地看着这一幕，内心更是复杂。

挞览阿钵道：“你哭什么？还不快离开我。你已经没用了，快跟你的太后妹妹滚回去吧。”

胡辇上前紧紧抱住挞览阿钵，哽咽道：“别说了，不必再说。你的心我明白。”

挞览阿钵仍想挣开她，却已经没有力气，只能软弱地道：“走开，你走开。”

胡辇紧紧抱着他，看向燕燕，含泪笑着说：“燕燕，他是真爱我的。你输了。”

燕燕不敢置信地看着挞览阿钵。

挞览阿钵终于不再挣扎，安然躺在胡辇怀中，他笑了笑，道：“胡辇，我先去了，你好好活着，好好的，我们来生再见。”

胡辇落泪：“好，我们来生再见。”

挞览阿钵闭上眼睛，平静地停止了呼吸。

胡辇紧紧地抱住他，爱怜无限。

燕燕吃惊地掩住嘴，脚下一个踉跄，差点跌倒，幸好良哥扶着她。

燕燕只觉得不能呼吸，她吃力地说：“扶我出去。”

良哥扶着燕燕离开，燕燕脚下如负千斤重，她走得缓慢极了。

她的身后是胡辇如影随形的哭声，刺激得她几乎无法承受。

燕燕才走出天牢，韩德让匆匆赶来，见燕燕脸色不对，担忧地道：“怎么了？胡辇呢？”

燕燕扑进韩德让怀里，哽咽道：“德让，我输了，输给了那个马奴，我永远失去了大姐。我是不是真的做错了，二姐是这样，大姐也是这样。到最后，她们全都背叛了我。”

虽然有许多臣子上书，要求赐死胡辇，但燕燕最终还是没有接纳，她对韩德让说：“我已经杀过一个姐姐了，不能再杀一个。”最终，她还是下令，将胡辇幽禁在怀州。

怀州是奉陵邑，如同当日把李胡和喜隐囚禁在祖州一样。作为皇室子孙，幽禁在祖陵，是他们最终的下场。祖州奉的是太祖耶律阿保机夫妻的陵墓，而怀州奉的是太宗耶律德光和穆宗耶律璟的陵墓。

这一打击，对于燕燕来说，是沉重的，她此时也已是五十多岁的老人了，遇上骨肉相残的悲剧，再加上之前萧达凛的死，以及这一场叛乱中牵涉的那许多昔日亲朋好友的子弟，让她更是数日不能安眠。

幸而，她还有韩德让。

有时候她会怀疑，为什么只要她觉得脆弱的时候，韩德让永远在她的身后，在孩子们的身后，可是他呢，他会有脆弱的时候吗？

韩德让笑了："我自然也是有脆弱的时候的。"只是，都过去了。

燕燕说："我想让隆绪亲政了。人老了，有时候会不甘心，会眷恋权力，甚至会做出糊涂的事情来。迪里姑跟我说过，一个人身体衰弱的时候，会影响到他的脑子。我不想这个国家，会因为我身体衰弱而变得失控。还不如在我能够控制自己的时候，把它交给接替他的人。"

韩德让点头："主上也是应该亲政了。要不然，再给他行一次柴册仪吧。"

燕燕点头："你说得对，是应该这么干。"

韩德让说："你是不是想迁都？"

燕燕点头："大辽已经进入了新时代。上京虽是太祖营建的旧京，却是以游牧为中心，已经不适应新时代的大辽了。我要在还政给隆绪之前，为他做最后一件事，把新都给他营建好。"

于是，她在原来燕山以北、辽河上游的地方，兴建起了一座新的城池，它将成为未来帝都，而且将会在此后很多很多年，一直作为帝国的京都。

她在那个城旁边，修了一条运河，以运送物资。这条河，一直被人叫做萧太后河。

修完了城，迁完了都，她就病倒了。

新都的太后宫中，燕燕躺在床上，气息微弱。

迪里姑坐在窗边为她诊脉，眉头紧皱。

韩德让、隆绪、菩萨哥都站在外间，忧心忡忡。

迪里姑放开燕燕的手，走出室内，隆绪紧张地问他："怎么样？"

迪里姑叹了一口气，拱手请罪：“请恕臣无能为力。”

韩德让和隆绪顿时脸色大变，隆绪道：“怎么会？母后素来不都是好好的。”

迪里姑道：“太后多年来积劳成疾，如今身体日渐衰弱，恐怕拖不过两年。”

隆绪脚下一个踉跄，险些站不住，一把抓住韩德让的手：“怎么会这样。皇叔，这、这可怎么办？”

韩德让拍了拍他的肩膀道：“进去说话。”

燕燕躺在床上，睁着眼睛，看韩德让、隆绪、菩萨哥三人走进来。

韩德让坐到床边，握住燕燕的手道：“你都听到了？”

燕燕点了点头道：“幸好，还有两年，不至于措手不及。”见隆绪面色悲伤，她反而笑道：“痴儿不必如此。人生在世，生老病死，总有这一日的。我说了，新都落成之日，便是母后归政之时。如今这样，反而正好。”

隆绪扑在床边道：“朕宁可母后永远康健。”

燕燕轻笑道：“可母后不想一直执政。母后想多一点时间，陪陪你皇叔，陪陪你的弟弟妹妹，还有我那些可爱的孙儿们。”

新皇宫的庭院，花开花谢，秋叶黄落，冬雪消融，春花重新发芽。

春光浪漫，满庭花开。

几个年幼的皇子公主在庭院间嬉戏。

老年燕燕坐在亭子里，看着外面的碧草蓝天，听着孩子的笑闹声，面含微笑。

燕燕回头看向身旁的韩德让，笑道：“那年，和你一起逃婚被抓回去的时候，我真没想到会有一日，白发苍苍仍然和你相依相伴。”

韩德让握住她的手道：“是你的坚持和勇敢，让我们有了今天。”

燕燕道：“我只是遗憾，我有六个孩子，你却一个也没有。”

韩德让道：“子嗣随缘。再说，你的孩子不就是我的孩子吗？”

燕燕道：“我想把胡都堇的孩子贴不过继给你为嗣。”

韩德让轻笑道：“为什么是胡都堇的孩子？”

燕燕俏皮地眨了眨眼睛，依稀还能见到少女时的风采：“近来朝中不是又有流言嘛，说胡都堇是你我当年在幽州所生，连胡都堇自己前几日都来问过。如此，我便让他的儿子认祖归宗吧。”

韩德让哈哈大笑，拍了拍燕燕的手，笑道：“你啊，调皮。”

燕燕道：“我们一辈子都在被造谣言，既然澄清不管用，那就帮他们坐实了吧。你有一个宫帐，上万兵马，数个军州，总不能后继无人，胡都堇也是听话的孩子，让他给你养老吧。”

韩德让道：“都听你的。”

燕燕轻笑着，忽然有些惆怅：“德让，我想回上京看看。”

韩德让有些惊讶地看着她：“怎么忽然想到这个？”

燕燕道：“中京还在营建的时候，我日日盼着。真搬进了这新皇宫，我却总怀念上京的宰相府、崇德宫，那才是我待了一辈子的地方，一花一木我都熟稔于心。”

韩德让拍了拍燕燕的手道：“左右我们如今都无事，我陪你回去走走。”

他们回到了上京，但见上京城的街市比从前萧条了许多，毕竟已经迁都了。

他们又回到了萧思温府，韩德让扶着燕燕在庭院里行走，燕燕看着四周景致，笑着说起童年旧事：“你知道吗？小时候，我常和大姐、二姐在这里舞剑。爹爹就在那边树下饮茶。”

韩德让看去，竟似看到了当年情景。

他陪着她看了乌骨里的房间，也看了胡辇的房间。这地方一直保留着原来的样子不动，哪怕时光已经过去了数十年。昔年的天真少女，如今已经白发苍苍。

他陪着她去了萧思温墓，也去了乌骨里的墓。

燕燕自嘲地道：“我想来看二姐，倒忘了也许二姐并不想见到我。

德让，我真是后悔啊。若是那年，没有一时心软放二姐去找喜隐，她就不会被喜隐迷惑，越陷越深，终于无法自拔。”

韩德让道：“性格决定命运。就是没有你那一次，只要喜隐不死，她终究还是会和喜隐走到一起的。”

燕燕道：“也许吧。可我总想着，二姐从前待我也是很好很好的。只是走到最后……”她的眼角有泪流下。

当夜，她就做起了噩梦。

她很少做噩梦，而当韩德让把她叫醒，整个人似乎都虚脱了。

韩德让问：“做噩梦了？”

燕燕抓住韩德让的手：“是。”

韩德让道：“你梦到什么了？”

燕燕欲言又止。

韩德让问：“怎么了，有什么事，还不能对我说吗？”

燕燕忽然说：“德让，我想请你帮我去看看大姐。”

韩德让敏感地道：“你梦到她了？”

燕燕嘴边泛起一丝苦笑。

韩德让犹豫地问她：“你，就只让我看看她吗？”

燕燕欲言又止，最后长叹一声：“是，就只看看她，过得好不好。”

韩德让按住燕燕的肩头，缓缓道：“好，我替你去看看她。”

怀州，韩德让的马车停下。

车内，信宁呈上一个瓷瓶道：“大人，您要的东西。”

韩德让接过瓷瓶，放入怀中。

信宁忍不住道：“大人，您真的要……”

韩德让凌厉地看他一眼，信宁低头不敢再说。

韩德让站起来，缓缓走出去，走进胡辇幽禁之所。

侍卫引着韩德让进来，一边介绍说：“皇太妃的身体很健康，日日早起舞剑，风雨无阻，一年到头都很少叫医者。”

韩德让轻叹，他宁可她身体衰弱，病骨支离。

他站在那儿，远远地看到白发的老年胡辇正在庭院中练剑。福慧和她对练，两人旗鼓相当，身手矫健，仅从背影看不出丝毫老年痕迹。

胡辇练罢收剑，回过头才看到韩德让，她略有些吃惊，随即爽朗一笑："你来了。"

韩德让缓步走到胡辇身旁："数年不见，皇太妃风采依旧。"

胡辇自嘲地道："如今我不过是个闲人，日日不过吃喝睡，除了保养身体也别无他事。更何况，当年挞览阿钵嘱我要好好活着，我自然不能辜负了他的期盼。"

韩德让道："你还念着挞览阿钵吗？"

胡辇凝视着韩德让，轻轻一叹："挞览阿钵很好，是我这一生遇到对我最真心、最好的男人。其实一开始，我也没有把他当回事。可是，他却真的对我用了心，他的年轻和热诚将我这颗冰冷的心焐热了。"

韩德让肃然行了一礼："是燕燕为世俗的偏见所惑，真正误了你。我代她向你道歉。"

胡辇道："也只能是你代她道歉吧。不是每个人都像她那么幸运，所爱的人年貌相当，门第相符，能够终身相伴。她一生幸运，是永远不会懂挞览阿钵的好，更不会懂我对挞览阿钵的爱。"

韩德让道："燕燕只是太重视你，所以那时才会举止失措。"

胡辇的笑容一凝，神情有过一瞬间的茫然，但是很快被她收敛起来。她把剑扔给福慧道："到里面坐下，边喝茶边说吧。"

韩德让与胡辇相对而坐，福慧给两人送上茶水，退下。

胡辇看着韩德让，单刀直入道："是不是燕燕要死了？"

韩德让震惊，整个人挺得笔直，瞪着胡辇。

胡辇淡然一笑。

韩德让瞪着胡辇好半晌，才缓缓地松下劲来："你怎么知道？"

胡辇淡笑道："我在怀州这么多年了，你今天忽然来看我，必有原因。大丞相国事繁忙，哪里会这么有空，来看望我这要发霉的罪人。"

韩德让沉默了半晌，缓缓开口："胡辇不愧是胡辇。"

胡辇道："是她叫你来杀我的？怕她自己死后，隆绪一众小儿制约不了我，所以要拖着我一起去死，对吗？"

韩德让道："你的能力，我和燕燕很清楚，燕燕不能拿大辽的江山冒险，我也不能。"他从怀中掏出瓷瓶，放在桌上，推到胡辇面前。

胡辇忽然指着韩德让纵声大笑起来："你啊，你啊，你傻不傻。你还怕她的手染上血弄脏了吗？她的手上，早就不知道有多少的人血了，早就脏了。可你，也就是你，还拼命抢着上前，替她弄脏自己的手，替她杀她想杀又说不出口的人。"

韩德让道："我愿意。"

胡辇笑声止住。

韩德让道："我愿意为她一生去弄脏手，就为了她能够少沾染一点血。胡辇，人总会为自己喜欢的人，心甘情愿做一些别人做不到的事。就像你为了挞览阿钵，做出那些事一样。"

胡辇忽然摇头："不是，我那样做并不完全为了挞览阿钵，我是为了我自己。"

韩德让道："胡辇。"

胡辇有些茫然地说："韩德让，你知道吗？当年，我从那破庙亲手抓你和燕燕回京之后，就去求父亲让我代替燕燕入宫。结果，父亲拒绝了我。"

韩德让震惊，他忽然有些明白，惊得险些站起来："你、你……"

胡辇低声道："德让，我也有野心，只是这份野心，藏得太深，深到我自己都误以为不曾存在，挞览阿钵只是点燃了我的野心而已。"

韩德让叹息道："事到如今，你又何必说出来？"

胡辇道："就因为事到如今，我才要说出来，再不说，我这一辈子，就没机会说出来了——韩德让，事到如今，我索性把这一生都不会说的话，都说出来。"

韩德让道："你想说什么，我在这儿，我听着。"

胡辇忽然笑了："我想问你，当初我曾经追求过你，你为什么没有爱上我。要知道，我们年纪更接近，而且你认识我比认识燕燕更早。"

韩德让凝视着她，摇头道："胡辇，你虽然追求过我，但是，你并没有爱上我，我也没有爱上你。因为，我们彼此都太像，我们的心思都隐藏得太深，都太被动。我爱上燕燕，就如同你爱上挞览阿钵一样，我们需要一个更加热烈的人，才能够引燃我们心中的激情。"

胡辇笑道："对，挞览阿钵，只有挞览阿钵，才能够点燃我心中的激情。唉，当年父亲说我太感情用事。那时候，我不懂，为何我从来顾全大局，燕燕分明任性妄为，在父亲眼中却是相反。现在我终于明白，父亲他果然目光如炬。我一生顾全大局，只放纵了自己一次就万劫不复。燕燕一直任性，却有任性一生的权利。"

韩德让问她："你可还有何心愿未了？"

胡辇道："你我相识、相知，如今你来送我最后一程，也算是一份圆满。罢了，你答应我一件事。"

韩德让道："请说。"

胡辇道："我死后要和挞览阿钵合葬。"

韩德让道："好。"

胡辇忽然笑了，她说："国阿辇斡鲁朵的兵符，我放在一个地方，现在给你了。你拿去吧。是分割也好，是赐给什么人也好，总归给他们一个好去处，不必为我陪葬。"

韩德让点头，应允。

胡辇神态平静，无悲无喜，她拿起瓷瓶，倒在茶水中，缓缓饮下。

韩德让起身，一步步走出房间，离开这个地方，永远离开怀州。

他把带回的兵符放到燕燕手中。

燕燕看着兵符，有些怔忡，眼角默默落下泪来。

韩德让反握住燕燕的手道："对不起，燕燕。"

燕燕摇了摇头道："是我应该说对不起，这个罪孽是我的，是你替我担了。"

韩德让道："你我是夫妻，任何罪孽，我都和你一起承担。"

燕燕道："国阿辇斡鲁朵的人尽量拆分，并入我的孤稳斡鲁朵。"

韩德让道："好。"

燕燕忽然剧烈咳嗽，一口鲜血吐出，昏迷不醒。

御医把脉过后，沉声道："太后已时日无多。"

韩德让坐在床边，紧紧握着燕燕的手，沉默无言。

隆绪却仿佛受到了更大的打击："难道真的没有办法了吗？"

菩萨哥看着隆绪，犹豫地建议："主上，若太医们真没办法，要不召请一些僧侣巫师来祈福试试？听说他们能给人延寿，法力无边。"

隆绪听得有些心动道："果然能延寿吗？"

韩德让眉头微皱，正要开口，却听得燕燕的声音传来："不可。"

众人一齐看向燕燕，燕燕此时已经睁开眼睛，肃然道："生死有命，我不需要那些僧侣巫师为我祈福延寿。"

隆绪道："母后，试试也无妨。"

燕燕憎恶地道："你不必再说。当年，你父皇弥留之际，我曾虔诚地祈求过上苍。若天真有灵，当时就该应我之请，可惜并没有。"

隆绪欲言又止，终究不敢违逆："是，孩儿知道了。"

燕燕道："你退下吧。我想和你皇叔独处一会儿。"

隆绪带着菩萨哥退下。

韩德让欲言又止，燕燕已经看得明白，道："你可别劝我试试，这些宗门之中，最知道怎么利用人的求生欲望来迷惑人了。"

韩德让道："子不语怪力乱神。"他是儒家，不信这个。

燕燕松了一口气，幽幽地道："你还记得，我十五岁那年，我们在幽州行宫，穆宗皇帝痴迷女巫，甚至不惜用活人心肝来祭奠，以求病愈。他那种肆无忌惮的凶残，我一直不敢忘记。还有先帝，那么睿智的一个人，到了最后仍不免被佛门迷惑得失去了理性。我不想和他们一样，我要保持清醒直到人生的最后一刻。"

韩德让点头："你的心意我知道。我会帮你劝着皇帝的。"

燕燕道："谢谢。始终是我对不住你，德让哥哥。如今，又要抛下你先走一步。"

韩德让为她整理乱发："这样好。你从小到大都那么让人操心，若是我先走一步，到了地下我都不能安心。"

燕燕靠在韩德让怀中："还记得当年，我们俩一路南下去幽州，看到的是举目荒凉，民生凋敝，如今能有这一派安乐景象，也算是你我这一生心血，没有白费。"

韩德让道："你会是大辽历史上最伟大的太后。"

燕燕仰头看着韩德让："我这一生很幸运，遇到了你和先帝。先帝教会了我怎么做一个统治者，你辅佐我成为百姓爱戴的好君王。我们之间虽有波折，最终却能相守到白头。自古为政者，少有像我这样感情圆满，功业千秋，儿孙孝顺的，此生无憾了。"

韩德让亲了亲燕燕的额头道："我这一生能遇到你，能陪着你完成这千秋功业，此生亦无憾。"

公元1009年，萧燕燕南巡途中因病去世，享年五十七岁。其子辽圣宗为其上尊号睿德神略应运启化法道洪仁圣武开统承天皇太后，史称承天太后。

次年，韩德让病重，辽圣宗亲侍汤药。萧燕燕去世十五个月后，韩德让病逝，享年七十一岁。辽圣宗为韩德让举行国葬。韩德让成为大辽两百年历史上唯一一个葬入辽国皇陵的汉人和臣子。

（全书完）

辽国皇族主要人物关系表

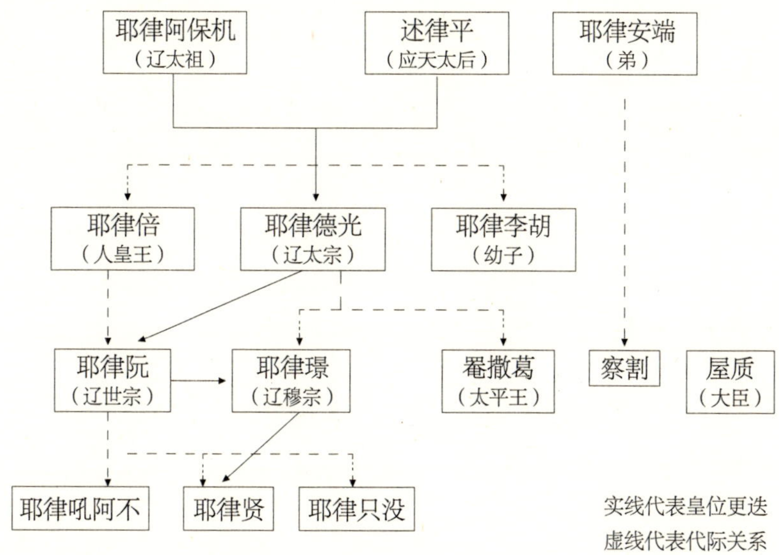

说明：

1. 辽太祖耶律阿保机与应天太后述律平育有三子：人皇王耶律倍、太宗耶律德光和耶律李胡，即为小说中的皇族三支。立国初年，因草原游牧民族“兄终弟及”的传统和契丹汉化的共同作用，三支为皇位争夺血流不止，血腥屠杀和阴谋叛乱不断，直至辽景宗耶律贤之后，皇位才固定由人皇王一脉相承。

2. 辽国政治实行一国两制，辽国帝王系大多有契丹名和汉名。小说中涉及的人物契丹名和汉名对应如下：

庙 号	契 丹 名	汉 名
辽太祖	耶律阿保机	耶律亿
辽太宗	耶律尧骨	耶律德光
人皇王	耶律图欲	耶律倍
辽世宗	耶律兀欲	耶律阮
辽穆宗	耶律述律	耶律璟
辽景宗	耶律明扆	耶律贤
辽圣宗	耶律文殊奴	耶律隆绪

蒋胜男

作家，编剧

浙江省网络作家协会副主席

已出版：

《芈月传》

《凤霸九天》

《权力巅峰的女人》

《历史的模样：夏商周》等十余部作品

燕云台·肆

产品经理|李　晴　装帧设计|悠　悠
监　　制|来佳音　技术编辑|陈　杰
责任印制|刘　淼　策 划 人|于　桐

图书在版编目（CIP）数据

燕云台 / 蒋胜男著. -- 杭州 : 浙江文艺出版社, 2019.12（2020.8重印）

ISBN 978-7-5339-5954-8

Ⅰ. ①燕… Ⅱ. ①蒋… Ⅲ. ①长篇小说—中国—当代 Ⅳ. ①I247.5

中国版本图书馆CIP数据核字(2019)第279494号

燕云台

蒋胜男 著

责任编辑 王晶琳 关俊红 周海鸣

文字编辑 王 挺

产品经理 李 晴

装帧设计 悠 悠

出版发行 浙江文艺出版社

地 址 杭州市体育场路347号 邮编 310006

网 址 www.zjwycbs.cn

经 销 浙江省新华书店集团有限公司

果麦文化传媒股份有限公司

印 刷 北京盛通印刷股份有限公司

开 本 710mm×960mm 1/16

字 数 1100 千字

印 张 81.5

版 次 2019年12月第1版

印 次 2020年8月第3次印刷

书 号 ISBN 978-7-5339-5954-8

定 价 196.00元（全四册）